1984

Ein Geschenk
von Rosmarie

Leopoldine Lager-
Nitzky

Gwen Bristow
Kalifornische Sinfonie

Gwen Bristow

Kalifornische Sinfonie

Roman

Titel der amerikanischen Originalausgabe: JUBILEE TRAIL
New York, Thomas Y Crowell Company
Aus dem Amerikanischen übertragen von Fritz Helke

Lizenzausgabe mit Genehmigung des
Franz Schneekluth Verlages, München
für die Deutsche Buch-Gemeinschaft
C. A. Koch's Verlag Nachf., Berlin · Darmstadt · Wien
Diese Lizenz gilt auch für:
die Bertelsmann Club GmbH, Gütersloh
die EBG Verlags GmbH, Kornwestheim
die Buchgemeinschaft Donauland Kremayr & Scheriau, Wien
und die Buch- und Schallplattenfreunde GmbH, Zug/Schweiz
© Alle Rechte der deutschen Ausgabe by
Franz Schneekluth Verlag, München
Einbandgestaltung: Günter Hädeler
Gesamtherstellung: May + Co, Darmstadt
Printed in Germany · Buch-Nr. 05203 5

Erstes Kapitel

Garnet Cameron verließ im Sommer 1844 Miß Wayne's Institute
für junge Damen mit dem Abschlußzeugnis. Miß Wayne unterhielt
ihr exquisites Internat auf einem ausgedehnten Landgut im oberen
Manhattan. Garnet hatte ihm vier Jahre lang angehört und wurde
am Entlassungstage mit drei Medaillen ausgezeichnet; eine dekora-
tive Anerkennung für ihre Leistungen in der Musik, im Reiten und
in gesittetem Benehmen.

Garnet befand sich eben in der Mitte ihres neunzehnten Lebens-
jahres. Sie war eine interessante Erscheinung. Ihr glattes schwarzes
Haar hatte einen wundervollen Glanz, dem das Sonnenlicht einen
bläulichen Schimmer verlieh. Ihre grauen Augen wurden von langen,
sehr dichten und ebenfalls blauschwarzen Wimpern umrahmt; ihre
Wangen glühten ständig in einem intensiven Rot, so daß sie nicht
selten in Verdacht geriet, der Natur mit Rouge nachgeholfen zu haben. Trotz der starken Farbkontraste, deren sie sich erfreute, konnte
man die junge Dame keine ausgesprochene Schönheit nennen. Ihr
Gesicht war im ganzen zu rauh gebildet, ihre Stirn war zu glatt,
ihr Kinn zu stark und ihre Lippen zu voll. Das alles aber wurde
ausgeglichen durch ihren festen, schlanken und biegsamen Körper
und ihre außergewöhnlich schmale Taille. Die Kleidung, die sie gegenwärtig trug, war ganz dazu angetan, die Vorzüge ihrer vollendeten Figur auf das wirkungsvollste zur Geltung zu bringen. Ein
schlichtes Tageskleid umhüllte das junge Mädchen von Hals bis zu
den zierlichen Füßen, aber das Schnürleibchen saß so fest am Körper,
als sei es dort angewachsen; der schimmernde Rock betonte nachdrücklich die winzige Taille und war doch weit genug, um ein freies
Ausschreiten zu ermöglichen. Garnet verstand sich vollendet zu bewegen; in Miß Wayne's Institute hatte sie genügend Gelegenheit
gehabt, sich darin zu üben. So hatte es zu ihren täglichen Exerzitien
gehört, mehrmals eine schmale Wendeltreppe hinauf und hinab zu
schreiten und dabei ein Buch auf dem Kopf zu balancieren.

Garnet erfreute sich einer ausgezeichneten Gesundheit, sie sprühte vor Frische und Lebenskraft und nahm großes Interesse an allen Dingen des Lebens. Ihre Wißbegierde war außerordentlich, sie hätte am liebsten alles gewußt. Der größte Vorwurf, den sie der Welt zu machen hatte, war der, daß sie ihr zu wenig Chancen bot, ihre Geheimnisse kennenzulernen. Freilich hütete sie sich, Wünsche dieser Art laut werden zu lassen. Eine der wichtigsten Erkenntnisse ihrer Erziehungsjahre war, daß niemand Wert darauf legte, die Meinung einer jungen Dame zu irgendeiner Sache kennenzulernen.

Die Wohnung von Garnets Eltern befand sich am Union Square in der City von New York. Die Häuser gruppierten sich hier rund um einen Park, in welchem zur Sommerzeit ein Springbrunnen sein Wasser versprühte, in dem Kinder mit Reifen spielten und Damen und Herren auf sauber gepflegten Kieswegen promenierten. Den Union Square umgab jederzeit eine Aura vornehmer Geborgenheit, sowohl im Sommer, wenn das Grün der Bäume und Büsche in der Sonne leuchtete, als im Winter, wenn die kahlen Zweige vor dem grauen Himmel standen und der Feuerschein der Kamine die Fenster erglühen ließ. Eine ruhige, angenehme Gegend, von ruhigen, angenehmen Leuten bewohnt.

Garnets Vater, Mr. Horace Cameron, war Vizepräsident einer Bank in Wall Street; ihre Mutter war eine scharmante Frau, die das Leben im allgemeinen ganz annehmbar fand und ohne weiteres voraussetzte, daß es so bleiben werde. Garnets jüngere Brüder, Horace jun. und Malcolm, besuchten die Elementarschule, deren Aufgabe es war, die Jungen für das Columbia College vorzubereiten. Die Camerons waren eine ruhige, angenehme Familie wie alle Familien in dieser Gegend; alle ihre Mitglieder waren gut erzogen und wußten sich gut zu benehmen. Als Garnet ihre drei Institutsmedaillen vorzeigte und einen vorschriftsmäßigen Knicks machte, versicherten die Freundinnen ihrer Mutter, daß sie das Idealbild einer guterzogenen jungen Dame verkörpere, vielmehr, daß sie nahe daran sei, es zu verkörpern; leider werde der Eindruck der Vollendung durch die intensive Kontrastierung von Rot und Schwarz in ihrem Gesicht empfindlich beeinträchtigt. Wirklich, es sei ein Jammer, daß ihr Teint nicht zarter und vornehmer sei. Nichtsdestoweniger sei sie ein nettes und reizvolles Mädchen und werde zweifellos eine gute Partie machen.

Als Garnet am Abend ihrer Heimkehr aus Miß Wayne's Institute ihre drei Medaillen in eine Schublade ihrer Kommode legte, stieß sie unwillkürlich einen Seufzer der Erleichterung aus. Die Schulzeit lag hinter, das Leben lag vor ihr. In einigen Wochen, sobald die notwendigsten Einkäufe getätigt waren, würde sie mit der Mutter nach Rockaway Beach fahren, um dort ihre Ferien zu verbringen. Sie würden in einem eleganten Hotel wohnen, würden zahllose interessante Bekanntschaften machen, und sie würde nicht mehr an Miß Wayne und ihre Ermahnungen denken müssen. Sie war eine erwachsene junge Dame und hatte ein Recht darauf, aufregende Dinge zu erleben.

Aber zunächst geschah gar nichts, weder in Rockaway Beach noch nach ihrer Rückkehr in New York.

Allerdings erhielt sie zwei Heiratsanträge, die sie ohne lange Überlegung zurückwies. Der erste kam von einem jungen Herrn, den sie in Rockaway Beach kennengelernt hatte. Er entstammte einer guten Familie; aber Garnet fand ihn so dumm, daß sie meinte, man würde gut daran tun, ihn einzusperren. Natürlich sagte sie das nicht; ihre Mutter hatte sie gelehrt, wie man einen unerwünschten Antrag ablehnte. Der junge Herr nahm den Eindruck mit, Garnet werde sich zeit ihres Lebens seiner mit Sehnsucht erinnern.

Den zweiten Antrag erhielt sie im September von Henry Trellen, einem reichen jungen Mann, der als einziger Sohn seiner Eltern ein bedeutendes Vermögen zu erwarten hatte. Sein Vater lebte nicht mehr; er selbst bewohnte mit seiner Mutter ein großes dunkles Haus in Bleecker Street. Das Haus erinnerte Garnet an ein Mausoleum, und Henrys Mutter gemahnte sie an den Marmorengel eines Grabmonuments. Der junge Herr selbst langweilte sie bis zum Gähnen. Sie war sicher, daß sie sich nach einer Heirat mit ihm für den Rest ihres Lebens wie auf einem Friedhof eingesperrt vorkommen würde. Auch das sagte sie nicht. Sie sagte, daß sie ihr Herz sorgfältig geprüft habe und zu der Überzeugung gekommen sei, Henry Trellen nicht zu lieben.

Die Camerons hätten die Verbindung gern gesehen; da Garnet indessen mit einer solchen Entschiedenheit ablehnte, bestanden sie nicht darauf. Sie hatten sich selbst aus Liebe geheiratet und hegten den Wunsch, daß ihrer Tochter ein gleiches Glück widerfahren möchte. Garnet hatte viel Zeit, und ihre Mutter sorgte dafür, daß sie Gelegenheit erhielt, junge Herren ihrer Kreise kennenzulernen.

Garnet liebte ihre Eltern. Es waren liebenswerte Menschen, und sie war ihnen herzlich zugetan und durchaus geneigt, ihnen Freude zu machen. Aber sie verabscheute die jungen Herren, die sie ihr zur Auswahl präsentierten. Es waren dies nicht selten hübsche und

nette Jungen, immer vermögend und zuweilen reich, aber ausnahmslos zum Sterben langweilig. Sie glänzten mit ihren guten Manieren
und benahmen sich so, als seien junge Damen keine ernst zu nehmenden Menschen. Sobald man sie reden hörte, erhob sich ganz
von selbst eine Nebelwand, die Männer und Frauen in zwei Welten
schied; jeder natürliche Zugang von der einen zur anderen Welt erschien von vornherein hoffnungslos versperrt. Garnet ließ sich die
Schmeicheleien ihrer Anbeter gefallen, tanzte mit diesem und flirtete
mit jenem und verstand beides recht gut, aber es war nicht die Spur
Aufregung dabei. Es gefiel ihr gar nicht und widersprach durchaus
ihrem Charakter, etwas zu sagen und das Gegenteil zu meinen; ihr
Wesen war so natürlich wie ein Regenschauer im Frühling. Sie beobachtete die anderen jungen Damen der Gesellschaft, sah sie flüstern und raunen, tuscheln und geheimnisvoll mit den Lidern zucken
und fand sie albern und dumm. Das alles konnte sie auch, wenn
sie wollte, aber sie tat es nicht gern, ihr Herz blieb dabei völlig un-
beteiligt; dieser ganze Betrieb ermüdete sie.

Ein Mädchen mußte wohl Verehrer und Liebhaber haben; die
Welt war nun einmal so eingerichtet, aber Garnet fand, es müsse
doch eigentlich irgendwo auf der Welt einen jungen Mann geben,
der in ihr einen vernünftigen Menschen sehen und auch so mit ihr
reden würde. Eigentlich müßte es, fand sie, sogar in New York so
einen Menschen geben.

Garnet hatte ihr ganzes Leben bis auf die Institutsjahre in New
York zugebracht, aber sie wußte nicht viel von dieser Stadt. Das
wurde ihr oft bewußt in diesem Herbst, wenn sie am Fenster stand
und die Bäume auf dem Union Square betrachtete, deren Zweige
im Oktoberwind knarrten. New York – eine so große und fröhliche,
eine so heitere und aufregende Stadt –, und sie hatte so wenig davon.
Da gab es viele Straßen und Plätze, die zu betreten ihr nicht erlaubt
war, von denen sie gehört, die sie aber nie betreten hatte.

New York wuchs wie ein Weinstock in der Morgensonne. Die
Stadt zählte jetzt, im Herbst 1844, nahezu vierhunderttausend Einwohner; noch vor zehn Jahren waren es nur dreihunderttausend
gewesen. Eine direkte Eisenbahnlinie führte nach Philadelphia, eine
andere nach White Plains; es gab Fährboote, die alle fünf Minuten
nach Brooklyn fuhren, und Dampfwagen nach Harlem, die alle fünfzehn Minuten das City Hall Depot verließen. Prächtig ausgestattete
Volksbäder gab es, in denen man für fünfundzwanzig Cents unter
einer Brause stehen oder in einer marmornen Badewanne liegen

konnte. Bei Castle Garden, gegenüber der Brücke von Battery, waren zwei Schwimmbassins, eins für Damen und eins für Herren. In den Parks sprudelten Springbrunnen, und auf den Straßen gab es Feuerhydranten, denn New York besaß die modernsten Wasserwerke der Welt.

Der Broadway begann an der Battery und endete an der Vierzehnten Straße. Schritt man diese zwei Meilen lange Prachtstraße entlang, berührte man die berühmtesten Plätze von New York. Der heiterste und liebenswürdigste Platz der ganzen Stadt war der City Hall Park. Ging man den Broadway hinauf auf den Park zu, passierte man auf der linken Seite an der Ecke der Vesey Street das berühmte Astorhaus, das erste und eleganteste Hotel ganz Amerikas. Es war fünf Stockwerke hoch; weiße Stufen führten zwischen imposanten Säulen zum Eingang empor. Dem Astorhotel gegenüber befand sich Barnum's Museum. Ein großes Plakat, auf dem Seejungfrauen und Seeschlangen abgebildet waren, kündete an, was man drinnen zu sehen bekam. Gleich hinter dem Museum begann der Park.

Rund um den Park standen Restaurants und Theater, Spielhäuser und Bars. Hatte man Geld genug, dann konnte man bei John Florence zu Mittag essen, am Broadway oder am Parkplatz. Oder man konnte im Park-Theater die bedeutendsten Stars der Welt bewundern. Huldigte man anderen Neigungen, konnte man sein Geld in einem der Spielhäuser riskieren oder sich an leichter Musik und hübschen Mädchen erfreuen. War man selbst ein hübsches Mädchen, fand man vielleicht Gefallen daran, die Ateliers berühmter Künstler zu besuchen und sein Gesicht auf Elfenbein malen und zierlich in Gold fassen zu lassen. Das Vergnügen würde hundert Dollar kosten, aber wenn man hübsch genug war, lohnte der Einsatz wohl. Schließlich gab es da noch Plumbe's Galerie. Da konnte man seinen Kopf in einen eisernen Kasten stecken und erhielt wie durch Zauberei ein Bild seines Gesichts. Allerdings zeigten die auf diese Weise aufgenommenen Bilder fast alle einen sonderbar starren, erschrockenen Blick. Vielleicht kam das daher, daß man sich jedesmal, wenn man den Kopf in den eisernen Rahmen steckte, mit leichtem Schaudern fragte, was wohl geschehen würde, wenn der Kasten plötzlich Feuer finge.

Freilich, die Feuersgefahr war nicht groß. In der großen Kuppel oben auf City Hall stand ständig ein Mann, dessen Aufgabe es war, nach Feuer Ausschau zu halten. City Hall war ein fünfzig Fuß hoher Bau; von seiner Kuppel aus vermochte man über die ganze Stadt zu sehen. Erblickte der Wächter irgendwo in der Stadt Brandwolken, begann er eine Glocke zu läuten; die Anzahl der Glockenschläge ließ dann erkennen, wo das Feuer wütete; im gleichen Augenblick setzten sich auch schon die Fahrzeuge der Feuerwehr in Bewegung, um den Brand zu löschen.

Rund um den Park brauste der Broadway. Sobald man Chambers Street überquert hatte, begann der Lärm nachzulassen. Hier befanden sich die großen Modehäuser der Stadt. Das größte und eleganteste von allen war das von Mr. Alexander Stewart. Ging man an Stewart's Modehaus vorüber, vernahm man das leichte Trapp-Trapp edler Zuchtpferde und das Gewisper von Damenstimmen. In den von Kristall und Silber blitzenden großen Fenstern sah man kostbare Pelze, Samt- und Seidenstoffe und hauchdünne Tüllgewebe, die im Sonnenlicht wie Wasserfälle glitzerten. Je weiter man nun den Broadway hinaufging, um so ruhiger und vornehmer wurde er; er wandelte gleichsam mit jedem Schritt sein Wesen. Am Union Square vernahm man kaum noch einen Hauch des brausenden Lärms der unteren Stadt.

Garnet hatte ihre Mutter bei Einkäufen auf dem Broadway begleitet, sie hatte Konzerte und Theatervorstellungen besucht, die für eine junge Dame schicklich erschienen, aber sie war sich klar darüber, nur einen winzigen Bruchteil der Wunderwelt New Yorks kennengelernt zu haben. Sie hätte brennend gern einen Blick in die aufregenden Etablissements rund um City Hall getan und die Geheimnisse der dunklen Straßen ergründet, die von hier aus abgingen. Natürlich äußerte sie keinen dieser Wünsche. Ihre Eltern hätten bei einer Andeutung dieser Art zweifellos höchst erstaunte und indignierte Gesichter gemacht. Garnet war sicher, auch wenn sie einem der für sie ausgewählten Bewerber ihr Jawort gegeben und geheiratet hätte, würde sie keine Chance haben, jemals das Innere eines Spielsaales oder eines fragwürdigen Theateretablissements zu erblicken. New York wimmelte von erregenden Geheimnissen, von denen angenommen wurde, daß sie eine junge Dame nicht interessierten. Augenscheinlich waren auch alle guterzogenen jungen Männer dieser Meinung. Sie setzten als selbstverständlich voraus, daß eine junge Dame an nichts anderem interessiert sei, als einem von ihnen vermählt zu werden. Nur ihre gute Erziehung hinderte Garnet daran, diesen vornehmen Nichtstuern zu erzählen, daß sie selbst einem so schwerreichen Manne wie Henry Trellen einen Korb gegeben habe.

Von Juni bis zum Oktober hatte Garnet auf etwas gewartet, das sich ereignen und ihr Leben verändern möchte. Eines Tages im Oktober geschah es. Oliver Hale, ein unbekannter junger Mann, kam in die Stadt. Weder ihr Vater noch ihre Mutter wußten etwas von ihm. Und dennoch begann dieser junge Mann die glatte und unbewegte Oberfläche von Garnets Leben in heftige Schwingung zu versetzen.

Sonderbar genug ging es zu. Merkwürdige Fügung: Ohne die skandalöse Mordaffäre, die im letzten Sommer von sich reden gemacht hatte, wären Garnet Cameron und Oliver Hale einander vermutlich nie begegnet.

Die Mordgeschichte hatte sich im August ereignet, während Garnet mit ihrer Mutter in Rockaway Beach weilte. Gelegentlich einer Spielhausstreiterei waren zwei Männer erschossen worden. Der eine der beiden Toten war ein Außenseiter unbekannter Herkunft: sein Schicksal hatte niemand interessiert. Wäre das zweite Opfer ebenso namenlos unbekannt gewesen, Garnet hätte wohl nie ein Wort über die Affäre vernommen.

Aber das zweite Opfer war Mr. Francis Selkirk, ein wohlhabender Mann von sechsundvierzig Jahren, der am Washington Square gewohnt hatte. Mr. Selkirk war als Gentleman mit abseitigen Gewohnheiten bekannt gewesen. Man wußte von ihm, daß er nicht selten an allerlei Stätten des Lasters zu verkehren pflegte. Aber man wußte auch, daß er über einen beträchtlichen Reichtum gebot und gute Verbindungen nach den verschiedensten Richtungen hatte. Er hatte erst jüngst eine junge Dame aus den ersten Kreisen der Stadt geheiratet, die kaum halb so alt war wie er. Sein jäher Tod anläßlich eines Spielhausstreites hatte damals im Sommer Anlaß zu allerlei Flüstereien gegeben; manches davon war auch zu dem Hotel in Rockaway Beach gedrungen, in dem Mrs. Cameron mit ihrer Tochter wohnte. Garnet hatte sich für den Fall brennend interessiert, aber es hatte sich niemand gefunden, der ihr Näheres darüber sagte. Sobald sie erschien, verstummte das Geflüster der älteren Damen, und auch ihre Mutter wies es weit von sich, vor ihren Ohren darüber zu sprechen. Sie sagte ihr sehr nachdrücklich, daß es höchst unschicklich sei, durch indiskrete Fragen eine unanständige Neugier zu verraten. Und so wußte Garnet denn fast nichts über den Selkirk-Mord, außer der Tatsache selbst und dem Umstand, daß es der Polizei bisher nicht gelungen sei, den Mörder zu ermitteln und festzunehmen.

Die Angehörigen Selkirks zeigten sich über dieses offenkundige Versagen der staatlichen Sicherheitsorgane höchst verärgert und verlangten immer wieder, daß Mittel und Wege gefunden würden, den Mordschützen vor Gericht zu bringen und seiner Strafe zuzuführen. Aber offenbar lagen die Dinge sehr schwierig und verwickelt. Es gab an sich zahllose Zeugen, denn der Spielsalon, in dem die Affäre sich ereignet hatte, war an jenem Abend sehr besucht gewesen. Doch widersprachen sich die verschiedenen Aussagen sehr erheblich; die meisten Gäste waren stark daran interessiert, das Prestige des Salons zu schützen, und erwiesen sich als unglaubwürdig. So ging Woche um Woche dahin, niemand wurde des Selkirk-Mordes wegen ins Verhör gebracht, und es währte nicht lange, da legte sich die Aufregung, und die Leute begannen von anderen Dingen zu reden.

Das war alles, was Garnet von dieser Sache wußte. Dinge, von denen man sagte, daß sie junge Damen nichts angingen, reizten immer ihre Neugier; aber nie hätte sie sich träumen lassen, daß der Selkirk-Skandal eines Tages für sie selbst von einschneidendster Bedeutung werden sollte.

Mr. Selkirk hatte offenbar nicht mit seinem baldigen Ableben gerechnet, denn er hatte kein Testament hinterlassen. Sein Vermögen wurde von der Bank verwaltet, deren Vizepräsident Garnets Vater war. Mr. Horace Cameron oblag es unter anderem, eben diesen Fall zu bearbeiten. Zu dem hinterlassenen Selkirk-Vermögen gehörte ein mit Stoffen und Haushaltsbedarf aller Art angefülltes Warenhaus. Mr. Cameron verkaufte das Gebäude und stellte die darin befindlichen Waren im Einverständnis mit der Witwe, die eine schnelle Abwicklung des Geschäfts wünschte, zu niedrigen Preisen zum Verkauf.

Dies nun war der Anlaß, der Oliver Hale eines Tages im Oktober zur Bank führte, wo er Mr. Cameron zu sprechen verlangte. Oliver war eben erst in New York angekommen. Er hatte niemals etwas von Mr. Selkirk gehört, und die Affäre, in der dieser zu Tode gekommen war, interessierte ihn nicht im geringsten. Ihn interessierten lediglich die zum Verkauf angebotenen Stoffe und Haushaltswaren. Er sagte Mr. Cameron, Artikel der angebotenen Art seien eben der Gegenstand seines Handels, und er würde es sehr begrüßen, das Lager in Ruhe besichtigen zu dürfen.

Oliver übte den Beruf eines Präriehändlers aus. Er war eigens nach New York gekommen, um Waren einzukaufen, die er dann in Planwagen laden und in den mexikanischen Provinzen westlich der Staatengrenze verkaufen wollte. Er war sechsundzwanzig Jahre alt. Mr. Cameron meinte, das sei ein sehr jugendliches Alter für einen so schwierigen Beruf. Oliver antwortete lachend, er sei bereits seit seinem achtzehnten Lebensjahr im Präriehandel tätig; die meisten Männer in diesem Geschäft seien unter dreißig; nach Überschreitung dieser Altersgrenze zögen sie sich in der Regel daraus zurück und wendeten sich weniger anstrengenden Betätigungen zu.

Mr. Cameron gewann den Eindruck, es bei Oliver mit einem tüchtigen Burschen zu tun zu haben; was er vom Grenzhandel zu erzählen wußte, war höchst interessant. Und so nahm er ihn eines Tages zum Essen mit nach Hause. Mrs. Cameron, die erwartet hatte, einen ungehobelten Patron kennenzulernen, dem der Umgang mit Messer und Gabel Schwierigkeiten bereiten würde, sah sich angenehm enttäuscht, denn Oliver zeigte bei Tisch ausgezeichnete Manieren. Ihre Fragen wußte er gewandt und sicher zu beantworten. Er sagte, daß er in Boston aufgewachsen sei, und erzählte lachend, daß er Harvard mitten im Semester verlassen habe, da die Abenteuer der Grenze ihm verlockender als Latein und Griechisch erschienen seien.

Garnet lauschte interessiert seinen Plaudereien, ohne sich zunächst Rechenschaft darüber abzulegen, ob der junge Mann ihr gefiele. Immerhin fand sie, Mr. Hale sei der ungewöhnlichste und seltsamste junge Mann, dem sie jemals begegnet sei. Sein Wesen und seine Art zu erzählen vermittelten ihr einen solchen Eindruck von Kraft und Größe, daß sie verblüfft und überrascht war, als sie feststellen mußte, daß er körperlich nur mittelgroß war. Allerdings vermochte selbst die Kleidung seinen kräftigen Wuchs und die Muskelpakete an Armen und Beinen nicht zu verbergen. Seine korrekte, ja gediegene Kleidung – schwarzer Anzug, Brokatweste und Leinenhemd mit hoher Halsbinde – trug er, als komme er sich dumm darin vor. Garnet fühlte sich an einen Schauspieler erinnert, den man in ein Phantasiekostüm steckte und der sich nun mühte, so zu tun, als sei er durchaus gewohnt, dergleichen zu tragen.

Olivers Hände sahen aus, als habe er sie stundenlang gescheuert und mit der Bürste bearbeitet; sie glänzten vor Sauberkeit, schienen aber nichtsdestoweniger die Hände eines Schwerarbeiters. Seine sandfarbenen Locken, sauber geschnitten, widerstanden jedem Versuch, sie durch Kamm und Bürste zu bändigen. Das merkwürdigste aber schien Garnet sein Gesicht. Es zeigte liebenswürdige und gefällige Züge, die braunen Augen sahen lustig und ein wenig verschmitzt in die Welt, auch der Mund ließ auf Sinn für Heiterkeit schließen. Indessen sah es so aus, als seien da zwei Gesichter zu einem zusammengefügt worden und die beiden Hälften paßten nicht zueinander. Die obere bis zu den Augen herunter war tief gebräunt und vom Wetter wie Leder gegerbt. Die Lachfalten in den Augenwinkeln standen weiß in dem tiefen Braun; es sah aus, als habe er monatelang im brennenden Sonnenschein unentwegt lachend gelebt. Wangen und Kinn erschienen dagegen zart und weiß wie die einer behüteten Dame, die nie ins Freie ging, ohne ihre Gesichtshaut durch einen Schleier zu schützen. Während sie sich bei Tisch gegenübersaßen, fing Oliver einmal einen Blick Garnets auf; er quittierte ihn mit einem verschmitzten Lächeln, und sie errötete.

Nach dem Essen waren sie beide ein paar Minuten allein. Die Jungen waren hinaufgeschickt worden, um ihre Schularbeiten zu machen, Mrs. Cameron war hinausgegangen, um der Dienerschaft einige Anweisungen zu geben, und Mr. Cameron hatte sich in sein Zimmer begeben, um Kognak für seinen Gast zu holen. Garnet führte Oliver ins Wohnzimmer. Er zog einen Stuhl für sie an das Kaminfeuer und lächelte ihr wieder zu, als bestände zwischen ihnen ein geheimes Übereinkommen. Die Lachfältchen in seinen Augenwinkel zuckten; er sagte: »Ich habe ihn vor zehn Tagen abrasieren lassen.«

»Oh!« rief Garnet und legte vor Verlegenheit die Hand auf den Mund. »So ist das also: Sie trugen einen Bart.«

Er nickte: »Ich sah aus wie Robinson Crusoe. Auf dem Wege gab's keine Gelegenheit zum Rasieren.« Er zeigte ihr seine Hände. »Wie ein Lastträger, was?« sagte er. »Es war keine Kleinigkeit, die Maulesel über die Berge zu führen. Dies ist das Ergebnis.«

»Oh, erzählen Sie mir«, bat Garnet. »Sie wissen so gut zu erzählen.«

Er lachte: »Ich wüßte mir nichts Lieberes. Wie ist es: Würden Sie wohl mit mir ausreiten, wenn ich Sie darum bäte?«

»Ich fürchte, Mutter würde es nicht erlauben«, versetzte Garnet, schon wieder verlegen, weil ihre eigene Stimme ihr gar so bewundernd geklungen hatte. »Sie kennt Sie noch nicht gut genug«, setzte sie hinzu.

»Ich werde es bedenken«, lächelte Oliver. Er war eben im Begriff, noch mehr zu sagen, als die Tür sich öffnete und Mrs. Cameron das Wohnzimmer betrat.

Augenblicklich änderte sich Olivers Benehmen. Er verhielt sich korrekt und höflich und zurückhaltend, ganz so, wie es von einem Gentleman in Gegenwart von Damen erwartet wird. Mrs. Cameron fand, dies sei ein ungewöhnlicher und zweifellos sehr interessanter Mann. Sie bedachte, daß ein Mann dieser Art, der jahrelang in fremden Ländern gereist war, imstande sein müsse, eine Dinnerparty durch seine Unterhaltung zu bereichern. Sie beabsichtigte, in der kommenden Woche ein Festessen zu geben, und erwog den Gedanken, Mr. Oliver Hale zu dieser Veranstaltung einzuladen. Während sie noch diesem Gedanken nachhing, fragte Oliver sie, ob ihr vielleicht seine Tante, Mrs. William Fortescue aus Bleecker Street, bekannt sei. Selbstverständlich kannte Mrs. Cameron die Fortescues; ihre Familie lebte seit der Kolonialzeit in New York, und sie kannte jedermann von Bedeutung. Bevor Oliver ging, war er zu der Dinnerparty eingeladen.

Bei dem Festessen in der nächsten Woche bekam Oliver keine Gelegenheit, mit Garnet allein zu sprechen, aber es sah aus, als suche er auch gar nicht nach einer solchen. Er verstand es aber, sich bei jedermann, vor allem bei den älteren Damen, beliebt zu machen. Am folgenden Morgen sandte er seiner Gastgeberin Blumen.

Dann sah Garnet ihn bei einer sehr langweiligen Gesellschaft wieder, die von seiner Tante gegeben wurde, und in der Folge noch bei ähnlichen Zusammenkünften, die von anderen Gastgeberinnen veranstaltet wurden. Die Damen der New Yorker Gesellschaft schienen glücklich, einen so höflichen und bescheidenen Junggesellen gefunden zu haben, den sie herumreichen konnten. Garnet Cameron schien der junge Mann keine besondere Aufmerksamkeit zu schenken. Die fragte sich schon, ob er sein früheres augenscheinliches Interesse nur vorgetäuscht habe, da erhielt sie eines Tages ein Kärtchen von ihm. Oliver fragte in gesetzten Worten an, ob sie ihm die Ehre geben wolle, am kommenden Tage mit ihm auszureiten.

Garnet zeigte die Karte ihrer Mutter, und Mrs. Cameron hatte keine Einwände zu erheben. Sie wünschte, jeder junge Mann sei so gut erzogen wie Oliver Hale, sagte sie.

Sie stiegen vor dem Hause auf die Pferde und ritten den Reitweg zur Stadt hinauf. Der scharfe Wind vertiefte das intensive Rot auf Garnets Wangen und trieb ihr das schwarze Haar in welligen Locken über die Stirn. Oliver streifte sie mit einem bewundernden Blick.

»Endlich können wir miteinander reden«, sagte er. »Sie gefallen mir, Miß Cameron. Es ist gar nicht zu sagen, wie sehr Sie mir gefallen.«

Nie zuvor hatte ein Mann so zu Garnet gesprochen; sie wußte vor Verlegenheit nicht, was sie sagen sollte. Oliver lachte mutwillig und blitzte sie mit seinen braunen Augen an.

»Lassen Sie uns ehrlich sein«, sagte er. »Ich bin sicher, Sie hassen diese verdammten Gesellschaften geradeso wie ich.«

Nie bisher hatte ein Mensch in Garnets Gegenwart das Wort »verdammt« ausgesprochen. Sie suchte eben nach einem passenden Wort, ihm seine Kühnheit zu verweisen, als sie sich zu ihrer Verwunderung selbst lachen hörte. Sie fragte: »Warum sind Sie denn zu den Gesellschaften gegangen, wenn Sie sie nicht mögen?«

»Das wissen Sie ebenso gut wie ich«, antwortete Oliver. »Ich mußte doch unter allen Umständen einen guten Eindruck auf Ihre Mutter machen, damit sie Ihnen gestattete, mit mir auszugehen. Haben Sie denn nicht bemerkt, wie schwer es mir gefallen ist, mich so zu benehmen, wie man es von mir erwartete?«

Garnet war solche Offenheit nicht gewohnt; sie stammelte: »Oh – ich danke Ihnen!«

Oliver lachte: »Sie sind – wundervoll! Ich war acht Jahre nicht in den Staaten, und ich hatte völlig vergessen, daß man in Amerika junge Mädchen zu Närrinnen dressiert. Sie aber sind mir nie als eine Närrin erschienen, nicht einmal beim erstenmal, da ich Sie sah.«

Ach, seine Offenherzigkeit gefiel ihr so gut, aber sie war auf solche Gespräche so wenig vorbereitet, daß sie nicht wußte, was sie ihm antworten sollte. Da sie die rechten Worte nicht fand, fragte sie nur:

»Wo waren Sie in der langen Zeit?«

»Meistens in Kalifornien«, entgegnete Oliver.

Garnet zog die Stirn in Falten: »Wo?«

»In Kalifornien.« Er sah sie an, und in seinem Lächeln war ein Gran Bosheit.

Garnet mühte sich, ihre geographischen Kenntnisse zusammenzusuchen; schließlich schüttelte sie leicht den Kopf. »Sie werden mich für sehr unwissend halten, Mr. Hale«, sagte sie, »aber ich habe wahrhaftig nie von einem Land dieses Namens gehört.«

Oliver stieß einen Seufzer der Erleichterung aus. »Danke!« sagte er.

»Wieso?« fragte Garnet. »Wofür danken Sie?«

»Für Ihre Ehrlichkeit. Sie ahnen nicht, wie selten sie ist. Die meisten Leute denken gar nicht daran, zuzugeben, daß sie den Namen Kalifornien nie gehört haben. In der Regel schwätzen sie irgend etwas zusammen und suchen das Land schlechtzumachen; eben damit beweisen sie mir, daß sie es nicht kennen. Entschuldigen Sie sich nicht. Kalifornien ist einer der einsamsten und unbekanntesten Flekken der Erde. Nur wenige Leute in den Staaten haben jemals davon gehört.«

»Und wo liegt das Land?« fragte Garnet mit schnell erwachtem Interesse.

»Am Pazifischen Ozean.«

Sie schürzte die Lippen und dachte angestrengt nach. »Sie meinen in Asien?« fragte sie schließlich. »In der Nähe von China?«

Er lachte: »Nein. Ich meine die pazifische Küste Amerikas. Eines Tages werde ich Ihnen davon erzählen. Jetzt nicht. Jetzt möchte ich etwas über Sie erfahren.«

Was war da schon zu berichten! Sie begann ihm von ihrem Leben in Miß Wayne's Institute zu erzählen. Wie sie gehen und stehen, schreiten und knicksen gelernt habe und tausendmal die steile Wendeltreppe mit einem Buch auf dem Kopf hinauf und hinab geschritten sei. Oliver lachte schallend.

»Wie ist es nur möglich, daß Sie derartige Torturen überstanden und dabei so blühend gesund blieben, wie Sie aussehen?« fragte er.

»Oh«, lächelte sie, »meine roten Backen haben mir Kummer genug gemacht. Einmal bekamen wir einen neuen Lehrer. Der schickte mich gleich am ersten Tag auf mein Zimmer, mit dem Befehl, mir die Schminke aus dem Gesicht zu waschen. Er meinte, es sei ein Skandal, daß eine junge Dame der Gesellschaft sich wie eine Schauspielerin anmale.« Sie lächelte ein bißchen hilflos. »Ich habe mich in die Backen gekniffen, um weiße Flecken zu bekommen, aber sie verschwanden immer gleich wieder«, sagte sie; »es war ganz unmöglich, meinem Gesicht ein damenhaftes Kolorit zu verschaffen.« Sie erzählte, wie ihre Kameradinnen sie fortgesetzt geneckt hätten und wie sie schließlich Essig getrunken habe, um blaß zu werden. Aber auch der Essig habe nichts geholfen, er habe sie nur krank gemacht. »Ich kam langsam dahinter, daß ich gar nichts konnte«, seufzte sie. »Immer hieß es: ›Miß Cameron, gehen Sie nicht so schnell! Es sieht nicht gut aus. Miß Cameron, lachen Sie nicht fortgesetzt; das ist unschicklich!‹«

Oliver zeigte sich erheitert und verspürte zugleich ein heimliches Mitgefühl. »In Harvard war es uns zwar nicht verboten, zu lachen oder zu schnell zu gehen«, sagte er, »dafür wurden wir bis obenhin mit lauter Nichtigkeiten vollgestopft wie ein Weihnachtstruthahn mit Kastanien. Ich konnte das schließlich nicht mehr aushalten; deshalb brach ich aus und ging nach dem Westen.«

Garnet dachte: Wie natürlich er ist! Da war endlich ein Mann, wie sie immer gewünscht hatte, daß er ihr begegnen möchte. Sie ritten nebeneinanderher und fanden kein Ende mit dem Erzählen. Die Zeit verging wie im Fluge, und sie mußten sich schließlich beeilen, nach Hause zu kommen; ein längeres Ausbleiben hätte Mrs. Cameron beunruhigt. Als sich Garnet von ihrem Begleiter verabschiedete, stieg ein warmes Gefühl in ihr auf, wie sie es nie zuvor, weder bei Henry Trellen noch bei irgendeinem anderen ihrer Kavaliere, empfunden hatte.

Bei der Premiere eines neuen Stückes im Parktheater sahen sie sich wieder. Danach ritten sie noch mehrmals miteinander aus. Garnet sagte ihrer Mutter nichts davon, wie offen Oliver und sie miteinander sprachen. Mrs. Cameron hatte den jungen Hale als gut erzogenen Kavalier kennengelernt; sie sollte nicht auf den Gedanken kommen, er möchte möglicherweise keine passende Begleitung für ihre Tochter sein.

Abgesehen von ihren öffentlichen Begegnungen kam Oliver häufig in das Haus am Union Square. Es war kein einfaches Geschäft, eine Wagenkolonne für die Prärie zusammenzustellen und auszurüsten. Mr. Cameron hatte viel für Oliver Hale zu erledigen. Kam Mr. Hale zufällig, wenn Garnets Eltern nicht zu Hause waren, wurde er selbstverständlich der Tochter des Hauses gemeldet. Die empfing ihn ebenso selbstverständlich und sagte mit vollendeter Höflichkeit: »Möchten Sie nicht einen Augenblick Platz nehmen, um sich am Kamin etwas aufzuwärmen?«

Mehrere Wochen lang war Oliver bereits auf solche Weise ins Haus gekommen, bis Garnet auffiel, daß er eine erstaunliche Geschicklichkeit darin entwickelte, die Stunden abzupassen, wo sie allein zu Haus war. Obgleich sie so etwas wie eine geheime Beunruhigung empfand, erfreute sie sich doch viel zu sehr an seinen Besuchen, als daß sie ihren Eltern gegenüber eine Bemerkung in dieser Richtung gemacht hätte. Sie sagte mit betonter Gleichgültigkeit: »Nebenbei, Vater, Mr. Hale kam heute vorbei und brachte Papiere für dich. Ich legte sie auf deinen Schreibtisch.« Wenn sie sich so oder ähnlich äußerte, empfand sie ein leichtes Schuldgefühl, aber es fiel ihr nicht ein, zu erzählen, daß Oliver nicht fünf Minuten, sondern eine Stunde bei ihr geweilt habe.

Eines Morgens im Januar 1845 saß Garnet, mit einer Musikübung beschäftigt, am Klavier. Es war ein kalter, aber strahlend heller Tag; wenn sie von ihren Noten aufsah, sah sie das Eis auf den Baumzweigen vor dem Fenster glitzern. Wenn das Sonnenlicht die Zweige streifte, funkelten die Eiskristalle in den Farben des Regenbogens. Garnet erfreute sich an dem Anblick.

Sie liebte außergewöhnliches Wetter, sie liebte Sonne und Regen und Sturm und Schnee, das heimliche Knistern in den Zweigen der Bäume und alle keimenden und wachsenden Dinge der belebten Natur.

Garnets Klavier stand in dem kleinen Wohnzimmer, das täglich benutzt wurde. Der steife und feierliche Salon am anderen Ende der Halle war festlichen Gelegenheiten vorbehalten. Hier im Wohnzimmer standen Buchregale an den Wänden; gute Bilder und bequeme Polstersessel schufen eine behagliche Atmosphäre. Auf dem Tisch lagen heute der *New York Herald*, die Januarausgaben von *Graham's Magazine* und *Gody's Damenhandbuch*. Mr. Cameron hatte am Vortage von einem Spaziergang Büschel von Tannenzweigen mit Zapfen mitgebracht und auf dem Kaminsims arrangiert. Er hatte gern lebendes Grün im Zimmer, wenn es draußen fror.

Die durch das Fenster hereindringenden Sonnenstrahlen spielten auf Garnets schwarzem Haar und zauberten bläuliche Schatten darauf. Das Licht tanzte auf den Falten ihres Kleides. Es war dies ein bezauberndes Kleid aus reiner weißer Wolle, mit roten Blumen bestickt. Kleine rote Knöpfe schlossen das Mieder; der weite Rock wallte von der schmalen Taille aus bis zum Fußboden nieder. Ihre Finger glitten hingegeben über die Tasten. Niemand, der sie so sah, konnte auf den Gedanken kommen, sie habe die Einladung ihrer Mutter, sie zu einem Einkauf zu begleiten, abgelehnt, weil sie eine geheime Hoffnung im Herzen trug.

Garnet hatte sich bei ihrer Mutter damit entschuldigt, daß sie sehr viel üben müsse. Das war immerhin wahr. Sie hatte in diesem Januar ihren neunzehnten Geburtstag gefeiert und bei dieser Gelegenheit viele neue Noten geschenkt bekommen. Schließlich mußte sie den Freunden, die ihr die Noten geschenkt hatten, etwas vorspielen können, wenn sie zu Besuch kamen. Dennoch war ihr empfindliches Gewissen ein wenig bedrückt. Denn obgleich ihre Mutter ein Engel und viel vernünftiger war als andere Leute, würde sie es doch keineswegs gutgeheißen haben, daß ihre Tochter so oft und so lange mit einem jungen Mann allein blieb, wie sie es in diesem Winter mit Oliver Hale gewesen war. Für junge Damen, die sich nicht damenhaft betrugen, hatte Mrs. Cameron weniger Verständnis als für einen Dieb oder Fälscher, und Garnet wünschte ihre Mutter nicht zu betrüben.

Sie hatte soeben einen Walzer beendet und legte die Noten für eine Quadrille zurecht, als die Tür sich öffnete und Mrs. Cameron eintrat. Mrs. Cameron war keine Schönheit, wohl auch niemals eine gewesen. Aber sie war eine schlanke, gutgewachsene dunkle Frau von achtunddreißig Jahren; ihre Figur stand der ihrer Tochter nur wenig nach. Sie war fertig zum Ausgang gekleidet. Das gutgeschnittene Straßenkostüm kleidete sie vorzüglich; sie trug dazu einen Kamelhaarschal und einen Hut mit Bändern und einer wippenden Feder. Sie lächelte, da sie Garnet im Sonnenlicht sitzen und so eifrig beschäftigt sah. »Ich gehe jetzt, meine Liebe«, sagte sie, »soll ich dir irgend etwas mitbringen?«

»Ich hätte gern rotes Seidenband für das weiße Kaschmirkleid«, versetzte Garnet, die sich beim Eintritt ihrer Mutter erhoben hatte. »Das alte ist beim Bügeln zerschlissen; vielleicht war das Eisen zu heiß.«

Mrs. Cameron nickte: »Ich werde daran denken.« Sie tat einen Schritt ins Zimmer hinein; ihr Blick fiel auf einen der bequemen Lehnsessel am Kamin. »Du lieber Himmel!« rief sie. »Was haben die Jungen da wieder angestellt?« Sie beugte sich über den Sessel, dessen Mahagonilehne einige empfindliche Kratzer aufwies. »Es ist unglaublich, wie diese kleinen Wilden sich aufführen«, seufzte sie; »wenn man sieht, was sie alles anrichten, sollte man meinen, wir unterhielten hier ein Gymnasium.« Sie schlug spielerisch nach dem Stuhl und ging zur Tür zurück. »Ich werde bei Osgoods vorbeigehen und ihn abholen lassen.«

Im Türrahmen wandte sie sich noch einmal um. »Oh«, rief sie, »beinahe hätte ich es vergessen, ich wollte dir etwas sagen.« Und ohne zu ahnen, welch wichtige Neuigkeit sie da brachte, sagte sie: »Hier ist eine Warenliste für Mr. Hale. Vater ließ sie für ihn zurück. Mr. Hale wird im Laufe des Vormittags vorbeikommen, um sie zu holen.«

Garnet fühlte ein heimliches Beben in ihrem Rücken; sie nahm die Papiere und mühte sich, ein höflich interessiertes Gesicht zu machen. »Danke, Mutter«, sagte sie, »ich werde sie Mr. Hale aushändigen, wenn er kommen sollte.«

»Sieh zuweilen nach dem Feuer, Kind; es ist empfindlich kalt.«

Mrs. Cameron nickte lächelnd und warf ihrer Tochter eine Kußhand zu.

Als Garnet allein war, legte sie die zusammengefalteten Papiere auf den Tisch. Dann ging sie zurück zum Klavier und spielte einige Musiktakte durch; aber als sie nach einer Weile die Haustür zuschlagen hörte, ließ sie die Hände in den Schoß fallen. Sie ging zum Tisch, entfaltete die Papiere und vertiefte sich in die Handschrift ihres Vaters.

Es handelte sich um ein Verzeichnis der Waren, die Oliver aus dem Nachlaß des erschossenen Mr. Selkirk erworben hatte. Zweitausend Ballen Kaliko, las sie, sechshundert Ballen weißer Musselin, vierhundert Bratpfannen, tausend Päckchen Nähnadeln. Sie ging Posten um Posten durch und legte die Liste wieder auf den Tisch. Stoffe und Nadeln und Bratpfannen – das konnte sie verstehen. Aber da hingen auch mancherlei Dinge mit Olivers Handel zusammen, die sie nicht verstand.

Sie hatte schon viele Fragen dieserhalb an ihn gerichtet, und er hatte sich redliche Mühe gegeben, sie zu beantworten. Aber sie wußte so wenig von der Prärie und von den Ländern, die er gesehen und in denen er gelebt hatte, daß sie ihm nur schwer zu folgen vermochte. Natürlich hatte sie in der Schule auch Geographieunterricht gehabt. Sie wußte alles Wissenswerte über die Staaten entlang der atlantischen Küste; auch über die wichtigsten Städte am Mississippi, wie New Orleans und St. Louis, hatte sie einiges gehört. Aber von dem Land jenseits des Mississippi hatten ihre Lehrer nicht das geringste zu sagen gewußt.

Sie machte sich klar, daß ihr jetzt die Gelegenheit geboten war, diese unbekannten Bereiche kennenzulernen. Ihr Vater hatte unlängst einen Globus für ihre Brüder gekauft; er war gestern angekommen und stand oben im Jungenzimmer. Die Jungen waren in der Schule; Garnet entschloß sich, den Globus herunterzuholen. Kurz entschlossen ging sie nach oben. Der Globus war schwerer, als sie gedacht hatte; sie mußte sich anstrengen, ihn ins Wohnzimmer zu schaffen. Schließlich stand er vor ihr auf dem Tisch und drehte sich unter ihren Händen.

Garnets rechte Hand bedeckte den Atlantischen, ihre linke den Pazifischen Ozean. Zwischen ihren Händen breitete sich der nordamerikanische Kontinent aus. Eine Falte des Nachdenkens erschien auf ihrer Stirn zwischen den Augenbrauen, während sie aufmerksam die Karte studierte.

Auf der Ostseite des Kontinents lagen die fünfundzwanzig Staaten der Union und einige freie Territorien. Dahinter zog sich die dicke schwarze Linie, die den Mississippistrom darstellte, von Norden nach Süden. Westlich des Mississippi sah sie die Flußlinien des Missouri und des Arkansas verzeichnet, die beide in den Vater der Ströme mündeten.

Garnet wußte, daß der bewohnte Teil der Vereinigten Staaten am Missouri endete. Oliver hatte gesagt, daß die kleinen Städte am Missouri die amerikanische Grenze bildeten. Zwar gab es auch jenseits des Flusses noch Gebiete, die zur Union gehörten, aber sie wurden nicht mehr von Weißen bewohnt. Auf der Landkarte waren sie mit den Namen der dort jagenden Indianerstämme verzeichnet.

Südlich des Missouri floß der Arkansas nach Osten. Das Territorium der Union endete bei einer Linie, die vom Arkansas gezogen wurde. Jenseits dieser Linie war alles fremd. Nach Süden zu lag da die Republik Texas. Unterhalb von Texas lag Mexiko. Mexiko war ein großes Land. Auf dem Globus begann der Name südlich von Texas und erstreckte sich entlang der pazifischen Küste bis zu einer großen freien Fläche im Nordwesten, die als Oregongebiet bezeichnet war.

Der Globus informierte ausgezeichnet über die östliche Hälfte des Kontinents. Aber er sagte Garnet wenig über den Westen. Da war nichts als eine große elfenbeinfarbene Fläche, auf der im Bereich der pazifischen Küste in großen Buchstaben »Mexiko« und »Oregongebiet« standen. Quer über die Fläche zog sich, gleichfalls in großen Buchstaben, eine weitere Beschriftung. Garnet las: *Große amerikanische Wüste*.

Garnet hatte in der Schule nichts über die westliche Hälfte Amerikas gehört. Bevor Oliver in ihrem Leben auftauchte, hatte sie auch niemals darüber nachgedacht. Jedermann wußte oder glaubte zu wissen, daß es dort außer Wäldern und Ebenen und Büffeln und streifenden Indianerhorden nichts Wissens- oder Bemerkenswertes gäbe.

Nun sagte Oliver Hale, daß es dort außer Büffeln und Indianern allerlei Bemerkenswertes gäbe. Er behauptete, daß die weite elfenbeinfarbene Fläche, die auf dem Globus keinerlei Spuren aufwies, keineswegs ohne Spuren menschlichen Lebens und menschlicher Tätigkeit sei. Nach seiner Erzählung zog sich eine lange, dünne Linie quer durch das Land, hervorgerufen durch die fortgesetzten Umdrehungen zahlloser Wagenräder. In jedem Frühling, bald nach der

Schneeschmelze, zögen, so hatte er gesagt, zahllose Handelskarawanen über das Gebirge nach Westen.

Bis zu ihrer Bekanntschaft mit Oliver hatte Garnet nie etwas von Männern gehört, die in langen und mühevollen Märschen ihre Waren weit über die amerikanische Staatengrenze nach Westen führten. Oliver wußte, daß es so war, denn er war selbst ein Präriehändler. Er war in dem geheimnisvoll fremden und unbekannten Land mit dem schönen, klingenden Namen Kalifornien gewesen.

Mit finsteren Blicken sah Garnet auf den Globus. Es war der beste Globus, den es gegenwärtig gab. Die neuesten Forschungsergebnisse waren darauf verzeichnet; er war für den Geographieunterricht des Jahres 1845 bestimmt. Aber es gab auf diesem modernsten Abbild der Weltkugel nirgendwo ein Land, das Kalifornien hieß. Sie folgte mit den Augen dem Lauf des Missouri und Arkansas, sie prüfte aufmerksam die Gebiete von Mexiko und der Republik Texas. Sie untersuchte die ganze Küstenstrecke bis zum westlichen Kanada. Sie fand es nicht.

Oliver hatte gesagt, daß er acht Jahre in Kalifornien gelebt habe und daß er im Sommer dorthin zurückkehren werde. Sie konnte nicht glauben, daß er alles Erzählte nur erfunden habe, um vor ihr zu prahlen oder um sie zu necken.

Dennoch war sie einer Sache sicher: Ein Land Kalifornien gab es nicht auf dem Globus.

Zweites Kapitel

Oliver stand am Kamin und stützte seine Ellbogen auf den Sims. Er war vor zwanzig Minuten gekommen. Garnet beugte sich wieder über den Globus.

Sie hatten eine Zeitlang geschwiegen. Oliver war ganz zufrieden, nicht reden zu müssen. Er sah das Sonnenlicht auf Garnets blauschwarzem Haar und auf ihren rosigen Wangen spielen und freute sich an dem Anblick.

Garnet sah vom Globus auf und sah ihn an. »Darf ich etwas fragen, Mr. Hale?« sagte sie.

Er lachte; seine wilden, sandfarbenen Locken hingen ihm in die Stirn. Er war nun schon drei Monate in New York, aber die Präriesonne hatte seine Haut so tief gegerbt, daß seine Stirn immer noch erheblich dunkler war als sein Kinn. Er betrachtete sie so fröhlich und unbekümmert, wie er es in Gegenwart ihrer Eltern nie gewagt hätte. »Fragen Sie immerzu«, sagte er.

Zwischen Garnets Brauen stand eine Falte. »Haben Sie mich zum besten gehabt?« fragte sie. »Gibt es das Land Kalifornien, von dem Sie mir erzählten, wirklich?«

Jetzt runzelte auch er die Stirn. »Zum besten gehabt?« sagte er. »Was soll das heißen? Wie kommen Sie nur darauf? Ich wohne in Kalifornien.«

»Ja, das sagten Sie. Aber wenn es ein Land dieses Namens gibt, warum ist es dann nicht auf der Karte oder auf dem Globus verzeichnet?«

Die Falten verschwanden von seiner Stirn; er lachte sie an: »Ich sagte Ihnen, daß Kalifornien einer der am wenigsten bekannten Flekken der Erdoberfläche sei.«

»Aber wo liegt es?«

Er kam heran und legte einen seiner rauhen, verarbeiteten Finger auf den Globus. »Hier«, sagte er, einen Streifen an der pazifischen Küste bezeichnend. »Kalifornien ist keine selbständige Nation«, fuhr er fort; »es ist die nördlichste Provinz Mexikos.« Er folgte mit den Augen den Einzeichnungen und schüttelte den Kopf. »Die Küstenlinie ist falsch gezeichnet«, sagte er, »sie verläuft anders. Den Hafen von San Diego haben sie zu weit nach Norden verlegt, und die San Francisco Bay haben sie nur durch einen Einschnitt bezeichnet. In der Tat, es ist *alles* falsch.«

Sie machte eine ungeduldige Bewegung: »Das verstehe ich nicht. Warum wird es nicht richtig gemacht?«

Er zuckte die Achseln: »Vermutlich, weil sie es nicht besser wissen. Nur sehr wenige Amerikaner haben Kalifornien mit eigenen Augen gesehen.«

»Das scheint so«, sagte sie seufzend. »Wie ist es: Sie wollten mir etwas über den Präriehandel erzählen. Ich fürchte, der Globus wird mir nicht viel dabei helfen, aber ich will trotzdem versuchen, mit Ihnen Schritt zu halten. Bitte, erzählen Sie.«

»Was möchten Sie wissen?«

Garnet zog sich einen Stuhl heran und setzte sich vor den Globus. »Alles!« sagte sie. »Wie lange ziehen die Händler schon durch die Prärie?«

»Ich bin nicht ganz sicher. Seit zwanzig oder dreißig Jahren vermutlich.«

»Immer auf derselben Straße?«

Oliver setzte sich auf die Armlehne eines großen Sessels in ihrer Nähe und sah sie lächelnd an. Seine Gedanken waren nicht bei seinen Handelszügen, doch er antwortete bereitwillig.

»Da ist keine Straße, Miß Cameron«, sagte er. »Da sind nur Räderspuren. Zahllose Ochsenwagen haben sie Jahr um Jahr in die Erde gegraben, und die Sonne hat sie gehärtet; jetzt ist es, als wären sie in Stein geschnitten. Sie können der Spur meilenweit mit den Blicken folgen; aus der Ferne sieht sie aus wie eine endlose blaue Linie.«

Garnet atmete tief. Sie blickte auf den Globus hinab und wünschte sich sehr, die blaue Linie sehen zu können. Aber sie sah sie nicht. Oliver beobachtete sie lächelnd. Er sagte: »Ihr Haar glänzt wie die Flügel der Amseln. Wissen Sie das eigentlich?«

Garnet sah unverwandt auf den Globus. »Seien Sie nicht ebenso närrisch wie alle anderen«, sagte sie. »Reden Sie keine törichten Dinge über mein Aussehen. Ich weiß sehr gut, daß ich nicht schön bin.«

»Sind Sie das nicht?«

Sie beschäftigte sich weiter mit der Geographie Amerikas. Er glitt von der Armlehne des Sessels herunter und setzte sich auf den Fußboden, seine aufgestellten Knie mit den Händen umfassend. So konnte er ihr gerade in das herabgeneigte Gesicht sehen. Es zuckte um seine Mundwinkel.

»Sie haben wahrscheinlich recht«, sagte er; »jetzt, wo Sie mich darauf aufmerksam machten, möchte ich auch sagen: Sie sind nicht schön!« Er hob leicht die Schultern und ließ sie wieder fallen. »Mein liebes Mädchen«, lächelte er, »wie gut, daß Sie es nicht nötig haben, schön zu sein!«

Garnet fühlte, wie ihr das Blut ins Gesicht schoß; ihre roten Wangen färbten sich noch intensiver. »Ich weiß nicht, wovon Sie reden«, sagte sie abweisend.

»Vermutlich wollen Sie nicht verstehen«, sagte Oliver. »Ich versichere Ihnen, es ist dies das größte Kompliment, das ich jemals einem Mädchen gemacht habe.«

Garnet wußte nicht, was sie sagen sollte. Es ging ihr wie so oft bei ihm: seine Art zu reden verschlug ihr die Sprache. Sie fühlte, daß sein Blick auf ihr ruhte. Schließlich sagte sie, gespielt gleichgültig und ohne aufzusehen: »Sie wollen mir doch etwas über die Handelskarawanen erzählen.«

»Ja«, sagte Oliver, »das wollte ich. Wo war ich denn steckengeblieben?«

Garnet mußte lachen. »Sie hatten ja noch gar nicht angefangen. Wo starten die Wagen?«

»In Independence. Das ist eine Stadt in Missouri, die letzte vor der Grenze.«

Sie war froh, die Unterhaltung wieder auf neutrales Gebiet gelenkt zu haben; außerdem interessierte es sie wirklich, etwas aus diesen fremden, unbekannten Welten zu hören. Sie fragte: »Gehen die Händler alljährlich den ganzen Weg nach Kalifornien?«

»O nein, das können sie nicht. Es ist viel zu weit.«

»Aber Sie waren da?«

»Gewiß war ich da. Aber man kann die Reise hin und zurück nicht in einem Jahr machen. Es gibt da zwei Gruppen von Händlern. Die brechen in jedem Frühling auf beiden Seiten des Kontinents auf. In der Mitte treffen sie zusammen und tauschen ihre Waren aus. Dann geht jede Gruppe den Weg zurück, den sie kam.« Er biß sich leicht auf die Lippen. »Miß Cameron«, sagte er, »interessieren Sie diese Dinge denn wirklich?«

»Gewiß interessieren sie mich.« Zum erstenmal, seit er auf dem Fußboden saß, sah sie ihn an. Oliver schien amüsiert und ein wenig ungläubig. Garnet sagte: »Ich bin an allem interessiert, was ich nicht kenne.«

»Auch an Dreck und Sand und fluchenden Ochsenkerlen?«

»Was sind Ochsenkerle?«

»Das sind die Männer, die Ochsengespanne über die Santa-Fé-Spur treiben.«

Garnet seufzte. »Solange ich denken kann, hat man mir vorgehalten, daß ich anders als andere sei«, sagte sie. »Vielleicht stimmt es. Jedenfalls legte ich immer Wert darauf, die Dinge kennenzulernen, wie sie sind. Ich war immer an allem Wirklichen interessiert. – Und Sie?« Sie sah ihn an.

»Ja – ich!« sagte er und zuckte die Achseln.

»Sie sind der erste Mann, der mit mir wie ein Mensch sprach«, brach es aus ihr heraus. Sie lief tiefrot an und senkte den Kopf.

»Wahrhaftig«, lachte Oliver, »es geht mir nicht anders. Es gibt in New York so wenig vernünftige Wesen, daß auch ich glücklich bin, mit Ihnen wie mit einem Menschen reden zu können.«

Nun lachten sie beide. Oliver fand, daß es ganz besonders reizvoll sei, diese grauen, schwarzbewimperten Augen zornig aufleuchten zu sehen; er dachte, daß es eine große Freude für einen Mann sein müsse, dieses wunderbare Wesen aus dem Treibhaus New York herauszuführen, bevor es in dem hier herrschenden Dunst noch völlig ersticke und seine herrliche Unbefangenheit verlöre.

»Bitte, fahren Sie fort«, sagte Garnet. Oliver sah sie an, als wisse er gar nicht mehr, wovon er gesprochen habe. Aber das half ihm nichts; sie wiederholte: »Die Händler brechen gleichzeitig auf beiden Seiten des Kontinents auf und treffen sich in der Mitte.«

»Ja.« Er nahm den Faden auf. »Jedes Jahr im April bringen die Händler aus den Staaten ihre Waren nach Independence. Hier verladen sie die Güter in Planwagen. Jeder Händler hat seine eigenen Wagen, seine eigene Mannschaft, seine Packer, Maultiere, Ochsentreiber und Köche. Er führt seine Kolonne nun zu einem Sammelplatz in der Prärie; dieser Sammelpunkt wird Council Grove genannt. Hier werden nun die großen Karawanen gebildet.«

»Und bis zum Council Grove reisen alle Gruppen zusammen?«

»Nein. Es bilden sich einzelne Reisegesellschaften. Diejenigen, die zuerst im Council Grove ankamen, müssen es auch zuerst wieder verlassen. Natürlich kommt es vor, daß eine Gesellschaft die andere einholt, daß verschiedene Gruppen draußen in der Prärie zusammentreffen und dann die weitere Reise gemeinsam fortsetzen.«

»Wohin geht die Fahrt dann zunächst?«

»Nach Santa Fé. Das ist eine Stadt in einer mexikanischen Provinz, Neu-Mexiko genannt. Sie liegt an die achthundert Meilen westlich von Independence.«

Garnet nickte.

»Soweit verstehe ich. Bitte, fahren Sie fort.«

»Ja, sehen Sie: Während diese Händler nun auf dem Weg von Independence nach Santa Fé sind, trifft eine andere Kolonne in Santa Fé ein, um hier mit ihnen zusammenzutreffen.«

»Woher kommt diese Kolonne?«

»Aus Kalifornien. Und das ist nun die Gruppe, mit der ich gearbeitet habe. Jedes Jahr im April, während die Missourihändler ihre Waren in Planwagen packen, trifft unsere Gesellschaft in Kalifornien zusammen. Wir starten in einem kleinen Dorf, Los Angeles geheißen. Und zwar reisen wir nicht mit Planwagen, sondern verwenden Packmaulesel. Das ist nötig, weil wir äußerst steile Gebirgspässe überqueren müssen. Während nun die Planwagen aus Missouri westwärts ziehen, marschieren wir nach Osten. Im Hochsommer, um den ersten Juli herum, treffen wir in Santa Fé zusammen.«

»Ich habe gesehen, was Sie von New York nach Santa Fé bringen«, sagte Garnet, »Stoffe und Haushaltsartikel. Wenn Sie nun aber in entgegengesetzter Richtung reisen, von Kalifornien nach Santa Fé – was für Waren führen Sie da mit?«

»Maulesel. Tausende von Mauleseln. Die kalifornischen Maulesel sind die besten der Welt. Die Missourihändler kaufen sie und treiben sie ostwärts. Außerdem bringen wir Seide und Jade aus China und Gewürze von den Inseln der Südsee.«

Garnet starrte auf den Globus; sie sah die weite elfenbeinfarbige Fläche, auf der in Großbuchstaben GROSSE AMERIKANISCHE WÜSTE stand. – Seide und Jade und Gewürze, dachte sie. Sie hob ihre Augen und fragte: »Wie weit ist es von Kalifornien bis Santa Fé?«

»Ungefähr neunhundert Meilen.«

»Wie?« sagte sie. »Wollen Sie behaupten, daß Sie alljährlich zweimal neunhundert Meilen auf Mauleseln reiten?«

Oliver lachte: »Wir reiten tatsächlich über zwölfhundert Meilen auf jedem Weg. Im Vogelflug sind Los Angeles und Santa Fé neunhundert Meilen voneinander entfernt; auf dem Landwege muß man erhebliche Umwege machen. Unter anderem muß man einen Canyon umgehen.«

»Was ist ein Canyon?«

»Eine Erdspalte. Oder eine Bergschlucht, wenn Sie so wollen. Der Canyon des Colorado River, von dem ich hier spreche, ist einer der größten. Er muß umgangen werden.«

»Gibt es eine Straße von Los Angeles nach Santa Fé?«

»Nicht die Andeutung einer Straße. Nur die Spur, die wir im Kopf haben.«

»Eine namenlose Spur also?«

»Je nun, jedes Ding hat seinen Namen. Man sprach früher vom Großen spanischen Pfad. Spanische Forschungsreisende haben die Reise nämlich zum ersten Male gemacht. Wir nennen unsere Treckspur den Jubelpfad.«

»Wie sonderbar!« sagte Garnet. »Aber es klingt gut. Warum Jubelpfad?«

Ein schmales Lächeln überzog sein Gesicht. »Solche Reise ist ein hartes Stück Arbeit«, sagte er. »Jedesmal, wenn wir das Ende vor uns sehen, möchten wir jubeln.«

Garnet sah auf den Globus und suchte im Geist die langen, harten

Meilen des Karawanenzuges. Sie sagte: »Welch ein sonderbares Leben Sie sich erwählten! Wie war das: Beabsichtigten Sie von vornherein, da draußen in unbekannter Wildnis zu leben, als Sie Boston verließen?«

Er schüttelte den Kopf: »Wir hatten das durchaus nicht im Sinn. Wir wollten gar nicht nach Kalifornien. Wir hatten vor, bis Santa Fé zu gehen und dann mit den Männern aus Missouri zurückzukehren.«

»Wir? Von wem sprechen Sie noch?«

»Von meinem Bruder Charles. Seine Idee war es, nach dem Westen zu gehen.«

»Charles?« wiederholte sie. »Ich glaube, Sie erwähnten bisher nicht, daß Sie einen Bruder haben.«

»Tat ich das nicht?« Olivers Augen wandten sich von ihr ab – zum erstenmal, seit er mit ihr sprach. Sie wanderten quer durch das Zimmer zum Kamin hinüber. »Je nun«, sagte er langsam, »ich habe allerdings einen Bruder. Merkwürdig, daß ich bisher nicht von ihm sprach. Charles ist zehn Jahre älter als ich.«

Garnet lächelte: »Warum nennen Sie ihn nicht Charlie?«

»Wen? Charles? Wahrhaftig, das wäre mir nie in den Sinn gekommen.« Er sah noch immer ins Feuer. »Charles gehört kaum zu der Sorte Männer, die man geneigt ist mit Kosenamen zu rufen.«

»Oh«, sagte sie, »ist er zu würdevoll dazu?«

»Vielleicht«, sagte er, »vielleicht ist das der richtige Ausdruck: würdevoll!«

»Wie kam es, daß Ihr Bruder etwas von Kalifornien wußte?«

Oliver wandte ihr wieder sein Gesicht zu. »Oh«, sagte er, »von Kalifornien hatten wir schon früher gehört. Unsere Eltern starben, als ich noch ein Kind war; wir wuchsen dann bei meinem Onkel auf. Der leitete eine Schiffahrtsgesellschaft. In Boston werden viele Schiffe für den Westhandel beladen, die fahren nach Kalifornien, rund ums Kap Hoorn herum. Auch Überlandwagen nach Santa Fé werden dort ausgerüstet. Charles arbeitete bei der Schiffahrtsgesellschaft meines Onkels. Er ist ehrgeizig; das war er schon immer. Eines Tages kam er zu mir, während ich noch in Harvard studierte, und schlug mir vor, das College zu verlassen und zusammen mit ihm in den Santa-Fé-Handel einzutreten.«

»Und Sie verließen sofort das College?«

»Sogleich«, sagte Oliver. »Ich glaube, ich habe einen Freudenschrei ausgestoßen. Die Gelehrsamkeit liegt mir nicht. Wir nahmen Charles' Ersparnisse und rüsteten ein paar Wagen aus. Charles gehört zu den Leuten, die immer Ersparnisse haben. In Santa Fé trafen wir mit den Händlern zusammen, die aus Kalifornien kamen. Sie erzählten uns, daß der Handel jenseits des Missouri River profitabler sei. Deshalb beschlossen wir, nach Kalifornien zu gehen.«

»Und –«, sagte Garnet, »als Sie dort ankamen – in Kalifornien –, da gefiel Ihnen das Land, und Sie blieben?«

Er nickte bestätigend. »Ja, wir blieben. Ich bin noch immer im Handelsgeschäft, ich bin eine ziemlich ruhelose Seele und habe nicht viel Neigung, mich irgendwo niederzulassen. Charles ist anders. Er hat sich seßhaft gemacht. Wir haben eine Ranch in der Nähe von Los Angeles, die er verwaltet.«

»Was ist eine Ranch?«

»So etwas wie eine Farm. Nur, es wird da weniger angepflanzt. Hauptsache ist die Viehzucht. Das ist sehr wichtig wegen des Handels mit Häuten. Jedes Jahr werden Tausende und aber Tausende von Häuten und Fellen in Kalifornien verschifft.«

»Zu welchem Zweck? Was tut man damit?«

»Man verarbeitet sie zu Leder.« Oliver wies auf seine Schuhe. »Das Leder fast sämtlicher Schuhe, die in den Staaten angefertigt werden, stammt aus Kalifornien«, sagte er.

Garnet zog ihren Rock ein wenig von den Füßen zurück. Sie trug schwarze Pumps aus Ziegenleder, die mit Bändern um die Knöchel befestigt waren. »Wie?« sagte sie erstaunt. »Wollen Sie sagen, daß die Schuhe, die ich trage, aus Kalifornien stammen?«

Er lachte sie an; er freute sich der Gelegenheit, ihre zierlichen Fußgelenke bewundern zu dürfen. Garnet gewahrte seinen Blick und ließ ihren Rock fallen, aber die Sache interessierte sie zu sehr; sie überwand schnell die leichte Verlegenheit. »Bringen Sie die Häute auf dem Überlandpfad?« fragte sie.

»Nein«, antwortete er, »Häute lassen sich schlecht auf Mauleseln transportieren. Die Yankeeschiffe aus Boston nehmen sie am Pazifik an Bord. Hier bekommen wir auch unsere Chinawaren, die wir nach Santa Fé mitnehmen.«

Garnet hatte das Gefühl einer Verzauberung. Zwischen ihnen glimmte ein heimlicher Funke. Oliver erschien dem Mädchen in einer Art märchenhaften Lichtes. Es war ihr, als habe er selbst allerlei Wunderwaren an fernen, wunderbaren Orten gesammelt und zusammengetragen. Im Kamin war ein kleines, feines Geräusch. Die zerglühenden Kohlenreste fielen durch den Rost. Es hörte sich an wie ein Seufzer. Garnet erinnerte sich, daß die Mutter ihr aufgetragen hatte, auf das Feuer zu achten. Aber sie konnte sich jetzt nicht entschließen, das Gespräch zu unterbrechen. Sie sagte: »Was für eine Art Leute wohnt in Kalifornien?«

Oliver sah die blauen Lichter in ihrem Haar; er starrte verzückt darauf, während er antwortete:

»Mexikaner. Nur, sie haben es nicht gern, wenn man sie so nennt. Sie wollen Kalifornier genannt werden. Dann gibt es da ein paar hundert Fremde wie Charles und mich, meist Amerikaner.«

»Und Indianer? Sicher gibt es auch Indianer dort?«

Er zuckte die Achseln: »Es gibt da so eine Art zweibeiniger Tiere. Sie Indianer zu nennen, hieße Navajos und Sioux und alle übrigen roten Völkerschaften beleidigen. Wir nennen sie in der Regel Digger.«

»Und die Mexikaner – oder Kalifornier –, wie sind sie dorthin gekommen?«

»Vermutlich sind sie Nachkommen einiger spanischer Kolonisten, die die spanische Regierung vor rund achtzig Jahren von Mexiko heraufgeschickt hatte. Aber das spanische Empire stirbt. Die Kolonisten wurden zusammen mit einigen Priestern hinaufgeschickt, um die Digger zu bekehren; dann wurden sie wahrscheinlich vergessen. Später, als Mexiko seine Unabhängigkeit von Spanien erlangt hatte, schickten die Mexikaner Gouverneure nach Kalifornien. Aber Kalifornien ist so weit aus der Welt und so schwer zu erreichen, daß Mexiko ihm kaum Aufmerksamkeit schenkte. Die Leute, die einmal da waren, lebten weiter, wie sie begonnen hatten. Kalifornien ist ein nahezu unbevölkertes Land. Es umfaßt ein ungeheures Gebiet; es ist größer als New York und New England und Ohio zusammen, und doch ist es von einem Ende bis zum anderen nur von etwa sechstausend weißen oder wenigstens teilweise weißen Menschen bewohnt. Die Digger – ich weiß nicht, wieviel ihrer sind – sterben aus. Oh, Miß Cameron, Sie können dort reiten von der Morgenbis zur Abenddämmerung, ohne einer einzigen Menschenseele zu begegnen.«

Garnet hatte zeit ihres Lebens an bevölkerten Orten gelebt. Sie vermochte sich eine so ungeheure Leere nur schwer vorzustellen. »Und –«, sagte sie leise, »das Land – wie sieht es aus? Wie ist es beschaffen?«

Oliver wandte den Kopf dem Fenster zu und sah in die Sonne hinaus, deren Strahlen auf den vereisten Bäumen am Union Square glitzerten. Er führte seine Gedanken von New York nach Kalifornien zurück. Langsam, beinahe andächtig sagte er:

»Es ist ein – wundervolles Land, Miß Cameron. Es ist schön auf eine seltsame Art, die schwer zu beschreiben ist. Menschen, die niemals dort waren, kann man kaum einen wirklichen Eindruck vermitteln. Da gibt es Berge und Schluchten und Wüsten; meilenweite Strecken, die Blumenteppichen gleichen. Riesige Viehherden grasen an den Abhängen. Es gibt große, ausgedehnte Ranchos und kleine, verstreut liegende Dörfer. Überall aber ist Weite und Leere und Größe. Alles dort ist groß. Gemessen an den kalifornischen Bergen mögen die Adirondacks wie kleine Pickel auf dem Antlitz der Erde erscheinen.«

Garnet ließ ihren Blick durch das Zimmer gleiten. Seine ruhige Behaglichkeit erschien ihr mit einem Male eng und muffig und dumpf. »Wie erscheint Ihnen New York, nachdem Sie Kalifornien sahen?« fragte sie still.

Sein Lachen klang ein wenig rauh; ein Verlegenheitslachen. »Klein«, sagte er, »klein, Miß Cameron. Ich weiß, das klingt närrisch, dennoch ist es wahr. Man kommt sich vor wie ein Mann, der in einem Spielzeugdorf für Kinder umherirrt.« Er strich die widerspenstige Locke aus der Stirn. »Alle Dinge hier sind so lächerlich eng zusammengerückt«, fuhr er fort. »Mir kommt es immer vor, als sei nirgends Raum zum Atmen; zuweilen habe ich das Gefühl, ersticken zu müssen. Dann wieder meine ich, ich müsse jeden Augenblick mit jemand zusammenstoßen. Es ist schwer zu sagen.«

Die Kohlenreste im Kamin raschelten und seufzten wieder. Garnet stand auf und ging quer durch den Raum. Sie beugte sich zum Feuer nieder und fragte: »Wann – gehen Sie zurück?«

Er schien einen Augenblick zu zögern, dann sagte er: »In etwa sechs Wochen verlasse ich New York.«

»Das wäre also im März«, sagte Garnet.

»Ja, im März. Ich werde die Waren, die ich hier kaufte, verpacken und nach New Orleans schicken. Von New Orleans bringe ich sie dann den Mississippi hinauf nach Independence.«

»Und dann nach Santa Fé?«

»Ja. Ich habe in Los Angeles einen Partner sitzen, einen Amerikaner namens John Ives. Er wird unsere Waren von Kalifornien nach Santa Fé bringen. Wir gehen dann gemeinsam mit der Mauleselkolonne nach Kalifornien zurück.«

Garnet langte mit der Feuerzange nach dem Kohleneimer. »Lassen

Sie mich das tun«, sagte Oliver. Er sprang auf die Füße, kam heran und nahm ihr die Zange aus der Hand.

»Ist das nicht eine sehr gefährliche Reise?« fragte Garnet. »Gibt es da nicht Indianer in der Prärie, Kannibalen und was weiß ich für Greuel?«

»Indianer gibt es natürlich. Daß sich Kannibalen darunter befinden, glaube ich kaum. Sicher ist eine solche Reise nicht ungefährlich, aber wir sind recht gut bewaffnet. Die Karawanen kommen immer durch.«

Garnet hatte das sonderbare Gefühl, ihre Kehle verenge sich. Als Oliver die Kohlenzange aus der Hand legte, rief sie im Banne eines impulsiven Gefühls: »Oh, ich beneide Sie!«

»Tun Sie das, Garnet?« sagte Oliver und sah sie an. Es war das erste Mal, daß er sie beim Vornamen nannte; sie schien es gar nicht bemerkt zu haben.

»Begreifen Sie das denn nicht?« rief sie. »Sie gehen in ein großes, fremdes, wunderbares Land, schön und voll erregender Abenteuer; währenddessen tue ich die gleichen Dinge, die alle Leute hierzulande tun. Ich übe Musikstücke, kaufe Kleider bei Stewart und besuche Schauspiele im Parktheater. Und im Sommer, wenn Sie auf dem Zug nach Westen sind, bin ich in Rockaway Beach.«

»Gehen Sie jeden Sommer nach Rockaway Beach?«

»Nein, wir gehen nach verschiedenen Orten, aber sie gleichen einander wie ein Ei dem anderen. Mutter redete davon, daß wir im nächsten Jahr nach Europa fahren könnten.«

»Und – interessiert Sie das nicht?« fragte Oliver.

»Aber ja, es interessiert mich schon, auf eine Art jedenfalls, nur . . .« Sie hielt inne.

»Fahren Sie doch fort, Garnet«, sagte er, »erzählen Sie.«

Alle Gedanken, die sie so lange im Kopfe bewegt hatte, sprudelten nun über ihre Lippen:

»Ich habe nie und zu niemandem so gesprochen wie jetzt. Aber Sie werden es verstehen; Sie werden wissen, was ich meine. Europa – was wäre da schon für ein Unterschied? Wir gehören zu den Menschen, die ihre Welt mit sich führen, wohin immer sie gehen. Das erste Hotel einer Stadt gleicht dem ersten Hotel einer anderen Stadt. Nette Leute sind hier wie dort nette Leute. Begreifen Sie, was ich sagen will?«

Oliver ergriff ihre beiden Hände und hielt sie fest. »Garnet«, sagte er, »was möchten Sie denn tun?«

Sie sah zu ihm auf. Sie dachte, daß es ungehörig sei, einem Mann zu gestatten, ihre Hände so lange und auf solche Weise zu halten. Aber er flirtete ja nicht. Er lächelte still und ruhig; ein sonderbarer Ernst war in diesem Lächeln. Sie sagte:

»Ich möchte erfahren, was in der Welt vor sich geht! Ich möchte wissen, wie die Menschen beschaffen sind, die anders sind als ich. Es gibt so viele Arten von Menschen, und ich weiß nichts von ihnen. Ich begegne ihnen auf der Straße und gehe an ihnen vorüber. Ich frage mich: was sie tun, wie sie leben, was sie denken, womit sie sich beschäftigen, auf welche Weise sie sich vergnügen. Ich möchte die Theater, die Restaurants und überhaupt alle Stätten kennenlernen, die zu besuchen mir nicht erlaubt sind. Ich mag das Parktheater nicht mehr sehen. Ich möchte in den ›Schmuckkasten‹ gehen.«

Das Wort war ihr entschlüpft; sie biß sich auf die Unterlippe. Aber Oliver schien nicht schockiert, er schien nur verwirrt.

»Der ›Schmuckkasten‹?« sagte er. »Was ist das?«

»Das ist ein Varieté-Theater am Broadway in der Nähe des Parks. Wollen Sie sagen, Sie wären noch nicht dort gewesen?«

Er schüttelte den Kopf. »Nein«, sagte er, »ich war nicht dort. Aber jetzt, wo Sie davon sprechen, glaube ich, es von außen gesehen zu haben. Da ist ein großes Schild mit Blumen und Kupidos und ähnlichem Zeug. Meinen Sie das?«

In Garnets Lachen klang etwas wie Verbitterung. Sie sagte: »Das ist der Unterschied zwischen uns. Sie können jederzeit dorthin gehen, wenn es Ihnen gefällt. Und weil Sie das können, bemerken Sie es kaum. Ich aber kann nicht hingehen, deshalb sterbe ich fast vor Neugierde.«

»Aber was ist denn da Böses dabei?« fragte Oliver verblüfft. »Warum können Sie nicht dorthin gehen?«

Sie zuckte die Achseln: »Ich weiß es nicht. Es ist eben so. Wenn wir abends dort vorbeifahren, sehe ich jedesmal eine Menge Menschen, die hineingehen; auch viele gutgekleidete Menschen. Aber niemals erwähnt jemand aus meiner Umgebung den ›Schmuckkasten‹, wenigstens nicht, wenn ich in der Nähe bin.«

»Ja, du lieber Gott!« sagte Oliver. »Was will man denn aus Ihnen machen? Will man Sie in rosa Seidenpapier wickeln und selbst in einen Schmuckkasten sperren?«

»Ja«, stöhnte Garnet, »so ähnlich erscheint es mir wirklich manchmal.«

Er lachte ein wenig spöttisch. »Warum sagen Sie nicht einfach:

Ich möchte in den ›Schmuckkasten‹ gehen? Nur um zu hören, was man dazu sagt.«

Garnet sah zu Boden; es zuckte um ihre Mundwinkel. »Ich tat es.«

»Und – was geschah?«

»Sie werden mich nicht verklatschen?«

»Aber gewiß nicht. Was denken Sie!«

Sie sah auf. »Nun ja, da war ein junger Mann namens Henry Trellen. Ich ging eines Tages mit ihm den Broadway hinauf. Als wir am ›Schmuckkasten‹ vorbeikamen, sah ich wie von ungefähr zu dem Schild hinauf und sagte so unschuldig wie möglich: ›Dort war ich noch nie.‹«

»Und – Mister Trellen – was erwiderte er?«

»Er sagte« – Garnet verzog ihr Gesicht zu einer gespreizten Grimasse –, »er sagte: ›Ich bin überzeugt, Miß Cameron, die in diesem Etablissement gebotene Art der Unterhaltung würde Sie weder amüsieren noch belehren.‹«

»O du heilige Einfalt!« rief Oliver. »Haben Sie dem Narren wenigstens in sein dummes Gesicht geschlagen?«

Sie seufzte: »Ich hatte wahrhaftig das Gefühl, ich müsse es tun. Aber das ging ja natürlich nicht. Und so senkte ich denn nur meine Augen und sagte: ›Bitte verzeihen Sie mir, Mr. Trellen, man sagte mir nicht, daß der ›Schmuckkasten‹ kein passender Ort für mich sei.‹ Darauf versetzte er: ›Ich dachte mir, daß Sie das nicht wußten. Ich hätte mir auch nicht vorstellen können, daß Sie absichtlich unpassende Möglichkeiten erwögen.‹«

Oliver lachte, von ihrer Darstellung gepackt und von ihrem Wesen bezaubert. Garnet aber verschwieg, daß sie bald nach jener Unterredung einen sehr förmlichen Brief von Mr. Trellen erhalten hatte, mit dem er ihr sein Herz, seine Hand und sein Vermögen zu Füßen legte. Eine junge Dame pflegte über ihre Heiratsanträge nicht zu sprechen. Indessen sagte sie:

»Mr. Henry Trellen verkörpert die Art von jungen Männern, an deren Umgang ich gewöhnt bin. Nun ahnen Sie vielleicht, warum ich froh war, Sie kennengelernt zu haben.«

»Soll ich Sie in den ›Schmuckkasten‹ führen?« fragte Oliver.

»Man würde es Ihnen schwerlich erlauben.«

»Wir könnten sagen, daß wir zu einem Konzert gingen.«

Sie schüttelte den Kopf. »Das würde ich nicht tun. Nein«, fuhr sie fort, »die Sache ist nicht wichtig.« Sie gab sich Mühe, ihm zu erklären, was sie meinte. »Der ›Schmuckkasten‹ selbst ist nicht wichtig«, sagte sie. »Ich erwähne ihn auch nur, weil er mich jedesmal, wenn ich vorbeigehe, daran erinnert, daß es Dinge gibt, die zu tun mir verboten sind. Dinge, die jungen Damen ferngehalten werden. Vielleicht sind es nicht einmal interessante Dinge. Vielleicht würde ich den ›Schmuckkasten‹ gar nicht mögen und würde gar nicht wünschen, ein zweites Mal hinzugehen. Aber ich möchte wissen, was man mir vorenthält. Ich möchte mir meine eigene Meinung bilden – verstehen Sie das? Ich will sagen: wenn man mir etwa erlaubte, den ›Schmuckkasten‹ zu besuchen, jederzeit, wann immer ich Lust dazu hätte – ich glaube, das reichte mir schon. Ich hätte dann das Gefühl – je nun, das Gefühl, aus dem rosa Seidenpapier herausgewickelt zu sein.«

Oliver lachte sie an. Es war ein gutes, warmes Lachen; er war weit entfernt davon, sich über sie zu belustigen. Garnet aber hatte nie zuvor so zu einem anderen Menschen gesprochen. Ihr war zumute, als sei in ihrem Inneren ein Knoten gelöst worden. Plötzlich wurde ihr bewußt, daß Oliver während der ganzen Zeit ihre Hände gehalten hatte. Sonderbarerweise schien ihr das ganz in der Ordnung, sie machte keinen Versuch, sich aus seinem Griff zu befreien.

Dann war plötzlich eine atmende Stille zwischen ihnen. Ihre Augen begegneten sich. Oliver lachte nicht mehr. Seine Augen strahlten keinen Mutwillen aus; sie waren ganz ernst und hatten einen warmen Schimmer, und seine Hände hielten die ihren so fest, daß es sie fast schmerzte. Dann sagte er leise mit weicher, gänzlich veränderter Stimme: »Garnet – warum kommen Sie nicht mit mir?«

Garnet fühlte ein heimliches Beben; es durchlief ihren ganzen Körper; sie zitterte. Oliver sagte:

»Mein liebes Mädchen – komm mit mir! Ich bitte dich!«

Garnets Lippen öffneten sich. Das erregende Gefühl, das heimliche Beben und Brennen hatte ihre Kehle erreicht; die Stimme versagte ihr fast, als sie sprechen wollte. Sie keuchte:

»Oliver – was sagst du da? Willst du – willst du –?«

»Ja«, sagte Oliver, und nun klang seine Stimme ruhig und fest, »ich frage dich, ob du mich heiraten willst. Ich habe bisher nie einen derartigen Wunsch gehabt. Ich habe nie daran gedacht, daß mir ein solcher Wunsch kommen könnte. Aber nun ist er da, ganz plötzlich; unwiderstehlich und unwiderruflich. Ich möchte dich heiraten.«

Alles Licht der Welt schien sich vor ihren Augen versammelt zu haben. In dem strahlenden, flirrenden Glanz sah sie dicht vor sich

Oliver stehen, mit seinen breiten Schultern, mit seiner sonnenverbrannten Stirn und seinem zerzausten Haar. Und hinter ihm tat sich die Weite auf, die Fahrt in das goldene, verheißende Land. Sie sagte, und ihre Stimme zitterte vor mühsam unterdrückter Erregung: »Du – willst – – mich heiraten? Du – willst mich – mitnehmen – nach Kalifornien?«

Er sah in ihre weit offenen Augen. »Würdest du denn mit mir nach Kalifornien gehen? Garnet – würdest du das wirklich?«

»Ob ich – nach Kalifornien –?« Sie konnte nichts mehr sagen, ihr Atem stockte. Oliver fuhr fort, schnell, fast hastig:

»Garnet – es wird eine harte Reise. Ich habe kein Recht, dir dergleichen zuzumuten. Vielleicht sollte ich jetzt sagen: ich verlasse die Kolonne und lasse mich in irgendeiner Stadt nieder, in Boston oder in New York. Aber ich kann das nicht. Ich habe einen Auftrag übernommen und muß ihn durchführen. Mein Bruder erwartet mich, und auch mein Partner John Ives ist auf meine Rückkehr in diesem Jahr angewiesen. Ich kann ihm nicht einmal schreiben, es gibt da keine Post. Ich kann das begonnene Geschäft nicht abwickeln, ohne selber dabeizusein. Aber wir können in diesem Sommer nach Kalifornien gehen, und im nächsten Sommer können wir zurückkommen, um dann für immer hierzubleiben. Wir können in New York wohnen oder in Boston oder wo immer du willst.«

Garnet versuchte ihren Atem zu zügeln; sie konnte nicht sprechen. Oliver dachte, sie zögere und bedenke die Schwierigkeiten; er zog sie enger an sich heran.

»Ich bin ein Narr, Garnet«, flüsterte er. »Du hast ja überhaupt noch nicht gesagt, ob du mich heiraten willst.«

Sie sah ihn an, ihre Lippen bebten; als sie schließlich zu sprechen vermochte, wunderte sie sich über den Klang ihrer eigenen Stimme. »O Oliver«, sagte sie, »ich will! Ja, ich will!«

»Du!« Er umfaßte sie. »Jetzt?« stieß er heraus; seine Stimme bekam einen heiseren Klang. »Jetzt, Mädchen? Bevor ich nach Kalifornien gehe? Oder kommst du doch mit? O Garnet!« Die Erregung schnürte auch ihm fast die Kehle zusammen. Er keuchte: »Ich sollte dir sagen: Warte auf mich! Aber ich kann das nicht sagen, Garnet, verstehst du das? Es würden an die zwei Jahre vergehen, bis ich wieder in den Staaten sein könnte – und das – o Mädchen, Mädchen! Jetzt, nachdem ich dich gefunden habe, kann ich das nicht. Ich kann so lange nicht warten. Ich kann nicht mehr zwei lange Jahre ohne dich sein.«

Garnet schüttelte mit einer beinahe wilden Gebärde den Kopf. »Nein«, sagte sie, »nein. Du sollst nicht warten. Ich bitte dich: Nimm mich mit!«

Er sah sie unverwandt an. Alle Bedenken stiegen wieder jäh in ihm hoch. »Überlege es«, sagte er, »es ist eine harte Reise, es kann leicht eine schreckliche Reise werden. Bis Santa Fé ist es leicht, aber von da ab – der Weg führt durch Wüsten und Einöden, über steile Berge, durch wilde, gefährliche Schluchten; wir schlafen auf Büffelfellen. Du würdest mit seltsamen, rauhen Männern reisen müssen, du würdest Frauen erleben, wie du sie niemals sahst. Wir leben im Freien, wir essen merkwürdige Gerichte, wir – Garnet, bedenke: es wäre ein Leben, wie du es nie zuvor lebtest. Blühtest du nicht offensichtlich vor Gesundheit, ich könnte es niemals wagen, daran zu denken, dich allem dem auszusetzen. Aber, o Garnet, willst du? Willst du wirklich?«

Seine Worte schienen Musikperlen. Sie hingen in der Luft und glitzerten. Sie lachte ihn an.

»O Oliver«, sagte sie, »wirst du jemals verstehen, was das alles für mich bedeutet? Weißt du nicht, daß jedes Wort, das du dagegen sagst, nur meinen Wunsch steigert, dich zu begleiten? Weißt du, daß du Bilder vor mir entwirfst, wie ich sie Tag für Tag vor mir sah, als ich in Miß Wayne's Institute für junge Damen lernte, mich gesittet zu benehmen? Ja, ich will mit dir gehen. Ich werde merkwürdige Gerichte essen, ich werde auf Büffelfellen schlafen, und das alles wird wunderbar sein. O Oliver, nimm mich mit nach Kalifornien!«

Oliver zog sie sacht in die Arme und küßte sie. Er hielt sie so dicht an sich gepreßt, daß sie dachte, er würde ihr die Rippen zerquetschen. Es war wundervoll. Oliver war großartig. Die ganze Welt war plötzlich so wunderbar, wie sie sie sich oft in ihren Träumen gewünscht hatte. Sie würde über den Jubelpfad nach Kalifornien ziehen.

Drittes Kapitel

Garnet und Oliver wurden im März getraut.

Vorher hatte es Kummer und Tränen gegeben. Die Mutter hatte geweint, und der Vater hatte sich ernster gezeigt, als Garnet ihn jemals in ihrem Leben sah. Beide mochten Oliver gern; indessen fanden sie, Garnet kenne ihn noch nicht lange genug, und auch sie selbst wüßten noch zu wenig von ihm.

»Ich kenne ihn«, sagte Garnet. »Ich liebe ihn, und er liebt mich auch. Versteht ihr nicht, wie das ist? Liebtet ihr euch nicht, als ihr heiratetet?«

Das war ein starkes, ein unwiderlegliches Argument. Garnets Eltern hatten sich sehr geliebt und liebten sich noch. Und doch hatten damals alle Leute gesagt, Garnets Mutter würfe sich weg.

Pauline Cameron war eine geborene Delacroix. Die Vorfahren ihres Vaters waren französische Hugenotten gewesen, die ihrer Mutter englische Pioniere. Ihre Familie war so alt, so stolz und so angesehen wie irgendeine in New York. Horace Cameron war der Sohn eines obskuren presbyterianischen Pastors aus einer kleinen Stadt in den oberen Staaten. Als er nach New York kam, besaß er nichts außer seinem Kopf und seinen Händen. Zur Zeit, da Pauline Delacroix ihm begegnete, war er ein kleiner, schlechtbezahlter Bankangestellter. Pauline aber hatte viele Bewerber. Jeder außer ihr selbst fand, daß sie eine ganz andere Partie hätte machen können.

Aber Pauline liebte Horace Cameron. Es war ihr nicht leicht geworden, die Einwilligung ihrer Eltern zu ihrer Heirat mit ihm zu erlangen. Sie hatte einen heftigen Kampf ausfechten müssen, der über ein Jahr währte. Schließlich gaben die Eltern nach, aber die Mutter weinte, und der Vater war so erbittert, daß er Mühe hatte, den Hochzeitsgästen gegenüber die äußere Höflichkeit zu wahren.

Sie hatten ihr Eheleben in einem winzigen Häuschen mit nur einer Bedienung begonnen. Aber Pauline hatte es Spaß gemacht, sparsam mit Horaces Geld umzugehen. Sie brachte dann ihr erstes Kind zur Welt, ohne viel Aufhebens davon zu machen. Und sie wurde so glücklich mit Mann und Kind, daß ihre Eltern sich schließlich mit dem unwillkommenen Schwiegersohn aussöhnten. Da das Kind ein Mädchen und im Januar geboren war, bewies Mr. Delacroix die Wandlung seiner Gesinnung dadurch, daß er der kleinen Enkelin eine Schmuckgarnitur aus Granat, dem Januar-Geburtsstein, schenkte; Pauline aber nannte das Töchterchen nach eben diesem Stein Garnet. Horace und Pauline Cameron waren ihrem innersten Wesen nach konservativ; und abgesehen davon, daß sie ihr gemeinsames Leben ertrotzten, hatten sie nie etwas getan, was die Kritik anderer Leute herausgefordert haben könnte. Sie führten von Anbeginn eine gute Ehe. Horace hatte sich geschäftlich schnell hochgearbeitet, sie hatten ihre drei Kinder und ihr Haus am Union Square, und nichts hatte Erregung und Unruhe in ihr Leben gebracht bis zu dem Tage, da Garnet erklärte, mit einem fremden jungen Mann bis ans Ende der Welt gehen zu wollen.

Sie waren erschrocken und ratlos. Aber Garnet sagte, sie liebe diesen Mann. Sie zeigte sich fest entschlossen und war durch nichts zu erschüttern. Und die Eltern erinnerten sich recht gut daran, was es heißt, sich entschlossen zu haben, wenn man sich liebt.

»Es ist einmal so«, sagte der Vater schließlich. »Wenn sie ihn liebt, soll sie ihn auch heiraten. Aber muß sie deshalb diese entsetzliche Reise machen? Muß Oliver noch einmal nach Kalifornien zurück, so kann er schließlich auch allein reisen.«

Garnet protestierte heftig, und Oliver lachte über Mr. Camerons Befürchtungen. War Garnet nicht ein gesundes, kräftiges Mädchen? Er wollte nicht mehr zwei Jahre auf sie warten; er wollte sie mitnehmen, und sie wollte ja auch mit. Ja, wenn sie selbst nicht mitwollte – aber sie wollte ja; sie gehörte zu den Mädchen, die sich vor Gefahren und Unbequemlichkeiten nicht fürchten, und eben deshalb liebte er sie.

Eines Tages – die Dinge mußten nunmehr entschieden werden – ging Mr. Cameron mit seiner Tochter beiseite. Er legte ihr die Hände auf die Schultern und sah ihr gerade in die leuchtenden Augen.

»Du liebst ihn sehr, Garnet?« fragte er ernst.

»Ja, Vater«, sagte sie ruhig.

»Du bist deines Herzens ganz sicher?«

»Ganz sicher, Vater. Was denkst du denn?«

Er lächelte ein bißchen hilflos. »Ich frage mich«, sagte er, »ob du Oliver liebst oder – Kalifornien.«

»Vater – was fällt dir ein! Ich würde ihn auch heiraten, wenn er mit mir nach Smolensk ginge.«

»Das denke ich mir«, sagte Mr. Cameron, »aber würdest du ihn auch heiraten, wenn er dich nur in das Haus nebenan führte?«

»Ich weiß nicht, wovon du sprichst.« Garnet sah ihn unverwandt an. »Ich liebe ihn, Vater. Und ich weiß, was ich sage. Ich hätte ja oft heiraten können, Gelegenheit dazu hatte ich genug. Aber ich liebte keinen der Männer, die mich haben wollten. Ich hatte keine zwei Minuten nötig, um das sicher zu wissen. Aber ich liebe Oliver.« Tränen traten in ihre Augen. »Verstehst du das denn nicht?« sagte sie.

Er verstand es. Er verstand es sehr gut. Aber er fragte weiter: »Willst du nicht warten, bis er im nächsten Jahr wiederkommt?« Garnet schüttelte heftig den Kopf.

Horace Cameron atmete einmal lang und schwer. Er hatte nie in seinem Leben gewünscht, an das Ende der Welt zu gehen. Er hatte alles, was er wollte: eine bezaubernde Frau, sein Heim, seine angesehene Stellung bei der Bank und die ruhige Sicherheit eines wohlgeordneten Lebens. Auch Pauline hatte, was sie wollte; hundertmal und öfter hatte er gehört, daß sie sich selbst eine glückliche Frau nannte. – Was steckte in Garnet? Wieso zog es sie zu so ganz anderen Dingen? Ich verstehe es nicht, dachte er. Aber während er noch darüber nachdachte, wußte er, daß er es sehr wohl verstand.

Er gedachte der Menschen, die vor ihm und Pauline da waren. Sie waren ihm keine sehr lebendige Vorstellung, nicht viel mehr als Reihen von Namen in vergilbten Familienbibeln oder bemooste Grabsteine auf alten Friedhöfen. Und doch waren sie alle einmal lebendige Menschen gewesen: Hugenotten, schottische Freikirchler und englische Piraten, welche die Küste der amerikanischen Kolonien unsicher machten, bis sie alt und tugendhaft wurden und sich friedlich niederließen. Sie waren seinerzeit in die Wildnis gezogen, um das Wort Gottes auszubreiten oder um ihrem eigenen Leben neue Möglichkeiten zu erschließen. Heute wurden sie als Helden gefeiert. Horace hatte sich oft gefragt, ob Leute, die nach ihrem Tode Helden genannt wurden, zu ihren Lebzeiten nicht vielleicht große Nichtsnutze gewesen seien.

All diesen Menschen aber war etwas eigentümlich gewesen. Sie hatten über Kraft, Trotz und Wagemut verfügt. Es mochte wohl sein, daß Eigenschaften dieser Art durch die Generationen weiterwirkten. Daß sie zeitweise schliefen, wie bei ihm und Pauline, um dann wieder in einer neuen Generation aufzuleben. Amerikaner waren so, sie wären anders keine Amerikaner geworden. Ihre Vorfahren wären in Ruhe und Sicherheit zu Hause geblieben. Horace und Pauline hatten ihr eigenes Leben gelebt, sie hatten nicht gewußt, was in ihnen lag; nun brach das alte Erbe wieder auf und forderte die Tochter von ihnen.

Garnet wußte nicht, woran ihr Vater dachte; sie wurde unruhig über seinem Blick. Schließlich fragte sie leise:

»Wirst du mich gehen lassen?«

»Ja«, sagte er da, »ich werde dich gehen lassen, Garnet.«

Da überkam es sie, es brach in ihr auf, sie wußte nicht, woher;

Tränen stürzten ihr aus den Augen. Er legte ihr sacht den Arm um den Hals, und sie barg den Kopf an seiner Schulter. Er führte sie zu einem Sessel und setzte sich neben sie auf die Lehne. Während er ihre Hände hielt, sagte er ihr, woran er gedacht habe. Garnet hörte ihm zu, erstaunt, fast ein wenig befremdet. Schließlich sagte sie: »Glaubst du, ich hätte etwas davon mitbekommen? Aber du hast es auch nicht.«

»Ich fürchte: nein, Garnet«, sagte er.

»Doch.« Sie sah in an und lächelte. »Du hast es in dir. Hättest du es nicht, würdest du mich jetzt nicht verstehen. Du bist wundervoll, Vater. Ich liebe dich sehr!«

Es gab eine lange Pause. Dann sagte der Vater: »Geh nun in dein Zimmer, Garnet. Ich will mit deiner Mutter sprechen.«

Als Garnet die Treppen hinaufstieg, fühlte sie den schnellen und harten Schlag ihres Herzens. Vater hatte ja gesagt! Ihr Zimmer war warm und anheimelnd. Die Vorhänge vor den beiden Fenstern hatten Blumenmuster. Die Fenster gingen auf den kleinen Garten hinaus, der sich zwischen dem Haus und dem Nachbargrundstück erstreckte. Das Bett hatte gedrechselte Mahagonipfosten und die gleichen Vorhänge wie die Fenster. An den Wänden hingen Blumendrucke in ovalen Rahmen. Über der Kommode befand sich ein Spiegel, und an der Wand über dem Waschtisch war ein weißer Leinwandschoner angebracht, um die Tapete zu schützen.

Im Kamin brannte ein Feuer. Es gab Leute, die es närrisch und extravagant fanden, ein Schlafzimmer zu heizen. Mrs. Cameron war nicht dieser Meinung. Garnets Urgroßvater hatte in Valley Forge vornehm gefroren. Aber Pauline fand, das sei kein Grund, daß Garnet in New York auch frieren müsse, wenn ihr Vater imstande war, Kohlen zu kaufen.

Garnet setzte sich auf ein Fußkissen am Kamin. Sie fragte sich, wie es wohl sein möchte, wochenlang im Freien zu leben, und was für eine Art Männer die anderen Präriehändler wohl seien. Sie würde mit Oliver in diesem Sommer nach Kalifornien gehen. Sie würden den Winter mit Olivers Bruder Charles auf dessen Ranch verbringen und im nächsten Sommer zurückkommen. Sie würden New York erst im Oktober oder November des nächsten Jahres wieder erreichen. Dann würde sie ein Jahr und acht Monate weggewesen sein. Manche ihrer Freunde würden inzwischen Europa besucht haben. Aber das war gar kein Vergleich. Jedermann konnte nach Europa gehen. Sie allein würde am Ende der Welt gewesen sein.

Vor der Tür wurden Schritte laut. Die Mutter kam herein, und Garnet stand auf.

Pauline nahm ihre Hände; sie sagte kein Wort. Sie stand nur da und sah Garnet in die Augen, lange und tief. Schließlich sagte Garnet:

»Hat Vater es dir gesagt?«

»Ja, Liebe, er hat es mir gesagt.« Paulines Zähne gruben sich für einen Augenblick in der Unterlippe fest. Aber als sie dann weitersprach, war ihren Worten keine Erregung anzumerken: »Garnet, Liebling, liebst du ihn so sehr?«

Garnet nickte; sie lächelte still.

»Und du willst wirklich mit ihm nach Kalifornien gehen?«

»Ja, Mutter, ich will es; es ist wundervoll!«

»Ja«, sagte Pauline, »ich verstehe es. Komm, setz dich zu mir, Garnet.«

Sie zog sich einen Sessel heran, und Garnet nahm wieder auf dem Fußkissen Platz. Pauline hielt ihre Hand.

»Ich möchte, daß du glücklich wirst, Garnet«, sagte sie, »ich möchte nichts als dein Glück.«

Jetzt war ein leises Beben in ihrer Stimme; Garnet sah erstaunt auf. Mutter neigte doch gar nicht zu Rührseligkeiten, sie war immer geschäftig und guter Dinge. Aber nun standen Tränen in ihren Augen.

»Mutter!« rief Garnet. »Du weinst?«

Pauline nahm ihr Taschentuch und wischte die Tränen von den Wangen. »Ich fürchte fast«, sagte sie, »es tut mir leid, ich wollte nicht mehr weinen. Nur – es ist so entsetzlich weit weg, wohin du ziehen willst, Garnet.«

Garnet schlang ihr die Arme um den Hals. »Mutter«, flüsterte sie, »du bist so gut! Ich weiß nicht, wie ich es ausdrücken soll. Ich glaube, viele Mütter würden jetzt an deiner Stelle erregt hin und her gehen und jammern und schreien. Du tust das alles nicht.«

»Nein, Garnet, und ich werde das auch ganz gewiß nicht tun«, sagte Pauline. »Du hast von deinem Vater gehört, wie schwer wir es damals hatten, als wir heiraten wollten. Wir lachen heute darüber, aber damals war es kein Spaß. Ich liebte meine Eltern. Ich erinnere mich noch gut an die Nächte, in denen ich wach lag und bis zum Morgen ununterbrochen weinte; an die Tage, da ich so nervös war, daß ich bei Tisch kaum die Gabel halten konnte. Und das alles, weil dein Vater keinen Dollar besaß und weil sie nicht wußten, wer sein

Großvater war.« Sie strich Garnet über das schwarze Haar. »Als sie mir dann sagten, daß mein erstes Kind ein Mädchen sei, da sagte ich mir, was auch immer geschehen möge, meine Tochter solle jedenfalls nicht durchmachen müssen, was ich durchmachen mußte, um den Mann zu bekommen, den sie liebt.«

Pauline weinte nicht mehr, aber nun weinte Garnet. Als sie wieder sprechen konnte, sagte sie, sie wolle alles tun, um es den Eltern leichter zu machen. Sie werde jede Gelegenheit benutzen, um ihnen zu schreiben. Ganz bestimmt werde sie von New Orleans, von Independence und von Santa Fé aus schreiben. Rückwärts ziehende Händler würden die Briefe mitnehmen, während sie weiter nach Kalifornien zöge. Und wenn sich ein Yankeeschiff im Hafen von San Diego befände, würde sie auch dem Kapitän einen Brief mitgeben. Im nächsten Jahr würde Oliver sie dann wieder nach New York zurückbringen, und dann würden sie zusammen ebenso leben wie andere Leute.

Oliver beabsichtigte, dann das New Yorker Schiffahrtskontor seines Onkels zu übernehmen. Sie würden ein Haus und eine Kutsche haben und ein ordentliches Leben führen. Sie würde den Eltern keine Veranlassung geben, ihretwegen traurig und bekümmert zu sein, weil sie ihr erlaubt hatten, Oliver zu heiraten. Und sie würde sie immer lieben, mehr als irgend jemand sonst auf der Welt, Oliver ausgenommen, weil sie klug und so gut zu ihr waren.

Garnet und Oliver wurden in dem Hause am Union Square getraut. Olivers Onkel kam zu der Feier aus Boston herunter. Der ältere Mr. Hale war ein jovialer Mann; er gefiel Garnet gut. Er sagte ihr, er freue sich, daß Oliver in ihrer Person einen Magnet mitnehme, der ihn wieder zurück nach Hause ziehe. Er hatte keine eigenen Söhne und hatte immer schon einen seiner Neffen haben wollen, um ihm eines Tages, wenn er alt sein würde, sein Geschäft zu übergeben.

Die übrigen Gäste zeigten sich teils überrascht, teils verwirrt; sie wußten nicht recht, was sie von dieser Heirat halten sollten. Hier und da hörte Garnet aus ihren Bemerkungen auch etwas wie Neid heraus. Die heimlich Neidischen schüttelten Oliver besonders herzlich die Hand, gratulierten ihm liebenswürdig und knüpften dann etwas verschämt allerlei Bemerkungen daran: »Ach, wissen Sie – als ich jünger war – wenn die Schiffe nach Asien hinausgingen, rund um Kap Hoorn – wie heißt das Land noch gleich, Mr. Hale?«

»Kalifornien«, entgegnete Oliver höflich.

»Kalifornien, ganz recht. Ist das nicht in der Nähe von Indien? Gut, gut! Viel Glück, junger Mann, viel Glück!«

Garnet sah diese Menschen, hörte ihre Reden, bedachte, was ihr Vater über Wesen und Art des Amerikaners gesagt hatte, und fragte sich, warum es nicht mehr Menschen unter ihnen gebe, die Nerven und Mut genug hatten, um durchzuführen, was in ihren Träumen lebte.

Drei Stunden nach dem Hochzeitsempfang nahmen Oliver und Garnet das Küstenschiff nach New Orleans. Das Schiff ging vom Ende der Wall Street ab. Ein strenger, bitterkalter Wind blies von See herüber, und der Nebel über dem East River ließ die Konturen der Stadt kaum noch erkennen. Garnet und Oliver standen an Deck und versuchten mit den Augen die Düsternis zu durchdringen.

Garnet sagte: »Ich vermag es noch nicht zu fassen, daß ich auf dem Wege nach Kalifornien bin. Bis ich New York wiedersehe –«; der Wind blies ihr die restlichen Worte in die Kehle zurück.

Oliver lächelte sie an. Sie steckte in einem schweren pelzbesetzten Mantel, ihre Hände in einem Muff. Unter dem Hutrand flatterten kleine Wellen ihres schwarzen Haares im Wind, der ihre roten Wangen noch röter färbte. Oliver neigte seinen Kopf zu dem ihren herab, um sich verständlich zu machen.

»Liebes«, sagte er, »ich habe nicht die leiseste Idee, was für eine Art Ehemann ich abgeben werde. Ich habe nicht die Hälfte von dem gehört, was der Pastor sagte. Wahrscheinlich habe ich alles mögliche versprochen, was ich jetzt nicht einmal mehr weiß. Aber ich liebe dich!«

»Ich liebe dich auch«, sagte Garnet. Sie sah zu ihm auf. In Olivers lachendem Gesicht stand der Mutwille. »Übrigens –«, begann er.

»Ja?«

»In New Orleans gibt es ein Varieté-Theater in der Art des ›Schmuckkasten‹. Vielleicht sogar noch ein wenig anrüchiger, denn in New Orleans ist im allgemeinen allerhand los. Ich war selbst niemals in diesem Theater, aber man hat mir davon erzählt. Wir werden hingehen und uns die Vorstellung ansehen.«

»Oliver!« Sie strahlte ihn an, entzückt, daß er sich ihrer Bemerkung über den ›Schmuckkasten‹ erinnert hatte. »Ist das wahr?« fragte sie. »Werden wir hingehen?«

»Natürlich werden wir«, lachte er. »Ich denke, wir werden dich nun endgültig aus dem rosa Seidenpapier auswickeln.«

Viertes Kapitel

Die Reise nach New Orleans dauerte zwei Wochen. Garnet war noch nie so weit von New York weggewesen.

New Orleans war eine erregende und bezaubernde Stadt. Die Luft war wie Seide; alle Geräusche erschienen auf eine sonderbare Weise undeutlich und gedämpft, wie Musik, die aus einem Zimmer mit feuchten Wänden erklingt. Garnet und Oliver wohnten in einem Hotel, das mehrere Blocks oberhalb der Kanalstraße lag. Oliver hatte hier großzügigerweise ein Appartement von zwei Zimmern gemietet.

Oliver war überhaupt großartig und wundervoll. Oh, Garnet hatte ihn schon geliebt, bevor sie ihn heiratete, aber sie hatte sich nicht vorzustellen vermocht, wie beglückend es war, ihn immer um sich zu haben! Oliver war ein glühender, aber besonnener Liebhaber. Er liebte sie so, wie sie war, und versuchte nie den Anschein zu erwecken, als sehe er etwas in ihr, was sie nicht war. Er beantwortete unermüdlich alle ihre Fragen, er nahm sie überall mit, wohin sie gehen wollte, ohne nach Schicklichkeit oder Unschicklichkeit zu fragen. Sie sah an seiner Seite die Docks, die Warenhäuser und die dunklen, engen Straßen am Hafen. Er besuchte mit ihr kleine reizende Restaurants, in denen die Tische rotkarierte Decken trugen und wo niemand außer ihnen Englisch sprach. Und eines Morgens – sie waren eine Woche in der Stadt – sagte er, daß sie am Abend die Varietévorstellung besuchen würden, die er ihr versprochen habe. Das Theater befand sich in der Altstadt unterhalb der Kanalstraße. Es hieß »*Der Blumengarten*«.

Oliver war an diesem Tag sehr beschäftigt, seine Waren auszuladen und zu verpacken. Aber Garnet fühlte sich nicht einsam. Sie schlenderte in den Warenlagern umher, besah sich die Auslagen und kaufte eine Menge Dinge, die sie nicht brauchte, die zu kaufen ihr aber Spaß machte.

Er kam erst nach Einbruch der Dunkelheit zurück. Sie aßen zusammen zu Abend, aber Garnet war viel zu aufgeregt, um zu essen. Anschließend kleideten sie sich um, und Oliver ging fort, eine Kutsche zu besorgen. Als er zurückkam, stand sie vor dem Spiegel und betrachtete sich. Sie trug ein Abendkleid aus weißer Atlasseide, lange weiße Handschuhe und das Granathalsband, das ihr Großvater ihr bei der Geburt geschenkt hatte. Bläuliche Lichter blitzten in ihrem schwarzen Haar unter dem Lampenlicht, ihre roten Wangen glühten;

sie war so aufgeregt, daß sie ihr Herz in der Brust schlagen hörte. Oliver machte ihr eine lächelnde Verbeugung.

»Die Kutsche wartet, Madam«, sagte er.

Sie legte die Hand in seinen Arm; kleine Wellen der Erregung rannen ihr über den Rücken, als sie gemeinsam die Treppe hinabschritten.

Die Kutsche stand vor dem Hotel, und sie stiegen ein. »Halte dich immer dicht an meiner Seite«, sagte Oliver, als sie neben ihm saß. Oh, sie würde sich gewiß nicht von ihm trennen.

Er lächelte leicht und drückte ihren Arm. »Ich will dich nicht daran hindern, alles zu sehen, was du sehen willst«, sagte er, »aber New Orleans ist ein ziemlich dunkler Ort. Es ist für Amerika etwa das, was Marseille für Europa ist. Allein möchte ich dich hier nicht wissen.«

Garnet zitterte vor Abenteuerlust und Erwartung. Oliver sagte: »Spricht dich jemand an, dann antworte nicht, oder doch nur mit einem vernichtenden Blick. Darauf verstehst du dich doch.«

Garnet lachte: »Ja, darauf verstehe ich mich. Das habe ich in Miß Wayne's Institute gelernt.«

Die Kutsche überquerte die Kanalstraße und wandte sich den Docks zu. Die Straßen hier waren dunkel. Die Luft war schwer und von fremden Gerüchen erfüllt, die von den Schiffen auf dem Strom herüberkamen. Die Kutsche rumpelte langsam über das Kopfsteinpflaster, das nicht eben ein bequemes Fahren ermöglichte.

»Gut, daß wir noch nie in New Orleans waren«, sagte Oliver. »Wohntest du hier, würdest du heute abend einige deiner galantesten Tanzpartner in Verlegenheit bringen.«

»Wieso?«

»Nur dadurch, daß du sie in der Gesellschaft von Frauen erblicktest, die dir in keiner Weise gleichen.«

Garnet wußte nicht genau, was er meinte. Oliver sagte: »Es gibt hier eine ganze Menge wohlhabender Männer, die in diesem Stadtteil Quartiere für Damen unterhalten, von deren Existenz du nicht einmal etwas ahnst.«

O Gott! dachte Garnet; sie war schrecklich aufgeregt. Sie hatte niemals eine Frau solcher Art auch nur von ferne gesehen.

»Außerdem«, fuhr Oliver fort, »wenn wir ins Theater hineinkommen, wirst du sehen, daß die Hälfte der weiblichen Gäste keine Weißen sind. Zeige dich nicht zu überrascht oder laß dir die Überraschung wenigstens nicht anmerken.«

»Meinst du, es werden Negerinnen dort sein?« fragte Garnet verwirrt.

»Nein«, sagte er, »Quarteronen. Die elegantesten und kostspieligsten Kurtisanen in New Orleans sind Quarteronen. Sie sind zuweilen außerordentliche Schönheitén.«

Garnets Aufregung stieg mit jedem Wort, das er sagte. Sie versuchte Olivers Gesichtsausdruck zu erkennen. Es war nur wenig Licht im Inneren der Kutsche, aber sie sah das amüsierte Zwinkern in seinen Augen und das vergnügliche Lächeln um seine Lippen. Sie war stolz und glücklich, einen so erfahrenen und weltgewandten Mann zu haben.

Die Kutsche hielt. Sie stiegen aus, und Garnet sah sich um. Sie standen vor einem großen Ziegelgebäude mit einem breiten, hellerleuchteten Eingang. Zwischen zwei schmiedeeisernen Lampen befand sich ein Schild, darauf stand in großen Buchstaben: *Le Jardin des Fleurs.*

Aus anderen Kutschen, die von beiden Seiten herankamen, stiegen Herren in schwarzen Capes und Damen, die im Halbdunkel der Straße sehr anmutig wirkten. Garnet sah sich einem phantastischen Stimmengewirr gegenüber. Einige sprachen Englisch, andere Französisch; wieder andere unterhielten sich in Sprachen, die sie niemals gehört hatte. Gruppen von Matrosen kamen zu Fuß herangeschlendert; sie waren von Mädchen begleitet, die recht wenig anziehend wirkten. Sie lachten kreischend und sprachen mit rauhen, heiseren Stimmen. Als sie näher herankamen, stieg Garnet der Geruch von schalem Whisky in die Nase. Oliver schüttelte sich leicht, ergriff sie am Arm und führte sie in die Vorhalle. Während er zur Kasse ging, um die Billets zu kaufen, blickte Garnet sich um.

Es war die großartigste Theatervorhalle, die Garnet jemals gesehen hatte. Dicke, weiche Teppiche deckten den Boden. Weiches Licht strömte aus drei geschliffenen Glaskandelabern mit glitzernden Kristallbehängen. Sie sah an der Wand zwei Kolossalgemälde, die spärlich in Gazeschleier gehüllte Frauen in Lebensgröße darstellten. Eine der Frauen lag auf einem scharlachroten Teppich, die adere pflückte Blumen auf einer Wiese, auf der Astern, Mohn, Gänseblümchen und Pfirsichblüten in schöner Vielfalt prangten. Garnet sah mit großen Augen auf die Bilder und blickte gleich darauf weg. Sie hoffte, es möchte niemand ihr Erschrecken angesichts soviel öffentlich ausgestellter Nacktheit bemerkt haben.

Die Halle war voller Menschen. Die Inhaber billiger Plätze benutzten offenbar eine andere Tür, denn alle, die hier hereinkamen, waren gut gekleidet. Sie schienen sich übrigens alle untereinander zu kennen. Männer begrüßten ihre Freunde, Frauen lachten und tippten einander mit den Fächern auf die Schultern. Garnet fand, zunächst, abgesehen von dem Lärm, den sie um sich herum verbreiteten, unterschieden sie sich nur wenig von den Zuschauern im New Yorker Park-Theater. Aber bald fiel ihr auf, daß sehr viel mehr Männer als Frauen anwesend waren. Und mit den Frauen hatte Oliver augenscheinlich recht gehabt: sie waren anmutig und reizvoll und teilweise schön, dazu prachtvoll gekleidet, aber wenigstens die Hälfte von ihnen waren keine Weißen.

So also sahen Quarteronen aus! Garnet dachte an Olivers Warnung, aber sie konnte es sich nicht versagen, sie immer wieder in höchster Verwunderung zu betrachten. Es waren einige ausgesprochene Schönheiten darunter. Sie hatten eine Haut wie Sahnekaffee, dunkle große Augen und schwarzes Haar, das sie aufgetürmt trugen, mit Blumen und Juwelen geschmückt. Viele Gesichter zeigten ausgesprochen kaukasischen Schnitt, sie machten den Eindruck weißer Schönheiten, die ihre Haut künstlich nachgedunkelt hatten.

Garnet überkam ein Gefühl scheuer Befangenheit. Sie fragte sich, ob man ihr wohl ansehe, daß sie nicht zu jenem Aufgebot kostbarer Sünderinnen gehöre. Ein junger Elegant erblickte sie, verhielt zögernd den Schritt, lächelte sie an und sagte: »Allein heute abend?« – Sie warf den Kopf in den Nacken und maß den Frechling mit einem eisigen Blick. Oliver, der den Vorgang am Billettschalter beobachtet hatte, wandte sich um. »Die Dame ist nicht allein«, sagte er.

»Oh, ich bitte um Pardon!« sagte der Elegant, verbeugte sich höflich und betrat das Innere des Theaters. Garnet trat dicht an Oliver heran. Der ergriff ihren Arm und lächelte ihr zu. »Ausgezeichnet hast du das gemacht«, sagte er.

»Habe ich das?« Sie lachte zurück. Er drückte ihren Arm und ließ seinen Blick durch die Halle schweifen. »Ich wette, der Star des Abends ist eine blendende Blondine«, sagte er.

»Warum?«

»Weil Blondinen hier so selten sind. Komm, ich habe die Karten. Wir haben einen Tisch gleich unter der Bühne.«

Garnet wußte nicht recht, was das heißen sollte. In den Theatern, die sie besucht hatte, pflegten die Zuschauer in Sessel- und Stuhlreihen zu sitzen. Drinnen sah sie dann, daß der größte Teil des Zuschauerraumes mit Tischen und Sesselgruppen ausgestattet war. Zwischen den Tischen gingen Mädchen umher und verkauften Getränke. Einzelne Männer, die schon an den Tischen saßen, streichelten den Mädchen ungeniert die Arme und scheuten sich auch nicht, ihnen auf die Röcke zu klopfen. Und den Mädchen schien das nicht das geringste auszumachen; zuweilen lachten sie, zuweilen nahmen sie gar keine Notiz davon. Weit über das Parterre ragte ein großer Balkon, aber die teuersten Plätze befanden sich offenbar unten an den Tischen; alle gutgekleideten Gäste saßen hier.

Ein junger Mann nahm ihnen beim Eintritt die Karten ab. Er machte ein gelangweiltes Gesicht und führte sie an einen Tisch gerade vor der Bühne, wie Oliver es gesagt hatte. Garnet setzte sich und sah in das gedruckte Programm, das der junge Mann ihr gegeben hatte.

Sie sah nach dem scharlachroten Vorhang hinauf, der die Bühne verbarg. Die Lampen flackerten hinter Metallspiegeln und warfen zitternde Reflexe auf den Vorhang. Das Orchester begann eine einschmeichelnde Melodie zu spielen. Garnet breitete ihr Programm auf dem Tisch aus. Im Schein des von der Bühne herabströmenden Rampenlichtes begann sie zu lesen. Da waren an erster Stelle die Brüder Barotti genannt, »Artisten von internationalem Ruf«, wie es hieß. An zweiter Stelle wurden die »berühmtesten Schönheiten des Kontinents« angekündigt. Darunter stand als dritte Attraktion des Abends in großen Buchstaben quer über die ganze Zeile der Name *Juliette la Tour*.

Garnet dachte: Ob das die blendende Blondine ist, die Oliver prophezeit hat? Oliver ergriff leicht ihren Arm und sagte: »Was wollen wir trinken?«

Sie sah auf. Vor dem Tisch stand, eine Bestellung erwartend, eine Kellnerin. Die nicht mehr sehr junge Person hatte ein hartes Gesicht und eine Falte zwischen den Augenbrauen. Sie trug an einem Arm einen Korb mit Flaschen, die andere Hand balancierte ein Tablett mit verschiedenen Gläsern. Der Arm, der das Tablett trug, war in die Hüfte gestemmt.

»Sauternes, Burgunder, Champagner, Cognac, Whisky«, schnarrte die Kellnerin mit einer unangenehm heiseren Stimme: »Eis zwei Dollar extra.« Da sie noch keine Antwort erhielt, fuhr sie fort: »Est-ce que vous parlez français, Monsieur?«

»Nein, nein, ich spreche englisch«, sagte Oliver. »Willst du Champagner trinken, Garnet?«

Garnet nickte strahlend. Die Kellnerin wischte zwei hochstielige Gläser aus und stellte sie auf den Tisch. »Ich komme sofort zurück«, sagte sie und verschwand zwischen den Tischreihen.

Hinter ihnen knallten Sektkorken. Wenige Augenblicke später brachte die Kellnerin die Flasche in einem Eiskübel. Sie löste mit wenigen Griffen die Drahtklammer. Der Korken knallte und schoß zur Decke hoch. Garnet fing ihn mit der Hand, als er herabfiel. »Den hebe ich mir auf!« rief sie glücklich.

Die verkniffenen Lippen der Kellnerin verzogen sich zu einem Lächeln. »Zum ersten Male hier, Darling?« fragte sie.

Garnet sah sie verblüfft an. »Warum?« fragte sie. »Ja, gewiß.« Und schon wieder hingerissen von ihrem Glück, setzte sie hinzu: »Ach, es ist wunderbar!«

Das Mädchen goß den Champagner in die Gläser. »Haben Sie Juliette noch nicht gesehen?« fragte sie.

»Juliette? Oh, das ist die Frau, deren Name so groß im Programm steht? Nein, ich habe sie noch nie gesehen.«

»Sie auch nicht, mein Herr?« fragte die Kellnerin. Oliver schüttelte den Kopf, worauf die Kellnerin Garnet einen lächelnden Blick zuwarf. »Dann ist Vorsicht geboten«, sagte sie.

Oliver gab der Person einen Schein und sagte, sie solle das Wechselgeld behalten.

»Danke«, sagte das Mädchen und lächelte Garnet abermals an. »Bon soir, Mademoiselle«, sagte sie und verließ den Tisch.

Garnet starrte ihr nach. »Oliver«, flüsterte sie, »hast du gehört: sie hat mich Mademoiselle genannt.«

»Natürlich«, versetzte Oliver und lachte sie an, »wundert dich das?«

Garnet dachte: Der Handschuh verbirgt meinen Trauring, aber trotzdem . . . »Sehe ich aus wie ein Mädchen, das mit einem Mann an so einen Ort geht, ohne mit ihm verheiratet zu sein?«

»Soll ich dich nach Hause bringen?« fragte Oliver.

»O nein, gewiß nicht.«

»Nun, dann versuche dich nicht zu wundern.«

Garnet fühlte eine prickelnde Erregung; das alles war sonderbar, eine ganz neue Welt. Sie erhoben die Gläser. Der Champagner rann angenehm kühl durch die Kehle. Sie kicherte: »Ich werde einen Schwips kriegen.«

Er grinste: »Ich werde schon auf dich aufpassen. Trink nur weiter.«

»Es ist unwahrscheinlich«, seufzte Garnet; »wenn ich mir vorgestellt hätte, ausgerechnet ich würde einen Mann heiraten, der mir so etwas sagt!« Ach, es war alles herrlich und wunderbar.

Das Orchester wechselte jetzt in eine lautere und bewegtere Melodie über; der Vorhang begann sich in der Mitte zu teilen. Garnet wandte den Blick der Bühne zu. Vor einem mit Blumen bemalten Hintergrund verbeugten sich zwei Männer in rotem und gelbem Trikot: die Brüder Barotti.

Die Barottibrüder warfen Teller in die Luft und fingen sie mit Stangen wieder auf. Dann balancierten sie die Stangen mit den Tellern darauf auf ihren Nasen. Sie entfalteten dabei große Geschicklichkeit, aber es war nicht sehr aufregend, und nur wenige Zuschauer sahen überhaupt hin. Es betraten immer noch neue Gäste das Theater, und das Stimmengewirr im Saal übertönte die Musik. Die Barottis schienen ganz unwichtig; sie hatten nur die Aufgabe, die Vorstellung zu eröffnen. Garnet gefielen sie recht gut; aber sie hatte Vorführungen dieser Art schon gesehen, deshalb war auch sie nicht sonderlich beeindruckt. Die übrigen Zuschauer waren es zweifellos noch weniger, aber sie waren gutmütige Leute; die Jongleure bekamen nach Beendigung ihrer Vorstellung reichlichen Applaus. Als sie abtraten, waren die meisten Sessel und Stühle besetzt. Die Gäste hatten sich niedergelassen, um in Behagen ihre Getränke zu schlürfen und sich an der Vorstellung zu erfreuen.

Es traten nun »Die berühmtesten Schönheiten des Kontinents« auf. Das waren ein Dutzend gleichmäßig grün gekleideter Chorgirls. Sie wirbelten ihre Röcke in aufreizender Weise und zeigten eine größere Schaustellung von Beinen, als Garnet jemals an einem öffentlichen Ort erblickt hatte. Dazu sangen sie gemeinsam einen Schlager, der davon handelte, daß sie zu gleicher Zeit mehrere Männer liebten und daß das eine aufregende und verwirrende Sache sei. Vom Balkon herunter rief eine Männerstimme: »Hebt sie höher, Mädchen!« Die Mehrzahl der Zuschauer schien die Aufforderung spaßig zu finden, denn jetzt begannen viele Männerstimmen im Rhythmus der Musik zu brüllen: »Hebt sie höher, Mädchen! Hebt sie höher, Mädchen!« Garnet fand, der Tanz der Girls auf der Bühne offenbare eigentlich genug, und es sei nicht gerade nötig, zu fordern, daß die Röcke noch höher gehoben würden.

Die Girls bekamen sehr viel mehr Applaus als die Jongleure. Sie traten ab und kamen gleich darauf noch einmal zurück, um nun einen Tanz mit männlichen Partnern zu zeigen. Vom Balkon rief jemand:

»He, Rotkopf, dritte von rechts, du verlierst dein Höschen!« Die Behauptung war frei erfunden, aber das Girl schien verwirrt, es unterbrach den Tanz, und es dauerte ein Weilchen, bis es sich wieder gefangen hatte. Alles schrie vor Vergnügen. Als die Girls mit ihren Partnern zur Bühne hinaustanzten, gab es stürmischen Applaus.

Ganet fühlte, wie ihre Wangen brannten; sie beugte sich etwas vor und senkte verwirrt den Kopf. Oliver fragte mit einem leichten Unterton: »Bist du schockiert?«

»Ich – fürchte, ich bin's«, bekannte Garnet. »Ich habe nie etwas Ähnliches gesehen.«

»Sollen wir gehen?« neckte er.

»O nein!« Sie sah ihn an, sah den Mutwillen in seinem Gesicht und gab sich selbst den heimlichen Befehl, keine Verwirrung mehr zu zeigen.

Die Bühne war jetzt leer. Zwei Männer traten von links und rechts auf und verstärkten die Beleuchtung. Als sie sich zurückzogen, begann das Orchester eine neue Melodie zu spielen. Dann setzte langsam anschwellender Trommelwirbel ein. Es war, als würde durch einen Herold ein Ereignis von außerordentlicher Wichtigkeit angekündigt. Und obgleich die Bühne noch immer leer war, begann jetzt stürmischer Applaus einzusetzen.

Die Zuschauer schienen zu wissen, daß jetzt das Eigentliche komme. Alles Bisherige schien nur ein Vorspiel gewesen, amüsant und unterhaltend, aber nicht weiter wichtig. Garnet sah auf ihr Programm. Wieder las sie: *Juliette la Tour.*

Der Trommelwirbel verstärkte sich und wurde zum Donner. Alle Instrumente setzten verstärkt ein. Und mit dem Anschwellen der Musik wuchs auch der Applaus. Alle Zuschauer saßen vornübergeneigt und starrten fasziniert auf die Bühne. Der Vorhang glitt leicht auseinander. In der Öffnung erschien eine große, schlanke Person, eine lachende junge Frau mit leuchtend weißblondem Haar und blauen Augen, die fast so groß wie Zehncentstücke schienen. Sie trug ein raffiniert geschnittenes Kleid aus schwarzem, silberdurchwirktem Samt.

Alle Hände bewegten sich im Takt; der Applaus dröhnte. Garnet beugte sich weiter nach vorn und starrte auf die Frau. Sie hatte nie etwas annähernd Ähnliches erblickt.

Das Mädchen auf der Bühne war schön, aber sie war nicht nur schön; ihr Wesen strahlte eine so sprühende Vitalität aus, daß man versucht war, aufzustehen und ihr zuzuwinken. Sie war prachtvoll gewachsen; das schwarz-silberne Kleid ließ keinen Zweifel daran offen. Ihr Haar war so hell und schimmerte in einem so seidigen Glanz, daß es schlechthin unwahrscheinlich wirkte; als sei es aus Mondstrahlen gebildet. Alles an dieser Frau glänzte und schimmerte: das Haar, die zarte Haut und die langen silbernen Handschuhe, die eigens dazu bestimmt schienen, die Blicke der Zuschauer auf ihre blendendweißen Schultern zu lenken. Sie trug einen funkelnden Diamantanhänger am Hals. Auch im Haar, an Armreifen und an den silbernen Handschuhen funkelten Diamanten. Die Steine waren so klein, daß sie sehr wohl echt sein konnten. Ein warmer, verführerischer Zauber ging von diesem silberblonden Wesen aus, dazu ein Hauch unschuldiger Frische, ganz so, als wisse sie, daß sie dazu geboren sei, Freude zu verbreiten, und habe selbst die größte Freude daran, ihre angeborene Berufung zu erfüllen.

Sie stand eine Weile reglos und ließ sich lachend bewundern. Dann tat sie ein paar tastende Schritte zur Rampe und streckte dem Publikum beide Arme entgegen. Dabei strahlte sie eine jubelnde Freude aus, ganz so, als sei sie eben im Begriff, einen Geliebten zu umarmen, den sie lange erwartet habe. Das Publikum raste, klatschte und schrie und stampfte vor Begeisterung mit den Füßen. Wäre sie jetzt auf den Gedanken gekommen, etwas zu sagen, kein Mensch hätte in dem tobenden Lärm auch nur ein Wort verstehen können. Aber sie sagte nichts, sie stand da und lachte und strahlte und warf Kußhände in den Saal. Ihre silbernen Handschuhe funkelten, ihr blondes Haar schimmerte im Licht gleichfalls wie Silber; es war, als riefe sie: »Ich liebe euch! Oh, ich liebe euch! Wir werden eine glückliche Zeit miteinander haben!«

Das Orchester wechselte jetzt in eine schnelle trippelnde Melodie über. Das Wesen auf der Bühne machte eine Geste, als erbäte es Verzeihung, und das Publikum, aufnahmebereit nun, begann sich zu beruhigen. Die Blonde begann im Takt der Musik sich leicht zu wiegen und zu singen. Die Worte kamen wie selbstverständlich aus ihrer Kehle, stiegen auf wie Blasen und reihten sich wie Perlen einer Kette aneinander. Sie sang:

> *»Hört, ich liebe das Leben – die Freude macht frei!*
> *Und ich will was erleben, eh' die Jugend vorbei!«*

Die Stimme, mit der sie sang, war nicht weiter bemerkenswert, aber sie trug gut und erfüllte das Theater bis zum letzten Platz. Sie sang in einer mittleren Tonlage und hatte ihre Möglichkeiten gut im Gefühl; sie versuchte nie, sie zu überschreiten. Bemerkenswert war, wie sie sang; sie lachte dabei, das ganze Mädchen schien zu lachen, und sie sang so deutlich und klar, daß jedes Wort zu verstehen war. Und die Menschen im Saal gingen mit; sie liebten es augenscheinlich, sie singen zu hören.

> *»Nie bereu' ich die Stunden, die glücklich mich sahn;*
> *Ich bereu' nur die Taten, die nie ich getan!«*

klang es von der Rampe herab. Garnet dachte: es werden nicht sehr viele Taten sein, die sie zu bereuen hat. Das Mädchen auf der Bühne indessen schien deren eine ganze Menge zu kennen. Sie sang augenzwinkernd:

> *»All die Tänze, die ich zu tanzen versäumt,*
> *All die Männer, von denen ich niemals geträumt,*
> *Die Nächte, die nähend allein ich verbracht,*
> *Die Drinks, die niemals berauscht in der Nacht,*
> *Die Zeit, die vertan ohne Liebe und Wein –*
> *Jede Stunde klagt an, die ich traurig allein!«*

Garnet begann zu lachen. Die Chorgirls hatten sie schockiert, diese Sängerin schockierte sie sonderbarerweise nicht im geringsten. Dieses Mädchen steckte so voller Frohsinn und Freude, daß man ihr unmöglich böse sein konnte. Sie lebte das Leben, das in ihr war; sie nützte die Möglichkeiten, die ihr gegeben waren, und sie nützte sie wunderbar. Der Rhythmus der Musik veränderte sich etwas; die Sängerin lüpfte ihren Rock, aber eben nur so weit, daß die Fesseln sichtbar wurden und die Zuschauer nicht von ihrem Gesang abgelenkt wurden. Sie sang:

> *»Meine Mutter sprach immer: Habe acht nur, mein Kind!*
> *Denn du ahnst ja noch nicht, wie schlecht Männer sind.*
> *Ach, ich glaubte und fand mich so selten bereit;*
> *Darum hol' ich jetzt nach die verschwendete Zeit!«*

Singend begann sie zu beklagen, was für ein schüchternes Mädchen sie gewesen sei. Dann aber wandte sich der Song ihren Abenteuern zu, immer in dem gleichen melodiösen Rhythmus, heiter, beschwingt, vibrierend vor innerer Fröhlichkeit. Einige Ausdrücke, die sie gebrauchte, waren Garnet völlig neu, aber es gehörte wenig Phantasie dazu, sie sich zu deuten. Die blonde Sängerin wußte ihre Augen und ihre Hüften überzeugend zu gebrauchen. Ein Chinese hätte verstanden, was sie sang. Der Saal tobte vor Begeisterung. Viele der Anwesenden schienen den Schlager von früheren Vorstellungen her zu kennen, denn sie sangen den Refrain jedesmal mit; dazu trampelten sie mit den Füßen, klatschten mit den Händen den Takt und stießen mit den Gläsern aneinander, bis Stimmen aus dem Publikum laut wurden, die sich Ruhe erbaten. Das Benehmen der von dem Schwung der Sängerin Hingerissenen nahm hier und da pöbelhafte Formen an; das blonde Wesen auf der Bühne aber ließ sich nicht verwirren wie vorher das Tanzgirl. Mühelos hielt sie ihre Zuhörer im Bann. Zweifellos war sie eine strahlende Verführerin, aber sie beherrschte auch ihr Metier, sie wußte jederzeit genau, was sie tat, und sie tat es so gut und so sicher, daß Garnet aus dem Lachen gar nicht herauskam. Es war, als sei ein Funke über die Rampe gesprungen und habe bei der jungen Frau da unten gezündet. Als die Sängerin schließlich ihren Part beendet hatte und abtrat, klatschte Garnet so heftig, daß ihre Handflächen brannten. – Auch Oliver lachte. Er beugte sich über den Tisch und flüsterte ihr zu: »Es scheint dir zu gefallen. Ist es das, was du wolltest?«

Oben war die Blonde zurückgekommen. Sie stand an der Rampe und dankte für den Applaus. Garnet sah Oliver mit einem strahlenden Lachen an. »Ja«, sagte sie, »ja, Oliver, ja, ja! Nur – ich wußte nicht, ich ahnte ja nicht, daß Varietékünstlerinnen so – entzückend sein können.«

»Die meisten sind auch nicht so«, versetzte Oliver.

Die Sängerin verließ die Bühne, kam aber noch mehrmals zurück, und schließlich sah sie wohl ein, daß das Publikum keine Ruhe geben würde, bis sie sich zu einer Zugabe entschlösse. Sie trat zwischen die Vorhänge und gab dem Orchester ein Zeichen. Die bekannte Melodie klang auf, und die Blonde sang:

>*»Wenn die Prediger sagen: Was tust du? Halt ein!*
>*Dann sag' ich: Ach kommt doch mal selbst hier herein.*
>*Und seht, wie mein Publikum jubelt und lacht.*
>*Dann wißt ihr, daß Freude und Lust glücklich macht.«*

Sie warf Kußhändchen in den Zuschauerraum und fuhr mit klingendem Lachen zu singen fort:

>*»Die nettesten Leute trefft ihr dann,*
>*Wenn leer grad der Beutel und die Sorge begann.«*

Sie wandte sich, winkte ein Lebewohl und endete, über die Schulter hinweg singend:

>*Ich hab's mir geschworen: Ich sag' nie mehr nein.*
Ich liebe das Leben und will glücklich sein!«

Als sie schließlich hinter dem Vorhang verschwunden war – der Applaus dauerte noch immer an –, wandte Garnet sich Oliver zu und bat ihn, ihr mit dem Kopf näher zu kommen. »Oliver«, flüsterte sie dann, »diese Künstlerin – ist das – eine – eine gefallene Frau?«

Es war dies der einzige Ausdruck für irgendwie zweifelhafte Frauen, der ihr geläufig war. Oliver unterdrückte mit Mühe ein leises Lachen.

»Ja«, sagte er dann, »das ist sie wohl.«

»Woher weißt du das?«

»Nun – einmal sieht sie so aus und zum anderen: die Juwelen, die sie trägt, vermag sie sich von ihrem Verdienst gewiß nicht zu kaufen. Übrigens, was sollte sie wohl hier zu suchen haben, wenn sie – nicht wäre, was du meinst?«

Oliver dachte: Sie ist wunderbar. Er hatte nie eine so glückliche Zeit erlebt. Garnet ahnte wohl, daß ihr Wesen ihn häufig amüsierte, aber das verdroß sie nicht. Sie fand das Leben aufregend neu.

»Oliver«, flüsterte sie, »sag mir doch etwas mehr darüber. Sage mir doch: was dachtest du, als du sie vorhin zum ersten Male auftreten sahst?«

Er lächelte, nahm einen Stift aus der Tasche und riß einen Streifen Papier vom Programm ab. Er zwinkerte ihr neckend zu, während er ein paar Worte auf den Papierfetzen kritzelte und ihn ihr dann über den Tisch hinweg zuschob. Garnet las: Erstklassige Dirne.«

Sie nickte gedankenvoll und zerknüllte das Papier; in ihr war ein Gefühl der Unsicherheit. Sie wußte nicht genau, was sie erwartet hatte, aber ganz gewiß war sie nicht darauf vorbereitet, eine so einmalig reizvolle Person zu sehen, die eine Dirne war. Sie sah auf ihr Programm und sagte: »Juliette la Tour – der Name klingt französisch. Es gibt sicher nicht viele so blonde Französinnen.«

»Ich nehme nicht an, daß sie Französin ist«, versetzte Oliver. »Nahezu alle Sänger und Schauspieler dieser Art führen sogenannte Künstlernamen. Wahrscheinlich heißt unsere Blonde hier dort, wo sie herkommt, Bessie Jones.«

»O bitte, sei nicht so entsetzlich prosaisch«, sagte Garnet. »Der Name klingt jedenfalls hübsch.«

In der weiteren Programmfolge kam nunmehr ein männliches Quartett zu Gehör; ihm folgte ein Akrobatentrupp, und dann erschien abermals Juliette. Sie war jetzt noch herausfordernder als beim ersten Auftritt gekleidet, und zwar trug sie ein Prinzeßkleid aus blauem Samt mit einer goldenen Kette um den Hals und goldenen Armbändern. Sie war diesmal von mehreren Männer begleitet und bot zusammen mit ihnen ein musikalisches Zwiegespräch; das begann mit den Worten:

> *Was erwarten Sie von einem Mädchen,*
> *Das so aussieht wie ich –?«*

In der Pause fragte Oliver Garnet, ob sie noch mehr Champagner trinken möchte. Sie schüttelte den Kopf; sie war viel zu aufgeregt, um noch irgend etwas zu wünschen.

Der blonde Star erschien, als der Vorhang sich wieder öffnete, mit seinem hellen Lachen und seinem unwiderstehlichen Charme. Es wurden noch verschiedene Attraktionen geboten, aber zwischendurch zeigte sich Juliette immer wieder in einer ganzen Serie atemberaubend aufregender Gewänder. Zum Schluß führte sie den Abend mit einer Darbietung seinem Höhepunkt zu, die auf dem Programm kurz und schlicht als Tanzakt angekündigt war.

Sie trug ein Kleid aus schwarzem Schleierstoff über einem roten Untergewand und lange schwarze Spitzenhandschuhe. Die Musik setzte langsam ein, und Juliette brauchte Zeit, um den Zuschauern in wohldurchdachten rhythmischen Bewegungen ihre roten Gazegewänder zu enthüllen.

Allmählich gewann die Musik an Schwung und Schnelligkeit; in ihrem Rhythmus begann die Frau auf der Bühne Arme und Hüften kreisend zu bewegen. Zunächst war es nur ein langsames verführerisches Drehen, das ihre Röcke zum Flattern brachte. Dann begann mit dem steigenden Tempo der Musik der ganze Körper zu schwingen und über die Bühne zu wirbeln. Die Röcke hoben sich und enthüllten die Pracht langer, schlanker Beine, die in schwarzen Florstrümpfen steckten. Schneller und schneller bewegte sie sich, die roten Röcke hoben sich bis zu den Schultern, hoben und senkten sich mit der Bewegung und umschwangen sie wie wogende Schleierwolken. Nach und nach enthüllte sich den Zuschauern der Körper der Tanzenden; das Mieder bestand nur noch aus zwei Halbkreisen aus schwarzer Spitze, die ihre Brüste betonten, ebenso wie die schwarzen Spitzenhandschuhe und die langen schwarzen Seidenflorstrümpfe nur dazu da schienen, Arme und Beine zur Geltung zu bringen. Wogen der Erregung schienen den in den Rhythmen des atemberaubenden Tanzes dahingleitenden Körper der Frau zu durchfluten; die roten Duftwolken wogten auf und nieder; sie gaben immer nur Ausschnitte frei und keinen Körperteil länger als einen winzigen Augenblick; alles, was sich den Blicken der Zuschauer bot, war nur ein loses Versprechen.

Das Ganze war eine großartige und erregende Darbietung. Der Saal begann schon zu toben, bevor der Tanz noch beendet war. Das Klatschen und Trampeln der vor Begeisterung Rasenden mischte sich mit der Musik und mit lauten Bewunderungsrufen. Garnet saß in ihrem Sessel dicht vor der Bühne wie verzaubert.

In ihr war eine Stimme, die ihr sagte, daß sie empört sein und Anstoß nehmen müsse. Aber sie war nicht empört. Oliver hatte ihr gesagt, was diese Frau war, er hatte keinerlei Zweifel in ihr aufkommen lassen. Er hatte das treffende Substantiv gebraucht, aber auch das treffende Adjektiv vorangestellt. Sie war sicherlich erstklassig, sie war großartig und unwiederholbar, diese Frau.

Der Tanz auf der Bühne ging weiter. Wäre es nach den Zuschauern gegangen, er hätte endlos weitergehen können. Aber er ging schließlich zu Ende; die Tänzerin verschwand hinter den Kulissen. Hatte sich der Enthusiasmus des Publikums schon vorher geräuschvoll genug geäußert, so machte sich die allgemeine Begeisterung nunmehr in einer förmlichen Explosion Luft. Garnet seufzte vor Entzücken. Diese gottlose, diese entsetzliche, diese wunderbare Tänzerin, diese schreienden, tobenden, klatschenden und trampelnden Menschen, der Saal, die Bühne, der Champagner – das alles zusammen war *Leben.*

Juliette kam noch einige Male zurück und machte ihren Knicks. Aber auf alle Zurufe, doch noch einmal zu tanzen, noch einmal zu singen, lachte sie nur und schüttelte schweigend den Kopf. Ihr Lachen klang fröhlich und unbekümmert; der Schalk blitzte in ihren Augen; es war, als wollte sie sagen: Ihr habt nun genug gesehen für euer Geld, wollt ihr mehr, dann kommt morgen wieder!

Der Vorhang schloß sich zum letzten Male. Der Abend im »Blumengarten« war zu Ende.

Fünftes Kapitel

Garnet war vor der Vorstellung zu aufgeregt gewesen, um zu essen. Nun aber hatte sie Hunger. Oliver meinte, dem sei abzuhelfen. In ihrem Hotel werde in einem besonderen Zimmer auch späten Gästen noch ein Supper serviert.

Als sie die Hotelhalle betraten, händigte ein Boy Garnet ein schmales Päckchen aus, mit der Bemerkung, es sei am Nachmittag für sie abgegeben worden. »Was hast du denn da?« fragte Oliver, während sie, schon am Tisch sitzend, die Verschnürung löste.

»Ein Buch mit Stahlstichen«, antwortete Garnet, »ich habe es heute vormittag gekauft.«

»Und was willst du mit Stahlstichen auf dem Kalifornienpfad anfangen?« grinste Oliver.

Sie blätterte in dem Buch. »Muß denn alles, was man tut, zweckmäßig sein?« sagte sie. »Ich habe in dem Antiquariat ein bißchen herumgestöbert, der Buchhändler war ein reizender alter Mann; ich wollte nicht gern fortgehen, ohne eine Kleinigkeit zu kaufen. – Ich möchte gern Krebs essen«, setzte sie hinzu, als der Kellner, ein Neger, sich dem Tisch näherte.

Oliver bestellte einen Krebs für sie und eine Tasse Kaffee für sich. Das Gericht wurde schnell serviert. Garnet hatte eben zu essen begonnen, als Oliver aufsprang. Er hatte durch die halboffene Tür zur Halle zwei seiner Angestellten erblickt. Dabei fiel ihm ein, daß an diesem Nachmittag das Pökelfleisch angekommen war, das am nächsten Morgen als erstes verladen werden mußte. Es war notwendig, sich für den ersten Teil der Reise mit Fleisch zu versorgen, denn erst nach dem Council Grove würden sie auf Büffel stoßen und für Frischfleisch sorgen können. Wenn er den Leuten jetzt seine Anweisungen gab, brauchte er am Morgen nicht so früh heraus. Er sagte: »Würdest du eben mal allein essen? Ich möchte noch ein paar Verladeanweisungen geben.«

Garnet hatte nichts dagegen, und Oliver ging in die Halle. Während Garnet sich mit ihrem Krebs beschäftigte, verließen die wenigen Gäste, die noch hier gesessen hatten, den Raum, und sie blieb mit dem Negerkellner allein zurück. Als sie mit dem Essen fertig war, nahm sie das Buch mit den Stahlstichen zur Hand und blätterte darin.

Auf den einzelnen Blättern des Bändchens waren Mädchen in phantastischen Gewändern abgebildet, darunter standen nicht weniger phantastische Namen: Esmeralda, Melisande, Mignonette, Florinda und ähnliche. Garnet las mit leiser Verwunderung die Namen und fragte sich, ob es wohl Frauen und Mädchen gäbe, die in der Wirklichkeit mit solchen Namen herumliefen.

Als ein Schritt sich der Tür näherte, sah Garnet auf; sie dachte, Oliver komme zurück. Aber dann hörte sie das Rauschen seidener Röcke, und als sie sich umblickte, verhielt sie unwillkürlich den Atem. Die Person, die eben zur Tür hereingerauscht kam, war die silberblonde Varietékünstlerin aus dem »Blumengarten«.

Die Künstlerin war allein. Sie trug ein auffälliges schottisches Seidenkleid und einen ärmellosen Mantel aus Eichhörnchenpelz, dazu einen dunkelblauen Modellhut mit Bändern und einer Feder.

Garnet fühlte, wie prickelnde Wellen ihr den Rücken hinabliefen. Die sagenhafte Person, die ihr im »Blumengarten« soviel Vergnügen verschafft hatte, ging so dicht an ihrem Tisch vorüber, daß sie ihren Mantel hätte mit den Händen berühren können, wenn es ihr eingefallen wäre, eine so unmögliche Handlung zu begehen. Es war kein Zweifel: die Sängerin gedachte sich hier niederzulassen, um ein Nachtessen zu sich zu nehmen. Der Negerkellner kam heran, um den neuen Gast zu begrüßen. Er machte eine Verbeugung, als sei die Künstlerin eine Königin, die er tagtäglich zu bedienen habe. Garnet fand, Oliver könne ruhig noch etwas auf sich warten lassen; sie empfand diese neuerliche intime Begegnung mit der gefeierten Schönen als schrecklich aufregend.

»Guten Abend, Cicero«, sagte die Silberblonde und strahlte den Neger an. Die beiden schienen gut Freund miteinander. »Was hast du für mich zu essen?« Sie sprach sehr deutlich und akzentuiert mit einer ausgebildeten Bühnenstimme, klar wie Musik. Der Kellner rieb sich die Hände. »Was mächtig Feines, Madam«, grinste er; »es heißen: Etuvé de viandes; sein sehr, sehr gut! Hühnerfleisch und Schinken und Rindfleisch und eine Menge Gemüse, und Lorbeerblätter und viel Gewürz; sehr gut, mächtig fein, Madam!«

»Das scheint so. Mein Gott, habe ich einen Hunger! Also schnell, bring mir dein Zusammengekochtes, eine große Portion, und etwas Reis mit Bratensoße und Rahm und ein großes Glas Milch. Auch etwas Gebäck mit Stachelbeermarmelade, wenn's geht.«

»Gut, Madam, sehr gut, soll alles kommen. Wie ist's: will Madam vielleicht ein paar Austern vorher, bis Küche das Supper bereitet?«

Die Blonde ließ einen anerkennenden Pfiff hören, der weniger für ihre Kinderstube als für ihren ausgebildeten Gaumen zeugte;

sie küßte begeistert ihre Fingerspitzen. »Ausgezeichnet!« sagte sie. »Austern! Austern sind großartig. Mit Meerrettich, bitte. Du bist ein Wunder, Cicero; ich begreife gar nicht, wie ich so lange ohne dich leben konnte.« Sie sah den Neger an, ihre Stimme schlug plötzlich um. »Wie geht es Larry heute?« fragte sie ernst, ihn groß ansehend.

Cicero schüttelte trübe den Kopf. »Noch sehr schlimm, immer noch sehr, sehr schlimm, Madam«, sagte er; »scheint sich ein bißchen zu bessern, ist aber immer noch schlimm. Wird noch sehr, sehr lange dauern mit ihm, bis er gesund ist.«

»Ja, ich fürchte, das wird es wohl«, sagte die Blonde. »Hier, nimm, Cicero.« Sie nahm einen Schein aus ihrer Börse und drückte ihn dem Kellner in die Hand. »Kauf ihm, was er braucht; kauf ihm auch ein nettes Spielzeug«, sagte sie. »Er wird Freude haben, und wer Freude hat, wird schneller gesund.«

»Oh, danke, Madam, sehr, sehr vielen Dank. Sie sind sehr, sehr gut zu uns.« Der Kellner machte einen tiefen Bückling und fletschte die Zähne.

»Sei still, Cicero. Rede nicht soviel«, wehrte die Sängerin ab. »Geh und brich meine Austern auf; ich sterbe sonst vor deinen Augen vor Hunger.«

»O Madam, sogleich, Madam!« rief der Neger. »Bitte, nehmen Sie Platz hier an das Seitentischchen.« Er zog ihr einen Stuhl heran, machte abermals einen tiefen Bückling und verschwand, um die Austern aufzubrechen.

Die Künstlerin begann es sich bequem zu machen. Sie warf den Schal zurück, nahm den Hut ab und löste einige Nadeln in ihrem Haar. Sie trug lange dunkelblaue Handschuhe aus Ziegenleder, die genau zu ihrem Hut paßten.

Garnet dachte: Mein Gott, ich darf sie nicht so anstarren. Sie zwang sich, den Blick wegzunehmen, und tat so, als vertiefe sie sich in ihr Buch. Sie blätterte darin herum, betrachtete die einzelnen Stiche und las die phantastischen Namen darunter: Esmeralda, Melisande, Mignonette, Florinda.

Plötzlich wurde die unmittelbar zur Straße führende Tür von draußen aufgerissen. Die Tür befand sich genau gegenüber ihrem Platz. Zwei Männer kamen herein; der zweite knallte die Tür hinter sich zu. Der erste grölte mit heiserer Stimme: »He, Bedienung!«

Garnet starrte die beiden Männer erschrocken an. Beide waren gut gekleidet, schwankten aber ziemlich auf den Beinen. »Verdammt noch mal, Bedienung!« brüllte der erste abermals. »Kann man denn hier, zum Teufel, keinen Drink mehr bekommen?«

Cicero befand sich nicht im Zimmer, die beiden Frauen und die Angetrunkenen waren allein im Raum. Das Seitentischchen, an dem die Künstlerin saß, befand sich im Rücken der Männer, deshalb sahen sie sie zunächst nicht, aber Garnet, die unmittelbar vor ihnen saß, sahen sie sogleich. Sie schwankten auf sie zu. »Hallo, Darling!« grölte der eine und breitete die Arme aus.

Garnet sprang erschrocken auf. Aber bevor sie noch ihren Stuhl ganz zurückgestoßen und zur Hallentür springen konnte, waren sie schon bei ihr. Der eine ergriff sie an beiden Handgelenken und grinste ihr in das Gesicht. »Guten Abend, Süße!« rief er. »Was machst du denn hier so allein?«

»So allein, ganz allein!« lallte der andere. »Schlimm, schlimm, mein Täubchen! Aber ich werd' auf dich aufpassen.«

»Ich bin nicht allein hier!« schrie Garnet und versuchte ihre Hände zu befreien. »Ich warte auf meinen Mann!«

Die beiden Angetrunkenen waren weit entfernt davon, etwas zu verstehen. Um nicht etwa zu kurz zu kommen, hatte sich jetzt auch der zweite Mann einer ihrer Hände bemächtigt. Beide ließen sich rechts und links von ihr nieder und redeten, sie unausgesetzt festhaltend, auf sie ein.

Garnet sah sich mit hilflosen Blicken um. Wenn doch Oliver käme! dachte sie. Aber er kam noch nicht, und die Tür zur Hotelhalle war zu. Sie versuchte abermals, ihre Hände loszumachen, aber es gelang ihr nicht. Sie starrte angewidert in die Gesichter der Männer, die, schalen Whiskyatem verströmend, noch immer auf sie einsprachen.

»Na, na, na«, begütigte einer der Kerle, »wirst doch nicht weglaufen, Puppe! Wirst uns doch nicht einfach weglaufen wollen. Sei lieb, Darling, wir tun dir ja nichts. Kaufen dir einen Drink.«

»Lassen Sie mich los!« schrie Garnet, warf mit einer wilden Bewegung den Kopf zurück – und sah in das Gesicht der blonden Künstlerin, die in ihrem Schottenkleid hinter den Männern auftauchte. Sie stand zwischen ihnen, legte jetzt beiden einen Arm um die Schulter und beugte sich zwischen ihnen vor.

»Ich würde sie in Ruhe lassen, Boys«, flüsterte sie ihnen zu; »ehrlich, ich würd' sie in Ruhe lassen.«

Sie fuhren mit den Köpfen herum. »Wer will hier was von uns?« grölte der eine und – sah in ein lachendes Gesicht unter seidigem Blondhaar. Überrascht ließ er Garnets Hand los. Die Künstlerin lachte silbern auf, schlüpfte an den beiden Männern vorbei und lehnte sich Garnet gegenüber an den Tisch.

»Ich sag' es nicht gern, Boys«, lachte sie, »aber es ist wahr: Ihr spielt mit dem Feuer.« Sie beugte sich näher zu den Kerlen hinab und flüsterte, als spreche sie zu guten Freunden: »Im Vertrauen: Ihr Mann ist ein Dampfbootführer und läuft ständig mit einer geladenen Pistole an jeder Hüfte herum. Er war eben noch hier, ist nur mal rausgegangen und kann jeden Augenblick wiederkommen. Ich sah heute nachmittag zufällig, wie er hier vor dem Hotel einem Burschen die Kinnladen auseinanderschlug.«

Die beiden Männer betrachteten die Flüsternde mit Interesse. Sie hatten Garnet mittlerweile beide losgelassen. »Wo habe ich dich denn schon gesehen, du blonde Katze?« fragte der eine.

Die Künstlerin lachte, ließ ihre Röcke fliegen und setzte sich mit einem Schwung auf den Tisch; dabei berührte sie Garnets Buch und schob es etwas beiseite. Sie sah Garnet gar nicht an; ihre ganze Aufmerksamkeit galt den beiden angetrunkenen Männern.

»Natürlich habt ihr mich schon gesehen«, lachte sie, »könnt ihr euch gar nicht erinnern? Denkt doch mal nach.« Sie lehnte sich seitwärts zurück, stützte sich mit einer Hand auf die Tischplatte und schlug langsam ein Bein über das andere, so daß ein paar Zoll ihres schwarzen Seidenstrumpfes unter dem Rock sichtbar wurden.

»Was machst du allein hier?« fragte der andere Mann. Offenbar vermochte sein benebeltes Hirn sich eine andere Begrüßung nicht auszudenken.

»Oh, ich habe mir die Augen nach einem Mann ausgeguckt, der mir Gesellschaft leisten könnte«, versetzte die Blonde, »ich sehe nur nicht ein, warum ich mit Herren fürliebnehmen soll, die ein so schlechtes Gedächtnis haben.«

Der Kerl starrte sie an. »Ha!« rief er plötzlich und schlug sich aufs Knie. »Ha, ich weiß!« Er lachte, als wolle er sich selbst zu der Leistung seines Gedächtnisses beglückwünschen. »Unten im ›Blumengarten‹!« grölte er. Dann begann er zu singen; die Melodie klappte nicht ganz, aber ein paar Verse des Chansons hatte er behalten. Er grölte:

>»Ach, ich glaubte und fand mich so selten bereit;
>Darum hol' ich jetzt nach die verschwendete Zeit.«

»Na, das ist schon besser«, lachte die Blonde. Der zweite Mann, der offenbar darauf hinweisen wollte, daß er auch noch da sei, begann die Melodie zu pfeifen.

»Nett«, sagte die Blonde, »großartig, Boys. Freue mich mächtig, ein paar nette Freunde gefunden zu haben, dazu so unerwartet und wo ich mich gerade so einsam fühle. Wie wär's, wenn wir zusammen einen Drink nähmen? Was meint ihr?«

Sie fanden den Vorschlag großartig und begannen nun wie Wasserfälle durcheinanderzusprudeln. Garnet saß zusammengehockt auf ihrem Stuhl und starrte auf die Szene. Sie hatte sich wieder gefangen, der Schreck war verflogen. Ihre Augen folgten den Bewegungen der Frau und der beiden Betrunkenen; sie hörte das Geschwätz, sah die verführerischen Gesten und Blicke der Varietésängerin. Alle Vorstellungen in ihrem Kopf schossen in dem einen Gedanken zusammen: So also ist das! So machen sie es!

Sie war so fasziniert, daß es ihr fast leid tat, als die Blonde sagte: »Die Bar in diesem Hotel ist schon zu; wir bekommen hier nichts mehr; aber ein paar hundert Meter weiter gibt es unten in der Straße ein nettes Lokal: Tonys Kneipe. Da kriegen wir alles, was wir wollen.«

»Auf zu Tony! Auf der Stelle zu Tony!« grölten die Männer und veranstalteten einen Heidenlärm, um ihren Entschluß zu bekräftigen. Keiner von den dreien schenkte Garnet auch nur noch die geringste Aufmerksamkeit. Die Männer erhoben sich schwerfällig; die Sängerin stützte den wackligsten der beiden unter dem Ellbogen. Sie ergriff im Vorbeigehen ihren Schal, und alle drei gingen durch die Tür auf die Straße hinaus.

Garnet starrte ihnen nach. Sie hatte das Gefühl, sie müsse jetzt nach Oliver sehen. Aber die Künstlerin hatte ihren Hut zurückgelassen; sie mußte also die Absicht gehabt haben, wiederzukommen! Und Garnet wollte ihr gerne danken. Wie nett es von ihr war, ihr in ihrer Bedrängnis zu Hilfe zu kommen! Sie wußte nicht recht, wie sie diese besondere Art der Hilfeleistung bezeichnen sollte, aber jedenfalls hatte die Frau sich sehr freundschaftlich benommen.

Der Negerkellner erschien. Er trug eine Platte, auf der rohe Austern um ein Schälchen mit geriebenem Meerrettich arrangiert waren. Er sah sich nach seinem Gast um, erblickte den Hut und stellte die Platte auf den Tisch. Einen Augenblick später ging die Straßentür auf, und die Künstlerin erschien. Sie war allein. Sie schloß die Tür und schob den Riegel vor; dann kam sie zu Garnet heran.

»In Ordnung, meine Liebe«, sagte sie mit einem fröhlichen Lächeln; »die Kerle werden Sie nicht mehr belästigen.«

Sie wollte mit einem Kopfnicken zu ihrem eigenen Tisch gehen, als Garnet aufsprang. »Bitte«, rief sie, »warten Sie eine Minute! Ich weiß nicht, wie ich Ihnen danken soll, aber glauben Sie mir: ich bin Ihnen sehr, sehr dankbar.« Sie zögerte einen Augenblick, warf der anderen einen verwirrten Blick zu und fuhr fort: »Ich war sehr hilflos; ich wußte nicht, was ich tun sollte.«

»Das sah ich, meine Liebe«, lächelte die Blonde. »Die Sache ist völlig in Ordnung.«

Garnet suchte nach Worten. Sie wollte nicht noch eine Bemerkung über die Sache selbst machen. Sie dachte: Ich wußte mir nicht zu helfen, aber sie wußte genau, was sie tun mußte, um mir zu helfen. Ihr Gesicht rötete sich in der Verlegenheit noch tiefer. Die Blonde schlug ihr leicht auf den Arm. »Es ist wirklich alles in Ordnung«, sagte sie. »Ich habe die Tür verriegelt. Sie können nicht zurückkommen. Machen Sie sich also keinerlei Sorgen mehr.«

»Ich mache mir keine Sorgen«, sagte Garnet. »Ich bin nur froh, daß Sie wieder da sind.«

»Wieso? Ich wohne in diesem Hotel. Ich esse jeden Abend hier nach der Vorstellung.«

»Aber wie sind Sie die Männer losgeworden?«

»Oh, das war einfach. Ich habe sie in Tonys Kneipe verloren. Ich sagte, ich wolle mir etwas zu trinken aussuchen. Die Getränke des Barkeepers schmeckten mir nicht.« Sie zuckte lachend die Achseln. »Nun, und dann war ich fort. Ende des Aktes.«

Sie hatte eine helle, unbeschwerte Stimme und ein gerades, offenes Lächeln im Gesicht. Auch Garnet lächelte sie an, sehr viel schüchterner freilich. Sie sah: die Künstlerin verlor in der Nähe nichts von ihrer reizvollen Schönheit. Sie hatte klassische Züge und eine zarte Haut. Ihre Augen waren wirklich so groß wie Zehncentstücke.

»Bitte, gehen Sie noch nicht!« rief Garnet. Sie trat einen Schritt auf die andere zu; ihre Hand streifte den Rand des Tisches und stieß das dort liegende Buch mit den Stichen herunter. Das Buch blätterte auf. Bevor Garnet es noch aufheben konnte, hatte die Blonde sich schon gebückt und es aufgenommen.

»Was für hübsche Bilder«, sagte sie und glättete eine etwas zerknüllte Seite. Sie lächelte bezaubernd: »Haben Sie den Schreck überwunden?«

»O ja, das ist ganz vorbei; deshalb bat ich Sie nicht, noch zu bleiben. Ich wollte Ihnen nur sagen – ich sah Sie heute abend – im ›Blumengarten‹. Sie waren wundervoll.«

»Danke. Fanden Sie das wirklich? Süß jedenfalls, daß Sie es mir sagen. Ich habe Sie auch dort gesehen. Gleich vor der Bühne. Mit einem Herrn. Waren Sie zum erstenmal dort?«

»Ja gewiß. Ich bin überhaupt zum erstenmal in New Orleans. Ich habe immer in New York gewohnt. Wir sind auf der Hochzeitsreise.«

»Und Ihr Mann hat Ihnen die Stadt gezeigt?«

Garnet nickte. »Ich habe mich so gefreut, Sie hier wiederzusehen. Ihre Darbietungen waren großartig. Ich habe mich nie so gut unterhalten. Oh, Miß . . . jetzt weiß ich nicht, wie ich Sie anreden soll. Auf dem Programm stand ein Name: Juliette – ich weiß nicht mehr – soll ich Sie so nennen?«

Das Gesicht der Sängerin wechselte den Ausdruck; sie warf Garnet einen beinahe prüfenden Blick zu. »Warum wollen Sie mich nicht so nennen?« fragte sie.

»Ja – verzeihen Sie – ich dachte nur – mein Mann meinte, der Name auf dem Programm sei wahrscheinlich gar nicht Ihr richtiger Name. Er sagte, die meisten Damen beim Theater führten sogenannte Künstlernamen. Bitte, verzeihen Sie«, Garnet lächelte ein bißchen hilflos, »ich wollte nicht unhöflich sein. Sie sind die erste Künstlerin, mit der ich zusammentreffe.«

Jetzt lachte die Blonde offen und herzlich. »Aber entschuldigen Sie sich doch nicht«, sagte sie. »Ich glaube, Sie könnten gar nicht unhöflich sein, selbst wenn Sie es wollten. Ihr Mann hatte vollkommen recht. Juliette la Tour ist ein Phantasiename, nicht mehr als ein Etikett. Man liebt in New Orleans alles Französische. Ich heiße Florinda.«

»Wie? Oh! Danke, Miß – Florinda«, stammelte Garnet. – Das Buch! dachte sie. Als die Sängerin das Buch mit den Stahlstichen aufnahm, war die Seite mit dem Namen Florinda aufgeschlagen gewesen. Sie hatte die etwas zerknitterte Seite geglättet und den Namen gelesen. Aber vielleicht war das ein Zufall. Sie lächelte höflich. »Ich fragte nach Ihrem Namen und nannte Ihnen noch nicht einmal den meinen«, sagte sie. »Ich bin Garnet Hale. Mrs. Oliver Hale.«

»Ich bin erfreut, Sie kennenzulernen, Mrs. Hale«, versetzte die Sängerin. »Sie sind ein liebes Geschöpf, und ich bin glücklich, Ihnen ein paar frohe Stunden bereitet zu haben. Kommen Sie nächste Woche wieder in den ›Blumengarten‹; ich bekomme ein paar neue Lieder und ein Kleid, bei dessen Anblick sich die Dächer von den Häusern heben werden.« Sie küßte entzückt ihre Fingerspitzen und warf ein Kußhändchen in die Luft. »Schwarzer Atlas! Eine Kombination wie eine Zwiebelhaut.«

Sie sagte das mit einem so reizenden Lachen und so völlig unaffektiert, daß Garnet sich ihrem Zauber nicht entziehen konnte. Sie begann auch zu lachen. Vielleicht hieß die andere wirklich Florinda. Jedenfalls war sie eine charmante Person. Die Tür zur Hotelhalle wurde geöffnet, und Oliver erschien in ihrem Rahmen. Er wandte sich auf der Schwelle noch einmal um und sagte zurücksprechend: »Fest und sicher verpacken. Es gibt viele Schlaglöcher auf dem Weg zum Council Grove.«

»Da kommt mein Mann«, sagte Garnet. »Ich werde ihm erzählen, wie freundlich Sie zu mir waren.«

Oliver machte ein etwas verblüfftes Gesicht, als er die Dame erkannte, die neben Garnet stand, doch lächelte er und verbeugte sich höflich. Garnet sagte: »Darf ich Ihnen meinen Mann vorstellen?« Sie zögerte und wußte nicht, was sie sonst noch sagen sollte, da sie ja Florindas Familiennamen nicht kannte. Sie erzählte, daß zwei betrunkene Männer sie belästigt hätten und daß Florinda sie von ihnen befreit habe. Olivers Gesicht verfinsterte sich. »Wie kamen sie denn herein«, fragte er, »die Tür zur Straße soll doch nach zehn Uhr abends geschlossen sein.«

»Nun, sie war jedenfalls nicht verschlossen«, sagte Garnet. »Die Männer kamen direkt von der Straße.«

Oliver wandte sich Florinda zu und sprach ihr seinen Dank aus. »Es war sehr liebenswürdig von Ihnen, meiner Frau beizustehen, Miß – Miß la Tour«, sagte er. »War der Name nicht so?«

»Nein«, lächelte die Blonde, »ich erklärte es eben Ihrer Gattin, als Sie hereinkamen. Juliette la Tour ist nur mein Bühnenname. Ich heiße Grove, Florinda Grove.«

Grove? dachte Garnet; sie hörte nicht, was die andere sagte. Das Buch? dachte sie, Florinda! Oliver stand in der Tür und sagte: »Nach Council *Grove*«. Eine sonderbare Sache. Und es schien kaum ein Zweifel, daß die Künstlerin ihren angeblichen Namen eben erst von ungefähr aus der Luft aufgegriffen hatte.

Der Negerkellner kam herein; er trug das Tablett mit Florindas Essen. Er sah mit einigem Erstaunen, daß die Austern noch immer unberührt auf dem Tisch standen. Florinda rief ihm zu: »Stell die Platten ab, Cicero. Ich traf hier ein paar Freunde und begann zu schwätzen.« Sie wandte sich wieder Oliver zu und sagte mit etwas gedämpfter Stimme: »Darf ich Sie um einen Gefallen bitten, Mr. Hale?«

»Aber ja. Was kann ich für Sie tun?«

»Beschweren Sie sich nicht wegen der offenen Tür. Der Kellner da ist verpflichtet, sie jeden Abend um zehn zu schließen. Er ist sehr gewissenhaft, aber er hat einen kleinen schwerkranken Jungen zu Haus. Er machte sich deswegen Sorgen, und wenn ein Mensch den Kopf voller Sorgen hat, dann passiert es ihm leicht, daß er etwas vergißt. Sie wissen, wie das ist, nicht wahr? Er würde Unannehmlichkeiten bekommen, wenn man erführe, daß er die Tür offenließ.«

Oliver nickte. »Selbstverständlich«, sagte er, »ich werde mich nicht beschweren und die Sache nicht erwähnen.«

»Danke. Das ist sehr nett von Ihnen. Aber nun muß ich mich wohl verabschieden und gute Nacht sagen. Ich habe morgen früh Probe und gewaltigen Hunger. Es hat mich sehr gefreut, Ihre Bekanntschaft zu machen.«

Sie nickte Oliver und Garnet lächelnd zu und ging zu ihrem Tisch. Als die Hales das Zimmer verließen, sah Garnet sich noch einmal um. Sie dachte: ich sollte eigentlich böse auf Oliver sein; er hätte mich nicht so lange allein lassen dürfen, nachdem er selbst gesagt hat, New Orleans sei ein ziemlich dunkler Ort, das amerikanische Marseille. Aber sie war nicht böse; hätte er sie nicht allein gelassen, so wäre sie nicht mit Florinda zusammengetroffen. Florinda war zwar ein zweifelhaftes Geschöpf, das in schwarzen Florstrümpfen tanzte, und vermutlich eine Dirne, aber Garnet fand, sie sei nichtsdestoweniger einer der nettesten Menschen, die ihr jemals begegneten.

Sechstes Kapitel

Oliver lachte, als Garnet ihm erzählte, wie Florinda ihren angeblichen Namen sozusagen aus der Luft aufgefangen habe. »Du wirst dich langsam daran gewöhnen müssen, die Menschen nicht nach ihren wirklichen Namen zu fragen«, sagte er. »Wenn du erst in die wilden Weiten jenseits von Santa Fé kommst, wirst du vielen Männern begegnen, die ihre richtigen Namen irgendwo weit hinter sich gelassen haben.«

Garnet begriff das nicht gleich; sie hatte nie etwas von solchen Möglichkeiten gehört. »Es ist sonderbar«, sagte sie, »aber ich werde es mir merken.«

Sie schliefen am nächsten Morgen ziemlich lange; es war nahezu elf, als sie zum Frühstück hinuntergingen. Auf Oliver wartete bereits einer seiner Männer; es gab allerlei zu tun. Garnet ging deshalb nach dem Frühstück allein auf ihre Zimmer zurück.

Sie hatte eben das zweite Stockwerk erreicht, als sie zwei Männer erblickte, die auf die Treppe zukamen. Der eine, ein breitschultriger Mann mit einem feisten roten Gesicht, schien sehr erregt. Sein Begleiter machte einen besseren Eindruck. Er war schlank und korrekter gekleidet. Als sie herankamen, hörte Garnet den mit dem feisten roten Gesicht sagen: »... hat das Hotel bestimmt nicht verlassen. Ich will beschwören, daß das Frauenzimmer sich noch ...«

Das Weitere verstand sie nicht mehr. Die Männer gingen die Treppe hinab; Garnet sah ihnen leicht angewidert nach und wandte sich ihrem Zimmer zu. Der Flur machte hier einen Knick. In der Ecke stand ein großer Schrank mit Glastüren. Er enthielt Seemuscheln, Wachsblumen und allerlei Andenken und Nippessachen. Ein am Schrank befestigtes Schild wies darauf hin, daß man die ausgestellten Gegenstände im Vestibül kaufen könne. Garnet blieb einen Augenblick stehen und besah sich die Auslage. – Es ist merkwürdig, dachte sie, wenn Menschen unterwegs sind, kaufen sie immer allerlei Zeug zusammen, das sie zu Hause nie kaufen würden.

Von einem offenstehenden Fenster kam ein Windzug herüber; er erfaßte ihre Röcke und wirbelte sie um die Schrankecke. Sie tat einen Schritt auf den Schrank zu, um ihr Kleid zu lösen, ohne es zu beschädigen. Als sie sich wieder aufrichtete, fuhr sie mit einem leisen Ruf der Überraschung zusammen. Sie sah in eine dunkle Spalte zwischen dem Schrank und der Wand. Tief in dieser Spalte hockte zusammengekauert die blonde Frau aus dem »Blumengarten«, die sich in der Nacht als Florinda Grove vorgestellt hatte.

Florinda saß vorgebeugt, als lausche sie. Die Stimmen der beiden Männer waren vom Treppenhaus her noch vernehmbar; zu verstehen war nichts. Garnet sah über die Schulter zur Treppe zurück und blickte dann in die Spalte.

Florinda hatte sich nicht gerührt; sie mußte Garnet gesehen haben, aber sie gab es nicht zu erkennen. Garnet sah, daß sie ein sehr elegantes grüngestreiftes Taftkleid trug, ein Cape aus Marderpelz und einen Hut mit grünen Bändern. In dem Halbdunkel der Nische schimmerten Juwelen. Garnet mußte angesichts dieser Pracht unwillkürlich an sich selber hinuntersehen. Sie trug ein schlichtes marineblaues Seidenkleid mit weißem Kragen und Manschetten. Sie fragte sich, ob Florinda etwa beabsichtigt habe, in dieser herausfordernden Aufmachung auf die Straße zu gehen. Aber dann sah sie Florindas Gesicht und vergaß ihre Kleidung.

Ihre Augen hatten sich an das Dämmerlicht in der Nische gewöhnt. Sie sah: Florinda war kalkweiß; ihre erstarrten Züge glichen einer Gipsmaske. Ihre Augen schienen auf eine sonderbare Weise leer, wie versteinert; sie machte den Eindruck einer Frau, der Schreck und Angst den Verstand verwirrt hatten. Die Worte des Mannes mit dem feisten Gesicht fielen ihr ein: ». . . hat das Hotel bestimmt nicht verlassen. Ich will beschwören, daß das Frauenzimmer sich noch . . .«

Blitzschnell durchschoß es sie: sie haben über Florinda gesprochen. Sie hat sich vor ihnen verborgen. Sie konnte sich nicht denken, warum sie sie suchten, aber zweifellos fühlte sich Florinda bedroht; Angst und Schrecken in ihrem Gesicht zeigten es deutlich genug.

Garnets Gedanken liefen schnell. Ihr Zimmer war keine zwanzig Schritte entfernt. Niemand würde die Gesuchte bei ihr vermuten.

Sie nahm kurz entschlossen ihre Röcke zusammen, um durch ihr Geraschel kein unnötiges Geräusch zu verursachen, und zwängte sich in die Nische hinein. »Kommen Sie«, stieß sie heraus, »kommen Sie schnell!« Sie atmete schwer und gepreßt.

Florinda maß sie mit einem kalten, unpersönlichen Blick; ihre Augen flimmerten. »Was wollen Sie?« zischte sie.

»Kommen Sie doch – schnell – in mein Zimmer!« flüsterte Garnet.

»In *Ihr* Zimmer?« Florindas Augen glitten unruhig über sie hin. Von der Treppe her näherten sich Schritte. Florindas Hand klammerte sich um Garnets Handgelenk. Ein Negermädchen ging an der Nische vorbei, sie trug Besen und Staubtuch. Sie klopfte an eine Tür in der Nähe und verschwand, wie Garnet aufatmend sah, gleich darauf im Zimmer, vermutlich, um es zu reinigen.

»Nun kommen Sie doch schon!« rief Garnet erregt. »Es kann jeden Augenblick jemand kommen und sie geradeso hier in der Nische sehen, wie ich Sie gesehen habe.«

Florinda schüttelte langsam den Kopf. »Das geht doch nicht«, flüsterte sie, »was denken Sie denn!«

»Kennen Sie mich denn nicht mehr?« fragte Garnet.

»Natürlich kenne ich Sie. Ich habe ja diese Nacht mit Ihnen gesprochen.«

»Ja. Und nun sind *Sie* in Schwierigkeiten, und ich möchte Ihnen helfen. Da waren zwei Männer, die mich belästigten. Sie haben mich vor ihnen beschützt. Jetzt sind hier zwei andere Männer, die Sie belästigen, und ich will Sie beschützen. Kommen Sie mit in mein Zimmer; niemand wird Sie dort suchen.«

Florindas blaue Augen weiteten sich. »Hölle und Teufel!« flüsterte sie.

Garnet zuckte, da sie den Fluch hörte, unwillkürlich zusammen, aber sie sagte sich, daß jetzt keine Zeit für Sentiments sei. Deshalb flüsterte sie nur mit mühsam verhaltener Erregung: »Mein Zimmer ist schräg gegenüber; es sind ein paar Sprünge. Ich werde mich an die Tür stellen und aufpassen. Kommen Sie schnell!« Und ohne eine weiteres Argument abzuwarten, huschte sie aus der Nische heraus, sprang über den Flur und schloß die Tür ihres Schlafzimmers auf. – Gott sei Dank! dachte sie; sie haben schon Ordnung gemacht, während wir frühstückten. Wir brauchen also nicht zu befürchten, daß jemand kommt.

Florinda kam jetzt vorsichtig hinter dem Schrank hervor. Sie sah sich hastig nach beiden Seiten um; der Flur war leer. Sie nahm ihre Röcke hoch und sprang wie ein erschrockenes Kaninchen über den Gang. Garnet zog sie ins Zimmer hinein, sprang hinterher und verschloß die Tür.

»So«, sagte sie aufatmend, »jetzt sind Sie sicher. Sie können in Ruhe abwarten, bis die Kerle fort sind.«

Florinda fiel in einen Sessel. Ihre Augen irrten durch den Raum, als fürchte sie, daß sich irgendwo jemand verborgen halte und sie beobachte. Schließlich lehnte sie sich seufzend zurück, schloß die Augen und atmete tief. Allmählich bekam ihr Gesicht wieder Farbe. Garnet wartete stumm und ließ ihr Zeit, sich zu fassen.

Nach einigen Minuten öffnete Florinda die Augen und sah Garnet mit einem dankbaren Lächeln an. »Sie sind ein Engel«, sagte sie, »es ist die nackte, uneingeschränkte Wahrheit: Sie sind ein Engel!«

Garnet kam sich gar nicht engelhaft vor. Das jäh vor ihr auftauchende Abenteuer, dessen Hintergründe sie nicht ahnte, hatte sie ziemlich erschreckt. In ihr fragte eine ratlose Stimme: wohin gerate ich? Aber sie lächelte die eigene Unsicherheit nieder. »Was kann ich für Sie tun, damit Sie sich besser fühlen?« fragte sie.

Florinda strich sich mit der Hand über die Lippen. Ihre Hände steckten in grünen Lederhandschuhen, die zur Farbe ihres Kleides paßten. Ein schwaches Lächeln überflog ihr Gesicht; sie flüsterte: »Könnte ich vielleicht ein Glas Wasser haben? Mein Mund ist ganz ausgetrocknet.«

»Aber ja, natürlich.« Garnet ging zum Waschtisch, füllte ein Glas mit Wasser und brachte es ihr. »Würden Sie nicht lieber ein Glas Wein trinken?« fragte sie.

Die andere schüttelte den Kopf: »Nein, Darling. Ich habe meine fünf Sinne noch nicht ganz wieder beisammen und möchte sie nicht schon wieder verwirren.«

Garnet holte ihr Riechsalz und ein Flakon mit Lavendelwasser von der Kommode. »Nehmen Sie Ihren Hut ab«, sagte sie, »ich werde Ihnen die Stirn einreiben.«

»Sie unterschätzen mich, Liebe«, lächelte Florinda, »ich gehöre nicht eben zu der schwächsten Sorte Frauen.« Aber sie nahm gleichwohl den Hut ab und lehnte sich mit geschlossenen Augen zurück, während sie das Riechsalz einatmete und Garnet ihr die Schläfen mit Lavendelwasser einrieb. Florinda trug ihr weißblondes Haar in der Mitte gescheitelt und nach hinten zurückgenommen, so daß man die Spitzen der Ohrläppchen sehen konnte. In diesen Ohrläppchen funkelten zwei wundervolle viereckig geschnittene Smaragde. Garnet ließ, da sie sie erblickte, einen Schrei des Entzückens hören. »Was für wundervolle Ohrringe!« rief sie.

»Ja. Reizend, nicht?« lächelte Florinda. »Ich bekam sie von einem Herrn, der sich Geschenke dieser Art leisten konnte.« Sie öffnete ihre blauen Augen und sah Garnet an. »Oh, das Lavendel tut gut«, sagte sie. »Sie sind ein süßes Geschöpf, Mrs. Hale.«

Mrs. Hale wurde noch eine Spur röter. »Ich heiße Garnet«, sagte sie. »Wollen Sie mich nicht so nennen?«

»Wenn Sie es erlauben, gern.«

Garnet verstöpselte das Flakon. Florinda stand auf, ging zum Fenster und sah auf die Straße hinaus; sie stellte sich dabei so, daß sie durch die Vorhänge abgedeckt wurde. Ein Weilchen stand sie so, dann kam sie zurück. »Hören Sie, Garnet«, sagte sie mit ernster Stimme, »ich möchte Ihnen keine Ungelegenheiten machen.«

»Das werden Sie auch nicht«, entgegnete Garnet. »Dies ist mein Zimmer und das meines Mannes. Ich kenne unsere Rechte sehr genau. Niemand darf uneingeladen ein Privatzimmer betreten. Sie können völlig ungestört hierbleiben, bis diese Männer fort sind.«

»Sie werden aber nicht weggehen, mein Herz«, sagte Florinda. Sie nahm ihr Pelzcape ab und hängte es sich über den Arm. »Übrigens steht unten neben dem Hoteleingang noch ein dritter. Der wartet zweifellos auch darauf, daß ich herauskommen möchte.«

»Nun, er kann schließlich nicht ewig dort stehenbleiben«, versetzte Garnet. »Wir haben nebenan noch ein Wohnzimmer, und wenn Sie die Nacht bei uns bleiben wollen, können Sie gern dort auf dem Sofa schlafen. In jedem Fall müssen Sie zunächst hierbleiben.«

Florinda seufzte. »Guter Gott! Ich wollte zur Probe.« Sie sah kurz auf eine kleine juwelenbesetzte Uhr, die sie an einer Kette um den Hals trug. »Sie werden sich bestimmt wundern, was mit mir los ist.«

»Sie werden die Probe eben ohne Sie durchführen«, sagte Garnet, die sich auf der Kante ihres Bettes niedergelassen hatte. »Denken Sie nicht daran.«

Florinda maß sie mit einem prüfenden Blick. »Hören Sie zu, Baby«, sagte sie, »warum verbergen Sie mich? Sie kennen mich doch gar nicht.«

»Sie kannten mich ja auch nicht, als Sie die betrunkenen Männer von mir fernhielten. Außerdem: nicht viele Leute würden sich für die Sorgen eines Negerkellners interessieren, ihm etwas für sein krankes Kind schenken und für ihn bitten, damit er keine Unannehmlichkeiten bekommt, weil er vergaß, eine Tür zu schließen. Jetzt haben Sie selbst Sorgen, Florinda, Sie sind irgendeiner Sache wegen in Not; ich weiß nicht, was das für eine Sache ist, aber ich bin sicher, Sie sind schuldlos daran. Ich habe ja gesehen, was Sie für ein Mensch sind.«

»Sie süßes Baby!« sagte Florinda.

Garnet wiederholte: »Sie können hierbleiben, Florinda.«

Florinda sah sie verwirrt an: »Wie nannten Sie mich da eben?«

»Florinda. Sie sagten gestern abend, Sie hießen Florinda Grove.« Garnet blickte zu Boden; ihre Finger strichen eine Falte der Bettdecke glatt. – Ob sie mir jetzt einen anderen Namen nennen wird? dachte sie. Aber Florinda lachte nur einmal kurz auf. »Wahrhaftig«, sagte sie, »das tat ich wohl.« Und ohne eine weitere Bemerkung daran zu knüpfen, fuhr sie fort: »Es ist wundervoll, daß Sie mich hier dulden. Ich weiß zwar noch nicht, ob es helfen wird und wie lange man die Herren, die da hinter mir her sind, zurückhalten kann, aber es wird immerhin erst mal Zeit gewonnen. Wahrhaftig, ich zittere noch immer, wenn ich daran denke. Ich glaube, ich war in meinem ganzen Leben noch nicht so erschrocken.«

Ein Klopfen ertönte an der Tür; Florinda erstarrte. Garnet öffnete die Verbindungstür zum Wohnzimmer und machte eine auffordernde Bewegung mit der Hand. Florinda ergriff ihren Hut und schlüpfte an ihr vorbei. Es klopfte abermals, diesmal schon ungeduldiger. Olivers Stimme rief: »Garnet, ich bin es. Wo steckst du denn?«

»Es ist mein Mann«, flüsterte Garnet, »aber bleiben Sie lieber einstweilen, wo Sie sind.« Sie schloß die Verbindungstür und rief: »Einen Augenblick, Oliver, ich öffne sofort.«

Gott sei Dank! dachte sie, es ist nur Oliver. Sie öffnete vorsichtig die Tür, ließ ihn eintreten und schloß sie sogleich wieder hinter ihm. Sie atmete hörbar.

»Was ist los?« rief Oliver. »Was machst du für ein Gesicht?«

»Ich habe etwas erlebt«, flüsterte sie, »ich muß es dir erzählen. Bitte, setz dich.«

Sie sah sein besorgtes Gesicht und beeilte sich, ihn zu beruhigen. »Nein, es betrifft nicht mich, mir ist nichts geschehen. Du erinnerst dich an die blonde Dame aus dem ›Blumengarten‹?«

Oliver lachte, sichtlich erleichtert. »Ach, du lieber Gott!« sagte er. »Hast du die Mondscheinblondine noch einmal aufgelesen? Ich hätt's mir fast denken können. Was gab's denn mit ihr?«

Sie erzählte ihm in hastigen Worten, was geschehen war. Wie sie Florinda in der Schranknische entdeckt und vor zwei Männern, die nach ihr suchten, in Sicherheit gebracht habe. »Sie ist jetzt im Wohnzimmer nebenan«, sagte sie.

Oliver machte ein bedenkliches Gesicht. Als sie auf seine Fragen zugeben mußte, sie habe keine Ahnung, was die Männer von der Frau wollten, wurde er noch bedenklicher. Doch schüttelte er schließlich in ergebener Resignation den Kopf. »Also«, sagte er, »meinetwegen. Wenn sie ungesehen wegkommen kann, werde ich sie nicht daran hindern. Aber das ist auch alles, was ich versprechen kann, solange ich nicht mehr von der Sache weiß.«

Er ging zur Wohnzimmertür und öffnete sie. Er sah sich Florinda unmittelbar gegenüber. »Kommen Sie herein«, sagte er.

Florinda kam wieder ins Schlafzimmer. Sie stand da, hielt den Hut in der Hand und hatte das Pelzcape um die Schultern gehängt, als warte sie darauf, daß Oliver sie bitten würde, zu gehen. Aber Oliver sagte nicht, daß sie gehen sollte. Die Angelegenheiten anderer

Leute interessierten ihn zwar nicht, aber er war auch nicht herzlos. Und Florinda war eine Frau, eine außergewöhnlich schöne Frau. Er sagte:

»Nun erzählen Sie mal, was da eigentlich los ist.«

Florinda sah ihn an. Sie hob leicht die Schultern und ließ sie wieder fallen. »Ich will es kurz machen, Sir«, sagte sie, »ich muß versuchen, auf irgendeine Weise aus diesem Hotel herauszukommen. Nicht nur aus dem Hotel, sondern auch aus der Stadt. Gelingt mir das nicht und ich werde von gewissen Leuten erwischt, wird man mich vermutlich in Handschellen nach New York bringen.«

Garnet zuckte bei dem Wort Handschellen heftig zusammen und starrte die Sprecherin an. Oliver schien weniger beeindruckt. Er stand ruhig da und betrachtete mit nachdenklichen Blicken seinen unerwarteten Gast. Florinda hielt seinen prüfenden Blicken ruhig stand; sie zuckte mit keiner Wimper.

»Es scheint, Sie sprechen recht gefaßt über eine solche Möglichkeit«, sagte Oliver schließlich. Garnet sah seinem Gesicht an, daß ihm Florindas Haltung gefiel und Sympathie einflößte. Oliver war an Gefahr gewöhnt, er mochte Leute, die in schwierigen Lagen den Kopf oben behielten. Tränen und Schwächeanwandlungen imponierten ihm nicht.

»Ich habe einen ziemlichen Schreck gekriegt vorhin«, bekannte Florinda freimütig. »Aber Sie brauchen nicht zu befürchten, daß ich hysterische Anfälle bekomme.«

Oliver nickte beifällig.

»Nebenbei«, sagte Florinda, »ich könnte Ihnen die Geschichte ja erzählen, wenn Sie mir behilflich sein wollten, aus der Stadt herauszukommen. Es würde Sie nichts kosten. Ich habe Geld, und ich habe es immer zur Hand, wenn ich es brauche.«

»Aber davon ist doch gar keine Rede«, protestierte Garnet.

Florinda lächelte sie an. »Schönen Dank, Liebe«, sagte sie, »aber ich bin es gewohnt, zu bezahlen, was ich brauche.«

Oliver machte noch immer ein nachdenkliches Gesicht. »Aufrichtig, Miß Grove«, sagte er, »ich hätte gern etwas mehr Einzelheiten.«

Florinda sandte ihm ein kleines ironisches Lächeln zu. »Begreiflich«, sagte sie, »aber was hätten Sie schon davon. Sie haben schließlich keine Veranlassung, mir auch nur ein Wort, das ich sagen würde, zu glauben.«

In diesem Augenblick klopfte es abermals hart an die Tür.

Siebentes Kapitel

Das Klopfen war unmißverständlich. Da war kein Besucher, der höflich um Eintrittserlaubnis bat. Es pochte mehrmals hart hintereinander, laut und fordernd, daß die Tür sich in den Angeln bewegte.

Garnet fühlte, wie ihre Pulse flogen. Florinda preßte beide Fäuste gegen den Mund; ihre Augen waren ganz starr. Oliver ging langsam auf die Tür zu.

Er hatte sie noch nicht erreicht, als draußen jemand die Klinke herunterdrückte und heftig daran rüttelte, als habe er Grund, sich darüber zu ärgern, daß die Tür verschlossen war. Abermals erfolgte ein Trommelwirbel gegen die Tür; dann rief eine wütende Stimme: »Öffnen Sie sofort! Im Namen des Gesetzes!«

Garnets Augen hetzten durch den Raum. Das Wohnzimmer nebenan war unter diesen Umständen kein sicheres Versteck. Blitzartig kam ihr eine Idee; sie riß die Tür des Kleiderschrankes auf und forderte Florinda mit hastigen Bewegungen auf, hineinzuklettern. Florinda flog am ganzen Leibe, sie sah sich mit wilden Blicken um, aber dann kroch sie kurz entschlossen in den Schrank und zog ihre Röcke nach. Oliver rief mit erhobener Stimme: »Gedenken Sie die Tür einzuschlagen? Das würde sich erübrigen. Ich öffne selbst.« Er war jetzt wütend. Florindas Verfolger hätten keinen besseren Weg einschlagen können, um ihn zu ihrem Beschützer zu machen. Oliver hatte acht Jahre lang Warenzüge nach dem Westen geführt; er war durch Lärm und Drohungen nicht zu beeindrucken. Er drehte den Schlüssel im Schloß und riß die Tür auf. »Was soll das heißen?« rief er. »Wie benehmen Sie sich?«

Zwei Männer standen vor der Tür. Einer war der breitschultrige Mann mit dem feisten roten Gesicht, der an Garnet vorübergegangen war. Aber der zweite war nicht sein früherer Begleiter. Es war vielmehr Mr. Maury, der Geschäftsführer des Hotels. Der Feiste trug ein selbstgefälliges, wichtigtuerisches Benehmen zur Schau; Mr. Maury dagegen schien sehr unglücklich; er entschuldigte sich mit bewegten Worten.

»Es tut mir unendlich leid«, sagte er, »aber dieser Herr war nicht abzuhalten.« Und er wies eine Legitimation vor. »Er ist auf der Suche nach einer entflohenen Verbrecherin.« Mr. Maury machte ein unglückliches Gesicht; er war offenbar Szenen dieser Art nicht gewohnt oder schätzte sie jedenfalls nicht.

Oliver stand da wie ein Mann, der sich seiner absoluten Rechtschaffenheit bewußt ist und es empörend findet, in seinem eigenen Schlafzimmer belästigt zu werden. Er maß Mr. Maury mit einem vernichtenden Blick. Mr. Maury hob mit einer hilflosen Bewegung die Arme und stotterte:

»Der Herr dachte nämlich – ich versicherte ihm, er sei falsch unterrichtet, aber er behauptete . . .«

»Hören Sie jetzt auf und lassen Sie mich die Verhandlung führen«, sagte der Feiste und schob den Geschäftsführer mit dem Ellbogen beiseite. Er blähte sich förmlich vor Wichtigkeit und tat ganz so, als sei er der unumschränkte Herr der Situation. »Mein Name ist Kimball«, sagte er. »Ich sah die Person hier hineingehen. Ich war schon ein Stück die Treppe herunter, aber ich kehrte noch einmal zurück und sah, wie sie in diesem Zimmer verschwand. Dies ist Zimmer 23, nicht wahr?« Er warf einen Blick auf die Tür und grunzte vor Befriedigung. »Zimmer 23«, wiederholte er, »es ist kein Zweifel. Ich sah die Person mit meinen eigenen Augen. Also, Sir« – er warf Oliver einen hoheitsvollen Blick zu –, »Sie haben eine Frau hier im Zimmer?«

»Allerdings«, sagte Oliver ruhig und wies mit einer Armbewegung hinter sich, wo Garnet sichtbar wurde. »Diese Dame ist meine Frau«, sagte er, »haben Sie ihr etwas zu sagen?«

Garnet trat einen Schritt in den Vordergrund; die beiden Männer sahen sie an. Mr. Maury litt Todesqualen; man sah es ihm an. Mr. Kimball dagegen schien keinerlei Hemmungen zu verspüren; im Gegenteil: seine kleinen Augen huschten über Garnet hin, und es schien ihm zu gefallen, was er sah; er lächelte genießerisch. Seine Blicke waren so eindeutig, daß es der Anwesenheit Florindas im Kleiderschrank nicht bedurft hätte, um Garnets Zorn zur Weißglut zu steigern. Jetzt, da sie Oliver an ihrer Seite wußte, war sie gar nicht furchtsam. Sie maß Mr. Kimball mit dem eisigsten Blick, den Miß Wayne ihr beigebracht hatte; es war ein vernichtender Blick.

Mr. Kimball war offenbar an den Umgang mit brüllenden und schreienden Gegnern gewöhnt; mit Absolventinnen von Dameninstituten schien er keine Erfahrungen zu haben. Er versuchte, Garnets Blick mit seinen leicht glotzenden Augen standzuhalten, aber der Versuch ging entschieden über seine Kräfte. Sein feistes Gesicht rötete sich noch mehr, er räusperte sich, sah auf seine Schuhspitzen, trat von einem Bein auf das andere und sah schließlich wieder auf.

»Ich habe flatternde Röcke gesehen«, sagte er wütend.

Oliver antwortete nicht, und Garnets Augen blieben unverändert eisig.

Aber der Klang seiner eigenen Stimme schien Mr. Kimball wieder Mut gemacht zu haben. Er fuchtelte mit den Armen und fuhr fort: »Es ist kein Zweifel möglich. Ich sah Röcke flattern, und ich sah sie hier in der Tür verschwinden. Und zwar waren es grüne Röcke.« Er räusperte sich kurz und wiederholte, als müsse er sich selbst bestätigen: »Sie waren zweifellos grün.«

Oliver streifte Garnets marineblaues Kleid mit einem flüchtigen Blick und lächelte nachsichtig. »Wissen Sie«, sagte er, »Männer sollten sich bei der Beschreibung von Damenkleidern lieber nicht festlegen; sie irren sich gar zu leicht. Ich habe Erfahrung darin. Wenn Sie eine Dame hier hineingehen sahen, war es zweifellos Mrs. Hale. Und mir scheint, ihr Kleid ist nicht grün.«

»Ich sagte es ja«, rief Mr. Maury, und es fehlte wenig, daß er die Hände rang, »ich sagte es ja. Ich bitte Sie, Mrs. Hale, verzeihen Sie mir.«

»Außer dieser Dame ist niemand im Raum?« fragte Mr. Kimball, trat über die Schwelle und sah sich im Zimmer um.

Der Umstand, daß ein bloßer Blick ihrer Augen Wunder gewirkt hatte, gab Garnet den Mut, es nun auch noch mit der Stimme zu versuchen. Sie sagte: »Würden Sie vielleicht die Güte haben, mein Schlafzimmer zu verlassen?«

»Ich nehme nicht an, daß der Mann dich belästigen wird, meine Liebe«, sagte Oliver. Er trat neben sie und legte ihr einen Arm um die Schulter. Sich Kimball zuwendend, sagte er in befehlendem Ton: »Bleiben Sie gefälligst jenseits der Türschwelle.«

Oliver war an den Umgang mit Männern von zäherer Beschaffenheit gewöhnt; er schätzte diesen hier richtig ein. Kimball trat über die Schwelle zurück.

»Kommen Sie nun«, sagte Mr. Maury. »Die Frau, die Sie suchen, ist zweifellos nicht hier. Sie haben sich geirrt. Ich sagte es Ihnen schon unten.«

Aber Kimball schien nicht geneigt, dem Geschäftsführer zu gehorchen. Er blieb dicht vor der Tür stehen, die Hände in den Hosentaschen, und sah sich im Schlafzimmer um, soweit er es zu überblicken vermochte. Garnet ging zu einem Sessel, der der Tür gegenüberstand, um sich niederzulassen. Ihre Erzieherinnen hatten sich redliche Mühe gegeben, sie für Salons und Ballsäle vorzubereiten; sie hätten sich sicherlich nicht träumen lassen (und Garnet selbst auch nicht), daß ihre Erziehungsergebnisse dazu benützt werden könnten, dem Gesetz ein Schnippchen zu schlagen. Garnet lehnte sich graziös im Sessel zurück; das Abbild eines rührend hilflosen Wesens, das sich vor großen und rauhen Männern fürchtete. Kimball begann nun auf Oliver einzureden; augenscheinlich begann er sich etwas unbehaglich zu fühlen. Er sagte:

»Vielleicht habe ich mich geirrt, Sir. Aber Sie müssen das verstehen. Wir sind einer abgefeimten Person auf der Spur. Sie wohnt unzweifelhaft in diesem Hotel, und ich war fest überzeugt, gesehen zu haben, wie sie hier hineinging.« Er scharrte nervös mit den Füßen. »Ich muß mich dann eben im Zimmer geirrt haben«, sagte er; »schließlich sieht hier draußen eine Tür wie die andere aus.«

»Vielleicht wollen Sie noch in das Nebenzimmer hineinsehen«, sagte Oliver kühl, »ich habe es gleichfalls gemietet.« Er ging zur Kommode und holte einen Schlüssel. »Sie können von außen hineingehen«, sagte er.

Sie warteten, bis Kimball die Flurtür zum Wohnzimmer aufgeschlossen hatte; er kam schon nach ein oder zwei Minuten zurück. »Ich danke Ihnen, Sir«, sagte er, »es ist niemand drin. Nett von Ihnen, daß Sie versuchen, mir behilflich zu sein. Tut mir leid, daß ich Ihnen Unbequemlichkeit machen mußte. Aber man muß schließlich seine Pflicht tun.«

»Sind Sie sicher, daß sich die von Ihnen gesuchte Person überhaupt noch im Hotel befindet?« fragte Oliver.

»Kein Zweifel, Sir, gar kein Zweifel! Sie kam gestern abend hierher zurück, und sie hat das Haus heute noch nicht verlassen. Wir haben an jeder Tür Männer stehen, die Augen im Kopf haben. Einer unserer Leute sitzt in ihrem Zimmer, für den Fall, daß sie es noch einmal betreten sollte. – Sie kann gar nicht weg sein, Sir«, sagte er, »machen Sie sich dieserhalb keine Sorgen.«

Oliver wandte sich an den Geschäftsführer. »Hören Sie«, sagte er mit eisiger Höflichkeit, »würden Sie mir bitte erklären, wie es möglich ist, daß dieses achtbare Hotel Verbrecher beherbergt?«

Mr. Maury rang die Hände. »Mein Gott, Mr. Hale«, stöhnte er, »wie konnten wir ahnen, wer die Person ist? Sie kam und ging wie jeder andere Gast und bezahlte ihre Rechnungen pünktlich. Wie konnten wir ahnen, daß sie wegen Mordes gesucht wird?«

»Mord!« keuchte Garnet und griff mit beiden Händen nach den Sessellehnen. Jetzt schauspielerte sie nicht. In ihren schreckgeweiteten Augen stand nacktes Entsetzen.

Mr. Kimball nickte ernst und würdevoll. »Ja, Madam, Mord«, sagte er. Und er begann mit gewichtigen Worten darzutun, daß er lediglich als guter Bürger handele, indem er diese Sache verfolge. »Ich mußte Sie leider belästigen«, sagte er; »in einem solchen Fall müssen alle persönlichen Rücksichten schweigen; man darf keine Möglichkeit unberücksichtigt lassen. Das ist eine abgefeimte Person, sage ich Ihnen, eine mit allen Wassern gewaschene Verbrecherin.«

Garnet hatte nie im Leben eine mit allen Wassern gewaschene Verbrecherin gesehen. Aber sie erinnerte sich an Florindas fröhliches, unbekümmertes Lachen, an ihre natürliche Herzlichkeit und an ihre strahlenden Augen. Wahrhaftig, Mr. Kimballs Beschreibung paßte schlecht auf sie. Sie sagte: »Sind Sie Ihrer Sache auch sicher?«

»Unzweifelhaft, Madam«, entgegnete der Feiste. »Die Sache ist völlig klar. Die Person erschoß in einem Spielsalon mitten in New York zwei Männer.«

Garnet atmete schwer. Der Selkirk-Mord, dachte sie. Irgendwer hatte Mr. Selkirk und einen anderen Mann in einem New Yorker Spielsalon erschossen. Aber nicht Florinda. Das war unsinnig. Es war völlig unmöglich. Sie hörte Oliver sagen:

»Aber wer, um alles in der Welt, ist diese Frau?«

»Wenn Sie ihren Namen wissen möchten, so kann ich leider nicht dienen. Ich glaube kaum, daß es jemand gibt, der ihren wirklichen Namen zu nennen vermöchte. Sie wechselt ihre Namen alle ein bis zwei Jahre, vermutlich mit gutem Grund. Seit ein paar Monaten trat sie hier unten in der Stadt in einem Varieté auf: Gardin der Blumen oder Blumengardine oder so ähnlich, ich weiß nicht, jedenfalls unter dem Namen Juliette la Tour.« Er zog ein Notizbuch aus der Tasche und begann darin zu blättern. »Man hat sie dort erkannt«, sagte er wichtigtuerisch. »In New York hat sie ihre Possen im Varieté ›Schmuckkasten‹ vorgetragen.«

»Im ›Schmuckkasten‹«, wiederholte Garnet tonlos.

»Jawohl, Madam, im ›Schmuckkasten‹. Das ist ein Ort, an dem Sie sicherlich niemals waren, falls Sie einmal in New York gewesen sein sollten. Zu jener Zeit nannte die Person sich jedenfalls Charline Evans.«

»Und ihre Verbrechen sind also immerhin schlimm genug, daß die New Yorker Polizei eine kleine Armee hinter ihr herschickt«, sagte Oliver.

Mr. Kimball schüttelte den Kopf. »O nein, Sir«, sagte er, »wir sind keine reguläre Polizei. Der Polizei könnte man in einer solchen

Sache nicht vertrauen. Diese Burschen sind in der Regel so dumm, daß sie nicht einmal die Dinge wahrnehmen, die mit ihnen im gleichen Raum sind.« Er blähte sich ordentlich vor Wichtigkeit. »Nein, Sir«, sagte er, »wir arbeiten privat, im Auftrag und für Rechnung eines Mannes, der uns zu diesem Zweck eigens angestellt hat.«

»Privat?« wiederholte Oliver und runzelte die Stirn.

»Ja, Sir. Sehen Sie, einer der Männer, die von dieser Person erschossen wurden, war eine bekannte Persönlichkeit. Ein angesehener, reicher Mann; er besaß ein schönes Haus und die reizendste junge Frau, die Sie jemals gesehen haben. Die Dame ist, wie Sie sich leicht denken können, völlig gebrochen. Ihr Name ist Selkirk.«

Garnet war innerlich so erregt, daß sie nicht einmal hörte, was Oliver antwortete. Es war nicht wahr, was der Mann da behauptete; es konnte nicht wahr sein.

»Ja, Sir, so ist das«, fuhr der Feiste fort. »Ich sage es Ihnen, wie es war. Die Person schoß Mr. Selkirk über den Haufen, weil – nun, ich will offen sein –, er hatte sie ausgehalten, solange er Junggeselle war. Sie wissen, wie reiche junge Männer es zuweilen mit Künstlerinnen dieser Art halten. Tja. Aber als Mr. Selkirk dann geheiratet hatte, brach er mit dieser Person; er benahm sich eben so, wie sich ein gebildeter Mann in solchen Fällen benimmt. Aber sehen Sie, sie wollte ihn nicht gehen lassen, die Person. Er war sozusagen ihre letzte Chance. Sie war im ›Schmuckkasten‹ fertig. Nicht, daß die Mädchen im ›Schmuckkasten‹ dazu angehalten werden, sich wie die Engel zu benehmen, natürlich nicht, aber sie war selbst für ein so zweifelhaftes Theater zu liederlich. Trunksüchtig und liederlich, das war sie, die Person.«

Garnet fühlte, wie der Zorn in ihr aufstieg. Was dieser Kerl schwätzte! Florinda war nicht trunksüchtig und nicht liederlich. Gestern abend hatte sie sich Milch bestellt, und heute morgen hatte sie ein Glas Wein verweigert. Sie sah ängstlich auf Oliver. Oliver sah sie nicht an, aber sie gewahrte die winzigen Fältchen in seinen Augenwinkeln. Sie hatte diese Fältchen nun schon oft gesehen. Sie zeigten an, daß Oliver nach außen höfliche Kühle wahrte, während er sich innerlich amüsierte.

Mr. Kimball fuhr fort: »Diese Person hörte nicht auf, den armen Mr. Selkirk zu belästigen, aber er ließ ihr keinen Zweifel daran, daß er mit ihr fertig sei und nichts mehr mit ihr zu tun haben wolle. Nun, und als sie schließlich dahinterkam, daß es ihm ernst war, da folgte sie ihm eines Abends in den Spielpalast Alhambra in Park

Row. Tja, sie folgte ihm, zog die Pistole und schoß ihn tot.« Er bewegte gewichtig den roten Kopf mit dem feisten Gesicht. »Nun hören Sie«, sagte er, »ist das nicht eine entsetzliche Sache?«

»Entsetzlich, allerdings«, stimmte Oliver zu. Sein Gesicht schien ernst und unbewegt, aber die kleinen Fältchen in seinen Augenwinkeln zuckten hin und her. »Aber wie ist das«, sagte er, »sprachen Sie nicht von zwei Männern, die sie erschossen haben soll? Wer war der andere?«

»Tja, Sir, den kennt man nicht weiter. Ein Mann namens Mallory. Einer der Männer, die in jener Nacht im Alhambra-Palast spielten; irgendein Bummler. Ich nehme an, die Person hat ihn nicht absichtlich erschossen. Hat mit der Pistole herumgeknallt. Wahrscheinlich ging einer der Schüsse fehl.« Wieder schüttelte Mr. Kimball sein gewichtiges Haupt. »Nun stellen Sie sich vor«, sagte er, »Sie werden es nicht glauben. Nach all diesen Geschichten ließ die Polizei diese Person ungeschoren. Sie kam tatsächlich unangefochten aus New York heraus. Sie verschwand und hielt sich höchstwahrscheinlich auch für völlig sicher.« Er legte eine Kunstpause ein, als wolle er den Höhepunkt seiner Erzählung vorbereiten, und fuhr dann fort: »Aber was vermuten Sie, Sir, geschah nun?«

»Ich weiß es nicht«, sagte Oliver trocken, »ich kann es mir beim besten Willen nicht vorstellen.«

»Nun, Sir, ich will es Ihnen sagen. Der arme Mr. Selkirk hatte einen Freund. Einen ausgezeichneten Gentleman, einen Mr. Reese. Dieser Ehrenmann vermochte den Gedanken einfach nicht zu ertragen, daß die Mörderin seines Freundes frei ausgehen sollte. Deshalb stellte er uns in Dienst, um ihre Verfolgung aufzunehmen. Es war nicht einfach, sage ich Ihnen, aber schließlich fanden wir ihre Spur. Sie führte nach New Orleans. Es brauchte Zeit, bis wir soweit waren, denn zwischen New York und New Orleans liegt eine Reise von zwei Wochen, und bis ein Brief hin- und ein anderer zurückgeht, vergehen Monate. Aber wir fanden sie schließlich«, sagte er und räusperte sich selbstgefällig. »Und denken Sie«, fuhr er gleich darauf fort, »als wir sie schließlich fanden, da sang und tanzte diese schamlose Person doch schon wieder auf einer Varietébühne, geradeso, als ob sie nichts auf dem Gewissen habe.« Er zog ein Gesicht, als sei er angesichts einer so höllischen Verderbnis völlig verzweifelt. »Ist es nicht entsetzlich, zu sehen, wie weit eine Frau kommen kann?« sagte er. »Ich glaube, Sir, wenn eine Frau völlig herunter ist, kann sie Dinge vollbringen, die kein Mann fertigkriegte.«

Aber Oliver war jetzt, da er die Geschichte gehört hatte, an Mr. Kimballs Philosophie nicht länger interessiert. Er tat, als erinnere er sich in eben diesem Augenblick Garnets Anwesenheit. Indem er sein Gesicht zu einem höflichen Lächeln verzog, sagte er: »Ich danke Ihnen für Ihre Ausführungen, Mr. Kimball. Aber ich möchte Sie nun offen gestanden bitten, sich zurückzuziehen. Meine Frau, die Ungeheuerlichkeiten dieser Art zum erstenmal in ihrem Leben vernimmt, braucht notwendig Ruhe, um sich von dem Schreck zu erholen.«

»Sie haben nur zu recht, Mr. Hale«, schaltete sich jetzt der Geschäftsführer ein, und sich an Kimball wendend, fuhr er fort: »Sie hätten schmutzige Einzelheiten solcher Art in Gegenwart einer Dame nicht erzählen dürfen.« Er verbeugte sich vor Garnet. »Ich hoffe inständig, Mrs. Hale, daß dieses schreckliche Erlebnis keine bösen Nachwirkungen hinterläßt.«

»Seien Sie ganz unbesorgt, Madam«, polterte Kimball, als vermöchte er Garnet auf solche Weise zu beruhigen, »wir werden diese Person haben, bevor der Tag noch zu Ende geht. Noch heute abend werden wir ihr die Handschellen anlegen.«

Das Wort Handschellen traf Garnets Nerven wie ein Rattenbiß; sie fuhr unwillkürlich hoch. Ihr Blick schien Mr. Maury neue Furcht einzujagen. »Bitte, machen Sie sich keinerlei Sorge, Mrs. Hale«, sagte er und war wieder nahe daran, die Hände zu ringen.

»Ich mache mir keinerlei Sorgen«, sagte Garnet mit eisigem Gesicht, »ich bedaure nur, meinen Namen in das Register eines Hotels eingetragen zu haben, das von Leuten der eben geschilderten Art bewohnt wird. Ich versichere Ihnen, daß ich nicht gewohnt bin, mit Mördern und – Dirnen unter einem Dache zu wohnen.«

Der Geschäftsführer rang nun tatsächlich wieder die Hände. »Aber Mrs. Hale«, jammerte er, »wie konnte ich ahnen – wie konnte ich wissen –?«

Garnet sagte unverändert eisig: »Dies ist meine Hochzeitsreise. Ich hatte gehofft, die Erlebnisse dieser Reise würden zu einer schönen und glücklichen Erinnerung meines Lebens werden. Dieses mein Zimmer hier wurde entweiht, ich selbst wurde verdächtigt, eine Frau von unaussprechlichem Ruf zu beherbergen . . .«

»Mrs. Hale, Sie vernichten mich!« stöhnte Mr. Maury. Garnet erhob sich und tat einen Schritt auf die Tür zu. »Ich nehme an, Sie wußten nicht, wer diese Person war, Mr. Maury«, sagte sie. »Aber ich würde Ihnen für die Zukunft doch größere Vorsicht empfehlen, sofern Sie Wert darauf legen, daß achtbare Leute Ihr Haus frequentieren.« Sie wandte sich Oliver zu, aber sie wagte es nicht, seinen Augen zu begegnen; sie fürchtete, nicht länger an sich halten zu können, wenn sie die zuckenden Fältchen in seinen Augenwinkeln erblickte. »Ich fühle mich schwach und elend«, murmelte sie.

Oliver zeigte sich als besorgter Gatte. Er reichte ihr zärtlich den Arm, und sie lehnte sich an ihn, als brauche sie eine Stütze. Der Geschäftsführer und Mr. Kimball verbeugten sich und murmelten Entschuldigungen. Oliver schloß die Tür hinter ihnen. Er drehte den Schlüssel herum und sagte so laut und deutlich, daß man es auf dem Flur hören mußte: »Meine Liebe, ich kann dir nicht sagen, wie unglücklich ich über diesen peinlichen Zwischenfall bin. Bitte, leg dich ein wenig und versuche dein Gleichgewicht wiederzufinden. Darf ich dir vielleicht ein Glas Sherry bringen?«

Nicht nur die Fältchen in seinen Augenwinkeln, auch seine Lippen zuckten jetzt, aber seine Stimme klang warm und besorgt. Garnet sagte: »Ach bitte, ja, ich danke dir sehr; das würde mir guttun. Du bist immer so rücksichtsvoll.«

»Sofort, mein Kind.« Oliver holte eine Sherryflasche und ließ das Glas geräuschvoll dagegenklingen, bevor er eingoß. Garnet trank einen Schluck, aber dann war es mit ihrer Beherrschung zu Ende. Sie flüsterte: »Können wir sie denn nicht herauslassen? Sie muß ja schon nahe am Ersticken sein.«

»Ich werde die Vorhänge zuziehen«, sagte Oliver mit einem Blick nach der Tür. Er sprach immer noch laut genug, daß ein etwaiger Lauscher ihn verstehen konnte. »Vielleicht wird die Dunkelheit dazu beitragen, deinen Kopfschmerz zu lindern.«

Er ging zum Fenster und zog die Vorhänge zu, dann zündete er die auf dem Tisch stehende Lampe an. Als er sich dem Kleiderschrank näherte, überlief Garnet ein heimliches Beben. Wie würde Florinda sich wohl benehmen, nach allem, was der entsetzliche Mann mit dem roten Fleischergesicht über sie gesagt hatte? Er hatte mit so polternder Stimme gesprochen, daß sie jedes Wort verstanden haben mußte.

Die Kleiderschranktür sprang auf. Oliver sagte mit leiser Stimme: »In Ordnung, Miß Florinda, die Küste ist klar.«

Florinda stand im Schrank und rührte sich noch nicht. Dann sah Oliver, daß ihre Schultern zuckten. Sie hatte sich selbst geknebelt, indem sie ein Stück von einem Unterrock Garnets in den Mund gestopft hatte. Jetzt sah sie Oliver und Garnet vor der offenen

Schranktür, und abermals zuckten ihre Schultern. Dann nahm sie die Rüschen aus dem Mund, ergriff Olivers Hand und kletterte aus dem Schrank.

Garnet hielt ihr ihr Taschentuch hin. Florinda nahm es und wischte sich die Lachtränen aus dem Gesicht; sie sank völlig erschöpft in einen Sessel.

»Ich bitte um Entschuldigung«, sagte sie, »aber ich wußte nicht mehr, was ich machen sollte. Es war so unglaublich komisch, euch zuzuhören. Ich habe nie solch ein Schauspiel erlebt.« Ihre Nasenflügel zitterten.

Garnet stellte bei sich fest, daß es seltsam mit den Menschen bestellt sei. Es gab Leute, die schwelgten sozusagen in ihren Sorgen und Kümmernissen, hüllten sich förmlich darin ein, sprachen immer nur von Kummer, den sie erlebten und den sie vermutlich noch erleben würden. Wenn man sie reden hörte, mußte man denken, daß es eine Wohltat sei, eine Wunde tagtäglich zu betasten, nur um sicher zu sein, daß sie noch nicht heile. Und andere gab es, wie diese Florinda, die verwarfen die Sorgen, als gäbe es sie gar nicht, wälzten sie fort, sobald sie nur konnten, und lachten darüber.

Florinda rekelte sich im Sessel wie eine Katze. »Hach!« stöhnte sie. »Gut, daß das heil überstanden ist. Garnet, Ihre letzten Bemerkungen hätten mich bald die Freiheit gekostet. Hätten Sie auch nur noch mit einem Wort weiter die beleidigte Tugend gespielt, ich hätte mich nicht mehr gehalten und laut herausgelacht. Dann hätten sie mich gehabt.«

Oliver zog sich einen Stuhl heran und setzte sich. »Ihr Verhalten entscheidet die Sache«, sagte er abschließend, »ich bin auf Ihrer Seite.«

»Ich denke, Sie waren es schon«, versetzte Florinda, »ich hörte ja, wie Sie mit ihnen sprachen.« Sie legte einen ihrer Finger neben einen der grünen Streifen ihres Kleides, als wolle sie sich vergewissern, daß der Handschuh auch die passende Farbe habe. Ohne aufzublicken, sagte sie:

»Warum sind Sie auf meiner Seite, Mr. Hale?«

Oliver sah sie an. »Ich weiß so gut wie nichts über den Selkirk-Mord«, sagte er. »Ich hörte davon, als ich nach New York kam, und ich erwarb einige Waren aus dem Nachlaß für meinen Westhandel. Aber ich glaube nicht die Geschichte von der uneigennützigen Freundschaft, die dieser Mr. Kimball erzählte.«

Florinda warf ihm von der Seite ein Lächeln zu. Oliver fuhr fort:

»Es kostet viel Geld, ein ganzes Land zu durchsuchen. Und Selkirk ist tot. Er hat nichts mehr von diesen Bemühungen.«

Man sah Florinda an, daß sie die Schärfe seiner gedanklichen Schlüsse bewunderte. Sie sagte: »Sie sind ein kluger Mann, Mr. Hale.«

Er zuckte die Achseln: »Mir reicht meine Klugheit, aber das hätte sogar ein Dummkopf durchschaut. Man könnte fast auf den Gedanken kommen, daß dieser sagenhafte Freund Selkirks ein starkes persönliches Interesse daran hat, zu wünschen, daß Sie dieses Mordes wegen gehängt werden?«

Garnet überlief es kalt. »Gehängt?« flüsterte sie mit schreckgeweiteten Augen.

»Das würde ihr zweifellos geschehen, wenn sie des Mordes überführt würde«, sagte Oliver.

Florinda zuckte die Achseln. »Offen gesagt, Mr. Hale, »ich glaube nicht, daß irgendein Gericht ein Mädchen mit einem Gesicht wie dem meinen hängen lassen würde. Aber es könnte leicht geschehen, daß ich für eine Zeitlang in das New Yorker Staatsgefängnis käme. Das wäre sogar höchstwahrscheinlich der Fall.«

»Schrecklich genug«, rief Garnet schaudernd.

»Und wenn ich dort eines Tages wieder herauskäme«, fuhr Florinda fort, »dann würde ich nicht mehr solch ein Gesicht haben.« Sie sagte das so bitter und mit einem so sonderbar wissenden Gesicht, daß Garnet unwillkürlich aufschrie: »Florinda! Sie waren doch noch nicht in einem Gefängnis, nicht wahr?«

»Nein, Darling.« Der Ausdruck in Florindas Gesicht blieb. »Aber ich kannte einige Frauen, die drin waren. Ich weiß, wie man dort mit den Menschen umgeht.«

»Wie, Florinda?« Garnet fühlte sich beinahe krank. Sie hatte noch nie über ein Gefängnis nachgedacht.

Florinda sprach mit beinahe nüchterner Sachlichkeit: »Man arbeitet vierzehn Stunden am Tage, und zwar näht man Säcke und Dekken. Dazu bekommt man aufschwemmende Nahrung. Übertritt man irgendwie die Hausordnung, wird man mit Lederriemen auf den nackten Rücken geschlagen.« Sie tastete mit einer fast unbewußten Bewegung nach dem Pelzcape, das über der Sessellehne hing, und streichelte es. »Ich habe Frauen gesehen, die eben aus dem Gefängnis kamen«, fügte sie hinzu. »Das einzige, wonach sie verlangten, war eine Flasche Gin und ein Loch zum Hineinkriechen.«

Garnets Lippen verzerrten sich; es schüttelte sie. »Ich habe nie von so entsetzlichen Dingen gehört«, flüsterte sie. »Ich habe immer in New York gewohnt, aber das klingt, als käme es aus einer ganz anderen Welt.«

Florinda lächelte flüchtig. »New York ist groß«, sagte sie, »und wir beide dürften in verschiedenen Stadtteilen aufgewachsen sein, meine Liebe.«

Vor Garnets Augen stand der immer ruhige, vornehme Union Square. Sie dachte an die vielen Straßen und Plätze, die sie nie hatte betreten dürfen. »Sie werden nicht ins Gefängnis kommen, Florinda«, sagte sie. »Sie haben doch nicht getan, was der entsetzliche Mann vorhin behauptete. Nicht wahr, Sie haben es nicht?«

Florinda stand auf und strich sich mit beiden Händen das silberblonde Haar zurück. Sie hatte den Rücken gegen das zugezogene Fenster gelehnt und sah Oliver und Garnet ruhig an. »Nein«, sagte sie, »ich habe es nicht getan.«

Garnet atmete schwer. »Ich wußte es«, sagte sie.

Oliver blieb kühler. Er sagte: »Wer tötete Selkirk?«

»Dieser – uneigennützige Freund namens Reese. Ich dachte, Sie hätten das schon vermutet.«

»Ja«, sagte Oliver, »ich vermutete so etwas. Fahren Sie fort.«

Florinda ergriff mit beiden Händen die Lehne des gerade vor ihr stehenden Sessels und umklammerte sie, während sie antwortete:

»Ich trat im ›Schmuckkasten‹ auf. Ich war dort damals der Erste Star. Ich arbeitete unter dem Bühnennamen Charline Evans.«

Oliver nickte. Florinda fuhr fort:

»Ich bin gewiß kein Engel mit einem Heiligenschein um den Kopf; aber ich hatte nie etwas mit Selkirk zu tun. Es bestand überhaupt keinerlei Beziehung zwischen ihm und mir.«

Olivers Stimme blieb unentwegt ruhig und sachlich: »Waren Sie angeklagt, ihn getötet zu haben?«

»Ja. Reese erschoß ihn. Und dann erzählte er der Polizei, ich sei Selkirks Freundin gewesen und habe ihn erschossen, weil er nichts mehr von mir wissen wollte. Reese ist ein schwerreicher Mann, er stammt aus einer der alten berühmten Familien. Es war von vornherein klar, daß die Polizei ihm mehr glauben würde als mir. Deshalb verließ ich New York. Meine Freunde halfen mir, sicher herauszukommen. Ich kam nach New Orleans. Das ist eine Reise von zwei Wochen; mir war es, als führe ich ans Ende der Welt. Ich tauchte eine Zeitlang unter. Aber von New York kam nichts. Es blieb alles still. Bei der Geschichte mit Selkirk waren mindestens fünfzig Menschen dabeigewesen; sie hatten gesehen, wie Reese den Revolver zog und schoß. Der eine oder andere würde vielleicht doch die Wahrheit sagen, und die Polizei würde ihm glauben. Jedenfalls glaubte ich schließlich, daß die ganze Sache erledigt und die Gefahr für mich vorbei sei. Ich hielt das zurückgezogene Leben auch nicht mehr aus; ich starb fast vor Einsamkeit. Und außerdem konnte ich auch nicht ewig leben, ohne Geld zu verdienen. Deshalb suchte ich nach einem neuen Engagement und fand es im ›Blumengarten‹.«

»Wie bekamen Sie das Engagement?« fragte Garnet höchst interessiert.

Florinda lächelte. »Oh«, sagte sie, »so etwas ist nicht weiter schwierig, wenn man vom Bau ist und wenn man etwas kann. Ich suchte mir zunächst einen Manager und erzählte ihm eine Geschichte von London und Paris, wo ich aufgetreten sei. Natürlich glaubte er mir nicht. Er fragte: ›Warum gaben Sie Ihr letztes Engagement auf?‹ – ›Je nun‹, sagte ich, ›es gab da Schwierigkeiten wegen eines Mannes.‹ Das glaubte er, und nun wollte er wissen, was ich könnte. Ich sagte, das wolle ich ihm zeigen, wenn er mir etwas Musik verschaffen könne. Er holte einen Klavierspieler heran, und ich sang und tanzte ihm etwas vor. Darauf meinte er, ich könne einen Part in einer Vorführung übernehmen, die er Weihnachten im ›Blumengarten‹ eröffnen wolle. Ich übernahm den Part und wurde der Glanz des Abends.«

»Wahrhaftig, das wurden Sie«, sagte Garnet bewundernd.

»Und von New York hörten Sie in der ganzen Zeit nichts mehr?« fragte Oliver.

»Nicht das geringste. Ich bekam nicht einmal einen Wink, daß irgend jemand hinter mir her sei. Bis heute morgen. Ich kam eben aus meinem Zimmer und wollte das Hotel verlassen, um zur Probe zu gehen. Da sah ich plötzliche Reese und diesen dicken Kerl mit dem roten Gesicht am Ende des Flures auftauchen. Den feisten Koloß hatte ich noch nie gesehen, aber ich kannte Reese sehr gut. Also duckte ich mich blitzschnell hinter den Schrank, bevor sie mich gesehen hatten. Ich brauchte keine zwei Sekunden, um zu wissen, was da vorging. Ich nehme an, Selkirks Familie hat die Polizei beauftragt, dem Mörder den Prozeß zu machen; deshalb kaufte sich Reese ein kleines Heer von Privatdetektiven, um mich zu fangen und nach New York zu schaffen, damit ich an seiner Statt eingesperrt werde.«

»Und Sie meinen, man könnte Sie für schuldig erklären?« fragte Oliver.

Florinda zuckte die Achseln. »Reese kann Zeugen bestechen und hat zahllose Mittel zur Hand, um die Polizei zu täuschen«, sagte sie. »Ich kann das alles nicht.«

Oliver nickte nachdenklich. »Waren Sie eigentlich dabei, als Selkirk erschossen wurde?« fragte er.

Florinda verzog die Lippen; vielleicht sollte es ein Lächeln werden, aber es wurde keins. Sie sagte: »Ja, ich war dort.«

Sie äußerte sich nicht weiter, und es war klar, daß sie nicht mehr darüber sagen wollte. Ihre halbgeschlossenen Augen waren wach und gespannt. Olivers Gesicht war anzumerken, daß er mit ihren Erklärungen noch keineswegs zufrieden war. Garnet, die dieses Gesicht sehr genau kannte, rief mit einer Stimme, die ihre heimliche Angst nicht zu verbergen vermochte: »Oliver, glaubst du ihr nicht?«

»Doch«, sagte Oliver, »ich glaube ihr schon.« Er hob langsam den Kopf und maß Florinda mit seinem kühlen, forschenden Blick. »Sie haben uns noch nicht sehr viel gesagt«, stellte er fest.

»Nein, habe ich das nicht?« Florinda hielt seinem Blick stand.

»Nein«, sagte Oliver. »Überlegen Sie. Sie sagten, es seien in jener Nacht mindestens fünfzig Menschen in dem fraglichen Spielsalon gewesen. Wenn das so ist, muß Reese doch einen Grund haben, gerade Sie und nicht einen der sonstigen Anwesenden des Mordes zu beschuldigen.«

Florinda schloß einen Augenblick die Augen. Sie atmete schwer; es sah aus, als versuche sie mit aller Gewalt ihre innere Erregung zu bändigen. Garnet ging zu ihr und legte ihr den Arm um die Schulter.

»Oliver Hale«, sagte sie, »laß sie in Ruhe!«

Florinda wandte ihr den Kopf zu; in ihren blauen Augen war ein zärtliches Leuchten; Garnet hatte Mühe, die Tränen zurückzuhalten.

»Ich danke Ihnen, Liebe«, sagte Florinda leise. Sie ging jetzt zu dem Sessel zurück, auf dem sie vorher gesessen hatte, setzte sich und ließ die Arme auf den Lehnen ausruhen. Garnet trat neben sie, und Florinda ergriff ihre Hand und hielt sie fest, während sie mit Oliver sprach.

»Mr. Hale«, sagte sie, »angenommen, ich erzählte Ihnen, was Sie wissen möchten – ich könnte irgendeine Geschichte zusammenspinnen, um Sie zufriedenzustellen; was hätten sie davon?« Sie zuckte die Achseln: »Ich kann nicht darüber sprechen.«

Sie ließ die Stirn auf den Arm sinken; das Licht der Lampe spielte mit ihren Juwelen, aber ihre Stimme paßte wenig zu dem heiteren Glanz. Sie sagte:

»Bitte zwingen Sie mich nicht, Ihnen mehr zu erzählen.« Ein leichter Schauder schien ihren Körper zu durchlaufen; sie atmete kurz und schwer. »Mr. Hale«, flüsterte sie, »ist es Ihnen nie geschehen, daß Sie über eine Sache nicht sprechen konnten? Gab es nie in Ihrem Leben etwas, das Sie tief in Ihr Inneres hinabstoßen mußten, um es zu vergessen? Von dem Sie wußten, daß es Sie verrückt machen würde, wenn Sie es nicht vergäßen?«

Oliver antwortete nicht, aber er rückte auf seinem Stuhl hin und her, als ob er sich unbehaglich fühle. Er kannte ganz offensichtlich nichts dergleichen; Dinge dieser Art waren ihm in seinem ganzen Leben nicht widerfahren. Garnet las das in seinem Gesicht. Sie ertappte sich bei der heimlichen Frage, ob Oliver wohl jemals im Leben irgendeine tiefere Erfahrung gemacht habe. Freilich, sie hatte solch eine Erfahrung auch noch nicht gemacht; dennoch hatte sie jetzt, da sie über diese Dinge nachdachte, das sichere Gefühl, das alles zu verstehen.

Florinda sagte, ohne den Kopf zu heben: »Bitte helfen Sie mir, hier herauszukommen. Ich kann bezahlen, was es kostet. Es ist völlig gleichgültig, wohin ich gehe. Ich kann nach Europa gehen. Ich kann nach Südamerika gehen oder in irgendein kleines Nest stromauf und mein Leben mit Näharbeiten fristen. Ich werde jedenfalls nie irgendeinem Menschen Ungelegenheiten machen. Nur helfen Sie mir, daß man mich nicht nach New York zurückschafft.«

Oliver stand auf. »Mein Gott, Florinda«, rief er, »was denken Sie denn von mir? Sie haben mich mißverstanden. Es tut mir leid.« Er legte ihr eine Hand auf die Schulter. »Ich bin überzeugt, daß sie das New Yorker Staatsgefängnis nicht verdient haben«, sagte er. »Und ich bin der Meinung, daß mich alles andere nichts angeht.«

Florinda hob den Kopf. »Ich danke Ihnen«, sagte sie still. »Ich danke Ihnen. Und, bitte« – ein schmerzliches Lächeln umspielte ihre Lippen –, »verzeihen Sie mir, daß ich Ihnen lästig fiel. Ich möchte nicht noch einmal scheitern.«

Oliver lächelte nun auch. »Halten Sie ein!« rief er. »Seien Sie um Gottes willen nicht sentimental!« Er sah zu Garnet hinüber; das Zucken in seinen Augen- und Mundwinkeln war wieder da. »Laßt uns also überlegen«, sagte er. »Das Hotel ist von Spionen umstellt wie ein belagertes Fort, und in Florindas Zimmer sitzt einer und wartet; wir können nicht hinein, um ihre Sachen herauszuholen. Wir werden also nachdenken müssen, wie wir Florinda aus dem Hotel und aus der Stadt herausbringen.«

Achtes Kapitel

Sie untersuchten das Problem von allen Seiten. Florinda wußte nicht, was für Männer als Wachen an den Hoteltüren aufgestellt waren, aber sie vermutete, daß Reese Männer gedungen hatte, die sie von Ansehen kannten. Sie hatte ihr Leben lang auf Bühnen gestanden; Tausende von Menschen wußten, wie sie aussah.

Oliver sagte: »Hier liegt die Schwierigkeit. Ich glaube nicht, daß es schwer ist, Sie auf irgendein Schiff zu bringen. Wichtig ist nur, daß wir Sie durch die Hoteltür und in eine Kutsche schaffen. Ich fürchte, das wird nicht ganz einfach sein.«

Florinda stützte ihr Kinn mit der Hand. »Gibt es nicht irgendeine Möglichkeit, mich in eine etwas weniger auffällige Erscheinung zu verwandeln?« sagte sie.

Garnet mußte unwillkürlich lachen. Es war wohl auch schwierig, sich jemand wie Florinda als unauffällige Erscheinung vorzustellen.

Florinda sah, quer durch das Zimmer blickend, an der gegenüberliegenden Wand ihr juwelengeschmücktes Spiegelbild. »Ein Kostüm«, sagte sie, »irgendein anderes Kostüm könnte vielleicht helfen.«

Oliver schüttelte den Kopf. »Ein unauffälliges Kleid ließe sich natürlich ohne weiteres besorgen«, sagte er, »aber« – seine Augen glitten über ihr weißleuchtendes Haar und über ihre schlanke Figur – »ich fürchte, das reicht nicht.«

»Hölle und Schinkenspeck!« fluchte Florinda.

Sie schwiegen alle drei. Plötzlich stieß Garnet einen kleinen Schrei aus. »Ich hab's!« rief sie. »O Florinda, ich hab's! Wollen Sie alles tun, was ich Ihnen sage?«

Florinda sah sie an. »Aber ja, Liebling«, sagte sie, »selbstverständlich will ich. Was meinen Sie?«

»Hören Sie zu. Wenn sie es fertigbringen, den Mund zu halten, vor allem auf Worte wie ›Verdammt‹ und ›Hölle und Teufel‹ und ›Whisky und Gin‹ zu verzichten . . .«

»Aber Liebe! Ich werde wie ein Pensionatsfräulein reden, wenn es sein muß. Was sonst noch?«

»Es gibt nur eine einzige Gattung von Frauen, die mit verdecktem Gesicht und in einer die Figur verbergenden Kleidung umhergehen kann«, sagte Garnet. »Jedermann tritt respektvoll beiseite, um sie passieren zu lassen, und keiner belästigt sie mit Fragen.«

»Um Himmels willen, was für eine Sorte Frauen ist das?« fragte Oliver.

»Junge Witwen«, lächelte Garnet. »Eine eben verwitwete junge Frau trägt einen langen, dichten schwarzen Kreppschleier, der alles verbirgt.«

»Großartig!« sagte Oliver bewundernd. »Phantastischer Gedanke!«

Auch Florinda schien der Gedanke einzuleuchten. Sie sagte: »Sie sind ein Genie, Garnet. Aber wie kommen wir an ein Witwengewand?«

»Oh, das ist etwas, das man in jeder Stadt jederzeit kaufen kann«, versetzte Garnet. »Jeden Tag können Frauen zu Witwen werden, und manche werden es gewiß nicht selten unerwartet. Es gibt Spezialgeschäfte für Trauerkleidung, die alles, was man in einem dringenden Fall braucht, vorrätig haben.«

Florinda war entzückt; sie begannen einen genauen Plan aufzustellen. Auch Oliver beteiligte sich daran; die Sache begann ihm anscheinend Spaß zu machen. Er sagte: »Ich werde in die Hotelhalle gehen und dem Portier eine Geschichte erzählen. Ich werde ihm sagen, eine Verwandte von mir sei vor kurzem den Strom heruntergekommen und wolle nun wieder zurück nach – nach – nun, ich werde sehen, wohin heute abend ein Schiff geht. Das werde ich zuerst feststellen. Ich glaube, es ist Ihnen ziemlich gleichgültig, wohin Sie fahren, nicht wahr?«

»Selbstverständlich«, versicherte Florinda, »ich nehme jedes Schiff, das ich bekommen kann.«

»Also«, fuhr Oliver fort, »meine arme Cousine befindet sich in großer Trauer; ihr Mann ist erst in der vorigen Woche begraben worden.«

Garnet fabulierte weiter: »Die Unglückliche war mit ihrem Mann nach dem Süden gefahren in der Hoffnung, daß das milde Klima seinen Krankheitszustand bessern würde. Allein, er starb, und sie will nun wieder nach Hause zurück.«

»Ausgezeichnet«, sagte Oliver. »Das erklärt, warum die Gute so bald nach ihrem schweren Verlust auf die Reise geht. Sie braucht den Trost ihrer Familie. Während sie nun hier auf ein Schiff wartet, nimmt meine Frau sich ihrer an. Sie wünscht auf keinen Fall gestört zu werden; sie kann noch nicht mit fremden Menschen sprechen.«

»Wird man sich nicht wundern, daß niemand Ihre trauernde Cousine das Hotel betreten sah?« gab Florinda zu bedenken.

»Sollte mich jemand fragen, werde ich sagen, ich hätte die Schmerzzerrissene durch einen Nebeneingang hereingebracht, um ihrem natürlichen Einsamkeitsbedürfnis entgegenzukommen«, versetzte Oliver. »Ich glaube, wir können sicher sein, daß Mr. Maury uns nicht mit irgendwelchen Fragen behelligen wird.« Er stand auf und griff nach seinem Hut. »Ich will gehen und die Schiffsliste einsehen«, sagte er.

»Und ich werde in die Stadt gehen, um die Trauergarderobe einzukaufen«, sagte Garnet. »Ich glaube mich an ein Geschäft in Royal Street zu erinnern, das Witwenausstattungen im Schaufenster hatte.«

»Warte noch etwas«, bat Oliver, »ich bin in wenigen Minuten zurück.« Er ging, und Garnet stellte ein Verzeichnis der benötigten Sachen auf. Das Wichtigste war das Trauerkostüm selbst. Dann brauchte Florinda, die ja nicht mehr in ihr Zimmer konnte, Toilettenartikel, außerdem schwarze Baumwollstrümpfe. Schwarze Schuhe hatte sie an, die konnte sie anbehalten, aber Seidenstrümpfe konnte eine Dame in Hochtrauer unmöglich tragen, wie Garnet mit Entschiedenheit erklärte. »Ein paar Koffer und sonstige Gepäckstücke braucht man natürlich noch«, fuhr sie fort; »das kann Oliver besorgen.« Sie sah Florinda an. »Worüber lachen Sie?« fragte sie.

»Über Sie, Darling«, lachte Florinda. »Und über mich selbst. Über diese ganze komische Geschichte.« Sie faltete die Hände hinter ihrem Kopf und streckte sich im Sessel aus. Garnets Blick streifte bewundernd ihr klassisches Profil. Florinda sagte: »Hören Sie, Garnet, im ›Blumengarten‹ gibt es ein paar nette Leute, die ich vermutlich nicht wiedersehen werde. Ich hätte ihnen gern Lebewohl gesagt. Wenn ich einen Brief schriebe – würden Sie ihn einstweilen verwahren und in den Briefkasten stecken, wenn ich fort bin?«

»Gewiß werde ich das tun.«

»Danke.« Florinda biß auf ihrer Unterlippe herum. »Ich frage mich, was sie heute abend im ›Blumengarten‹ ohne mich anfangen werden«, sagte sie. »Ich habe noch nie eine Vorstellung versäumt. Ich komme mir wahrhaftig vor wie ein Verräter.«

»Aber es ist doch nicht Ihre Schuld.«

»In gewissem Sinne natürlich doch. Ich hätte mich eben aus all solchen Verwicklungen heraushalten sollen.«

Sie machte jetzt ein so trauriges Gesicht, daß Garnet nach etwas suchte, was ihre Gedanken ablenken könnte. »Hören Sie, Florinda«, sagte sie schließlich resolut, »nun sitzen sie nicht hier herum und blasen Trübsal, während wir weg sind. Sie können Ihre Briefe schreiben – dort liegt ein Federhalter; Tinte ist auch da, und Papier und Siegellack sind in der Tischschublade. Und dann habe ich auch ein paar gute Bücher.« Sie ergriff einen Band mit dem Titel »Zwei Jahre vor dem Mast«, das sie gekauft hatte, weil es von einer Reise nach Kalifornien erzählte.

Florinda nahm das Buch und drehte es in den Händen; sie besah den Einband und schlug es aufs Geratewohl auf. Die Art, wie sie mit dem Buch umging, ließ unschwer darauf schließen, daß dies eine ihr höchst ungewohnte Beschäftigung sei.

»Florinda«, sagte Garnet, »haben Sie eigentlich noch nie ein Buch gelesen?«

Florinda suchte sich zu erinnern. Sie lächelte. »Wenn Sie darunter verstehen, daß man bei Seite eins anfängt und es hintereinander bis zum Schluß durchliest, dann glaube ich allerdings, daß ich das noch nie getan habe«, sagte sie.

Garnet wußte nicht, was sie darauf antworten sollte; sie wollte Florinda ja auch nicht weh tun. Deshalb wechselte sie das Thema. Sie sagte: »Wenn Sie Hunger verspüren – im Wohnzimmer nebenan steht eine Schale mit Obst. Bedienen Sie sich bitte.« Florinda antwortete nicht, und Garnet war froh, daß Oliver in diesem Augenblick zurückkam.

»Heute abend fährt ein Schiff nach St. Louis«, sagte er. »Es hält in Natchez, Vicksbury und einigen anderen Städten, die am Wege liegen.«

»Wundervoll!« Florinda atmete auf. »Das ist genau das, was ich brauche. Ich werde eine Luxuskabine nehmen, und zwar bis St. Louis. Sollte es nötig werden, kann ich ja immer schon früher aussteigen.«

»Wollen Sie auf den Namen Florinda Grove fahren?«

Sie hatte nichts dagegen einzuwenden. Oliver meinte trocken, der Name sei ja auch schon deshalb zu empfehlen, weil sie ihn bis zum vergangenen Abend noch nie gebraucht habe. Er meinte das ganz ernst und stand durchaus zu dem, was er Garnet unlängst erst über das Führen falscher Namen gesagt hatte. Es war jedes Menschen eigene Angelegenheit, unter welchem Namen er zu leben wünschte. Er sagte, zu Garnet gewandt: »Ich habe die Kutsche unten warten lassen; wir können also gleich fahren, um zu besorgen, was nötig ist.«

»Bitte, einen Augenblick noch!« rief Florinda. »Oliver, sehen Sie mal eben zum Fenster hinaus.«

»Was wollen Sie denn?«

»Ich möchte Ihnen keine Unkosten verursachen. Ich sagte Ihnen ja schon, ich habe mein Geld immer bei mir. Unter meinen Röcken nämlich.«

»Aber das ist nicht nötig«, entgegnete er. »Sie werden Ihr Geld noch brauchen. Mir macht das nicht viel aus; ich klebe nicht am Geld.«

»Sie sind doch kein Wohlfahrtsunternehmer«, lachte Florinda. »Ich habe eine ziemliche Menge Geld verdient. Bitte, gehen Sie ans Fenster, Oliver, und besehen Sie sich die Straße.«

Er zuckte die Achseln und trat an das Fenster. Florinda winkte Garnet heran, setzte einen Fuß auf den Stuhl und hob ihre Röcke. Sie trug seidene Strumpfbänder mit Rosenblüten und goldenen Ranken. Ihre Unterwäsche war aus feinstem Musselin. – Mein Gott! dachte Garnet, da sie es sah. Wer weiß, wieviel von dieser kostbaren Wäsche noch in ihrem Zimmer liegt! Florinda löste eine Leinwandgeldbörse, die sie an ihrem Korsett befestigt hatte, nahm ein Päckchen Banknoten heraus und steckte sie wieder fest. Sie nahm den Fuß vom Stuhl und schüttelte ihre Kleider zurecht. »Hier, Garnet«, sagte sie, »wenn es nicht ausreicht, laßt es mich wissen.«

Garnet nahm die Banknoten, und Oliver drehte sich um. Florinda seufzte. »Ihr seid wahrhaftig die nettesten Leute, die mir jemals begegnet sind«, sagte sie. »Ich liebe euch alle beide.« Sie warf ihnen Kußhände nach, als sie das Zimmer verließen, um die Besorgungen zu erledigen.

Florinda hatte Garnet hundertzehn Dollar gegeben. Oliver meinte, das würde wohl kaum reichen, aber sie kamen überein, ihr zu sagen, es sei genug gewesen. Während Garnet die Kleider und alle sonstigen Toilettenartikel kaufte, wollte Oliver die Schiffskarte und ein paar Handkoffer und Reisetaschen besorgen. Er sagte, er werde Karte und Gepäckstücke bei Florinda hinterlassen; dann müsse er hinunter zum Warenlager, doch werde er gegen sechs Uhr zurück sein, um seine trauernde Cousine zum Schiff zu bringen.

Garnet erzählte der Verkäuferin im Geschäft, daß sie die Trauersachen für eine Freundin kaufe, deren Mann heute morgen durch einen Unfall ums Leben gekommen sei. Die Verkäuferin kam gar nicht auf den Gedanken, diese Angaben anzuzweifeln. Das Geschäft, in dem sie bediente, war ja eben für Fälle dieser Art eingerichtet.

Es war alles sehr aufregend. Als Garnet zum Hotel zurückkam, mit Paketen, Kartons und Päckchen beladen, glich sie einer strahlenden Braut, die ihre Aussteuer zusammengekauft hat. Florinda erklärte, Oliver sei bereits dagewesen und habe Schiffskarte und Reisetaschen gebracht. »Kommen Sie«, sagte sie, »lassen Sie sehen, was Sie zusammengekauft haben.«

Sie hob ihre Röcke auf und setzte sich auf den Fußboden dicht neben den Berg von Paketen und Schachteln. Garnet begann ganze Lagen von Packpapier abzuwickeln; nach und nach kamen die Schmerz und Trauer erweckenden Dinge zum Vorschein. Florinda brach in schallendes Lachen aus, als sie die schwarze Pracht sah. Während Garnet das Kleid auf dem Bett ausbreitete, rumorte sie in den anderen Schachteln herum; staunend sah sie, daß Garnet offenbar an alles gedacht hatte. Sogar Haarbürste, Handspiegel und Handtücher hatte sie nicht vergessen.

»Oh, Liebling, ich werde mit einer vollendeten Luxusausstattung reisen«, rief sie entzückt. »Ach, du lieber Himmel, nun sehen Sie sich diese Pracht von schwarzen Baumwollstrümpfen an! Und gleich so viele!«

»Sie können doch nicht mit einem Paar Strümpfen bis St. Louis reisen«, sagte Garnet. Sie ging zur Kommode und zog eine Schublade auf. »Fertige Wäsche, die Ihnen zuzumuten wäre, konnte ich nicht auftreiben«, sagte sie, »ich gebe Ihnen deshalb von mir ein Nachthemd . . .«

»Aber Garnet, das kann ich nicht annehmen.«

»Selbstverständlich können Sie das, und auch einige Hemden und Hosen.« Sie lächelte über die Schulter zurück. »Ich sah ja vorhin, was für tadellose Wäsche Sie tragen. An Ihre eigenen Sachen können Sie nicht heran, und natürlich können Sie nicht ohne Wäschewechsel eine so große Reise machen.«

»Lieber Gott, Garnet, woran Sie alles denken«, kicherte Florinda, »sogar an meine Hosen. Sie sind wahrhaftig ein Engel!«

»Soll ich Ihnen nicht beim Packen helfen?«

»Aber nein. Wenn man bei der Bühne ist, ist man daran gewöhnt, zu packen. Lassen Sie mich nur machen.« Sie nahm ganze Hände voll Einwickelpapier aus den Kartons und Schachteln heraus. »Das wird gut sein, um das Zeug vor dem Zerdrücktwerden zu bewahren«, sagte sie. »Ich werde jetzt erst mal das Marderpelzcape einpacken. Wie gut, daß ich es heute gerade trug.«

»Wenn Sie das Kleid wechseln, wird es vielleicht gut sein, ein paar Unterröcke auszuziehen«, sagte Garnet. »Röcke von Trauerkleidern werden nicht so weit getragen. Wieviel Unterröcke haben Sie an?«

»Sieben.«

»Legen Sie vier davon in eine Reisetasche.«

»Ausgezeichnet. Ich werde Platz dafür lassen.«

Florinda faltete das Pelzcape über ihren Knien. Garnet sah, daß sie noch immer die Handschuhe trug. Sonderbar! dachte sie. Es muß doch sehr hinderlich sein, mit behandschuhten Händen zu packen. Florinda schien das offenbar nicht zu finden. Garnet rollte sich auf dem Bett zusammen und gab einige Ratschläge für die Reise.

»Wenn Sie die meiste Zeit in Ihrer Kabine bleiben«, schloß sie, »wird niemand etwas dabei finden. Trotzdem sollten Sie bei gutem Wetter dann und wann an Deck sitzen, um frische Luft zu bekommen.«

»Ich verstehe.« Florinda drehte ein Stück Papier zwischen Daumen und Zeigefinger. »Garnet«, sagte sie leise, »ich kann mich schlecht ausdrücken, aber wenn ich Sie ansehe, wird mir ganz warm. Ich könnte Sie umarmen.«

Garnet antwortete nicht gleich. Schließlich sagte sie: »Aber Sie brauchen mir wirklich nicht zu danken. Sie haben mir zu einer großartigen Zeit verholfen. Sie haben eine so wundervolle Art, das Leben zu sehen und zu nehmen. Dazu kommt die Atmosphäre des Theaters, Ihr Äußeres, die Luft, die um Sie herum ist. Es strahlt etwas von Ihnen aus, das jedermann dazu zwingt, Ihnen zuzujubeln.«

Florinda legte den Pelz in die Reisetasche und machte ein nachdenkliches Gesicht. »Garnet«, sagte sie, »wie leben Sie denn? Was tun Sie? Was haben Sie getan, bevor Sie Oliver heirateten?«

»Was soll ich getan haben? Was alle Mädchen tun. Das wissen Sie doch schließlich.«

»Ich habe keine Ahnung, Garnet. Ich habe oft über Mädchen wie Sie nachgedacht. Mädchen, die in Bleecker Street und am Union Square wohnen. Ich habe sie oft gesehen, wenn sie bei Stewart einkaufen gingen oder mit ihren Müttern auf den Straßen flanierten.

Ich habe mich verwundert gefragt, was sie wohl den ganzen Tag tun.«

Garnet lauschte erstaunt. Nie wäre ihr eingefallen, zu denken, Florinda könne ihr Leben ebenso merkwürdig finden wie sie das ihre. Sie fragte: »Haben Sie nie Menschen aus unseren Stadtteilen gekannt?«

Florinda faltete die Handtücher zusammen, die Garnet mitgebracht hatte. »Schon«, antwortete sie, »Männer. Ziemlich viele sogar. Aber keine Frau. Sie sind die erste Frau aus dieser Welt, mit der ich spreche. Bitte erzählen Sie mir von Ihrem Leben.«

Und Garnet begann zu erzählen. Sie sprach von ihrer Schulzeit, von der Tanzschule und von Miß Wayne's Institute für junge Damen. Sie erzählte, wie sie Oliver kennengelernt hatte, als er nach New York kam, um Waren für den Kalifornienhandel einzukaufen. Florinda ließ den Kopf auf die verschränkten Hände hinabsinken und lachte.

»O Garnet«, rief sie, »das klingt alles wie ein Märchen! Und Sie sind jetzt wirklich im Begriff, eine Reise in dieses fremde Land zu unternehmen?«

Garnet nickte.

»Aber das wird eine lange und anstrengende Sache werden. Sie sind mutig, Garnet.«

»Ich bin nicht mutiger als Sie.«

»Ich? Ich gedenke nicht bis ans äußerste Ende der Welt zu gehen.«

»Nein«, sagte Garnet, »aber Sie wissen noch nicht einmal, wohin Sie gehen werden. Und Sie sind allein.«

»Oh, das macht nichts.« Florinda legte Garnets Nachthemd zusammen. »In jedem Fall werde ich in einem zivilisierten Land leben. Und ich werde nicht sehr lange allein sein. Ich werde mich irgendwo niederlassen und werde mir Freunde machen.«

Sie packte das Nachthemd ein und begann die Extrahemden zusammenzulegen. Garnet schlang die Hände um ihre Knie und sah ihr zu. Sie fand, Florinda sei wirklich sehr tapfer. Noch gestern war sie der gefeierte Star einer großartigen Schau. Heute mußte sie Ruhm und Glanz hinter sich lassen, dazu alles, was sie besaß, bis auf das wenige, das sie auf dem Leibe trug, als sie am Morgen zur Probe gehen wollte. Dabei schien sie so heiter, fröhlich und guter Dinge, als handele es sich darum, einen neuen Schlager einzuüben. Garnet sah das kostbare Taftkleid, das die am Boden Kniende trug, die Sma-

ragdohrringe und die juwelenbesetzte Uhr. Sie fragte sich verwundert, wie diese Frau wohl ihren erstaumlichen Mut erworben habe.
»Florinda«, sagte sie in die Stille hinein, »wo sind Sie erzogen worden?«

Florinda sah lächelnd auf »Erzogen?« sagte sie. »Ich glaube nicht, daß ich erzogen wurde, mindestens nicht in dem Sinne, den Sie meinen. Es wird wohl eher so sein, daß ich mich selber erzogen habe.«

»Aber . . .«, Garnet zögerte.

»Nicht, daß meine Mutter nicht gut zu mir gewesen wäre«, fuhr Florinda fort, »aber sie hatte zu arbeiten. Und nachher war sie lange Zeit krank. Sie fiel eine steile Bühnentreppe herunter; davon erholte sie sich nie wieder. Ich war dreizehn Jahre alt, als sie starb.«

»Wollen Sie sagen, daß Ihre Mutter arbeiten mußte, während Sie noch ein kleines Mädchen waren?« rief Garnet aus. »Welch eine Schande! Hatte sie denn niemand, der ihr helfen konnte?«

»Nein«, sagte Florinda, »sie hatte niemand. Sie war von einem Onkel erzogen worden, aber der war tot. Sie sang in Theatern. Sie hatte eine hübsche Stimme, und sie war auch selber recht hübsch und anziehend. Wir kamen eigentlich ganz gut zurecht in meiner Kinderzeit. Ich konnte ja auch schon arbeiten, sehen Sie.«

»Sie konnten arbeiten? Als kleines Mädchen?«

»Aber selbstverständlich, Liebste. Ich spielte bereits in Kinderszenen, als ich noch nicht richtig sprechen konnte. Mit acht Jahren bekam ich schon eine kleine Rolle von mehreren Zeilen. Ich hatte damals nie Schwierigkeiten, eine Rolle zu bekommen. Ich war wohl ein ausgesprochen schönes Kind.« Florinda lachte. »Es ist wahr, Garnet. Sie sitzen da, als bekämen Sie vor Entsetzen den Mund nicht wieder zu. Aber da war gar nichts Schreckliches. Ich spielte selber sehr gern und fühlte mich wohl dabei.«

»Dann haben Sie also buchstäblich Ihr ganzes Leben lang gearbeitet?«

»Freilich, Liebe. Und das sind jetzt – falls Sie sich scheuen sollten, danach zu fragen – dreiundzwanzig Jahre.«

Garnet sagte schüchtern: »Ich habe schon Stücke gesehen, in denen Kinder spielten, aber mir ist nie der Gedanke gekommen, diese Kinder könnten bereits arbeiten, um ihre Eltern zu unterstützen.«

»Das kann ich mir denken, es ist aber meistens der Fall«, versetzte Florinda trocken. Sie war damit beschäftigt, die schwarzen Baumwollstrümpfe einzupacken.

»Aber Ihr Vater!« rief Garnet einigermaßen ratlos. »Sorgte er denn nicht für Ihren und Ihrer Mutter Lebensunterhalt? Oder starb er schon früh?«

Florinda wickelte den Spiegel ein, um ihn vor Beschädigungen zu bewahren. »Ich habe ihn nie gesehen«, antwortete sie, ohne den Kopf zu heben. »Er verließ meine Mutter, noch bevor ich geboren war.«

Garnet hatte das Gefühl, einen delikaten Gegenstand berührt zu haben; sie schlug sich mit der Hand vor den Mund. »Oh«, stammelte sie, »verzeihen Sie mir! Es geht mich ja nichts an. Ich wollte Ihnen nicht weh tun.«

»Ach du lieber Gott!« sagte Florinda. »Sie kleines Mädchen, Sie! Ich bin nicht empfindlich. Mein Vater war ein norwegischer Matrose. Er kam eines Abends, als er Nachturlaub hatte, in das Theater, in dem meine Mutter auftrat. Er verliebte sich in sie und heiratete sie nicht lange danach. Sie selber war fast verrückt vor Liebe. Aber er erwies sich sehr bald als Windhund erster Klasse. Eines Tages schwamm er wieder auf See, und sie sah nichts mehr von ihm.«

Garnet sah sie bestürzt an. »Aber Florinda«, rief sie, »wer weiß, was geschehen ist? Vielleicht wollte er sie gar nicht verlassen. Vielleicht ging das Schiff unter. Hat sie denn keine Nachforschungen angestellt?«

Florinda lächelte ihr über die Schulter hinweg zu; leichter Spott kräuselte ihre Lippen. »Ach, Garnet«, sagte sie, »meine Mutter wollte wahrscheinlich gar nicht wissen, wie die Dinge zusammenhingen. Sie versuchte das Entschwundene festzuhalten und redete sich ein, er werde eines Tages zurückkommen.«

»Und – sie hat nie erfahren, wie es wirklich war?«

»Doch, sie hat es schließlich erfahren. Ein Kollege, ein alter Schauspieler, hatte Mitleid mit ihr. Er ging eines Tages zu der Schiffahrtsgesellschaft und stellte Nachforschungen nach dem Schiff an, mit dem mein Vater gefahren war. Das Schiff war nicht untergegangen. Es hatte eine Reise nach Brasilien gemacht und war wohlbehalten in seinen norwegischen Heimathafen zurückgekehrt. Die Stadt hieß Drontheim oder so ähnlich.«

»Aber . . .« Garnet ließ ihre Gedanken laufen; diese Sache regte sie auf. Sie hatte sich schließlich selbst gerade erst verheiratet; sie wollte nicht wahrhaben, daß so etwas möglich sei. »Wer weiß – vielleicht ist ihm irgend etwas zugestoßen«, sagte sie, »in Norwegen oder sonstwo. Vielleicht wollte er heimkommen und konnte es nicht.«

»Nein, Darling«, versetzte Florinda mit kühler Ruhe, »er wollte nicht heimkommen. Sein Schiff hatte auf der Rückreise von Brasilien New York wieder angelaufen; er war zwei Wochen im Hafen. Aber er suchte meine Mutter nicht auf. Sie ahnte nichts davon, daß er noch einmal in New York war, bis dieser alte Schauspieler es herausbekam.«

»O Florinda, wie konnte er nur!« stammelte Garnet.

»Ich weiß es nicht, Liebe. Ich weiß nicht, wie ein Mann es fertigbringt, so etwas Süßes und Hilfloses wie meine Mutter kaltblütig zu verlassen, noch dazu mit einem Kind unter dem Herzen. Er tat es jedenfalls.« Sie ergriff einen Packen schwarzumrandeter Taschentücher, legte eins davon beiseite, das sie benützen wollte, und packte die übrigen in die Tasche. Garnet fragte: »Was tat sie denn, als sie an der Wahrheit nicht mehr zweifeln konnte?«

Florinda zuckte die Achseln. »Sie fiel von der Leiter.«

Garnet fuhr zusammen. »Wie? Meinen Sie etwa: absichtlich?«

Florinda hielt eine Packung Toilettenseife in der Hand und sah vor sich hin. »Nein«, sagte sie langsam, »ich glaube nicht, daß sie absichtlich stürzte; nur – es war ihr wohl gleichgültig. Nachdem sie nicht mehr daran zweifeln konnte, was für einen Mann sie in all den Jahren geliebt hatte, war ihr Interesse am Leben erloschen. Sie hielt es nicht mehr für nötig, sich vorzusehen.«

Garnet war erschüttert; sie mußte sich mühen, ihre Fassung zu bewahren. »Und Sie waren erst dreizehn Jahre alt«, stammelte sie.

»Als das Unglück geschah, war ich zwölf. Sie lebte danach noch ein Jahr.« Florinda sah zu Boden; ihr starrer Blick haftete an dem Firmenschild auf der Schachtel, die sie in Händen hielt.

»Und Sie sind während der ganzen Zeit, da Ihre Mutter krank war und im Sterben lag, im Theater aufgetreten?«

Florida starrte noch immer auf die Schachtel. »Nicht während der ganzen Zeit«, sagte sie. »Ich konnte nämlich zu der Zeit keine Rolle bekommen. Solange ich noch ein kleines Mädchen war, hatte das niemals Schwierigkeiten gemacht, weil ich hübsch war und sehr genau wußte, wie man sich auf der Bühne bewegen mußte. Inzwischen war ich aber für Kinderrollen zu groß geworden und andererseits noch nicht erwachsen genug, um Damenrollen zu spielen. Ich steckte in dem Alter, wo Arme und Beine zu lang werden und man in allem und jedem aus dem Gleichgewicht kommt. Natürlich arbeitete ich; ich mußte ja arbeiten. Und ich bekam auch einen Job. Ich beschäftigte mich damit, einen Barsalon auszufegen. Daneben servierte ich

Drinks für die Gäste. Aber ich verdiente nicht viel. Das schlimmste war aber, daß ich Tag für Tag sehen mußte, wie meine Mutter litt. Sie hatte immer furchtbare Schmerzen.«

Sie schwieg ein Weilchen; es sah aus, als sinne sie nach. Ohne die Augen zu heben, fuhr sie schließlich fort: »Ich kann alles ertragen, was mir selber geschieht. Aber ich halte es nicht aus, andere Menschen leiden zu sehen. Ich bin oft zur Arbeit gegangen mit der Hoffnung im Herzen, sie möge tot und von ihren Leiden erlöst sein, wenn ich nach Hause käme.«

Ihre Lippen verzogen sich zu einem bitteren Lächeln: »In dem Salon, in dem ich beschäftigt war, verkehrte ein alter Mann. Er litt an Krämpfen und epileptischen Anfällen; ich fürchtete mich vor ihm. Aber er war immer sehr nett und freundlich zu mir. Er handelte mit allerlei narkotischen Mitteln. Er gab mir manchmal ein weißes Pulver und sagte, ich solle es meiner Mutter geben; es werde ihr helfen. Und es half ihr auch, es verschaffte ihr Schlaf. Er verlangte niemals Geld dafür, er gab es mir immer so. Menschen, die einem seltsam und merkwürdig vorkommen, sind meistens gut. Viel später, als ich schon im ›Schmuckkasten‹ arbeitete, ging ich noch einmal in den Salon und fand den Alten noch dort. Ich fragte ihn, ob er nicht in ein Altersheim gehen wolle, um sich das Leben etwas bequemer und ruhiger zu machen; aber er wollte nicht. Deshalb gab ich ihm dreihundert Dollar; damit konnte er unterkommen, wo es ihm gefiel.«

Garnet war ganz durcheinander. Traurige Geschichten pflegten sie schrecklich aufzuregen. In der Regel begann sie zu weinen, wenn sie dergleichen hörte. Jetzt weinte sie nicht. Ihr empfindsames Herz spürte die Tragik hinter Florindas Erzählung.

Sie sagte: »Und Sie haben niemals wieder etwas von Ihrem Vater gehört?«

Florinda schüttelte den Kopf. »Nein, ich habe nie wieder von ihm gehört.«

»Nehmen Sie an, daß er tot ist?«

»Ich hoffe, er ist tot«, sagte Florinda hart. Und dann fraß sich der verhaltene Haß in ihr durch. Sie sagte: »Ich hoffe, er starb schreiend vor Schmerzen wie meine Mutter. Ich hoffe, er starb in einer elenden Mietskaserne, vier Treppen hoch, ohne Wasser und Brot und mit Lumpen in den Fensterritzen, um Schnee und Unwetter abzuhalten.« Sie entblößte die Zähne und stieß ein böses Lachen aus. »Spaßig, daß Sie mich auf diese alten Geschichten bringen«, sagte sie. »Ich erinnere mich sonst nicht gern daran. Ich fange dann immer leicht an, mich meiner selbst zu schämen.«

»Aber Florinda!« rief Garnet. »Warum sollten Sie sich schämen! Sie waren ja noch ein Kind. Sie taten doch alles, was Ihnen möglich war, und mehr, als irgend jemand vernünftigerweise von Ihnen erwarten konnte.«

»Ja«, sagte Florinda, »ich tat, was ich konnte. Ich wollte auch etwas anderes ausdrücken. Ich schämte mich, daß ein Mann, der mir zum Speien widerwärtig war, mein eigener Vater war. Außerdem: ich soll diesem Mann sehr ähnlich sein, äußerlich wenigstens.«

Sie saß jetzt ganz still auf dem Fußboden zwischen Schachteln und Reisetaschen und gestapeltem Einwickelpapier. Garnet sah ihr klassisches Profil, ihre großen blauen Augen und ihr silbernes Haar. Sie fragte sich, wie es wohl sein möchte, wenn man sein eigenes Bild im Spiegel erblickte und denken mußte: Dieses Gesicht ist das Vermächtnis eines Mannes, den du verachtest! Sie sagte, einem impulsiven Gefühl folgend: »Sie sind nicht so hilflos wie Ihre Mutter, Florinda.«

Florinda lachte kurz auf. »Nein, Liebe, das bin ich gewiß nicht. Ich komme immer durch. Ganz gewiß wird mich kein Mann auf diese Weise umbringen, wie jener Mann meine Mutter umbrachte.« Sie sah Garnet über die Schulter an. »Ich werde zweifellos eines Tages auch an irgendeiner Geschichte dieser Art scheitern«, sagte sie, »aber ich will verdammt sein, wenn ich an gebrochenem Herzen sterbe.«

Garnet zweifelte nicht daran, daß sie diese Worte wahr machen würde.

Neuntes Kapitel

Florinda ließ ein kleines grollendes Lachen hören. »Wir wollen mit diesen alten Geschichten aus dem Küchenschabenbereich aufhören«, sagte sie, »das alles ist nicht sehr erfreulich.«

»Nein«, sagte Garnet, »Sie haben recht. Sind Sie fertig mit dem Einpacken?«

Florinda sah sich um. »Ja, Liebling, ich glaube, das wäre einstweilen alles. Bis auf die Kleider, die ich anhabe. Die lege ich dann später dazu, wenn ich mich umgezogen habe.«

Garnet sah auf das schwarze Kleid, das neben ihr auf dem Bett lag, und dann wieder auf Florinda.

Die Sängerin lächelte: »Worüber denken Sie nach?«

»Über Ihre Verkleidung. Vor allem über Ihr Haar. Es ist so ungewöhnlich auffallend. Sie werden es so straff nach hinten kämmen müssen, daß es fest unter dem Hut liegt.«

»Ja, mein Haar!« lachte Florinda. »Sozusagen ein tödliches Erkennungsmerkmal.« Sie stand auf und trat vor den Spiegel, der über der Kommode hing.

»Warten Sie«, sagte Garnet, »mir kommt eine Idee.« Sie begann die Nadeln aus ihrem eigenen Haar zu lösen. »Zünden Sie die Kerze im Leuchter an und bringen Sie mir Siegellack.«

Florinda runzelte die Stirn: »Was haben Sie vor? Hören Sie, liebes Kind, Sie wollen doch nicht etwa gar etwas von Ihrem eigenen Haar abschneiden?«

»Doch«, antwortete Garnet, »eine Winzigkeit nur, ein paar Löckchen; sie werden mir nicht im geringsten fehlen. Bitte geben Sie mir den schwarzen Hut. – Danke! Jetzt passen Sie auf.«

Garnet ergriff den Hut und klebte mit Hilfe des Siegellacks ein paar Locken ihres eigenen Haares unter den vorderen Hutrand. Es mußte den Eindruck erwecken, als sei das Haar der Hutträgerin in der Mitte gescheitelt und fiele in zwei kleinen Locken in die Stirn. Florinda stieß, da sie es begriff, einen kleinen Begeisterungspfiff aus.

»Großartig!« sagte sie. »Ich wünschte wahrhaftig, ich hätte Ihren Kopf. Ich könnte ihn gebrauchen.«

»Sobald Sie auf dem Schiff sind, können Sie die schwarzen Locken ja abnehmen«, sagte Garnet, »es sei denn, Sie träfen mit jemand zusammen, der Sie von früher her kennt.« Sie schüttelte ihr Haar aus der Stirn und befestigte es mit einem Kamm.

Florinda streichelte liebevoll ihren grünbebänderten Hut. »Was mache ich damit?« sagte sie. »Ich möchte ihn nicht gern wegwerfen. Er war ziemlich teuer. Wie ist das: geziemt es sich für eine trauernde Witwe, mit einem Hutkarton herumzulaufen?«

Garnet lachte: »Ich glaube, dagegen ist nichts einzuwenden.« Sie nahm die Hutschachtel auf und las das Firmenschild: Mme. Sidonie Drouet – Feinste Witwenausstattungen, Hüte, Schleier. – »Das werden wir einschlagen müssen, damit man das Schild nicht sieht. Außerdem könnte sich der Deckel lösen, und man würde dann den grünen Hut in der Schachtel sehen. Ich werde das machen, während Sie sich umziehen.«

Sie kletterte vom Bett herunter, kniete sich auf den Fußboden und begann die Hutbänder glattzustreichen.

»Vielen Dank«, sagte Florinda, »ich möchte ihn wirklich gerne behalten. Jetzt werde ich mich also umziehen.«

Sie wandte sich dem Spiegel zu und begann ihre Armbänder abzustreifen und ihre langen Handschuhe aufzuknöpfen. Garnet erinnerte sich daran, daß sie Florinda noch nicht ohne Handschuhe gesehen hatte. Sie fragte sich, ob es sich dabei nur um eine Künstlermarotte handele oder ob irgendein besonderer Grund dahinterstecke.

Sie war eben damit beschäftigt, den grünen Hut sorgfältig zu verpacken, als sie Florindas Taftkleid rascheln hörte. Aufblickend biß sie sich vor Überraschung in die Unterlippe; es fehlte nicht viel, daß sie aufgeschrien hätte. Florinda hob eben ihr Kleid auf, das über die Unterröcke hinweg zu Boden geglitten war. Garnet sah: Hände und Arme der Sängerin waren mit Narben bedeckt, und zwar mit großen, rot glänzenden Narben, die sich bei jeder Bewegung wie Papier kräuselten; zwischen den Narben zerrte und spannte sich die Haut wie Stoff, der zerrissen und schlecht genäht worden war.

Garnet blickte zu Boden und tat, als ob sie sehr beschäftigt sei. Sie wußte, woher solche Narben rührten; es waren zweifellos die Spuren schwerer Brandwunden. Sie waren offenbar noch ziemlich frisch und erschreckend groß. Sie liefen kreuz und quer über Hände, Gelenke und Unterarme. Sogar über einem Ellenbogen befanden sich noch einige kleinere Narben.

Garnet versuchte an irgend etwas zu denken, sie suchte nach Dingen, über die sie sprechen, über die sie irgendeine Bemerkung machen könnte, aber es fiel ihr nichts ein. Sie vermochte an nichts anderes zu denken als an diese sichtbaren Zeichen einer Schlacht, die Florinda erst vor kurzer Zeit mit dem Feuer ausgefochten haben mußte. Sie hatte die Schlacht bestanden, ohne zum Krüppel zu werden; mit der Zeit würden die schrecklichen Narben wohl auch verblassen, aber zweifellos hatte sie einen Teil ihrer Schönheit für immer eingebüßt. Garnet erinnerte sich der Worte Florindas: »Ist es Ihnen nie geschehen, daß Sie über eine Sache nicht sprechen konnten?«

Das war es also! Mit diesen Brandnarben hing es zusammen. Garnet war entschlossen, so zu tun, als habe sie nichts gesehen. Sie dachte: Und wenn ich ein ganzes Leben an ihrer Seite verbringen sollte, ich würde niemals auch nur mit einem Wort andeuten, daß ich die Narben gesehen habe.

Sie hatte ihr Geschäft mit Florindas grünem Hut beendet und sah auf. Florinda stand noch vor dem Spiegel und band die Bänder ihrer Unterröcke los. Sie tat das, ohne ihre entstellten Hände zu verbergen. Garnet sah, daß die Hände nicht nur von Narben zerrissen waren; sie hatten augenscheinlich auch ihre natürliche Biegsamkeit eingebüßt. Sie hätte, einem spontanen Impuls folgend, sagen mögen: »Lassen Sie mich Ihnen helfen!«, aber sie unterdrückte die Regung; sie fühlte sogar so etwas wie Scham wegen des Gedankens. Florinda schien mit harter Energie daran gearbeitet zu haben, ihre Hände so zu gebrauchen, als seien sie unverletzt. Ein Hilfeangebot in diesem Augenblick wäre grausam gewesen.

Florinda war mit ihren sieben Unterröcken beschäftigt. Sie sagte, über die Schulter sprechend:

»Vier soll ich ausziehen, nicht wahr?«

»Ja«, antwortete Garnet, »vier.« Sie war froh, daß wieder ein Gespräch aufkam. Während sie sich noch mit dem Hutkarton beschäftigte, hörte sie die gestärkten Unterröcke zu Boden rascheln.

Florinda stieg aus den Röcken heraus und sammelte sie auf. »O Garnet«, sagte sie, »wie gut Sie den Hut eingepackt haben! Jetzt werde ich noch das Zeug hier verpacken und dann in das Trauergewand steigen. Hören Sie, wie kommen Witwen nur zu der Möglichkeit, wieder zu heiraten, wenn kein Mann Gelegenheit hat, etwas von ihnen zu sehen?«

Garnet sah auf. Florinda stand da und schielte halb lachend, halb wütend die schwarze Pracht an, hinter der sie ihre Schönheit verbergen sollte. Sie streckte dem Witwengewand die Zunge heraus, wie ein Schulmädchen, das einem Lehrer eine Fratze schneidet. Garnet lachte hellauf, und Florinda lachte nun auch. Die Spannung war gebrochen, und Garnet fühlte sich so erleichtert, als habe sich eine Schlinge um ihren Hals gelockert, die sie zu erwürgen drohte.

»Eine Witwe trägt sich ja nicht ihr ganzes Leben lang so«, sagte sie. »Schon nach sechs Monaten ist es üblich, das Schwarz durch weiße Garnierung etwas aufzuhellen. Das kann sehr kleidsam sein, ganz gewiß bei jungen Witwen mit so blondem Haar wie dem Ihren.«

Florinda legte die Unterröcke auf einem Stuhl zusammen und kniete sich auf den Fußboden, um das Taftkleid zusammenzufalten. Die Narben an Händen und Armen leuchteten wie rote Flammenmale neben dem makellosen Weiß ihrer Schultern. Sie sagte: »Schwarz steht mir an sich sehr gut, aber doch nicht, wenn ich darin eingepackt werde wie ein Gespenst aus dem Spukhaus. Bitte, würden Sie mir den großen Bogen Papier da herüberreichen.«

Garnet reichte ihr das Papier und sah zu, wie sie das Taftkleid verpackte. Sie staunte: »Wie gut Sie das machen!«

»Oh, das bin ich gewohnt«, lachte Florinda. Sie stand auf und nahm die Unterröcke auf. Garnet hatte das sonderbare Gefühl, als schwinge zwischen ihr und Florinda das Unausgesprochene. Florinda hatte ihre Brandnarben so lange wie möglich verborgen gehalten. Beim Kleiderwechsel wäre es unvermeidlich gewesen, sie zu enthüllen. Damit hatte sie Garnet Gelegenheit gegeben, sie zu sehen, Bestürzung zu zeigen und nach der Ursache zu fragen. Aber Garnet hatte nicht gefragt, und Florinda wußte nun wohl, daß sie auch nicht fragen würde; sie hatte es akzeptiert und durch ihr unbefangenes Geplauder danke schön gesagt.

»Also«, fuhr Florinda fort, »jetzt werde ich mich in eine weinende Witwe verwandeln.« Sie wechselte die Strümpfe. Die roten Seidenstrumpfbänder nahmen sich merkwürdig aus über den simplen Baumwollstrümpfen. Sie löste die Haarnadeln. Ihr blondes Haar fiel in langen silbernen Wellen bis zu den Hüften herab.

»Was für wundervolles Haar!« rief Garnet entzückt.

Bescheidenheit und Zurückhaltung in bezug auf ihre eigene Person waren nicht eben Florindas Sache. »Ja«, sagte sie, »ich glaube, es ist ganz nett. Als kleines Mädchen mußte ich es im Theater immer lang herabwallend tragen, mit einem blauen Band darin. Dem Publikum gefiel das offensichtlich. Die Leute pflegten zu sagen, ich sehe aus wie ein kleiner Engel. Wo ist die Haarbürste?«

Garnet brachte sie ihr. Sie hatte ihr Haar noch nicht wieder aufgesteckt. Als sie nebeneinander vor dem Spiegel standen, stieß Florinda einen kleinen Schrei des Entzückens aus. »Garnet«, rief sie, »sehen Sie doch nur! Passen wir nicht wundervoll zusammen?«

Garnet lächelte beim Anblick ihrer gegensätzlichen Erscheinungen. Ihr eigenes blauschwarzes Haar und ihre roten Wangen, daneben Florindas porzellanfarbene Haut und ihre strahlende Blondheit – ein wunderbarer Kontrast. »Ja«, sagte sie, »ein hübsches Bild, glaube ich.«

»Hübsch? Hölle und Frikassee! Wir sind eine Sensation! Ich wollte, wir könnten zusammen in einem Geschwisterakt auftreten. Wir würden das ganze Haus durcheinanderbringen. Ich würde uns anziehen – o Garnet!« Sie seufzte vor Entzücken. »Sie müßten Weiß und Gold tragen, um Ihre lebhaften Farben zur Geltung zu bringen, ich dagegen Schwarz und Silber, um meine blasse Tönung zu heben. Versuchen Sie sich das doch mal auszumalen! Können Sie singen?«

Garnet schüttelte lachend den Kopf. »Wahrhaftig nicht. Ich kann wohl eine Melodie behalten und einigermaßen richtig wiedergeben, aber meine Stimme ist so dünn, daß sie nicht einmal ein Zimmer füllt. Außerdem bin ich ja keine Künstlerin.«

»Nein, natürlich nicht. Entschuldigen Sie. Es war auch nur so ein Gedanke von mir.« Florinda seufzte abermals, als falle es ihr schwer, von einem reizvollen Traum Abschied zu nehmen. Sie wand ihr Haar um den Kopf und steckte es mit Nadeln fest. Garnet brachte ihr den schwarzen Unterrock. Florinda kicherte, als sie ihn überzog. »Mein Gott, Garnet«, sagte sie, »das Ding hat einen entsetzlichen Taillenumfang; offenbar ist es für eine Witwe bestimmt, die ein Andenken an den Verstorbenen im Leib trägt. Ich werde die Bänder hinten über Kreuz nehmen und vorn zusammenbinden müssen. Wollen Sie mir bitte helfen, in das Kleid zu steigen? Wo wird es geöffnet?«

»Vorn natürlich. Können Sie das nicht sehen? Heben Sie die Arme. Ich werde es Ihnen über den Kopf ziehen.«

Florinda fügte sich kichernd. Als sie die Arme hob, flammte die dünne Haut der Narben leuchtend auf. Der Anblick tat Garnet weh, sie mühte sich, wegzusehen.

»Hölle und Teufel!« rief Florinda, während sie das Kleid über der Taille zurechtzog und mit der anderen Hand die Knöpfe zu schließen begann. »Nun sehen Sie sich das an! Ich meine, selbst die achtbarste und respektabelste Witwe braucht nicht den Eindruck zu erwecken, sie habe eine Figur wie eine Wassermelone. Dieses Ungeheuer von einem Kleid hat doch wahrhaftig von oben bis unten fast die gleiche Weite. Ich kriege es ja kaum über dem Busen zusammen.«

Garnet sah bestürzt, wie sich das schwarze Gewand über Florindas Brüsten spannte und die Formen nachzeichnete. »Das wirkt ja direkt unanständig«, sagte sie.

Florinda schien der Anblick ihrer eigenen Person nichtsdestoweniger zu erheitern; sie besah sich mit augenscheinlichem Vergnügen. »Wieso, Liebling?« sagte sie. »Das Kleid zeigt, wie der liebe Gott mich geschaffen hat. Dies ist das erste Mal, daß ich Veranlassung habe, meinen Wuchs zu beklagen. Ich sehe verdammt scheußlich aus, was?«

»Wenn Sie als elegante Witwe auftreten wollen, dürfen Sie nicht fluchen«, sagte Garnet.

»Oh, ich werde nicht, Darling«, lachte Florinda. »Ich werde mich höllisch in acht nehmen. Ich bin schon dabei, mich zu wandeln. Bald werde ich so tugendhaft sein, daß Sie mich nicht mehr wiedererkennen.«

»Wir haben leider keine Zeit mehr, den Sitz des Kleides zu ändern«, bemerkte Garnet sachlich, »deshalb werden Sie den Schal so drapieren müssen, daß die mangelhafte Paßform nicht auffällt. Bitte, hier ist der Ehering, den Sie anstecken müssen.« Sie reichte ihr eine kleine Schachtel. Florinda nahm den schmalen Reif heraus und steckte ihn an ihren narbigen Finger. Dann versuchte sie den Hut aufzusetzen. Sie verwickelte sich in den langen Schleier und ließ ein kleines hilfloses Lachen hören. »Bitte, Garnet«, bat sie, »helfen Sie mir, dieses abscheuliche Ungetüm aufzusetzen.«

Garnet half ihr, die langen, schweren Falten des Schleiers kunstgerecht zu ordnen. Florinda wurde dabei vor Lachlust geschüttelt. Der Schleier fiel ihr bald bis zu den Knien. Garnet half ihr, den Schal umzulegen.

»So«, seufzte Florinda, »nun noch das letzte: schwarze Handschuhe, schwarzumrandete Taschentücher, schwarze Handtasche. Uff! Ich bin fertig.« Sie drehte sich vor dem Spiegel und keuchte vor Erheiterung. »Garnet«, sagte sie, »Sie haben ein Wunder vollbracht. Sehen Sie an, wie ich aussehe.«

Garnet sah sie an. Der Anblick versetzte ihr einen kleinen schmerzhaften Stich. Florinda war nicht mehr da. Dieses schwarzgewandete Wesen war nicht Florinda. Von der strahlend schönen Sängerin war nichts übriggeblieben als eine schwarze Wolke. Jeder Zoll ihres Körpers war verdeckt. Hinter dem dichten schwarzen Schleier ahnte man ein Gesicht, aber von diesem Gesicht war nichts zu erkennen, es war gleichsam nur der Schatten eines Gesichtes. Florinda starrte durch den Schleier und schüttelte sich vor Lachen angesichts des schwarzen unförmigen Wesens im Spiegel, das sie selbst sein sollte.

Garnet vergegenwärtigte sich plötzlich, daß der Tag schon zur Neige ging. In wenigen Minuten würde Oliver zurück sein, und Florinda würde mit ihm zum Kai gehen. – Wie sonderbar! dachte sie. Gestern um diese Zeit wußte ich noch nicht einmal, daß ein Wesen wie Florinda auf der Welt ist. Und heute kenne ich sie schon so gut. Ich weiß, dieses Mädchen hat bereits einen heroischen Kampf durchgestanden, sie hat schwere und schwerste Dinge mit beispiel-loser Tapferkeit bewältigt. Jetzt wird sie sich auf eine Reise begeben, ohne auch nur zu ahnen, wohin sie führt. Und sie steht da vor dem Spiegel und lacht, als sei das alles nur ein Spaß.

Garnet hatte in ihrem Leben viel Lachen gehört. Sie fragte sich jetzt, wieviel wirkliche innere Fröhlichkeit wohl dahintergesteckt und wieviel innere Tapferkeit sich hinter manchem Lachen verborgen haben mochte.

Florinda wandte sich vom Spiegel ab. »Ich werde mich jetzt erst ein wenig daran gewöhnen müssen, mich in diesem Kostüm zu bewegen«, sagte sie. »Sehen Sie her, Garnet. Gehe ich richtig?«

Florinda war viel zu sehr Schauspielerin, um nicht den Versuch zu machen, auch jetzt eine Szene zu spielen. Sie ging im Zimmer umher, hob sittsam und bescheiden den Rocksaum und tat, als versuche sie eine Treppe hinabzuschreiten.

»Sie machen das ausgezeichnet«, stellte Garnet nicht ohne Bewunderung fest.

»Ja«, sagte Florinda, »ich glaube, ich werde es fertigkriegen. Die Hauptschwierigkeit besteht darin, durch diese schwarzen Nebelwolken zu sehen. Aber wenn mir diese Verkleidung dazu verhilft, ungesehen aus der Stadt zu kommen, will ich es gern in Kauf nehmen, ein paarmal zu stolpern.«

Garnet blickte sich im Zimmer um. Die leeren Schachteln auf dem Fußboden und das herumliegende Einwickelpapier boten einen traurigen Anblick; sie schufen eine Atmosphäre von Abschied und Endgültigkeit. Sie fragte mit bedrückter Stimme: »Gibt es sonst noch etwas, was wir tun könnten?«

»Ach ja«, erwiderte Florinda, »ich denke gerade an den Brief, den ich geschrieben habe. Er liegt in der Tischschublade. Es wäre nett, wenn Sie ihn weiterbefördern würden. Er ist an eines der Mädchen am Theater gerichtet.«

»Ich werde ihn nach vier Tagen mit der Post absenden«, sagte Garnet. »Bis dahin werden Sie weit genug fort sein.«

»Ja, ein ganzes Stück Weges vermutlich.« Florinda seufzte. »Garnet«, sagte sie, ihren Schleier zurückwerfend, »ich wollte Ihnen noch etwas sagen, bevor ich gehe: Ich werde mein Leben lang an sie denken.«

Garnet war es, als schnüre ihr jemand die Kehle zu. »Auch ich werde immer an Sie denken, Florinda«, sagte sie mit leiser Stimme.

»Ach, Sie gutes Wesen! Sie Engel!« Florindas Stimme kam ein

wenig ins Zittern. »Ich bin nicht eben von der rührseligen Art«, sagte sie, »aber ich könnte jetzt wahrhaftig heulen.«

Garnet wischte sich mit der Hand über die Augen. »Ich weine selbst«, sagte sie, »und ich schäme mich nicht. Es ist entsetzlich, daß Sie – so weggehen. Daß ich nicht einmal weiß, wohin Sie gehen.«

»Ich weiß es selbst noch nicht, Garnet. Aber wohin es mich auch führen mag, wenn ich am Ziel bin, werde ich an Sie denken. Und werde Ihnen danken.«

Garnet schluckte.

»Sie sollen meinetwegen nicht weinen, Liebe«, sagte Florinda weich. »Sie sollen nur wissen, wie lieb Sie mir geworden sind.«

Garnet drehte das feuchte Taschentuch zwischen den Fingern. »Ich werde nicht mehr weinen«, sagte sie. »Ach, Florinda, werde ich Sie jemals wiedersehen?«

»Ich weiß es nicht, Garnet.«

»Sie können zu mir kommen, wann immer Sie Ihr Weg eines Tages wieder nach New York führt. Mein Vater ist Mr. Horace Cameron. Er wohnt am Union Square. Oliver und ich werden im nächsten Jahr wieder zu Hause sein. Sie werden uns im Stadtadreßbuch ohne weiteres finden.«

»Ich glaube nicht, daß ich je im Leben wieder nach New York kommen werde, Garnet.«

»Aber vielleicht . . .«, Garnet zog in angestrengtem Nachdenken die Augenbrauen zusammen, ». . . vielleicht könnten wir uns in St. Louis wiedertreffen. Wir kommen dort durch auf dem Weg nach Independence.«

»Ich fürchte, ich werde nicht in St. Louis sein, wenn Sie dort durchkommen«, sagte Florinda. »Vielleicht steige ich ein paar Städte weiter stromab aus. Aber selbst wenn ich bis St. Louis führe, so würde ich doch schwerlich dort bleiben. Wie die Dinge nun einmal liegen, könnte ich mich in einer Hafenstadt am Strom kaum sicher fühlen.«

»Ja«, seufzte Garnet, »ich fürchte, Sie haben recht. In dieser Jahreszeit kommen zu viele Menschen durch St. Louis.«

Es entstand nun eine ziemlich lange Pause. Florinda stand da und drehte ihr Täschchen zwischen den schwarzbehandschuhten Händen. »Nun, so oder so«, sagte sie schließlich, »ich werde Sie jedenfalls niemals vergessen. Wann immer Sie sich einsam fühlen, sollen Sie an mich denken und sollen wissen, daß ich in ebendiesem Augenblick auch an Sie denke. Denn ich werde jeden Tag meines Lebens an sie denken.«

Es klopfte. Garnet öffnete die Tür eine Handbreit und sah Oliver draußen stehen.

»Ist Florinda fertig?« fragte er.

»Ja, sie ist fertig. Komm herein!«

Oliver brach in schallendes Gelächter aus, als er die schwarze Wolke erblickte. Er faßte Florinda bei den Schultern und drehte sie mehrmals hin und her. »Es ist wahrhaftig nicht zu glauben«, murmelte er. Er sagte, draußen warte ein Boy, der Florindas Gepäck tragen solle. Er werde ihn hereinholen.

»Leben Sie wohl, Florinda«, sagte Garnet, als Oliver das Zimmer wieder verlassen hatte. Florinda warf den Schleier zurück. Sie legte ihr beide Hände auf die Schultern und küßte sie. »Sie sind das netteste Mädchen, das mir jemals begegnete«, flüsterte sie. »Leben Sie wohl und haben Sie Dank für alles Liebe, das Sie mir taten.«

Draußen näherten sich Schritte; Florinda ließ den Schleier wieder fallen. Als Oliver mit dem Boy hereinkam, stand sie bei ihren Reisetaschen wie eine Frau, die der Schmerz fast zu Boden drückt. Der Boy nahm die Gepäckstücke auf. Oliver gab Garnet einen kurzen ehelichen Kuß und sagte: »Ich bleibe nicht lange, meine Liebe.« Dann wandte er sich Florinda zu und bot ihr respektvoll den Arm.

Garnet stand in der Tür und sah hinter ihnen her, wie sie nebeneinander den Flur hinabgingen. Sowohl Oliver als auch Florinda spielten ihre Rolle ausgezeichnet. Florinda ging mit schwerfällig schleppenden Schritten; Oliver stützte sie und streichelte ihr beruhigend die Hand. Garnet sah ihnen nach, bis sie hinter dem Knick verschwanden, wo der Schrank stand, in dessen Nische sich Florinda am Vormittag verborgen hatte.

Sie ging ins Zimmer zurück und schloß die Tür hinter sich. Dann trat sie ans Fenster und zog den Vorhang zurück. Draußen war die Dunkelheit hereingebrochen, aber schräg gegenüber dem Hotel brannte eine Laterne. Eine Reihe Mietsdroschken hielten an der Straßenecke. Leute kamen und gingen, die Eingangstür unten klappte mehrmals. Garnet wartete.

Die Wartezeit erschien ihr endlos, und doch vergingen nur drei bis vier Minuten, da sah sie Oliver mit der vermummten Gestalt an seiner Seite auf die Straße treten. Garnets Hand krampfte sich in den Vorhangstoff, daß ihr die Finger schmerzten. Ein Kutscher riß den Schlag einer geschlossenen Droschke auf. Oliver war Florinda beim Einsteigen behilflich und stieg dann ebenfalls ein. Der Boy reichte das Gepäck in die Droschke.

Garnet stieß den Atem aus, den sie unbewußt zurückgehalten hatte; ihre Hand erschlaffte, sie ließ den Vorhang fallen. Das war alles. Florinda war weg, war in Sicherheit. Jetzt war kaum noch Gefahr zu befürchten. In dem Gedränge am Kai würde sie nicht auffallen.

Sie war sehr froh. Aber in ihr war plötzlich eine Woge von Einsamkeit.

Nur um etwas zu tun zu haben, ging sie zum Tisch, zog die Schublade auf und fand Florindas Brief, dessen Adresse in der unbeholfenen Schrift einer des Schreibens wenig gewohnten Hand geschrieben war. Sie wollte den Brief zurücklegen, da sah sie daneben ein kleines Päckchen. Irgend etwas war in Schreibpapier eingewickelt; auf dem Papier stand: »Für Garnet.«

Sie nahm das Päckchen auf. Es fiel etwas mit leichtem Klirren heraus, was im Lampenlicht funkelte. Garnet stieß einen leisen Schrei aus. Sie erkannte die wundervollen Smaragdohrringe, die sie an Florinda bewundert hatte. Florinda hatte sie lose in Papier gewickelt. Auf der Innenseite des Papiers hatte sie etwas geschrieben. Garnet las:

»Liebe Garnet. Die Dinger sind für Sie. Sie sind echt. Ich wollte, daß Sie sie tragen, weil ich Ihnen so sehr danke. Sie werden niemals wissen, wie sehr. Bitte, machen Sie sich meinetwegen keine Gedanken; ich werde immer gut durchkommen. Ich werde mir auch Ihretwegen keine Sorgen machen, denn ich weiß: Auch Sie gehören zu der Art, um die man sich nicht sorgen muß.

Ich weiß, Liebe, daß Sie sich meines Namens wegen Gedanken gemacht haben. Nun, Sie sollen ihn wissen. Ich heiße Emma Norquist. Aber Sie können sich nicht denken, wie es ist, wenn ein Mädchen meines Aussehens beim Theater mit einem solchen Namen herumlaufen muß. Als ich ein Kind war, nannten sie mich: Kleine Miß Geraldine Montgomery. Seitdem habe ich viele und besser klingende Namen geführt. Romantischere, wissen Sie. Als Sie mich gestern nacht nach meinem Namen fragten, hatte ich in dem Büchlein gerade den Namen Florinda gelesen. Und dann sprach Oliver von einem Council Grove. Florinda und Grove schien mir gut zusammenzupassen. Ich dachte ja nicht, daß ich Sie jemals wiedersehen würde, und so hatte ich das heute vormittag schon vergessen. Aber ich mag

den Namen jetzt; er gefällt mir. Ich glaube, Florinda ist der eleganteste Name, den ich jemals trug.

Also gut, Liebe. Leben Sie wohl und noch einmal Dank für alles.
Ich werde immer an Sie denken und werde Sie immer lieben, und
sollte ich hundert Jahre alt werden.

Ihre treue Freundin Florinda Grove.«

Zehntes Kapitel

Obgleich sie sich mit solcher Endgültigkeit Lebewohl gesagt hatten,
hegte Garnet immer noch die Hoffnung, Florinda wieder zu begegnen, wenn sie nach St. Louis käme. Aber sie begegnete ihr nicht.

St. Louis war die lauteste und geschäftigste Stadt, die sie jemals
gesehen hatte. Sie hatte in den letzten fünf Jahren ihre Einwohner-
zahl verdreifacht und beherbergte zur Zeit an die fünfzigtausend
Menschen in ihren Mauern. Sie war eine aufblühende Stadt, deren
Wachstum man sozusagen mit den Augen verfolgen konnte. Die
Häuser wuchsen förmlich aus der Erde. Garnet wurde Morgen für
Morgen durch den Lärm von Hämmern und Sägen geweckt. Die
Straßen waren mit Kutschen, Rollwagen, Ochsenkarren und Planwagen vollgestopft; nie hatte Garnet ein solches Gedränge erlebt,
auch nicht in der großen Stadt New York. Die Bürgersteige waren
von Menschen überfüllt. Da waren Händler, die sich für die Reise
nach Santa Fé vorbereiteten, Arbeiter und Ochsentreiber, die nach
passender Beschäftigung suchten, Kaufleute, die ihre Warenballen
auf die Mississippi-Flußboote umluden, die sie nach Independence
bringen wollten. Es erweckte den Anschein, als sei jedermann in
der Stadt auf dem Wege nach Independence.

Das Hotel, in dem Oliver und Garnet wohnten, hatte rote
Plüschmöbel und Spiegel mit vergoldetem Rahmen. Jedes Zimmer
im Haus war bewohnt. Vor der Tür zum Speisesaal mußte man zuweilen in Reihen anstehen, bevor man eintreten konnte, um seine
Mahlzeit einzunehmen. Aber es war ein bequem eingerichtetes und
gut geführtes Hotel, das vorzügliche Speisen und Getränke lieferte.
Die vielen geschäftigen Leute waren hungrig und hatten Geld genug,
um zu bezahlen, was sie verzehrten. Die Kellner brachten ihnen
große Platten mit Fleisch und Schinken und Wild, dazu heißes Mais-

brot, das von Butter troff, und köstliche Fruchttorten. Sie schleppten Kannen mit Kaffee und Flaschen mit Whisky und Wein heran. Die Tischdecken wiesen in der Regel Kaffee- und Saftflecke auf; es war keine Zeit, sie zwischen den einzelnen Mahlzeiten zu wechseln.

Die Flecke störten nicht weiter. Die Stadt pulste vor Leben, sie war jung und geräuschvoll und hatte keine Zeit für Sentiments irgendwelcher Art. Garnet gefiel das. Sie spürte das Leben; es ergriff sie. Da war nichts blaß und verwässert und von Regeln diktiert; es war ein reiches, saftiges Leben mit Menschen, die etwas wollen und etwas tun und ein großes Geschrei darum machen.

Aber Florinda war nicht unter all den hastenden und lärmenden Menschen.

Garnet sagte sich, daß es schließlich auch keinen Grund gab, warum sie hier sein sollte. Gewiß, sie hatte ein Schiff nach St. Louis genommen, aber das konnte sie in jedem Hafen nördlich von New Orleans verlassen haben. Und wenn sie wirklich bis St. Louis gefahren sein sollte, so brauchte sie auch nicht mehr hier zu sein. Es gingen hier jeden Tag Postkutschen nach dem Landinneren ab. Vielleicht hatte Florinda irgendwo Freunde wohnen, die sie verbergen würden, bis der elende Reese in der Sache des Selkirk-Mordes für schuldig erklärt war.

Voll leidenschaftlichen Mitgefühls hoffte Garnet, daß Florinda auf dem Schiff niemand begegnet sein möchte, der sie wiedererkannte, und daß sie ihr dennoch eines Tages wieder begegnen würde, wenn nicht in diesem und im nächsten, dann vielleicht im übernächsten Jahr; daß sie eines Tages direkt oder über die Anschrift ihres Vaters eine Nachricht von ihr erreichen würde.

Garnet und Oliver verließen St. Louis im April. Sie nahmen ein Schiff, das sie den Missouri hinauffuhr, zweihundertfünfzig Meilen in westlicher Richtung bis Independence. Hier wohnten sie in einem weithin bekannten Hotel, das von Mr. Smallwood Noland geführt wurde. Oliver sagte Garnet, daß dies das letzte Hotel auf nordamerikanischem Boden sei. Es gab noch ein Hotel auf einer Insel im Pazifischen Ozean, in einer Stadt namens Honolulu; aber zwischen Independence und Honolulu gab es nicht ein für öffentliche Übernachtungszwecke eingerichtetes Haus. Von hier bis Santa Fé und von Santa Fé bis Kalifornien würden sie für sich selbst sorgen müssen. In Santa Fé pflegten die Händler bei Privatfamilien zu wohnen. Während ihres Aufenthaltes in Kalifornien würden sie auf der Ranch von Olivers Bruder Charles leben.

Independence war nicht so groß wie St. Louis, aber es war möglicherweise eine noch geräuschvollere Stadt, noch bevölkerter und voll brodelnden Lebens. In den belebten Straßen priesen grellfarbige Plakate und Schilder alle möglichen Waren für den Santa-Fé-Handel an: »Alles neu! Alles billig!« Jedermann in der Stadt schien irgend etwas verkaufen zu wollen. Die Händler kauften Ochsen und Maulesel und heuerten Treiber an; daneben schlossen sie in letzter Minute eilige Geschäfte ab. Sie nahmen alles mit, was die Leute in Neu-Mexiko im Laufe eines Jahres voraussichtlich brauchen konnten. Die Händler feilschten und kauften, und ihre Männer verpackten das Gekaufte und luden es auf die Wagen.

Während seine Leute die eingekauften Waren verpackten, zeigte Oliver Garnet die Stadt. Er nahm sie auch Morgen für Morgen mit, um den Männern bei der Packarbeit zuzusehen. Olivers Kolonne zählte vierzehn Wagen. Garnet staunte über die ungeheure Größe dieser Planwagen. Oliver erklärte ihr, die Fahrzeuge des Santa-Fé-Handels seien die größten Planwagen der Welt. Jedes einzelne Gefährt wog voll beladen fünf Tonnen. Der Inhalt eines einzigen Wagens würde, nebeneinander ausgebreitet, eine Fläche von einem Morgen bedecken. Um einen solchen Wagen über ebenes Land zu ziehen, brauchte es zehn Joch Ochsen. War das Land rauh und gebirgig, mußten die Gespanne unter Umständen verdoppelt und verdreifacht werden.

Garnet meinte, ob es denn nicht leichter und einfacher sei, eine größere Anzahl kleinerer Wagen zu beladen. »Grundsätzlich schon«, lachte Oliver; aber die wenigen großen, bis unter das Plandach vollgestopften Prärieschoner hätten in diesem besonderen Falle auch ihren ganz besonderen Sinn. Sie würden von den Yankees benützt, um dem Gouverneur von Santa Fé eine Nase zu drehen.

Er erklärte: »Santa Fé ist ein Teil Mexikos, und Mexiko ist eines der am schlechtesten regierten Länder der Welt. Der gegenwärtige Gouverneur von Santa Fé ist ein großes, kugelrundes Sündenfaß namens Armijo. Er erfreut sich allgemeiner Verachtung, auch in der Stadt selbst. Wie die Leute sagen, hat er seine glorreiche Laufbahn eines Tages damit begonnen, Schafe zu stehlen und sie dann den Eigentümern wieder zu verkaufen.«

Señor Armijo, erzählte Oliver weiter, habe die Macht, alle aus den Staaten eingeführten Waren mit Zoll zu belegen. Der weitaus größte Teil dieser Zolleinnahmen wandere in seine eigene Tasche. Die Yankees wüßten das, und die eingeborenen Zollbeamten wüßten es auch. Es sei im Laufe der Zeit üblich geworden, die Zollbeamten zu bestechen, damit sie die Hälfte der hereinkommenden Wagen übersähen.

Armijo seinerseits sei sich völlig klar darüber, daß seine Beamten sich bestechen ließen, aber er könne schließlich nicht jeden einzelnen Warenballen persönlich prüfen. Deshalb habe er in seiner Wut eines Tages eine neue Steuer ersonnen. Und zwar habe er jeden hereinkommenden Wagen ohne Rücksicht auf Größe und Inhalt mit einem Sonderzoll von fünfhundert Dollar belegt. Die Wagen seien natürlich leicht zu zählen, wenn sie den Grenzpaß passierten, schlimmstenfalls von Señor Armijo persönlich.

Oliver lachte: »Weil die neue Steuer nun die Größe der Wagen unberücksichtigt ließ, verkauften alle Händler ihre kleineren Fahrzeuge und schafften sich diese Ungetüme an. Sie stopften sie voll bis unter das Dach und brachten auf diese Weise viel mehr Waren herein als jemals zuvor. Die Zollbeamten zwinkern mit den Augen, machen ihre kleinen Privatgeschäfte und lassen Señor Armijos Wut fett werden.«

»Ein nicht gerade ehrliches Verfahren«, sagte Garnet.

»Allerdings nicht«, lachte Oliver, »aber was sollten wir denn machen? Hätten wir es beim alten belassen und Armijos Sondersteuer bezahlt, müßten wir für einen Meter des billigsten Baumwollstoffes zwei Dollar nehmen und für ein Päckchen Nadeln im Wert von zehn Cent einen Dollar. Wer würde wohl solche Preise bezahlen? Eine einzige Saison dieser Art, und kein Händler käme mehr nach Santa Fé. Der fette Armijo müßte sich dann wahrscheinlich nach einer Arbeit umsehen, um seinen Lebensunterhalt zu verdienen.«

Die Wagen waren mit großen Leinwandplanen bedeckt, dick und fest genug, um die Warenballen vor Witterungseinflüssen zu schützen. Vorn und hinten hatten sie schwere, doppelte Holzverschalungen, mit Decken dazwischen, um Staub und Regen abzuhalten. In Santa Fé wurden die Decken herausgenommen und verkauft. Amerikanische Decken galten in Santa Fé als Konterbande; der Gouverneur hatte eine Anordnung erlassen, wonach nur einheimische Decken gebraucht werden durften. Aber die Händler brachten seit Jahren die Decken zwischen den Holzverschalungen ihrer Wagen herein und verkauften sie. Sie taten das weniger des Verdienstes wegen, als um Armijo einen Streich zu spielen. Die Decken waren von der Fahrt ja schon ziemlich abgenutzt und nicht mehr viel wert.

Es dauerte eine volle Woche, bis alle Wagen beladen waren. Garnet machte es Spaß, den Männern bei der Arbeit zuzuschauen. Es waren ziemlich rauhe und wilde Kerle, die nicht viel vom Rasieren hielten und mit Redensarten um sich warfen, die Garnet nie im Leben gehört hatte. Aber sie waren stark und gesund und sprühten von Lebenslust. Garnet mochte sie gern.

Schließlich war es soweit. Garnet kletterte in eine geräumige, von Mauleseln gezogene Kutsche. In dieser Kutsche würde sie nun Tag für Tag sitzen und auch in den Nächten schlafen, bis sie in Santa Fé anlangten. Sie fuhren zunächst nach Fort Leavenworth, der Militärstation, die die Grenze gegen die Indianer bewachte. Nachdem sie Fort Leavenworth passiert hatten, zogen sie neun Tage lang durch grüne, blumenübersäte Prärie. Dann kamen sie zum Council Grove, hundertfünfundvierzig Meilen westlich von Independence.

Die Reise verlief ohne Schwierigkeiten. Selbst als in einer Nacht schwerer Sturmregen aufkam, fühlte sich Garnet in ihrer geschlossenen Kutsche trocken und behaglich. Die Männer kochten im Freien. Das Essen war ausgezeichnet; außer Mehl und Salzfleisch führten die Wagen Karotten, Kartoffeln und Zwiebeln, getrocknete Äpfel, Käse und allerlei Delikatessen mit; Dinge, von denen Garnet nie gedacht hätte, daß sie ihr auf dieser Reise geboten würden. Mit der Zeit würden diese Vorräte natürlich zu Ende gehen, aber dann würde man auch schon bald auf die ersten Büffelherden stoßen, und es würde Frischfleisch in Hülle und Fülle geben.

Council Grove war ein schönes Wäldchen von etwa einer halben Meile Tiefe. Herrliche alte Bäume wuchsen hier: Eiche und Walnuß, Hickory und Ulme, alle prangend im leuchtenden Grün des jungen Frühlings. Der Wagenzug stieß hier mit anderen Händlern zusammen, die Independence bereits früher verlassen hatten. Während der vier Tage, die sie im Council Grove verbrachten, kamen immer mehr Wagenkolonnen heran. Andere Händlertrupps waren bereits wieder abgefahren; mit ihnen würde man sehr wahrscheinlich eines Tages irgendwo draußen in der Prärie zusammentreffen.

Die Männer errichteten ein provisorisches Lager; sie fällten Bäume und rollten die entästeten Stämme unter die Wagenräder. Bei der Weiterfahrt würde man sie mitnehmen, um unterwegs etwa notwendig werdende Ausbesserungsarbeiten vornehmen zu können. Denn gleich nach dem Council Grove begann die Prärie, und der Baumwuchs hörte auf. Garnet vermochte sich eine baumlose Landschaft einstweilen nicht vorzustellen; sie fand die Aussicht erschreckend. Oliver meinte, sie werde sich wohl oder übel daran gewöhnen müssen. Hinfort würde sie nur Präriegras und dann und wann ein paar Baumwollstauden zu sehen bekommen.

Der Zug in die Einöde erforderte allerlei Vorbereitungen. Für die einzelnen Karawanen wurden Kapitäne gewählt. Alsdann wurden Pfadfinder bestimmt, die den Zügen vorausreiten würden, um etwaige Gefahren rechtzeitig zu melden. Von hier bis Santa Fé würde die Reisegesellschaft leben wie eine Armee auf dem Kriegsmarsch. Der Weg war hart, aber die Männer kannten ihn genau, sie kannten ihn im Schlaf und hatten jede Einzelheit im Gedächtnis. Sie kannten jeden Berg, jeden kleinen Fluß, und sie wußten die Zeichen des Wetters zu deuten. Sie waren keine Abenteurer und hatten keinerlei Sinn für Romantik. Es war ihr Beruf, bepackte Planwagen sicher nach Santa Fé zu bringen. Sie hatten das zahllose Male getan.

Oliver lehrte Garnet, mit Gewehr und Pistole umzugehen. »Du wirst das wahrscheinlich nicht brauchen«, sagte er, »aber es wäre gefährlicher Unfug, die Prärie zu durchqueren, ohne zu ahnen, wie man mit einem Schießeisen umgeht.« Garnet erschrak nicht im mindesten, aber sie fragte Oliver, wie es mit den Indianern bestellt sei und was man möglicherweise von ihnen zu erwarten habe. Oliver lachte und meinte, sie würde vermutlich bis Santa Fé kaum Gelegenheit haben, einen Indianer mit eigenen Augen zu sehen. Trotzdem erklärte er ihr, wie man Indianerspuren zu lesen hatte. Der Boden hinterließ immer sichere Spuren, man mußte sie nur richtig deuten. Waren Fohlen- und Kinderspuren zwischen den Abdrükken, bestand von vornherein keine Gefahr. Es war dann so, daß ein ganzer Stamm mit Frauen und Kindern auf einem Jagdzug begriffen war, um Fleisch für den Winter zu beschaffen und zu trocknen. Jagende Indianer wollten nichts anderes als allein gelassen werden; sie würden nicht schießen, es sei denn, man beschösse sie zuerst. Stammten alle Spuren nur von Männern und ausgewachsenen Pferden, dann hieß das, daß sich ein Stamm oder ein Teil eines Stammes auf dem Kriegszug befand. In diesem Fall mußte man die Richtung feststellen, in der die Spuren verliefen, und selbst die entgegengesetzte Richtung einschlagen. Denn es war immerhin nicht ratsam, Indianern auf dem Kriegspfad zu begegnen. Aber die Indianer waren nicht oft auf dem Kriegspfad, und in dieser Jahreszeit schon gar nicht; da dachten sie im allgemeinen nur an die Jagd.

»Du bist hier noch ein Greenhorn, Darling«, sagte Oliver. »Wenn ein Greenhorn etwas von Indianern hört, denkt es gleich ans Schießen. Das ist Unsinn. Schießen ist immer der allerletzte Ausweg.«

Nach dieser Aufklärung verlor Garnet den letzten Rest von Bangigkeit. Trotzdem übte sie sich fleißig im Gewehr- und Pistolenschießen. Sie lernte es schnell, einen Baum auf zehn Meter Entfernung mit Sicherheit zu treffen. Die Männer grinsten, wenn sie sie sahen, sie lachten ein bißchen nachsichtig und meinten, sie sei im Begriff, ein richtiger Grenzer zu werden. Es waren verwegene Kerle, eine zähe Bande hartgesottener Präriegänger, und ihre ruchlosen Reden waren Garnets Ohren ungewohnte Kost, aber sie verstanden ihr Geschäft und wußten jederzeit, was zu tun war. Sie gefielen ihr von Tag zu Tag besser.

Alles auf dieser Reise war fremd und sonderbar, aber alles war faszinierend und großartig. Oliver bewunderte seine tapfere junge Frau und verehrte sie grenzenlos. Die anderen Männer sagten, er habe den Vogel abgeschossen und sei glücklich zu preisen, so ein Weib gefunden zu haben. In ihrem ganzen Leben hatte Garnet nicht so aufregende Tage erlebt. Es war, als sei plötzlich die Welt vor ihr aufgetan wie ein wundervoller, strahlender Morgen.

Am zehnten Tage des Mai setzte sich der große Wagenzug in Bewegung. Es war früh am Morgen; die aufgehende Sonne warf rote Strahlenbündel über das duftende Präriegras. Wagen um Wagen ruckte schwerfällig an und fuhr in die offene Weite, in die großartige Ödnis hinein. Sie waren auf dem Wege nach Santa Fé.

Elftes Kapitel

Garnet langte nach ihrer Wasserflasche, die sie an einem Riemen am Gürtel trug. Sie zog den Stöpsel ab und nahm einen tüchtigen Schluck. Das Wasser war warm, aber sie befand sich nun seit einundvierzig Tagen auf dem Pfad und hatte in der Zeit längst gelernt, sich an warmes Trinkwasser zu gewöhnen. Es wusch ihr den Staub aus dem Hals; schon die Feuchtigkeit in der Kehle war ein unvorstellbarer Genuß.

Oliver und Garnet fuhren in einer Art Kutsche. Es war dies ein seltsames Vehikel; Garnet erinnerte sich nicht, jemals irgendwo ein ähnliches Gefährt gesehen zu haben. Aber der Wagen war stark gebaut und erfüllte genau den Zweck, für den er gedacht war. Der rechteckige Kasten hatte vorn einen bequemen, weich gepolsterten

Ledersitz und war rundherum mit Leinwandplanen abgedichtet, die durch Metallstützen gehalten wurden. Die vier Einzelplanen konnten über Tage wie Fensterrollos hochgerollt werden, um der Luft Durchgang zu verschaffen; abends ließ man sie dann wieder herunter und dichtete sie ab. Dann wurde der Kastenwagen zu einem kleinen Haus, in dem man seine Matratzen ausbreiten und wie in einem Bett schlafen konnte.

Oliver führte das Mauleselgespann. Er sah, wie Garnet ihre Wasserflasche verstöpselte, und lachte sie an. »Müde?« fragte er.

»Das kann man sagen«, seufzte Garnet. »Außerdem bin ich dabei, geröstet zu werden, und schließlich habe ich Hunger wie ein Wolf. Wie spät ist es?«

Oliver warf einen Blick auf die Sonne. »Schätze doch einmal selbst«, sagte er.

Garnet hob den Kopf. Sie trug eine grüne Schutzbrille, die sie in Independence erworben hatte, um ihre Augen vor den sengenden Sonnenstrahlen und vor den Staubwirbeln zu schützen. Die Sonne stand schräg links von ihr sehr hoch am Himmel.

»Zehn Uhr?« sagte sie zögernd.

»Ausgezeichnet«, lobte Oliver. »Es geht zwar schon auf halb elf, aber du bist auf dem Wege. Bald wirst du keine Uhr mehr nötig haben, um die Zeit festzustellen.«

»Halb elf!« seufzte Garnet, »um so besser. Eine halbe Stunde näher am Mittagessen. Ich bin so hungrig, daß ich ganz allein einen halben Büffel verspeisen könnte.«

»Die andere Hälfte esse ich«, lachte Oliver. Er nahm die Zügel in eine Hand und griff nun ebenfalls nach der Wasserflasche. Er zog den Stöpsel mit den Zähnen heraus und trank gierig. »Leer«, sagte er dann, ihr die Flasche reichend. »Wärest du so nett, sie wieder zu füllen?«

Garnet löste die Flasche von Olivers Gürtel und kletterte, vorsichtig balancierend, aus dem Wagen. Sie ging um das schwerfällig schaukelnde Gefährt herum und füllte, ihre Schritte denen der Maulesel anpassend, Olivers Feldflasche und ihre eigene aus dem Wasserkessel, der zwischen den Hinterrädern langsam hin und her schwang. Dann kletterte sie wieder in die Kutsche und befestigte Olivers Flasche an seinem Gürtel. Sie sah die Schweißtropfen auf seiner Stirn, holte ein großes blaues Taschentuch hervor und wischte sie ab, sorgfältig darauf bedacht, ihm die Sicht nicht zu verdecken.

Mit der anderen Seite des Taschentuches trocknete sie ihr eigenes schweißnasses Gesicht. Als sie das blaue Leinen dann betrachtete, sah sie, daß es braun verschmiert war. Schweiß und Staub hatten sich zu einer klebrigen Masse verbunden. Sie kam sich verschmutzt vor wie nie in ihrem Leben. Der zähe Staub war überall. Sie sah ihn in den Falten ihres Kleides, sie fühlte ihn unter den Kleidern auf ihrer nackten Haut. Sogar der breitrandige Sonnenhut vermochte nicht, ihn abzuhalten; immer, wenn sie ihr Haar bürstete, erhoben sich kleine Staubwirbel. In der Karawane gingen zweitausend Tiere. Jedes einzelne Tier verursachte Staubwolken mit jedem Schritt, den es tat. Die unzähligen kleinen Staubwölkchen vereinigten sich zu einer riesigen Wolke, die fast bewegungslos in der Luft hing. Noch meilenweit hinter dem großen Treck hingen diese dunklen Staubwolken in der Luft.

Garnet dachte, neben Oliver sitzend, sehnsüchtig an Büffelbraten und getrocknete Bohnen. Die Karawane brach Morgen für Morgen schon in der ersten Dämmerung auf. Frühstückspausen wurden nicht eingelegt, und mittags war Garnet Tag für Tag so hungrig, daß sie das Essen gierig und hemmungslos hineinschlang.

»Oliver«, fragte sie, »wo werden wir heute mittag lagern?«

»Am Rabbit Ear Creek. Es kann nicht mehr weit sein. Sitz nicht so steif, Garnet; paß auf, wir kommen jetzt durch ein Schlammloch.«

Garnet hielt sich mit beiden Händen am Sitz fest, stemmte die Füße gegen das dafür vorgesehene Brett und entspannte die Muskeln. In den ersten Tagen der Reise hatte sie so steif und hölzern in der Kutsche gesessen, als bewege sie sich über die gepflegte Hauptstraße einer Großstadt. Das war ihr teuer zu stehen gekommen; ihr ganzer Körper war voller grüner und blauer Flecke, voller Beulen und Brauschen. Inzwischen hatte sie gelernt, sich locker und elastisch zu halten; jetzt machte ihr das unausgesetzte Stoßen und Rütteln des Wagens nichts mehr aus. Die Kutschenräder glitten in das von Büffeln gebildete tiefe Schlammloch hinein; der Wagen ächzte und stöhnte, als wolle er auseinanderbrechen. Oliver schrie auf die Maulesel ein, die alle Mühe hatten, das schwere Gefährt wieder aus der Senke herauszuziehen. Aber schließlich schafften sie es, und die Kutsche schaukelte wieder in ihrem gewöhnlichen Rhythmus dahin.

»In Ordnung?« fragte Garnet.

»In Ordnung«, sagte Oliver.

Garnet setzte sich seufzend zurecht. Diese Schmutzlöcher hatten es in sich, sie waren eine schreckliche Plage. Garnet fragte sich, was wohl Tausende von Büffeln veranlassen konnte, sich an ein und derselben Stelle herumzusielen. Offenbar waren Büffel die dümmsten Tiere der Welt. Garnet hatte beobachtet, wie sie in endlosen Reihen, den ganzen Horizont verdunkelnd, quer über die Prärie einem Wasserloch entgegenzogen. Schwerfällig schwankend, ruhig, stetig und unaufhaltsam kamen sie heran. Plötzlich fiel es dem an der Spitze trottenden Büffel ein, sich am Boden zu wälzen und seinen Buckel zu scheuern. Er rollte sich mehrmals hin und her, erhob sich wieder und trottete weiter. Aber nun war es, als hätte der Leitbüffel mit seinem Tun einen unzweideutigen Befehl gegeben. Der nächste Büffel nämlich wälzte sich auf genau dem gleichen Fleck. Der dritte folgte unverzüglich seinem Beispiel, und der vierte, fünfte und sechste und alle weiteren Tiere taten es ihm nach. Wenn dann der tausendste Büffel sich dort herumsielte, war längst eines dieser ungeheuren Löcher entstanden. Natürlich versuchte Oliver diese Schlammlöcher zu umfahren, aber das gelang ihm nur selten, denn wenn er sie durch die dichten Staubwolken erblickte, war es in der Regel zu spät, das schwere Gefährt noch herumzulenken.

Olivers Stirn war tief gebräunt und vom Staub verkrustet. Er hatte sich seit dem Beginn der Reise nicht mehr rasiert, so daß ein wilder, zottiger Bart sein Gesicht überwucherte. Der Staub hatte sich in den Haaren so festgefressen, daß es aussah, als hinge der Bart voller Spinnweben. Ein alter verbeulter Hut schützte seinen Kopf vor der Sonne, und auch der Hut war von dichten Staubschichten bedeckt. Die Farbe seines Hemdes war ausgebleicht, und die rauhen Hosen aus handgewebtem Stoff schienen völlig farblos. Er trug die Hemdsärmel hochgerollt; seine Arme waren so tief gebräunt, daß die lichtbraunen Härchen auf der Haut beinahe weiß erschienen. Die Muskeln lagen unter der Haut wie Knoten und Stricke. Die Männer hatten auf dem Zug durch die Prärie harte Arbeit zu leisten; Garnet wußte jetzt, worauf die rauhen Hände zurückzuführen waren, die sie so befremdet hatten, als sie Oliver in New York zum erstenmal sah.

Sie sah an sich selber herunter. Ihre Ärmel spannten sich um die Gelenke, und die Nähte drückten. Die Kleider hatten ihr in New York tadellos gepaßt. Aber inzwischen hatte auch sie mit den Händen arbeiten müssen; ihre Muskeln hatten sich verstärkt; sie wirkte nicht mehr sehr damenhaft.

Sie lächelte, während sie ihre gebräunten Hände betrachtete. »Ich hoffe, ich enttäusche deinen Bruder nicht gar zu sehr«, sagte sie. »Ich habe mich ziemlich verändert unterwegs und passe kaum noch in einen Salon.«

Oliver streifte sie mit einem flüchtigen Blick. »Charles erwartet überhaupt nichts«, sagte er. »Er weiß doch gar nichts von dir.«

»Natürlich nicht. Ich hatte nicht daran gedacht. Was meinst du: ob er mich leiden mag?«

»Mache dir keinerlei Gedanken über Charles.«

Das war so kurz, beinahe abweisend gesagt, daß Garnet unwillkürlich aufsah.

»Wieso?« sagte sie. »Was meinst du damit? Machst du dir – Sorgen seinetwegen?«

»Nun, es könnte sein, daß er zunächst – ein bißchen schwierig ist«, sagte Oliver.

»Aber warum?«

»Oh, er wird natürlich – überrascht sein, mich verheiratet zu sehen. Das ist alles. Lieber Gott, Garnet, wir bleiben nicht in Kalifornien, und wir fahren auch nicht wieder hin. Mach dir deshalb keine Gedanken über Charles.«

Aber Garnet vermochte den Gedanken nicht zu wehren. Sie runzelte die Stirn. Was stimmte da nicht? Oliver war ganz mit den Mauleseln beschäftigt; er sah an ihr vorbei. Der Wind blies ihr eine Staubwoge ins Gesicht; sie mußte husten. Oliver lächelte:

»Du mußt trachten, den Hustenreiz zu vermeiden. Der Husten macht dir die Kehle rauh. Schluck das Zeug hinunter.«

Garnet schluckte. »Ich weiß«, sagte sie, »ich werd' schon damit fertig.«

Der Staub machte auch den Mauleseln zu schaffen. Sie wurden unruhig, und Oliver hatte alle Mühe, sie zu regieren. Er mußte ihnen alle Aufmerksamkeit widmen. »Es geht manchmal ein bißchen zäh«, sagte er, ohne den Kopf zu wenden. »An sich kennt man das ja alles, aber man muß es sich immer wieder von neuem erarbeiten. Man muß sich tagtäglich an zehntausend Dinge erinnern.«

Das Gelände war rauh. Der Wagen ächzte und ratterte. Garnet hielt sich am Sitz fest und sah bewundernd, wie sicher und ruhig Oliver mit den Mauleseln umging. Aber ihre Gedanken waren noch immer bei Charles. Warum hatte Oliver mit besonderer Betonung gesagt, sie solle sich keine Gedanken über Charles machen? Sie hatte nicht gedacht, daß sie sich überhaupt ernsthafte Gedanken über Olivers Verhältnisse würde machen müssen. Es wurde ihr bewußt, daß

Oliver es weitgehend vermieden hatte, von Charles zu sprechen. Es sah aus, als gäbe es da irgendwelche Hemmungen.

Nun, dachte sie schließlich, ich werde es ja erfahren. Ich werde ihn später fragen. Gab es etwas, das sie wissen mußte, bevor sie Charles gegenübertrat, würde Oliver es ihr sicherlich sagen.

In ihren Ohren war das Rattern und Rollen und Dröhnen, das Ächzen und Scharren und die vielfältigen Geräusche, die von der endlosen Wagenkarawane ständig erzeugt wurden. Die Räder knarrten bei jeder Umdrehung. Die Ochsen keuchten, und es hörte sich an, als suchten sie ihrem Zorn auf die Männer Luft zu machen, die ihnen zumuteten, in diesen Wogen von Hitze und Staub schwer zu arbeiten. Die Ochsentreiber, die neben den Gespannen gingen, fluchten und schrien auf die Tiere ein, sie brüllten und grölten und knallten mit den schweren Peitschen. Garnet hörte unablässig all diese Geräusche, und obgleich sie so müde war, daß ihr alle Knochen weh taten, war ein Lächeln heimlichen Stolzes in ihrem Gesicht. Es war unwesentlich, wie man sich fühlte, ob man hungrig und müde war und Schmerzen in allen Gliedern hatte – man gehörte dazu. Diese Santa-Fé-Reise war eine große Sache, sie war es wert, daß man dafür litt.

Der Karawanenzug war über eine Meile lang und legte am Tage fünfzehn Meilen zurück. Er bestand außer den Kutschen und Gepäckwagen aus hundert schwer mit Gütern bepackten Planwagen. Die Wagen fuhren zu vieren nebeneinander, die Kutschen mit den Eigentümern der jeweiligen Güterkolonnen zwischen ihren Gefährten, so daß jeder Unternehmer ohne weiteres in der Lage war, seine eigene Mannschaft zu beaufsichtigen. Dem Wagenzug voraus ritten die Pfadsucher, und hinter den letzten Gefährten trotteten die überzähligen Ochsen und Maulesel dahin. Als sie Council Grove verließen, waren sie eine Gesellschaft von vierzig Wagen gewesen. Inzwischen waren sie mit den vorausgefahrenen Händlern zusammengetroffen und zu einem großen Zug angeschwollen. Gleichwohl trafen sie immer noch auf die Überreste von Lagerfeuern, die ihnen anzeigten, daß noch mehr Wagen vor ihnen fuhren.

Sie waren nun schon sechshundert Meilen von Independence entfernt, und noch hatten sie zweihundert Meilen bis Santa Fé zurückzulegen. Während der ganzen sechshundert Meilen waren sie nicht auf eine einzige menschliche Behausung gestoßen. Über die leere, starrende Ödnis hinweg brachten die Santa-Fé-Händler Waren im Werte von einer Million Dollar. Alle diese Güter waren von den

Männern so gut und so fest verpackt worden, daß sie sicher sein konnten, sie ohne Bruch und Beschädigung nach Santa Fé zu bringen. Wahrhaftig, es war eine großartige Sache. Garnet war stolz, ein Glied dieser prachtvollen, verwegenen Unternehmung zu sein.

Sie fühlte, wie ihr der Schweiß über die Schulter rann. »Oliver«, sagte sie, »was kommt nach Rabbit Ear Creek?«

»Round Mound.«

»Und danach?«

»Steingeröll. Bald danach das Gebirge.«

Sie sah den Staubwogen nach, die wie Gewitterwolken am Himmel hingen. Der Himmel selber war leuchtend blau, mit kleinen weißen Wattewölkchen durchsetzt. Tagelang schon strahlte dieses leuchtende Blau über der Karawane, mitleidlos Hitze verströmend. Die Erde war ausgedörrt, sie brachte nichts hervor als kleine Büschel des harten Büffelgrases, das selbst die Ochsen verschmähten. In ein oder zwei Tagen würden sie im Reich der Steine und Felsen sein. Hier war weit und breit kein Stein. Hier war nichts als Wüste und Staub.

Es war merkwürdig: der Boden, den man unter den Füßen hatte, schien alles andere als flach; er wimmelte von Schlaglöchern und Unebenheiten. Aber rechts und links des getrampelten Pfades wirkte das Land flach und glatt wie ein Bogen Papier. In endloser Ferne meinte Garnet die Kontur des Gebirges zu sehen, eine dünne Linie, wie ein Streifen grauen Musselins vor dem klarblauen Himmel.

Alles Leben rundherum schien erstarrt; selbst am fernsten Horizont vermochte Garnet keinerlei Bewegung zu erkennen. Sie sah nichts außer dem flirrenden Licht, dem rauhen Büffelgras, den weiß schimmernden Knochenresten verendeter Büffel und dem grauen Streifen am Horizont. Wenn man zurückblickte, schien die Karawane nicht eine Meile lang, sie wirkte vielmehr wie ein kleiner Wurm, der langsam durch eine einsame Wüste kroch.

Ließ man den Blick frei durch die Ebene schweifen, vergaß man das Geschrei und Gebrüll, das Rollen und Knarren und Stampfen rundherum, und es war, als lebe man inmitten einer atmenden Stille. Die Stille schien so groß und so erhaben wie die Einsamkeit, man spürte förmlich, wie sie wuchs. Es war fast erschreckend, als lauere eine heimliche Drohung dahinter. Es wurde einem jählings bewußt, daß man durch eine achthundert Meilen lange Ödnis dahinfuhr und daß man mitten in dieser endlosen Einsamkeit steckte. Daß man keine Möglichkeit der Umkehr hatte. Man konnte den Weg nicht zurückgehen, wenn man meinte, die Stille und Einsamkeit nicht mehr ertragen zu können. Was auch immer geschah, man konnte immer nur weiterfahren. Wenn man krank wurde, wenn man im Sterben lag, man mußte weiter. Die Wagen konnten nicht halten, um einen einzelnen in Frieden sterben zu lassen; sie mußten dem Pfad folgen. Selbst wenn man unterwegs starb, würden sie nur für wenige Minuten halten. Die Männer würden aussteigen, dem Toten ein schnelles Grab bereiten und weiterfahren. Sie mußten nach Santa Fé.

Oliver rief Garnet an.

Sie wandte träge den Kopf. »Ja – was ist? Willst du Wasser?«

»Nein, ich habe noch. Aber du darfst nicht so in die Weite starren.«

Sie sah ihn verblüfft an. »Warum? Was meinst du denn? Es ist ja nichts da, worauf ich starren könnte.«

»Eben das meine ich. Das Nichts ist gefährlich. Es packt dich.«

»Das – verstehe ich nicht.«

»Die Stille«, sagte Oliver, »die Einsamkeit. Ich habe die Worte nicht, es dir zu erklären. Aber erinnerst du dich, wie du bei meinem Anruf eben zusammenfuhrst?«

»Ja«, sagte sie, »es erschreckte mich. Ich hatte gar nicht mehr an dich gedacht. Ich hatte der Stille nachgedacht.«

»Das ist es. Denke nicht mehr daran. Denke an Santa Fé. Es wird schön werden dort. Wir werden großartige Tage erleben.« Er wandte sich wieder den Mauseln zu und fuhr fort: »Sobald wir das Gebirge erreichen, werden wir berittene Boten nach Santa Fé vorausschicken, um herauszubekommen, was für neue Steuern sich Señor Armijo ausgedacht hat, um uns zu begaunern. Das ist notwendig, damit wir uns entsprechend einrichten können. Santa Fé selbst wird ein Spaß werden. Während wir da sind, wird jedes Haus dort eine Kneipe oder eine Spielhölle sein.«

»Wirst du mich in solche Häuser mitnehmen?«

»Selbstverständlich werde ich dich mitnehmen. Ich werde dir alles zeigen. Wir selbst werden bei einer Familie Silva wohnen. Die Silvas sind nette Leute; ich habe jedes Jahr, wenn ich in Santa Fé war, bei ihnen gewohnt.«

Der Weg wurde besser, die Maulesel wurden ruhiger. Garnet zwang sich, den Blick aus der Endlosigkeit zu lösen, die sie magisch

anzog. Oliver sagte: »Bald nach uns werden auch die Kalifornien-
händler in Santa Fé eintreffen. Das ist eine verwegene Bande, aber
ich denke, du wirst Freude an den Jungen haben. Da ist John Ives
zum Beispiel, mein Geschäftspartner. Er ist anders, er würde sich
im Salon deiner Mutter zu Hause fühlen. Die meisten freilich sind
Hinterwäldler, die von einer Stadt wie New York merkwürdige Vorstellungen haben. Sie sind überzeugt, jedermann verzehre dort schon
zum Frühstück Champagner und Stachelbeertorte, und alle Frauen
seien wie Florinda gekleidet.«

Als er »Florinda« sagte, fühlte Garnet einen leichten Stich. Oliver
hatte keinerlei Beziehung zu Florinda. Garnet hatte ihm ihre Geschichte erzählt, hatte von ihrer arbeitenden Mutter und ihrem see-
fahrenden Vater gesprochen und auch die Narben an Händen und
Armen erwähnt. Oliver hatte sich höflich interessiert gezeigt, aber
die Geschichte schien ihn nicht sehr zu bewegen. Er hatte auf seinen
abenteuerlichen Fahrten wohl zu viele ungewöhnliche Menschen
kennengelernt; Florinda war da nur eine von vielen. Garnet dachte
noch immer mit warmen Gefühlen an die blonde Künstlerin, aber
sie schwieg Oliver gegenüber von diesen Gefühlen, die er wohl kaum
verstanden hätte. Sie lachte über die Darstellung New Yorks, wie
es sich in den Köpfen der Kalifornienhändler malte.

Oliver sagte:
»Wenn du mit den Männern aus Los Angeles zusammentriffst,
verschone sie mit Fragen nach ihrem Leben; dann wirst du ausgezeichnet mit ihnen auskommen.«

»Du meinst, sie hätten alle eine etwas dunkle Vergangenheit?«
sagte Garnet.

Oliver zuckte die Achseln. »Nun, nicht alle, vermutlich. Aber es
gibt da so etwas wie ein ungeschriebenes Gesetz. Männer, die es
vorziehen, westlich von Santa Fé zu leben, fragt man nicht nach
den Gründen, die sie dazu bewogen. Wollen sie, daß man sie kennt,
werden sie selbst davon sprechen.«

Ein Reiter kam von der Spitze der Karawane zurückgeritten. Vor
Olivers Kutsche zügelte er sein Pferd.

»Ja, Reynolds?« sagte Oliver.

Der Mann machte Garnet eine leichte Verbeugung. »Wie geht
es Ihnen, Mrs. Hale?« sagte er. Und zu Oliver gewandt: »Rabbit
Ear Creek. Wir sind dabei, einen Korral zu bilden.«

»Gut. Ist Wasser im Fluß?«

»Nun, soso. Viel Gestrüpp. Werden hacken müssen.«

»Danke, Reynolds«, sagte Oliver. Garnet seufzte erleichtert, und Reynolds grinste sie an.

»Kann's Ihnen nachfühlen, Madam«, sagte er. »Könnte auch einen Ochsen verspeisen.«

Er grüßte kurz und ritt weiter rückwärts, um dem nächsten Kolonnenchef seine Meldung zu machen. Von einem Ende des Wagenzuges zum anderen dröhnten jetzt die Rufe: »Rabbit Ear Creek! Korral!«

Garnet kletterte über die Sitzlehne hinweg in das Wageninnere. Sie begann die vier Leinwandplanen herabzulassen. Das war der Auftakt zur Mittagsrast; vor ihr lagen drei gottgesegnete Stunden zum Essen und Ausruhen. Nachdem sie den Wagen in ein Privatkabinett verwandelt hatte, nahm sie den Sonnenhut ab und schüttelte ihr Haar, daß es lang herabfiel. Sie nahm die Waschschüssel aus dem Kasten heraus und wartete darauf, daß der Wagen halten möchte. Solange die Kutsche fuhr, hatte es keinen Sinn, die Schüssel zu füllen. Das Wasser würde immer wieder herausplanschen, und Wasser war kostbar; es durfte nicht vergeudet werden. Sie nützte die Zeit, da der Wagen noch rollte, um ihr Haar zu bürsten.

Dann stand die Kutsche still. Garnet nahm die vordere Plane etwas beiseite und fragte:

»In Ordnung, Oliver?«

»In Ordnung. Laß mir etwas Wasser übrig.«

Garnet ging durch das düstere Wageninnere nach hinten, nahm die Plane beiseite und tauchte ihren Eimer in die Wassertonne. Die Männer rannten draußen herum und veranstalteten ein Geschrei, als ob sie die Wagen zum erstenmal zur Mittagsrast zusammenstellten. Mr. Reynolds ritt vorbei und winkte ihr einen Gruß zu.

Garnet winkte zurück, ließ die Plane herunter, befestigte sie und zog ihr Kleid aus. Dann wusch sie sich, soweit die schmale Wasserration den Luxus gestattete. Sie flocht ihr Haar in zwei feste Zöpfe, die sie sich um den Kopf wand. Kokette Löckchen hatten auf dieser Reise keinen Sinn; sie fingen nur den Staub auf. Nachdem sie sich wieder angekleidet hatte, rollte sie die Seitenplanen der Kutsche wieder auf und kletterte hinaus, um das Seifenwasser auszuschütten. Sie stand, die Ellbogen auf eins der Räder gestützt, und sah den Männern zu, die dabei waren, den Korral fertig zu machen.

In Viererreihen kamen die großen Planwagen heran. Dicht am Fluß hielten sie und warteten, bis die leichteren Gefährte sich zu einer Gruppe zusammengeschlossen hatten. Danach manövrierten die Ochsentreiber mit den großen Güterwagen so lange, bis aus den vier Reihen die vier Seiten eines Karrees gebildet waren, das die Kutschen und die leichteren Gepäckwagen gleich einer Burgmauer umschloß. Nun spannten die Männer die Ochsen aus und verbanden die einzelnen Fahrzeuge der Wagenburg mit schweren Ketten. Der Korral, die kleine Präriefestung, war fertig. Innerhalb der vier Wände waren Männer, Tiere und Güter sicher vor jedem etwaigen Angriff.

Bisher hatte es keine Schwierigkeiten mit Indianern gegeben. Jedesmal, wenn Indianertrupps in der Nähe gesichtet und gemeldet wurden, hatten sie ihnen einen Trupp Pfadfinder entgegengeschickt, die in der einen Hand Gewehre und in der anderen Geschenke trugen. Hatten die Indianer dann Freundschaft und Frieden gelobt, ließ man sie ungeschoren. So war es bisher immer gewesen.

Garnet hatte sich davon überzeugen können, daß alles, was Oliver ihr über die Indianer erzählt hatte, zutraf. Es geschah nur sehr selten, daß die Roten einen Santa-Fé-Treck angriffen. Zwar musterten sie die prachtvollen Pferde und Maulesel der Karawanen stets mit unzweideutigen Blicken, und ohne Zweifel würden sie jede Gelegenheit wahrnehmen, einzelne versprengte und aus der Marschrichtung gekommene Tiere zu stehlen, aber an die Kolonnen selbst wagten sie sich nicht heran. Nur sehr wenige Indianer waren im Besitz von Gewehren. Den bis an die Zähne bewaffneten Händlern und ihren Männern waren sie in keiner Weise gewachsen. Und so hatte Garnet denn noch nie einen Indianer gesehen, der näher als hundert Meter an den Treck herangekommen wäre.

Im Korral war eine schmale Gasse offengelassen worden, durch welche die Treiber die Ochsen hinausführen konnten, um sie draußen grasen zu lassen. Die zur Wache eingeteilten Männer hatten ihre Posten bezogen. Jetzt verließen auch die Köche die Wagenburg, um sich draußen Löcher für ihre Feuerstellen zu graben.

Garnet ging gleichfalls hinaus. Zwanzig Männer waren damit beschäftigt, das Gestrüpp am Fluß wegzuhacken, um eine freie Stelle für die Durchfahrt zu schlagen. Andere nahmen die abgehackten Zweige und füllten das Flußbett damit aus, um eine Straße für die schweren Wagen zu schaffen, die sonst im Schlamm steckenbleiben würden. Wieder andere hockten auf den Knien und mühten sich, ihre Wassertonnen zu füllen. Die Ochsentreiber trieben ihre Tiere flußabwärts, um sie dort saufen zu lassen. Auf diese Weise wurde vermieden, daß die Ochsen das für den menschlichen Bedarf benötigte Wasser verunreinigten. Garnet sah dem geschäftigen Treiben mit unverhohlener Bewunderung zu. Bei diesem gigantischen Unternehmen schien alles und jedes aufeinander eingespielt. Jedermann wußte, was er zu tun hatte und wie es getan werden mußte. Und solche Männer gedachte der ehrenwerte Señor Armijo übers Ohr zu hauen. Es war zum Lachen. Und tatsächlich lachten auch alle über den Gouverneur und seine Praktiken; sie fanden immer Mittel und Wege, sie zuschanden zu machen.

Während sie so stand und den arbeitenden Männern zusah, stieg ihr der aromatische Duft frischen Kaffees in die Nase. Das erinnerte sie jäh daran, daß sie seit gestern abend nichts mehr gegessen hatte. Sie hatte Eßschüssel und Tasse mitgenommen, nun hielt sie Ausschau nach Olivers Koch.

Sie sah ihn vor einem kleinen Bodenloch, in dem er mit Büffeldung ein Feuer entzündet hatte, auf den Knien hocken. Hier in der Prärie gab es weit und breit keinen Baum und also auch kein Holz. Schon seit Wochen hatten sie keine andere Feuerung als Büffeldung gehabt. Das Gebüsch an den Flüssen und Bächen eignete sich nicht dazu. Es brannte weg, bevor es auch nur die Töpfe von außen erwärmt hatte. Büffeldung gab zwar keine Flamme, aber er glimmte und schwelte und erzeugte eine stetige und nachhaltige Hitze. Das Zeug, das da in dem Bodenloch lag und brannte, sah aus wie ein Haufen glühender Kohlen.

Olivers Koch hieß Luke und war ein magerer, sehniger Bursche aus Missouri. Luke hatte zu beiden Seiten seines Feuerlochs zwei starke eiserne Stangen in den Boden gerammt und sie mit einer Querstange verbunden. Daran hingen ein Topf mit Büffelfleisch und ein anderer mit Kaffee. Dicht daneben waren dünne Stäbe schräg in die Erde gestoßen, die unmittelbar über dem Feuer zusammenstießen. An diesen Stöcken buk Luke Brot. Sie waren mit langen Streifen zähen Brotteigs umschlungen und mußten fortgesetzt gedreht und gewendet werden, damit der Teig von allen Seiten gut durchgebacken wurde.

Fünf, sechs von Olivers Männern saßen bereits vor dem Feuer und warteten darauf, ihre Mahlzeit in Empfang nehmen zu können. Sie grinsten, als Garnet herankam.

Garnet lächelte ihnen zu. »Wird es schwer sein, den Rabbit Ear Creek zu überqueren?« fragte sie.

Sie versicherten ihr, daß das keinerlei Schwierigkeiten machen werde. »Wir wollten, es wäre schwieriger«, sagte einer der Männer,

»dann hätten wir auch mehr Wasser im Fluß. In dem seichten Gerinnsel bekommen ja nicht mal die Ochsen genug.«

Während die Männer so mit Garnet sprachen, verschlangen sie sie fast mit den Blicken; augenscheinlich hielten sie sie für das schönste Geschöpf dieser Erde. Garnet hätte sich, bevor sie New York verließ, keine Situation denken können, in der Männer sich erlaubt hätten, ihr in so freimütiger Offenheit ihr Geschlecht zum Bewußtsein zu bringen. In der ersten Zeit hatte sie sich bei Blicken dieser Art verletzt und gedemütigt gefühlt; jetzt wußte sie längst, daß sie sich damit abzufinden hatte; sie tat, als sähe sie die Blicke gar nicht. Sie wußte, daß keiner der Männer sie je belästigen würde. Die einen, weil sie von Natur aus anständige Kerle waren, die anderen, weil sie nicht daran zweifeln konnten, daß Oliver sie kurzerhand über den Haufen schießen würde, wenn sie es wagten, seiner Frau zu nahe zu treten. Garnet war sehr unschuldig und unbefangen auf die große Reise gegangen; aber es hatte nicht lange gedauert, bis ihr klar wurde, daß sie in dieser Männergesellschaft sehr leicht zu einem störenden Element werden konnte.

Garnet war die einzige amerikanische Frau im ganzen Santa-Fé-Zug. Außer ihr gab es da noch vier Mexikanerinnen, Frauen von Ochsentreibern, die Jahr für Jahr ihre Männer begleiteten. Mit ihnen kam Garnet kaum in Berührung. Kam sie an ihren Feuerstellen vorbei, setzten die Frauen ein höfliches Lächeln auf und sagten: »Buenos dias, Señora.« Darüber hinaus machten sie keinen Versuch einer Annäherung, denn ihre Männer waren Ochsentreiber, und Garnets Mann war Händler. Die Klassenabgrenzung wurde auf dem Treck streng eingehalten.

Garnet gab sich redliche Mühe, allen Männern mit gleicher unpersönlicher Höflichkeit und Liebenswürdigkeit zu begegnen. Die Männer ihrerseits benahmen sich dagegen sehr unterschiedlich. Manche mieden sie ganz, andere ließen keine Gelegenheit aus, sie zu sehen und mit ihr zu sprechen; wieder andere behandelten sie mit übertriebener Höflichkeit. Nur wenige hatten, wie Mr. Reynolds, genügend innere Zucht und Selbstbeherrschung, um ihr mit immer gleicher unbefangener Freundlichkeit zu begegnen.

Bewußt geworden war ihr die innere Spannung schon in der ersten Nacht, als sie im Freien lagerten. Die anderen Händler hatten einen beträchtlichen Raum zwischen ihren Kutschen und Olivers Wagen gelassen. Die Ochsentreiber, die sich nur in ihre Decken einrollten und auf der Erde schliefen, hielten sich gleichfalls in weiter Entfernung. Nicht etwa, weil sie so etwas wie Zartgefühl hatten. Sie wollten einfach nicht an Dinge erinnert werden, die ihnen bis Santa Fé versagt waren. Oliver hatte Garnet gegenüber nie ein Wort über diese Dinge verloren. Sie fragte sich, ob er wohl dächte, das Verhalten der Männer sei ihr entgangen.

Ach, Oliver, sosehr er sie liebte und sosehr er sich um sie sorgte, ahnte nicht im entferntesten, was Garnet auf dieser Reise alles lernte. In den sechs Wochen, die sie jetzt beim Treck war, hatte sie mehr gelernt als in ihrer ganzen Schulzeit. Nicht nur ihr Körper war hart und sehnig geworden, auch ihr Geist hatte sich gehärtet, war wacher und wendiger geworden. Sie wußte nicht, ob sie ausdrücken konnte, was ihr innerlich in diesen Wochen widerfahren war; aber selbst wenn sie es gekonnt hätte, da war ja weit und breit keine andere Frau, mit der sie darüber hätte sprechen können. Und ein Mann konnte dergleichen wohl kaum verstehen und nachempfinden.

Garnet hätte sich sehr gewünscht, noch eine amerikanische Frau beim Treck zu haben. Die ständige Aussprache mit einer Freundin hätte ihr manches erleichtert; sie wäre mit all den neuen Kenntnissen und Erkenntnissen, die auf sie einstürmten, sehr viel leichter fertig geworden. Da waren tausend Dinge, die man nur mit einer Frau besprechen konnte. Beispielsweise die Schwierigkeit, langes, ständig dem Staub ausgesetztes Haar richtig zu waschen, wenn man mit jedem Tropfen Wasser haushalten muß. Oder Kleidersorgen, wie sie auf solch einer Reise auftraten, wo nichts auf Schönheit und Eleganz, aber alles auf Zweckmäßigkeit ankam. Lauter Dinge, über die man mit Männern nicht reden konnte, weil sie sie nicht verstanden. Verstanden Frauen sich in nichtigen weiblichen Dingen, dann verstanden sie sich auch in allen anderen. Garnet dachte sich, daß es bei Männern doch eigentlich ähnlich sein müsse. Wahrscheinlich hatten auch sie heimliche Gemeinsamkeiten, die sie mit keiner Frau, auch nicht mit der klügsten und geliebtesten Frau, teilen konnten. Sie fragte sich, wie Oliver sich wohl fühlen würde, wenn er gezwungen wäre, lange Wochen in einer großen Frauengesellschaft zu verbringen, ohne jemals die Möglichkeit zu haben, auch nur mit einem Manne zu sprechen. Nie waren ihr früher solche Gedanken gekommen. Jetzt, da sie so lange unter Männern zu leben gezwungen war, hatte sie oft ein seltsames Einsamkeitsgefühl; es war ihr, als sei sie jäh von ihrem eigenen Geschlecht abgeschnitten. Während sie so bei Olivers Männern vor dem Feuer stand und zusah, wie Luke das Büffelfleisch schmorte, wurde ihr mit erschreckender Deutlichkeit bewußt, daß Jugend und Unreife hinter ihr lagen, daß sie nun wirklich erwachsen war.

»Kommen Sie, Madam«, sagte Luke, nach ihrem Topf langend, »ich habe hier ein paar saftige Buckelrippen.«

Garnet sah ihn abwesend an. Sie sah das freundlich lachende Gesicht des jungen Mannes, und ihre wirren Gedanken verflogen; ihr wurde wieder bewußt, wie hungrig sie war. »O Luke«, rief sie, »danke sehr! Das ist wunderbar!« Sie sah ihm zu, wie er das Essen für sie ausschöpfte. Das Fleisch verströmte einen herrlichen Duft; Garnet wurde fast schwindlig davon.

Luke goß ihre Tasse voll Kaffee und nahm einen der Brotstöcke ab. Er legte ihn über den Korb mit getrocknetem Büffelfleisch, um ihn abkühlen zu lassen. Nach einem Weilchen zog er das erkaltete Brot vom Stock ab und reichte es Garnet. Die brach sogleich ein großes Stück ab und begann heißhungrig zu essen, während sie in den Korral zurückging und sich vor ihrem Kutschwagen niederließ, den Rücken gegen eines der Räder gelehnt. Das Fleisch dampfte noch; es schwamm in einer dicken Bohnenbrühe. Auch der Kaffee dampfte, und das außen knusprige, innen weiche Brot war warm. Garnet bestrich es statt mit Butter mit dem Mark aus dem Schenkelknochen eines Büffels und streute Salz darüber.

Es schmeckte herrlich. Garnet gedachte mit heimlichem Lachen der Mahlzeiten in ihrem elterlichen Hause, der blütenweißen Damasttafeltücher, des geschmackvollen Geschirrs aus Porzellan, Silber und Kristall. Oh, auch das war sehr schön gewesen, aber gewiß hatte ihr das Essen dort nie so gut geschmeckt wie in diesem Augenblick. Sie aß ihre Portion vollständig auf, kratzte ihre Schüssel mit einem Stück Brot aus und ging zum Feuer zurück.

»Luke«, sagte sie, dem Koch die Schüssel hinhaltend, »ich schäme mich entsetzlich, aber . . .«

»Wieso, Mrs. Hale?« lachte Luke. »Büffel sind dazu da, gegessen zu werden.« Er füllte ihr die Schüssel noch einmal und grinste, während er ihr den Kaffee eingoß. »Essen Sie sich ja satt«, sagte er, »wenn den Leuten mein Essen nicht schmeckte, machte mir die ganze Kocherei keinen Spaß.«

Garnet lachte und ging mit ihrer Beute zum Wagen zurück. Während sie dort saß und die zweite Portion mit gleichem Appetit verzehrte, sah sie Oliver vom Fluß heraufkommen und zu Lukes Feuerstelle gehen, um sich sein Essen zu holen. Er mußte dabei an dem Feuer vorüber, wo die vier Mexikanerinnen kochten. Sie starrten ihm mit unverhohlener Bewunderung an und riefen beinahe gleichzeitig: »Buenos dias, Don Olivero!« Oliver verlangsamte seine Schritte ein wenig, lächelte den Frauen zu und sagte: »Buenos dias, Señoras! Cómo estan ustedes?« Oliver sah sich ganz gern von Frauen bewundert, ohne Garnet aber jemals Grund zur Eifersucht zu geben. Er liebte sie leidenschaftlich, und da sie das wußte, sah auch sie es nicht ungern, wenn andere Frauen ihn bewunderten. Sie war stolz darauf, einen Mann zu haben, der auch anderen gefiel. Freilich hatte sie ihn im Verdacht, eine stattliche Anzahl von Eroberungen hinter sich gebracht zu haben, bevor er sie zur Frau wählte. Sie wußte ja nicht viel über diese Dinge, aber ihr Gefühl sagte ihr, daß ein Mann ziemlich reichlich Erfahrungen gesammelt haben müsse, um ein so zärtlicher und vollendeter Liebhaber zu sein, wie Oliver es war.

Oliver kam mit seiner Schüssel heran, zwinkerte ihr lachend zu und ließ sich neben ihr nieder. Er freute sich immer, wenn er sie so herzhaft ihr Büffelfleisch essen sah, ebenso wie er sich über ihre Aufregung im Varietétheater gefreut hatte, als sie Florinda kennenlernten. Er zeigte ihr seinen Teil von der Welt und empfand dabei ein ähnliches Vergnügen wie ein Junge, der einem Gefährten seine Spielsachen zeigt.

Zunächst war er zu sehr damit beschäftigt, seinen eigenen Hunger zu stillen, um viel zu reden. Aber schließlich war er gesättigt. Nun saßen sie nebeneinander und tranken mit Genuß ihren Kaffee.

»Wie ist es«, sagte Garnet, »kann ich heute ein paar Sachen auswaschen?«

»Oh, das wirst du schon! Ich werde dir Wasser bringen lassen.« Er lächelte sie an, als wolle er um Entschuldigung bitten. »Ich fürchte, es wird nicht viel sein«, sagte er.

»O Lieber!« seufzte Garnet. »Wenn ich nach Santa Fé komme, werde ich mich einen ganzen Tag lang in Seifenwasser einweichen, und meine Kleider und meine Wäsche werde ich waschen und scheuern, bis sie reißen. Es starrt alles vor Schmutz.«

»Du kannst in Santa Fé einweichen, was du willst«, lachte Oliver, »aber du wirst dich nur mit deinem eigenen Körper befassen müssen. Deine Sachen wird Señora Silva reinigen.«

»Wenn ich mir vorstelle, daß ich wieder gebügelte Wäsche haben werde!« stöhnte Garnet. »Es ist nicht auszudenken.«

Oliver schenkte ihr einen liebevollen Blick. »Ich fürchte, das alles ist sehr hart für dich«, sagte er.

Sie schüttelte den Kopf. »Nein, das ist es gewiß nicht. Im Gegenteil, es ist ein riesiger Spaß für mich; ich habe mich nie im Leben so wohl gefühlt.« Oliver strahlte. Er wollte aufspringen, um ihr das versprochene Wasser zu holen, aber sie hielt ihn zurück. »Bitte, wart eine Minute«, sagte sie, »ich möchte dich etwas fragen.«

»Frage. Für dich ist mein Leben ein aufgeschlagenes Buch.«

»Oliver – du sagtest vor einer Weile, daß ich mir keine Gedanken über Charles machen sollte«, begann sie. »Sag, wird er sehr böse sein, wenn er hört, daß du geheiratet hast?«

»O Garnet!« rief Oliver. »Mach dir doch, um alles in der Welt, keine unnützen Sorgen. Charles wird überrascht sein, mich mit einem amerikanischen Mädchen verheiratet zu sehen. Das ist alles. Er hatte gehofft, daß ich ein kalifornisches Mädchen wählen und in eine große Rancherofamilie einheiraten würde. Charles ist ehrgeizig.«

»Aber hast du denn nicht das Recht, ein Mädchen zu heiraten, das dir gefällt? Was geht Charles das überhaupt an?«

»Nichts natürlich, du hast vollkommen recht.« Oliver stand auf. »Mach dir Charles' wegen keine Sorgen«, wiederholte er, »bitte! Es hat wirklich keinen Sinn.«

Er sprach ruhig und anscheinend ganz obenhin, aber Garnet hatte ein merkwürdiges Gefühl. Es war ihr, als sei sein Gleichmut nicht echt. Sie sah ihm ernst und offen ins Gesicht. »Ich glaube dir«, sagte sie, »ich werde mir keine Sorgen machen. Aber – ich habe den Eindruck, daß du dir – Charles' wegen Sorgen machst.«

Oliver murmelte: »Welcher Unsinn!«, und wandte sich ab. »Du bist ein Närrchen«, sagte er, »warte einen Augenblick, ich bin gleich wieder da.«

Garnet sah ihm nach. Wie sonderbar das war! Immer wenn sie auf seinen Bruder zu sprechen kam, war Oliver, ganz entgegen seiner Gewohnheit, kurz angebunden. Was mochte dahinterstecken? Nun, in einem hatte er jedenfalls recht: jetzt war nicht die Zeit, über solche Dinge nachzudenken, jetzt galt es, die Dinge zu tun, die getan werden mußten.

Oliver hatte ihr seine Eßgerätschaften dagelassen. Sie nahm sie und ging zum Fluß hinunter, um sie mit Sand und Wasser zu säubern. Als sie in den Korral zurückkam, hatten sich schon einige Männer auf der Erde ausgestreckt, um ihren Mittagsschlaf zu halten. Sie bahnte sich einen Weg zwischen den liegenden Körpern. Mr. Reynolds saß vor seinem eigenen Wagen und war damit beschäftigt, sich einen Knopf ans Hemd zu nähen. Er rief lachend herüber: »Sie brauchen nicht so vorsichtig zu gehen; die Kerle würden nicht mal aufwachen, wenn ein Ochse auf ihnen herumtrampelte.«

Garnet lachte und band ihren Sonnenhut ab.

»Großartiges Haar haben Sie«, sagte Mr. Reynolds.

Sie lachte abermals und kletterte in die Kutsche. Während sie die Leinwandplane herunterließ, kam Oliver mit zwei Eimern Wasser heran.

»Mehr war leider nicht möglich«, sagte er und lächelte bedauernd. »Einen Eimer kannst du zum Waschen verwenden, den anderen laß bitte als Trinkwasser zurück. Komm, gib mir eine Decke!«

Sie nahm die Eimer entgegen und reichte ihm die Decke heraus. Er breitete sie auf der Erde aus, wickelte sich hinein und war schon mit dem nächsten Atemzug eingeschlafen.

Garnet schloß die Plane endgültig, zog ihr Kleid aus und öffnete einen in der Ecke stehenden Kasten. Sie wühlte in dem Haufen zusammengeknüllter schmutziger Wäsche, der darin lag. Unter diesen betrüblichen Umständen konnte sie für Oliver und sich nur das Allernötigste waschen. Nachdem sie das kleine Geschäft beendet und die Wäschestücke an der im Wagen ausgespannten Leine aufgehängt hatte, ließ sie ihr Haar herab, breitete eine Matratze auf dem Wagenboden aus und legte sich nieder. Ach, sie war so entsetzlich müde! Es war gut, mit gelöstem Haar zu liegen. – Ob es wohl Charles auch so gut wie Mr. Reynolds gefällt? dachte sie. Wenn sie Charles gefiel, würde er Oliver vielleicht weniger zürnen, weil er ein amerikanisches Mädchen geheiratet hatte statt eines kalifornischen. Aber schließlich war das ganz gleichgültig; es ging Charles nichts an. Garnet schloß die Augen und schlief ein.

Um drei Uhr spannten die Männer Ochsen und Maulesel wieder an. Nachmittags pflegte Luke die Kutsche zu fahren; so konnten Garnet und Oliver reiten.

Sie ritten an die Spitze der Karawane, um dem Staub zu entfliehen. Jetzt, da die Aussicht nicht mehr durch die vor ihnen fahrenden großen Wagen blockiert war, konnten sie in der Ferne den Round Mound erblicken. Er sah aus wie ein Kegel mit abgerundeter Spitze, der sich abrupt und übergangslos aus der Ebene erhob.

»Ich hätte ihn mir größer vorgestellt«, sagte Garnet.

»Oh«, lachte Oliver, »es reicht. Er ist tausend Fuß hoch.«

»Aber das ist doch nicht möglich.«

»Was meinst du, wie weit wir noch von ihm entfernt sind?«

»Etwa eine halbe Meile, denke ich.«

»Es sind acht Meilen bis dahin«, sagte Oliver. »Die Luft in diesen Gegenden verursacht fortgesetzt optische Täuschungen. Sie ist so dünn, daß alle Dinge, sobald du aus den Staubwolken heraus bist, aussehen, als wären sie unmittelbar vor dir.«

Garnet starrte ungläubig auf den Berg. Er schien zum Greifen nah. Sie vermochte das Strauch- und Buschwerk zu erkennen, das in den Felsspalten wuchs.

Jetzt, da der Staub hinter ihnen war, erschien die ganze Landschaft auf eine sonderbare Weise verwandelt. Die Sonne glitzerte in der dünnen Luft und zauberte merkwürdige Wellen auf den Boden zu ihren Füßen. Die Wellen waren in fortgesetzter Bewegung und glichen auf verblüffende Weise den wirklichen Wellen kleiner Teiche. Garnet wußte, daß das eine Täuschung war. Aber obwohl ihr Verstand ihr sagte, daß hier nirgendwo ein Teich sei, sahen ihre Augen das Wasser. Es sah aus wie richtiges Wasser. Sie sah Bäume, die ihre Kronen über den Teichen wiegten und vom Wasser widergespiegelt wurden. Sobald sie dann unmittelbar heran war, wischte eine Zauberhand die Teiche weg. Die Bäume erwiesen sich als Steine, Grasbüschel oder kahle Sträucher, und wo eben noch glitzerndes Wasser war, war nichts als stäubender Sand. Aber sie brauchte nur den Blick zu heben, um schon einen anderen Teich vor sich zu sehen. Sie blinzelte mit den Augen, sah zur Seite und versuchte die Luftspiegelung zu ignorieren. Aber der Teich blieb da.

Sie fragte Oliver, ob die alten Kalifornienfahrer die nicht vorhandenen Teiche auch sähen. »Ja«, antwortete er, »sie sehen sie ebenso wie du, und das hat zuweilen böse Folgen. Die Männer sind so an den Gedanken gewöhnt, daß da kein wirklicher Teich ist, daß sie nicht selten in großer Wassernot einen tatsächlich vorhandenen Teich, der nur eine Meile links oder rechts ihres Weges liegt, übersehen und ignorieren.«

Die Szenerie wurde seltsamer und seltsamer. Es war, als bewegten sich alle Dinge in dem flirrenden, schwankenden Licht. Man unterlag fortgesetzt peinlichen Täuschungen, vermochte wirklich und unwirklich nicht mehr zu unterscheiden. Hatte man seinen Verstand an den Gedanken gewöhnt, daß alles, was man unmittelbar vor sich sah, in Wirklichkeit weit entfernt war, dann konnte es geschehen, daß man plötzlich vor Dingen stand, die man in sechs oder acht Meilen Entfernung vermutet hatte. Ein Grasbüschel sah aus wie ein Büffel, bleichende Tierknochen erweckten den Eindruck streifender

Indianer. Die Pfadfinder kannten dieses Vexierspiel genau, sie ritten mit starren Gesichtern und zusammengebissenen Zähnen ihres Weges und sprachen mit niemand. Überall in dieser vertrackten Landschaft gab es falschen Alarm; sie mußten höllisch aufpassen und alle Sinne zusammennehmen, um sich nicht täuschen zu lassen. Wenn sie eben noch hundert Indianer erblickt hatten, die gar nicht da waren, konnte es ihnen im nächsten Augenblick geschehen, daß sie wirklich auf sie einsprengende Indianer für Grasbüschel hielten.

Die falschen Teiche schlugen unausgesetzt ihre Wellen. »Wann werden wir wieder wirkliches Wasser haben?« fragte Garnet.

»Das dauert noch ein Weilchen«, versetzte Oliver. »Das nächste Wasser holen wir aus dem Rock Creek, acht Meilen hinter dem Round Mound. Den Rock Creek erreichen wir erst morgen. Aber sorge dich nicht, wir haben alle Fässer gefüllt; zum Kochen und Trinken reicht es aus.«

Er fiel wieder in Schweigen und sah starr vor sich hin. – Was hat er nur? dachte Garnet. Was heißt das: ich solle mich nicht sorgen? Ich habe gar nicht daran gedacht, mir Sorgen zu machen. Irgend etwas quält ihn; was kann es nur sein?

Zwei Männer stoben plötzlich seitwärts aus der Kolonne heraus und brüllten, sie hätten Büffel gesichtet. Garnet zügelte ihr Pferd. Auch sie sah die Büffel jetzt. Sie bewegten sich in einer langsam schwingenden Reihe vor dem rechten Horizont. Oliver riß sein Gewehr von der Schulter.

»Heut abend gibt's frische Rippchen«, rief er und jagte davon.

Die Wagen hielten nicht. Das war auch unnötig, denn die Reiter vermochten sie jederzeit leicht wieder einzuholen. Garnet blieb bei der Kolonne und folgte den davonreitenden Männern mit den Blikken. Sie tauchten eben in einer Staubwolke unter, die von den Hufen ihrer eigenen Pferde aufgewirbelt wurde. Garnet hörte ihr Schreien und das Krachen der Gewehrschüsse.

Zwanzig Minuten später kamen die Jäger zurück, rot wie gefoppte Schuljungen. Die Büffel hatten sich bei näherem Zusehen als Büsche und Sträucher entpuppt. »Verdammter Narr, der ich bin!« knurrte Oliver und hängte sein Gewehr über die Schulter.

»Aber wieso denn?« protestierte Garnet. »Kein Mensch konnte das sehen. Auch ich sah die Büffel.«

»Du bist ein Greenhorn. Ich sollte darauf nicht mehr hereinfallen.«

»Du warst gewiß nicht der einzige.«

Aber Oliver war wütend. Er hätte nicht hinter den anderen herreiten dürfen. Die lachten über ihren Irrtum, und das war ganz gewiß das Vernünftigste, was sie tun konnten. Männer, die seit Jahren, ja seit Jahrzehnten diese Gegend durchzogen, konnten nicht mit Sicherheit sagen, ob das, was sie in dem schwankenden Licht erblickten, Wirklichkeit oder Täuschung war.

Garnet dachte: Normalerweise würde Oliver auch über seinen Irrtum gelacht haben. Irgend etwas drückt ihn heute. Wenn er es mir doch sagen wollte!

Aber er sagte nichts. Die Sonne wanderte immer weiter nach Westen; aber ihr Glanz war noch so stark, daß er die Augen blendete. Mr. Reynolds kam von der Spitze zurückgeritten, um den Befehl zum Halten weiterzugeben. Die Karawane war seit dem Mittag fünf Meilen vorwärts gekommen. Der Round Mound lag noch vor ihnen; er schien nicht weiter als einen Stadthäuserblock entfernt.

Die Männer bildeten den Korral. Wasser für die Tiere gab es hier nicht, die Ochsentreiber führten sie hinaus, um sie bis zum Einbruch der Dunkelheit grasen zu lassen.

Die Sonne ging eben unter, als Büffelgebrüll hörbar wurde. Diesmal waren die Büffel echt. Es war keine große Herde. Man war jetzt schon zu weit nach Westen gekommen; die großen Herden hatten sie bereits hinter sich gelassen. Aber die Männer waren ausnahmslos vorzügliche Jäger; sie kamen mit guter Beute zurück. Die Ochsentreiber schnitten das Büffelfleisch außerhalb des Korrals in lange Streifen. Alles Fleisch, das nicht gleich gegessen werden konnte, wurde an den Seiten der Planwagen aufgehängt, um in der Sonne zu trocknen.

Luke bereitete aus Büffelrippen eine kräftige Suppe. Er lachte Garnet an, als sie an seinem Feuerloch vorüberging.

»Prima Fleisch, Mrs. Hale«, sagte er, »fette junge Kühe.«

Als sie später beim Essen zusammensaßen, fragte sie Oliver: »Warum schießen die Männer immer weibliche Büffel?«

»Weil sie besseres Fleisch haben«, antwortete Oliver. »Außerdem sind die Felle männlicher Tiere zäh und lassen sich schlecht verarbeiten. Was guckst du denn so?«

»Ich mußte gerade nachdenken. Wenn fortgesetzt die jungen weiblichen Tiere getötet werden, wird es bald keine Kälber mehr geben.«

»Oh, es bleiben genug Kühe zurück. Und die Indianer sind nicht so wählerisch wie die Weißen. Und wie viele Weiße leben schon in der Prärie! Was sie herausschießen, fällt bei den riesigen Herden nicht ins Gewicht.«

»Und trotzdem möchte ich sagen, daß es falsch ist, nur Büffelkühe zu schießen«, beharrte Garnet. »Von unserer Karawane sind allein in diesem Sommer Hunderte von weiblichen Büffeln getötet worden. Ein männlicher Büffel kann einen Harem haben, aber eine Kuh kann von einem Dutzend Bullen nicht mehr Kälber haben als von einem einzigen.«

»Lieber Gott!« rief Oliver. »Hast du an nichts Besseres zu denken als an das Liebesleben der Büffel?«

Sie sah ihn an. »Oliver«, sagte sie leise, »was hast du? Was ist mit dir los?«

»Was denn? Nichts. Was denkst du dir denn?«

»Du warst während des ganzen Nachmittags so still, und jetzt, wo du sprichst, hört es sich an, als seiest du böse mit mir. Hast du Ärger mit der Mannschaft gehabt? Stimmt irgend etwas nicht?«

»Aber nein. Es ist nichts. Es ist alles in Ordnung. War ich mürrisch zu dir? Das wollte ich nicht.« Er tastete nach ihrer Hand und drückte sie zärtlich. »Ich bin müde, Liebes«, sagte er, »ich vertrage die dünne und trockene Luft nicht gut.«

Garnet schwieg. Sie wusch das Geschirr ab, machte die Betten für die Nacht zurecht und kleidete sich aus.

Draußen war noch ein ziemlicher Lärm. Die Ochsen brüllten vor Durst, und auch die Maulesel schrien nach Wasser und schlugen mit den Hufen nach den Wagenketten. Oliver steckte den Kopf zur Kutsche herein und bat um die Waschschüssel.

Wenige Minuten später kam er herein. Er zog sich aus, aber er legte sich nicht nieder. Er hüllte sich in eine Decke ein – so heiß die Tage waren, in den Nächten kühlte die Luft sehr stark ab – und hockte sich hin, die Knie mit den Armen umschlingend.

Garnet richtete sich auf und stützte sich auf die Ellbogen.

»Oliver«, sagte sie leise, »ich will dir gewiß nicht lästig fallen. Aber wenn du Sorgen hast, möchte ich gern, daß du mich daran teilnehmen läßt.«

Es war stockdunkel im Wagen; sie konnte sein Gesicht nicht erkennen. Oliver tastete sich an der Matratze entlang, bis er ihre Hand gefunden hatte. »Vielleicht hast du recht«, sagte er. »Jedenfalls möchte ich nicht, daß du denkst, ich sei böse mit dir.«

»Dann hast du also wirklich Sorgen«, sagte Garnet.

»Ja«, sagte Oliver, »die habe ich.« Er nahm ihre Hand hoch und küßte sie. Sein rauher Bart kitzelte ihre Haut. »Garnet«, flüsterte er, »du weißt, wie sehr ich dich liebe, nicht wahr?«

Sie lachte ein wenig. »Natürlich«, sagte sie, »natürlich weiß ich, daß du mich liebst.«

Es entstand eine Pause. Oliver zog Garnet dicht an sich heran und küßte den Haaransatz ihrer Schläfe. Sie wartete.

»Es ist besser, ich sage dir alles über Charles«, flüsterte er.

Sie seufzte vor Erleichterung und setzte sich auf. »Das ist es also«, sagte sie. »Ich dachte es mir. Ich habe es gefühlt.«

»Ich habe viel über Charles nachgedacht«, sagte Oliver. »Ich konnte ihn den ganzen Tag über nicht aus dem Kopf bekommen.«

»Was ist mit Charles? Bitte, sage es mir. Ist er – böse?«

»Nein«, sagte Oliver, »das ist er nicht. Er ist einer der feinsten Menschen, die ich kenne.«

Sie hatte darauf keine Antwort. Es entstand wieder eine Pause. Schließlich fuhr Oliver fort:

»Garnet, du mußt wissen: Charles hat mir Vater und Mutter und alles ersetzt. An meinen Vater kann ich mich überhaupt nicht mehr erinnern. Als meine Mutter starb, war ich sieben Jahre alt. Charles war damals fast schon ein Mann. Er war erst siebzehn, aber innerlich war er viel älter.«

»Ja, Oliver. Bitte, sprich weiter.«

»Er ist nicht wie du und ich«, sagte Oliver. »Wir schließen schnell Bekanntschaften und gewinnen leicht Freunde. Wir kommen auch fast mit allen Menschen gut aus. Charles kann das nicht. Ich glaube, ich bin der einzige Mensch auf der Welt, den Charles wirklich liebt.«

Und wieder entstand ein Pause. Die schreienden, schlagenden und stampfenden Tiere draußen schienen weit weg zu sein. »Ich verstehe wohl nicht ganz, Oliver«, sagte Garnet, »fürchtest du, Charles könnte den Gedanken nicht ertragen, daß du außer ihm noch jemand liebst? Will er vielleicht, daß du überhaupt nicht heiratest?«

»Doch«, entgegnete Oliver, »er will schon, daß ich heirate.« Sie merkte seiner Stimme das Unbehagen an. »Garnet«, sagte er, »Charles ist ein großartiger Mann, aber er hat einen Fehler. Viele Männer würden da vielleicht keinen Fehler sehen. Es war Cäsars Fehler, es ist der Fehler der gefallenen Engel: Charles ist ehrgeizig.«

Zwölftes Kapitel

Es war lange still. Erst nach einer ganzen Weile begann Garnet wieder zu sprechen.

»Du hast das schon früher gesagt«, flüsterte sie. »Es muß also wichtig sein. Ich begreife noch nicht, was du ausdrücken willst. Bisher fand ich immer, Ehrgeiz sei eine durchaus lobenswerte Eigenschaft.«

»Ich bin weit entfernt davon, das zu bezweifeln«, sagte Oliver. »Obgleich ich wenig davon verstehe; ich habe keinen Ehrgeiz mitbekommen.«

»Erzähle mir mehr von Charles«, bat Garnet.

Oliver begann tastend: »Charles hätte eigentlich als König geboren werden müssen. Leider kam er nur als Sohn eines ehrenhaften Bostoner Kaufmannes zur Welt. Als Vater starb, zogen wir zu unserem Onkel. Der hatte keine eigenen Kinder und wollte, daß wir eines Tages in sein Schiffahrtskontor einträten und später das Geschäft übernähmen. Charles folgte auch seinem Wunsch und trat in Onkels Geschäft ein. Er arbeitet dort tüchtig und zuverlässig. Aber auf die Dauer ist das nichts für Charles. Charles kann es nicht ertragen, von einem anderen Menschen Befehle entgegenzunehmen. Deshalb trat er eines Tages wieder aus und begann sich dem Westhandel zu widmen.«

»Das erzähltest du mir schon einmal«, sagte Garnet. »Dir machte das ja auch Spaß. Du wolltest ja auch in die Welt und Abenteuer erleben. Aber wenn ich dich richtig verstehe, wurde dein Bruder von anderen Gedanken geleitet. Offenbar ging es ihm nur um das Geld, das er machen wollte.«

»Nicht um das Geld an sich. Geld ist nur ein Teil dessen, was er erstrebt.« Oliver strich sich das Haar aus der Stirn. »Als Charles nach Kalifornien kam, wußte er, daß er gefunden hatte, was er suchte. Sobald er einigermaßen Boden unter den Füßen spürte, sah er sich nach einer Ranch um.«

»Bekommt ein Fremder denn dort so ohne weiteres eine Ranch?«

»Oh, das ist einfach. Wenn man zwei Jahre im Lande lebt und katholisch wird, erwirbt man das Bürgerrecht. Dann erbittet man eine Landbewilligung und unterschreibt ein paar Papiere. Es gibt dort so unendlich viel freies Land, daß die Regierung froh ist, wenn Leute kommen, um es zu bebauen. Dann kauft man sich das notwendigste Vieh, setzt sich hin, sieht zu, wie sich die Tiere auf natürliche Weise vermehren, und verkauft die Häute.«

Der Wind zurrte an den Leinwandplanen der Kutsche. Oliver überzeugte sich, daß sie richtig festgeschnallt waren, und fuhr dann fort:

»Die Ranchbewilligung wurde Charles und mir gemeinsam erteilt, aber ich habe mich nie viel um den Betrieb gekümmert. Was mich an der Sache reizt, ist der Treck, der große Wagenzug durch die Prärie. Charles dagegen verbrachte seine ganze Zeit auf der Ranch. Der Betrieb ist vierzigtausend Morgen groß und hat an die zehntausend Stück Vieh. Und natürlich einen riesigen Personalbestand. Ich habe keine Ahnung, wieviel Leute da umherlaufen und einander im Wege sind. Charles lebt und residiert da noch in einer Art phantastischer Feudalherrlichkeit. Die eingeborenen Rancheros verbeugen sich tief vor ihm und fragen ihn bei jeder Gelegenheit um Rat, beispielsweise beim Tauschhandel mit den Yankeeschiffen, die um Kap Hoorn herumkommen. Charles ist ein großer Mann in Kalifornien.«

»Aber was, um alles in der Welt, ist da Schlimmes dabei?« fragte Garnet. »Vierzigtausend Morgen – Feudalherrlichkeit – für mich klingt das alles großartig.«

Oliver atmete tief. »Es ist so«, sagte er. »Wir haben vierzigtausend Morgen, Charles' Ziel ist es, achtzigtausend zu haben. Wir haben zehntausend Stück Vieh, Charles möchte zwanzigtausend haben. Und wenn er das erreicht hat, wird er trachten, das Erworbene wieder zu verdoppeln.«

»Aber wohin soll das am Ende? Was will er denn?«

»Es ist mit einem Wort zu umreißen«, sagte Oliver: »Macht!«

Garnet runzelte die Stirn und suchte den Sinn zu erfassen. Oliver wandte sich ihr zu, als wünsche er ihr Gesicht in der Dunkelheit zu erkennen.

»Ich will es so einfach wie möglich ausdrücken«, sagte er. »Siehst du, Kalifornien befindet sich, ebenso wie Europa, noch im Mittelalter. Es gibt da ein paar große Familien, denen gehört alles. Alle anderen arbeiten für sie auf den Ranchos, oder sie wohnen in kleinen verstreuten Dörfern an der Küste.«

Er bewegte sich unruhig; sie vermochte im Finstern kaum die Form seiner Schultern zu erkennen.

»Ich bin das Wort ›Arbeit‹ gewohnt«, sagte er. »Vielleicht ist das ein Fehler. Die eingeborenen Kalifornier wissen gar nicht, was Arbeit ist. Sie haben es zu leicht. Das Land ist so ungeheuer groß, der Boden ist so billig, und das Vieh sorgt für sich selbst. Man braucht nichts weiter zu tun, als es einmal im Jahr zusammenzutreiben, zu schlachten, was schlachtreif ist, und die Häute zu verkaufen. Die Yankeeschiffe kaufen jede Haut, die sie bekommen können. Sie würden noch viel mehr kaufen, wenn mehr da wären. Aber die Leute in Kalifornien halten nicht viel von der Arbeit, sie begnügen sich lieber mit dem geringeren Ertrag.«

»Oh, ich fange an zu begreifen«, sagte Garnet langsam, »dein Bruder ist kein Kalifornier.«

»Charles ist ein Yankee«, sagte Oliver. »Er liebt die Arbeit. Er liebt es, zu organisieren und zu regieren. Und Kalifornien – wer hat schon davon gehört? Aber die imperialistischen Regierungen wissen: es ist da. Und sie wissen auch, daß Mexiko nicht in der Lage ist, die Provinz zu verteidigen. Die Vereinigten Staaten unterhalten bereits ein Konsulat in Monterey – das ist die Hauptstadt von Kalifornien. Die britische Regierung hat mehrmals Schiffe ausgesandt, um die Küste zu erforschen. Und die Russen haben an der nördlichen Grenze Pelzstationen errichtet.«

»Oh!« rief Garnet. »Du meinst, irgendeine andere Regierung könnte eines Tages den Versuch unternehmen, das Land zu erobern?«

»Ich glaube, daß Kalifornien einem etwaigen Eroberer wie ein reifer Apfel in den Schoß fallen würde«, sagte Oliver. »Dann werden die eingesessenen Grundherren große Augen machen. Sie haben bisher in einer Art Märchen-Arkadien gelebt. Sie haben bisher weder eine Bank noch eine Zeitung, noch ein Wahllokal zu sehen bekommen. Ein großer Grundbesitzer aber, der Einfluß auf die Eingesessenen hat und über große Erfahrung im Handel und in der Politik verfügt, der das Leben und den Betrieb in modernen Ländern kennt, so ein Mann könnte im Falle einer fremden Invasion leicht eine bedeutende Rolle spielen.«

Garnet mühte sich, das Gehörte zu verarbeiten. Sie sagte:

»Ich glaube zu verstehen. Kalifornien steht vor einer Wende. Es ist im Begriff, von einem der großen, modernen Staaten geschluckt zu werden. Bevor das geschieht, möchte dein Bruder Charles es zum ersten und bedeutendsten Mann in der Provinz gebracht haben. So, daß die neue Regierung auf ihn angewiesen wäre, ihn möglicherweise als eine Art Vizekönig einsetzen würde?«

»Du triffst es genau. Frage mich nicht, warum Charles das will.

Ich verstehe es selber nicht. Ich bin anders als Charles. Er ist einmal so. Es ist sein Leben.«

Garnet zog die Knie unter das Kinn und sah in die Dunkelheit. »Ich verstehe das alles«, sagte sie nach einer Weile, »aber – Oliver, ich begreife nicht, was das mit mir zu tun hat. Wenn Charles Wert darauf legt, König von Kalifornien zu werden – ich werde ihn gewiß nicht daran hindern.«

»Es ist etwas schwierig«, sagte Oliver. Er rutschte unruhig hin und her. »Paß auf, Garnet. Es gibt Macht, die sich auf Besitz gründet, und Macht, die sich auf das allgemeine Ansehen stützt, das ein Mensch genießt. Die großen eingesessenen Rancheros respektieren Charles, sie begegnen ihm mit ausgesprochener Ehrerbietung. Trotzdem ist er unter ihnen ein Fremder. Sein Ehrgeiz geht dahin, einer der ihren zu werden.«

Oliver hielt inne. Er tastete wieder nach Garnets Hand und drückte sie.

»Was – willst du sagen?« flüsterte Garnet.

Sie hatte das Gefühl, Oliver müsse sich zu einer Antwort zwingen. Er sagte schließlich leise, fast tonlos: »Charles hat sein Herz an den Gedanken gehängt, durch eine Heirat mit einer der großen kalifornischen Familien verbunden zu werden.«

»Ja – aber – warum sollte mich das beunruhigen?« fragte Garnet. Dann plötzlich begriff sie und erstarrte. »Oliver –«, flüsterte sie, »du meinst, er denkt dabei – auch an dich?«

Oliver preßte ihre Hand. »Ich hätte dir das früher sagen sollen. Es ist so: Ich habe die Hoffnungen zunichte gemacht, die Charles auf mich setzte. Ich bin weggegangen und habe ein amerikanisches Mädchen geheiratet. Und ich werde – deinetwegen – nächstes Jahr Kalifornien verlassen und zukünftig wieder in den Staaten leben.«

»Großer Gott!« stöhnte Garnet. Sie entzog ihm ihre Hand und setzte sich auf. »Meinst du, Charles hätte von dir verlangt, irgendein Mädchen zu heiraten, nur weil sie eine Ranch hat, und ohne Rücksicht darauf, ob du sie liebst oder nicht?«

»Du kennst Charles nicht«, sagte Oliver. »Er wird nie begreifen, wie man ein Mädchen einer Ranch vorziehen kann.«

Garnet schüttelte den Kopf. »Warum, um alles in der Welt, heiratet er nicht selbst eine Ranch?« fragte sie.

»Er wird sehr wahrscheinlich eine Rancherotochter heiraten. Oder er wird für den Fall, daß Kalifornien in einem anderen Staat aufgeht, eine reiche Frau des Landes heiraten, das Kalifornien annektiert.

In jedem Fall wird er, wenn er heiratet, eine Partie machen, die sich lohnt. Dessen kannst du sicher sein.«

»Aber warum läßt er dann nicht wenigstens dich in Ruhe?«

Oliver antwortete nicht gleich. Nach einer kleinen Pause sagte er trocken: »Zwei gute Partien sind besser als eine.«

Garnet war sein Zögern nicht entgangen; sie mußte plötzlich lachen. »O Oliver«, rief sie, »ich verstehe. Du hast mir eben etwas gesagt, ohne es auszusprechen. Du meinst, Mädchen verlieben sich im allgemeinen nicht in Charles, sondern in dich. Oh, Lieber, meinst du, mir sei entgangen, wie Frauen dich ansehen? Ich wette, sie sehen Charles nicht so an. Ich bin überzeugt, du hättest ein halbes Dutzend schwerreicher Mädchen in Kalifornien heiraten können, wenn du gewollt hättest. Stimmt es?«

Oliver lachte kurz auf. »Wieso, Garnet?« sagte er; »ich weiß nicht. Ich habe keine gefragt.«

Er umschlang sie mit seinem Arm.

Garnet lehnte sich an ihn an. »Oliver«, flüsterte sie, »du brauchst dein Licht nicht unter den Scheffel zu stellen. Ich habe mich in dich verliebt. Und es fällt mir nicht schwer, zu begreifen, daß sich auch andere Mädchen in dich verliebten. Ich bin nur froh darüber, daß du keine von ihnen heiraten wolltest.«

»Du hast recht«, sagte Oliver, »ich wollte keine heiraten.« Er stieß einen Seufzer der Erleichterung aus. Offensichtlich war er froh, sich, was ihn bedrückte, vom Herzen gesprochen zu haben.

»Aber«, sagte Garnet, »hast du nie daran gedacht, eins dieser kalifornischen Mädchen zu heiraten, um Charles einen Gefallen zu tun?«

»Doch, ich gebe zu: ich habe daran gedacht. Charles war immer sehr gut zu mir. Aber ich habe nicht viele Gedanken an diese Dinge verschwendet.«

Garnet mußte wieder lachen. »Oliver«, sagte sie, »hast du viel Ärger mit Mädchen gehabt?«

»Ach Gott, ja.« Oliver gab sich einen Ruck. »Warum soll ich nicht mit dir darüber sprechen? Ich habe immer ziemlich viel Schwierigkeiten mit Mädchen gehabt. Charles hat sein halbes Leben damit hingebracht, mir aus irgendwelchen Patschen herauszuhelfen. Oh, Liebe, du hast einen ziemlich windigen Burschen, aber immerhin einen ehrlichen Kerl geheiratet. Ich bin so etwas wie ein unschuldiger Bösewicht. Ich bin niemals darauf ausgegangen, das Herz eines Mädchens zu brechen. Aber ich fürchte, ich war nicht immer ein Muster an gutem Benehmen.« Er zog sie fester an sich heran. »Garnet«, flüsterte er, »macht es dir Kummer, das alles zu hören?«

»Im Gegenteil«, sagte Garnet, »nicht im geringsten. Ich möchte es hören.«

»Nun«, seufzte Oliver, »es ist so. Die Frauen schienen mich immer schon für einen liebenswerten Burschen zu halten. Und Charles hat sich in den Kopf gesetzt, daß ich die Tochter eines großen, angesehenen kalifornischen Rancheros heiraten sollte. Wenn ich nun mit dir nach Hause komme, ich fürchte, Garnet – Charles wird in dir nicht die Frau sehen, die ich liebe. Er wird in dir nur ein Wesen sehen, das seine Pläne durchkreuzte. Er wird dich nicht willkommen heißen. Das also ist es. Nun habe ich es dir gesagt.«

Garnet blieb ein Weilchen still. Schließlich sagte sie: »Oliver, du liebst mich doch?«

»Ich liebe dich mehr als irgendeinen anderen Menschen auf der Welt.«

»Du liebst auch deinen Bruder, nicht wahr?«

»Gewiß, aber das ist etwas anderes.«

»Ich weiß, daß es etwas anderes ist. Aber es schmerzt dich, daß du seine Hoffnungen enttäuschen mußtest?«

Oliver fand es offenbar schwierig, diese Frage zu beantworten. Nach einer Weile sagte er:

»Ich will jetzt vollkommen offen sein. Es tut mir leid. Charles hat sehr viel für mich getan. Das einzige, was ich hätte für ihn tun können, wäre gewesen, nach seinen Wünschen und Plänen zu heiraten. Ich hätte das wohl auch getan. Aber nachdem ich dich gesehen hatte, konnte ich es nicht mehr.«

»Oliver«, sagte Garnet nach einer Pause des Schweigens, »warum hast du mir das alles nicht früher gesagt?«

»Oh, ich wollte es ja. Aber ich hatte Angst.«

»Du hättest keine Angst haben sollen. Ich bin sehr froh, daß du es mir endlich gesagt hast.«

»Bist du das, Liebe? Ich hatte Angst, es würde dich verletzen.«

»Es hat mich in keiner Weise verletzt. Verstehst du das nicht? Charles kann mich nicht verletzen. Der einzige Mensch, der mich verletzen könnte, bist du.«

»Ich werde dich niemals verletzen, Liebste.«

»Nein«, sagte Garnet, »das wirst du nicht. Wenn du mich nur liebst und mir vertraust. Charles geht mich nichts an; er ist mir gleichgültig; ich bin nicht mit ihm verheiratet. Ich glaube, daß die Meinung, die dein Bruder von der Ehe hat, dumm ist. Sie ist schlimmer als dumm. Sie ist schamlos.«

»Tadele ihn nicht zu sehr, Garnet«, sagte Oliver. »Sehr viele Leute denken über diese Dinge ebenso wie er.«

»Ich habe nie daran gezweifelt, daß sehr viele Leute keine Ahnung von den Dingen haben, die sie achten sollten. Wir brauchen nicht darüber zu reden. Dein Bruder Charles ist nicht imstande, mir Sorgen zu machen.« Sie zog seinen Kopf zu sich herunter und küßte ihn dort, wo das Haar in den Bart überging. Sie lachte: »Jetzt sage ich etwas, was meine Mutter, wenn sie es hörte, einen Schock versetzen würde, der sie ins Bett brächte. Ich sage: Zur Hölle mit Charles! Die Worte drücken genau das aus, was ich meine.«

Oliver brach in lautes Gelächter aus. Er umfing sie mit beiden Armen und küßte sie, daß sein Bart ihr das Gesicht zerkratzte. Es machte ihr nichts aus. Sie liebte ihn. Oliver war wundervoll. Zur Hölle mit Charles!

Garnet erwachte mitten in der Nacht. Sie hatte das Gefühl, von einem unangenehmen Gedanken verfolgt und belästigt zu werden. Das Lager war ruhig. Außer dem gelegentlichen Scharren und Schnauben ruheloser Tiere war nirgendwo ein Laut. Dann hörte sie Olivers tiefe, regelmäßige Atemzüge. Oliver lag in festem Schlaf. Während sie dies dachte, wurde ihr bewußt, worüber sie erwacht war. Die Gedanken an Oliver und seine Geschichte hatten sie bis in den Schlaf verfolgt; die innere Unruhe über Oliver hatte sie geweckt.

Oliver war Charles' wegen beunruhigter, als er zugestand. Sie richtete sich auf und legte behutsam seinen Arm beiseite. Sie strich ihm sacht über das Haar, das ungebärdig und widerspenstig war wie das eines Kindes. Auch seine Stirn war warm und etwas feucht wie die Stirn eines schlafenden Kindes. Warum erinnerte er sie gerade jetzt, in diesem Augenblick, so sehr an ein Kind? Sie wußte die Antwort, bevor sie die Frage noch zu Ende gedacht hatte: Oliver hatte zu ihr wie ein Kind gesprochen. Er hatte geredet wie ein ungezogener kleiner Junge, der einen dummen Streich begangen hat und sich nun vor Strafe fürchtet.

Sie hatte gemeint, Oliver zu kennen. Sie hatte ja auch viel mehr Möglichkeiten gehabt, ihren Mann kennenzulernen, als irgendeine Frau nach so kurzer Ehezeit. Die meisten Eheleute verbrachten ihr Leben in halber Trennung voneinander. Die Frauen lebten zu Hause, und die Männer gingen ihren Geschäften nach. Oliver und sie waren, seit sie New York verlassen hatten, ununterbrochen Tag und Nacht zusammen gewesen. Sie teilte sein Leben und seine Arbeit und half ihm nach ihren Möglichkeiten. Sie sah ihn tagtäglich zwischen den Männern, mit denen er arbeitete. Die Männer liebten ihn. Jedermann schien ihn zu lieben, vermutlich deshalb, weil er das seltene Talent hatte, sich allen Arten von Menschen anzupassen. Oh, es war einfach, mit Oliver zu leben. Wenn er irgendwelche Launen hätte oder unangenehme, schlechte Charaktereigenschaften, sie hätte es längst feststellen müssen. Sie hatte bisher nichts dergleichen festgestellt. Er war äußerlich ein starker und ansehnlicher Mann, stattlich und liebenswert, und niemals bis zu dieser Nacht war ihr auch nur von fern der Gedanke gekommen, es könnte noch irgendwelche Sprünge und Lücken in seinem Charakter geben. Aber heute, vor wenigen Stunden hatte er sich ihr schwach gezeigt.

Sie dachte: Vielleicht bilde ich mir das nur ein. Ich war ja ein Baby, als ich New York verließ. Ich wußte nichts von der Welt und den Menschen. Alles, was seither an mich herankam, war neu und überraschend. Vielleicht gab er sich auch nur so, weil er sich nicht klarmachte, was für eine Wandlung seit New York mit mir vorgegangen ist. Vielleicht meinte er, ich sei innerlich in großer Sorge und er müsse mich beruhigen. Nun, Kalifornien ist noch weit. Wir haben noch viel Zeit, um über Charles und all diese Dinge zu sprechen.

Ein Windstoß zerrte an den Leinwandplanen der Kutsche. Garnet zog die Decke um ihre Schultern und legte sich nieder. Sie dachte an die Endlosigkeit der Prärie draußen, an die kalten Winde, die durch die Ebene strichen. Sie lag warm und geborgen neben Oliver. Mit einem Lächeln auf den Lippen schlief sie ein.

Sie sprachen nicht viel über Charles nach dieser Nacht. Oliver hatte sehr wenig Zeit; er sprach überhaupt wenig. Die Fahrt wurde schwieriger, er hatte alle Kraft und alle Gedanken nötig, um mit den Anforderungen des Tages fertig zu werden.

Sie fuhren am Round Mound vorüber und betraten das Reich der großen Felsen. Der Pfad begann anzusteigen. Sie mußten scharfe Felszacken umfahren; der Boden wurde von Tag zu Tag rauher und unwegsamer. Zuweilen brauchten sie Stunden, für eine einzige Meile. Zwischen den Felsgraten gab es reißende Flüsse, aber die Luft war so trocken, daß die Speichen sich in den Felgen der Räder lockerten; die Felgen selbst schrumpften unter den schweren Eisenreifen, und die Räder ächzten und stöhnten über den zusammengeschrumpften Achsen. Insbesondere die großen Güterwagen krachten in allen Fugen; der Zug mußte manchmal ein dutzendmal am Tage halten, um die notwendigsten Reparaturen auszuführen.

Die Männer besserten die auftretenden Schäden mit dem Holz aus, das sie im Council Grove geschlagen hatten. Sie umwanden die Räder mit Stricken, die sie aus getrockneter Büffelhaut selbst gedreht hatten. Je höher sie kamen, um so trockener und dünner wurde die Luft. Die Ochsen wurden nervös und waren immer schwieriger zu regieren; die Männer, die mit ihnen umgingen, wurden auch nervös; sie schimpften und fluchten den ganzen Tag; es gab fortgesetzt Zank und Streit. Je gereizter die Stimmung wurde, um so schwieriger wurde die Arbeit, die getan werden mußte. Die Zahl der Meilen, die täglich zurückgelegt wurden, verringerte sich ständig, und die mittäglichen Rastpausen für Männer und Tiere mußten ständig verlängert werden.

Hier im Felsenreich gab es keine Büffel. Aber die Wagen führten getrocknetes Fleisch mit; außerdem gab es allerlei jagdbares Wild; Truthähne und Hasen und einen merkwürdigen Vogel, den die Männer Präriehuhn nannten; zuweilen führten die Flüsse auch Fische. Brot konnte nicht gebacken werden, denn hier oben gab es nicht genug Feuerung. Sie rösteten das Fleisch und aßen es mit Gerichten aus getrockneten Bohnen.

Oliver ließ den Kutschwagen durch einen seiner Männer fahren; er selbst ritt ständig an der Kolonne entlang, gab Anweisungen und griff selber mit zu, wenn Not am Mann war. Er arbeitete so schwer wie irgendeiner seiner Leute. Garnet lief die meiste Zeit. Ab und zu versuchte sie auch zu reiten, aber laufen war weniger anstrengend; es war keine einfache Sache, ein Pferd über diese schwindligen Grate zu führen. Wenn die Wagen dann hielten, war sie so müde, daß es ihrer ganzen Willenskraft bedurfte, vor dem Schlafengehen auch nur noch ein Paar Strümpfe auszuwaschen.

Die Karawane fuhr nun in eine wilde und grimmige Landschaft hinein, prangend in Rot und Gold. Selbst das kleinste Geräusch erzeugte ein Echo; vor dem durchsichtigen Horizont standen in strahlender Ferne die Konturen des Felsengebirges. Garnet war überwältigt; in den kühnsten Träumen hätte sie sich solche Höhen nicht vorzustellen vermocht. Wie sollte sie auch! Nur wenige Menschen hatten diesen Kontinent bisher durchquert. Sie dachte im Bann der phantastischen Szenerie: In jeder Generation gibt es wohl immer nur wenige Menschen, die stark und mutig genug sind, sich eine neue Welt zu erobern. Das Gefühl, unter diesen wenigen zu sein, machte sie stolz.

Nachdem sie den höchsten Gipfel umgangen hatten, begann der Pfad sich wieder zu senken. Sie fuhren durch mehrere kleine Ansiedlungen, die einen schmutzigen und verwahrlosten Eindruck machten. In elenden kleinen Hütten lebten Menschen, deren Hauptbeschäftigung offenbar darin bestand, in der Sonne zu liegen und zu schlafen. Auch alle diese Menschen waren schmutzig, zerlumpt und augenscheinlich verwahrlost.

Garnet sagte zu Oliver: »Du hättest eine Wagenladung Seife hierherbringen sollen.«

Er lachte: »Ich bin Kaufmann und kein Missionar.«

»Sind die Leute in Santa Fé auch so dreckig wie die hier?«

»O nein, das sind sie nicht. Denkst du, ich hätte dich mitgenommen, um dich in eine solche Umgebung zu bringen?«

Dann und wann geschah es anscheinend, daß die Bewohner eines dieser schmutzigen Dörfer Anfälle von Schlaflosigkeit hatten. Dann kamen sie aus ihren Hütten heraus und boten Brot und Käse zum Kauf an, außerdem ein scharfes, schnapsähnliches Getränk, das sie Aguardiente nannten. Es gab Männer beim Treck, die selig waren, Aguardiente kaufen zu können, und andere, die Brot und Käse als willkommene Veränderung der eintönigen Fleischkost begrüßten. Garnet verzichtete auf beides. Sie war längst nicht mehr so wählerisch, was das Essen anging; aber sie schüttelte sich bei dem Gedanken, etwas zu essen, was aus diesen Schweineställen kam.

Der Pfad stieg wieder an, führte über mehrere Gebirgspässe und schließlich über einen Gebirgskamm, den Oliver »Glorieta Range« benannt hatte. Eine Welle der Erregung ging durch den Wagenzug; das Ziel war nahe.

Ganz unvermittelt entstand eine große Betriebsamkeit. Die Männer begannen ihre Kleider zu waschen und zu bürsten, sie besserten Schäden aus und nähten abgerissene Knöpfe an. Aus geheimnisvollen Verstecken tauchten Spiegel auf. In jeder freien Minute sah man die Burschen, die sich während der langen Zeit den Teufel um ihr Aussehen gekümmert hatten, davor stehen und sich putzen. Nicht ein Mann im ganzen Treck hatte seit Independence einen Rasierpinsel angefaßt; jetzt begannen sie einer nach dem anderen ihre Bärte abzuschaben, schnitten ihr Haar und kämmten und scheuerten sich, bis das ganze Lager nach Seifenlauge roch. Dieser und jener, dem ein besonders stattlicher Backenbart gewachsen war, ließ ihn stehen und begnügte sich damit, ihn zu stutzen und zu kräuseln. Aus Kästen und Truhen wurden allerlei elegante und kostbare Schmuckartikel hervorgeholt: modische Gürtel und Schärpen, spiegelblanke Schuhe und Stiefel aus schmiegsamem Leder, Hemden aus rotem oder blauem Kaliko oder schottisch kariertem Flanell, hier und da sogar blütenweiße Hemden, die noch von der Stärke knisterten, mit der sie in Missouri präpariert worden waren. »Das alles ist nur zu natürlich«, sagte Oliver zu Garnet, »Santa Fé steckt voller Mädchen, und es sind alles nette und freundliche und nicht sonderlich spröde Mädchen. Selbstverständlich möchte jeder der Männer in Glanz und Glorie in die Stadt einziehen.«

Im übrigen verwandelte Oliver sich auch. Luke war ihm behilflich, seinen wilden Bart loszuwerden. Als Garnet ihn hinterher sah, mußte sie unwillkürlich lachen. Olivers Gesicht war zur Hälfte grau und zur Hälfte weiß, genau wie damals, als sie ihn in New York zum erstenmal sah. Bald genug konnte sie feststellen, daß alle Männer des Zuges diesen zweigesichtigen Anblick boten. Sie fragte sich lachend, was die Mädchen in Santa Fé wohl davon dächten. Vielleicht waren sie der Meinung, alle Yankees sähen natürlicherweise so aus.

Eines Morgens war es dann soweit. Die Wagen rumpelten über einen Gebirgskamm. Während sie eine Biegung umfuhren, sah Garnet unter ihr im Tal nach Norden zu Santa Fé.

Die Stadt war noch eine Meile entfernt. Garnet erblickte einen Fluß, dessen Ufer mit Büschen und Baumwollstauden überwachsen waren, und einen offenen, viereckigen Platz. Der Platz wurde auf allen Seiten von weißen Würfeln begrenzt, die in der Sonne glänzten und von hier oben wie Schuhkartons aussahen. Das waren die Häuser von Santa Fé. Oliver erzählte Garnet, daß diese Häuser aus ungebrannten Ziegelsteinen erbaut seien. Die Erde rund um Santa Fé gab das Material für diese Ziegel ab. Natürlicherweise waren diese Ziegelhäuser braun, aber die Stadt Santa Fé putzte sich zum Empfang der Händler ebenso heraus, wie die Händler und ihre Männer sich schmückten, um Santa Fé zu begrüßen. In jedem Sommer kurz vor dem Eintreffen der Händlerkarawane wurden die Häuser frisch gewaschen und geweißt.

Mitten zwischen den Häusern stand mit der Front nach dem großen, viereckigen Platz eine Kirche mit dickem, plumpem Glockenturm. An der Nordseite des Platzes erhob sich ein langgestrecktes, niedriges Gebäude mit Bogengewölben, die über die ganze Front hinweg von Säulen getragen wurden. Das war der Gouverneurspalast; hier wohnte und regierte der fette Armijo. Rund um die Stadt standen in den Feldern verstreut braune Schuhkartons. Die Bewohner dieser Häuser waren zu arm oder zu faul, um sich die Arbeit des Weißens zu machen. Dahinter sah man die Gebäude von Farmen und weite Gehege für Schaf- und und Ziegenherden. Die Felder erstreckten sich nach Norden; sie wurden von Bewässerungsgräben durchzogen, die im Sonnenlicht wie Silberfäden glitzerten. Den Abschluß der Szenerie bildeten wieder die zackigen Grate der Felsengebirge.

Luke holte eine Kiste vom Gepäckwagen herunter. Oliver zog ein weißes Hemd und einen schwarzen Anzug an und schmückte sich mit einem großen Seidenhut, mit glänzenden Schuhen und Handschuhen aus schwarzem Ziegenleder. Garnet holte ein Kleid aus bedrucktem Musselin aus der Kiste, dazu einen Strohhut mit Blumen und roten Seidenbändern, weiße Strümpfe und schwarze Ziegenlederschuhe mit seidenen Schnürbändern. Luke hatte inzwischen die Kutsche geputzt, die Sitzflächen abgestaubt und die Metallstangen poliert. So fuhren sie festlich geschmückt in die Stadt Santa Fé ein.

Hier war die Kolonne schon vor Stunden gesichtet worden. Als die Wagen einfuhren, waren die Straßen von Tausenden geputzter und geschmückter Menschen gesäumt. Alle trugen ihre besten Kleider: die Männer gestickte Jacken und Stiefel mit silbernen Sporen; die Frauen und Mädchen Kleider aus Seide und feinstem Batist. Indianer, die in die Stadt gekommen waren, um die günstige Konjunktur für Handelsgeschäfte wahrzunehmen, stolzierten in kunstvoller Bemalung herum; sie trugen handgewebte Decken in prachtvollen Mustern malerisch um die sehnigen Körper drapiert. Sie hielten sich weitgehend im Hintergrund, und während die Eingesessenen brüllten und jubelten und den einfahrenden Wagen zuwinkten, beobachteten sie lautlos mit ernsten, unbewegten Gesichtern das festliche Treiben. Die Händler winkten lachend mit ihren großen Hüten und fühlten sich wie Anführer einer siegreichen Invasionsarmee. Hinter ihnen schoben sich die großen, schwerbepackten Güterwagen ächzend und knarrend durch den Paß.

Das Haus Señor Silvas lag etwas abseits des großen Platzes. Es hatte vier Zimmer und wurde durch einen Flur in zwei gleiche Hälften geteilt; zu jeder Seite des Flures lagen zwei Zimmer. Alljährlich während des Sommers quartierte sich die Familie auf der einen Seite des Flures ein und überließ die restlichen zwei Zimmer Oliver Hale. Señor und Señora Silva hatten zwei Kinder, zwei Mädchen von dreizehn und vierzehn Jahren, im Haus. Die älteren Kinder waren verheiratet und fortgezogen; dadurch waren die Silvas in die Lage versetzt, ihre Einkünfte durch die sommerlichen Mieteinnahmen zu vergrößern.

Der Herr des Hauses präsentierte sich den Gästen feierlich in seinem besten Staat: einer roten Jacke und blauen Beinkleidern. Die Damen trugen Kleider aus geblümtem Kaliko mit tiefem Halsausschnitt und weiten Röcken, unter denen die Fußgelenke sichtbar waren. Alle verbeugten sich, knicksten und lächelten und redeten mit weichen, musikalischen Stimmen auf die Ankömmlinge ein. Oliver übersetzte Garnet, was sie sagten. Selbstverständlich waren sie entzückt, daß Don Olivero ihnen in diesem Jahr die Ehre antat, seine junge Frau mitzubringen. Alle betrachteten Garnet mit unverhohlener Neugier; die beiden Mädchen und ihre Mutter griffen ungeniert nach ihren Kleidern, die ihnen fremd und sonderbar vorkommen mochten, und streichelten sie. Oliver beantwortete ruhig und unerschütterlich Hunderte von Fragen, die auf ihn einprasselten, und Garnet stand etwas unglücklich dabei, weil sie nicht verstand, was da gesprochen wurde. Einmal sah sie Oliver lachend den Kopf schüttelnd, während er eine Frage beantwortete, die Señora Silva gestellt hatte; von der Neugier geplagt, fragte sie:

»Was hat sie gesagt?«

»Sie wollte wissen, ob du ein Kind erwartest.«

»Um Gottes willen!« keuchte sie, »– verstehen sie, was ich sage?«

»Sprich nur; sie verstehen kein Wort.«

»Aber – wie kommen sie dazu, so – taktlose Fragen zu stellen?«

»Sie sind in keiner Weise taktlos – nach ihren Begriffen. Das ist immer die erste Frage, die sie einer jungverheirateten Frau stellen. Sie würden sich taktlos und unhöflich vorkommen, wenn sie die Frage unterließen.«

Die Señora tätschelte Garnets Arm und sagte irgend etwas. Oliver übersetzte:

»Die Señora meint, du solltest dich nicht grämen. Du seiest jung und machtest einen gesunden und kräftigen Eindruck; du würdest bald feststellen, daß ein Kind unterwegs sei.«

Lieber Gott! dachte Garnet; hoffentlich werde ich nicht rot, aber dabei fühlte sie schon, wie ihr das Blut ins Gesicht schoß. Sie wollte natürlich Kinder haben, aber sie war froh, daß sich die Härten und

Schwierigkeiten der Reise nicht noch durch einen Zustand dieser Art kompliziert hatten. Ihre Mutter hatte gerade deswegen große Sorgen gehabt; sie hatte bei der Hochzeit Tränen vergossen, weil sie fürchtete, Garnet könne während des langen Zuges schwanger werden und dadurch in ernste Gefahr geraten. Bisher war diese Sorge unbegründet, und Garnet war dankbar dafür. Oliver übersetzte weiter:

»Señora Silva meint, sie sei auf den Empfang einer jungen Dame nicht vorbereitet gewesen, sie hoffe, du würdest unsere Zimmer ebenso bequem und luxuriös finden wie die, in denen du bisher gelebt habest. Ich sage dir gleich: das sind sie in keiner Weise, aber sie erfüllen für die Zeit, da wir hier wohnen, ihren Zweck. Jetzt fragt sie, ob du Hunger hättest.«

»Oh«, rief Garnet, »die Frage kann ich selbst beantworten. Sie wandte sich der Señora zu und sagte, jedes Wort betonend: »Si, si Señora! Tengo hambre –; gracias!«

Alle vier Silvas lachten und schwätzten auf sie ein. Garnet wandte sich Oliver zu:

»Was muß ich sagen, um ein Bad zu erbitten?«

»Du fragst nach agua caliente. Das bedeutet heißes Wasser. Ich werde es ihnen selbst sagen.«

Die Señora nickte und erteilte ihren Töchtern die entsprechenden Anweisungen. Die Mädchen sprangen davon, und Oliver führte Garnet in die Zimmer, die sie für die nächste Zeit bewohnen würden.

Die Wände der Zimmer waren weiß gestrichen und bis etwa zur Schulterhöhe eines Mannes rundherum mit farbig gemustertem Kaliko bespannt. Das sei notwendig, erklärte Oliver, denn der weiße Anstrich färbe ab; man würde sich also die Kleider beschmutzen, wenn man sich an sie lehnte. Stühle gab es nicht; dafür zogen sich an zwei Wänden eingebaute Bänke aus ungebrannten Ziegelsteinen entlang, die mit Kissen belegt waren. In einem Zimmer stand ein Tisch, in dem anderen ein Bett. In dem durch das Bett als Schlafzimmer ausgewiesenen Raum standen auf einer Ecke der Wandbank eine Waschschüssel und eine mit Wasser gefüllte irdene Kanne. In jedem der beiden Räume hing ein Spiegel an der Wand. Der Fußboden bestand aus hartgepreßtem Ton und war mit Teppichen belegt, in die schwarz-weiße Figuren eingewebt waren. Auf dem Bett lag eine Decke, die ebenfalls wie ein Teppich aussah. Garnet nahm sie in die Hand; sie war leicht und wunderbar weich.

»Ich denke, du wirst es hier aushalten können«, sagte Oliver.

»O ja«, antwortete Garnet. »Denk doch nur: wir werden heute nacht in einem richtigen Bett schlafen, und vorher werden wir uns richtig mit warmem Wasser waschen. Ich habe fast schon vergessen, wie sich warmes Wasser anfühlt. Oliver, das alles ist wirklich luxuriös. Übersetze ihnen, daß ich das gesagt habe.« Sie sah sich weiter in den Räumen um, und in ihrem Gesicht erschien ein Ausdruck der Verwirrung.

»Was suchst du?« fragte Oliver.

»Möbel. Brauchen die Leute hier keine Stühle, keine Kleiderschränke, Kommoden, Wäschetruhen oder dergleichen?«

»Nein. Es sei denn, sie wären sehr reich. Holz ist hierzulande ein rarer Artikel.«

»Aber ich habe zahllose Bäume gesehen.«

»Wild gewachsene Baumwolle, die zu Bäumen aufschießt. Sieht hübsch aus, ist aber unverwertbar. Zu weich.«

»Oh, ich verstehe.« Garnet nahm ihren Hut ab. »Es ist wundervoll kühl hier drinnen.«

Oliver führte sie zum Fenster; sie sah, daß die Außenwände des Hauses an die drei Fuß dick waren. »Diese Bauart hält die Häuser im Sommer kühl und im Winter warm«, sagte er. In beiden Zimmern standen eiförmige kleine Kamine, die in die Ecken eingebaut waren. Aber Feuerung war sehr kostbar. Baumwollholz eignete sich zum Heizen nicht besser als zur Möbelfabrikation. Holz mußte hoch im Gebirge geschlagen und auf den Rücken kleiner Esel, die hier Burros hießen, heruntergeschafft werden. Die Häuser waren so fest und solide gebaut, daß nur bei bitterkaltem Wetter geheizt werden mußte.

Die Fenster waren an Stelle von Glasscheiben mit schweren hölzernen Läden versehen. Bei warmem Wetter blieben sie ständig geöffnet, da sie nicht auf die Straße, sondern auf kleine abgeschlossene Höfe hinauswiesen. Das Zimmer mit dem Tisch – das Eß- oder Wohnzimmer also – hatte eine direkte Tür, die auf einen Durchgang führte, der von der Straße aus zwischen diesem und dem Nachbarhaus entlanglief. Garnet fand das wunderbar; sie konnte auf diese Weise eigenen Besuch empfangen, ohne die Familie Silva zu stören.

Oliver brachte mit Hilfe von Señor Silva die Kleiderkisten herein. Bald danach erschienen die Mädchen mit Krügen voll heißem Wasser. Sie gingen nur sehr zögernd, neugierige Blicke zurückwerfend, wieder hinaus. Oliver lachte:

»Ich möchte dir fast empfehlen, heute nachmittag auf die große Reinigung zu verzichten. Du darfst dich auch nicht wundern, wenn die weiblichen Silvas jedes Wäschestück von dir eingehend in Augenschein nehmen. Du bist zwar nicht die erste Amerikanerin, die ihnen zu Gesicht kommt – es kommt immer wieder einmal vor, daß Händler ihre Frauen mitbringen –, aber du bist die erste Amerikanerin in ihrem eigenen Hause. Und du kannst sicher sein, sie bersten fast vor Neugier, zu erfahren, was du unter deinem ihnen ohnehin schon märchenhaft und phantastisch vorkommenden Kleid trägst.«

Garnet lachte und sagte, sie hätte nichts dagegen. Die Neugierde der Silvas solle sie jedenfalls nicht davon abhalten, sich zu waschen.

Nachdem sie sich gereinigt und wieder angekleidet hatten, betraten sie das Zimmer mit dem Tisch. Hier hatten Señora Silva und ihre Töchter inzwischen allerlei Schüsseln aus rotem und blauem Steingut hingestellt, in denen verschiedene Speisen angerichtet waren, die seltsam aussahen und würzig dufteten. Garnet ließ sich auf der Bank nieder, und Oliver füllte ihr einen Teller mit flachen, runden Gebilden, die wie Pfannkuchen aussahen. Garnet griff zögernd zur Gabel.

»Nein«, sagte Oliver, »paß auf!«

Er nahm einen der flachen Kuchen mit den Fingern auf und rollte ihn zusammen.

»Was ist das?« fragte Garnet.

»Tortillas. Diese Dinger werden in dieser Gegend an Stelle von Brot gegessen. Sie werden aus Maismehl gebacken und schmecken vorzüglich.«

Garnet versuchte sich selbst einen Kuchen zu rollen. Das Gebäck war heiß und schmeckte in der Tat ausgezeichnet. Señora Silva erschien und füllte Garnets Teller mit einem Gericht aus Hammelfleisch, Zwiebeln und Bohnen, mit chilenischem Pfeffer gewürzt. Sie goß leuchtendroten Wein in die Gläser. Das Bohnengericht war so scharf gewürzt, daß es Garnet zunächst auf der Zunge brannte; aber sie war so hungrig, daß es ihr nichts ausmachte. Der Wein war köstlich. Oliver sagte: »Hier wird zu jeder Mahlzeit Wein getrunken, sogar von den Kindern. Übrigens: bitte nie vor beendeter Mahlzeit um Wasser; das würde dir als grobe Unhöflichkeit ausgelegt werden. Señora Silva würde denken, ihr Essen schmecke dir nicht und du wollest den Geschmack mit dem Wasser herunterspülen.«

Sie aßen mit großem Appetit ihre Teller leer. Nun brachte Señora

Silva Käse, der aus Ziegenmilch gewonnen war, und eine große Platte mit Weintrauben. Der Käse war fett und hatte einen seltsamen Geschmack. Garnet aß erst ein bißchen mißtrauisch davon, fand aber bald heraus, daß er großartig schmecke. Die Weintrauben waren die saftigsten und wohlschmeckendsten, die sie jemals gegessen hatte. Sie fragte: »Ist das ein Festessen zu Ehren unseres Empfanges, oder bekommen wir ähnliche Dinge jeden Tag?«

»Dies und ähnliches wird dir täglich serviert werden«, entgegnete Oliver. »Zum Frühstück bekommst du heiße Schokolade, sehr dickflüssig und außerordentlich schmackhaft; sie wird dir ans Bett gebracht.«

»Großer Gott!« seufzte Garnet, sprachlos vor Entzücken. »Frühstück im Bett! Wochenlang mußte ich tagtäglich im Morgengrauen aufstehen und bekam überhaupt kein Frühstück. O Oliver, sage ihr: das Essen war ausgezeichnet. Ich fühle mich so von Luxus umgeben, daß ich mich selbst nicht wiedererkenne. Ich hoffe, bald so viel Spanisch gelernt zu haben, um ihr selbst ein Kompliment machen zu können.«

Als Oliver der Señora Garnets Äußerung übersetzte, strahlte die Dame, knickste und versicherte, die junge Frau sei charmant und entzückend; sie wünsche ihr von Herzen ein langes Leben und viele Kinder.

Nach Tisch unternahm Oliver mit Garnet einen Rundgang durch die Stadt. Die Straßen waren noch immer voller Menschen. Die meisten der fremden Händler und Ochsentreiber hatten an jedem Arm ein Mädchen. Vor den Häusern standen die Mexikaner in plaudernden Gruppen und beobachteten das Treiben der Gäste. Garnet wurde überall, wo sie sich zeigte, wie eine Erscheinung angestarrt. »Mach dir nichts daraus«, sagte Oliver, »es ist klar, daß du Aufsehen erregst.« Garnet hängte sich fest in seinen Arm. Ich komme mir fremd und sonderbar vor, dachte sie, und sie empfinden mich auch als fremd und sonderbar. Oliver zeigte ihr die öffentlichen Gebäude und die Häuser der angesehensten Bürger. An der Südostecke der Plaza lag die Fonda, die größte Taverne von Santa Fé. Solange die Yankees in der Stadt weilten, schloß die Fonda ihre Pforten nicht. »Anständige Frauen betreten die Fonda im allgemeinen nicht«, sagte Oliver, »aber wenn du willst, nehme ich dich mit.« Natürlich wollte sie; sie wollte alles sehen.

Während sie die Straße überquerten, um zur Fonda zu gelangen, gewahrten sie einen Mann in amerikanischer Kleidung, der eben in offenbar schwer betrunkenem Zustand von zwei jungen Mexikanern herausgeleitet wurde. »Oh, mein Gott!« sagte Garnet, »laß uns einen Augenblick warten, bis sie weg sind.«

Oliver zog sie in den Schatten der Hauswand zurück. Die beiden mexikanischen Burschen lachten und schwätzten; der augenrollende und gestikulierende Amerikaner schien sie zu amüsieren. Er begann jetzt zu singen, aber es waren nur unartikulierte Laute vernehmbar, Wort und Melodie waren nicht zu erkennen.

Oliver warf einen Blick auf den Mann und brach plötzlich in Lachen aus.

»Nun sieh dir das an«, sagte er. »Es ist wahrhaftig der Diakon Bartlett. Das hätte ich mir denken können.«

»Diakon?« rief Garnet entsetzt. »Dieser betrunkene Kerl soll ein Diakon sein?«

»Er ist der Stolz von St. Louis, sage ich dir«, lachte Oliver. »Er kam vor etwa einer Woche mit seinen Wagen hier an.«

Der Diakon Bartlett hatte seine Singversuche eingestellt; er sprach auf die Mexikaner ein, aber die verstanden offensichtlich kein Wort.

»Ich glaube, ich muß ihm helfen«, sagte Oliver.

»Du wirst doch nicht mit ihm sprechen wollen – in der Verfassung, in der er sich befindet?«

»Warum sollte ich nicht? Du siehst ja, er hat sein bißchen Spanisch vergessen; er hat ohnehin nie viel gekonnt. He, Señores!« rief er, auf die Gruppe zugehend; die beiden Burschen mühten sich eben, den Diakon davor zu bewahren, in einen Bewässerungsgraben hineinzustolpern.

Es gab eine kurze, schnell geführte Unterhaltung in spanischer Sprache, dann wandte sich Oliver wieder Garnet zu.

»Bartlett will sie dafür bezahlen, daß sie ihn nach Hause bringen«, sagte er. »Sie konnten aber nicht herausbekommen, wo er wohnt; nun habe ich es ihnen gesagt. Es ist da drüben in einer Seitenstraße.« Er wies mit der Hand. »Er wohnt dort immer, wenn er in Santa Fé ist; diese Leute, bei denen er logiert, heißen Moro. Er bevorzugt diese Wohnung wahrscheinlich, weil sie so nahe bei der Fonda ist. Komm, laß uns sehen, ob sie ihn richtig hinbringen.«

Sie ließen Bartlett und seinen Begleitern den Vortritt und folgten ihnen in einigem Abstand. Die Straße war von kleinen Häusern aus ungebrannten Ziegeln gebaut. »Das Haus, in dem wir wohnen, ist sehr viel schöner«, sagte Garnet.

»Gewiß«, antwortete Oliver. »Die Silvas sind auch eine angesehene Familie. Sie würden einen Mann wie Bartlett nie aufgenommen haben. Die Moros finden sich seit Jahren mit seinen Gewohnheiten ab; sie brauchen die Miete.«

Die beiden Mexikaner standen jetzt vor einem der Häuschen. Sie hatten den Betrunkenen hineinbefördert und standen nun da und schwatzten mit jemand, der sich im Haus befand. Als Garnet und Oliver sich näherten, vernahmen sie von drinnen eine weibliche Stimme.

»Gracias, Señores«, sagte die Stimme, »el Señor es – es – oh, Señor, verdammt! no hablo español, no comprendo español! Überhaupt, mir reicht es jetzt; hört auf mit dem Gekicher und macht, daß ihr nach Hause kommt! No tengo mas dinero – versteht ihr das nicht? Hölle und Schinkenspeck! Schert euch zum Teufel!«

Garnet preßte Olivers Arm und begann zu keuchen. Sie kannte diese Stimme; sie kannte sie ganz genau, sie war unverkennbar. Aber auch Oliver schien sie bekannt vorzukommen. Er rief:

»Großer Gott, Garnet, nun sage bloß noch, daß das unsere Mondscheinblondine ist!«

Garnet löste sich aus seinem Arm und lief auf die beiden Mexikaner zu. Neben ihnen stehend, sperrte sie unwillkürlich den Mund auf. Das Erstaunen nahm ihr die Sprache. In der Tür des kleinen dunklen Hauses stand – Florinda.

Florinda trug ein blaues Kattunkleid und einen schwarzen Schal über dem Kopf, den sie unter dem Kinn zusammenhielt. In ihrem Gesicht stand ein etwas hilfloses Lachen. Oliver war Garnet gefolgt, und nun erblickte Florinda die beiden. Sie streckte ihnen beide Hände entgegen, die in schwarzen Seidenhandschuhen steckten, die die Finger frei ließen.

»Oh, ihr Süßen!« rief sie. »Wie gut, daß ihr da seid! In meinem ganzen Leben war ich nie so froh, jemand wiederzusehen. Kommt herein!«

Garnet eilte die wenigen Stufen hinauf. Florinda legte ihr den Arm um die Taille und drückte sie an sich. Augenscheinlich war sie gar nicht überrascht, sie zu sehen, und das war verständlich, denn sie wußte ja, daß Oliver und Garnet mit dem großen Treck nach Santa Fé kommen würden. Garnet indessen war so verblüfft, daß ihr der Kopf schwirrte. Oliver stand vor der Treppe, wo sich die beiden jungen Mexikaner noch immer herumdrückten. Auch Florinda schien einstweilen noch mit dem vorausgegangenen Problem beschäftigt; sie sagte: »Oliver, Sie sprechen doch sicher Spanisch?«

Aus dem Haus drangen Schnarchlaute. Garnet sah Florinda über die Schulter. In dem kleinen Zimmer hinter der Tür saß der Diakon Bartlett auf der Wandbank. Sein Kopf lag auf dem davorstehenden Tisch. Er schlief.

Dreizehntes Kapitel

»Bitte helfen Sie mir, die Burschen loszuwerden«, bat Florinda. »Sagen Sie ihnen, mit Mr. Bartlett sei jetzt alles in Ordnung; sie brauchten sich nicht mehr um ihn zu kümmern. Außerdem hätte ich ihnen alles Geld gegeben, das ich bei mir habe.«

Oliver wandte sich den jungen Leuten zu. Garnet, noch immer fassungslos, keuchte: »Nun sagen Sie mir, Florinda, wie, um alles in der Welt, kommen Sie hierher?«

»Durch die Prärie und über die Hochebene, meine Liebe. Eine Woche vor Ihnen. Ja, Oliver, wollen die Burschen noch was?«

Oliver lachte:

»Sie wollen allerdings noch was. Kein Geld. Sie finden sich reichlich bezahlt. Aber sie möchten Ihr Haar sehen.«

»Ratten und Teufel!« sagte Florinda; sie war Wünschen dieser Art wohl schon öfters begegnet.

»Die Burschen haben gehört, Sie hätten Haar von der Farbe reifer Maiskolben«, sagte Oliver. »Das kommt ihnen phantastisch vor, und sie wollen nicht weggehen, bis sie es selbst gesehen haben.«

»Ja, es ist ein Kreuz«, seufzte Florinda. »Alle Leute wollen sich davon überzeugen, ob mein Haar auch wirklich auf meinem Kopf gewachsen ist. Sagen Sie ihnen, sie sollten es sehen, aber sie dürften es nicht anfassen.«

Oliver übersetzte; die Burschen grinsten und rissen die Augen auf, als Florinda den Schal zurückwarf, die Haarnadeln löste und ihr Haar lang herabwallen ließ. Sie stießen unartikulierte Rufe der Bewunderung aus. Florinda ließ sie eine Zeitlang staunen und wandte sich dann ab, Garnet ins Haus hineinziehend. Die Tür war niedrig; sie mußten sich bücken. Das Zimmer war klein und ziemlich dunkel; es hatte nur ein Fenster in der dicken Ziegelsteinmauer. Mr. Bartlett hatte sich inzwischen der Länge nach auf der Wandbank ausgestreckt, sein Kopf lag noch immer auf dem Tisch; er schnarchte friedlich. Florinda warf ihren Schal auf den Tisch; sie schenkte dem

Schlafenden keinerlei Aufmerksamkeit. Sie ließ ein ärgerliches Lachen hören, während sie ihr Haar wieder aufsteckte.

»Ich wage es nicht, die Tür zu öffnen, ohne den Schal umzubinden«, sagte sie. »Und auf der Straße erst – ich fühle die Blicke förmlich von allen Seiten. Es ist wahrhaftig, als hätte ich drei Beine und einen Schwanz. Schönen Dank, Oliver«, setzte sie hinzu, als der Angeredete hereinkam und die Tür hinter sich schloß. »Sind die Burschen fort?«

Er nickte. »Nehmen Sie ihnen die Neugier nicht übel. Sie haben zwar schon flachshaarige Männer gesehen, aber Männer tragen ihr Haar ja kurz geschnitten. Eine blonde Haarflut wie die Ihre ist ihnen nie vor die Augen gekommen.«

Florinda seufzte. »Ich war zeit meines Lebens eine auffällige Person«, sagte sie. »Aber ich mußte erst in diese abgelegene Wüstenei kommen, um festzustellen, daß ich eine Laune der Schöpfung bin.« Sie steckte die letzte Haarnadel fest.

Garnet biß sich auf den Daumen und warf furchtsame Blicke auf den schnarchenden Mr. Bartlett. Bis auf die beiden Männer, die sie in dem Hotel in New Orleans belästigt hatten, war sie nie in so nahe Berührung mit einem betrunkenen Mann gekommen. »Florinda«, flüsterte sie, »ist er – ist er vielleicht krank?«

Florinda trat auf den Schlafenden zu und versetzte ihm einen sanften Stoß mit dem Finger. Es sah aus, als rühre sie Teig an und wolle sich überzeugen, ob er genug gegangen sei. Mr. Bartlett regte sich nicht.

»Wollen Sie ihn hier liegenlassen?« fragte Garnet zweifelnd. Sie fürchtete, Bartlett könne ohne Bewußtsein sein; andererseits fühlte sie sich durch seine Gegenwart geängstigt.

»Ich werde ihn aus dem Wege schaffen«, versetzte Florinda gleichmütig. »Würden Sie mir helfen, Oliver? Allein bringe ich ihn nicht weg.«

»Selbstverständlich«, sagte Oliver. Florinda öffnete eine Tür, die ins Schlafzimmer führte. Dann hoben Oliver und sie den Betrunkenen auf und schafften ihn hinein. Garnet hörte Florinda nebenan kichern; sie schien nicht im geringsten über Mr. Bartletts Zustand beunruhigt. Im Gegenteil, sie schien ihn spaßig zu finden.

Garnet setzte sich auf die Wandbank und sah sich um. Auch hier gab es außer der Bank, dem Tisch und einer Kiste, die vermutlich Kleider enthielt, keinerlei Möbel. Dafür standen ganze Batterien von Flaschen in einer Ecke. Im übrigen sah alles sauber und ordentlich aus. Auf dem Tisch standen rote und blaue Tonschüsseln, Tassen, die wie kleine Schalen aussahen, und eine große Platte mit Weintrauben und Äpfeln. In einem roten Krug steckten ein paar Zweige mit fremdartig anmutenden gelben Blüten.

Garnet dachte: sie muß hier wohnen. Sie konnte sich nicht vorstellen, daß Mr. Bartlett Blumen pflückte und Flaschen so ordentlich nebeneinander aufreihte.

Oliver kam zurück; er schloß die Schlafzimmertür hinter sich.

»Wo ist Florinda?« fragte Garnet.

»Sie bemüht sich, ihren Freund wieder zum Einschlafen zu bringen. Sie wird gleich hier sein.«

»Aber – Oliver – wie kommt sie nur nach Santa Fé?«

»Ich weiß darüber einstweilen nicht mehr als du. Sie bat, wir möchten warten; sie würde es uns erzählen.« Oliver setzte sich neben Garnet auf die Wandbank und streckte die Beine unter dem Tisch aus. »Schau, schau!« sagte er. »Der Diakon! Ich hätte nie gedacht, daß er es fertigbrächte, solch eine Eroberung zu machen.«

»Du meinst, sie sei – zu schade für ihn?«

»Ich meine – du sahst die Pelze und die Juwelen, die sie in New Orleans trug. Ihre dortigen Liebhaber waren gewiß keine Bauerntölpel wie Mr. Bartlett.«

»Aber wer ist dieser Bartlett?«

Oliver grinste und angelte sich eine Weintraube von der Platte. »Hast du jemals einen frommen Heuchler gesehen?« fragte er.

»Wieso? Ich denke schon.«

»Ich wette, du hast nie ein Exemplar dieser Gattung wie Mr. Bartlett gesehen.« Er lachte. »Bartlett ist einer der führenden Kaufleute von St. Louis. Sein Ladengeschäft dort hat den größten Umsatz; die reichsten und angesehensten Leute kaufen bei ihm, weil er einen so erhebenden Einfluß in der Gemeinde ausübt. Er ist eine Säule der Kirche, er trinkt nicht, spielt nicht, benimmt sich in jeder Beziehung vorbildlich und führt erbitterte Kreuzzüge gegen Kneipen und Lasterhöhlen. Das macht er vom September bis zum April. Im April verläßt er St. Louis und führt seine Wagenkolonne nach Santa Fé. Während der ganzen Fahrt bleibt er völlig nüchtern. Dabei ist weiter kein Verdienst, denn man kann in betrunkenem Zustand keinen Wagenzug durch die Prärie führen. Aber er kann sich auf der Fahrt wenigstens seine Frömmigkeit schon abgewöhnen. Und das tut er weidlich. Er flucht und führt eine Sprache, vor der er sich entsetzen würde, vernähme er sie in St. Louis. Kommt er dann schließlich nach Santa Fé, ist es mit der Enthaltsamkeit endgültig aus. Dann läßt er sich rückhaltlos gehen, säuft, spielt und veranstaltet Skandale.«

Garnet hatte ihm in fassungslosem Staunen zugehört. »Wie«, sagte sie, »während der ganzen Zeit, wo er in Santa Fé ist, trinkt er so wie heute? Aber wie kann er in diesem Zustand irgendwelche Geschäfte abwickeln?«

»Oh, er hat einen Geschäftspartner. Einen Amerikaner namens Wimberley, der während des ganzen Jahres in Santa Fé wohnt. Sobald Bartlett seine Wagenkolonne durch die Pässe gebracht hat, ist es mit ihm aus. Alles weitere besorgt Wimberley. Er verkauft die mitgebrachten Waren, während der heilige Diakon aus St. Louis durch die Straßen torkelt, grölend und Schlager singend, an jedem Arm ein Mädchen, und das so lange, bis er genug Aguardiente im Bauch hat und irgendwo umfällt. Irgend jemand hebt ihn dann auf und bringt ihn nach Hause.«

Garnet konnte sich nicht helfen, sie mußte lachen, obgleich sie noch immer verwirrt und befremdet war. »Aber es kommen doch sicher viele Händler durch St. Louis«, sagte sie schließlich. »Brechen die nicht in Gelächter aus, wenn sie Bartlett dort mit frommem Augenaufschlag und der Bibel in der Hand erblicken?«

»Natürlich tun sie das«, antwortete Oliver, »aber sie erzählen den ehrenwerten Leuten in St. Louis nicht, worüber sie lachen. Es würde ihnen den Spaß verderben. Und wenn wir im nächsten Jahr wieder durch St. Louis kommen, dann erzähle auch du keinem, in welchem Glanz und in welcher Herrlichkeit du den frommen Mann hier erblicktest.«

»Aber wo mag er Florinda getroffen haben? In St. Louis?«

»Ich weiß es wahrhaftig nicht. Aber da kommt Florinda selbst. Sie wird es uns erzählen.«

Florinda trat leise ein und schloß geräuschlos die Schlafzimmertür hinter sich. Sie kicherte.

»Wie geht es Bartlett?« fragte Oliver.

»Oh, er ist wohlbehalten in sein Traumland zurückgekehrt«, sagte Florinda. »Ich weiß nicht, wie lange es dauern wird. Es ist nett, daß Sie gewartet haben. Möchten Sie nicht irgend etwas trinken?« Sie wies auf die Flaschenbatterien an der Wand. »Roter Wein, weißer Wein, Aguardiente – er hat alles da.«

Oliver lehnte ab. »Wir haben gerade erst zu Mittag gegessen«, sagte er, »aber darf ich Ihnen etwas einschenken?«

»O nein, danke, ich trinke nicht.« Florinda setzte sich in die Ecke. Sie sah zu Boden und spielte mit den Fingern an der Tischschublade. »Ich hoffe, Sie sind mir nicht böse, mich hier in Santa Fé vorzufinden«, sagte sie.

»Natürlich nicht«, sagte Oliver, und Garnet setzte hinzu:

»Ich bin noch immer sprachlos vor Freude, Sie wiedergefunden zu haben. Wie kommen Sie nur auf den Gedanken, wir könnten böse darüber sein?«

»Nun – es wäre immerhin denkbar gewesen. Ich möchte nicht, daß Sie auf den Gedanken kommen, ich wollte mich an Ihre Rockschöße hängen und erwartete, daß Sie sich weiter um mich kümmern.«

»Ich habe nicht im Traum daran gedacht«, sagte Oliver.

»Ach – das macht mich froh«, seufzte Florinda. »Sehen Sie«, fuhr sie fort, »ich habe Bartlett nicht gesagt, daß ich Sie kenne. Daran, daß ich heute mit Ihnen gesprochen habe, wird er sich nicht erinnern. Deshalb – wenn es Ihnen lieber ist, daß niemand von unserer früheren Bekanntschaft weiß – mir ist es recht. Ich werde Ihnen gewiß nicht im geringsten lästig fallen.«

»Aber um Himmels willen, Florinda«, sagte Oliver, »erzählen Sie Bartlett meinetwegen, was Sie wollen. Ich habe nicht das geringste dagegen, daß er weiß, was damals in New Orleans geschah. Und ich bin sicher, Garnet hat auch nichts dagegen.«

»Ganz gewiß nicht«, sagte Garnet.

Oliver fragte: »Haben Sie den ganzen Weg mit Bartlett zusammen gemacht?«

Florinda nickte. »Er fragte mich, ob ich ihn hierher begleiten und im Herbst mit ihm nach St. Louis zurückgehen wolle.«

»Ich wußte nicht, daß Sie einen der Santa-Fé-Händler kannten«, sagte Garnet.

»Oh«, versetzte Florinda, »damals kannte ich ja auch keinen. Ich hatte bis zu dem Tage, da ich Sie und Oliver traf, noch nie etwas von Santa-Fé-Händlern gehört. Ich bin ihm auf dem Schiff begegnet.« Ein verschmitztes kleines Lächeln erschien auf ihrem Gesicht. »da ist noch einiges, was ich gern mit Ihnen besprochen hätte«, sagte sie. »Oliver, ist Mr. Bartlett ein sehr guter Freund von Ihnen?«

»Bewahre, nein«, antwortete Oliver. »Ich habe ihn seit ein paar Jahren jeden Sommer hier getroffen, wenn ich von Los Angeles nach Santa Fé kam; das ist alles.«

Florinda beschäftigte sich mit den Blumen in dem roten Krug.

»Dann – wenn er nicht ganz so viel über mich weiß wie Sie – würden Sie es nicht für Ihre Pflicht halten, es ihm zu erzählen?« fragte sie leise.

Oliver zuckte die Achseln. »Meine liebe Florinda«, sagte er, »ich habe keinerlei Pflichtgefühl gegenüber dem Diakon Bartlett. Ich gedenke ihm nicht das geringste zu erzählen.«

»Ich danke Ihnen, Oliver. Es ist wundervoll. Ich dachte zwar nicht, daß Sie es ihm sagen würden, aber jetzt bin ich ganz beruhigt deswegen.«

»Was möchten Sie vor ihm denn verschwiegen haben?« fragte Oliver.

Florinda ließ ein kleines verlegenes Lachen hören. Sie sagte: »Sehen Sie, Oliver, Bartlett ahnt nicht, daß ich – so etwas jemals zuvor getan habe.«

Oliver grinste.

»Ich habe mir sehr viel Mühe mit ihm gegeben«, sagte Florinda. »Während der ganzen Fahrt habe ich ihn unterhalten, habe seine Kleider ausgebessert und gewaschen, wenn genug Wasser da war, und seit wir in Santa Fé sind, habe ich ihn zu Bett gebracht, wenn er betrunken war, habe ihm kalte Umschläge gemacht und ihn am nächsten Morgen gepflegt. Ich glaube, daß er sich recht glücklich fühlt. Ich habe ihm nichts zuleide getan.«

»Mein liebes Mädchen, ich wäre nie auf den Gedanken verfallen, Sie könnten ihm etwas zuleide getan haben«, lachte Oliver. »Ich kann mir vorstellen, daß er sehr glücklich ist.«

Garnet mußte unwillkürlich lachen. Sie wollte es gar nicht; aber das ging ihr immer so: wenn sie mit Florinda zusammen war, mußte sie über Dinge lachen, die ihr früher bitterernst erschienen waren.

»Vielleicht sollte ich Ihnen erklären, wie es dazu kam«, sagte Florinda. »Oliver, haben Sie etwas dagegen, daß ich in Garnets Gegenwart über solche Dinge spreche?«

»Aber durchaus nicht«, entgegnete Oliver, und Garnet rief: »O Florinda, wenn Sie es nicht erzählen, werde ich vor Neugier sterben. Mr. Bartlett weiß nicht, daß Sie der gefeierte Star des ›Schmuckkasten‹ waren?«

Florinda warf einen flüchtigen Blick zur Schlafzimmertür und schüttelte den Kopf. Ein schweres Schnarchen überzeugte sie davon, daß Bartlett schlief.

»Es begann so«, sagte sie. »Wie Sie sich denken können, lief ich in der schwarzen Vermummung auf dem Schiff herum. Die Witwenkleidung erfüllte vollkommen ihren Zweck, genau wie Sie es erwartet hatten. Jedermann begegnete mir mit größter Zuvorkommenheit. Die Herren machten mir ehrfurchtsvolle Verbeugungen, und die Damen lächelten mich mitfühlend an. Es war großartig. Offensichtlich erkannte mich kein Mensch. Am zweiten Tag ging ich, Ihrem Rat folgend, an Deck, um frische Luft zu schöpfen. Auf dem Deck befand sich ein Herr, der erst an diesem Morgen an Bord gekommen war und der allein reiste. Er zog einen Stuhl für mich heran, hob mein Taschentuch auf und bot mir ein Magazin zum Lesen an. Alles sehr höflich und korrekt. Ich hielt ihn seinem Äußeren nach für einen Prediger oder einen Universitätsprofessor.«

Ein verdächtiges Zucken umspielte ihre Lippen; sie unterdrückte einen Kicher. »Sie werden es nicht für möglich halten, nachdem Sie ihn hier in diesem Zustand sahen«, fuhr sie fort, »aber ich versichere Ihnen, Mr. Bartlett kann so würdevoll sein wie ein Baum voller Eulen.«

»Ich weiß«, grinste Oliver. »Was geschah weiter?«

Florinda sah ihn aus großen Augen an. »Ich bin doch nun wahrhaftig in meinem Leben ziemlich herumgekommen und habe alle möglichen Menschen kennengelernt«, sagte sie, »aber Bartlett hat mich am ersten und auch noch am zweiten Tag vollkommen getäuscht. Ich wäre nie auf den Gedanken gekommen, ein so vornehm und würdig aussehender Herr könne mir ebenso etwas vorspielen wie ich ihm. Er fuhr fort, mir allerlei kleine Gefälligkeiten zu erweisen; er trug meinen Stuhl aus der Windrichtung heraus, brachte mir eine Decke und hüllte meine Knie ein und war in jeder Weise liebenswürdig und höflich um mich besorgt. Ich dankte ihm ebenso liebenswürdig und las, um ihm einen Gefallen zu tun, dann und wann in den Magazinen. Es war schrecklich für mich, sage ich Ihnen; aber was sollte ich tun? Jedermann erwartete ja schließlich, daß ich mich wie eine guterzogene trauernde Witwe benähme. Die Rolle lag mir, offen gestanden, nicht besonders. Bartlett setzte sich schließlich neben mich und begann mir zu erzählen. Das war nett; ich habe gern jemand um mich, zu dem ich sprechen kann; es ist mir gräßlich, irgendwo einsam herumzusitzen. Er meinte, es sei doch entsetzlich traurig für mich, so jung verwitwet zu sein und ohne Beschützer reisen zu müssen. Nun, und so fort. Ich erzählte ihm die Geschichte, die Sie sich ausgedacht hatten, Garnet, daß ich meinen Mann seiner erschütterten Gesundheit wegen nach dem Süden gebracht hätte und daß er dort gestorben sei.«

Garnet hielt die Faust gegen den Mund gepreßt und schluckte, um nicht laut herauslachen zu müssen. Florinda fuhr fort:

»Als ich Bartlett das nächste Mal an Deck begegnete, bat er mich, ihm etwas mehr von meinem Leben zu erzählen. Nun, Sie denken sich schon, wie das ist: Wenn ein Mann will, daß Sie ihm etwas erzählen, dann meint er in Wirklichkeit, daß Sie ihm zuhören sollen, was er über sich selbst zu erzählen hat. Ich sage Ihnen, dieser Mann sprach drei Tage lang, ohne Atem zu holen.«

Florinda lachte in der Erinnerung.

»Nun«, sagte sie, »ich hatte nichts dagegen, ihm zuzuhören. Ich höre ganz gerne zu, wenn jemand erzählt. Er sagte mir, daß er Santa-Fé-Händler sei. Er sei unten am Strom gewesen, um bestimmte Waren einzukaufen; jetzt sei er auf dem Wege nach St. Louis, wo er wohne. Er sprach vom Santa-Fé-Handel, und was er darüber erzählte, kannte ich zum Teil schon aus Garnets Erzählungen. So wußte ich, daß vieles von dem, was er sagte, stimmte. Aber schließlich tat er, was alle Männer am Ende tun: er erzählte Geschichten. – Großer Gott! Was der Mann zusammenlügen kann! Er erzählte mir, wie viele Indianer er umgebracht habe. Wenn man ihm glauben wollte, hatte er die gefährlichsten Burschen immer sozusagen mit der linken Hand erledigt. In blutigen Gefechten hatte er wie ein Löwe gekämpft, wilde Kriegerhorden hinter sich und stampfende Büffelherden vor sich, während seine von den Rothäuten angesteckten Wagen wie Fackeln brannten. Furcht hatte er nie gekannt, denn er war jederzeit sicher, daß der liebe Gott ihn höchstpersönlich beschützte.«

Florinda pfiff leise vor sich hin. »Hören Sie, Oliver«, sagte sie, »ich begreife nicht, wie er es fertigbringt, die Leute in Missouri zu Narren zu machen. Möglich, daß ein Mann hier und da auf seine Schauspielkunst hereinfällt, aber jedes Mädchen, das auch nur ein bißchen von Männern versteht, muß ihn doch in kürzester Zeit durchschauen, als wäre er aus Glas. Und er war offensichtlich überzeugt, ich glaubte ihm jedes Wort.« Sie lachte und machte eine Pause.

»Und dann kam mir ganz plötzlich ein Gedanke«, fuhr sie fort. »Ich bekam Lust, nach Santa Fé zu reisen. Ich hatte mir schon lange den Kopf darüber zerbrochen, was ich anfangen sollte, wenn ich das Schiff verlassen hätte. Natürlich hätte ich mich nach irgendeiner Arbeit umsehen können; etwa als Schneidergehilfin; Heftfäden herausziehen könnte ich schließlich. Aber solange dieser Reese das Land nach mir absuchen läßt, hätte ich mich nicht einmal in der Hinterstube eines Schneiders sicher gefühlt. Ich fand, es wäre ganz gut, wenn ich erstmal eine Zeitlang verschwände. Gewiß würde niemand auf den Einfall kommen, mich achthundert Meilen jenseits der Grenze zu suchen. Außerdem: die Sache lockte mich. Ich hatte solch eine Reise nie zuvor unternommen, ich dachte, es müsse ein großartiges Abenteuer werden.« Florinda strich eine Locke ihres Haares zurück und befestigte sie mit einer Haarnadel. »Nun«, sagte sie, »ich verschaffte Mr. Bartlett also die Überzeugung, eine ehrbare junge Witwe veranlaßt zu haben – Oliver, wie würden Sie das einem behüteten jungen Mädchen gegenüber ausdrücken?«

Oliver grinste. »Ich schlage vor: ›den engen Pfad der Tugend zu verlassen und den breiten Pfad der Freude und des Vergnügens einzuschlagen‹.«

»Das ist es«, sagte Florinda. »Der Pfad der Freude und des Vergnügens war in diesem Falle der Weg nach Santa Fé.«

Sie zuckte die Achseln: »Die Dinge entwickelten sich so. Ich habe im Grunde nichts dazu getan.«

»Und ich sagte Ihnen schon, daß Mr. Bartlett höchstwahrscheinlich sehr glücklich ist«, lachte Oliver. Er sah sich im Zimmer um. »Ich habe das Logis hier früher gesehen, wenn Bartlett hier wohnte«, sagte er. »Es hat nie so ausgesehen: sauber, aufgeräumt, Blumen auf dem Tisch.«

»Oh, er freut sich daran. Und wenn er nun etwa durch Sie erführe, wie die Dinge mit mir bestellt sind, ich glaube, es wäre ein heftiger Schlag für ihn. Er ist so stolz; er schwillt jedesmal richtig, wenn er mich ansieht. Er ist glücklich, eine solche Eroberung gemacht zu haben.«

»Sie können uns wirklich vertrauen«, sagte Oliver.

»Ich danke Ihnen sehr«, seufzte Florinda. »Wenn Sie nur nicht vom ›Schmuckkasten‹ oder vom ›Blumengarten‹ sprechen!«

Aus dem Nebenzimmer rief Bartlett nach Florinda. Garnet fuhr zusammen. Florinda stand auf und machte eine beruhigende Geste mit der Hand.

»Wir werden uns öfter sehen«, sagte sie. »Ich muß jetzt zu ihm. Er ist immer ganz hilflos in solchem Zustand. Ich muß ihn beruhigen.«

Garnet erhob sich nun auch. Sie legte Florinda die Hand auf den Arm. »Eine Minute«, sagte sie, »ich habe Ihnen noch nicht für die Smaragdohrringe gedankt.«

»Pst, Darling!« Florinda blickte nach der Tür und dämpfte ihre Stimme zum Flüstern. »Erwähnen Sie keine Smaragde. Er ahnt nicht, daß ich jemals dergleichen hatte.« Sie öffnete die Tür. »Ja, Mr. Bartlett, hier bin ich.«

Oliver unterhielt in einem Hause, das er für jede Sommersaison gemietet hatte, ein eigenes Geschäft; es war nicht sehr weit vom Hause der Silvas entfernt. Hier war Tag für Tag großer Betrieb; fortgesetzt kamen und gingen Käufer. Oliver hatte viel zu tun, und Garnet sah ihn zwischen Frühstück und Abendessen nicht viel. Aber sie fühlte sich nicht einsam. Jetzt, da sie Florinda wiedergefunden hatte, fehlte es ihr nicht an Unterhaltung. Florinda besuchte sie nahezu täglich.

Mr. Bartlett sah Garnet dagegen nur sehr selten. Florinda sagte, er wache in der Regel mit schwerem Kopf auf und fordere kalte Umschläge und Schnaps. Sobald er dann auf den Füßen stände, ginge er zur Fonda oder in eines der Spielhäuser. Florinda hatte demzufolge auch sehr viel Zeit. Sie sprach von Mr. Bartlett mit einer Art gutmütigen Spottes, etwa wie man von einem Kind spricht, für dessen Pflege man verantwortlich ist. Garnet faßte das nicht ganz. »Aber, mein Gott!« rief sie eines Tages aus. »Ist denn ein Leben mit so einem Mann nicht eine schreckliche Sinnlosigkeit?«

Florinda zuckte die Achseln. »Es ist jedenfalls besser als das Leben im New Yorker Staatsgefängnis«, sagte sie.

Florinda war immer gut aufgelegt. Nie klagte sie darüber, daß sie ihre glänzende Bühnenlaufbahn aufgeben mußte. Als Garnet sie fragte, was sie nach Ablauf des Sommers zu unternehmen gedächte, antwortete sie gleichmütig: »Wie soll ich das wissen, Darling? Irgendwie wird es schon weitergehen. Ich bin noch immer fertig geworden.«

Garnet lächelte sie bewundernd an. Sie zweifelte innerlich selbst nicht mehr im geringsten daran, daß Florinda auf irgendeine Weise immer durchkommen würde.

In der Regel hatte Florinda, wenn sie kam, einen Korb mit Nähzeug am Arm. Sie hatte sich in St. Louis selbst ein paar Kleidungsstücke genäht, aber es war nicht sehr viel Zeit dafür gewesen. Sie konnte außerdem alles, was sie brauchte, aus Mr. Bartletts Warenlager entnehmen; Bartlett hatte seinem Geschäftspartner eine entsprechende Anweisung gegeben. Sie hatte davon Gebrauch gemacht und besaß deshalb genügend Stoff, den sie zu Kleidern verarbeiten konnte. Sie entfaltete bei dieser Tätigkeit eine recht große Geschicklichkeit. Als Garnet einmal eine dahin zielende Bemerkung machte, sagte sie, daß sie in den ersten Jahren ihrer Bühnenlaufbahn ihre meisten Kostüme selbst genäht habe. »Als Chormädel kann man sich keinen Schneider leisten«, sagte sie.

Mit den Stichen nahm sie es allerdings nicht sehr genau; sie waren in der Regel zu groß und nicht sehr korrekt. Sie tat zweifellos ihr Bestes, aber ihre Finger waren nicht biegsam genug, um feine Näharbeit zu verrichten. Garnet tat, als bemerke sie das nicht; sie sagte nur eines Tages, gleichsam beiläufig:

»Soll ich Ihnen nicht ein bißchen beim Nähen helfen? Ich habe ja ohnehin nichts zu tun.«

»Können Sie denn nähen?« fragte Florinda überrascht. »Ich hatte keine Ahnung, daß vornehme junge Damen Ihres Standes irgend etwas Nützliches gelernt haben könnten.«

»Aber wie kommen Sie nur darauf?« sagte Garnet. »Mädchenschulen haben doch immer Handarbeitsklassen. Geben Sie her, lassen Sie mich den Kragen säumen, während Sie mit dem Rocksaum beschäftigt sind.«

»Sie sind ein süßes Kind, Garnet«, sagte Florinda. Ein paar Minuten später rief sie begeistert aus: »Aber, Darling, Sie machen das ja großartig!«

»Ich hoffe, daß ich es einigermaßen kann«, sagte Garnet. »Ich schätze, daß ich einige tausend Stunden damit zugebracht habe, etwas zu nähen, das Genähte wieder aufzutrennen und es noch einmal zu nähen.«

Von diesem Tage an arbeiteten Florinda und Garnet immer zusammen. Garnet suchte sich dabei die Teile heraus, die ins Auge fielen, etwa Kragen und Knopflöcher, so daß Florindas flüchtige Stichelei nicht weiter auffiel. Sie fragte sich manchmal, ob Florinda das wohl heimlich bemerke. Wenn dies wirklich der Fall war, so erwähnte sie es jedenfalls nie. Sie dankte Garnet herzlich und überschwenglich für ihre Hilfe, aber keine von beiden sprach jemals ein Wort, das auf Florindas entstellte Arme und Hände hindeutete.

Oft kam, während sie so gemeinsam arbeiteten, Señora Silva ins Zimmer und brachte ihnen einen Teller mit Früchten oder eine Flasche Wein. Señora Silva schien als selbstverständlich vorauszusetzen, daß Florinda mit Mr. Bartlett verheiratet sei, und Garnet dachte natürlich nicht daran, ihr diesen Glauben zu nehmen. Florinda aß gern von den Äpfeln und Weintrauben, aber sie trank nie einen Schluck Wein. Sie nahm ihn zwar entgegen, um die Gefühle der Señora nicht zu verletzen; aber kaum hatte die Spenderin das Zimmer verlassen, da leerte sie ihr Glas durch das Fenster aus. Garnet dachte, die ständige Trunkenheit Bartletts habe in Florinda diesen Widerwillen gegen alkoholische Getränke erzeugt. »Sie können den Wein wirklich trinken, ohne Schaden zu nehmen«, sagte sie, »er ist sehr leicht; ein Gläschen davon schadet nicht mehr als eine Tasse Tee.« Aber Florinda schüttelte den Kopf. »Das mag für jedermann zutreffen, aber nicht für mich«, sagte sie. »Sehen Sie, manche Leute können keine Stachelbeeren essen, ohne sich übergeben zu müssen. Ähnlich geht es mir mit dem Alkohol.«

Sie gab weiter keine Erklärungen zu diesem Thema ab, und Garnet stellte auch keine weiteren Fragen. Sie fand nur, strenge Abstinenz stehe in keinem rechten Verhältnis zu Florindas sonstigem Benehmen. Doch wie das auch sein mochte, es war jedenfalls Florindas eigene Angelegenheit.

Garnet war sehr froh, Florinda hier zu haben. Auf dem Treck hatte sie sich so einsam gefühlt und sich so nach einem weiblichen Gefährten gesehnt; nun war dieser Wunsch erfüllt. Florinda war eine großartige Gesellschafterin. Sie sprachen miteinander von Kleidern und tauschten die Erfahrungen aus, die sie auf dem Treck gemacht hatten. Sie erzählten sich, was ihnen in Santa Fé aufgefallen war, und zuweilen sprachen sie auch von New York. Ihre beiden Welten schienen durch eine undurchdringliche Mauer getrennt. Aber sie waren auf denselben Straßen gegangen, hatten in denselben Geschäften gekauft und hatten nichts voneinander gewußt. Wären sie sich in New York auf der Straße begegnet und hätten sie sich zufällig mit den Ellbogen berührt, sie hätten wahrscheinlich eine Entschuldigung gemurmelt und dabei nicht einmal unter den Hutrand der anderen geschaut. Dennoch waren nun gemeinsame Erinnerungen da; sie hatten sich viel zu erzählen.

Die Straßen in Santa Fé waren schmutzig, aber malerisch. Sie waren immer voller Menschen. Händler und Ochsentreiber streiften umher, in Decken gehüllte Indianer lauerten an den Ecken, kleine Mädchen verkauften Gemüse aus Körben, große Mädchen trugen Krüge mit Wasser und warfen den Yankees verführerische Blicke zu; Männer führten kleine, mit Holz bepackte Burros durch die Straßen. Caballeros in gestickten Jacken und Beinkleidern flanierten in die Spielhäuser, wo sie mit anderen Caballeros und aufreizend geschmückten Damen zusammentrafen. In Santa Fé bildeten die Spielhäuser die Mittelpunkte des gesellschaftlichen Lebens.

Eines Abends ging Garnet mit Oliver in die Fonda. Es war noch früh, aber das Lokal war schon von Yankees und ihren mexikanischen Freundinnen gefüllt. Auch mehrere mexikanische Männer waren da, schlürften ihren Wein oder zupften stimmungsvoll an ihren Gitarren. Florinda saß mit Mr. Bartlett und einigen anderen Händlern an einem Tisch. Sie goß den Männern die Getränke ein und unterhielt sie, aber sie selbst trank wie gewöhnlich nichts. Als Garnet und Oliver an ihrem Tisch stehenblieben, um ein bißchen zu plaudern, sagte Florinda: »Was, um alles in der Welt, muß man tun, Mr. Hale, um in Mexiko einen Schluck Wasser zu bekommen?«

Oliver besorgte ihr eine Karaffe Wasser, was in der Tat einige Schwierigkeiten machte. Die Kellner in der Fonda waren es nicht gewohnt, Wasser zu servieren. Oliver und Garnet fanden schließlich einen Platz, und Mr. Bartlett, der erst leicht angetrunken war, rückte mit seinem Stuhl zu ihnen.

Mr. Bartletts Hauptthema war Florinda. Sie sei eine großartige Frau, sagte er, wahrhaftig, sie sei die feinste Frau, die er im Leben kennengelernt habe. Sie sollten nicht böse von ihr denken, weil sie hier mit ihm zusammen sei. Es handele sich um eine junge Witwe, die einer ausgezeichneten New Yorker Familie entstamme und nur eben ein kleines Abenteuer erleben wolle. Ihre Verwandten würden natürlich entsetzt sein, wenn sie davon erführen.

Garnet und Oliver hörten Bartletts Erzählung mit ernsten und unbewegten Gesichtern zu, und Oliver versicherte, Florinda sei in der Tat eine großartige Frau, und jedermann könne an ihrem Benehmen ohne weiteres ablesen, daß sie aus sehr guter Familie komme.

»Sie hatte leider einen bösen Unfall«, fuhr Mr. Bartlett zu berichten fort. »Sie mußte ihrem schwerkranken Gatten kurz vor seinem Tode heiße Packungen machen; dabei verschüttete sie einmal ein Gefäß und verbrühte sich entsetzlich mit kochendem Wasser. Deshalb muß sie ständig Handschuhe tragen. Ich nehme an, Sie haben das schon bemerkt. Es ist schrecklich: die arme Frau! Selbstaufopferung! Ich versichere Ihnen: eine großartige Frau! Eine vornehme Frau!«

Als sie die Fonda verließen, sagte Oliver: »Unsere Freundin scheint über beträchtliche Erfahrung im Lügen zu verfügen.«

»Er wird sie wegen ihrer Hände befragt haben«, sagte Garnet, »sie mußte ihm ja irgend etwas sagen. Was immer die wirkliche Ursache ihrer schrecklichen Brandwunden sein mag, sie kann eben nicht darüber sprechen.«

»Jedenfalls versteht sie ihr Geschäft«, lachte Oliver. »Sie hat Bartlett an der Strippe und läßt ihn tanzen.«

Als Florinda am nächsten Tag mit ihrem Nähzeug erschien, sagte Garnet, ohne von den Knopflöchern, an denen sie gerade arbeitete, aufzusehen:

»Mr. Bartlett denkt sehr hoch von Ihnen, nicht wahr?«

»Ja, Darling, ich glaube schon.« Florinda begann einen Rocksaum zu heften. Sie schnitt den Faden ab und legte die Nadel in den Behälter zurück.

»Würde er wohl sehr böse sein, wenn er erführe . . .«, sie zögerte, unsicher, wie sie den angefangenen Satz beenden solle. Florinda versetzte mit einem wissenden Lächeln:

»Vermutlich würde er mich hinauswerfen, Männer von Bartletts Art habe ich früher schon kennengelernt.« Sie stand auf, kam zu Garnet herüber, beugte sich über sie und küßte sie leicht auf die Schläfe. »Machen Sie sich um Gottes willen meinetwegen keine Sorgen, mein Engel«, sagte sie. »Ich bin schon oft in meinem Leben in heiklen Situationen gewesen. Ich mache mir niemals Sorgen, solange kein Unglück geschieht.«

Sie erblickte ihr Bild im Spiegel und strich sich glättend über das Haar. Das Haar war ordentlich gekämmt, es war nichts daran zu tun, aber Florinda konnte keinen Spiegel sehen, ohne hineinzublikken. Sie betrachtete sich jedesmal mit einem solchen Entzücken an ihrer eigenen Person, daß Garnet sich verwundert fragte, wie so etwas nur möglich sei. Sie vermochte dieses Entzücken nur mit der inneren Befriedigung zu vergleichen, die jemand beim Lesen großer Dichtung oder beim Hören hervorragender Musik empfand. Florinda lächelte ihrem Spiegelbild glücklich zu und nahm ihre Arbeit wieder auf.

»Was meinen Sie, Garnet«, fragte sie, »ist dieser Saum wohl grade?«

»Ich glaube schon. Trotzdem sollten Sie den Rock anprobieren, bevor Sie ihn umnähen.«

»In Ordnung. Sie können dann begutachten, ob er richtig sitzt. Aber dann muß ich gehen. Ich muß Mr. Bartlett eine kalte Packung machen.«

»Kommt er denn immer noch in solchem Zustand nach Hause?« rief Garnet entsetzt.

»Mehr oder weniger schon. Jedenfalls hat er es gern, wenn ich zur Stelle bin, wenn er mich braucht.«

Sie probierte den Rock an, legte ihn dann wieder zusammen und verabschiedete sich.

Bald nachdem sie gegangen war, kam Oliver heim. Er sagte, er sei Florinda auf der Straße begegnet; sie sei von einem halben Dutzend angeheiterter Händler begleitet gewesen. Er goß sich eine Tasse voll Wein, setzte sich auf die Tischkante und baumelte mit den Beinen.

»Garnet«, sagte er, »da ist noch etwas, was ich dir sagen wollte – im Zusammenhang mit Florinda.«

»Du hast doch hoffentlich nichts dagegen, wenn sie mich hier besucht?« fragte Garnet bestürzt. Es war ihr zu Ohren gekommen, daß einige Händler sich überrascht gezeigt hatten, daß sie und Florinda befreundet waren.

»Oh, dagegen habe ich gar nichts«, antwortete Oliver. »Ich mag sie selber sehr gern. Ich möchte nur, daß du sie – Charles gegenüber nicht erwähnst, wenn wir auf der Ranch sind.«

Garnet bückte sich, um ein paar Fäden vom Fußboden aufzuheben. »Oliver«, sagte sie, noch auf den Knien hockend, »was ist das nun wieder mit Charles?«

»Was soll es sein: Nichts! Es ist nur so: Charles stammt von den alten Bostoner Puritanern ab.«

»Das gilt für dich doch in gleicher Weise.«

Oliver lächelte sie über den Tassenrand hinweg an. »Schon«, sagte er, »aber Charles ist selber noch ein Puritaner.«

Es war inzwischen dunkel im Zimmer. Señora Silva erschien mit einem Leuchter, und Garnet entzündete die blaue Tonlampe auf dem Tisch. Sie setzte sich auf die Wandbank.

»Willst du sagen, dein Bruder Charles sei so wie – Mr. Bartlett zu Hause in St. Louis?« fragte sie.

»Nun, ähnlich schon. Nur – Charles ist immer so.« Er wandte sich ihr zu wie ein Mann, der einem Kind eine Sache erklären will. »Hör zu, Garnet«, sagte er. »Warum sollte man Charles mit Dingen belästigen, die er nie verstehen könnte? Er würde nie begreifen, daß du eine Frau wie Florinda magst.«

»Warum?« fragte Garnet.

»Weil – o du großäugige Unschuld! –, weil du eine ehrbare

Frau bist. Frauen wie du sollten wünschen, daß Frauen wie Florinda eingesperrt würden. Und wenn ihr sie schon nicht einsperren lassen könnt, dann solltet ihr sie wenigstens ignorieren. Verstehst du das nicht?«

»O ja, wie sollte ich das nicht verstehen! Es ist ja genau das, was man mich mein Leben lang gelehrt hat. Aber dann habe ich Florinda kennengelernt, und an meinen bisherigen Ansichten über solche Dinge hat sich sehr viel geändert.«

»Schön«, sagte Oliver geduldig. »Und das ist eben der Unterschied zwischen dir und Charles. Du kannst deine Ansichten und Meinungen ändern. Charles kann das nicht. Er ist, wie er ist. Du wirst dich an ihn gewöhnen.«

Garnet dachte nach. »Oliver«, begann sie schließlich zögernd mit einem Anflug heimlicher Erbitterung; indessen, er ließ sie nicht zu Worte kommen; er fuhr fort, auf sie einzureden. »Paß auf, Garnet«, sagte er, »wenn du eines Tages nach New York zurückkommst – wirst du deiner Mutter erzählen, daß deine häufigste Besucherin in Sante Fé ein Varietéstar war, der unverheirateterweise mit einem Händler zusammenlebte?«

Garnet strich mit der Hand über den Fuß der Lampe. »Nein«, sagte sie langsam, »nein, ich glaube nicht, daß ich das tun würde. Aber –«

Sie zögerte. Sie hatte das Gefühl, hinter diesem »Aber« seien noch viele Fragen offen. Oliver mochte es leugnen, so viel er immer wollte; sie wußte jetzt: er war bange vor Charles. Noch hier, an die tausend Meilen von Kalifornien entfernt, fürchtete er sich vor einem etwaigen Mißfallen seines Bruders. Ganz so, als wäre er ein kleiner Junge und Charles sein Lehrer. Sie verstand das nicht und sie billigte es auch nicht.

Während Oliver ins Schlafzimmer ging, um sich für das Abendessen zurechtzumachen, hockte Garnet sich auf die Wandbank und dachte nach. Dieser fremde und peinliche Gedanke, der ihr schon unterwegs gekommen war, als Oliver ihr von Charles und seinem Wesen erzählte, war jetzt verstärkt wieder da. Sie versuchte ihn zu verscheuchen. Aber er war da und er blieb da, peinlich und häßlich. Es war der Gedanke, Oliver sei vielleicht nicht so stark und so furchtlos, wie er ihr erschienen war, als sie ihn heiratete. Sie wollte vor sich selbst noch nicht zugeben, daß es etwas geben könnte, wovor Oliver sich fürchtete. Und sie befahl sich schließlich selbst, nicht mehr an diese Möglichkeit zu denken.

Vierzehntes Kapitel

Sie waren nun schon zwei Wochen in Santa Fé. Es konnte jetzt nicht mehr lange dauern, bis die Mauleselkarawane aus Kalifornien eintraf. Vorher wollte Oliver noch eine Warenladung nach Taos hinaufbringen, sechzig Meilen nördlich von Santa Fé. Gemeinsam mit mehreren anderen Händlern belud er eines Tages eine größere Anzahl Packmaulesel und brach auf. Er versprach, schon in wenigen Tagen zurück zu sein.

Die Kalifornier trafen in Santa Fé ein, bevor er zurück war. Garnet saß eines Morgens aufrecht im Bett und trank die Schokolade, die ihr eines der Silvamädchen gebracht hatte, als sie von draußen Lärm und Getöse hereindringen hörte. Das Silvamädchen rief aufgeregt: »La caravana de California!« und stürzte durch die Extratür auf die Verbindungsstraße hinaus.

Garnet zog sich an, so schnell sie konnte. Sie war sehr begierig, die Männer zu sehen, mit denen sie für den Rest ihrer Reise zusammen sein würde.

Die Plaza war voller Menschen. Eine riesige Mauleselkolonne zog durch die Stadt; Männer, Frauen und Kinder schrien und winkten den Ankömmlingen begeistert zu. Und immer mehr Maulesel kamen von den Pässen herunter, bepackte und unbepackte. Schreiende Männer trieben die unbepackten Maulesel zu Herden zusammen und führten sie auf offene Weiden an den Abhängen oberhalb der Stadt; die Kolonnen der schwer bepackten Tiere trotteten mühselig zur Plaza herunter, von fremdartig anmutenden Männern geführt. Es waren ihrer so viele, daß Garnet kaum einen flüchtigen Überblick bekam.

Unter den einziehenden Händlern waren sowohl eingesessene Kalifornier als Yankees, aber die einen waren von den anderen einstweilen nicht zu unterscheiden; sie sahen samt und sonders wie Wilde aus. Sie hatten einer wie der andere kupferrot verbrannte Gesichter, zerzauste Haare und wild wuchernde Bärte; sie trugen einer wie der andere schmuddelige, zerrissene Hemden, bauschig herabfallende farblose Hosen und hohe Stiefel, an denen der Staub der Berge hing. Sie trugen ausnahmslos schwere Pistolen an der Seite, deren handgerechte Kolben aus den Halftern heraussahen. Garnet gewahrte einige Männer mit blondem Haar und rostroten Bärten; das waren vermutlich Yankees; im übrigen unterschieden sie sich nicht im geringsten von den anderen. Es war ein heilloses Gebrüll. Die

Männer schrien auf die Maulesel ein und riefen sich untereinander Bemerkungen zu; sie winkten und riefen den Leuten am Straßenrand Grüße zu; dabei lachten sie, ließen die Muskeln spielen und zeigten blitzende Zähne. Hier und da beugte sich einer der Männer aus dem Sattel herab, um nach einem hübschen Mädchen zu haschen; da und dort ertönte rauher Gesang, und obwohl alle Ankömmlinge ohne Ausnahme wilde und rauhe Gesichter hatten und wie Räuber aus-sahen, spürte man, daß sie innerlich strahlten, und Gebrüll und Ge-sang und Gelächter verschmolzen zu einer triumphalen Sinfonie: Hurra! Wir sind da! Wir haben es wieder einmal geschafft!

Garnet stand gegen die Hauswand gepreßt, um nicht von der Menge erdrückt zu werden; sie fühlte am ganzen Körper das leise Prickeln, das sie immer verspürte, wenn etwas Aufregendes geschah. Von diesen Kaliforniern ging etwas aus und erfaßte sie, das sie nicht hätte erklären können; sie hatte nur das unbestimmte Gefühl: Sie sind prachtvolle Kerle! Sie sitzen gerade und aufrecht in ihren Sätteln, sie reiten stolz und siegesgewiß über die Erde, sie erobern sich Welt-reiche und schaffen aus Wüste und Einöde bewohnbares Land. Sie war ungeheuer stolz darauf, daß es ihr beschieden war, mit diesen Männern nach Kalifornien zu gehen.

Nicht weit von sich sah sie Florinda eingekeilt in der Menge. Flo-rinda hatte ihr leuchtendes Haar unter dem Schal verborgen; aber jetzt in diesem Augenblick hätte sie das gar nicht nötig gehabt; die Menschen waren viel zu sehr mit den einziehenden Kaliforniern be-schäftigt, um auf sie zu achten. Garnet bahnte sich einen Weg an der Mauer entlang und drang zu ihr vor.

»Guten Morgen, Garnet«, rief Florinda, da sie sie gewahrte; »ist das nicht ein großartiger Zirkus?«

Dicht vor ihnen ließ ein Kalifornier eine Kette spanischer Flüche ertönen, um sein störrisches Maultier zum Weitergehen zu veran-lassen. »Oh«, lächelte Garnet, »sie sind wundervoll!«

»Wundervoll? Hölle und Teufelsbrut! Ich habe in meinem ganzen Leben keine solche Rotte von Strandräubern und Wegelagerern er-blickt. Vielleicht entpuppen sie sich als Menschen, wenn sie sich ge-waschen und gekämmt haben werden; aber ich weiß wahrhaftig nicht, ob sie so etwas tun.« Aber sie lächelte, während sie das sagte. »Pst«, flüsterte sie, »ich will lieber still sein; sie könnten verstehen, was ich sage.«

»Kommen Sie mit und frühstücken Sie mit mir«, sagte Garnet. »Señora Silva ist zwar auch irgendwo auf der Straße, aber ich denke, sie wird bald wieder da sein.« – »Oh«, antwortete Florinda, »ich käme ganz gern, aber ich wage es nicht. Mr. Bartlett ist noch nicht aufgestanden. Ich muß nach Hause und mich um ihn kümmern. Er hat sich in der letzten Nacht bis obenhin vollaufen lassen; höchstwahrscheinlich hat er einen Kopf wie eine Wassermelone. Wie ist es, werden Sie etwas später zu Hause sein?«

»Gewiß werde ich das. Oliver ist noch nicht zurück aus Taos; wo sollte ich ohne ihn hingehen?«

»Großartig! Ich komme vorbei.« Florinda spielte mit den Fransen ihres Schals. »Ich möchte nämlich etwas mit Ihnen besprechen«, sagte sie.

»Etwas Ernstes? Können Sie es hier nicht sagen?«

»Nein, nicht gut. Ich habe jetzt auch keine Zeit mehr.« Florindas Gesicht hatte sich plötzlich verschlossen, sie gab aber keine weitere Erklärung. »Ich muß da sein, bevor Bartlett aufwacht«, sagte sie, »ich sehe Sie später.«

Sie verabschiedeten sich, und Garnet ging nach Hause. Nachdem sie gefrühstückt hatte, holte sie ihr Nähzeug heraus; sie stickte einen Kragen für Florinda; damit würde sie den Vormittag über beschäftigt sein. Der Lärm der Stadt drang in ihr Zimmer; die Kalifornier schienen schon dabei, ihre Ankunft zu feiern.

Am frühen Nachmittag erschien Señora Silva mit einem Haufen frisch gewaschener Wäsche. Garnet legte ihre Stickerei beiseite und wechselte das Kleid. Sie schlüpfte in ein bedrucktes Musselinkleid mit einer roten Schleife am Hals. Nach den langen Wochen, da sie Wäsche und Kleider immer gleich ungebügelt anziehen mußte, war es ihr ein ausgesprochener Genuß, etwas anzuziehen, das direkt vom Bügeleisen kam. Da Florinda jeden Augenblick erscheinen konnte, begann sie Äpfel und Weintrauben auf einer Platte zu ordnen. Sie fragte sich, was Florinda wohl bedrücken mochte.

Sie war noch mit den Früchten beschäftigt, als es an der Tür klopfte. Aber der Besucher war nicht Florinda, sondern ein Mann, den sie noch nie gesehen hatte.

Der Fremde war wie ein mexikanischer Caballero gekleidet. Er stand, da Garnet die Tür öffnete, unterhalb der Treppe in der Sonne. Er trug eine scharlachrote, mit schwarzer Seidenborte abgesetzte Jacke, blaue Beinkleider mit Silberbiesen und hohe glänzende Stiefel aus bestem Leder mit großen silbernen Sporen. Sein breitkrempiger Hut war aus schwarzem Filz und mit einer silbernen Kordel geschmückt. Der Mann nahm, da er Garnet erblickte, den Hut ab und verbeugte sich höflich. Die Sonne glänzte auf seinem dunklen, sauber verschnittenen Haar.

»Buenos dias, Señorita«, sagte der Mann, »perdone usted esta intrusión.«

Er sprach mit verbindlicher, zurückhaltender Höflichkeit. Er stand mit dem Rücken gegen das Licht; Garnet sah, daß ihm das Haar zwischen den Augen etwas in die Stirn hineinwuchs. Er hatte ein langes Gesicht und weit ausgebuchtete Schläfen. Sein Mund war gerade, fast hart geschnitten; die schmalen Lippen zeigten nicht den Ansatz eines Lächelns; er erweckte den Eindruck, als habe er überhaupt selten gelächelt.

»Buenos dias, Señor«, erwiderte Garnet den Gruß. Sie suchte verzweifelt nach spanischen Ausdrücken, um dem Mann zu erklären, daß Oliver nicht anwesend sei. Der Fremde sagte:

»Tengo una carta para Don Olivero.«

Garnet zögerte einen Augenblick und versuchte das Gehörte still zu übersetzen: Tengo – ich habe; una carta – einen Brief; oh, sie wußte es: der Mann hatte einen Brief für Oliver.

»Gracias, Señor«, sagte sie und tastete nach Worten, um ihr Zögern zu entschuldigen: »Perdoneme, Señor. No hablo español bien. Soy americana.«

Der Mann zog, offensichtlich erstaunt, die Augenbrauen zusammen. »Sie sind Amerikanerin?« sagte er.

»Ja natürlich«, rief Garnet, froh, daß der Mann englisch sprach. »Ich spreche leider nur sehr wenig Spanisch. Ich bin erst zwei Wochen hier«

»Verzeihen Sie bitte«, sagte der Mann, immer mit der gleichen gemessenen Höflichkeit. »Ich hielt Sie versehentlich für eine der Silvatöchter. Ich hatte auch noch nichts davon gehört, daß zur Zeit amerikanische Damen in Santa Fé sind.«

Wer er nur sein mag? dachte Garnet. Florinda und sie hatten in Santa Fé so viel Aufsehen erregt, daß fast nicht anzunehmen war, daß einer der Einwohner nichts von ihrer Anwesenheit gehört haben sollte. Aber wahrscheinlich war der Fremde gar nicht aus Santa Fé; wahrscheinlich war er irgendein reicher Ranchero, der hier weilte, um Einkäufe zu tätigen. Er gab sich so unerschütterlich ernst, daß er fast peinlich wirkte, ganz im Gegensatz zu allen Mexikanern, die sie bisher kennengelernt hatte. Mexikaner schienen, ob reich oder arm, die heitersten und liebenswürdigsten Menschen auf Erden. Sie versuchte sich so herzlich und ungezwungen wie möglich zu zeigen.

»Ich werde eine Nachricht, die Sie etwa bringen, gern an Mr. Hale weitergeben«, sagte sie.

»Ich irrte mich also nicht in der Annahme, daß Mr. Hale auch in diesem Jahr wieder hier wohnt?« versetzte der Fremde.

»Nein, natürlich nicht. Aber wollen Sie nicht einen Augenblick hereinkommen?«

»Danke sehr.« Er kam die wenigen Stufen herauf; ein Sonnenstrahl fiel durch die Tür auf sein ernstes Gesicht.

Garnet wies nach der Wandbank. »Bitte«, sagte sie, »nehmen Sie Platz. Mr. Hale ist nicht zu Hause, aber ich werde ihm alles ausrichten, was Sie ihm mitteilen wollen. Wie gut, daß Sie wenigstens Englisch sprechen!«

Sie war einen Schritt zur Seite getreten, um ihn vorbeigehen zu lassen. Er wandte sich ihr zu. Die durch das Fenster hereindringende Sonne fiel gerade auf sein Gesicht. Er sagte:

»Ich bin kein Mexikaner. Entschuldigen Sie, wenn ich mich selber vorstelle. Mein Name ist John Ives. Ich bin Oliver Hale's Geschäftspartner.«

»Oh!« rief Garnet und sah ihm lachend ins Gesicht. »Wie töricht ich bin! Natürlich sind Sie kein Mexikaner. Ich habe mich durch Ihre Kleidung täuschen lassen.«

Sie kam sich ein bißchen beschämt vor: wie hatte sie den Mann nur für einen Mexikaner halten können! So lange er draußen unterhalb der Treppenstufen gestanden hatte, war ihr nicht bewußt geworden, wie groß er war. Er war ein gutes Stück größer als die Menschen, die sie hierzulande kennengelernt hatte; er hatte einen mageren und sehnigen Körper. Sie sah jetzt auch, daß sein Gesicht ebenso in eine helle und eine dunkle Hälfte aufgeteilt war wie die Gesichter aller Händler, die sich den Bart abgenommen hatten, und seine Züge waren ebensowenig mexikanisch wie ihre eigenen. Zu seinem dunklen Haar hatte er helle Augen von einem lichten Blaugrün, das an das Eis eines Sees im Winter erinnerte und auch ebenso kalt schien. Seine Gesichtszüge hatten in ihrer kantigen Härte einen beinahe steinernen Ausdruck.

Sie wurde unwillkürlich an die Gesichter der ernsten Männer erinnert, die einst das junge Amerika geschaffen und regiert hatten und deren steinerne Abbilder in den Museen standen. Sie gab sich, während sie weitersprach, Mühe, ihre Gedanken nicht durch ihre Stimme zu verraten.

»Ihren Namen kenne ich längst, Mr. Ives«, sagte sie. »Oliver hat mir oft von seinem Geschäftspartner in Los Angeles erzählt. Ich freue mich, Sie kennenzulernen. Ich bin Mrs. Hale.«

Seine grünblauen Augen verengten sich zu einem Spalt, und seine dünnen Lippen glitten vor Staunen auseinander. »Sie sind Mrs. Hale?« sagte er. Er wiederholte noch einmal, als müsse er sich vergewissern, daß er auch richtig gehört habe: »Mrs. Oliver Hale?«

»Ja – gewiß. Wundert Sie das?« Garnet näßte ihre Lippen. Sie hatte damit gerechnet, daß Olivers kalifornische Freunde überrascht sein würden, wenn sie erfuhren, daß er verheiratet sei. Aber sie hatte immerhin nicht damit gerechnet, daß die Nachricht sie entsetzen würde. Schließlich pflegten die meisten Männer irgendwann im Laufe ihres Lebens zu heiraten. Mr. Ives hatte die Sprache noch nicht wiedergefunden; er schien noch reichlich damit beschäftigt, das Gehörte zu verarbeiten. Garnet fuhr fort: »Oliver und ich haben im letzten März in New York geheiratet.«

Als sie das gesagt hatte, hatte John Ives sich schon wieder gefaßt. Sein Gesicht war undurchdringlich, kühl und beherrscht, jeder Zug von einem eisernen Willen kontrolliert. »Erlauben Sie, daß ich Ihnen meine Glückwünsche ausspreche, Mrs. Hale«, sagte er ruhig. »Wenn ich Oliver sehe, werde ich ihm zu seinem großen Glück gratulieren. Sie sagten, er sei nicht zu Hause? Würden Sie mir bitte sagen, wo ich ihn finde?«

Garnet fühlte so etwas wie einen heimlichen Stich. Irgend etwas stimmte nicht. Sie war sicher gewesen, daß die Kalifornier ihr gefallen würden; der hier gefiel ihr gar nicht. Man konnte nicht mit ihm reden; er war ein Eisblock, man hätte an seiner Statt auch mit einem Schneemann reden können. Nichtsdestoweniger blieb sie unverändert höflich.

»Es tut mir leid, Mr. Ives«, sagte sie, »aber mein Mann ist mit mehreren Wagen nach Taos gefahren. Ich erwarte ihn in ein bis zwei Tagen zurück.«

»Oh«, sagte John Ives. »In diesem Fall möchte ich Ihnen nicht länger lästig fallen. Bitte, sagen Sie Oliver, wenn er kommt, daß ich wieder bei Señor Ramos wohne. Er weiß das übrigens; ich wohne immer dort.«

Er machte eine Bewegung auf die Tür zu. Garnet hob die Hand. »Bitte«, sagte sie, »wollen Sie nicht den Brief hierlassen, den Sie für ihn haben?«

»Brief?« Er trat einen Schritt zurück und runzelte die Stirn. »Was für einen Brief?«

»Sagten Sie nicht, Sie hätten einen Brief für Oliver?«

Ives schüttelte den Kopf. »Ich wüßte nicht, daß ich von einem Brief gesprochen hätte, Mrs. Hale«, versetzte er kühl.

»Aber Sie haben es zweifellos gesagt«, versicherte Garnet. Das wurde ja immer sonderbarer. »Ich verstehe nicht sehr viel Spanisch«, sagte sie, »aber das habe ich verstanden. Sie sagten: ›Tengo una carta para Don Olivero.‹ Sie sagten das ganz deutlich.«

John Ives verzog die schmalen Lippen; es sollte wohl ein Lächeln darstellen. Es wurde kein Lächeln, weder ein freundliches noch ein unfreundliches; es war nicht mehr als eine höfliche Grimasse, wie ein Mann sie ziehen mochte, wenn er einer Dame auf der Straße das Taschentuch aufhob und zurückgab. »Verzeihen Sie, Mrs. Hale«, sagte er, »aber ich fürchte, der Irrtum ist trotzdem auf Ihre mangelnden Sprachkenntnisse zurückzuführen. Ich sagte nichts von einem Brief.«

Garnet fühlte ihre innere Gereiztheit wachsen. Der Mann hatte einen Brief für Oliver. Er hatte es klar und unmißverständlich gesagt, als er der Meinung war, eine Señorita Silva vor sich zu haben. Jetzt, nachdem er gehört hatte, sie sei Olivers Frau und Oliver sei nicht in der Stadt, behauptete er, nichts von einem Brief gesagt zu haben. Er wollte ihn ihr also nicht anvertrauen. Sie mußte sich Mühe geben, ihr Temperament im Zaum zu halten; aber es gelang ihr kaum, ihren inneren Grimm zu verbergen.

»Sie können ihn ohne Sorge hierlassen«, sagte sie ziemlich scharf, »ich pflege keine Briefe zu lesen, die nicht an mich adressiert sind.«

»Ich habe keinen Brief für Oliver, Mrs. Hale«, entgegnete Ives kurz. »Guten Abend.«

Er wandte sich wieder der Tür zu. Garnet biß sich auf die Lippen. Sie fand, dies sei der ungehobeltste Mann, der ihr je im Leben begegnet sei. Er war eben im Begriff, das Zimmer zu verlassen, als ein anderer Schatten über die Türschwelle fiel und Florindas Stimme vernehmbar wurde. »Garnet«, rief Florinda, »darf ich hereinkommen?« Sie blieb stehen und zuckte ein wenig zurück, als sie den Fremden sah. »O Pardon«, sagte sie, »ich wußte nicht, daß Sie Besuch haben.«

Florinda trug ein blaues Kleid und lange gelbe Handschuhe; sie sah reizend aus. Ihr Haar war unter einem blauen Schal verborgen. Einen Augenblick sprachen weder John Ives noch Garnet. Garnet war noch immer damit beschäftigt, ihren Zorn hinunterzuschlucken. John schien durch Florindas Schönheit in keiner Weise bewegt, er schien nur überrascht, hier noch eine Frau zu erblicken, die offenbar keine Eingeborene war. Florinda sah von einem zum anderen.

»Wenn Sie beschäftigt sind, Garnet, komme ich später wieder«, sagte sie.

»O nein, bitte, bleiben Sie«, rief Garnet; sie war froh, daß Florinda kam. Vielleicht gelang es ihr, den Eisblock da an der Tür aufzutauen. »Mrs. Grove«, sagte sie höflich, »darf ich Ihnen Mr. John Ives vorstellen.«

John verbeugte sich. »Sehr erfreut, Mrs. Grove«, sagte er.

Florinda strahlte ihn an: »Ganz meinerseits, Mr. Ives.«

»Mr. Ives ist Olivers Geschäftspartner aus Kalifornien«, erklärte Garnet. »Er ist heute morgen mit den Los-Angeles-Händlern hier angekommen.«

»Nicht möglich!« sagte Florinda, ins Zimmer tretend. Sie stellte ihr Nähkörbchen auf den Tisch und lächelte Mr. Ives an. »So eine Verwandlung ist ja beinahe nicht zu glauben, noch dazu in so kurzer Zeit. Haben Sie die ganze Pracht, die Sie da tragen, mitgebracht?«

John schenkte ihr sein kühles Lächeln. »Nein«, antwortete er. »Es gibt hier ein paar Frauen in Santa Fé, die den Winter damit verbringen, für uns zu nähen. Wenn Sie uns heute morgen gesehen haben, als wir in die Stadt einzogen, werden Sie es begreiflich finden, daß wir es eilig hatten, frische Sachen auf den Leib zu bekommen.«

Er sprach mit Florinda nicht herzlicher, als er mit Garnet gesprochen hatte; aber Florinda machte das nichts aus. Sie kannte keine Verlegenheit, wenn ein Mann in der Nähe war. Sie betastete ungeniert die schwarze Borte an seiner scharlachroten Mexikanerjacke.

»Sie scheinen gute Geschäfte zu machen«, sagte sie. »Leben Sie in Kalifornien?«

»Ja.«

»Aber Sie sind Amerikaner, nicht wahr? Wo in den Staaten sind Sie zu Hause?«

»Ich bin in Virginia geboren, Mrs. Grove.«

»In Virginia. Hübsche Gegend, habe ich mir sagen lassen. Ich war selbst nicht da.« Selbst ihr gingen jetzt die Worte aus; sie empfand die Kälte, die von dem Mann ausströmte. »Bin ich auch wirklich nicht im Wege hier?« sagte sie. »Ich kann jederzeit wiederkommen; ich sehe Garnet jeden Tag. Ich wohne nur um die – –«

Von draußen wurden Schritte und Männerstimmen vernehmbar. Irgendwer sang:

»Bläst der Staub euch in die Lungen,
Tun vom Weg die Füße weh –
Wein und Mädchen – hallo Jungen! –
Heilen euch in Santa Fé.«

Mit den letzten Worten des Songs wurde geräuschvoll an die Wand neben der Tür gepocht.

»He Oliver!« grölte eine Stimme. »Jemand zu Hause?«

John Ives zuckte kaum merkbar zusammen, aber er schien offensichtlich nicht weiter überrascht, als drei Männer zur Tür hereingestürmt kamen. Sie sprachen alle drei auf einmal:

»Heda, John! Nun seht euch das an: Zwei Mädchen auf einmal! Wie, zum Teufel, kommst du zu dem Glück? Schnell, stell uns vor! Wo steckt Oliver?«

Die drei waren offensichtlich Kalifornienhändler, prächtig anzusehen jetzt in ihren grellroten und blauen Gewändern. Augenscheinlich hatten sie sämtlich die Wirkung des Weines, von dem sie gesungen, schon erprobt. John trat einen Schritt auf sie zu.

»Eine Minute, Boys«, sagte er ruhig.

Sie stutzten ein bißchen und blickten unsicher auf Garnet und Florinda; in ihren Gesichtern stand ein verlegenes Grinsen. John sagte:

»Wenn die Damen gestatten: Sie sehen hier drei Freunde Olivers aus Los Angeles.« Er sprach so steif und konventionell, als ständen sie in einem Salon irgendwo in Virginia: »Elijah Penrose, Silky van Dorn, Texas.«

Die drei schienen sich sehr wichtig vorzukommen; sie schwollen sozusagen an. Garnet versuchte sich Namen und Gesichter einzuprägen; sie sah: Elijah Penrose war glatt rasiert, Silky van Dorn trug einen Schnurrbart und Texas einen Backenbart.

»Ich freue mich«, sagte sie, »seien Sie willkommen.«

»Ich schließe mich an«, strahlte Florinda.

Die Männer hatten die beiden Frauen unausgesetzt mit offensichtlichem Entzücken betrachtet; jetzt brachen sie in Begeisterungsrufe aus.

»Gott liebt uns, Yankees!« brüllte einer. »Sind wir nicht Glückspilze?«

Sie schienen alle drei gewillt, die jungen Frauen in die Arme zu schließen; aber John Ives schob sich mit einer unmißverständlichen Geste dazwischen.

»Bleibt, wo ihr seid, Boys«, knurrte er. Er wies mit der Hand auf Florinda: »Mrs. Grove.«

Silky van Dorn, der Mann mit dem Schnurrbart, ergriff Florindas Hand, beugte sich darüber und küßte ihren gelben Handschuh. Florinda lachte.

»Schimpfen Sie nicht, Mr. Ives«, sagte sie, »die Burschen machen mir Spaß.«

»Die andere Dame, John?« erkundigte sich der Mann, den Ives als »Texas« vorgestellt hatte.

»Falls du mich zu Wort kommen lassen willst«, sagte Ives unbewegten Gesichtes, »die andere Dame –«, er machte eine Pause, um die Wirkung seiner Worte zu unterstreichen. Dieser John konnte wie ein Eisberg wirken, aber er wußte offenbar genau, was er tat und was er wollte. Er war es gewohnt, in einem Salon zu stehen, aber er war es ebenso gewohnt, in einer Hütte zu leben; zweifellos hatte er den unverkennbaren Unterschied zwischen Garnet und Florinda längst herausgefühlt.

»Die andere Dame«, sagte er, jedes Wort betonend, »ist Mrs. Oliver Hale.«

Wieder begannen alle drei Männer auf einmal zu sprechen. Garnet vermochte nicht auseinanderzuhalten, wer was sagte:

»Mrs. Oliver Hale! – Hört euch das an, Boys! Was sagt ihr dazu? Oliver hat sich mir nichts dir nichts eine schöne Frau mitgebracht! Wo kommen Sie her, Mrs. Hale?«

Sie waren alle drei überrascht, aber sie waren nicht, wie John Ives, entsetzt. Sie lachten und sprachen durcheinander; sie fanden es großartig und scheuten sich nicht, es zu zeigen. Ha! sagten sie, nun sei ihnen klar, warum Oliver im vergangenen Jahr nach Hause gewollt habe. Ob sie schon länger heimlich verlobt gewesen seien oder ob er sie gerade erst durch irgendeinen glücklichen Zufall kennengelernt habe, wollten sie wissen. Garnet versuchte ihre Fragen zu beantworten, aber sie hörten gar nicht auf das, was sie sagte. Sie waren so glücklich, zwei Amerikanerinnen zu sehen, daß sie vor Wichtigkeit barsten. Offenbar wollten sie das Gespräch allein bestreiten. Garnet lachte nun auch. Sie waren alle drei etwas angeheitert, aber sie gefielen ihr; sie waren nette Kerle. Sie waren genauso, wie sie sich die kalifornischen Händler vorgestellt hatte. Sie ließ sie also reden und versuchte das Gesagte in ihrem Kopf unterzubringen.

Silky van Dorn verbeugte sich vor ihr mit der Hand auf dem Herzen wie ein spanischer Grande. Sie nahm seine Huldigung mit der

Miene einer Königin entgegen und hatte dabei Mühe, das Lachen zurückzuhalten.

Wahrhaftig, es war begreiflich, daß seine Freunde diesem Mann den Spitznamen Silky – Schmeichler – gegeben hatten. Er trug einen flotten, an den Enden hochgewichsten Schnurrbart, hatte kluge, dunkle Augen, eine gebogene Nase und schien bei aller Heiterkeit seines Wesens klug und nicht ohne Scharfsinn. Er sah ein bißchen aus wie der Bösewicht in einem Schauerdrama, wie einer, der spielerisch und ohne Müheaufwand Mädchenherzen erobert und wegwirft. Garnet fand, er hätte zu seinem stolzen Caballerogewand noch einen schwarzen Umhang und einen juwelengeschmückten Dolch tragen müssen. Nun, an Stelle des fehlenden Dolches trug er immerhin eine schwere Pistole, die ihm an einem Halfter an der Hüfte hing. Sie wäre in keiner Weise überrascht gewesen, wenn er jetzt ein paar Schritte zurückgetreten wäre, seinen schwarzen Schnurrbart gezwirbelt und gezischt hätte: »Ha, stolze Schöne! Jetzt bist du in meiner Macht!«

Aber vielleicht war der Zeitpunkt für diesen Auftritt noch nicht gekommen. Silky, die Hand auf dem Herzen, sagte wie der Bösewicht im ersten Akt:

»Sie können unmöglich wissen, Madam, welche Freude Sie einem aus der Heimat Verbannten durch Ihre bloße Gegenwart bereiten. Oliver ist wahrhaftig als Glücklichster unter den Sterblichen zu preisen. Die Götter zeichneten ihn aus.«

Garnet verbiß ihr Kichern und reichte ihm die Platte mit Früchten. Aber Florinda, die besser wußte, worauf es jetzt ankam, hatte bereits mit sicherem Griff zwei Flaschen von Olivers bestem Wein herausgesucht.

»Meine Herren«, sagte sie, »Oliver Hale ist nicht da, um Sie willkommen zu heißen, aber es ist sicher in seinem Sinne, daß Sie einen Schluck auf seine Gesundheit trinken. Wenn Sie mir eben mal die Tassen da vom Tischende herüberreichen wollen; ja die, Mr. Penrose, danke sehr. Nein, nehmen Sie nicht gleich alle auf einmal. Ja, setzten Sie sich ruhig auf den Tisch, das macht weiter nichts; ich werde Ihnen einschenken.«

»Scharmant, scharmant!« sagte Silky van Dorn.

Mr. Penrose sagte nichts; das Sprechen fiel ihm wohl zu schwer. Seine Augen waren glasig vom Alkohol; er glotzte Florinda bewundernd an. Garnet dachte: er scheint den Umgang mit Frauen wie Florinda nicht gewohnt zu sein. Penrose war ein Mann wie ein gro-

ßer, eckiger Block. In den mexikanischen Gewändern sah er aus wie
ein Junge, den man für eine Schulaufführung herausgeputzt hat. In
schlichter, einfacher Kleidung, einen Pflug durch Ackerfurchen zie-
hend, hätte er sicherlich in keiner Weise lächerlich gewirkt. Man
würde, ihn durch die Fenster einer Postkutsche erblickend, gedacht
haben: Tüchtiger Kerl! Ordentlicher Farmer!

Florinda goß den Wein in die Steinguttassen. Penrose nahm seine
Tasse auf, schenkte ihr aus seinen treuen Augen einen glücklichen
Blick und sagte, all seinen Mut zusammennehmend: »Ich danke Ih-
nen, Madam. Bitte, trinken Sie mit, Mrs. Grove.«

»Nennen Sie mich Florinda«, lächelte sie. »So heiße ich nämlich,
und Sie dürfen mich ruhig so anreden, wenn Sie wollen, daß wir
Freunde werden.«

Penrose strahlte.

»Oh, Madam«, stammelte er, »oh, Miß Florinda, danke sehr. Madam, danke sehr. Wo kommen Sie her, Miß Florinda? Oder ist es
unbescheiden, danach zu fragen?«

»Wieso? Aus New York. Waren sie einmal dort?«

»New York!« echote Penrose ehrfurchtsvoll. »Nein, Madam, leider. War niemals dort. Bin niemals östlicher als bis zum Missouri
gekommen. New York – großartige Stadt, schätze ich.«

»Warum nicht, Mr. Penrose. New York ist in Ordnung, sofern
man große Städte mag. Ich bin jetzt ein bißchen in das Land verliebt.
Ich bin ja auch durch Missouri gekommen. Hat mir großartig gefallen.«

»Ist das wahr? Meinen Sie das wirklich, Miß Florinda?«

Florinda saß auf dem Tisch. Penrose kam heran und setzte sich
neben sie. Es sei geradezu phantastisch, wie sie ihn an seine Schwester
erinnere, behauptete er.

Silky hob seine Tasse und brachte einen Toast auf »die blondeste
Dame unter dem Himmel« aus. John hatte sich auch eine Tasse genommen. Er stand im Hintergrund und hielt die Tasse beim Henkel.
Er sah und hörte offenbar interessiert zu, aber er beteiligte sich nicht
an dem Gespräch. Auch der »Texas« genannte Mann hielt eine Tasse
in der Hand. Er nahm einen langen Schluck und kam zu Garnet
herübergestelzt. Garnet saß auf der Wandbank und sah vergnügt
auf Florinda und ihre männlichen Gäste. Jetzt fing sie Texas' Blick
auf und hielt ihn fest. In Texas' Augen stand der Ausdruck zärtlicher
Sehnsucht, den sie während des Trecks so oft bei den Männern wahrgenommen hatte.

»Darf ich Ihnen nicht auch eine Tasse Wein einschenken, Mrs. Hale?« fragte er.

Garnet hatte gar keinen Appetit auf Wein, aber dieser Mann sah sie an wie ein Hund, und er wollte irgend etwas für sie tun; deshalb sagte sie ja. Er brachte ihr eine Tasse.

»Es ist wundervoll, wieder einmal neben einer amerikanischen Dame zu sitzen«, sagte Texas mit schmelzender Stimme.

Im Gegensatz zu den Männern, die sich den Bart abgenommen, hatte Texas den seinen behalten, aber er hatte ihn sorgfältig gestutzt und gebürstet. Auch sein Haar war geschnitten und ordentlich gekämmt. Und seine Stimme war so sanft und so einschmeichelnd wie seine Augen. Dieser Texas war ein netter Kerl.

Garnet lächelte ihm zu. »Wir werden viel Zeit haben, um miteinander bekannt zu werden«, sagte sie.

»Oh«, sagte Texas, »leider längst nicht genug. In drei Wochen gehen wir nach Kalifornien zurück, und Sie wird Oliver wieder nach Hause bringen.«

»Schweig, Texas!« rief Silky. »Erinnere uns nicht daran, daß wir diese reizenden Damen schon so bald wieder verlassen müssen. Wir wollen uns, so lange wir können, an ihrer Schönheit erfreuen.«

Garnet schüttelte lächelnd den Kopf. »Was mich angeht, irren Sie sich, meine Herren.« »Wir werden uns nicht schon so bald auf Wiedersehen sagen. Ich gehe mit Ihnen nach Kalifornien.«

»Sie gehen mit uns? Sie gehen mit nach Kalifornien? Oh, das ist wundervoll!« rief Texas begeistert.

Silky schwenkte seine Tasse und stellte fest, daß sie leer war. Er goß sich selbst wieder ein. »Das ist fürwahr eine großartige Neuigkeit«, rief er aus. »Auf gute Reise, Mrs. Hale!« Und er trank ihr zu.

Penrose hatte vermutlich nichts gehört. Er sprach angeregt auf Florinda ein. Aber John Ives hatte gehört, was Garnet sagte; er kam jetzt quer durch das Zimmer auf sie zu. Ohne Silky und Texas eines Blickes zu würdigen, sah er sie an. Seine Augen sahen aus wie grünliche Eiskristalle.

»Habe ich richtig gehört, Mrs. Hale?« fragte er mit einer leisen, fast tonlosen Stimme. »Sagten Sie, Oliver würde Sie mit nach Kalifornien nehmen?«

»Ja gewiß«, antwortete Garnet, seinen Blick erwidernd. Es wurde ihr wieder unbehaglich zumute. »Wir werden den Winter auf der Ranch seines Bruders Charles verbringen«, setzte sie hinzu.

»In der Tat«, sagte John. Weiter äußerte er sich nicht.

Texas lächelte glücklich und strich sich den Bart. »Sie sind so hübsch und so entzückend, Mrs. Hale, daß ich allein daraus schloß, Oliver würde Sie wieder in die Zivilisation zurückbringen«, sagte er. »Es ist großartig, daß ich mich irrte und daß Sie mit uns gehen werden. Wir werden alles in unseren Kräften Stehende tun, Ihnen die Fahrt zu erleichtern. Wie ist's: Wollen wir das, Boys?«

»Aber ja!« rief Silky, völlig aus dem Häuschen. »Sie können sich gar nicht denken, Madam, wie glücklich wir sind, in Ihrer Gesellschaft nach Kalifornien gehen zu dürfen.«

John Ives sah gar nicht aus, als ob er froh wäre. Seine eiskalten Augen glitten über Garnet hin. Er sah aus wie ein Mann, der an Dinge denkt, über die er nicht sprechen kann oder will. Dafür waren die anderen strahlender Laune; sie sprachen jetzt wieder alle auf einmal, so daß es Garnet schwer wurde, herauszuhören, was der einzelne sagte. Sie tranken und schwätzten und fühlten sich wohl in ihrer Haut. John Ives schien sich gar nicht wohl zu fühlen. Garnet fragte mit deutlichem Unterton:

»Warum sollte ich nicht mit nach Kalifornien gehen, Mr. Ives?«

»Sie hörten, was Texas sagte, Mrs. Hale. Es ist eine harte Reise.«

Aber es war klar: dies war der Grund nicht, weshalb er sie nicht gern nach Kalifornien ziehen sah. Sie wußte es. Was immer John denken mochte, es war etwas, woran die anderen nicht dachten, es war sehr wahrscheinlich etwas, von dem sie nicht einmal etwas wußten. Garnet erhob sich.

»Warum sehen Sie es nicht gern, daß ich nach Kalifornien gehe, Mr. Ives?« fragte sie geradezu.

Sie sprach leise, aber so deutlich und klar, daß er sie trotz des im Zimmer herrschenden Lärms verstehen mußte. Ives sagte:

»Ich habe nicht gesagt, daß ich es nicht gern sähe, wenn Sie nach Kalifornien gehen. Glauben Sie mir bitte, daß ich nicht im geringsten die Absicht habe, Ihre Pläne zu durchkreuzen.«

Er wandte sich ab und ging zur Wand hinüber, wo die Weinflaschen standen. Garnets Augen folgten ihm. John Ives kam ihr in dieser Atmosphäre leichten Frohsinns vor wie ein Eiszapfen an einem warmen Sommertag. Er sah zu ihr herüber und fragte:

»Darf ich Ihre Tasse noch einmal füllen, Mrs. Hale?«

»Nein«, sagte Garnet, »danke.«

Er sagte nichts mehr. Die anderen schenkten ihm keinerlei Aufmerksamkeit. Penrose gab sich die erdenklichste Mühe, Florinda zu fesseln, und er mußte sich anstrengen, denn inzwischen mühte sich auch Silky um die blonde Schönheit.

»Bitte nennen Sie mir noch einmal Ihren Namen, blonde Göttin«, sagte Silky.

»Florinda. Florinda Grove.« Sie strahlte ihn an. Florinda war Mr. Bartlett so treu, als wäre sie seit zwanzig Jahren mit ihm verheiratet, aber sie konnte nicht mit Männern in einem Raum sein, ohne mit ihnen zu flirten.

»Florinda Grove«, wiederholte Silky. Er zwirbelte mit Daumen und Zeigefinger die Spitzen seines Schnurrbartes hoch. »Ich erinnere mich nicht an den Namen«, sagte er. »Aber ich habe das Gefühl, ich hätte schon einmal irgendwo die Ehre gehabt, Ihre Bekanntschaft zu machen.«

Garnet erschrak. Aber Florinda schüttelte nur lachend den Kopf.

»Sie verwechseln mich mit irgend jemand, Mr. van Dorn«, sagte sie. »Ich könnte mir nicht denken, wo wir uns kennengelernt haben sollten. Ich war noch nie in Kalifornien.«

Silky runzelte die Stirn; er strich noch immer an seinem Schnurrbart herum. Und er glich so sehr dem Bösewicht eines Schauerdramas auf einer Provinzbühne, dessen Aufgabe es war, einfache Mädchen zu verführen, daß Garnet unwillkürlich wieder lachen mußte. Denn Florinda war durchaus kein einfaches Mädchen; sie wußte mit Männern umzugehen.

»Aber vielleicht in New York, wie?« sagte Silky. »Sprachen Sie vorhin nicht von New York?«

»Freilich«, versetzte Florinda. »Ich bin dort geboren. Aber ich war lange nicht mehr da.«

»Ich auch nicht«, sagte Silky. »Aber ich bin auch dort geboren. Es ist kein Zweifel: Ich muß Sie in New York gesehen haben.«

Florindas blaue Augen sahen ihn vorwurfsvoll an. »Nicht gerade sehr schmeichelhaft für mich, daß Sie mich dann so bald schon vergessen haben«, sagte sie.

»Oh, ich habe Sie nicht vergessen«, versicherte er. »Welcher Mann könnte wohl ein Wesen wie Sie vergessen! Dagegen kann es einem Mann sehr wohl passieren, daß er von einer Frau so bezaubert und hingerissen ist, daß er Ort und Stunde darüber vergißt.«

»Nun«, kicherte Florinda, »ich jedenfalls könnte einen Mann, der mir so entzückende Dinge sagt, gewiß nicht vergessen. Es muß also wohl eine andere gewesen sein, der Sie irgendwann in New York Ihre Komplimente gemacht haben.« Sie zwinkerte mit den Augen und wandte sich dann Mr. Penrose zu, der sie bewundernd anstarrte und jetzt versuchte, einen Arm um sie zu legen. Sie gab ihm einen leichten Klaps auf den Arm. »Versuchen Sie sich zu benehmen, Mr. Penrose«, sagte sie, »ich glaube, wir kennen uns noch nicht gut genug.«

Silky grinste über die Penrose erteilte Abfuhr, aber er schien noch immer verwirrt und unsicher. »Haben Sie vielleicht einmal in irgendeinem New Yorker Spielhaus die Karten ausgegeben?« fragte er schließlich.

»Wahrhaftig nicht«, sagte Florinda. »Hier, Mr. Penrose, nehmen Sie die Tasse und halten Sie sie mit beiden Händen fest; ich werde Ihnen Wein einschenken. Mit beiden Händen sagte ich, Mr. Penrose.«

John Ives maß Florinda mit aufmerksamen Blicken; offenbar dachte er darüber nach, wie er sich die Anwesenheit dieser blonden Person in Garnets Quartier erklären solle. Garnet war nahe daran, ihm zu sagen, er solle sich um seine eigenen Angelegenheiten kümmern, als er quer durch den Raum auf sie zukam.

»Ich werde Ihnen die Burschen vom Halse schaffen, Mrs. Hale«, sagte er leise, »sie fangen an lästig zu werden.«

»Mich stören sie nicht«, versetzte Garnet; aber Ives hatte sich bereits umgedreht. Seine kühle, nüchterne Stimme zerschnitt das fröhliche Geplapper.

»Für heut ist's genug, Boys«, sagte er, »laßt uns jetzt gehen!«

Heftige Protestrufe antworteten ihm. Die Boys wollten durchaus noch nicht gehen. Mr. Penrose bat Florinda um einen Kuß. »Schluß, Penrose«, sagte Ives kurz angebunden, »wir gehen jetzt.«

Florinda versetzte Penrose einen kleinen Stoß und glitt vom Tisch herab. »Geht jetzt, Boys«, sagte sie. »Ich denke, wir sind gute Freunde; aber von der Freundschaft zum Küssen ist noch ein kleiner Weg.«

»Vorwärts, raus jetzt!« sagte John Ives.

Sie schickten sich an, zu gehorchen, wenn auch widerstrebend. Ives genoß bei ihnen offensichtlich großen Respekt. »Mrs. Hale ist es sicherlich nicht gewohnt, während der Abwesenheit ihres Mannes so ausgedehnten Herrenbesuch zu empfangen«, sagte er. »Verabschiedet euch jetzt und macht, daß ihr fortkommt!«

Alle drei gingen nun zur Tür, wo sie sich noch einmal mit übertriebener Höflichkeit verbeugten. Silky van Dorn sagte: »Sie schicken drei zerbrochene Herzen fort, meine Damen.«

Garnet lachte, und Florinda winkte ihnen fröhlich mit der Hand. Kaum waren die drei auf der Straße, da begannen sie schon wieder zu singen.

Fünfzehntes Kapitel

John ging nicht gleich. Er schloß die Tür hinter den Abgehenden und sagte:

»Ich hoffe, daß die Burschen Sie nicht gar zu sehr störten, Mrs. Hale. Ich werde sehen, daß ich sie zur Fonda bringe. An Ihrer Stelle würde ich die Tür für den Rest des Abends verriegeln.«

Er verbeugte sich und wollte nun gleichfalls das Zimmer verlassen. Florinda hielt ihn zurück. »Sie heißen John mit Vornamen?« fragte sie.

»Ja, Mrs. Grove.«

»Ausgezeichnet, Johnny. Wie wäre es, wenn Sie mich nach Hause begleiteten? Santa Fé scheint heute ein bißchen kopfzustehen.«

»Selbstverständlich, Mrs. Grove«, entgegnete Ives. »Wenn Sie sich noch einen Augenblick gedulden würden. Ich möchte die drei erst sicher zur Fonda bringen, dann komme ich sofort zurück. Guten Abend, Mrs. Hale.«

»Guten Abend«, sagte Garnet.

Ives verließ das Zimmer, und Florinda verriegelte, seinem Rat folgend, hinter ihm die Tür. Sie dreht sich ein paarmal um sich selbst und stieß einen Pfiff aus. »Uff! Das war wie in alten Zeiten«, kicherte sie. »Sagen Sie, Garnet, wer ist Ihr zartfühlender Freund?«

Garnet setzte sich auf die Wandbank. »John Ives?« fragte sie. »Ich weiß nichts von ihm, außer was ich Ihnen schon sagte. Er ist Olivers Geschäftspartner.«

»Er sieht aus, als hätte seine Mutter ihn in einem Sarg statt in einer Wiege geschaukelt. Aber die anderen sind nette Burschen; finden Sie nicht?«

»Doch, sie gefielen mir.« Garnets Stirn zog sich in Falten. »Florinda«, flüsterte sie, »dieser Mann, dieser John Ives will nicht, daß ich nach Kalifornien gehe.«

»Was heißt das? Warum nicht?«

»Ich weiß es nicht. Ich weiß nur, daß er es nicht will.« Garnet sammelte die Tassen zusammen und stellte sie zurecht, damit Señora

Silva sie mitnehmen konnte, wenn sie das Abendessen brachte. Sie wechselte das Thema. »Hat Mr. van Dorn Sie nicht erschreckt?« fragte sie.

»Wer? Der Theaterbösewicht?« Florinda zwirbelte einen imaginären Schnurrbart. »Nicht übermäßig«, sagte sie.

»Wo mag er Sie gesehen haben?«

»Im ›Schmuckkasten‹ wahrscheinlich. Er meinte ja, es sei in New York gewesen.«

»Was werden Sie ihm sagen?«

»Gar nichts natürlich. Sie hörten doch, was ich sagte.«

»Haben Sie keine Angst?«

»Ich war einen Augenblick bange, als er von einem Spielhaus redete. Aber ich habe ihn dann gefragt, wie lange er nicht in New York war; er sagte: vier Jahre. Also kann er in der bewußten Nacht nicht in der ›Alhambra‹ gewesen sein. Das war im letzten August; es ist noch kein Jahr her.«

Sie langte sich einen Apfel von der Platte.

»Er hat Sie unentwegt angesehen«, sagte Garnet. »Ganz offensichtlich hat er fortgesetzt darüber nachgedacht, wo er Sie gesehen haben könnte.«

»Falls er mich im ›Schmuckkasten‹ gesehen haben sollte, hat er kaum auf mein Gesicht geachtet.« Florinda machte es sich auf der Wandbank bequem; sie verschränkte die Arme hinter dem Kopf und lehnte sich gegen die Kissen, an ihrem Apfel kauend. Nach einer Weile sagte sie, ohne den Kopf zu wenden: »Mir macht augenblicklich etwas anderes Sorgen, Garnet.«

»Was? Kann ich Ihnen helfen?«

»Nein, das können Sie nicht. Und ich weiß nicht recht, ob ich überhaupt davon sprechen sollte. Aber ich hätte es mir ganz gern von der Seele geredet.«

Garnet fühlte einen leichten Schreck. »Sagen Sie nicht, Mr. Bartlett sei Ihrer überdrüssig geworden«, flüsterte sie.

»O nein, ganz im Gegenteil.« Florinda legte das Kerngehäuse des Apfels auf ein Tellerchen und prüfte einen Fleck auf ihrem Handschuh. »Er ist aus dem Häuschen vor Liebe. Er will mich heiraten.«

»Nein!«

Garnet begann unwillkürlich zu lachen. Florinda wandte ihr den Kopf zu und lächelte sie an.

»Stellen Sie sich vor«, sagte sie, »ist es nicht lächerlich?«

»Ich habe nie etwas so Absurdes gehört. Dieser ungehobelte Patron! Er hält sich für klug und bedeutend genug. Dieser Bauer und Sie!«

Florinda beschäftigte sich immer noch mit ihrem Handschuh. »Ja, Liebe«, sagte sie trocken, »ich. Die größte Attraktion, die jemals auf einer Varietébühne stand.«

»Weiß er denn, wer Sie sind?«

»Natürlich nicht. Er gedenkt die ehrbare junge Dame zu heiraten, die durch einen Helden wie ihn von ihrer hohen Warte herabgezogen wurde. Die Trauung soll stattfinden, sobald wir die Grenze überschritten haben, noch bevor wir nach St. Louis kommen. Er meint, auf diese Weise würde nie jemand erfahren, daß wir noch nicht verheiratet waren, als wir zusammen nach Westen gingen. Wir werden, so denkt er, glücklich zusammen leben in einem weißen Häuschen mit Plüschmöbeln drin, mit Wachsblumen unter der Glasglocke auf dem Kamin und einem Brustbild vom Großpapa an der Wand. Er will fortan den Santa-Fé-Handel fahrenlassen und das ganze Jahr hindurch als solider und nüchterner Geschäftsmann leben. Ich werde einem Damenkomitee angehören und Nachmittagstees veranstalten, um Wäsche für ein Waisenhaus zu nähen. Sie haben ganz recht: Es ist fürchterlich komisch. Aber ich weiß trotzdem nicht, ob ich lachen soll. Ich komme mir selber ein bißchen erbärmlich vor.«

Florinda hatte das alles sehr trocken und nüchtern gesagt. Bei ihren letzten Worten hatte Garnet Mühe, das Lachen zu verbeißen. Sie sagte:

»Aber warum nur, Florinda? Sie hatten nicht gedacht, daß er sich ernsthaft in Sie verlieben würde?«

»Großer Gott, nein.« Florinda setzte sich auf. »Es ist meine Schuld, Garnet«, sagte sie, »verstehen Sie das nicht? Oh, Hölle und Frikassee! Ich habe schon früher erlebt, daß Männer meinetwegen sentimentale Anwandlungen bekamen. Es hat mir weiter kein Kopfzerbrechen verursacht. Ich lachte darüber und sagte: ›Wenn Sie sich nicht Ihrem Alter entsprechend benehmen können, gehen Sie besser heim zu Mama.‹ Schließlich wußten sie ja, mit wem sie es zu tun hatten, und es war ihr eigener Fehler, wenn sie mich nicht so hinnahmen, wie ich war. Aber diesmal – Sie wissen ja, wie es anfing: das Witwenkleid und der ganze Schwindel. Er war stolz darauf, eine großartige Eroberung gemacht zu haben. Und ich spielte mit ihm. Ich versetzte ihn in den Glauben, er habe das gebrochene Herz einer trauernden Witwe geheilt. Jetzt hat sich das Blatt gewendet, und was ich anstellte, wendet sich nun gegen mich selbst. Er liebt mich wie ein Jüngling seine erste Liebe. Was um alles in der Welt soll ich nun tun?«

»Können Sie nicht einfach sagen, Sie liebten ihn nicht?«

»O Garnet, Sie sind noch so unschuldig.«

»Ja«, sagte Garnet, »ich glaube, das bin ich.«

»Er ist überzeugt davon, daß ich ihn liebe«, sagte Florinda. »Ich liebe ihn so sehr, daß ich meine ›gute Erziehung‹ und mein ›ehrenhaftes Leben‹ seinetwegen vergaß und alle Skrupel überwand. Das ist seine Überzeugung. Wenn ich also in seiner Meinung eine anständige Frau bin, die sich aus Liebe an ihn verschenkte, warum sollte ich dann nicht froh und glücklich sein, daß er mich auch nach außen hin wieder zu einer anständigen Frau machen will?«

»Warum wollen Sie ihm nicht die Wahrheit sagen?«

Florinda lachte nervös: »Wie denken Sie sich das? Soll ich dem stolzen Helden achthundert Meilen von der amerikanischen Grenze entfernt sagen, daß ich ihn zum Narren gehalten habe?«

»Ja, du lieber Himmel, Florinda, er kann Sie doch schließlich nicht allein hier zurücklassen.«

Florinda lächelte überlegen. »Hören Sie zu, Darling«, sagte sie, »ich bin nicht so gut erzogen wie Sie, aber ich kenne die Männer. Vor allem Männer wie Mr. Bartlett.«

Sie stand auf und trat vor den Spiegel. Sie löste die seidene Schleife an ihrem Halsausschnitt und knüpfte sie neu. »Mr. Bartlett nimmt sich selber sehr ernst«, sagte sie. »Er meint, sehr klug gehandelt zu haben, indem er in St. Louis seinen guten Ruf aufrechterhielt, während er sich hier draußen wie ein welterfahrener Sünder benahm. Wenn er jetzt feststellen würde, daß ich mir einen Spaß mit ihm erlaubte – nein, danke sehr!«

»Was also wollen Sie tun?« fragte Garnet.

Florinda trommelte mit den Fingern gegen den Rahmen des Spiegels. »Ich wollte, ich könnte mit nach Kalifornien gehen«, sagte sie.

»Wahrhaftig, das wollte ich auch. Ich werde Sie schrecklich vermissen.«

»Ich könnte das zweifellos fertigbringen«, sagte Florinda. »Für den Fall, daß es mir nicht gelingen sollte, möchte ich beten, daß Silky van Dorn sich nicht an mich erinnert. Dann gehe ich mit Mr. Bartlett nach Missouri zurück, indem ich scheinbar auf seine Heiratswünsche eingehe.« Sie stieß einen langen Seufzer aus. »Aber was ich auch tun werde, Garnet«, fuhr sie fort, »früher oder später werde ich Bartlett doch sagen, daß ich ihn zum Narren gehalten habe. Ich weiß noch nicht, wie ich dann mit ihm fertig werde. Denn, wie ich schon sagte, Mr. Bartlett läuft sozusagen in einem rosaroten Nebel umher. Und ich bin eine Küchenschabe.«

»Das sind Sie nicht«, sagte Garnet ruhig.

Florinda schüttelte den Kopf. »Vielleicht verstehen Sie noch immer nicht, Darling«, sagte sie.

»O ja, ich verstehe. Ich verstehe sogar sehr gut. Kommen Sie her, Florinda.«

Florinda kam herübergeschlendert und setzte sich zu ihr auf die Wandbank.

»Florinda Grove«, sagte Garnet, »warum benehmen Sie sich nicht auch Ihrem Alter entsprechend?«

Florinda sah sie verdutzt an. Garnet fuhr fort:

»Offenbar hatte Mr. Bartlett nicht das geringste Mitleid mit der ›unschuldigen jungen Witwe‹, die er verführte.«

»Mein Gott!« flüsterte Florinda. »Das ist mir nie in den Sinn gekommen.«

»Nein«, sagte Garnet, »aber mir kam dieser Gedanke schon am ersten Tag, als Sie mir erzählten, wie Sie ihn auf dem Schiff getroffen haben. Vielleicht«, fuhr sie mit einem schüchternen Lächeln fort, »sah ich die Sache so, weil ich ja schließlich selbst eine Frau der Art bin, die Sie zu sein vorgaben. Ich fand, Sie hätten sehr klug daran getan, so zu handeln, wie Sie es taten. Aber ich fand gleichzeitig, Sie hätten diese Rolle gar nicht spielen können, wenn dieser Mr. Bartlett auch nur über einen Funken anständiger Gesinnung verfügte.«

Florinda beugte sich vor und stemmte die Ellbogen auf die Tischplatte. Sie stieß dabei ihren Nähkorb beiseite, ohne ihn anzusehen.

»Garnet«, sagte sie, »ich glaube, ich verstehe noch nicht ganz. Drücken Sie sich etwas deutlicher aus.«

»Nun«, rief Garnet, »dieser ehrenwerte Mr. Bartlett mußte sich doch sagen, daß er eine ehrbare junge Dame aus dem Kreis ihrer Freunde und Verwandten herausriß. Er mußte sich sagen, daß er mit dem, was er tat, sehr wahrscheinlich das Leben dieser jungen Dame ruinierte. Denn zweifellos hatte er zu der Zeit doch die Absicht, Sie nach Beendigung seiner Reise zu verlassen. Er mußte wissen, daß die junge Witwe, die er zu seiner Geliebten machte, nie wieder zu ihrer Familie zurückkehren konnte, wenn diese erfuhr, was sie getan hatte. In diesen Dingen weiß ich ziemlich gut Bescheid, liebe Florinda. Ich habe dann und wann mit anhören müssen, wie die Leute über ein Mädchen sprachen, das – nun, sagen wir: Unglück hatte. Man bemitleidet es, selbstverständlich, man sagt, das arme junge Ding war zu unschuldig, es wußte nicht, was es tat; aber man spricht ebenso selbstverständlich kein Wort mehr mit ihr. Sie ist ›in Schande gefallen‹ und damit für die Gesellschaft erledigt. Es kommt nicht selten vor, daß so ein bedauernswertes Geschöpf keinen Ausweg mehr sieht und Selbstmord begeht.«

Garnet schwieg, einigermaßen außer Atem. In Florindas Gesicht stand ein Ausdruck sprachloser Verblüffung.

Garnet atmete einmal tief und fuhr fort: »Wenn Mr. Bartlett ein hübsches Mädchen haben wollte, das ihm dazu verhalf, einen vergnüglichen Sommer zu verbringen, warum vergewisserte er sich nicht, bevor er die Reise antrat, ob sie sich auch klar darüber war, was sie tat. Ob sie auch wußte, wohin sie nach Beendigung der Reise gehen konnte? Er dachte gar nicht daran, es interessierte ihn nicht. Er machte bedenkenlos eine ihm unbekannte junge Dame, die er für ein anständiges behütetes Wesen halten mußte, zu seiner Freundin. Er war des Glaubens, sie liebe ihn und verschenke sich aus Liebe, ohne sich klarzumachen, was dieser Schritt sie eines Tages kosten würde.«

Florinda starrte Garnet aus weit aufgerissenen Augen an. »O Garnet«, stammelte sie, »dieser Mistkäfer!«

Sie keuchte das so unschuldig heraus, daß Garnet beinahe wieder in Lachen ausgebrochen wäre. »Ist Ihnen so etwas früher nie passiert?« fragte sie.

Florinda schüttelte den Kopf. »Nein, wahrhaftig nicht. Ich habe Theaterstücke gesehen, in denen sich ein Mädchen ins Wasser stürzte, weil sie von irgendeinem vornehmen Stadtherrn ein Kind kriegte. Aber das war Theater. Ich wäre nie auf den Gedanken gekommen, so etwas könnte sich im Leben zutragen. Mein Gott – so ein Schwein! So ein psalmensingender Halunke!«

»Das ist er«, sagte Garnet überzeugt. »Und wenn er Sie nun wirklich liebt und Sie lachen ihn aus, dann geschieht ihm recht. Dann hat er sich in seiner eigenen Schlinge gefangen.«

Florinda stand wieder auf. Sie ging um den Tisch herum und sah Garnet an. Ihre schöngeschwungenen Lippen waren jetzt hart verkniffen, in ihrem Gesicht stand ein Ausdruck so kalter Wut, daß es Garnet unwillkürlich fror. Florinda sagte:

»Er ist nicht besser als der Schuft, der meine Mutter heiratete und dann sitzenließ.«

Garnet sah schweigend zu Boden. Sie hatte Florinda nicht an das Unglück ihrer Mutter erinnern wollen.

»Garnet«, sagte Florinda, »ich liebe die Männer. Ich liebe sie sehr. Aber Männer dieser Art verabscheue ich. O Teufel . . .«, sie brach ab. »Lassen Sie mich nicht noch einmal davon anfangen.« Sie schob den Kummer ihrer Mutter und das Elend ihrer eigenen Kindheit mit einer Handbewegung beiseite und begann zu lachen. »O Garnet!« rief sie. »Sie haben das immer gedacht. Sie haben nur gewartet, bis ich von selbst mit dem Kerl fertig wäre. O Darling, wie habe ich nur jemals ohne Sie leben können! Wenn ich jetzt daran denke, in welcher heimlichen Angst und Sorge ich in den letzten Tagen gelebt habe! Ich danke Ihnen, Garnet, ich danke Ihnen.«

Sie ergriff mit beiden Händen die Tischkante und setzte sich mit einem Schwung auf den Tisch. Ihren Nähkorb heranziehend, sagte sie: »Es ist zu spät, um jetzt noch etwas anzufangen. Dieser John Ives kann jeden Augenblick kommen, um mich nach Hause zu bringen. Was meinen Sie, Garnet, ich denke, wir nähen ein paar Metallknöpfe vorn an das Kleid.«

»O ja«, sagte Garnet, »ich habe sehr schöne gesehen; Mr. Reynolds hatte welche ausgestellt.«

»Da müßte ich sie bezahlen«, sagte Florinda. »Bartlett hat hübsche Knöpfe. Ich sah sie gestern. Aber da hatte ich ihm gegenüber noch ein schlechtes Gewissen, deshalb ließ ich sie liegen.«

Garnet unterdrückte ein Lächeln. Sie wußte schon lange, daß Florinda nur eine vornehme Geste gemacht hatte, als sie in New Orleans darauf bestand, ihre Reise selbst zu bezahlen, und als sie ihr die Smaragdohrringe zurückließ. Florinda gab nur sehr ungern Geld aus.

»Und nun wollen Sie Mr. Bartletts Knöpfe also nehmen?« fragte sie.

»Ja, gewiß. Warum nicht? Er hat ja gesagt, ich könne alles haben, was ich wollte. Ein schlechtes Gewissen ihm gegenüber habe ich nicht mehr. – Ob das John Ives ist?« Es hatte in diesem Augenblick an die Tür geklopft.

Garnet öffnete; John Ives stand vor der Tür. Er fragte ruhig und höflich, ob Mrs. Grove jetzt bereit sei, mit ihm nach Hause zu gehen. Florinda ergriff ihr Nähkörbchen und sprang vom Tisch herab. Ives machte Garnet eine Verbeugung, Florinda verabschiedete sich herzlich und folgte ihm.

Garnet schloß hinter den beiden die Tür. Während sie mit Florinda redete, hatte sie nicht mehr an John Ives gedacht; jetzt kam die Unruhe wieder über sie. Dieser Mann war ganz offensichtlich entsetzt gewesen, als er hörte, Oliver sei mit ihr verheiratet; er war noch entsetzter gewesen, als er hörte, sie wolle mit nach Kalifornien gehen. Sie wünschte sehnlichst, Oliver möchte aus Taos zurückkommen.

Draußen gingen John und Florinda die menschenüberfüllte Straße entlang. Händler aus Kalifornien und USA bevölkerten mit ihren Mädchen die Plaza und veranstalteten ein lärmendes Treiben. Florinda wurde hier und da von Männern angerufen, aber niemand versuchte sich ihr zu nähern; es war ganz offensichtlich, daß John Ives überall in respektvollem Ansehen stand. John Ives und sie hatten noch kein Wort miteinander gesprochen, als sie an der Fonda vorbeikamen. Jetzt sagte John:

»Wo wohnen Sie, Mrs. Grove?«

»Dort in der Nebenstraße. Ich bin mit Mr. Bartlett hier. Ich nehme an, Sie kennen ihn.«

»Bartlett aus St. Louis? Ja, gewiß, ich kenne ihn. Ich habe ihn noch vor ein paar Minuten in der Fonda gesehen.«

»Das ist der Ort, wo man ihn in der Regel sieht. Noch zwei Häuser weiter. Hier ist es.«

John faßte an seinen Hut mit der Silberkordel. Als er sich mit einer kurzen Verbeugung verabschieden wollte, legte sie ihm die Hand auf den Arm. Die kleine Seitenstraße lag nahezu verlassen.

»Eine Minute, Johnny«, sagte sie. »Ich hätte gern noch ein paar Worte mit Ihnen gesprochen.«

»Bitte«, versetzte John Ives knapp.

»Was ist Ihr Freund Silky van Dorn für ein Mensch?«

»Ich glaube, er war so etwas wie ein berufsmäßiger Spieler in New York. Danach hat er wohl eine Zeitlang auf Mississippi-Dampfschiffen gespielt. Jetzt spielt er mit – Mauleseln.«

»Ich verstehe.« Florinda lächelte gedankenvoll. »Ein Berufsspieler! Es überrascht mich nicht sehr. Ich kenne den Typ. Haben Sie gehört, wie er sagte, er glaube mich schon irgendwo gesehen zu haben?«

»Ja«, sagte John Ives, »ich hörte es.« Ein dünnes Lächeln spielte um seine schmalen Lippen. »Soll ich ihm einen Wink geben, daß er solche Äußerungen zukünftig unterläßt? Ist es das, was Sie mir sagen wollten?«

»Ja, das wollte ich. Nur darum bat ich Sie, mich nach Hause zu bringen. Aber« – der Anflug eines boshaften Lächelns spielte auf ihrem Gesicht – »seitdem habe ich meine Meinung geändert. Da ist ein Gedanke in meinem Kopf; er sticht wie eine Haarnadel.« Sie zeichnete mit der Spitze ihres Schuhes Figuren in den Sand. »Ich muß das noch gut überlegen. Sagen Sie einstweilen gar nichts zu Silky.«

»Wie Sie wünschen.«

»Danke.«

»War das alles, was Sie mir sagen wollten?«

»Nicht ganz. Ich hätte ganz gern noch von etwas anderem gesprochen. Es geht mich eigentlich nichts an, aber trotzdem . . .«

»Sprechen Sie immerhin.«

»Sie haben da etwas zu Garnet gesagt . . .«

»Garnet?«

»Mrs. Hale.«

»O ja.«

Florinda sah die Straße entlang; es war kein Mensch in der Nähe. Sie sah Ives an.

»Sie erweckten in ihr den Eindruck, daß Sie es nicht gern sähen, wenn sie nach Kalifornien ginge.«

»Tat ich das?«

»Ja, das taten Sie gewiß. Mindestens empfand sie es so. Sie sagte es mir.« Florinda machte eine Pause; da er sich indessen nicht äußerte, fuhr sie fort: »Gibt es da irgendeinen Grund, der es Ihnen besser erscheinen läßt, wenn sie nicht geht?«

»Ich weiß von keinem Grund dieser Art«, sagte John; »warum sollte Mrs. Hale nicht tun und lassen können, was sie will?«

»Und das ist alles, was Sie mir sagen wollen?«

Seine eisgrünen Augen sahen sie an. »Ja«, sagte er, »das ist alles.«

»In Ordnung!« sagte Florinda. »Aber sprechen Sie dann auch bitte nicht mehr darüber. Und, hören Sie, Johnny: Wenn es da irgendwelche Schwierigkeiten für Garnet geben sollte – helfen Sie ihr ein bißchen. Wollen Sie? Sie ist die großartigste Person, die ich im Leben kennengelernt habe. Und sie ist mit einem Mann verheiratet, von dem ich irgendwie den Eindruck habe, er sei – nicht gut genug für sie. Vielleicht tue ich ihm damit Unrecht; ich hoffe, ich irre mich. Doch ich bin ziemlich herumgekommen in der Welt, und ich pflege Menschen im allgemeinen schnell richtig einzuschätzen. Ich habe ja auch Sie schnell erkannt. Ich bin überzeugt, Sie stehen ziemlich fest auf Ihren Beinen, wenn es stürmt, und für den Fall, daß Garnet einmal einen wirklichen Freund nötig haben sollte, wären Sie sicherlich der richtige Mann, und ich wüßte Sie sehr gern an ihrer Seite.«

John lächelte leicht. »Wenn Sie mich schon erkannt haben, Mrs. Grove«, sagte er, »dann werden Sie vielleicht bemerkt haben, daß ich mich lieber auf meine eigenen Angelegenheiten beschränke.«

»Tun Sie das wirklich? Ich tue es nicht. Wenigstens nicht immer. Aber gut, ich denke, wir werden uns wiedersehen. Vorläufig schönen Dank.« Sie lachte ihn an.

»Ich werde mich jederzeit freuen«, sagte John Ives. »Auf Wiedersehen.«

Florinda ging ins Haus. John setzte den Hut auf und ging durch die lärmerfüllten Straßen seinem eigenen Logis zu.

Sechzehntes Kapitel

Silky und Penrose waren schon am nächsten Tag wieder bei Garnet. Aber jetzt waren sie nüchtern und ziemlich verlegen; sie kamen, um sich bei ihr zu entschuldigen, weil sie sich unter dem Einfluß des Alkohols in ihrer Gegenwart gehenließen. Sie versicherten beide, daß sie sehr wohl wüßten, wie sie sich einer Dame gegenüber zu benehmen hätten. Sie hätten ja nicht ahnen können, daß sie statt Olivers dessen scharmante junge Frau im Hause der Silvas antreffen würden. Hoffentlich hätten sie nicht gar zuviel Unsinn geredet. Wenn aber doch, bäten sie höflichst, es ihnen zu verzeihen.

Der größte Teil dieser feierlichen Ansprache wurde durch Silky bestritten. Mr. Penrose vermochte nicht so gewandt mit Worten umzugehen, aber er strahlte Garnet an und versicherte immer wieder, daß Mr. van Dorn ganz in seinem Sinne rede. Beide hatten sie ihre Geschenke mitgebracht: Penrose ein Jade-Halsband und Silky ein Stück geblümter Atlasseide. Sie sagten, daß sie die Dinge von Yankee-Schiffen in San Diego gekauft hätten; sie stammten direkt aus China.

Garnet dankte ihnen herzlich und versicherte ihnen, daß sie sich durch ihr Benehmen am Vortage nicht im geringsten verletzt gefühlt habe. Im Gegenteil, sie habe sie beide sehr nett und sehr liebenswürdig gefunden.

John Ives und Texas ließen sich nicht mehr sehen, und zu ihrer

Überraschung kam auch Florinda nicht mehr zu ihr herüber. Sie sah sie an den folgenden Tagen mehrmals auf der Straße, inmitten einer Gruppe von Männern, die in die Fonda oder in eins der Spielkasinos gingen. Mr. Bartlett war jedesmal unter den Männern. Er hielt besitzstolz ihren Arm und war offensichtlich glücklich, den anderen gegenüber mit ihr prunken zu können. Die Männer grüßten Garnet mit gezogenen Hüten, und Florinda winkte ihr fröhlich zu. Was für Zukunftspläne immer sie hegen mochte, sie schien sich dieserhalb jedenfalls keinerlei Sorgen zu machen.

Eine Woche nach dem Eintreffen des Kalifornientrecks kam Oliver aus Taos zurück. Er war ausgezeichneter Laune. Sie hatten eine gute Fahrt gehabt und gute Geschäfte gemacht; nun war er begierig, die Maulesel zu sehen, die John Ives aus Kalifornien gebracht hatte. Garnet fragte ihn, nachdem er in seinem Warenlager nach dem Rechten gesehen und dann seine Kleider gewechselt hatte: »Wie war es nur möglich, daß du einen Mann wie Ives zu deinem Partner machtest? Er ist so völlig anders als du.«

Oliver schnürte seine Schuhe zu. »Meine Liebe«, antwortete er, »John gibt für mich den realen Hintergrund ab. Ich bin selber wohl zu sehr in das Leben verliebt, um ein richtiger Geschäftsmann zu sein. Es fällt mir manchmal ein bißchen schwer, das Geld zusammenzuhalten. Ives aber denkt an nichts anderes als an Geld.«

»Er war offensichtlich entsetzt, als er hörte, du seiest verheiratet«, sagte Garnet. »Und er erschrak geradezu, als ich sagte, ich würde mit dir nach Kalifornien gehen.«

»Es wird eine harte Reise«, versetzte Oliver. »Und du siehst aus, als gehörtest du in einen blühenden Garten unter den Sonnenschirm. John kann ja nicht gut wissen, was du für Nerven hast und was du alles kannst.«

»Meinst du, das sei der einzige Grund für sein Entsetzen gewesen?« fragte sie zweifelnd.

»Selbstverständlich«, sagte Oliver, »und du darfst ihn deshalb nicht tadeln.« Er steckte die Schnürsenkel fest und sah auf. »Du mußt dir darüber klar sein, daß wir nicht durch ein Zauberland reisen, in dem Rosen blühen«, fuhr er fort. »Du wirst ziemlich rauh leben müssen. Das Essen wird dir nicht immer schmecken, und tagelang wirst du nur tassenkopfweise Wasser bekommen können. Ich weiß, du wirst damit fertig werden. Es wird dir bei deiner Liebe zum Abenteuer vielleicht sogar Spaß machen. Aber du kannst nicht erwarten, daß John das weiß.«

»Ich glaube, er hatte einen Brief für dich«, sagte Garnet.

»Oh, hatte er? Von Charles?«

»Ich weiß es nicht. Er wollte ihn mir nicht geben.« Sie erzählte ihm nun, daß John sie auf spanisch angeredet und hinterher geleugnet hatte, von einem Brief gesprochen zu haben.

Oliver lachte. »Das ist der ganze John«, sagte er. »Er traut keinem Menschen. Wahrscheinlich hat er einen Brief von Charles, in dem dieser mir mitteilt, was während meiner Abwesenheit auf der Ranch vorgegangen ist. Natürlich weiß ich, daß du einen Brief an mich nicht lesen würdest. Aber John ist sicherlich überzeugt, daß du der Versuchung, ihn zu lesen, nicht widerstehen könntest und wissen wolltest, ob er nicht doch vielleicht von einem Mädchen kommt.« Er wühlte ihr mit den Fingern im Haar und küßte sie. »Ich gehe jetzt ins Geschäft«, sagte er; »bis zum Dunkelwerden bin ich zurück.«

Garnet begleitete ihn vor die Tür und sah ihm nach. Auf der Straße war ziemlicher Betrieb. Die Straßen in Santa Fé waren zu jeder Tageszeit interessant. Die Menschen gingen unter Wolken von Tabaksqualm. Die Eingesessenen, Männer wie Frauen und hier und da sogar Kinder, rauchten ständig. Sie schleppten Tabaksbeutel und Päckchen mit dünnem braunem Papier mit sich herum und drehten sich selbst kleine Röllchen, die sie Cigaritos nannten. Die Damen der oberen Klassen pflegten die Cigaritos mit kleinen goldenen Zangen zu halten und zum Munde zu führen, um keine nikotingelben Finger zu bekommen. Überall, wo Menschen auf der Straße gingen oder in kleinen Gruppen beieinander standen, wirbelten kleine Rauchwölkchen über ihren Köpfen.

Garnet sah Florinda in Begleitung von Bartlett, Silky, Penrose und einigen anderen Männern die Straße herunterkommen. Sie lachten und sprachen alle durcheinander; sie schienen sämtlich ausgezeichneter Laune. Sie kamen heran; die Männer verbeugten sich höflich, und Florinda blieb bei Garnet stehen.

»Einen Augenblick, Mr. Bartlett«, rief sie dem trinkfesten Diakon zu, »ich möchte Garnet mal eben die schönen Silberknöpfe zeigen, die Sie mir gaben. Ich bin gleich wieder da!«

»Geh nur, meine Liebe, ich habe durchaus nichts dagegen«, sagte Mr. Bartlett. Er lächelte Garnet zu; wie gewöhnlich strömte er eine Wolke von Alkoholdunst aus. Offenbar war er selig, daß Florinda von einer jungen Dame wie Mrs. Hale akzeptiert wurde. Garnet zog Florinda ins Haus.

»Sehen Sie sich die Knöpfe an, es sind echt silberne«, sagte Florinda. »Bartlett meinte, wenn ich Metallknöpfe ans Kleid nähen wollte, dann müßten es auch echte sein. Er ist großzügig wie immer.«

»Lassen Sie die Knöpfe lieber hier«, sagte Garnet. »Sie könnten sie auf der Straße verlieren.«

»Oh, Sie haben recht. Behalten Sie sie; ich hole sie mir, wenn ich sie brauche.« Sie schloß die Tür und dämpfte ihre Stimme etwas. »Garnet«, sagte sie, »wollen Sie heute abend in die Fonda kommen? Es könnte da ganz amüsant werden.«

Garnet sah sie an. »Florinda«, sagte sie, »was geht in Ihrem Kopf vor? Sie haben sich seit einer Woche nicht mehr bei mir sehen lassen.«

»Oh, ich war sehr beschäftigt, Darling, ich habe dazu beigetragen, den Ruf von Santa Fé zu heben. Jetzt gehe ich besser. Die Herren wollen Monte spielen.« Sie öffnete die Tür; Bartlett wartete draußen. Garnet begleitete sie bis zur Hauptstraße. Während sie noch da stand und den Fortgehenden nachsah, hörte sie jemand rufen: »He, John!«

Einen Augenblick später gewahrte sie Mr. Ives, der offenbar auf dem Weg zu Olivers Lagerhaus war. Sie hatte ein unbehagliches Gefühl bei dem Gedanken, daß die beiden Männer jetzt von ihr sprechen würden.

Ich bin töricht, dachte sie, während sie ins Haus zurückging. Oliver hatte nicht die geringste Unruhe gezeigt, und er wußte zweifellos mehr über John Ives als sie. Sie hatte während des langen Prärietrecks so viele neue Erfahrungen gesammelt, daß ihre Unruhe schließlich begreiflich war. Sie nahm ihren Nähkorb zur Hand und machte sich an die Arbeit.

Als Oliver am Abend aus dem Geschäft zurückkam, war ihm keinerlei innere Besorgnis anzumerken. Er erzählte ihr, daß John Ives prachtvolle Maulesel und eine Menge ausgezeichneter Waren gebracht habe, die er an die Missouri-Händler zu verkaufen gedenke. Er selbst habe in Taos vor allem Decken gekauft. Weitere Decken gedachte er von den indianischen Webern rund um Santa Fé zu bekommen. Alles in allem versprach die Reise ein gutes Geschäft zu werden. Einstweilen gab es noch viel Arbeit, aber Oliver war mit dem Gang der Dinge sehr zufrieden. Er brachte einen tüchtigen Appetit mit.

»Hatte John Ives einen Brief für dich?« fragte Garnet.

»Wieso? Nein, er hatte keinen Brief.« Oliver goß sich Waschwasser in das Becken.

»Ich frage mich, was er dann gesagt haben könnte, als er mich zum erstenmal auf spanisch ansprach«, sagte Garnet.

Oliver wusch sich das Gesicht. »Ich habe ihn danach gefragt«, sagte er prustend. »Er behauptete, sich genau an seine Worte erinnern: erinnnern: ›Ist Mr. Hale zugegen? Ich hätte ihn gern gesprochen‹ oder so ähnlich. Einen Augenblick, Garnet, ich habe Seife in den Mund bekommen.«

Nun gut! dachte Garnet; vielleicht habe ich ihn wirklich falsch verstanden. Sie fühlte sich erleichtert, da sie Oliver so ruhig sah.

Während Señora Silva das Abendessen servierte, sprach Oliver mit Garnet über den bevorstehenden Kalifornientreck. Es waren noch mancherlei Vorbereitungen zu treffen; viele unterwegs unentbehrliche Gegenstände mußten angeschafft werden. »Du wirst, solange wir noch hier sind, nicht mehr sehr viel von mir zu sehen bekommen«, sagte er, »ich hoffe, du wirst das begreifen.«

»Oh, selbstverständlich«, sagte Garnet, »das dachte ich mir schon.«

Oliver lächelte sie zärtlich an. Señora Silva verstand kein englisches Wort; sie konnten deshalb in ihrer Anwesenheit völlig ungeniert sprechen. »Garnet«, sagte Oliver, »liebst du mich noch?«

»Du«, sagte sie, »du weißt wohl, wie sehr ich dich liebe.«

Señora Silva räumte die Teller ab und brachte den Ziegenkäse, der in der Regel die Mahlzeit beschloß. Oliver schwieg einen Augenblick, dann sagte er mit einem etwas hilflosen Lächeln: »Weißt du, daß ich nicht gut genug für dich bin, Garnet? Ich bin es wirklich nicht.«

»Welcher Unsinn!« sagte Garnet. »Seit ich mit dir verheiratet bin, habe ich mehr glückliche Stunden erlebt als in meinem ganzen vorherigen Leben. Da fällt mir etwas ein: Können wir heute abend zusammen in die Fonda gehen?«

Sie erzählte ihm, daß Florinda ihr gesagt habe, Mr. Bartlett wolle sie heiraten. Sie wisse nicht, was in der Fonda vor sich gehen werde, aber sie möchte gern hingehen; Florinda habe einige Andeutungen gemacht.

Oliver lächelte, augenscheinlich amüsiert. »Sie würde gut daran tun, vorsichtig zu sein«, sagte er. »Bartlett könnte verteufelt unangenehm werden, wenn er erfährt, wer sie ist.«

Garnet blieb keine Zeit mehr, ihm zu erklären, was sie Florinda gesagt hatte. Es drängte sie, zur Fonda zu kommen. Florinda führte irgend etwas im Schilde.

Die Fonda war bis zum Bersten gefüllt. Tabaksqualm hing dick in der Luft, und es herrschte ein höllischer Lärm. Florinda war schon da; sie saß zwischen Bartlett und rund einem Dutzend amerikanischer Händler. Sie war der Mittelpunkt dieses Kreises und schien die um sie versammelten Männer ausgezeichnet zu unterhalten. Ihre Hauptbeschäftigung bestand darin, fortgesetzt die geleerten Gläser zu füllen. Sie winkte Oliver und Garnet fröhlich zu, als sie den Raum betraten. Die Männer machten Garnet übertriebene Verbeugungen. Oliver sah sich um und fand schließlich einen Platz. Ein Kellner erschien und brachte ihnen eine Flasche Wein.

Florinda saß nicht sehr weit von ihnen entfernt. Mr. Penrose hockte vor ihr auf dem Tisch, zupfte an einer Gitarre und sang Schlagertexte. Obleich er bereits leicht angetrunken war, sang und spielte er ausgezeichnet. Garnet hörte Florinda sagen:

»Ausgeschlossen, Mr. van Dorn, Sie trinken das selbst; mir schmeckt es nicht. Singen Sie weiter, Mr. Penrose, es macht mir Spaß, Ihnen zuzuhören. Wie? Selbstverständlich erinnere ich mich an den Song. Den habe ich schon in der Wiege gehört.«

Sie setzte sich mit einem Schwung neben ihn auf den Tisch und sang den Text mit:

> *»Meine Wangen sind rosig, sagst du?*
> *Lieber Freund, das kommt daher, weißt du –*
> *Daß ich träumte von dir in der Nacht.«*

»Nun«, lachte sie, »ist es richtig? Selbstverständlich ist es richtig. Jedermann kennt das Lied; es ist tausend Jahre alt. Singen Sie jetzt weiter. Ich muß sehen, wie es Mr. Bartlett geht. Er braucht einen Whisky, ich seh' es ihm an. Bitte sehr, Mr. Bartlett, eine ganze Flasche. Ausschließlich für Sie.«

Mr. Bartlett schwankte hin und her und war selig. Florinda füllte seine Tasse und lachte geschmeichelt über irgendein Kompliment, das er ihr mit schwerer Zunge zugeflüstert hatte.

Garnet sah sich um. Sie erblickte Texas, der allein an einem Tisch saß, eine Tasse und eine Flasche vor sich. Er trank so ruhig und gelassen, als handele es sich um ein ernsthaftes Geschäft. John Ives kam zwischen den Tischreihen heran. Auch er hielt eine Tasse am Henkel; aber sie war leer, und er schien völlig nüchtern. Er kam zu Oliver an den Tisch und grüßte Garnet mit ruhiger Höflichkeit.

»Darf ich einen Augenblick stören«, sagte er und nahm ein Papier aus der Tasche, das er Oliver reichte. »Es sind die Verkaufszahlen für das Mauleselgeschäft.«

»Ausgezeichnet«, sagte Oliver, das Papier flüchtig überfliegend, »setz dich.«

Er rückte etwas näher an Garnet heran, und Ives ließ sich an der anderen Tischseite nieder. Gleich darauf war er mit Oliver in ein angeregtes Gespräch verwickelt. Oliver war nur hier, um Garnet eine Freude zu machen; er fand, Florinda sei ein ganz reizvolles, unterhaltsames Geschöpf, aber er interessierte sich nicht sehr für ihren ferneren Lebensweg. Im Augenblick sprach er mit Ives über das Grammagras, das hierzulande Mesquite genannt wurde und draußen in der Prärie wuchs. Aus der Höhe dieses Grases ließen sich Rückschlüsse auf die Wasserverhältnisse ziehen. Garnet hörte eine Weile zu, aber der Gegenstand interessierte sie nicht sehr; sie verstand zuwenig davon. Sie sah deshalb wieder zu Florinda hinüber, die vollauf mit ihren zahlreichen Bewunderern beschäftigt war. Mr. Penrose suchte verzweifelt nach einer bestimmten Melodie; er summte unentwegt vor sich hin.

Florinda versuchte ihm behilflich zu sein; schließlich sagte sie lachend:

»Man sollte meinen, Sie seien mit Kolumbus herübergekommen; so alt sind die Lieder, die Sie immer singen. Sie waren zu lange aus der Welt. Ich werde Ihnen ein paar neue Lieder vorsingen. Aber erst muß mir jemand ein großes Glas Wasser bringen. Meine Kehle ist trocken wie ein Knochen, der in der Sonne lag.«

»Florinda kennt alle Lieder«, sagte Mr. Bartlett, mit den Armen fuchtelnd. »Sie hat hundert Lieder im Kopf, tausend Lieder im Kopf, jedes einzelne Wort. Großartig! Phantastische Frau, sage ich Ihnen!«

»Zeigen Sie Ihren Kragen her, Mr. Bartlett«, sagte Florinda, »wie sehen Sie wieder aus! Wahrhaftiger Gott, wie ein Landstreicher! Ich mag nicht, daß die ganze Stadt darüber redet, wie schlecht ich für Sie sorge.«

Mr. Bartlett wandte sich ihr zu und ließ sich den Kragen glattstreichen. Ihre Fürsorge schien ihm sehr zu gefallen; er grunzte vor Seligkeit. Silky van Dorn trat vor Florinda hin und sah sie aus leicht vernebelten Augen an.

»Wo, zum Teufel, habe ich Sie gesehen?« sagte er. »Eine Frau wie Sie vergißt man doch nicht.«

Florinda strahlte ihn aus ihren blauen Augen an. »Denken Sie mal scharf nach«, sagte sie. »Erinnern Sie sich immer noch nicht?«

»Nein, noch nicht. Es ist unbegreiflich. Aber es dauert nicht mehr lange. Ich kann nichts anderes mehr denken. So ein Gesicht! Und solch goldenes Haar!«

»Es denkt gar nicht daran, golden zu sein«, lachte Florinda. »Es ist flachsfarben. Nahezu weiß.«

»Jedenfalls ist es einmalig. Und es fällt mir ein. Es fällt mir ganz bestimmt ein. Ich habe Sie gesehen.«

Sie schenkte ihm ein schmachtendes Lächeln. »Eines Tages werde ich es Ihnen sagen«, flüsterte sie.

»Sie wissen es?« rief er. »Oh, ich sehe es Ihnen an: Sie wissen es!«

»Wie? Natürlich weiß ich es. Aber Sie haben mein Selbstbewußtsein verletzt, weil Sie sich nicht mehr erinnerten. An eine Frau wie mich erinnert man sich. Deshalb ließ ich Sie zappeln. Lassen Sie die Flasche stehen, Mr. van Dorn, sie gehört Mr. Penrose. Ich muß sie für ihn verwahren, während er auf der Jagd ist, um mir einen Schluck Wasser zu besorgen. Das hier ist Ihre Flasche.«

Oliver wandte sich Garnet zu. »Was denkst du?« sagte er. »Florinda wird sich doch nicht selbst bloßstellen wollen?«

Garnet zuckte die Achseln. »Ich weiß es nicht. Es ist da einiges geschehen. Ich habe noch keine Zeit gefunden, es dir zu erzählen. Mr. van Dorn glaubt sich von New York her an sie zu erinnern.«

»Sie würde wahrhaftig besser vorsichtig sein«, sagte Oliver noch einmal.

Garnet warf Florinda prüfende Blicke zu; sie fühlte sich unbehaglich. Florinda schien aufmerksam auf etwas zu lauschen, was Bartlett ihr zuflüsterte. In diesem Augenblick erhob sich Texas von seiner Bank im Hintergrund und rief: »Ich bin nie in New York gewesen. Ich komme aus Texas. Republik Texas!« Er setzte sich wieder und stützte mürrischen Gesichts das Kinn in die Hand.

Oliver schüttelte lachend den Kopf. John Ives wandte sich Garnet zu. »Sie brauchen Texas' wegen nicht beunruhigt zu sein«, sagte er. »Texas ist absolut harmlos.«

Mr. Penrose kam an ihrem Tisch vorübergeschwankt. Er hielt seine Gitarre unter dem Arm geklemmt und trug mit beiden Händen eine Karaffe mit Wasser. Vor Garnet blieb er stehen.

»Mrs. Hale«, sagte er, »bitte, seien Sie Texas nicht böse. Texas ist ein großartiger Kerl. Er ist absolut in Ordnung.«

Garnet lächelte ein bißchen verwirrt. »Aber ja«, sagte sie, »ich bin überzeugt, daß er ordentlich ist.«

Mr. Penroses flaches, viereckiges Gesicht zog sich in würdig ernste Falten. »Sehen Sie, Madam«, sagte er, »Texas kann nicht trinken wie andere Leute. Er rührt wochenlang keinen Tropfen Alkohol an, und dann sitzt er da und trinkt. Er verträgt dann nichts. Aber er belästigt nie jemand, wenn er betrunken ist. Er sitzt still für sich allein und betrinkt sich.«

»Ich sehe es«, sagte Garnet, obgleich sie gar nichts sah. Sie begriff auch nicht, was Penrose da sagte. Sie hatte immer gemeint, Männer betränken sich, weil sie Spaß daran hätten. Sie konnte sich nicht denken, warum ein Mann sich allein in die Ecke setzte und trank, nur um sich zu betrinken.

Mr. Penrose schwankte weiter und lieferte seine Wasserkaraffe ab. Florinda dankte ihm mit einem bezaubernden Lächeln. Sie setzte die Karaffe an den Mund und tat einen langen Schluck. Penrose setzte sich wieder neben sie auf den Tisch und begann an der Gitarre zu zupfen.

Florinda rückte etwas näher an ihn heran. »Hören Sie mit den albernen Melodien auf!« sagte sie. »Ich werde Ihnen jetzt ein paar neue Lieder beibringen, die man in New York singt. Hören Sie zu!« Sie begann eine Melodie ohne Worte zu summen. Mr. Penrose sah sie bewundernd an; er war offensichtlich selig, daß diese wundervolle Frau aus New York ihm so viel Aufmerksamkeit schenkte. Er versuchte die Melodie nachzusummen, aber er wurde nicht fertig damit.

»Schweres Lied«, sagte er, »schweres Lied, Miß Florinda.«

»Allerdings«, sagte Florinda. »Schwierig zu singen und schwierig zu spielen. Es gibt nicht viele Leute, die es richtig singen können.«

»Sie können es sicher«, sagte Mr. Penrose.

»Selbstverständlich kann ich es. Ich kann es sogar ohne Musik singen. Wollen Sie es hören?«

»Ja, Madam. Bitte, Madam. Singen Sie es. Es ist wundervoll, wenn Sie singen.«

»Auch das ist wahrscheinlich richtig. Kommen Sie her, Mr. van Dorn, ich glaube nicht, daß Sie mich jemals singen gehört haben.«

»Florinda singt großartig«, grölte Mr. Bartlett, »es ist ein Genuß, ihr zuzuhören.«

Silky van Dorn goß sich die Tasse voll Whisky. »Ich bin überzeugt, sie kann tun, was sie will, sie ist immer großartig«, sagte er.

»Gut, Mr. van Dorn«, sagte Florinda, »das höre ich gern. Mr. Penrose, versuchen Sie mich mit der Gitarre zu begleiten.«

Florinda überblickte die Versammlung. Sie sah reizend aus. Das Lampenlicht drang durch die Nebelwolken des Tabaksqualmes auf ihr schimmerndes Haar und vergoldete es. Die Männer rückten näher heran. Florinda sah Silky gerade ins Gesicht und begann zu singen. Ihre Stimme war hell und klar; sie zeugte von ausgelassener Fröhlichkeit. Sie sang:

> *»Welcher Aufruhr, welch Getümmel!*
> *Seht im Hafen das Gewimmel!*
> *Und dazwischen ein Geliebter,*
> *Mein Matrose von der See.*
> *Mein Matrose liebt die Wogen,*
> *Die sein Klipper stolz durchzogen.*
> *Seht, da kommt er angeflogen,*
> *Krank vor Glück und Liebesweh.*
> *Er bringt mir Silberschuhe, oh,*
> *Er bringt mit einen Schal,*
> *Ein Halsband ganz aus Perlen, oh,*
> *Einen Fächer für den Ball.*
> *Nie würdest du es glauben, oh,*
> *Was er mir alles bringt.*
> *Das Schönste ist das Liebeslied,*
> *Das er zur Nacht mir singt.«*

Mit dem Einsetzen ihrer Stimme hatte sich der Lärm im Raum gelegt. Die Männer hatten ihre Gespräche abgebrochen und hörten fasziniert zu. Silky van Dorn tat einen Schritt auf sie zu. Florinda sang weiter. Der Rhythmus ihres Singens beschleunigte sich, gleichwohl blieb jede einzelne Silbe verständlich; sie hatte die Melodie völlig in der Gewalt und sang keine Note falsch. Das Lied war nicht einfach zu singen, und außerdem wurde es mit einer geschulten Vortragskunst dargeboten, die ein Amateur nie zustande gebracht hätte. Florinda hatte keine besonders große Stimme, aber sie beherrschte die Technik; sie wußte ihr Stimmaterial richtig einzusetzen. Und man sah, daß sie Freude an ihrem eigenen Gesang hatte.

Garnet, selber ganz im Bann der silberhellen Stimme, hörte Oliver neben sich sagen: »Diese kleine Närrin! Sie macht ihnen wahrhaftig klar, wo sie herkommt!« Von allen Seiten wurden jetzt Rufe der Begeisterung laut. Florinda tat, als höre sie sie gar nicht. Sie sang:

>*Ist dein Matrose auf der See,*
  Bist du ihm aus dem Sinn.
  Und trotzdem bringt Matrosenlieb'
  Dir seligen Gewinn.«

»Hölle und Teufel!« schrie Silky van Dorn. Er schlug mit der Faust
auf den Tisch, daß der Whisky aus seiner Tasse spritzte. Florinda
brachte ihr Kleid in Sicherheit. Jetzt wollten alle anderen Männer
wissen, was Silky so erregte. Silky, keineswegs nüchtern und offenbar selig, sein Gedächtnis wieder in der Kontrolle zu haben, brüllte:
»Bartlett, du verdammter Narr, warum hast du mir das nicht gesagt?
Wie hast du das fertiggebracht? Mein Gott, wie konnte ich das Weib
nur vergessen! Wie konnte die erste Kabarettsängerin New Yorks
mir aus dem Kopf kommen! Und Sie da«, er wies mit dem Finger
auf Florinda, »Sie großartige blonde Betrügerin, warum haben Sie
mich zum Narren gemacht? Weiß der Teufel, sie hat sich einen Spaß
mit mir erlaubt!«

Jetzt setzte ein derartiger Lärm ein, daß Garnet keine Einzelheit
mehr verstand. Sie hörte Oliver fragen:

»Weiß sie eigentlich, was sie da anstellt?«

»Ja«, sagte Garnet, »sie weiß es.« Sie vermochte die Augen nicht
von Florinda zu lösen, die über die allgemeine Aufregung, die sie
verursacht hatte, erheitert schien. »Laß sie«, sagte Garnet, »sie macht
höchstwahrscheinlich eine Dummheit, aber sie will sie machen.«

Florinda machte keinen Versuch, den Lärm zu durchdringen. Jeder andere im Raum schien etwas zu sagen zu haben. Die Männer
wollten wissen, was Silky meinte, und Silky versuchte es ihnen begreiflich zu machen. Er vergaß seine theatralischen Gesten; die Worte
sprudelten aus ihm heraus. Mr. Bartlett begriff offenbar noch nicht,
was da vor sich ging. Er suchte zu verstehen, wovon da geredet
wurde; seine Blicke gingen unsicher zwischen Silky und Florinda
hin und her. Florinda selbst saß immer noch auf der Tischkante;
sie schaukelte mit den Beinen und lachte vor sich hin.

»Ist das vielleicht kein Witz!« schrie Silky. »Hat hier vielleicht
jedermann außer mir gewußt, wer sie ist? Bin ich der einzige verdammte Narr in Santa Fé, der es nicht wußte? Du hast aber damals
nicht Florinda geheißen, Süße. Warum hast du deinen Namen geändert?«

Mr. Bartlett, der allmählich zu begreifen schien, worum es ging,
schrie in den Tumult hinein: »Sie hat geheiratet, da hat sie natürlich

den Namen geändert. Sie ist Witwe. Eine Dame! Eine untadelige Dame!« Er fuchtelte mit den Armen. »Verlor im letzten Winter ihren Gatten.«

»Halt den Mund, Bartlett, du hast getrunken. Du weißt nicht, was du schwätzt«, sagte Silky van Dorn. »Eine Witwe! Das ist ja zum Lachen. Zum Totlachen ist das ja.«

»Du bist betrunken«, schrie Bartlett.

»Ich, betrunken? Ha! Ich habe gerade so viel getrunken, um klarsehen zu können. Warum hat mir eigentlich keiner gesagt, wer sie ist?«

Florinda langte nach ihm und legte ihm eine Hand auf den Arm. Wenn Florinda verstanden werden wollte, konnte sie so deutlich und akzentuiert sprechen, daß kein Wort verlorenging. Das hatte sie jahrelang geübt. »Sei still, Silky«, sagte sie. »Niemand hat es gewußt. Es war ein Geheimnis.«

»Wie? Wollen Sie sagen – Bartlett, willst du behaupten, du hättest das die ganze Zeit für dich behalten? Menschenskind, wenn ich die Charline vom ›Schmuckkasten‹ gehabt hätte – großer Gott, es ist nicht auszudenken. Und du willst mir einreden, du hättest sie bis hierher nach Santa Fé geschleppt und es keinem erzählt? Dann bist du ein eigennütziger Schuft, Bartlett. Wahrhaftig, das bist du!« Silky maß den Diakon mit einem durchbohrenden Blick und brach dann in lautes Gelächter aus. »Mensch!« keuchte er. »Eigentlich bist du großartig. Das hätte ich dir nicht zugetraut. Wie hast du das bloß gemacht? Eine Frau, auf welche die vornehmsten Kavaliere von der Battery bis zum Washington Square an der Bühnentür warteten, und ausgerechnet du . . .«; Silky kippte einen Drink und verschluckte sich. »Menschenskind!« stöhnte er.

Alle Männer im Raum sahen mit einer völlig neuen Hochachtung auf Bartlett. Der Diakon blinzelte völlig verwirrt in den Tabaksqualm. Fast alle Männer hatten sich um Silky und Florinda geschart, begierig, mehr zu erfahren. Auch Oliver und John Ives waren aufgestanden. »Was, um alles in der Welt, ist da los?« fragte John. Selbst Texas saß gerade aufgerichtet vor seinem Tisch und murmelte irgend etwas vor sich hin, was niemand verstand. Oliver ergriff Garnets Arm.

»Es wäre besser, du ließest dich jetzt von mir nach Hause bringen«, sagte er.

»Nein, nein.« Garnet schüttelte heftig den Kopf. »Wir müssen noch bleiben. Sie könnte Hilfe brauchen.«

Silky redete. Bartlett, betrunken, unsicher und völlig verwirrt, gestikulierte fahrig und versuchte vergeblich, zusammenhängend zu sprechen. Florinda griff wieder nach Silkys Arm und sagte mit einer Stimme, die in einem Theater auf den obersten Rängen verstanden worden wäre:

»Er wußte es doch auch nicht, Silky. Er hatte keine Ahnung, wer ich bin. Er war so ein süßer Bauerntölpel. Ich fand es furchtbar spaßig, zu sehen, wie lange er sich von mir wohl zum Narren halten ließe.«

Silky stieß ein brüllendes Lachen aus, die anderen stimmten in das Gelächter ein. Sie sahen auf Florinda und von Florinda auf Bartlett, und je mehr sie die Zusammenhänge begriffen, um so ausgelassener wurden sie. Florinda sagte:

»Nehmen Sie sich ihrer an, Silky. Erzählen Sie es ihnen.«

Silky war schon dabei:

»– – und stellt euch das vor: Ich war schließlich nur ein kleiner Berufsspieler von Park Row, aber ich wollte sie kennenlernen. ›Hört‹, sagte ich, ›was muß man tun, um sie zu gewinnen?‹ – ›Schenk ihr ein Diamantenkollier‹, sagten sie zu mir, ›hänge ihr einen Zobelpelz um die Schultern; das ist das mindeste, darunter ist nichts zu machen. Schließlich rutscht die ganze Bleeker Street vor ihr auf den Knien; was sollte sie mit einem Bettler von der Park Row anfangen! Was kannst du ihr denn schon bieten, du . . .‹«

Garnet sah Mr. Bartlett an. Mr. Bartlett war betrunken. Aber er war immerhin nicht so betrunken, um nicht zu merken, was da geschah. Er fühlte, daß die ganze Rotte über ihn lachte, daß er der Gegenstand ihrer hemmungslosen Fröhlichkeit war. Sein Gesicht verlor plötzlich die Farbe; es wurde kalkweiß. Und dann begann es ebenso plötzlich rot anzulaufen. Garnet krampfte die Hand um Olivers Arm. »Oliver«, flüsterte sie, »geh hinüber. Stell dich in ihre Nähe. Sie wird dich brauchen.«

Oliver wußte nicht recht, ob er lachen oder ob er sich ärgern sollte. Er fand, Florinda habe den Skandal selber entfesselt; sie hätte sich sagen können, was sie anrichten würde. Aber er sah Garnets Augen und nickte. »Komm, John«, sagte er, »wollen hinübergehen. Du bleibst hier, Garnet.«

Garnet erhob sich, und die beiden Männer bahnten sich zwischen Tischen und Bänken einen Weg und schoben sich zwischen die Männer, die Florinda und Silky umstanden. Silky redete noch.

»Boys«, sagte er, »das hättet ihr sehen müssen. Ich war einfach erschlagen; platt wie ein Pfannkuchen war ich. Wenn ihr sie gesehen hättet, wie sie tanzte, in dem schwarzen Tüll und den schwarzen Spitzen, ihr wärt auch weggewesen. Na, ich schlich mich also zur Bühnentür, und das Herz klopfte mir wie einem Jüngling im Frühling. Und was soll ich euch sagen: es war so. Sie standen links und rechts von der Tür, sechs Mann gestaffelt, ob ihr's glaubt oder nicht, und warteten auf sie. Und dann kam sie. Sie kam, sage ich euch. Vom Kopf bis zum Fuß in Pelze gehüllt, in Pelze, die Tausende und Zehntausende von Dollars gekostet hatten; ich versteh' was davon. Und an jedem ihrer Arme hing ein Herr, ein Kavalier mit Cape und Seidenhut, und ein anderer Herr bahnte ihnen den Weg durch die Menge, als wäre sie eine Königin. Ich konnte nicht nahe herankommen. Sie sah mich nicht mal. Und da stand eine Kutsche am Bordstein, eine Kutsche mit purpurroten Vorhängen und mit schwarzen Pferden bespannt. Die Herren halfen ihr beim Einsteigen, und als sie einstieg, da sah ich ein Armband an ihrem Handgelenk funkeln, ein Armband, sage ich euch, das sprühte und glitzerte wie von hundert Diamanten. Wahrscheinlich stammte es von so einem Herrn mit Cape und Seidenhut; wahrscheinlich war es der Preis, den man für sie bezahlen mußte, und ich möchte sagen: sie war ihn auch wert, diesen Preis. Sie war . . .«

Die Männer johlten; sie überbrüllten ihn. Sie waren voller Bewunderung für Florinda und amüsierten sich königlich über Mr. Bartletts hilflose Gesten und Grimassen. Texas an seinem vereinsamten Platz machte Anstalten, aufzustehen, aber es gelang ihm nicht; er war zu betrunken. Florinda saß ruhig auf dem Tisch und betrachtete Silky, als sei sie die Zuschauerin und er gäbe eine Vorstellung. Sie schien sich an Silkys Vorstellung zu erheitern, denn sie kicherte vor Vergnügen.

»Ihr habt nie im Leben so eine Frau gesehen«, schrie Silky. »Wie kämen Ochsen- und Maultiertreiber wohl dazu, einen Star vom ›Schmuckkasten‹ zu sehen! Ihr wart ja samt und sonders noch nicht mal in New York. Ihr nicht und Bartlett auch nicht. Stellt euch doch bloß den großartigen Witz vor, den sie sich da mit dem Diakon Bartlett erlaubt hat! Hahaha! Was sie den Leuten in St. Louis wohl über den heiligen Teufelsaustreiber erzählen wird, wenn sie wieder hinkommt!«

Bartlett hatte sich schwankend und mit dem Ellbogen um sich stoßend einen Weg gebahnt. Jetzt stand er unmittelbar vor Florinda und torkelte. Florinda lachte ihm ins Gesicht. Da sah Bartlett rot;

die Wut machte ihn blind. John und Oliver versuchten sich durch die Menge zu schieben, aber bevor sie ihn noch erreicht hatten, stieß der Diakon einen heiseren Schrei aus. Der Laut wurde zu einem tierischen Schrei, brach ab und wurde zum unartikulierten Gestammel. Plötzlich hob er die Hand, stieß eine Kette zischender Schimpfworte aus und versetzte Florinda einen Schlag gegen den Kopf, daß sie zur Seite fiel.

Er hätte sie wohl zu Boden geschlagen, aber Penrose, erst im letzten Augenblick begreifend, war mit einem lauten Wutschrei dazwischengefahren. Mit einem Arm fing er die Stürzende auf, mit der anderen Hand schlug er auf Bartlett ein. Der Schlag glitt ab, aber jetzt hatten John und Oliver sich durchgeboxt; sie ergriffen den Diakon gleichzeitig an beiden Armen und rissen ihn zurück. Die Männer schrien und johlten. Laute Rufe wurden vernehmbar: Florinda sei eine amerikanische Frau, eine Kostbarkeit in dieser abgelegenen Einsamkeit, und Bartlett sei ein Vieh. Sie schienen alle nicht übel Lust zu verspüren, den Diakon in Stücke zu reißen. Bartlett schwankte, von John und Oliver gehalten, hin und her und versuchte vergeblich, sich zu befreien; er stieß fortgesetzt tierische Wutschreie aus. Nun stand auch Texas auf den Beinen. Auch er brüllte und schwur bei allen Göttern der Erde, daß er diesen brutalen Leisetreter umbringen werde, wenn er es wagen sollte, noch einmal die Hand gegen die Dame zu heben. Es war ein Höllenlärm, aber Silkys Stimme übertönte ihn.

»Was habe ich angestellt!« schrie Silky. »Hätte ich es nicht sagen sollen? Charline – Florinda – um Gottes willen, ich hab' doch kein Unglück anrichten wollen.«

Florinda hatte sich wieder aufgerichtet. Penrose hatte einen Arm um sie gelegt. Sie lächelte ihm dankbar zu, während sie ihr durcheinandergeratenes Haar ordnete. Sie trug Handschuhe aus blauer Seide, die sich leuchtend von ihrem Haar abhoben. Ihre Stimme klang warm und klar; sie sagte:

»Beruhigen Sie sich doch, Silky. Er hat mich nicht ernsthaft getroffen.«

Garnet stand gegen die Wand gelehnt und sah in das Gewoge. John und Oliver hatten es nicht mehr nötig, sich um Florinda zu kümmern, sie mußten Bartlett schützen. Florindas Geschlecht, ihre Schönheit und ihre Nationalität waren in dieser Versammlung Schutz genug für sie. Bartlett dagegen brauchte Hilfe, wenn er lebend aus der Fonda herauskommen wollte. John und Oliver schleppten ihn fast zur Tür, ihn gleichzeitig abdeckend. Bartlett sträubte sich, brüllte und schlug mit den Füßen. Da er auf keine andere Weise sich zu beruhigen schien, versetzte ihm John einen Faustschlag gegen den Kopf. Er sackte zusammen wie eine Puppe.

Garnet hatte nie im Leben einen solchen Aufruhr erlebt. Sie war fast zu Tode erschrocken. Dann traf ihr Blick auf Florinda. Florinda lächelte sie vertraulich an.

Garnet senkte den Kopf und biß sich auf die Lippen. Sie hatte Mühe, das Lachen zu verbeißen. Das kleine Lächeln Florindas hatte ihr plötzlich gesagt, warum diese wollte, daß sie heute abend in die Fonda käme. Florinda hatte alles, was geschehen war, bewußt herbeigeführt; es war genauso gekommen, wie sie es sich gedacht hatte. Niemand hatte es gewußt; sie hätte es wissen können. Florinda war eine Schauspielerin. Wenn sie eine Szene spielte, brauchte sie Zuschauer, die ihre Kunst zu würdigen wußten.

John Ives rief einem unweit von ihm stehenden Manne zu: »Nimm Bartletts Arm, Reynolds, und hilf mir, ihn herauszubringen. Du bleibst besser bei deiner Frau, Oliver.«

Garnet hatte sich noch nicht gerührt. Jetzt näherten sich ihr ein paar Männer, offenbar in der Absicht, sie vor etwaigen Belästigungen halb oder ganz Betrunkener zu schützen. Oliver gab den Arm Bartletts, den er hielt, an Reynolds ab und bahnte sich einen Weg zu Garnet zurück. John und Reynolds schleiften Bartlett zur Tür und wehrten die Männer ab, die noch immer Lust zeigten, den Diakon durchzuprügeln.

Silky hatte die Entwicklung der Sache so erschreckt, daß er beinahe wieder nüchtern war. Er näherte sich jetzt Florinda, die noch immer bei Penrose stand, der seinen Arm schützend um sie geschlungen hatte. Silky hatte beinahe Tränen in den Augen; er bat mit flehend erhobenen Armen um Vergebung. Florinda zwickte ihn in den Schnurrbart.

»Es ist schon gut, Silky«, sagte sie.

Ihre Augen folgten John und Reynolds, die noch immer damit beschäftigt waren, Bartlett zur Tür zu schleifen. John rief über die Schulter zurück: »Gebt jetzt Ruhe, Boys! Wir werden ihn nach Hause bringen und einschließen.«

Die Tür schlug dröhnend hinter ihnen zu. Plötzlich war eine fast lähmende Stille im Raum. Keiner schien so recht zu wissen, was nun weiter geschehen müsse. Die Köpfe der Männer wandten sich Florinda zu.

Florinda schenkte allen ihr helles, strahlendes Lächeln. Sie wies flüchtig auf ihre Wange, die noch immer von Bartletts Hand gerötet war; ihre klare Stimme drang durch die Rauchschwaden im Raum.

»Ich frage mich nur, wer ihm morgen früh die kalten Umschläge machen wird«, sagte sie.

Aus der hintersten Ecke ertönte Applaus. Er kam von Texas. Texas schien trotz seiner Trunkenheit begriffen zu haben, was geschehen war. Er klatschte in die Hände. Als wäre das ein Signal, fielen zahllose andere Hände ein. Sie klatschten und schrien und trampelten; hier und da begann man Florinda hochleben zu lassen. Es war genauso, als stände sie nach Beendigung einer Vorführung auf der Bühne.

Florinda lachte. Sie war glücklich. Sie war in ihrem Element; dies war ein Lärm, an den sie gewöhnt war.

Sie löste sich aus Penroses Arm und stand gleich darauf auf dem Tisch. Sie lachte und warf den Männern Kußhände zu, genauso, wie sie gelacht und Kußhände geworfen hatte, wenn sie vor ihrem klatschenden und tobenden Publikum auf der Bühne stand. Sie trug ein einfaches bedrucktes Musselinkleid, das sie und Garnet in Señora Silvas Stube genäht hatten, aber ihr Temperament und ihr Frohsinn konnten ein besonderes Kostüm entbehren; sie wirkte aus sich selbst. Ihre Vitalität sprühte und griff auf die Männer im Raum über, wie sie die Gäste im »Schmuckkasten« ergriffen hatte.

Sie war wieder dort, wohin sie gehörte. Sie war eine großartige Attraktion, und sie wußte das; es währte nur wenige Minuten, da wußten es auch alle anderen. Sie schrien und applaudierten, und auch die wenigen Amerikaner in der Taverne, die kein Wort von dem, was gesagt und geschrien und gesungen worden war, verstanden, grinsten und klatschten und schienen höchst amüsiert.

Einen Augenblick stand Florinda so auf dem Tisch und ließ sich bewundern. Dann hob sie die Hände und entfachte allein durch diese Bewegung einen neuen Tumult. Sie erhob ihre Stimme, keineswegs laut, aber so eindringlich und so akzentuiert, daß jedermann sie verstehen konnte.

»Es ist großartig, Boys!« rief sie. »Zum erstenmal seit Monaten konnte ich mich wieder einmal natürlich bewegen. Ihr ahnt nicht, wie wunderbar das für mich ist.«

Sie zog ein Taschentuch aus dem Busenausschnitt und winkte damit, ganz so, als begrüße sie Freunde nach der Rückkehr von einer langen Reise.

»Hört zu«, rief sie, »ist jemals einer von euch außer Silky van Dorn in New York im ›Schmuckkasten‹ gewesen? Nein? Dann wißt ihr nicht, was ihr versäumt habt, und es wird die höchste Zeit, daß ihr es erfahrt. Mr. Penrose, haben Sie Ihre Gitarre zur Hand? Gut, Sie werden mich jetzt begleiten. Setzt euch, Boys, setzt euch! Ihr sollt jetzt eine Sondervorstellung haben.«

Siebzehntes Kapitel

Oliver bestand darauf, daß Garnet jetzt mit ihm nach Hause gehe. Er kannte Florindas Publikum. Garnet wäre zwar noch gern geblieben, aber als sie später hörte, was sich nach ihrem Weggang in der Fonda noch alles ereignet hatte, mußte sie ihm nachträglich doch recht geben.

Florinda gab den Versammelten eine Vorstellung, die bis weit nach Mitternacht dauerte. Zu dieser Zeit waren die meisten Männer schon sinnlos betrunken; manche lagen in seliger Bewußtlosigkeit auf und unter den Bänken. Aber alle noch einigermaßen Nüchternen stimmten geräuschvoll der wiederholt getroffenen Feststellung zu, dies sei der großartigste Abend, den sie jemals in Santa Fé erlebt hätten. Bartlett war – darüber bestand nur eine Meinung – nicht nur ein Narr, er war auch ein brutaler Kerl und außerdem eine höchst lächerliche Figur.

Als Silky wieder zum Bewußtsein kam, hatte er das dumme Gefühl, etwas Schreckliches angestellt zu haben. Er saß da, stierte in seine Tasse und wiederholte immer von neuem, alles sei seine Schuld; er habe damit angefangen. Er sei schuld, daß der Bartlett, dieser Hund, eine junge wehrlose Dame wie ein Vieh zusammengeschlagen habe; die ganze Verwirrung und das ganze Unglück, alles sei seine Schuld.

Florinda, die während des ganzen weiteren Abends getanzt und gesungen hatte, sagte schließlich, nun sei es genug, und die Vorstellung sei zu Ende. Die noch nicht völlig Betrunkenen protestierten, aber sie blieb unerbittlich. Sie sei heiser, sagte sie, sie könne keinen Ton mehr herausbekommen. Sie sprang vom Tisch herunter und schlenderte quer durch das Lokal. Silky sah sie kommen und griff nach ihrem Handgelenk, als sie an seinem Tisch vorüberging.

»Charline«, murmelte er, »Florinda – o mein Gott, wie soll ich Sie eigentlich nennen?«

»Florinda natürlich. Ich heiße jetzt so. Ich bin einmal daran gewöhnt.«

»Werden Sie mir jemals vergeben können, Florinda?«

»Was heißt: vergeben? Ich habe Ihnen schon vergeben. Es ist alles in Ordnung. Habe ich die Leute nicht großartig unterhalten?«

Er seufzte schuldbewußt und schüttelte resigniert den Kopf. Seine Hand mit dem Whiskyglas zitterte, daß der Inhalt auf die Tischplatte spritzte. Seine Augen sahen aus wie Glaskugeln. Sein Schnurrbart hing zu beiden Seiten herab; es fehlte nicht viel, und er wäre in Tränen ausgebrochen.

»Aber was wollen Sie nun machen?« rief er verzweifelt. »Sie haben ja nicht mal einen Platz, wo Sie heut nacht schlafen können.«

Florinda lächelte; ihre Augen waren ebenfalls glasig. Sie hatte nichts getrunken, aber sie hatte schwere Arbeit geleistet und war hundemüde.

»Sie können mein Zimmer haben«, sagte Silky in einem Anflug von Großmut. »Nein – nicht, was Sie denken. Ich werde bei Penrose schlafen.«

»Nett von Ihnen, Silky«, lächelte Florinda. »Aber wie käme ich dazu, Ihnen solche Unbequemlichkeit zuzumuten? Ich habe schon für mich selber gesorgt; Sie können meinetwegen ganz ruhig sein.«

Silkys Gesicht verzog sich zu einem Lächeln. Er sah aus wie ein Mann, der sich zu einem großzügigen Angebot aufgerafft hat und nun froh ist, daß kein Gebrauch davon gemacht wurde. Florinda ließ ihn sitzen und ging zu John hinüber, der allein an einem Tisch saß. John war zur Fonda zurückgekehrt, nachdem er Bartlett in seinem Logis abgeliefert hatte. Seitdem hatte er unausgesetzt hier gesessen, nur sehr wenig getrunken und Florindas Vorführung mit ironischem Interesse zugesehen.

»Sie waren ausgezeichnet«, sagte er jetzt, als sie zu ihm trat.

»Danke«, sagte Florinda trocken.

»Was wollen Sie nun beginnen?«

»Machen Sie sich keinerlei Sorge, John. Selbstverständlich fange ich so etwas nicht an, ohne vorher die Voraussetzungen dafür zu schaffen.« Sie griff in die Tasche ihres Kleides, holte einen Schlüssel heraus und zeigte ihn ihm. »Ich habe mir gestern, während Bartlett seinen Rausch ausschlief, ein Zimmer gemietet«, sagte sie. »Einer der Missouri-Händler war mir dabei behilflich, weil mein Spanisch ein bißchen dürftig ist. Ich hatte ihm erzählt, Bartlett und ich wollten nicht mehr bei den Moros bleiben und suchten deshalb eine andere Unterkunft.«

»Sehr gut«, sagte John. »Und was soll nun ich noch dabei tun? Denn Sie wollen doch was von mir.«

Florinda sah sich um. Der Schankraum der Fonda war noch immer von dem lallenden Geschwätz Betrunkener erfüllt; die Luft war stikkig und zum Schneiden dick. Von der Plaza draußen drangen verworrene Stimmen herein. Es mochte von Männern stammen, die aus den Spielhäusern kamen.

»Ich möchte jetzt nicht gerne allein nach Hause gehen«, sagte sie. »Soweit ich sehen kann, sind Sie weit und breit der einzige nüchterne Mann; deshalb wende ich mich an Sie. Es ist nicht weit.«

»Geht in Ordnung«, sagte John und erhob sich.

»Ob Mr. Bartlett noch schläft?« sagte sie.

»Ich bin davon überzeugt.«

»Dann würde ich, wenn Sie nichts dagegen haben, gern noch meine Sachen dort herausholen. Ich habe schon alles gepackt, und es sind nur sechs Schritte bis zu den Moros.«

John winkte einen jungen Mexikaner heran, der noch einigermaßen nüchtern war. Er sprach ein paar Worte mit ihm, dann gingen sie zu dreien die dunkle kleine Straße hinunter, die von der Fonda zu Bartletts Logis führte. Bartlett lag im Bett und schnarchte. Florinda wies auf die beiden Kisten, die ihr gehörten. John und der junge Mexikaner ergriffen die Kisten, während sie selbst nach den Reisetaschen griff, die sie von New Orleans mitgebracht hatte. Sie gingen über die Plaza zurück, an den Spielhäusern vorbei, bis zu einem kleinen, unscheinbaren Haus. Hier hatte es Florinda fertiggebracht, ein Zimmer zu mieten. John und der Mexikaner stellten die Kisten in ihrem Zimmer ab. Florinda hatte eine Kerze mitgebracht, die sie unterwegs an einer vor der Tür einer Taverne hängenden Laterne entzündet hatte. Jetzt entzündete sie mit Hilfe der Kerze die Tonlampe, die auf dem Tisch stand. John faßte in die Tasche, um den mexikanischen Boy abzulohnen, aber Florinda hinderte ihn daran.

»Nein, John«, sagte sie, ihm ein Silberstück reichend, »geben Sie ihm das. Wenn Leute nett zu mir sind, soll es sie wenigstens nichts kosten.«

John nahm mit einem kleinen Lächeln das Geld und gab es dem

Burschen; der machte so etwas wie eine Verbeugung und entfernte sich. Florinda setzte sich auf die Bettkante. John sand in der Tür.

»Haben Sie sonst noch einen Wunsch?« fragte er.

»Nein, John, ich danke Ihnen. Doch, warten Sie, da ist noch etwas. Sagen Sie: Trinken die Kalifornier auf dem Treck auch so viel wie hier in Santa Fé?«

»O nein, sie denken gar nicht daran. Was Sie hier erleben, ist die Reaktion auf eine dreimonatige Überanstrengung.«

»Ist die Reise nach Kalifornien sehr hart?«

»Ja«, sagte John kurz, »sie ist außerordentlich hart und anstrengend.« Er hatte die Hand schon auf der Türklinke, aber nun wandte er sich noch einmal um. Seine kühlen Augen sahen sie an. »Warum fragen Sie? Denken Sie etwa daran, mitzukommen?«

»Ja«, sagte sie, »ich habe daran gedacht.«

»Es geht mich nicht das geringste an«, erwiderte John, »aber ich sage Ihnen: es hat keinen Sinn; Sie würden das nicht durchhalten.«

»Warum nicht? Sie halten mich für eine verwöhnte und verweichlichte Städterin?«

»Nicht unbedingt. Ich glaube, Sie haben ziemlich viel Mut und Energie. Aber es braucht mehr als Mut und Energie, um die Mojawe-Wüste zu durchqueren.«

»Ich denke mir schon, daß das keine leichte Sache ist«, sagte Florinda. »Aber andere Leute halten das ja auch aus. Wieso glauben Sie, ich könnte es nicht?«

»Da ist beispielsweise die Hitze«, sagte John. »Ihre Haut ist viel zu hell und zu zart für die Sonne dort.«

Florinda sah in den Spiegel, der an der Wand hing. Das Lampenlicht tänzelte über ihre blassen Wangen und über ihr leuchtendes Haar. Sie lächelte, als sie sich sah.

»Waren Sie mal im Sommer in New York?« fragte sie.

»Ja«, versetzte er, »und ich sage Ihnen, das ist kein Vergleich. New York im Sommer ist eine Eisregion, gemessen an der Mojawe-Wüste. Ich jedenfalls möchte die Verantwortung, Sie da durchzuschleppen, nicht übernehmen.«

Florinda löste die Augen von ihrem Spiegelbild und sah ihn an. »Die Verantwortung würde ich selbst tragen, John.«

»Ausgezeichnet«, sagte John ruhig.

Florinda gähnte. »Ich bin jetzt zu müde, um darüber nachzudenken. Ich bin völlig erschöpft. Es war das erste Mal, daß ich allein einen ganzen Abend lang die Szene bestritten habe. Gute Nacht, John.«

»Gute Nacht, Mrs. Grove.«

»Wissen Sie, Johnny, Sie könnten diese albernen Förmlichkeiten nun eigentlich beiseite lassen«, knurrte Florinda. »Mrs. ist ein Titel, der nicht sonderlich gut zu mir paßt.«

Ein leichtes Lächeln spielte um seine Lippen. »Wie Sie wünschen«, sagte er, »gute Nacht, Florinda.«

Er ging hinaus, und Florinda verriegelte hinter ihm die Tür. Sie holte ein Nachthemd aus einer der Kisten und begann sich auszukleiden. Dabei trällerte sie einen Schlager vor sich hin:

> *»Meine Großmutter pflegte zu sagen, Boys,*
> *Sei sittsam und brav und bescheiden!*
> *Denkt nur, wenn ich ihr gehorcht hätte, Boys,*
> *Ihr möchtet mich alle nicht leiden.«*

Ein paar Tage lang bekam Garnet Florinda kaum zu Gesicht. Sie sah sie dann und wann auf der Straßen mit Penrose und Silky und einigen anderen Kalifornien-Händlern, aber Florinda winkte ihr dann jedesmal nur freundschaftlich zu, ohne stehenzubleiben. Mr. Bartlett sah Garnet überhaupt nicht mehr.

Die Männer, die Oliver besuchten, erzählten, er stecke seine Nase kaum noch aus der Tür. Sie prophezeiten lachend, dies sei Bartletts letzte Reise nach Santa Fé gewesen; zukünftig würde er sicherlich in St. Louis bleiben und seine biedere Frömmigkeit bewundern lassen.

Sie lachten alle über Bartlett. Sie meinten prahlend, Florinda habe *sie* nicht narren können, nicht im geringsten und nicht für einen Augenblick. Es war sonderbar: jeder, der über Florinda sprach, flocht irgendwann die Bemerkung ein, er habe die Wahrheit lange geahnt und die Enthüllung jeden Tag erwartet. Sie hätten nur nichts sagen wollen, meinten sie, aber eine Frau wie Florinda brauche ein Mann schließlich nur einmal zu sehen, um zu wissen, daß er keine naive und arglose junge Witwe vor sich habe, die sich durch den Reiz eines Abenteuers verlocken ließ. Jedermann habe das gesehen, prahlten sie, nur einer nicht: der Dummkopf Bartlett.

Wenn Garnet dieses Geschwätz hörte, ging sie jedesmal schnell in ihr Schlafzimmer, vergrub den Kopf in den Kissen und schüttelte sich vor Lachen. Ach, ihr wurde so viel klar. Wenn Männer eine Zeitlang gezwungen waren, ohne Frauen zu leben, benahmen sie sich nicht anders als Mädchen in der klösterlichen Abgeschiedenheit eines Internats.

John kam oft zu Oliver, aber er sprach nie über Florinda. Er sprach überhaupt selten über Dinge, die nicht unmittelbar mit dem Geschäft zusammenhingen.

Zehn Tage nachdem Florinda ihre Vorstellung in der Fonda gegeben hatte, erschien Oliver eines Nachmittags, um eine Liste zu holen. Er sagte, während er sich mit den Papieren beschäftigte, in nebensächlichem Ton: »Ich höre, Florinda wird auch mit nach Kalifornien gehen.«

Garnet war nicht sehr überrascht. Sie sagte nur: »Aber wie will sie hinkommen?«

»Man sagt, sie würde zusammen mit Penrose gehen.«

»Mit Penrose? Aber warum, um alles in der Welt, gerade mit ihm?«

»Ich weiß es nicht. Ich weiß nicht einmal, warum sie nach Kalifornien will.« Oliver nahm ein Geschäftsbuch vom Tisch und wollte das Zimmer verlassen. »Vielleicht erfährst du es von ihr«, sagte er. »Ich bin bis zum Abendessen zurück.«

Während Oliver fortging, setzte Garnet sich wieder an den Tisch, um den Brief zu Ende zu schreiben, den sie ihren Eltern senden wollte. Mr. Reynolds wollte ihn mitnehmen, wenn er nach Missouri zurückfuhr.

Es wollte ihr nicht gelingen, sich auf den Brief zu konzentrieren. Sie schnitt sich eine neue Feder zurecht und starrte auf das Papier. Die Eltern waren ihr außer Oliver die liebsten Menschen auf der Welt, aber es gab so viel, was sie ihnen nicht schreiben konnte. Sie hatte versucht, ihnen die Landschaft zu schildern, sie hatte von den Büffeljagden erzählt und von den eigenartigen Häusern aus ungebrannten Ziegeln in Santa Fé; aber was sollte sie etwa über Florinda schreiben? Die Eltern würden nichts davon begreifen, und sie würden entsetzt sein, wenn sie hörten, mit welcher Art Männer ihre Tochter hier tagtäglich umging und wie ungeniert sich diese Männer in ihrer Gegenwart benahmen.

Garnet hatte das Gefühl, sie würde sich nie mehr wie eine wohlerzogene junge Dame benehmen können, auch nicht, wenn sie im nächsten Jahr wieder nach Hause kam.

Sie war ganz froh, durch ein Klopfen an der Tür aus ihrem Sinnen gerissen zu werden. Florinda kam, um sich die Silberknöpfe wiederzuholen, die sie hier zurückgelassen hatte.

Während Garnet sie hervorkramte, sagte sie: »Ist es wahr, daß Sie mit nach Kalifornien gehen wollen, Florinda?«

»Ja, Darling«, antwortete Florinda, »es ist wahr. Ich ziehe mit euch.«

»Oh, ich bin froh. Bitte, erzählen Sie! Hat Sie Mr. Penrose gebeten, ihn zu begleiten?«

Florinda lachte: »Wenigstens ist er der Meinung.«

»Wie meinen Sie das?«

»Ach, es ist einfach. Er hat mich, seit er mich zum erstenmal sah, immer wieder wie verzaubert angestarrt. Nun, und als ich Mr. Bartlett los war, da fing ich an, ihn auch anzustarren. Das ist alles.«

»Sie – lieben ihn?« fragte Garnet einigermaßen hilflos.

»Lieber Gott, ich mag ihn ganz gern. Er ist so ein süßer Schafskopf; es ist sicher sehr leicht, mit ihm auszukommen. Und er findet mich wunderbar. Er ist bis auf die Reise nach Santa Fé noch nie von seiner Farm weggekommen; offensichtlich ist er noch immer fassungslos, daß es ihm gelang, eine New Yorker Schauspielerin zur Freundin zu gewinnen. Er ist so verliebt, daß er kaum dazu kommt, seine Maulesel zu zählen und zu bewachen.«

Ihre Augen, sehr kluge und sehr wache Augen, streiften Garnet mit einem spöttischen Ausdruck.

»Sie ahnen gar nicht, wie erleichtert Silky van Dorn ist«, sagte sie lächelnd.

»Erleichtert? Weswegen?«

»Nun, er meint doch, er habe durch seine Schwatzhaftigkeit den ganzen Zauber veranlaßt. Und nun war er bange, ich würde mich an ihn halten und verlangen, daß er sich meiner annähme. Silky mag mich sehr gern, aber er hat keine Lust, sich jemand aufzuladen; er hat genug mit sich selber zu tun. Doch er ist so entzückend schuldbewußt. Er kam gleich am nächsten Tag, noch ganz benebelt vom Alkohol, zu mir, um mir zu sagen, daß ich selbstverstänlich mit ihm rechnen könnte, wenn ich keine andere Möglichkeit hätte, nach Kalifornien zu kommen; es sei denn, ich wolle nach Missouri zurück. Ich sagte, er solle sich nur ja keine Sorgen machen, ich würde schon alles selber in Ordnung bringen. Sie ahnen nicht, wie erleichtert er war. Aber nun begann er meinen starken Charakter zu bewundern. Dagegen habe ich nichts; im Gegenteil: ich habe es viel lieber, wenn mich jemand meines Charakters wegen als wegen meiner großen blauen Augen bewundert.«

Garnet hatte keine Ahnung, was sie auf all diese leicht und spielerisch hingeworfenen Bemerkungen erwidern könnte; aber sie dachte an die Zukunft: »Was wollen Sie in Kalifornien beginnen?« fragte sie.

»Wie soll ich das jetzt schon wissen!« versetzte Florinda. »Ich denke, wenn es mir dort nicht gefällt, werde ich es fertigbringen, im nächsten Jahr in die Staaten zurückzukehren. Vorläufig hoffe ich, ich kann einstweilen dableiben.« Sie nahm die Feder auf, mit der Garnet geschrieben hatte, und streichelte damit ihre Wange. »Ich möchte nicht in die Staaten zurück, Garnet«, sagte sie.

»Haben Sie immer noch Angst dieses Reese wegen?«

»Gott, nicht unbedingt. Schließlich kann diese Hexenjagd ja nicht ewig dauern. Aber – als ich die Staaten verließ, gedachte ich über kurz oder lang zurückzukehren. Ich konnte mir ja schließlich auch nicht vorstellen, daß es eine Möglichkeit für mich gäbe, nach Kalifornien zu kommen. Aber je mehr ich an die Rückkehr dachte, je weniger gefiel mir der Gedanke daran.«

Sie sprach leise, als holte sie die Orte einzeln aus der Tiefe herauf. Garnet unterbrach sie nicht.

»Erinnern Sie sich«, sagte Florinda, »irgendwann in New Orleans sagte ich Ihnen, es gäbe etwas in meinem Leben, woran ich nicht gern zurückdächte. Es war mir lieb, eine möglichst weite Strecke zwischen den Ort dieser Erinnerung und meine eigene Person zu bringen. Da war New Orleans besser als New York. Aber es war nicht weit genug. Es war immer noch Amerika. Ich habe das Gefühl, da hinten irgendwo in Kalifornien wird alles anders sein. Es wird nichts geben, wodurch ich an – jene Dinge erinnert werde. Ich kann dort von neuem anfangen.« Sie lächelte schwach: »Verstehen Sie das, Darling?«

»Doch«, sagte Garnet, »ich glaube.«

Sie erinnerte sich daran, was Oliver ihr erzählt hatte: Die meisten Yankees in Kalifornien hätten die Staaten verlassen, weil es dort irgend etwas gab, woran sie nicht mehr denken wollten. Sie mußte an John denken, der nie auch nur ein andeutendes Wort über seine Vergangenheit fallenließ. Selbst Oliver, der ihn seit fünf Jahren kannte, wußte nicht, warum John Ives Virginia verlassen hatte. Sie dachte auch an Texas, von dem nicht einmal seine engsten Freunde wußten, wie er eigentlich hieß, und der sich von Zeit zu Zeit still in die Ecke setzte, um sich zu betrinken. Nun also wollte Florinda sich dieser sonderbaren Gesellschaft anschließen, ihre entsetzlichen Brandnarben unter immer neuen Handschuhen und gleichzeitig die

Wunde, die tief in ihr brennen mußte, unter einem frivolen Gelächter verbergend.

Beide Frauen schwiegen eine Weile, ihren Gedanken nachhängend. Dann sagte Garnet:

»Haben Sie Mr. Bartlett inzwischen gesehen?«

»Nein, Darling, es blieb mir erspart, und ich hoffe, es wird mir auch weiter erspart bleiben. Er ist nicht mehr in der Stadt. Er hielt es hier wohl nicht mehr aus. Jedenfalls weigerte er sich, auf den großen Treck zu warten, der demnächst zurückgeht. Er brach allein auf. Er wollte keinen Menschen mehr sehen.«

»Wissen Sie, Florinda, Sie haben Bartlett nicht gerade sehr anständig behandelt.«

»Hatten Sie das etwa von mir erwartet?«

»Ich hatte nicht gedacht, daß Sie ihn dem allgemeinen Gelächter preisgeben würden.«

»Hölle und Frikassee!« sagte Florinda. »Wenn der Mann klug genug gewesen wäre, über sich selber zu lachen, anstatt mir beinahe die Kiefer auseinanderzuschlagen, dann hätte niemand über ihn gelacht. Ich hätte schreien können, aber nicht vor Schmerz, sondern vor Freude, als er mir ins Gesicht schlug. Einen Augenblick hatte ich gedacht, er würde es nicht tun. Aber dann tat er es doch, und im gleichen Augenblick fühlten sich alle anwesenden Männer als meine Beschützer, und er hatte verspielt. Männer haben es gern, wenn ein Mädchen ihnen das Gefühl verschafft, sie seien tapfere Kerle, ohne gleich den Beweis der Tapferkeit zu verlangen.« Sie erhob sich. »Es wird spät, Garnet«, sagte sie, »ich muß aufbrechen und Mr. Penrose faszinieren. Ach, die Silberknöpfe . . .«

Garnet reichte sie ihr. »Wollen Sie sie Mr. Bartlett zurückgeben?« fragte sie.

»Zurückgeben? Warum? Ich denke gar nicht daran. Ich will sie mir ans Kleid nähen. Warum, zum Teufel, sollte ich sie zurückgeben?«

»Warum? – Nun, ich dachte . . .«

»Aber seien Sie doch nicht närrisch, Garnet!« sagte Florinda. »Sie sind aus echtem Silber.«

Sie nahm die Knöpfe und verabschiedete sich. Garnet setzte sich wieder zu ihrem Brief. Sie schrieb:

»In zwei oder drei Tagen verlassen wir Santa Fé und machen uns auf nach Kalifornien. Oliver meint, wir würden seine Ranch etwa am 1. November erreichen. Mein Gesundheitszustand ist ausgezeichnet. Oliver ist der treusorgendste Liebhaber und Ehemann, den sich ein Mädchen nur wünschen kann, und ich bin sehr glücklich. Viele liebe Grüße, auch für die Jungen ...«

Sie schüttelte nachdenklich den Kopf. Es war ein langer Brief geworden, aber es war ihr, als habe sie von den eigentlichen Dingen, die sich mit ihr begeben hatten, seit sie New York verließ, nicht ein Wort geschrieben.

Sie wünschte sehr, sie hätte mit Vater und Mutter sprechen können, statt ihnen schreiben zu müssen. Sie hätte ihnen gern von der sonderbaren Scheu erzählt, von der Oliver befallen schien, sobald die Sprache auf seinen Bruder Charles kam. Vielleicht begriffen sie leichter als sie, was sich möglicherweise dahinter verbarg. Aber nein! Auffahrend wies sie den Gedanken zurück. Es wäre ihr wie schamloser Verrat an Oliver vorgekommen. Sollte es sich herausstellen, daß Olivers Charakter irgendwelche bedeutsamen Schwächen aufwies, dann war es ausschließlich ihre Sache, damit fertig zu werden. Sie unterschrieb den Brief, faltete ihn und holte eine Stange Siegellack aus der Lade, um ihn zu verschließen.

Am 10. August 1845 verließen sie Santa Fé und ritten nordwärts zum Rio Grande del Norte. Sie befanden sich auf dem Wege nach Kalifornien.

Achtzehntes Kapitel

Die Los-Angeles-Händler verwendeten keine Wagen. Nach Kalifornien reiste man im Sattel.

Die Männer ritten auf Mauleseln. Maulesel waren in diesen Gegenden besser als Pferde. Indessen waren Garnet und Florinda als Tribut ihres Geschlechts und ihrer städtischen Herkunft je drei kleine kräftige Stuten zur Verfügung gestellt worden. Garnet nannte ihre Stuten Daisy, Sunny und Kate, Florinda die ihren: Amaryllis, Gloriana und Celestine. »Ich liebe schöne, klangvolle Namen«, sagte sie.

Es waren zweihundert Menschen und etwa tausend Maulesel, die sich auf dem Treck befanden; mitgetrieben wurde eine Schafherde, um die Karawane laufend mit Frischfleisch zu versorgen. Büffel waren hier nicht mehr zu erwarten. Die Packmulis waren bis zur Grenze ihrer Tragfähigkeit mit Decken, Silber und allerlei amerikanischen Waren beladen, die man in Santa Fé eingekauft hatte. Die Herren des Trecks waren achtzehn Händler, sechs eingeborene Kalifornier und zwölf Yankees. Der Rest der Kolonne bestand aus Maultiertreibern und Arbeitern, meistens Mexikaner; auch zehn Frauen befanden sich beim Zug.

Unter den Frauen waren Garnet und Florinda die einzigen Amerikanerinnen. Zwei der kalifornischen Händler hatten ihre eigenen Frauen mit, und zwei Yankeehändler wurden von mexikanischen Mädchen begleitet, die nicht ihre Frauen waren. Schließlich gab es noch vier freundliche Mädchen, Halbblutweiber, die von weißen Vätern und indianischen Müttern stammten und irgendwo in den Trapperbereichen nördlich von Santa Fé beheimatet waren. Sie hatten leere und stumpfe Gesichter, waren aber sehr anpassungsfähig. Garnet war es lieb, sie beim Zug zu wissen. Freilich, all die sittsamen Lehren ihrer guten Erziehung standen dabei vorwurfsvoll gegen sie auf und sagten ihr, daß sie über die Anwesenheit schamloser Dirnen entsetzt zu sein habe. Aber sie war gar nicht entsetzt. Sie wußte, daß die Mädchen dazu beitragen würden, auch ihr diesen zweiten Zeil der großen Reise leichter als den ersten zu machen. Warum sollte sie tugendhafte Empörung zeigen, wenn keinerlei Empörung in ihr war. Die Halbblutmädchen sprachen nie mit ihr; sie sah sie überhaupt kaum mit jemand sprechen. Sie waren nur eben da.

Im Gegensatz zu den Männern des Santa-Fé-Trecks hatten die Kalifornien-Händler sehr viel persönliche Bediente. Jeder Händler hatte wenigstens einen Boy, der nichts weiter zu tun hatte, als für sein Wohlergehen zu sorgen, die meisten hatten aber zwei bis drei Boys, von denen sie sich bedienen ließen. Diese rauhen Männer wußten sehr genau, wie sie sich in Härte und Gefahr zu bewegen hatten, aber sie sahen nicht ein, warum sie sich das ohnehin nicht angenehme Leben während der großen Reise nicht so bequem wie möglich gestalten sollten. Sie hatten alle nicht mehr mit, als sie den Mauleseln aufpacken konnten, aber Garnet staunte nicht selten, wenn sie sah, wieviel Bequemlichkeit sie sich auch mit dem wenigen zu verschaffen wußten.

In der ersten Morgendämmerung waren sie aufgebrochen, und sie ritten ohne Aufenthalt, bis die Parole durchgegeben wurde, ein Lager aufzuschlagen, um Mittagsrast zu halten. Garnet fühlte sich müde und erhitzt. Sie war noch kaum aus dem Sattel, da kam schon einer von Olivers Boys herbeigesprungen, um ihr Pferd in Empfang zu nehmen; ein zweiter lief bereits, um ihre Wasserflasche zu füllen. Sie lief herum, um ihre verkrampften Muskeln aufzulockern, und sah zu, wie die Treiber die Maulesel abluden. Sie nahmen ihnen die Ballen und Packen ab, banden sie mit langen Lederriemen, die sie Reatas nannten, aneinander und pflockten sie an Holzpfählen an, die sie rundherum in die Erde gestoßen hatten. Hier entlang des Rio Grande wuchs saftiges Gras.

Während Garnet so im Lager umherging, errichteten die Boys ihr ein »Haus«. Sie häuften Sättel und Warenballen aufeinander und schichteten sie zu Wänden; darüber breiteten sie eine Decke als Dach. Dann brachten sie ihr einen Eimer mit Wasser, um sich gründlich waschen zu können.

Als sie erfrischt aus dem winzigen Häuschen heraustrat, war auch das Mittagessen fertig. Große Stücke Hammelfleisch waren mit Pfeffer und getrockneten Zwiebeln zusammen gekocht worden; dazu gab es Ziegenkäse und mexikanische Bohnen. Es schmeckte vorzüglich. Zuweilen schossen die Männer auch allerlei Vögel, um Abwechslung in die Speisekarte zu bringen. An Stelle von Brot gab es Atole, ein heißes Maisgericht, oder Pinole, einen Brei aus gedörrtem Mais, mit Zucker und Zimt gewürzt, beides ausgezeichnete Mittagsgerichte.

Gleich nach dem Essen wurde geschlafen; bis auf die ausgestellten Wachen machte jedermann im Lager von diesem Recht Gebrauch. Garnet schlief entweder in ihrem Häuschen aus Sätteln und Warenballen, oder, in eine Decke gehüllt, im Freien, wenn der Tag zu heiß war. Die Männer streckten sich rund um den riesigen Warenpacken aus, der in der Mitte des Lagers aufgehäuft wurde. Sie waren jederzeit gewärtig, aufzuspringen und zu den Waffen zu greifen, falls von irgendeiner Seite ein Angriff drohte.

Während der Mittagspausen bekamen nur Garnet und Florinda kleine Schutzhäuser errichtet. Alle anderen waren daran gewöhnt, jederzeit im Freien zu leben, und fühlten keinerlei Bedürfnis, sich abzuschließen. In den Nächten freilich verwandelte sich das Lager in ein Dorf kleiner Sattelhäuser. Jeder einzelne lag dann zwischen aufgeschichteten Sätteln und Warenballen, mit einer Decke über sich und einem Haufen warmer Decken und ein paar Büffelfellen unter sich. Dies war unerläßlich, denn so drückend heiß die Tage waren – die Nächte waren überraschenderweise sehr kühl. Die kleinen Häuschen wurden aus Sicherheitsgründen dicht nebeneinander errichtet. Für den Fall eines plötzlichen Alarms brauchten die Männer nur die Decke über ihrem Kopf wegzuziehen und befanden sich dann innerhalb einer kugel- und pfeilsicheren Brustwehr, über die hinweg sie sich verteidigen konnten, ohne sich dem Feind zu sehr auszusetzen. Die primitiv errichteten Wände der kleinen Schutzhäuser waren fest und dicht, denn die Boys, die sie geschichtet hatten, waren kluge Burschen und verfügten über beträchtliche Erfahrung. Der Kalifornien-Handel war ein gefährliches Geschäft; die Männer, die ihn betrieben, wurden im ganzen Land rund um Los Angeles hoch geachtet, und auch die Boys, die sie bedienten, wie in alten Zeiten die Knappen ihre Ritter, erfreuten sich in ihren Heimatorten großen Ansehens.

Vom Rio Grande wandte die Kolonne sich nordwärts, dem Flußlauf folgend, bis zu dem Flüßchen Chama. Hier überquerten sie den Rio Grande und folgten dem Chama in nordwestlicher Richtung bis zu einem kleinen verschlafenen Dorf aus ungebrannten Ziegelhäusern, Abiquiu geheißen. Sie durchzogen das Dorf und ritten am Ufer des Chama entlang in ein wildes, hügeliges Land, von farbig schillernden Felsen zerrissen und von wüstem Gestrüpp überwuchert; Garnet erfuhr, daß sie hier im Indianerland sei.

Apachen und Comanchen lebten hier, die wildesten Stämme des Westens. Jedermann im Treck wußte, daß die Roten hinter den Felszacken lauerten und jede Bewegung im Zug beobachteten, um eine günstige Gelegenheit zum Angriff zu erspähen, falls sich irgendwo Unachtsamkeit zeigen sollte. Aber es gab hier keine Unachtsamkeit. Die Männer kannten ihr Geschäft. Sie zeigten in allem, was sie taten, eine solche Ruhe und Sicherheit, daß Garnet keinerlei Furcht verspürte, obgleich sie Oliver vor den Comanchen gewarnt hatte.

Er hatte ihr erzählt, daß die Comanchen eine hervorragende Kunstfertigkeit darin entwickelt hätten, Menschen zu martern; sie würden darin kaum von jemand übertroffen. Sie pflegten ihre Gefangenen in bestialischster Weise zu zerstückeln, nachdem sie sie vorher halb zu Tode gequält hätten. Er gab ihr eine Pistole und zeigte ihr, wie sie sie tragen müsse, um sie jederzeit griffbereit zu haben. Schon unter den Bäumen des Council Grove hatte er ihr beigebracht, mit Gewehr und Pistole umzugehen; jetzt zu Beginn des zweiten Reiseabschnittes lehrte er sie mit unermüdlicher Geduld, nach der Scheibe zu schießen.

»Merke dir«, sagte er, »ein richtiger Grenzer ist ein Mensch, der die Gefahr kennt, jederzeit bereit ist, ihr zu begegnen, und sich im übrigen ihretwegen keine Gedanken macht. Begriffen?«

»O ja«, sagte Garnet und nickte entschlossen. Sie mußte unwillkürlich daran denken, was sie vor einem Jahr um diese Zeit getan hatte. Sie war in Rockaway Beach gewesen, hatte in einer kühlen Ecke der Hotelveranda im Liegestuhl gelegen und Limonade geschlürft. Oliver fuhr fort:

»Wir sind ausgezeichnet bewaffnet und jeden Augenblick auf der Hut. Trotzdem muß ich dich warnen. Sicherheit gibt es nicht. Aber ich denke, du bist klug und beherzt genug. Du wirst also ständig die Pistole an der Hüfte tragen, aber du wirst keinen Schlaf versäumen, um darüber nachzudenken, warum du sie trägst.«

Garnet versprach es. Während sie zwischen den schillernden Felsen dahinritten, dachte sie oft, daß es ihr ohnehin ganz unmöglich sei, aus irgendeinem Grunde Schlaf zu versäumen. Wann immer sie aus dem Sattel stiegen, um zu rasten, sie war jedesmal so erschöpft, daß sie unverzüglich in Schlaf fiel, sobald sie sich niedergelegt hatte.

Auch Florinda trug eine Pistole an der Seite. Garnet fragte sie eines Tages, während sie am Ufer des Chama River dahinritten, ob Penrose sie auch vor den Comanchen gewarnt habe.

»Ja«, entgegnete Florinda, »das hat er. Und ich muß sagen, es hörte sich nicht gerade beruhigend an, was er erzählte. Er meinte, wenn sie einen von uns fingen, würden sie eine Art Freudenfest veranstalten und ihre Gäste damit erheitern, daß sie uns in kochfertige Stücke zerlegten.«

»Waren Sie nicht furchtbar erschrocken?«

»Oh, ich glaube schon, daß ich erschrocken war. Aber dann sagte ich mir, daß die Trecks bisher immer gut durchgekommen sind. Warum also sollte ausgerechnet unser Treck nicht durchkommen?«

»Das habe ich mir auch gesagt«, versetzte Garnet. »Bisher ist nie etwas Ernsthaftes passiert.«

»Ich bin überzeugt, daß auch uns nichts passieren wird. Unsere Jungen wissen genau, was sie zu tun haben.«

Garnet sah mit hoher Achtung und rückhaltloser Bewunderung auf all diese ruhigen, nüchternen und ernsthaften Männer. Vor knapp einer Woche noch hatten sie sich in Santa Fé wie die Narren gebärdet. Hier draußen waren sie die Ruhe und Nüchternheit selbst. Die meisten begannen den Tag zwar mit einem Schluck Whisky, wobei sie erklärten, daß er ihnen bei der empfindlichen Kälte der frühen Morgenstunden die Glieder erwärme, aber nicht einer dachte daran, sich jemals zu betrinken. Selbst Texas, der in Santa Fé nahezu ständig in irgendeiner Ecke gesessen und getrunken hatte, wollte plötzlich offenbar nichts mehr vom Alkohol wissen. Er hatte bisher keine Flasche angerührt.

Sie ritten durch eine Landschaft von phantastischer Wildheit. Bei jeder Wegbiegung riß Garnet vor Staunen und Entzücken die Augen auf. Der Pfad führte einstweilen durch zackiges Felsengeröll ständig bergan; die Felsen wirkten weniger düster als die früher durchrittenen, aber sie fielen in steilen Schründen zuweilen fast gradlinig ab und leuchteten in Schwarz, Kupfer und Rot. In ständig wechselnder Schattierung standen sie majestätisch vor dem klarblauen Horizont. In den Felsschründen wuchsen Bäume, die Kiefern glichen, und Strauchwerk mit rauhen graugrünen Blättern, an dem eben gelbleuchtende Blüten aufbrachen.

Die Felsen in der Nähe des Flusses hatten flache Gipfel und grelle Farbschattierungen, die wie schräge Streifenmuster wirkten. Dahinter türmten sich großartige rote Felsformationen wie Burgen; Garnet glaubte eckige Wände und runde Türme zu sehen, wie bei den mittelalterlichen Burgen Europas. Sie sahen nicht aus wie wirkliche Burgen, sondern wie aus Träumen gewachsene Phantasieschöpfungen eines begnadeten Künstlers, mit Türmen und Türmchen und Brustwehren und Zinnen, die Traumkriegern dienten. Meilenweit zog sich diese Kette von Burgen dahin, ein Bild von erhabener Größe. Garnet, einer solchen Phantasmagorie gegenüber, ließ einen Ruf des Entzückens ertönen. Florinda fragte:

»Was haben Sie?«

»So sehen Sie doch nur«, sagte Garnet. »Die Felsen da! Sind sie nicht großartig? Wie erscheinen sie Ihnen?«

Florinda folgte der weisenden Hand Garnets mit dem Blick. »Ich weiß nicht«, sagte sie, »die großen, abgeplatteten sehen aus wie Schichtkuchen; für die großen roten Klumpen dahinten wüßte ich gar keinen passenden Vergleich.«

Garnet wandte ihr den Kopf zu und starrte sie an. Florinda schlug eben nach einer Mücke, die sich auf ihrer Nase niedergelassen hatte. »Lieber Gott, Garnet«, stöhnte sie, »ich glaube, dieses entsetzliche Land wird sicher noch so heiß wie das Innere einer Kuh.« Garnet schwieg. Sie dachte: sie sieht es nicht. Sie gehört zu den Menschen, die durch eine Märchenlandschaft reiten können und nichts wahrnehmen. Florindas Schönheitsbegriff war eng begrenzt. Er umfaßte ausschließlich Kleider, Juwelen und ihr eigenes Spiegelbild. Ein Gebirge oder einen Sonnenuntergang bemerkte sie gar nicht.

Nachdem Garnet das einmal erkannt hatte, sprach sie zu Florinda nicht mehr über ihre Landschaftseindrücke. Aber am Abend ging sie, während die Köche dabei waren, ihre Feuerlöcher zu graben, an den Weideplätzen vorbei und sah zu den Felsen hinüber. Die sinkende Sonne warf rötliche Strahlen über das Bergmassiv; in phantastischen Spiegelungen kam das Licht von den Felsen zurück und zauberte schwarze und purpurne Gobelins auf die Erde. Garnet hörte hinter sich die lauten Zurufe der Männer und das Geschrei der Maulesel. Nicht weit vor ihr kauerte regungslos ein Mann, einer der ausgestellten Posten, wie sie wußte. Seine linke Hand schirmte die Augen ab, die in die Ferne spähten, die rechte lag am Gewehrkolben. Auch Garnet stand regungslos. Oliver hatte ihr eingeschärft, nie einen Posten durch eine plötzliche Bewegung hinter seinem Rücken zu erschrecken. Die Sonne verschwand hinter einer der roten Traumburgen; nahezu übergangslos wandelte sich das Licht. Die Luft schien von dichtem Purpur, nur die Kronen und Zinnen der Türme glänzten noch in goldenem Schimmer. Garnet wandte den Kopf, um den schnell wandernden Schatten mit den Augen zu verfolgen. Da sah sie, wenige Fuß zu ihrer Rechten, John Ives neben einem Felsen stehen. Sie war der Meinung, sich kaum bewegt zu haben, aber John mußte gleichwohl das Rascheln ihres Kleides vernommen haben, denn er wandte sich ihr zu.

»Guten Abend, Mrs. Hale«, sagte er ruhig.

Garnet lächelte verlegen. »Entschuldigen sie, Mr. Ives«, sagte sie, »ich wollte Sie nicht stören. Ich wußte nicht, daß Sie hier Wache standen. Die andere Wache habe ich gesehen und mich schnell zurückgezogen.«

»Ich stehe nicht Wache«, sagte John Ives. Sein Blick wandte sich wieder den phantastischen Felsformationen zu. »Ich sah nur auf die Berge.«

Garnet tat einen Schritt auf ihn zu. »Finden Sie die Landschaft auch so großartig?« fragte sie.

John nickte. Er trug einen sechs Tage alten Bart und war dem tadellosen, sorgfältig gekleideten und frisierten Gentleman, den sie in Santa Fé kennengelernt hatte, nicht mehr sehr ähnlich.

»Ich weiß nicht, ob ›großartig‹ das Wort ist, es auszudrücken«, sagte er. »Aber ich glaube, es gibt keine Worte dafür; man muß es wohl bei solchen Vokabeln bewenden lassen.

Garnet warf einen unsicheren Blick zu dem kauernden Posten hinüber. John sagte:

»Wir stören ihn nicht. Er ist gewohnt, daß man hinter ihm spricht, und er weiß, wann er aufmerken muß.«

Garnet wußte, daß John selten mit einem anderen Menschen

sprach, jedenfalls nichts, was die Dinge, die er gerade tat, nicht unbedingt erforderten; sie fragte sich, ob sie ihm nicht vielleicht lästig falle. Aber sie hätte gern mit ihm über die Wunderwelt der Felsengebirge gesprochen. Sie fragte:

»Was ist es für Gestein? Wie ist es beschaffen? Wie kommen diese seltsamen Formen zustande?«

»Ich weiß es nicht«, sagte John. »Ich staune ebenso wie Sie.«

»Was sind das für Bäume, die wie Kiefern aussehen?«

»Pinons. Eine Kiefernart.«

»Und die grauen Büsche mit den gelben Blüten?«

»Chamisa. Sie beginnen eben zu blühen. In einem Monat wird da ein einziges gelbes Gewoge sein.« Seine kühlen Augen glitten wie in leichtem Erstaunen über sie hin. Und wie Oliver im vergangenen Winter in New York gefragt hatte, fragte auch er jetzt: »Sind Sie an alledem denn interessiert?«

Und wie sie damals Oliver geantwortet hatte, antwortete sie jetzt auch John und lachte ein wenig dabei:

»Ich bin an allen Dingen interessiert, die ich nicht kenne.« Er antwortete nicht. Sie fragte: »Ist das so sonderbar, daß es Sie überrascht?«

»Ich denke schon«, sagte John, »es gibt nur wenige Menschen, die sich für irgend etwas interessieren, was sie nicht unmittelbar angeht.«

Garnet sah zu ihm auf. Es war schwierig, den Gesichtsausdruck eines Mannes zu erkennen, wenn dieses Gesicht von einem sechs Tage alten Bart überwuchert war. »Sie scheinen die Menschen nicht sehr zu lieben«, sagte sie leise.

Er lachte einmal kurz auf: »Lieben Sie sie denn?«

»Ja. Gewiß tue ich das. Die meisten Menschen haben irgend etwas Liebenswertes. Wenigstens für mich. Und die, die gar nichts davon haben, tragen meistens nicht die Schuld daran.«

»Vielleicht«, sagte John. »Aber finden Sie es nicht erholsam, sich von ihnen abzusondern, dann und wann wenigstens, und ganz allein in eine große Einsamkeit zu gehen – wie diese hier?«

»Erholsam? Nein – ich habe noch nicht daran gedacht.« Ihre Augen folgten den Schattenlinien des Gobelins auf der Erde. »Vielleicht wird es hier eines Tages gar nicht mehr einsam sein«, sagte sie. »Es könnten Menschen kommen und sich ansiedeln.«

»Sie würden es hier kaum sehr weit bringen«, sagte John trocken. Er blickte über die Schulter zum Lager zurück. »Ich glaube, ich höre

Löffel klappern. Kommen Sie! Niemand wird für uns sorgen, wenn wir nicht da sind und uns etwas geben lassen.«

Sie gingen zu den Lagerfeuern zurück. »Ich glaube, Sie sind gräßlich«, sagte Garnet.

»Ja, glauben Sie das? Ich meinerseits finde Sie ziemlich spaßig.« Er tippte sich, flüchtig einen Gruß andeutend, an die hutlose Stirn, wandte sich ab und rief einen seiner Maultiertreiber heran.

Ein Boy füllte Garnets Schüssel aus einem der großen Kessel. Sie setzte sich auf die Erde und verzehrte ihr Abendbrot. Nachdem sie ihre Schüssel ausgespült hatte, ließ sie sich vor ihrem Sattelhäuschen nieder und sah den geschäftig umherlaufenden Männern zu, die das Lager für die Nacht herrichteten. Die Schatten waren nun schon tief gefallen; es wurde kühl. Sie hätte sich gern neben einem der Feuer niedergehockt, aber Oliver hatte ihr eindringlich geraten, sich niemals nach Sonnenuntergang neben ein Feuer zu setzen, da die gegen den Feuerschein abgezeichnete Silhouette eine vorzügliche Schießscheibe für streifende Comanchen abgäbe. Sie sah zu den gigantischen Felsgebilden hinauf, die jetzt als düstere, gespenstische Schatten vor dem zwielichtigen Himmel standen, und fragte sich, ob hier wohl jemals menschliche Siedlungen oder gar größere Städte entstehen könnten. Sie erinnerte sich an den Tag, da die kalifornischen Händler in Santa Fé einritten, wild und verdreckt und verwegen wie Strandräuber. Ihr waren sie damals wie Helden und Eroberer erschienen, wie Männer, die Grenzen hinter sich ließen und an den wüstesten Stellen der Erde neue Reiche errichteten.

Oliver kam zu ihr herangeschlendert. »Es wird dunkel«, sagte er, »die Maulesel sind angepflockt. Wollen wir schlafen gehen?«

Er nahm die Decke beiseite, die an Stelle einer Tür vor Garnets Schutzhäuschen hing; sie trat ein und begann sich zu entkleiden. Sie schlüpfte unter ihre Büffeldecken und streckte sich aus.

»Oliver«, sagte sie, als er gleichfalls hereinkam und sich neben sie legte, »warum hast du mir nie gesagt, daß wir durch eine so phantastisch herrliche Landschaft ziehen würden?«

Sie hörte in der Dunkelheit sein Lachen. »Mein liebes Kind«, sagte er, »nach längstens einem Monat wirst du diese Landschaft so satt haben, daß du deine Daumen für den Anblick einer einfachen weißen Ziegelwand geben würdest.«

»Ich glaube, John Ives hat sie noch immer nicht satt.«

»John ist ein sonderbarer Mensch. Die Felsengebirge liebt er wahrscheinlich, weil sie nicht sprechen können.«

»Wer ist er eigentlich, Oliver?« fragte sie.

»Ich weiß es nicht«, sagte Oliver. »Er kam eines Tages auf einem Yankeeklipper nach San Diego. Von dort kam er zu Fuß nach Los Angeles und fragte in Mr. Abbotts Geschäft nach Arbeit.«

»Wer ist Mr. Abbott?«

»Ein fetter Yankee aus Maine. Er hat einen großen Laden in Los Angeles und handelt in der Hauptsache mit Häuten und Fellen, die er von den großen Ranchos bezieht. Alle Yankees, die Häute kaufen wollen, kommen zu ihm. Wahrscheinlich hatte John auf dem Schiff von ihm gehört. Abbott stellte ihn ein; er mußte Häute aufschichten und über Einnahmen und Ausgaben Buch führen. Sie handeln nicht viel mit Bargeld, weißt du. Das ganze Geschäft geht auf dem Papier vor sich. Die meisten Leute in Los Angeles können weder lesen noch schreiben, deshalb wurde John bald sehr nützlich für Abbott und auch sonst, nachdem er einmal Spanisch gelernt hatte. Ich traf ihn eines Tages in Abbotts Laden. Er hatte sich etwas Geld gespart. Nachdem er gehört hatte, daß ich im Santa-Fé-Handel stecke, fragte er mich nach den Möglichkeiten aus, die dort gegeben seien, und äußerte den Wunsch, selbst in das Geschäft einzusteigen. Ich glaube, ich habe einen ganz guten Blick für Menschen, und John Ives schätzte ich gleich richtig ein. So dauerte es denn nicht mehr lange, bis wir zusammenarbeiteten. Er ist ein ausgezeichneter Partner.«

»Und das ist alles, was du über ihn weißt!«

»Ja. Was er früher trieb, ahne ich nicht. Als er vom Schiff kam, besaß er nichts außer einem Bündel mit alten Kleidern. Aber er ist zweifellos ein Mann von Erziehung.«

»Hat er nicht einen engeren Freund?«

»Doch. Es gibt da einen halbzivilisierten Russen, der von einer der Pelzstationen im Norden herunterkam. John hat ihn irgendwo aufgelesen und ihm etwas Englisch beigebracht. Sie scheinen einander zu mögen.«

Oliver lachte wieder leise vor sich hin. »Garnet«, sagte er, »ich bin wahrhaftig nicht eifersüchtig, aber komm nicht auf den Gedanken, John bewundere dich deines schwarzen Haares und deiner rosigen Wangen wegen. Heute nimmt er dich vielleicht wahr, und schon morgen geht er an dir vorbei, als wärest du gar nicht vorhanden.«

»Ja«, sagte Garnet nachdenklich, »das scheint so zu sein. Ich wünschte, ich könnte es verstehen. Menschen, die ich kenne, möchte ich auch verstehen.«

»Bedürfnisse dieser Art könnten dich eines Tages in Schwierigkeiten bringen«, sagte Oliver. »Um aber auf näherliegende Dinge zu kommen, wo ist deine Pistole?«

»Hier, neben mir. Gibt es irgendeine Gefahr?«

»Nein, aber ich bin mit zur Wache eingeteilt. Mein Dienst beginnt um Mitternacht. Bis dahin hat John Wache; er weckt mich, wenn es soweit ist. Du wirst dann für ein paar Stunden allein sein. Ich denke, es wird dich nicht beunruhigen; ich bin vor Tagesanbruch wieder bei dir. Wenn es sich vermeiden läßt, möchte ich die Dämmerungsschicht nicht gern übernehmen.«

»Warum«, fragte Garnet, »was ist es mit der Dämmerungsschicht?«

»Organisierte Indianerüberfälle finden nahezu immer in der Morgendämmerung statt«, antwortete Oliver. »In dieser Zeit möchte ich also an deiner Seite sein.«

Garnet lächelte glücklich; Oliver schlang seinen Arm um ihren Nacken. Sie erinnerte sich ein wenig beschämt daran, daß sie ihn verdächtigt hatte, es gebräche ihm an Mut. Jetzt fragte sie sich, wie ihr ein Gedanke dieser Art nur habe kommen können. Es gab nichts auf der Welt, wovor Oliver sich fürchtete, außer vor einem unglücklichen Zufall, der sie in seiner Abwesenheit in Gefahr bringen könnte.

Neunzehntes Kapitel

Sie ritten den Chama River bis zur Quelle hinauf. Mit dem allmählichen Versickern des Flusses begann das Wasser für den täglichen Gebrauch knapp zu werden. Die Luft war so trocken, daß Garnet fortgesetzt durstig war; unausgesetzt blies ihr der Staub in Nase und Mund; er knirschte ihr zwischen den Zähnen. Während der Rastpausen gaben die Boys sich alle Mühe, ihr Sattelhäuschen so dicht wie eben möglich zu machen, aber sie konnten ihr täglich nur einen halben Eimer Wasser zum Waschen bringen.

Eines Tages ging der Chama River zu Ende. Der nächste Fluß, der Rio Piedra, war fünfunddreißig Meilen entfernt. Die wasserlose Strecke nahm zwar nur zwei Tageritte in Anspruch, aber es waren dies die längsten Tage, die Garnet in ihrem ganzen Leben durchlebt hatte.

Die Boys hatten, bevor sie den Chama River verließen, alle Flaschen und Behälter gefüllt, aber das Wasser war nun zu einer unersetzbaren Kostbarkeit geworden, so daß Garnet immer nur einen winzigen Schluck nehmen konnte, um den brennendsten Durst zu löschen. Oliver warnte sie nachdrücklich davor, Wasser zum Waschen zu verschwenden. Die Hitze war barbarisch; die Sonne verwandelte die trockenen Felsen in Glutöfen. Fast alle Männer trugen Schutzbrillen und dicke Lederhandschuhe, um Augen und Hände zu schützen. Sie trugen breitrandige mexikanische Hüte. Da Garnet und Florinda sich keine Bärte wachsen lassen konnten, umhüllten sie ihre Gesichter mit Schleiern. Garnet sah voller Neid auf die mexikanischen Frauen und die Halbblut-Mädchen, denen der Sonnenbrand nicht das geringste auszumachen schien.

Sie ritt Seite an Seite mit Florinda, aber beide sprachen nur selten ein Wort. Das Sprechen machte die Kehle noch rauher, als sie ohnehin war. Wenn sie schon redeten, sprachen sie vom Wasser, von dem Fluß, dem sie entgegenritten, und was für eine unaussprechliche Wohltat es sein würde, sich wieder einmal gründlich zu waschen und frisches, kühles Wasser zu trinken.

Aber als sie dann nach einem endlos langen Morgenritt an den Rio Piedra kamen, mußten sie feststellen, daß da gar kein Fluß war. Der Rio Piedra war nicht mehr als ein seichter Graben mit sandigem Grund. Es gab da ein paar Schlammpfützen, aber kein Wasser. Die Maulesel stürzten sich über die Schlammlöcher und tranken sie in wenigen Minuten aus.

Die Köche schnitten sich etwas trockenes Strauchwerk von den Büschen im Graben und brachten es fertig, etwas Hammelfleisch zu rösten. Garnets Mund war so ausgetrocknet, daß sie kaum einen Bissen herunterbekam. In ihrer Flasche war nur noch ein kleiner Rest Wasser gewesen; sie hatte ihn ausgetrunken, aber sie hatte hinterher das Gefühl, überhaupt nichts getrunken zu haben. Oliver riet ihr, sich schlafen zu legen; es sei dies die einzige Möglichkeit, mit dem Durst fertig zu werden. Sie gehorchte schweigend, und sie war so entsetzlich müde, daß sie auch bald danach einschlief.

Als sie am Nachmittag erwachte, sah sie zu ihrer Verblüffung, daß sich Wasser im Graben befand. Die Männer hatten Löcher in das sandige Flußbett gegraben; die Löcher hatten sich von unten her mit Wasser gefüllt und waren übergelaufen. »Das Wasser dieser kleinen Flüsse sinkt während des Sommers unter den Grund«, sagte Oliver, »man muß danach graben wie nach Gold.«

Das Wasser hatte einen sonderbaren Geschmack; es machte Garnet nicht das geringste aus. Sie trank und trank und war selig, darüber hinaus sogar noch ein Waschbecken voll Wasser zu haben. Sie füllten danach ihre Lederflaschen mit dem kostbaren Naß, überquerten den Graben mit dem hochtrabenden Namen und traten eine neue trockene Wegstrecke an.

Die Landschaft schillerte immer noch in prächtigen Farben; es gab hier und da riesige Kakteen, die sich windenden Armen glichen. Die Schutzbrillen vermochten die Augen nur ungenügend vor den sengenden Sonnenstrahlen zu bewahren; Garnet spürte es empfindlich, sie sah schon lange nicht mehr so begeistert umher wie in den ersten Tagen.

»Woran denken Sie?« fragte Florinda, während sie nebeneinander dahinschritten.

»Ich versuche mir einen grünen Hügel vorzustellen«, antwortete Garnet, »und dazu einen silberhell sprudelnden Bach.«

»Ich wollte, ich hätte Sie nicht gefragt«, sagte Florinda. Sie schob ihre Schleier beiseite und nahm einen Schluck aus der Flasche. »Mein Haar bekommt allmählich die Farbe eines alten Ziegelsteins«, klagte sie, »der Staub bringt es um.«

Mr. Penrose, der seinen Maulesel eben neben ihre Stute lenkte, versicherte ihr das Gegenteil. »Es ist nicht mehr schlimm, Florinda«, sagte er, »noch zehn Meilen und wir stoßen auf den Rio Dolores, der immer Wasser führt.«

»Großartig, Mr. Penrose«, rief Florinda und schenkte ihm ein verführerisches Lächeln, bevor sie ihr Gesicht wieder mit den Schleiern verhüllte. »Es ist überhaupt eine großartige Sache, so viel Neues kennenzulernen. Und ich hatte mir wahrscheinlich angewöhnt, mein Haar viel zu oft zu waschen.«

»Hoffentlich plagt Sie die Hitze nicht gar zu sehr«, sagte Mr. Penrose.

»Aber nicht im geringsten«, strahlte Florinda.

Mr. Penrose sah sie bewundernd an und galoppierte davon, um einen Lederriemen aufzuheben, der hinter einem seiner Maultiere her schleifte. Garnet dachte bei sich, eigentlich müsse es doch, von allem anderen abgesehen, schrecklich unbequem sein, in so dirnenhafter Abhängigkeit wie Florinda zu leben. Hitze und Trockenheit quälten auch sie fürchterlich; sie ertrug die Beschwerden kraft ihres Willens, aber sie brauchte Oliver doch nicht vorzumachen, daß sie das Schreckliche großartig finde.

Florinda pflegte sich nie bei Mr. Penrose zu beklagen. Sie sorgte für ihn, wie sie vorher für Mr. Bartlett gesorgt hatte; sie leistete ihm mancherlei weibliche Dienste, die den Boys nie eingefallen und die Penrose selbst wahrscheinlich auch nie in den Sinn gekommen wären, die er sich aber gleichwohl nicht ungern gefallen ließ. Wenn er sich in der Mittagspause zum Schlaf niederlegte, faltete Florinda eine Decke zusammen und schob sie ihm unter den Kopf; wenn sein Schnürsenkel riß, sorgte sie dafür, daß er ein neues bekam, so daß er die zerrissenen Enden nicht zusammenknoten mußte, was er früher immer getan hatte. Sie brachte ihm unaufgefordert Kaffee und bat ihn, doch liegenzubleiben und sich auszuruhen. Und bei alledem war sie immer heiter und guter Dinge und gab ihm keinerlei Veranlassung zur Eifersucht. Unternahm irgendein anderer der Männer einen Annäherungsversuch, ließ sie ihn liebenswürdig, aber unmißverständlich abblitzen.

Eineinhalb Tage lang ritten sie ununterbrochen bergan; schließlich befanden sie sich auf solcher Höhe, daß sie meilenweit nur die blauen Gebirgsketten sahen. Und endlich erreichten sie den Rio Dolores. Es war dies ein schmales und seichtes Flüßchen, aber es führte Wasser, klares, kühles Wasser; es war köstlich. Das Ufer wurde von Baumwollstauden gesäumt, und im Flußbett wuchs Brunnenkresse.

Gleich nach dem Mittagessen ging Garnet zum Fluß hinunter, um ein paar Sachen auszuwaschen. Sie war eben dabei, die Wäsche auf den Sträuchern zum Trocknen auszubreiten, als sie John gewahrte, der gerade auf sie zukam. Er nahm ihr die Wäschestücke aus der Hand, die sie eben ausgewrungen hatte, und half ihr, sie auf die Büsche zu hängen. Garnet fühlte einen Anflug von Verlegenheit darüber, daß ein Mann, der ihr nahezu fremd war, ihre Unterwäsche in die Hand nahm. Aber er schien nicht einmal hinzusehen und gab sich völlig gleichmütig. Als sie das kleine Geschäft beendet hatten, sagte er:

»Kommen Sie ein paar Schritte mit hier herauf. Ich möchte Ihnen etwas zeigen, was Sie interessieren wird.«

Sie folgte ihm, an dem ausgestellten Posten vorüber, bis zu dem Punkt, wo das Flüßchen aus den Felsen herausgesprudelt kam.

»Sehen Sie«, sagte John, »folgen Sie dem Flußlauf. Fällt Ihnen etwas auf?«

»Nein«, sagte Garnet, »was meinen Sie? Wir stehen hier an der Flußquelle . . .«

Er lächelte leicht. »Ich bin überzeugt, Sie haben noch nie in Ihrem

Leben einen Fluß gesehen, der nach Westen fließt. Dieser hier tut es.«

»Aber wieso –«; Garnet zögerte und dachte seinen Worten nach, um ihren Sinn zu erfassen. – Der Hudson, dachte sie, der Mississippi – sie fließen nach Süden. Der Arkansas fließt nach Osten und biegt dann nach Südost. Der Rio Grande strömt nach Süden und wendet sich ostwärts. An die vielen kleineren und ganz kleinen Flüsse, die sie gesehen hatte, konnte sie sich nicht erinnern. Sie sah zu ihm auf. »Ich sehe«, sagte sie, »er fließt nach Westen. Aber – ist das irgendwie bedeutungsvoll?«

»Sofern Sie an solchen Dingen Interesse haben, ist es das wohl«, antwortete John. »Wir befinden uns hier auf dem höchsten Punkt des amerikanischen Kontinents. Wir stehen an der großen Wasserscheide.«

Garnet sah staunend auf die Quelle und dann wieder auf Johns ernstes Gesicht mit dem schwarzen verwilderten Bartwuchs und den grünlichen Augen unter den schwarzen Brauen. Trotz der Verwilderung erschien dieses Gesicht ihr in diesem Augenblick heller und freundlicher, als sie es jemals gesehen hatte.

»Was bedeutet: die ›große Wasserscheide‹?« fragte sie. »Ich habe nie davon sprechen hören.«

Er suchte es ihr zu erklären. Er sprach von dem ungeheuren Gebirgszug, der sich einem Gerippe gleich durch den Kontinent zog und das amerikanische Flußsystem teilte. Garnet saß auf einem großen Stein und starrte auf die riesigen rauhen Gebirgsmassen rund herum.

»Das ist ein erstaunliches Land«, sagte sie schließlich. »Sie haben recht: ›Großartig‹ ist nicht der treffende Ausdruck. Wie würden Sie es nennen? Erhaben?«

John hatte eine Handvoll Kieselsteine aufgegriffen und warf jetzt einen nach dem anderen ins Wasser. »Es mag eher treffen, Mrs. Hale«, sagte er, »ich glaube jedenfalls nicht, daß es einen passenderen Ausdruck gibt. Die zivilisierten Sprachen wurden von Menschen gemacht, die dergleichen nie sahen. Vielleicht werden noch weitere tausend Jahre vergehen müssen, bis es für diese und andere Dinge die passenden Vokabeln gibt.«

»Es ist alles so groß und so weit«, sagte Garnet. »Ich bin heute überzeugt: Bevor ich diese erhabene Weite sah, wußte ich überhaupt nicht, was Größe und Weite heißt. Oliver deutete das schon an, als er im Winter in New York war; es erschien ihm dort alles so klein und so eng. Jetzt weiß ich, was er meinte; damals verstand ich ihn nicht.«

John nahm weiter Steinchen auf und warf sie ins Wasser, als erfreue er sich an dem kleinen dumpfen Geräusch, das sie beim Aufschlagen verursachten. Garnet fuhr fort:

»Wie sollte ich denn auch? Ich hatte Kalifornien noch nicht gesehen.«

Ohne sich umzuwenden sagte John: »Sie werden Kalifornien liebenlernen.«

»Ich glaube es«, sagte Garnet. »Auch Oliver findet, es sei ein herrliches Land.«

»Es ist herrlicher, als Oliver oder irgend jemand anders Ihnen sagen kann.« Er sprach mit leiser, nachhaltiger Stimme. Sie konnte sein Gesicht nicht sehen, es war ihr abgewandt, aber sie fand, es klinge, als spräche ein Mann zu einer geliebten Frau.

»Sie lieben es sehr, nicht wahr?« fragte sie, ebenso leise.

»Ja«, sagte John, »ich liebe es sehr.«

Wenn er doch weitersprechen wollte, dachte sie. Er konnte plastischer und eindringlicher als Oliver erzählen. Sie fragte: »Was lieben Sie vor allem an diesem Land?«

»Die Größe«, sagte John, »die Leere, die Einsamkeit. Und die Blumen. Aber es ist schwer, das alles einem Menschen zu erklären, der noch nicht dort war.«

»Warum ist es schwer?«

»Weil –«, er wandte den Kopf und lächelte sie über die Schulter hinweg an, »weil Sie es nicht glauben werden, bis Sie es selbst sahen. Niemand glaubt es.«

»Doch«, sagte Garnet. »Ich. Ich glaube Ihnen. Und ich wünschte, Sie würden mir mehr davon erzählen. Gerade weil – verstehen Sie mich – weil diese wasserlosen Strecken so schwer zu ertragen sind. Sie waren schon früher hier, Sie haben das Land mehrmals durchquert. Sie wissen genau, was Sie am Ende des Weges erwartet; ich weiß es nicht. Wenn Sie mir davon erzählten, wenn Sie mir ein Bild malten, so, wie Sie es sehen, so würde ich immer daran denken, wenn Durst und Müdigkeit mich zu überwältigen drohen.«

»Ja«, sagte John, »das verstehe ich. Immer wenn wir die trockenen Landstriche durchziehen, denke ich an das Ziel. An den Schnee auf den Gebirgskämmen und an die meilenweiten farbigen Blumenteppiche.«

Er sah über die kahlen und nackten Felsen hinweg, als sähe er irgendwo dahinter schon die Blumen Kaliforniens. Seine Worte tropften langsam, und seine bedächtige Stimme gewann an Wärme:

»Die Blumen, müssen Sie denken, blühen nicht vereinzelt hier und da. Sie wachsen in riesigen Flächen. Da sind endlose Ackerbreiten voll wildem gelbem Mohn, anzusehen wie ein goldenes Laken. Und dahinter dehnen sich Morgen um Morgen blaue Lupinen, rote Sandverbenen und purpurner Salbei – eine endlose Decke voll bunter Farbflecke, so weit das Auge reicht. Die Bergabhänge sind mit dunkelgrünem Chaparral bedeckt, und zwischen dem Chaparral stehen die Yaccas – das sind palmenähnliche Liliengewächse –, die wie weiße Kerzen zwanzig Fuß hoch in die Höhe schießen. Und darüber hinweg, zur Höhe gleitend, stößt der Blick wieder auf farbige Blumenteppiche, die sich bis zur Schneedecke hinaufziehen. Überall in der Luft ist der Geruch des Salbeis, ein starker, würziger Duft, der einen nicht losläßt. Man hält, vom Anblick überwältigt, am Fuße eines Hügels sein Pferd an und sitzt und schaut und vermag den Blick nicht zu lösen; man spürt das Überwältigende und Unsagbare wie einen Schmerz tief in der Brust. Die Bergspitzen funkeln in strahlendem Weiß, und der Himmel ist von einer so unwahrscheinlichen Bläue, daß sie wie Purpur wirkt; und vor einem ist bezwingend und allgewaltig die Ferne und die Endlosigkeit und der Strahlenkranz der Bergketten am Horizont. Und immer wieder ist der farbige Blumenteppich unter einem, und es würgt einen tief drinnen, daß man in Tränen ausbrechen möchte. Man schämt sich vor seinem eigenen Gefühl, man wendet das Pferd, um weiterzureiten und seinen Geschäften nachzugehen, und gerade da kommt einem vielleicht irgend so ein hornhäutiger Kerl ins Blickfeld, ein mit allen Wassern gewaschener Halunke, der gerade noch rechtzeitig aus den Staaten herauskam, um dem Galgen zu entgehen, ein Kerl, der einen Stein statt eines Herzens in der Brust hat. Und der steht da nun und sieht sich um, und seine Augen werden groß und größer, das große Staunen steht darin, und man hört ihn atmen und einen Schrei der Überwältigung ausstoßen: ›Allmächtiger Gott!‹ Und man weiß: der Bursche hat in seinem Leben mehr geflucht als tausend andere zusammen, aber als er jetzt ›Allmächtiger Gott!‹ sagte, da fluchte er nicht.«

John schwieg, und eine lange Stille setzte ein. Garnet sah starr auf die kahlen, nackten Felsen und auf den schmalen, seichten Bach, der sie nach Kalifornien führen würde. Von unten her drang schwach und wie aus weiter Ferne der Lärm des Lagers herauf.

»Ich danke Ihnen«, sagte Garnet leise, »ich danke Ihnen sehr.«
John sah immer noch in die Weite hinaus. Bei ihren geflüsterten
Worten fuhr er herum, als habe er ihre Gegenwart bereits völlig
vergessen. Er ließ ein kurzes, fast böses Lachen hören.

»Wenn Sie je einem Menschen erzählen, wie ich jetzt zu Ihnen
gesprochen habe, soll Ihnen die Sonne das Hirn ausdörren«, sagte
er. »Kommen Sie, lassen Sie uns hinuntergehen. Ich habe eine Wache
zu übernehmen, und zwar sehr bald; vorher möchte ich noch ein
wenig schlafen.«

Er nahm ihren Arm und half ihr beim Abstieg. Nachdem sie den
Wachtposten passiert hatten, verabschiedete er sich mit einem kurzen
»Auf Wiedersehen!« und ging davon. Minuten später schon sah sie
ihn neben anderen Männern ausgestreckt am Boden liegen und schlafen.

Was für ein rätselhafter Mensch er ist, dachte sie. Er liebt die Erde
und das Land, in dem er lebt, aber er liebt die Menschen nicht, die
mit ihm die Erde bewohnen. Die anderen Männer, gleichgültig, woher sie kamen und was sie vorher getrieben haben mochten, wurden
durch die gemeinsame Arbeit und die gemeinsame Gefahr zu einer
Einheit zusammengeschmolzen. John Ives stand außerhalb. Er beteiligte sich an jeder Arbeit und entzog sich keiner Pflicht, im Gegenteil, er tat mehr als mancher andere und wurde von allen hoch
geachtet, aber er lebte sein eigentliches Leben für sich, er teilte es
mit keinem Menschen.

Nun hatte er zu ihr gesprochen, wie er sonst zu niemand sprach.
Sie fragte sich, was ihn wohl veranlaßt haben mochte, gerade ihr
einen Blick in sein Inneres zu gestatten. Fühlte er, daß sie die Erde
liebte wie er? – Ja, dachte sie, ich liebe die Erde, und ich liebe auch
ihn, ganz anders als Oliver, anders als die Eltern; es ist dies eine
seltsame Liebe; ich vermag sie nicht zu erklären.

Sechs Tage lang folgten sie dem Rio Dolores. Der Fluß führte sie
nach Westen und bog dann, durch das Gebirge führend, nach Nordwesten. Das endlose Reiten ermüdete, aber sie hatten Wasser und
gute Verpflegung: außer dem Salzfleisch, das sie mitgenommen hatten, frisches Hammelfleisch und allerlei Wildvögel. Die Tage waren
glühend heiß, die Nächte wurden von Mal zu Mal kälter. Eines
Nachmittags gerieten sie unversehens in einen Regenschauer hinein;
sie begrüßten das Wasser vom Himmel wie einen Segen und ritten

unentwegt weiter; Garnet wunderte sich hinterher, daß sich niemand erkältete.

Der Comanchen-Bereich lag nun hinter ihnen; es hatte keinerlei Schwierigkeiten gegeben. Dann und wann hatten sie in weiterer Entfernung streifende Indianer gesehen. Sie hatten ihnen Späher entgegengesandt und ihnen Halsketten aus Glasperlen, Seidenbänder und grellfarbene Stoffe als Geschenke überreichen lassen. Zuweilen hatten sie mit einzelnen Indianern auch um Wild oder Fisch gehandelt.

Sie verließen den Rio Dolores und wandten sich wieder nach Westen. Es folgten vierzig Meilen trockenes Land, kahle Berge ringsum und keine Andeutung von Wasser. Garnet ritt mit völlig ausgedörrter Kehle, bis zum Stumpfsinn ermüdet, neben Florinda dahin. Als der Gliederschmerz unerträglich wurde, stiegen sie beide vom Pferd und gingen zu Fuß. Florinda machte einen völlig erschöpften Eindruck. Sie hatte dunkle Ringe unter den Augen, die der Staub, der sich dort ansammelte, noch schwärzer erscheinen ließ. »Das ist kein Land«, murmelte Florinda, während sie auf dem ansteigenden Pfad mühsam Schritt vor Schritt setzten, »das ist die Hölle!« Ihre Stimme war heiser von dem Staub, der ihr die Kehle verstopfte.

»Es ist schrecklich«, sagte Garnet. Sie blieb stehen, um einen Schluck aus ihrer Flasche zu nehmen.

Florinda zog den Schleier hoch, der ihren Mund verdeckte, und nahm ebenfalls einen Schluck. Garnets Gesichtshaut war wie die eines Indianers gegerbt und gebräunt, aber Florinda begann jetzt schon den Preis für die Kalifornienreise mit dem Verlust ihrer Gesichtsfarbe zu bezahlen. Ihre perlmuttfarbene Haut bräunte sich nicht. Sie zog den Schleier wieder herab und sagte durch die Vermummung hindurch:

»Haben Sie eine Ahnung, was nach dieser Höllenwüste kommt, Garnet?«

»Oliver sagte, wir kämen zum Grand River.«

»Das wäre nicht auszudenken: Wasser!«

Aus Garnets Stimme klang warmes Mitgefühl: »Sie empfinden die Hitze noch viel schlimmer als ich, Florinda.«

Florinda zuckte die Achseln. »John Ives hat mich gewarnt«, sagte sie. »Aber machen Sie sich meinetwegen nur keine Sorgen. Ich halte durch.«

Sie fielen in ihre alte Schweigsamkeit zurück. Die Hufe der Maulesel klapperten auf dem steinigen Felsenpfad. Die paar Schafe, die sie noch besaßen, blökten kläglich nach Wasser und Gras. Aber von Wasser und Gras war weit und breit keine Rede.

Es war erst gegen neun Uhr morgens, aber die Hitze war bereits schier unerträglich. Garnets Kehle war so rauh wie ein Reibeisen für Muskatnüsse. Sie tastete schon wieder nach der Wasserflasche. Oliver kam von hinten heran. Er ging auch zu Fuß und zog einen bepackten Maulesel hinter sich her. In der freien Hand hielt er ein paar glatte Kieselsteine.

»Steck einen Stein in den Mund«, sagte er, »lutsche daran wie an einem Bonbon. Er hält den Mund feucht, und du kannst besser schlucken.«

Garnet nahm die Kieselsteine; sie gab auch Florinda einen. Das Mittel erwies sich als wirksam. Oliver tat alles, was in seiner Macht stand, ihr die Zeit der Trockenheit erträglicher zu machen. Es war nicht seine Schuld, daß jeweils rund vierzig Meilen zwischen den Flüssen lagen. Garnet dachte an die leuchtenden Blumenfelder Kaliforniens und an den Schnee auf den Berggipfeln. Es war gut, daß John ihr davon erzählt hatte, und es war besonders gut, wie er gesprochen hatte. Während sie müde und erschöpft zwischen den backofenheißen Felsen mehr kroch als ging, hatte sie fortgesetzt die bunten, strahlenden Bilder vor Augen, die er vor ihrem inneren Auge entrollt hatte.

Sie kamen schließlich an den Grand River. Das Wasser sprang mit einem hellen Geräusch über das heiße Gestein; es klang wie Musik. An den Ufern des Flusses wuchs frisches Gras für die Tiere, und sie legten einen ganzen Tag Rastpause ein, um die Gelegenheit zu nützen. Sie wuschen sich alle von Kopf bis zu Fuß, reinigten Wäsche und Kleider und ruhten sich aus. Die Boys bereiteten köstliche Mahlzeiten. Die letzten Schafe, die sie von Santa Fé aus mitgetrieben hatten, wurden geschlachtet; es hatte keinen Sinn, sie noch weiter mitzuführen, da sie die noch vor ihnen liegenden Felsen nicht zu erklettern vermochten. Der Treck mußte sich fortan von Salzfleisch ernähren. Vielleicht kam dann und wann ein Stück Bergwild dazu.

Oliver erklärte Garnet, daß sie nunmehr in das Gebiet der Utah-Indianer kämen. Die Utahs, sagte er, seien nicht so grausam wie die Comanchen und nicht so stumpfsinnig wie die Digger, mit denen sie weiter westlich in Berührung kommen würden. Die Utahs seien im Durchschnitt intelligente Burschen und immer zu Tauschgeschäften mit Weißen geneigt. – Die Wachsamkeit der Männer ließ gleichwohl nicht nach, denn immerhin stahlen auch die Utahs wie die Raben, wenn sie billige Gelegenheit dazu bekamen.

Garnet hatte gehofft, der Treck würde dem Grand River folgen, allein sie hatte sich geirrt. Der Grand River wurde überquert. Während sich die kleine Stute Sunny einen Weg durch die Steine des Flußbettes suchte, hielt sich Garnet krampfhaft am Sattelknopf fest. Aber Sunny war ein kluges und kräftiges Tier; sie trug ihre Herrin sicher ans andere Ufer. Danach ritten sie weiter nach West-Nordwest, einem anderen Fluß, dem Green River, entgegen. Oliver erzählte Garnet, daß sich Grand River und Green River ein paar Meilen weiter südwärts zum Colorado vereinigten; dort käme der Treck aber nicht weiter, da der Colorado zu breit sei, um ihn mit den Tieren zu überqueren. Sie mußten deshalb einen Umweg machen, aber es gab keine andere Möglichkeit.

Sie befanden sich nun auf schwindelnder Höhe mitten im Gebirge. Die Szenerie war von majestätischer Größe; indessen Garnet war dieses Anblicks so müde, daß sie kaum einen Blick darauf warf. Die Mittage brachten furchtbare Hitze, und die Nächte waren so kalt, daß Rauhreif auf dem Gestein lag. Das Wasser der Bergbäche war eisig kalt. Wenn Garnet in den Eimern, die die Boys ihr brachten, Wäsche auswusch, klapperte sie mit den Zähnen vor Kälte.

Eines Mittags – sie hatten gerade ihre Mahlzeit beendet – kam einer der ausgestellten Wachtposten ins Lager gestürmt und brachte die Nachricht, daß etwa ein Dutzend Utah-Indianer sich näherten. Garnet sah, daß die mexikanischen Frauen und die Halbblutmädchen, kaum daß sie die Meldung gehört hatten, sich flach auf die Erde legten und Decken und Pelze über sich zogen. Sie saß neben Florinda und wußte nicht, was sie tun sollte. Oliver kam eilig heran, einen Packen Decken unter dem Arm. »Schnell«, rief er, »legt euch hin; sie dürfen von eurer Anwesenheit nichts ahnen.« Die beiden Frauen gehorchten verwirrt, und Minuten später war dort, wo sie lagen, nur noch ein unordentlich zusammengeworfener Haufen aus Decken, Sätteln und Gepäckstücken zu sehen.

»Oliver«, rief Garnet unter ihrem Versteck hervor, »was ist denn nur? Besteht Gefahr für uns?«

Sie hörte ihn beruhigend lachen: »Habe keine Angst; es passiert dir nichts. Die Utahs wollen sich nur mal auf unsere Kosten satt essen. Aber wenn sie Frauen sehen, kommen sie manchmal auf die Idee, sie kaufen zu wollen, und dann gibt es ein langes Palaver, das man besser vermeidet. Haltet euch also still.«

Bald darauf hörten sie die grunzenden, gutturalen Laute der Indianer und die erklärenden Sätze der weißen Dolmetscher, die mit ihnen sprachen. Dann klapperten Töpfe und Pfannen. Garnet dachte daran, daß Oliver einmal gesagt hatte, Indianer seien immer hungrig. Sie tastete heimlich nach ihrer Pistole. Oliver hatte gesagt, sie solle davon nur in der äußersten Not Gebrauch machen. Es sei immer besser, mit den Rothäuten zunächst im Guten umzugehen und sie freundlich und gastfrei zu behandeln, statt sich mit ihnen in einen Kampf einzulassen. Aber die Pistole an ihrer Seite gab ihr ein Gefühl der Sicherheit.

Sie lag still und reglos, und auch Florinda neben ihr rührte sich nicht. Ihre Muskeln begannen sich allmählich zu verkrampfen. Sie hörte sonderbar schmatzende Geräusche. Vermutlich rührten sie von den essenden Indianern her; sie schienen wie die Schweine zu schlingen. Nach einiger Zeit flüsterte Florinda:

»Ob wir mal versuchen können, ein bißchen auszuspähen?«

»Ich möchte schon«, flüsterte Garnet, »ich habe noch nie einen Indianer aus der Nähe gesehen, wenigstens keinen wilden. Warten Sie einen Augenblick.«

Vorsichtig, Zoll für Zoll ihre Hand vorschiebend, um das künstlich errichtete Gebäude nicht zum Schwanken zu bringen, tastete sie nach der Decke, die das Versteck nach dem Lagerplatz der Indianer zu abschloß, und schob sie ein wenig beiseite. Im ersten Augenblick blendete sie das von außen hereinfallende Licht, und sie vermochte gar nichts zu sehen. Dann, nachdem ihre Augen sich daran gewöhnt hatten, sah sie die Indianer.

Sie saßen in etwa zwanzig Fuß Entfernung in einem Kreis zusammen und schlangen so gierig, daß sie augenscheinlich für nichts anderes Interesse hatten. Sie schenkten den Dingen ihrer Umgebung keinerlei Aufmerksamkeit. Garnet stiegen mit dem Essensgeruch zugleich die Ausdünstungen ungewaschener Körper in die Nase; sie schüttelte sich unwillkürlich.

Die Utahs, große, kräftige und muskulöse Männer, waren nahezu nackt. Garnet fand, sie müßten in gewaschenem Zustand recht gut aussehen; aber Wasser schätzten sie offensichtlich nur als Getränk. Das fettige schwarze Haar trugen sie mit farbigen Bändern zusammengedreht und mit Federn geschmückt. Sie hatten Glasperlenketten um den Hals und trugen Lendentücher aus Fellen und grellfarbenem Stoff. All diese Herrlichkeiten hatten sie vermutlich früheren Händlertrecks abgehandelt. Ihre Körper waren von Staub und

Schweiß förmlich verkrustet. Die Schüsseln hielten sie dicht vor das Gesicht, sie fraßen wie die Hunde, schluckten und schmatzten und kratzten sich dabei an allen möglichen Körperstellen; wenn man sie sah, mußte man zu der Überzeugung kommen, daß sie Grund zum Kratzen hätten.

Garnet hörte Florinda flüstern: »Mir reicht's. Lassen Sie die Decke fallen; ich halt's nicht mehr aus. Hölle und Frikassee!«

Garnet ließ die Decke fallen. »Reden Sie nicht von Frikassee«, flüsterte sie. »Ich darf jetzt nicht an Essen denken.« Es war ihr, als sei der Indianergestank jetzt überall; sie fühlte sich ganz krank.

»Man sagt, diese Rothäute hätten Nasen wie Hunde«, flüsterte Florinda, »sie witterten das Wild. Ich begreife allerdings nicht, wie sie überhaupt etwas riechen können außer ihrem eigenen Gestank.«

»Lassen Sie uns lieber still sein«, warnte Garnet.

Sie lagen ganz ruhig. Es war ihnen, als sei bereits eine Ewigkeit vergangen, seit Oliver sie unter die Decken geschoben hatte. Sie versuchten zu schlafen, aber die verkrampften Glieder schmerzten zu sehr; sie wurden immer wieder wach. Es war fürchterlich heiß in dem Versteck, die Luft war stickig und kaum noch zu ertragen. Als die Decken schließlich über ihnen weggezogen wurden, hatten sie beide heftige Krampfschmerzen in Armen und Beinen.

Silky van Dorn stand vor ihnen und grinste sie an: »In Ordnung, Ladies, Sie können aufstehen.«

Aber das war gar nicht so einfach. Silky reichte beiden eine Hand, und Garnet versuchte sich zu erheben. Aber in ihren Beinen war keinerlei Gefühl. Sie fiel wieder um. »Ich kann nicht, Mr. van Dorn«, flüsterte sie, »ich bin völlig erstarrt.«

»Kann ich mir denken«, sagte Silky, »das kommt davon; weil Sie jung und hübsch und gut gewachsen sind, muß man Sie vor den Wilden verstecken. Bewegen Sie tüchtig die Glieder. Hier, nehmen Sie einen Schluck; das hilft auch.«

Er zog eine Flasche aus der Tasche und reichte sie ihnen. Garnet nahm einen kleinen Schluck. Der Whisky brannte ihr auf der Zunge, aber selbst das war eine willkommene Empfindung; er war wenigstens naß und frisch. Florinda schüttelte heftig den Kopf, worauf Silky ihr eine Wasserflasche reichte. Oliver kam mit Texas und Penrose heran. Er schob Garnet beide Hände unter die Achseln und zog sie hoch. Sie umklammerte ihn und versuchte sich auf den Füßen zu halten.

»Spüren Sie schon ein Prickeln in den Beinen?« fragte Texas.

»Ja«, flüsterte Garnet, »es prickelt schrecklich.«

Florinda, die sich an Penroses Schultern festhielt und auf die Beine zu kommen versuchte, sagte: »Mir kommt es vor, als kröche ein Regiment Ameisen an mir hoch.«

»Ausgezeichnet«, sagte Texas, »das Blut beginnt also wieder zu zirkulieren. Jetzt werde ich Ihnen beiden einen guten Kaffee bereiten.«

Oliver war Garnet behilflich, in das Sattelhäuschen hineinzukriechen, das schon vor dem Mittagessen errichtet worden war. Er zog die Decke vor und begann ihr Schenkel und Beine zu massieren; das Prickeln ließ nach, und sie vermochte die Glieder wieder zu bewegen.

»Du hast es gut überstanden«, lächelte Oliver.

»Wie seid ihr die Indianer wieder losgeworden?«

»Oh, wir machten ihnen schließlich begreiflich, daß das Gastmahl beendet sei. Wir schüttelten die Köpfe, strahlten sie liebenswürdig an und spielten mit unseren Pistolen. Schließlich gaben wir ihnen noch ein paar Glasperlenketten und ähnliches Zeug. Da zogen sie denn ab.«

»Ich hoffe, es waren die letzten Indianer, mit denen ich in Berührung komme«, sagte Garnet. »Ich hätte mir nie vorgestellt, daß lebende Wesen so abstoßend wirken können.«

»Oh«, lächelte Oliver, »warte ab, bis du ein paar Digger gesehen hast.«

»Schlimmer als die Utahs eben können sie auch nicht sein.«

»Meine Liebe, verglichen mit den Diggern sind die Utahs Salonhelden. Die Utahs sind Menschen, die Digger . . .«, er zuckte die Achseln; offenbar fand er keinen treffenden Ausdruck.

Texas brachte einen Topf Kaffee. Der Kaffee war stark, aromatisch und sehr heiß. Nachdem sie ihn mit Behagen getrunken hatten, ging Garnet wieder ins Freie, um sich etwas Bewegung zu verschaffen. Die Männer waren schon wieder dabei, die Maulesel zu beladen. Sie hatten hier rasten wollen, aber nun fanden sie, es sei besser, etwas weiterzuziehen. Es konnten immerhin noch mehr Utahs in der Nachbarschaft sein, und sie konnten schließlich nicht einen ganzen Stamm verpflegen.

Am nächsten Tag erreichten sie den Green River, einen ziemlich reißenden Fluß, den beladene Maulesel nicht überschreiten konnten. Sogleich begannen die Männer, Bäume zu fällen und Flöße zu bauen. Sie führten die Tiere durch den Strom, brachten die Warenballen und die Gepäckstücke auf Flößen hinüber und beluden die Maulesel am anderen Ufer von neuem. Garnet mußte den Fluß auf dem Rükken ihres Pferdes durchschwimmen. Sie war ein wenig bange, aber sie hatte großes Zutrauen zu der braven Sunny. Es war nicht ganz einfach; sie fürchtete an die zwanzigmal, herunterzufallen und zu ertrinken, aber Sunny, die eine zähe Schwimmerin war, brachte sie sicher hinüber.

Und weiter ging der Treck: durch das Gebirge, das sich immer höher zog und immer schwieriger zu erklimmen war, über kleine Bergbäche hinweg, die zwischen ragenden Steilwänden dahinflossen. Nach Westen führte der Weg, bog nach Nordwesten ab und ging wieder nach Westen, um schließlich durch den Wasatch-Paß, einen tiefen Felseinschnitt, nach Südwesten abzubiegen. Garnet war ständig so müde und erschöpft, daß sie in den Nächten und während der Mittagspausen schlief, als hätte sie Rauschgift genommen. Und niemals fühlte sie sich nach dem Erwachen ausgeruht. Sie war nun schon tiefdunkelbraun gebrannt, aber noch immer sengte die unerbittliche Sonne ihr die Haut und trieb ihr Tränen in die Augen.

Sie kamen zum Sevier River, der einen hufeisenförmigen Bogen beschrieb, und folgten seinem östlichen Arm. Und weiter führte der Weg durch das Gebirge; sie passierten einen Talkessel, das Bear Valley, und kamen, immer in südwestlicher Richtung, ein anderes Gebirge durchziehend, endlich zu einem hochgelegenen Plateau, das einem grünen Paradies glich und Las Vegas de Santa Clara genannt wurde. Garnet starrte in das grüne Wunder, legte die Hände an die schmerzenden Schläfen und brach in Tränen aus.

Sie hätte nie gedacht, daß ihr dergleichen passieren könnte. Aber sie war so entsetzlich müde. Und gerade vor ihr sprudelte jetzt eine silberhelle Quelle aus dem Gestein hervor, überflutete das Land und zauberte ganze Felder von hohem saftigem Gras und wilden Blumen aus der Erde. Die Luft hatte zum erstenmal wieder Feuchtigkeit, die Erde war locker und weich, und überall im grünen Gras blühten blaue und gelbe Blumen. Auf dem Bachgrunde wuchsen ganze Beete von Brunnenkresse, an den Ufern standen Bäume, und in den Zweigen der Bäume sangen Vögel.

Rund um das Wiesental erstreckte sich meilenweit das Gebirge, aber Garnet schenkte den ragenden Felsen nicht einen einzigen Blick, sie wünschte, sie würde nie mehr im Leben einen Berg erblicken müssen.

Sie waren jetzt sechshundert Meilen von Santa Fé entfernt, aber nur deshalb, weil sie riesige Umwege machen und dem Lauf der Bäche und Flüsse folgen mußten. Die Reise hatte bisher vierunddreißig Tage gedauert. Es war September. Hier oben auf der Höhe herrschte bereits eine herbstliche Atmosphäre; der Rauch der Lagerfeuer hatte den Geruch verbrannter Blätter. Oliver hatte Garnet gesagt, daß sie hier zwei Tage verweilen würden. Die Männer jagten, fischten und badeten im Bach, dessen Wasser vom Seifenschaum getrübt war. Garnet und Florinda wuschen ihr Haar und ihre Kleider, breiteten ihre Decken auf die Erde und streckten sich aus, um zu schlafen; sie hatten sich lange nicht mehr so wohl gefühlt.

Als sie erwachten, fühlten sie sich vollkommen ausgehungert. Sie vertilgten Unmengen von Wild und Geflügel, das die Männer geschossen hatten, dazu Atole mit Bratensoße und Salat von Brunnenkresse. Die Nacht wurde empfindlich kalt, aber Garnet, fest in Decken und Büffelfelle gehüllt, hatte das Gefühl, nie so warm und bequem gelegen zu haben. Sie dachte an die weichen Matratzen und die weißen Bettücher, die sie in New York gehabt hatte. Wie viele Menschen mochten jetzt in weichen Daunen liegen und trotzdem nicht schlafen können. Sie selber aber würde in ihren Büffelfellen herrlich schlafen; oh, sie war so müde. Sie schlief zwölf Stunden hintereinander ruhig und tief.

Am Morgen gab es, zum erstenmal, seit sie Santa Fé verlassen hatten, ein Frühstück. Olivers Boy brachte Garnet eine Schüssel Atole und ein großes Stück Bratfisch. Sie schrie vor Entzücken, und der Boy grinste. Oliver setzte sich mit seiner Schüssel neben sie ins Gras.

»Wie fühlst du dich?« fragte er.

»Wunderbar«, sagte sie.

»Du hast dich prachtvoll gehalten.«

»Habe ich das wirklich?«

»Großartig! Ohne jede Einschränkung. Die Männer haben bezweifelt, daß du es schaffen würdest. Heute zweifeln sie nicht daran.«

Garnet lächelte, froh, daß er sie lobte, und froh, daß die trockenen Strecken nun hinter ihnen lagen. »Wird es im nächsten Frühling leichter gehen?« fragte sie.

»O ja«, antwortete er. »Im Frühling gibt es mehr Gras und mehr Wasser. Und überhaupt: Zieht man ostwärts, dann weiß man, daß der Weg von Tag zu Tag leichter wird. Zieht man westwärts, weiß man das Gegenteil.«

Garnet setzte mit einer jähen Bewegung ihre Schüssel ab. Oliver war viel zu sehr mit seinem Frühstück beschäftigt, um zu bemerken, daß er sie erschreckt hatte.

»Wird die Strecke, die vor uns liegt, noch schlimmer als die, die wir hinter uns haben?« fragte sie, bemüht, ihrer Stimme einen nicht gar zu ängstlichen Klang zu verleihen.

Oliver sah nicht auf. »Nun«, sagte er, »streckenweise wird es ziemlich schlimm werden. Aber du bist jetzt ja daran gewöhnt.«

Garnet dachte, so wie ihr jetzt zumute sei, müsse sich eine Schildkröte fühlen, die sich in ihren Panzer zurückgezogen habe. O Gott, sie wollte nicht mehr!

Sie blickte sich um. Die Maultiere grasten friedlich und taten sich an dem grünen Gras gütlich. Die Männer hockten zusammen, spielten Karten, besserten ihre Sachen aus oder schnitten sich gegenseitig die Haare. Sie schienen nicht im geringsten bange zu sein. Sie wußten genau, was vor ihnen lag, aber sie fürchteten sich nicht. – Ich bin kindisch, dachte Garnet, ich muß mich zusammennehmen. Es ist nur: ich mache diese Kontinentdurchquerung zum erstenmal, und ich bin eine Frau.

Sie erhob sich und sagte, sie wolle die Wäsche holen, die sie gestern gewaschen habe; es sei einiges auszubessern. Sie schlenderte langsam zum Bach hinunter.

Die Mexikanerinnen hockten am Ufer und wuschen ihre Kleider auf den Steinen; sie grüßten Garnet sehr höflich und zuvorkommend. Sie hatten die große Reise schon mehrmals gemacht und schienen wegen des restlichen Weges auch nicht beunruhigt. Florinda kam ebenfalls heran und nahm ihre Wäsche von den Büschen ab, wo sie sie zum Trocknen ausgebreitet hatte. Florinda sah aus, als hätte sie auch gut geschlafen, sie wirkte sehr viel weniger elend als an den vergangenen Tagen.

Während sie noch mit dem Einsammeln der Wäschestücke beschäftigt waren, tauchte John Ives auf und fragte, ob er ihnen behilflich sein könne. Sie luden ihm die Arme voll Wäsche, und er trug sie ihnen in den Schatten eines großen Felsblockes, wo sie sich hinsetzten und ihre Näharbeiten verrichten konnten. »Sie sind sehr fleißig, meine Damen«, lächelte er.

»Wir sind nicht annähernd so fleißig wie Sie«, erwiderte Garnet. »Für euch Männer hört die Arbeit ja überhaupt nie auf.«

»Wir sind daran gewöhnt«, sagte John.

»Wie lange sind Sie schon beim Kalifornien-Treck, Johnny?« fragte Florinda.

»Fünf Jahre.«

»Fürchterlich! Aber Ihnen scheint es Spaß zu machen.«

»Das ist übertrieben«, sagte John. »Übrigens ist dies meine letzte Fahrt. Ich habe eine Landbewilligung für Kalifornien bekommen.«

»Sie werden also dort wohnen bleiben?«

»Ja. Soll ich die Sachen hier ins Gras legen, Mrs. Hale?«

»Ja, bitte tun Sie es. Danke sehr.«

John legte die Wäsche ab und ging mit seinen langen Schritten davon. Garnet und Florinda setzten sich ins Gras und öffneten ihre Nähkörbe.

»Ein netter Kerl, dieser John«, sagte Florinda.

»O ja, ich mag ihn sehr. Aber er scheint sich am wohlsten in seiner eigenen Gesellschaft zu befinden.«

»Er mag Sie sehr gern«, sagte Florinda. »Aber er liebt die Menschen im allgemeinen nicht.«

Garnet begann einen Knopf anzunähen. »Verstehen Sie das?« fragte sie, »warum mag er die Menschen nicht?«

»Ich nehme an, er fürchtet sich vor ihnen.«

»Fürchten? John Ives fürchtet sich vor gar nichts.«

»Vor nichts, worauf er schießen kann«, sagte Florinda.

»Wie meinen Sie das?«

»Nun, ein Mann kann schließlich nicht auf seine Freunde schießen, nicht wahr. Darum möchte er lieber überhaupt keine Freunde. Wahrscheinlich hat er einmal schlimme Erfahrungen mit Menschen machen müssen.«

Garnet runzelte die Stirn: »Meinen Sie, ein Mädchen hätte ihm das Herz gebrochen?«

»Vielleicht, aber ich glaube es nicht mal. Es gibt andere Arten, wie Menschen einander weh tun können, meine Liebe. Ich weiß nicht, was ihm begegnet ist.«

Florinda ließ das Thema John fallen. Sie sah sich um, lauschte dem Gezwitscher der Vögel und stieß einen Seufzer des Glücks aus. »Ach, Garnet«, sagte sie, »ist es nicht wunderbar, einen ganzen Tag ruhig sitzen zu können und kein Glied rühren zu müssen?«

Garnet stimmte ihr zu. Florindas Bemerkung über John Ives hatte sie verwirrt, aber dieser Tag war zu kostbar, um ihn durch unfruchtbare Überlegungen und Grübeleien stören zu lassen. Sie streckten sich im Gras aus, nähten und sahen den Männern zu, die damit beschäftigt waren, ihre Jagdbeute zu zerlegen und das Fleisch zum Trocknen aufzuhängen. Es war ein wundervoller Tag.

Zwanzigstes Kapitel

Von Las Vegas de Santa Clara ritten sie südwärts zum Virgin River. Es wurde ein harter Ritt, aber sie hatten Wasser genug, und die Tage waren nicht ganz so heiß wie vorher. Oliver sagte, die Utah-Jagdgründe lägen nun hinter ihnen. Alle Indianer, auf die sie hinfort noch treffen würden, seien Digger.

Einige Male stießen die Wachtposten auf Diggerspuren. Dann ritten gutbewaffnete Späher aus, um die Wilden zu verscheuchen. Es war nicht üblich, mit den Diggern zu handeln. Sie waren wild auf Maulesel und ritten jede Strecke, um ein paar von den begehrten Tieren zu bekommen.

»Was, um alles in der Welt, wollen sie mit Mauleseln?« fragte Garnet.

Oliver sah sie verdutzt an. »Was sollen sie damit wollen? Essen natürlich.«

»Sie essen Mauleselfleisch?«

»Aber ja. Sie essen übrigens alles, wenn du das essen nennen willst. Aber ein Maulesel bedeutet für sie offenbar ein Festessen. Erwischen sie einen, rufen sie alle erreichbaren Stammesgenossen zusammen und veranstalten eine Freßparty.«

»Du machst mich krank«, rief Garnet entsetzt.

»Ja, du lieber Gott!« lachte Oliver, »du hast mich gefragt.«

Nachdem sie den Virgin River hinter sich gelassen hatten, kamen sie durch ein trockenes, ödes und unwirtliches Gebiet, das von einem Fluß durchzogen wurde, der bezeichnenderweise Muddy Creek – Schlammbach – hieß. Sie ritten jetzt bergab, und die Tage wurden wieder fürchterlich heiß. Sie brachen allmorgendlich vor Tagesanbruch auf, legten lange Mittagspausen ein und ritten dann bis in die sinkende Nacht. Garnet schauderte es Morgen für Morgen, wenn sie die Sonne aufgehen sah. Sie brannte schon in den frühesten Stunden erbarmungslos, und obgleich sie während der schlimmsten Hitze rasteten, waren die Tage kaum zu ertragen. Die einzigen Gewächse in dieser Gegend waren Kakteen und dann und wann ein paar niedrige, dürre Sträucher; den einzigen Schatten, den es weit und breit gab, spendeten die Felsen, deren Wände aber eine barbarische Hitze ausströmten. Die Männer trugen Turbane aus Tüchern und Schals und darüber die breitrandigen mexikanischen Hüte mit den hohen, spitzen Kronen. Garnet und Florinda schlangen sich ihre Schleier dicht um Hals und Gesicht.

Auch die Maulesel schleppten sich nur noch mühsam dahin. Garnet teilte ihr Sattelhäuschen während der Mittagspausen mit Florinda. Da lagen sie eines Mittags auch nebeneinander, als plötzlich die Digger erschienen.

Sie hörten einen der Männer etwas in einer fremden Sprache sagen. Als Garnet hinauslugte, sah sie, daß Oliver und Penrose auf ihr Schutzhäuschen zugelaufen kamen.

»Bleiben Sie drin«, rief Penrose, bevor er noch heran war, und winkte ihnen zu.

Oliver zog die Decke herunter und hockte sich davor.

»Haltet euch still«, sagte er, »Digger sind im Lager, eine ganze Bande. Wir müssen ihnen zu essen geben. Ihr braucht keine Angst zu haben.«

Wie damals, als sie die Utahs im Lager hatten, begannen Oliver und Penrose nun, Sättel und Decken und Warenballen um das Sattelhäuschen aufzuschichten. Florinda, im Inneren dieser Burg, knurrte:

»Das wird allmählich langweilig.«

Es war immerhin besser, als unter Decken zu liegen. Das Schutzhäuschen war zwar nicht hoch genug, um aufrecht darin zu stehen, aber sie konnten wenigstens darin sitzen und sich etwas bewegen. Sie hockten nebeneinander und schmorten in der stickigen Hitze wie Pfannkuchen. Florinda verzog nach einer kleinen Weile das Gesicht.

»Riechen Sie was?« sagte sie.

»Ja«, flüsterte Garnet. »Sie stinken noch schlimmer als die Utahs.«

»Ich hätte das nicht für möglich gehalten, aber es ist so«, sagte Florinda. Sie hob die Decke ein wenig an. Einer der Digger saß nur wenige Fußbreit von ihnen entfernt auf der Erde. Er war völlig nackt, seine Haut schien beinahe schwarz und über und über mit Dreck verkrustet. Sein glattes, strähniges Haar sah aus wie ein Pferdeschwanz und hing ihm halb über Gesicht und Rücken. Blätter und Kletten und allerlei Gestrüpp hingen darin; außerdem schienen sich ganze Kolonien von Ungeziefer darin angesiedelt zu haben. Der Mann griff eben eine Eidechse auf, die neben ihm entlangkroch. Er zog dem Tier mit einer schnellen Bewegung den Schwanz ab und stopfte den sich windenden und krümmenden Rest in den Mund. Während seine Zähne den Kadaver zermalmten, grunzte er vor Behagen.

Etwas weiter entfernt hockten neun bis zehn fast splitternackte Indianer, denen das verfilzte, strähnige Haar in die Gesichter fiel. Unter den niedrigen Stirnen funkelten kleine Augen tückisch und bösartig. Sie hatten kleine, gedrungene Körper und aufgeschwemmte Bäuche. Während sie da hockten und auf das Essen warteten, das die Weißen ihnen bringen sollten, hoben sie allerlei kriechendes Gewürm auf und verschlangen es. Sie stanken bestialisch.

Garnet fühlte, wie ihr ganzer Körper sich mit einer Gänsehaut überzog; schaudernd ließ sie die Decke fallen. Dann kauerten sie wieder in der Dunkelheit nebeneinander. Garnet dachte daran, weshalb man sie vor diesen Halbtieren verbarg; ein Schauder des Entsetzens überlief sie.

Sie erinnerte sich an die Utahs. Die hatten wenigstens gesunde, muskulöse und kräftige Körper und benötigten nur Wasser und Seife, um zu Menschen zu werden. Aber die Kreaturen, die jetzt da draußen hockten – nein, es war wohl nicht möglich, sie Menschen zu nennen. Es tat ihr leid, hinausgesehen zu haben. Sie hoffte, nie wieder einen Digger zu Gesicht zu bekommen.

Aber sie sollte bald in noch viel unangenehmere Berührung mit ihnen kommen.

Sie überquerten den Muddy Creek und zogen fünf Tage lang durch eine ungeheure Sandebene, die rings von ragenden Bergen umschlossen wurde. Die Hitze war schier unerträglich. Um Menschen und Tiere zu schonen, ritten sie während der Nächte unter einem sternfunkelnden Himmel. So heiß die Tage waren, so kalt waren die Nächte. Die Männer umhüllten ihre Schultern mit Decken und zitterten dennoch vor Kälte. Und ob es nun heiß oder kalt war, sie wurden unausgesetzt von brennendem Durst geplagt. Wasser wurde nur noch tassenweise ausgegeben.

Überall in der Ebene dörrten die weißen Knochen gefallener Maulesel, die von den Freßgelagen der Digger stammen mochten. Hier und da stieß man zwischen den Mauleselknochen auf die verstreuten Reste menschlicher Skelette. Diese traurigen Überbleibsel stammten von Männern der Kalifornien-Trecks, die den Diggerpfeilen nicht rechtzeitig entfliehen konnten und von Diggern, die im Kampf um die Maulesel getötet worden waren. Die weißen Schädel grinsten aus leeren Augenhöhlen in den Himmel.

Die Männer waren den Anblick so gewohnt, daß sie die Schädel nur eben mit dem Fuß beiseite stießen, wenn sie ihnen im Wege lagen.

Der Zug brach nun Abend für Abend bei Sonnenuntergang auf. Um Mitternacht wurde eine Rastpause eingelegt. Dann knabberten die Maulesel an dem vertrockneten Strauchwerk herum. Die Menschen aßen Pinole, mit kaltem Wasser bereitet. Es wäre nicht ratsam gewesen, in der Nacht Feuer zu entzünden. Denn überall konnten Digger hinter den Felsen liegen, und Feuer leuchteten meilenweit in der Nacht. Kalter, süßlicher Maismehlbrei war eine wenig verlockende Speise.

Nach der mitternächtlichen Pause wurde weitergeritten. Manchmal stießen sie bis zum Sonnenaufgang auf Wasser, manchmal mußten sie auch noch reiten, wenn die Sonne schon lange weißglühend am Himmel stand. Erreichten sie ein Wasserloch, hielten sie an, schlangen eine Schüssel Pinole herunter, warfen sich erschöpft in den Sand und zogen sich Decken über die Köpfe, um die Glut abzuhalten. Sie hatten trotzdem das Gefühl, auf einem Ofen zu schlafen. Garnet wußte nun, was Oliver meinte, als er auf den Höhen von Santa Clara gesagt hatte, es würde streckenweise noch ziemlich schlimm werden. Sie betrachtete Florinda mit uneingeschränkter Bewunderung. Florinda litt sicherlich Folterqualen durch die Hitze und die Trockenheit, aber sie beklagte sich nie. Sie mühte sich offensichtlich, mit allen Strapazen fertig zu werden und Mr. Penrose keinen Grund zur Betrübnis zu geben. Penrose war noch immer sehr verliebt in Florinda und schätzte sich glücklich, ihre Gunst errungen zu haben. Aber er behandelte sie nicht anders als ein Kind seine Puppe. Wollte er etwas von ihr, so hielt er es für selbstverständlich, daß sie für ihn verfügbar war; hatte er anderes zu tun, ließ er sie ebenso selbstverständlich allein.

Florinda hatte offenbar nichts anderes erwartet, deshalb protestierte sie auch nicht gegen eine solche Behandlung. Ihre weiße Haut hatte überall Blasen bekommen, ihre Augen waren nahezu blind von dem grellen Licht, und Garnet sah zuweilen, daß sie beide Hände zum Kopf führte, als fürchtete sie, der Schädel würde ihr zerspringen, wenn sie ihn nicht zusammenhalte. Aber sie klagte nicht. Auch Garnet hatte kein Glied am Körper, das sie nicht schmerzte, aber sie war längst nicht so durch die Hitze gefährdet; ihr Haar war schwarz, und ihre Haut schützte sich selbst durch natürliche Bräunung. Florinda aber hatte ihre bleiche Schönheit von einer Menschenrasse ererbt, die zwischen den eisigen Fjorden und den kalten grünen Gebirgen des Nordens zu leben gewohnt war. Sie war eine gesunde Frau, aber ihre Konstitution war nicht dafür gedacht, in der brennenden Wüstensonne zu schmoren. Wenn Garnet sie ansprach, um ihr Mitgefühl zum Ausdruck zu bringen, ließ sie einen müden Seufzer hören und sagte allenfalls: »Ja, Liebe, es ist schrecklich. Aber ich werde damit fertig. Wäre gelacht, wenn ich es nicht schaffte!«

Während sie unter dem funkelnden Sternenhimmel dahinritten, sprach Garnet zu ihr von den Blumenfeldern Kaliforniens. Hier in der Sandwüste, zwischen den bleichenden Knochen von Menschen und Tieren, war es schwer, sich vorzustellen, wie Blumen aussehen.

Endlich, drei furchtbare Wochen, nachdem sie die blühenden Wiesen von Santa Clara verlassen hatten, erreichten sie die Oase Archilette.

Garnet dachte: Vielleicht ist dies kein Paradies. Vielleicht ist die Archilette längst nicht so schön wie irgendein Park irgendwo in der Welt. Sie stieß gleichwohl einen Seufzer der Beglückung aus: Jetzt, nach dieser ungeheuren Sandwüste, schien dies der schönste Fleck Erde, den sie je im Leben gesehen. Sie ging zur Quelle hinunter und kniete sich nieder in das Gras, und die Tränen strömten ihr aus den brennenden Augen.

Die Archilette war rundherum grün. Sie wurde von einem kühlen, klaren Bach durchzogen, der zwischen den Felsen hervorsprudelte, zwischen Weiden und Baumwollstauden dahineilte und klares, herrliches Wasser führte. Es war Oktober, die Blätter der Baumwollstauden waren gelb; sie wogten wie goldene Flocken über dem grünen Gras. Garnet kniete auf den Steinen, hatte ihre Hände zu Schalen geformt, tauchte sie in das Wasser und trank. Sie wusch sich das Gesicht und schüttete Hände voll Wasser über ihr Haar, um den schmerzenden Kopf zu kühlen. Oliver kam, kniete sich neben sie und legte ihr den Arm um die Schulter.

»Ist es nicht wundervoll?« fragte er. »Nun kannst du dich ausruhen; wir werden hier drei Tage rasten.«

»Kann ich soviel trinken, wie ich mag?«

»Ja, gewiß.«

»Und baden darf ich auch?«

»Sooft du willst. Außerdem werden wir endlich wieder etwas Ordentliches zu essen bekommen. Die Boys sind schon dabei, Holz zusammenzusuchen. Es wird ein warmes Gericht aus Fleisch geben, dazu heißen Maisbrei und Kaffee. Ich denke, wir können auch noch ein paar Vögel schießen.«

Sie hielten ein königliches Mahl, und in dieser Nacht schlief Garnet so lange und friedlich, wie sie zum letztenmal vor drei Wochen auf den Höhen von Santa Clara geschlafen hatte. Am nächsten Morgen fand sie die Archilette dann nicht mehr ganz so paradiesisch, wie sie ihr im ersten Augenblick erschienen war.

Sie ging umher und erfreute sich an dem Wunder der grünen leuchtenden Kühle. Stromab, in der Nähe des Platzes, wo die Maulesel angepflockt weideten, gewahrte sie grüne Gewächse, die wie Brunnenkresse aussahen. Als sie herangeschlendert kam, um etwas davon zu pflücken, hielt sie erschrocken inne.

Vor ihr lagen rundherum menschliche Knochen. Sie schimmerten weiß in der frühen Morgensonne. Wahllos durcheinandergestreut moderten da Rippen, Arme, Beine, Schädel und Beckenknochen menschlicher Körper. Das Ganze sah aus wie ein grausiger Abfallhaufen. Garnet wandte den Kopf nach den Männern, die hinter ihr mit den Mauleseln beschäftigt waren.

Die Männer arbeiteten ruhig und gleichmütig. Sie füllten ihre Eimer, mühten sich um die Tiere, die unterwegs Verletzungen davongetragen hatten, und besserten Zügel und Zaumzeug aus. Das Knochenfeld, das vor ihrem Blick lag, schien ihnen offenbar nicht bemerkenswerter als eine beliebige Grasfläche. Garnet sah, wie einer der Boys einen Gegenstand aufhob, der ihm im Wege lag. Er warf das Ding zu dem großen Knochenhaufen hinüber, und Garnet sah, daß es ein menschlicher Schenkelknochen war. Dann setzte er ruhig seine Arbeit fort. Garnet wandte sich um und rannte den Weg, den sie eben gekommen war, zurück, so schnell ihre Füße sie tragen konnten.

Am Ende des Weideplatzes stieß sie auf Oliver, der einem seiner Treiber eine Anweisung erteilte. Er sah den Schrecken in ihrem Gesicht und ging mit ihr beiseite, um sie nach ihrem Kummer zu fragen.

»Oliver«, rief Garnet, »von wem stammen die Menschenknochen dort?«

Er nahm ihren Arm und zog sie zum Fluß hinab. »Setz dich«, sagte er und wies auf einen Stein. Garnet setzte sich und starrte ihn an. Die Archilette sei ein berühmter Lagerplatz, der immer wieder benützt werde. Das sei den Diggern natürlich ebenso bekannt wie den Weißen. Deshalb streiften immer Diggerhorden in der Nähe herum, um eine Gelegenheit zu erspähen, Pferde oder Maulesel zu stehlen. Die Knochen, die dort bleichten, seien, ebenso wie die Knochen, die sie in der großen Wüste gesehen hätten, Überreste von Männern, die in den vergangenen Jahren bei Indianerüberfällen getötet worden seien. Es sei ihr wahrscheinlich entgangen, aber sie hätten bereits in der vergangenen Nacht Doppelposten aufgestellt.

Nach Olivers Erzählung hatte es hier einige böse Gefechte gegeben. Erst im letzten Jahr hatten die Digger hier eine aus Los Angeles kommende Kolonne von Mexikanern überfallen und massakriert. Sie hatten die Männer ermordet, die Frauen weggeschleppt und hinterher in einer Höhle eine große Freßorgie veranstaltet. Eine Gruppe Weißer hatte die Leichen der Getöteten gefunden, die Verfolgung der Digger aufgenommen und die Horde fast ganz aufgerieben.

Garnet liefen Schauer über den Rücken. Oliver streichelte sie beruhigend.

»Ja«, sagte er, »sie sind ein greuliches Ungeziefer. Sieh über die Knochen hinweg. Beschäftige dich und geh in keinem Fall über unsere Wachen hinaus. Hörst du einen langen, scharfen Pfiff, dann halte die Pistole bereit.«

Garnet suchte Olivers Rat zu befolgen und beschäftigte sich. Sie hatte genug zu tun. Seit sie Santa Clara verlassen hatten, hatte sie kaum noch Gelegenheit gehabt, ihre Kleider zu reinigen. Die anderen Frauen und viele der Männer hockten bereits am Bach und wuschen. Sie holte sich einen Haufen schmutziger Wäsche und ein Stück Seife und begann mit der Arbeit.

Florinda war bereits fleißig dabei. Sie sah jetzt recht gut aus und war auch guter Laune. Doch, sagte sie, sie habe die Knochen gesehen. »Aber«, setzte sie hinzu, »wenn man einmal an den Anblick dieser großen Wüstenei gewöhnt ist, vergißt man, daß die Knochen einmal Menschen waren.«

Garnet scheuerte an einem ihrer Kleider. »Es ist fürchterlich«, sagte sie, »aber Sie haben recht: was immer sie einmal waren, jetzt sind es nur noch Dinge, tote Gegenstände, nicht mehr als alte Lumpen.«

Sie hörten Gelächter und das Geräusch von Schüssen. Als sie erschrocken herumfuhren, sahen sie, daß einige Männer Totenschädel aufgestellt hatten und als Schießscheiben benützten. Sie veranstalteten einen Wettkampf, indem sie versuchten, auf möglichst weite Entfernung durch die Augenhöhlen zu schießen. Garnet fühlte eine Gänsehaut ihren Körper überziehen. Sie hielt die Augen krampfhaft auf das seifige Wasser gerichtet. Es sind nur noch Dinge, dachte sie, tote Gegenstände, alte Lumpen!

Sie hörte Florinda neben sich sagen: »Ist das eigentlich nötig? Müssen sie so grausam mit den Schädeln Ermordeter umgehen?«

»Niemand außer uns beiden findet, daß das grausam sei«, antwortete Garnet. »Wir erleben zum erstenmal, was für die Männer alte Gewohnheit ist.«

Die Gewehre krachten über das Knochenfeld. Irgend jemand brüllte, Texas sei ein Meisterschütze. Texas sagte, das sei gar nichts. Er verpflichtete sich, die Augenhöhle aus viel weiterer Entfernung zu treffen.

»Tretet zurück, Boys«, rief er, »ich werde es euch beweisen.« Garnet wand ihr Kleid aus und fand plötzlich gar nichts Grausiges mehr an der Sache. Sie sah Florinda an, und beide lachten, als hätten sie den gleichen Gedanken gehabt.

»Sie sind dumme Jungen«, lachte Florinda, »sie wollen ihren Spaß haben.«

»Ja«, sagte Garnet, »sie sind wie die Kinder.«

»Kinder, die kein Spielzeug haben, machen sich eins aus allem, was sie gerade finden«, sagte Florinda.

Garnet wurde wieder ernst.

»Wie man es auch sehen will«, flüsterte sie, »es sind keine Menschen mehr; es sind Knochen. Die Boys würden alles tun, um lebende Menschen zu schützen. Als die Mexikaner im vergangenen Jahr hier überfallen wurden, haben Yankees die Digger unter Einsatz ihres eigenen Lebens gejagt; sie würden das jeden Augenblick wieder tun, ohne eine Minute zu zögern. Wenn man einmal tot ist, ist man tot. Toten kann man nichts mehr anhaben.«

Mr. Penrose kam zu ihnen herangeschlendert; er trug ein Gewehr in der Hand. »Florinda«, sagte er, »du bist ein braves Mädchen. Ich habe schon lange kein sauberes Hemd mehr angehabt. Wie ist das: riecht es nicht schon nach Essen?«

»Es scheint so, Mr. Penrose«, sagte Florinda, »ich kann die Wäsche nachher fertig machen; lassen Sie uns zusehen, ob es schon etwas gibt.«

Garnet breitete ihre Sachen zum Trocknen aus. Während des restlichen Tages lag sie träumend auf einer Decke und dehnte die Glieder. Es war wunderbar, einmal stilliegen und faulenzen zu können. Bei Einbruch der Dunkelheit sah sie den Männern zu, die die Wachen ablösten; dann kroch sie beruhigt in ihr Sattelhäuschen, um sich schlafen zu legen.

Sie schlief ausgezeichnet. Da sie aber schon während des Tages viel Zeit zur Ruhe gehabt hatte, erwachte sie, als es noch dunkel war. Oliver, der während der Nacht eine Wache gehabt hatte, schlief noch fest. Sie bewegte sich sehr vorsichtig, um ihn nicht zu wecken, und hob die vor dem Eingang hängende Decke etwas an. Die Sterne standen noch am Himmel. Das Lager war ruhig; hier und da schrie ein Maulesel. In einer Ecke des Sattelhäuschens stand ein Eimer mit Wasser. Er war nur halb voll, aber es reichte ihr. Sie wusch sich und kleidete sich an. In wenigen Minuten würde das Lager zum Leben erwachen; dann würde es Kaffee geben. Sie war hungrig.

Sie hatte ihr Kleid schon an und war eben dabei, ihren zweiten Schuh zuzubinden, als irgendwo draußen ein langer, scharfer Pfiff ertönte. Oliver fuhr auf seinem Lager hoch und richtete sich auf.

»Mein Gott!« flüsterte er. »Das Signal!«

Bevor Garnet noch antworten konnte, krachte ein Schuß, dem ein zweiter fast unmittelbar folgte; Sekunden später krachte eine ganze Salve. Oliver riß die das Dach bildende Decke herunter, ergriff sein Gewehr und sicherte über den Rand der Sattelwand hinweg. »Deine Pistole, Garnet«, sagte er, »ein Diggerüberfall!«

Garnet hielt die Pistole in der Hand. Sie kniete neben Oliver. Sie hörte das Krachen der Schüsse und die raunenden Stimmen der Männer. Die Dämmerung hing wie ein fahlgrauer Streifen unter den Sternen. Sie sah dunkle Gestalten schattenhaft dahingleiten und hörte zwischen den Schüssen hier und da einen Schrei. Sie preßte die Zähne zusammen und spürte, wie ihr der Schweiß von den Achselhöhlen herunterlief. Eine Stimme in ihrem Innern sagte:

»Das ist es, Garnet. Du hast so lange damit gerechnet, daß du es nun fast schon nicht mehr erwartest: ein Indianergefecht! Und du wirst schießen, Garnet. Du wirst nicht schreien und nicht zittern, und du wirst dich nicht im geringsten wie eine Dame benehmen. Du wirst schießen müssen!«

Draußen wuchsen die Geräusche des sich entwickelnden Gefechtes und schwollen zu einem ungeheuren Lärm. Aus allen Sattelhäusern heraus wurde geschossen. Die Männer hatten die rückwärtigen Wände der Häuschen weggestoßen und nach vorn geschoben, um sich auf diese Weise eine solide Brustwehr zu schaffen. Auch Oliver riß, mit der rechten Hand das Gewehr haltend, mit der linken die Rückwand des Sattelhauses ein; er brauchte Bewegungsfreiheit, um zielen und schießen zu können. Er gab über die Seitenwand hinweg mehrere Schüsse ab, legte die Pistole bereit und lud das Gewehr von neuem.

Draußen stampften und brüllten die Tiere; es wurde heller. Garnet sah jetzt, vorsichtig hinauslugend, dunkle Gestalten, die sich kriechend auf das Lager zu bewegten; sie sahen in der fahlen Helle aus wie große schwarze Würmer. Sie nahm einen dieser Würmer aufs Korn, aber sie hatte noch nie auf ein bewegliches Ziel geschossen, und die »Würmer« bewegten sich. Die Stimme in ihrem Innern befahl: »Schieß!« Aber eine andere Stimme, gleichfalls in ihr selbst, protestierte: »Du kannst nicht! Du kannst nicht auf einen Menschen schießen! Du darfst nicht!«

Sie biß sich vor innerer Erregung die Lippen blutig. Sie sah wieder einen dieser »Würmer« vor sich, sie zielte mit der Pistole, der »Wurm« rückte weiter, sie zielte abermals und schoß. Der »Wurm« kroch weiter.

Dann tauchten andere Gestalten in ihrem Blickfeld auf, größere und beweglichere. Das waren keine Menschen, das waren Maulesel, die sich von den Pflöcken losgerissen hatten und nun schreiend vor Angst und Verwirrung planlos umherrannten. Und das Licht wuchs, die Helle nahm zu. Fern am Horizont war ein rötlicher Schimmer. Sie sah ein Tier über die Ebene dahinrasen. Das war kein Maulesel, das war ein Pferd. Sie schrie unwillkürlich auf. Es war Sunny, ihre tapfere kleine Sunny, die sie meilenweit durch brütende Hitze getragen hatte, auf deren Rücken sie eiskalte, reißende Flüsse durchquerte. Sie zitterte vor Angst um das Tier. »Sunny, kleine Sunny«, rief die Stimme in ihr, »lauf doch nicht fort, nicht zu den Wilden da draußen, die dich töten werden!«

Sie fühlte, wie die Wut in ihr hochstieg. Sie sollten Sunny nicht töten! Sie zielte und feuerte auf einen der kriechenden schwarzen »Würmer« und hörte gleich darauf einen gellenden Schrei. Ob sie ihn getroffen hatte? Vielleicht hatte ein anderer geschrien. Sie sah einen Maulesel aufbäumen und stürzen; ein Pfeil ragte aus dem Körper des Tieres heraus. Sie lud ihre Pistole mit schnellen, sicheren Griffen. – Sunny, dachte sie, Sunny!

Sie erinnerte sich der Instruktion, die Oliver ihr erteilt hatte: Verhalte dich so leise wie möglich. Zeige dich nicht mehr als unbedingt nötig oberhalb der Brustwehr. Biete ihnen kein Ziel. Während sie, hinter der Sattelbarrikade hockend, über die Bastion lugte, hörte sie den schauerlichen Todesschrei eines Tieres. Gleich darauf sah sie im fahlen Licht Sunny stürzen, einen Pfeil in der Flanke. Sie hörte sich im gleichen Augenblick selber schreien. Es war kein lauter Schrei gewesen; wahrscheinlich hatte ihn in dem Höllenlärm niemand gehört. Eine Woge kalter Wut kam in ihr hoch. Sie hatten Sunny getötet, ihre starke, tapfere kleine Sunny. Jetzt wollte sie auch töten. Da draußen, gar nicht mehr weit von ihrem Sattelhaus, kroch einer dieser ekelhaften schwarzen »Würmer«. – Digger, dachte sie, Mörder! Der Digger lag auf dem Bauch und war eben dabei, einen Pfeil auf die Sehne seines Bogens zu spannen. Garnet hob die Pistole, sich sorgfältig sichernd, und zielte. Sie zielte ganz kaltblütig. Und dann drückte sie ebenso kaltblütig durch. Sie hörte das Dröhnen des Schusses und gleich darauf einen wilden, gellenden Schrei. Sie sah, wie der Digger sich hob, den Bogen fallen ließ, die Arme in die Luft warf und zusammenstürzte.

Sie hörte Olivers ruhige Stimme neben sich: »Gut, Garnet, gut! Ich wußte immer: du kannst es!« Er hob sein Gewehr, zielte und schoß.

Garnet starrte auf die reglos liegende Gestalt da draußen. Sie war nicht mehr als zwanzig Fuß von ihr entfernt. Sie kniete hinter der Sattelwand, nur Augen und Stirn befanden sich darüber, aber sie konnte den Liegenden genau erkennen. Rundherum krachten die Schüsse aus Gewehren und Pistolen; dazwischen vernahm sie das singende Schwirren der Pfeile. Die Pistole entglitt ihrer Hand; ihr Mund stand offen; ihre Lippen murmelten mehrmals hintereinander beinahe lautlos den Satz:

»Ich habe einen Menschen getötet.«

Ihre Stirn war feucht und ganz kalt. Der Schweiß lief ihr an den Schläfen herunter und tropfte über die Wangen. Auch ihre Hände waren schweißig und kalt, die Lippen spröde und trocken, wie verdorrt. Sie formten lautlose Sätze:

»So ist das also. Jetzt habe ich es getan. Alle haben es getan. Ich konnte nicht anders, ich mußte. Ich habe einen Menschen getötet!«

Die erste, die kalte und nüchterne Stimme in ihrem Innern sagte: »Es wäre dir lieber gewesen, er hätte dich umgebracht, wie? Sei nicht so eine verdammt empfindliche Närrin!«

Sie bückte sich, nahm die Pistole auf und lud sie von neuem. Sie suchte sich ein Ziel. Aber ihre Hände zitterten und waren nicht zur Ruhe zu zwingen. Sie hob sich langsam, den Körper hart gegen die Wand aus Sätteln und Warenballen gepreßt; Kopf und Schulter erhoben sich über die Brustwehr. Da – ein singendes Schwirren, ganz nahe; ein Stoß warf sie zurück, sie spürte einen scharfen, schneidenden Schmerz, taumelte und fiel. »Zeige dich nicht oberhalb der Brustwehr! Biete ihnen kein Ziel!« hörte sie im Geist Olivers Stimme.

Eben das hatte sie getan. Sie hatte sich wie eine Närrin, wie ein richtiges Greenhorn benommen. Sie empfand etwas wie Haß gegen sich selbst, wie sie da hinter der Sattelmauer lag, halb betäubt und unfähig, sich zu erheben. In ihrer linken Körperhälfte wühlte der Schmerz wie fressendes Feuer.

Sie lag zusammengekrümmt; ihr Kopf berührte den Boden. Sie versuchte ihn zu drehen, um festzustellen, was eigentlich geschehen sei. Der helle Tag war nun da; sie konnte jeden Gegenstand unterscheiden. Sie sah: der obere Teil ihres linken Ärmels war zerfetzt, wie mit dem Messer zerschnitten; gleich unterhalb der Schulter war ein großer roter Fleck. Das Blut sprudelte aus einer Armwunde wie aus einer Fontäne. Es färbte die Decke, auf der sie lag. Dicht neben ihr auf der Decke lag ein Pfeil mit einer Steinspitze. Die Steinspitze war rot von ihrem Blut.

Sie erhob sich ein wenig, da durchschoß sie der Schmerz wie der Schnitt einer Rasierklinge. Mit hilflosen Blicken sah sie sich um. Wo war Oliver? Oliver war nicht da. Jähe Angst brach in ihr auf, und die Angst gab ihr Kraft. Sie biß die Zähne zusammen und richtete sich auf, um über die Brustwehr zu spähen. Da sah sie, schon in weiter Entfernung, die Digger davonjagen, von Weißen mit Gewehren und Pistolen verfolgt. Was sie nicht wußte, war: Gleich nachdem sie den Indianer getroffen hatte und noch halb gelähmt war vor Schreck, hatte sich Oliver neben ihr erhoben, um sich der bereits einsetzenden Verfolgung der fliehenden Digger anzuschließen. Oliver ahnte gar nichts davon, daß sie verwundet worden war.

Sie fühlte sich elend und schwach, es flimmerte ihr vor den Augen, und bevor sie es selbst noch recht wußte, lag sie schon wieder flach auf dem Rücken und versuchte unter den jagenden Stößen des Schmerzes zu atmen. Das Blut schoß immer noch in dicken Strahlen aus ihrer Wunde. Es war leuchtend rot und näßte ihr warm und klebrig die fröstelnde Haut.

Sie stützte die Stirn mit der rechten Hand und flüsterte: »Ich muß etwas tun. Ich muß irgend etwas dagegen tun!«

Noch während sie in halber Betäubung die Worte aussprach, wurde ihr bewußt, daß sie nicht die geringste Ahnung hatte, was sie tun könnte. In diesem Augenblick kam zwischen den Sattelwänden hindurch ein Körper auf sie zugekrochen. Sie zuckte unwillkürlich zurück; ihre Augen weiteten sich vor Schreck. Dann sah sie, daß es kein Digger war, der da herankam. Es war eine Frau, eine der Halbblutdirnen, die den Treck seit Santa Fé begleiteten. Das

Mädchen schob sich auf den Ellbogen näher, sorgsam bemüht, ihren Körper nicht preiszugeben. Sie erreichte Garnet und hockte sich auf gekreuzten Beinen neben sie hin. Sie sprach kein Wort. Ruhig und sicher, als handele es sich um einen Teil ihrer gewöhnlichen Tagesarbeit, ergriff sie Garnets Rocksaum, nahm ihn zwischen die Zähne und riß einen breiten Stoffstreifen ab. Dann hob sie vorsichtig Garnets verletzten Arm.

Garnet zuckte zusammen. Das Mädchen schien es nicht zu bemerken. Sie besah die Wunde und band den Arm oberhalb der Verletzung mit dem Stoffstreifen ab. Die Blutung hörte auf.

»Danke«, stammelte Garnet, »danke sehr!« Dann fiel ihr ein, daß das Mädchen vermutlich kein Wort Englisch verstand, und sie wiederholte auf spanisch: »Gracias, Señorita. Gracias!«

Das Mädchen antwortete nicht. Sie ließ sich wieder auf die Ellbogen nieder, schob ein paar durcheinandergeworfene Sättel beiseite und kroch aus dem Häuschen hinaus. Garnet sah, wie sie sich kriechend weiterbewegte, als halte sie Ausschau nach jemand, dem sie noch Hilfe bringen könne.

Einundzwanzigstes Kapitel

Oliver sagte: »Sage du es ihr, Texas. Ich habe nicht die Nerven dazu.«

Er ging davon und schickte sich an, seinen Männern zu helfen, die auseinandergelaufenen Maulesel wieder einzufangen. Garnet lag auf einer Decke, die Oliver im Schatten einer Felswand für sie ausgebreitet hatte. Er hatte den Notverband, den das Halbblutmädchen Garnet angelegt hatte, abgenommen und die Wunde gründlich ausgewaschen. Dabei hatte er gesagt, Texas würde sich weiter um die Wunde kümmern und sie ordentlich verbinden. Es war ein für allemal Texas' Aufgabe, sich um Kranke und Verletzte zu kümmern.

Garnet fragte sich, was Texas ihr sagen sollte. Sie stützte sich auf den gesunden Ellbogen und sah sich um. In ihrem linken Arm pochte es; sie verbiß den Schmerz und tat, als sei er nicht da. Das Lager glich einem Schlachtfeld. Die Digger waren fort; einige freilich, die auf dieser Erde keinen Schritt mehr gehen würden, waren zurückgeblieben. Ihre Körper lagen hier und da im Gras verstreut; verkrümmte Gestalten, deren Anblick Garnet Brechreiz verursachte. Sie erinnerte sich, in Büchern gelesen zu haben, tote Menschen glichen friedlichen Schläfern. Nun, diese hier sahen gewiß nicht wie Schläfer aus. Sie sahen aus wie – Tote. Es gab kein anderes Wort dafür.

Einige der Digger waren wohl ursprünglich nur schwer verwundet gewesen. Sie hatten wie wilde Tiere gebrüllt. Als die Weißen von der Verfolgung zurückkamen, hatten sie sie durch eine schnelle Kugel von ihren Schmerzen befreit. Die Stute Sunny war auch tot. Oliver hatte ihr selbst den Gnadenschuß gegeben. Nun lag sie da, die tapfere kleine Sunny, zwischen gefallenen Mauleseln. Garnet hatte eine Bemerkung Mr. Penroses aufgefangen: Wenn die Weißen fort wären, würden die Digger zur Archilette zurückkommen, die toten Tierkörper holen und trotz allem noch einen Festschmaus veranstalten. Als sie das hörte, verschwand in ihr die letzte Beunruhigung wegen des von ihr erschossenen Indianers. Sie hätte sie alle umbringen können, um sie daran zu hindern, die Stute Sunny zu zerschneiden und zu verzehren.

Mr. Penrose war nicht verwundet, und nach seinen Worten war auch Florinda nichts geschehen. Dagegen waren mehrere Männer verwundet worden. Sie lagen hier und da auf Decken und warteten darauf, daß Texas käme, sich um ihre Verletzungen zu kümmern. Einer der mexikanischen Boys war gefallen. Er würde später begraben werden. Das Grab freilich mußte mit Steinen bedeckt und unkenntlich gemacht werden. Denn wenn die Digger irgendwo eine frisch aufgegrabene Bodenstelle fänden, würden sie sie wieder aufgraben, um festzustellen, ob nicht vielleicht jemand sein Lieblingspferd vergraben habe.

Aber bevor man sich um das Begräbnis des Boys kümmern konnte, mußten die während des Indianergefechtes fortgelaufenen Maulesel wieder eingefangen werden. Weit über hundert Tiere hatten sich von den Pflöcken losgerissen und waren in wilder Panik davongestürmt. Man mußte versuchen, so viele wie möglich wieder einzuholen und zurückzubringen, damit der Warentransport nicht gefährdet würde.

Garnet sah die Männer umherjagen, hörte den Lärm und das Geschrei, und obgleich sie sich krank und elend fühlte, konnte sie doch nicht umhin, den wilden Reitern da draußen zuzusehen und die Geschicklichkeit zu bewundern, mit der sie zu Werk gingen. Von allen Seiten kamen sie mit den verängstigten Tieren ins Lager zurückgejagt und pflockten sie an. Langsam kehrte die Ordnung zurück, hier und da gruben die Boys schon ihre Feuerlöcher.

Garnet sah ängstlich zu Texas auf, der inzwischen herangekommen war und sich neben ihr niedergelassen hatte. Was immer er mir auch zu sagen hat, dachte sie, ich muß tapfer sein; alle die Männer hier waren mutig und tapfer, alle haben ihr Leben eingesetzt, ich darf nicht hinter ihnen zurückstehen. Texas' Gesicht war unter der dichten Kruste von Schweiß und Staub sehr ernst. Sie sagte:

»Werden Sie mir sehr weh tun müssen, wenn Sie mich verbinden, Texas? Sie dürfen es ruhig sagen; ich bin darauf gefaßt und werde kein Aufhebens davon machen.«

Texas rutschte unruhig hin und her, er schien sich unbehaglich zu fühlen. Er saß auf den gekreuzten Beinen, die Arme mit den großen, knochigen Händen hingen ihm zwischen den Knien herab. Er sah auch nicht auf, als er antwortete:

»Ich fürchte, Madam. Sehen Sie, es ist da eine Schwierigkeit; ich muß es Ihnen sagen. Wunden, die durch Diggerpfeile verursacht wurden, müssen noch einer – Sonderbehandlung unterzogen werden, bevor man sie verbinden kann.« Er zog seine großen Lederhandschuhe aus der Tasche und zerrte sie zwischen den Fingern.

»Aber Texas«, sagte Garnet, »Sie brauchen nicht so vorsichtig zu reden. Es ist schließlich meine eigene Schuld, daß ich getroffen wurde. Ich habe mich über der Brustwehr gezeigt, obgleich ich gewarnt worden war.

Texas schüttelte den Kopf: »Das dürfen Sie nicht sagen, Miß Garnet. Das dürfen Sie nicht einmal denken. Sie sind jetzt ein Soldat, Madam, der im Kampf verwundet wurde; das ist in jedem Land eine Ehre, und bei unserem Treck gibt es keinen Mann, der das nicht respektieren würde. Und wenn es einen gäbe, der nicht bereit wäre, alles für Sie zu tun, dann wäre er der Sohn einer Hündin und wir – entschuldigen Sie, Miß Garnet, nehmen Sie einen Schluck Wasser. Trinken Sie ruhig. Sie müssen viel trinken. Wenn man Blut verloren hat, braucht man Wasser, und Sie haben ziemlich viel Blut verloren. So, nun legen Sie sich flach zurück. Ja, so ist's recht. Ich werde Ihnen sagen, was getan werden muß.«

Texas schob ihr eine seiner großen Hände unter den Kopf und versuchte sie so bequem wie möglich zu betten. Garnet fuhr sich mit der Zungenspitze über die spröden und trockenen Lippen. »Nun also, Texas«, flüsterte sie, »was müssen Sie mit mir machen?«

Texas holte einmal tief Luft. Er ergriff ihre Hand und hielt sie fest. »Erschrecken Sie nicht zu sehr, Miß Garnet«, sagte er, »ich muß Ihnen die Wunde mit einem glühenden Eisen ausbrennen.«

»Nein!« Garnet fuhr ruckhaft hoch; die Bewegung verursachte ihr einen heftigen Schmerz. Sie preßte den Ellbogen unterhalb der Wunde. »Texas«, flüsterte sie, »das können Sie doch nicht – es ist rohes Fleisch – eine klaffende Wunde . . .«

»Ich fürchte, es muß sein, Miß Garnet«, sagte Texas.

Sie starrte ihm ins Gesicht. Jeder Nerv in ihr zitterte, sie fühlte, wie sich ihr Mund öffnete, wie sich die Lippen von den Zähnen zurückzogen, wie sich ihr ganzer Körper von oben bis unten mit einer Gänsehaut überzog. Texas wies mit der Hand irgendwohin. Ihre schreckgeweiteten Augen folgten der weisenden Hand. Sie sah hier und dort ein paar Boys vor den Feuern kauern. Und sie sah: dort wurde im Augenblick nicht gekocht, dort wurden die Eisenstangen, an denen sonst die Kochtöpfe hingen, rotglühend gemacht. Unweit der Feuer lagen auf Decken die sechs durch Diggerpfeile verwundeten Männer; einer von ihnen stöhnte vernehmlich. Garnet keuchte:

»Müssen die alle gebrannt werden?«

»Ja, Madam«, sagte Texas. »Und sie wissen, daß es geschehen muß. Sie haben das schon früher erlebt.«

Garnet ließ einen Laut des Schauderns hören, sie schüttelte sich. Texas legte ihr einen Arm um die Schulter und gab ihr einen Schluck Wasser zu trinken.

»Miß Garnet«, sagte er, »Sie waren sehr tapfer. Versuchen Sie, es noch ein paar Minuten länger zu sein.«

Ich will, dachte Garnet, ich will! »Muß es wirklich sein, Texas?« flüsterte sie. »Warum muß es sein?«

»Legen Sie sich lang, Madam«, sagte Texas, »ich werde es Ihnen erklären.«

Garnet legte sich lang. Jeder Muskel, jeder Nerv in ihr zitterte. Sie hörte die Maulesel schreien und die Männer über die Digger fluchen, die die ganze Schweinerei verursacht hatten. Einer der Boys schluckte und schluchzte bei der Arbeit; er war mit dem getöteten Jungen befreundet gewesen.

»Hören Sie zu, Madam«, sagte Texas. »Die Diggerpfeile sind gefährlich; man redet davon, daß sie vergiftet seien. Ich weiß nicht, ob sie es sind. Vielleicht ist es auch nur der Schmutz. Alles, was die Digger anfassen, ist verdreckt. Jedenfalls haben wir es uns aus böser Erfahrung zur Pflicht gemacht, jede durch einen Diggerpfeil

273

verursachte Wunde, selbst die unbedeutendste Schramme, auszu-
brennen. Ich habe Männer erlebt, die sich dagegen sträubten, Männer, die nur eine ganz unbedeutende kleine Schnittwunde hatten,
die aussah, als ob sie in wenigen Tagen heilen würde. Und dann
begann das Fleisch um die kleine Wunde herum anzuschwellen,
wurde giftig rot und sonderte eitrige Flüssigkeit ab. Nicht lange
danach wälzten die Männer sich brüllend vor Schmerzen am Boden
und baten händeringend darum, daß wir sie erschießen und von ihren
Qualen erlösen möchten. Manchmal starben sie so, und manchmal
mußten wir sie tatsächlich erschießen, weil sie zu wilden Tieren wurden und alles erschlugen, was ihnen in den Weg kam. So ist das,
Miß Garnet, es ist furchtbar, aber es ist so, und ich muß es Ihnen
sagen.«

Garnet hatte das Gefühl, ihre Zunge sei so angeschwollen, daß
sie keinen Platz mehr in der Mundhöhle habe. »Treten diese Folgen
immer ein?« fragte sie leise.

»Nein, Madam, nicht immer. Es kommt vor, daß die Wunde auch
so heilt. Aber das kann man im Anfangsstadium nie wissen. Und
wenn man weiß, wie die Wunde sich entwickeln wird, kann es zu
spät sein. Dann würde auch Ausbrennen nichts mehr helfen. Es wäre
deshalb besser, Sie ließen es geschehen.«

Garnet schluckte, aber es war nichts zum Schlucken da. Ihr Mund
war schon wieder vollkommen trocken. »Es ist gut, Texas«, sagte
sie mit heiserer Stimme, »brennen Sie die Wunde aus.«

»Sie sind eine großartige Frau, Miß Garnet«, sagte Texas.

Garnet schloß die Augen und legte den gesunden Arm darüber.
Sie fragte sich, ob es ihr wohl gelingen würde, die Zähne zusammenzubeißen und nicht zu schreien. Sie dachte: Ich darf vor all diesen
Leuten nicht schreien. Sie sollen nicht denken, ich sei eine empfindliche Zierpuppe, die besser zu Hause geblieben wäre. Ich darf Oliver
nicht traurig machen. Er soll nicht bedauern, mich mitgenommen
zu haben. Ich habe mitgewollt, sagte sie sich mit verbissenem Trotz.
Ich wollte nach Kalifornien. Jetzt muß ich es durchstehen. Ich müßte
nur etwas haben, worauf ich beißen kann, etwas Hartes. Wenn ich
die Zähne dann ganz fest zusammenpresse, brauche ich nicht zu
schreien.

Sie hörte Schritte herankommen und gleich darauf die Stimme
John Ives':

»Wie geht es ihr, Texas?« Und dann hörte sie Oliver: »Hast du
es ihr gesagt?«

»Ja«, antwortete Texas, »ich habe es ihr gesagt. Sie hat es aufgenommen wie ein alter Veteran.«

Garnet öffnete die Augen. Oliver kniete neben ihr. Sein Haar und sein Bart waren so verwildert, daß sie außer den Augen nicht viel von ihm sah. Aber in den Augen war ein zärtlicher Glanz.

»Wenn du willst, gebe ich dir vorher einen großen Schluck Whisky«, sagte Oliver.

Sie schüttelte den Kopf: »Nein, keinen Whisky. Er würde mir zu Kopf steigen, und ich würde dann vielleicht die Beherrschung verlieren und schreien.«

John besah sich aufmerksam die Wunde. »Ein häßlicher Schnitt, aber nicht sehr tief«, sagte er, Garnet in seiner kühlen Art kurz anlächelnd. »Schreien Sie ruhig, Mrs. Hale, niemand wird etwas dabei finden.« Er nahm die Wasserflasche auf: »Beinahe leer.«

»Ich werde sie füllen«, sagte Oliver. Während er zum Bach hinunterging, kam Florinda heran und setzte sich neben John. Sie hatte nicht gehört, was Texas Garnet angekündigt hatte, und lächelte die Verwundete ermunternd an.

»Ich wäre schon längst dagewesen und hätte mich um Sie gekümmert, Garnet«, sagte sie, »aber ich mußte mich erst einmal anziehen. Sind Sie böse verletzt worden?«

»Nein, nicht sehr schlimm. Ihnen ist nichts geschehen?«

»Ich habe Glück gehabt. Ich bin in meinem ganzen Leben nicht so erschrocken gewesen. Ich schlief noch ganz fest, als es losging. Muß einen ziemlich spaßigen Anblick geboten haben, im weißen Nachtgewand hinter der Sattelwand kniend und schießend.«

»Penrose erzählte mir, Sie hätten zwei Digger erschossen«, sagte John.

»Er will mir schmeicheln. Ich glaube nicht, daß ich den zweiten getroffen habe. Aber mir geht es gut. Garnet ist nun ein verwundeter Soldat. Können wir nicht irgend etwas tun, um ihr zu helfen?« Sie beugte sich hinab und besah gleichfalls die Wunde. »Wie ist das, John«, sagte sie, »sollte man sie nicht verbinden? Es könnte Staub hineinkommen.«

»Texas wird sich darum kümmern«, erwiderte John. Einer seiner Maultiertreiber rief ihn, und er stand auf. »Bleiben Sie hier, Florinda«, sagte er.

Florinda riß einen Streifen von ihrem Unterrock ab, befeuchtete ihn mit Wasser und begann Garnets Stirn zu kühlen. Sie lächelte ihr zu: »Tut es sehr weh, Darling?«

»Nein, nicht sehr. Aber –«; Garnet begann unwillkürlich zu frösteln; alle Angst, die sie bisher vor den anderen gewaltsam zurückgehalten hatte, brach jetzt heraus. »Florinda«, flüsterte sie, »wissen Sie, was man mit mir machen will? Texas will die Wunde mit einem glühenden Eisen ausbrennen.«

»Nein!« Florinda schrie auf und ließ die Flasche fallen, daß das Wasser herausrann. »Ausbrennen – die offene Wunde – das ist doch unmöglich.«

»O Florinda, ich habe Angst. Aber die Männer sollen es nicht wissen. Sie sollen nicht wissen, was für eine entsetzliche Angst ich habe. Florinda, wenn Texas mit dem Eisen kommt – ich weiß nicht, wie lange es noch dauert, es muß erst rotglühend sein – wenn er kommt, bitte halten Sie meine Hand, helfen Sie mir, nicht schwach zu werden und zu schreien; bitte, Florinda!«

Florinda stieß einen unartikulierten Laut aus. Sie drückte das nasse Tuch aus; das Wasser lief ihr zwischen den Fingern herab, die in einem Lederhandschuh steckten, und tropfte zur Erde. Oliver kam mit der gefüllten Wasserflasche zurück. Er setzte sich neben Garnet und bat sie, ruhig liegenzubleiben und zu versuchen, sich zu entspannen. Garnet hatte furchtbaren Durst, und obwohl sie im Schatten eines Felsens lag, war ihr sehr heiß. In ihrem Arm pochte es. Oliver hielt ihr die Flasche an den Mund: »Trink, soviel du magst und kannst«, sagte er.

Florinda erhob sich und lief fort.

John stand bei einigen seiner Maultiertreiber. Er sah Oliver neben Garnet sitzen und Florinda davonrennen. Er drehte sich auf den Absätzen, lief zum Fluß hinab und am Ufer entlang bis zu einem großen Geröllhaufen, der mit Buschwerk überwachsen war. Hier sah er Florinda im Gras hocken; sie konnte vom Lager aus nicht gesehen werden. Als sie John herankommen hörte, wandte sie ihm den Kopf zu.

John verhielt den Schritt und sah sie von oben bis unten an.

»Gehen Sie zu Mrs. Hale zurück«, sagte er leise.

»Gehen Sie selber zurück«, antwortete Florinda kurz.

»Warum sind Sie davongelaufen?«

»Das geht Sie gar nichts an.«

»Hören Sie auf, sich wie ein Kaninchen zu benehmen«, sagte John. »Sie gehen jetzt zurück und halten dem Kind die Hand, während Texas ihr die Wunde ausbrennt.«

Sie antwortete nicht.

»Ja, zum Teufel, Florinda, was ist mit Ihnen los?« sagte John.

Florinda stieß zwischen den Zähnen heraus: »Ich werde nicht dabeisitzen und zusehen, wenn sie sie brennen wie eine Kuh. Sie können mich nicht dazu zwingen. Es würde ihr nicht guttun, wenn ich dabei wäre.«

»Das wird es wohl. Sie bat Sie ja sogar, dabeizusein und ihr die Hand zu halten. Ich hörte es.«

»Garnet braucht mich nicht dabei.«

»Ich glaube, daß sie Sie wohl braucht. Außerdem, Sie sind ihre Freundin und Sie sind eine Frau. Es ist das eine verdammt unangenehme Operation, sage ich Ihnen. Ich habe sie einmal über mich ergehen lassen; ich habe die Narbe noch immer am Bein. Es ist kein Spaß, wenn das glühende Eisen sich in das zuckende Fleisch frißt. Der Patient hört es zischen und er riecht, wie sein eigenes Fleisch schmort. Und außerdem ist es verdammt schmerzhaft.«

In dem Blick, den sie ihm zuwarf, stand das nackte Entsetzen. »Verschonen Sie mich gefälligst mit diesen reizenden Einzelheiten«, zischte sie. »Ich werde nicht dabeisitzen, um diesen Greuel zu sehen, zu hören und zu riechen. Ich werde hier sitzen bleiben, bis es vorbei ist.«

»Sehr gut!« sagte John. »Nur, Sie sehen mich einigermaßen überrascht. Ich wußte nicht, daß Sie so ein jämmerliches Nervenbündel sind.«

»Dann wissen Sie es nun. Ich bin ein schwächliches Nervenbündel. Ich bin eine vornehme Dame, die in Ohnmacht fällt, wenn sie Blut sieht. Gehen Sie zum Teufel, Mann, und lassen Sie mich allein!«

John zuckte verächtlich die Achseln. »Eine spaßige Sache«, knurrte er. »Ich habe Sie in der Wüste hin und wieder beobachtet. Sie hielten sich verdammt gut, und ich dachte mir, Sie hätten Nerven wie Seile. Aber manche Menschen sind so. Wenn es um sie selber geht, ist ihnen nichts zuviel. Wenn sie aber einem anderen helfen sollen, benehmen sie sich wie kranke Hühner. Es tut mir leid, daß ich Sie belästigt habe.«

Florinda wandte ihm den Kopf ganz zu und sah ihm gerade ins Gesicht. Während sie ihn liebenswürdig anlächelte, sprudelte eine Flut beleidigender Schimpfworte über ihre Lippen. Das ganze Vokabular der Gasse war darin vertreten.

John lächelte anerkennend. »Was für ein Wortschatz!« sagte er. »Schade, daß es nur Worte sind und daß Sie es vorziehen, wie ein Zuckerpüppchen zu leben. Nun gut, ich weiß wenigstens, woran ich bin. Wenn Sie also nicht gewillt sind, Ihrer Freundin Garnet in der Stunde der Not beizustehen und ihr die Hand zu halten, dann werde ich es eben tun. Hinterher werden wir beide dann noch einen kleinen Streit miteinander auszufechten haben.« Er schwieg, und Florinda schwieg auch. Mit veränderter Stimme sagte John: »Sie wollen Garnet also nicht beistehen?«

Florinda atmete schwer. »John«, flüsterte sie, »ich – kann es nicht!«

»Warum können Sie nicht?«

»Ich habe keinen Charakter, John. Ich würde ins Zittern geraten und krank werden und wäre Garnet gar keine Hilfe.«

»Sie sagten mir einmal in Santa Fé, Sie hätten eine sehr hohe Meinung von Garnet Hale. Ich war damals fest überzeugt, daß Sie das ehrlich meinten.«

Florinda ließ den Kopf sinken. John sah, wie sich ihre Brust unter kurzen, heftigen Atemzügen hob und senkte. Er brach eine Gerte von einem überhängenden Busch und schlug damit gegen den Steinhaufen. Ohne aufzusehen, sagte Florinda:

»Garnet hat mehr für mich getan, als Sie je ahnen können. Wer weiß, was aus mir geworden wäre und wo ich jetzt steckte – ohne sie.«

»Wenn Mrs. Hale Ihnen je eine Freundlichkeit erwies, so bin ich sicher, daß sie nie daran gedacht hat, dafür entlohnt zu werden«, versetzte John Ives kurz. »Das meinte ich nicht. Aber da Sie Freundinnen sind, hatte ich gedacht, daß Sie sich ihr gegenüber auch wie eine Freundin benehmen würden.«

Florinda schluckte. »John«, flüsterte sie, »glauben Sie wirklich, es wäre leichter für sie, wenn ich dabei bin?«

»Ja, das glaube ich gewiß.«

»Dann werde ich gehen«, sagte Florinda.

Es schüttelte sie. Er sprang auf sie zu und half ihr auf die Füße. »Gut«, sagte er, »danke!«

Florinda antwortete nicht. Sie gingen am Bach entlang, an den Männern vorüber, die noch immer mit dem Anpflocken der Maulesel beschäftigt waren, bis zu dem Felsen, wo Garnet auf ihrer Decke lag. Garnets Augen waren geschlossen. Florinda kniete neben ihr nieder und strich ihr sacht über die Stirn. »Ich bin da, Garnet«, sagte sie leise.

Garnet riß die Augen auf. »O Florinda«, flüsterte sie, »ich bin froh, daß Sie da sind. Wo waren Sie?«

»Nur einen Augenblick am Wasser. Ich hatte doch meine Flasche ausgegossen vorhin.« Sie näßte wieder das Tuch. »Ich werde Ihnen den Kopf kühl halten, Garnet.«

»Werden Sie bei mir bleiben?«

»Gewiß bleibe ich da.« Sie wandte sich, ohne aufzublicken, John und Oliver zu. »Wie ist es, Boys«, sagte sie, »die Sonne hat sich verschoben, seit Garnet hier liegt. Können wir die Decke nicht etwas in den Schatten ziehen, ohne ihr weh zu tun? Ja, so. Ich werde ihr laufend Stirn und Gesicht kühlen.«

Während der feuchte Stoff ihr die Stirn kühlte, hörte Garnet Texas rufen: »Fertig?«

»Fertig!« rief John zurück, und zu Garnet gewandt: »Mrs. Hale?«

»Ja?« flüsterte Garnet atemlos vor Schreck.

»Wir werden Sie jetzt halten müssen«, sagte John, »damit Sie nicht zufällig zusammenzucken und noch eine Extrabrandwunde bekommen. Legen Sie ihren Kopf auf mein Knie. So. Drehen Sie ihn herum, damit Sie nicht sehen, was geschieht.«

Garnet preßte ihr Gesicht gegen Johns harten Schenkel. Oliver lag halb neben ihr und hielt ihren Körper mit dem Arm umschlungen, um sie festzuhalten. Florinda ergriff ihre rechte Hand und umklammerte sie fest, ihr zärtlich das Haar streichelnd. »Garnet«, flüsterte sie, »in einer Minute ist alles vorbei. Schreien Sie ruhig. Brüllen Sie, wenn es nicht anders geht.« – Garnet hörte John dicht über sich sagen: »Tun Sie das, Mrs. Hale. Wenn man das mit mir machte, ich würde brüllen, daß man es in Los Angeles hörte.«

Garnet schloß die Augen. Sie spürte, wie Texas ihren verwundeten Arm anhob; die Bewegung verursachte ihr einen stechenden Schmerz. Sie dachte: Ich darf nicht schreien. Ich glaube nicht, daß John schreien würde, und ich will es auch nicht. Ich muß auf irgend etwas beißen. Warum habe ich mir nicht etwas geben lassen, worauf ich beißen könnte? Ich werde in Johns Hose beißen.

Sie umklammerte mit der Rechten Florindas Hand und preßte, so fest sie es vermochte, die Finger zusammen. Florindas Handschuh war klebrig von Schweiß. Die in dem Handschuh steckende Hand erwiderte tröstend den Druck. Garnet öffnete die Zähne und suchte den Stoff von Johns Hose zu erfassen; der Stoff war sandig und rauh. Jetzt, dachte sie fiebernd, eine Minute! In einer Minute ist es vorbei. Ich werde hart zubeißen, und ich werde nicht schreien.

Sie fühlte, wie Texas den zerfetzten Ärmel ihres Kleides ganz herunterriß. Mit aller Kraft grub sie ihre Zähne in Johns Hosenbein. Im gleichen Augenblick spürte sie das Eisen.

Ein höllischer Flammenbiß zerriß ihr den Arm. Das Feuer breitete sich mit rasender Geschwindigkeit aus, fraß sich über ihren Hals und quer über den Rücken und biß durch bis zu den Zehenspitzen. Sie bäumte sich, ihre Muskeln zuckten, sie fühlte Johns und Olivers Hände, die sie wie in einem Schraubstock hielten. Es gab ein zischendes Geräusch, während das Eisen ihr ins Fleisch drang, einen widerlich süßlichen Geruch und, während sie die Zähne mit aller Gewalt zusammenpreßte, einen bitter salzigen Geschmack in ihrem Mund. Sie fühlte, daß die Tränen aus ihren Augen rollten und daß aus allen Poren ihres Körpers Schweißströme rannen. In ihrer Kehle war ein widerlich klebriges Zeug; sie preßte Florindas Hand, als wolle sie ihr die Knochen zerbrechen. Die Flamme fraß sich durch ihren Körper, und ihr Fleisch zischte wie ein Braten auf dem Feuer. Sie konnte die Zähne nicht mehr fester zusammenpressen, und sie vermochte nicht mehr zu atmen. – Wenn es noch lange dauert, ersticke ich, dachte sie. Da hörte sie Texas leise sagen: »Fertig, Miß Garnet.« Oliver löste den Arm, faßte sie leicht um die Schulter und versuchte sie aufzurichten. »Es ist vorbei, Garnet«, sagte er, »kannst du mich hören? Du kannst dich jetzt wieder bewegen.« Dann hörte sie Johns Stimme dicht über sich: »Würden Sie kleine Kannibalin nun vielleicht die Zähne aus meinem Schenkel nehmen?«

Garnet duldete wie im Taumel, daß Oliver sie aufrichtete. Oliver hielt sie mit beiden Armen. Sie hörte ihn und Texas sagen, daß sie sich vorbildlich gehalten habe. Keinen Laut habe sie von sich gegeben. In ihrem Arm war ein grimmiger Schmerz, aber er war nicht mehr zu vergleichen mit dem, den sie eben noch gefühlt hatte.

Florinda riß einen weiteren Fetzen aus ihrem Unterrock, um sich ein Taschentuch zu machen. Garnet nahm mit einem vagen Blick wahr, daß ihr Gesicht grünlich verfärbt war und dicke Schweißtropfen auf ihrer Stirn standen. Florinda wischte sich mit dem Stoffetzen den Schweiß ab.

Garnet fühlte, daß etwas Nasses, Klebriges ihr am Kinn herunterlief. Sie wischte es ab und fragte sich verwundert, was es wohl sein könne. Auf ihre Hand blickend, sah sie, daß es Blut war.

Es war alles noch ein bißchen wirr. Sie hatte eine so furchtbare Anstrengung hinter sich, daß sie Mühe hatte, ganz wieder zur Besinnung zu kommen. Sie starrte auf ihre blutbesudelte Hand und auf John. In Johns Gesicht stand ein grimmiges Lächeln. Ihre Augen folgten den seinen bis zu einer Stelle auf seinem Oberschenkel. Sie sah, daß seine Hose dort einen zackigen Riß aufwies und rundherum blutdurchtränkt war.

Sie hörte sich selber keuchen. Plötzlich wußte sie, was der salzig klebrige Geschmack in ihrem Munde bedeutete. Sie hatte nichts davon gewußt, nein, aber es war kein Zweifel, sie hatte John, während Texas ihr die Armwunde ausbrannte, wie ein Tier in den Schenkel gebissen. Johns Schenkel war so hart wie ein Baumstamm; sie hätte ihm leicht einen ganzen Fetzen Fleisch herausbeißen können.

John wischte mit einem Stück aus Florindas Unterrock das Blut von seinem Bein. »Mein Gott!« rief Garnet schreckensbleich, »was hab' ich getan? Oh, das wollte ich nicht.« Aber die Männer schienen eher amüsiert und keineswegs böse. Oliver hielt ihr die Wasserflasche an den Mund. »Trink«, sagte er, »spül dir erst mal den Mund aus!«

Sie spülte das Blut aus ihrem Mund und trank dann. »O John«, stammelte sie, »es tut mir so schrecklich leid. Es ist entsetzlich!«

»Aber wieso denn?« sagte John; »es hat doch gar nichts zu bedeuten.«

Oliver hatte inzwischen ein großes Stück Leinen herbeigeholt und war dabei, es in Streifen zu reißen; er gab die abgerissenen Streifen an Texas weiter.

»Nun strecken Sie den Arm mal aus, Madam«, sagte Texas, »ich verbinde Sie jetzt, um die Wunde vor Staub zu schützen.«

Garnet lag auf dem Rücken. Die Wunde brannte noch immer höllisch; sie zuckte mehrmals heftig zusammen und biß sich auf die Lippen, während Texas ihr den Verband anlegte. Oliver goß Whisky in einen Zinnbecher, verdünnte ihn mit Wasser und reichte ihn ihr.

»Trink, Garnet«, sagte er, »du wirst dann besser schlafen.«

Garnet trank dankbar; sie fühlte, daß sie zitterte. Zwischen den einzelnen Schlücken sah sie auf John. »John«, flüsterte sie, »ich danke Ihnen so. Ich wollte Ihnen nicht weh tun.«

»Machen Sie sich meinetwegen keine Sorgen. Trinken Sie und versuchen Sie zu schlafen.«

Garnet sah sich nach Florinda um. Aber Florinda war nicht mehr da.

»Du würdest die Beinwunde besser auswaschen«, sagte Texas zu John.

»Das kann ich ja machen.«

»Da. Verbinde sie dann.« Texas reichte ihm einen Streifen Verbandstoff.

»Es geht nicht tief.«

»Trotzdem. Du solltest dafür sorgen, daß kein Staub hineinkommt.«

»Schon gut«, sagte John, nahm den Verbandstreifen und ging hinunter zum Bach.

Während er an den Uferbüschen entlangging, sah er Florinda. Starr vor Staunen verhielt er den Schritt.

Florinda kniete hinter dem großen Steinhaufen und erbrach sich. Ihr Kopf war unbedeckt; das Haar flutete ihr in feuchten Wellen von den Schläfen herab. Sie hatte die Handschuhe ausgezogen und war eben dabei, die Ärmel bis zu den Ellbogen abzustreifen. Sie formte die Hände zu einer Schale, schöpfte Wasser aus dem Fluß und kühlte damit ihr Gesicht. Er sah: ihre Arme und Hände waren über und über mit flammendroten Narben bedeckt.

Er trat einen Schritt vor.

Florinda hörte ihn kommen. Sie zuckte heftig zusammen und fuhr herum. »Oh«, sagte sie leise, »Sie sind es schon wieder. Was wollen Sie nun noch von mir?«

Er kam näher heran und blieb neben ihr stehen. »Ich wollte Sie um Verzeihung bitten«, sagte er.

Florinda sah ihn halb ärgerlich, halb verwirrt an. Sie strich sich mit dem Handrücken das nasse Haar aus dem Gesicht. »Verzeihung?« sagte sie. »Wofür?«

»Für alles, was ich Ihnen vorhin gesagt habe.« Er sah auf ihre Hände und Arme. »Ich wußte ja nicht, daß Sie einen Grund hatten, sich vor Brandwunden zu entsetzen.«

Ein bitteres Lächeln überzog Florindas Gesicht, während sie die nassen Hände an ihrem Rock abwischte. »Der einzige Fehler an einem sonst vollkommenen Körper«, sagte sie.

»Ich habe Ihre Hände noch nie gesehen«, sagte John. »Ich dachte, Sie trügen der Sonne wegen ständig Handschuhe.« Er schwieg einen Augenblick und fügte dann hinzu: »Vergeben Sie mir, daß ich an Ihnen zweifelte.«

»Oh, vergessen Sie es«, sagte Florinda. »Es tut mir leid, daß ich mich schlecht benommen habe vorhin. Ich wollte nicht aus der Rolle fallen. Aber es war stärker als ich. Es ging mit mir durch. Bitte, sagen Sie es niemand.«

»Natürlich nicht.«

Florinda preßte die narbenbedeckten Hände gegen die Stirn; ein Zittern lief durch ihren Körper. John kniete sich neben sie und nahm eine Flasche Whisky aus der Tasche.

»Trinken Sie einen Schluck«, sagte er, »es wird ihnen guttun.«

»Nein, danke. Ich trinke nie.«

»Das habe ich bemerkt; aber manchmal hilft es.«

»Mir nicht. Ich habe es versucht.«

Sie versuchte ihr Haar zu ordnen. Vom Lager drang der wilde Schmerzensschrei eines Mannes herüber, dem wohl gerade Texas' Eisen ins Fleisch drang und der nicht so viel trotzigen Stolz wie Garnet aufbrachte. Florinda liefen Schauer über den Rücken, als sie den Schrei vernahm; sie mußte heftig schlucken; offenbar würgte es sie. John sagte:

»Ich glaube, ich kann Ihnen helfen. Legen Sie sich flach auf die Erde. Nein, nicht hier; ich weiß nicht, wer hier herumlungert; man hat von hier keinen Ausblick. Kommen Sie etwas weiter herauf, dort hinter die Steine.«

Er half ihr auf die Füße und führte sie ein Stück flußabwärts an einen freien Platz, von wo aus sie das Lager sehen konnten.

»Hier sind Ihre Handschuhe«, sagte er. »Legen Sie sich hin. Flach auf den Rücken. Halten Sie sich vollkommen ruhig. Ich komme sofort zurück.«

Sie streckte sich gehorsam im Grase aus. Nach wenigen Minuten kam John, der sich entfernt hatte, zurück; er hatte ein Stück Salzfleisch in der Hand. Er legte ihr den Arm unter die Schulter und hob sie hoch.

»Essen Sie das«, sagte er. »Kauen Sie es gut durch. Ja, es ist salzig. Aber Sie müssen das Salz mitessen.«

Florinda tat nach seinem Geheiß. Sie biß kleine Stücke von dem Fleisch und kaute sie durch. Nach jedem Biß machte sie eine kleine Pause, um sicher zu sein, daß es hinunterkäme und auch im Magen bliebe. Sie aß das Fleisch ganz auf und legte sich wieder hin. John saß neben ihr und beobachtete sie. Nach ein paar Minuten atmete sie tief und wandte sich ihm zu. »Es bleibt tatsächlich«, sagte sie. »Ich war erst sicher, es wieder erbrechen zu müssen. Wie konnten Sie das wissen?«

John ließ ein leises Lachen hören. »Ich bin seinerzeit mit einem Klipper aus Boston rund um Kap Hoorn nach Kalifornien gekommen«, sagte er. »Als wir mehrere Anfälle von Seekrankheiten hinter uns hatten, begann der Koch uns mit Salzfleisch zu füttern. Es half.

Sie werden natürlich sehr durstig werden, aber Sie sollten versuchen, eine Zeitlang nicht zu trinken.«

Florinda lag ruhig im Gras. John blieb neben ihr sitzen und beobachtete sie. Nach einer Weile sagte sie: »Ob ich jetzt wohl einen Schluck trinken könnte?«

»Ich denke, Sie halten es noch ein Weilchen aus.«

»Ja«, sagte sie, »ich werde es schon können.«

Er entkorkte die Wasserflasche, die ihm am Gürtel hing, und gab ihr einen kleinen Schluck. Sie lächelte und streifte die Ärmel ihres Kleides herab. »John«, sagte sie, »es tut mir leid. Ich benehme mich schlimmer als ein Baby.«

»Das bezweifle ich«, sagte John. »Ich weiß jetzt, was es Sie kostete, an der Seite von Mrs. Hale auszuhalten.«

»Ja«, flüsterte sie, »es war nicht einfach. Aber ich darf nicht jedesmal schlappmachen, wenn etwas geschieht, das mich an meine Brandwunden erinnert. Ich muß mich daran gewöhnen.«

Es wurde still zwischen ihnen. Florinda beschäftigte sich mit ihrem zerzausten Haar. »Wie geht es Garnet jetzt?« fragte sie nach einer Weile.

»Ich denke, sie wird schlafen. Oliver hat ihr einen ordentlichen Schluck Whisky eingeflößt, und sie ist keinen Alkohol gewohnt.«

»Ich werde zu ihr gehen und mich neben sie setzen. Sie wird sich sehr elend fühlen, wenn sie erwacht.«

Sie zog ihre Handschuhe an, sah zu den grasenden Mauleseln hinüber und dann wieder auf John.

»John«, sagte sie, »warum wollten Sie nicht, daß Garnet nach Kalifornien geht?«

»Ich habe es Ihnen doch schon gesagt«, versetzte John. »Es ist eine Sache, die mich nichts angeht.«

»Wollen Sie nicht für einen Augenblick mal vernünftig sprechen? Meinen Sie, daß es Ärger oder irgendwelche Schwierigkeiten für sie gibt?«

»Ich fürchte, ja.«

»Welcher Art sind die Schwierigkeiten, John?«

»Ich denke, Mrs. Hale wird es Ihnen selbst sagen, wenn es soweit ist.«

»O Ratten und Teufel!« sagte Florinda. »Einstweilen ahnt sie es doch selber nicht. Was immer Sie ihr auch gesagt haben mögen, um sie zu ängstigen, Oliver scheint sie völlig beruhigt zu haben. Sie scheint vollkommen glücklich.«

»Vielleicht bleibt sie es. Ich jedenfalls kann nichts daran tun, und Sie können es auch nicht. Ich hoffe, Sie werden ihr auch weiter befreundet bleiben. Es ist da sonst kaum ein Mensch, auf den sie im Ernstfall zählen kann.«

Florinda lächelte ihn ein wenig ironisch an. »Ich frage mich, was Oliver wohl zu dieser Bemerkung sagen würde.«

»Ich glaube, daß Oliver sich bequemerweise angewöhnt hat, überhaupt nicht zu denken«, bemerkte John kurz.

Florinda spielte mit den Fingern im Gras herum. »Er ist ganz verrückt nach ihr, John.«

»Ja, das ist er. Er liebt sie zweifellos. Deshalb geht vielleicht alles gut.«

»Da ist also etwas. Sie wissen es, aber Sie können nichts dagegen tun, und weil Sie das nicht können, deshalb wollen Sie auch nicht darüber sprechen?«

»Ganz recht. Und deshalb ist es am besten, Sie sprechen auch nicht mehr davon. Kümmern Sie sich lieber um Ihre eigenen Angelegenheiten.«

John stand auf. »Gehen Sie zum Lager zurück«, sagte er. »Die Köche sind schon bei der Arbeit. Eine Schüssel Atole würde Ihnen jetzt guttun.«

Er reichte ihr die Hand, und sie zog sich daran hoch. »Kommen Sie auch?« fragte sie.

»Nein, noch nicht. Ich muß mir noch einen Verband machen.«

Florinda ging zum Lager zurück. Sie fand Garnet auf ihrer Decke liegend und schlafend. Sie ging zum Feuer, holte sich eine Schüssel Atole und setzte sich neben die Schlafende. Mr. Penrose ging in der Nähe vorüber. Er trug ein paar Lederriemen in der Hand, die er geflickt hatte. Er winkte ihr zu, und sie winkte strahlend zurück.

»Wie geht es dir?« rief Penrose.

»Danke, ausgezeichnet«, sagte Florinda. »Ich wollte immer schon wissen, wie es in einer Indianerschlacht zugeht.«

Mr. Penrose lachte und ging zum Weideplatz der Maulesel hinüber.

Florinda sah ihm mit einem schiefen Lächeln nach. Wenn er sie einmal für eine Art Kreuzung zwischen einem Puppenbaby und einer Göttin gehalten hatte, so tat er dies sicher schon lange nicht mehr. Sie hatte ihm allerlei Unsinn zu schlucken gegeben. Im Zusammenhang mit den Brandnarben an ihren Händen und Armen hatte sie ihm eine rührende Geschichte erzählt. Danach hatte eine weniger schöne und weniger erfolgreiche Bühnenkollegin eines Tages in einem Anfall rasender Eifersucht mit einer brennenden Lampe nach ihr geworfen, um ihr das Gesicht zu ruinieren. Sie hatte die Lampe zurückgeworfen und dadurch das Kostüm der Kollegin in Flammen gesetzt. »Was konnte ich tun?« hatte sie dem entsetzt zuhörenden Penrose mit tragischem Augenaufschlag gesagt; »ich riß die lichterloh Brennende zu Boden und wälzte sie so lange herum, bis die Flammen erstickten. Sie trug trotzdem schwere Brandwunden davon, und was dabei mit meinen Armen und Händen geschah, das sehen Sie ja.«

Mr. Penrose hatte beinahe Tränen vergossen. Er war zu der Meinung gekommen, sie sei der edelste Mensch unter der Sonne.

Florinda betrachtete ihn mit einer Art gutmütiger Verachtung. Sie war willens, ihn sobald als möglich loszuwerden. Aber vorerst mußte sie mit seiner Hilfe nach Kalifornien kommen und herauszukriegen suchen, wie ein Mädchen in dem fremden, merkwürdigen Lande zu leben vermochte. Sie setzte sich in den Schatten der Felswand und lehnte den Rücken gegen den Stein. Sie war schrecklich müde.

Ein paar Minuten später kam Texas herangeschlendert und hockte sich neben sie.

»Sie ist noch nicht wieder wach geworden nachdem?« fragte er, auf Garnet weisend.

»Nein. Oliver scheint ihr eine ganz nette Dosis Whisky verabreicht zu haben.«

»Das ist gut. Lassen Sie sie schlafen, solange es geht.« Texas fuhr Garnet sacht über das Haar. »Sie hat allerhand aushalten müssen«, sagte er, »keine einfache Sache.«

Florinda sah auf Garnets zerrissenen Ärmel und auf die Bandage nahe der Schulter. Sie fragte sich, ob Texas wohl ebenso wie John Schwierigkeiten für Garnet in Kalifornien erwartete. Aber offenbar war das nicht der Fall, denn eben jetzt sagte er:

»Sie wird es gut überstehen. Wir sind bald am Ziel. Dann hat sie den ganzen Winter vor sich, um sich zu erholen. Es wird ihr gut gefallen.«

»Sie meinen, sie wird eine schöne Zeit in Kalifornien verleben?«

»Gewiß wird sie das. Warum sollte sie nicht? Olivers Bruder ist zwar für mein Gefühl der unangenehmste Bursche in ganz Kalifornien, aber sie werden sich ja nicht viel auf der Ranch aufhalten. Oliver hat viele Freunde, die er sicherlich besuchen wird.«

Florinda rückte etwas beiseite, um ihre müden Augen vor den Sonnenstrahlen zu schützen.

»Wie weit ist es denn noch?« fragte sie.

»Zweihundertfünfzig bis dreihundert Meilen. Es hängt von den Wasserlöchern und ihrer Beschaffenheit ab.«

»Dreihundert Meilen, sagen Sie. Bei zwanzig Meilen am Tag wären das noch rund fünfzehn Tage.«

»In der Regel wohl Nächte. Wir werden fast immer nachts reiten müssen. Tagsüber ist die Hitze unerträglich.«

Florinda schauderte es, aber sie sagte nichts. »Was werden wir tun, wenn wir dort sind?« fragte sie nach einer Weile.

»Nun, zunächst werden wir eine Woche oder zwei auf der Ranch von Don Antonio Costilla ein Lager aufschlagen. Es ist dies die erste Ranch jenseits des Cajón-Passes.«

»Ist es nett dort? Auf der Ranch, meine ich.«

Texas strich sich den Bart und grinste. »Ich denke schon, Miß Florinda«, sagte er. »Gutes Essen, viel Ruhe und den ganzen Tag nichts zu tun.«

Florinda ließ einen kleinen müden Seufzer hören. Texas sah sie aus seinen braunen Augen mitfühlend an. »Hören Sie, Miß Florinda«, sagte er, »Sie sehen nicht besonders gut aus. Meinen Sie, Sie halten noch zwei Wochen durch?«

Florinda lächelte: »Fürchten Sie, ich könnte in der Wüste umfallen und sterben? Machen Sie sich keine Sorgen, das werde ich gewiß nicht. Meinen Schädel wird keiner als Schießscheibe benützen.«

Texas grinste: »Sie sind ein Satansbraten!«

»Höchstwahrscheinlich!« gähnte Florinda. »Man hat dafür gesorgt, daß ich es wurde. Augenblicklich bin ich müde. Diese verdammten Digger haben mich aus dem besten Schlaf gerissen. Verschwinden Sie, Texas. Ich möchte einen Mittagsschlaf halten.«

Sie streckte sich auf der Decke neben Garnet aus. Texas schien noch keine Lust zu haben, wegzugehen, er blieb sitzen und sah sie an. Florinda beschattete die Augen mit der Hand.

»Haben Sie nichts Besseres zu tun, als mich anzustarren, Texas?« sagte sie.

»Ich mußte eben nachdenken«, entgegnete Texas. »Wenn ich Ihre Nerven hätte, wäre ich ein besserer Mann, als ich bin.«

Sie lächelte ihn an. »Sie sind ganz in Ordnung, so wie Sie sind.«

»Seien Sie still. Ich weiß ganz genau, was ich bin: eine versoffene Kreatur!«

»Das sind Sie nicht. Sie sind ein netter Kerl, der sich dann und wann mal betrinkt.«

»Sie rühren keinen Alkohol an, Miß Florinda?«

»Nein. Nicht mehr.«

»Warum?«

»Mein lieber Texas«, sagte Florinda, »was für eine merkwürdig intime Frage.«

»Sie haben recht.« Texas rupfte eine Handvoll Gras aus. »Entschuldigen Sie.« Florinda schwieg. »Sprechen Sie doch weiter«, sagte Texas nach einer Weile, »halten Sie mir einen Sermon.«

Florinda lachte lautlos. »Texas«, sagte sie, »Sie wissen doch ganz genau, daß ich von Leuten, die andere bekehren wollen, nichts halte. Entweder mag ich einen Menschen oder ich mag ihn nicht. Und Sie mag ich verdammt gern.«

Texas rupfte weiter Grashalme aus und zerfetzte sie. »Sie sind eine verdammt feine Person, Miß Florinda«, sagte er.

»Oh, halten Sie den Mund! Lassen Sie mich schlafen. Sie reden zuviel.«

Sie legte den Arm über ihre Augen, um das Licht abzuhalten. Dann hörte sie Texas davongehen. Von der Mauleselweide drang das Geschrei der Männer herüber. Dann vernahm sie Gesang:

> *»Kein starr' Gesetz hat Raum in diesen Breiten;*
> *Die Wüste frißt den Schwachen, der ihr naht.*
> *Stolz lachend mußt die Hölle du durchreiten.*
> *Nur harter Wille zwingt den Jubelpfad!«*

Florinda biß sich auf die heißen, aufgesprungenen Lippen. Sie dachte an die Hölle, die hinter ihr lag, an die Hölle, die sie noch erwartete. John hatte ihr prophezeit, daß sie nicht durchhalten würde. Aber sie mußte und würde durchhalten. Nur noch zwei Wochen, dachte sie. Die Männer auf dem Weideplatz sangen mit herausfordernden Stimmen:

> *»Nur harte Arbeit gilt in diesen Breiten.*
> *Ho, Boys! Wir haben Nerven wie aus Draht.*
> *Pack fest dein Muli. Laß uns vorwärts reiten!*
> *Nur Mut und Kraft bezwingt den Jubelpfad!«*

Zweiundzwanzigstes Kapitel

Von der Archilette ritten sie hinunter in die Mojawe-Wüste.

Es war ein rauhes und schreckliches Land. Noch als sie es lange hinter sich hatten, gedachte Garnet schaudernd der Felsenklippen und der endlosen Meilen weißen Sandes, der Staubwolken, die so dicht und undurchdringlich waren, daß die Maulesel wie blind dahinstolperten. Sie gedachte des brennenden Durstes, der ihr die Kehle wie mit einem Schüreisen ausbrannte, und der brennenden Schmerzen in ihrem verwundeten Arm, die sie unentwegt quälten, obgleich Texas den Arm gut und weich bandagiert hatte. Sie gedachte Florindas, die dünn wie ein Zahnstocher geworden war, während sie Nacht für Nacht in einer gleichsam atmenden Stille erschöpft dahinritt. Sie gedachte des Staubes, der Menschen und Tiere in dicken Schichten bedeckte, daß sie mit ihren rot entzündeten Augen Gespenstern glichen.

Es war die letzte Strecke der großen Reise und zugleich auch die schlimmste. Eines Tages sagte ihr Oliver, sie hätten es nun sozusagen geschafft. Sie würden durchkommen. Sie waren bisher immer durchgekommen. Dicht vor ihnen lag schon der Cajón-Paß, der von einem Bergflüßchen begleitet wurde, und jenseits des Passes befand sich die Ranch von Don Antonio Costilla.

Und sie kamen durch. Sie ritten das Gebirge hinan und betraten den Paß. Die Maultiere rochen das Wasser. Und obwohl sie eben vor Müdigkeit und Erschöpfung kaum noch gekrochen waren, begannen sie nun zu rennen. Sie rannten und rannten und hielten nicht an, bis sie das Flüßchen erreichten, von dem Oliver gesprochen hatte. Jetzt sanken Menschen und Tiere gleicherweise in die Knie, streckten sich der Länge nach aus und keuchten vor Glück. Oliver legte den Arm um Garnet. »Die Wüste liegt hinter uns«, sagte er. »Du wirst nicht mehr Durst leiden müssen.«

Garnet seufzte und entspannte die Muskeln. Ihr Blick fiel auf Florinda. Sie saß allein da; niemand hatte den Arm um sie gelegt. Sie hatte die Schuhe im Schoß und die nackten Füße im Wasser. Ihr Rücken lehnte an einem großen Stein; der Gischt sprang hoch und näßte ihr das Gesicht. Sie war allein.

Garnet trat zu ihr und setzte sich neben sie. Florinda maß sie mit einem lächelnden Blick. »War Oliver nicht eben bei Ihnen?« fragte sie.

»Ich war bei ihm«, entgegnete Garnet. »Aber die Männer sprechen jetzt miteinander; warum sollte ich also nicht zu Ihnen kommen? Sie sind allein.«

»Oh, mir macht das Alleinsein weiter nichts aus, Liebe«, versetzte Florinda, »ich bin es gewohnt.«

Sie war so tapfer; Garnet brachte es nicht über das Herz, sie allein zu lassen; sie blieben für den Rest des Tages zusammen. Als sie sich nach dem Abendessen gute Nacht sagten, küßte Florinda Garnet auf die Wange; es war nur der Hauch eines Kusses, zart wie ein Blütenblatt.

Die Männer ließen sich nun Zeit. Der Weg war steinig und hart, und das Flüßchen war eigentlich nur ein seichter Bach; man mußte noch immer sparsam mit dem Wasser umgehen. Aber sie hatten doch wenigstens das Notwendigste. Endlich, an einem Montag, es war der 3. November, erblickten sie Don Costillas Ranch.

Sie kamen um eine Gebirgsnase herumgeritten und sahen, immer noch in einiger Entfernung, vor sich inmitten einer ausgedehnten, eintönig braunen Fläche eine Gruppe Ziegelhäuser. Garnet blinzelte in einem unbestimmten Gefühl der Überraschung. Es war so endlos lange her, daß sie Häuser gesehen hatte, daß die Gebäude da unten ihr in dem staubigen Dunst unwirklich erschienen. Einer der Männer stieß einen Schrei aus. Der Schrei wurde von allen anderen aufgenommen und wurde zu einem heiseren Gebrüll. Die Männer trieben die Maultiere zur Eile an. Garnet wandte den Kopf und sah Florinda an. Beide lächelten verzerrt, ihre aufgesprungenen Lippen bluteten. Florinda sagte beinahe tonlos:

»Garnet – sind wir da? Haben wir die Hölle passiert?«

»Ich glaube, wir haben es«, sagte Garnet. Sie atmete schwer.

Alle ritten nun in schnellem Trab. Garnet war es, als verlöre ihr Körper mit jedem Meter, den sie weiterkamen, eine Last. Der Staub wirbelte ihr immer noch ins Gesicht; sie mußte schlucken, um den Hustenreiz zu unterdrücken. Dann hörte sie wieder rufende Stimmen. Von der braunen Häusergruppe da unten kamen einige Reiter auf sie zu. Sie waren in rote und blaue Jacken gekleidet; gestreiftes Fahnentuch flatterte über ihren Köpfen. Die leuchtenden Farben hoben sich von dem eintönigen Graubraun der Landschaft wirkungsvoll ab.

»Menschen!« keuchte Garnet. »Keine Digger. Zivilisierte Menschen!«

Spanische Rufe gingen hin und her. Sie waren viel zu müde, um dem Sinn der Worte nachzulauschen. Aber sie sahen nun, daß die

Männer von der Ranch die Männer des Trecks begrüßten und daß Wein- und Wasserflaschen getauscht wurden. Oliver sprang von seinem Maulesel und kam zu Garnet herübergelaufen. Sein staubverkrustetes Gesicht glühte.

»Trink, Garnet!« sagte er, ihr eine Weinflasche reichend.

Der Wein war kühl; es war wunderbar, ihn durch die Kehle rinnen zu lassen. Garnet stieß einen kleinen Schluchzer aus, während sie trank. Oliver war zum Umfallen müde, aber in seinen blitzenden Augen lachte der Triumph.

»Wir sind da!« sagte er. Es hörte sich an, als vermöchte er es immer noch nicht zu fassen, »wir haben es wieder einmal geschafft!«

Von allen Seiten kam das Echo zurück; die Männer jubelten und schwenkten die Hüte: »Wir haben es wieder einmal geschafft!«

Oliver half Garnet beim Absteigen. Garnet sah neben sich Florinda, die eine lederne Wasserflasche mit beiden Händen hielt und ohne abzusetzen trank, daß ihr das Wasser aus den Mundwinkeln lief und helle Streifen über ihre staubigen Wangen zog. Es machte jetzt nichts mehr; man brauchte nicht mehr mit jedem Tropfen Wasser zu sparen; vor ihnen im Blickfeld lag eine kalifornische Ranch; dort gab es Wasser im Überfluß. Garnet drückte ihre Weinflasche gegen den Busen. Sie sah sich um, sie sah die bärtigen, müden, verwilderten Männer, mit denen sie tagein, tagaus auf dem Treck zusammen war; sie preßte den Kopf gegen den Sattel der kleinen, dürren Stute und lachte und weinte und wußte sich nicht zu lassen vor Freude. So mußte sich Kolumbus gefühlt haben, als die erste grüne Küste sich über der Endlosigkeit des Meeres erhob. Jetzt weiß ich, wie Helden aussehen, dachte sie. Helden sind keine ordengeschmückten Generale auf weißen Pferden. Helden sind rauhe, bärtige, verwilderte Männer, die Wüsten durchziehen und Hunger und Durst und alle erdenklichen Qualen ertragen und allen Unbilden zum Trotz durchhalten, bis sie das gesteckte Ziel erreichen.

»Wart einen Augenblick«, sagte Oliver, »ich bin gleich wieder bei dir.«

Garnet nickte und sah ihn davongehen. Um sie herum brüllte und schrie und lachte und weinte es. Hier und da zogen Männer Packen von den Mauleseln herunter. Andere saßen auf der Erde, hatten Flaschen in der Hand und waren schon dabei, sich zu betrinken. Garnet preßte eine Hand gegen den schmerzenden Kopf und seufzte vor Glück. Sie blickte sich um, und sie sah eine neue Welt.

Und dann, ganz allmählich, zog ihre Stirn sich in Falten. Ihr Auge durchdrang die flirrenden Schleier von Hitze und Staub. Sie blinzelte und rieb sich die Augen, um den Staub herauszubekommen.

Dies war das Ende des Weges. Dies war Kalifornien. Aber dieses Kalifornien, das sie erblickte, war durchaus kein Land des Grases und der Blumen. Garnet sah die rauhen und starren Grate ragender Gebirgsformationen, die auf eine traurige Ebene herabsahen, die wie versengt wirkte.

Sie wußte nicht genau, was sie erwartet hatte. Aber sie hatte während des langen, endlosen Weges durch die Wüste unausgesetzt von Blumen, von stolz aufragenden Bäumen mit prachtvollen Kronen und von rauschenden Wassern geträumt. Einstweilen gewahrte sie nichts dieser Art. So weit ihr Auge reichte, sah sie nichts als eintönig graubraunes Land, unwirtlich, struppig und staubbedeckt. Sie sah ein paar niedrige Hügel, dicht mit dürren, vertrockneten Eichen bestanden. Die Kronen der Eichen wiegten sich im Wind wie die Wellen einer flauen See. Da und dort weidete Vieh auf den Hügeln; es stand knietief im braunen Gras. Weiter weg erhoben sich die steilen Abhänge des Gebirges, dicht mit Chapparal bewachsen, einem Berggesträpp von stumpfgrüner Farbe, das der Staub grau gefärbt hatte. Aus der Ferne wirkte das graue Gestrüpp wie ein rauher, zottiger Pelz, der die Hügel bedeckte. Hier und da gab es große kahle Stellen dazwischen, die den Eindruck erweckten, als sei der Pelz von Motten zerfressen. In weiterer Ferne hoben die Berge sich höher und hatten einen blauen Schimmer; sie standen wie blaue Karton-Attrappen vor dem Horizont. – Die Gebäude der Ranch standen auf freier Ebene zwischen den Hügeln. In der Mitte erhob sich ein langes braunes Gebäude aus ungebrannten Ziegeln; rundherum dehnte sich eine Ansiedlung kleinerer Häuser, die scheinbar ohne Plan und Zweck in die Landschaft gestellt waren. Zwischen den Häusern standen hier und da ein paar niedrige, struppige Bäume, grau und verstaubt wie alles andere. Die Felder waren von Gräben durchzogen, die von einem kleinen munteren Flüßchen gespeist wurden. Aber weder die Bäume noch die Felder zeigten irgendwo eine Spur frischen, leuchtenden Grüns. Alles – Bäume, Häuser, Felder und Hügel – machte unter der dichten Staubschicht einen müden und trostlosen Eindruck.

Garnet dachte: Ich sehe vielleicht falsch. Der Wein hat mich benebelt; ich habe zu hastig und zu gierig getrunken. Aber sie sah nicht falsch, sie sah ausgezeichnet. Und sie kam zu der Erkenntnis, daß Kalifornien ein häßliches, trostloses Land sei.

Ihr Blick traf mit dem Florindas zusammen.

»Florinda«, flüsterte Garnet, »was halten Sie von dem, was Sie da sehen?«

Florinda lächelte und zog die mageren Schultern hoch. »Dieses ganze verdammte Land sieht aus, als ob man es in den Waschzuber stecken sollte«, sagte sie.

Oliver kam zurück. Er legte Garnet den Arm um die Schulter und bat sie, mit ihm zu kommen. Während sie ihm folgte, sah sie Florinda an der Seite von Mr. Penrose davongehen.

Oliver führte Garnet in das große, langgestreckte Ziegelhaus. »Es ist das Wohnhaus von Don Antonio«, sagte er; »der Señor war so freundlich, uns ein Zimmer zur Verfügung zu stellen.« Garnet blickte sich neugierig um.

Auf dem Platz vor dem Haus grasten zahllose gesattelte Pferde. »Um Gottes willen«, sagte sie, »müssen wir heute noch irgendwohin reiten?« Oliver verneinte lachend. »Auf einer kalifornischen Ranch stehen ständig gesattelte Pferde bereit«, sagte er; »niemand hier denkt daran, auch nur ein paar hundert Meter zu Fuß zu gehen.« Zahllose Leute standen und liefen umher, Männer, Frauen und Kinder, alle in grell leuchtenden Gewändern. Alle diese Leute gehörten zum Dienstpersonal des Hauses, erklärte Oliver.

»Mein Gott!« staunte Garnet. »So viele? Was machen sie alle?«

»Ich habe das selbst nie herausfinden können«, lachte Oliver. »Bis auf die Zeit der sogenannten Frühjahrs-Rodeos; da haben die Cowboys Arbeit: sie müssen das Vieh zählen, es mit der Brandmarke versehen und die schlachtreifen Tiere aussondern und schlachten. Nun, wir sind da. Jetzt kannst du dich ausruhen.«

Garnet seufzte erwartungsvoll. Sie hatte Schmerzen in allen Gliedern. Sie folgten beide einer mexikanischen Frau. Die Frau trug eine weiße Bluse und einen roten Rock. Das schwarze Haar hatte sie zu zwei kleinen Zöpfen gebunden, die wie Schweineschwänze aussahen und mit rotem Seidenband zusammengebunden waren. Sie öffnete eine Tür, trat zurück und ließ sie knicksend passieren. Garnet fand sich in einem kleinen quadratischen Zimmer. Die Wände waren rundherum mit leuchtend bunten Kalikovorhängen bespannt, die mit allerlei Figuren bedruckt waren. Es gab eine Wandbank und einen Tisch im Raum. Das Fenster hatte hölzerne Läden, und in der Nähe des Fensters befand sich ein Bett, ein richtiges Bett mit Kopfkissen und Decken. Auf der Wandbank standen eine blaue Tonschüssel und ein mit Wasser gefüllter blauer Krug.

Garnet lächelte beglückt. Es war seltsam und wunderbar zugleich, wieder in einem richtigen Zimmer zu sein. Sie ließ sich auf das Bett sinken und streckte wohlig die Glieder. »O Oliver!« seufzte sie. »Ein richtiges Bett! Und so weich! Es ist nicht zu glauben.«

Oliver zog den Maultierpacken herein, der ihre Kleider und ihre persönlichen Sachen enthielt. Er lachte sie an, holte eine Orange aus der Tasche, bohrte ein Loch in die Schale und reichte sie ihr.

Garnet sah mit starren Augen auf die Frucht. »Kann ich sie ganz allein haben?« fragte sie stammelnd.

»Aber ja. Du kannst noch viel mehr haben. Die Bäume hängen voll davon.«

Sie saugte die Orange leer. Es war dies die erste Frucht nach endloser Zeit; sie schien ihr seltsamer zu schmecken als je eine Orange in ihrem vergangenen Leben. Sie vergaß, wie verschmutzt und staubig sie war, und sank auf das Kopfkissen zurück. Kalifornien war ein häßliches Land, aber es war ihr ganz gleichgültig. Kalifornien war das Land, in dem man so viel schlafen konnte, wie man wollte, so viel Wasser trinken, wie man wollte, in dem man frisches Fleisch, frisches Obst, saubere Kleider und ein Bett haben konnte. Sie hatte die Augen geschlossen. Nach ein paar Minuten wurde ihr bewußt, daß Oliver ihr die Schuhe auszog und eine Decke über sie breitete. Gleich darauf schlief sie schon.

Als sie erwachte, stand die Sonne schräg im Zimmer und spielte auf den Wandvorhängen. Der Duft bratenden Fleisches war in der Luft. Bevor sie noch völlig erwacht war, dachte sie an die endlosen Maismehlbreie, von denen sie sich in der Wüste genährt hatte; ihr Magen machte unwillkürlich kleine Freudenhüpfer. Oliver sagte, sie werde sich noch eine kleine Stunde gedulden müssen. Das Eintreffen der Karawane habe sich so genau nicht vorausberechnen lassen; die Küche habe erst mit der Arbeit begonnen, während sie sich der Ranch näherten. Aber bis zum Abendessen gäbe es Seife und Wasser in Fülle.

Garnet besah sich in dem an der Wand hängenden Spiegel. Sie war braun wie ein herbstliches Blatt; ihre Arme und Beine schienen so hart wie Holz. Obgleich sie ständig schwere Handschuhe getragen hatte, waren auch ihre Hände vom ständigen Reiten rauh und hart.

»Oliver«, kicherte sie, »ich glaube, ich könnte die Männer, mit denen ich früher zu tanzen pflegte, ohne Anstrengung in Stücke brechen.«

Oliver umspannte ihre harte Taille. »Das kannst du vermutlich«, sagte er. »Warte eine Minute, ich bin gleich soweit. Dann gehen wir zusammen hinaus.«

Garnet trat an das Fenster und stieß die Läden auf. Sie sah, daß die Hauswand, ähnlich wie in Santa Fé, ungefähr einen Meter dick war. Sie stützte die Ellbogen auf den Fenstersims und blickte hinaus.

Die Ranch war voller Leben. Ältere Frauen kochten auf Öfen im Freien, die wie große Bienenkörbe aussahen. Mädchen schleppten Stapel von Tellern und Schüsseln zu langen Tischen, die um einen Hauswinkel herum im Gras aufgestellt waren. Die Männer des Trecks standen und saßen in Gruppen herum, tranken und schäkerten mit den auftragenden Mädchen, während sie auf das Abendessen warteten. Die grellbunten Kleider der Mexikanerinnen standen als leuchtende Farbflecke vor dem Hintergrund der graubraunen Hügel. Der Duft des Essens lag schwer in der Luft.

Während sie so aus dem Fenster sah, erblickte Garnet den schönsten und stattlichsten Mann, den sie in ihrem ganzen Leben zu Gesicht bekommen hatte.

Der Mann war nahezu sieben Fuß groß, schien gut und gern dreihundert Pfund zu wiegen, und jede Unze Fleisch an ihm schien hart und gesund. Sein dichtes, welliges Haar hatte einen rötlichen, goldschimmernden Ton; es fiel ihm in einer ungebärdigen Locke in die Stirn. Seine Augen waren dunkelblau, fast veilchenfarbig, seine Haut schimmerte rosig wie die Haut eines Kindes; seine Gesichtszüge erschienen trotz des kühnen männlichen Schnittes beinahe kindlich weich. Der Mann war prachtvoll gekleidet. Er trug einen Anzug aus himmelblauer Atlasseide mit goldenen Borten abgesetzt, hohe glänzende Stiefel mit sternförmigen Sporen und goldgestickte Lederhandschuhe. In einer Hand hielt er einen schwarzen mexikanischen Hut mit blauer Seidenkordel um die Krone.

Dieses Prachtstück von einem Riesen strolchte an der Seite von John Ives über der Ranch. Auch John hatte inzwischen die Kleidung gewechselt; er trug ein rotes Seidenhemd und dunkelgraue mexikanische Beinkleider und sah prächtig und elegant aus; aber neben seinem himmelblauen Begleiter wirkte er beinahe nichtssagend, und obgleich auch er sechs Fuß und zwei Zoll maß und hart und zäh wie ein Maulesel war, wirkte er neben dem Riesen nahezu klein.

Als die beiden in etwa fünfzehn Fuß Entfernung an Garnets Fenster vorübergingen, wandte der Riese den Kopf. Er erblickte die Frau über dem Fenstersims, und seine Gesichtszüge verzogen sich zu einem offenen und herzlichen Lächeln. Das geschah so spontan und wirkte so unschuldig und zugleich offenherzig, daß Garnet unwillkürlich zurücklächelte. Dabei hatte sie das sonderbare Gefühl, in eben diesem Augenblick einen neuen Freund gewonnen zu haben. Die Veilchenaugen des Mannes blieben fast eine Minute auf ihr haften; dann wandte der Riese den Kopf und sagte irgend etwas zu John. John blickte auf, lächelte Garnet an und zog seinen Hut. Beide gingen weiter.

»Oliver«, rief Garnet, »wer ist der Mann da? Der Riese neben John Ives?«

Oliver trat hinter sie und sah über ihre Schulter hinaus; er lachte: »Das ist Johns barbarischer Freund.«

»Was heißt das?«

»Ein Russe. Hab' ich noch nicht von ihm erzählt? Er lebte früher auf einer der russischen Pelzstationen im Norden. Jetzt hat er hier unten eine eigene Ranch.«

»Wie heißt er?«

»Ja, du lieber Gott! Sein eigentlicher Name ist schwer auszusprechen. Warte – er heißt mit dem Familiennamen Karakozof. Laß dir alles übrige von ihm selbst erzählen. Ich kann das nicht behalten.« Er zupfte an ihrem Haar. »Paß auf«, sagte er, »du wirst ihm häufiger begegnen. Es ist nicht zu vermeiden. Er nascht Frauen, wie Babys Zucker naschen.«

»Warum nanntest du ihn ›barbarisch‹?«

»Weil er ein Barbar ist. Ein liebenswerter Bursche, aber vollkommen unzivilisiert. John hat ihn unter seine Fittiche genommen und hat ihm dies und das beigebracht, aber er hat es beispielsweise nie fertiggekriegt, ihm den Gebrauch einer Gabel klarzumachen. Wollen wir hinausgehen?«

Garnet nickte. In ihr waren Schauer heimlicher Erwartung. Kalifornien schien ein häßliches Land, aber vielleicht war es doch nicht so eintönig und stumpfsinnig, wie es im ersten Augenblick auf sie wirkte.

Gleich vor der Tür wurde Oliver in ein Gespräch mit einem seiner Treiber verwickelt, der einige Fragen an ihn hatte. Garnet sah Florinda auf einer Bank sitzen, die sich an der Hausmauer entlangzog. Florinda hatte ihr Haar gebürstet und ein frisches Kattunkleid angezogen. Sie war so dünn geworden, daß das Kleid sie umschlotterte, und sie sah entsetzlich müde und mitgenommen aus. Aber als sie Garnet erblickte, hob sie die Hand und lächelte strahlend. Sie trug schwarzseidene Handschuhe mit halben Fingern, die sie beim Essen nicht abzulegen brauchte.

»Kommen Sie, Garnet, setzen Sie sich ein bißchen zu mir«, sagte sie.

Garnet setzte sich neben sie. »Wie fühlen Sie sich?« fragte sie.

»Oh, ausgezeichnet! Sagen Sie, Garnet, haben Sie dieses – dieses hübsche Tier in Himmelblau gesehen?«

»Sie meinen den Russen?«

»Ist er ein Russe? Dieser – unwahrscheinliche Panther mit dem Engelsgesicht?«

»Oliver sagt es.«

»Gut. Sehr gut! Ich habe noch nie einen Russen gesehen. Sehen sie alle so aus?«

Garnet lachte: »Wie soll ich das wissen? Ich habe bisher auch noch nie einen erblickt.«

»Jedenfalls«, sagte Florinda, »ist dieser Bursche das schönste und prachtvollste Mannsbild, das mir je vor die Augen gekommen ist. Ich habe ihn erst eben vor einer Minute gesehen. Mr. Penrose verzog sich, um das kalifornische Feuerwasser auszuprobieren. Deshalb ging ich hinaus und setzte mich hierher. Und dann sah ich dieses Prachtstück von einem Mann an der Seite von John vorbeistolzieren. Er sah mich sitzen und lachte mich an wie ein Junge, der einen Weihnachtsbaum sieht. Wer ist dieses hübsche Tier, Garnet?«

Garnet erzählte ihr, was Oliver ihr gesagt hatte. Florinda kräuselte zweifelnd die Lippen.

»Ein Barbar – dieser Mann?« sagte sie. Ihr Gesicht leuchtete auf; sie sah John und den Russen herankommen. »Passen Sie auf«, zischte sie, »sie kommen herüber. Sie wollen zu uns. Wenn dieser Mann ein Barbar ist, dann bin ich ein schielender Eskimo.«

John kam mit dem Himmelblauen herangeschlendert. Der Russe strahlte über das ganze Gesicht. In Johns Zügen stand ein leicht amüsiertes Lächeln. Garnet mußte daran denken, was Oliver ihr über die Art des Russen, mit Frauen umzugehen, erzählt hatte. John sagte, herantretend:

»Mrs. Hale, Miß Grove, darf ich Ihnen meinen Freund Mr. Karakozof vorstellen?«

Der Russe machte eine tadellose Verbeugung. Als er zu sprechen begann, merkte man, daß er sich im Englischen nicht ganz sicher fühlte. Er sagte: »Ich bin – sehr vergnügt, sehr überrascht und erfreut, Ladies.«

Garnet sagte: »Ich freue mich, Sir.« Florinda lächelte süß. »Wie war noch Ihr Name?« fragte sie. »Ich habe Mr. Ives schlecht verstanden.«

Der Russe verbeugte sich abermals: »Mein Name, schöne Lady, ist Nikolai Grigorievitch Karakozof.«

Florinda starrte ihn an.

»Wahrhaftig?« sagte sie.

»Ja gewiß, Lady.« Das Lächeln liebenswürdiger Unschuld in seinem Gesicht vertiefte sich, und als wolle er ihr behilflich sein, den schwierigen Namen zu erlernen, wiederholte er: »Nikolai Grigorievitch Karakozof.«

»Das kriege ich nie über die Zunge«, seufzte Florinda. »Können Sie das nachsprechen, Garnet?« Garnet schüttelte freimütig lächelnd den Kopf. Florinda schien einen Augenblick nachzudenken, dann strahlte ihr Gesicht wieder auf. »Hätten Sie sehr viel dagegen, wenn ich Sie anders nennen würde?«

»Warum? Nein!« sagte der Russe. »Wie eine reizende junge Dame mich nennt – alles gleich – alles gut, sehr, sehr gut! Wie soll ich heißen?«

»Das hübsche Tier!« kicherte Florinda.

Der Russe lachte, augenscheinlich erheitert, hell auf. »Das gut«, sagte er, »hübsches Tier! Gut, sehr gut!«

»Ich meine es nicht böse«, sagte Florinda.

»Oh, ich weiß. Es gefällt mir. Gefällt mir sehr gut. Sie gefallen mir auch. Sie gefallen mir alle beide. Zwei reizende Yankee-Damen. Ich bin – sehr erfreut. Ich habe schon mehr gesehen – Yankee-Damen. Oben in Sutter's Fort, das ist nahe bei Fort Ross – Sie wissen? Ich hab' da gewohnt. Sie waren reizend, sehr reizend, aber lange nicht so reizend wie Sie.« Er wandte sich Garnet zu. »Sie sind – Frau von Oliver Hale?«

»Ja«, versetzte Garnet, »ich bin Olivers Frau.«

»John hat mir gesagt. Wenn ich wäre – Oliver – ich würde sehr, sehr glücklich sein. Und Sie, schöne Lady« – er strahlte Florinda an, als habe er sie eben erst zu seinem Entzücken entdeckt –, »Sie sind ganz wie ich. Sie sind ein – unbefruchtetes Ei.«

»Hölle und Teufelsbrut!« sagte Florinda.

Der Russe sah fragend auf John: »Was hat sie gesagt?«

John grinste. »Sie versteht deine Sprache nicht.« Er wandte sich Florinda zu und sagte erklärend: »Blonde Menschen sind hierzulande außerordentlich selten. Blonde Haare und blaue Augen bilden überall, wo sie auftauchen, eine Sensation. Der Kalifornier sagt dazu: ›Un huero‹ – das heißt soviel wie unfruchtbares oder unbefruchtetes Ei. Nikolai hat sich gefreut, Sie zu sehen, weil Sie hier, ebenso wie er, wie eine Laune der Natur wirken.«

»Oh!« strahlte Florinda. »Nun verstehe ich.« Sie zwinkerte dem Russen kameradschaftlich zu. »Ich habe Sie wie ein Wunder angestarrt«, sagte sie, »und nun starren Sie mich ebenso an – hübsches Tier. Wir haben also Grund, Mitleid miteinander zu haben, weil wir beide – unfruchtbare Eier sind.«

In das Gesicht des Russen trat ein ernster Zug. »Ich – habe Mitleid mit Ihnen«, sagte er, »Sie sehen so – müde aus.«

»Ich bin sogar müde«, lachte Florinda. »Haben Sie jemals die Wüste durchquert?«

»Nein«, sagte Nikolai, »ich – kein großer Held. Sehr, sehr fauler Mensch. Habe den Cajón-Paß nie überschritten und – will es auch nicht.«

»Wenn Sie klug sind!« lachte Florinda.

Der Russe wandte sich seinem Begleiter zu. »Wie ist es, John«, sagte er, »können die beiden Damen bei uns bleiben bis zum Essen?«

»Wenn sie wollen«, knurrte John, »frage sie doch.«

»Aber ja, wir haben Zeit«, sagte Garnet, »bitte, setzen Sie sich doch zu uns.«

Die Männer ließen sich vor ihnen im Gras nieder. Der Russe schlang seine großen Hände um seine aufgestellten Beine und lächelte Garnet und Florinda an. »Mein Englisch sehr, sehr schlecht«, sagte er. »Bitte zu entschuldigen, wenn ich spreche falsch. Ich will lernen, viel lernen. John hat mir gegeben ein Buch. Ich werde lesen ganzen Winter lang.«

»Was ist das für ein Buch?« fragte Garnet.

Der Himmelblaue sah John fragend an. »Du mußt sagen, John. Ich nicht wissen.«

»Ach«, sagte John, »es ist eine Gedichtsammlung; mehr weiß ich auch nicht. Es ist das einzige Buch, das ich mithatte. Es gibt nicht viele Bücher in Kalifornien.«

»Danke sehr, John«, lächelte Nikolai.

Als er sich Garnet und Florinda wieder zuwandte, stand ein fast schüchterner Ausdruck in seinem Gesicht. »Ich werde mehr sprechen mit Ihnen, Ladies«, sagte er, »Sie werden mich lehren, besser zu sprechen. Wollen Sie?«

»Selbstverständlich«, lächelte Garnet. »Aber Sie sprechen bereits ausgezeichnet. Wie lange sprechen Sie überhaupt schon englisch?«

»Oh, ich hatte – wie soll ich sagen, John? Du weißt, als ich klein war.«

»Einen Hauslehrer.«

»Gut. Sehr gut. Einen Hauslehrer. Er sprach mit mir englisch. Aber ich war sehr klein. Habe alles vergessen. Oben in Fort Ross – wir sprachen russisch. Auch spanisch ein wenig, weil wir mußten hier herunter, zu kaufen Fleisch und Mehl von den Ranchos. Dann – ich habe nicht mehr gesprochen englisch, bis ich begegnete John. Er hat es mich wieder gelehrt.«

»Haben Sie lange in Fort Ross gelebt?«

»O ja, lange. Mein Vater war in Armee. In Armee von Zar, Sie verstehen? Ich war kleiner Junge – acht Jahre, da schickte Zar Soldaten nach Amerika zu den Pelzstationen. Es gibt viele Pelzstationen da oben in Kalifornien bis nach Alaska – Sie wissen? Meine Mutter war tot, und Vater ging mit mir nach Amerika.«

»Und Ihr Vater blieb hier?« fragte Garnet.

»Ja. Aber er starb. Als wir waren in Fort Ross, mein Vater wurde sehr krank. Schiff konnte nicht warten auf ihn, mußte fort nach Rußland. Als Schiff weg war – mein Vater starb. Ich war allein in Fort Ross und arbeitete mit den Männern dort. Wir bekamen viel Pelz: Seal und Seeotter. Und wir bebauten das Land, um Russen in Alaska zu ernähren.«

»Aber kamen denn später keine Schiffe mehr aus Rußland?«

»O ja, doch. Alle drei, vier Jahre ein Schiff kam und holte Pelze. Aber sie wollten nicht mitnehmen einen kleinen Jungen. Und als ich dann war erwachsen – warum sollte ich gehen? Ich war sehr glücklich in Fort Ross.«

»Und warum kamen Sie dann hier herunter?« fragte Florinda.

Er sah lachend zu ihr auf: »Wir vielleicht – arbeiteten zu gut. Ich weiß nicht – zuviel. Die Pelze – gingen auf – nein, das ist falsch; wie heißt es, John?«

»Sie gingen aus.«

»Gingen aus. Das ist richtig. Waren keine Tiere mehr da. Die Männer sagten, sie wollten weg von Fort Ross und wollten gehen zu den nördlichsten Stationen. Sie verkauften an einen Mann aus der Schweiz. Er hieß Sutter. Er hatte selbst ein Fort – Fort Sutter am Amerikanischen Fluß. Unsere Trapper gingen dann nach Alaska, aber ich wollte nicht gehen nach Alaska. Ich liebe Kalifornien. Deshalb ich ging nach Los Angeles hinunter und wurde getauft, und sie gaben mir eine Ranch. Ich zog Vieh auf, und die Leute lachten über mich. Die Yankees sagten: Er ist ein Barbar, und die Kalifornier sagten: Er ist un huero, ein unfruchtbares Ei. Eines Tages ich brachte Häute zu Mr. Abbot nach Los Angeles. Da war John. Er stapelte die Häute im Laden auf. John sagte nicht: ein Barbar! Und nicht: ein unfruchtbares Ei! John war anders als andere Menschen, ganz anders. Sehr seltener Mensch. Wir wurden gut Freund.«

John lachte einmal kurz auf. »Ich war damals noch nicht lange hier«, erklärte er, »und das Spanische war für mich noch eine harte Nuß. Nikolai sprach schon Spanisch wie ein Kalifornier. Er unterrichtete mich darin, und ich brachte ihm etwas Englisch bei. Das ist alles.«

Er sprach gleichmütig und obenhin, aber Garnet sah die Blicke warmer Zuneigung, mit denen der Russe ihn streifte; es war offensichtlich, daß beide Männer eine innige Freundschaft verband. Sie fand, das sei bei Johns betonter Zurückhaltung eine bemerkenswerte Sache. Nikolai hatte John einen seltenen Menschen genannt. Er hatte wohl gemeint, er sei ein ungewöhnlicher Mensch. Der junge Russe, der von halbzivilisierten sibirischen Fallenstellern aufgezogen worden war, hatte sich unter den stolzen kalifornischen Rancheros sicherlich denkbar unglücklich gefühlt; vielleicht war John Ives der erste Mensch gewesen, der ihn ernst nahm. Sie dachte: Oliver hatte unrecht, ihn einen Barbaren zu nennen. John fuhr fort:

»Nikolai hatte leider nur wenig Gelegenheit, sein Englisch zu vervollkommnen. Ich mußte tagein, tagaus mit jedermann spanisch sprechen, er hatte die praktische Möglichkeit, englisch zu sprechen, nur, wenn Yankees hierherkamen.«

»Oh, aber ich will lernen gut sprechen«, sagte Nikolai; »ich spreche gern englisch, und ich mag die Yankees.«

Ein Mexikanermädchen kam aus dem Haus, trat zu einer struppigen Eiche und schlug gegen einen dort aufgehängten Gong. Dem hallenden Ton antwortete von allen Seiten lautes Geschrei; John und der Russe sprangen auf.

»Essen! Es gibt Essen«, strahlte Nikolai. Die Aussicht schien ihn zu erheitern. Er umfaßte Garnet mit beiden Händen in der Taille, hob sie auf wie eine Puppe und schwenkte sie über seinen Kopf. Garnet kreischte und strampelte.

»Versuche dich zu benehmen, Nikolai«, sagte John, aber er lachte. Als der Russe Garnet sanft auf die Füße stellte, kam Oliver heran, und er lachte auch. Während Garnet noch mühsam nach Atem rang, begrüßte er den Russen in spanischer Sprache. Der Russe lachte und antwortete ebenfalls spanisch. Oliver reichte Garnet den Arm und geleitete sie zum Tisch.

»Benimmt er sich öfter so?« fragte Garnet.

»Nimm's ihm nicht übel«, versetzte Oliver, »er ist harmlos wie ein Kind. Übrigens, verschluck dich nicht, wenn du ihn essen siehst.«

Zu jeder Seite der Tische standen lange Bänke ohne Lehnen. Die Männer sprangen mit einem Salto darüber und suchten sich einen Platz; sie grölten und lärmten und schienen ausnahmslos guter Laune. Jeder, der einen Platz ergattert hatte, begann ohne weitere Umstände zu essen. Sie schlangen wie die Wölfe.

Es gab Braten, ein Bohnengericht, Maisbrei, Weintrauben, Oliven und Orangen, außerdem Eier, Tortillas, duftendes dunkelbraunes Brot und allerlei fremdartige, scharf mit Pfeffer und Zwiebeln gewürzte Gerichte. Dazu wurde aus großen dicken Tassen Schokolade getrunken. Und selbstverständlich gab es roten und weißen Wein und den beliebten scharfen Schnaps, den Aguardiente, den Garnet schon kannte. Das Fleisch war zäh und strömte einen Wildgeruch aus; die auf den Hügeln rundum weidenden Rinder waren ganz wild. Niemand kümmerte sich um sie. Sie wurden nur einmal im Jahr gezählt und sortiert. Aber der Braten war gleichwohl gut. Alles war gut. Die Schüsseln waren aus farbig glasiertem Ton. Die Messer hatten Stahlklingen, aber Gabeln und Löffel waren aus Holz. Sie waren ganz leicht und gut zu handhaben.

Garnet aß zunächst mit so ausgezeichnetem Appetit, daß sie ihrer Umgebung keinerlei Aufmerksamkeit schenkte. Aber nach einer Weile gewahrte sie, aufblickend, den Russen Nikolai, der ihr genau gegenübersaß. Und obgleich Oliver sie gewarnt und gesagt hatte, sie solle sich nicht verschlucken, riß sie starr vor Staunen die Augen auf.

Nikolai hatte seine Handschuhe ausgezogen und die Manschetten hochgestreift. Er hatte sich ein riesiges weißes Taschentuch um den Hals gebunden und hielt in den Händen eine große Fleischkeule, von der er Fetzen mit den Zähnen herunterriß. Das Fett triefte ihm von Mund und Fingern.

Zugleich mit dem Fleisch aß er einen großen Laib braunen Brotes und trank dazu roten Wein aus der Flasche. Nachdem er den Keulenknochen leergenagt hatte, warf er ihn fort und langte sich ein gebratenes Huhn von einer Platte. Er zog dem duftenden Tier Flügel und Beine ab und legte sie beiseite. Dann ergriff er den Rumpf mit beiden Händen und aß ihn rundherum ab wie einen Maiskolben. Zu dem Huhn vertilgte er eine große Schüssel Bohnengemüse. Als sie leer war, angelte er sich eine Schüssel mit Maisbrei. Hierzu verwandte er einen Löffel, den er wie einen Speer in der Faust hielt. Nachdem er das Huhn verzehrt und eine weitere Flasche Wein dazu getrunken hatte, begann er eine Orange zu schälen.

Als eines der mexikanischen Hausmädchen hinter ihn trat und ihm eine Schüssel Wasser brachte, schenkte er ihr ein bezauberndes Lächeln und versicherte ihr, daß sie sehr schön sei. Er wusch sich sehr sorgfältig die Hände, nahm das Taschentuch vom Hals und trocknete sie ab. Dann schob er das Tuch wieder in seine Tasche. Nunmehr trank er die noch vor ihm stehende Weinflasche leer – Garnet hatte nicht gezählt, wie viele Flaschen er getrunken hatte – und sah sich mit lachenden Augen um. Er schien wunschlos glücklich.

Nachdem sie sich vom Tisch erhoben hatten, ging er an Johns Seite davon. Florinda starrte fasziniert auf den breiten Rücken in himmelblauer Atlasseide.

»Oliver«, keuchte sie, »ißt er immer so viel?«

»Soviel ich weiß, ja«, sagte Oliver.

»Mein Gott! So viel und – auf solche Weise wie eben?«

»Ja, das tut er wohl.«

»Ich finde ihn wundervoll«, sagte Florinda.

Sie ging zu Penrose hinüber, der sich zusammen mit anderen Männern der Länge nach auf dem Gras ausgestreckt hatte. Oliver wollte sich überzeugen, ob seine Tiere versorgt und seine Warenballen gut untergebracht wären, und Garnet ging in das Haus zurück.

An der Tür sah sie sich noch einmal um. Das Tageslicht wurde schon fahl, und die Luft kühlte empfindlich ab. Die Männer lagen in Gruppen im Gras, ließen die Flaschen kreisen und lachten und schwätzten miteinander. Ab und zu bellte ein Hund; auf dem Weideplatz wieherten die Pferde. Garnet sah am östlichen Himmel die Zackenlinien des Gebirgszuges, den sie überquert hatten.

Was für ein seltsamer Ort! dachte sie; es ist, als befände ich mich am Ende der Welt. Auf der einen Seite ist der Ozean, der größte der Erde, auf der anderen die ungeheure Bastion des Gebirges und dahinter die Wüste. Zwischen Meer und Gebirge liegt Kalifornien, unerschlossen und fast unbekannt. Wie lange wird es noch unbekannt sein? Wann und von wem wird es erobert und der Welt aufgeschlossen werden?

Oliver hatte gesagt, daß sie hier eine Woche lang ausruhen würden, vielleicht auch zehn Tage. Dann würden sie weiterziehen ins Landinnere hinein. Nachdem sie sich an die Fremdartigkeit der Umgebung gewöhnt hatte, fand sie, es sei dies ein ganz interessanter Fleck Erde. Don Antonio Costilla hatte eine ungeheure Landfläche bewilligt bekommen; Tausende und aber Tausende von Rindern grasten auf den hügeligen Weiten der ausgedehnten Besitzung. Das Land war ursprünglich Eigentum einer Missionsgesellschaft gewesen. Als Mexiko seine Unabhängigkeit von Spanien erlangte, waren die Missionsgesellschaften enteignet, und das Land war von der mexikanischen Regierung in Form von Landbewilligungen privaten Rancheros übergeben worden.

In den zu Don Antonios Gebiet gehörenden Bergen entsprangen mehrere Quellen; Bäche führten das Wasser herunter ins Land. Es waren nur kleine Bäche, und sie führten jetzt, nachdem es sechs Monate lang nicht geregnet hatte, nur wenig Wasser, aber es reichte noch immer zur Bewässerung des Landes aus. Jenseits der von den Kanälen durchzogenen Flächen war der Boden so hart und so trocken wie die Häusermauern aus ungebrannten Ziegeln. In dem bewässerten Gebiet standen hier und da einige Bäume. Die Sykomoren waren kahl, aber daneben gab es immergrüne Eichengebüsche an den Bächen und Orangen-, Zitronen- und Olivenbäume, die hier aus Reisern aufgewachsen waren, die man einmal vor langer Zeit aus Spanien herübergebracht haben mochte. Auch sie waren immergrün, aber ihre Blätter waren pelzig und staubbedeckt.

Rund um das Wohnhaus gruppierten sich die Lagerhäuser und die Wohnhäuser der mexikanischen Aufseher. Weiter draußen sah man die strohbedeckten Hütten der Rancharbeiter, zumeist Digger und Halbblüter. Die hier sozusagen am Rande der Zivilisation hausenden Digger wirkten kaum weniger abstoßend als ihre wild lebenden Stammesgenossen; sie waren in jämmerliche Lumpen oder in Fetzen von Schafspelz gekleidet, die kaum ihre Blöße bedeckten. Sie hatten zottiges Haar, dick aufgeschwemmte Bäuche und kleine, runde, dumm glotzende Augen. Garnet hatte unwillkürlich aufgeschrien, als sie hörte, es lebten Digger auf der Ranch; aber Oliver hatte sie beruhigt: Diese »gezähmten Wilden« seien vollkommen harmlos.

Die Digger waren keine Sklaven, weil sie nicht gekauft und verkauft wurden, und sie wurden nicht gekauft und verkauft, weil sie absolut nichts wert waren. Es gab ihrer weit mehr, als gebraucht wurden. Im Lande galt allgemein die Ansicht, daß ein Ranchero, der einen Digger irgendwann oder -wo vor irgendeinem Unheil bewahrte, damit das Recht erworben habe, aus ihm jede Arbeitsleistung herauszuholen, zu der er fähig war. Die Digger waren sagenhaft dumm. Sie vermochten Befehle nur dann entgegenzunehmen, wenn sie in den einfachsten und primitivsten Redewendungen erteilt wurden. Kein Digger schien imstande, mehr als höchstens ein paar Hundert Wörter zu lernen und im Kopf zu behalten. Die nähere Umgebung des Herrenhauses war für sie grundsätzlich gesperrtes Gebiet, das sie nicht betreten durften. Garnet war froh darüber.

Im Wohngebiet der Weißen war alles auf Heiterkeit und Bequemlichkeit gestellt. Den Händlern wurden in den einzelnen Häusern Zimmer angewiesen; die Treiber schliefen im Freien, den Kopf auf dem Sattel gebettet. Penrose und Florinda bewohnten ein Zimmer in einem der kleineren Häuser in der Nähe des Herrenhauses. Die Kasten waren überall in Kalifornien klar abgegrenzt; Penrose, der weder eine Ranch noch Vieh besaß, galt längst nicht soviel wie Oliver Hale.

Don Antonio wäre nie auf den Gedanken verfallen, seinen Gästen etwas verkaufen zu wollen. Kost und Logis waren auf jeder kalifornischen Ranch grundsätzlich frei; ein Gast, der Zahlung dafür angeboten hätte, hätte den Gastgeber schwer beleidigt. Die Händler brachten ihren Dank dadurch zum Ausdruck, daß sie Don Antonio Geschenke überreichten: Decken aus Santa Fé oder amerikanischen Schmuck für seine Frau und seine Töchter, den sie den Missouri-Händlern abgekauft hatten. Die weibliche Dienerschaft der Ranch kochte und wusch die Wäsche; die Männer hatten außerhalb der Rodeo-Zeit wenig zu tun. Sie hockten herum, spielten Gitarre und sangen, während die Männer vom Treck mit den Mädchen tanzten und schäkerten. Don Antonio ritt lachend umher und erklärte in immer neuen Formulierungen, sein Haus und alles, was er besitze, gehöre seinen Gästen, solange sie ihm die Ehre antun wollten, davon Gebrauch zu machen. Zuweilen ließ sich auch seine Gattin sehen, eine wohlbeleibte, stattliche Dame, auf einem prachtvollen Pferde mit silberbeschlagenem Zaumzeug einherreitend und huldvoll lächelnd. Wo immer sie erschien, sprangen die Männer auf und machten ihr tiefe Verbeugungen. Don Antonio hatte vier Söhne, die ihre prächtigen Hengste mit großer Geschicklichkeit zu zügeln wußten.

Er hatte auch Töchter, aber von ihnen bekam niemand auch nur den Zipfel eines Kleides zu sehen. Hinter dem Hause befand sich ein von hohen Mauern umgebener Hof; innerhalb dieser Festung durften die drei Costilla-Töchter zuweilen Luft schnappen. Verheiratete Frauen durften sich in Kalifornien frei bewegen; die Mädchen der Aristokratenfamilien wurden dagegen in klösterlicher Abgeschiedenheit gehalten. Garnet fragte Oliver, wie sie unter diesen Umständen je dazu kämen, sich einen Mann zu erwählen. »Wieso?« entgegnete Oliver. »Sie kommen ja gar nicht in diese Verlegenheit. Die Eltern wählen den Mann für sie aus.« – »O Lieber!« rief Garnet entsetzt. Wie gut, daß diese Sitte nicht auch in den Staaten herrscht, dachte sie. Meine Eltern hätten dann wahrscheinlich Henry Trellen für mich ausgewählt.

Nach einer Woche, während der sie nichts getan hatten als essen und schlafen, fühlte Garnet sich körperlich so wohl wie jemals vor der großen Reise. Florinda dagegen war noch immer hager und dünn. Die Wüstenfahrt hatte ihr mehr genommen, als ihr eine Woche Ruhe zurückgeben konnte. Sie erklärte zwar fortgesetzt, daß es ihr ausgezeichnet gehe, aber sie sah in keiner Weise danach aus.

Garnets Armwunde war noch nicht völlig verheilt, aber sie schmerzte kaum noch. Texas hatte sie nach wie vor in Behandlung. »Sie werden leider eine Narbe behalten, Madam«, sagte er eines Nachmittags, als er bei ihr stehengeblieben war, um sie nach ihrem Ergehen zu fragen, »aber es ist eine Narbe, auf die Sie stolz sein können.«

John, der nach dem Weideplatz zu den grasenden Pferden gehen wollte, ging eben vorbei; er blieb stehen, lächelte ein wenig und sagte:

>*Dann streift er den Ärmel hoch, zeigt stolz seine Narben*
>*Und sagt: ›Diese Wunden empfing ich am Crispins-Tag‹«*

»Wo steht das?« fragte Garnet. »Bei Shakespeare?«

»Bei Shakespeare steht nahezu alles«, sagte John.

Garnet lächelte. John mochte sie necken, soviel er wollte. Sie würde immer stolz auf diese Narbe sein. Auch später, wenn sie wieder in New York sein würde. Sie war froh, die Narbe am Arm zu haben und nicht an einer Stelle, die sie nicht hätte zeigen können. Texas lachte in seiner gewinnenden, freundschaftlichen Art; er war von Weindunst umgeben. Jetzt, wo er am Ende der großen Reise angelangt war, vermochte er sich von den Weinflaschen nicht mehr fernzuhalten. Aber alle Männer tranken jetzt, und außerdem: vor einem Mann wie Texas konnte sie nicht bange sein.

Johns Augen glitten über ihr glattes, sauber gebürstetes Haar und über ihr helles Kattunkleid; er schien bewundernd festzustellen, wie sehr sie sich in einer einzigen Woche verändert hatte. Seine Mundwinkel zuckten leicht, als er sagte:

»Ich habe auch eine Narbe.«

»Ja«, versetzte Garnet, »Sie erzählten mir, Texas habe Ihnen auch einmal eine Wunde ausgebrannt.«

»Die meine ich jetzt nicht«, sagte John. »Ich habe noch den Abdruck Ihrer Zähne in meinem Schenkel.«

Garnet biß sich vor Verlegenheit auf die Lippen. Texas sagte:

»Schäme dich, John! Du sprichst mit einer Dame.«

»Ja«, sagte John, »aber mit einer intelligenten Dame.« Er lachte kurz auf, wandte sich um und ging zu den Pferden hinüber. Texas streichelte Garnets Handgelenk.

»Verargen Sie es John nicht, Miß Garnet«, sagte er. »John ist sehr klug. Und er ist ein ausgezeichneter Mann. Aber er liebt die Menschen nicht sehr.«

Garnet sah Johns hoher, schlanker Gestalt nach. »Er ist großartig, Texas«, sagte sie, »aber ich verstehe ihn nicht.«

»Geben Sie sich keine Mühe, einen von uns verstehen zu wollen, Miß Garnet«, sagte Texas. »Wir sind eine Rotte verlorener Seelen.«

Und auch Texas wandte sich und ging. Garnet spürte einen Stich heimlicher Trauer, als sie ihn so dahingehen sah. Sie fragte sich, wer er wohl sei und was ihn zum Kalifornien-Treck geführt habe. Sie wußte nichts von ihm. Es war selbst schwierig, sein Alter zu bestimmen. Als sie ihn in Santa Fé zum erstenmal sah, hatte sie ihn auf etwa fünfunddreißig geschätzt, aber zuweilen, wenn er getrunken hatte, wirkte er um mehr als zehn Jahre älter. Texas war von mittlerer Größe und nicht sehr stark gebaut, aber das Leben beim Treck hatte ihn zäh gemacht und seine Muskeln gehärtet. Er sah besser aus, wenn er ritt; das mochte an seiner sonderbar wiegenden Gangart liegen; er stand auch selten gerade und aufrecht wie ein Mann, der der Welt ins Antlitz sieht. Aber er schien nicht viel über sein Äußeres nachzudenken. Die meisten Männer waren bereit, selbst Schmerzen auf sich zu nehmen, um vorteilhaft auszusehen, wenn sie an einen Ort kamen, wo Frauen und Mädchen waren. Texas hatte sich zwar auch Haar und Bart verschneiden lassen, aber er ging immer lässig und nachlässig gekleidet, und Garnet hatte das

Gefühl, er würde sich gehenlassen und sogleich wieder verwildern, sobald er allein wäre. Er hätte sehr viel besser aussehen können, wenn er auch nur die geringste Sorgfalt auf seine Erscheinung verwandt hätte. Sein Haar und sein Bart waren tief kupferbraun; auch seine Augen standen braun unter den dichten Brauen. Es waren sanfte, liebenswerte Augen, doch immer war in ihnen der Ausdruck einer heimlichen Scheu; sie hatten den Blick eines Kindes, das um Liebe bettelt, aber ziemlich sicher ist, keine zu finden.

Seine Hände waren anders: hart und rauh, mit groben, knochigen Gelenken. Sie waren schwere Arbeit gewohnt und hatten nichts von Unsicherheit an sich. Gleichzeitig wußten sie sacht und behutsam zuzufassen; wenn Texas eine Wunde behandelte, tat er es mit ruhigen, sicheren und geschickten Griffen, die sowenig Schmerzen wie möglich verursachten. Garnet fragte sich, wo er diese Geschicklichkeit wohl erworben habe und warum er so weit nach Westen gegangen sei.

Verlorene Seelen! dachte sie, während sie sich umsah. Verlorene Seelen, dazu verdammt, zwischen diesen düsteren Hügeln und Bergen zu leben. Nicht teilzuhaben an dem großartigen Leben, das Männer wie Don Antonio führten. An nichts teilzuhaben als an der großen Einsamkeit. Garnet fragte sich schaudernd, wie ein Mensch sich wohl fühlen mochte, der dazu verdammt war, in diesem backofenheißen Lande zu leben, sich an seine endlos ferne Heimat zu erinnern und dabei zu wissen, daß er niemals dorthin zurückkehren könne.

Sie ging zum Hause zurück. Jedermann auf der Ranch pflegte sich am Nachmittag schlafen zu legen. Die Männer hatten sich hier und da schon im Freien ausgestreckt, wo immer sie ein bißchen Schatten erhaschen konnten. Der Russe Nikolai lag schlafend unter einem Orangenbaum. Garnet sah ihn gedankenvoll an. Dieser Mann konnte nach Rußland zurückkehren, wenn er wollte; alle paar Jahre kamen Schiffe von dort, um Pelze zu holen. Aber er ging nicht. Er hatte Rußland als Kind hinter sich gelassen; vielleicht fürchtete er, dort ebenso fremd zu sein wie hier in Kalifornien. Sie fragte sich, ob er sich wohl auch wie ein Verdammter vorkäme.

Sie ging in ihr Schlafzimmer und zog sich aus. Oliver war noch nicht da. Wahrscheinlich hielt er seinen Mittagsschlaf irgendwo im Freien, wie er es öfter tat. Sie legte sich auf das Bett, streckte die Glieder und schlief bald darauf ein.

Als sie erwachte fiel noch ein Sonnenstrahl durch die Fensterläden, aber die Luft im Zimmer war kühl. Sie hatte bereits festgestellt, daß es mit der Mittagswärme in Kalifornien eine besondere Bewandtnis hatte. Kaum begann die Sonne zu sinken, da kühlte die Luft auch schon ab; bei Einbruch der Dunkelheit herrschte nicht selten winterliche Kälte. Oliver hatte ihr erklärt, daß dieses Klima während des ganzen Jahres anhalte. Die eingesessenen Kalifornier nahmen das als gegeben hin, da sie nichts anderes kennengelernt hatten. Die Yankees dagegen pflegten zu sagen, in Kalifornien habe man die vier Jahreszeiten an einem Tag.

Garnet zog ein Kleid aus einem dunkelkarierten Wollstoff mit weißem Leinenkragen an. – Wo mag Oliver sein? dachte sie; er war überhaupt nicht im Zimmer gewesen. Nachdem sie sich angekleidet hatte, ging sie hinaus, um ihn zu suchen.

Die Ranch war schon wieder zum Leben erwacht. Die Männer beschäftigten sich bei den Pferden; hier und da lagen sie auch noch müßig im Gras und freuten sich ihrer Freiheit. Auf den Öfen im Freien wurde gekocht; ein verführerischer Duft dampfender Speisen war in der Luft. – Lieber Gott! dachte Garnet, ich bin schon wieder hungrig. Wahrhaftig, ich habe keinen Grund, mich über Nikolais Appetit zu mokieren.

Sie sah weder den Russen noch John. Penrose hockte mit Silky und ein paar anderen Männern zusammen; sie erzählten sich Witze. Florinda war nicht dabei; vermutlich schlief sie noch. Garnet sah sich nach Oliver um, aber es vergingen ein paar Minuten, bis sie ihn erblickte.

Oliver saß unter einer großen Sykomore auf der Erde. Neben ihm saß ein Mann, den Garnet nicht kannte. Der Fremde war wie ein kalifornischer Ranchero gekleidet; er trug eine rote mexikanische Jacke, lederne Hosen und hohe, handgearbeitete Stiefel. Er hielt einen breitrandigen schwarzen Filzhut mit schwarzer Seidenkordel auf den Knien. Garnet ging zögernd auf die Gruppe zu.

Sie machte etwa ein Dutzend Schritte und blieb dann stehen. Die zwei Männer waren in ihre Unterhaltung vertieft. In dem allgemeinen Lärm, der jetzt, kurz vor dem Abendessen, rundherum herrschte, hatten sie ihr Kommen wohl überhört. Sie stand jetzt nahe genug, um einen Blick auf den Fremden werfen zu können. Sie hatte das sonderbare Gefühl, den Mann schon gesehen zu haben. Kaum war dieser Gedanke in ihr erwacht, da wußte sie auch schon, warum er ihr so bekannt vorkam. Er sah aus wie Oliver.

Ja, er glich Oliver und sah doch gänzlich anders aus. Er war kleiner und sicher ein gut Teil älter. Er hatte, ebenso wie Oliver, lichtbraunes lockiges Haar. Aber es wirkte struppig und wirr und ließ seinen Kopf zu groß für den kleinen gedrungenen Körper erscheinen. Auch die Gesichtszüge des Mannes glichen Olivers Gesicht, aber Olivers Ausdruck war hell und jungenhaft heiter; die Züge des anderen wirkten zusammengezogen, wie eine Walnußschale. Auf seiner Stirn und zwischen den Augen befanden sich tiefe Falten, und von der Nase zu den Mundwinkeln zogen sich scharf ausgeprägte Linien, die den Eindruck erweckten, als halte der Mann die Lippen ständig fest zusammengepreßt. Der ganze Gesichtsausdruck ließ auf Härte und Geiz schließen. Und obgleich der Mann muskulös wirkte und sonnenverbrannt war, wirkte er fahl und ungesund. Garnet wußte, daß es falsch war, einen Mann nach seiner äußeren Erscheinung beurteilen zu wollen, aber sie konnte sich nicht helfen; sie fand, der Fremde gliche einem bösen, garstigen Zwerg.

Sie wußte nun auch längst, wer der Mann war; die Erkenntnis ließ sie erschrecken. Doch gab sie sich gleich darauf einen inneren Ruck und ließ ihrem gesunden Menschenverstand die Oberhand. Es war töricht von ihr, zu erschrecken. Er konnte ihr doch unmöglich etwas zuleide tun. Sie würde jetzt auf ihn zugehen und versuchen, einen möglichst guten Eindruck auf ihn zu machen.

Sie trat einen Schritt weiter vor.

Vielleicht war sie diesmal lauter aufgetreten, vielleicht hatten auch ihre Röcke vernehmlicher gerauscht; jedenfalls unterbrachen die Männer unter der Sykomore in diesem Augenblick ihr Gespräch und sahen sich um. In Olivers Gesicht stand ein Ausdruck der Bestürzung. Offenbar hatte er nicht damit gerechnet, sie schon jetzt hier zu sehen. Garnet hörte ihn sagen:

»Da kommt sie.«

Der Fremde sah sie an. Sein Blick war ganz kalt. Nicht die Andeutung einer freundlichen Regung war darin, er war hart und ganz gespannt, und er gab ihr das Gefühl, sich an einem Ort zu befinden, wo sie nicht hingehöre und wo zu sein sie kein Recht habe.

Die beiden Männer erhoben sich. Garnet sah, daß der Fremde kleiner als Oliver war. Sein Kopf mit dem dichten, wirren Haar wirkte noch größer als vorher. Er sah aus wie eine gespaltene Karotte mit einem Schwamm obendrauf. Sie hatte das Gefühl, kichern zu müssen, doch unterdrückte sie die Anwandlung sogleich; und als sie nun auf die Männer zutrat, brachte sie es sogar fertig, höflich zu lächeln. Oliver sagte mit einer Stimme, die sich anhörte, als suche er einigermaßen atemlos nach einer Formulierung für eine böse Nachricht:

»Garnet, darf ich dir meinen Bruder Charles vorstellen?«

Dreiundzwanzigstes Kapitel

Charles verbeugte sich mit kalter Höflichkeit. Garnet fühlte, wie eine erkältende Welle über ihren Rücken lief. Der Mann war ihr im ersten Augenblick lächerlich vorgekommen, jetzt sah sie: es war nichts Lächerliches an ihm. Alles an ihm war drohend und böse. Seine Lippen bewegten sich kaum. Er sagte: »Guten Tag, Madam.«

Dann sah sie seine Augen. Charles' ganzer Charakter lag in seinen Augen, aber man sah das nicht gleich, weil sie so tief unter den dicken, hellen Brauen lagen, die wie Raupen unter seiner Stirn hingen. Sie hatten einen harten, durchdringenden Glanz, abschätzend und kühl. Sie nahmen das Objekt, das sie anblickten, gleichsam in eine Klammer, und war dieses Objekt ein Mensch, dann fühlte es sich unter diesem Blick hilf- und willenlos werden. Die Augen sagten: Tue dies, tue das!; und wenn das Opfer nicht die letzte Willenskraft aufwandte, um sogleich gegen diese Suggestion anzukämpfen, dann würde es eines Tages feststellen, daß es dem schweigend ausgesprochenen Befehl nachgekommen war. Garnet dachte: Wenn man gezwungen wäre, ständig mit diesem Mann zusammen zu sein, dann würde das ganze Leben fürderhin entweder aus fortgesetztem Nachgeben oder aus ununterbrochenem Kampf bestehen. Und wenn man wirklich über genügend eigenen Willen verfügte, um sich dem fremden Zwang zu widersetzen, so würde man schließlich doch aus bloßem Kampfüberdruß nachgeben.

Nachdem Charles Hale sich vor Garnet verbeugt und »Guten Tag, Madam« gesagt hatte, zogen sich seine Lippen leicht nach innen; es sah aus, als halte er Worte zurück, die er eigentlich hatte aussprechen wollen. Garnet wußte: Dieser Mann haßte sie ihres bloßen Daseins wegen. Sie fühlte seine Antipathie wie eine Mauer, die sich gegen sie aufrichtete. Charles hielt mit beiden Händen den Rand seines Hutes umklammert. Sie hatte das Empfinden, es koste ihn ungeheure Mühe, auch nur die Formen äußerer Höflichkeit zu wahren. Unwillkürlich steiften sich ihre eigenen Muskeln, um sich den seinen anzugleichen. Dann dachte sie daran, daß ihre Mutter gesagt hatte, es gäbe keine bessere Verteidigung gegen offen gezeigte Feindschaft als korrektes, gutes Benehmen. Und sie lächelte so freundlich, als hätte Olivers Bruder sie soeben herzlich begrüßt und willkommen geheißen. Sie sagte:

»Ich freue mich, Sie kennenzulernen, Charles. Oliver hat mir schon viel von Ihnen erzählt.«

Sie dachte, Oliver würde nun endlich den Mund aufmachen, um sich einzuschalten; aber Oliver tat nichts dergleichen. Er stand da und machte ein schuldbewußtes Gesicht. Er sah wahrhaftig aus wie ein kleiner Junge, den man beim Naschen ertappt hatte. Garnet fühlte, wie eine Welle des Zornes in ihr aufstieg, aber Charles sollte das nicht merken; es ging Charles nichts an. Charles äußerte sich im übrigen auch nicht weiter; er stand nur da und musterte sie mit kühler Verachtung, ganz so, als wäre sie ein Stück wertloser Ware, das ihm jemand andrehen wollte. Garnet sagte, immer noch in dem höflichen, freundlichen Ton:

»Sie waren sicher sehr überrascht, zu hören, daß Oliver verheiratet ist. Ich hoffe, wir werden dennoch Freunde werden.«

»Ich bekenne meine Überraschung«, antwortete Charles. Er hielt seine Augen noch immer auf sie gerichtet. Seine Mundwinkel zogen sich abwärts. »Wir werden die Ranch hier morgen verlassen und zu meiner Ranch reiten«, sagte er.

Garnet fühlte, wie es in ihr kochte. Die Landbewilligung war Charles und Oliver gemeinsam erteilt worden; Charles hatte keinerlei Recht, von »seiner« Ranch zu sprechen. Sie war Olivers Frau und hatte unzweifelhaft das gute Recht, ebenfalls dort zu wohnen. Aber sie versuchte es noch einmal mit der Freundlichkeit.

»Morgen?« sagte sie. »Das wußte ich nicht.«

»Wir reiten morgen«, wiederholte Charles kurz. »Und zwar brechen wir bei Sonnenaufgang auf.«

Garnet verkrampfte die Fäuste und vergrub sie in den Falten ihres Rockes. Aber dann erinnerte sie sich daran, daß sie eine gute Waffe gegen diesen Mann besaß. Charles haßte sie vermutlich vor allem deshalb, weil Oliver ihm inzwischen seinen Plan entwickelt hatte, zusammen mit ihr nach den Staaten zurückzukehren, statt hierzubleiben und Charles' Ehrgeiz zu dienen. Es würde Charles guttun, daran erinnert zu werden.

Sie sagte mit ruhiger Höflichkeit: »Ich werde mich entsprechend einrichten. Ich wollte Sie nur bitten, Ihren Haushalt unseretwegen nicht in Unordnung zu bringen, da wir ja ohnehin nur bis zum April nächsten Jahres in Kalifornien bleiben.«

Charles' Lippen schienen sich noch fester zusammenzupressen. Er sagte: »Wir werden sehen.«

Garnet lächelte ihn und dann Oliver an. Sie sagte: »Ich freue mich, einen interessanten Besuch abstatten zu können.«

Oliver hatte ihr bisher nicht einmal in die Augen gesehen; er beobachtete Charles, und er war augenscheinlich bedrückt, er wirkte sogar furchtsam. Garnet hatte sich so steif gehalten, daß ihr die Knie schmerzten. Sie konnte nicht länger hier stehen und diesen Kampf mit kleinen Nadelstichen fortsetzen. Deshalb sagte sie mit einer Stimme, die heitere Gelassenheit vortäuschte:

»Nun, im Augenblick möchte ich nicht länger stören. Sicher haben die Herren sich eine Menge zu sagen, nachdem sie sich so lange nicht sahen. Ich werde Sie deshalb jetzt allein lassen, damit Sie ungestört Ihre Neuigkeiten austauschen können.«

Jetzt sah Oliver auf. Er schien froh zu sein, daß sie ging. Sie hörte ihn sagen: »Wir werden dich später beim Essen wiedersehen.«

Charles machte ihr eine kalte, knappe Verbeugung. Sie drehte sich kurz auf den Absätzen und ging davon. Ihr Herz schlug wie ein Hammer. Sie barst fast vor Zorn über Charles, aber sie war fast noch wütender auf Oliver. Warum hatte er ihr nicht beigestanden? War er wirklich so erbärmlich bange, daß er in Gegenwart seines Bruders nicht einmal zu sprechen wagte?

Sie ging zu den Tischen hinüber, wo für das Abendessen gedeckt wurde, und ließ sich neben einem Baum auf der Bank nieder. Sie würde dafür sorgen, daß Charles auf der anderen Seite des Baumes zu sitzen kam. Sie fühlte sich hoffnungslos verwirrt.

Wie war das denn? Charles hatte natürlich gewußt, daß der Treck fällig war; deshalb war er hierhergeritten, um mit Oliver zusammenzutreffen. Er war während des Nachmittages auf der Ranch eingetroffen. Oliver hatte ihm von seiner Heirat erzählt, und er hatte wahrscheinlich einen Wutanfall bekommen. Er hatte gesagt, sie würden morgen früh abreisen. Das war zweifellos sein eigener Entschluß, denn Oliver hatte bisher nichts davon verlauten lassen. Er hatte nichts davon gesagt, daß er Charles erwartete. Er hatte überhaupt nicht mehr von Charles gesprochen.

Jetzt, wo sie darüber nachdachte, kam ihr das reichlich merkwürdig vor. Während des Trecks hatte sie alle Kraft nötig gehabt, um mit den Beschwernissen der Reise fertig zu werden, deshalb hatte sie kaum noch an Charles gedacht. Aber jetzt erinnerte sie sich, daß Oliver Charles' Namen nicht mehr erwähnt hatte, seit sie Santa Fé verließen. Es war, als hätte er sich gemüht, zu vergessen, daß ihn am Ende des Weges jemand erwartete.

Garnet zog die Stirn in Falten und dachte angestrengt nach. An dem Abend in Santa Fé, da Oliver ihr erklärte, sie habe John hinsichtlich des Briefes mißverstanden, hatte er noch eine andere sonderbare Bemerkung gemacht. Er hatte mit einem etwas hilflosen Lächeln gesagt: »Weißt du, daß ich nicht gut genug für dich bin, Garnet? Ich bin es wirklich nicht.«

Damals hatte sie gelacht. Aber jetzt fragte sie sich, warum er das wohl gesagt habe. Eben hatte er ausgesehen wie ein Schuljunge, der sich vor Prügel fürchtet. Es war entsetzlich. Garnet fühlte sich im Stich gelassen. Aber sie faßte innerlich einen festen Entschluß. Gut, sie würden morgen nach der Ranch aufbrechen. Sie würde Charles nach wie vor freundlich begegnen und versuchen, ihn für sich einzunehmen. Sollte er seine Gesinnung nicht ändern, nun, so würde sie sich deswegen nicht grämen; es lohnte sich nicht. Oliver und sie würden ja in jedem Fall im April wieder aufbrechen und nach New York zurückkehren. Einstweilen würde sie versuchen, sich so angenehm wie möglich zu unterhalten. Wahrhaftig, sie hatte etwas Aufmunterung nötig. Sie ließ ihre Blicke umherschweifen, um zu sehen, ob Florinda nicht irgendwo in der Nähe wäre.

Aber Florinda war nicht zu sehen. Garnet sah Penrose. Penrose saß mit »Teufelswanze« zusammen und soff. »Teufelswanze« war einer der Kalifornien-Händler. Es war nicht ganz klar, woher sein Spitzname kam, aber er schien ihn nicht ungern zu hören. Florinda war nicht bei ihnen. Oliver hatte gesagt, Charles würde ihre Freundschaft mit Florinda nicht billigen. Gut! Charles sollte sich um seine eigenen Angelegenheiten kümmern! Sie jedenfalls mochte Florinda lieber als Charles.

John und der Russe, den Florinda »hübsches Tier« getauft hatte, gingen unweit von ihr spazieren. Der Russe strahlte vor Freude, als er sie sah; sie kamen zu ihr an die Bank. Vielleicht hatten sie bemerkt, daß sie sich suchend umgesehen hatte; jedenfalls sagte der Russe: »Sie suchen jemand, Lady? Bin ich sehr unbescheiden, wenn ich hoffe: Sie suchen mich?«

Garnet lachte ihn an. Welch eine Freude war dieser Mann, nachdem sie Charles Hale kennengelernt hatte! »Ich suchte Florinda«, sagte sie, »haben Sie sie gesehen?«

Nikolais Gesicht wurde ernst. »Oh«, sagte er, »Sie wissen noch nicht . . .?«

»Was?« fragte Garnet betroffen. »Was soll ich noch nicht wissen?«

Der Russe sah John an.

John sagte: »Florinda ist krank.«

»Krank?« wiederholte Garnet. »Aber sie sagte, sie fühle sich besser.«

John zuckte die Achseln: »Sie sagte es. Aber sie ist nach dem Mittagessen zusammengebrochen. – Eine böse Sache«, setzte er nach einer kleinen Pause hinzu. »Florinda hat recht gute Nerven. Aber ich glaube, sie hat schon lange über ihr Leistungsvermögen hinaus nur aus dem Willen gelebt.«

»Aber was ist denn geschehen?« fragte Garnet ängstlich.

Die beiden Männer ließen sich auf der Bank nieder. »Florinda ging gleich nach dem Essen auf ihr Zimmer«, erzählte John. »Als Penrose etwas später hereinkam, lag sie bewußtlos auf dem Fußboden. Penrose vermochte sie nicht ins Bewußtsein zurückzurufen und kam heraus, um jemand zu suchen, der ihm helfen könnte. Er hatte schon ziemlich viel getrunken und die meisten anderen auch. Nikolai und ich gingen dann zu ihr, um zu sehen, was wir tun könnten. Wir brachten sie auch wieder zur Besinnung, aber sie war in einer ziemlich schlimmen Verfassung. Deshalb suchten wir Texas. Da er natürlich betrunken war, schütteten wir ihm einen Eimer Wasser über den Kopf und schleppten ihn zu ihr. Er versprach uns dann, auf sie aufzupassen; er war der Meinung, man solle sie im übrigen allein lassen.«

»Wo ist sie jetzt?« fragte Garnet.

»In ihrem Zimmer. Texas ist bei ihr. Wenn ihr überhaupt irgend jemand helfen kann, dann ist es Texas.«

»Aber ist er nicht – John – Sie sagten, er sei betrunken?« Sie sah sich etwas hilflos um; dabei fiel ihr Blick auf Penrose, der noch immer mit »Teufelswanze« zusammen hockte und trank; sie ballte die Fäuste vor Empörung.

John sah ihren Blick und begegnete ihm mit einem spöttischen Lächeln. Doch knüpfte er weiter keine Bemerkung daran, sondern gab ihr eine direkte Antwort auf ihre Frage: »Texas ist nicht so betrunken, daß er nicht wüßte, was er tut.«

»Kann ich Florinda sehen?«

»Das möchte ich annehmen.«

Nikolai lächelte sie zutraulich an. »Gehen Sie ruhig, Miß Garnet«, sagte er. »Florinda liebt Sie sehr. Und sie ist sehr schwach. Krank und schwach.«

Garnet fühlte einen heimlichen Schmerz. Florinda war krank. Sie war schon lange elend, aber sie hatte kein Wort davon gesagt, bis sie zusammenbrach. Und Penrose war ein roher, gefühlloser Bursche. Texas war ein unverbesserlicher Trunkenbold, und weit und breit war niemand, der sich Gedanken darüber machte, ob Florinda starb oder nicht. – Nun, dachte sie, zitternd vor innerem Grimm, ich bin da. Ich sorge mich um sie. Und ich werde mich um sie kümmern. – »Ich gehe zu ihr«, sagte sie, »jetzt gleich.«

Bevor die Männer noch etwas dazu sagen konnten, war sie schon fort. Während sie, so schnell sie konnte, über das buschige Gras dem Hause zu lief, sah sie Charles und Oliver nebeneinander sitzen und sprechen. Sie saßen noch an der gleichen Stelle, wo sie sie verlassen hatte, und waren so in ihre Unterhaltung vertieft, daß sie gar nicht merkten, daß sie an ihnen vorüberlief. – Charles sieht dumm aus, dachte sie, dumm und zusammengeschrumpft wie eine alte Zwiebel.

Das Haus, in welchem Florinda wohnte, hatte vier Zimmer, die alle nebeneinanderlagen; jedes Zimmer hatte eine direkte Tür ins Freie. Garnet war noch nicht in Florindas Zimmer gewesen, aber sie wußte, welchen Raum sie bewohnte. Sie klopfte an die Tür.

Texas öffnete ihr. Texas roch nach Kognak und hatte rot verschwollene Augen, aber er lächelte freundlich wie immer. »Bitte, kommen Sie herein, Miß Garnet«, sagte er.

Er schloß die Tür hinter ihr. Die Fensterläden waren geschlossen, und Garnet mußte erst mit den Augen blinzeln, um sich an die im Raum herrschende Düsternis zu gewöhnen. Es drang immerhin Licht genug durch die Ritzen, und sie fand sich schnell zurecht. Das Zimmer war klein, aber sehr sauber und ordentlich wie jeder Raum, den Florinda bewohnte. Wie alle Zimmer in kalifornischen Häusern hatte es eine Wandbank. In einer Ecke lagen zwei Mauleselpacken; der Wandbank gegenüber stand ein Bett. Weitere Möbel gab es nicht. Florinda lag auf dem Rücken. Das Bett hatte kein Kopfkissen. Sie hatte die Decke bis über die Schultern hochgezogen. Texas hatte ein paar weitere Decken zusammengerollt und ihr unter die Hüften gelegt, so daß Kopf und Schultern niedriger lagen als der übrige Körper.

Florindas Augen waren geschlossen, aber als Garnet einen Schritt auf das Bett zu tat, öffneten sie sich, und sie wandte ein wenig den Kopf.

»Wer ist da?« fragte sie leise.

»Es ist Miß Garnet«, sagte Texas.

»Oh!« flüsterte Florinda; ihre Stimme war schwach, kaum vernehmbar. »Wie nett«, sagte sie, »wie nett, daß Sie zu mir kommen.«

Garnet kniete am Bett nieder und ergriff Florindas Hand. Es war das erste Mal, daß sie diese Hand ohne Handschuhe hielt; sie fühlte die rauhen Stellen der Narben. Florindas Hand fühlte sich an wie eine Wurzel.

»Ich habe erst eben in dieser Minute erfahren, daß Sie krank sind«, sagte Garnet. »Wie geht es Ihnen?«

»Texas meint, ich würde wieder gesund werden«, flüsterte Florinda. Garnet blickte über ihre Schulter zurück. Texas saß auf der Wandbank und tastete nach einer Flasche, die dort stand. Florinda mochte in eben diesem Augenblick auch zu ihm hingesehen haben, denn sie sagte: »Trinken Sie ruhig, Texas, wenn Sie müssen. Mir macht es nichts aus.« Texas hob die Flasche; Florinda machte den Versuch, Garnet anzulächeln; es fiel ihr offensichtlich schwer. »Da bin ich in eine feine Patsche geraten«, sagte sie.

»Niemand kann etwas dafür, wenn er krank wird«, sagte Garnet. »Bitte sprechen Sie nicht, wenn es Ihnen schwerfällt.«

»Oh, ich kann sprechen. Solange ich ruhig liege, fühle ich mich ganz wohl. Nur wenn ich versuche, mich zu bewegen, wird es mir schwarz vor den Augen. Ich hatte ein paar Schwindelanfälle.«

»Aber was ist eigentlich geschehen? Erinnern Sie sich nicht?«

»Nicht sehr gut. Es ging mir schon beim Mittagessen nicht gut. Es drehte sich alles. Ich wollte keine Aufregung verursachen, deshalb ging ich auf mein Zimmer und zog mich aus. Ich dachte, wenn ich ein paar Stunden schliefe, würde es besser werden. Aber dann drehte sich wieder alles vor mir, und ich muß wohl ohnmächtig geworden sein. Dann sind wohl John und das ›hübsche Tier‹ hereingekommen. Nachher lag ich jedenfalls hier auf dem Bett, und Texas hatte mir die Deckenrolle unters Kreuz geschoben; er meinte, mein Kopf müsse niedriger liegen. Es war erst furchtbar komisch, aber ich fing dann bald an, mich besser zu fühlen. Texas war sehr gut zu mir. Ich kann nicht sehr laut sprechen. Wenn er mich nicht verstehen kann, sagen Sie es ihm: Er war sehr gut zu mir.«

Garnet wandte den Kopf nach der Wandbank. »Texas«, sagte sie, »Florinda meint, Sie seien sehr gut zu ihr gewesen.«

Texas lächelte etwas verschwommen. Garnet sah, daß die Flasche in seiner Hand leer war. Er erhob sich jetzt und torkelte ein bißchen.

»Ich glaube, wo Sie jetzt hier sind, Miß Garnet, kann ich mal etwas hinausgehen, um frische Luft zu schnappen«, sagte er. »Ich bin bald wieder zurück.«

Florinda ließ ein kleines glucksendes Lachen hören, als sich die Tür hinter ihm schloß. »Er braucht eine neue Flasche«, sagte sie. »Armer Texas!«

»Armer Texas!« wiederholte Garnet verächtlich. »Kann er nicht wenigstens einmal nüchtern bleiben, wenn man ihn so dringend braucht?«

»Nein, Darling, das kann er nicht«, flüsterte Florinda; in ihrer müden kleinen Stimme war etwas wie Mitleid. »Wenn Menschen wie er einmal damit angefangen haben, können sie nicht wieder aufhören.« Sie brach ab. Garnet verhielt sich ruhig, um ihr Zeit zu lassen. Nach einer kleinen Pause flüsterte Florinda: »Ach, Garnet, ich habe mich wie eine Närrin benommen. Ich wollte durchhalten. Ich wollte unter allen Umständen durchhalten.«

»Aber entschuldigen Sie sich doch nicht«, sagte Garnet. »Ich weiß es doch. Und Sie haben ja auch durchgehalten.«

Florinda seufzte: »Ich habe mich närrisch benommen, Garnet. Es war idiotisch von mir, diese entsetzliche Wüste zu durchqueren. John hatte mir vorher gesagt, daß ich es nicht aushalten würde. Als wir auf halbem Wege waren, wußte ich, daß ich es nicht hätte tun dürfen. Aber da konnte ich nicht mehr zurück.«

Es entstand eine kurze Pause. Dann fragte Garnet leise: »Was werden Sie nun tun?«

»Ich weiß es nicht«, flüsterte Florinda.

Garnet dachte an Penrose, der draußen hockte und sich betrank. Penrose hatte sich in eine strahlende Schönheit verliebt. An einer kranken, erschöpften Frau, die kaum sprechen konnte, war er in keiner Weise interessiert. Wahrscheinlich war er sehr froh gewesen, Florinda Texas übergeben zu können. Und Texas war zwar gut und freundlich zu ihr, aber er war auch betrunken und im Begriff, sich noch weiter zu betrinken. Florinda aber tat, als sei das alles in Ordnung; sie ließ sich keinerlei Groll anmerken. Ob sie vielleicht gar keinen verspürte? Aber ich verspüre welchen, dachte sie erbittert. Ich bin nicht krank, und ich habe nicht die Beschaffenheit eines Engels. Sie sagte laut: »Was wird dieser erbärmliche Penrose nun tun? Wird er Sie etwa hier allein zurücklassen?«

Florinda ließ ein böses kleines Lachen hören. »Aber ja, Liebe«, sagte sie, »das wird er wohl. Er sagte mir schon, er müsse nach Los Angeles; ich würde das ja wohl verstehen. Nun, ich verstand ihn. Ich verstand ihn verdammt gut.«

»Aber was denkt er denn, was Sie ohne ihn tun sollen?«

»Don Antonio hat viele freie Zimmer in seinen Häusern. Ich denke, er wird mich hier dulden, bis ich mich wieder besser fühle.«

»Das heißt: Penrose will Sie in einem fremden Land, unter fremden Menschen, die eine fremde Sprache sprechen, völlig allein lassen? Nun gut, ich werde etwas unternehmen.«

»Sie sind lieb, Darling, aber ich wüßte wirklich nicht, was Sie für mich tun könnten.«

»Ich weiß es im Augenblick auch noch nicht, aber ich werde irgend etwas tun. Bitte, machen Sie sich keinerlei Sorgen. Bleiben Sie ruhig hier liegen.«

»Ich werde wohl oder übel hierbleiben müssen, Darling. Ich kann nämlich nicht einmal vom Bett bis zur Wand laufen.« Florindas Augen schlossen sich wieder; sie war wohl zu müde, um sie länger offenzuhalten. Garnet erhob sich. »Ich werde Ihnen irgendwie helfen; verlassen Sie sich darauf«, sagte sie fest.

Sie verließ das Zimmer und schloß die Tür hinter sich. Dann stand sie einen Augenblick still und sah sich auf der Ranch um. Die Mädchen waren schon dabei, das Essen zu den Tischen zu tragen. Die Männer standen in müßigen Gruppen herum, schwätzten und tranken. Garnet dachte: Ob auch nur einer dieser Männer bereit ist, etwas für Florinda zu tun? Sie alle hatten sich eine Woche lang ausgeruht und waren nun eifrig beschäftigt, ihre Waren abzusetzen. Einige waren bereits nach Los Angeles aufgebrochen. Der Gong rief zum Abendessen; von allen Seiten eilten die Männer zu den Tischen.

Garnet ging langsam zu ihrem Platz. Oliver und Charles waren schon da. Charles verbeugte sich knapp, als sie sich an Olivers andere Seite setzte. Der Russe Nikolai saß ihr wieder gegenüber.

Nikolai sagte: »Waren Sie bei Miß Florinda, Madam?«

»Ja«, antwortete Garnet, »ich fürchte, sie ist sehr krank.«

Unter den Männern wurden hier und da Bemerkungen laut. Dieser und jener versicherte, wie leid es ihm tue, daß Florinda erkrankt sei. Aber ganz offensichtlich waren im Augenblick alle mehr an den vor ihnen stehenden vollen Schüsseln als an Florindas Krankheit interessiert.

Charles fragte: »Wer ist Florinda?«

»Teufelswanze« antwortete: »Eine New Yorker Schauspielerin. Penrose hat sie mitgebracht.«

Charles zuckte uninteressiert die Achseln und warf dem Russen, der eben ein großes fetttriefendes Stück Fleisch mit den Fingern zum Mund führte, einen angewiderten Blick zu.

Oliver benahm sich Garnet gegenüber sehr aufmerksam, aber Garnet hatte keinen großen Appetit. Die Männer redeten von geschäftlichen Dingen. Sie fragten Charles nach den Preisen, die in diesem Jahr in Los Angeles geboten würden, und Charles nannte ihnen die Anzahl der Tierhäute, die für diese oder jene Sache gezahlt würden. Er sprach von Häuten wie von Dollarnoten. Garnet hörte nicht mehr hin; sie hatte andere Dinge, über die sie nachdenken mußte.

Sie wollte Oliver fragen, warum Charles sie so verabscheute, und sie wollte auch mit ihm über Florinda sprechen. Oliver würde einen Weg wissen, wie man ihr helfen könnte.

Als sie dann später in ihrem Zimmer allein waren, sprach sie zunächst von Florinda. Da sie schon am nächsten Morgen abreisen wollten, war keine Zeit zu verlieren. Alles, was geplant werden konnte, mußte noch in dieser Nacht geplant werden. Sie war entsetzt, als Oliver sich weigerte, auf das Thema Florinda überhaupt einzugehen. Sie versuchte ihm klarzumachen, wie krank und wie hilflos sie sei, ganz allein in dem fremden Land; aber Oliver schien das nicht im geringsten zu beeindrucken. Er sagte:

»Meine liebe Garnet, es gibt nichts, was ich dabei tun könnte. Florinda tut mir leid, aber ich habe sie nicht hierhergebracht.«

»Sei doch nicht so entsetzlich herzlos!« rief Garnet empört. »Du kennst doch das Land hier. Es muß doch irgendeine Möglichkeit geben, sie unterzubringen.«

»Ich wüßte nicht, wo. Wohltätigkeitsanstalten gibt es in Kalifornien nicht.« Oliver hockte auf den Knien und war damit beschäftigt, ihre Sachen für die Reise zusammenzupacken. »Vergiß Florinda«, sagte er kurz. »Kannst du das nicht?«

Garnet saß auf dem Bett. Der Anblick Olivers beim Packen erinnerte sie daran, daß es nicht Oliver, sondern Charles gewesen war, der beschlossen hatte, schon am nächsten Morgen zu reisen. Sie stand auf.

»Du willst also nicht einmal den Versuch machen, ihr zu helfen?« sagte sie. »Ist das so, weil du meinst, Charles würde es nicht gutheißen?«

Oliver fuhr herum. »Garnet«, rief er, »kannst du nicht begreifen, daß ich schon bis zum Hals in Sorgen stecke? Ich kann mich nicht auch noch um die Sorgen und Schwierigkeiten anderer Leute kümmern. Höre jetzt auf damit und laß mich in Ruhe.«

So hatte er noch nie mit ihr gesprochen. Garnet fühlte, wie die Erbitterung in ihr wuchs. »Ich werde nicht aufhören«, sagte sie, »und ich denke gar nicht daran, mein Tun und Lassen durch diesen widerwärtigen kleinen Autokraten bestimmen zu lassen. Ich weiß nun, daß er mich haßt. Aber ich bin nicht im geringsten bange vor ihm. Du aber bist es. Du hast Angst vor deinem Bruder.«

Oliver erhob sich und kam auf sie zu. »Bitte, Garnet, vergib mir«, sagte er. »Ich habe mich eben schlecht benommen. Ich werde es nie wieder tun.«

Sie trat einen Schritt zurück. »Auch ich habe noch nie so zu dir gesprochen, Oliver«, sagte Garnet, »aber jetzt muß ich es tun. Ich sorge mich sehr Florindas wegen, aber das ist nicht die Hauptsache. Wer mir wirklich Sorgen macht, das bist du. Was heißt das: du steckst bis zum Hals in Sorgen?«

Oliver mühte sich, seiner Stimme einen beruhigenden Tonfall zu geben. »Garnet, ich sagte dir doch, daß Charles wahrscheinlich böse sein würde, mich mit dir verheiratet zu finden. Erinnerst du dich nicht mehr daran?«

»Natürlich erinnere ich mich. Es tut mir leid, daß er mich nicht mag, aber deswegen wird mir das Herz nicht brechen. Dagegen möchte ich wissen, wie es mit dir bestellt ist. Warum hast du heute nachmittag geschwiegen, als er mich wie ein Stück schlechter Ware behandelte? Warum hast du Angst vor ihm?«

Olivers Stimme klang ernst und warm, als er antwortete: »Garnet, ich liebe dich. Glaube es mir. Charles wird nie zwischen dich und mich treten.«

»Ich weiß, daß du mich liebst«, rief Garnet, »ich habe noch keine Minute daran gezweifelt. Aber was ist das mit Charles?«

»Garnet, hör zu.« Er legte ihr beide Hände auf die Schultern. »Charles ist wütend; ich hatte nichts anderes erwartet. Und es gefällt ihm gar nicht, daß ich in die Staaten zurückkehren will. Aber ich werde es trotzdem tun, was immer er auch dazu sagt. Ich versprach es dir, und ich werde mein Versprechen halten. Damit laß es nun aber auch, bitte, genug sein.«

»Ist das alles, was du mir zu sagen hast?«

Er legte ihr die Arme um den Hals und zog sie fest an sich heran.

»Ja, liebes Mädchen«, sagte er, »das ist alles. Ich liebe dich, und das ist das Bedeutsamste, was mir jemals geschah. Du bist die erste Frau, die ich wirklich liebte, und du bist auch die letzte. Das meine ich so, wie ich es sage.«

Er küßte sie lange und zärtlich. Garnet lehnte sich an seine Schulter und ließ ihre Finger durch sein lockiges Haar laufen. Oliver war so stark und so liebenswert. Schließlich lächelte sie ihn an.

»Es ist gut, Oliver«, sagte sie. »Wenn es da Dinge gibt, die mich nichts angehen und die mich nicht berühren – behalte sie für dich.«

»Ich danke dir, Garnet«, sagte er. Sein Gesicht war ganz ernst. »Du bist eine wunderbare Frau!«

Während er sich wieder an seine Packerei machte, ging Garnet zur Tür.

»Ich liebe dich, Oliver«, sagte sie, »und ich vertraue dir. Aber jetzt wartet eine Aufgabe auf mich. Ich bin gleich wieder da.«

»Du willst doch jetzt nicht mehr hinaus?« protestierte er, »es ist stockfinster.«

»Oh, der Mond scheint ja; es ist hell genug. Ich muß sehen, irgendeine Hilfe für Florinda zu finden. Versuche nicht, mir das auszureden; ich würde es in jedem Fall tun.«

Er kannte sie wohl gut genug, um zu wissen, daß es ihr ernst damit sei; deshalb zuckte er nur die Achseln, und Garnet verließ das Zimmer.

Sie eilte über das Gras. Hier und da brannten Feuer, an denen Männer plaudernd beieinander saßen. Andere standen in Gruppen herum. Der Mond war fast voll; es war eine helle Nacht. Sie hörte Silkys Stimme:

»Guten Abend, Mrs. Hale. Suchen Sie jemand?«

Silky hatte sich von einem der Feuer erhoben und sich respektvoll verbeugt. Er war wieder sehr elegant, sein Schnurrbart war hochgewichst und sein Haar sorgfältig gekämmt.

»Haben Sie John gesehen, Silky?« fragte Garnet. »Oder seinen russischen Freund?«

»John? Ja gewiß, Madam. Ich weiß nur im Augenblick nicht . . .«

»John liegt da drüben und guckt in den Mond«, sagte einer der anderen Männer im Kreis. »Der Russe ist aber nicht bei ihm.«

Der Mann wies mit der Hand, und Garnet sah John in einiger Entfernung flach auf dem Rücken liegen. Er hatte die Hände unter dem Kopf verschränkt und blickte in den Himmel. Sie dankte den Männern kurz und ging auf ihn zu. Sie hatten nicht gesagt, wo sich der Russe aufhielt; wahrscheinlich war er bei irgendeinem Mädchen. Garnet hatte hier und da gehört, der schöne Riese habe bei den Mädchen der Ranch schon allerlei Erfolge aufzuweisen.

John hob sich auf die Ellbogen, als er sie herankommen sah. Dann stand er auf.

»Miß Garnet«, sagte er, »wollten Sie etwas von mir?«

»Ja«, erwiderte Garnet und sah zu ihm auf. Im Schatten wirkte Johns Gesicht hager und ernst. Die Farbe seiner Augen war hier nicht zu erkennen, aber sie wußte, daß sie grün waren, und in diesem Augenblick erschienen sie ihr als die kältesten Augen, die sie je gesehen hatte. Sie fühlte, wie ein Zittern sie überfiel. Aber sie mußte jetzt sprechen. Sie sagte: »John, wollen Sie Florinda helfen?«

Sie vermochte seinen Gesichtsausdruck kaum zu erkennen, aber sie fühlte, daß er überrascht war.

»Florinda helfen?« sagte er. »Was meinen Sie, was ich für sie tun soll?«

Sie zitterte nun wirklich; sie hatte keinen Schal umgenommen, und die Nachtluft war kühl. John fragte:

»Hat Charles Hale Sie anständig behandelt?«

»Charles? Er hat kaum mit mir gesprochen.«

John lächelte leicht: »Wenn er sich schlecht benimmt, geben Sie es ihm wieder.«

»O John«, rief Garnet ungeduldig, »ich bin nicht herausgekommen, um mit Ihnen über Charles Hale zu diskutieren.«

»Nein«, versetzte er, »Sie wollten mir etwas über Florinda sagen.« Er sprach jetzt kurz und knapp. »Es tut mir leid, daß sie krank ist, Miß Garnet. Aber ich wüßte nicht, was ich dabei tun soll. Ich bin kein Arzt.«

»Vermutlich wollen Sie sagen, dies sei eine Sache, die Sie nichts angehe«, sagte Garnet bitter.

»Ganz recht«, entgegnete John. »Es ist nicht meine Angelegenheit.«

»Ich denke, sie ist es doch«, sagte Garnet.

John antwortete nicht. Er hielt eine Orange in der Hand, die er von einem Baum gepflückt hatte. Er warf sie wie einen Ball in die Luft und fing sie wieder auf.

Garnet begann zu stammeln, bemüht, sich ihm verständlich zu machen. »John«, sagte sie, »begreifen Sie doch! Florinda hatte einen ernsten Grund, nach Kalifornien zu gehen. Ich kenne den Grund nicht. Sie hat ihn mir nicht gesagt, und ich werde sie auch nie danach fragen. O bitte«, sie hob die Hand, als er antworten wollte; »ich weiß, was Sie sagen wollen: Was hat das mit mir zu tun? Nun, ich will es Ihnen sagen.«

John lächelte auf sie herab, halb amüsiert, halb bewundernd. »Sie sind sehr sicher, wenn Sie sich einmal Ihre Meinung gebildet haben, nicht wahr?« sagte er.

»Ja, das bin ich wohl. Wollen Sie mir einen Augenblick zuhören?«

»Ich kann Sie ja nicht gut am Reden hindern. Fahren Sie ruhig fort.«

Sie sprach mit leiser Stimme, aber die Worte drängten ungestüm aus ihr heraus. »John«, sagte sie, »ich weiß nicht, warum Sie einst nach Kalifornien gingen. Ich werde Sie auch nie danach fragen. Ich kümmere mich auch nur um meine eigenen Angelegenheiten. Aber lassen Sie mich noch eins sagen: Sich um seine eigenen Angelegenheiten kümmern, darf nicht heißen, in allen anderen Menschen einen Haufen lebloser Stöcke zu sehen. Ich meine, Menschen wie Sie und Florinda, überhaupt Menschen, die aus irgendeinem Grund in die Einsamkeit gingen, sollten einander wenigstens zu verstehen suchen. Weil – weil – mein Gott! – weil jeder einzelne von ihnen ein Einsamer ist.«

Jetzt sah John sie nicht an. Er stand da und drehte die Orange in der Hand, als wäre das ein Ding, das er noch nie gesehen habe.

»Was wollen Sie, das ich für Florinda tun soll, Garnet?« fragte er schließlich. »Soll ich sie heiraten? Das will ich nicht. Und ich will sie auch nicht auf die Penrose-Manier nehmen.«

Garnet fühlte, wie sie errötete. »Ich habe an nichts dergleichen gedacht«, sagte sie.

»Ich weiß«, sagte John. »Verzeihen Sie bitte.«

»Ich dachte nur, es müsse sich doch ein Mensch finden, der sich ihrer annähme, bis sie wieder gesund ist. Es müßte doch irgendeinen Ort geben, wo sie bleiben kann. Menschen, die gut zu ihr wären.«

John schwieg und begann die Orange zu schälen. Nach einer kurzen Pause sagte er:

»Glauben Sie, daß sie danach für sich selbst sorgen würde?«

»Aber John, Sie wissen doch, daß sie das tun wird. Florinda hat immer selbst für sich gesorgt. Sie hat nie einen Menschen gehabt, der ihr die Sorge abgenommen hätte.« Sie redete nun eifrig auf ihn ein. »Ich hoffe, ich verrate mit diesen Andeutungen nicht d; Vertrauen, das Florinda mir entgegenbrachte. Aber ich muß Ihn a das jetzt sagen, damit Sie verstehen, wie es mit ihr bestellt ist. Ihr Vater hat ihre Mutter im Stich gelassen, und ihre Mutter war eine schwache, törichte Frau. Florinda hat das nicht so gesagt. Aber sie hat mir genug erzählt, daß ich selbst meine Schlüsse ziehen konnte. Ihre Mutter hat ihr ganzes Leben damit verbracht, zu weinen und zu warten, daß jemand käme und sich ihrer annähme.«

»Menschen dieser Art haben nicht eben Ihren Beifall«, lächelte John mit heimlichem Sarkasmus in der Stimme.

»Nein«, versetzte Garnet, »wirklich nicht. Aber Florinda ist anders als ihre Mutter. Sie hat Mut und gesunden Menschenverstand, und sie würde einem anderen keinen Augenblick länger als unbedingt nötig zur Last fallen. Bitte, reichen Sie ihr doch Ihre Hand, John.«

Er lächelte sie an. »Wie beredt Sie sind«, sagte er, »aber es ist gut. Die Sache ist klar.«

»Sie wollen?« rief Garnet freudig erregt.

»Ja«, antwortete John. »Weil ich auch so ein Narr bin, der nicht nein sagen kann. Wahrscheinlich bin ich im Begriff, eine Dummheit zu begehen, und fast tut es mir schon leid, daß ich Ihnen etwas versprach. Aber beruhigen Sie sich: Ich werde Florinda irgendwo unterbringen.«

»Oh, ich danke Ihnen, John, ich danke Ihnen!« rief Garnet. Er antwortete nicht. Sie hielt ihm die Hand hin. »Gute Nacht, John«, sagte sie leise.

Er nahm ihre Hand und drückte sie kurz. »Gute Nacht, Garnet«, sagte er, »und adieu!«

Bei dem Abschiedswort fühlte Garnet zu ihrem Erstaunen etwas wie heimliche Trauer. John war ihr von Tag zu Tag lieber geworden. Auf dem großen Treck hatte sie gelernt, Mut, Kraft und Charakterstärke höher zu schätzen als freundliches Benehmen. Übrigens konnte auch John freundlich und rücksichtsvoll sein. Sie dachte daran, wie er sie gehalten hatte, als Texas ihr die Pfeilwunde mit einem glühenden Eisen ausbrannte. »John«, sagte sie mit leiser Stimme, »wann werde ich Sie wiedersehen?«

»Irgendwann im kommenden Winter«, antwortete er. »Ich werde zu Hale's Ranch kommen, um einige Stücke Vieh von Charles zu kaufen. Ich gedenke meinen Viehbestand zu vergrößern.«

»Ich werde sehr froh sein, Sie wiederzusehen, John«, sagte sie warm.

»Auch ich werde mich freuen, Garnet«, lächelte er. Sie zog ihre

Hand zurück und schickte sich an, wegzugehen, da hörte sie seine Stimme: »Vergessen Sie nicht, was ich Ihnen sagte.«

»Was?«

»Wenn Charles Hale Ihnen komisch kommt, sagen Sie ihm, er solle zum Teufel gehen.«

»Meinen Sie, ich könnte das?« fragte Garnet. Sie fühlte sich bei dem Gedanken an Charles plötzlich verzagt.

»Sie?« sagte John. Er stieß ein kurzes Lachen aus. Dann sah er sie einen Augenblick an, als wolle er ihr noch etwas sagen. Aber er zögerte. Er fürchtete wohl, in Dinge verwickelt zu werden, die ihn nichts angingen. Er zuckte die Achseln und sagte:

»Es tut mir leid, daß Sie im nächsten Jahr in die Staaten zurückkehren werden, Garnet. Dieses Land hier ist für Menschen Ihrer Art wie geschaffen.«

Er drehte sich abrupt um und ging davon. Garnet sah ihm einen Augenblick nach und ging dann langsam zum Herrenhaus zurück. Sie war sehr nachdenklich. Hatte die Dunkelheit sie getäuscht, oder hatte John sie voller Mitgefühl angesehen, als er auf Charles zu sprechen kam? Einen Augenblick hatte sie das Gefühl gehabt, John sei nahe daran, seinen Grundsätzen zum Trotz über Dinge zu sprechen, die ihn seiner Meinung nach nichts angingen.

Vierundzwanzigstes Kapitel

Die Ranch von Charles und Oliver lag acht Tageritte entfernt im Nordwesten des Landes. Nachdem Garnet sich einmal entschlossen hatte, Charles Trotz zu bieten, sah sie nicht ein, warum sie nicht gleich damit beginnen solle. Sie kämmte und bürstete ihr Haar so lange, bis es glänzte, und zog ein in der Taille eng anliegendes und in einem weiten, gekräuselten Rock auseinanderfallendes Reitkleid an. Als sie in der Morgenfrühe zu den Pferden ging, war sie sich bewußt, nie in ihrem Leben besser und vorteilhafter ausgesehen zu haben.

Die Pferde waren ausgezeichnete Reittiere. Oliver gab ihr eine besonders schöne Stute mit einem Sattel aus kunstvoll gepreßtem Leder, das in der Sonne wie Seide glänzte. Als sie aufstieg und ihren Platz in der Kolonne einnahm, wurden ihr von Charles' Dienerschaft bewundernde Blicke zugeworfen. Die anderen Händler, die sämtlich herausgekommen waren, sie abreiten zu sehen, winkten ihr fröhlich zu und riefen: »Gute Reise, Mrs. Hale!« Garnet winkte zurück und lächelte: »Nächstes Jahr im April sehen wir uns wieder. Dann reiten wir wieder zusammen.« Bei dem Gedanken, so lange Zeit in der Nähe von Charles leben zu müssen, kam sie ein heimliches Zittern an. Aber das war ihre Sache, die niemand etwas anging.

Charles machte einen äußerlich prächtigen und, wie Garnet fand, dabei gleichzeitig albernen und lächerlichen Eindruck. Auf seinem großen Hengst wirkte er noch kleiner und zusammengeschrumpfter als sonst. Sein Gesicht erinnerte sie an einen vertrockneten Apfel; die kleinen Augen funkelten wie dunkle Stecknadelköpfe. Er war in eine rotseidene Jacke und gestickte Hosen gekleidet, sein Sattel war mit Silber beschlagen. Auch Oliver war prächtig gekleidet. Er trug senffarbene Beinkleider mit grünen und roten Stickereien an den Seiten. Seine mexikanische Jacke war aus blauer Atlasseide; die glänzenden Knöpfe daran waren alte Goldmünzen aus Peru. Dazu trug er ein weiches weißes Hemd und eine weißseidene Schärpe mit goldenen Fransen. An seinen Stiefeln glänzten sternförmige Sporen; sein schwarzer Sombrero war mit blauen Seidentroddeln verziert. Die aus ein paar Dutzend Pack- und Sattelpferden bestehende Kolonne wurde von zehn Dienern begleitet, die nicht weniger farbenprächtig gekleidet waren. Zu den verschiedenfarbenen Pantalons trugen sie bunte Hemden und Halstücher in leuchtenden Streifenmustern. Es war ein prächtiger Zug, ein Gewoge von Silber und Farben; schlagende Hufe und flatternde Mähnen, eine schier königliche Prozession. – Niemand, der uns sieht, käme auf den Gedanken, hinter all dieser Pracht eine Anhäufung bitterer und bedrohlicher Gefühle zu vermuten, dachte Garnet.

Sie reisten in aller Bequemlichkeit, die ein Ritt überhaupt zu bieten vermag. Die Pferde waren kräftig, frisch und gut ausgeruht, und die Diener behandelten Garnet wie eine Prinzessin. Sie sahen das Fremdartige ihrer Erscheinung, aber sie akzeptierten in ihr ohne weiteres die große Dame der Ranch. Wenn eine Rastpause eingelegt wurde, breiteten sie Decken für sie aus, brachten ihr Wasser und Wein und versäumten nie, sich ehrfurchtsvoll zu verbeugen, wenn sie einen Krug vor ihr niederstellten. Sie bereiteten vorzügliche Mahlzeiten, bestehend aus Braten, der mit chilenischem Pfeffer gewürzt war, Maisspeisen und schmackhaften Bohnengerichten; dazu wurde Schokolade gereicht, mit Panocha gewürzt, dem landesüblichen braunen Zucker, der zwischen den Zähnen knirschte. Sie servierten die Speisen und Getränke mit zurückhaltend höflichem Lächeln und einer Ehrerbietung, die einer Königin gegenüber am Platze gewesen wäre.

Der Weg führte durch wildes und rauhes Land, das von Canyons durchschnitten und von Gebirgen umringt war, die wie dunkler Samt aussahen, zerknüllt und zu Bergen getürmt. Mittags rasteten sie an Bächen und Flußläufen, deren Ufer von Weidegras oder wildem Tabakgesträuch begrenzt wurden. Hier und da stand auch eine alte Eiche, die sich schon vor Jahrhunderten mit ihrem Wurzelwerk in das Erdreich gebohrt haben mochte. Vor einem Monat würde Garnet die samtenen Hügel mit beglückten Augen gesehen und sich an all dem Luxus und der Bequemlichkeit erfreut haben; jetzt war sie nicht in der Stimmung, sich an irgendwelchen Dingen zu freuen.

Charles haßte sie. Jedesmal, wenn seine Augen sie streiften, wurde ihr das schaudernd bewußt. Er haßte sie wegen ihrer Gesundheit, ihrer Ausdauer und wegen ihrer stolzen und unnahbaren Haltung; er haßte sie schon allein ihrer bloßen Anwesenheit wegen. Er sprach nur sehr selten mit ihr, und wenn er es tat, geschah es in einer so eiskalt reservierten Art, daß es fast einer Beleidigung gleichkam.

Nun, sie war nicht übermäßig an Charles Hale und seinem Benehmen interessiert. Charles allein war nicht imstande, sie zu kränken oder zu beleidigen. Was sie von Tag zu Tag tiefer kränkte, das war Olivers Benehmen Charles und ihr gegenüber. Er würde es zwar selbst für zehntausend Häute nicht eingestanden haben, aber es war so: Oliver hatte Angst.

Sie versuchte das zu begreifen. Oliver hatte seine Eltern verloren, als er noch ein Kind war. Seitdem hatte er immer nur Charles gehorcht, und Charles war ein unerbittlicher Tyrann. Außerhalb der Reichweite des Einflusses seines Bruders hatte er sich in sie verliebt und hatte sie geheiratet. Charles hatte ihn hart getadelt, und nun benahm Oliver sich wie ein Schuljunge, der es zum erstenmal gewagt hatte, einem strikten Befehl seines Vaters zu trotzen. Garnet stellte das fest, aber sie begriff es nicht, sie war innerlich verwirrt, und in ihr Gefühl für Oliver mischte sich zornige Verachtung.

Wenn sie nachts in ihrem Sattelhäuschen lagen – es war dies die einzige Gelegenheit, sich in eine sozusagen private Sphäre zurückzuziehen –, unternahm Garnet immer wieder den Versuch, Oliver zu veranlassen, sich offen und rückhaltlos zu offenbaren; aber all ihr Reden blieb ohne Erfolg. Er bat sie nur immer wieder, sich doch mit Charles' Eigenarten abzufinden. Er habe ihr doch gesagt, daß er Zeit brauchen werde, sich an sie zu gewöhnen.

»Ich habe gar nichts gegen Charles«, sagte Garnet dann, »aber ich habe etwas gegen dich. Du benimmst dich, als sei ich jemand, wegen dessen Anwesenheit du dich entschuldigen müßtest.«

»Um Gottes willen, Garnet!« rief Oliver in verzweifelter Erbitterung, »höre endlich auf, mich mit diesen Dingen zu belästigen.«

Am Ende umschlang er sie dann wieder mit den Armen, drückte sie an sich und bat sie, ihm zu vergeben, weil er so rauh mit ihr gesprochen habe. Mein Gott, ja, sie wußte es ja: Er liebte sie, er liebte sie mehr als irgend etwas anderes auf der Welt. War das nicht im Grunde genug?

Nein! dachte sie, wenn sie dann an Olivers Seite wach lag und grübelte, nein, es ist nicht genug. Oliver mochte sie lieben, aber er vertraute ihr nicht wirklich. Liebe setzt Vertrauen voraus. Und sie wollte wirkliche Liebe. Sie wollte keine schwächliche Bewunderung.

Sie schlief unruhig, und sie wußte, daß auch Oliver unruhig schlief, obwohl er morgens immer erklärte, er fühle sich sehr wohl. Sie sagte ja auch, daß sie sich wohl fühle, obgleich sie elend und unausgeschlafen war. Sie kam sich erbärmlich vor. Sie hatte hier nicht unter den Unbequemlichkeiten des großen Trecks zu leiden; es gab weder Durst noch unerträgliche Hitze, und es gab keine kalte Pinole, die vor Sand zwischen den Zähnen knirschte. Aber es gab Schlimmeres hier. Da war Charles' kalte, kaum beherrschte Wut, da war Olivers Furcht vor seinem Bruder und ihr eigener wachsender Widerwille gegen Oliver. Die vorzüglichsten Gerichte schmeckten ihr nicht; sie aß im Grunde nur der Diener wegen, die ihretwegen hart gearbeitet hatten und die sie nicht enttäuschen wollte.

Als sie eines Morgens einen Gebirgspaß durchritten, erblickte Garnet unten im Tal den Platz, wo sie den kommenden Winter verleben sollte. Es war leicht zu begreifen, daß Charles von »seiner Ranch« gesprochen hatte. Niemand, der die Brüder Hale kannte, hätte einen Augenblick auf den Einfall kommen können, Oliver könnte mit dieser Besitzung auch nur das geringste zu tun haben.

Charles war hier ganz offensichtlich seine eigenen Wege gegangen. Der ganze ungeheure Komplex war so vorbildlich sauber wie ein frisch gestärkter Kragen. Man brauchte nur einen Blick auf Land und Gebäude zu werfen, um zu wissen, daß hier ein reicher und dazu nüchterner, kalter und berechnender Mann wohnte, der die Güte und Beschaffenheit jeder einzelnen Haut und jeder einzelnen Weintraube kannte.

Das Herrenhaus war ein großer, langgestreckter Bau aus ungebrannten Ziegeln, weiß gestrichen und mit Glasscheiben in den Fenstern. Davor gab es einen in Stein gefaßten Sammelbrunnen, der von zwei Bächen gespeist wurde, die vom Gebirge herunterkamen. Rund um das Haus zogen sich Gemüse-, Obst- und Weingärten, von Bewässerungsgräben durchzogen. Die Stauden standen überall in peinlich ausgerichteten Reihen, und nirgendwo war auch nur die Spur von Unkraut zu sehen; das Wasser kam nur Nutzpflanzen zugute. Hinter dem Herrenhaus erhoben sich in respektvoller Entfernung die Lagerhäuser, Arbeiterhütten und Werkstätten. Auch diese Häuser wirkten peinlich sauber und standen in geraden Straßenzügen korrekt nebeneinander wie die Häuser eines besonders gepflegten Dorfes. Auf den Feldern waren zahllose Arbeiter beschäftigt; auf den Hängen dahinter grasten riesige Viehherden. O ja, dies war eine reiche Besitzung; sie prunkte geradezu vor Reichtum und Selbstgefälligkeit. Jeder Morgen Landes verkündete eindringlich, wie sehr der Besitzer die hierzulande übliche Art der Bewirtschaftung verachtete.

Beim ersten Blick auf so viel Reichtum, Ordnung und Pedanterie verspürte Garnet einen Druck auf den Magen. Aber gleich danach kam sie ein heimliches Lachen an, angesichts all dieses verkörperten Dünkels vor der majestätisch aufragenden Kulisse der Berge. Sie hatte das Gefühl, in ihrem ganzen Leben nicht so viel bornierte Dummheit erblickt zu haben.

O Oliver! dachte sie erbittert. Wie ist es nur möglich! Wieso kannst du es nicht fertigbringen, diesem wichtigtuerischen kleinen Despoten zu widersprechen? Und dann wieder, während ihr Blick ins Tal hinunterschweifte: Was, in Gottes Namen, erwartet dich hier? Woher kommt dir das heimliche Grauen?

Sie wußte es nicht. Sie ritten bergab auf die Ranch zu. Diener kamen heraus, ihnen die Pferde abzunehmen. Charles sprach mit ihnen, kalt und unnahbar, ganz verkörperte Autorität. Er sagte ihnen, die Señora sei die Gattin Don Oliveros, sie sollten dafür sorgen, daß sie bequem untergebracht werde. Die Diener schienen überrascht, benahmen sich aber höflich, respektvoll und ehrerbietig. Charles erklärte Garnet, er habe für sie und Oliver ein Schlaf- und ein Wohnzimmer zum persönlichen Gebrauch herrichten lassen. Er sagte das in einem Ton, als spräche er zu einer armen Verwandten, derer er sich wohl oder übel annehmen müsse.

Das Leben auf der Ranch verlief in genau geregelten Bahnen, wie nach einer Tabelle. Auf einem Wandbrett im Eßzimmer befand sich eine große amerikanische Uhr, die in einem mißmutig monotonen Singsang die Stunden anschlug. Wenn Garnet noch einen Beweis für Charles' Tyrannenkünste gebraucht hätte – diese Uhr hätte den Beweis geliefert. Charles hatte es fertiggebracht, aus einer Schar freier Mexikaner leisetretende Sklaven zu machen, die die Uhr auf dem Wandbrett wie einen Götzen anbeteten und jeden Schritt und jede Bewegung nach dem Lauf ihrer Zeiger ausrichteten. Charles' gesamte Dienerschaft lebte in ständiger Angst vor ihrem Herrn. Sie schlichen samt und sonders scheu und gedrückt herum, und als Garnet sich diesem und jenem freundschaftlich näherte, zeigte sich, daß sie auch vor ihr Angst hatten.

Um sieben Uhr morgens wurde gefrühstückt, um zwölf gab es Mittagessen. Nach Tisch durfte man schlafen gehen. Charles selbst freilich verachtete diese Angewohnheit; er erblickte darin nur eine der zahllosen Äußerungen landesüblicher Faulheit, allerdings vermochte nicht einmal er die Mexikaner dazu zu bringen, am Nachmittag zu arbeiten. Das Abendessen wurde um sechs serviert.

Nach dem Frühstück pflegten Charles und Oliver über die Ranch zu reiten; dann war Garnet sich selbst überlassen und konnte tun, was sie wollte. Sie machte Spaziergänge, besserte ihre Kleider aus und fand im Eßzimmer auch einige Bücher zum Lesen. Die Bücher waren sehr augenfällig auf einem Wandbrett geordnet; Garnet vermutete, sie ständen dort, um Besucher zu beeindrucken, was in diesem bücherlosen Lande nicht schwierig war. Sie stellte fest, daß die Seiten der meisten Bücher noch zusammenklebten; augenscheinlich waren sie noch nie geöffnet worden. Sie fand drei Bücher in spanischer und etwa ein Dutzend in englischer Sprache. Sehr wahrscheinlich hatten sie einmal dazu gedient, Lücken in den Mauleselpacken auszufüllen. Es handelte sich um Essays vergessener Moralisten, ein paar alte Romane und Gedichtbände mit zerfetzten Seiten. Sie las ein wenig darin, weil sie nichts Besseres zu tun hatte.

Ihre Zimmer waren sehr sauber und trostlos nüchtern. Sie hatten unpersönliche, steife Wandvorhänge und harte, unbequeme Stühle. Oliver warf einen Stapel Hauptbücher und sonstiger Papiere auf den Tisch des Wohnzimmers und erklärte, die Sachen später durchsehen zu wollen, wenn er etwas von John gehört hätte. Die Papiere lagen in einem großen unordentlichen Haufen wirr durcheinander. Garnet erfreute sich daran, denn das ganze Haus war bis zum letzten Winkel so peinlich sauber und ordentlich, als sei es für eine Beerdigung zurechtgemacht worden.

Garnet bekam Charles außerhalb der Mahlzeiten kaum zu Gesicht. Zuweilen erschien er abends für kurze Zeit in ihrem Wohnzimmer, um mit Oliver geschäftliche Fragen zu besprechen. Mit Oliver war er ständig zusammen. Sobald sie vormittags von ihrem gemeinsamen Ausritt zurückkamen, gingen sie in eines der Zimmer, die Garnet nie betreten hatte, und führten endlose Gespräche. Zufällig hörte sie einmal durch eine Tür Olivers Stimme: »Aber was willst du denn, das ich tun soll, Charles?« Es hörte sich an, als kämen die Worte aus einem verzweifelten Herzen. Charles' Antwort hörte sie nicht.

Sie unternahm es, Oliver zu Äußerungen über seine täglichen Gespräche mit Charles zu veranlassen. »Oh«, versetzte Oliver dann, »allgemeines, die Ranch betreffend. Ich war ja lange abwesend und muß mich erst wieder hineinfinden.« Sie wurde sich allmählich klar darüber, daß er ihr nichts sagen würde. Er tat so, als gäbe es nichts zu sagen.

Sie weilte erst zwei Wochen auf der Ranch, aber diese zwei Wochen erschienen ihr wie eine endlose Zeit. Eines Tages erschien ein junger Mexikaner und brachte einen Brief von John für Oliver. Oliver kannte den Boy; er hieß Pablo Gomez und hatte schon oft Botengänge für John gemacht. Charles stand in der Tür und gab Anweisung, Pablos Pferd zu versorgen. Oliver lächelte, nachdem er den Brief gelesen hatte, und reichte ihn Garnet.

Der Brief war auf Don Antonios Ranch geschrieben und enthielt nur eine kurze Mitteilung. John schrieb, er bräche jetzt nach Los Angeles auf und würde von dort aus ausführlich schreiben, nachdem er sich ein Bild über die getätigten Verkaufsabschlüsse gemacht habe. In einem weiteren Abschnitt stand:

»Noch eine Botschaft für Mrs. Hale. Ich hörte soeben, daß der Klipper ›Silberstern‹, der zur Zeit im Hafen von San Diego liegt, in Kürze nach Boston in See geht. Der Kapitän, Mr. Mitchell, ist in Los Angeles, um Proviant einzukaufen. Wenn Mrs. Hale einen Brief an ihre Leute schreiben will, um sie über ihre sichere Ankunft zu informieren, mag sie ihn Pablo mitgeben. Äußerste Eile wäre allerdings geboten. Der ›Silberstern‹ hatte einiger notwendiger Reparaturen wegen bereits Verzögerung; er will Kap Hoorn umschiffen, solange in der westlichen Hemisphäre noch Sommer herrscht. Er wird Boston im Juni oder Juli erreichen. Ich habe Pablo befohlen, nur eine Nacht auf der Hale-Ranch zu bleiben. Anderenfalls wäre es zu spät.«

John hatte eine klare, gut lesbare Handschrift, die jeden unnützen Schnörkel vermied. Als Garnet den Brief gelesen hatte, brannten ihr die Augen. Sie blinzelte, um Charles und Oliver ihre innere Bewegung nicht merken zu lassen.

Der Brief enthielt nichts Wichtiges für Oliver. John hatte ihn offensichtlich nur geschrieben, um ihr die Möglichkeit zu bieten, nach Hause zu schreiben. Sie sah Johns grünschimmernde Augen vor sich, und sie erinnerte sich seiner Menschenverachtung. Sie hatte Mühe, die Tränen zurückzuhalten.

Charles stand gegen den Türpfosten gelehnt und knallte mit der Peitsche. »Nun, was schreibt Ihr Freund?« sagte er und streckte die Hand aus, um den Brief von Garnet entgegenzunehmen.

Garnet sah Oliver an. »Der Brief ist an dich gerichtet«, sagte sie, »soll ich ihn Charles geben?«

»Aber selbstverständlich«, sagte Oliver und lächelte Charles an. »Garnets Gefühl für Takt ist sehr ausgeprägt«, setzte er hinzu.

»Das merke ich«, sagte Charles.

Garnet reichte ihm den Brief. Nachdem Charles ihn gelesen hatte, schlug er dreimal mit dem Peitschenknauf gegen die Tür. Dem heranspringenden Boy erklärte er, es solle ein frisches Pferd für Pablo bereitgehalten werden, damit dieser am nächsten Morgen um halb sieben abreiten könne. Und sich an Garnet wendend: »Sie können jetzt Ihren Brief schreiben.«

Garnet ging in ihr Wohnzimmer. Der unverschämte Narr! dachte sie. Er erlaubte ihr gnädig, einen Brief zu schreiben, gerade so, als habe sie ihn ihres Tuns und Lassens wegen um Erlaubnis zu bitten. Sie ließ die Tür hinter sich zufallen. Es gab einen heftigen Knall, sie lachte vor grimmiger Befriedigung. In Charles' Haus pflegte niemand eine Tür zuzuschlagen. Nun, sie würde die Türen zuknallen, wann immer ihr danach zumute war. Sie stieß den Papierhaufen auf dem Tisch beiseite, um sich Platz zu schaffen, und griff nach Papier und Feder.

Eine ganze Weile kaute sie unschlüssig an dem Federkiel herum. Da war so viel, was sie gern geschrieben hätte: Lieber Vater, liebe Mutter, ich brauche Euch so nötig. Ich wurde irregeführt, und ich

333

weiß nun nicht, was ich tun soll. Olivers Bruder haßt mich, und es macht ihm Freude, mich seinen Haß fühlen zu lassen. Und Oliver selbst hat sich sehr verändert; er sagt mir nicht, was ihn bewegt, und ich verstehe ihn überhaupt nicht mehr. Während des ganzen Tages spricht kaum ein Mensch mit mir. Ach, wenn Ihr doch hier wäret und Oliver veranlassen könntet, mit mir zu sprechen!

Nein. Es ging nicht, sie konnte das nicht schreiben. Die Eltern waren eine Halbjahresreise von ihr entfernt, und sie konnten ihr nicht helfen. Sie durfte ihnen nichts sagen, was ihnen die Berechtigung verschafft hätte, sich einzumischen. Wenn sie wieder bei ihnen zu Hause war, würde auch diese ganze Verwirrung vorüber sein. Sie tauchte die Feder in die Tinte und schrieb:

»Liebe Mutter, lieber Vater! Ein glücklicher Zufall will es, daß ein Bostoner Klipper im Hafen von San Diego liegt. So erhielt ich Gelegenheit, Euch eine kurze Nachricht zukommen zu lassen. Wir sind vor kurzem in Kalifornien angekommen, nach einer sehr harten, aber außerordentlich interessanten Reise.« – Schreibe ihnen nicht, wie schwer das alles war, dachte sie; sie werden sich sonst Sorgen machen, wenn sie mich im nächsten Jahr wieder auf dem Treck wissen.

»Ich wollte, ich könnte Euch Einzelheiten von der Reise berichten, aber ich schreibe in großer Eile, deshalb müßt Ihr darauf bis zum Wiedersehen warten. Oliver und ich wohnen auf der Ranch zusammen mit seinem Bruder Charles. Es ist alles sehr bequem für mich eingerichtet. Ich bin wie immer bei guter Gesundheit und so stark und so sonnenverbrannt, daß Ihr mich kaum wiedererkennen würdet. Nun noch etwas über das Land: Da ist vor allem das Gebirge. Die Berge sind so gewaltig –«

»Sie schrieb und schrieb und biß sich die Lippen dabei blutig, um bei ihrem Entschluß zu bleiben, glücklich und sorgenlos zu erscheinen. Ihre Augen begannen sich mit Tränen zu füllen und verschleierten sich so, daß sie kaum noch sah, was sie schrieb. Sie legte den Kopf auf den Arm und versuchte das Weinen zu unterdrücken, aber die Tränen liefen weiter; sie konnte sie nicht zurückhalten. Wenn dieser Brief in New York ankam, würde heißer Mittsommer sein. Die Menschen würden ins Gebirge oder an die atlantische Küste reisen. Mutter und Vater würden den Brief mit stolzer Freude allen Freunden zeigen; sie hörte die Ausrufe des Staunens und der heimlichen Bewunderung: »Guter Gott, Pauline, was für ein Erlebnis das Mädchen gehabt hat! Waren Sie denn nicht bange, sie so weit fortziehen zu lassen?« – »Aber ja, ich war sehr bange; aber jetzt, seit ich den Brief habe, fühle ich mich wohler. Sie können ja sehen, wie glücklich sie ist.«

Vater würde den Brief in die Brieftasche stecken und ihn dann wie zufällig in der Bank herausnehmen: »Ach, nebenbei: wir haben gerade Nachricht von unserer Tochter aus Kalifornien bekommen. Das muß ein außerordentlich interessantes Land sein. Sie schreibt . . .«

Oh, die Eltern waren so gut, sie waren in allem, was sie taten, so sicher und gefestigt; sie hatte das nie richtig zu schätzen gewußt.

Sie beendete den Brief nach dem Abendessen. Am nächsten Morgen vor dem Frühstück gab sie ihn Pablo und sah dem Boy nach, wie er davonritt. Sie wollte Charles keine Gelegenheit geben, nach dem Brief zu fragen, sie hatte ihn nur ganz knapp darin erwähnt; aber sie gedachte niemand das Recht einzuräumen, Einblick in ihre Korrespondenz zu nehmen.

Der Tag ging vorüber wie jeder andere. Garnet streifte stundenlang einsam umher, dachte an John und Florinda und alle die anderen Freunde vom Treck, fragte sich, was sie jetzt wohl täten, und vermißte sie alle. Am Abend erklärte Oliver, Charles und er müßten einige Geschäftsberichte durchgehen. Sie betraten zu dreien das Wohnzimmer, das Tür an Tür mit ihrem Schlafzimmer lag. Garnet saß auf einem der steiflehnigen Stühle, während Oliver eines der Kontobücher vom Tisch nahm und die Eintragungen mit Charles durchging.

Nach wenigen Minuten waren beide Männer eifrig in ein Gespräch vertieft. Oliver saß auf der Wandbank und hatte das Kontobuch auf den Knien. Charles stand am Kamin. Auf dem Kaminrost lag das Holz anzündebereit, aber niemand schien daran zu denken, Feuer zu machen, obgleich die Nachtluft empfindlich kalt war. Garnets Gedanken wanderten. Was für ein häßliches Zimmer das war mit den weißen Wänden und den steifen Vorhängen! Die Lampe warf große Schatten auf den Fußboden.

Es war eine amerikanische Lampe; sie mochte von einem der Schiffe in San Diego gekauft worden sein. Der runde Schirm war mit Rosen bemalt. Charles' ganzes Haus war mit seiner Einrichtung eine Mischung von Kalifornien und Neu-England; es war völlig stillos und hätte an jedem Ende des Kontinents stillos gewirkt. Es war das unangenehmste Haus, in dem sie sich je aufgehalten hatte, es war . . .

Das Haus wankte plötzlich und machte einen Sprung, als hätte es jemand angestoßen. Die Fensterläden rasselten, der Tisch veranstaltete einen kleinen Tanz; ein großes Kontobuch und ein Haufen Papiere fielen zu Boden. Die Wände zitterten, und das Zimmer schien sich nach einer Seite zu neigen. Garnets Stuhl sprang hoch und warf sie seitwärts zu Boden. Sie fiel, stieß einen Entsetzensschrei aus und fing sich im Fallen mit der Hand.

All das geschah plötzlich und im Ablauf weniger Sekunden. Garnet war so erschrocken, daß sie im ersten Augenblick völlig fassungslos war. Dann fühlte sie mehr, als sie sah, daß Oliver neben ihr kniete und einen Arm um sie geschlungen hatte.

»Garnet«, rief er, »hast du dich verletzt?«

Garnet sah zu ihm auf. Es schwamm ihr noch vor den Augen, aber ihre Haut war kalt vor Angst und Bestürzung. Die Wände schienen wieder fest wie immer zu stehen, aber die Papiere lagen noch verstreut auf dem Fußboden, und die Wandvorhänge bewegten sich im von draußen hereinkommenden Wind. Die Lampe war umgefallen. Charles richtete sie eben wieder auf und nahm sein Taschentuch, um einen Ölfleck vom Tisch zu wischen. Garnet hörte ihn ärgerlich sagen, daß der Lampenschirm gesprungen sei. Draußen wieherten die Pferde. Oliver sagte:

»Es ist weiter nichts, Garnet. Du brauchst keine Angst mehr zu haben.«

Er half ihr, auf die Füße zu kommen.

»Aber was war es?« keuchte Garnet, noch immer zitternd. »Das ganze Haus schien zu wanken.«

»Du brauchst dich nicht im geringsten zu beunruhigen«, sagte Oliver. »Es war ein Erdstoß.«

»Ein Erdstoß?« rief Garnet entsetzt. Sie erinnerte sich, von Erdbeben gelesen zu haben: Häuser stürzten zusammen, Menschen wurden erschlagen und liefen halb irrsinnig umher, gemartert von der Angst vor einem jähen Tode. »Aber was machen wir? Wohin gehen wir?« rief sie.

Und sah, halb erstaunt, halb erzürnt, daß Oliver über sie lachte. Charles, der an der Wand lehnte, betrachtete sie mit der resignierten Ungeduld eines Mannes, der durch ein unvernünftiges Balg in seinen Geschäften gestört wurde.

»Wir werden nirgendwo hingehen«, lachte Oliver; er schien leicht amüsiert, ganz so, als müsse er ein Kind beruhigen, das sich vor der Dunkelheit fürchtet. »Wir werden auch nichts tun. Es ist nicht mehr gefährlich. Kleine Erdstöße kommen hier immer wieder vor. Du wirst dich daran gewöhnen.«

Garnet sah von Oliver zu Charles und wieder zurück auf Oliver. Sie war noch zu bestürzt, um etwas sagen zu können. Oliver fuhr fort: »Es geschieht nur sehr selten, daß solch ein Erdstoß ernsthaften Schaden anrichtet.«

»Ja, um Himmels willen, Garnet«, sagte Charles offensichtlich gereizt, »es ist Ihnen ja nichts geschehen.«

Oliver hielt Garnet noch mit dem Arm umschlungen. »Laß sie doch, Charles«, sagte er, »du warst auch erschrocken, als du dein erstes Erdbeben hier erlebtest. – Hier, Garnet, das wird deine Nerven beruhigen.«

Er ergriff eine Weinflasche, die zwar umgefallen, aber gut verstöpselt gewesen war, und füllte einen Becher.

Garnet nahm den Becher und holte erst einmal tief Luft. Sie hatte das Gefühl, in Tränen ausbrechen zu müssen, aber sie erinnerte sich verzweifelt daran, daß sie das nicht durfte; sie durfte vor Charles keine Schwäche zeigen.

»Es tut mir leid, daß ich eine kleine Aufregung verursachte«, sagte sie ruhig, »aber ich habe noch nie ein Erdbeben erlebt, und ich war erschrocken, als es mich plötzlich zu Boden warf. Das nächste Mal werde ich mich besser benehmen.«

»Natürlich wirst du das«, sagte Oliver, »du fühlst dich nun wieder wohl?«

»Ja«, versetzte Garnet, »ich fühle mich wieder wohl.« Sie war im Begriff, sich wieder hinzusetzen, als ihr Blick auf die Papiere fiel, die noch immer verstreut auf dem Fußboden lagen. »Prüft nur weiter eure Aufstellungen«, sagte sie, »ich werde das derweil aufheben und wieder auf den Tisch legen.«

»Sehr schön«, sagte Oliver. Er machte noch ein paar beruhigende Phrasen und ging dann zusammen mit Charles wieder an seine Beschäftigung.

Schon nach wenigen Minuten waren sie wieder in ihr Gespräch vertieft, als ob gar nichts geschehen wäre. Die Pferde draußen lärmten immer noch, daneben vernahm Garnet die Stimme der Männer, die sie zu beruhigen suchten. Sie dachte erbittert: Die Diener verwenden wahrhaftig mehr Aufmerksamkeit auf die Pferde, als mein eigener Mann für mich übrig hat. Sie hockte sich auf den Fußboden und stellte den Becher mit Wein neben sich. Später würde sie ihn vielleicht trinken; jetzt konnte sie noch nicht. Sie hatte das Gefühl, daß ihr Magen einstweilen noch alles verweigern würde, was sie ihm zuführte.

Das also war Kalifornien. Dies war das erträumte Märchenland am Ende des langen Trecks. Kalifornien war nicht nur häßlich, es war ein Land, in dem selbst die Erde einen haßte und abzuwerfen versuchte.

Sie schwor sich in diesem Augenblick zu: Wenn ich je wieder aus diesem entsetzlichen Land herauskommen sollte, ich werde New York nie wieder verlassen. Wenn ich nur erst wieder beim Treck wäre! Ich will kein Wort gegen die Hitze, gegen den Staub und gegen den Durst sagen. Ich will überhaupt nur noch eins: Ich will aus Kalifornien heraus!

Charles und Oliver hatten die Köpfe über das Hauptbuch gebeugt und sprachen miteinander, als wären sie allein und als käme dem eben Geschehenen nicht die geringste Bedeutung zu. Garnet begann die umhergestreuten Papiere aufzusammeln. Die Tätigkeit verschaffte ihr wenigstens die Möglichkeit, ihre zitternden Hände zu beschäftigen. Sie erlaubte ihr, das Gesicht dem Fußboden zuzuwenden, so daß die Männer die Wut und den Ärger darin nicht zu sehen vermochten.

Unter den Papieren waren lange Listen und Verzeichnisse von Waren und Preisen; das meiste war spanisch geschrieben. Garnet langte nach ein paar Papierblättern, die etwas weiter weg lagen. Sie nahm sie auf, hielt sie und atmete tief, um ihre aufgeregten Nerven zu beruhigen.

Es waren zwei Blätter, die sie in der Hand hielt. Sie waren mit englischen Sätzen bedeckt. Garnet hatte nicht die Absicht, das Geschriebene zu lesen; aber wie sie so auf die Zeilen blickte, formten sich die Buchstaben und Wörter automatisch zu Sätzen, die sie mehr oder weniger unbewußt aufnahm.

Über diesem unbewußten Lesen begann sich plötzlich ihr Rückgrat zu steifen, und ihre Hände wurden feucht. Die Muskeln ihres Körpers schienen sich zu verkrampfen.

Nun wußte sie also, was sie vor ihr zu verbergen trachteten. Nun wußte sie, warum John Ives geleugnet hatte, Oliver in Santa Fé einen Brief gebracht zu haben. Wußte, warum John so erschrocken, ja entsetzt gewesen war, als er hörte, daß Oliver verheiratet sei. Und warum er noch entsetzter war, als ihm bekannt wurde, daß Oliver sie mit nach Kalifornien zu nehmen gedächte. Sie wußte nun, warum Charles sie mit solch kaltem Haß und solch unverhohlenem Abscheu betrachtete und warum Oliver in Charles' Gegenwart einen so schuldbewußten Eindruck machte. Sie wußte, warum Johns grüne Augen so viel Mitgefühl ausgestrahlt hatten, als er ihr adieu sagte.

Fünfundzwanzigstes Kapitel

Die Schrift – Teil eines längeren Briefes offenbar – begann in der Mitte eines Satzes und endete in der Mitte eines anderen. Garnet las:

». . . bisher aussah, aber nun habe ich doch gute Nachrichten für Dich. Du verdienst es nicht, Oliver, dessen sei sicher. Du hast in Frauenangelegenheiten noch niemals Verstand aufgebracht, und ich wage zu behaupten, Du wirst das auch zukünftig nicht tun; aber diesmal hat es sich nun so gefügt, daß uns Deine Weibergeschichten und Dein Herumgeludere zu dem größten Glück verhalfen, das wir jemals hatten. Nicht einmal ich hätte gewagt, für Dich eine Heirat mit einer Erbin wie Carmelita Velasco zu planen.

Aber nun ist es so, daß Don Rafael keinen sehnlicheren Wunsch hat, als Dich sobald als möglich mit seiner Tochter verheiratet zu sehen. Es ist alles arrangiert. Don Rafael war heute hier. Carmelita hat im Januar einen Knaben geboren. Sie ist bei guter Gesundheit, und ihre Verwandten oben im Norden zweifeln natürlich nicht daran, daß Ihr schon miteinander verheiratet seid. Sie sind der Meinung, die Trauung sei vor Deiner Abreise in Don Rafaels Hauskapelle vollzogen worden.

Don Rafael und ich haben alles sehr sorgsam geplant und vorbereitet. Ich reite Dir bis zu Don Antonios Ranch entgegen und treffe dort mit Dir zusammen. Wir reiten dann sofort gemeinsam nach Norden, und Carmelita und Du werdet in aller Stille und Heimlichkeit in der Kapelle ihrer Tante getraut.

Don Rafael ist wieder ausgezeichneter Laune. Er hat sich immer einen Enkel gewünscht. Der Junge wird einmal seine Besitzungen und sein ganzes riesiges Vermögen erben. Und das dürfte uns zu den größten Landbesitzern Kaliforniens machen.

Sofern Dich der erste Teil dieses Briefes beunruhigt haben sollte, kannst Du nun also beruhigt sein. Der einzige Mensch, der außer uns die Zusammenhänge kennt, ist John Ives, und John wird niemals und zu keinem Menschen darüber sprechen. Du weißt, ich mag ihn nicht, aber insoweit können wir völlig sicher sein. Und außerdem . . .«

Hier brach der zweite Bogen ab. Garnet saß steif aufgerichtet am Boden und starrte auf die Schrift.

Für eine Weile herrschte in ihrem Kopf ein ähnliches Durcheinander wie zwischen den Papieren auf dem Fußboden. Sie vernahm die Stimmen der Männer, und sie hörte den Lärm der Pferde vor dem Haus, aber sie hörte das alles nur halb. Dann, ganz allmählich, begann sich der Knoten in ihrem Hirn zu entwirren. Sie saß still und unbeweglich, zu betäubt noch, um sich rühren zu können. Aber sie wußte nun, was geschehen war.

Dies war ein Teil des Briefes, den John Oliver nach Santa Fé gebracht hatte. Es war der Brief, von dem John gesagt hatte, er hätte ihn nicht, nachdem ihm bekannt geworden, daß sie Olivers Frau war. John hatte alles gewußt. Er hatte gewußt, daß Oliver im vergangenen Jahr vor seinem Aufbruch nach Osten ein Liebesverhältnis mit der Tochter eines großen Rancheros hatte. Er hatte Oliver die Nachricht gebracht, daß das Mädchen ein Kind bekommen und daß ihr Vater seinen Freunden mitgeteilt habe, Oliver und das Mädchen seien bereits verheiratet.

Das war es also, was Oliver ihr nicht erzählen wollte. Oliver hatte sie ohne jede Warnung in diese Verwirrung hineinstürzen lassen. Denn das war eine heillose, eine sehr ernste Verwirrung. Garnet erinnerte sich an den Ausdruck der Betroffenheit auf Johns gewöhnlich kühl verschlossenem Gesicht, als er vernahm, Oliver wolle sie mit nach Kalifornien nehmen. O nein, John hätte ihr das nie erzählt. John liebte es nicht, sich um die Angelegenheiten anderer Menschen zu kümmern.

Garnet fühlte, wie die Wut in ihr hochkam. Sie brannte ihr wie eine glühende Kohle im Hals. Sie wandte mühsam den Kopf, um nach Charles und Oliver zu sehen. Sie saßen Seite an Seite auf der Wandbank. Charles erzählte Oliver Einzelheiten über die Arbeit auf der Ranch und ihre Ergebnisse. Charles hatte Olivers Anteil an dem kalifornischen Besitz immer als sein Eigentum betrachtet. Und wenn Oliver nun Carmelita Velasco geheiratet und dadurch ein neues ungeheures Vermögen erworben hätte – Charles hätte auch diesen Vermögenszuwachs als sein persönliches Eigentum betrachtet. Und Oliver hätte es geschehen lassen. Oliver hatte Charles offenbar immer für alles sorgen lassen. Kein Wunder, daß Charles vor Wut fast geplatzt war, als er hörte, Oliver habe inzwischen eine amerikanische Frau geheiratet. Ein ganzes Jahr lang hatte er den Besitz der Velascos schon als sein Eigentum betrachtet. Als sie dann neben Oliver auftauchte, war sie ihm erschienen wie jemand, der ihm einen großen Teil seines Besitzes geraubt hatte.

Und Oliver? Garnet ballte die Fäuste. Die glühende Kohle in ihrem Hals explodierte, und die Wut durchdrang sie bis in die Zehen und in die Fingerspitzen. Warum war Oliver nicht ehrlich gewesen? Sie war sich immer klar darüber gewesen, daß er Mädchengeschichten gehabt hatte, aber sie hatte geglaubt, alle diese Geschichten seien erledigt und vergessen gewesen, als sie sich kennenlernten. Sie hatte an Beziehungen gedacht, wie sie die Männer in Santa Fé hatten, an unwichtige Gelegenheitsliebschaften. Dies hier war etwas anderes. Carmelita Velasco war die guterzogene und behütete Tochter einer alten Aristokratenfamilie.

Durch das Stampfen und Wiehern der Pferde draußen und durch die Stimmen der beiden Männer im Zimmer vernahm Garnet ihre eigene Stimme, wie sie einst zu Florinda gesprochen hatte:

»In diesen Dingen weiß ich ziemlich gut Bescheid, liebe Florinda. Ich weiß, wie die Leute über ein Mädchen sprechen, das – nun, sagen wir: Unglück hatte. Man bemitleidet sie, aber man spricht selbstverständlich kein Wort mehr mit ihr. Sie ist für die Gesellschaft erledigt.«

Ihre Stirn furchte sich, und ihre Augen verkniffen sich, als versuche sie, in zu grelles Licht zu sehen. Wie ernst sie das damals gemeint und wie ernst es geklungen hatte! Jetzt klang es töricht und dumm. Vielleicht sollte sie ein sentimentales Gefühl für die arme Carmelita aufbringen. Aber sie brachte es nicht auf. Sie dachte nur: Carmelita hätte mehr Verstand aufbringen sollen. Und auch Oliver – oh, Oliver! – hätte mehr Verstand an den Tag legen sollen. Sie hatte gar kein Mitleid. Sie kam sich nur erbärmlich und jämmerlich vor und schon halb verrückt.

Plötzlich sprang sie auf die Füße, die zwei Briefblätter in der Hand.

»Oliver!« sagte sie rauh.

»Eine Minute noch, Darling«, versetzte Oliver, ohne auch nur die Augen zu heben. Und fuhr in seinem Gespräch fort: »Wie ist das nun, Charles: Sind das die Zahlen für die diesjährige Verschiffung, oder . . .«

»Oliver!« rief Garnet, einen Grad lauter und härter.

Charles sah ungeduldig auf: »Wir sind beim Rechnen, Garnet.«

»Ich rede nicht mit Ihnen«, sagte Garnet mit überschlagender Stimme.

Garnets Manieren waren in der Regel so tadellos, daß beide Männer jetzt erstaunt aufblickten. Oliver gab Charles das Kontobuch und stand auf. »Was ist denn, Garnet?« fragte er. »Hast du immer noch Angst wegen des Erdbebens?«

»Ich habe keine Angst«, sagte Garnet. »Aber ich bin so verdammt wütend, daß ich dich umbringen könnte!« Es war das erste Mal, daß Oliver sie das Wort »verdammt« aussprechen hörte. Es war ihr herausgeschlüpft, bevor sie es noch wußte; nun, da es gesagt war, gab es ihr sonderbarerweise ein Gefühl der Befreiung. Sie hielt die Briefblätter in der Hand. »Warum hast du mir in Santa Fé gesagt, John hätte dir keinen Brief gebracht?« keuchte sie.

Oliver riß ihr die Papiere aus der Hand und starrte darauf. »Mein Gott!« sagte er mit leiser Stimme. »Wo hast du das her?«

Sie wies mit einer kurzen Bewegung auf das noch am Boden verstreute Papier. Charles, der sich ebenfalls erhoben hatte, warf einen flüchtigen Blick auf den Brief und zuckte die Achseln, als er seine eigene Handschrift erkannte. »Ich dachte, du hättest das verbrannt?« sagte er, zu Oliver gewandt.

»Ich dachte, ich hätte es«, sagte Oliver. »Ich weiß nicht, wie die beiden Blätter herausfallen konnten.« Er knüllte das Papier zu einem Ball zusammen und warf es nach dem Kamin. Der Ball verfehlte sein Ziel und fiel auf den Fußboden.

»Ich habe dir immer gesagt, du könntest das nicht vor ihr verborgen halten«, bemerkte Charles.

Oliver trat einen Schritt vorwärts und legte Garnet eine Hand auf die Schulter. »Garnet«, sagte er, »Liebe. Glaube mir: Das da hat nichts mit dir und mir zu tun. Nicht das geringste.«

Garnet fühlte sich plötzlich müde. Ihr Kopf begann rasend zu schmerzen. Sie zog ihre Schulter unter seiner Hand weg. »Bitte«, sagte sie, »laß mich eine Weile allein.« Sie drehte sich um und legte die Hand auf die Klinke der Schlafzimmertür. Sie hörte Charles hinter sich sagen: »Oliver beabsichtigte nichts Böses, Garnet.« Und als sie schon die Tür aufstieß, setzte er trocken hinzu: »Das tat er übrigens noch nie.«

Garnet wandte sich um. »Ich nehme an, auch Sie beabsichtigten nichts Böses«, sagte sie. »Alles, woran Sie dachten, war: Dies sei eine gute Gelegenheit für Oliver, ein Vermögen zu erwerben. Ich denke, ihr seid Betrüger und Feiglinge! Alle beide!«

Sie betrat das Schlafzimmer, schloß die Tür hinter sich und setzte sich auf den Bettrand. Aufstöhnend stützte sie den Kopf in die Hand. Das Zimmer war dunkel. Auf dem Tisch stand eine Kerze, aber sie hatte nichts, um sie anzünden zu können. Die Dunkelheit schien das Zimmer noch kälter zu machen; jedenfalls wirkte es noch wesentlich kälter als das Wohnzimmer. Garnet versuchte zu denken, aber sie war zu verwirrt und zu wütend. Ihre Nerven zitterten, wie vorhin die Erde Kaliforniens gezittert hatte. Ihre Gedanken gingen kreuz und quer durcheinander; sie hatte keine Kontrolle darüber. Vielleicht liebte Oliver dieses Mädchen Carmelita!

Wenn ich es recht bedenke, habe ich ihn praktisch selbst gefragt, ob er mich heiraten will, dachte sie. Vielleicht tut es ihm jetzt schon leid, daß er mich geheiratet hat.

War das möglich? Ja, es konnte so sein. Vielleicht bereute Oliver längst den impulsiven Entschluß, den er in New York gefaßt hatte. Nach diesem Brief zu urteilen, mußte Carmelita Velasco über ein enormes Vermögen verfügen. Wenn sie so reich war und wenn er sie liebte, vielleicht wünschte er dann, frei zu sein, um sie heiraten zu können. Vielleicht würde er sich gern scheiden lassen.

Garnet starrte vor sich hin in das Dunkel. Sie hatte noch nie jemand gesehen, der geschieden war. Sie wußte nur, daß Scheidungen schamlose und skandalöse Angelegenheiten waren. Anständige Menschen sprachen von solchen Dingen mit verächtlichen Untertönen, wenn sie nicht überhaupt vermieden, davon zu reden. Aber, dachte sie weiter: Es ist immer noch besser, geschieden zu sein, als das ganze Leben mit einem Mann zu verbringen, der einen nicht haben will.

Aber vielleicht ging das gar nicht. Die Kalifornier waren Katholiken. Garnet wußte, daß geschiedene Eheleute von katholischen Priestern nicht getraut wurden. Aber Oliver und sie waren in New York durch einen presbyterianischen Geistlichen getraut worden. Vielleicht nahm man es hier bei protestantischen Ehen nicht so genau. Sie wußte es nicht. Es kam ihr vor, als wüßte sie überhaupt nichts. Ihr Kopf schmerzte, sie hatte mit einem heftigen Ekelgefühl zu kämpfen, und ihre Gedanken liefen vollkommen durcheinander. Nichts war deutlich, nur das eine: daß sie in einem fremden Lande war, acht Reisemonate von zu Hause entfernt, und daß hier weit und breit keine Menschenseele war, die ihr hätte sagen können, was sie tun sollte.

Sie hörte, daß sich die Tür öffnete, und fuhr zusammen, als Oliver eintrat. Er trug eine brennende Kerze in der Hand. Die Schatten tanzten an den Zimmerwänden, als er die Kerze auf den Tisch stellte und die Tür hinter sich schloß.

»Garnet«, sagte er, »ich möchte mit dir sprechen. Es ist da nun sehr viel, das erklärt werden muß.«

Wahrhaftig, das war es; aber Garnet wollte vor allem anderen erst einmal eine bestimmte Antwort haben. Sie fragte unvermittelt:

»Liebst du sie?«

»Liebst du sie!« wiederholte Oliver. Er schwieg und starrte Garnet wie in sprachlosem Erstaunen an. Die Schatten tanzten und spielten an der Wand; er tat einen Schritt auf sie zu. »Du bist die einzige Frau, die ich in meinem ganzen Leben geliebt habe«, sagte er. »Wie oft muß ich dir das noch sagen?«

Garnet schüttelte den Kopf. »Aber Carmelita«, sagte sie. »Hast du sie nicht geliebt?«

Oliver ergriff ihre beiden Hände und hielt sie fest. Seine warmen Finger schlossen sich um ihre eiskalten. »Garnet«, sagte er, »Gott ist mein Zeuge: Ich habe dieses Mädchen nie im Leben gesehen bis zwei Wochen, bevor ich im vergangenen Jahr Kalifornien verließ. Und ich habe nie mehr an sie gedacht. Die ganze Affäre bedeutete für mich nicht mehr als ein Glas Wein.«

Garnet überkam ein Gefühl der Erleichterung. Immerhin war es gut, zu wissen, daß er sie immer noch liebte. Sie fragte: »Du wußtest nicht, daß sie ein Kind erwartete?«

»Guter Gott, nein!« rief Oliver. »Es ist, wie ich es dir sagte: Ich hatte vergessen, daß sie überhaupt existiert.«

»Wann hast du wieder an sie gedacht?«

»Als John mir in Santa Fé den Brief gab.«

Garnet befreite ihre Hände aus seinem Griff und erhob sich. Nach der Wandbank hinübergehend, sagte sie: »Warum hast du mir nichts davon gesagt? Warum erzähltest du mir, John habe dir keinen Brief gebracht?«

»Weil ich nicht wollte, daß du dich dieser Sache wegen sorgst«, antwortete Oliver. »Ich hoffte, du würdest nie etwas davon erfahren. Warum sollte ich es dir sagen?«

»Und was gedenkst du nun zu tun?«

»Als ich hierherkam, beabsichtigte ich, Charles zu sagen, ich sei zu jeder materiellen Entschädigung bereit, aber ich könnte diese närrische kleine Gans nicht heiraten. Schon deshalb nicht, weil ich – Gott sei Dank – bereits verheiratet sei. Ihr Vater solle sich nach einem anderen Mann für sie umsehen. Sie ist reich genug, um sich jeden beliebigen Mann zwischen Los Angeles und Mexico City zu angeln. Ich erwartete selbstverständlich, daß Charles böse sein würde, aber ich rechnete nicht damit, daß er in so schwarze Wut geraten würde, wie er es dann tat.«

»Und . . .«, tastete Garnet, »und nun?«

»Ich sagte mir, ich würde mit dir nach den Staaten zurückreisen und du würdest von der ganzen Geschichte nie das geringste erfahren. Garnet, begreifst du das nicht? Ich wollte nicht, daß du dir irgendwelche Sorgen machst.«

Garnet setzte sich auf die Wandbank. Ihr Kopf dröhnte noch immer. Oliver hatte nicht gewollt, daß sie sich Sorgen mache. Oliver schien der kindlichen Meinung zu huldigen, daß eine Sache in Ordnung sei, solange sie äußerlich in Ordnung schien.

»Ich bin überrascht«, sagte sie mit einem Anflug von Bitterkeit, »daß du nach alledem überhaupt noch mit mir hierherfuhrst. Wir hätten von Santa Fé aus nach New York zurückkehren können. Du weißt ja, wie vertrauensvoll und einfältig ich war. Du hättest dir jede Geschichte ausdenken können, um mir begreiflich zu machen, warum wir nicht nach Kalifornien zu ziehen brauchten – ich hätte dir alles geglaubt. Warum bist du mit mir hierhergegangen?«

»Ich will dir diese Frage ganz offen beantworten«, versetzte Oliver ruhig, »ich konnte mir das leider nicht leisten. Alles, was ich besaß, befand sich hier. Der einzige Weg, es zu bekommen, war der, es zu holen. Außerdem: Es erschien mir Charles gegenüber nicht fair, umzukehren, ohne mit ihm zu sprechen.«

Garnet lächelte böse; die Kerze flackerte. Sie sagte: »Diese Antwort scheint wenigstens ehrlich. O Oliver, belüge mich nicht wieder.«

Oliver schlug mit der Hand auf den Tisch; die vom Kerzenschein geworfenen Schatten tanzten an den Wänden. Er sagte: »Vielleicht hätte ich es dir beichten sollen. Aber – versuche es wenigstens zu begreifen – es lag mir alles daran, deine gute Meinung über mich zu erhalten.« Er kam zur Wandbank herüber und blieb einen Augenblick vor ihr stehen, ernsten Blickes auf sie herabsehend. Dann ließ er sich langsam auf die Knie fallen und schlang beide Arme um ihre Taille. »Garnet«, sagte er leise, »das schönste Recht, das ich mir jemals errang, ist das Recht, dich lieben zu dürfen. Du sahst zu mir auf. Du hieltest mich für tausendmal besser, als ich jemals war. Du vertrautest mir und glaubtest an mich. Ich hatte das nie zuvor erlebt. Du wirst nie erfassen können, wie sehr ich dich dafür liebte. Nun bitte ich dich in Gottes Namen: Laß mir das. Laß mir deine Liebe.«

Garnet preßte beide Hände gegen die Schläfen; sie hatte das Gefühl, der Schädel müsse ihr jeden Augenblick zerspringen, wenn sie ihn nicht zusammenhalte. Der Schmerz war wie ein unentwegt zuschlagender Hammer. Sie sah Olivers flehend zu ihr erhobenes Gesicht, und plötzlich tat er ihr leid; sie fühlte, daß er jetzt die Wahrheit gesagt hatte. Ja, sie hatte zu ihm aufgesehen. Im Geist hatte sie ihn mit den kühnen und starken Eroberern fremder Kontinente verglichen. Durch das schmerzhafte Klopfen hinter ihren Schläfen hörte sie die Worte ihres Vaters, die er damals in New York gesprochen hatte: »Ich frage mich, ob du Oliver liebst oder – Kalifornien. Würdest du ihn auch heiraten wollen, wenn er dich nur bis zur nächsten Haustür brächte?«

Damals war ihr gar nicht bewußt geworden, was ihr Vater sie gefragt hatte. Jetzt plötzlich wußte sie es.

Sie erinnerte sich an alles, was sie gemeinsam erlebt hatten. Wie bereitwillig war Oliver in New Orleans und in Santa Fé gewesen, ihr alles zu zeigen, sie überallhin mitzunehmen, gleichgültig, ob es schicklich war oder nicht. Sie dachte daran, wie sehr er ihrem Vater gefallen hatte, dem sein Scharfsinn bei geschäftlichen Dingen imponierte; welchen Eindruck er seiner guten Manieren wegen auf ihre Mutter gemacht hatte. Und schließlich vor allem: Wie hatte sie selbst ihn geliebt vom ersten Augenblick an! Wie hatte sein frisches, zupackendes Wesen, das alle Schicklichkeitssorgen hinweglachte, ihr Freude gemacht. Und alle Männer des großen Trecks, die Händler und die Treiber, wie hatten sie ihn geschätzt und geachtet. Vom ersten Augenblick an, da er unter sie trat, war er einer der Ihren. Dies alles hatte sie gesehen, aber erst jetzt, in dieser Minute, da sie das gemeinsam Erlebte rückschauend betrachtete, entschleierte sich ihr das Geheimnis seiner Siege über Menschenherzen: Kein Mann konnte die Macht haben, so viele gänzlich verschiedengeartete Menschen zu bezaubern, wenn er selbst über einen geschlossenen Charakter verfügte. Sie begann zu begreifen, daß Oliver bei all seinem Geist und seiner physischen Kraft doch immer nur das Echo anderer Leute war. Er gehört zu den Menschen, die jedem zustimmten, mit dem sie gerade zusammen waren. Sie selbst, Charles, John oder wer immer Oliver die Unannehmlichkeit ersparte, selber daran denken zu müssen, würde seinen Beifall haben.

Aber er liebte sie, und deshalb bat er sie, gut von ihm zu denken.

Seine eigene Meinung über sich würde so nur das Echo ihrer Meinung sein. Wenn sie ihn nicht mehr achtete und ihn ihre Mißachtung wissen ließ, würde er sich hinfort selbst nicht mehr achten können. Garnet, dies alles bedenkend, fühlte heimliche Fluchtgedanken in sich wachsen.

Warum haben mich meine Eltern gewähren lassen? dachte sie. Ich war doch noch minderjährig. Sie hätten mir doch ihre Zustimmung einfach verweigern können.

Kaum war dies gedacht, da meldete sich schon eine kleine Stimme in ihrem Gewissen, und die Stimme höhnte: Du hast recht, Garnet. Tadle deinen Vater und deine Mutter. Tadle den Zar von Rußland und den König von Spanien. Tadle jeden Menschen, den du kennst oder nicht kennst, außer dir selbst. Du wolltest doch deinen eigenen Weg gehen, nicht wahr? Nun, das hast du getan. Du hast bekommen, was du wolltest, und fängst am besten gleich an, dich damit abzufinden.

Sie sah auf ihn hinunter und fuhr ihm mit den Fingern durch die lichtbraunen Locken. »Ich liebe dich sehr, Oliver«, sagte sie. »Du hast mir schreckliches Leid zugefügt, aber ich werde nie von dir lassen, solange ich lebe.«

Olivers Arme schlossen sich um ihren Leib, er ließ seinen Kopf in ihren Schoß sinken. »Gott segne dich, Garnet«, flüsterte er, »ich danke dir.«

Sie streichelte sein Haar und fühlte die Kraft der Arme, die sie umschlangen. – Wie sonderbar das doch ist! dachte sie. Ein so kraftvoller Mann, und doch ist er wie ein Kind.

»Sprich nun«, sagte sie leise, »erzähle mir alles.«

»Ja«, sagte Oliver, »ich will dir alles sagen.«

Er setzte sich vor sie auf den Fußboden und hielt ihre Hand, während er sprach.

Nach seiner Erzählung war Don Rafael Velasco ein Mann von altem, großem Namen und noch größerem Reichtum. Er war schon in den Siebzigern, und Carmelita war sein einziges Kind. Seine erste Frau war schon bald nach der Hochzeit durch einen Unfall verkrüppelt worden; sie hatte ihm keine Kinder geschenkt. Sie hatte noch zwanzig Jahre an seiner Seite gelebt und war dann gestorben. Auch die zweite Frau war jung gestorben, aber sie hatte ihm eine Tochter hinterlassen: Carmelita.

Don Rafael war so entzückt, doch noch zu einem Kinde gekommen zu sein, daß er das Mädchen über die Maßen verhätschelte.

Statt einer guterzogenen jungen Dame wuchs auf diese Weise ein verzogenes Geschöpf heran, das unter allen Umständen seinen eigenen Willen durchzusetzen pflegte. Carmelita hatte wie alle jungen Damen großer kalifornischer Häuser eine Dueña, eine ältere Tante, die ständig hinter ihr her lief wie eine Henne hinter den Küken, aber zu dumm und auch zu faul war, um immer zur Stelle zu sein, wenn es nötig gewesen wäre. Hübsch und verwöhnt, fühlte sich Carmelita in dem großen Haus, in dem sie absolut nichts zu tun hatte, ständig gelangweilt.

Oliver hatte im vergangenen Jahr für seinen großen Osttreck einige Maulesel von Don Rafael gekauft. Kurz bevor die Karawane in Los Angeles eintraf, war er zu der im Norden gelegenen Ranch hinaufgezogen, um die Tiere abzuholen.

»Ich kann dir nicht sagen, wie es im einzelnen dazu kam«, berichtete er. »Wahrscheinlich genügte es, daß ich ein Yankee war; die kalifornischen Mädchen finden Yankees im allgemeinen außerordentlich aufregend. Vielleicht nur, weil wir uns von den eingesessenen Männern unterscheiden. Carmelita gedachte wahrscheinlich ein aufregendes Abenteuer zu erleben. Jedenfalls überlistete sie eines Tages ihre Dueña und schlüpfte heimlich in den Hof hinaus, um unter dem zunehmenden Mond mit mir zusammenzutreffen. Nun, so kam es denn. Ich habe, nachdem ich die Ranch mit meinen Mauleseln verlassen hatte, nicht ein einziges Mal mehr an diese Stunde und an das Mädchen gedacht. Lieber Gott! Ich war ein Einfaltspinsel. Ich hätte wissen sollen, daß man mit der Tochter eines kalifornischen Rancheros so schnell nicht fertig wird. Ich habe nicht daran gedacht. Ich habe sie vergessen. Und als Don Rafael eines Tages in rasender Wut hierherkam und Charles sagte, daß Carmelita ein Kind von mir erwarte, war ich tausend Meilen weit weg.«

»Und das ist alles?« sagte Garnet.

»Das, liebste Garnet, ist absolut alles. Nur, Charles glaubte, diese Gelegenheit nicht verpassen zu dürfen. Er meinte wahrscheinlich, ein Stück vom Himmel sei geradewegs auf ihn und mich herabgefallen. Da Carmelita weder Brüder noch Schwestern hat, ist sie eine der reichsten Erbinnen in ganz Kalifornien. Charles zögerte deshalb nicht lange, sondern erklärte Don Rafael, daß ich von vornherein entschlossen gewesen sei, sie zu heiraten. Selbstverständlich hatte ich kein Wort in dieser Richtung gesagt. Charles sagte ihm, es sei natürlich unbesonnen von mir gewesen, die Brautnacht gewissermaßen vorauszunehmen, aber das könne schließlich wieder in Ordnung gebracht werden. Don Rafael könne es bei seinem weitreichenden Einfluß nicht schwer werden, einen Priester zu veranlassen, uns heimlich zu trauen und nichts darüber verlauten zu lassen, daß die Feier ein wenig verspätet stattfinde. Don Rafael war froh, die Sache auf diese Weise geregelt zu sehen, und brachte Carmelita nach dem Norden hinauf zu seiner Tante. – Von alledem wußte ich nichts, bis John mir in Santa Fé Charles' Brief überreichte.«

»Wie kam es, daß John den Inhalt des Briefes kannte?« fragte Garnet.

»Charles selbst sagte ihm, was darin stände. John sollte den anderen Händlern sagen, daß ich mit Carmelita verheiratet sei; sie sollten sich mit dem Gedanken vertraut machen, bevor sie mit mir in Santa Fé zusammentrafen. John weigerte sich sofort, und das hätte sich Charles vorher sagen können. John meinte, er sei bereit, einen Brief für mich mitzunehmen, aber er dächte gar nicht daran, meine Angelegenheiten hinter meinem Rücken mit irgendeinem Menschen zu diskutieren.«

»Und was sagte John dir, als er dir diesen Brief gab?« fragte Garnet.

»Nichts. Er habe mir einen Brief von Charles zu übergeben. – Als ich den Brief gelesen hatte, war ich vollkommen betäubt vor Staunen und Bestürzung. Das erste, woran ich dachte – das einzige überhaupt –, warst du. Bitte, glaube mir das. Ich sagte John, er solle über die ganze Angelegenheit schweigen. Er antwortete, das sei selbstverständlich, er pflege nicht über anderer Leute Angelegenheiten zu reden. Tatsächlich hat er auch mir gegenüber den Gegenstand nie wieder mit einem Worte berührt.« Er sah zu ihr auf. »Garnet«, sagte er, »wenn du mir diese Sache vergibst, dann schwöre ich dir vor Gott dem Allmächtigen, daß du meinetwegen nie wieder eine Minute der Unruhe oder der Sorge haben sollst.«

Garnet atmete schwer. Ihr Kopf dröhnte immer noch vor Schmerz; sie hatte ihre ganze Kraft nötig, um nur zu verstehen, was er sagte. Oliver wollte, sie solle das alles vergessen. Nun, selbst wenn sie das fertigbrächte – Carmelita würde gewiß nicht vergessen und ihr von der Schande seiner Tochter gebrochener Vater sicherlich noch weniger. Diese Carmelita hatte es sich wahrscheinlich in den Kopf gesetzt, Oliver zum Mann zu bekommen. Sie hatte die Sache möglicherweise sehr bewußt geschehen lassen, und beinahe hätte sie ihr Ziel, einen aufregenden jungen Yankee zu heiraten, erreicht. Wie das auch sein mochte, das Unglück war jedenfalls geschehen, und niemand konnte es ungeschehen machen. Sie selbst war so müde und innerlich zerschlagen, daß jedes Glied ihres Körpers schmerzte. In ihrer inneren Verzweiflung tastete sie nach der einzigen Zuflucht, die sie kannte. Sie sagte:

»Wir werden wieder nach Hause gehen.«

»Ja«, sagte Oliver matt. Seine Lippen verzogen sich zu einem kleinen schiefen Lächeln. Er setzte hinzu: »Charles hat mich gebeten, zu bleiben.«

Garnet schrie auf vor Entsetzen: »Was? Hierbleiben? Wie lange?«

»Für immer. Charles mag mich sehr gern, wie du weißt. Ich bin alles, was er hat.«

»Ich bleibe nicht hier«, sagte Garnet. »Diesen Winter müssen wir hierbleiben: Länger auf keinen Fall.«

»Gewiß, Liebe. Ich habe das Charles auch gesagt.«

Nach einer kleinen Pause flüsterte Garnet:

»So, das ist es also, worüber ihr die ganze Zeit miteinander spracht. Er will, daß du hierbleibst, und ich will, daß du mich wieder nach Hause bringst. Auf diese Weise wirst du nach zwei Seiten auseinandergerissen.«

»Ich gebe zu, daß es mir so vorkam«, sagte Oliver.

Garnet lachte kurz auf. »Kein Wunder, daß Charles mich haßt! Aber ich sollte meinen, er müßte nach all diesem Wirrwarr froh sein, mich loszuwerden. Er müßte froh sein, uns alle beide loszuwerden.«

Oliver stand auf, ging zum Fenster und stieß den Laden auf. Garnet begann zu zittern, als der eindringende Luftstrom sie traf. Oliver schloß das Fenster wieder und antwortete:

»Charles meint, es gäbe keinen Beweis dafür, daß ich mit Carmelitas Kind etwas zu schaffen hätte. Carmelita erklärte zwar, ich sei der Vater, aber das tat sie zu einer Zeit, als ich meilenweit weg war und keine Möglichkeit hatte, mich zu verteidigen. Charles meint, wenn ich die Vaterschaft bestritte, könne niemand sie mir beweisen. Und in New York wäre ich bestenfalls ein mittelmäßiger Geschäftsmann, hier aber könne ich nahezu ein König sein. Er sagt, daß Kalifornien ohnehin in kürzester Zeit von den Vereinigten Staaten übernommen würde.«

»Woher will er das wissen?« fragte Garnet kurz.

Oliver lachte, als wäre er froh, einen anderen Gesprächsgegenstand gefunden zu haben. Er sagte: »Die Republik Texas möchte sich der Union anschließen. Das würde zweifellos zu einem Krieg zwischen den Staaten und Mexiko führen. Und in diesem Krieg würden die USA vermutlich außer Texas auch noch Kalifornien gewinnen.«

»Dummes Zeug!« sagte Garnet. Sie stand auf und ging zu ihm hinüber. »Es interessiert mich nicht, wem Kalifornien gehört«, fuhr sie fort. »Und dich interessiert es ebensowenig. Es ist nur so: Charles gehört zu den Leuten, die eher sterben als zugeben würden, daß sie nicht alles fertigbringen, was sie sich in den Kopf gesetzt haben. Sie meinen, alle Menschen müßten nach ihrer Pfeife tanzen. Du wirst mich jedenfalls nach Hause bringen.«

»Ja, Garnet«, sagte Oliver, »ich werde dich nach Hause bringen.« Aber er seufzte dabei, als sei er es müde, ständig zwischen Garnet und Charles hin und her gerissen zu werden. Garnet empfand sehr deutlich, wie schwach und kraftlos dieses Versprechen war. So schwach und kraftlos, daß er es sicherlich brechen würde, wenn es Charles gelang, ein starkes und überzeugendes Argument dagegen vorzubringen. Sie wußte in diesem Augenblick: Hinfort würde sie Tag für Tag eine Schlacht gegen Charles auszufechten haben, und das würde so lange währen, bis Oliver und sie sich wieder sicher beim Treck befänden. Sie sagte sehr ernst und sehr nachdrücklich:

»Denke daran, Oliver. Du hast es versprochen, und ich werde dich von diesem Versprechen nicht entbinden.«

Oliver nickte. »Ja, Garnet, ich habe es versprochen. Ich werde mit Charles nach Los Angeles reiten und werde ihm meinen Anteil an der kalifornischen Besitzung urkundlich übertragen. Dann werden wir beide nach New York zurückkehren. Vertraust du mir nicht?«

Garnet ließ ihren Kopf auf seiner Schulter ruhen. Sie war so müde, und sie fühlte sich so elend, daß es guttat, sich an ihn anlehnen zu können. Es hämmerte in ihrem Kopf: Bei jedem Schlag ihres Herzens dröhnte es in ihren Schläfen.

»Oliver«, murmelte sie, »ich muß mich hinlegen. Ich bin krank. Es war zuviel heute abend. Ich kann jetzt nicht mehr länger darüber reden.«

Er war voller Zartheit und Mitgefühl. »Liebe«, sagte er, »du hast so viel aushalten müssen – durch meine Schuld. Komm, ich will dir behilflich sein.«

Er half ihr beim Auskleiden, trug sie ins Bett und hüllte sie in die Decke. Bald danach legte er sich neben sie, nahm sie sacht in die Arme und flüsterte ihr zu, wie sehr er sie liebe. Nie im Leben, versicherte er, wolle er ihr wieder Kummer bereiten.

Dann schlief er ein. Garnet aber lag noch lange schlaflos neben ihm. Ihre Kopfschmerzen ließen allmählich nach, aber ihr Gemüt war hoffnungslos verwirrt. Sie war enttäuscht und zornig und schuldbewußt und verängstigt zugleich. Sie hatte es bis zum Überdruß satt, neue Orte, neue Menschen kennenzulernen und neue Erfahrungen zu machen. Sie sehnte sich nach Vertrauen und Wärme. Sie dachte an die starke, vitale Lebensfreude, die auf dem Treck geherrscht hatte, und sie sehnte sich danach zurück. Die nackten, dunklen Gebirgszüge im Osten erschienen ihr wie eine Gefängnismauer, hinter der sie bis zum nächsten Frühling gefangen saß. Bis zum nächsten Frühling! Es kam ihr vor, als sei er noch tausend Jahre entfernt. Endlich, spät in der Nacht, schlief sie ein.

Sie erwachte ganz plötzlich durch ein Geräusch. Bevor sie noch völlig wach war, wußte sie, daß sie dieses Geräusch kannte, daß sie es schon früher gehört hatte, aber das war endlos lange her, und es war aufregend und überraschend, es jetzt plötzlich und unvermittelt wieder zu vernehmen.

Oliver schlief noch. Garnet hob lauschend den Kopf, dann richtete sie sich ruckhaft im Bett auf und stieß einen Seufzer des Entzückens aus.

Es regnete.

Hunderte von Meilen waren sie durch Wüste und Gebirge gezogen, von Sonne und Staub gequält, nach einem Tropfen Wasser lechzend, und nun plötzlich regnete es. Garnet hatte sich schon damit abgefunden, daß es in diesem trostlosen, schmutzigbraunen Land Kalifornien so etwas wie Regen nicht gäbe.

Sie konnte das Rieseln und Plätschern draußen hören. Ein heftiger Wind strich über das Haus und zerrte an den Fensterläden. Garnet sprang auf, lief barfuß zum Fenster, stieß die Läden auf und schob die untere Scheibe hoch. Sie roch den Regen, sie atmete den berauschenden Duft von feuchter Erde und schmeckte die Feuchtigkeit auf den Lippen. Irgendwo im Haus brannte noch eine Lampe; ein schwacher Lichtschein fiel aus einem Fenster in die Nacht hinaus; jetzt konnte sie den Regen sogar sehen; er stand wie ein Vorhang aus glitzernden Schnüren in der Dunkelheit.

Garnet begann in der kalten Nachtluft zu zittern. Dennoch streckte sie die Arme zum Fenster hinaus und spürte beglückt die fallenden Tropfen auf ihren Händen. Sie konnte nichts anderes denken als: Es regnet. Es regnet in Kalifornien. Sie konnte erkennen, daß der Regen die Erde vor dem Haus schon aufgerissen und die Spalten mit Wasser gefüllt hatte. Dann vernahm sie Stimmen; Oliver hatten Sturm und Regen nicht zu wecken vermocht, aber von der Dienerschaft war wohl dieser und jener erwacht. Sie hörte die Leute vor Freude lachen und hätte am liebsten mitgelacht.

Wann die Leute wohl den letzten Regen erlebt haben mögen? dachte sie. Vielleicht im April oder Mai. Oliver hatte gesagt, daß es nach Mai fast nie mehr regnete. Jetzt war November, nein, es mußte sogar schon Anfang Dezember sein. Sie hatte in all dieser Zeit so viel zu denken gehabt, daß sie auf den Ablauf der Tage kaum geachtet hatte.

Sie trat einen Schritt vom Fenster zurück. Einen Augenblick stand sie so regungslos, in Gedanken versunken. Der Regen rauschte. Er erinnerte sie an die rinnende Zeit. Der Frühling kam näher, und mit ihm die Heimfahrt, der große Ost-Treck. Und dann, ganz plötzlich, blitzte in ihr die Erkenntnis auf, daß der Kalender für sie keine Gültigkeit mehr hatte, daß für sie ein anderer Kalender galt.

Sie zitterte vor Kälte und jähem Entsetzen. Die Ärmel ihres Nachthemdes waren durchnäßt, und ihre Brüste schmerzten, als würden sie geschlagen. Sie flüsterte mit beinahe tonloser Stimme: »Ich bekomme ein Kind!«

Die Erkenntnis war ihr so jäh wie der Regen gekommen. Wie war es nur möglich, daß sie das nicht früher bemerkt hatte? Sie war immer so gesund gewesen, unter Kopfschmerzen hatte sie nie zu leiden gehabt. In der letzten Zeit hatte sie mehrmals Anfälle von Übelkeit gehabt. Sie hatte das auf die Aufregungen und den Ärger mit Charles zurückgeführt.

Zitternd kroch sie ins Bett zurück und wickelte sich in die Decken. In der Dunkelheit vermochte sie Olivers Kopf neben sich auf dem Kissen zu erkennen. – Soll ich ihn wecken? dachte sie; soll ich es ihm sagen? Oder soll ich bis zum Morgen damit warten? Wie wird er es aufnehmen? Wird er sich freuen?

Und dann durchzuckte sie wieder jäher Schreck. Sie flüsterte tonlos vor sich hin:

»Ich kann es ihm nicht sagen.«

Die Dinge lagen einfach genug. Sie *durfte* es Oliver nicht sagen. Sie durfte es überhaupt keinem Menschen sagen. Wenn Charles herausbekäme, daß sie ein Kind erwartete, würde er unausgesetzt Nutzen aus dieser Tatsache ziehen, und Olivers Zärtlichkeit für sie würde ihm dabei noch Hilfsdienste leisten. Er würde Oliver ohne weiteres davon überzeugen, daß sie die große Reise nach Osten in diesem Zustand unmöglich durchhalten könne. Und im nächsten Jahr würde er sagen, daß ein so kleines Kind natürlich nicht mit dem Treck ziehen könne. Und so würde es dann endlos weitergehen; sie würde für ihr ganzes weiteres Leben hier auf Strand gesetzt sein. Garnet ballte die Fäuste. Sie *wollte* nach Hause! Aber dann dachte sie an die Mühseligkeiten, an die Strapazen und Entbehrungen des großen Trecks, an all das Furchtbare, das sie in kräftigem und gesundem Zustand kaum ausgehalten hatte. – Mein Gott! dachte sie, von jäher Panik geschüttelt, warum mußte mir das *gerade jetzt* geschehen?!

Ich hätte es nicht dahin kommen lassen dürfen, dachte sie in halbem Wahnsinn. Es hätte Mittel und Wege geben müssen, das zu verhüten. Florinda beispielsweise wußte in solchen Fragen sicherlich Bescheid. O Gott! Warum hatte sie nur nicht so viel Verstand aufgebracht, Florinda zu fragen, solange sie noch die Gelegenheit dazu hatte?

Wird es genügen, wenn ich schweige? dachte sie. Wird sich nicht meine Figur schon sehr bald so verändern, daß man es sieht?

Sie wußte es nicht. Aber sie war entschlossen, ihren Zustand zu verleugnen, solange es irgend möglich war. Das Kind würde – sie überschlug schnell die Monate – im nächsten August geboren werden. Dann würde der Treck irgendwo in der Prärie sein, noch nicht sehr weit hinter Independence. Das Kind würde in einem Planwagen zur Welt kommen. Das störte sie nicht. Berge und Wüsten und Trockenheit und Schlammlöcher – das alles waren keine Unbequemlichkeiten, verglichen mit der Aussicht, ihr ferneres Leben hier verbringen und jahrein, jahraus gegen Olivers Abhängigkeit von Charles kämpfen zu müssen. Nein, nein, nein – nichts und niemand konnte sie dazu veranlassen, länger in Kalifornien zu bleiben.

Florinda schrieb einen Brief. Sie schrieb schon seit mehreren Tagen daran, und sie war nun mit dem schwierigen Geschäft nahezu fertig.

Es war Februar; die Luft hatte einen kalten, kristallenen Schimmer. Die Berge und Hügel vor den Fenstern leuchteten in Grün und Gold; auf den Senffeldern rundum waren die Pflanzen im Winterregen aufgesprungen. Florinda war im allgemeinen durch Pflanzen- und Blumenwuchs nicht zu beeindrucken. Blumen bekam man beim Blumenhändler oder von liebestrunkenen Herren. Aber immerhin war auch ihr bewußt geworden, daß das Land Kalifornien nicht ganz die trostlose graubraune Einöde war, als welche es sich bei ihrer Ankunft präsentiert hatte. Sie erblickte ihr Bild im Wandspiegel und lächelte.

Der Spiegel hing so, daß sie sich sehen konnte, wann immer sie den Blick hob. Florinda konnte nicht lange hintereinander schreiben; es war ein schwieriges Geschäft, und es war gut, zwischen den Sätzen dann und wann aufsehen und sich betrachten zu können. Ihr Spiegelbild gefiel ihr recht gut. Sie hatte die krankhafte Erschöpfung und alle bösen Folgen des großen Trecks nun völlig überwunden; ihre Haut war wieder glänzend und straff. Sie winkte ihrem Spiegelbild aufmunternd zu und lächelte: »Nicht schlecht! Wirklich nicht schlecht! Bist ein nettes Mädchen, beinahe wie neu!«

Sie kritzelte ihren Namen unter den Brief, nahm ihn auf und überlas, was sie geschrieben hatte:

»Liebe Garnet, ich nehme die Feder in die Hand, um Ihnen zu sagen, daß es mir wieder gutgeht. Sie müssen mir etwas Zeit lassen; ich will jeden Tag ein bißchen schreiben, und wenn ich dann einen Yankee treffe, der zur Hale-Ranch reist, dann werde ich ihn bitten, Ihnen den Brief zu bringen. Nun gut, lassen Sie mich nachdenken. Am besten beginne ich mit dem Tag, wo Sie mich auf Don Antonios Ranch zurückließen.

Gerade an dem Tage ging es mir gar nicht gut. Texas war sehr gut zu mir gewesen, aber nun hatte sich Texas auf dem Fußboden ausgestreckt und stank wie der Wischlappen eines Barkeepers. Dann kam John herein. John machte ein schrecklich mürrisches Gesicht, aber das macht er ja meist. Er meinte, Sie hätten ihn gebeten, sich um mich zu kümmern und mich irgendwo hinzubringen, wo ich es ein bißchen bequem hätte. Ich sagte: ›Es tut mir leid, Johnny, daß ich so ein lästiges Anhängsel bin.‹ Er antwortete: ›Schön, davon wollen wir jetzt nicht reden.‹ Dann faßte er Texas bei den Schultern und warf ihn hinaus. Gleich darauf kam er mit einem netten mexikanischen Mädchen zurück. Er sagte, er müsse nach Los Angeles reiten, aber das Mädchen würde für mich sorgen, bis er wiederkäme.

Das Mädchen war wirklich sehr nett und sehr freundlich zu mir. Sie brachte mir zu essen, und ich aß auch ein bißchen. Und manchmal versuchte ich auch schon aufzustehen und im Zimmer umherzugehen. Nach ein paar Tagen kam John dann zurück. Er war sehr kurz angebunden und sagte: ›Können Sie aufstehen und reiten?‹ – Ja, sagte ich, ich würde es wohl können. ›Gut‹, meinte er, ›wenn Sie fertig sind, geht es los.‹

Da stand ich denn auf und zog mich an und packte meine Siebensachen. Dann ritten wir los. John ritt auf einem Pferd und ich auch. Dazu hatten wir noch drei Packpferde und drei Boys, die uns bedienten. Sie wissen ja, wie John ist: Er macht es immer sehr kurz. Aber mir war auch gar nicht nach einer Unterhaltung zumute; es ging mir noch nicht so gut, daß ich viel sprechen konnte. Wir waren mehrere Tage unterwegs. Nachts rollten wir uns in Decken und legten uns auf die Erde wie beim Treck. Aber es gab Wasser genug, und die Boys kochten Gerichte aus Fleisch und Bohnen.

Schließlich kamen wir nach Los Angeles. Ach, Garnet, meine Liebe, ich war so müde, und ich fühlte mich so elend, aber ich konnte mir nicht helfen; als ich das Nest sah, mußte ich lachen.

Los Angeles ist das spaßigste kleine Dorf, das ich jemals gesehen habe. Es ist da ein Bach, der ist ungefähr einen Meter breit, und an dem Bach stehen ein paar Häuser, die sehen aus wie sehr dreckige Pappschachteln. Zwischen den Häusern laufen Hunderte von Hunden umher, die keinem gehören; sie sind bloß da und kläffen. Als wir angeritten kamen, sprangen sie uns von allen Seiten an und liefen hinter und neben uns her; ich war zu Tode erschrocken.

Alle Leute von Los Angeles waren draußen im Freien. Von den Frauen und Mädchen machten sich einige zu tun, indem sie kochten oder wuschen. Aber die Männer saßen bloß in der Sonne, mit dem Rücken gegen die Hauswände gelehnt, die Hüte über die Augen gezogen, und dösten. Schrecklich viele Kinder liefen und spielten herum, und ein paar zahme Digger gab es auch. Die Digger hatten alle nur einen Fetzen um den Bauch. Sie hatten ein hölzernes Joch über den Schultern, mit einem Eimer an jeder Seite. Damit schöpften sie Wasser aus dem Bach, und dann liefen sie von Haus zu Haus und verkauften das Wasser.

Es dauerte gar nicht lange, da mußten wir uns fortgesetzt kratzen, denn die vielen Hunde hatten noch viel mehr Flöhe, und Sie wissen ja, daß Flöhe die besten Akrobaten sind.

Langsam kamen wir dann zu einem Haus, und John sagte, das sei das Geschäfts- und Lagerhaus von Mr. Abbott. Da gingen wir hinein. Drinnen war ein großer Ladentisch und viele Regale. Er ist ein großer und breitschultriger und sehr fetter Mann mit einem glänzenden Glatzkopf; nur hinten hat er einen kleinen Kranz weißer Haare. Dazu hat er blaue Augen und ein freundliches rosiges Gesicht. Ich stand da im Laden und lehnte mich gegen die Wand, denn ich war so müde und so elend, daß ich kaum stehen konnte. Und die Flöhe hopsten überall auf mir herum.

John sprach mit Mr. Abbott und sagte ihm, daß ich krank sei. Mr. Abbott war sehr nett. Er sagte, ich könne die Nacht auf dem Speicher über dem Laden schlafen. Einer seiner Clerks mußte mich hinaufbringen. Die Holztreppe war so steil wie eine Leiter, aber oben war ein richtiges Zimmer, und in dem Zimmer war ein Bett. Das Bett hatte allerdings keine Matratze, sondern nur ein Fell, aber es waren genug Decken da. Dann kamen ein paar Mädchen und brachten mir meinen Packen und eine Kanne mit Wasser. Da wusch ich mir die Flöhe ab und legte mich hin und schlief die ganze Nacht.

Am nächsten Morgen ritten wir weiter, und wir ritten noch drei oder vier Tage. Das Land war ganz öde und trocken, und es war schrecklich viel Staub in der Luft. Schließlich kamen wir auf einer Ranch an. John sagte, die Ranch gehöre einem Yankee namens Kerridge. Mr. Kerridge wohne schon lange in Kalifornien und sei mit einer einheimischen Dame verheiratet.

Ich hatte ein bißchen Angst, was die Leute wohl sagen würden, wenn sie mich sähen. Ich sah wirklich nicht sehr bezaubernd aus, war ganz dünn und überall zerkratzt und dazu noch verstaubt und so müde, daß ich kaum den Kopf hochhalten konnte. Ich fiel fast vom Pferd, als wir anhielten, aber John fing mich auf und nahm meinen Arm und führte mich ins Haus. Wir kamen in ein Wohnzimmer, da lagen Teppiche auf dem Fußboden, und an den Wänden hingen hübsche Kalikovorhänge.

Mr. Kerridge kam dann bald zu uns herein. Er ist ein großer, hagerer Mann mit grauem Haar, und er war sehr elegant und ganz mexikanisch gekleidet. Er war sehr höflich zu John und machte viele unnütze Redensarten. John ging aber gar nicht darauf ein, sondern wurde gleich geschäftlich. Er sagte, er habe eine Amerikanerin bei sich, die in der Wüste fast vor Erschöpfung gestorben sei, und ob ich dort bleiben könnte, bis ich gesund wäre.

Mr. Kerridge bat mich, auf der Wandbank Platz zu nehmen; dann klatschte er in die Hände, und gleich darauf kamen mehrere Bediente hereingestürzt, die brachten auf seinen Befehl Wein und Schokolade, und alle verbeugten sich vor mir und waren sehr höflich. Während sie noch mit den Tabletts herumklapperten, sah ich, daß John aufsprang und eine tiefe Verbeugung machte. Ich guckte, warum er das machte, und meine Augen wurden ganz groß. John küßte nämlich einer Dame die Hand, und das war die Dame des Hauses, Mrs. Kerridge.

Garnet, meine Liebe, ich kann Ihnen gar nicht sagen, wie mir zumute war. Doña Manuela, so heißt Mrs. Kerridge nämlich, wiegt ungefähr drei Zentner. Sie ist die dickste und fetteste Dame, die ich jemals gesehen habe. Sie sieht aus, als hätte man viele Kopfkissen fest zusammengedrückt und in ein Kleid gesteckt. Sie hat kleine schwarze Augen, die tief in Fett stecken, und eine kleine runde Nase. Ihr Gesicht sieht aus wie eine große Kartoffel, aus der vorne eine kleine Kartoffel herausgewachsen ist. Ihr Kleid war knallgelb und knallrot, und überall flatterten Fransen herum, und wenn sie sich bewegte, dann klimperte und klingelte es von Halsketten und Armbändern. Ich habe nie eine Frau gesehen, die so viel Schmuck auf einmal trug.

John und Mr. Kerridge sprachen spanisch mit der Dame, und sie sah mich an. Zuerst machte sie ein Gesicht, als sei sie sehr erstaunt und beinahe entsetzt, ein so verstaubtes, spindeldürres Wesen wie mich in ihrem eleganten Wohnzimmer zu sehen. Aber das dauerte nicht lange, dann fing sie an zu lächeln und tat süß und freundlich mit mir.

Zwei Diener brachten einen großen Sessel angeschleppt, in den setzte sie sich, dabei zitterten die Fransen, und ihre Fettmassen kamen in Bewegung, und die Ketten und Armbänder machten ein Konzert. Mr. Kerridge reichte ihr einen Becher Wein und ein paar Kekse, und dann begann John seine Geschichte zu erzählen. Er sprach erst englisch zu Mr. Kerridge gewandt, dann übersetzten sie beide das Gesagte für Doña Manuela. Mr. Kerridge verstand natürlich auch Spanisch, aber John wollte, daß ich verstehen sollte, was er sagte, darum erzählte er erst alles englisch.

Er sagte, ich sei eine verheiratete junge Dame aus den Staaten, die in Begleitung ihres Gatten nach Kalifornien gereist sei. Unterwegs hätten wir dann Schwierigkeiten mit den Diggern gehabt, und bei der Gelegenheit sei mein Gatte getötet worden. Nun säße ich armes Ding hier allein in dem fremden Land, völlig erschöpft und zerrüttet von den furchtbaren Strapazen in der Wüste und halbtot vor Jammer und Schmerz. Er habe mich hierhergebracht, weil er hoffe, Mr. und Mrs. Kerridge würden mir erlauben, bis zur Wiederherstellung meiner Gesundheit und bis zur Ausheilung meines gebrochenen Herzens bei ihnen zu bleiben.

John sprach in einem sehr ernsten Ton, aber ab und zu sah er mich aus den Augenwinkeln heraus an, als wollte er prüfen, ob ich mit dem, was er erzählte, auch einverstanden sei. Mr. Kerridge hörte ebenso ernsthaft zu, aber dann maß er mich mit einem langen, prüfenden Blick, und ich denke, daß er nicht ein einziges Wort von Johns Geschichte glaubte. Aber sie übersetzten das Gesagte dann Doña Manuela, und die glaubte alles.

Sie stand auf, und alles an ihr wogte und wackelte; sie kam zu mir herübergewatschelt und setzte sich neben mich auf die Wandbank. Sie umschlang mich mit ihren großen, fetten Armen und nahm mich auf den Schoß und bettete meinen Kopf an ihrem riesigen Busen, ganz so, als wäre ich ein Baby und sie die Mutter. Für mich war es so, als sänke ich in ein warmes, weiches Federbett hinein. Und ich war so entsetzlich müde, daß ich mich auch ruhig sinken ließ. Nun streichelte und hätschelte sie mich und sprach zu mir, was ich nicht verstand, aber es klang alles so sanft und so süß, und ich war so müde und wußte mir nicht zu helfen und legte schließlich meinen Arm um ihren fetten Hals und gab ihr einen Kuß.

Nach einer Weile sagte Doña Manuela etwas auf spanisch zu ihrem Mann. Da half mir Mr. Kerridge, von ihrem Schoß wieder herunterzukommen, und dann klatschten beide ganz schnell hintereinander in die Hände. Darauf ging die Tür auf, und mehrere Diener und Dienerinnen kamen hereingestürzt und ein ganzer Schwarm Kinder jeden Alters. Die tanzten und sprangen um mich herum und bestaunten mich und lachten und schwätzten allerlei, wovon ich nichts verstand. Doña Manuela gab einem der Kinder einen Schlag auf die Wange, ich weiß nicht warum, und gleichzeitig schlug sie mit der anderen Hand wütend nach einer Dienerin, und während der ganzen Zeit schrie sie Befehle mit einer Stimme, daß ich Angst hatte, die Decke würde einstürzen. Da fingen alle an, umherzurennen, durcheinanderzulaufen und übereinanderzufallen und allerlei kleine, ganz nutzlose Dinge zu tun, und das alles in sehr großer

Eile, als wäre Feuer im Haus, und Doña Manuela rannte wie eine Wahnsinnige im Zimmer herum, daß alles an ihr wogte und klimperte und rasselte. Und sie schrie fortgesetzt Befehle, und jeder, der ihr in den Weg kam, bekam einen Schlag. John und Mr. Kerridge traten höflich schweigend in den Hintergrund zurück, und ich stand ganz still und sah mir den Zirkus mit an und hatte keine Ahnung, was das alles bedeuten sollte.

Aber die Dienerschaft hatte offenbar begriffen, was Doña Manuela wollte. Ich weiß nur, daß ich bei den Armen ergriffen und durch eine ganze Zimmerflucht geschleppt wurde, und dann befand ich mich in einem Schlafzimmer, und die Mädchen, die mich geführt hatten, legten mich auf ein Bett. Doña Manuela kam selbst und zog mich aus, und dabei schrie sie fortgesetzt mit den Mädchen, und die brachten ihr in großer Eile Kekse und Wein, und sie aß und trank, während sie schrie und mich auszog.

Meine Liebe, von dem Augenblick an, wo diese Frau mich zum erstenmal angefaßt hatte, war ich vollkommen und absolut hilflos. Sie zog mich aus und rollte mich in das Bett, deckte mich rundherum zu und begann mich mit dem Löffel zu füttern. Sie behandelte mich genauso, als wäre ich drei Monate alt. Ich schluckte und ließ alles geschehen, und schließlich zog sie mir ein schönes weiches Nachthemd an und deckte mich wieder bis zum Kopf zu.

O Garnet, ich war so müde, daß mir die Kinnladen herunterfielen, und ich fühlte mich so elend, daß ich mich fragte, ob ich den kommenden Tag wohl noch erleben würde. Ich lag flach auf dem Rücken, bewegungslos wie eine Stoffpuppe, und ließ alles geschehen. Doña Manuela wackelte umher und wogte und klimperte und klatschte in die Hände und schrie, und es kam noch ein Mädchen herein und brachte eine große Schüssel mit Fleischbrühe für mich.

Ich war schon so satt, daß ich zu platzen fürchtete, aber sie schob mir einen Löffel nach dem anderen in den Mund, und ich schluckte. Ich dachte eben, nun müsse ich sterben vor Überfütterung, da entstand ein Geräusch an der Tür, und ich hörte Männerstimmen. Und dann ging die Tür auf, und zwei junge, sehr gut aussehende und elegant gekleidete Kalifornier kamen herein. Sie waren aber noch nicht ganz über die Schwelle, da sprang Doña Manuela schon auf, stürmte auf sie zu und schlug ihnen mit voller Wucht links und rechts ins Gesicht, daß ich dachte, das Hirn müsse herauskommen. Die beiden jungen Herren waren, wie ich später erfuhr, Doña Manuelas Söhne. Sie waren wohl gekommen, um die fremde Yankee-Dame zu betrachten; aber obgleich ich bis zum Hals verhüllt war, zögerte ihre Mutter nicht, sie durchzuprügeln, weil sie gewagt hatten, sich eine Dame im Bett ansehen zu wollen. Und, ob Sie es glauben oder nicht, Liebe, diese beiden erwachsenen jungen Herren nahmen die Schläge widerstandslos entgegen, entschuldigten sich mit höflichen Worten und gingen hinaus. Doña Manuela aber setzte sich wieder zu mir ans Bett und streichelte mir die Stirn so sanft, daß ich dachte, ein Engel berühre mich. Ich konnte es aber nicht mehr ertragen, Garnet, ich konnte mich nicht länger beherrschen; ich drehte mich um und lachte in die Kissen.

Doña Manuela trank noch einen Becher Wein und aß ein paar Kekse, und dabei streichelte und tätschelte sie mich und summte vor sich hin, und das tat sie so lange, bis ich eingeschlafen war. Es war Morgen, als ich aufwachte, aber sie hatten das Fenster meines Zimmers abgedunkelt. Auf dem Tischchen neben meinem Bett stand schon ein Imbiß bereit: ein Stück Braten, frisches Brot, zwei Orangen, eine Weintraube und eine Schüssel mit Bohnengemüse. Das alles stand da für den Fall, daß ich es nötig hätte, meine Kräfte vor dem Frühstück zu stärken.

Dies also, liebe Garnet, war der Beginn der bemerkenswertesten Periode meines ganzen Lebens. Ich habe nie zuvor etwas Ähnliches wie diesen Haushalt erlebt.

Mr. Kerridge ist ein sehr würdevoller Herr, aber manchmal, wenn er mich ansieht, merke ich, daß auch eine ganze Portion boshaften Humors in ihm steckt. Er hat Doña Manuela geheiratet, als sie fünfzehn Jahre alt war; danach hat sie in kurzen Abständen ein Kind nach dem anderen bekommen, und nun ist sie schrecklich traurig, daß sie keins mehr bekommen kann. Ihr Haus ist immer voll fremder Leute. Jeder, der in der Nähe der Ranch umherreist, kehrt hier für eine Nacht und manchmal auch für längere Zeit ein. Deshalb laufen ständig allerlei Leute, Männer und Frauen und zahllose und Diener und Dienerinnen, herum, und kein Mensch kann auseinanderhalten, wer zu wem gehört, aber Doña Manuela regiert mühelos den ganzen Zirkus. Mr. Kerridge versorgt ruhig und würdevoll seine Ranch, und Doña Manuela rast wie ein Gewittersturm im Hause herum, schreit Befehle und verprügelt Kinder, und gnade Gott dem, der sich in ihrer Nähe nicht schnell genug bewegt.

Ach, Liebe, es war das erste Mal in meinem Leben, daß mich jemand wie ein Baby behandelte; ich fand es wunderbar. Aber ich konnte unmöglich alles essen, was sie mir brachte oder vorsetzen ließ. Ich tat mein Bestes, weil sie so reizend war, und außerdem, weil ich Angst hatte, sie würde mich auch prügeln, wenn ich nicht genug äße. Aber sie schlug mich nicht, wenn ich nicht mehr essen konnte; sie sah mich nur besorgt an und schalt mit den Mädchen, weil sie meinte, das Essen, das sie mir brachten, sei nicht gut genug. Sie jagte sie hinaus und befahl ihnen, mir bessere Sachen zu kochen, damit mein schlechter Appetit angeregt werde.

So kam es denn, daß ich mich sehr bald wohler und wohler fühlte, und schließlich ging es mir wieder ausgezeichnet. Eines Tages kletterte ich in Doña Manuelas Abwesenheit aus dem Bett, zog meine Nachtjacke und mein Nachthemd aus und betrachtete mich im Spiegel. Und, o Garnet, ich sah wieder aus, wie es sich gehört, ich fand mich geradezu schön. Nirgendwo war mehr ein Knochen zu sehen; Vertiefungen waren nur dort, wo sie hingehörten, mein Haar glänzte wieder, und meine Haut war wieder glatt und weich. Ich wäre so gern aufgeblieben, denn ich fürchtete, wenn ich jetzt nicht anfinge, mich zu bewegen, würde ich von der Ruhe und dem vielen Essen noch dicker werden. Und außerdem wollte ich auch gern ein paar Menschen sehen, denn ich war nie sehr gerne allein. Aber ich wußte, daß Doña Manuela mich nicht in ihr Wohn- und Empfangszimmer lassen würde, bis ich vorschriftsmäßig schwarz gekleidet wäre. Sie war reizend und voller Mitgefühl; sie sagte, sie verstehe natürlich, daß ich bald wieder mit Herren zusammenkommen müsse, um einen neuen Gatten zu finden, aber für ein Weilchen müßte ich noch Trauerkleidung tragen, weil ich eine Witwe sei.

Aber, Liebste, ich hatte ganz vergessen, daß ich eine Witwe war. Aber Doña Manuela befahl einigen Mädchen, sich hinzusetzen und mir Trauerkleider zu nähen. Das taten sie auch, und dann dauerte es nicht mehr lange, da durfte ich aufstehen und umhergehen. Und eines Tages kam Mr. Kerridge, und ich stand in der Mitte des Zimmers mit züchtig gesenkten Augen, von Kopf bis Fuß in traurige schwarze Gewänder gehüllt. Mr. Kerridge sah mir in die Augen, und da konnte ich mir nicht helfen, ich mußte kichern. Und, was denken Sie, Garnet: Mr. Kerridge kicherte auch. Ach, Liebste, dieser Mann ist geradeso wunderbar wie seine Frau, nur in einer anderen Art.

Ich gehe nun also wieder vollkommen schwarz gekleidet umher, aber ich finde, es kleidet mich sehr gut. Doña Manuela gestattete mir, mein Zimmer zu verlassen, und stellte mich allen ihren Freunden vor. Sie erzählte ihnen eine lange und traurige Geschichte und ließ die Augen dabei hin und her gehen, um zu sehen, ob etwa einer der Herren genügend durch meine Erscheinung beeindruckt würde, um sich zu entschließen, der Nachfolger meines jüngst verblichenen Gatten zu werden.

O Liebe, diesen Brief zu schreiben hat mich viel Zeit und Mühe gekostet. Mr. Kerridge hat die Federn für mich geschnitten. Ich habe in meinem Leben nicht viel geschrieben, deshalb verstehe ich auch nicht, eine Gänsefeder zu einer Schreibfeder zurechtzuschneiden. Mr. Kerridge schnitt sie für mich, weil Doña Manuela zwar sehr viel kann und versteht, aber niemals lesen und schreiben lernte. Darum kam sie auch oft herein zu mir und sah mir mit großem Respekt zu, wenn ich dasaß und schrieb; es beeindruckt sie offenbar sehr, daß ich so viel gelernt habe.

Und nun, liebe Garnet, muß ich Ihnen noch von den jüngsten Ereignissen berichten. Ich habe sehr großes Glück gehabt. Ich hatte mich oft gefragt, was ich beginnen sollte. Doña Manuela verfolgte den Plan, mir so bald wie möglich einen neuen Mann zu verschaffen, und Sie können sich wohl denken, daß ich daran nicht interessiert war. Denn ich bin ebenso wie Sie kein häuslicher Typ. Nun, vorgestern fiel eine Entscheidung. Unter den täglichen Besuchern der Ranch befanden sich auch einige Amerikaner.

Unter den Amerikanern aber, o liebste Garnet, befanden sich John, das hübsche Tier und Silky van Dorn. Ich kann Ihnen gar nicht sagen, wie sehr ich mich gefreut habe, als ich sie sah. John ist dabei, Vieh für seinen Ranchbetrieb zu kaufen. Er hat Mr. Kerridge einige Tiere abgekauft und sagte, daß er von hier aus zur Hale-Ranch reiten werde, um auch dort noch Vieh einzukaufen. Er wird diesen Brief an Sie mitnehmen. John erzählte mir, er habe seine Ranch nach dem gelben Mohn benannt. Ich kann das Wort aber nicht buchstabieren, also auch nicht schreiben, denn es ist ein spanisches Wort, aber es klingt wunderschön. Das hübsche Tier ist hübscher als jemals zuvor; er war wie immer prachtvoll gekleidet und im übrigen so nett und so freundlich und so unschuldig-süß, daß man ihn gern haben mußte. Ich habe ihn auch wirklich gern.

Die große Neuigkeit aber ist diese: Silky war von meinem Anblick sehr überrascht, denn er war ja gewohnt, in mir das dünne und magere Knochengestell zu sehen, zu dem ich auf dem Treck geworden war. Seine Augen wurden immer größer, und er zwirbelte seinen Schnurrbart und verbeugte sich tief vor mir und benahm sich so großartig, wie Sie es oft an ihm gesehen haben. Er ging dann erst

einmal weg, um nachzudenken, wie er mir sagte, und dann kam
er zurück und erklärte mir, worüber er nachgedacht hatte.

Silky wird keinen Treck mehr mitmachen. Er findet die Arbeit
zu schwer und zu anstrengend, und er hat sich ein nettes kleines
Kapital zusammengespart, so daß er es auch nicht mehr nötig hat,
durch die Wüste zu ziehen. Er hat in Los Angeles eine Bar mit Spielsalon eröffnet und bot mir nun an, bei ihm zu arbeiten. Er meinte,
ich könnte die Drinks servieren und den Gästen etwas vorsingen.
Ich fand das eine großartige Idee und sagte Silky gleich, daß ich
bereit sei, sein Angebot anzunehmen.

Es ist eine rein geschäftliche Abmachung. Deshalb können Sie
jederzeit, wenn Sie nach Los Angeles kommen, mich in Silkys Bar
finden.

Liebste, ich muß den Brief jetzt beenden, denn John will morgen
früh abreisen; er will ihn heut abend noch haben. Ich hoffe, Sie sind
glücklich. Sie werden niemals ganz wissen können, wie dankbar ich
Ihnen bin für alles, was Sie an mir taten. Ich liebe Sie sehr, Garnet,
und bin und bleibe

Ihre treue Freundin
Florinda Grove«

Siebenundzwanzigstes Kapitel

Goldenes Licht hing zwischen den Bergen und füllte das Tal, in
welchem die Gebäude der Hale-Ranch lagen. Obgleich die Sonne
heiß vom Himmel herunter brannte, war es im Schatten nahezu kalt.
Die Luft war von einer gläsernen Klarheit; in der Sonne schienen
Eiskristalle zu glitzern.

Garnet saß, auf die zurückgelehnten Hände gestützt, im Gras in
der Nähe eines Orangenbaumes. Das gläserne Licht vergoldete die
harten und starren Linien des Herrenhauses und milderte die nüchterne, unpersönliche Kühle, die von diesem Gebäude ausstrahlte.
Die Orangenbäume prangten in voller Blütenpracht; ihr schwerer,
würziger Duft füllte die Luft. Die Abhänge der Berge schienen von
blauen und goldenen Teppichen bedeckt; Myriaden von Blumen
zogen sich in endlosen Feldern bis zu den Gipfeln hinauf. Die
schneebedeckten Bergspitzen standen weißglühend vor dem tiefblauen Horizont. Das alles zusammen war so märchenhaft schön,
daß der Anblick fast schmerzte.

Garnet vernahm das Geräusch von Pferdehufen. Sich umwendend, erblickte sie John Ives. John war seit einer Woche auf der Ranch; er hatte ihr Florindas Brief gebracht. Er sprang jetzt vom Pferd, warf die Zügel einem mit ihm gekommenen Boy zu und stand da, den Blick auf die fernen Gebirgsketten gerichtet, als vermöchte auch er den Anblick von soviel Schönheit nicht zu fassen. Garnet dachte: Ob er wohl jemals eine Frau auf solche Weise angesehen hat?

Bei einer Wendung des Kopfes erblickte er sie. Ein Lächeln trat auf seine Züge. Er zog den Hut und grüßte: »Guten Morgen!«

»Guten Morgen!« sagte Garnet. Und nach einer kleinen Pause: »Wo waren Sie während des Frühstücks?«

»Schon ein Weilchen draußen. Ich mußte nach ein paar Kälbern sehen.« Er kam langsam heran. Garnet sah seine kühlen, grünschimmernden Augen und sein ernstes Gesicht. – Er ist mein Freund, dachte sie; er hat es zwar niemals gesagt, aber ich weiß es. Oh, sie hatte sich so einsam und verlassen gefühlt in den letzten Monaten, immer bemüht, ihren veränderten Zustand verborgen zu halten. Es war gut, daß John da war.

»John«, sagte sie, »ich muß Sie noch um Entschuldigung bitten.«

»Mich? Wieso?« fragte John und setzte sich zu ihr ins Gras.

Garnet wies mit der Hand nach den blumenbedeckten Berghängen. »So hatten Sie mir Kalifornien gemalt«, sagte sie, »denken Sie noch daran? Dann kam ich im vorigen Herbst hierher und sah nichts als nacktes graubraunes Land. Ich war entsetzlich enttäuscht. Und ich dachte, Sie hätten mir ein Phantasiebild gemalt.«

John zupfte eine Handvoll wilden Hafers aus dem Gras und begann die Ähren abzuziehen. »Die Schuld liegt bei mir«, lächelte er. »Ich hätte es Ihnen sagen müssen. Aber auf dem Treck sah ich Kalifornien immer so, wie es sich uns jetzt präsentiert. Übrigens« – das Lächeln in seinem Gesicht vertiefte sich – »blieben Sie hier, Sie würden in ein oder zwei Jahren auch der dürren und trockenen Jahreszeit manches abzugewinnen wissen. Das Land hat auch dann seine Schönheit.«

Das werde ich niemals erfahren, dachte Garnet, und ich will es auch nicht. In einem Monat werde ich schon wieder auf dem Wege nach Osten sein. Sie sah versonnen auf die Blüten gelben Mohns, die zwischen dem wilden Hafer wuchsen.

»Florinda schrieb mir, Sie hätten Ihre Ranch nach dem gelben Mohn benannt«, sagte sie.

Er nickte. »Die Kalifornier nennen den Mohn ›Flor torosa‹ –

starke Blume. Ich habe meine Besitzung ›El Rancho de la Flor Torosa‹, kurz: Torosa, genannt.«

Sie schwiegen jetzt beide ein Weilchen; John richtete seinen Blick auf das Gebirge.

»Wo lernten Sie, Blumen so zu lieben?« fragte Garnet leise. »Ich bin selbst eine Blumennärrin. Ich habe immer Blumen geliebt, aber ich habe nie viel über sie gewußt.«

»Wie sollten Sie!« sagte John trocken. »Sie wuchsen zwischen Steinwänden auf, ich auf einer Plantage.«

»Aber Sie nehmen alles wahr, und Sie scheinen alles zu kennen«, lächelte Garnet. »Gestein und Bäume und Gebirge sind Ihnen ebenso vertraut wie Blumen. Es gibt so viele Menschen, die überhaupt nichts von dem wahrnehmen, was um sie herum wächst und lebt.«

John sah zu Boden und zupfte abermals eine Handvoll Wildhafer aus dem Gras. »Ich hatte eine ziemlich einsame Kindheit«, sagte er. »Die Erde war meine Freundin. Alle wachsenden Dinge, die sich täglich veränderten, wurden mir ebenso vertraut wie die Steine, die sich nie verändern. Ich hatte das Gefühl, mich auf die Erde verlassen zu können.« Er machte eine Pause und fuhr fort: »Den Dingen der Erde können Sie vertrauen. Sie wissen immer, was Sie von ihnen zu erwarten haben. Sie geben sich zuweilen grausam, aber das ist dann eine harte, saubere Grausamkeit; Sie brauchen nicht zu fürchten, von ihnen gequält und gefoltert zu werden; sie lassen Sie die eigene Schwäche nicht entgelten.«

Garnets Hand krallte sich neben der des Mannes in die Erde. John hatte nicht aufgeblickt, während er sprach; sie fragte sich, ob er bei seinen letzten Worten wohl an Oliver gedacht habe.

»Liegt hier der Grund, weshalb Sie die Menschen nicht lieben können?« fragte sie leise. »Weil sie Sie mit ihren eigenen Schwächen foltern?«

»Ja.« In Johns Stimme war ein rauher Ton. »Auf Menschen kann man sich nicht verlassen«, sagte er. Er sah auf; um seine Mundwinkel spielte ein düsteres Lächeln. »Ich habe Ihnen den Beweis doch schon selbst geliefert«, setzte er hinzu.

»Ich verstehe Sie nicht.« Es zuckte in ihrem Gesicht.

»Vielleicht hätte ich Ihnen die Geschichte mit Carmelita Velasco erzählen sollen«, sagte John.

Es war das erste Mal, daß er ihr gegenüber den Namen Carmelita erwähnte. Aber er lebte seit einer Woche auf der Ranch und wußte, daß sie die Zusammenhänge kannte. Wahrscheinlich hatte es ihm

Oliver selbst erzählt; er hatte mit ihr nicht darüber gesprochen. Er sprach überhaupt nicht mehr viel mit ihr. Allerdings schien er gewillt, zu seinem Versprechen zu stehen und mit ihr nach New York zurückzukehren. Er hatte bereits Maulesel für die Reise gekauft. Aber er war von Woche zu Woche schweigsamer geworden; Charles' heimlich glimmender Groll, den er täglich zu spüren bekam, schien an ihm zu zehren.

»Ich tadle Sie nicht, weil Sie es mir nicht sagten«, versetzte Garnet, »es war ja nicht Ihre Angelegenheit.«

»Nein«, sagte John, »es war nicht meine Angelegenheit. Aber ich bedaure, daß Sie es dann doch auf so peinlich unangenehme Weise erfuhren. Es muß eine böse Stunde für Sie gewesen sein.«

Garnet nahm eine Orangenblüte aus dem Gras und zerzupfte sie. Die Blütenblätter waren weiß und wächsern. Sie fühlte eine heimliche Schuld gegenüber diesem Mädchen Carmelita, das sie nicht kannte. Sie wußte nicht warum, aber es war so. Sie blickte auf die zerrupften Blütenblätter und sagte mit leiser Stimme:

»Vielleicht hätte ich Ihnen nicht einmal gedankt, wenn Sie es mir gesagt hätten. Mag sein, daß ich gedacht hätte, Sie mischten sich in Dinge, die Sie nichts angingen.«

»Es ging mich nichts an«, sagte John, »und es geht mich noch immer nichts an. Aber . . .«, er zögerte einen Augenblick und fuhr dann mit ruhiger Sicherheit in der Stimme fort, »es hat sich inzwischen etwas ereignet, und ich meine, das sollten Sie wissen, deshalb werde ich es Ihnen sagen.«

Sie wandte ihm ihr Gesicht zu und starrte ihn an. John hatte seine Hände um die aufgestellten Knie gefaltet; sie sah, daß er lange und schlanke Hände hatte. Gute, kräftige und sehr sonnengebräunte Hände.

»Ja«, sagte er, »ich werde es Ihnen sagen.« Er setzte nicht hinzu: weil Oliver es nicht tut!, aber sie verstand es so, und sie war sicher, daß er ebenso empfand. Er fuhr fort: »Halten Sie es für falsch, daß ich darüber spreche, so sagen Sie es mir. Sie müssen es wissen: Carmelita Velasco ist tot.«

Garnet ließ die Orangenblüte fallen; das heimliche Schuldgefühl in ihr wuchs ins Riesenhafte. »Mein Gott«, stammelte sie völlig verwirrt, »ich hörte, es ginge ihr gut.«

»Oh«, sagte John, »es ging ihr ganz gut. Sie war noch immer oben im Norden bei ihrer Tante. Eines Tages kam sie auf die ausgefallene Idee, mit dem Baby auf dem Arm einen Ausritt zu unternehmen.

Sie setzte mit dem Pferde über eine Felsenklippe und stürzte. Sie sind beide tot.«

Garnet preßte fassungslos die Faust gegen den Mund. »John«, keuchte sie mit vor Erregung heiserer Stimme, »wollen Sie sagen, sie stürzte – absichtlich? Weil – weil Oliver mit mir verheiratet ist?«

John antwortete ruhig und gleichmütig, als spräche er über das Wetter: »Es sieht so aus. Natürlich kann es sich auch um einen Unfall handeln. Aber kalifornische Mädchen haben nicht oft Reitunfälle. Sie lernen das Reiten zugleich mit dem Laufen.«

Garnet barg die brennenden Augen hinter den Händen; Tränen quollen zwischen ihren Fingern hervor. »Entschuldigen Sie, daß ich weine«, murmelte sie. »Ich weiß nicht, die Tränen sitzen mir in diesen Tagen so locker.« John schwieg, und sie begann sich allmählich wieder zu fangen. Es fiel ihr schwer, sich zu beherrschen, aber sie wollte nicht, daß John vermutete, es gäbe für ihre leichte Reizbarkeit einen physischen Grund. Sie hätte den Kopf an der Schulter eines Freundes betten und hemmungslos weinen mögen. Alle Dinge ihres Lebens waren plötzlich so schwierig; sie wußte nicht, was sie jetzt hätte fühlen sollen, sie vermochte nichts zu fühlen als Verwirrung und Einsamkeit.

John reichte ihr schweigend ein großes rotes Taschentuch. »Ich möchte Sie nicht dadurch beleidigen, Garnet, daß ich Ihnen Mitgefühl zeige«, sagte er; »Sie sind zu gut, um Mitleid entgegenzunehmen. Aber es ist trotzdem so: Es tut mir leid, daß Sie in eine Situation verwickelt wurden, die Sie nicht verdient haben.«

Sie trocknete ihre Tränen an seinem Tuch. Seine Stimme war so ruhig, und es ging eine so feste Sicherheit von ihm aus, daß sie sich bei seinen Worten beruhigte. Sie zerknüllte das rote Taschentuch in der Faust und suchte seinen Blick. Fast überrascht stellte sie fest, daß sie ebenfalls ruhig und scheinbar sicher zu sprechen vermochte.

»Wann haben Sie von dem Unglück erfahren?« fragte sie.

»Auf dem Wege von Kerridges Ranch nach hier. Ich kehrte auf Don Rafael Velascos Ranch ein, weil ich Wasser für die Tiere brauchte. Hilfe dieser Art ist selbstverständlich in Kalifornien; sie wird auf jeder Ranch gewährt. Don Rafaels Leute ließen meine Pferde im Bach trinken, forderten mich dann aber auf, die Ranch unverzüglich zu verlassen und fortzureiten. Don Rafael habe angeordnet, daß zukünftig kein Amerikaner mehr seine Ranch betreten dürfe. Die Männer sagten, er sei halb von Sinnen. Carmelita war sein einziges Kind.«

Garnet zerrte an dem roten Taschentuch. »Haben Sie es Oliver erzählt?« fragte sie nach einer Weile.

»Ja«, versetzte John, »ich sagte es ihm.«

Garnet biß sich hart auf die Lippen. »O John!« stöhnte sie. »Was kann ich nur tun?«

»Nichts, was Sie nicht schon ohnehin täten«, antwortete John. »Sehen Sie zu, daß Oliver mit Ihnen fortgeht. Er liebt Sie sehr, und er wird willentlich in seinem ganzen Leben keinem Menschen ein Leid zufügen. Er hat nur zeit seines Lebens Befehle von seinem Bruder entgegengenommen. Ist er Charles' Einfluß erst einmal entzogen, wird er Ihnen ein guter Ehemann sein.«

John erhob sich. Garnet erinnerte sich nicht, je im Leben einem Manne begegnet zu sein, von dem eine solche Welle sicherer, in sich selbst ruhender Kraft ausgegangen wäre. Er sagte:

»Ich werde nun nie wieder auf diese Angelegenheit zu sprechen kommen, es sei denn, Sie selbst bäten mich darum.« Er warf ihr ein kurzes Lächeln zu, wandte sich ab und ging mit ruhigen Schritten davon. »Ich habe verdammt viel Achtung vor Ihnen, Garnet«, sagte er noch, schon halb auf dem Wege.

Während er sich dem Herrenhaus zuwandte, saß Garnet regungslos im Gras. Sie biß zitternd vor Schmerz und Grimm in John Ives' rotes Taschentuch.

Was werde ich noch aushalten müssen! dachte sie. Carmelita und ihr Kind waren tot, und der unglückliche alte Vater war halb wahnsinnig vor Jammer und Schmerz. Sie selbst aber erwartete ein Kind und hatte niemand, dem sie es sagen konnte. Dabei war sie unruhig; sie litt dann und wann unter körperlichen Beschwerden, von denen sie nicht wußte, ob sie harmloser Art waren oder Anlaß zu Befürchtungen boten.

Wie es auch sei: Sie würde nach Hause ziehen. Oliver hatte es ihr fest versprochen. Er hatte seinem Bruder seinen Anteil an der gemeinsamen Besitzung urkundlich übereignet und einen großen Teil des Winters damit zugebracht, Vorbereitungen für den großen Treck zu treffen. Außer den Mauleseln mußte ja auch für ausreichenden Proviant und allerlei unentbehrliche Bedarfsartikel gesorgt werden. Nur noch ein paar Wochen, dann würden sie sich wieder auf dem Weg nach Osten befinden. Sie würde wieder auf dem Wege zu Vater und Mutter sein und zu all den tausend festen und beständigen Dingen, die die Heimat ausmachten.

Ob Oliver mir überhaupt sagen wird, daß Carmelita tot ist? dachte sie. Aber sie wußte: Er würde es nicht. Er würde der Meinung sein, es sei leichter für sie, wenn sie nichts davon wüßte.

Garnet hob langsam den Kopf. Sie sah in die blühende Pracht der Orangenbäume, sie sah die weißglitzernden Gipfel der fernen Berge und die wogenden blaugoldenen Blumenteppiche an den Hängen. Sie begriff, warum John die Erde liebte. Felsen und Gebirge enttäuschten einen Menschen nicht; es lag außerhalb ihrer Möglichkeiten. Die Wüste war grausam und hart, aber sie lebte aus ihrem Gesetz, es war eine klare und ehrliche Grausamkeit, mit der man fertig werden konnte. Die Wüste versprach einem nicht Rosen und Wasserfälle, um dann mit Sand und Steinen zu dienen. Das taten nur Menschen. Nur Menschen wie Oliver.

John war anders. John erinnerte sie an die Wüste: Er versprach nichts, aber dann war er plötzlich wie ein rauher Felsen, der eine verborgene Quelle hütete. Und das Wasser, daß diese Quelle spendete, war kostbarer als jedes andere Wasser, das man daheim mühelos haben konnte, eben weil man seiner so dringend bedurfte.

Oliver gab sich freundlich und rücksichtsvoll wie immer, aber es war, wie Garnet vorhergesehen hatte: Er erwähnte ihr gegenüber Carmelita mit keinem Wort. In Charles' Gegenwart sprach er überhaupt nie mit ihr, wenn er es irgend vermeiden konnte; daran war sie nun schon gewöhnt. Sie war fast immer allein. Sie wanderte im Freien, erfreute sich an den Blumen oder breitete ihren Schal auf dem Grase aus und legte sich nieder, um in das wechselnde Licht auf den Berghöhen zu blicken.

Zuweilen trat John an ihre Seite und ging mit ihr über die Ranch. Er sprach nie mehr von ihren eigensten Angelegenheiten. Dafür zeigte er ihr die verschiedenen Pflanzen: die kleinen weißen Creosotblumen, die wilden Tabakstauden, deren Blüten wie kleine Trompeten aus altem Gold aussahen, den gemeinen Stechapfel, dem die Digger einen Saft zu entziehen wußten, der Menschen in den Wahnsinn trieb und zuweilen tötete. »Der Stechapfel blüht jetzt noch nicht«, sagte er; »später wird er Ihnen auffallen; er hat wundervolle große lavendelfarbige Blütenblätter.«

Eines Morgens wies er ihr die Schoten von jungem Anis, die wie kleine grüne Straußenfedern aussahen. Auf seinen Rat schnitten sie eine Anzahl Schoten ab, gingen damit zu einem der im Freien brennenden Küchenfeuer, erbaten sich einen Topf und ließen den Anis im Wasser leicht aufkochen. Sie aßen ihn dann zusammen mit hart-gekochten Eiern, die sorgfältig in Scheiben geschnitten wurden. Der Anis hatte einen eigenartig herbsüßen Geschmack.

Garnet litt in der Regel unter Appetitmangel. Das Essen am ge-meinsamen Tisch unter den harten, unheilvoll blickenden Augen von Charles war keine Freude. Oliver trug eine erzwungene und gekünstelte Heiterkeit zur Schau; es wurde kaum gesprochen. Jetzt aber saß sie mit John Ives auf der Erde, aß Anisschoten und hart-gekochte Eier, und es schmeckte ihr so gut, daß sie sogar die Schüssel auskratzte.

»Es schmeckt wunderbar«, sagte sie, »warum bekommen wir das nicht bei Tisch?«

In Johns grünlichen Augen glitzerte ein Anflug von Schalk. »Ich vermute, Charles hält nichts davon, Unkraut zu essen«, versetzte er. »Aber nachdem ich sehe, daß Ihnen der Anis schmeckt, werden wir morgen etwas von dem wilden Senf schneiden; ich denke, das wird Ihnen auch munden.«

Er ließ sie dann allein zurück. Garnet sah ihm gedankenverloren nach. Sie dachte: Wenn er doch wieder mitkäme bis Santa Fé!

Sie pflückte sich eine Handvoll Mohnblumen und trug sie in ihr Zimmer. Nachdem sie den Strauß geordnet und in einen Krug mit Wasser gestellt hatte, trat sie an das Fenster und sah hinaus auf die kahlen, nüchternen Ranchgebäude mit dem ragenden Hintergrund des Gebirges. Auf der Ranch herrschte reges Leben; es war kurz vor dem Mittagessen. – Der Anis war herrlich, dachte sie; ich werde nicht mehr viel essen. Oder besser: Ich werde sagen, ich hätte Anis gegessen, und werde überhaupt nicht zu Tisch gehen.

Plötzlich drang lauter Lärm an ihr Ohr. Männer schrien, Pferde-hufe stampften, aber sie konnte nichts sehen. Es mußte auf der an-deren Seite des Hauses sein. Dann hörte sie den gellenden Schrei einer Mädchenstimme.

Garnet, von einer sonderbaren Ahnung erfaßt, stürzte aus dem Zimmer und lief durch den langen Gang zur vorderen Haustür. Sie trat hinaus, fuhr unwillkürlich zurück und lehnte sich zitternd vor Schreck gegen die Hauswand.

Alle Männer und Frauen der Ranch schienen auf den Beinen. Sie sah flüchtig Charles und Oliver und John, Arbeiter, Boys und eine Anzahl gesattelter Pferde. Vom Paß herunter kam ein Reitertrupp auf die Ranch zugeritten. Die Ankömmlinge ritten in scharfem Trab und schienen ausnahmslos mit Gewehren und Pistolen bewaffnet.

Eine Wolke düsterer Drohung ging von ihnen aus; einen Augenblick wußte Garnet nicht, warum sie das so empfand, aber dann sah sie es: Die Reiter trugen sämtlich anstatt der landesüblichen bunten Tracht schwarze Gewänder. Ein einzelner alter Mann ritt an der Spitze des Zuges. Er trug keinen Hut, sein weißes Haar flatterte im Wind.

Aus der Gruppe der Männer vor der Ranch löste sich Oliver. Jetzt schien der Alte an der Spitze der Ankömmlinge ihn zu sehen; er riß ruckhaft sein Pferd herum und sprengte auf ihn zu. Er hielt die Zügel des Pferdes in der linken Hand, seine Rechte umklammerte den Schaft einer Pistole. Garnet vernahm Schreie; hier und da kreischte ein Mädchen auf. Ein älterer Cowboy begann laut zu beten, ein anderer sank in die Knie und bekreuzigte sich. Kinder spritzten schreiend auseinander, um nicht unter die Pferdehufe zu geraten. Weder Charles noch Oliver, noch John trugen Waffen; indessen lief John jetzt auf den weißhaarigen Reiter zu und rief ihn in spanischer Sprache an. Garnet vernahm die Laute, aber sie war viel zu erschrocken, um ihren Sinn erfassen zu können. Charles versuchte, Oliver zurückzuhalten; aber Oliver riß sich jetzt los und ging auf die Reiter zu.

Der Greis an der Spitze ritt weiter, ohne John Ives eines Blickes zu würdigen. Garnet konnte sein Gesicht erkennen; es war ein schreckliches Gesicht, von Schmerz, Jammer und Haß zu einer Grimasse verzerrt. Sie wußte: Es war Don Rafael. Es brauchte ihr auch niemand zu sagen, zu welchem Zweck er gekommen war. Sie fühlte, wie ihr der Schweiß aus allen Poren des Körpers brach. Das ganze Geschehen nahm nur wenige Sekunden in Anspruch; aber diese Sekunden schienen sich zu Stunden zu dehnen. Trotz des schnellen Rittes konnte sie sehen, wie die Pferde die Hufe hoben und senkten. Sie sah Don Rafael die Pistole heben und hörte ihn Oliver etwas zurufen. Sie verstand die Worte nicht, aber sie wußte, daß sie eine furchtbare Anklage enthielten. Die Pistole krachte, und der harte, trockene Knall mischte sich mit dem Krachen zweier anderer Pistolen; das Echo warf die Schüsse von den Bergen hallend zurück. Oliver brach langsam zusammen, auf eine grausige, schwerfällige Art, ähnlich wie Garnet es in der Archilette bei den Diggern gesehen hatte.

Garnet hörte einen heiseren, halberstickten Schrei. Sie wußte gar nicht, daß sie selbst diesen Schrei ausgestoßen hatte, sie lief schon, sie stieß hier und da schreiende, heulende, kreischende Menschen beiseite, stolperte über ihre Röcke und verfing sich im hohen Gras. Die Reiter galoppierten bereits zurück; Garnet hörte das dumpfe Klopfen der Pferdehufe und sah die schwarze Wolke in der Ferne verschwinden. Sie lief zu der Stelle, wo sie Oliver hatte fallen sehen. Sie kam keuchend an, sah ihn liegen, brach in die Knie und drehte seinen Körper herum. Er fühlte sich schlaff und willenlos an. Dann sah sie die klaffende Wunde in seinem Hals, einen roten Fleck auf seinem Hemd und überall Ströme von Blut. Das Blut klebte ihr warm an den Händen.

Ihre Hände waren feucht und ganz rot; und überall an ihrer Brust und an ihren Ärmeln war Blut. Sie sah Olivers Gesicht. Sie hatte in der Archilette tote Menschen gesehen. Man brauchte ihr nichts mehr zu sagen.

Ihr war, als hätte sie bereits endlose Zeit neben dem blutbesudelten Körper gekniet, obgleich sie doch höchstens eine Minute Vorsprung vor den anderen hatte, als eine rauhe Hand sie an der Schulter ergriff und zurückriß. Wirr und außer sich aufblickend, sah sie in Charles' entstelltes Gesicht. Er schleuderte sie beiseite, als sei sie ein Paket; sie taumelte und fiel.

Während sie sich stöhnend auf die Knie hob, sah sie ein Gewirr aufgeregter Menschen um sich herum, und dann sah sie wieder Charles. Charles schien jäh von seiner Kraft und seiner Würde verlassen. Er war über Olivers Körper zusammengebrochen, lag dort, die Hände in das Gras gekrallt, und weinte wie ein Kind.

Garnet verspürte plötzlich ein heftiges, schmerzhaftes Ziehen im Leib. Menschen und Häuser und Berge begannen sich vor ihren Augen zu drehen. Dann sah sie sich wieder laufen, und sie wußte doch noch nicht einmal, wie sie wieder auf die Füße gekommen war. Vor ihren Augen wogte ein Nebel, sie schwankte, taumelte und stolperte, aber sie merkte es nicht; sie hatte nur den einen Wunsch, dem Entsetzlichen zu entfliehen und auf ihr Zimmer zu kommen. Sie erreichte das Haus; aber es war, als käme das Haus ihr entgegen; sie prallte gegen die Mauer und sackte zusammen. Im Augenblick, da sie fiel, begann es sie zu würgen, und sie erbrach sich. Auf den Knien hockend hatte sie das Gefühl, in Stücke gerissen zu werden.

Völlig erschöpft lag sie schließlich willenlos auf dem Gras. Sie konnte nicht aufstehen. Die Welt vor ihren Augen war durch einen flimmernden Schleier verhüllt. Eine Hitzewelle jagte durch ihren Körper; es war, als trete sie in einen Glutofen. Dann, urplötzlich, war die Hitze weg, und mit der Kältewelle, die über sie hin wogte, fühlte sie sich von heftiger Übelkeit befallen. Sie hob sich keuchend auf die Knie und erbrach sich abermals.

Ich kann nicht mehr! dachte sie völlig verzweifelt, ich ertrage es nicht mehr! Und wieder brach sie zusammen.

Im Unterbewußtsein war ihr deutlich, daß sie noch sehr viel würde ertragen müssen. Sie trug ein Kind, und Oliver war tot, und niemand war da, der sie nach Hause bringen würde. Sie hatte keinen Ort, wohin sie gehen konnte, außer diesem verhaßten Haus.

Lärm drang an ihr Ohr: Pferde stampften, Hunde bellten; Männer und Frauen schrien mit schrillen Stimmen durcheinander; für sie war es nur ein Gewirr von Tönen ohne Sinn. Sie versuchte aufzustehen; aber kaum stand sie, torkelnd und schwankend, da war auch der Schleier wieder da, die Welt begann sich zu drehen, und sie fiel willenlos zurück. Sie lag ausgestreckt im Gras, und die Erde unter ihr schien wie eine Schaukel zu wogen.

Sie wußte nicht, wie lange sie so gelegen hatte, von Entsetzen, Ekel und Übelkeit geschüttelt; schließlich fühlte sie eine Hand auf ihrem Arm. Ganz dicht neben ihr sagte eine Stimme: »Garnet, hören Sie mich?«

Sie vermochte nicht zu antworten; es würgte ihr in der Kehle. Sie wandte mühsam den Kopf und sah John Ives über sich gebeugt. John schob ihr einen Arm unter die Schultern, hob sie auf, als wäre sie eine Feder, und trug sie ins Haus.

Als sie, wie von einer inneren Stimme gerufen, hinausgestürzt war, hatte sie die Tür ihres Zimmers offengelassen. John stieß sie jetzt mit dem Fuß ganz auf, trug die Willenlose hinein und legte sie sanft auf ihr Bett. Das nahm sie noch wahr. Es war das letzte, was ihr bewußt wurde. Dann verdichtete sich der Schleier vor ihren Augen und wurde schwarz. Die Welt versank, und alles war dunkel und still.

Achtundzwanzigstes Kapitel

Aus Silkys Bar fiel helles Licht in die regnerische Nacht. Der Regen strömte in dicken, glitzernden Seilen vom Himmel, plätscherte auf die Dächer der kleinen Häuser von Los Angeles und bildete große, schlammige Pfützen auf den aufgeweichten Straßen.

Die meisten Häuser lagen in schwarzem Dunkel, aber aus den Fenstern von Silkys Spiel- und Vergnügungssalon floß das Licht in breiten Schwaden. Vom Dach der Veranda hingen zwei Lampen herab, zwei weitere Lampen brannten unmittelbar über dem Eingang. Das eintönige Plätschern des Regens wurde von dem wirren Lärm übertönt, der aus den offenen Fenstern herausdrang: grölende Männerstimmen, Frauenlachen, Geklirr von Flaschen, Gläsern, Bechern und Geldmünzen. Los Angeles war in regnerischen Nächten eine trostlos düstere Stadt; Silkys Bar bot dann eine helle und trokkene Zuflucht, die gern aufgesucht wurde.

Das Haus war für die Verhältnisse der kleinen Ortschaft groß und geräumig. Es war wie alle Häuser hier aus ungebrannten Ziegeln erbaut, aber zwei Stockwerke hoch. Es wurde in Höhe des untersten Stockwerks rundherum von einer überdachten Veranda umzogen. Unten befanden sich vier Räume, von denen zwei nach vorn und zwei nach hinten hinaus gelegen waren. In dem einen der vorderen Räume befand sich die Bar, in dem anderen standen die Spieltische. Küche und Vorratskammern waren in den hinteren Räumen untergebracht. Neben der Küche befand sich ein kleiner Korridor, von dem aus eine steile Treppe ohne Geländer in das oberste Stockwerk führte. Hier lagen die Schlafzimmer und noch einige weitere Vorratsräume, hauptsächlich für Getränke. Das Obergeschoß lag gegenwärtig im Dunkel, dafür strahlten die Parterreräume um so heller.

Silky übte im Spielsalon persönlich die Aufsicht aus. Er beschäftigte hier zwei junge, schlanke Mexikaner, die aus der Hafenstadt Mazatlá stammten, als Kartenausteiler. Er selbst stolzierte großartig umher, prächtig gekleidet, gewichst und geschniegelt; indessen vermochte aller Glanz, den er ausstrahlte, nicht von dem bedrohlichen Eindruck abzulenken, den die gewichtig an seiner Hüfte baumelnde Pistole auf streitlustige Gäste machte.

In der Bar wirkte Florinda, assistiert von einem jungen Mexikaner namens José und einem Chinesenboy, dessen Hauptaufgabe darin bestand, Becher und Gläser zu spülen. Der Name des chinesischen Boys erschien Florinda für ihre Zunge zu schwierig; sie hatte ihm deshalb einen anderen gegeben, und zwar nannte sie ihn Micky. Micky war mit einem langen prachtvollen Zopf geschmückt, der ihm bis zu den Kniekehlen herabhing. Er steckte in einer roten Mexikanerjacke und in grauen Hosen, die irgendein Yankee abgelegt haben mochte, und schlurrte in Filzpantoffeln umher, die er in Mr. Abbotts Laden erstanden hatte. Er war ein flinker, geschickter Bursche, der nur selten den Mund auftat, aber sehr gut spanisch sprach und auch ziemlich viel englische Brocken aufgeschnappt hatte. Florinda und er waren sehr gute Freunde.

Der Bartisch war wuchtig und solide gebaut. Er lief, dem Eingang gegenüber, von einer Wand zur anderen quer durch den ganzen Raum. Um von dem schmalen Raum hinter der Theke nach vorn zu kommen, mußte man durch eine hinten hinausführende Tür gehen und Küche und Spielsalon passieren, da die kleine Klappentür im Bartisch in der Regel verschlossen war. Silky wollte seinen Gästen keine Gelegenheit geben, an die Flaschenborde hinter der Theke zu kommen.

Florinda trug ein geschmackvolles Kleid aus braunem Wollstoff, mit gelben Seidenbändern verziert, und fingerlose braune Seidenhandschuhe. Sie sah reizend aus und strahlte im Umgang mit den Barbesuchern heitere Fröhlichkeit aus; aber auch sie hatte eine jederzeit schußfertige Waffe griffbereit liegen, und zwar einen Colt-Revolver, den ein Yankee-Händler im Spielsalon liegengelassen hatte. Ein Colt war in Kalifornien noch ein seltener und kaum zu erschwingender Gegenstand. Florinda pflegte denn auch, wenn einer der Boys in der Bar mit seiner Pistole herumprahlte, süß zu lächeln und zu fragen, ob er ihren Colt schon gesehen habe.

»Großartige Erfindung!« sagte sie dann, die Waffe liebevoll streichelnd. »Schießt fünfmal hintereinander, ohne neu geladen werden zu müssen. Ausgeschlossen, daß hier einer 'rauskommt, wenn ich nicht will.«

Die Boys begriffen das sehr gut und benahmen sich entsprechend. Silkys Bar war denn auch ein sehr ordentlicher Betrieb.

Gegenwärtig lümmelten sich sechzehn Männer an der Bar herum: zehn Kalifornier, die sich an einheimischen Weinen gütlich taten, und sechs Yankees, die Whisky tranken. Whisky war in Kalifornien nur schwer zu bekommen und demzufolge sehr teuer. Silky kaufte ihn von amerikanischen Klippern und zuweilen auch von englischen Schiffen, die auf dem Wege nach China in San Diego ankerten.

Die Tür von der Straße öffnete sich, und zwei weitere Yankees kamen herein; sie schüttelten den Regen aus ihren Kleidern. Es waren Händler, die im letzten Sommer mit dem Santa-Fé-Treck gekommen waren und die beabsichtigten, mit der Frühlingskarawane zurückzuziehen. Florinda schenkte ihnen ein strahlendes Lächeln, als sie an die Bar traten: »Was darf's sein, Gentlemen?«

Sie hatte bereits eine Flasche amerikanischen Whisky in der Hand. Die Männer nickten, und Micky stellte zwei Becher vor sie hin.

»Scheußliches Wetter bringen Sie mit«, bemerkte Florinda, während sie den Whisky eingoß.

Sie kannte die Männer. Der eine war »Teufelswanze«, Penroses Zechkumpan, der andere, ein großer, blondlockiger Mann, führte den Spitznamen »Tick-Tack«, und zwar wegen seiner großen, sehr geräuschvoll tickenden Uhr, auf die er sehr stolz war.

Teufelswanze sagte ein paar Worte über das Wetter, die in keinem Konversationslexikon zu finden gewesen wären. Florinda lachte und tat ein bißchen schockiert. »Solche Redensarten sollten Sie sich für den Treck aufsparen«, sagte sie.

»Wenn die Sauerei anhält, ist an den Treck gar nicht zu denken«, knurrte der Händler. »Die Maulesel würden im Schlamm stecken- bleiben.«

»Oh, ich glaube, es dauert nicht mehr lange«, versetzte Florinda. »Ein Gentleman, der heute hier war, meinte, über den Bergen von Santa Susanna regne es schon nicht mehr. Jedenfalls wird es viel Gras geben.«

»Was hilft uns das Gras, wenn wir nicht aufbrechen können!« sagte Tick-Tack. Er hielt wie meistens seine überdimensionale, laut tickende Uhr in der Hand und streichelte sie liebevoll. »In der Mo- jawe-Wüste sollte es regnen«, setzte er hinzu, »das wäre eine Sache. Aber darauf werden wir warten können.«

»Vor ein paar Tagen waren Boys hier, die erzählten, der Kaktus blühe«, bemerkte Florinda. »Das bedeutet doch Regen, nicht wahr?« Sie zuckte die Achseln: »Wenn ich mir vorstelle, daß der Kaktus blüht!«

Teufelswanze lachte. »Wollen Sie nicht mit auf die Frühlings- reise?«

»Ich? Das müßte mir einfallen. Mir geht es hier ausgezeichnet.«

»Wo steckt eigentlich Ihr Dauerkunde?« knurrte Tick-Tack.

»Meinen Sie Texas? Er war eine Woche lang jeden Tag hier. Silky und ein anderer haben ihn heute nach Hause geschleppt.«

»Besoffen?«

»Das kann man wohl sagen.«

»Wenn er nicht bald damit anfängt, nüchtern zu werden, wird er hierbleiben müssen«, sagte Tick-Tack.

»Wieso?« lachte Florinda. »Bindet ihn auf einen Maulesel, und er wird wieder nüchtern sein.« Sie wandte sich zwei Matrosen zu, die eben ihre Ellbogen auf der Bartheke ausbreiteten: »Was darf's sein, Gentlemen?«

Einer der Ankömmlinge schob ihr eine Münze zu und grinste: »Was kriege ich dafür?«

Florinda nahm die Münze auf, klopfte damit gegen den Metallbelag der Theke und besah sie sich sehr aufmerksam. Es war ein französisches Zwei-Franc-Stück. »Sechsunddreißig Cent«, sagte sie.

»Ich. meine natürlich in Whisky.«

Florinda ergriff die Whiskyflasche und maß mit dem Daumennagel das Quantum. »So viel.«

»Guck dir die Gaunerei an! Das ist ja ein süßer Laden hier!«

»Whisky kommt um Kap Hoorn herum, mein Junge. Rechnet euch das mal aus.« Florinda schenkte den beiden Matrosen ihr bezauberndstes Lächeln. »Seid ihr zum erstenmal in Kalifornien?« fragte sie.

»Ja, warum?«

»Habt ihr schon mal unseren Aguardiente probiert?«

»Nein. Was ist das?«

Florinda nahm eine Flasche vom Bord. »Agua – Wasser, ardiente – feurig«, dozierte sie. »Kurz und schlicht: Feuerwasser. Kostet nur ein Zehntel des amerikanischen Whiskys und wirkt doppelt so schnell.«

Die Matrosen grinsten sich an; sie schienen nicht unbeeindruckt. »Schön«, sagte der eine, »und wieviel von dem Zeug kriegen wir für die zwei Francs?«

»Wollen Sie alles gleich auf einmal?«

»Klar. Warum nicht?«

Florinda nahm zwei große Becher vom Bord und füllte sie bis zum Rand. »Das wäre es«, sagte sie.

Die Matrosen nahmen einen kleinen Schluck und ließen einen Pfiff der Befriedigung hören. »Nicht schlecht!«

Florinda strahlte sie an. »Im Gegenteil, Gentlemen. Ausgezeichnet.« Sie verkaufte fremden Gästen gern Aguardiente, um den amerikanischen Whisky für die Händler und Kaufleute zu sparen, die ständig in der Bar verkehrten. Sie warf die französische Münze in den Schlitz eines hinter ihr auf dem Bord stehenden Kastens und wandte sich einem jungen Kalifornier zu, der eben hereingekommen war: »Vino rojo? – Si, Señor, pronto.«

Während sie den roten Wein einschenkte, lümmelte sich einer der Matrosen über den Bartisch und blinzelte ihr zu: »Wie heißen Sie, Miß?«

»Florinda!«

»Wie, um alles in der Welt, sind Sie hierhergekommen?«

Florinda blinzelte zurück: »Der Weihnachtsmann hat mich gebracht.« Am anderen Ende klopfte ein Mann mit dem leeren Becher auf den Tisch; sie ging hin, um ihn zu bedienen. Gleich darauf riefen die Matrosen wieder nach ihr.

»Was gibt's dafür?« fragte der eine und reichte ihr einen peruanischen Dollar.

»Rund hundert Cent. Wollt ihr Aguardiente dafür?«

»Immer her damit! Ist ein prima Stoff. Schenken Sie ein, solange der Dollar reicht.«

Florinda lachte und stellte eine volle Flasche vor sie hin. »Für einen Dollar«, sagte sie. »Ihr dürft euch selbst einschenken.« Und schon wandte sie sich wieder anderen Gästen zu, die eben aus dem Spielsalon gekommen waren. Hinter ihnen erschien Silky, der ihr zuwinkte, während sie den Männern die Becher füllte. »Wie geht's hier?« fragte er.

»Ausgezeichnet.«

»Keine Schwierigkeiten?«

»Nicht die geringsten. Die tapferen Matrosen da trinken den Aguardiente wie Milch, aber Sie sehen, es macht ihnen nichts.«

»War Texas noch nicht wieder da?«

»Ich bezweifle sehr, daß er so weit laufen kann. Außerdem, Sie wissen doch: Mit Texas gibt es nie Schwierigkeiten.«

»Gut. Lassen Sie mich wissen, wenn Sie Hilfe brauchen sollten«, sagte Silky würdevoll und ging in das Spielkasino zurück. Die Matrosen trommelten mit ihren Bechern. Als José sich ihnen zuwandte, winkten sie ab. »Nichts da! Die Dame soll kommen, die nette Yankee-Dame da. Miß Florinda, kommen Sie her!«

»Augenblick, Gentlemen, Augenblick. Muß mir nur eben einen Wischlappen holen«, rief Florinda.

Die Matrosen schienen sich sehr wohl zu fühlen. Sie beobachteten Florinda, die einen Schnapsfleck von der Metallplatte wischte. Der eine neigte sich zu ihr hinüber und flüsterte ihr ein paar Worte ins Ohr. Florinda schüttelte lächelnd den Kopf.

»Bedaure unendlich, mein Schatz«, sagte sie; »sechs Türen weiter rechts. Fragen Sie nach Estelle.« Teufelswanze klopfte auf den Tisch, und Florinda wandte sich ihm zu: »Was soll's jetzt sein?«

»Dasselbe noch mal. Was haben wir noch gut?«

»Eine Minute. Ich sehe nach.«

Florinda nahm ein Buch vom Regal und blätterte die Seiten durch. »Teufelswanze: sechs Häute, Tick-Tack dreieinhalb«, verkündete sie. »Gleicht gerade die bisherige Zeche aus.« Sie machte ein paar Eintragungen in dem Buch.

»Schön«, sagte Teufelswanze, »aber schließlich brauchen wir noch was, bis wir abziehen. Ich bringe Ihnen morgen einen Guthaben-Bon von Abbott.«

»Lassen Sie sich einen möglichst großen Bon ausstellen«, lächelte Florinda. »Es ist bis Santa Fé Ihre letzte Gelegenheit, Dummheiten zu machen.«

Die Händler lachten, und Florinda wandte sich dem anderen Ende der Bar zu, wo ein paar Kalifornier nach einer neuen Flasche Wein riefen. Im Augenblick, da sie ihnen die Flasche hinschob, ging die Außentür auf, und ein heftiger Windstoß fuhr herein.

Florinda sah auf und stieß einen leichten Freudenschrei aus. »Ich will eine augenkranke Makrele sein, wenn das nicht John Ives ist«, rief sie lachend. »Wie geht es Ihnen, Johnny?«

Alle Amerikaner im Raum riefen dem Eingetretenen Begrüßungen zu. John blieb schweigsam und ernst. Er kam mit langen Schritten heran und stützte sich mit beiden Händen auf den Bartisch. Seine Kleider waren durchgeweicht und verschmutzt, der Regen troff ihm aus dem Haar. Er trug einen mehrere Tage alten Bart und die Spuren starker Strapazen im übermüdeten Gesicht. Hinter ihm betrat sein Boy Pablo Gomez die Bar, der sich im Hintergrund schweigend in eine Ecke hockte. Florinda sah John Ives ins Gesicht und fuhr betroffen zurück.

»Um Himmels willen, Johnny«, sagte sie, »was ist passiert? Sie sehen ja zum Erbarmen aus.«

»Ich komme mir auch ziemlich ausgepumpt vor«, versetzte John, ohne den Kopf zu heben. »Geben Sie mir schnell einen Whisky, aber einen großen, und eine Flasche Roten für Pablo.«

Er warf ein paar Münzen auf den Tisch; Micky stellte einen Becher vor ihn hin, und Florinda goß ihm den Whisky ein. Sie nahm einen mexikanischen Dollar von den Münzen ab und schob ihm den Rest zu. Micky brachte Pablo seine Flasche Roten. John goß den Drink in einem Zug hinunter und schob Florinda den Becher wieder zu, die ihn von neuem füllte. »Wie lange waren Sie im Regen unterwegs?« fragte sie.

»Ich bin vier Tage geritten; regnen tut es erst seit zwei Tagen«, sagte John, goß den zweiten Whisky hinunter und bat um einen dritten. Florinda füllte ihm den Becher abermals und kassierte eine weitere Münze.

»Trinken Sie etwas langsamer, John«, sagte sie, »Sie sind zu müde, um so schnell hintereinander zu trinken.«

»Sie haben wahrscheinlich recht«, entgegnete John trocken; »können Sie mir etwas zu essen verschaffen?«

»Selbstverständlich. Warten Sie, bis ich eine freie Minute habe. Was haben Sie übrigens für Kummer?«

»Das werde ich Ihnen schon noch erzählen. Lassen Sie mich nur erst ein bißchen zur Ruhe kommen.«

Florinda nickte. Sie wurde in eben diesem Augenblick von einem anderen Gast gerufen und wandte sich ab. Die anwesenden Händler sammelten sich um John, aber John schien nicht viel Lust zu einer ausgedehnten Unterhaltung zu haben; er gab nur kurze und knappe Antworten. Er komme eben von der Hale-Ranch herunter, sagte er. Er sei hart geritten und habe unterwegs nur wenig geschlafen. »Ich suche Texas«, setzte er abschließend hinzu.

»Er ist in der Stadt«, entgegnete Teufelswanze, »aber Florinda sagte vorhin, er sei schon seit einer Woche ununterbrochen betrunken.«

»Verdammter Idiot!« knurrte John. »Ich dachte, er würde sich langsam auf den Treck vorbereiten.«

»Warum? Vorläufig ist bei dem Regen ohnehin nicht an Aufbruch zu denken. Nächste Woche wird er wohl den Anfang machen mit dem Nüchternwerden.«

»Nächste Woche!« höhnte John wütend. »Nächste Woche!«

»Was willst du denn von Texas?« fragte Tick-Tack. »Ist jemand krank?«

»Mrs. Hale. Sie ist sogar ziemlich schwer krank. Lebensgefährlich. Erinnert ihr euch an sie?«

»Klar«, sagte Teufelswanze. »Nettes Mädchen! Tut mir verdammt leid.«

»John!«

Florinda war hinter dem Bartisch hervorgekommen und ergriff ihn beim Handgelenk; ihre Augen waren schreckgeweitet. »Was haben Sie da eben von Garnet gesagt?« flüsterte sie.

»Sie wird sterben, wenn sie nicht bald Hilfe bekommt«, sagte John.

Florindas Lippen kniffen sich fest zusammen. »Warten Sie!« stieß sie heraus. Sich umwendend, ergriff sie Micky am Arm. »Übernimm den Betrieb, Micky«, sagte sie. »Ich muß mit dem Herrn sprechen. Bin bald wieder da.«

Micky versicherte, es sei ihm eine Ehre, der weißen Blume gefällig zu sein.

Einer der anderen Gäste trommelte mit dem Becher auf der Theke, aber Florinda störte sich nicht daran. Sie öffnete die Klapptür, kam in den Gästeraum heraus, ergriff John Ives am Ellbogen und schob ihn zu der Tür in der Seitenwand. »Kommen Sie schnell, hier durch«, sagte sie.

Die Tür öffnete sich auf eine Art Vorraum. Florinda schloß sie hinter sich und zog John in die Küche. In dem gemauerten Herd war noch Feuer; ein Topf hing über der glühenden Asche. Vor der Wandbank stand ein großer Tisch, auf dem eine Anzahl gebrauchter Schüsseln und Töpfe des Abwaschs harrten

»Setzen Sie sich«, sagte Florinda. John gehorchte schweigend. Er sackte vor Müdigkeit förmlich zusammen. Florinda ging zum Herd und füllte eine Schüssel mit Bohnen aus dem über dem Feuer hängenden Topf. Dazu brachte sie einen Teller mit Bratfleisch und ein paar kalte Tortillas. Sie stellte Schüsseln und Teller vor ihn hin und eine Flasche Whisky daneben. »Trinken Sie aber nicht mehr, bevor Sie gegessen haben«, sagte sie. »Sprechen Sie auch noch nicht; essen Sie erst. Sie kriegen in dem Zustand doch nichts Vernünftiges heraus.«

John sandte ihr ein müdes Lächeln zu und begann schweigend zu essen. Florinda schürte das Feuer und legte Holz nach. Johns Kleider begannen zu dampfen. Florinda kam mit einem großen weißen Tuch, das ebensogut ein großes Handtuch wie ein kleines Tischtuch sein konnte, trocknete ihm das regennasse Haar und rieb die Schmutzkruste von seinen stoppeligen Wangen. Sie störte ihn mit keinem Wort beim Essen; aber als er schließlich die Schüssel mit einer Handbewegung zurückstieß, setzte sie sich neben ihn auf die Bank und goß ihm einen Becher voll Whisky. John lächelte, als sie ihm den Drink zuschob.

»Sie sind ein feiner Kerl, Florinda«, sagte er, »ich danke Ihnen.«

»Fühlen Sie sich jetzt besser?« fragte Florinda.

»Sehr viel besser.«

»Also dann erzählen Sie! Was ist mit Garnet?«

Johns Hand umklammerte den Steingutbecher. »Sie erwartet ein Kind«, sagte er, »und sie hat vor kurzem einen schweren Schock bekommen.«

»Was ist mit ihr? Sprechen Sie doch!«

»Sie erbricht sich fortgesetzt. Ich habe nie so etwas gesehen. Es ist schrecklich. Bei der fürchterlichen Anstrengung ist ihr eine Blutader geplatzt, seitdem hustet sie Blut. Als ich sie verließ, war sie so schwach, daß ich die schlimmsten Befürchtungen hatte.«

Florinda hatte über seinen Worten vor Schreck aufgeschrien. »Erzählen Sie«, flüsterte sie jetzt, »was ist denn geschehen? Fangen Sie von vorn an.«

John nahm einen gierigen Schluck Whisky und begann Garnets Geschichte zu erzählen. Er sprach von dem Brief, den er Oliver in Santa Fé überreicht hatte, und von dem Kind der Carmelita Velasco. Florinda hörte ihm nach einigen entsetzten Aufschreien schweigend zu.

»Als ich sie ins Haus trug, war sie ohnmächtig«, schloß John seinen Bericht, »als sie wieder zu sich kam, phantasierte sie.«

Florinda schloß eine Minute die Augen; es schauderte sie. »Und Charles?« sagte sie dann. »Was macht Charles jetzt?«

»Er hat sich in seinem Zimmer eingeschlossen und rennt darin auf und ab. Zweifellos liebte er seinen Bruder, wenn man denn dieses Anklammern und Festhaltenwollen Liebe nennen will. Zwei Tage nach der Katastrophe – es wurden gerade die Vorbereitungen für die Beerdigung getroffen – ging ich zu ihm ins Zimmer, das heißt, ich erzwang mir den Eingang, und ich sagte ihm, wenn nicht ein Wunder geschähe, würde Garnet sterben. Er antwortete: ›Hoffentlich!‹ und warf mich hinaus. Ich setzte mich aufs Pferd und ritt nach Los Angeles, um Texas zu holen.«

»Wer ist bei Garnet?«

»Ein paar Mexikanerfrauen. Gute Seelen, die aber nicht wissen, was sie tun sollen, ebensowenig wie ich. Und Texas, der einzige Mensch, der helfen könnte, liegt hier als Schnapsleiche.« Er stieß einen wilden Fluch aus und schleuderte den Whiskybecher gegen die Wand, daß er zerschellte.

Florinda reichte ihm schweigend einen anderen. »Schmeißen Sie ruhig noch ein paar Becher kaputt, wenn es Sie erleichtert«, sagte sie dann mit einem schwachen Lächeln.

»Dieser versoffene Idiot!« knirschte John. »Wenn ich nur wüßte, warum diese Kerle sich ständig voll Schnaps laufen lassen!«

»Das wissen sie vermutlich selber nicht.« Florinda ließ ein kleines böses Lachen hören. »Ich könnte ein Lied davon singen.« Sie ging zum Fenster und stieß die Holzläden etwas auf. »Der Regen läßt nach«, sagte sie über die Schulter hinweg. »Wenn Sie eine Nacht geschlafen haben, können Sie dann morgen früh wieder zur Hale-Ranch aufbrechen?«

»Natürlich kann ich. Aber was hätte das für einen Sinn? Was soll ich dort?«

»Ich komme mit.«

»Sie? Wüßten Sie, wie man ihr helfen kann?«

»Ich hoffe.« Florinda, immer noch am Fenster stehend, wandte sich um und lächelte ihn mit kühler Ironie an. »Sie sind zweifellos ein gescheiter Mann, Johnny«, sagte sie, »und Sie sind wahrscheinlich ziemlich weit herumgekommen. Aber ich weiß nicht, ob Sie ahnen, wie es in den New Yorker Slums zugeht. Es ist dort nicht gerade selten, daß eine schwangere Frau einen Schock bekommt. Und der Schock kommt fast immer aus der gleichen Ursache: Weil so ein armes Weib nämlich keine Ahnung hat, was aus ihr werden soll. Und weil kein Mensch weit und breit ist, der sich im geringsten darum kümmert, was aus ihr wird.«

»Sie wären also bereit, für Garnet zu sorgen und ihr behilflich zu sein?«

»Ich werde jedenfalls mein Bestes tun.« Florinda löste sich vom Fenster und kam auf ihn zu. »Kommen Sie mit herauf«, sagte sie, »ich will Ihnen einen Schlafplatz anweisen. Sobald es Morgen wird, brechen wir auf.«

Sie tätschelte ihm leicht die stoppeligen Wangen. Die Küchentür öffnete sich, und Silky erschien in ihrem Rahmen.

»Hören Sie, Florinda, was tun Sie hier?« fragte Silky. »Warum lassen Sie die Bar so lange allein? Wissen Sie denn nicht ... hallo, John, wie geht's? Wo kommst du her? Los, Florinda, zurück in die Bar! Die Kerle werden schon wild.«

»Sie werden sich noch einen Augenblick gedulden müssen«, versetzte Florinda kühl, »ich muß John erst seinen Schlafplatz zeigen. Er bleibt hier über Nacht.«

»Schön, schön, aber beeilen Sie sich. José bringt mir das Kontobuch durcheinander; alle sind schon vollkommen verrückt.«

»Laß sie in Ruhe, Silky«, sagte John.

Er saß auf der Bank. Florinda strich ihm das feuchte Haar aus der Stirn. »Schimpfen Sie nicht mit ihm, Silky«, sagte sie, »er hat ein bißchen viel getrunken. Ich bin gleich wieder da und singe den Kerlen ein paar Zoten vor, dann werden sie gleich wieder normal.«

Silky hatte die Hand auf der Klinke.

»Werden Sie wirklich gleich wieder draußen sein, Florinda?«

»Ja, ich werde. Aber ich will Ihnen lieber gleich sagen, daß ich morgen früh verreise und dann eine Weile weg sein werde.«

Silky fuhr herum und starrte sie an. »Was, zum Teufel, soll das heißen?« schrie er. Silkys Manieren ließen im privaten Bereich zuweilen zu wünschen übrig.

Florinda berichtete ihm von Garnets schwerer Erkrankung. Aber Silky hörte kaum zu. Er war wütend. – Wie sie sich das denke, schrie er. Wie er denn Bar und Spielsalon gleichzeitig beaufsichtigen solle. John wollte sich einschalten, aber Florinda versetzte ihm einen heimlichen Stoß, und so ließ er Silky seine Wut austoben.

Nachdem er schließlich einhielt, lächelte Florinda ihn freundlich an. »Es tut mir leid, Silky«, sagte sie, »ich würde Sie gewiß nicht im Stich lassen, wenn es nicht um Leben und Tod ginge. Aber so geht es nicht anders.«

Silky stierte vor sich hin und zerrte an seinem Schnurrbart herum. »John«, sagte er, »ist das Mädchen wirklich schwerkrank?«

»Ich hoffe nur, daß ich sie noch lebend antreffe, wenn ich zurückkomme«, antwortete John.

»Hol euch alle der Teufel!« brüllte Silky. »Braucht ihr noch irgend etwas für die Reise?«

»Frische Pferde«, sagte John.

»Findet ihr im Korral hinter dem Haus. Sonst noch was?«

»Ich habe die Satteltaschen auf die Veranda geworfen. Laß sie hereinbringen. Und gebt Pablo etwas zu essen und einen Schlafplatz. Ja, noch was: Ich wollte mit meinem russischen Freund hier zusammentreffen. Sie wissen, Florinda: das ›hübsche Tier‹. Wenn er kommt, sagt ihm, wo er mich findet.«

»In Ordnung! Ich hoffe, daß Mrs. Hale wieder gesund wird. Und Sie, Florinda, wenn Sie mir so was noch mal antun, bringe ich Sie um.«

»Sehr schön, Silky. Dann werden Sie sich eben nach einem anderen hübschen Mädchen umsehen, das Englisch spricht, nicht trinkt und weder Sie noch die Gäste betrügt. Kommen Sie, John.«

Florinda ergriff eine Lampe und ging hinaus. John folgte ihr die wackligen Treppen hinauf. Oben angekommen, sagte er:

»Silky benimmt sich ja ganz anständig. Ich habe einen Beutel Silber in einer der Satteltaschen. Sagen Sie ihm, daß er ihn haben soll als Entschädigung für den Verlust, den er während Ihrer Abwesenheit erleidet.«

Florinda maß ihn mit einem zynischen Lächeln.

»Hölle und Teufel!« sagte sie. »Wenn ein Mann einmal in zehn Jahren einen guten Gedanken hat, können Sie ihm den nicht lassen?«

»Ich weiß nicht, wie lange der gute Gedanke vorhalten wird«, lächelte John, »ich verlasse mich lieber auf die Universalsprache, von der ich weiß, daß sie Silky versteht.«

»Sehr edel von Ihnen, Johnny. Übrigens, dies ist mein Zimmer. Sie können hier bleiben.«

Sie öffnete eine Tür und ging mit der Lampe voraus. John blieb auf der Türschwelle stehen. Er sah in ein Zimmer, wie er es bei Silky nicht zu finden erwartet hatte.

Der Raum war klein und hatte rohe Ziegelwände, die aber durch blau gemusterte Baumwollvorhänge verdeckt wurden. Die gleichen Vorhänge hingen auch vor den Fenstern, und auch die Bettdecke war vom gleichen Stoff gefertigt. Auf der Wandbank lagen blaue Kissen, und der Fußboden war mit schwarz-weiß gemusterten Wollteppichen aus Santa Fé bedeckt. Ein weiß gestrichener Kleiderschrank stand an der einen Wand, das Bett mit der blau gemusterten Decke an einer anderen. Außerdem gab es da einen Waschständer mit Schüssel und Wasserkrug, einen großen Wandspiegel und einen mit blauer Baumwolle bespannten Wandschirm. Das ganze Zimmer atmete Frische und Sauberkeit.

John sah sich um und dann auf seine schmutzstarrenden Kleider. »Sie meinen doch nicht etwa, ich solle in diesem Damensalon schlafen?« sagte er.

»Warum nicht? Natürlich sollen Sie das. Es gibt gar keine andere Möglichkeit. Das Haus ist nicht auf Nachtgäste vorbereitet.«

»Aber ich bin von oben bis unten verdreckt. Ich habe mich seit Tagen nicht waschen können. Und wo wollen Sie übrigens schlafen?«

»Oh, ich dachte, Sie würden das Bett nehmen, damit Sie sich richtig ausstrecken können. Ich lege mich auf den Fußboden. Ich habe Decken genug.«

»Ich denke nicht daran, mich in dieses unschuldige Bett zu legen«, sagte John.

»Schön«, versetzte Florinda gleichmütig; »ich habe keine Zeit, mich mit Ihnen herumzustreiten. Dann legen Sie sich eben auf den Fußboden.« Sie entnahm dem oberen Fach des Schrankes einen Stapel Decken. »Sie werden nicht hören, wenn ich hereinkomme«, sagte sie, »ich wecke Sie nicht auf. Wasser und Seife ist da, und alles, was sonst noch nötig ist, finden Sie hinter dem Wandschirm.« Sie ließ die Decken auf das Bett fallen. »Also«, schloß sie, zur Tür gehend, »ich muß jetzt hinunter und den Gästen ein bißchen vortrillern. Wir sehen uns morgen früh.«

Sie ging hinaus, bevor er noch antworten konnte. Das Haus hatte dünne Wände; John konnte den Lärm aus der Bar hören. Es störte ihn nicht im geringsten. Er zog die Stiefel aus und brachte es auch noch fertig, sich Gesicht und Hände zu waschen. Dann rollte er sich in die von Florinda bereitgelegten Decken und legte sich auf den Fußboden. Sekunden später schlief er schon.

Er erwachte und blinzelte auf die blauen Vorhänge an den Wänden. Dunkel wurde ihm bewußt, wo er war. Er dehnte und streckte sich. Die Fensterläden waren geschlossen und die Vorhänge zugezogen, aber durch Ritzen und Spalten drang helles Licht. Er sprang auf und öffnete das Fenster. Es regnete nicht mehr. Die Sonne stand hell am Himmel, und wie immer bei gutem Wetter befand sich die Mehrzahl der Bevölkerung auf der Straße. John sah die Frauen zum Bach hinuntergehen; halbnackte Digger liefen mit schweren Eimern umher und verkauften Wasser.

Dann und wann rumpelte ein schwerer, zweirädriger Ochsenkarren heran. Die lärmenden Geräusche des erwachten Tages drangen herein; John erinnerte sich daran, daß Florinda noch schlief, und schloß das Fenster.

Er ging langsam zum Bett. Florinda lag auf der Seite; sie hatte kein Kopfkissen. Ihr helles glänzendes Haar flutete in weichen Wellen über das Bett; der Kopf lag darin wie in einem Nest. Sie trug ein bis zum Hals geschlossenes Nachthemd mit langen Ärmeln und Spitzenrüschen, die die Hände bis fast zu den Fingerspitzen verbargen. John grinste amüsiert. – Selbst ihre Nachthemden verraten noch ihre Eitelkeit, dachte er. Aber dann fiel ihm ein, daß Florinda ja nicht immer allein schlief.

Er wollte sie nicht früher als unbedingt nötig wecken. Sie hatte einen zweiten Eimer mit Wasser heraufgeschleppt, der neben dem Waschständer stand. Er füllte den Waschkrug, dessen Inhalt er am Abend verbraucht hatte, nahm den Eimer mit dem restlichen Wasser und verließ das Zimmer.

In der Bar war alles totenstill. John sah in die Küche hinein; hier lagen seine Satteltaschen in einer Ecke. Er nahm sie auf und wusch sich in dem kleinen Vorraum am Fuße der Treppe. Nachdem er sich rasiert, seine Kleidung gewechselt und ein Paar trockene Stiefel angezogen hatte, fühlte er sich frisch und hungrig.

In dem Korral hinter dem Haus befanden sich mehrere Pferde, die an den Rispen des Wildhafers herumzupften, der im Regen der letzten Wochen hochgeschossen war. John verließ den Korral durch die Gattertür und stieß auf Pablo, der bereits mit einer Frau aus dem Nachbarhaus Bekanntschaft geschlossen hatte und gerade ein Frühstück serviert bekam. John gab der Frau ein paar Kupfermünzen für eine Schüssel Bohnen und eine Schale Schokolade; sagte Pablo, er möge die Sättel frischen Pferden auflegen, ließ sich eine zweite Portion Bohnen und Schokolade geben und ging zu Florinda hinauf.

Florinda schlief immer noch. John stellte Schüsseln und Schalen auf die Werkbank, legte ihr eine Hand auf die Schulter und schüttelte sie sanft.

Florinda schlug die Augen auf, sah ihn einen Moment verständnislos an und richtete sich dann im Bett auf.

»Oh«, sagte sie, »Sie sind es, Johnny. Pfui Teufel, ist das kalt!« Sie zog die Decken wieder über sich. »Wie spät ist es?«

»Ich weiß es nicht. Ich war gestern abend so müde, daß ich vergessen habe, meine Uhr aufzuziehen. Aber es ist jedenfalls heller Tag; die Sonne steht am Himmel. Ich habe Ihnen Frühstück gebracht.«

Florinda gab sich einen Ruck und rieb sich die Augen.

»O John«, sagte sie, »Sie sind ein Engel. Wo haben Sie das schon her? Sagen Sie nicht, Micky sei so früh aufgestanden.«

»Micky?«

»Der Chinesenboy, ja. Er ist wahrhaftig ein Juwel, und ich mag ihn sehr.«

»Ich habe keinen Micky gesehen. Ich ließ mir Bohnen und Schokolade von der Frau geben, die gleich hinter dem Korral wohnt.«

»Ach, denken Sie an! Das ist eine nette Person. Sie heißt Isabel. Ich lasse meine Wäsche bei ihr waschen.« Florinda begann ihre Schokolade zu schlürfen. »Gehen Sie hinunter und kümmern Sie sich um die Pferde«, sagte sie, »ich ziehe mich inzwischen an. Ich habe mir einen Sattel geben lassen und auch schon etwas in die Satteltaschen gepackt in der Nacht. Sie finden alles im Vorraum unter der Treppe.«

»Das haben Sie alles gemacht? Ich habe nichts von Ihnen gehört.«

»Mein Lieber, Sie haben geschlafen wie ein Murmeltier. Eine Herde Ochsen hätte Sie nicht aufwecken können. Schnell, gehen Sie, Johnny, ich bin gleich unten.«

Er ging zur Tür, und sie winkte ihm fröhlich nach.

»Machen Sie nicht ein so mürrisches Gesicht, Johnny«, sagte sie, »wir werden die Sache schon managen.«

Neunundzwanzigstes Kapitel

Es war spät in der Nacht, als sie auf der Hale-Ranch eintrafen. Die Reise hatte vier Tage gedauert. Das Wetter hatte sich klar und trokken gehalten; freilich hatten sie ganze Schlammwüsten zu durchreiten.

Die Ranchgebäude lagen im Dunkel, aber als sie um das Herrenhaus bogen, sahen sie aus zwei Fenstern Licht fallen. John erklärte Florinda, daß die erleuchteten Fenster zu den Zimmern von Charles und Garnet gehörten.

Florinda interessierte sich nicht im geringsten für Charles Hale. »Sie muß noch leben, John«, sagte sie, »sonst wäre in ihrem Zimmer kein Licht. Lassen Sie uns eilen.«

John half ihr vom Pferd und erteilte Pablo den Befehl, das Gepäck hereinzubringen. Sie betraten das Haus, und John öffnete die Tür zu Garnets Zimmer.

Der Raum wurde durch eine auf der Wandbank stehende Lampe schwach erleuchtet. Eine Frau, die neben dem Bett auf dem Fußboden hockte, sah überrascht auf. John winkte ihr zu. »Como esta la Señora, Lolita?« flüsterte er.

Die Frau schüttelte offensichtlich bedrückt den Kopf. John befahl ihr, Florindas Packen zu holen und in Garnets Wohnzimmer nebenan bringen zu lassen. Während sie das Zimmer verließ, wandte er sich Florinda zu.

Florinda hatte Hut, Schal und Handschuhe auf den Tisch gelegt und war dabei, den Gürtel mit dem Pistolenhalfter abzuschnallen. Sie sah aufmerksam zum Bett hinüber. Garnet lag bis zum Hals zugedeckt ganz flach auf dem Rücken; ihr blasses Gesicht wurde von zwei unordentlich geflochtenen schwarzen Zöpfen umrahmt. In dem düsteren Licht erschienen ihre Züge hart und scharf. Die Lippen waren rissig und trocken, die Gesichtshaut schälte sich und sah aus wie altes Papier. Sie schlief offenbar nicht, doch waren ihre Augen halb geschlossen. Sie schien bis zur halben Bewußtlosigkeit erschöpft.

Florinda kniete sich neben dem Bett nieder. Garnet regte sich ein wenig, ein Zittern durchlief ihren Körper, sie öffnete träge die Augen.

Florinda beugte sich dicht über sie. »Garnet«, flüsterte sie, »ich bin es, Florinda.«

Garnet machte einen schwachen Versuch, sich ihr ganz zuzuwenden. Florinda sagte:

»John hat mich geholt. Wir bleiben jetzt bei Ihnen. Wir bleiben so lange, bis Sie wieder ganz gesund sind.«

Garnet stieß einen leisen Seufzer aus. Sie versuchte zu sprechen, aber die geschwollene Zunge widerstand ihren Bemühungen; es kam nur ein undeutliches Lispeln: »Florinda – Sie – o Florinda –«; die Stimme brach ab.

»Warten Sie, ich werde es Ihnen bequem machen«, sagte Florinda. »Sie müssen ruhig schlafen. Sie können auch ganz ohne Sorge sein. Ich bleibe bei Ihnen.«

Garnet tastete unsicher mit der Hand. Sie fühlte Florindas Haar und streichelte es sacht. »Bringen Sie mir Wasser, John«, sagte Florinda, über die Schulter sprechend, »und ein Tuch, bitte.«

Garnet murmelte: »Ich kann nicht – kann kein Wasser trinken – überhaupt nicht – kommt alles zurück.«

»Sie brauchen nicht zu trinken, Darling. Aber Ihre Stirn ist heiß. Warten Sie, ich kühle Ihnen das ganze Gesicht.«

John goß Wasser in die auf dem Waschständer stehende Schüssel und legte ein Handtuch bereit. Florinda rollte die Ärmel ihres Kleides hoch. Das Lampenlicht ließ ihre narbigen Arme scharf hervortreten.

»Ich brauche einen Stuhl, John«, sagte sie.

John brachte ihr einen Stuhl. Florinda tauchte das Tuch ins Wasser und wrang es aus. Dann fuhr sie damit ganz sacht über Garnets Stirn. John stand hinter ihr, als warte er auf weitere Anweisungen.

Während des gemeinsamen Rittes zur Ranch hatte er Gelegenheit gehabt, Florindas Haltung zu bewundern. Dieses Mädchen hatte eine Menge Charakterzüge, die ihm Respekt abnötigten. Fast das Bemerkenswerteste schien ihm, daß sie nicht schwätzte. Sie war stundenlang neben ihm her geritten und hatte den Mund nur ganz selten zu einer Frage geöffnet. Außerdem pflegte sie sich der besseren Einsicht zu fügen. Sie hatte zu größter Eile gedrängt; aber als er ihr klarmachte, daß man ein bestimmtes Tempo nicht überschreiten könne und gewisse Ruhepausen unter allen Umständen einlegen müsse, hatte sie sich widerspruchslos gefügt. John hatte die Erfahrung gemacht, daß Menschen, die Verstand genug haben, Befehle entgegenzunehmen und auszuführen, in der Regel auch geeignet sind, selbst Befehle zu erteilen. Aus dieser Einsicht war er jetzt im Krankenzimmer ohne weiteres bereit, sich Florindas Anordnungen zu unterwerfen.

Er sah aufmerksam zu, wie sie Garnets Stirn mit dem feuchten Tuch kühlte; das Geschäft nahm ziemlich lange Zeit in Anspruch. Schließlich stand sie auf und trat zu ihm.

»Sie ist eingeschlafen«, flüsterte sie. »Es ist ein guter, natürlicher Schlaf. Bitte, bringen Sie mir etwas frisches Wasser, John, einen Löffel und so etwas wie eine Uhr.«

John verließ leise das Zimmer. Draußen tauchte er den Eimer in den Brunnen, füllte den Wasserkrug und holte danach einen Löffel aus dem Eßzimmer. Obwohl er sich bemüht hatte, so leise wie möglich zu gehen, öffnete sich, als er zurückkam, eine Tür, und in ihrem Rahmen erschien Charles. Der Ranchero war völlig angekleidet; er sah aus, als habe er in den letzten Nächten wenig geschlafen.

»Wer schleicht hier herum?« fragte er. »O John! Ich dachte, Sie wären auf Ihre Ranch zurückgekehrt.« Es hörte sich an, als sei er über Johns neuerliches Auftauchen nicht gerade erfreut.

»Ich war in Los Angeles«, entgegnete John. »Ich habe eine Freundin Miß Garnets geholt; sie braucht sorgsame Pflege.«

»Was heißt das?« fragte Charles, unangenehm überrascht. »Sie hat zwei Frauen zur Pflege bekommen. Und ich muß Ihnen sagen, John, daß ich im Augenblick nicht gern Fremde auf der Ranch habe.«

Charles machte keinerlei Anstrengungen, seine Stimme zu dämpfen, und John sah jetzt, daß er in der Eile vergessen hatte, die Tür zu Garnets Zimmer zu schließen. Er sprach mit gedämpfter Stimme:

»Hören Sie zu, Charles, Miß Garnet ist sehr ernsthaft krank. Ich halte es für nötig, daß sie eine amerikanische Frau um sich hat. Deshalb habe ich ihre Freundin hergeholt.«

»Eine amerikanische Frau?« sagte Charles Hale gedehnt; »ich wüßte nicht, daß sich irgendwo in dieser Gegend eine amerikanische Frau aufhielte.«

»Es ist Miß Florinda Grove. Sie kam im vergangenen Sommer mit unserem Treck hierher.«

»John!« rief Charles mit nun kaum noch verhüllter Wut. »Wollen Sie im Ernst sagen, Sie hätten die Person hierhergebracht, die Penrose aus Santa Fé mitbrachte?«

»Ich möchte Ihnen empfehlen, Ihre Stimme etwas zu dämpfen«, knurrte John. »Sie brauchen die Frau weder zu sehen noch mit ihr zu sprechen.«

Der Korridor wurde durch den schwachen Lichtschein, der aus Garnets Zimmer drang, etwas erleuchtet. John konnte Charles' Gesichtsausdruck nur undeutlich erkennen, aber das war auch nicht nötig; er wußte auch so, was jetzt in diesem Manne vorging. Charles Hale gab eine seiner beliebten Vorstellungen. Er spiegelte sich in seiner eigenen Rechtschaffenheit. John hatte große Mühe, den in ihm kochenden Zorn zu besänftigen; er sagte:

»Lassen Sie mich jetzt vorbei, Charles. Wir können morgen weiter darüber sprechen.«

»Was hier zu sagen ist, kann auch sofort gesagt werden«, knirschte Charles und pflanzte sich dicht vor John auf. »Ich habe seinerzeit bemerkt, daß einige Prostituierte dem Treck nach Los Angeles folgten. Aber ich wußte nicht, daß Oliver seiner Frau erlaubt hatte, mit diesen – Damen Bekanntschaft zu schließen. Hier sind wir jedenfalls nicht beim Treck. Hier befinden wir uns in meinem Haus. Und ich denke nicht daran, irgendeiner kichernden Dirne zu erlauben, hier ihren Wohnsitz aufzuschlagen. Also – machen wir es kurz. Wo ist die Person?«

»Hier, Mr. Hale. Hier bin ich.«

Florinda war aus Garnets Zimmer herausgetreten; sie schloß jetzt leise die Tür hinter sich; es wurde stockdunkel im Flur. Durch die Dunkelheit drang Florindas leise, aber feste und sichere Stimme:

»John hat es für richtig gehalten, mich hierherzubringen, Mr. Hale. Er war nach Los Angeles geritten, um Texas zu holen, aber Texas war seit Tagen betrunken; deshalb kam ich an seiner Stelle. Bitte, lassen Sie mich hierbleiben. Ich werde Ihnen keinerlei Unannehmlichkeiten bereiten.«

Charles sagte eisig: »Mrs. Hale bedarf Ihrer Dienste nicht.«

»O ja, deren bedarf sie wohl, Mr. Hale. Wenn Sie mich freilich zwingen, dieses Haus zu verlassen, wird sie nichts mehr benötigen als einen Sarg.« Sie sprach noch immer so leise, daß Garnet sie durch die geschlossene Tür nicht hören konnte, aber sie sprach laut genug für Charles. »Dann aber werden zwei Menschen in diesem Sarge liegen, und der eine wird das Kind Ihres Bruders sein. Man sagte mir, Sie hätten Ihren Bruder geliebt. Nun, das Kind, das seine Frau trägt, ist alles, was er Ihnen zurückließ.«

Charles stieß einen trockenen, röhrenden Laut aus; er kam tief aus der Kehle. Aber er beherrschte sich schnell.

»Ich möchte Sie bitten, hier keine Dinge zu diskutieren, die Sie nichts angehen«, versetzte er. »Und ich möchte Sie ferner ersuchen, dieses Haus mit Tagesanbruch zu verlassen.«

»Florinda wird das Haus nicht verlassen«, sagte jetzt John; »sie wird hierbleiben, bis Miß Garnet außer Gefahr ist.«

»John hat recht, Mr. Hale.« Florindas Stimme klang ruhig, beinahe sanft. »Ich werde nicht eher hier fortgehen. Aber ich werde etwas anderes tun. Ich werde, solange ich hier bin, die beiden Zimmer, die Garnet gehören, nicht verlassen, und zwar unter keinen Umständen und aus keinem wie immer gearteten Grunde. John kann mir alles besorgen, was ich brauche. Ich gehe jetzt zu Garnet zurück, und ich werde diesen Flur nicht wieder betreten, bis ich das Haus mit ruhigem Gewissen verlassen kann.«

»Sind Sie nun zufrieden, Charles?« fragte John.

Während er diese Worte herausstieß, wurde ihm bewußt, daß er die Hand am Pistolenkolben hatte. Er hatte nicht bewußt dorthin gegriffen, aber er war keineswegs überrascht, die Hand dort zu finden; er wußte, daß er durchaus imstande war, Charles über den Haufen zu schießen, wenn dieser Anstalten machen sollte, Florinda aus dem Hause zu werfen. Und Charles wußte sicherlich, daß John dazu imstande war.

Charles sagte zu Florinda gewandt: »Ist das ein Versprechen?«

»Ja, Sir.«

»Gut. Unter dieser Bedingung mögen Sie bleiben.« Charles sprach mit selbstbewußter Herablassung.

Florinda sagte so sanft wie vorher: »Sie sind sehr gütig. Ich werde mein Bestes tun, die Zeit, die ich hierbleiben muß, zu verringern. Gute Nacht, Sir.«

Sie wandte sich um und ging in das Schlafzimmer zurück, die Tür leise hinter sich schließend. John sagte:

»Gut, Charles. Ich habe nun ein paar unaufschiebbare Besorgungen zu erledigen.« Und ohne Charles' Antwort abzuwarten, folgte er Florinda in Garnets Zimmer, schloß die Tür hinter sich und verriegelte sie. Er stellte den Wasserkrug auf den Tisch und ging zu

Florinda. Florinda stand mit geballten Fäusten und wogender Brust da; ihre Lippen zitterten vor Wut.

John streifte sie mit einem bitteren Lächeln. »Sprechen Sie es ruhig aus, was in Ihnen ist«, sagte er.

Florinda schüttelte den Kopf. Sie sah auf das Bett. Garnet war wieder wach; die Stimmen im Flur mochten sie geweckt haben. »Ich möchte mit Ihnen sprechen«, flüsterte Florinda, zu John gewandt. Sie ergriff seine Hand und zog ihn in das Nebenzimmer. Mit leiser, vor Wut und Grimm bebender Stimme sagte sie: »Will dieser Kerl denn nicht, daß sie wieder gesund wird?«

»Nein«, sagte John.

»Ich habe ihn an das Kind erinnert. Sie hatten mir gesagt, er habe Oliver geliebt.«

»Es wird *ihr* Kind; verstehen Sie nicht? Er hätte durchaus nichts dagegen, wenn sie so weit wiederhergestellt würde, um das Kind zu gebären, sofern sie dann im Kindbettfieber stürbe. Dann könnte er über Olivers Kind so verfügen, wie er über Oliver verfügte. Kann er das Kind nicht in seinen ausschließlichen Besitz bringen, dann wäre es ihm lieber, es würde erst gar nicht geboren.«

Jetzt sprach Florinda aus, was sie auf dem Herzen hatte; es sprudelte ihr in einer Blütenlese eigentlich unaussprechlicher Vokabeln über die Lippen. John lächelte grimmig: »Fühlen Sie sich nun besser?«

»Nicht viel, John. Sagen Sie, was ist mit diesem Mann los? Ist er vielleicht nicht richtig hier oben?« Sie griff sich an den Kopf.

»Ich weiß nicht, ob es der Kopf ist oder das Herz oder vielleicht nur die Leber. Ich weiß nur, daß er so ist und immer so war.«

Florinda stand einen Augenblick wie in Gedanken versunken. Dann warf sie mit einer herrischen Bewegung den Kopf zurück. Sie stieß Charles aus dem Raum ihrer Vorstellung heraus. »John«, sagte sie, »es ist schlimm mit Garnet. Wir werden schwere Mühe haben, sie über den Berg zu bringen.«

»Sollen wir jetzt zu ihr zurückgehen?«

»Ja. Aber verhalten Sie sich ganz ruhig, bis ich sie wieder zum Einschlafen gebracht habe.«

Sie betraten leise das Schlafzimmer. Garnet warf sich unruhig hin und her. Florinda setzte sich neben sie und begann ihr sacht über die Stirn zu streicheln. Ihre Finger fuhren ihr mit kaum spürbarem Druck kreuz und quer über Stirn und Schläfen und verloren sich bis in das Haar. Garnet versuchte zu sprechen.

»Wie hat er Sie – vorhin – genannt?«

»Eine kichernde Dirne, mein Schatz. Ganz hübsch ausgedrückt für einen Mann wie ihn. Ich glaube nicht, daß er viel in der Welt herumgekommen ist.«

»Florinda – oh! – er – er hat Sie . . .« Ein leiser Seufzer kam aus Garnets Kehle herauf und erstickte ihre Worte. Ein Hustenanfall folgte; in ihrem Mundwinkel erschien ein winziger Blutstropfen. Florinda wischte ihn mit dem feuchten Tuch weg.

»Sprechen Sie jetzt nicht mehr, Garnet«, flüsterte sie, »es ist mir absolut gleichgültig, was Charles sagt. Es berührt mich nicht.« Ihre Stimme klang leise und beruhigend. »Er ist ein armer Teufel; ich habe fast so etwas wie Mitleid mit ihm. Ich glaube nicht, daß er jemals im Leben eine wirkliche Freude hatte. Er hat sicher nie ein Mädchen auf den Knien gehabt, das ihm versicherte, er sei ein wundervoller Mann. Schließen Sie die Augen, Darling. Atmen Sie tief. Sie haben einstweilen nichts weiter zu tun, als zu schlafen. Sie können so lange schlafen, wie Sie wollen. John ist hier, und ich bin auch da; wir werden Sie beide nicht mehr allein lassen.«

Sie sprach unausgesetzt weiter, mit ruhiger, einlullender Stimme, die sanft und weich wie eine Feder in der Luft schwang. Ganz allmählich begann Garnets Körper sich zu entspannen; schließlich schlief sie ein. Florinda kam zu John und setzte sich neben ihn auf die Wandbank.

»Lassen Sie uns einen Augenblick warten, bis sie wirklich fest eingeschlafen ist«, flüsterte sie.

Sie saßen nebeneinander und warteten. Um sie herum war lautlose Stille; nur das dumpfe Geräusch stampfender Pferdehufe drang zuweilen von draußen herein. Nach einem Weilchen flüsterte Florinda:

»Die Uhr – haben Sie sie?«

»Hier«, John reichte ihr seine eigene Uhr.

»Stellen Sie die Lampe auf den Tisch, so daß ich die Uhr sehen kann. Schirmen Sie die Lampe zum Bett hin ab.«

Sie setzte sich wieder neben Garnet, tauchte den Löffel, den John ihr gebracht hatte, in das Wasser, ließ ihn abtropfen und strich Garnet damit sacht über die aufgesprungenen Lippen. Garnet rührte sich nicht. Florinda verfolgte aufmerksam den Uhrzeiger. Nach fünf Minuten feuchtete sie den Löffel abermals an und berührte Garnets Lippen damit.

Nachdem sie das dreimal in Abständen von fünf Minuten getan

hatte, winkte sie John heran. Er kam und beugte sich herab, so daß sie ihm ins Ohr flüstern konnte.

»Haben Sie gesehen, was ich mache?« flüsterte sie.

»Ja.«

»Wir müssen das alle fünf Minuten wiederholen, die ganze Nacht durch, morgen während des ganzen Tages und auch noch die ganze folgende Nacht. Bis auf die Zeit, wo sie wach ist. Sobald sie aufwacht, müssen wir damit aufhören, denn sie darf nicht wissen, daß wir es tun. Aber sie ist so erschöpft, daß sie wohl während der meisten Zeit schlafen wird. Während der Zeit müssen wir ihre Lippen feucht halten. Nach einer Weile wird sie einen Tropfen Wasser hinunterschlucken, ohne es zu wissen, und sie wird ihn behalten. Ihre Magennerven haben einen solchen Schock bekommen, daß sie nichts bei sich behalten würde, von dem sie weiß, daß sie es bekommt.«

John nickte: »Soll ich das übernehmen?«

»Nein. Ich werde das wahrscheinlich besser machen, denn ich weiß, worauf es ankommt. Haben Sie hier denn nicht irgendeinen Schlafplatz?«

»Im Nebenzimmer; dort liegt auch unser Gepäck. Aber wie ist es mit Ihnen?«

»Ich bleibe hier. Wenn ich mich nicht länger wachhalten kann, werde ich Sie rufen. Wir wechseln uns ab.«

John stimmte ihr zu. Florinda näßte den Löffel, ließ ihn abtropfen und führte ihn sacht über Garnets Lippen. Garnet rührte sich nicht.

John ging ins Nebenzimmer und holte Florindas Packen. »Sie sollten sich etwas leichter und bequemer anziehen«, sagte er und ging wieder hinaus. Florinda entkleidete sich schnell und zog ein Nachthemd und einen wollenen Schlafrock an. Sie löste die Haarnadeln und schüttelte ihr Haar hinunter. John fand ein paar Decken im Schrank und legte sich in Garnets Wohnzimmer auf dem Fußboden zum Schlaf nieder.

Der Morgen dämmerte eben, als Florinda ihn weckte.

»John«, flüsterte sie, »meine Hand beginnt zu zittern. Es wird besser sein, wenn Sie jetzt meinen Platz einnehmen.«

John setzte sich auf. »Wie geht es ihr?«

»Sie ist einmal kurz aufgewacht. Sie sprach auch ein paar Worte, aber ich habe sie schnell wieder zum Einschlafen gebracht. Kommen Sie, ich möchte sehen, ob Sie es richtig machen.«

John ging mit ihr in das Schlafzimmer und befeuchtete Garnets Lippen mit dem Löffel, wie er es bei Florinda gesehen hatte.

»Gut«, flüsterte Florinda, »Sie haben begriffen. Alle fünf Minuten. Nicht öfter.«

»Ich weiß Bescheid. Jetzt holen Sie sich etwas Schlaf.«

Florinda huschte in das Nebenzimmer und hüllte sich in die Dekken, die John eben verlassen hatte.

Garnet hatte allerlei wunderliche Träume. Sie sah glitzernde Bäche, an deren Ufern zwischen grauem Gestein wundervolle Farngewächse aufschossen; die breiten Blätter der Farne hingen voll funkelnder Wassertropfen, die wie Perlen aussahen. Sie lief zu einem der Bäche, kniete sich nieder und streckte die Hände aus, um Wasser zu schöpfen. Da waren Bach und Farne verschwunden.

Sie sah vor sich gebreitet die endlose graubraune Fläche der Wüste. Sie ritten unter glühender Sonne träge dahin. Sie kamen an ein Wasserloch, aber die Mulde war leer; sie enthielt kein Wasser. Die Männer begannen zu graben. Sie gruben und warteten und gruben wieder und warteten, und schließlich erschien Wasser auf dem Grund der Mulde. Sie beugten sich hinab und tauchten Becher und Tassen in das Wasser, da war es nicht mehr da; es war unter die Erde zurückgetreten. Sie war so durstig, daß sie die Zunge im Mund nicht mehr zu bewegen vermochte. Sie erwachte vor Durst.

Es war ein rauhes und schmerzhaftes Erwachen. Die Kehle brannte ihr wie Feuer, ihre Zunge war angeschwollen, und die Lippen waren aufgesprungen. Sie war kaum wach, da stand vor ihrem Geist der tragische Tod des fremden Mädchens Carmelita. Daneben sah sie Oliver in qualvoll lautloser Drehung zusammenbrechen. Und über dem allen war das Wissen: Ich werde ein Kind haben. Ein Gefühl lähmender Panik erfaßte sie von innen her. – Mein Gott! dachte sie. Was soll denn nur aus mir werden?!

Sie schlug die Augen auf und sah John neben ihrem Bett sitzen, staubbedeckt, verschmutzt und unrasiert, so wie er während des langen Trecks zwischen Santa Fé und Kalifornien ausgesehen hatte. Die Fensterläden waren geschlossen, aber es drang ziemlich viel Licht durch die Spalten und Fugen herein; sie konnte erkennen, daß draußen Tag war. Jetzt erst fiel ihr ein, daß Florinda und John während der Nacht gekommen waren. – Gott sei Dank! dachte sie. John und Florinda sind da. Es gab ihr ein Gefühl der Erleichterung. Jetzt erschienen ihr auch ihre Lippen nicht mehr so rauh und so spröde wie bisher. Sie versuchte zu sprechen.

»John«, flüsterte sie, »ich danke Ihnen, daß Sie – wiedergekommen sind. O John! Wo ist Florinda?«

»Sie sollten nicht sprechen«, sagte John. »Ich werde Sie jetzt etwas bequemer legen, und dann werde ich Florinda holen.«

Er schob ihr einen Arm unter die Schulter, hob sie auf und bettete sie halb auf die Seite, damit ihre verkrampften Muskeln sich lösen könnten. Er zog ihr die Decke wieder hoch über die Schultern und ging leise ins Nebenzimmer. Einen Augenblick später betrat Florinda das Schlafzimmer. Sie bemühte sich krampfhaft, ein Gähnen zurückzuhalten.

»Haben Sie – geschlafen?« fragte Garnet leise. »Ach, Florinda – es – tut mir so leid.«

Das Sprechen fiel ihr doch entsetzlich schwer.

»Mir geht es ausgezeichnet«, sagte Florinda, »ich fühle mich sehr wohl.« Sie strich ihr Haar zurück und befestigte es mit Hilfe einiger Nadeln und Kämme. »Ich will jetzt Ihr Bett etwas richten«, setzte sie hinzu.

Sie zog sacht die Bettdecke weg und begann Garnet den ganzen Körper mit einem kühlen, feuchten Lappen abzureiben. Ihre Bewegungen waren sicher und flink, aber unendlich zart. Garnet hätte ihr gerne gesagt, welche Gefühle der Dankbarkeit für sie in ihrem Herzen lebten.

Aber Garnet schlief schon bald wieder. Sie erwachte und schlief wieder ein. Das wiederholte sich mehrere Male. Immer wenn sie aufwachte, waren Florinda oder John an ihrer Seite, aber beide belästigten sie mit keinem Wort. Die beiden Mexikanerinnen, die sie während Johns Abwesenheit pflegten, hatten fortgesetzt versucht, ihr Brühe einzuflößen; ein völlig sinnloses Beginnen, denn sie vermochte keinen Tropfen hinunterzubringen. Weder John noch Florinda quälten sie damit, irgend etwas schlucken zu müssen, aber sie empfand allmählich, daß sich ihr Mund weniger ausgedörrt anfühlte, und auch die Sprünge ihrer Lippen begannen zu heilen.

Es war drei Uhr morgens. John befand sich im Nebenzimmer und verzehrte einen Imbiß von kaltem Braten und Tortillas. In das Schlafzimmer wurden grundsätzlich keine Speisen gebracht, um Garnet nicht durch den bloßen Geruch wieder Übelkeit zu verursachen. John schob den leergegessenen Teller zurück und begab sich ins Schlafzimmer, um Florinda zu sagen, daß er bereit sei, sie wieder abzulösen.

Im Lampenlicht wirkte Florindas Gesicht müde und zerfurcht. Aber kaum befand John sich im Zimmer, da winkte sie ihm aufgeregt zu.

»John«, flüsterte sie, als er sich zu ihr hinabbeugte, »es ist etwas Wichtiges geschehen.«

»Was? Geht es ihr besser?«

»Ja. Sehen Sie.«

Sie fuhr sacht mit dem feuchten Löffel über Garnets Lippen. Garnets Zungenspitze erschien, um die Feuchtigkeit aufzunehmen.

»Das hat sie jetzt schon mehrmals gemacht«, flüsterte Florinda. »Jetzt können wir einen Schritt weitergehen. Wir müssen sehr vorsichtig sein. O John, unsere Mühe hat sich gelohnt.«

Ihre linke Hand tastete sich an ihn heran; er umschloß sie hart mit der eigenen. Sie hielten sich fest und verhielten schweigend. Die fünf Minuten vergingen. Florinda tauchte den Löffel ins Wasser und ließ ihn abtropfen. Diesmal strich sie nur sacht darüber, hob den Löffel etwas an und ließ einen vollen Tropfen Wasser auf Garnets Unterlippe träufeln. Garnet schlief noch fest, aber ihre Zunge erschien und leckte den Tropfen ab. John sah dem Vorgang ruhig zu; seine Augen begegneten denen Florindas.

»Ich weiß, was Sie denken«, flüsterte Florinda, »Sie möchten, daß es schneller mit ihr vorwärtsginge. Aber es darf nicht schneller gehen.«

John kniete nieder und schlang seinen Arm sacht um ihre Taille; Florinda ließ ihren Ellbogen auf seiner Schulter ruhen. Sie beobachteten schweigend die Kranke. Alle fünf Minuten ließ Florinda einen weiteren Tropfen Wasser auf Garnets Lippen fallen.

Nach einem Weilchen bemerkte John, daß ihre Hand vor Ermüdung zitterte. Er nahm ihr den Löffel ab.

Sie gab erschöpft nach. »Immer nur einen einzelnen Tropfen«, flüsterte sie; »einen winzigen Tropfen nur, Johnny.«

Sie ging in das Wohnzimmer, legte sich nieder und schlief auch schon. Als sie aufwachte, brachte ihr John Braten und heiße Tortillas aus der Küche. Florinda hatte ihre Übereinkunft mit Charles eisern gehalten; sie hatte die beiden Zimmer keinen Augenblick verlassen. John brachte ihr Wasser zum Waschen, und sie stellte die Spüleimer vor die Tür, wo sie von den Dienstmädchen weggeholt und gesäubert zurückgebracht wurden.

Während Florinda frühstückte, ging John zu Garnet und setzte sich neben das Bett. Garnet öffnete die Augen.

Florinda hatte ihm gesagt, was er tun solle, wenn Garnet erwachte. Er beugte sich über das Bett und sagte mit seiner ruhigen Stimme: »Es geht Ihnen sehr viel besser, Garnet. Verstehen Sie mich?«

Garnet nickte und sah ihn fragend an.

»Wir wollen jetzt etwas versuchen«, sagte John. »Sie sind sehr durstig, nicht wahr?«

Sie nickte wieder.

»Florinda wird Ihnen ein paar Tropfen Wasser einträufeln. Nur ein paar winzige Tropfen. Sie brauchen nur zu schlucken und sich ganz ruhig zu halten.«

Garnet warf ihm einen entsetzten Blick zu und schüttelte den Kopf. »John«, flüsterte sie, »ich kann nicht – ich kann doch nicht.«

»Sie sollen es nur versuchen«, sagte John. »Wollen Sie?«

Garnet sandte ihm ein hilfloses Lächeln. »Ich will es versuchen«, flüsterte sie.

»Sehr gut.« John hörte, wie sich die Tür hinter ihm öffnete. »Florinda kommt«, sagte er.

Er schob seinen Arm unter das Kissen und hob ihren Kopf etwas an. Florinda lächelte Garnet zu und strich ihr mit dem feuchten Löffel über die Lippen. Sie ließ einen Tropfen fallen. Garnet schluckte, und John legte ihren Kopf wieder zurück.

»Rühren Sie sich nicht, Garnet«, sagte Florinda, »atmen Sie ruhig und tief. Sie müssen den Atem von ganz unten heraufholen.«

Garnet gehorchte und schloß die Augen. Florinda hielt die Uhr in der Hand und starrte auf das Zifferblatt.

Sie wartete diesmal fünfzehn Minuten.

Dann sagte sie:

»Wir wollen es noch einmal versuchen, Garnet.«

Garnet schluckte einen kleinen Teelöffel Wasser. Und wieder wartete Florinda fünfzehn Minuten. Das Wasser kam nicht zurück. Florinda sagte:

»Halten Sie jetzt einen Mittagsschlaf, Johnny. Ich werde Sie nachher wieder brauchen.« John ging.

Als er am Nachmittag wieder erwachte, verkündete Florinda ihm triumphierend, daß Garnet sich nicht einmal übergeben habe. Wenn ihr Magen aber Wasser angenommen habe, werde er auch Milch annehmen.

»Milch?« sagte John und begann unwillkürlich zu lachen. »In Kalifornien – Milch?«

»O mein Gott, Lieber, ich vergaß«, stammelte Florinda. Und auch sie mußte jetzt lachen. Da weideten nun Tausende und aber Tausende von Kühen auf den Hügeln rundum. Aber Kühe, das hieß hier: Leder und Fleisch und Talgkerzen. Kaum ein Kalifornier verwandte jemals Milch. Sie wurden indessen gleich wieder ernst. »Aber wir müssen unbedingt Milch haben, John«, sagte sie, »können Sie nicht wenigstens etwas besorgen?«

»Ja«, versetzte John, »ich werde Milch beschaffen. Es wird ein bißchen Zeit brauchen; das ist alles.«

Er ging hinaus, trieb ein paar Cowboys auf und setzte sie in Bewegung. Sie schwangen sich auf die Pferde und ritten los, um ein paar Kühe mit Lassos einzufangen. Sie kamen nacheinander mit sechs Kühen an, bis sie eine fanden, die etwas Milch hatte. Die Kuh begriff nicht, was mit ihr geschehen sollte, sie brüllte vor Angst und schlug aus, während ihr Kalb nicht weniger erschrocken hinter ihr her lief.

Unter viel Lärm und Geschrei gelang es den Cowboys schließlich, das Tier zu Boden zu werfen und ihm die Beine zu zwei und zwei zusammenzubinden. Während nun zwei Männer die Beine der Kuh hochhielten, begann ein dritter das Tier zu melken. Die Kuh brüllte. Die draußen beschäftigten Dienstleute kamen von allen Seiten herbei, um dem ungewohnten Schauspiel zuzuschauen.

Das Ergebnis all dieser anstrengenden Mühe bestand in einem halben Liter Milch. Die Cowboys banden die Kuh wieder los, die, von ihrem Kälbchen gefolgt, mit einem Brüllen der Erleichterung davonrannte.

Florinda füllte eine Tasse zur Hälfte mit Milch und zur Hälfte mit Wasser und flößte Garnet alle fünfzehn Minuten einen Teelöffel der Flüssigkeit ein. Und Garnets Magen behielt sie.

Am nächsten Tag nahm sie schon unverdünnte Milch zu sich. Im Laufe des Nachmittags äußerte Florinda zu John:

»Wir können es jetzt mit Fleischbrühe versuchen. Würden Sie das in der Küche veranlassen? Mir ist es ja nicht erlaubt, die Zimmer zu verlassen.«

John tat nach ihrem Wunsch. Er kam mit der Fleischbrühe zurück und fütterte Garnet nach Florindas Anweisungen mit einem Löffel. Garnet lächelte ihn dankbar an, als er die Tasse zurückstellte.

»John«, flüsterte sie, »ich kann noch nicht viel sagen. Aber – ach, John, Sie waren so gut zu mir.« John lächelte zurück. »Ich habe gar nichts Eigenes getan«, antwortete er, »ich habe nur Befehle ausgeführt.«

»Es wird dunkel, Johnny«, sagte Florinda. »Es ist Zeit für Sie, sich schlafen zu legen.«

»Und Sie?« lächelte John. »Wie steht es mit Ihnen? Mir scheint, Sie haben noch viel weniger Schlaf als ich gehabt in der letzten Zeit.«

Florinda ging leise ins Nebenzimmer und winkte John, ihr zu folgen. Sie schloß die Tür hinter ihm, damit Garnet nicht höre, was sie sprachen.

»Lassen Sie mich noch ein Weilchen aufbleiben, John«, sagte sie. »Sie haben recht: Ich bin entsetzlich müde. Aber ich muß sehen, wie ihr Magen mit der Fleischbrühe fertig wird.«

»Dann wecken Sie mich, sobald Sie meinen, sie verlassen zu können.«

»Ja, John. Für den Rest der Nacht können dann Sie wachen.«

John wickelte sich schweigend in die Decken, und Florinda ging wieder ins Schlafzimmer. Sie setzte sich neben das Bett und verabreichte Garnet dann und wann einen Schluck Wasser. Nach einem Weilchen schlief Garnet ein. Als sie erwachte, war es tiefe Nacht. Auf dem Tisch brannte eine Lampe, deren Docht tief heruntergedreht war. Vor der Lampe spannte sich ein aus einem Schal gebildeter primitiver Schirm zwischen zwei leeren Krügen, der das Licht von ihren Augen abhielt. Florinda saß am Tisch, den Kopf auf den Armen gebettet; sie schien eingeschlafen.

Garnet fragte sich, wie lange Florinda und John wohl schon bei ihr weilten. Sie fühlte sich noch sehr schwach, aber sie verspürte keine Übelkeit mehr, und sie wurde auch nicht mehr von furchtbaren Träumen gequält. – Ob ich wohl wieder richtig gesund werde? dachte sie. Und was wird dann sein? Wird es mir gelingen, für mich und das Kind zu sorgen?

Sie bewegte sich unruhig. Florinda hob den Kopf, blinzelte in das Licht und strich sich das Haar aus der Stirn. Dann erinnerte sie sich jäh, wo sie war, sprang auf und trat an das Bett.

»Mir geht es gut«, sagte Garnet. »Ich wollte Sie nicht wecken.«

»Und ich wollte nicht einschlafen. Wie fühlen Sie sich?«

»Oh, besser als seit langer Zeit.«

»Wunderbar! Kommen Sie, nehmen Sie ein bißchen Milch. Und wenn Sie können, trinken Sie die Tasse leer. Sie haben es wirklich nötig.«

Garnet trank. Als sie die Tasse zurückreichte, sah sie Florindas müdes und überwachtes Gesicht. Sie streckte die Hand nach ihr aus, und Florinda kniete sich neben das Bett.

Sie ließ den Kopf auf das Kissen sinken. Sie war so erschöpft, daß ihre Augen sich von selber schlossen. »Florinda«, flüsterte Garnet, »wie lange sind Sie schon auf der Ranch?«

»Vier oder fünf Tage, ich weiß es nicht genau. Es ist auch gleichgültig.« Sie rieb die entzündeten Augen. »Ich weiß jetzt, Sie werden wieder gesund werden, Garnet«, sagte sie, »und Sie werden Ihr Kind haben und auch behalten.« Sie erhob sich mit Anstrengung. »Und nun will ich Ihnen noch etwas sagen.«

»Ja?«

Florinda sagte: »Ich kann Sie nicht nach Hause bringen. Aber ich kann Sie aus diesem Haus herausbringen, sobald Sie es verlassen können und wollen. Wie ist es: Würden Sie mit mir nach Los Angeles kommen?«

Garnet starrte sie an. »Sie meinen, ich könnte bei Ihnen wohnen?« flüsterte sie. Sie keuchte vor Anstrengung. »Ich brauche nicht hier – bei Charles – zu bleiben?«

»Verdammt will ich sein, wenn Sie es müssen«, sagte Florinda. »Wollen Sie mit mir kommen?«

»Ob ich will? O Florinda!«

»Damit wäre es abgemacht«, sagte Florinda.

»O Liebe«, Garnet strich ihr über das Haar; »ich kann Ihnen nicht sagen, wie sehr es mich danach verlangt, hier herauszukommen. Ach, Florinda – laß mich du sagen, sag du zu mir, Liebe; du bist so gut zu mir!«

»Ich bin gar nicht gut«, sagte Florinda. »Aber ich sage gern du zu dir. Und jedenfalls wird es für mich eine große Freude sein, dich bei mir zu haben.«

Garnet seufzte. Die Erleichterung stand auf ihrem Gesicht. Aber dann schienen Zweifel über sie zu kommen. »Aber, Florinda . . .«, begann sie tastend.

Florinda hob den Kopf. »Ja – was ist noch?«

»Das – Kind.«

»Was ist mit dem Kind? Es wird geboren werden, und wir werden gemeinsam dafür sorgen.«

»In einem – Barbetrieb?«

»Ja, du heiliger Christ! Du brauchst es ja nicht mit Whisky zu füttern. Du wirst vermutlich Milch genug haben. Und ich werde dir zeigen, wie man ein Baby pflegt.«

»Oh – verstehst du etwas davon? Das ist wunderbar. Ich weiß nichts. Und ich – ach, Florinda, ich habe Angst – vor dem Ganzen.«

»Natürlich hast du Angst, Darling. Es wäre sonderbar, wenn du keine hättest. Aber du hast keinen Grund dazu. Ich meine das wirklich so. Es ist keine Sache, vor der man Angst haben müßte, im Gegenteil: Es ist wunderbar. Wie lange ist das Kind jetzt unterwegs?«

»Ungefähr vier Monate wohl.«

»Dann wirst du schon bald spüren, wie es sich bewegt. Du wirst ganz kleine, winzige Stöße spüren, aber in diesem Augenblick wird das Kind nicht mehr länger ein Gedanke sein. In diesem Augenblick wirst du fühlen: Es ist ein Mensch. Und du wirst lächeln und glücklich sein und das winzige Menschlein in deinem Leib lieben. Die kleinen Stöße werden mit der Zeit heftiger werden; du wirst spüren, wie das Kind strampelt.«

»Wird das – sehr weh tun?«

»Nicht im geringsten. Aber es ist aufregend. O Garnet, es ist wirklich so, wie ich es dir sage, ich sage das nicht nur, um dir Mut zu machen. Am Ende wird es dann . . .«

»Doch furchtbar weh tun, nicht wahr?«

»Wie? Nun ja, das wird es schon, aber du wirst das leicht aushalten, denn du bist zäh wie ein Pony. Und wenn das Kind dann da ist, wird es dir nicht das geringste ausmachen, ob es dir vorher Schmerzen verursacht hat oder nicht. Das Kind ist zunächst so klein, du wirst es gar nicht für möglich halten, daß ein lebendiges Menschenkind so klein sein kann, aber es hat Hände und Füße und ein Gesicht, ein sonderbar verschrumpeltes winziges Gesichtchen. Du wirst das Kind an deine Brust legen, und das Gefühl, das du dann hast, ist mit nichts anderem auf Erden vergleichbar. Ich kann es dir nicht beschreiben, niemand kann das, aber du wirst es selbst empfinden. Du wirst denken: Es ist alles richtig und gut und wunderbar.«

»Florinda?«

Garnet hatte versucht, sich auf ihre Ellbogen zu stützen, aber sie war noch zu schwach. So lag sie denn da und starrte in Florindas tiefblaue Augen, ungläubiges Staunen im Blick. Sie sah die Schatten der Übermüdung unter den Augen, vertieft durch das schwache Lampenlicht.

»Florinda«, flüsterte Garnet, »hast du ein Kind gehabt?«

»Ja«, sagte Florinda.

»Aber du hast nie ein Wort davon gesagt, hast bis zu dieser Minute nicht mit einer Silbe davon gesprochen.«

»Nein. Aber ich hatte ein Kind. Und deshalb werde ich dir helfen können, wenn es soweit ist. Ich weiß, was in solchen Fällen zu tun ist.«

»Aber dein Kind?« stammelte Garnet. Sie war ob des eben Erfahrenen noch so verblüfft, daß sie fast ihr eigenes Kind darüber vergessen hätte.

»Es war ein Mädchen«, sagte Florinda. »Möchtest du lieber ein Mädchen oder einen Jungen?«

»Ich weiß nicht. Es ist ganz egal. Wo ist dein kleines Mädchen, Florinda?«

»Es ist tot. Dein Kind wird nicht sterben. Du wirst nicht durchmachen müssen, wie das ist, und wenn ich auf den Knien um die ganze Erde kriechen müßte, um es zu verhindern.« Florindas Stimme klang hart, beinahe rauh, aber sie war so müde, daß sie den Kopf wieder auf das Kissen sinken ließ, als vermöchte sie ihn nicht länger aufrecht zu halten.

»Lege dich schlafen«, sagte Garnet, »ich bitte . . .« Bevor sie weitersprechen konnte, trat John ins Zimmer.

»Warum haben Sie mich nicht geweckt, Florinda?« sagte er.

Florinda stand auf: »Ich wollte es, aber ich bin selbst eingeschlafen.«

»Wie geht es Miß Garnet?«

»Gut.« Florinda ergriff den Wasserkrug. »Holen Sie mir ein bißchen frisches Wasser, Johnny, ja? Und lassen Sie in der Küche noch einmal Fleischbrühe machen.«

John nahm ihr den Krug aus der Hand. »Legen Sie sich jetzt hin«, sagte er, »ich bin gleich zurück. Und schlafen Sie so lange, bis Sie von selber aufwachen.«

Florinda nickte. Aber sie wartete am Bett, bis John das Zimmer verlassen hatte. Dann neigte sie sich über Garnet und flüsterte: »Bitte erzähl John nichts von dem, was ich vorhin ausplapperte.«

»Du meinst, daß du ein kleines Mädchen hattest?«

»Ja. Ich weiß nicht, was mich so aus der Fassung gebracht hat, daß ich darüber reden konnte. Ich war wohl so übermüdet, daß ich nicht mehr wußte, was ich tat.«

»Ich werde gewiß kein Wort sagen, Florinda.«

»Danke, Liebe.« Florinda neigte sich über sie, küßte sie leicht auf die Stirn und huschte aus dem Zimmer.

Drei Tage später traf der Russe Nikolai Grigorievitch Karakozof auf der Ranch ein. Er prunkte wie gewöhnlich in Atlasseide und weichem, schmiegsamem Leder und war von einer ganzen Dienerkolonne und mehreren Packpferden begleitet. Charles begrüßte den Gast vor der Tür des Herrenhauses. Charles Hale sah in dem Russen einen dummen, barbarischen Wilden, den er tief verachtete, aber Karakozof war ein kalifornischer Ranchero, und weder seine innere Meinung über ihn noch die Trauer um Oliver konnten ihn bewegen, die zwischen kalifornischen Landbesitzern üblichen höflichen Gepflogenheiten außer acht zu lassen.

Der Russe brachte Garnet und Florinda kostbare seidene Schals mit. Die für Garnet bestimmten Gewebe waren mit roten, die für Florinda gedachten mit blauen Blumen gemustert. Florinda legte ihren Schal sogleich um und drehte sich vor dem Spiegel, um die verschiedenen Wirkungsmöglichkeiten auszuprobieren. Nikolai trat an das Bett heran und tätschelte Garnets Haar mit seiner großen Hand.

»Garnet«, sagte er, »ich möchte Ihnen aussprechen mein Beileid. Es ist schrecklich.«

»Danke, Nikolai«, flüsterte Garnet.

»Aber Sie werden haben ein Kind«, sagte der Russe. »Das ist gut.«

Garnet lächelte ihn an. Wenn früher in New York ein Mann gewagt hätte, eine solche Bemerkung gegenüber einer Dame zu machen, hätte man ihn für einen unverzeihlich schlecht erzogenen, tölpelhaften Flegel gehalten. Aber davon konnte Nikolai Grigorievitch nichts ahnen.

»Sie können jetzt noch nicht fühlen das Glück«, sagte der Russe, »weil Sie sind hilflos und schwach, und es ist nicht gut, wenn man hilflos und schwach ist. Aber Sie haben in sich viele Kräfte. Sie werden gesund werden, und dann werden Sie sein glücklich.«

Hoffentlich! dachte Garnet. Hoffentlich behältst du recht. Wirklich, im Augenblick fühlte sie sich weder stark noch glücklich.

Im Laufe dieses Tages brachte sie es mit großer Anstrengung fertig, einen Brief an ihre Eltern zu schreiben und ihnen mitzuteilen, daß sie noch nicht nach Hause kommen könne. John hatte versprochen, den Brief nach Los Angeles mitzunehmen und ihn Texas zu geben, der ihn in Santa Fé einem der Missouri-Händler geben sollte.

Garnet saß im Bett, gegen einen Stapel zusammengeknüllter Kopfkissen gelehnt; John hatte ihr ein Tablett gebracht, das sie wie ein Pult auf den Knien halten konnte. Die Tinte stand auf einem Stuhl neben dem Bett.

Es war gleichwohl ein schwieriges Geschäft, den Brief zu schreiben. Garnet war so schwach, daß die Feder in ihrer Hand zitterte. Sie konnte nur sehr langsam schreiben; sie wollte nicht, daß die Eltern schon an den schiefen Linien und den kritzeligen Buchstaben erkennen mußten, daß sie sehr krank gewesen war. Sie schrieb, daß Oliver ganz plötzlich gestorben sei; aber sie verschwieg ihnen alle näheren Umstände seines Todes. Und sie schrieb, daß sie ein Kind erwarte. Die Anstrengung war so groß, daß ihre Hände und ihre Stirn sich schon bald mit Schweiß bedeckten. Sie trocknete die Hände am Bettlaken und schrieb weiter:

»Gott sei Dank erfreue ich mich wie immer ausgezeichneter Gesundheit. Olivers Bruder ist die Freundlichkeit selbst; ich habe hier ein angenehmes Zuhause. Macht Euch also meinetwegen keine Sorgen. In Liebe und Dankbarkeit Eure Garnet.«

Die Feder fiel ihr aus der Hand und rollte auf den Fußboden; sie selbst fiel in die Kissen zurück und atmete schwer. Tränen traten ihr in die Augen und mischten sich mit dem Schweiß. Es war ihr, als sei mit diesem Brief die letzte Bindung zwischen ihr und der Heimat zerrissen. Sie fand, so müsse sich ein Schiffbrüchiger fühlen, der, an der Küste einer entlegenen Insel stehend, das Schiff sinken sah, das ihn hierhergetragen.

»Lesen Sie, John«, flüsterte sie. »Kann man den Brief so absenden?«

John nahm sein Taschentuch heraus und wischte ihr Schweiß und Tränen aus dem Gesicht. Dann nahm er den Brief.

»Aber ja«, sagte er, nachdem er die Zeilen überflogen hatte, »es ist eine wunderhübsche Lügengeschichte. Ich werde schon morgen nach Los Angeles reiten; der Treck wird in wenigen Tagen aufbrechen.« Er steckte den Brief in die Tasche und ging zur Tür. »Sie haben verdammt viel Mut, Garnet«, warf er über die Schulter zurück.

Während John nach Los Angeles ritt, blieb Nikolai Grigorievitch bei Florinda, um ihr bei Garnets Pflege zu helfen. »Solange ich hier bin, Charles wird sich hüten, Florinda fortzujagen«, sagte der Russe.

»Ich könnte ihn brechen mit zwei Händen in Stücke.« Er sagte das mit so charmanter Einfalt, daß Garnet lachen mußte, obgleich ihr gar nicht nach Lachen zumute war.

Nikolai Grigorievitch erwies sich als ausgezeichneter Krankenpfleger. Bei all seiner riesigen Kraft konnte er sacht und zart sein wie eine Frau. Er konnte stundenlang hintereinander an Garnets Bett sitzen und erzählen. Oliver erwähnte er nicht mehr. Aber er wußte zahllose amüsante Geschichten von Händlern und Kaufleuten und von Yankee-Matrosen, die nach Los Angeles kamen. Dann wieder konnte er leise und zart, in einem Englisch, das sich immer mehr abschliff, davon reden, wie sehr er ihre große Einsamkeit in dem fremden Land nachfühlen könne, sei er doch selbst lange Zeit sehr einsam gewesen. Zuweilen lachte Garnet über seine Späße, dann wieder ließ sie ihren Tränen freien Lauf, und Nikolai Grigorievitch schien immer genau zu wissen, wie ihr zumute war und wie er sich geben müsse.

Als sie ihn einmal seines guten Englisch wegen lobte, sagte er, er habe sich absichtlich sehr viel Mühe gegeben; vielleicht brauche er es bald. Denn es könne sein, daß sehr bald viele Amerikaner nach Kalifornien kämen. Sie fragte, wie er das meine; und um sie von ihren eigenen Gedanken abzulenken, erzählte er ihr, was er von den Dingen wußte, die sich inzwischen in der Welt ereignet hatten.

Die Kalifornier, meinte er, seien mit ihrer gegenwärtigen Regierung gar nicht einverstanden. Die Gesetze, nach denen sie leben sollten, seien von ein paar mexikanischen Granden in Mexico City ausgedacht worden, und diese Leute wüßten nicht das geringste von den kalifornischen Verhältnissen. »John hat mir erzählt, wie Georg III. von England sich benommen hat«, sagte er; »haben Sie davon gehört?«

Doch, entgegnete Garnet, das habe sie. So töricht also hätten sich die mexikanischen Granden in der Kalifornienfrage benommen?

»Ja«, antwortete Nikolai Grigorievitch, »ich glaube, das taten sie. Mexico City ist entfernt von Los Angeles an die zweitausend Meilen; die Leute dort waren nie hier, aber sie meinen, sie wüßten mehr von dem Land als die Eingesessenen. Sie machen Gesetze, aber sie wissen nicht einmal für wen. Und sie senden Gouverneure, die nicht einmal den Namen Kalifornien kannten, als sie abreisten. Da sind Gesetze, die sind so verrückt, daß niemand daran denkt, sich zu richten danach. Und da sind Verordnungen und Regeln, die hemmen den Handel und belästigen jedermann und helfen niemand.«

Florinda, die, auf der Wandbank sitzend, zugehört hatte, ließ ein kleines böses Lachen hören. »Erzählen Sie mir nichts von diesen Gesetzen«, sagte sie. »Es ist verboten, amerikanischen Whisky einzuführen, aber wir müssen ihn haben, und wir bekommen ihn auch. Und es ist dazu nichts weiter nötig, als ein paar Beamte dafür zu bezahlen, daß sie nichts sehen.«

Nikolai erzählte, was er von diesen Dingen wußte. Es bestanden allerlei Gesetze und Verordnungen in Kalifornien, aber kein Mensch beachtete sie. Und es gab hundert und tausend Wege, um daran vorbeizukommen. Zuweilen konnte man meinen, es gäbe mehr Menschen in Kalifornien, die von Bestechungen und verbotenen Geschäften lebten, als Menschen, die ihr Geld durch ehrliche Arbeit verdienten. Es war wirklich nicht zu verwundern, daß die Kalifornier ihrer Regierung müde waren.

Die Kalifornier waren ein friedliebendes Volk, aber sie konnten auch böse und gewalttätig werden, wenn man sie genügend aufreizte. Der letzte mexikanische Gouverneur des Landes, Micheltorena, war kein übler Mann und zweifellos guten Willens. Die Regierung in Mexico City hatte ihm dreihundert Soldaten versprochen. Dabei war sie auf die glorreiche Idee verfallen, zwecks Aufstellung dieser kleinen Streitmacht die mexikanischen Gefängnisse zu leeren. Die uniformierten Galgenvögel trafen in Kalifornien ein und begannen in der freien Wildnis ihren Instinkten freien Lauf zu lassen. Sie stahlen alles, was ihnen erreichbar war, und plünderten, raubten und marodierten, daß es eine Lust war. Und dies so lange, bis die Bürger Kaliforniens zu rebellieren begannen. Sie rebellierten nicht nur, sie ruhten nicht, bis sie Señor Micheltorena samt seiner Verbrecherarmee nach Mexiko zurückgejagt hatten.

Als der Gouverneur fort war, übernahm die Verwaltung des Landes Pio Pico aus Los Angeles und das militärische Kommando José Castro aus Monterey.

Zwischen Pico und Castro war ständig Streit. Jeder von beiden erhob Anspruch darauf, dem anderen rangmäßig übergeordnet zu sein. Keiner konnte sich entschließen, den Wohnsitz zu wechseln, um irgendwo einen gemeinsamen Regierungssitz zu errichten. Geschah irgend etwas, das geeignet war, das ohnehin ständig schwankende Gleichgewicht zwischen den »Regenten« zu erschüttern, wurde, wie Nikolai sagte, regelmäßig irgend jemand erschossen.

Garnet zeigte sich durch diese unsicheren Verhältnisse höchst beunruhigt. Sie war im Begriff, nach Los Angeles zu gehen, ohne einen anderen Schutz als den, den ihre Freunde ihr zu bieten vermochten. Und ihre Freunde waren selbst Fremde im Land. »O Nikolai«, rief sie entsetzt, »nun sagen Sie nicht noch, ich könnte in irgendwelche Kampfhandlungen verwickelt werden.«

Der Russe lächelte sanft. »Oh«, sagte er, »das – ich glaube nicht. In Monterey sitzt der amerikanische Konsul, Mr. Larkin. Man sagt, Mr. Larkin habe gesprochen mit wichtigen Männern aus Kalifornien. Er wollte wissen, was sie würden sagen, wenn sie kämen von Mexiko zu den Vereinigten Staaten. Sie sollen erklärt haben alle, sie wären sehr froh, wenn sie könnten werden Bürger der Staaten. Die Kalifornier lieben die Yankees, deshalb ich glaube: Eines Tages werden kommen Ihre Leute, Miß Garnet, und werden übernehmen Land und Regierung.«

Oh! dachte Garnet, wenn er doch recht hätte! Es war ihr gleichgültig, wem Kalifornien gehörte; aber sie sagte sich, wenn viele Amerikaner hierher kämen, so würden sie vielleicht so etwas wie einen sicheren Weg zwischen Los Angeles und New York schaffen, und sie könnte leichter nach Hause zurückkehren. Es mußte wohl auf ihrem Gesicht stehen, daß sie sehr nachdenklich geworden war, denn der Russe streichelte jetzt sacht ihre Schulter und sagte:

»Wie wäre es, wenn Sie versuchten, ein bißchen zu laufen? Ich werde Ihnen helfen.«

Garnet nickte, und er brachte ihr eins ihrer Kleider.

Sie stand jetzt schon täglich ein Stündchen auf. Nikolai ging dann mit ihr langsam im Zimmer auf und ab, sie mit seinem starken Arm stützend.

Aber obwohl sie fühlte, wie ihre Kräfte langsam wuchsen, wurde sie doch schnell müde und mußte sich wieder legen. Wenn sie schlief, gingen Florinda und Nikolai in das Nebenzimmer, und der Russe holte ihnen ein spätes Abendessen aus der Küche. Florinda plauderte gern mit dem Mann, den sie das hübsche Tier getauft hatte. Der war von Fallenstellern aufgezogen worden und kannte von Kalifornien nur die einfachsten Dinge, aber er hatte sich eine Herzensunschuld bewahrt, die sie eben deshalb bezauberte, weil sie sie nicht begriff. Er hatte nie eine Bank, ein Gerichtsgebäude oder dergleichen gesehen; seine bescheidene Kenntnis von diesen und ähnlichen Institutionen hatte er seinen amerikanischen Freunden abgelauscht. Aber er verfügte über ein großes intuitives Wissen und war längst nicht zivilisiert genug, um im geringsten heucheln zu können. »Sie sind ein erstaunlicher Bursche, Sie hübsches Tier«, sagte Florinda manchmal. »Wenn ich Sie reden höre, weiß ich wahrhaftig nie, ob ich lachen oder weinen soll.«

»Warum wollen Sie weinen?« lachte Nikolai. »Weinen Sie überhaupt? Ich weiß: Sie weinen nie.« Er maß sie über die flackernde Kerze hinweg mit einem gedankenvollen Blick. Sie saßen am Tisch in Garnets Wohnzimmer. »Warum weinen Sie nie, Florinda?« fragte er.

»Warum, zum Teufel, sollte ich denn weinen, Sie großer Ochse?« sagte Florinda.

»Ich weiß nicht«, sagte Nikolai. »Aber ich weiß: Es ist nicht gut, alles in sich zu verschließen, wie Sie es tun.«

»Oh, gehen Sie zur Krippe und fressen Sie Heu!« sagte Florinda.

Aber obwohl sie tat, als lache sie über ihn, sprach sie doch freier und offener zu ihm als zu den meisten anderen Menschen. Und eines Abends erzählte sie ihm von dem norwegischen Seemann, der ihr Vater war. Nikolai Grigorievitch war entsetzt. Florinda bemerkte zynisch, wenn er so viel vom Leben wüßte wie sie, würde er nicht so überrascht sein. Nur wenige Menschen seien gut, und sehr viele Kinder wüchsen ohne Liebe auf.

Der Russe schüttelte den Kopf. »Aber Ihre Mutter«, sagte er, »sie liebte Sie doch?«

Florinda dachte einen Augenblick nach. »Nicht sehr viel, glaube ich«, sagte sie nach einer Weile zögernd. »Oh, sie liebte mich in einer besonderen Art – ich war alles, was sie hatte, aber ich sah *ihm* so ähnlich. Ich war ein ganz kleines Mädchen, da ergriff sie mich manchmal bei den Schultern und starrte mich an, als vermöge sie nicht zu glauben, was sie sah.«

»Und Sie? Fühlten Sie sich unglücklich?« fragte Nikolai.

»Gott, ja, manchmal schon. Ich war traurig, weil ich ein Kind war, das sie nicht haben wollte, statt eines Mannes, nach dem sie sich sehnte. Ich ärgerte mich, daß ich aussah wie er und doch nicht er sein konnte.«

Der Russe dachte nach.

»Ist das der Grund, warum Sie so oft in den Spiegel sehen?« fragte er nach einer Weile.

»Ich sehe in den Spiegel, weil mir gefällt, was ich darin sehe, Sie Narr!« lachte Florinda. »Aber was meinen Sie?«

»Ich meine – Ihre Mutter sagte, Sie sähen aus wie Ihr Vater. Und sie sagte weiter, Ihr Vater sei ein schlechter Mann. Vielleicht – Sie schämten sich, weil Sie so aussahen. Später sagten dann die Leute,

Sie seien schön. Da waren Sie überrascht, aber es freute Sie. Und es freut Sie noch.«

Florinda schürzte die Lippen. »Vielleicht«, sagte sie achselzukkend. Dann lachte sie ihn an. »Egal, woher ich mein Gesicht habe«, sagte sie, »es gefällt mir jedenfalls. Ich glaube, ich bin wirklich ziemlich hübsch.«

»Oh«, sagte der Russe. »Sie sind schön – sehr schön.« Er sagte das so unpersönlich, als spräche er von einer Landschaft oder von einem Bild. Sie lachte ihn wieder an.

Ein paar Abende später offenbarte Nikolai Grigorievitch ihr, daß er beabsichtige, nach Rußland zurückzukehren. Eines Tages, bald schon, werde er eines der russischen Pelzschiffe besteigen und in seine Heimat zurückkehren, sagte er.

»Und Sie wollen ganz dort bleiben?« fragte Florinda.

»Ich weiß nicht«, antwortete er. »Vielleicht – es gefällt mir nicht dort. Aber ich möchte das Land wiedersehen.«

»Es wird Ihnen fast fremd sein.«

»Ja, es wird sein sehr fremd. Ich ging weg, da war ich acht Jahre alt. Jetzt bin ich siebenundzwanzig. Sehr lange Zeit.«

Florinda trank Schokolade, die er ihr aus der Küche geholt hatte. »Erinnern Sie sich denn noch an Einzelheiten aus Rußland?« fragte sie.

»O ja. Aber ich weiß, es gibt dort vieles, an das ich mich nicht erinnere. Ich sehe vor mir den vielen Schnee, und ich sehe unser Haus auf dem Land und unser Haus in St. Petersburg. Manchmal sehe ich vor mir auch meine Mutter.«

Im flackernden Kerzenlicht erschien sein Gesicht sehr ernst, aber in seinen veilchenblauen Augen war ein ferner, sehnsüchtiger Schimmer.

Florinda stellte lächelnd ihre Tasse hin. »Ihre Mutter muß gut gewesen sein«, sagte sie leise.

»Ja, das war sie.« Auch Nikolai lächelte jetzt.

»Erzählen Sie von ihr. Wie sah sie aus?«

»Oh, sie war groß, und sie hatte blaue Augen und helles, leuchtendes Haar. Ich sehe sie vor mir, wie ich war noch ein ganz kleiner Junge. Sie kam zu mir und wollte mir sagen gute Nacht. Sie gingen, Vater und Mutter, oft zu Gesellschaften, und sie waren immer sehr fröhlich. Und ich sehe den Schnee draußen vor meinem Fenster; das Licht fiel hinaus, und der Schnee glitzerte. Mutter lehnte sich über mein Bett, sie trug weißen Pelz und Juwelen im Haar, und um sie herum war ein wunderbarer Duft. Sie küßte mich, und ich konnte den Pelz an meiner Wange fühlen.«

»Oh, Nick, wie das klingt! Ich kann nicht immer ›hübsches Tier‹ zu Ihnen sagen, und ich kann Ihren Namen nicht aussprechen, aber ich werde Nick sagen. Oh, Nick, erzählen Sie mehr von Ihrer Mutter. Wann starb sie?«

»Ich war fünf Jahre alt.«

»War sie immer so zerbrechlich und zart?«

»Zart? Zerbrechlich? Das war sie nicht. Sie war nie krank. Sie ritt jedes Pferd, das kein anderer reiten konnte, und sie fuhr ihren eigenen Schlitten durch den Schneesturm. Dann kam sie herein und hatte ganz rosige Wangen, und in ihrem Pelz hingen Schneeflocken, und sie hob mich und hielt mich mit beiden Händen hoch. Sie war sehr stark. Sie lachte mich an, und ich lachte auch, weil – ihre Kleider waren so kalt, und ihre Wangen so warm, wenn sie mich umarmte. Warum denken Sie, sie sei gewesen zart und gebrechlich?«

»Sie sagten, sie sei jung gestorben.«

»Sie wurde abgeworfen von einem wilden Pferd. Kein Mann konnte reiten das Pferd, aber sie sagte, sie könne es. Sie sprang auf den Rücken des Pferdes und lachte, und alle hörten das Lachen, als das Pferd mit ihr davonjagte. Auch mein Vater lachte. Er war sicher, sie könnte das Pferd reiten; sie hatte jedes Pferd reiten können. Aber dann hörten sie ihren Schrei, und es war alles vorbei. Sie fanden sie, wo das Pferd sie abgeworfen hatte.«

»O Nick, wie entsetzlich!«

»Es war nicht schrecklich für sie, Florinda. Es war schrecklich für meinen Vater und für mich. Für sie war es, was sie gewollt hatte. Wir alle müssen sterben. Sterben ist nicht schlimm. Es ist gut, wenn man kann sterben, wie man es wünschte, ohne Furcht. Es ist schrecklich, in Furcht sterben zu müssen.«

Florinda lächelte verwirrt. »Sie waren fünf Jahre, als das geschah? Sie können mit fünf Jahren nicht darüber nachgedacht haben. Wer sagte es Ihnen?«

»Mein Vater.«

»Aber Sie sagten, für ihn sei es schrecklich gewesen. Wie konnte er dann so darüber denken?«

»Mein Vater – er war sehr gut. Ebenso wie sie«, sagte Nikolai, »und er war sehr tapfer und stark. Er nahm mich auf die Knie und sagte mir, wie stark und tapfer meine Mutter gewesen sei, und er sagte, auch ich müsse werden so tapfer und stark. Ich liebte sehr meinen Vater, und er liebte mich. Darum – er hat mich mitgenommen nach Amerika.«

»Und dann starb er auch und ließ Sie hier draußen allein«, sagte Florinda mitfühlend. »Haben Sie sich sehr einsam gefühlt, Nick?«

»Zuerst wohl. Ich war ein sehr kleiner Junge. Aber die Trapper waren alle sehr freundlich zu mir. Es gefiel mir gut in Fort Ross. Es gefällt mir auch hier, aber ich möchte nach Rußland gehen und sehen, wie es dort ist. Es ist da sehr viel in Rußland, woran ich denken muß.«

Es entstand ein längeres Schweigen, dann sagte Nikolai Grigorievitch: »Möchten Sie sehen etwas sehr, sehr Schönes, was meiner Mutter gehört hat?«

»Oh! Was ist es? Ich würde es sehr gern sehen.«

Nikolai knöpfte seinen Hemdkragen auf und holte eine lange goldene Kette mit einem Anhängsel heraus. »Es ist eine Ikone«, sagte er.

»Eine – was?« fragte Florinda.

»Eine Ikone. Ein Heiligenbild. In der orthodoxen Kirche Rußlands nennt man das so.«

»Nennt man die Kirche, die Sie in Rußland haben, orthodox?«

»Ja. Sehen Sie.« Er nahm die Kette ab und zeigte ihr, was daran hing. Es war das ein medaillonartiges Kästchen aus violettem Samt mit goldenen Verschlüssen. Nikolai öffnete die Verschlüsse und zeigte Florinda im Inneren des Kästchens ein auf Elfenbein gemaltes, mit Perlen umrahmtes Bild. Dieses Bild stelle die biblische Geschichte vom Gespräch Abrahams mit den drei Fremdlingen dar, sagte er. Florinda hatte nie von dieser Geschichte gehört, und sie hatte nie ein Kunstwerk dieser Art zu Gesicht bekommen. Sie fand, die Hersteller hätten bei der Kostbarkeit des Materials eigentlich einen besseren Maler nehmen können. Denn den Wert des Goldes und der Perlen begriff sie sogleich; sie stieß unwillkürlich einen Schrei der Bewunderung aus.

»O Nick«, rief sie, »das muß unerhört wertvoll sein!«

»Das wird es sein«, sagte Nick. »Für mich ist es wertvoll, weil es meiner Mutter gehört hat. Und vor meiner Mutter gehörte es deren Mutter. Ich habe nicht viele Dinge, die meinen Eltern gehörten, denn mein Vater hatte nach Amerika nur mitgenommen, was für die Reise gebraucht wurde. Von dieser Ikone freilich hätte er sich niemals getrennt.«

Florinda drehte das flache Kästchen in ihrer Hand und betrachtete es neugierig von allen Seiten. Nikolai Grigorievitch sagte: »Erzählen Sie nicht jedermann, daß ich bei mir trage eine Ikone.«

»Oh, gewiß nicht«, versetzte Florinda, »wie leicht könnte sie Ihnen gestohlen werden.«

»Nicht deshalb«, sagte Nikolai. »Der Grund ist, wenn sie in Kalifornien erfahren, ich trage eine Ikone bei mir, sie würden mir Schwierigkeiten machen. Ich habe mich müssen hier noch einmal taufen lassen, sonst hätte ich keine Landbewilligung bekommen.«

Florinda runzelte die Stirn. »Das begreife ich nicht«, sagte sie.

»Wenn man in Kalifornien will Land besitzen, muß man sein ein Bürger Mexikos«, erklärte Nicolai Grigorievitch. »Und man kann nicht Bürger Mexikos werden, wenn man nicht ist römisch-katholisch getauft. Die Kalifornier sagen nicht, wir müssen zur Kirche gehen, aber sie taufen uns, bevor sie uns Land geben. Das ist eines der Gesetze, die sie in Mexico City gemacht haben. Ich denke, es ist ein dummes Gesetz.«

»Meinen Sie, wenn die Leute wüßten, Sie haben dieses Bild, sie würden Ihnen Ihr Land wieder wegnehmen?« fragte Florinda verblüfft.

»O ja, das würden sie gewiß«, versetzte Nikolai, »und sie würden nehmen meine Ranch noch dazu.«

»Ich kann eine Kirche nicht von der anderen unterscheiden«, sagte Florinda, »aber ich glaube, ich habe in meinem ganzen Leben nicht so etwas Verrücktes gehört. Schwierigkeiten wegen eines alten Bildes, das man bei sich trägt! Nehmen Sie es, Nick, nehmen Sie es schnell und verbergen Sie es wieder.« Sie sah, wie er die Kette über den Kopf zog und das Kästchen mit der Ikone unter dem Hemd verbarg. In einer impulsiven Regung legte sie eine Hand über die seine. »Nick?« fragte sie.

Er lächelte sie an: »Ja?«

»Sie Unschuldsengel, ich möchte Ihnen gern einen Rat geben.«

»Ja? Sprechen Sie doch.«

»Gehen Sie nicht herum und zeigen den Leuten Ihre Ikone oder wie das heißt. Ehrlich, Nick, tun Sie es nicht. Es war töricht von Ihnen, sie mir zu zeigen.«

»Ich verstehe nicht. Warum?«

»Ach, Sie liebes ausgewachsenes Baby, Sie«, sagte Florinda, ihn unentwegt anlächelnd, »haben Sie nicht daran gedacht, daß ich Sie vielleicht erpressen könnte?«

»Was ist erpressen?« fragte der Russe.

»O Sie Riesenschaf! Hören Sie zu. Nehmen Sie an, Sie wären beim Rodeo und häuteten Ihr Vieh. Sie sind da beschäftigt, und ich komme dazugeritten und sage: ›Im Hafen liegt ein Yankee-Klipper; da gibt's allerlei schöne Dinge zu kaufen. Bitte, geben Sie mir tausend Häute, um einkaufen zu können.‹ Natürlich werden Sie mich auslachen und mich zum Teufel jagen. Aber nun könnte ich sagen: ›Schön, wenn Sie mir die tausend Häute nicht geben wollen, dann werde ich nach Los Angeles reiten und werde den Leuten erzählen, daß Sie eine Ketzer-Ikone am Halse tragen.‹ Dann müßten Sie mir die Häute geben, nur damit ich den Mund halte. Sehen Sie ein, daß ich das machen könnte?«

Der Russe maß sie mit einem langen, amüsierten Blick. »Ja«, sagte er, »das könnten Sie wohl. Aber Sie werden es ganz sicher nicht tun.«

»Aber Sie sollten mir nicht so vertrauen«, beharrte Florinda. »Es ist dumm, einem anderen Menschen zu vertrauen. Warum lachen Sie?«

»Weil ich über solche Dinge mehr weiß als Sie.«

Sie blitzte ihn mit einem warmen Blick an. »Was wissen Sie?«

»Ich weiß, wem ich vertrauen darf und wem nicht«, antwortete Nikolai ernst. »Zwei Menschen in Kalifornien haben meine Ikone gesehen: John Ives und Sie.«

»Warum, Nick?« flüsterte Florinda. Sie starrte ihn an, und ihre Augen flackerten.

»Sie ebenso wie John würden mir niemals etwas zuleide tun«, sagte er, »auch dann nicht, wenn ich Tausende eigroßer Perlen bei mir trüge.«

Florinda senkte den Blick. »Ich danke Ihnen, Nick«, sagte sie leise.

»Sie sind ähnlich wie John«, fuhr Nikolai Grigorievitch fort, »Sie sind beide im Innersten gut; aber wenn jemand es herausfindet, dann fühlen Sie sich beschämt und werden wütend.«

»Gut – im Innersten gut? O Nick, reden Sie um Gottes willen nicht wie ein verdammter Narr!« Florinda stand auf. »Es wird Zeit, daß Sie gehen«, sagte sie, »ich möchte noch etwas schlafen.«

»Warum schicken Sie mich so plötzlich weg?« fragte Nick. »Sind Sie jetzt schon wütend?«

»Oh, reden Sie vernünftig, Mann«, sagte Florinda.

In seinem Gesicht stand noch immer das leicht amüsierte Lächeln, aber er machte keine weiteren Einwendungen. Sie sagten sich gute

Nacht. Nick war schon im Begriff zu gehen, als Florinda ihn zurückrief.

»Bitte, nehmen Sie die Schüsseln hier mit«, sagte sie. »Ich darf den Käfig nicht verlassen.«

Er nahm die Schüsseln. Als er die Hand auf die Türklinke legte, rief sie ihn leise an:

»Nick?«

»Ja?«

»Sie sind ein lieber Kerl!«

»Danke«, sagte Nikolai Grigorievitch. Er schloß leise die Tür, und sie warf ihm eine Kußhand nach.

John kam aus Los Angeles zurück. Er steckte voller Neuigkeiten. Die Maulesel-Karawane war vor ein paar Tagen nach Santa Fé aufgebrochen, aber Texas war nicht imstande gewesen, mitzuziehen. Er war eines Nachts, von Silkys Bar nach Hause wankend, ausgeglitten, in ein Schlammloch gestürzt und hatte sich das Knie verrenkt. Nun lag er in Los Angeles und konnte sich nicht rühren. John hatte Garnets Brief daraufhin Teufelswanze anvertraut.

Florinda wie Garnet zeigten sich Texas' wegen sehr besorgt. »Wäre ich dagewesen, hätte das nicht passieren können«, versicherte Florinda aufgebracht; ich habe immer ein Auge auf ihn gehabt, und wenn er zu betrunken war, um allein nach Hause gehen zu können, habe ich ihm stets einen Boy mitgegeben.«

John suchte sie zu beruhigen. Er meinte, Texas befinde sich in guter Pflege. Señora Vargas, bei der er wohne, wenn er sich in Los Angeles aufhalte, sei eine mütterliche Seele. Er sei dort gewesen und habe mit Texas gesprochen. Er lachte und sagte, zu Garnet gewandt: »Texas läßt Sie grüßen und läßt Ihnen bestellen, daß er zur Stelle sein wird, wenn Sie Ihr Baby erwarten. Er hat geschworen, sich während dieser Zeit nüchtern zu halten, um Ihnen behilflich zu sein.«

John wußte auch über den Stand der öffentlichen Angelegenheiten Neues zu berichten. Im Norden des Landes war irgend etwas im Gange; die wildesten Gerüchte schwirrten umher. Auf der Wandbank in Garnets Zimmer sitzend, erzählte John, was er wußte. Danach hatte das anmaßende Verhalten eines amerikanischen Armeeoffiziers, John Charles Frémonts, den Konflikt ausgelöst.

Frémont war schon einmal, vor etwa drei Jahren, in der Nähe Kaliforniens gewesen, damals als Führer einer amerikanischen Expedition, die ausgesandt worden war, um die günstigste Route nach dem nördlich von Kalifornien gelegenen Oregon-Gebiet zu erforschen. Er hatte sich damals als ausgezeichneter Pfadfinder und guter Kenner der Verhältnisse erwiesen. Aus diesem Grunde war er jetzt von der USA-Regierung abermals nach Oregon geschickt worden, um die Voraussetzungen für größere Siedlungsmöglichkeiten zu prüfen.

Statt nun unmittelbar nach Oregon zu ziehen, hatte Frémont diesmal zunächst den Norden Kaliforniens aufgesucht, um seinem Expeditionskorps dort ein paar erholsame Tage zu verschaffen und Vorräte einzukaufen. So weit war alles in Ordnung. Aber dann hatte es plötzlich allerlei Schwierigkeiten gegeben. Einem eingesessenen Ranchero waren Pferde gestohlen worden, angeblich von Leuten Frémonts; ein anderer Mann seiner Truppe wurde beschuldigt, der Tochter eines Rancheros ungehörige Anträge gemacht zu haben. Dieser Ranchero war aber mit Don José Castro, dem Militärkommandanten von Kalifornien, verwandt. Der wutentbrannte Castro hatte Frémont daraufhin befohlen, unverzüglich mit seinem gesamten Expeditionskorps den Boden Kaliforniens zu verlassen.

Frémont ignorierte den Befehl und zog sich mit seiner Truppe auf den Gavilan Peak zurück, auf dessen Höhe er ein Lager errichtete und verschanzte. Über dem Lager hißte er das Sternenbanner.

John zuckte ironisch lächelnd die Achseln, während er weiter berichtete. »Frémont scheint einer dieser Kerle zu sein, die so lange brauchbare Arbeit leisten, wie sie selber befehlen dürfen, die es aber nicht ertragen, ihrerseits Befehle von anderen entgegenzunehmen«, sagte er. »Castro hatte unzweifelhaft das Recht, Frémont und seine Männer des Landes zu verweisen, wenn diese sich ungebührlich benahmen. Außerdem befanden sich die Amerikaner auf mexikanischem Territorium, und Frémont hatte keinerlei Recht, hier eine fremde Flagge zu hissen. In Konsequenz dieser Entwicklung hatte Castro nun gedroht, das Lager auf dem Gavilan Peak zusammenzuschießen.«

»Kam es schon zum Kampf?« fragte Florinda.

»Nein«, antwortete John, »aber das ist nicht Frémonts Verdienst. Glücklicherweise ist der amerikanische Konsul, Mr. Larkin, ein kluger und vernünftiger Mann. Er ging persönlich zu Castro, rückte von dem Vorgehen Frémonts ab und entschuldigte sich formell. Danach ging er zu Frémont, veranlaßte ihn, die Fahne herunterzuholen, und befahl ihm, sich nordwärts nach Oregon zurückzuziehen.«

»Dann wäre der Streit also bereinigt?« fragte Garnet.

»Nicht ganz«, erwiderte John. »Es sieht so aus, als hätte der Konsul Frémont nicht ganz getraut. Jedenfalls hat er der amerikanischen Pazifik-Flotte, die sich im Hafen von Mazatlán an der Westküste Mexikos aufhält, eine Botschaft zugehen lassen, sie solle sich bereit halten, amerikanische Bürger in Kalifornien unter ihren Schutz zu nehmen, für den Fall, daß es zwischen Frémonts Leuten und Castros Truppen zum Kampf kommen sollte. Die Kriegsschaluppe *Portsmouth* erhielt daraufhin entsprechende Befehle und ankert gegenwärtig in der San Francisco Bay.« John lächelte dünn. »Da liegt sie also«, sagte er, »und es geht das Gerücht, sie bliebe auch da.«

Florinda ließ einen leisen Schrei hören. »Um Gottes willen, John«, sagte sie, »meinen Sie ernsthaft, es würde Krieg geben?«

»Ich meine, daß diese Geschichte eine gute Gelegenheit abgibt«, entgegnete John, »Frémont hin, Frémont her, in jedem Fall hat er etwas ausgelöst. Ich glaube allerdings, daß der Krieg jede Minute ausbrechen kann.«

Die Frauen starrten ihn an. »John«, flüsterte Garnet, »wie meinen Sie das?«

»Nun«, fuhr John fort, »die Republik Texas besteht möglicherweise in diesem Augenblick schon gar nicht mehr. Sie ist vielleicht schon der Unions-Staat Texas. Mindestens sind alle Amerikaner der Meinung, die Republik werde es sich zur Ehre anrechnen, in den Verband der Staaten aufgenommen zu werden. Für Mexiko würde das aber sehr wahrscheinlich Anlaß genug sein, der Union den Krieg zu erklären.«

»Großer Gott!« keuchte Garnet. »John, wenn es wirklich zum Krieg kommen sollte, was, um alles in der Welt, tun wir?«

»Ich glaube nicht, daß wir uns Sorgen machen müssen«, versetzte John. »Die Yankees in Kalifornien sind immer mit den Einheimischen gut ausgekommen. Und die mexikanische Regierung ist hierzulande wenig beliebt. Wenn also nicht ein paar unbesonnene Narren vom Schlage Frémonts unseren guten Ruf ruinieren, werden die Kalifornier vermutlich ganz gern die Gelegenheit wahrnehmen, sich von Mexiko zu trennen.«

»Wir werden also nicht in irgendwelche wilden Schießereien hineingeraten und umgebracht werden?« fragte Florinda.

»Kaum.«

Florinda atmete auf. »Sie wälzen mir einen Stein vom Herzen, John. Ich möchte es nämlich sehr gerne den Helden überlassen, Krieg zu führen, wenn sie meinen, es tun zu müssen. Ich für meine Person möchte jedenfalls wieder hinter meine Bar. Wann können wir aufbrechen, John? Garnet ist nun wieder so weit.«

John stand auf. »Sie können bestimmen, wann Sie reiten wollen«, sagte er. »Nikolai und ich werden Sie begleiten.« Sein Gesicht verzog sich zu einem Lächeln. »Ich habe Silky versprechen müssen, Miß Florinda so bald als möglich nach Los Angeles zurückzuschaffen. Er vermißt sie schwer.«

Florinda kicherte.

»Mich weniger, Johnny, aber den Profit, den ich ihm einbringe. Nun, er soll mich wiederhaben. Ruh dich aus, Garnet; ich packe unsere Sachen zusammen. Ich hoffe, es bleibt dir erspart, den ehrenwerten Mr. Charles Hale jemals wiederzusehen.«

»Wahrhaftig, das hoffe ich auch«, sagte Garnet.

Einunddreißigstes Kapitel

Charles hatte von Garnets Plan, nach Los Angeles zu gehen, nichts geahnt. Als sie zu ihm ins Zimmer trat und es ihm mitteilte, war er nicht nur wütend, sondern geradezu entsetzt. Er denke gar nicht daran, der Witwe seines Bruders zu gestatten, über einem Bar- und Spielsalon zu wohnen, sagte er. Garnet zuckte die Achseln und erwiderte kurz, sie habe ihn nicht um seine Erlaubnis gebeten; es sei ihr völlig gleichgültig, was er gestatte oder nicht gestatte.

Das verschlug dem Manne für einen Augenblick die Sprache. Er war es offensichtlich nicht gewohnt, einen Menschen im Haus zu haben, der es wagte, ihm zu widersprechen. Doch faßte er sich ziemlich schnell und trug wieder die gewohnte Miene kalter Herablassung zur Schau. »Ausgezeichnet«, sagte er, »gehen Sie also mit dieser Person nach Los Angeles. Ich werde mir keine Gedanken darüber machen, was aus Ihnen wird.«

»Das freut mich«, entgegnete Garnet kurz.

Charles schien sie nicht zu hören. »Ich mache mir keine Gedanken darüber, was aus Ihnen wird«, wiederholte er; er zischte die Worte zwischen seinen schadhaften Zähnen heraus. »Aber ich warne Sie. Ich werde mich sehr stark dafür interessieren, was aus dem Kind meines Bruders wird.«

»Oh, lassen Sie mich in Ruhe, Mann!« sagte Garnet erbittert und erhob sich. Sie fühlte sich nicht mehr krank, aber sie kam sich schwerfällig und etwas unbeholfen vor, und sie konnte diesen Mann nicht mehr sehen.

»Falls Sie Neigung verspüren, nach hier zurückzukehren, werden Sie jederzeit willkommen sein«, sagte Charles. Er ließ ein kleines, unangenehmes Lachen folgen. »Und ich nehme an, Sie kommen ganz von selber zurück«, setzte er hinzu.

»Verlassen Sie sich darauf: Sie werden mich hier nicht wieder sehen«, versetzte Garnet und verließ das Zimmer, die Tür hinter sich zuschlagend.

Früh am nächsten Morgen beluden die Boys die Packpferde, und gegen acht Uhr befand sich Garnet schon auf dem Weg nach Los Angeles.

Als sie den Paß durchritten hatten und die Gebäude der Ranch hinter den Bergen untergetaucht waren, stieß sie einen Seufzer der Erleichterung aus. Sie sah zu John auf, der neben ihr ritt.

»O Lieber!« sagte sie. »Jetzt fühle ich mich wohl.«

»Das kann ich mir denken«, versetzte John mit trockenem Auflachen. »Silkys Haus ist gewiß kein Palast«, sagte er, »aber Sie werden dort jedenfalls frei und unabhängig sein.«

»Wie es auch sein mag, ich werde dankbar sein«, sagte Garnet. »Und, John – ihre Stimme gewann einen ernsthaften Ton –, »ich danke Ihnen für all Ihre Fürsorge. Ich finde die Worte nicht, um meine Dankbarkeit auszudrücken.«

John zupfte ein paar Grashalme aus der Mähne seines Pferdes. »Offen gesagt, Garnet«, entgegnete er, »es wäre mir lieber, Sie ließen das. Ich höre dergleichen nicht gern.«

Er sagte das sehr ruhig, aber in seinem Gesicht waren jetzt wieder die Kälte und die Härte zu lesen, die sie in der ersten Zeit zurückschrecken ließen. Es war, als ritte da plötzlich wieder ein Fremder neben ihr. Sie sagte überrascht und verwirrt:

»Aber, John! Es ist doch selbstverständlich, daß ich Ihnen dankbar bin. Sie und Florinda haben mir sehr wahrscheinlich das Leben gerettet. Wie sollte ich mich da nicht gedrängt fühlen, Ihnen meine Dankbarkeit auszudrücken!«

»Ich mag das Wort nicht«, versetzte John, »das ist alles.« Er spielte noch immer mit der Mähne des Pferdes, aber nun hob er den Blick und lächelte sie an. »Entschuldigen Sie«, sagte er, »ich wollte nicht unhöflich sein. Aber glauben Sie mir: Wenn ich ein wenig dazu beigetragen habe, daß Sie wieder gesund wurden, dann tat ich es aus eigenem Antrieb und zu meiner eigenen Freude. Denn ich mag Sie sehr gern, und ich wollte, daß Sie wieder gesund würden. Also schulden Sie mir überhaupt nichts.«

Garnet hörte ihm mit gerunzelter Stirn zu. »Macht es Sie verlegen, wenn man Ihnen dankt?« fragte sie.

»Ja«, entgegnete er ruhig. »Es vermittelt mir ein Gefühl, als hätte ich Dank gefordert. Und ich hasse Menschen, die von einem anderen Dank fordern.«

»Menschen, die Dank fordern?« wiederholte Garnet verwirrt. »Wer . . . ich verstehe das nicht.«

Johns Lippen preßten sich fest zusammen; seine Kinnmuskeln schwollen an. Er sah einen Augenblick starr vor sich hin durch den wogenden Nebelschleier, der die rotbraunen Hügelwellen vor ihnen verbarg. Dann wandte er sich ihr zu, und seine kühlen grünen Augen begegneten den ihren. Er fragte:

»Waren Sie schon einmal ein Objekt der Wohltätigkeit?«

Garnets Augen weiteten sich, und ihr Mund öffnete sich vor Erstaunen. Sie schüttelte den Kopf.

»Nun«, sagte John, »ich war es.«

Ohne ihr eine Gelegenheit zur Antwort zu geben, spornte er sein Pferd an und setzte sich neben den Russen, der vor ihnen ritt.

»Wir drehen jetzt etwas nach Süden«, sagte er, mit der Hand weisend. »Wir reiten auf diese Weise zwar etwas länger, aber der Nebel im Norden ist zu dick.«

Von da an schien er unausgesetzt zu tun zu haben. Als sie zur Mittagsrast anhielten, breitete er eine Decke für Garnet aus und sagte: »Ruhen Sie jetzt ein wenig, während die Boys mit dem Kochen beschäftigt sind.« Garnet hatte das »Danke schön« schon auf der Zunge, aber sie hielt es im letzten Augenblick zurück und entgegnete nur: »Ausgezeichnet!« Während sie sich niederlegte, hörte sie das Feuer unter den Kochkesseln knistern und Johns Stimme, die kurze, aber bestimmte Anweisungen erteilte.

Ein »Objekt der Wohltätigkeit«, dachte sie. Was mag er wohl damit gemeint haben? Wahrhaftig, dieser John scheint mir der letzte Mensch auf der Erde, der jemals einwilligte, etwas von einem anderen anzunehmen.

Sie fühlte, wie das Kind in ihrem Leibe sich regte, und schüttelte traurig den Kopf. – Armes Kind! dachte sie. Du wirst in eine komplizierte Welt hineinwachsen. Du wirst sehr viel lernen müssen.

Sie verzichtete von nun an darauf, John gegenüber das Wort Dank auszusprechen, und John seinerseits kam nicht mehr auf jenes Gespräch zurück. Aber er ritt oft an ihrer Seite und machte sie auf die wilden Schönheiten der Gebirgswelt aufmerksam, die sie durchritten. Es war jetzt Ende Mai, die Zeit der dichten Nebel; tagelang ritten sie unter einem gespenstig fahlen Himmel dahin. Der Mai und der Juni seien hierzulande die grauesten Monate des Jahres, erklärte John; es sei dies eine Zeit, in der es weder Sonne noch Schatten gäbe und fast keinen Lichtwandel zwischen Dämmerung und Dunkelheit. Der Himmel glich einem Schieferdach, und er schien so niedrig zu hängen, daß man fortgesetzt meinte, ihn mit der ausgestreckten Hand erreichen und berühren zu können. Der Bodennebel war nur dünn. Zuweilen flogen graue Schleier vor einem her wie Fetzen nassen Musselins, im allgemeinen aber war der Erdboden nebelfrei, und unter dem tiefdunklen Himmel herrschte unten strahlende Helle. Die Blumen schienen den Nebel zu mögen; sie leuchteten überall in bunter, strahlender Pracht: blaue Lupinen, gelber Senf und purpurner Salbei. Zwischen dem wilden Hafer wogten die grünen Fächer des Anis, standen die flammenden Blüten des wilden Mohns in jener Farbschattierung vom zarten Elfenbein bis zum tiefen Orange. Die Luft war schwer von Feuchtigkeit und erfüllt vom würzigen Duft des Salbeis. Die Feuchtigkeit schlug sich auf der Haut nieder, netzte das Haar und legte sich wie ein silberner Schleier über die bunten Teppiche der Blumen.

Während der Mittagspause pflückte Nikolai Grigorievitch Hände voll Blumen und brachte sie Florinda und Garnet. Florinda hatte keine besondere Vorliebe für wildwachsende Blumen, aber sie liebte alles, was ihr von der Hand eines Mannes gereicht wurde; und wenn Nikolai den flammenden Mohn und die blauen Lupinen in ihren Schoß fallen ließ, schrie sie vor Entzücken. Ihre Bewunderung war in der Regel nur von kurzer Dauer, aber sie war absolut aufrichtig. Garnet dagegen liebte alle Blumen, und sie liebte auch das geisterhaft kühle Licht dieser Tage. Aber trotz aller neuen Eindrücke, die ihr die Reise vermittelte, trotz aller Freude, die sie ihr brachte, ermüdete sie schnell. Das Reiten fiel ihr sehr viel schwerer als vor einem Jahr, als sie noch ihre schlanke Figur hatte. Die Männer taten alles, um ihr die unvermeidlichen Strapazen einer solchen Reise zu erleichtern. Sie legten Garnets wegen lange Mittagspausen ein und ritten ihretwegen sehr viel langsamer, als sie es sonst getan hätten. Garnet war aber vor allem froh, daß sie mit John reiten konnte. John wußte so viel über die Eigenarten und Besonderheiten der Landschaft eindringlich zu erzählen, daß ihr darüber ihre ständige Müdigkeit kaum zum Bewußtsein kam.

Hier und da fiel Garnet auf den Bergabhängen ein merkwürdiges Weingewächs auf, das sich in schmutziggelben Flecken nach allen Seiten ausbreitete und sich mit dem Buschwerk verfilzte. Eines Tages während des Reitens fragte sie John nach diesem Gewächs.

»Ist das Wein?« fragte sie, mit der Hand weisend, »das gelbe Gerank da drüben, das sich wie Spinnweben über den Pflanzenwuchs breitet?«

John blickte flüchtig zu den Berghängen hinauf.

»Ein erbärmliches Zeug«, sagte er, »es wird hier allgemein ›Liebeswein‹ genannt.«

»Liebeswein?« wiederholte Garnet. »Eine merkwürdige Bezeichnung für so ein widerlich häßliches Gerank. Oder sieht es zeitweise freundlicher aus?«

»Nein«, versetzte John, »es ist nie hübsch anzusehen. Ein Parasitengewächs, das sich wie die Pest ausbreitet, sich überall anklammert und jedes gesunde Pflanzenwerk erstickt. Eben darum heißt es Liebeswein.«

»Das begreife ich nicht. Wer hat den Namen erfunden?«

»Ich weiß es nicht«, versetzte John trocken.

Sie wandte ihm den Kopf zu und sah ihn an: »John . . .«

»Ja?«

»Sie scheinen das für eine treffende Bezeichnung zu halten?«

»Ich wollte Sie gewiß nicht verletzen«, entgegnete John trocken. »Aber versuchen Sie nicht, mich sentimental zu stimmen.«

»So denken Sie also über die Liebe?«

»Sie nicht?« fragte er mit einem Spottzucken in den Mundwinkeln.

»Nein, gewiß nicht. Ich nicht.«

»Vielleicht sollte ich Ihren Idealismus bewundern. Aber ich vermag ihn nicht zu teilen.«

Garnet fühlte mit leichtem Befremden, wie eine Woge des Mitgefühls in ihr aufkam. »Ich glaube, Sie wurden nie von einem Menschen wirklich geliebt«, sagte sie.

Er zuckte die Achseln. »Es gab Leute, die behaupteten, mich zu lieben. Aber was immer sie für mich empfunden haben mögen, mir wäre wohler gewesen, sie hätten mich mit ihren Gefühlen verschont.«

Er fiel wieder in Schweigen. Einen Augenblick später entfernte er sich von ihrer Seite, um einem Boy zu helfen, der sich mit einem störrischen Packpferd abplagte.

Florinda lachte über eine Geschichte, die ihr Nikolai Grigorievitch erzählte. Garnet ritt, in Nachdenken versunken, hinter ihnen. – Es gibt einige Arten von Liebe, auf die Johns Skeptizismus zutrifft, dachte sie. Charles hatte ja auch behauptet, Oliver zu lieben. Und Oliver hatte gesagt, er liebe sie. Nun, Charles hatte nichts anderes getan, als sich so fest an Oliver anzuklammern, bis er das Leben aus ihm herausgequetscht hatte, wie es der Liebeswein mit den Pflanzen tat, die er mit seinen Reben umklammerte. Und Oliver? Sie hatte noch nicht Abstand genug, um sich ein klares Urteil über Oliver zu bilden; die Wunde schmerzte noch zu sehr. Eines aber war sicher: Olivers Gefühl für sie entsprach nicht der Empfindung, die sie selber hatte, wenn sie das Wort Liebe dachte.

Aber es gibt die Liebe! dachte sie, und es war ein Anflug von Trotz in ihrem Denken. Sie hatte die Liebe erlebt, die ihre Eltern verband; da war ein klares und starkes Gefühl und sicherer, verläßlicher Boden. Das war es, was sie wollte. – Wenn ich wüßte, ein Mensch brächte mir ein solches Gefühl entgegen, ich könnte alles ertragen, dachte sie.

Während sie an diesem Tage nach dem Mittagessen ruhend beieinanderlagen, zeigte Garnet Florinda den Liebeswein und erzählte ihr, wie John sich darüber geäußert hatte. »Glaubst du, daß er recht hat?« fragte sie.

Florinda sah nach den gelben Flecken am Berghang hinüber und lachte kurz auf. »Du berührst da ein Gebiet, auf dem ich völlig fremd bin«, sagte sie. »Ich habe niemals geliebt.«

»Was? Überhaupt nie?«

»Nun, es gibt da schon einige, die ich gern leiden mochte«, schränkte Florinda ein. »Doch, ein paar Männer mochte ich sehr gern; eine Zeitlang wenigstens. Aber das war nie so wichtig, daß ich ihnen nicht jederzeit hätte ein fröhliches Lebewohl zuwinken können, wenn es vorbei war.« Sie lehnte den Oberkörper zurück und stützte sich auf die ausgebreiteten Handflächen. »Und«, setzte sie hinzu, »wenn du mich fragst: Ich finde, das ist auch genug.«

»Nein, das ist nicht genug«, sagte Garnet fest.

Florinda sah sie mit ruhigem Lächeln an. »Doch, meine Süße«, entgegnete sie, »es ist genug. Und wenn du mir zuhören wolltest – ich könnte dir ein Lied von der Liebe singen.«

»Wie könntest du das? Du hast mir ja gerade erzählt, du wüßtest nichts darüber.«

»Hölle und Frikassee!« sagte Florinda. »Ich habe auch noch keine Pocken gehabt und weiß doch so viel darüber, daß ich sie nicht haben möchte.« Sie sprach klar und deutlich und ohne die Spur einer Erregung. »Garnet«, sagte sie, »ich habe Leute über die Liebe schwätzen hören. Und ich habe dann gesehen, was sie ihnen antat. Das Ganze ist grober Unfug, meine Liebe, und je früher du aufhörst, dich nach etwas dergleichen zu sehnen, um so eher wirst du aufhören, unter Enttäuschungen zu leiden, weil du nicht finden kannst, was du suchst.«

Garnet schüttelte den Kopf. Florinda ergriff ihre beiden Hände. Sie hatte die Handschuhe nach dem Essen noch nicht wieder angezogen; ihre Handflächen waren rauh.

»Es ist besser, du glaubst mir, Liebe«, sagte sie.

Garnet schüttelte abermals den Kopf. »Nein«, sagte sie, »es stimmt nicht, Florinda. Es ist nicht wahr. Es gibt Menschen, die sich ein Leben lang lieben, die einander beistehen in der Not und die zusammengehören wie zwei miteinander verbundene Steine in einer Mauer. Willst du wirklich behaupten, zwei Menschen, die sich so lieben, gäbe es nicht?«

»Oh, möglich«, versetzte Florinda wegwerfend. »Ein paar rothäutige Indios in Peru!«

»Florinda!« sagte Garnet mit einem leichten Beben in der Stimme. »Ich spreche von meinem Vater und meiner Mutter.«

Es entstand eine Pause. »Gut«, sagte Florinda nach einer Weile. »Ich will nicht behaupten, es gäbe dergleichen überhaupt nicht. Ich habe deine Mutter nie gesehen. Aber – entschuldige, daß ich es erwähne –, du sahst auch die meine nicht.«

Als ob das Thema damit für sie abgeschlossen wäre, erhob sie sich.

»Zeit zur Siesta«, sagte sie, »ich werde die Decken holen.« Sie kam nach einer Weile mit den Decken über dem Arm zurück.

»Bleib ruhig liegen«, sagte sie, »ich lege sie für uns beide zurecht.«

Garnet lächelte sie an. »Niemand, der dich nach deinen Reden beurteilte, würde dich für so fürsorglich halten, wie du bist«, sagte sie.

»Du wirfst hier zwei verschiedene Dinge durcheinander«, sagte Florinda. »Du bist meine Freundin, und ich mag dich gern. Das ist etwas ganz anderes.«

Sie zog die Decken zu Schlafsäcken zusammen, zog ihre Schuhe aus, löste ihren Rock und schlüpfte in einen der Säcke. Garnet wußte, daß sie ihren Mittagsschlaf auch nötig hatte, aber sie war gar nicht müde. Sie blieb sitzen und sah John zu, der den Boys behilflich war, die Pferde anzupflocken, und zwar an einer Stelle, wo das Gras am dichtesten stand. Der Russe Nikolai kam mit einer dampfenden Tasse Schokolade heran.

»Trinken Sie«, sagte er, Garnet die Tasse reichend, »das wird Sie innerlich erwärmen und gleichzeitig schläfrig machen.«

Garnet dankte ihm herzlich, und er setzte sich neben sie ins Gras. Er sah zu Florinda hinüber, die bereits eingeschlafen war, sah dann auf Garnet zurück und lächelte.

»Ziemlich törichte Menschen, alle beide«, sagte er, »John und Florinda.«

»Haben Sie gehört, was sie mir klarmachen wollten?«

»Ein wenig. Seien Sie ihnen nicht böse. Sie wissen es nicht besser.«

»Dann finden Sie, daß sie unrecht haben?«

»Natürlich haben sie unrecht. Nur – ich denke . . .«, er zögerte.

»Was, Nikolai? Sagen Sie es mir.«

»Miß Garnet, Sie wissen sicher vieles, von dem ich nichts weiß. Aber ich will Ihnen sagen, was ich denke von John und Florinda. Ich glaube, man hat beiden sehr weh getan, als sie noch waren so klein, daß sie sich nicht wehren konnten.«

Garnet trank schweigend ihre Schokolade und reichte ihm dann die Tasse zurück. »Sie sind ein weiser Mann, Nikolai«, sagte sie dann, ihn voll ansehend.

»Ich weiß nicht«, entgegnete Nikolai Grigorievitch. »Viele Yankees sagen, ich sei ein großer Narr. Ich wieder denke: Die Narren sind sie, und ich weiß nun nicht: wer hat recht: sie oder ich. Aber ich weiß: Sie sind eine tapfere Frau. Wenn Sie werden haben Ihr Kind, Sie werden es nicht bestrafen für etwas, das es nicht getan hat.«

»Oh, gewiß nicht.«

Er lächelte:

»Florindas Mutter hat das getan. Und ich denke immer: Irgend jemand strafte auch John für Dinge, die er nicht tat. Ich weiß es nicht. John hat mir nie etwas darüber gesagt. Nun – aber jetzt Sie müssen Ihren Mittagsschlaf halten.«

Garnet kroch gehorsam in den Schlafsack, den Florinda für sie

vorbereitet hatte. Nikolai Grigorievitch zog die Decken rundherum
fest wie eine Mutter, die ihr Kind zum Schlaf bettet.

Da sie so langsam ritten, brauchten sie zehn Tage bis Los Angeles.
Als sie ankamen, war Garnet völlig erschöpft.

Sie ritten in das Dorf ein, und es schüttelte sie vor Ekel. Los Angeles war unzweifelhaft der schmutzigste Ort, den sie jemals gesehen
hatte. Jedermann schien hier Dreck und Abfälle kurzerhand vor die
Haustür zu werfen, und niemand kam offenbar auf den Gedanken,
den Unrat wegzuräumen. Die wilden Hunde wühlten mit der
Schnauze darin, Fliegen hingen in dichten Schwärmen darüber, und
Pferdehufe zertrampelten ihn zu Brei. Die Luft war dick und von
ekelhaften Gerüchen erfüllt. Dann und wann rumpelte ein mit Häuten beladener Ochsenkarren über die Straße, und die Häute strömten
ihren eigenen infernalischen Gestank aus. »Mein Gott«, flüsterte
Garnet Florinda zu, »warum riechen die Häute so entsetzlich?«

»Weil die Digger sich nicht die Mühe machen, alles Fleisch abzuschaben«, erwiderte Florinda. »Die Fleischfetzen, die an den Fellen hängenbleiben, faulen natürlich und stinken dann.« Sie rümpfte
selbst die Nase, während sie sprach. »Ich hörte, das sei hier noch
gar nichts gegen den Gestank in San Diego«, sagte sie. »Dort soll
die Luft bis meilenweit ins Meer hinaus verpestet sein.«

Garnet griff sich mit der Hand in den Nacken und kratzte sich
am Hals. Florinda lächelte sie an.

»Flöhe fühlen sich hier natürlich wohl«, sagte sie, »aber du
brauchst keine Angst zu haben; in Silkys Haus gibt es keine.«

Garnet fühlte, wie sich auf ihren Schenkeln eine Gänsehaut bildete; Übelkeit stieg in ihr auf, und einen Augenblick meinte sie,
sich übergeben zu müssen. Sie ballte die Hand zur Faust und biß
in den Lederhandschuh; sie mußte an die makellose Luft und die
peinliche Sauberkeit denken, die am Union Square in New York
herrschte. Auch die Hale-Ranch fiel ihr ein. Das war ein freudloser
Ort, und sie hatte nicht einen einzigen angenehmen Tag dort gehabt,
aber peinlich sauber war es dort gewesen. Einen Augenblick
wünschte sie, sie wäre dort geblieben. Bitter wurde ihr bewußt, daß
der einzige Ort, an dem sie bleiben konnte, jetzt ein zweifelhaftes
Lokal in einem schmutzigen Dorf am Ende der Welt war. Entsetzt
fragte sie sich, was für ein Leben sie dem Kind, das sie erwartete,
in einem Ort wie diesem hier wohl bereiten könnte. – O mein Gott!

428

dachte sie. Könnte ich doch nur hier heraus und nach Hause! Halb benommen von dem Gestank, von den kribbelnden Flöhen an ihrem Körper und von den herumstreunenden Hunden, die an den Pferden hochsprangen, sah sie sich um.

John und der Russe ritten vor ihnen an der Spitze des kleinen Zuges. Dieses Los Angeles hatte nur an die zweihundert Häuser; die meisten davon waren kleine braune Würfel, die einander glichen wie ein Ei dem anderen, und sie standen in so sinnloser Unordnung, daß man denken mußte, jeder, der auch nur zwanzig Schritt weit aus einem Hause herausging, müsse sich rettungslos verirren. Die Häuser hatten Teerdächer; die machten gegenwärtig einen ganz soliden Eindruck, doch schien der Teer bei heißem Wetter auseinanderzulaufen, denn an den Hauswänden zogen sich lange schwarze Streifen herunter. Zwischen den Häusern wuchs wilder Hafer, dazwischen leuchtete hier und da farbiger Mohn; Stechapfelblüten lagen überall auf der Erde verstreut. Dann erblickte Garnet eine kleine Kirche und mehrere größere Ziegelhäuser, die wohlhabenderen Familien zu gehören schienen. Ein paar große, langgestreckte Gebäude waren nach Florindas Erklärung Lagerhäuser. Nachdem sie ein Weilchen kreuz und quer zwischen den Häusern dahingeritten waren, kamen sie zu dem Haus, in dem Silky seine Bar unterhielt. John sprang vom Pferd und half Garnet aus dem Sattel.

Die Tür des Lokals stand weit offen; Garnet sah drinnen ein paar Männer an der Bar stehen. In diesem Augenblick erschien Silky selbst. Er trug eine leuchtend rote Mexikanerjacke, hatte den Schnurrbart hochgedreht und sein sauber gescheiteltes Haar mit Pomade geölt. Er winkte Florinda mit strahlendem Gesicht zu, küßte Garnet galant die Hand und versicherte hochtrabend, es sei ihm eine außerordentliche Ehre, eine vornehme Dame in seinem bescheidenen Heim empfangen zu dürfen.

Garnet gab sich Mühe, ihm höflich zu antworten. Aber sie hatte Schmerzen in allen Gliedern, und der Alkoholdunst, der aus der Bar herausdrang und sich mit dem Gestank der Straße vermischte, betäubte sie fast. Florinda schlang einen Arm um ihren Leib.

»Geben Sie Ruhe, Silky«, sagte sie, »sie fühlt sich noch nicht sehr wohl. John, Nick, geht zur Bar und nehmt einen Schluck. Ich werde erst einmal für Garnet sorgen.«

Sie half Garnet die steile Treppe hinauf und führte sie in ihr Schlafzimmer. Garnet setzte sich auf die Wandbank und starrte überrascht auf die hübschen Möbel und die frischen, sauberen Vorhänge. Florinda verschwand und kam gleich darauf mit einer jungen Mexikanerin zurück.

»Das ist Isabel«, sagte Florinda; »Isabel ist ein netter Kerl, sie säubert mein Zimmer und besorgt meine Wäsche und meine Näharbeiten. Englisch spricht sie leider nicht, aber das macht nichts; sie versteht schon, was du willst; sie ist wirklich nett. Warte eine Minute, dann bringt Isabel das Gepäck herauf, und du kannst dir frische Sachen heraussuchen. Ich hole derweil einen Eimer heißes Wasser aus der Küche.«

Garnet nickte. Während die beiden hinuntergingen, trat sie ans Fenster und öffnete die Läden. Mit der frischen Luft drangen zugleich auch die üblen Gerüche der Straße hinein. Sie sah hinunter und schrak unwillkürlich zusammen vor dem Lärm, der ihr entgegendrang. Sie hörte das wütende Gekläff der vielen Hunde, die gellenden Schreie der Ochsentreiber, die Rufe der Wasser schleppenden Digger; aus der offenen Tür unten drangen grölende Stimmen, das Klirren und Klappern von Bechern und Gläsern, Gitarrengesumm und Gesang an ihr Ohr.

Dies also war Los Angeles. Garnets Gesicht verzog sich zu einem schiefen Lächeln. Wie anders war ihr Leben doch verlaufen, als sie es sich immer vorgestellt hatte!

Aber, stellte sie mit grimmigem Trotz vor sich selber fest, ich habe bekommen, was ich wollte; freilich, ich wußte nicht, daß es so aussehen würde.

Jetzt, wo sie es vor sich sah, fragte sie sich, warum sie die Möglichkeit einer solchen Entwicklung nicht früher bedacht habe. Sie hatte Freiheit gewollt; nun, jetzt hatte sie unbegrenzte Freiheit. Hier in diesem schmutzigen Dorf, weit entfernt von jeder Beschränkung, die ihr jemals auferlegt worden war, hatte sie die Freiheit, alles zu tun, was ihr gefiel.

Was für ein kleines Mädchen war sie doch gewesen, als sie Oliver heiratete! Sie hatte so voll satten Behagens und so voll Neugier gesteckt; sie war so eifrig bestrebt gewesen, all den farbigen Versprechungen nachzulaufen, die das Leben verhieß; dabei war sie im Grunde Dingen nachgelaufen, die nirgends existierten außer in ihrem Kopf. Sie hatte gedacht, Freiheit bedeute einfach, den eigenen Weg gehen zu können; sie hatte nicht bedacht, daß man auch die Konsequenzen seiner freien Entscheidungen tragen mußte. Gut, das wußte sie nun. Das Leben war weit entfernt davon, ein unerschlossenes Paradies goldener Abenteuer zu sein, die nichts kosteten.

Sie stützte sich mit den Ellbogen auf den Fenstersims und sah sich in Florindas sauberem Zimmer um. Sie dachte an den Augenblick, da sie Florinda zum erstenmal gesehen hatte. Damals hatte das unbekümmerte Vertrauen, mit dem Florinda einer scheinbar hoffnungslosen Zukunft entgegensah, sie erstaunt; heute begriff sie es. Man entwickelt den Mut, den man braucht, und man entwickelt ihn dann, wenn es nötig ist. Das hat nichts mit allerlei edlen Idealen zu tun; es ist nichts als schlichte Selbstverteidigung. Es ist wie bei der Wüstendurchquerung: Entweder man kommt durch, oder man bleibt auf der Strecke, und es ist niemand außer einem selbst da, der sich viel darum sorgt.

Das Kind in ihrem Leib versetzte ihr einen kleinen Stoß. Sie klammerte die Hand um den Fenstersims. Hier draußen, in diesem halbwilden Land, würde es viele Dinge, die ein Kind braucht, nicht geben. Aber sie konnte das Kind lehren, was sie selber gelernt hatte und was Oliver nie gelernt hatte: daß nämlich keine freundliche Vorsehung einen Menschen vor den Folgen dessen bewahren kann, was er selber tat; daß der Mensch gut daran tut, sich auf niemand als auf sich selbst zu verlassen.

Unter dem Hafer, der an der Mauer eines benachbarten Hauses wuchs, erblickte Garnet Büschel leuchtend gelben Mohns. Es fiel ihr ein, daß John seine Ranch nach diesem Mohn benannt hatte. La flor torosa – die beständigen Blumen! Der Mohn da drüben wirkte zart und verletzlich wie Gewächshausblumen, die keinem Windhauch standhalten. In Wirklichkeit handelte es sich um Unkraut, das jedem Unwetter trotzte. Garnet blickte lächelnd auf die gelben Büschel hinab. »Torosa!« sagte sie laut und noch einmal: »Torosa!« Das Wort gefiel ihr gut.

John und Nikolai Grigorievitch kehrten auf ihre Besitzungen zurück, und Garnet war auf dem Wege, sich mit Los Angeles und ihrer Umgebung abzufinden.

Es war nicht leicht. Oft riß sie der heraufdringende Lärm nachts aus dem Schlaf, und sie entbehrte Schlaf so sehr, daß sie in den ersten Tagen oft vor Müdigkeit taumelte. Die Gerüche der Straße waren für ihre Nase eine ununterbrochene Beleidigung, und obgleich Isabel sich alle Mühe gab, das Zimmer sauber zu halten, brachten es immer wieder ein paar Flöhe fertig, sich einzuschleichen. Und neben den Flöhen gab es noch die Spinnen. Die Spinnen waren an sich harmlos, aber sie waren gleichwohl eine schreckliche Plage. Sie spannen Nester auf den Fenstersimsen und hingen in ganzen Girlanden unter der Decke. Während der ersten Woche ihres Aufenthaltes in Los Angeles fegte Garnet mehr Spinnweben herunter, als sie in ihrem ganzen Leben gesehen hatte.

Aber es hätte andererseits alles sehr, sehr viel schlimmer sein können. Silky gab ihr nie das Gefühl, sie sei unerwünscht, dieses unerträgliche Gefühl, das sie in Charles' Hause nicht einen Augenblick verlassen hatte. Der Chinesenboy Micky lächelte freundlich, sobald er sie sah, und Silky selbst sank in tiefer Verbeugung zusammen, sobald er sie nur von fern erblickte. Florinda nun gar brachte ihr eine ständig gleichbleibende warme Zuneigung entgegen, eine Freundschaft, die nichts forderte und immer da war, einfach und klar wie der Sonnenschein.

Eines Tages kam Texas; er humpelte an einer Krücke; es hatte sich herausgestellt, daß er bei dem Sturz seinerzeit eine sehr viel ernstere Verletzung davongetragen hatte, als damals jemand ahnte. Er lehnte sich gegen den Bartisch und sagte Garnet, die gerade unten war, was er ihr schon durch John hatte bestellen lassen: Er wisse Bescheid mit dem Kinderkriegen, er sei häufig bei Geburten zugegen gewesen, und wenn es mit ihr soweit sei, solle sie sogleich nach ihm schicken, ganz gleichgültig, ob es Tag oder Nacht sei; das mache nicht das geringste aus; sie könne jederzeit mit seiner Hilfe rechnen. Einstweilen wolle er ihr schon ein paar Verhaltungsmaßregeln hinsichtlich ihrer Gesundheit geben.

Es war kein Zweifel, daß Texas sehr viel von Krankheiten und auch von Geburten verstand. Florinda bestätigte das Garnet auch noch einmal ausdrücklich, nachdem er gegangen war. Florinda hatte nie wieder davon gesprochen, daß sie selbst ein Kind gehabt hatte. Aber Garnet fand nun, sie hätte es gar nicht zu erwähnen brauchen; es wäre ihr von selbst aufgegangen. Denn auch Florinda verstand nach all ihren Ratschlägen zweifellos sehr viel von der Sache.

Der Ort war so häßlich, und Garnet fiel das Gehen mittlerweile so schwer, daß sie nur selten das Haus verließ. Die meiste Zeit des Tages verbrachte sie entweder in der Küche oder oben im Schlafzimmer. Sie nähte Kinderwäsche aus Stoffen, die Florinda in Mr. Abbotts Laden gekauft hatte. Isabel war ihr beim Zuschneiden behilflich; daneben beschäftigte sie sich damit, die schwarzen Kleider, die Florinda im Hause Doña Manuelas getragen hatte, für Garnet abzuändern. Florinda freilich hatte heftig protestiert, als Garnet

Trauerkleidung anlegen wollte. »Schwarz steht dir nicht«, sagte sie, »du siehst gräßlich darin aus.« Aber Garnet wäre sich in farbiger Gewandung nahezu unanständig vorgekommen, und so fügte Florinda sich denn und gab ihr die Kleider, die sie im vergangenen Winter getragen hatte, heraus. Florinda pflegte nie etwas wegzuwerfen, was man irgendwann vielleicht noch einmal gebrauchen konnte.

Isabel stimmte übrigens mit Garnet sogleich überein. Selbstverständlich müsse eine Witwe Schwarz tragen, erklärte sie. Sie sagte das so ernst und eindringlich, daß Florinda hinter ihrem Rücken zu kichern begann. Es hatte nie einen Menschen gegeben, der Florinda gesagt hätte, Traditionen seien heilig, gleichgültig, ob sie nun etwas bedeuteten oder nicht. Am Abend dieses Tages sagte sie Garnet, warum sie bei Isabels Erzählung habe kichern müssen.

Isabel war, wie sie erzählte, selbst eine Witwe mit drei Kindern. Ihr Ehemann war ein ständig betrunkener Tunichtgut. Eines Tages hatte man ihn unten am Bach tot gefunden. Es hatte damals ein großes Gerede in Los Angeles gegeben. Einige Leute behaupteten, Isabel selbst habe ihn ins Wasser gestoßen; andere sagten, sie habe ihm nicht geholfen, wieder herauszukommen. An sich war niemand traurig seines Todes wegen, deshalb unterblieben auch alle weiteren Nachforschungen.

Das war nun vier Jahre her; Isabel hatte sich seitdem standhaft geweigert, wieder zu heiraten. Sie war jung und hübsch und hatte mehrere erwägenswerte Anträge bekommen; sie hatte sie indessen sämtlich zurückgewiesen und feierlich erklärt, sie wisse nun genau, was es mit Ehemännern auf sich habe, und verzichte auf weitere Erfahrungen. Es war ihr dabei gar nicht leichtgefallen, den Unterhalt für sich und die Kinder zu verdienen; das Erscheinen Florindas am Ort war ihr deshalb sehr willkommen. Florinda und Isabel stimmten in ihren Ansichten über Männer im allgemeinen und Ehemänner im besonderen vollkommen überein. Garnet hörte sie das Thema des öfteren mit einer Begeisterung diskutieren, welche geeignet war, die sprachlichen Schwierigkeiten auszugleichen. »Männer sind gut«, sagte Florinda. »Ehemänner . . .«, sie war außerstande, ein passendes spanisches Wort zu finden, deshalb begnügte sie sich damit, einen unmißverständlichen Pfiff auszustoßen. Isabel versicherte, sie habe sehr recht.

Nichtsdestoweniger trug Isabel ihrer Witwenschaft wegen Trauerkleider, und sie wäre sehr empört gewesen, wenn nicht auch Garnet Schwarz getragen hätte. Und eben dieser Umstand war es, der Florinda zum Kichern veranlaßt hatte. »Ich fürchte, ich werde nie lernen, ›anständige‹ Menschen zu verstehen.«

Florinda war immer stark beschäftigt. Ihre Energie schien unermüdlich. Sie arbeitete zehn bis zwölf Stunden am Tag, und das an allen sieben Tagen der Woche, und niemals hörte man von ihr ein Wort der Klage oder des Überdrusses. Der ständige Lärm, die ekelhaften Gerüche, Flöhe, Spinnen und andere Unannehmlichkeiten schienen ihr nicht das geringste auszumachen; sie quittierte sie allenfalls mit gutmütigem Spott. Florinda hatte sich so lange mit Dingen, die ihr nicht gefielen, herumschlagen müssen, daß sie darüber eine harte und kühle Heiterkeit gewonnen hatte, die sie gleich einer Schale umgab.

»Ich bewundere dich maßlos«, sagte Garnet eines Nachts, als sie schon etwa zwei Wochen in Los Angeles weilte, »und außerdem beneide ich dich.«

»Worum?« fragte Florinda, ihre Schultern abreibend. Sie hatte sich einen Eimer warmes Wasser mit heraufgebracht und stand nun vor dem Waschständer und wusch sich. Es war bereits gegen ein Uhr morgens; die Straßen – wenn man hier von Straßen reden wollte, waren ruhig. Florinda leerte die Schüssel aus und füllte sie mit frischem Wasser. »Komm, sei ein Engel und wasch mir den Rücken«, sagte sie. Und als Garnet den Waschlappen ergriffen hatte: »Was wolltest du damit sagen?«

»Ich bewundere dich der Haltung wegen, mit der du dieses Leben erträgst«, sagte Garnet. »Schon der Ort hier allein. Du mußt ihn ebenso entsetzlich finden wie ich. Aber du sagst es nie.«

Florinda lachte. »Nun, meine Liebe, es ist hier nicht gerade das, was ich mir erträumte, als ich in Max Durens Schenke in Pearl Street die Spucknäpfe aufwusch«, sagte sie. »Aber ich bin dort herausgekommen, und eines Tages werde ich auch hier wieder herauskommen. Denn ich gehöre nicht zu den Mädchen, die sich mit Dingen, die ihnen nicht gefallen, einfach abfinden.« Sie warf Garnet einen strahlend blauen Blick über die Schulter zu. »Du gehörst ebensowenig dazu, Darling.«

Garnet lächelte zustimmend. Sie nahm das Handtuch und begann Florindas Rücken abzutrocknen. »Nein«, sagte sie, »ich werde ganz gewiß nicht in diesem elenden Dorf bleiben, ohne wenigstens zu versuchen, herauszukommen. Aber bis dahin – ach, Florinda, hast du nicht schon einmal das Bedürfnis verspürt, dich in einer Ecke zusammenzurollen und hemmungslos zu weinen?«

»Doch, das habe ich wohl. Aber sage selbst: Was wäre dadurch geändert? Und du wirst auch nicht weinen, nicht wahr?«

Garnet hängte das Handtuch an den Ständer und streckte sich wieder im Bett aus. Florinda begann sich die Beine zu waschen.

»Schau, Liebe«, fuhr sie fort, »wir sitzen hier in einer greulichen Spelunke. Zugegeben. Aber wir werden deswegen nicht weinen. Nicht, weil wir darüber erhaben wären, sondern weil wir zu klug sind, um unnütz unsere Kräfte zu verschwenden.« Sie wandte sich um und schickte Garnet ein kleines kluges Lächeln. »Und noch aus einem anderen Grunde werden wir es nicht tun«, sagte sie, »weil wir nämlich an zwei Orte denken können, die schlimmer sind als dieses Haus hier in dem lausigen Los Angeles. Ich denke an das New Yorker Staatsgefängnis und an das Haus des ehrenwerten Mr. Charles Hale. Habe ich recht?«

Garnet lachte kurz auf. »Wahrhaftig«, sagte sie, »das hast du.«

Florinda war mittlerweile mit der Reinigung ihrer Füße beschäftigt. Sie stand auf dem linken Bein und hatte das in Brusthöhe angehobene rechte in der Waschschüssel stehen. Die jahrelangen Tanzübungen hatten sie biegsam und gelenkig wie ein Baby gemacht. Garnet sah ihr zu und seufzte vor Neid.

»Was meinst du: Ob ich je wieder so gelenkig werde?« sagte sie.

»Oh, gewiß; warum denn nicht?« versetzte Florinda. »Ich weiß genau, wie du dich jetzt fühlst. Du hast Schwierigkeiten, dir allein die Schuhe anzuziehen, und du fragst dich, ob du je wieder imstande sein wirst, ein Korsett zuzuschnüren. Aber ich sage dir, du wirst deine schlanke Figur wiederbekommen. Und wenn es erst soweit ist, dann . . .«, sie machte eine weit ausholende Geste, die Los Angeles und das ganze Land Kalifornien einschloß, »dann wird alles das hier sehr viel leichter für dich zu ertragen sein.« Garnet runzelte die Stirn und biß sich auf die Unterlippe. »Hast du sonst noch etwas auf dem Herzen?« fragte Florinda.

»Ja«, antwortete Garnet, »etwas, das ich dich schon fragen wollte, solange ich hier bin.«

»Also. Sage es.« Florinda goß das Seifenwasser in den Spüleimer, steckte die Füße in leichte Hausschuhe und zog ihr Nachthemd an. Danach setzte sie sich auf die Wandbank und begann ihr Haar zu bürsten. Garnet sah über das Bett hinweg und strich mit der Hand über die Bettdecke.

»Florinda«, sagte sie, »wie lange wirst du mich hier bei dir behalten können?«

»Warum? Solange du willst, natürlich.«

»Könntest du mir nicht eine Matratze in den Lagerraum legen lassen? Ich meine, Silky müßte wissen, daß ich seinen Schnaps nicht austrinken würde.«

»Aber warum, zum Teufel, willst du im Lagerraum schlafen?«

»Florinda, du hast dich wundervoll benommen«, sagte Garnet, »aber ich kann schließlich nicht dauernd das Schlafzimmer mit dir teilen. Du verstehst . . .«

»Nicht das geringste verstehe ich. Warum, um alles in der Welt, willst du mit mir nicht mehr das Zimmer teilen? Du bist mir nicht im geringsten im Wege.«

»Aber – um Himmels willen – stell dich doch nicht so entsetzlich dumm. Ich meine – ich meine Silky. Er wird schließlich . . .«

Florinda sah sie verwirrt an und ließ langsam die Bürste sinken. Plötzlich begann sie zu lachen. »Oh, ich dreibeiniger Indianer!« rief sie. »Ich scheine einen Holzklotz zu haben, wo anderen Leuten der Kopf sitzt. Garnet, es tut mir leid. Ich hatte keine Ahnung, daß dich das beschäftigte. Aber du irrst dich, mein Süßes. Du irrst dich gründlich. Zwischen Silky und mir besteht nichts dieser Art.«

Garnet setzte sich im Bett auf. »O Florinda«, flüsterte sie, »vergib mir!«

Aber Florinda lachte einstweilen noch; sie schüttelte sich vor innerer Heiterkeit. »Es ist ja meine Schuld«, kicherte sie schließlich, »ich hätte dir das von Anfang an sagen sollen. Ich dachte wahrscheinlich, ich hätte es dir gesagt. Erwähnte ich nicht, daß es sich zwischen Silky und mir um eine rein geschäftliche Abmachung handele?«

»Ja«, stotterte Garnet befangen, »aber ich habe das wohl – falsch verstanden«, sie fühlte, wie ihre Wangen sich röteten. »O Florinda«, flüsterte sie, »werde ich rot?«

»Ja, es scheint so; aber du hast nicht die geringste Veranlassung, rot zu werden.« Florinda fuhr fort, ihr Haar zu bürsten. »An sich ist es ganz natürlich, daß du so dachtest«, sagte sie, »die meisten Gäste hier denken wahrscheinlich dasselbe. Und ich lasse sie auch bei dem Glauben. Ich kriege ohnehin Tag für Tag zu hören, was du ›unanständige Anträge‹ nennen würdest; da ist es schon einfacher, die Kerle bei der Meinung zu lassen, Silky würde sie über den Haufen schießen, wenn ich zu einem dieser Anträge ja sagte. Ich bilde mir nicht ein, daß ich mit Engelsflügeln oder dergleichen dafür bedacht werde, daß ich nicht mit Silky schlafe; aber es ist nun einmal so. Hör zu, ich will dir genau sagen, wie es ist: Ich bin nicht Silkys

Geliebte, und ich arbeite auch nicht für ihn. Ich bin an diesem Etablissement beteiligt; es gehört mir zur Hälfte.«

Garnet stieß unwillkürlich einen Überraschungsruf aus. »Das hätte ich nie gedacht«, sagte sie.

»Wir haben das Haus hier von Mr. Abbott gemietet«, fuhr Florinda fort. »Silky hatte hier schon mit einem netten kleinen Betrieb begonnen, aber er wollte sich vergrößern. Wir sprachen das miteinander durch, als er zu Kerridges Ranch heraufkam. Und dann beteiligte ich mich an dem Unternehmen. Verstanden?«

Garnet nickte.

Florinda lächelte. »Du fragst dich natürlich, wo ich das Kapital her habe«, sagte sie. »Du bist nur zu höflich, danach zu fragen. Deshalb will ich es dir sagen. Erinnere dich: Als ich Oliver in New Orleans Geld gab, damit er die Fahrkarte nach St. Louis kaufte, nahm ich es aus einem Beutel, den ich an mein Korsett genäht hatte.«

»Ja, es fällt mir ein.«

»Gut. Dieser Beutel war meine Bank. Ich hatte mich zwar in New Orleans zunächst ziemlich sicher gefühlt, aber ich war doch immer darauf vorbereitet, schnell abreisen zu müssen, wie es dann ja auch geschah. Deshalb hatte ich mir an jedes Korsett einen Beutel genäht, und jeden Morgen tat ich in diesen Beutel alles, was ich an Geld und Juwelen besaß.«

»Du bist sehr klug«, sagte Garnet bewundernd.

»Oh, nicht immer. Aber ich lernte es mit der Zeit, klug zu werden. Mein Leben hat mich etwas gelehrt, und diese Lektion habe ich mir zum eisernen Grundsatz gemacht: Sorge, daß du nie ohne Geld bist! Geld ist das wichtigste Ding auf Erden.«

Garnet lächelte und zog gleichzeitig die Stirn in Falten. »Nein«, sagte sie nach einer Weile, »nein, Florinda, das ist es nicht.«

»Was ist dann das Wichtigste?«

»Ich weiß es nicht. Es ist dies eins der Dinge, die ich noch herausfinden muß. Aber Geld ist es nicht.«

In Florindas Gesicht stand ein überlegen nachsichtiges Lächeln. Sie nahm Garnets Geldbörse auf, die auf der Wandbank lag. Sie lag dort seit dem Nachmittag, da Garnet Isabel für das Umändern der Trauerkleider Geld gegeben hatte. Florinda ließ die Börse von einer Hand in die andere gleiten; sie fühlte sich ganz hübsch schwer an. Sie legte die Börse an ihren Platz zurück, warf Garnet einen bedeutsamen Blick zu, sah wieder auf das Portemonnaie und dann wieder auf Garnet.

»Versuche einmal, ohne das auszukommen, meine Liebe«, sagte sie.

Sie stand auf, reckte sich und gähnte, andeutend, daß sie zu diesem Gegenstand keine weitere Bemerkung zu machen habe.

Zweiunddreißigstes Kapitel

Der Juni war kühl und neblig und brachte viele Blumen. Am ersten Juli kam die Sonne heraus und stand von nun an Tag für Tag am Himmel. Sie dörrte das Gestrüpp an den Berghängen aus, färbte es in zahllosen Schattierungen von der Bronze bis zum Purpur, und sie versengte das Gras, daß es unter den Füßen wie Papier knisterte.

Bald nachdem die Sonne herausgekommen war, brachten Händler und Kaufleute Neuigkeiten aus dem Norden des Landes mit, die von größeren Unruhen berichteten. Danach war Frémont, der Weisung des Konsuls gemäß, nach Oregon abgerückt, aber schon bald darauf wieder nach Nord-Kalifornien zurückgekehrt. Unmittelbar darauf hatten die Unruhen wieder begonnen.

Die Händler erzählten etwa folgendes: Auf einer Ranch nördlich der San Francisco Bay lebte Don Mariano Guadalupe Vallejo, einer der reichsten Männer Kaliforniens. Eines Morgens im Juni erschienen vor seinem Hause dreiunddreißig Amerikaner. Die Männer erklärten, sie seien ein Revolutionskomitee und ständen hier im Einvernehmen oder auf Veranlassung Frémonts, um die Regierungsgeschäfte Kaliforniens zu übernehmen.

Die Leute drangen in das Haus ein, lümmelten sich in Señor Vallejos Wohnzimmer herum, betranken sich an seinem Whisky und verlangten lärmend nach Papier und Federn. Als beides gebracht wurde, stellte sich heraus, daß einige von ihnen überhaupt nicht schreiben konnten. Von denen, die es konnten, war ein Teil nicht nüchtern genug, um sich einem so schwierigen Geschäft zu unterziehen. Die übrigbleibenden verfaßten schließlich ein Dokument, in dem festgestellt wurde, Kalifornien sei von Stund an eine selbständige Republik. Nachdem dies getan war, wurde Señor Vallejo und seine Familie ebenso wie einige andere angesehene Männer der Nachbarschaft gefangengesetzt. Alle Gefangenen wurden zunächst nach Frémonts Lager und von da nach Sutter's Fort gebracht, wo sie eingekerkert wurden. Am gleichen Nachmittag hißten die Yankees über Señor Vallejos Ranch zum Zeichen der vollzogenen Revolution eine Fahne.

Die Fahne war von einem Mann namens Todd angefertigt worden. Einige Leute behaupteten, er habe sie aus einem Bettlaken und aus dem roten Flanellunterrock einer Frau zusammengenäht. Jedenfalls brachte Mr. Todd in einer Ecke des Lakens einen roten Stern an; dann malte er das Bild eines Bären auf die Fahne; der Bär blickte zu dem roten Stern empor. Quer über den unteren Teil der Fahne nähte Todd einen Streifen roten Flanells, und darüber malte er die Worte *Republik Kalifornien*. Er bildete sich wenigstens ein, die vorstehenden Buchstaben gemalt zu haben; in Wirklichkeit war er über der Arbeit nervös geworden und hatte den Buchstaben ›i‹ in dem Wort *Republik* vergessen. Als er den Fehler bemerkte, verbesserte er ihn dadurch, daß er das fehlende ›i‹ dazumalte, und zwar über dem Buchstaben ›k‹. Auf solche Weise entstand ein Feldzeichen, das sich ebenso würdig ausnahm wie die Sache, der es dienen sollte.

Einige der dreiunddreißig Männer, die Señor Vallejos Ranch überfallen hatten, waren Rancharbeiter, aber die meisten waren ohne feste Adresse und festen Wohnsitz. Zwanzig hielten sich acht Monate in Kalifornien auf. Mr. Larkin, der amerikanische Konsul, und Mr. Montgomery, der Kapitän des amerikanischen Kriegsschiffes in der San Francisco Bay, zögerten nicht, das Vorgehen der Leute scharf zu verurteilen. Die Yankee-Kaufleute, Händler und Rancheros vernahmen das Geschehene mit unverhohlener Bestürzung.

Alle diese Yankees machten gute Geschäfte, und sie gedachten auch weiterhin gute Geschäfte zu machen. Freilich hatten sie alle mehr oder weniger oft und offen erklärt, jederzeit mithelfen zu wollen, falls Kalifornien einmal den Wunsch äußern sollte, sich von der mexikanischen Herrschaft zu befreien. Aber sie alle legten auf eine friedliche und freundschaftliche Vereinigung mit den Staaten Wert. Sie wollten keineswegs, daß die Kalifornier Veranlassung bekämen, die Amerikaner für Strolche zu halten. In Silkys Bar wurden die Vorgänge gerade von amerikanischen Gästen scharf kritisiert. Sie versicherten den eingesessenen Bewohnern von Los Angeles immer wieder, daß sie mit den Herumlungerern im Norden des Landes nicht das geringste zu tun hätten und daß Frémont selbst in erhebliche Schwierigkeiten geraten würde, wenn er sich nicht bald entschlösse, nach Oregon zurückzukehren.

Silky und Florinda berichteten Garnet halb amüsiert, halb verärgert von den Unterhaltungen in der Bar. Garnet war empört. Sie fühlte sich müde und schlapp; in wenigen Wochen erwartete sie ihr Kind; sie fand, daran allein hätte sie gerade genug zu tragen. »Was meinen Sie«, fragte sie Silky erregt, »werden wir hier auch Schwierigkeiten bekommen, nur weil wir Amerikaner sind?«

Silky, der eben dabei war, die Kontobücher einer genauen Durchsicht zu unterziehen, zupfte an seinem Schnurrbart und schüttelte den Kopf. Wenn Silky rechnete, war er immer todernst. »Ich glaube nicht, daß wir uns Sorgen machen müssen, Mrs. Hale«, sagte er. »Die Angelesen mögen uns. Sie kommen jeden Abend hierher, um ihren Wein zu trinken und Monte zu spielen. Sie kennen Männer wie Abbott und mich und alle anderen von uns. Wir haben samt und sonders mit den Krakeelern da oben im Norden nichts zu tun.«

Garnet atmete auf und ging zu ihrer Näharbeit zurück. Silky fuhr fort, seine Gewinnziffern durchzurechnen. Er war in heiterer Stimmung; das Geschäft ging gut. Sein zufrieden glänzendes Gesicht erinnerte Garnet daran, daß sie noch keine Vorsorge getroffen hatte, ihre eigenen Ausgaben zu bezahlen. Sie hatte Florinda gegenüber geäußert, daß sie für Unterkunft und Verpflegung in Silkys Haus zu bezahlen gedenke. »Warum?« hatte Florinda gefragt. »Es verlangt niemand etwas von dir. Du kostest ja auch so gut wie nichts. Das Fleisch beispielsweise ist hier so billig, daß alles, was du essen könntest, keinen Dollar im Monat kosten würde.« Aber Garnet bestand darauf, das, was sie verbrauchte, bezahlen zu wollen. Und sie wußte sehr wohl: Silky und Florinda waren gleicherweise nur an einem interessiert: Sie wollten Geld verdienen und möglichst schnell reich werden; sie würden am Ende keineswegs darauf bestehen, gutes Geld, das ihnen geboten wurde, zurückzuweisen. Außerdem, sie erwartete ein Kind, und sie war überzeugt, bare Bezahlung ihres Verzehrs würde in Silkys Meinung erheblich die Frage beeinflussen, ob es sich bei diesem Kind um ein schreiendes Balg oder um einen süßen kleinen Engel handelte.

Garnet beschloß deshalb, noch vor der Geburt des Kindes Mr. Abbott aufzusuchen, um ihre Geldangelegenheiten in Ordnung zu bringen. Als sie an diesem Abend ihre Figur im Spiegel betrachtete, dachte sie, daß es ihr unter früheren Verhältnissen in New York nie eingefallen wäre, sich in solchem Zustand auf die Straße zu begeben und den Blicken anderer Leute auszusetzen. Hier lagen die Dinge anders.

Kalifornische Frauen, die ein Kind erwarteten, gingen unbekümmert wie immer über die Straße, und kein Mensch nahm Notiz von ihnen. Hier lag also kein Hinderungsgrund. Und deshalb würde sie morgen Mr. Abbott aufsuchen; Florinda würde sie gewiß begleiten, um ihr den Weg zu zeigen.

Die Vorstellung, daß sie zukünftig selbst für ihre Vermögensverhältnisse verantwortlich sei, gab ihr ein Gefühl der Unsicherheit. Sie mußte sich eingestehen, daß sie nichts von diesen Dingen verstand. Zu Hause hatte ihr Vater ihr ein Taschengeld gegeben. Oliver hatte sich in Geldangelegenheiten immer großzügig gezeigt. Schon in New Orleans hatte er ihr, wenn sie den Wunsch äußerte, Einkäufe zu machen, schweigend einen oder zwei Scheine aus seiner Brieftasche gegeben. In Santa Fé hatte er ihr, kaum daß sie angekommen waren, eine Handvoll mexikanischer Münzen zugesteckt, bevor sie noch auf den Gedanken gekommen war, ihn darum zu bitten. Seit sie in Kalifornien war, hatte für sie noch keine Notwendigkeit, Geld auszugeben, bestanden, bis auf die paar Münzen, die sie Isabel für ihre Näharbeiten gezahlt hatte. Sie hatte Florinda angeboten, den Stoff für die Babywäsche zu bezahlen; aber Florinda hatte erklärt, das sei bezahlt; sie habe Mr. Abbott veranlaßt, Olivers Warenkonto mit dem Betrag zu belasten.

Florinda verstand mit Geld umzugehen. Sie hatte Garnet gesagt, was sie Isabel für die Näharbeit bezahlen solle. Sie fand sich auch mit dem in Kalifornien üblichen Verrechnungswesen, mit dieser heillosen Mischung von Tierhäuten, Geldmünzen und Guthabenbons, ausgezeichnet zurecht. Als sie diese Nacht das Schlafzimmer betrat, sagte Garnet ihr, daß sie beabsichtige, Mr. Abbott aufzusuchen. Florinda nickte.

»Das wird gut sein«, sagte sie, »ich verstehe das. Es ist schlimm, wenn man nicht weiß, was man besitzt. Ich werde dich begleiten – José kann derweil die Bar übernehmen –, ich brauche ohnehin ein Paar neue Schuhe.«

Garnet saß auf der Wandbank nahe dem Fenster und sah nach den Sternen. Sie sah den Großen Bär, und ihr fiel ein, wie ihr Vater ihr das Sternbild zum erstenmal gezeigt hatte; da war sie noch ein ganz kleines Mädchen gewesen. Der Gedanke schuf ihr ein Gefühl schmerzlichen Heimwehs. Sie sagte, zu den Sternen aufblickend:

»Ich wollte, mein Kind wäre nicht dazu verurteilt, als Fremdling geboren zu werden.«

Florinda war damit beschäftigt, ihre Schmutzwäsche in einen Korb zu packen, den sie Isabel am nächsten Tag geben wollte. »Es ist eine verdammte Schmach, irgendwo bleiben zu müssen, wenn man nicht will«, sagte sie.

»Ich glaube, ich habe nie viel über mein eigenes Land nachgedacht«, sagte Garnet. »Der vierte Juli war früher in New York für mich immer nur der Tag der großen Feuerwerke. Irgendwo auf einer Plattform stand dann ein fetter Mann und verlas die Unabhängigkeitserklärung. Hier draußen wird der vierte Juli wie jeder andere Tag vorübergehen, und . . .« Sie hielt ein. »Verzeih!« sagte sie. »Solche Gedanken tun uns beiden nicht gut.«

»Du kannst grundsätzlich jederzeit nach New York zurückkehren«, sagte Florinda.

»Ja, gewiß. Vielleicht kann ich den Kapitän irgendeines Klippers dazu bewegen, mich als Passagier mitzunehmen. Pflegen diese Schiffe Frauen mitzunehmen?«

»Manchmal schon. Vor einiger Zeit hatte ein Kapitän seine Frau mit an Bord. In einem solchen Fall könnte gegen eine zweite Frau kaum etwas eingewandt werden. Außerdem wäre die Kapitänsfrau wahrscheinlich ganz froh, weibliche Gesellschaft zu haben.«

»Ich würde gern alles hergeben, was ich habe«, sagte Garnet. Und nach einer kleinen Pause: »Würdest du mit mir kommen?«

»Nein, Liebe«, antwortete Florinda.

Garnet sagte nichts mehr. Aber wie sie so dasaß, auf die Sterne blickte und an ihr fernes Zuhause dachte, da füllten sich ihre Augen mit Tränen.

Am nächsten Morgen gingen sie zu Mr. Abbott. Garnet trug eines ihrer mexikanischen schwarzen Kleider, und Florinda hatte ihr gezeigt, wie sie einen Streifen schwarzer Seide über den Kopf drapieren mußte. Die Kalifornier nannten das Rebozo. Es war ein strahlender Mittsommertag. Sie gingen auf Pfaden, die kreuz und quer durch den wilden Hafer getreten waren, und bahnten sich ihren Weg zwischen den Häusern. Hunde und Kinder tobten überall herum, und hin und wieder mußten sie zur Seite treten, um einen Reiter passieren zu lassen. Sie gingen zehn Minuten, aber der Weg machte so viele Windungen, daß Garnet sich immer wieder umsah, um festzuhalten, in welcher Richtung sie sich bewegten.

Auf der Veranda von Mr. Abbotts Laden lagen Stapel von Häuten. Garnet verzog das Gesicht, als ihr der Geruch in die Nase stieg.

»Wenn jemand dir in New York gesagt hätte, woher deine Pumps stammen – was hättest du gesagt?« wandte sie sich an Florinda.

Die zuckte die Achseln: »Wahrscheinlich hätte ich gesagt: ›Wie gut, daß ich da nicht leben muß.‹ O Garnet, es ist eine vortreffliche Einrichtung, daß man nicht vorher weiß, was einem im Leben geschieht. Sei vorsichtig, da ist eine Stufe unter dem Unkraut. Ja, da. Guck, der dicke Mann hinter dem Ladentisch drinnen, das ist Mr. Abbott.«

Mr. Abbott, rund und kahlköpfig, lächelte jovial, als die beiden Damen den Laden betraten.

»Welch eine Ehre!« sagte er. »Wie geht es Ihnen, Miß Florinda?«

»So gut wie dem Unkraut vor Ihrer Tür, danke sehr. Ich möchte Sie mit meiner Freundin bekannt machen: Mrs. Oliver Hale. Sie wollte mit Ihnen eine kleine geschäftliche Angelegenheit besprechen.«

Mr. Abbott sah aus wie ein Mann, der es weit von sich wies, eine irgend vermeidbare Bewegung zu machen. Wenn er sich jetzt trotzdem schwerfällig und mit erheblichem Prusten und Schnaufen aus seinem Sessel herauswälzte, so geschah das zweifellos zu Ehren von Garnets Witwenkleid und ihrem gesegneten Leibeszustand. Er reichte ihr eine große fleischige Hand und versicherte, wie sehr er ihr tiefes Leid nachzuempfinden wisse. Er zog mit einiger Anstrengung einen Stuhl heran und lud sie ein, Platz zu nehmen.

Garnet dankte und setzte sich. Mr. Abbott faltete mit feierlicher Gebärde die Hände über seinem Bauch und verbreitete sich eingehend darüber, was für ein großartiger Mann der verstorbene Mr. Oliver Hale gewesen sei. Er, Abbott, werde sich jederzeit glücklich schätzen, der verehrten Witwe eines solchen Mannes jeden in seiner Macht stehenden Dienst zu erweisen.

Garnet hatte wenig Neigung, über Oliver zu sprechen. Florinda mochte das fühlen. Jedenfalls stoppte sie Mr. Abbotts Redeschwall ab, indem sie erklärte, sie hätte gern einige Schuhe anprobiert; bitte, ob er ihr vielleicht eine kleine Auswahl zeigen könne. Aber selbstverständlich könne er das, versicherte Mr. Abbott; er habe mehrere Paare besonders moderner und stilvoller Erzeugnisse aus der ersten Fabrik von Connecticut. Er klatschte laut in die Hände, worauf zwei Yankee-Clerks aus dem hinter dem Ladentisch gelegenen Zimmer auftauchten. Florinda belegte beide sogleich mit Beschlag, bezauberte sie mit ihrem Charme und veranlaßte sie, ihr nicht nur Schuhe, sondern auch ganze Kollektionen von Seidenbändern und Kleiderstoffen vorzulegen. Sie saß auf der Wandbank und zog die Schuhe aus. Die Clerks schleppten immer neue Ware herbei, so daß Florinda schließlich ausrief: »Sie halten mich wohl für eine Ranchbesitzerin, daß Sie meinen, ich könnte Waren kaufen, die einen Wert von mehr als tausend Häuten darstellen?«

»Aber, aber . . .« Mr. Abbott, der den Ausruf gehört hatte, machte Florinda eine Verbeugung. »Wenn jeder sein Konto so wie Sie in Ordnung hätte, brauchte ich mir in dieser Welt keine Sorgen mehr zu machen«, sagte er. »Collins, bring Mrs. Hale einen Becher Wein; sie sieht ein wenig angegriffen aus. Ja, für mich auch einen Becher. Sie haben hoffentlich nichts dagegen, Mrs. Hale. Leisten Sie uns Gesellschaft, Miß Florinda? Halt, lehnen Sie nicht gleich ab, erwägen Sie es gut, Lady. Ein Gläschen Wein ist gut für den Magen; das können Sie sogar in der Bibel nachlesen.«

Florinda dankte, lehnte aber nachdrücklich ab. Sie bewunderte ihre Füße in schwarzen Ziegenlederpumps mit Seidenrosette und flirtete dabei mit beiden Clerks gleichzeitig. Während Mr. Abbott mit Florinda sprach, sah Garnet sich im Laden um. Die Vorderwand und die beiden Seitenwände des Raumes waren mit Wandbänken aus Ziegelsteinen versehen; der Ladentisch stand der Eingangstür gerade gegenüber. Auf diese Weise konnte Mr. Abbott jeden hereinkommenden Kunden sogleich in Augenschein nehmen. Auf dem einen Ende des Ladentisches stapelten sich Haufen alter Zeitungen, die dazu gedient haben mochten, Lücken in Kisten und Warenballen zu füllen. Einige waren noch gut erhalten, andere ziemlich zerfetzt, aber alle waren sorgfältig geglättet worden, damit amerikanische Kunden darin lesen konnten. Die meisten Zeitungen waren über ein Jahr alt, waren sie doch samt und sonders per Schiff um Kap Hoorn gekommen, aber sie enthielten die letzten Neuigkeiten, die man aus den Staaten haben konnte.

An der Rückwand hinter dem Ladentisch befanden sich Regale, in denen zahllose Kontobücher lagen. Alle Geschäfte wickelten sich in der Weise ab, daß die Rancheros ihre Häute brachten, die ihrem Konto gutgeschrieben wurden. Sie bekamen darüber ihre Guthabenbons, die sie nunmehr gegen die Waren eintauschten, die sie zu kaufen beabsichtigten. Auf diese Weise war im ganzen Land nur sehr wenig Bargeld im Umlauf.

Hinter dem Laden befand sich ein Raum, in dem die Clerks arbeiteten, die jetzt Florinda bedienten. Sie waren, als Mr. Abbott sie herbeiklatschte, offenbar damit beschäftigt gewesen, eine ganze Schiffsladung von Waren auszupacken, denn Garnet konnte durch die offene Tür eine ganze Anzahl aufgebrochener Lattenkisten sehen und daneben Haufen von Töpfen, Pfannen, Spiegeln, Stoffen, Schuhen und allen möglichen Waren, die vermutlich gerade ausgepackt worden waren. Mr. Collins erschien und stellte eine Flasche roten Wein und zwei Becher auf den Ladentisch. Mr. Abbott füllte einen der Becher und reichte ihn Garnet mit einer so tiefen Verbeugung, wie sie ein dicker Mann im sitzenden Zustand nur eben fertigbringen kann. Er schien Eile nicht zu schätzen. Während er sich selbst einen Becher Wein eingoß, fragte er Garnet, was sie von den skandalösen Vorgängen im Norden halte. Eine idiotische Sache, nicht wahr? Dem Geschäft höchst abträglich! Und was sagte sie zu dem prachtvollen Sommerwetter? Heiße Tage, kühle Nächte – so was hatte man hinten in den Staaten nie erlebt, wahrhaftig nicht.

Ein Mann betrat den Laden, ein hagerer, hohlwangiger Bursche in einem knallroten Hemd und verstaubten schwarzen Hosen. Mr. Abbott stellte ihn Garnet als Mr. Bugs McLane vor. – Garnet hatte von Mr. Bugs McLane bereits gehört; der Name war in Silkys Bar gut bekannt. Sein Träger unterhielt ein blühendes Geschäft: Er brachte Whisky und andere Konterbande von den Schiffen nach Los Angeles. Mr. McLane erklärte, er sei vorbeigekommen, um ein paar Kleinigkeiten mit Mr. Abbott zu besprechen, aber das habe gar keine Eile, nein, durchaus nicht; er warte selbstverständlich, bis Mr. Abbott sein Geschäft mit Mrs. Hale beendet habe. Er werde noch einmal weggehen. Neben der Kirche habe er eine Frau stehen sehen, die heiße Tamalen verkaufe. Wie wäre es: wolle Miß Florinda ihn nicht begleiten, wenn sie die passenden Schuhe gefunden habe? Es wäre ihm eine sehr große Ehre; sie könnten sich dann gemeinsam an den heißen Tamalen erfreuen.

Florinda meinte, sie habe ausgesprochenes Verlangen nach heißen Tamalen, und sie sei entzückt über die Einladung. »Legen Sie mir die Pumps hier beiseite, Mr. Collins«, sagte sie; ich bin bald wieder da.« Mr. Bugs McLane reichte ihr galant den Arm, und beide verließen gemeinsam den Laden.

Mr. Abbott plauderte noch ein Weilchen über dies und das, aber schließlich erlaubte er sich, Garnet zu fragen, welch besonderes Geschäft ihm die Ehre ihres Besuches verschaffe. Garnet erwiderte, Mr. Abbott sei doch gewissermaßen Olivers Bankier gewesen. Deshalb sei sie hergekommen, um sich nach dem gegenwärtigen Stand des Kontos zu erkundigen.

»Selbstverständlich, das ist vollkommen klar«, erwiderte Mr. Abbott. Er bat Mr. Collins, ihm doch eben das Hauptbuch herüberzugeben. Während seine dicken Finger die Seiten umblätterten, lächelte er freundlich und väterlich und gleichzeitig respektvoll, ganz wie ein großer Kaufmann, der dabei ist, mit einer reichen und vornehmen Dame einen Handel abzuschließen.

Zwanzig Minuten später dankte Garnet Mr. Abbott für seine Auskunft und erhob sich. Mr. Abbott winkte dem Clerk Collins zu, der aufsprang, um den Arm der Dame zu nehmen und sie bis zur Veranda zu geleiten. Draußen sah Garnet in einiger Entfernung Florinda, Mr. Bugs McLane und mehrere Kalifornier zusammenstehen und heiße Tamalen verzehren. »Würden Sie bitte Miß Grove sagen, daß ich fertig sei und gehen möchte«, bat Garnet den Clerk.

Mr. Collins verneigte sich höflich und entfernte sich in Richtung auf die Gruppe. Garnet stand unter der Veranda und hielt sich mit der Hand an einem der das Dach tragenden Pfosten fest. Sie fühlte, wie das Kind in ihrem Leibe sich regte. Sie zuckte unwillkürlich zusammen, und zwar vor Schreck, einem Schreck, der nicht weit von Entsetzen war. Mr. Abbott hatte sie mit großer Ehrerbietung behandelt, und Mr. Collins war ihrer Bitte nachgekommen, ohne zu zögern. Und beide hatten sich so verhalten, weil sie überzeugt waren, es mit einer reichen Dame zu tun zu haben. Sie ahnten nicht, was sie eben festgestellt hatte: daß sie nämlich arm war, daß sie kaum noch das Notwendigste zum Leben hatte.

Die Tatsachen waren einfach und klar. Mr. Abbott hatte sie ihr freundlich auseinandergesetzt, ohne im geringsten zu ahnen, was er ihr da sagte. Oliver hatte im vergangenen Sommer sehr viele Waren aus Santa Fé mitgebracht. John hatte sie Mr. Abbott gebracht, und Mr. Abbott hatte sie verkauft und den Erlös, nach Abzug seiner Prozente, Olivers Konto gutgeschrieben. Insoweit war alles in Ordnung. Aber dann hatte sie, Garnet, darauf bestanden, daß Oliver Kalifornien für immer verlasse. Da hatte er sein Guthaben bei Mr. Abbott abgehoben, um Maulesel und Waren für den Osttreck einzukaufen. Auf seinem Konto waren nur wenige Dollar stehengeblieben, für den Fall, daß sich in letzter Minute noch die Anschaffung einiger Kleinigkeiten als unerläßlich erweisen sollte.

Was Oliver mit seinem Guthaben gemacht hatte, wußte Mr. Abbott natürlich nicht. »Er wird Waren gekauft haben«, sagte er, »Seide, Kaffee, Gewürze und ähnliches vermutlich; ohne Zweifel werden Sie die entsprechenden Aufzeichnungen auf der Ranch vorfinden. Ich glaube, Mr. Charles Hale hat alle diese Dinge in die Hand genommen, um sie für Sie zu erledigen.«

Garnet erinnerte sich an die vielen kleinen Reisen, die Oliver in den letzten Wochen vor seinem jähen Tod unternommen hatte. Sie selbst hatte ihn gebeten, nichts in Kalifornien zurückzulassen, weil sie in keinem Fall zurückkehren würden. Und Oliver hatte, für ihn sehr bezeichnend, gehorcht.

Er sei selbstverständlich bereit, alle von Oliver für den Osttreck gekauften Waren wieder zurückzunehmen und die Beträge dem Konto wieder gutzubringen, hatte Mr. Abbott weiter gesagt. Mr. Charles Hale würde ja wissen, wo die Sachen sich befänden. Außerdem, der Ranchbesitz habe ja beiden Brüdern Hale zu gleichen Anteilen gehört, und sie sei logischerweise Olivers Erbin. Charles werde ihr also auch noch Olivers Anteil am Fellgeschäft des letzten Jahres auszahlen, sofern er es nicht schon getan habe. Wenn nicht, brauche sie nur die Empfangsbestätigung über die entsprechende Anzahl Felle und Häute von Charles zu erbitten, dann werde er den darauf entfallenden Betrag ihrem Konto gutschreiben.

Die Ranch . . . die Ranch . . . Charles!

Jetzt, wo sie allein auf der Veranda stand, drangen Garnet die Worte des höflichen und respektvollen Mr. Abbott erst ins Bewußtsein. Mr. Abbott konnte ja nicht wissen, daß Oliver seinen Anteil an der Ranch seinem Bruder Charles überschreiben ließ. Sie selbst hatte Oliver dazu gedrängt. »Jaja, gib es ihm! Gib ihm alles, was er will!« hatte sie gesagt. Und hatte sich nicht träumen lassen, daß Landbesitz in Kalifornien eines Tages etwas für sie bedeuten könnte.

Das Guthaben, das Oliver bei Mr. Abbott stehengelassen hatte, betrug nach Abzug der von Florinda für Babywäsche verbrauchten Gelder noch achtunddreißig Dollar. Mr. Abbott hatte erklärt, er habe sie wegen eines so geringen Betrages nicht bemühen wollen, deshalb habe er die Summe Mr. Charles gutgebracht. Aber da sie ja nun hier am Orte sei und sicher diese oder jene Kleinigkeit brauche, habe er das wieder rückgängig gemacht. Es sei ihm eine hohe Ehre, ihr Konto führen zu dürfen; selbstverständlich stehe er jederzeit zu ihrer Verfügung. Und wenn sie sich mit der für einen Laien etwas schwierigen Verrechnungsweise nicht zurechtfände, dann könne sie alles Geschäftliche ruhig ihm überlassen. Sie könne sich bei jedem Yankee und bei jedem Angelesen nach ihm erkundigen, und sie werde allerorts hören, daß sein Ruf als seriöser Kaufmann makellos sei.

Garnet schlang den Arm um den Stützpfosten und ließ sich da-

gegensinken; ihr war zumute, als müsse sie jeden Augenblick um-
sinken. Jetzt wußte sie, was Charles gemeint hatte, als er ihr zynisch
erklärte, er sei überzeugt, sie werde von ganz allein zu ihm zurückkehren. Sie hatte keinerlei Möglichkeiten, ihr Vermögen von ihm
zu erlangen. In Kalifornien gab es keine Rechtsanwälte, und sie war
lange genug hier, um zu wissen, wie wenige Gesetze und Verordnungen es gab, die von jedermann respektiert wurden.

Draußen liefen die wilden Hunde herum und kläfften. Kinder
spielten auf der Erde und tollten zwischen den Häusern. Hier und
da standen ein paar Männer schwätzend vor einem Haus. Frauen
hockten vor den Öfen – hier wurde überall im Freien gekocht –,
bliesen in das Feuer und rührten in den darüber hängenden Kesseln
und Töpfen. Ein zweirädriger Ochsenkarren, hoch mit Fellen und
Häuten bepackt, rumpelte heran und hielt. Eine Anzahl Digger begann die Last vor dem Laden Mr. Abbotts abzuladen. Die Felle
stanken, und die Digger stanken auch. Die herumstreunenden
Hunde strömten einen penetranten Geruch aus; er mischte sich mit
dem Geruch der Häute und der Digger und mit dem süßlichen Dunst
der heißen Tamalen, mit dem Duft des bratenden Fleisches und den
Gewürzen in den Kesseln und Tiegeln der Frauen vor den kleinen
steinernen Herden. Die infernalische Vielfalt der auf sie eindringen-
den Gerüche machte Garnet krank; sie fühlte, wie eine Gänsehaut
ihren Körper überzog. Vielleicht kam die Gänsehaut auch von den
Flöhen, die sie auf ihrem Körper herumkribbeln spürte. Einen Augenblick verschwand die Szenerie der Umwelt vor ihren Augen, und
ihr war, als sähe sie in Wasser. Sie biß sich hart in die Unterlippe,
schloß die Augen und riß sie wieder auf, und dies wiederholte sie
mehrmals, bis sie das Gefühl hatte, wieder klar sehen zu können.
Sie sah Florinda mit Mr. Collins und Mr. Bugs McLane herankommen.

Florinda wischte sich die Finger an einem Taschentuch ab und
zog die Handschuhe an. Als sie vor der Veranda anlangten, verbeugten sich Mr. Collins und Mr. McLane vor Garnet, und Florinda
dankte Mr. McLane für die heißen Tamalen. Die Männer gingen
in den Laden, und Florinda bat Garnet, noch einen Augenblick zu
warten; sie wolle nur ihre neugekauften Schuhe herausholen. »Aber
was ist dir? Wie siehst du aus?« rief sie dann, als sie Garnets Gesicht
sah. »Du bist ja ganz grün. Fühlst du dich nicht wohl?«

»Oh, es ist nicht schlimm. Es wird gleich wieder vorbei sein«,
sagte Garnet.

»Vielleicht solltest du dich doch drinnen noch einen Augenblick hinsetzen?«

Garnet schüttelte den Kopf: »Nein. Ich möchte lieber nach Hause.« Das Wort »nach Hause« kam mit einem kleinen ironischen Unterton heraus. Sie hatte kein Zuhause. Es war ihr gestattet worden, ein kleines Zimmer über einem Bar- und Spielsalon mit zu bewohnen; sie war abhängig von Florindas Freundschaft. Oder sie konnte bei Mr. Charles Hale auf einer Ranch wohnen. Das würde darauf hinauslaufen, daß Charles ihr Kind als sein Eigentum an sich ziehen würde. Das Kind würde aufwachsen, ohne je so etwas wie Selbstachtung oder Gefühl für Verantwortung kennenzulernen. Es würde ebenso wie sein Vater zu einem Menschen ohne Selbstvertrauen heranwachsen, und sie selbst würde keinerlei Einfluß auf seine Erziehung haben.

»So, mein Schatz, ich bin da; jetzt gehen wir nach Hause, und dann legst du dich hin«, sagte Florinda, aus dem Laden heraustretend. Sie sah Garnet an und wandte sich zurück. »Oh, Mr. Collins«, rief sie, »könnten Sie das Geschäft nicht einen Augenblick im Stich lassen und mir helfen, Mrs. Hale nach Hause zu bringen? Sie fühlt sich nicht wohl.«

Mr. Collins erschien und verbeugte sich. Er war ein ehrgeiziger junger Yank, der davon träumte, eines Tages so viel beiseite gelegt zu haben, um selbst in das Santa-Fé-Geschäft einsteigen zu können. Warum sollte er einer reichen Kundin seines Chefs nicht einen kleinen Dienst leisten? Er reichte Garnet respektvoll den Arm, während Florinda noch einmal in den Laden zurückging. Garnet hörte sie noch sagen:

»Ach, Mr. Abbott, geben Sie mir bitte etwas Riechsalz und ein Fläschchen Lavendelwasser. Danke, ja, das ist gut. Buchen Sie es von Mrs. Hales Konto ab.« Sie kam hinter den schon Vorangegangenen her und trug in der einen Hand ihre neuen Schuhe, in der anderen ein kleines blaues Fläschchen, das sie Garnet zusteckte. »Das ist ein Riechwasser, wie die Damen es hier brauchen«, sagte sie, »es wird dir guttun. Dies verdammte Kaff hier läßt mich manchmal wünschen, ich hätte keine Nase.«

Garnet dankte und mühte sich, eine ironische Bemerkung zurückzuhalten. »Riechwasser. – Buchen Sie es von Mrs. Hales Konto ab!« Auch Florinda hielt sie für eine reiche Frau.

Sie wankte zwischen Florinda und Mr. Collins zu Silkys Etablissement zurück. Mr. Collins verbeugte sich tief und versicherte, es sei ihm ein großes Vergnügen gewesen, Mrs. Hale einen kleinen Dienst erweisen zu dürfen. Garnet fragte sich, wie dieser junge Mann sich wohl benommen haben würde, hätte er gewußt, daß sie nicht einmal hundert Dollar besaß. Sie betraten das Haus durch eine Seitentür. Silky gewahrte sie und rief nach Florinda. »Ein paar Gäste verlangen nach Ihnen«, sagte er.

»Gleich – sollen einen Augenblick warten«, rief Florinda zurück, ergriff Garnet am Arm und geleitete sie die Treppe hinauf. Vor der Schlafzimmertür sagte Garnet:

»Geh jetzt nur. Ich fühle mich besser. Mir war ein wenig schwindlig zumute. Es tut mir leid, daß ich dir Mühe machte.«

»O Ratten! Entschuldige dich doch nicht«, sagte Florinda. »Dafür kannst du doch nichts. In diesen letzten Wochen fühlt so ein Kind sich an, als wöge es neunzig Pfund.«

Sie half Garnet noch, ihr Kleid auszuziehen und einen leichten Morgenrock anzulegen, und bat sie, sich nun erst einmal hinzulegen. Garnet gehorchte, und Florinda lief die Treppe hinab. Einen Augenblick hörte Garnet die Männer an der Bar unten fragen, wo sie gesteckt habe. Sie zuckte die Achseln. – Wenn es mein Beruf wäre, andere Leute zu amüsieren, wäre es mir nicht erlaubt, müde zu sein, dachte sie. Aber Florinda ist anders; sie hat nie viel Rücksicht von anderen erfahren, deshalb erwartet sie selbst auch keine.

Das eben ist mein Unglück! dachte sie. Während meines ganzen Lebens haben andere für mich gesorgt und auf mich geachtet. Das ist nun vorbei. Jetzt muß ich für mich selbst sorgen. Für mich und auch noch für mein Kind.

Aber was, um alles in der Welt, sollte sie tun? Es ist schon gut, wenn man sagt: Ich sorge für mich selbst! Aber man muß es auch können. Wenn jemand in so einer Patsche sitzt wie sie jetzt – was kann er tun?

Sie konnte natürlich hierbleiben und Florinda für sich sorgen lassen. Aber schon während sie das dachte, glaubte sie John Ives' grünschimmernde Augen mit einem Ausdruck abgründiger Bitterkeit auf sich gerichtet zu sehen und seine Stimme zu hören: »Waren Sie schon einmal ein Objekt der Wohltätigkeit?«

Eins war unwiderruflich klar: Sie würde nicht zu Charles zurückkehren.

Sie mußte an ihren Vater denken. Der hatte jetzt noch nicht einmal den Brief in Händen, mit welchem sie ihm Olivers Tod mitteilte; er lebte noch in dem Glauben, sie und Oliver kämen im Herbst nach New York zurück. Wenn er den Brief erhielt und ihr eine Nachricht zukommen lassen wollte, mußte er versuchen, einen Kapitän aufzutreiben, der im Begriff war, nach Kalifornien zu segeln. Es konnten zwei und eventuell auch drei Jahre vergehen, bis sie wieder etwas von zu Hause hörte.

Garnet versuchte zu überschlagen, wieviel Geld sie noch besaß. An die fünfzig Dollar befanden sich in ihrer Börse; achtunddreißig Dollar standen bei Mr. Abbott, abzüglich des Preises für das Riechwasser, das Florinda gekauft hatte. Dann besaß sie noch die Smaragdohrringe, die Florinda ihr in New Orleans geschenkt hatte, und den Granatschmuck, nach dem sie benannt worden war. Sie hatte keine Ahnung, welchen realen Wert die Juwelen besaßen.

Zur Siestazeit kam Florinda herauf, zog ihr Kleid aus, legte sich hin und schlief auf der Stelle ein. Sie erwachte erst kurz vor Sonnenuntergang. Garnet brauche nicht zum Abendessen hinunterzugehen, sagte sie; Micky würde ihr das Essen heraufbringen. Und sie eilte schon wieder an ihren Bartisch zurück, bevor Garnet noch sagen konnte, daß sie keinen Hunger habe.

Nicht lange danach klopfte es an der Tür, und Micky erschien; er brachte Bohnen mit Fleisch und Tortillas. Nachdem er das Zimmer verlassen hatte, stellte Garnet das Tablett, so wie es war, auf die Wandbank und breitete ein Handtuch darüber, um die Spinnen abzuhalten. Vielleicht würde sie später etwas essen.

Sie sah zum Fenster hinaus. Die späte Nachmittagssonne lag über der Ortschaft; die Luft war schon von herbstlicher Kühle erfüllt. Im Osten konnte sie den Lauf des Flusses verfolgen, dessen Ufer von wildem Tabakgebüsch überwuchert wurden. Dahinter erhob sich der stumpfe, oben abgeplattete Hügel eines Tafelberges. Und dahinter erstreckte sich, wellenförmig ansteigend, das Land, stieg höher und höher und ging irgendwo in weiter Ferne in das Gebirge über, dessen Kontur als hauchdünne Linie am Horizont eben noch sichtbar war. Die Linie verschwamm in dem phantastischen Farbenspiel von Gelb, Braun und Purpur, das die im Westen stehende Sonne erzeugte. Hinter der schmutzigen kleinen Ansiedlung zu ihren Füßen erhob sich das Gebirge wie eine stolz ragende Festung, erbaut für ein Geschlecht königlicher Riesen.

Garnet wandte sich um; ihr Blick fiel auf den Spiegel. Sie trat näher und besah ihr Gesicht. Wie gesund sie aussah! Gesund und frisch genug jedenfalls, um ihren Lebensunterhalt selbst verdienen zu können. Unklar war eigentlich nur das Wie. Nachdem sie die

Krankheit überwunden hatte, waren ihre alten frischen Farben zurückgekehrt. Das wellige schwarze Haar und die rosigen Wangen erinnerten sie an den Augenblick, wo sie in New Orleans neben Florinda vor dem Spiegel gestanden hatte. »Wir sind eine Sensation!« hatte Florinda damals gesagt. »Ich wollte, wir könnten in einem Geschwisterakt auftreten!«

Garnet starrte auf ihr Spiegelbild und trat ein paar Schritte näher heran. »Wir könnten vielleicht«, flüsterte sie, »wir könnten vielleicht beide zusammen an der Bar arbeiten.«

Der Gedanke traf sie wie ein Hieb. Ihr ganzer Instinkt wehrte sich dagegen. Ein Zittern lief durch ihren Körper, als das grölende Gelächter Betrunkener zu ihr heraufdrang. »Ich kann nicht!« schrie sie. »Ich kann das nicht!« Aber schon während ihr Mund die Worte herausstieß, wußte sie: Es ist nicht so – ich kann es doch!

Sie erinnerte sich daran, wie sie gegen die Schranken aufbegehrt hatte, die eine kompromißlose Erziehung um sie errichtete. Sie dachte daran, wie die Neugier sie geplagt hatte, Etablissements wie den »Schmuckkasten« und ähnliche Häuser am City Hall Park kennenzulernen. Hatte sie nicht immer gewünscht, die Welt zu sehen, wie sie wirklich war? Sie lächelte in einem Anflug grimmiger Heiterkeit. Das Leben gab einem schließlich immer, was man wollte. Aber es benahm sich so wie ein Kaufmann, der einen aufforderte, gleich zu kaufen und später zu bezahlen. Man gab der Verführung nach und geriet in Schulden und jahrelange Abhängigkeit.

Das Kind in ihr regte sich, als wolle es gegen ihren heimlichen Entschluß protestieren. Garnet legte die Hand auf den Leib. »Ich tu' es nicht gern«, flüsterte sie, als spräche sie mit dem Ungeborenen, »aber was willst du, das ich tun soll? Ich kann von Florindas Wohltätigkeit leben, oder ich kann zulassen, daß dein Oheim Charles dich zu einem gehorsamen Nichts erzieht. Und schließlich kann ich an der Bar arbeiten und allein für dich und mich sorgen. Ich will an der Bar arbeiten.«

Ganz plötzlich befiel sie ein Gefühl der Erleichterung. Der böse Druck wich von ihrem Herzen, und sie verspürte sogar Hunger. Sie nahm das Handtuch von dem Tablett und begann zu essen.

»Du bist verrückt, Garnet«, sagte Florinda, »du brauchst nicht an der Bar zu arbeiten.«

»Ich will es aber«, beharrte Garnet.

»Aber Darling, es würde dir gar nicht gefallen. Ich kenne dich doch.«

»Ich erwarte nicht, daß es mir gefallen wird.«

»Hör zu, Garnet. Ich erwarte keine Bezahlung von dir dafür, daß du hier bei mir lebst. Du kannst hier leben, solange es dir gefällt.«

»Ich weiß, daß ich das kann.« Garnet saß auf dem Bett und sah zu Florinda auf, die vor dem eisernen Waschständer stand und Wachs aus dem Wasser fischte, das von der Kerze herabgetropft war. »Ich will aber nicht, daß du weiter für mich sorgst.«

Es entstand ein Schweigen. Florinda drückte und knetete an der Kerze herum. Schließlich wandte sie sich um. »Garnet«, fragte sie, »hast du dir das ganz allein ausgedacht?«

»Warum? Ja, gewiß.«

»Ich habe dir das jedenfalls nicht vorgeschlagen«, sagte Florinda.

»Gewiß nicht.«

»Im Gegenteil: Ich habe alles getan, dir den Gedanken auszureden.«

»Was willst du damit sagen, Florinda?«

»Sieh mich einmal an.«

Garnet sah ihr in die Augen.

»Gloria und Halleluja!« sagte Florinda. »Ich komme mir tugendhaft vor. Beinahe wie ein Engel. Ich glaube, es ist das erste Mal in meinem ganzen Leben, daß ich mich ernsthaft gegen etwas gewehrt habe, was ich haben wollte.«

»Meinst du, du könntest mich gebrauchen?«

»Garnet, mein Schatz, ich kann dich ebenso nötig brauchen wie Geld auf der Bank. Stell dir das doch bloß einmal vor: zwei Yankee-Mädchen wie du und ich! Sie werden meilenweit herkommen, bloß um uns zu sehen. Sämtliche Yankees in ganz Kalifornien, jeder Matrose, der in San Diego an Land geht – alle werden wir sie hier vor unserem Bartisch haben, und wenn sie noch so weit laufen müssen.«

Garnet mußte lachen, und Florinda begann einen Freudentanz aufzuführen. Dann begannen sie die Sache zu besprechen.

»Du wirst Rot und ich werde Blau tragen«, sagte Florinda. »Oder du trägst Rosa, und ich trage Grün. Wir werden unsere Haare mit großartigen Phantasieagraffen schmücken.«

»Ich bin noch in Trauer«, protestierte Garnet.

»Aber Süße, wie stellst du dir das vor in der Bar? Niemand hat dich geheißen, dort zu arbeiten; aber wenn du es tust, dann mußt du es auch richtig tun. Und die Bezahlung – nun, du wirst einen

Prozentsatz bekommen; ich werde das mit Silky besprechen. Wahrscheinlich wird er sich vor Freude besaufen. Was meinst du, wann du anfangen kannst?«

»Ich erwarte das Kind Anfang August. Zum frühestmöglichen Zeitpunkt danach.«

»Ich muß ihm das sofort sagen.« Sie sprang zur Tür und riß sie auf. »Dieser Charles«, kicherte sie, »er ist ein Schwein und eine Spinne und eine zweibeinige Ratte, aber – aber ich könnte ihn . . .«, sie schlug die Tür hinter sich zu und rannte die Treppe hinab. »Silky«, hörte Garnet sie unten rufen, »Silky, kommen Sie in die Küche. Schnell, für eine Minute nur. Ja, jetzt gleich. Ich muß Ihnen etwas ganz Wichtiges sagen.«

Garnets Kind wurde eines Nachts kurz vor Tagesanbruch geboren. Texas war, seinem Versprechen getreu, nüchtern und pünktlich zur Stelle. Florinda hatte, als sie meinte, es sei an der Zeit, ein paar Zeilen auf einen Zettel gekritzelt und Micky damit zu seiner Wohnung geschickt. Und Texas kam, so schnell er sich mit seinem noch immer lahmen Bein nur bewegen konnte. Er erklärte Florinda, sie möge sich ruhig wieder hinter den Bartisch stellen; er werde schon selbst alles Nötige tun. Florinda ging zwar hinunter, war aber bald wieder da. Garnet hatte ziemlich starke Schmerzen. Florinda setzte sich neben sie und sah zu, wie sie die Zähne in die Bettdecke grub, um nicht schreien zu müssen. Die Wehe ließ nach, und Florinda beugte sich über das Bett.

»Garnet«, flüsterte sie, »ich wollte dir etwas sagen; hör zu.« Sie strich der Kreißenden eine feuchte Locke aus der Stirn. »Versuche nicht gegen den Schmerz anzukämpfen«, sagte sie, »du kannst das nicht aushalten, ohne zu schreien. Ich weiß genau, was ich sage. Erinnerst du dich?« Sie lächelte. »Ich weiß natürlich, was du denkst. Du willst nicht, daß die Kerle da unten in der Bar merken, was hier oben vorgeht. Habe ich recht?«

Garnet nickte, und Florinda kicherte: »Du brauchst dich deswegen nicht zu sorgen. Ich werde den Kerlen eine Vorstellung geben. Weißt du noch, wie ich in Santa Fé die ganze Fonda auf den Kopf gestellt habe? Ich werde einen ähnlichen Zirkus veranstalten. Ich werde ihnen sämtliche unzüchtigen Schlager vorsingen, die ich kenne. Ich werde so laut singen, wie ich kann, und werde sie alle zum Mitsingen veranlassen. Ich weiß Lieder genug, um sie bis zum nächsten Dienstag in Atem zu halten.«

Garnet verzog das Gesicht. »O Florinda«, flüsterte sie, »du bringst mich zu den unmöglichsten Zeiten zum Lachen.«

»Der Gedanke gefällt dir also? Fein! Ich fange gleich an mit dem Programm. Und wenn dann die Wehen wiederkommen, schreie ruhig, so laut du willst. Kein Mensch wird es hören. Ich schreie lauter als du.«

Sie hauchte Garnet einen Kuß auf die Stirn und eilte wieder hinab. Wenige Minuten später hörte Garnet sie schon einen Schlager singen. Gläser und Becher klirrten und klapperten, Begeisterungsschreie und Gelächter erhoben sich; die ganze Bar schien in Aufruhr. Florinda hatte den Gästen weiter keine Erklärung gegeben, sondern hatte nur gesagt, sie fühle sich heute abend so gut aufgelegt, sie wisse sich nicht zu lassen vor Glück, und wenn sie glücklich sei, müsse sie singen. Und also werde sie den Herrschaften eine Vorstellung geben. »Paßt auf, Boys! Hört zu!« Und schon war sie von halbtrunkenen, singenden, grölenden und schreienden Männern umringt. Sie hielt den Spektakel so lange in Gang, bis die Tür aufging, Texas seinen Kopf hereinsteckte, »es reicht!« sagte und die Tür wieder zuknallte. Florinda war heiser, konnte sich vor Müdigkeit kaum noch auf den Beinen halten, und der Schweiß tropfte ihr von der Stirn. Sie sang ihren Schlager zu Ende, sagte: »Aus, Boys! Die Bar ist geschlossen!« und sprang vom Tisch herunter, auf dem sie gestanden hatte. Die Männer protestierten, aber Florinda war eisern. Silky kam aus dem Spielsalon und half ihr, die Gäste hinauszubefördern. Silky wußte, zu welchem Zweck sie den Zauber veranstaltet hatte, und bemerkte, sie sei eine großartige Person. Florinda wischte sich das schweißüberströmte Gesicht am Ärmel ab und ging hinauf, sich den neuen Erdenbürger zu besehen.

Texas kam ihr am oberen Ende der Treppe entgegen.

»Ein Junge«, sagte er. »Er hat Hände und Füße und alles, was er haben muß.«

»Wie geht es Garnet?«

»Gut.« Texas grinste. »Sie scheinen einen ganzen Haufen verdammt saftiger Schlager zu kennen«, sagte er.

»Ich wußte gar nicht, daß Sie eine so empfindliche Seele haben«, antwortete Florinda. »Wenn es Ihr zartes Gemüt verletzt hat, brauchten Sie ja nicht hinzuhören.«

»Ich habe gar nicht daran gedacht, Sie kritisieren zu wollen«, versicherte Texas. »Jedenfalls war es eine großartige Idee, den Spektakel zu veranstalten.«

Florinda grinste. Sie mochte Texas gern, Texas mit seinem zottigen braunen Haar, seinem verwilderten Bart und dem feinen Netzwerk roter Adern unter der Haut. Sie mochte vor allem seine klugen und guten braunen Augen. »Texas«, sagte sie, »ich weiß schon, wie Sie es meinen. Gehen Sie hinunter und holen Sie sich was zu essen. Ich werde jetzt bei Garnet bleiben.«

Texas humpelte die Treppe hinab, und Florinda begab sich in das Schlafzimmer. Garnet schlief.

Garnet war in ihrem ganzen Leben nicht so froh gewesen, einen Menschen neben sich zu wissen, wie in dieser Nacht, da sie Texas an ihrer Seite wußte. Texas war so zart und so rührend besorgt, und jeder Handgriff, den er tat, verriet eine solche Sachkunde, daß sie die schreckliche Angst, die sie vorher gequält hatte, von Minute zu Minute schwinden fühlte. Sie hätte nicht sagen können, wodurch er so beruhigend auf sie wirkte. Jedenfalls war er noch keine zehn Minuten bei ihr, da vertraute sie ihm bereits vollkommen. Er konnte ihr die Sache selbst nicht abnehmen, aber er konnte ihr das Gefühl vermitteln, es werde alles gutgehen. Und es ging auch alles gut. Als alles vorüber war und er ihr das Kind in den Arm legte, küßte sie die rauhe Hand, die auf dem Kopfkissen neben ihr lag. »Danke, Texas!« murmelte sie. »Ich kann nicht ausdrücken, was ich Ihnen sagen möchte. Aber ich danke Ihnen.«

»Nun, nun«, sagte Texas, »Sie wissen, ich war froh, Ihnen helfen zu können. Sie haben sich verdammt tapfer gehalten, und Sie haben ein prachtvolles Baby.« Er versetzte ihr einen leichten, freundschaftlichen Schlag und sagte, nun wolle er erst einmal etwas frische Luft hereinlassen.

Garnet seufzte vor Glück, als sie den kleinen flaumbedeckten Kopf des Kindes an ihrer Wange fühlte. Texas öffnete die Fensterläden, und sie sah, daß der Himmel hinter dem Gebirge fahl zu werden begann. Die Bergspitzen waren von einem violetten Schimmer umgeben, darüber hingen die matten Sterne wie silberne Flocken in der Luft. Halb zwischen Wachen und Traum dachte sie, daß die Welt herrlich sei.

Als sie erwachte und die Augen öffnete, war das Zimmer sauber und ordentlich wie immer. Texas war nicht da. Auf dem Fußboden lag die Matratze, auf der Florinda schlafen würde. Florinda selbst saß auf der Wandbank in der Nähe des Fensters. Das Kind lag noch in Garnets Arm, aber Florinda beabsichtigte offenbar, es ihr fortzunehmen, denn ihre Hände beschäftigten sich mit dem Körbchen, das sie beide zusammen vorbereitet hatten. Das Fenster stand halb offen; Garnet konnte die Zackenlinie der Berge vor einem rötlichen Himmel sehen.

Florinda breitete ein kleines Laken über die Matratze im Körbchen, legte die Ecken sorgfältig um und steckte sie fest, damit das Laken ja keine Falte aufwies. Sie tat das so sicher und geschickt, als habe sie dergleichen Arbeit schon zahllose Male verrichtet. Plötzlich, wie unter dem Zwang einer jäh aufschießenden Erinnerung, schob sie das Körbchen fort, legte den Ellbogen auf den Fenstersims und bettete den Kopf in der Handfläche. Garnet sah ihr schönes Profil, klar abgesetzt gegen den rötlichen Himmel. Florinda weinte nicht. Aber sie saß ganz still wie ein Mensch in der Nervenanspannung eines schier unerträglichen Schmerzes. Garnet fühlte eine Welle von Mitleid in sich aufsteigen. Sie war noch so schwach, daß sie kaum zu sprechen vermochte, aber sie hätte jetzt auch nichts sagen können, selbst wenn sie dazu imstande gewesen wäre. Florinda hatte sie deutlich erkennen lassen, daß sie nicht über ihr eigenes gestorbenes Kind sprechen wollte. Garnet wandte ihr Gesicht dem kleinen atmenden Wesen an ihrer Seite zu, und die rinnenden Tränen netzten des Kindes Gesicht. Dann schlief sie wieder ein.

Dreiunddreißigstes Kapitel

In Silkys Bar herrschte Hochbetrieb. Zahllose Yankees drängten sich an der Theke, tranken ein Glas nach dem anderen, brachten Trinksprüche aus und klopften sich gegenseitig auf die Schultern. Die wenigen Angelesen im Raum schienen halb verwirrt und halb amüsiert. Sie kannten die Yankees ja seit langem, aber sie würden nie begreifen, warum selbst eine große Neuigkeit mit einem so fürchterlichen Lärm gefeiert werden müsse.

Florinda war völlig außer Atem. Sie hatte ununterbrochen ausgeschenkt, und ihr war, als hätte sie mindestens zehntausend Becher gefüllt. Und jedesmal, wenn sie einem ihrer Landsleute, die ausnahmslos aus Rand und Band waren, einen Becher über die Theke zuschob, mußte sie sich einen Kuß gefallen lassen. Sie hatte im Laufe des Abends drei Heiratsanträge bekommen. Daneben hatte sie sehr viel mehr andere Anträge bekommen, die nichts mit Heirat zu tun hatten; in diesen Fällen hatte sie die übliche Antwort gegeben:

»Sechs Türen weiter rechts. Fragen Sie nach Estelle.«

Wie Garnet wohl diesen Lärm erträgt! dachte sie. Garnets Baby war erst vierzig Stunden alt. Die Entbindung war nicht besonders schwierig gewesen, trotzdem brauchte Garnet einstweilen noch ein bißchen Ruhe. Florinda sah sich um. José war geradeso außer Atem wie sie; trotzdem mußte es möglich sein, daß er und Micky ein paar Minuten allein fertig würden. Micky kam eben aus der Küche; der Zopf wippte auf seinem Rücken, und seine Filzschuhe schlappten beim Gehen. Er stellte ein Tablett mit sauberen Bechern auf den Tisch. Auch Micky war müde zum Umfallen, aber er lächelte Florinda strahlend an. Florinda flüsterte ihm etwas ins Ohr. Und Micky nickte: »Es ist gut, Miß Flinda.«

»Boys, wenn ihr mich jetzt nicht fünf Minuten herausläßt, um einen Happen zu essen, falle ich um«, rief Florinda. »Ich bin gleich wieder da.« Sie trat einen eiligen Rückzug an, huschte zur Hintertür hinaus und lief die Treppe hinauf.

Während es unten lustig weiterklapperte und grölte und schrie, klopfte sie an die Schlafzimmertür. Texas hörte wohl nicht, deshalb öffnete sie die Tür einen Spalt breit und rief ihn leise an.

Er kam heraus und hielt eine Kerze in der Hand. Texas brauchte keine Krücke mehr, aber er hinkte. Sein rechtes Knie war fast steif.

»Wie geht es ihr?« flüsterte Florinda.

»Gut. Aber natürlich kann sie nicht schlafen bei dem Krach da unten. Was, zum Teufel, ist denn da los?«

»Große Neuigkeiten!« sagte Florinda. Sie gingen ins Zimmer, und Texas stellte die Kerze auf den Waschständer, so daß der Wasserkrug den Lichtschein von Garnets Augen abhielt.

»Florinda?« fragte Garnet leise.

»Ja, ich bin's. Ich muß dir etwas Aufregendes mitteilen.«

Florinda kniete sich neben das Bett. Sie ergriff Garnets Hand und hielt sie fest. »Garnet«, sagte sie, »erinnerst du dich daran, was du einmal sagtest? Du meintest, es sei dir schrecklich, daß dein Kind hier als Fremdling geboren würde.«

Garnet nickte.

»Dein Junge wurde nicht als Fremdling geboren«, sagte Florinda.

Garnet sah auf Texas, der neben dem Waschständer stand; aber Texas schüttelte den Kopf, er schien nicht zu wissen, wovon Florinda sprach.

Florinda sagte langsam und deutlich: »Garnet, dein kleiner Junge ist in den Vereinigten Staaten von Amerika geboren.«

»In den Vereinigten Staaten? Was meinst du damit? Hier ist mexikanischer Boden.«

»Nein. Nicht mehr. Kalifornien wurde in den Verband der Staaten übernommen. Und zwar schon vor einem Monat; die Nachricht ist nur erst heute abend bis hierher gedrungen. Ein amerikanisches Kriegsschiff ist im Juli nach Monterey gefahren und hat dort das Sternenbanner gehißt.«

Garnet keuchte vor Aufregung. »Florinda«, flüsterte sie, »ist das der – Krieg, von dem John gesprochen hat?«

»Ja, es scheint so. Der Krieg scheint sogar schon drei oder vier Monate im Gange zu sein; wir haben hier draußen nur noch nichts davon gehört. Er ist Texas' wegen ausgebrochen, wie John prophezeite.«

»Aber Kalifornien?« fragte Garnet. »Was ist mit Kalifornien?«

»Nun, ich denke mir, der Präsident hat sich gesagt, wenn er Texas übernähme, könne er geradesogut auch Kalifornien übernehmen. Deshalb schickte er die Kriegsschiffe her und ließ es nehmen. Es hat gar keine Unruhen gegeben in Monterey. Die Matrosen sind an Land gegangen und haben die Flagge gehißt. Die Schiffskapelle hat den Yankee-Doodle gespielt, und die Kalifornier haben dabeigestanden und nichts dagegen gesagt. Deshalb haben die Yankees gleich eine zweite Flagge in Yerba Buena gehißt, das ist das Dorf an der San Francisco Bay. Darauf sind sie weiter nach Süden gezogen. Und jetzt ist Marineinfanterie in San Pedro gelandet; die Jungen sind schon auf dem Wege nach hier.«

»Nach Los Angeles?«

»Ja. Und außerdem heißt es, es sei auch noch eine Heeresabteilung auf dem Marsch.«

»Miß Florinda!« Das war Texas' Stimme; sie kam aus dem Halbdunkel. Die Frauen wandten sich ihm zu; er stand regungslos am Waschständer, das Kerzenlicht flackerte und warf Schatten über sein Gesicht; seine Augen waren mit einem sonderbaren Ausdruck auf Florinda gerichtet; zwischen den Brauen stand eine tiefe Falte.

»Was haben Sie da eben gesagt?« flüsterte Texas. »Eine Heeresabteilung sei unterwegs?«

»Ja, die Boys behaupten es. Sie meinen, die Abteilung komme wahrscheinlich auf dem Landwege von Fort Leavenworth herauf. Erinnerst du dich nicht an Fort Leavenworth, Garnet? Es liegt auf dem Wege nach Santa Fé, diesseits des Missouri. Wissen Sie, wo Fort Leavenworth liegt, Texas?«

»Wie? O ja. Ja, ich weiß, wo Fort Leavenworth liegt«, murmelte Texas. Die Worte kamen stoßweise aus seinem Mund; er sah vor sich hin auf den Fußboden.

»Und du sagst, es habe gar keine Unruhen gegeben?« fragte Garnet noch immer tief beunruhigt. Sie verstand nichts vom Krieg, aber sie hatte sich in der Schule genügend Geschichtskenntnisse erworben, um zu wissen, daß ein Flaggenwechsel in der Regel nicht ohne Unruhe und Schwierigkeiten vor sich ging.

»Nicht im geringsten«, versetzte Florinda. »Die Kalifornier scheinen gar nicht böse darüber, daß sie zu den Staaten gehören sollen. Und die Yankees veranstalten ein Geschrei, daß jedem, der sie hört, angst und bange wird.«

Garnet atmete tief. »Eine amerikanische Heeresabteilung kommt, um Kalifornien zu übernehmen«, flüsterte sie. »Oh, Florinda, es ist wundervoll!«

»Nicht wahr? Ich konnte das nicht länger für mich behalten und habe mich für ein paar Minuten losgemacht, um es dir zu sagen.« Florinda stand auf. »Aber nun muß ich zurück«, sagte sie. »Wenn du ein paar Minuten allein bleiben wolltest, könnte Texas eben mit hinunterkommen, um ein paar Bohnen zu essen.« Sie legte die Hand auf die Klinke und drehte sich noch einmal um. »Oh«, lachte sie, »fast hätte ich etwas vergessen. Die Kerle, die Señor Vallejos Ranch überfielen, sollen zusammen mit anderen Freiwilligen inzwischen reguläre Soldaten geworden sein. Die Truppe nennt sich jetzt Bataillon Frémont. Sie sollen auch schon ruhmvoll und tapfer nach Süden marschieren.«

»Reguläre Soldaten?« rief Garnet. »Die Räuber und Plünderer?«

»Stell dir das vor! Die Boys unten meinen, wenn sich die Kriegsnachrichten noch um ein paar Wochen verzögert hätten, wären die Banditen schon des Landes verwiesen worden. Nachdem es nun aber alles so gekommen ist, meinen sie, sie hätten den Anfang mit der Eroberung Kaliforniens gemacht, als sie aus einem Bettlaken und einem roten Flanellunterrock eine Bärenfahne machten. Nun kennst du also den Unterschied zwischen einem Helden und einem Strolch.«

»Hör auf!« sagte Garnet. »Du bringst mich zum Lachen, und das tut noch weh.«

»Entschuldige bitte. Aber es ist wirklich eine spaßige Sache. Kommen Sie herunter, wenn Sie soweit sind, Texas. Auf dem Küchenherd steht ein Topf mit Bohnen.«

Florinda warf beiden eine Kußhand zu, schlüpfte hinaus und schloß die Tür hinter sich. Garnet fühlte sich von einem warmen Glücksschauer überrieselt. – Wie wunderbar! dachte sie. Ich kann nicht in mein Land zurückkehren, da kommt mein Land zu mir.

Texas stand noch immer am Waschständer. Garnet dachte, er wolle ihr noch einige Verhaltungsmaßregeln erteilen; sie wandte ihm den Kopf zu. Texas sah sie nicht an. Er schien vergessen zu haben, daß sie da war. Er stand da, starrte auf den Fußboden und fuhr mit seiner Hand ruhelos über den Rand des Waschbeckens. Der Kerzenschein fiel auf sein Gesicht.

Garnet furchte die Stirn und fuhr sich mit der Hand über die Augen. Sie dachte zunächst, sie sähe nicht klar. Sie war noch sehr schwach, und zuweilen schwamm es ihr vor den Augen. Aber dann wußte sie auch schon, daß sie nicht falsch gesehen hatte: Auf Texas' bärtigem Gesicht glitzerten Tränen.

Die Tränen tropften in den verwilderten Bart. Plötzlich, als werde ihm jäh bewußt, daß er nicht allein sei, drehte Texas sich um und humpelte, ohne ein Wort zu sagen, aus dem Zimmer, die Tür hinter sich schließend. Aber er ging nicht hinunter in die Küche. Durch den wilden, von unten heraufdringenden Lärm hörte Garnet, daß er sich auf dem Treppenabsatz niedersetzte; sie hörte, wie sein steifes Bein dabei anstieß.

Hoffentlich weiß er nicht, daß ich seine Tränen gesehen habe, dachte Garnet verwirrt. Was war da mit Texas? Er hätte glücklich und fröhlich sein müssen wie alle anderen; auch er war ja ein Yankee. Aber er war ganz offensichtlich nicht glücklich. Die Soldaten der Union zogen in Kalifornien ein, und Texas weinte.

In den nächsten Tagen hörte Garnet mehr von dem großen Ereignis.

Die Republik Texas hatte sich die Freiheit von Mexiko schon vor zehn Jahren erkämpft. Das Land Texas wurde von Amerikanern bewohnt, die sich dort angesiedelt hatten, und von Texanern, die nichts gegen die Vereinigung mit den USA einzuwenden hatten. Aber obwohl die führenden Länder der Welt Texas als Nation anerkannten, wurde das Land von Mexiko immer noch als rebellische Provinz behandelt. Mexiko hatte nie einen Zweifel daran gelassen, daß es Krieg führen würde, wenn Texas ernsthaft auf den Gedanken verfalle, sich den Vereinigten Staaten anzuschließen.

Es gab viele Amerikaner, die der Meinung waren, Texas lohne keinen Krieg mit Mexiko. Die Frage hatte schon 1844 im Mittelpunkt des Wahlkampfes gestanden, als James K. Polk und Henry Clay um die Präsidentschaft kämpften. Mr. Polk wollte den Anschluß von Texas, um weitere Ausdehnungsmöglichkeiten nach Westen zu bekommen. Er wollte den Anschluß mit oder ohne Krieg. Mr. Clay war der Meinung, die Union sei groß genug. Mr. Polk wurde gewählt, und der Kongreß deklarierte das Land Texas zu einem Staat der USA. Anschließend gab es ein paar Monate ständiger Nervosität; jedermann schien in Amerika wie in Mexiko darauf zu warten, daß von der anderen Seite der erste Schuß fiele. Dann, im April 1846, begann der Krieg an der Grenze von Texas.

Zu dieser Zeit ankerte die Pazifikflotte der Vereinigten Staaten in Mazatlán an der Westküste Mexikos. Der Kommodore John Drake Sloat, der Kommandant der Flotte, war sich klar darüber, daß es nicht nur um Texas, sondern auch um Kalifornien ging. Nachdem im Osten Mexikos der Krieg im Gange war, segelte er hinauf nach Monterey, der Hauptstadt Kaliforniens, und hißte auf dem Zollgebäude das Sternenbanner.

Die Señores Pico und Castro, die zivilen und militärischen Häupter Kaliforniens, waren untereinander seit langem in einen so erbitterten Kampf verwickelt, daß keiner von ihnen an die Möglichkeit dachte, es könne jemand von draußen kommen, um sie beide abzusetzen. Als Kommodore Sloat in Monterey eintraf, waren weder Pico noch Castro zugegen. Es befand sich überhaupt niemand in der Stadt, der irgendeine Autorität verkörpert hätte und befugt oder gewillt gewesen wäre, Sloats Forderung nach Übergabe anzunehmen oder abzulehnen. Es war kein Mensch da, der zu Recht oder zu Unrecht so etwas wie eine Regierungsgewalt ausübte.

Es geschah am 7. Juli des Jahres 1846, daß Kommodore Sloat das Sternenbanner auf dem Zollhaus in Monterey hißte. Zwei Tage später zog Kapitän Montgomery von der Kriegsschaluppe *Portsmouth* in Yerba Buena die amerikanische Flagge hoch. Jetzt versuchten die Señores Pico und Castro ein kalifornisches Heer aufzustellen, um den Kampf für Mexiko aufzunehmen. Aber es war zu spät. Die Kalifornier zeigten nicht die geringste Neigung, sich für Mexiko zu schlagen. Das Sternenbanner flatterte an den Fahnenstangen, die Kapellen spielten amerikanische Weisen, und Kalifornier und Yankees schienen gleicherweise mit dem Gang der Ereignisse einverstanden.

Am 15. Juli erreichte USS *Kongress*, unter dem Kommando von Kommodore Robert F. Stockton, Monterey. Von diesem Zeitpunkt an schien der nördliche Teil Kaliforniens befriedet. Stockton segelte nach Süden, um Los Angeles zu besetzen. Man rechnete schon für die nächsten Tage mit dem Eintreffen der Matrosen und der Marineinfanterie.

Wenn dies eine Eroberung war, so war es ganz gewiß die einfachste und unkomplizierteste der Geschichte.

Texas hielt sich ununterbrochen in Silkys Hause auf. Er sorgte rührend für Garnet und ihr Kind. Nachts schlief er, in Decken gehüllt, in dem kleinen Vorraum unter der Treppe.

Die Bar betrat er nicht. Ob er es vermied, um nicht in die Versuchung des Trinkens zu geraten, oder ob er vermeiden wollte, über die politischen Ereignisse zu diskutieren, blieb unklar. Garnet wußte es nicht. Er sprach ihr gegenüber mit keinem Wort von der Eroberung Kaliforniens. Sprach ein anderer von den großen Tagesereignissen, stand er schweigend dabei und griff niemals in das Gespräch ein.

Jeder andere schien trunken vor Begeisterung. Als Garnet in der Lage war, Besuch zu empfangen, erschien Silky im Schlafzimmer, küßte der jungen Mutter die Hand und versicherte, es erfülle ihn mit Stolz, daß unter seinem bescheidenen Dach ein kleiner Yankee geboren worden sei. Florinda kam heraufgestürmt, sooft sie nur eben abkommen konnte; sie brachte dann jedesmal einen Sack voll Neuigkeiten mit. Auf der Straße unterhalb ihres Fensters konnte Garnet die Yankees lachen und grölen hören. »Wenn man die Boys hört, sollte man meinen, sie hätten Kalifornien erobert«, sagte Florinda spöttisch. »Selbst diejenigen, die nie davon sprechen, weshalb sie hier herauskamen, sind verrückt vor Freude. Wahrscheinlich sagen sie sich, daß die anrückenden Soldaten Wichtigeres zu tun haben, als sich um ihre Vergangenheit zu kümmern und sie einzusperren wegen irgendwelcher Geschichten, die dreitausend Meilen ostwärts irgendwann einmal passierten.« Sie kicherte, und Garnet mußte lachen. Sie dachte an New Orleans und an den Witwenschleier. Aber Texas, der auf der Wandbank am Fenster saß und auf die fernen Berge blickte, lachte nicht.

Garnet dachte seit langem fortgesetzt darüber nach, wie sie ihr Kind nennen sollte. Das Übliche wäre gewesen, ihm den Namen seines Vaters zu geben; aber das wollte sie nicht. Oliver hatte sie zu tief enttäuscht; es tat ihr weh, auch nur den Namen auszusprechen. Sie bat Florinda um Vorschläge. »Oh«, meinte Florinda, »Leander vielleicht, das klingt wundervoll. Oder wie wäre es mit Murgatroyd?«

Garnet dankte ihr herzlich, meinte aber, das seien nicht gerade die Art Namen, die ihr vorschwebten. Florinda dachte angestrengt nach; plötzlich lächelte sie.

»Warum fragst du nicht Texas?« sagte sie. »Er weiß vielleicht etwas Passendes.«

»Ich habe noch nicht daran gedacht«, versetzte Garnet. »Meinst du, es würde ihm Freude machen, meinem Kind einen Namen zu geben?«

»Ich glaube, es würde ihm eine ganze Menge bedeuten«, versetzte Florinda. Sie legte eine gedankenvolle Pause ein und setzte hinzu: »Texas hat irgend etwas im Sinn.«

»Ist dir das auch aufgefallen?«

Florinda nickte: »Ich weiß nicht, was es ist. Aber ich weiß, daß er dich sehr leiden mag und sehr viel von dir hält. Vielleicht, wenn du ihm durch so eine Geste zu verstehen gäbest, daß auch du ihn magst – ich könnte mir denken, daß ihm das innerlich hilft. Er schleppt irgend etwas mit sich herum.«

»Oh, Florinda, es ist gut, daß du mir das sagst. Ich will ihn noch heute fragen.«

Die Gelegenheit ergab sich schon am Nachmittag, während Florinda in der Bar weilte.

»Texas«, sagte Garnet, »würden Sie mir helfen, einen Namen für meinen kleinen Jungen zu finden?«

Texas' Gesicht strahlte auf. Er setzte sich schweigend auf die Wandbank und zog die Stirn in Falten, sein steifes Bein gerade ausstreckend. Er konnte das Knie zwar ein wenig beugen, aber nicht so viel, um seine Steifheit zu verbergen.

»Wüßten Sie nicht irgendeinen Mann, den Sie besonders achten oder bewundern?« fragte Garnet. »Einen Mann mit sauberem, klarem Charakter, einen, auf den ein Junge stolz sein kann, dessen Namen er gern trägt?«

Texas strich sich den Bart. »Ja, Madam«, sagte er leise, »so einen Mann wüßte ich wohl.« Er sandte ihr ein schüchternes Lächeln. »Sie sollten den Jungen Stephen Austin nennen«, sagte er.

»Stephen Austin?« wiederholte Garnet zweifelnd. »Ich wüßte nicht, daß ich einen bedeutenden Mann dieses Namens kennte.«

»Es ist der Mann, der die Republik Texas begründete«, sagte der Mann, der sich selbst Texas nannte. »Ein Mann von starken Nerven,

Miß Garnet. Ein Mann, dem alles gelang, was er wollte. Sein Vater hatte als erster Amerikaner die Landbewilligung für Texas erhalten, um dort eine amerikanische Niederlassung zu begründen. Aber der Vater starb früh, und es war Stephen Austin, der die ersten Amerikaner ins Land brachte. Damals war er erst sechsundzwanzig Jahre alt. Später stand er an der Spitze der revolutionären Bewegung, die Texas aus der mexikanischen Sklaverei befreite und es zu einem freien Land machte.«

Texas' Stimme zitterte vor innerer Erregung, während er sprach. Garnet hörte die heimliche Bewunderung aus seinen Worten heraus und fragte: »Kannten Sie ihn?«

»Ja, Madam, ich kannte ihn«, sagte Texas. »Ich erinnere mich seiner noch aus der Zeit, da ich ein Junge war. Er war ein guter Freund unserer Familie. Ja, um es auszusprechen« – sein Kinn hob sich wie in unbewußtem Stolz –, »wir gehörten zu den Familien, die zusammen mit ihm nach Texas zogen.«

»Dann sind Sie gar nicht in Texas geboren?« fragte Garnet.

»Nein, Madam. Ich bin in Mississippi geboren. Als ich geboren wurde, lebten noch keine Amerikaner in Texas.« Er lächelte, und seine warmen braunen Augen bekamen einen sehnsüchtigen Glanz, während er weitersprach: »Ich war elf Jahre alt, als wir mit Stephen Austin nach Texas zogen. Er war ein großartiger Mann, Miß Garnet, einer der Männer, auf die Jungen stolz sein können.«

»An so einen Mann dachte ich«, sagte Garnet. »Ich danke Ihnen, Texas. Mein Kind wird also den Namen Stephen Austin Hale tragen.«

»Gut«, sagte Texas, »gut!« Er blickte auf das Körbchen hinab und streckte seine Hand aus, um sacht über die Decke zu streichen. Nach einer kleinen Pause des Schweigens erhob er sich und machte so etwas wie eine linkische Verbeugung. »Miß Garnet«, sagte er, »ich danke Ihnen, daß Sie mir erlaubten, Ihrem Kind einen Namen zu geben. Es war mir eine sehr große Ehre.«

Er steckte die Hände in die Taschen und stand ein bißchen hilflos in der Mitte des Zimmers, als wisse er nicht recht, was er nun beginnen solle. Endlich sagte er mit einem verlegenen Lächeln im bärtigen Gesicht: »Ich glaube, ich muß in die Küche und mir etwas zu essen geben lassen.«

Er öffnete die Tür, blieb aber auf der Schwelle noch einmal stehen, sah auf Garnet und das Kind zurück und streifte beide mit einem so schmerzlich sehnsüchtigen Blick, daß es Garnet fast weh tat. Als die Tür sich hinter ihm geschlossen hatte, fielen ihr plötzlich die Worte ein, die Texas auf der Ranch Don Antonios zu ihr gesprochen hatte:

»Geben Sie sich keine Mühe, uns verstehen zu wollen, Miß Garnet. Wir sind eine Rotte verlorener Seelen.«

Sie sah auf das winzige, rosige Etwas, das neben ihr in einem Körbchen lag. Das war Stephen Hale, nach Stephen Austin genannt. Und sie fragte sich, was Texas wohl erlebt haben mochte seit der Zeit, da er als elfjähriger Junge seinem Helden gefolgt war.

Sie fühlte, wie ihre Augen zu brennen begannen. Vielleicht war es töricht, um etwas Vergangenes zu weinen, aber sie konnte sich nicht helfen. Sie wußte seit langem, daß Texas in medizinischen Dingen kein Amateur war. Er hatte ihr Kind geholt, er hatte ihr vorher und nachher gesagt, was sie tun müsse, und war in den vergangenen Tagen ständig in intimster Weise um sie bemüht gewesen. Bei alledem hatte er sich weder unsicher noch selbstbewußt gezeigt. Er packte alle diese Dinge mit der ruhigen Sicherheit eines Mannes an, der seine Sache versteht. Sie war überzeugt: Irgend etwas hatte Texas aus seiner vorgezeichneten Bahn geworfen.

Garnet mußte viel über diese Dinge nachdenken. Alles, was sie wußte, war, daß Texas hier allein war, an einem Ort, an dem er nichts zu suchen hatte, allein, ohne Familie, ohne Freunde, ja sogar ohne Namen, nun auch noch ein Krüppel, der kaum jemals wieder imstande sein würde, mit dem Händlertreck nach Santa Fé zu reiten. Sie dachte auch an die alkoholischen Exzesse, in die er immer wieder verfiel. Vielleicht flüchtete er sich immer dann in den Rausch, wenn er glaubte, Einsamkeit und Verlassenheit nicht länger ertragen zu können. Wie soll ein Mensch leben, wenn nirgendwo ein anderer ist, der sich um ihn kümmert?

Gut, dachte sie, ich kümmere mich um ihn. Ich werde nie vergessen, was er in der Nacht vor Stephens Geburt an mir tat. Solange Texas und sie in der gleichen Welt lebten, würde Texas einen Menschen haben, der zu ihm hielt!

Am 13. August – Stephen war fünf Tage alt – trafen die Amerikaner in Los Angeles ein.

Texas schichtete Decken auf die Wandbank und baute dort so etwas wie ein warmes Nest, damit Garnet am Fenster sitzen und dem Einmarsch der Truppen zusehen konnte. Es waren Matrosen und US-Marinetruppen, die da unter dem Kommando von Kommodore Stockton heranmarschiert kamen. Ihnen folgte das Bataillon Frémont, bestehend aus den Männern der Forschungsexpedition und aus Freiwilligen, die sich Frémont oben im Norden angeschlossen hatten. Die Sternenbanner flatterten, und die Musik spielte amerikanische Märsche. Die Angelesen standen interessiert und auch ein wenig verwirrt an den Ecken, und die Yankees lachten, brüllten »hurra!« und schrien den Soldaten Grüße der Begeisterung zu. Hier wie überall in Kalifornien dachte kein Mensch an Widerstand. Die Señores Pico und Castro waren nach Mexiko geflohen. Und zwar waren sie getrennt und unabhängig voneinander geflohen, denn sie hatten so lange und so erbittert miteinander gestritten, daß nicht einmal eine fremde Invasion sie zusammenbringen konnte.

Garnet fühlte sich von einer Gänsehaut überlaufen, als sie die blauen Uniformen und die bekannten Fahnen mit Sternen und Streifen erblickte, die sie so lange nicht gesehen hatte.

Oh, mein Gott, dachte sie und streckte unwillkürlich die Hand nach dem neben ihr stehenden Körbchen aus, ob Stephen sein Land wohl jemals so lieben wird, wie ich es in diesem Augenblick liebe? Nein, dachte sie, nein, so kann er niemals empfinden, es sei denn, auch er befände sich eines Tages irgendwo fern von der Heimat in der Verbannung.

Dann war die Parade vorüber. Die Menschen zerstreuten sich. Einige eilten nach der Plaza, um dem Hissen der Flagge zuzusehen, andere wandten sich den Tavernen zu, um Erfrischungen zu sich zu nehmen, nachdem sie so lange in der Sonne gestanden hatten. Garnet hörte das Klappern und Klirren der Becher und Flaschen aus der Bar heraufdringen, lärmende Stimmen und dazwischen die fröhlichen Klänge der Militärkapelle, die auf der Plaza den Yankee-Doodle spielte.

Ihr Rücken begann zu schmerzen. Sie wandte den Kopf, um Texas zu sagen, daß sie sich gern wieder hinlegen möchte.

Aber Texas war nicht da. Garnet war so in die Vorgänge auf der Straße vertieft gewesen, daß sie gar nicht bemerkt hatte, daß Texas hinausging. Aber eben jetzt vernahm sie seine ungleichmäßig tappenden Schritte auf der Treppe. Sie verloren sich unten; offenbar ging er durch die Küche in die Bar.

Garnet stützte den Kopf in die Hand. Texas tat ihr so leid. Sie begriff zwar nicht, warum er heut das Bedürfnis fühlte, sich zu betrinken, aber sie fühlte instinktiv, daß sie mit dem Begreifen auch den Schlüssel zu seinem elenden, armseligen und verschwendeten Leben gefunden hätte.

Das Kind erwachte und begann zu schreien. Stephen war hungrig, und seine Windel war naß. Es war das erste Mal, daß Texas das Kind vergessen hatte. Garnet wechselte die Windel, nahm das Kind mit in ihr Bett und reichte ihm die Brust. Es fiel ihr sehr schwer, das alles ohne Texas' Hilfe tun zu müssen.

Ganz Los Angeles war in Aufruhr. Von allen Seiten drang der Lärm an Garnets Ohr: aus der Bar unter ihr, aus den benachbarten Weinstuben und auch aus Estelles Etablissement sechs Häuser weiter rechts. Und auch die Straßen und Plätze waren voll jubelnder, lärmender und begeisterter Menschen. Jedermann in Los Angeles schien sich heute zu freuen. – Nur Texas, dachte Garnet, Texas freut sich nicht.

Allgemach begann der Tag zu verdämmern. Das Licht auf den Wandbespannungen des Zimmers wechselte vom strahlenden Gold in tiefes Rot, wandelte sich in Blau und verschwand schließlich ganz, einem düsteren Grau weichend. Der Fußboden zitterte von der ausgelassenen Fröhlichkeit, die in den unteren Räumen herrschte. Garnet gähnte und drehte sich auf die Seite. Sie war müde. Sie war auch hungrig, denn sie hatte seit dem Mittag nichts mehr zu essen bekommen.

Stephen wachte ab und zu auf und schrie; dann beruhigte sie ihn sacht und wiegte ihn wieder in Schlaf. Der Hunger steigerte sich, und ihr Kopf begann zu schmerzen.

Es war schon völlig dunkel, als Florinda ihr endlich etwas zu essen brachte. Florindas Haar war gelöst und wallte ihr über die Schultern, sie hatte Schnapsflecke im Kleid, dessen einer Ärmel halb ausgerissen war. Sie trug in einer Hand eine Kerze und in der anderen eine Schüssel Bohnen.

»Oh, Liebe, es tut mir so leid«, sagte sie, während sie die Kerze abstellte und Garnet ein Handtuch reichte, damit sie es sich als Serviette unter dem Kinn befestigen könne. »Du mußt ja schon halb verhungert sein. Schnell, iß etwas! Ich wasche mir nur die Hände, dann nehme ich dir das Kind ab.«

Garnet dankte und begann zu essen. Als Florinda sich im Spiegel erblickte, lachte sie kreischend auf: »Hallo, wie sehe ich denn aus! Aber bei den vielen Soldaten und Matrosen, die ich am Halse hängen hatte, ist es ohnehin ein Wunder, daß ich noch einigermaßen heil bin. Aber sie sind nett, die Boys. Wirklich, Garnet, prachtvolle Burschen!« Sie goß Wasser in die Waschschüssel und rollte die Ärmel hoch. »Und außerdem«, lachte sie, »sie verstehen ihr Geld auszugeben.«

»Was meinst du, wie lange werden sie noch bleiben?«

»Ich weiß nicht. Ich nehme an, die Offiziere haben eine bestimmte Sperrstunde eingerichtet. Mir ist das egal. Ich werde ihnen so lange etwas eingießen, wie sie dafür bezahlen. Oh, das ist Micky«, unterbrach sie sich, als es an der Tür klopfte. Sie ging hin, um zu öffnen, und es war tatsächlich Micky, der ihr ein Tablett gab. »Micky hat uns Tee gebracht«, sagte sie, »Micky ist ein Prachtbursche.«

Sie nahm das Kind aus Garnets Bett, machte es ihm in seinem Körbchen bequem und setzte sich auf die Wandbank, um den Tee einzugießen.

Ein Weilchen tranken beide schweigend ihren Tee; dann fragte Garnet nach Texas.

Florinda zuckte bedauernd die Achseln. Texas war betrunken. Er war sogar schwer betrunken. »Und außerdem hatte er seine weinerliche Tour«, sagte Florinda. »Er hockte in einer Ecke auf dem Fußboden mit der Flasche in der Hand, und die Tränen liefen ihm in den Bart. Ich habe das schließlich nicht mehr sehen können und habe den Boys einen Wink gegeben, ihn nach Hause zu bringen.« Dies also war der Grund, warum Garnet kein Abendessen bekommen hatte. Florinda hatte die Bar nicht verlassen können, bis die Boys zurück waren. Aber die hatten Texas sicher nach Hause gebracht, und seine Wirtin, Señora Vargas, hatte versprochen, sich um ihn zu kümmern. Texas bezahlte ihr eine gute Miete, und sie war an seine Eigenheiten gewöhnt.

»Mache dir keine Sorgen«, sagte Florinda. »Sei nur nett zu ihm, wenn er wiederkommt.« Dies sei sehr wahrscheinlich alles, was man für Texas tun könne, meinte sie, und Garnet mußte ihr zustimmen. Sie wußte nicht, wie sie ihm hätte helfen können.

Vierunddreißigstes Kapitel

In der Folge erwies sich, daß die Besetzung von Los Angeles nicht ganz so reibungslos verlief, wie es zunächst den Anschein hatte.

Zuerst sah alles sehr einfach aus. Kommodore Stockton sandte

Frémont nach dem Norden, um dort unter den Yankees neue Rekruten zu werben. Und da Los Angeles vollkommen ruhig war, ging er selbst nach Yerba Buena, wo ihm zu Ehren eine Feier veranstaltet werden sollte. Er ließ Captain Gillespie vom Marinekorps mit einer Besatzung von rund fünfzig Mann Marineinfanterie in Los Angeles zurück.

Captain Gillespie hätte gut daran getan, sich bei den Yankees, die seit Jahr und Tag in Los Angeles Handel trieben, Rat zu holen, bevor er irgendwelche einschneidenden Maßnahmen traf. Sie würden ihm gesagt haben, daß er in keiner Weise befürchten müsse, die Angelesen würden der amerikanischen Herrschaft Widerstand entgegensetzen. Dies hier war eine der friedlichsten und friedliebendsten Gegenden der Erde. Ab und zu kam es vor, daß wild lebende Digger einsam gelegene Häuser überfielen. Dann zog eine Schar bewaffneter Männer hinaus und hielt ein Strafgericht unter den Diggern ab. Zuweilen geschah es, daß zwei Burschen sich eines Mädchens wegen schlugen. Oder ein Mann borgte sich irgendwo einen Sattel und vergaß, ihn zurückzugeben. Aber all diese kleinen Streitereien konnten vom Alkalden ohne Schwierigkeit geschlichtet werden.

In der Ortschaft, die eine kleine Stadt war, wenn sie auch wie ein verkommenes Dorf aussah, lebten insgesamt nicht mehr als tausend Menschen. Aber es war eine fleißige und sehr geschäftige kleine Stadt; es war der Markt für die Rancheros aus dem Süden und die Endstation des Santa-Fé-Trecks. Außerdem war es der Mittelpunkt für den Häutehandel. Die meisten der hier ansässigen Handelsunternehmungen befanden sich in Händen von Amerikanern. Die Angelesen waren der Arbeit nicht sonderlich zugetan, sie führten ein heiteres, geruhsames Leben, und ihre Hauptbeschäftigung bestand im Reden. Sie hatten auch wenig Grund, sich zu beklagen. Frischfleisch war so billig, daß es ihre Hauptnahrung bildete. Diebstähle und bösartige Exzesse kamen nicht vor. Die meisten Häuser hatten nicht einmal Türschlösser. Das Leben in Los Angeles bestand aus wenig Arbeit und viel Wein, Tanz und Musik. Für die Angelesen waren das natürliche Gegebenheiten, die sie hinnahmen, ohne weiter darüber nachzudenken. Die Yankees hätten Captain Gillespie sagen können – und viele hatten ihr möglichstes getan, es ihm klarzumachen –, daß seiner Kommandogewalt ein fröhliches, heiteres Volk anvertraut sei und daß alle diese Leute zweifellos auch weiterhin heiter und fröhlich bleiben würden, wenn man sie in Ruhe ließe.

Aber Gillespie hielt es wohl für unter seiner Würde, um Rat zu fragen, und dort, wo er ihm ungefragt zuteil wurde, überhörte er ihn. Er begann Befehle auszugeben. Befehle, welche die Leute zunächst in Erstaunen und schließlich in Erbitterung versetzten und gegen ihn aufbrachten.

Captain Gillespie hielt es für richtig, in dieser die Freude liebenden Stadt gesellige Zusammenkünfte zu verbieten. Er ließ Privathäuser nach Feuerwaffen durchsuchen. Er dekretierte: Alkohol dürfe nur mit seiner Erlaubnis ausgeschenkt werden. Seine Landsleute warnten ihn eindringlich. Sie sagten ihm, er solle den Angelesen ihre Pistolen lassen; Pistolen seien hier draußen wichtiger als Schuhe. Sie sagten ihm, die Kalifornier würden auf ein Verbot, ihren geliebten roten Wein zu trinken, ebenso sauer reagieren, wie die amerikanischen Kolonisten auf die Teesteuer reagiert hätten. Er schenkte all diesen Warnungen keinerlei Beachtung. Gillespie wurde am letzten Tage des Monats August als Kommandant in Los Angeles zurückgelassen; Mitte September hatte er es schon so weit gebracht, daß die Leute murrten und sich demonstrativ abwandten, wenn sie einem Amerikaner auf der Straße begegneten. Die Angelesen betraten amerikanische Läden und Geschäfte nur noch, wenn es absolut unvermeidlich war. Auch Silkys eingeborene Boys kamen nicht mehr zur Arbeit.

Silkys Betrieb war von den befohlenen Einschränkungen nicht ausgeschlossen. Der Spielsalon war geschlossen worden, und die Bar durfte nur von mittags bis sechs Uhr abends offengehalten werden. Da die Angelesen einen großen Teil des Nachmittags zu verschlafen pflegten, bedeutete diese Beschränkung eine empfindliche Einbuße für das Etablissement. Kein Wunder, daß Silky und Florinda nicht weniger wütend waren als die Angelesen. Aber sie gehorchten dem Befehl, um sich nicht der Gefahr auszusetzen, daß Gillespie die Bar überhaupt schloß.

Auch Garnet fand, der Captain handle wie ein Narr. Nichtsdestoweniger war sie über den eingeschränkten Betrieb ganz froh; erhielt sie auf diese Weise doch Gelegenheit, sich an die Arbeit in der Bar zu gewöhnen. Es war ihr lieb, daß sie zunächst nur am Tag arbeiten mußte und um den wilden und ausgelassenen Abend- und Nachtbetrieb noch herumkam. Sie begann mit der Eingewöhnung, sobald sie sich wieder frisch und wohl fühlte. Während sie in der Bar war, sorgte Isabel für das Kind. Isabel schimpfte auf Gillespie, aber Garnet und Florinda bezahlten sie gut, und sie wollte trotz der plötzlich eingetretenen Feindschaft lieber für Yankees arbeiten als sich wieder verheiraten.

Florinda hatte keineswegs übertrieben, als sie die Ansicht äußerte, Garnet würde eine Akquisition für den Barbetrieb bedeuten. Die Marinesoldaten waren in Mazatlán stationiert gewesen und an mexikanische Mädchen gewöhnt; zwei richtige, waschechte Yankee-Mädchen – das war doch wahrhaftig eine andere Sache! Die Boys verbrachten jede freie Stunde in Silkys Bar. Es waren ziemlich brutale, im Grunde aber gutmütige Burschen, und Garnet fand ihre Tätigkeit mit der Zeit weniger schwierig und unangenehm, als sie befürchtet hatte. Aber hin und wieder begehrte es doch in ihr auf, daß sie sich heimlich schütteln mußte.

Es war eines Nachmittags Ende September. Garnet stand hinter der Bartheke und begrüßte zwei Marinesoldaten, die eben hereingekommen waren. »Was darf's sein, Gentlemen?«

Die Soldaten grinsten sie mit unverhohlener Bewunderung an; Garnet kannte sie schon und wußte, daß sie mit Vornamen Bill und Pete hießen.

»Sie sehen heut wieder unverschämt hübsch aus«, stellte Bill fest.

»Verdammt ja, noch mehr als hübsch«, sagte Pete. »Lassen Sie doch mal sehen: die Blumen auf Ihrem Kleid da und Ihre Augen – was für eine Farbe haben ihre Augen?«

»Manche behaupten: grau, andere sagen: hellbraun. Wollen Sie nichts trinken? Es wird spät.«

»Klar wollen wir was trinken«, sagte Bill. »Wie heißt das verdammte Erdbebengesöff, das die Mexikaner hier trinken? Ich krieg' das wahrhaftig nicht über die Zunge. Das Wort, meine ich.«

»Aguardiente«, sagte Garnet.

»Nun hör dir das an«, grinste Bill. »Wie 'ne Mexikanerin. Wie sagten Sie? Agga – agga – denti?«

Garnet goß ihnen die Becher voll. »Verlangen Sie doch einfach mexikanischen Schnaps«, sagte sie. »Wir wissen dann schon, was Sie meinen.«

»Ist das ein kluges Mädchen!« grinste Bill. »Sie ist keine Mexikanerin, wir sind keine Mexikaner, wie wollen wir da mexikanisch sprechen können! Reden Sie mit mir amerikanisch; das ist gut genug für mich. Ist's recht, Garnet?«

»Ja«, sagte Garnet. Es berührte sie immer noch merkwürdig, daß fremde Männer sie mit dem Vornamen anredeten, aber sie gewöhnte sich allmählich schon daran.

»Verdammt, Sie sind wirklich sehr hübsch«, stellte Bill abermals fest. »Malen Sie sich eigentlich die Backen an?«

Garnet erwiderte, sie dächte gar nicht daran. Sie wischte ein paar Flecke von dem Metalleinsatz der Theke und tat so, als höre sie die nächsten Bemerkungen nicht, die sich nicht mehr mit ihrem Gesicht, sondern mit ihrer Figur beschäftigten. Als die Burschen sie fragten, was sie täte, nachdem die Bar geschlossen wäre, antwortete sie, daß sie dann genug damit zu tun habe, sich um ihr Kind zu kümmern. Sie versuchte sich so freundlich und liebenswürdig wie möglich zu geben, aber obgleich sie ihr Bestes tat, besaß sie doch längst noch nicht Florindas Fähigkeit, Männer von sich entfernt und gleichzeitig bei guter Laune zu halten. An der anderen Seite des Bartisches stand eine Gruppe Soldaten um Florinda versammelt. Garnet hörte, wie einer der Soldaten sagte:

»Ein Mädchen wie Sie, Florinda, hier draußen am Ende der Welt! Teufel auch, wie sind Sie bloß hierher verschlagen worden?«

»Wieso?« erwiderte Florinda. »Ich bin immer hier gewesen. Ich war das erste weiße Kind, das in dieser Ansiedlung geboren wurde. Hallo, das stimmt noch nicht ganz; ich kriege noch sieben Cent. – Pfui, was haben Sie da gemacht! Sie haben sich den Schnaps über die Uniform gegossen.«

»Sie haben mich mit dem Ellbogen angestoßen«, sagte der Soldat.

»Habe ich Sie geheißen, mich zu kneifen? Benehmen Sie sich, dann passiert Ihnen so was nicht! Ja, Sergeant? Whisky, jawohl, Sir, gleich.«

In der Nähe von Garnet stand Texas und stützte die Ellbogen auf den Bartisch. Er war wieder nüchtern. Er mußte es an jenem Abend der allgemeinen Freude ziemlich schlimm getrieben haben, aber Garnet tat so, als wisse sie gar nichts davon. Er hatte sich bei ihr entschuldigt. Er habe nur einen Schluck mit den Boys trinken wollen, aber dann hätten sie ihn fertiggemacht; er wisse auch nicht, wie es geschehen sei. Garnet hatte sich an Florindas Rat erinnert und lachend erwidert: »Aber was reden Sie denn da, Texas! Jedermann war an dem Abend betrunken. Isabel hat für mich gesorgt; ich habe nichts vermißt, und bald danach bin ich auch schon aufgestanden.«

Texas hatte seit jenem Abend noch nicht wieder getrunken. Aber er kam oft, stand an der Bar und wachte über Garnet, als habe sie ihn zu ihrer Leibwache bestellt. Sie freute sich darüber. Jetzt bat er um ein Glas Wasser; und als sie es ihm brachte, ließ er den Blick über den Bartisch gleiten, richtete ihn dann wieder auf sie und schüttelte den Kopf.

»Es gefällt mir gar nicht, Sie hier zu sehen, Miß Garnet«, sagte er.

»Oh, Texas, mir geht es gut. Sorgen Sie sich nicht. Es geht mir wirklich gut.«

»Belästigen die Kerle Sie nicht?«

»Ach, nicht schlimm jedenfalls. Ich lerne es allmählich, sie zu behandeln und mit ihnen umzugehen.«

»Miß Garnet«, sagte Texas, »ich wollte, Sie wären ganz aus Los Angeles heraus. Wir werden hier möglicherweise Unruhen bekommen. Es sieht nicht gut aus. Dieser verdammte Narr Gillespie . . .«

»Bitte, Texas, nicht hier.«

Silky wünschte grundsätzlich nicht, daß der Name Gillespie an der Bar erwähnt wurde. Wenn es diesem oder jenem Soldaten eingefallen wäre, seinen Captain zu verteidigen, es wäre ihm gleichgültig gewesen; aber er wollte nicht, daß dergleichen in seinem Betrieb geschah. Die Konzession zur Führung der Bar war an die Bedingung geknüpft, daß es ruhig und ordentlich zuging. Texas zuckte die Achseln, machte aber keine weiteren Bemerkungen. Mr. Bugs McLane betrat zusammen mit Mr. Collins, dem Clerk Mr. Abbotts, das Lokal. Garnet goß ihnen ihre Drinks ein und äußerte sich anerkennend zu dem Versuch eines der Marinesoldaten, einen mexikanischen Schlager zu singen, den er wahrscheinlich schon von Mazatlán her kannte. Plötzlich zuckte sie zusammen. Durch das trunkene Gegröle des Soldaten hindurch vernahm sie einen feinen, zarten Ton aus der Küche.

»Stephen ist aufgewacht«, sagte sie zu Florinda. »Einen Augenblick, ich bin gleich wieder da.«

Florinda nickte lächelnd, und Garnet huschte aus der Bar. Der Babykorb stand auf der Wandbank. Isabel hatte das Kind gerade herausgenommen. Garnet nahm es ihr ab, um es zu stillen. In leidenschaftlicher Aufwallung drückte sie den kleinen, weichen Körper gegen die Brust. – Gott sei Dank, dachte sie, daß ich dich wenigstens habe! Sie hatte sich in die Umstände gefunden, aber zuweilen wurde sie von einer Woge der Einsamkeit geschüttelt; dann war der kleine Stephen ihr einziger Trost. Nachdem Stephens Hunger gestillt war, legte sie ihn in sein Körbchen zurück und trank eine Tasse Schokolade mit Isabel. Sie würde erst später, nach Schließung des Lokals, zusammen mit Silky und Florinda zu Abend essen. Als sie wieder hinausging, nahm sie eine Tasse Schokolade für Texas mit.

Silky hockte gerade über seinem Kontobuch, und Florinda war dabei, Collins und McLane neue Drinks einzugießen. Als Garnet die Tasse Schokolade vor Texas hinstellte und zufällig den Kopf wandte, erstarrte sie fast. Vor der Bar stand, die Ellbogen auf den Tisch gestützt und die Hände um einen Whiskybecher geschlungen – Charles Hale.

Charles trug noch Trauerkleidung. Wie immer war er sehr elegant; sein Hemd war blütenweiß, und der neben ihm liegende Hut war mit einer seidenen Kordel versehen. Im Gürtel steckten weiße, mit schwarzer Seidenstickerei verzierte Lederhandschuhe. Er machte ganz und gar den Eindruck eines wohlhabenden Mannes, aber es war ihm nun einmal nicht gegeben, imponierend auszusehen. Sein braungebranntes Gesicht hatte so viele Fältchen, daß Garnet unwillkürlich an einen Affen erinnert wurde, den sie einmal in Barnum's Museum gesehen hatte. Seine Hände waren hart und knochig, die Adern standen auf dem Handrücken dick heraus. – Wie ein Reptil, dachte Garnet. Und dann sah sie wie damals, als sie ihn zum erstenmal erblickt hatte, seine Augen.

Diese Augen, in tiefen Höhlen liegend, waren mit einem stechenden Ausdruck gerade auf sie gerichtet. Hohn und Verachtung lagen in dem Blick, der sie abtastete; Garnet hatte das ekle Gefühl, ein Wurm kröche über ihren Körper. Sie sah es sogleich, daß der Whisky, der vor ihm stand, nicht der erste war, den er an diesem Abend zu sich nahm. Das überraschte sie; sie hatte nicht gewußt, daß er trank. Charles sagte ohne die Andeutung einer Begrüßung: »Ich möchte mit Ihnen sprechen.«

Ich nicht! dachte sie. Ich will gar nicht mit dir sprechen. Aber sie wußte nicht, wie sie einer Unterredung ausweichen sollte. »Wozu?« sagte sie. »Worüber wollen Sie mit mir sprechen?«

Charles' Blicke glitten durch den Raum; sein Gesicht verzog sich, als widere der Anblick ihn an. »Ich würde Wert darauf legen, etwas weniger Gesellschaft um mich zu haben«, sagte er. »Wo können wir hingehen?«

»Die Bar wird um sechs geschlossen«, antwortete Garnet. »Dann kann ich Sie mit in die Küche nehmen.«

Der Marinesoldat Bill, dem der Aguardiente etwas zu gut geschmeckt hatte, kam herangetorkelt und blieb vor Charles stehen.

»He da, Affenschnauze!« sagte er.

Charles ignorierte den Mann, dafür legte ihm Texas eine Hand auf den Arm. »Ich würde vorsichtig sein, mein Junge«, grinste Texas, »der Gentleman ist ein guter Freund Captain Gillespies.«

Garnet hatte keine Ahnung, ob diese Behauptung zutraf oder ob Texas sie aus der Luft gegriffen hatte. Auf Bill blieb sie jedenfalls nicht ganz ohne Eindruck; er stützte seinen Kopf in die Hand und grinste ebenfalls. Charles trank seinen Whiskybecher aus. Als er das leere Gefäß auf die Theke zurückstellte, fiel sein Blick auf Florinda, die im Augenblick unbeschäftigt war. Es war das erste Mal, daß Charles und Florinda Gelegenheit hatten, sich eingehender zu betrachten. Auf der Ranch hatte die einzige Unterredung zwischen ihnen in einem fast dunklen Flur stattgefunden; bei der Abreise waren sie einander nur flüchtig begegnet. Nun sahen sie sich über den Bartisch hinweg an, und in beiden Gesichtern stand unverhohlener Widerwille.

Charles stieß ihr mit einer schroffen Bewegung den leeren Becher zu. »Noch einen Whisky!« sagte er kurz.

Florinda ergriff die Flasche, aber sie goß noch nicht ein. »Sie haben die erste Flasche noch nicht bezahlt, Mr. Hale«, sagte sie, »und Sie haben kein Guthaben bei uns.«

Charles' Lippen zuckten vor Verachtung. Er griff in die Tasche und warf Florinda eine spanische Dublone zu, die einen Wert von fünfzehn Dollar hatte. Die Geste war eindeutig; sie sagte: Du weißt ganz genau, daß ich jede Flasche auf deinem Regal da aus der Tasche bezahlen könnte! Garnet hatte das Gefühl, sie müsse die Münze ergreifen und sie ihm ins Gesicht werfen. Offenbar spiegelte sich dieses Gefühl auch auf ihrem Gesicht, denn Texas legte ihr beruhigend die Hand auf den Unterarm und schüttelte warnend den Kopf. Garnet biß die Zähne zusammen; sie sah mit neidvoller Bewunderung, wie Florinda die Dublone gleichmütig aufnahm und Charles die Whiskyflasche reichte.

»Danke, Mr. Hale«, sagte Florinda, »nehmen Sie sie ganz? Ich schreibe Ihnen den Mehrbetrag gut.« Sie ließ die Münze in den Kassenschlitz fallen, öffnete ihr Kontobuch und verbuchte das Guthaben ihres neuen Kunden, Mr. Charles Hale.

Charles goß sich, ohne ein Wort zu entgegnen, den Becher voll. Der Soldat Bill saugte den letzten kleinen Rest Aguardiente aus seinem Becher und blinzelte aus völlig benebelten Augen Garnet zu. »He, Garnet«, lallte er, »wer ist die Affenschnauze?«

»Halten Sie den Mund, Bill«, sagte Garnet.

Silkys Stimme dröhnte durch das Lokal: »Die letzte Runde, Gentlemen. Wir müssen schließen.«

Unruhe setzte ein; trunkene Stimmen schwirrten durcheinander. Florinda flüsterte Garnet zu: »Du kannst ihn jetzt mit in die Küche nehmen. Ich räume derweil hier auf.«

»Das kommt gar nicht in Frage«, versetzte Garnet. »Wenn er mit mir reden will, dann soll er auch warten, bis ich fertig bin. Seinetwegen sollst du meine Arbeit nicht machen.«

»Sechs Uhr, Gentlemen!« rief Silky zum anderen Male. Zuweilen hatte er Schwierigkeiten, seine trinkfreudigen Gäste zur festgesetzten Sperrstunde herauszubekommen, aber heute abend war ein Sergeant anwesend, der für die Räumung des Lokals sorgte. Der Sergeant schien indessen zu wissen, daß es sich bei Charles um eine wichtige und angesehene Persönlichkeit handelte, denn während er alle anderen herausdrängte und zum Gehen aufforderte, ließ er den Ranchero im schwarzen Anzug ungeschoren. Florinda kam hinter dem Bartisch hervor, nachdem sie die Klapptür geöffnet hatte, und begann die Fensterläden zu schließen und zu befestigen. Silky nahm Kontobücher und Barkasse an sich und setzte sich damit an einen Tisch, um die Tageseinnahme zu errechnen; Garnet begann die Becher und Tassen von den Tischen einzusammeln. Sie wies auf die Whiskyflasche, die vor Charles stand, und sagte: »Ich kann die Flasche mit Ihrem Namen versehen und wegstellen. Oder wollen Sie sie behalten?«

»Ich behalte sie«, erwiderte Charles kurz. Garnet trug das Tablett mit Bechern und Tassen in die Küche, kam zurück, wusch die Bartheke ab und sagte endlich: »Sie können jetzt mit in die Küche kommen.« Sie ging voraus und stellte ihm anheim, ihr zu folgen.

In der Küche saß Silky an einem Ende des großen Tisches in der Nähe des Herdes; Micky brachte ihm eben sein Abendessen. Garnet gab Isabel einen Wink, daß sie gehen könne. Charles kam herein, sah das Babykörbchen und warf einen Blick hinein.

»So«, sagte er, »das ist Olivers Kind!« Er zog die Decke weg. Stephen regte sich im Schlaf, als wolle er protestieren, und Garnet streckte die Hand aus, um ihn wieder zuzudecken. »Ich tue ihm nicht weh«, sagte Charles. Er warf noch einen Blick auf das Kind und nickte befriedigt. »Ein schönes, gesundes Kind«, sagte er. Garnet deckte Stephen wieder zu. Als sie sich aufrichtete, sagte Charles: »Kommen Sie hier herüber.«

Er ging zu dem freien Ende des langen Tisches. Garnet setzte sich auf die Wandbank und sah ihn an. Florinda kam herein und fragte:

»Wünschen Sie etwas zu essen, Mr. Hale?«

»Nein«, erwiderte Charles, »aber Sie könnten mir einen Becher bringen.«

Sie ging, einen zu holen, und Charles ließ einen Blick durch den Raum gleiten. Die Fensterläden waren geschlossen; außer dem brennenden Feuer und den zwei Kerzen auf dem Tisch gab es weiter keine Beleuchtung.

»So«, sagte Charles, »das wäre also der Aufenthalt, den Sie sich ausgesucht haben. Und das wären die Freunde, die Sie vorziehen.«

»Bitte, sagen Sie, was Sie von mir wollen«, versetzte Garnet.

Charles maß Florinda, die jetzt einen Becher vor ihn hinstellte, mit einem verächtlichen Blick. Florinda sagte:

»Soll ich euch allein lassen, Garnet?«

Garnet fand, Florinda könne geradesogut anwesend sein. Charles war noch nicht völlig betrunken, aber er war nicht mehr sehr weit davon. Wenn er fortfuhr, den puren Whisky zu trinken, würde es bald soweit sein. Und sie wollte, daß das, was gesagt werden mußte, schnell gesagt würde. »Setz dich ruhig hin und iß deine Bohnen, solange sie noch heiß sind«, antwortete sie Florinda, die darauf zum anderen Tischende ging und sich neben Silky niederließ.

Garnet hörte die beiden miteinander leise sprechen. Sie hörte das schlurrende Geräusch von Mickys Filzschuhen; Micky bediente sie. Charles goß sich aus der Flasche, die er mitgebracht hatte, Whisky in den Becher. Er wandte sich Garnet zu, und seine Bewegungen erschienen jetzt weniger steif und gezwungen, auch sein Ton war weniger schroff, es hatte den Anschein, als läge ihm mehr daran, ihre Zustimmung als ihren Gehorsam zu finden. »Garnet«, sagte er, »ich bin gekommen, um Sie hier herauszuholen.«

»Danke, Charles«, antwortete Garnet, »aber ich habe nicht die Absicht, hier wegzugehen.«

Charles schüttelte den Kopf. »Machen Sie mir nichts vor«, sagte er; »es ist ausgeschlossen, daß Sie sich hier wohl fühlen. Sie sind – verzeihen Sie das abgedroschene Wort, aber es gibt kein anderes –, Sie sind eine Dame. Warum wollen Sie nicht auf die Ranch zurückkommen, um dort wie eine Dame zu leben?«

Sie dachte: Ich kann es ihm nicht erklären; er würde es nicht begreifen. Er hat das Organ nicht. Er würde es auch nicht verstehen, wenn er keinen Schluck Whisky getrunken hätte. Sie sagte laut und sehr deutlich:

»Ich will nicht auf die Ranch zurück, Charles.«

Er stierte sie an. »Garnet«, sagte er, »Sie können doch nicht weiter in einer Bar arbeiten. Sagen Sie sich das nicht selbst? Widert Sie das nicht an?«

Sie atmete tief und brachte es fertig, mit ruhiger Stimme zu sprechen: »Ich tue es wahrhaftig nicht gern. Ich tue es, weil ich muß. Und Sie wissen doch recht gut, warum ich es muß.« Er schwieg, und sie fuhr nach kurzer Pause fort: »Auf Olivers Depositenkonto bei Mr. Abbott stehen achtunddreißig Dollar.«

Charles sah sie an. In dem flackernden Kerzenlicht erkannte sie, daß sein Blick sich schon zu vernebeln begann; es war der Blick eines betrunkenen Mannes. Indessen hatte er seine Stimme noch in der Gewalt. Er sagte: »Ich verwalte Olivers Vermögen für Olivers Sohn. Wenn er volljährig ist, wird er mein Teilhaber sein.«

»So«, sagte Garnet, »und bis dahin? Was geschieht in der Zwischenzeit?«

»In der Zwischenzeit werde ich das Hale-Vermögen so verwalten, wie ich es für richtig halte«, entgegnete er.

»Oh«, sagte Garnet. »Sie halten mich für zu dumm, den Anteil meines Kindes selbst zu verwalten?« – Was soll das eigentlich? dachte sie etwas verwirrt. Warum frage ich das überhaupt? Charles goß sich den Whiskybecher von neuem voll, setzte ihn an und goß den Inhalt hinunter, bevor er antwortete.

»Ich weiß nicht, wofür Sie mich halten«, sagte Charles. »Glauben Sie, ich würde Ihnen Olivers Vermögen anvertrauen, nach dem Beweis, den Sie von Ihrem Geschmack und Ihren Neigungen geliefert haben? Glauben Sie wirklich, ich würde dulden, daß Sie hierbleiben, um Olivers Kind unter Verbrechern und Dirnen aufzuziehen? Ich habe bessere Pläne mit diesem Kind als Sie.«

Garnet biß die Zähne zusammen. Sie war hungrig und müde, aber im Augenblick war sie sich weder des einen noch des anderen bewußt. Sie fand, Charles sei betrunken noch abstoßender und widerwärtiger als nüchtern. Er trank unausgesetzt weiter, aber noch immer beherrschte er seinen Willen und seine Stimme. Er machte eine neue Anstrengung, sie zu überzeugen.

»Kommen Sie mit mir zurück auf die Ranch, Garnet«, sagte er. »Sie können dort in Sauberkeit, Würde und Bequemlichkeit leben. Der Junge wird seine eigenen Hunde, seine Pferde und seine Diener haben. Er wird sich seine Freunde unter den Kindern der ersten Familien des Landes, Kaliforniern und Amerikanern, wählen können.«

Seine Zunge begann dick zu werden. Das Sprechen fiel ihm schwer. Er würgte die Worte heraus und mühte sich, jede Silbe deutlich auszusprechen, was ihm nicht recht gelingen wollte. Garnet dachte: Es hat keinen Sinn, ihm zu antworten. Mein Kind wird er nicht bekommen.

Charles fuhr fort: »Es gibt auch noch andere Gründe. Es wird Unruhen in Los Angeles geben. Wir stehen hier dicht vor einer Revolte.«

Garnet wußte das. Und wenn sie irgendeine Zuflucht gewußt hätte außer der, die ihr da geboten wurde, sie hätte mit Freuden davon Gebrauch gemacht. Aber auf Charles' Ranch würde sie nicht gehen. Wenn Charles das Kind einmal in die Hand bekam, würde er es nie wieder herausgeben.

Charles beobachtete sie über den Rand seines Bechers hinweg. Seine Augen flackerten, während er sie anzusehen versuchte. Wie sonderbar doch der Alkohol die Gesichter der Menschen verwandelt! Als er jetzt wieder sprach, waren seine Worte kaum noch zu verstehen.

»Sie können natürlich tun, was Sie wollen«, sagte er. »Aber ich wünsche Olivers Kind dort zu haben, wo es hingehört: auf meiner Ranch. Das Kind hat ein Recht und einen Anspruch auf ein anständiges Leben.«

Garnet fuhr auf, vom Zorn überwältigt. »Ein anständiges Leben!« wiederholte sie. »Sind Sie etwa der Meinung, Sie hätten Ihrem Bruder Oliver ein anständiges Leben ermöglicht?« Vielleicht hätte sie das nicht sagen sollen; aber sie konnte sich nicht helfen. Sie ertrug seinen Haß und seine Verachtung nicht mehr und ebensowenig seine Herrschergelüste. Sie war das alles so entsetzlich leid.

»Sie«, knurrte Charles, »Sie sollten verdammt aufhören, über Oliver zu reden.«

Seine Hand, die den Becher hob, zitterte. Garnet hörte Silky am anderen Tischende etwas sagen, was mit der Arbeit des nächsten Tages zusammenhing. Dann ging Silky hinaus. Auch Florinda stand auf und ging nach der Tür, die zur Treppe führte. »Rufe mich, wenn du mich brauchst«, sagte sie über die Schulter zurück.

Charles schenkte dem keine Aufmerksamkeit. Er stierte Garnet an und versuchte seinem benebelten Blick Richtung zu geben.

»Oliver war mein Bruder«, raunte er. »Er war mein Bruder, bis
– bis Sie kamen.« Seine Stimme klang wie das Grollen eines Tieres.
»Sie!« stieß er heraus. »Sie haben ihn überredet, in die Staaten zurückzugehen! Sie sagten ihm, er solle nie wieder zu mir zurückkehren. Sie haben sein Leben aus der Bahn geworfen. Haben ihn
davon abgehalten, hier in Kalifornien eine ihm angemessene Frau
zu heiraten. Sie haben ihn in den Tod getrieben!« Er rückte mit
dem Stuhl und versuchte aufzustehen, indem er sich mit beiden Händen an der Tischkante festhielt. Er stierte und fletschte dabei die
Zähne. Garnet zog sich, von Angst und Grauen geschüttelt, zurück.
Er sah aus wie ein gereiztes bösartiges Tier. Charles stieß ein knurrendes Lachen aus. »Sie dachten, Sie hätten mir Oliver ganz genommen, mir nichts von ihm gelassen, wie?« knurrte er. »Aber es ist
etwas da, was Oliver zurückgelassen hat. Er hat ein Kind! Einen
Sohn. Ich habe ihn gesehen. Sein Sohn ist kräftig und gesund wie
er. Und Sie meinen, Sie könnten Olivers Kind von mir fernhalten
und wie einen Wilden aufwachsen lassen? Sie meinen, Sie . . .«
Der Rest blieb ungesagt. Der Whisky hatte die Herrschaft über
Charles Hale angetreten. Er versetzte ihm jetzt einen Keulenschlag.
Charles Hale sackte wie ein gefällter Baum zusammen, fiel auf die
Bank und ließ seinen Kopf auf den vorgestreckten Arm fallen.
Garnet sprang auf. War sie sich schon vorher klar darüber gewesen, daß Charles nicht der Mann war, der Hüter ihres Kindes zu
sein, jetzt wußte sie es sicher. – Wie er mich haßt! dachte sie, auf
den Zusammengesunkenen niederblickend. Aber das ist wohl immer
so: Schlechte, krumme und häßliche Naturen hassen alles, was gerade, aufrichtig und gut ist. Ließe ich diesen Mann gewähren, er
würde Stephens Charakter und seinen moralischen Rückhalt bald
ebenso zerstören, wie er Olivers Charakter zerstörte. Stephen würde
seine eigene Kraft mit der Abhängigkeit von Charles' Schwäche bezahlen müssen. – Sie war eiskalt vor Ekel und Widerwillen. Sie glitt
von der Bank weg, ging zu dem Körbchen, in dem Stephen lag,
nahm das Kind heraus und bettete es in ihren Arm.
Charles lag regungslos wie ein Klotz; er war sinnlos betrunken
und ohne Bewußtsein. Garnet dachte: Ich würde ihn eher mit dem
Fleischmesser töten, als daß ich ihm Stephen ließe und ihm abermals
Gelegenheit gäbe, seine körperliche Mißgestalt und seine verkümmerte Seele an einem graden und gesunden Menschen zu rächen.

Garnet hatte Stephen nach oben gebracht, um ihn in Sicherheit zu wissen, für den Fall, daß Charles plötzlich erwachte. Sie saß am Tisch in der Küche und aß zu Abend. Sie hatte zunächst erklärt, nichts essen zu können, aber Florinda hatte ihr schweigend ein faustgroßes Stück Fleisch auf den Teller gelegt und ihr eine Schüssel Bohnen und eine andere mit Maisbrei hingestellt. Und nach den ersten Bissen hatte Garnet denn auch gesunden Hunger verspürt. Sie mußte ihre Kräfte behalten.

Florinda stand in ihrer Nähe, hatte die Hände in die Hüften gestemmt und besah sich den schlafenden Charles. Dessen Hände lagen auf der Tischplatte, der Kopf lag auf den Händen, und er schnarchte. Sein Mund stand halb offen und ließ die Spitzen seiner Zähne sehen. Sein Gesicht glänzte von Schweiß; um ihn herum war ein säuerlicher Alkoholdunst. Florinda versetzte ihm einen Stoß. Als er sich nicht rührte, zuckte sie die Achseln.

»Bis auf weiteres tot«, sagte sie, den Mund verziehend. »Was machen wir mit ihm?«

»Wo ist Micky?« fragte Garnet.

»Schläft auf einer Decke im Spielzimmer.«

»Und Silky?«

»Wandelt auf Liebespfaden.«

Garnet nickte. Das hätte sie auch so wissen können. Zwischen Florinda und Silky bestand keine intime Beziehung, dagegen gab es in Los Angeles ein paar Mexikanermädchen, die Silky gern mochten und sich um die gegenwärtig bestehende Spannung zwischen Yankees und Einheimischen nicht weiter kümmerten. Seit der Zeit, da das Lokal mit Sonnenuntergang geschlossen werden mußte, verbrachte Silky selten einen Abend zu Hause. Florinda fuhr fort:

»Es wird nichts helfen. Wir werden allein entscheiden müssen, was wir mit diesem angeschlagenen Ei beginnen.«

Garnet stützte ihr Kinn mit den Fäusten und starrte vor sich hin. Sie hatte Angst vor Charles, und sie wollte ihn nicht aufwecken; er sollte nicht unter dem gleichen Dach mit Stephen erwachen. Sie dachte: Wir könnten ihn hinausschleifen und zwischen den wilden Hafer werfen; da mag er seinen Rausch ausschlafen. Aber sie hatte auch wieder Bedenken, das zu tun. Charles Hale war nicht irgendein x-beliebiger Betrunkener. Er war ein Mann von großem Einfluß, und es mochte leicht sein, daß er zu Captain Gillespie ging, sich über die Zustände in Silkys Bar beklagte und die Schließung des Lokals erzwang.

»Wir werden ihm Decken ins Spielzimmer legen und ihn dorthin schaffen müssen«, sagte sie. »Dann legen wir einen Zettel für Silky hin, damit er Bescheid weiß, wenn er nach Hause kommt.«

Florinda stimmte ein bißchen widerstrebend zu. »Sieht nicht aus, als ob er noch imstande wäre, in einem plötzlichen Wutanfall Krach zu machen«, sagte sie. »Schön, schreiben wir Silky einen Zettel. Ich werde einstweilen die Schüsseln hier abwaschen.«

Sie nahm den Topf mit heißem Wasser vom Herd, und Garnet riß eine Seite aus einem der Rechnungsbücher und nahm Tinte und Feder von einem Wandbrett herunter. Während sie zu schreiben begann, hörte sie Stimmen auf der Veranda und den Klang einer männlichen Stimme hinter der Tür. Sie sah sich unruhig um.

»Pst!« flüsterte Florinda. »Sei ruhig! Sie denken dann, wir schliefen schon alle, und gehen wieder.« Sie hatte die Hände in der Aufwaschschüssel und regte sich nicht, um sich nicht durch das Klappern des Geschirrs zu verraten. In diesem Augenblick klopfte es hart an der Tür. »Garnet! Florinda!« rief eine männliche Stimme. Charles machte eine Bewegung im Schlaf, aber er erwachte nicht. Von der Veranda her wurde abermals Rufen laut.

»Hol euch der Teufel!« knurrte Florinda. »Garnet, geh hin, öffne die Tür einen Spalt und sprich mit ihnen. Sage ihnen, es sei geschlossen und wir dürften niemand mehr hereinlassen. Wenn sie nach dem Üblichen fragen, schick sie zu Estelle.«

Garnet hatte noch nicht genug Gleichmut erlangt, um liebeshungrige Gäste auf Estelles Etablissement zu verweisen. Aber sie ging zur Tür, an die immer noch hart geklopft wurde. Sie sprach durch einen Spalt über dem Riegel:

»Nichts zu machen, Gentlemen. Sperrstunde bis morgen mittag. Anordnung von Captain Gillespie.«

»Garnet?« fragte einer der Männer draußen. »Lassen Sie uns ein. Hier ist John Ives.«

Garnet schrie unwillkürlich vor Freude. Eine zweite Stimme draußen sagte:

»Ich bin auch da, Miß Garnet: Nikolai Grigorievitch Karakozof. Außerdem sind da noch Pablo und Vicente und die Pferde. Und wir sind alle sehr hungrig.«

Garnets Hände, vor Eifer zitternd, stießen den Riegel zurück. »Guten Abend!« sagte John, in die Küche tretend. Nikolai Grigo-

483

rievitch, dicht hinter ihm, umfaßte Garnet, stemmte sie hoch und schwang sie mehrere Male ausgelassen herum. »O Nikolai!« keuchte Garnet, »o John, wie gut, daß Sie da sind! Wie ich mich freue, Sie wiederzusehen!« Nikolai ließ sie herabgleiten und küßte sie auf beide Wangen, bevor er sie behutsam wieder auf den Boden stellte. Florinda hatte inzwischen schon mit der Fixigkeit, die sie sich in jahrelanger Bühnenarbeit angeeignet hatte, die Hände abgetrocknet und ihre Halbhandschuhe angezogen. Jetzt eilte sie auf John und Nikolai zu, umarmte beide, ohne einen zu bevorzugen, und küßte sie herzhaft. »Ach, ihr Süßen!« rief sie. »Ihr verschwitzten und verdreckten und entsetzlich unrasierten Barbaren! Ich könnte euch auffressen vor Glück!«

Garnet stellte den Topf mit Bohnen wieder auf den Herd, und Florinda lief nach Wein. Nikolai schnappte sich eine Flasche und setzte sich damit auf den Fußboden. John ging hinaus, um den Boys etwas zu trinken zu bringen und ihnen Anweisungen für das Abladen und die Unterbringung der Pferde zu geben. Während er mit ihnen sprach, stand er in der offenen Tür und winkte Garnet heran. Sie trat zu ihm, und er zog seine Lederhandschuhe aus. Er ergriff ihre beiden Hände und sah ihr fest in die Augen. Sein Gesicht war kupferbraun gebrannt, und die Bartstoppeln auf seinen Wangen waren sicherlich drei Tage alt. Seine Augen glänzten grün wie Absinth.

»Wie geht es Ihnen, Garnet?« sagte er. »Lächeln Sie mich bitte nicht höflich an, und sagen Sie nicht einfach: ›Danke, sehr gut!‹ Ich habe gute Gründe, wissen zu wollen, wie es Ihnen wirklich geht.«

Seine Hände waren hart und muskulös; Garnet hatte das Gefühl, sie vermöchten ihre Finger wie Zahnstocher zu zerbrechen. Aber er hielt sie ganz sacht, mit einer Zartheit, die man diesen Händen nicht zugetraut hätte.

»Es geht mir wirklich gut, John«, antwortete Garnet, »es ist keine Phrase. Sie brauchen mich nicht so besorgt anzusehen.« Ein warmes Lächeln erschien auf ihrem Gesicht: »Und ich habe einen süßen kleinen Jungen.«

»Geboren – warten Sie, lassen Sie mich nachrechnen – vor rund einem Monat?«

»Morgen werden es sechs Wochen.«

»Das ist noch besser. Sie haben Zeit gehabt, Ihre Kräfte wiederzugewinnen.«

»John«, sagte Garnet, »was – meinen Sie? Gibt es irgend etwas Wichtiges?«

»Eine ganze Masse und nicht viel Gutes; Sie können es sich denken. Ich wollte mich davon überzeugen, ob Sie stark genug sind, eine etwas anstrengende Reise zu unternehmen. Wir wollen Sie und Florinda aus Los Angeles herausholen, bevor das Pulverfaß hier explodiert.«

»Oh, John!« rief Garnet. »Oh, John, ich danke Ihnen!« Seine Worte vergegenwärtigten ihr, was sie sich bisher nicht recht eingestanden hatte, wie unsicher und gefährdet sie sich fühlte. John ließ ihre Hände los und nahm eine Flasche auf, die Florinda neben ihn auf die Wandbank gestellt hatte. Er betrachtete sie mit Mißfallen, als er feststellte, daß sie nur den landesüblichen roten Wein enthielt.

»Florinda«, rief er, »haben Sie keinen Whisky?«

Florinda stand am Herd und schnitt Fleisch von einer großen Keule herunter. »O ja, tapferer Treckreiter«, rief sie, »aber ich kann es mir leider nicht leisten, ihn zu verschenken.«

»Florinda!« rief Garnet empört. »Bist du dir klar darüber, weswegen John und Nikolai hier sind?«

Aber John hatte bereits grinsend in die Tasche gegriffen, eine lederne Börse gezogen und einen Schein herausgenommen. »Absolut in Ordnung, Garnet«, sagte er. »Florinda und ich verstehen uns vollkommen. Hier haben Sie einen Bon von Mr. Abbott, Florinda.«

Ein Schnarchen ertönte vom anderen, im Dunkel liegenden Ende der Wandbank; Florinda legte das Fleischmesser aus der Hand. »Was ist das?« fragte John überrascht.

Florinda machte eine Bewegung mit dem Kopf. »Wenn Sie das besoffene Subjekt dort meinen«, sagte sie, »das ist Mr. Charles Hale.«

»Was Sie nicht sagen!« John sah sie verblüfft an. »Aber wie kommt der hierher, und was tut er hier?«

»Er kam her, um Garnet die Hölle heiß zu machen. Ich hatte keine Zeit, ihm zuzuhören, fragen Sie sie selbst. Einstweilen würden Sie uns einen großen Gefallen tun, wenn Sie ihn hier herausbrächten.«

»Selbstverständlich«, sagte John, »komm her, Nikolai!«

Der Russe trank seine Flasche leer und sprang auf die Füße. »Gut, gut«, sagte er, »aber wo schaffen wir ihn hin?«

»Von mir aus können Sie ihn den Schweinen zum Fraß hinwerfen«, versetzte Florinda. »Es wird nur gut sein, wenn Sie sich beeilen. Captain Gillespie hat für zehn Uhr Ausgangssperre verhängt, und es muß beinahe zehn sein.«

Nachdem John die Sache in die Hand genommen hatte, ging alles sehr einfach. John erklärte, Charles Hale sei immer, wenn er in Los Angeles weile, Gast der Familie Escobar. Dort werde man ihn hinbringen. Sie gingen auch unverzüglich ans Werk. John ergriff den Betrunkenen an einem Arm, Nikolai Grigorievitch am anderen, und so schleppten sie ihn aus dem Haus. Die Mädchen hörten ihn draußen knurren und brummen; offenbar hatte die frische Nachtluft seine Lebensgeister wieder zum Erwachen gebracht.

Garnet und Florinda sorgten nun erst einmal dafür, daß Pablo und Vicente etwas zu essen bekamen. Sie schlugen ihnen vor, sich im Spielzimmer in Decken zu rollen; aber davon hielten die Boys nach Art der meisten Kalifornier wenig; sie pflegten nur zur Regenzeit unter einem Dach zu schlafen. Also gingen sie hinaus, und als John und Nikolai zurückkamen, schliefen sie bereits mit dem Kopf auf dem Sattel.

John erzählte, es habe keinerlei Schwierigkeit gegeben. Sie hatten Señor Escobar gesagt, sie hätten Don Carlos Hale gefunden, und zwar auf der Erde sitzend, mit dem Rücken gegen eine Hausmauer gelehnt. Offenbar sei er krank; vielleicht habe er verdorbenes Fleisch oder angesäuerten Maisbrei gegessen. Señor Escobar war nicht dumm genug, die Geschichte zu glauben, aber er war vornehm genug, so zu tun, als glaube er sie. Er befahl seiner Dienerschaft, dem unglücklichen Don Carlos jede erdenkliche Pflege und Sorgfalt angedeihen zu lassen; John und Nikolai tauschten noch ein paar höfliche Redensarten mit ihm und verabschiedeten sich.

Während Garnet den Männern nun Fleisch und Bohnen auftrug, brachte Florinda John eine Flasche Whisky. John fragte, ob sie sich für übermorgen bereitmachen könnten, Los Angeles zu verlassen.

»Selbstverständlich«, entgegnete Garnet.

Nikolai, der damit beschäftigt war, einen großen Knochen wie ein Hund abzunagen, strahlte sie an. »Ich werde achtgeben auf Ihr Kind«, sagte er, »ich liebe Babys sehr.«

»Dann nehmen Sie sich aber ja in acht, damit Sie es nicht zerbrechen«, lachte Florinda. »Es ist nicht viel größer als Ihre Hand.« Sie stellte ihm eine frische Flasche roten Wein hin und setzte sich auf die Tischkante.

»John«, sagte sie, »eine Frage.«

»Ja?«

»Ich nehme an, ich bin zu diesem Ausflug mit eingeladen?«

»Gewiß. Wir wollen Sie beide holen.«

486

»Erzählen Sie mir nicht, daß Sie allein unseretwegen den langen Weg von Ihrer Ranch bis Los Angeles geritten sind.«

»Nein, das taten wir allerdings nicht. Wir wußten überhaupt nicht, daß in Los Angeles Unruhe herrscht. Aber da kein Mensch weiß, was östlich des Gebirges los ist, weiß man auch nicht, was in diesem Jahr an Waren aus Santa Fé kommt. Deshalb bin ich zu Nikolai geritten und habe ihm vorgeschlagen, hierherzureiten, um vorsorglich unseren Bedarf anzumelden. Unterwegs hörten wir dann, wie es hier aussieht, und beschlossen, Sie beide aus der Stadt herauszubringen.«

»Ein großartiger Gedanke«, sagte Florinda. »Aber – sehen Sie, John, ich habe ziemlich viel in den Betrieb hier hineingesteckt. Raten Sie mir ernsthaft, das im Stich zu lassen?«

»Ja«, sagte John, »unbedingt. Und ich bin überzeugt, Silky wird auch weggehen.« Er begann ihnen die Situation zu erklären: »Stockton hat nur fünfzig Soldaten unter Captain Gillespie hiergelassen. Einen Teil davon hat Gillespie nach San Diego geschickt. Außer der schwachen Garnison sind zur Zeit keine zwanzig Amerikaner in der Stadt. Und es gibt hier, trotz Befehl und Haussuchungen, immer noch Hunderte von Kaliforniern, die Waffen besitzen. Und es sieht aus, als täte Gillespie alles, um sie so weit zu bringen, daß sie schießen.«

»Wahrhaftig, das tut er«, gab Florinda zu. Aber sie widerstrebte noch immer. »Nun gut«, sagte sie schließlich, »wahrscheinlich ist es immer noch besser, Geld als das Leben zu verlieren.«

Garnet hörte Stephen oben schreien und stand auf. »Ich komme gleich wieder und helfe dir, das Geschirr abzuwaschen«, sagte sie.

Nikolai, der noch über seiner Schüssel mit Fleisch und Bohnen saß, lächelte sie an. Auch er war seit drei Tagen unrasiert, aber während Johns Kinn von schwarzen Stoppeln bedeckt war, wies das seine einen rötlichen Flaum mit einem leichten Goldschimmer auf. »Ich werde abwaschen«, sagte Nikolai.

»Sie sind unser Gast«, wehrte Garnet ab.

»Ja, aber ich bin ein angenehmer Gast«, sagte Nikolai.

»Gehen Sie zu Ihrem Baby, Garnet«, lächelte John. »Wir sind nicht gekommen, um Ihnen Arbeit zu machen. Wir sehen uns morgen früh.«

»Nun gut. Vielen Dank denn«, sagte Garnet und nahm eine der Kerzen vom Tisch. »Gute Nacht!«

»Gute Nacht!« lächelte John, und Nikolai warf ihr eine Kußhand zu. Sie war schon auf der Treppe, als sie Florinda fragen hörte: »Wo werden Sie uns unterbringen, John?«

»Auf Kerridges Ranch.«

»Oh, zu Doña Manuela sollen wir? Großartig, John, aber wird sie uns auch wollen?«

»Ich bin überzeugt, sie wird entzückt sein«, sagte John. Garnet ging weiter die Treppe hinauf; sie hörte nicht mehr, was weiter gesprochen wurde. – Mein Gott! dachte sie. Ich habe gar nicht gefragt, wo er uns hinbringen will. Ich habe gar nicht daran gedacht. Und sie gestand sich ein, daß ihr Vertrauen zu ihm schon viel größer war, als ihr bisher zum Bewußtsein gekommen war.

Nachdem sie Stephen versorgt hatte, stellte Garnet die Kerze in eine vor dem Luftzug geschützte Ecke und setzte sich auf die Wandbank neben dem offenen Fenster. Die Luft war jetzt, nach einem sehr heißen Tag, empfindlich kühl; sie spürte den strengen Duft der Salbei. Den sternenklaren Horizont begrenzte die ragende Kulisse der Berge. Garnet war froh, ein paar ruhige Minuten für sich ganz allein zu haben. Sie war grenzenlos müde. Sie hatte versucht, es sich nicht anmerken zu lassen; ach, sie war ja entschlossen, alles zu tun, was von ihr verlangt wurde. Aber es war sehr schwer. Sie war müde an Körper und Geist; nach der widerlichen Szene mit Charles hatte sie sich völlig zerschlagen gefühlt. Doch sie hatte keine Zeit, sich auszuruhen. Übermorgen würde sie schon wieder auf die Reise gehen müssen.

Ihr war, als habe sie die meiste Zeit ihres Lebens damit zugebracht, auf einem Pfad ohne Ende von einem Ort zum anderen zu ziehen. Wie gut wäre es, irgendwohin zu gehören! Wie gut wäre es, zu sagen: Nun ist es vorbei! Nun brauche ich nicht mehr umherzuziehen. Hierher gehöre ich. Hier werde ich Ruhe und Frieden und Sicherheit haben.

Sie ließ die Stirn auf die Hände sinken. Ruhe und Frieden und Sicherheit – gab es das überhaupt? Hier gewiß nicht. Ihr Leben in Kalifornien kam ihr vor wie das Land selbst. Kalifornien war ein Land, in dem man tagelang reiten konnte, ohne an irgendein Ziel zu gelangen. Hinter den ragenden Bergen gab es nichts als Wüsten und Steppen und abermals Berge. In solch einem Lande und in solch einem Leben blieb einem nichts übrig, als die Zähne zusammenzubeißen und weiter so zu tun, als ginge man irgendwohin. Man lächelte tapfer; man stand an der Bar und schenkte Getränke aus; unter guten Freunden wie Florinda und Texas war man zeitweise sogar fröhlich. Man versteckte sein Leid und seinen Kummer vor ihnen und vor sich selbst, und man gestand sich selber nur widerstrebend ein, daß man nicht wußte, was aus einem werden sollte, daß man sich grenzenlos einsam und grenzenlos verlassen vorkam.

Garnet hörte die unbekümmerten Stimmen Florindas und Nikolais von unten heraufdringen; sie hörte das Klappern der Teller und Schüsseln; sie waren dabei, die Küche in Ordnung zu bringen. Im Korral hinter dem Haus stampften die Pferde. Sie hörte John zu den Tieren sprechen. Irgendwo, jenseits der Plaza, bellte ein Hund.

Dann vernahm sie Schritte dicht unter ihrem Fenster. Das war John, der aus dem Korral kam und um das Haus herumging. Sie sah ihn im Mondlicht wie einen dunklen Schatten. Der trockene Boden knisterte unter seinen Füßen. Die Kakteenbüsche zauberten ein Filigranwerk von Schattengewächsen auf die Erde. John blieb bei den Kakteen stehen und sah zu den massigen dunklen Bergen hinüber. Er stand jetzt im hellen Licht. Sie sah: er trug noch immer das Hemd und die Hosen, in denen er tagelang geritten war, aber ihr war, als habe sie nie einen Mann gesehen, von dem eine so gelassene Grazie, eine solche Ruhe und Sicherheit ausgingen. John hatte Muskeln von Stahl; während des Trecks gab es keinen Mann, der härter arbeitete als er. Dabei bewegte er sich mit einer solch rhythmischen Leichtigkeit, daß jeder andere neben ihm plump wirkte.

Sie mußte daran denken, wie sie ihm zum erstenmal gegenübergetreten war, damals in Santa Fé. Sie sah ihn wieder schweigend im Hintergrund stehen, während Silky, Texas und Penrose ihr und Florinda halb beschwipst Komplimente machten. Und sie sah, wie er die drei Angetrunkenen nahezu wortlos, nur kraft seiner angeborenen Autorität, aus dem Hause brachte. So war er immer. Er lebte unter diesen Männern, aber er gehörte nicht zu ihnen, er war anders. Sie hielten ihn für hart und für abseitig, aber sie respektierten ihn ohne weiteres. Sie achteten ihn, arbeiteten mit ihm und ließen ihn allein, wenn er allein sein wollte. Und keiner, Nikolai vielleicht ausgenommen, hatte den weichen, empfindlichen Kern unter der harten Schale dieses Mannes entdeckt. Wie sollten sie auch; da sie nicht danach verlangt hatten! Garnet dachte: Immer wenn ich ihn brauchte, war er zur Stelle, ruhig, schweigend und selbstverständlich. Es war nicht das erste Mal, daß sie dachte, John Ives sei wie ein schattenspendender Baum und wie eine Quelle in der Wüste.

Einen kleinen Augenblick lang hatte Garnet das sonderbare Gefühl, die Zeit stände still. Keine Uhr tickte, die Erde drehte sich nicht mehr, die Sterne verhielten in ihrem Lauf. Nichts geschah. Das Universum stand sill.

Und dann sprach mit einem Male die ganze Schöpfung zu ihr. Sie wußte nicht und sie würde niemals wissen, ob die Stimme in ihr selbst sprach oder ob die Sterne da oben, jeder einzelne, die Berge und die Kakteenbüsche da unten zu ihr redeten. Es war nur so: Die ganze Welt in ihr und außer ihr sprach zu ihr, und alle die tausendfältigen Stimmen verdichteten sich zu dem einen einzigen Wort: John! Jäh erkannte sie, was das war, wonach sie seit ihren einen Ewigkeit zurückliegenden Mädchentagen in New York ununterbrochen gesucht hatte.

Das also war es, wohin ihr Weg sie geführt hatte. Von New York nach New Orleans, von New Orleans nach Santa Fé und quer durch die Wüste und durch das Gebirge nach Kalifornien. Diesen ganzen endlosen Weg war sie gegangen, um John zu finden. Sie liebte ihn! Sie wollte bei ihm sein und bei ihm bleiben. Es war nichts Überraschendes dabei. Es war so, als habe sich plötzlich eine Tür vor ihr geöffnet und sie sehe etwas vor sich, das immer dagewesen war.

Ja, es war immer schon dagewesen, aber sie hatte es nicht gewußt. Sie hatte diese endlosen Meilen zurücklegen und Schmerzen und Bitterkeiten ertragen müssen, um die Wahrheit zu erkennen. Wäre John ihr zwei Jahre früher in New York begegnet, sie hätte in ihm einen etwas sonderbaren Mann gesehen, hart, vielleicht sogar böse. Vermutlich hätte sie sich vor ihm gefürchtet. So war er ihr noch in Santa Fé erschienen, als sie ihm zum erstenmal begegnete. Damals hatte sie noch Vergnügen und Freiheit und einen Liebhaber haben wollen, einen Mann, der sie romantischen Abenteuern entgegenführen sollte. Jetzt wollte sie nichts dergleichen mehr. Jetzt wollte sie John.

Unten wandte sich John um und ging in das Haus zurück. Garnet sah ihm nach und lächelte unwillkürlich. John hatte nie ein Wort gesagt, das hätte vermuten lassen, er liebe sie. Aber er hatte sie zweifelsfrei erkennen lassen, daß sie ihm gefiel. Sie fühlte sich von einer Welle des Glücks überflutet.

Florindas Stimme drang vom unteren Treppenabsatz zu ihr herauf: »Gute Nacht, Boys. Bis morgen früh!«

Garnet schloß die Fensterläden. Die Landschaft draußen war unter dem silbernen Licht des Mondes von zauberhafter Schönheit. Während sie sich hinausbeugte, um die an der Außenwand befestigten

Läden loszumachen, sah sie den Mond schräg über dem Hause stehen. Sie war so glücklich, daß sie dem Mond noch zulachte, als Florinda ins Zimmer trat.

Garnet hatte damit gerechnet, daß Silky Einwände gegen ihre Flucht machen würde. Aber Florinda glaubte das nicht. Sie sagte, Silky werde im Gegenteil darauf drängen, sofort loszureiten. Und sie behielt recht. Florinda war sich schon lange darüber klar, daß Silky es nicht liebte, für irgend jemand, außer für sich selbst, Verantwortung zu übernehmen. Solange das Lokal florierte, waren Florinda und Garnet für ihn von außerordentlichem Wert; dafür ertrug er sogar die kleine Unannehmlichkeit des Babygeplärrs. Aber wenn es in Los Angeles Schießereien geben sollte, war es ihm lieber, er hatte sie alle aus dem Haus.

Silky selbst gedachte die Stadt nicht ohne zwingende Not zu verlassen. Er wollte, wie alle anderen Händler und Kaufleute auch, bei seinem Eigentum bleiben. Bevor die Frauen die Stadt verließen, teilten Silky und Florinda das vorhandene Bargeld. Dann stellten sie gemeinsam ein genaues Verzeichnis der Vorräte auf; dieses Verzeichnis hinterlegten sie bei Mr. Abbott. Dann begannen sie, soweit die Zeit noch reichen wollte, die Kontobücher zu prüfen. Obgleich sie eine Partnerschaft auf freundschaftlicher Basis unterhielten, trauten sie einander keineswegs ganz. John kam dazu, wie Florinda die letzten Eintragungen in den Büchern prüfte.

»Gehen Sie bei allen Dingen so sorgfältig vor?« grinste er.

Florinda blinzelte ihn pfiffig an. »Mein Lieber Johnny«, sagte sie, »Sie könnten Silky getrost Ihr Leben anvertrauen oder Ihre Frau, wenn Sie eine hätten, aber Sie können ihm keine dreißig Cent anvertrauen.«

John grinste: »Ich würde es nicht versuchen wollen, Sie zu betrügen.«

»Oh, Silky meint das nicht so. Er hat mich gern, und er ist vielleicht sogar ein bißchen bange vor mir. Aber er kriegt es nun einmal nicht fertig, auch nur die kleinste Rechenaufgabe richtig zu lösen. Und sonderbarerweise irrt er sich bei seinen Berechnungen immer zu seinem Vorteil.« Sie schloß das Buch und stand auf. »Gut«, sagte sie, »mehr kann ich im Augenblick leider nicht mehr tun. Jetzt werde ich hinaufgehen und meine Sachen packen.«

Am nächsten Tage brachen sie zeitig auf und ritten in nordöstlicher

Richtung aus der Stadt hinaus. John ritt an der Spitze, um die Wegeverhältnisse zu erkunden; es mochte immerhin sein, daß es aus irgendeinem Grunde nötig wurde, die Richtung zu wechseln. Pablo und Vicente führten die Packpferde. Die Boys waren schon lange bei John und Nikolai, und da sie nicht in Los Angeles unter Captain Gillespies Herrschaft gelebt hatten, hegten sie auch keine Ressentiments gegen die Yankees.

Nikolai hatte sich beim Aufbruch erboten, den kleinen Stephen zu tragen. Er bettete ihn selbst mit großer Sorgfalt in sein Körbchen und befestigte den Korb an seinem Sattel. John hatte einen Streifen schwarzen Stoff beschafft, um die Augen des Kindes vor der grellen Sonne zu schützen; dies war sozusagen das einzige Mal, daß er Gelegenheit genommen hatte, einen Blick auf das Kind zu werfen. Vermutlich war er der Meinung, alle kleinen Kinder sähen in diesem Alter gleich aus. Jedenfalls ließ er durch nichts erkennen, daß er von diesem einen besonderen Eindruck hätte. Florinda meinte, John habe ein Herz aus Stein; Garnet dagegen bewunderte eher seine Ehrlichkeit, die nicht vorgab, etwas zu empfinden, wo er nichts empfand. Es wäre ihr geradezu albern vorgekommen, wenn John beim Anblick des Kleinen irgendwelche Phrasen gestammelt hätte.

Drei Tage, nachdem Garnet und Florinda Los Angeles verlassen hatten, setzten die Unruhen ein. Eine Gruppe junger Mexikaner, von einem gewissen Varela angeführt, unternahm einen Angriff auf das Haus, in dem die amerikanische Kommandantur untergebracht war. Die Amerikaner verjagten die Angreifer, nahmen einige der Beteiligten fest und sperrten sie ein. Aber damit war die Revolte noch nicht zu Ende.

Varela und seine Gefolgsleute hatten schon früher, lange bevor Gillespie in Los Angeles eintraf, Streitigkeiten angezettelt; die ordentlichen Bürger wollten sonst mit dieser Art Leute nicht viel zu tun haben. Aber dieses Mal lagen die Dinge anders. Gillespie hatte sich selbst so unbeliebt gemacht, daß jetzt selbst ordentliche und angesehene Bürger ihre verborgenen Schußwaffen hervorholten und sich hinter Varela stellten. Schon am nächsten Tag wurde die Kommandantur von rund dreihundert Kaliforniern belagert, und die Amerikaner wurden aufgefordert, unverzüglich die Stadt zu verlassen.

Während Captain Gillespie im Kommandanturgebäude sozusagen gefangensaß, trugen die Rebellen den Aufstand in die benachbarten Dörfer. Es gelang ihnen, die amerikanische Besatzung von Santa Barbara zu vertreiben und ins Gebirge zu jagen. Die Garnison von San Diego rettete sich auf einen amerikanischen Walfänger. Östlich von Los Angeles nahmen hundert Kalifornier zwanzig Yankees gefangen, in der Hauptsache vermögende Männer, die seit Jahren in Kalifornien lebten. Die Gefangenen wurden nach Los Angeles gebracht, und die Rebellen, die sie entführt hatten, schlossen sich den Aufständischen an, die Captain Gillespie in der Kommandantur belagerten.

Gillespie hatte sich in Sachen der Zivilverwaltung zweifellos wie ein Narr benommen, aber er war kein schlechter Soldat. Er befand sich mit seinen Leuten in hoffnungsloser Minderheit, etwa im Verhältnis von eins zu acht. Seine Vorräte gingen zur Neige, und er war sich klar darüber, daß er sich nicht lange mehr halten konnte. Aber es gelang ihm, einen Kurier aus dem Hause herauszuschmuggeln, der den Befehl hatte, nordwärts nach Yerba Buena zu reiten und Kommodore Stockton einen Lagebericht zu überbringen. Dann ließ er den Belagerern mitteilen, er sei bereit, Los Angeles zu verlassen, wenn ihm gestattet würde, seine Männer ungefährdet nach San Pedro zu führen. Die Kalifornier nahmen die Bedingung an, und Gillespie marschierte mit seiner kleinen Truppe nach San Pedro. Hier begab sie sich an Bord eines im Hafen liegenden amerikanischen Frachters und wartete auf die Hilfe aus dem Norden.

Aber Yerba Buena war vierhundert Meilen entfernt. Während der Zeit, da Stocktons Truppen von dort nach San Pedro ritten, wurden die amerikanischen Besatzungen sämtlicher im Süden gehaltenen Ortschaften vertrieben. Die Kalifornier, die inzwischen alle Waffen, deren sie habhaft werden konnten, an sich genommen hatte, kontrollierten die Häfen. Beim ersten Versuch, Marinesoldaten zu landen, wurden sieben Mann getötet. Mittlerweile war der ganze Süden in hellem Aufruhr. Die Yankee-Kaufleute hatten sich, nunmehr ernsthaft um ihre Sicherheit besorgt, aus Los Angeles zurückgezogen. Die meisten hatten bei befreundeten Rancheros einstweilen Zuflucht gefunden. Auch Silky hatte es vorgezogen, zu gehen und seine kostbaren Alkoholvorräte zurückzulassen.

Als Garnet und Florinda von der Revolte in Los Angeles hörten, hatten sie glücklicherweise Kerridges Ranch schon erreicht. Zusammen mit anderen Amerikanern verbrachten sie hier den Winter in Ruhe und in aller Bequemlichkeit. Alle Amerikaner waren hier willkommene Gäste. Mr. Kerridge hatte Yankeeblut, und sein Haus hatte eine alte Tradition kalifornischer Gastfreundlichkeit. Doña

Manuela regierte selbstbewußt und zufrieden ihr eigenes kleines Königreich und kümmerte sich nicht im geringsten darum, wer das Land regierte. Sie sagte, der ganze Aufruhr sei ein entsetzlicher und ganz und gar widerwärtiger Greuel. Yankees und Kalifornier hätten sich immer ausgezeichnet vertragen; sie habe Vertreter beider Nationen ständig im Hause gehabt. Es gäbe deshalb nicht den geringsten Grund, warum sie nicht auch anderwärts miteinander auskommen sollten. Wenn sie jetzt in Los Angeles wäre, würde sie der ganzen Schweinerei bis spätestens zum Sonnenuntergang ein Ende machen. Es gab niemand im Hause, der ihr nicht zustimmte.

Sechsunddreißigstes Kapitel

Doña Manuela war besonders entzückt, Florinda wiederzusehen. Allerdings war sie enttäuscht, sie noch immer unverheiratet zu finden. Was Garnet und Stephen anging, so nahm sie alle beide gleichzeitig in die Arme und brach in Tränen der Rührung aus. Die Geschichte der Carmelita Velasco war inzwischen überall im Lande herumgetratscht worden. Als unschuldiges Opfer der schrecklichen Tragödie fanden Garnet und ihr Kind ohne weiteres Aufnahme in Doña Manuelas großem und weitem Herzen.

Mrs. Kerridge führte beide in das Zimmer, das Florinda im vergangenen Winter bewohnt hatte. Ihr großer Busen wogte, und alles an ihr klirrte und klingelte, während sie versicherte, hier befände sich Garnet in ihrem eigenen Heim. Sie sagte, das Herz blute ihr vor Trauer und Schmerz, aber sie werde dafür sorgen, daß Garnet im Laufe des Winters einige nette junge Männer kennenlerne, die sie trösten würden. Und im übrigen werde das Mittagessen gleich fertig sein.

Garnet und Florinda verstanden nicht die Hälfte von dem, was Doña Manuela gesagt hatte, aber als sich die Tür hinter der stattlichen Dame schloß, fielen sie einander in die Arme und weinten vor Freude.

John und Nikolai rasteten nur eine Nacht auf Kerridges Ranch. Sie wollten nach ihren eigenen Besitzungen sehen, und außerdem wollten sie nach Monterey hinauf, um sich nach den neuesten Vorgängen im Lande umzuhören. Garnet und Florinda waren am nächsten Morgen früh auf, um sie abreiten zu sehen.

Während die Boys die Packpferde beluden, standen John und Nikolai bei den Frauen.

»Ich werde Sie zurückholen, sobald das Land ruhig ist«, sagte John, zu Garnet gewandt. »Ich denke, in der Zwischenzeit werden Sie sich hier ganz wohl fühlen.«

Garnet dachte: Ich wäre glücklicher, wenn ich bei dir bleiben könnte, wohin immer du gehst. Laut sagte sie: »Ich bin davon überzeugt. Gemessen an der Bar in Los Angeles ist das hier ein Paradies.«

Er lächelte, offenbar froh, daß es ihr gefiel. »Vor allem sind Sie hier auch vollkommen sicher«, sagte er. »Die Ranch ist sehr abgelegen und liegt weit entfernt von der großen Nord-Süd-Passage; es ist also nicht anzunehmen, daß sie in die Marschlinie irgendwelcher Truppen oder Verbände gerät. Trotzdem, Garnet« – seine Stimme wurde sehr ernst und gewann an Tiefe –, »seien Sie sehr vorsichtig.«

»Das will ich gewiß«, versetzte Garnet. »Aber was verstehen Sie darunter? In welcher Beziehung soll ich vorsichtig sein?«

»Gehen Sie nicht allein außerhalb der Gärten spazieren. Und wenn Sie ausreiten, gleichgültig, in wessen Begleitung, bleiben Sie immer in Sichtweite des Herrenhauses. Sie können das Haus von den Hügeln dort meilenweit sehen, deshalb sage ich auch nicht, Sie sollen nicht reiten. Aber es streunen Pferdediebe in der Gegend, Burschen, die den Krieg als Abenteuer betrachten und als gute Gelegenheit zum Plündern. Ich möchte nicht, daß Sie solchen Kerlen in die Hände fallen. Wollen Sie daran denken?«

Garnet versprach es. Johns Pferd stampfte unruhig; offenbar wollte es weg. John tätschelte es beruhigend, und Nikolai, der mit Florinda geplaudert hatte, wandte sich Garnet zu. »Ich werde sehr bald wieder dasein«, sagte er. »Soll ich Ihnen etwas aus Monterey mitbringen?«

»Oh, das wäre nett«, sagte Garnet. »Ich hätte gern etwas Garn; meinetwegen auch Wolle oder Seide. Was Sie bekommen können, aber nur bunte Farben. Ich möchte Doña Manuela einen Schal häkeln.«

Er werde daran denken, versicherte Nikolai. Beide Männer saßen auf; Nikolai beugte sich zu Florinda hinab. Florindas Stirn hatte etwas Sonnenbrand abbekommen. Nikolai sagte ihr, sie solle sich die Stirn mit Olivenöl einreiben. Während die beiden miteinander sprachen, wandte sich John noch einmal Garnet zu.

»Sie werden bald von mir hören«, sagte er; »unterdessen sorgen Sie sich nicht.«

»Oh, das werde ich nicht. Ich bin so froh, hier sein zu dürfen. Ich habe mich in Los Angeles unglücklicher gefühlt, als ich es je zu einem Menschen gesagt habe. Und ich bin Ihnen deshalb so dankb . . .«

»Bitte, Garnet«, sagte John. Dann, als ärgere er sich selbst, sie unterbrochen zu haben, lachte er kurz auf. »Nehmen Sie es mir nicht übel, Garnet«, sagte er. »Sie müssen mich für einen Barbaren halten. Aber ich kann das Wort einmal nicht hören. Ich zucke jedesmal zusammen, als bekäme ich einen Stich.«

Was ist das nur, was in ihm bohrt? dachte Garnet. Laut sagte sie: »Ich dachte nicht daran. Zukünftig werde ich mich vorsehen. Sie sollen das Wort nicht mehr von mir hören.«

»Versuchen Sie lieber, es auch nicht mehr zu denken«, sagte John. »Ich mag nicht für etwas bezahlt werden, was ich aus freien Stücken und noch dazu gern tue.« Er maß sie mit einem langen und festen Blick. »Leben Sie wohl, Garnet«, sagte er.

Für einen Augenblick hingen ihre Blicke ineinander, dann wandte er abrupt das Pferd und ritt davon. Nikolai, der sich von Florinda verabschiedet hatte, rief ihr gleichfalls ein Lebewohl zu. Gefolgt von den Packpferden und den Boys verließen die Reiter die Ranch. Garnet sah ihnen nach, bis die Staubwolke hinter ihnen sich auflöste. John hatte sie nicht berührt, er hatte ihr nicht einmal die Hand zum Lebewohl gereicht und ihr kein Liebeswort zugeflüstert. Aber er hatte sie angesehen wie ein Liebender.

Florinda ging ins Haus, um sich die Stirn nach Nikolais Rat mit Olivenöl einzureiben, und Garnet begab sich in das Wäldchen hinter dem Haus, wo schattenspendende Bäume und Weinstöcke zum Ausruhen einluden. Sie setzte sich auf die unter einem Olivenbaum stehende Ziegelbank und dachte nach. Sie war überzeugt, daß John sie begehrenswert fand. Aber sie begriff nicht, warum er es ihr nicht gesagt hatte.

Freilich, sie war noch nicht ganz ein Jahr Witwe, und ihr Kind war knapp zwei Monate alt. Früher in New York hätte man das Verhalten eines Mannes, der einer Frau unter solchen Umständen Liebesworte sagte, empörend gefunden. Aber sie war überzeugt, daß Konventionen irgendwelcher Art John nie gehindert hätten, zu sagen, was er empfand. Aber er hatte nichts gesagt, und sie begriff nicht, warum.

Was mag er gemeint haben, als er mir damals auf dem Wege von der Hale-Ranch nach Los Angeles sagte, er sei einmal ein Objekt der Wohltätigkeit gewesen? dachte sie. Wohltätigkeit – darunter hatte sie bisher das Schenken abgetragener Kleider an Arme und Bedürftige verstanden. Das hatte er sicher nicht gemeint. John hatte unzweifelhaft eine gute Erziehung genossen; er sprach und benahm sich wie ein Mann von ausgezeichneter Herkunft. Was aber konnte er dann gemeint haben?

Wie wenig sie doch von ihm wußte! Nicht, daß ihr der Umstand sonderlich bedeutsam erschienen wäre. Sie wußte, wie wichtig er für sie war, und sie wünschte sehr, sie möchte auch für ihn wichtig sein. Sie sah zu den Hügeln hinüber, hinter denen John verschwunden war, und seufzte. Es würde ihr nicht leichtfallen, hier geduldig auszuharren und zu warten.

Mr. Kerridges Wohnhaus hatte ein Dach von gebrannten roten Ziegeln. Es war ein langes und niedriges, sehr weitgestrecktes Gebäude mit mehreren Flügeln. Vor dem Hause erstreckte sich ein kleines Gehölz von Sykomoren und Lebensbäumen; hier standen während des ganzen Tages Pferde gesattelt bereit. Die Höfe zu beiden Seiten waren mit Weinstöcken und Obstbäumen bepflanzt; hinter dem Hause, von hohen Mauern umgeben, befand sich der Hof für die jungen Damen des Hauses. Männern war es nicht erlaubt, diesen Hof zu betreten, und die jungen Damen durften ihn nicht ohne Begleitung ihrer Doña verlassen. Verheiratete Frauen konnten sich dagegen völlig frei bewegen.

Mr. Kerridge hatte in diesem Herbst mehr amerikanische Gäste als jemals zuvor. Jetzt, wo Kalifornien im Begriff war, ein amerikanischer Staat zu werden, kamen ganze Scharen von Männern von Oregon herunter. Viele von ihnen fanden den Weg zu Kerridges Ranch, um sich von einem so angesehenen und schon so lange im Lande lebenden Mann Rat zu holen. Es kamen weiter Leute mit Pferden mit der Bitte, die Tiere hier einstweilen unterstellen und in Pflege geben zu können. Sie erzählten, Frémonts Räuberbataillon sei unterwegs und requiriere jedes Pferd unter dem fragwürdigen Versprechen, die USA-Regierung werde die Tiere eines Tages bezahlen.

Kerridges Ranch lag weitab von der großen Straße; deshalb schienen die Pferde den Leuten hier sicherer als auf den in Küstennähe gelegenen Ranchos.

Wenn die Besucher kamen, erklärten sie in der Regel, sie gedächten nur ein paar Wochen zu bleiben. Aber es geschah nur sehr selten, daß sie schon bald wieder abritten. Sie hatten nicht damit gerechnet, hier zwei junge heiratsfähige Amerikanerinnen vorzufinden, und gedachten, diese Chance nicht gänzlich ungenützt vorübergehen zu lassen. Selten verließ einer der Männer die Ranch, ohne nicht wenigstens einer der beiden Frauen einen Heiratsantrag gemacht zu haben, in der Regel aber allen beiden. Weder Garnet noch Florinda hatten Lust, einen dieser fremden Männer zu heiraten, aber nach dem Schmutz und den Spinnen und der ganzen ziemlich wüsten und betriebsamen Atmosphäre von Los Angeles fanden sie es wunderbar, geruhsam unter Olivenbäumen zu wandeln und sich bewundern und anbeten zu lassen.

Sie verlebten glückliche und heitere Ferientage. Jeder Tag begann damit, daß ihnen ein Mexikanermädchen in früher Morgenstunde eine Tasse Schokolade ans Bett brachte. Nachdem sie sich angekleidet hatten, ritten sie zu zweien oder auch zu mehreren durch das hügelige Land. Hungrig wie die Wölfe kamen sie dann von den langen Ritten zurück und stürzten sich auf die reichgefüllten Schüsseln. Vor dem pünktlich um zwölf Uhr stattfindenden Mittagessen wurde noch ein zweites Frühstück gereicht. Nach dem Dinner hielt jedermann auf der Ranch Siesta. Danach tummelten sie sich in den Höfen, wo Mexikanermädchen ihnen Waffeln servierten und Tassen mit heißem Cha anboten, einem aus einheimischen Pflanzen gebrauten und mit Orangenblüten gewürzten Getränk, das köstlich mundete.

Der erste Regen fiel im November. Die Erde wurde grün, und die Gipfel der Berge färbten sich weiß. Denn was in den Tälern als Regen niederschlug, fiel im Gebirge als Schnee. Nicht lange danach kam Nikolai Grigorievitch aus Monterey zurück. Zu Garnets Enttäuschung kam er allein, aber er brachte ihr eine Nachricht von John. John schrieb ihr kurz und bündig, er habe sich den USA-Truppen als Führer und Dolmetscher zur Verfügung gestellt. Da er jeden Paß, jeden Pfad und fast jeden Abfluß im südlichen Kalifornien genauestens kenne, glaube er, sich auf solche Weise nützlich machen zu können. Er werde sie und Florinda holen, sobald er Gewißheit habe, daß sie ungefährdet reisen könnten. Er glaube allerdings, daß darüber noch einige Monate vergehen würden.

Der Brief war herausfordernd unpersönlich geschrieben, und wenn Garnet ihrem ersten Impuls gefolgt wäre, hätte sie ihn in Fetzen gerissen. – Dieser Holzblock! dachte sie, wild aufbegehrend.

Was sollte man mit so einem Mann anfangen? Man kommt sich selbst wie ein glühender Vulkan vor, sobald nur sein Name genannt wird, und er schreibt einem einen Brief, den er geradesogut seiner Tante hätte schreiben können.

Man konnte gar nichts tun. Welcher Art immer Johns Gefühle sein mochten, er offenbarte sie nicht. Über dem Nachdenken wurde Garnet ruhiger. Sie dachte daran, wie oft und wie selbstverständlich er ihr beigestanden hatte, wenn sie ihn brauchte; und sie sah vor sich wieder seine Augen, wie sie die ihren beim Abschied festgehalten hatten. John dachte an sie, und er sorgte sich um sie; es war töricht, daran zu zweifeln.

Sie saß in dem Zimmer, das sie mit Florinda teilte, auf der Wandbank und begann das Garn zu sortieren, das Nikolai ihr aus Monterey mitgebracht hatte, damit sie Doña Manuela einen Schal häkeln könne. Nikolai hatte ihr wunderschöne Seidendocken, in vielen Farben leuchtend, gebracht; er hatte sie von einem im Chinahandel fahrenden Yankeeklipper gekauft. Stephen erwachte und schrie. Wenn Stephen aufwachte, wollte er, daß sich jemand mit ihm beschäftigte. Während Garnet ihn aus dem Körbchen nahm, kam Florinda herein. Garnet zeigte auf den Brief, den Nikolai ihr gebracht hatte. »John schreibt, wir müßten den ganzen Winter hierbleiben«, sagte sie.

Es war Zeit zur Siesta. Florinda begann die Nadeln in ihrem Haar zu lösen. »Nun«, sagte sie, »wenn wir schon die Zeit totschlagen müssen, dann ist dies hier ein sehr annehmbarer Platz dafür.« Sie legte die Haarnadeln neben die Waschschüssel und knöpfte ihr Kleid auf. »Ich wünschte nur, all diese amüsanten Dummköpfe hörten auf, mich zu fragen, ob ich sie heiraten wolle. Ich habe gar keine Lust, mir mein Leben durch einen Mann in Unordnung bringen zu lassen. Garnet, sage mir, in welcher Form lehnt eine achtbare junge Dame einen Heiratsantrag ab?«

Garnet lächelte. »Nun«, sagte sie, »du kannst beispielsweise so einem Herrn erklären, sein Vertrauen ehre dich sehr, aber bedauerlicherweise empfändest du für ihn nicht so, wie eine Frau für einen Mann empfinden müsse, mit dem sie beabsichtige, ihr ganzes ferneres Leben zu teilen.«

»O heiliger Kolumbus!« rief Florinda. »Muß man wirklich so einen gespreizten Unsinn reden? Nun, meinetwegen, schreib es mir auf, dann lerne ich es auswendig.« Sie streifte das Nachthemd über den Kopf. »Der Spaß kostet uns eine Menge Geld. Ich hoffe, Silky hat wenigstens ein sicheres Versteck für unseren Whisky ausfindig gemacht. Er war sündhaft teuer.«

Garnet beugte sich über das Körbchen, in dem Stephen friedlich schlief. – Ob Florinda wohl jemals an irgend etwas anderes als an Geld denkt? dachte sie. Aber in eben diesem Augenblick wandte sich Florinda um, beugte sich gleichfalls über den Korb; ein zärtliches Lächeln stand in ihrem Gesicht. Garnet sah die vernarbten Hände, die mit den Ringellöckchen des Kindes spielten, und fühlte sich versucht, ihre Meinung zu ändern. Es war schließlich kein Wunder, daß Florinda eine so hohe Meinung vom Wert des Geldes hatte. Sie hatte ja nichts Eigenes, an das sie ihre Liebe hängen konnte.

Nach der Siesta brachte ihnen ein Mädchen einen ganzen Stapel frisch gewaschener Wäsche. Garnet beschäftigte sich damit, eines von Stephens Jäckchen auszubessern, und Florinda hockte auf dem Fußboden und verstaute die Wäsche in einer Truhe. Darüber fand sie ihren Schmuckkasten. Sie öffnete ihn und besah sich aufmerksam den Inhalt. Schließlich nahm sie einen Ring mit einem außergewöhnlich großen und schönen Aquamarin heraus.

»Ich denke, ich werde Doña Manuela diesen Ring schenken, wenn wir weggehen«, sagte sie. »Schau mal, ist er nicht hübsch?«

Sie warf den Ring Garnet in den Schoß. Die nahm ihn auf und betrachtete ihn mit Entzücken. »Was für ein wundervoller Stein«, rief sie aus.

»Fünfundsiebzig Karat«, sagte Florinda selbstgefällig.

Garnet drehte den Ring zwischen den Fingern und beobachtete, wie der Stein das Licht auffing und in blaugrünen Blitzen reflektierte. – Wie lange mag es her sein, daß Florinda keine Ringe mehr tragen kann, weil ihre Hände verwüstet sind? dachte sie. Neben ihr auf der Wandbank lagen die farbigen Seidendocken. Garnet empfand fast so etwas wie ein Schuldgefühl, weil sie in der Lage war, ihren Dank an Doña Manuela durch eine zierliche Handarbeit abzustatten, was Florinda ganz offensichtlich nicht konnte. Sie hatten nie von dieser Sache gesprochen, und sie taten es auch jetzt nicht. Garnet sagte:

»Ein herrlicher Ring, Florinda. Doña Manuela wird sich sehr freuen.«

»Wenn sie ihn anstecken kann«, lachte Florinda. »Sie hat fürchterlich fette Finger. Aber vielleicht findet sie jemand, der ihn ihr weitet. Ich habe ihn übrigens von einem sehr netten Mann.«

»Einem, den du gern mochtest?« fragte Garnet.

»O ja, ich mochte ihn sehr«, sagte Florinda und legte den Ring in den Schmuckkasten zurück. Sie lächelte Garnet über die Schulter hinweg an. »Wolltest du mich wieder fragen, ob ich schon einmal geliebt habe?«

»Nein. Die Frage hast du ja schon einmal verneint.«

»Liebling, warum machst du denn so ein trauriges Gesicht?«

»Ich wollte, du wärest nicht so eine Zynikerin.«

»Ich weiß gar nicht, was das ist: eine Zynikerin«, lachte Florinda. »Jedenfalls« – sie zögerte, und auch ihr Gesicht umschattete sich. »Garnet«, sagte sie leise. »Ich halte nichts von Mondschein und Regenbogen, von Liebe und Glück und ähnlichen Dingen. Ich glaube nicht daran.«

»Meinst du, ich sollte nicht wieder heiraten?« fragte Garnet. »Nie wieder?«

»Oh, warum denn nicht, wenn du es gern magst? Ich meine nur, du solltest nicht zuviel erwarten.« Sie sprach jetzt ruhig und überzeugend. »Ich möchte dich nicht erschrecken, und ich möchte ganz gewiß nicht deine Gefühle verletzen, aber glaube mir: Wir Mädchen ›diesseits des Parks‹ wissen eine ganze Menge von den Mädchen auf deiner Parkseite. Wir kennen all die Gelübde und Liebes- und Treueschwüre, die ihr bekommt, und wir wissen auch, was sie wert sind. Und wie töricht ein Mädchen ist, das sich von dergleichen bezaubern läßt.«

Garnet preßte die Hand auf den Fenstersims. Sie fühlte die rauhe Oberfläche der ungebrannten Ziegel unter ihren Fingern. »Ich glaube nicht, daß wir immer und unter allen Umständen Törinnen sind, wenn wir an Liebe und Treue glauben«, sagte sie.

»Garnet, Liebe«, bat Florinda. »Wahrhaftig, ich wollte dich nicht kränken. Aber der einzige Weg, sich nicht kränken zu lassen, ist, keinem Menschen Gelegenheit dazu zu geben. Verlange nicht zuviel, und du wirst nicht enttäuscht sein. Verstehst du das nicht?«

»O ja, das verstehe ich schon. Aber ich glaube es nicht. Ich werde mich, solange ich lebe, niemals nur mit Halbheiten zufriedengeben.«

»Oh, Hölle und Frikassee!« sagte Florinda. »Laß uns hinausgehen und uns eine Tasse Cha holen.«

Garnet fragte sich ein bißchen nachdenklich, ob Florinda sie nur vor Männern im allgemeinen oder vor einem, vor John, hatte warnen wollen. Es war ihr gleichgültig. Sie brauchte nicht vor Männern im allgemeinen gewarnt zu werden, denn sie verlangte nur nach einem. Und was John anging, so wußte sie: Er würde nicht sprechen, er würde ihr kein Versprechen geben, ihr nicht und keinem Manne und keiner Frau auf Erden, es sei denn, er wäre bereit und gewillt, sein Leben einzusetzen, um das Versprechen auch zu halten.

Siebenunddreißigstes Kapitel

In eben diesem Monat November beschloß Frémont, mit seinem Bataillon nach Los Angeles zu marschieren. Den Befehl dazu hatte er schon seit einem Monat; damals hatte Stockton Kenntnis von der Revolte erhalten und war selbst nach Süden gegangen. Aber Frémont hatte zunächst den Ranchos der Umgebung Besuche abstatten und Pferde und Vieh requirieren lassen müssen. Im November also brach er mit fünfhundert Mann, mehreren Kanonen und einer ganzen Viehkarawane von Monterey auf.

Aber er hatte das kalifornische Klima vergessen. Er war eben vier Tage auf dem Marsch, da setzte der Regen ein. Die Täler verwandelten sich in Schlammseen. Die Kanonen blieben im Morast stecken, die Männer erkrankten, und die Tiere starben wie die Fliegen. Von Monterey bis Los Angeles waren es dreihundert Meilen; aber das war glatt gerechnet; die zerklüfteten Gebirgspässe sorgten dafür, daß es mehr wurden. Frémont brauchte zwei Monate für den Marsch. Und als er in Los Angeles ankam, wehte dort längst schon wieder das Sternenbanner über der Plaza, und Yankee-Soldaten bewachten die Straßen.

Die von Brigadegeneral Stephen W. Kearny kommandierte Heeresabteilung aus dem Westen war im Dezember in Kalifornien eingetroffen. Die Soldaten waren von Fort Leavenworth am Missouri aus über Land marschiert.

General Kearny hatte seine militärische Laufbahn in West Point begonnen. Er war ein Veteran von 1812 und ein erfahrener Grenzoffizier. Nachdem er seine Männer zweitausend Meilen über die Prärie und durch die Wüste geführt hatte, hatte er nicht mehr die geringste Lust, auf irgendwelche bummelnden Helden zu warten. Er war gekommen, um zu kämpfen, jetzt war er da, und jetzt schlug er auch los. Als er erfuhr, daß im Hafen von San Diego USA-Truppen lägen, sandte er ihnen einen Kurier, worauf Captain Gillespie sich sputete, ihm mit seiner kleinen Truppe Marinesoldaten entgegenzueilen. Bald nachdem er ihn erreicht hatte, trafen sie mit der kalifornischen Aufständischenarmee zusammen, die sich in San Pascual, einem Diggerdorf östlich von San Diego, zum Kampf stellte. Nach einer erbitterten zweitägigen Schlacht wandten sich die Kalifornier zur Flucht, aber die Amerikaner hatten den Sieg mit Toten und Verwundeten ziemlich teuer bezahlen müssen. In dieser Schlacht bewies Captain Gillespie abermals, daß er zwar ein schlechter Zivilgouverneur, aber ein vortrefflicher Soldat und alles andere als ein Feigling war. Er schlug sich mit großer Bravour und trug eine Wunde davon, die ihn beinahe das Leben gekostet hätte.

General Kearny war gleichfalls verwundet worden; dessenungeachtet stieg er am folgenden Tag in den Sattel und führte seine Armee nach San Diego. Hier verband er sich mit den Streitkräften des Kommodore Stockton und marschierte gegen Los Angeles. Nach mehreren kleineren Scharmützeln außerhalb der Stadt marschierten die amerikanischen Truppen am 10. Januar 1847 in Los Angeles ein.

Auf Kerridges Ranch vernahm man die Nachricht erst vier Wochen später. Es hatte schwere Winterstürme gegeben, die Berggipfel lagen voll Schnee, und es kamen nur noch selten fremde Gäste auf die Ranch. Das ganze Land war so in Aufruhr, daß die meisten Menschen es vorzogen, zu Hause zu bleiben.

Unter den Rancheros herrschte ganz allgemein große Verbitterung. Selbst auf Kerridges gut bewachten Ländereien tummelten sich Räuber und Diebe. Frémonts Praktiken hatten zahllose Landstreicher und Strauchdiebe inspiriert, die jetzt überall im Lande umherstrolchten, um zu stehlen, was Frémonts Horden zurückgelassen hatten, vor allem natürlich Pferde, in der Erwartung, auch diese privaten Räubereien würden Frémont zur Last gelegt werden. Alle Rancheros, Kalifornier wie Amerikaner, barsten vor Zorn. Sie fragten laut und vernehmlich, wann endlich die USA-Regierung eine Armee zu entsenden gedenke, um aus Kalifornien wieder ein Land zu machen, in dem ehrliche und anständige Menschen zu leben vermöchten.

Bei Kerridges schwirrten tausend Gerüchte über die amerikanische Heeresabteilung; aber es blieben unbestätigte Gerüchte, bis an einem strahlenden Februarmorgen Nikolai Grigorievitch Karakozof, wie immer phantastisch in Rot und Gold gekleidet, durch den Paß geritten kam und berichtete, daß die Yankee-Truppen Los Angeles eingenommen hätten. Nein, er sei selbst noch nicht dort gewesen, er habe in den vergangenen Monaten auf seiner und Johns Ranch nach dem Rechten gesehen. Die Nachrichten stammten von ein paar Yankee-Händlern, die eine Nacht auf seiner Ranch geschlafen hätten. Nachdem sie weggewesen seien, habe er sich einsam gefühlt. Seit zwei Wochen habe die Sonne am Himmel gestanden, die Wege seien wieder passierbar gewesen, und da habe er sich also aufgemacht, um hierherzureiten und sich nach seinen Freunden umzusehen.

Nikolai Grigorievitch brachte Doña Manuela eine Perlenkette mit, die sie sogleich umlegte. Sie strahlte vor Stolz und Zufriedenheit, watschelte zu den Kochstellen im Freien hinüber und ließ den Gast mit Garnet, Florinda und ihrem Gemahl in einem der äußeren Höfe zurück. Während Nikolai sich damit beschäftigte, eine Flasche Wein zu leeren, erzählte er den Lauschenden, was er über die Ereignisse im Süden wußte.

Die beiden Yankee-Händler, von denen er gesprochen habe, seien Teufelswanze und Tick-Tack gewesen, sagte er, die Damen würden sich gewiß noch an sie erinnern. Doch, ja, der Mauleseltreck sei wie immer nach Santa Fé gegangen; im vergangenen Frühjahr, während Garnet auf Charles' Ranch krank gelegen habe, sei er von Los Angeles aufgebrochen; damals habe ja auch noch kein Mensch an den Krieg gedacht. Der Treck sei schon in der Nähe von Santa Fé gewesen, als die Sache anfing.

Der Krieg hatte den Handel nicht sonderlich beeinträchtigt. General Kearny hatte Santa Fé mit geringer Mühe erobert. Der Gouverneur von Neu-Mexiko, der fette Armijo, hatte zwar furchtbar viel Wind gemacht und großsprecherisch angekündigt, wie er die Amerikaner zu Paaren treiben wolle, aber kaum war der erste uniformierte Yankee am Horizont aufgetaucht, da hatte er sich auch schon aus dem Staube gemacht. Er hatte alles mitgenommen, was ihm gehörte, und dazu eine ganze Menge, was ihm nicht gehörte. Wie Teufelswanze und Tick-Tack dem Russen Nikolai versicherten, hatte ihm kein Mensch eine Träne nachgeweint.

General Kearny hatte die Provinz dann sehr schnell durchorganisiert und eine großzügig arbeitende Verwaltung einsetzen lassen. Nicht lange danach gab es eine große Sensation. Es stellte sich nämlich heraus, daß die Missouri-Waren, welche die Santa-Fé-Händler mitbrachten, jetzt außerordentlich viel billiger waren als jemals zuvor. Der Grund war einfach genug: Neu-Mexiko war jetzt ein Glied der USA, und Armijos Zölle fielen weg.

Nun also saßen die Amerikaner in Los Angeles. Alle Yankee-Einwohner waren in die Stadt zurückgekehrt, der Ort war wieder offen für den Handel, und ebenso wie in Santa Fé würden auch hier zukünftig keine Raubzölle mehr auf amerikanischen Waren liegen.

»Dann brauchen wir also keinen Whisky mehr zu schmuggeln«, rief Florinda. »Haben Sie etwas über Silky erfahren? Ist die Bar wieder geöffnet?«

Ja, die Bar sei wieder offen, versetzte Nikolai Grigorievitch. Teufelswanze und Tick-Tack seien dort gewesen, und Silky habe gesagt, er hoffe, die beiden Mädchen kämen bald wieder zurück. Es war klar: Jetzt, wo Los Angeles voller Yankee-Soldaten steckte, mußten Garnet und Florinda ihm wertvoller sein als jemals zuvor.

»Und Micky?« fragte Florinda.

Die Männer hatten auch Micky gesehen. Aber an andere Einzelheiten, nach denen er gefragt habe, hätten sie sich nicht mehr erinnern können, erklärte der Russe. Sie hätten sich nur verhältnismäßig kurze Zeit in Los Angeles aufgehalten, um dort ihre Handelsgeschäfte abzuschließen, und seien dann ins Land hinausgeritten, um Maulesel für die nächste Reise zu kaufen. In der Regel pflegten die Händler ihren Maultierbedarf schon im Winter zu decken, in diesem Jahr hatte der Krieg sie daran gehindert. Deshalb hatten sie keine Zeit zu verlieren, denn der neue Frühling stand schon vor der Tür.

Garnet saß auf der Bank unter dem Olivenbaum und starrte auf den schimmernden roten Spiegel in ihrem Weinbecher. Nikolai erzählte Mr. Kerridge eben, daß die Maulesel in diesem Jahr einen guten Preis erzielen würden; es seien sehr viele Tiere durch Raub und Kriegshandlungen draufgegangen. Mr. Kerridge und Florinda hatten viele Fragen zu stellen. Garnet fragte nichts. Die einzige Frage, die sie interessierte, blieb ihr im Halse stecken.

Wo ist John? Silky und Micky und Maulesel – oh, mein Gott! –, was ging sie das alles an? Wo ist John?

Sie konnte nicht fragen. Sie kam sich ob ihrer geheimen Angst wie eine Närrin vor, aber sie brachte es gleichwohl nicht fertig, zu fragen. Die kleinen grauen Blätter des Olivenbaumes über ihr raschelten im Wind.

»Hören Sie, Nick, was macht John eigentlich? Das letzte, was wir von ihm hörten, war der Brief, den Sie Garnet brachten. Damals schrieb er, er habe sich den USA-Truppen als Führer und Dolmetscher zur Verfügung gestellt.« Das war Florinda.

»John ist meines Wissens in Los Angeles«, sagte Nikolai Grigorievitch. »Teufelswanze und Tick-Tack haben ihn bei Mr. Abbott getroffen.« Der Gong rief zum Mittagessen, und Nikolai sprang auf. »Da!« rief er. »Habt ihr gehört? Ah, ich bin hungrig.«

»Das ist weiter nicht aufregend«, stellte Florinda fest. »Sie sind immer hungrig. Hören Sie gefälligst noch eine Minute zu, Sie Freßsack. Warum macht John nicht Schluß mit seiner Tätigkeit bei den Soldaten und kommt, um uns nach Los Angeles zu bringen? Wenn meine Bar offen ist, will ich auch da sein.«

Sie waren unterdessen zum Eßzimmer gegangen. Nikolai Grigorievitch blickte von seiner gewaltigen Höhe auf die drei anderen herab und lächelte.

»John hat gesagt, er würde kommen, sobald er die Straßen für sicher halte«, sagte er; »also wird er es auch tun.«

Also wird er es auch tun! wiederholte Garnet in Gedanken. Wie viele Männer konnten wohl mit so ruhiger und absoluter Sicherheit von ihren Freunden sprechen! Unwillkürlich mußte sie lächeln, während sie ihren Platz an der langen Tafel einnahm. Nikolai Grigorievitch sah sie an und lächelte zurück.

Zehn Tage später traf John auf der Ranch ein. Es war ein sonniger Nachmittag. Garnet hatte sich nach der Siesta angekleidet und war mit ihrem Handarbeitskorb ins Freie gegangen, während Florinda eine neue Frisur ausprobierte. Sie hatte ihren Schal beinahe fertig. Doña Manuela sah mit wachsendem Vergnügen die Fortschritte.

Die Tür ihres Zimmers ging auf einen Korridor, von dem aus man unmittelbar auf den Mädchenhof gelangte. Garnet und Florinda gingen freilich nicht oft auf diesen Hof. Florinda hätte lieber eine Stunde in der Wüste zugebracht, als sich freiwillig an einen für Männer gesperrten Ort zu begeben. Garnet kamen solche Gedanken zwar nicht, aber auch sie war nicht gern allein. Deshalb ging sie jetzt durch eine Seitentür in einen der offenen Höfe.

Die Luft war frisch und klar, der Himmel strahlend blau und die Erde unwahrscheinlich grün. Auf den nahe gelegenen Bergen wuchs der Chaparral in dichten Büschen; hier und da standen Kreuzdornbüsche in weißer Blütenpracht. Neben dem dunklen Grün des Chaparral wirkten die Sträucher wie große flockige Gebilde von Seifenschaum. In der Ferne hoben sich die weißen Schneegipfel der Berge klar gegen den tiefblauen Himmel ab.

Garnet stand einen Augenblick still, um die Schönheit der Landschaft auf sich wirken zu lassen, als sie das Geräusch klappernder Pferdehufe und rufender Männerstimmen vernahm. Und unter den Stimmen hörte sie sofort eine einzelne heraus: Johns Stimme. John hatte keineswegs geschrien – sie konnte sich nicht erinnern, ihn jemals schreien gehört zu haben –, aber sie hatte zu lange auf diese Stimme warten müssen, um sie nicht sogleich von anderen zu unterscheiden. Sie hob die Röcke und lief, das Handarbeitskörbchen am Arm, durch das hohe Wintergras. Keinem Menschen in Kalifornien fiel es ein, das Gras zu beschneiden, und nach dem Regen sah es manchmal so aus, als wüchse es mindestens einen Zoll in der Nacht. Garnet lief und stolperte und lachte, lief um das Haus herum und sah John.

John war eben erst aus dem Sattel gestiegen; seine Boys hatten noch nicht begonnen, die Packpferde abzuladen. Es wußte noch niemand im Haus, daß er da war, außer ihr selbst und einem Boy, der, vor der Haustür sitzend, geschlafen hatte, als die Reiter kamen. Dieser Boy stand jetzt gähnend auf und ging ins Haus, um die Ankunft von Mr. Ives zu melden. John wandte sich einem seiner Boys zu und erblickte Garnet. Er brach seinen Satz in der Mitte ab und kam mit langen Schritten schnell auf sie zu.

John trug ein altes kariertes Wollhemd, farblose Hosen und schwere Reitstiefel; wie gewöhnlich nach einem langen Ritt, waren Wangen und Kinnbacken mit schwarzen Bartstoppeln bedeckt. Er war über und über mit Schlamm bespritzt. In seinem tiefdunklen Gesicht schimmerten die Zähne weiß, und seine Augen funkelten wie Florindas Aquamarin. Er nahm Garnets beide Hände und hielt sie fest.

»Wie gut, Sie wiederzusehen«, sagte er leise.

»Oh, John, ich bin so froh, daß Sie da sind!« rief Garnet. Ein etwas hilfloses Lächeln stand in ihrem Gesicht, und es stand da, weil sie ihre Unfähigkeit zu ruhiger Zurückhaltung belächeln mußte. Immer stand auf ihrem Gesicht, was sie dachte und fühlte. Sie wußte es wohl, aber sie konnte es nicht ändern; sie hatte das noch nie gekonnt . . .

John sah sie ein wenig überrascht an. »Aber Sie wußten doch, daß ich kommen würde«, sagte er. »Ich schickte Ihnen durch Nikolai einen Brief.«

»Ja«, sagte Garnet, »das taten Sie. Ich habe ihn bekommen.« – Du merkwürdiger Mann, dachte sie, glaubst du, ich sei bange gewesen, ausgerechnet du könntest ein gegebenes Versprechen nicht halten? Aber siehst du denn nicht, daß ich zittere vor Freude, dich wiederzusehen? Daß ich Mühe habe, mich zu beherrschen? Liebst du mich denn nicht?

Nun, er hielt jedenfalls ihre Hände noch immer in den seinen, hielt sie mit einem harten und festen Druck, und seine Augen hatten sie noch keinen Augenblick losgelassen. Er fragte:

»Wie hatten Sie es hier?«

Sie bemühte sich, ruhig zu antworten:

»Oh, friedlich, bequem und sehr angenehm, wie Sie vorausgesagt hatten.«

Sie hätte gewünscht, die Boys wären weniger eilig bei der Versorgung der Pferde gewesen. Vielleicht, wenn sie einen Augenblick irgendwo allein wären, würde John sie küssen. Aber die Boys verstanden ja kein Englisch; ihre Anwesenheit hätte John nicht zu hindern brauchen, ihr wenigstens zu sagen, daß er sie liebe. Er sagte nichts dergleichen. Er fragte nur: »Hatten Sie keine besonderen Unannehmlichkeiten?«

»Nein«, antwortete Garnet, »ich persönlich nicht. Mr. Kerridge verlor ein paar Pferde, eine Anzahl Häute und wohl auch etwas Mais durch Raub und Diebstahl. Er wird Ihnen das ja erzählen. Aber was ist mit Ihnen, John? Was taten Sie in der langen Zeit?«

»Oh, ich habe Kurierdienste geleistet, Nachrichten übermittelt, Auskünfte über das Wetter und auch sonst allerlei Ratschläge gegeben. Ich nehme an, Sie hörten inzwischen, daß wir mittlerweile in Los Angeles sind.«

Ich könnte dich schütteln, Mann! dachte Garnet. »Doch«, sagte sie, »wir hörten nur noch keine Einzelheiten.«

»Ich werde Ihnen die Entwicklung in großen Zügen erzählen. Ich komme unmittelbar aus Los Angeles.«

»Hatten Sie einen harten Ritt?«

»Nein, nicht eben schlimm. Viel Dreck und Schlamm natürlich und manchmal auch Schwierigkeiten mit dem Abkochen. Es war oft kein trockenes Holz zu finden. Dann mußten wir kalte Pinole essen. Erinnern Sie sich noch an kalte Pinole?«

Sie lachte und nickte, und John lachte auch, mit einer leichten Vertraulichkeit, geradeso, als habe der kalte Maisbrei, den sie einmal beide in der Wüste essen mußten, eine heimliche Verbindung zwischen ihnen geschaffen. Sein Lächeln fegte den letzten Rest ihrer Reserve hinweg. Sie rief:

»Oh, John, ich hab' Sie ja so vermißt!«

Seine Hände umklammerten die ihren noch fester, seine Augen durchforschten aufmerksam ihr Gesicht. – Wie habe ich nur jemals denken können, seine Augen wären kalt? dachte sie. Er sagte ruhig und sehr ernsten Tones:

»Garnet, ich habe jeden Tag und jede Nacht an Sie gedacht, seit ich Sie verließ.«

Während des ganzen Winters hatte Garnet sich eingeredet, sie brauche das nicht ausdrücklich zu hören, da sie ohnehin wisse, daß er sie liebe. Aber jetzt, da sie seine Worte vernahm, wußte sie, daß alle ihre Gedanken ein Singen im Dunkeln gewesen waren. Sie hörte ihr Herz vor Freude hämmern.

John fuhr fort:

»Ich habe noch nie an einen Menschen so hartnäckig denken müssen. Mir war immer, als wären Sie nur eben im Augenblick gerade nicht da, aber durchaus in Reichweite, im nächsten Zimmer vielleicht oder hinter der nächsten Wegbiegung. Und wenn ich dann an die Stelle kam, und Sie waren nicht da, dann hatte ich ein merkwürdiges Gefühl der Verlassenheit. Ich muß das wohl merkwürdig finden, denn ich war immer sehr gerne allein. Und, hören Sie, Garnet, Sie sind die einzige Frau, der ich das verdammte Recht einräume, in diese Zone einzubrechen.«

Das Gefühl wilder Freude in ihr wuchs mit jedem Wort, das er sprach. Und weil keine Spur von Schläue in ihr war, sagte sie, als er schwieg, ohne jeden Versuch einer Verbrämung, das, was sie empfand: »O John, warum haben Sie so lange damit gezögert, mir das zu sagen?«

Er stieß ein lautloses Lachen aus. »Weil ich vielleicht ein Narr bin, Garnet. Meinen Sie, ich hätte Ihnen das schon früher sagen können, ja? Sie mögen mich also?«

»Mögen? Ich Sie mögen? O John, wenn Sie wüßten, wie . . .«

Sie hörte die Stimmen von Mr. Kerridge und Nikolai hinter sich, die aus dem Haus herausgestürzt kamen, um John zu begrüßen. John knurrte grimmig: »Hol sie der Teufel, diese . . . so nett sie auch sind!« Er ließ Garnets Hand los und wandte sich um, seinen Gastgeber zu begrüßen. Mr. Kerridge versicherte, sein altes Zimmer warte auf ihn, und Doña Manuela trieb bereits die Dienerschaft an, für Wein, Gepäck und Waschwasser zu sorgen. Die Männer gingen zusammen ins Haus und ließen Garnet zurück, die wütend war, weil Mr. Kerridge und Nikolai mit auf Johns Zimmer gehen durften und sie nicht. Aber dann kam die Welle der Freude wieder in ihr hoch. John liebte sie! Er war ihretwegen gekommen, und ein Traum würde sich erfüllen.

John erschien erst wieder zum Abendessen, gewaschen und rasiert, nun in blütenweißem Hemd und schwarzen Samthosen mit roten Seidenbiesen. Später versammelten sich die erwachsenen Bewohner des Hauses im Wohnzimmer, wo Mr. Kerridge den seltenen Luxus eines Kaminfeuers befohlen hatte. John kam frisch vom Kriegsschauplatz, und sie hatten viele Fragen an ihn zu richten.

Während die Bedienten Wein und Waffeln anboten und die Männer von den Kriegsereignissen redeten, döste Doña Manuela Keks knabbernd und Wein schlürfend vor sich hin. Zuweilen schreckte sie auf und befahl einem Diener, frisches Holz auf das Feuer zu legen. Einen zweiten sandte sie nach Wein aus, und einen dritten schrie sie an, wo der Cha für Doña Florinda bleibe. Daß diese Narren doch nie in den Kopf bekamen, daß die silberblonde Yankeedame keinen Wein trank! Ihrem Sohn Arturo sagte sie, er möge ihr bitte die Flasche Angélica bringen, und außerdem möge er seiner Frau sagen, sie solle endlich aufhören, mit den Röcken zu rascheln, damit man verstehen könne, was Don Juan Ives erzählte. Sie sorgte dafür, daß alle in Bewegung blieben. Doña Manuela schlürfte den süßen Angélica und döste allgemach wieder ein, und Johns Stimme erreichte sie nur von ungefähr.

John berichtete von der Schlacht bei San Pascual, vom Marsch nach San Diego und von den Kämpfen entlang dem San-Gabriel-Fluß, von dem Einmarsch in Los Angeles. Er schilderte General Kearny als einen Mann, der nie ein Wort zuviel sprach, aber stets zur Stelle war, wenn es darauf ankam. Mit ironischem Lächeln erzählte er von Frémont.

Kurz nachdem die Truppen Los Angeles eingenommen hatten, war Frémont mit seinem Bataillon angerückt gekommen. Seine Männer waren müde und zerschlagen. Stockton hatte Frémont zum Stadtkommandanten ernannt. Er selbst mußte mit General Kearny nach Monterey hinauf. Es mußte jemand in Los Angeles bleiben, um die Befehle Kearnys durchzuführen. Frémont freilich hatte nicht die geringste Neigung, anderer Leute Befehle auszuführen, auch nicht die eines Generals. Er hatte das größte Haus, das er in der Stadt finden konnte, beschlagnahmt und darin die Kommandantur untergebracht. Alsdann hatte er sich unter erheblichem Prachtaufwand als Gouverneur niedergelassen. John äußerte die Befürchtung, dieser geltungsbedürftige Gentleman möchte eines Tages Hals über Kopf in neue Unruhen hineinsteuern.

Da außer Mr. Kerridge kein Familienmitglied ein Wort Englisch verstand, hatte John spanisch gesprochen. Er legte zwischen den einzelnen Sätzen kleine Pausen ein, um sich zu vergewissern, ob Garnet und Florinda ihm zu folgen vermöchten; zuweilen bat Florinda darum, ihr das Gesagte zu verdolmetschen. Garnet unterbrach seine Erzählung mit keinem Wort. Sie saß still auf ihrem Stuhl, den Kopf über die Häkelarbeit gebeugt. Das Kerzenlicht war eigentlich viel zu schwach für eine so diffizile Arbeit, aber sie häkelte trotzdem, weil die Tätigkeit sie daran hinderte, unausgesetzt John anzusehen. Das mußte sie vermeiden, denn es wäre ihr nicht gelungen, ihren Augenausdruck zu beherrschen. Zuweilen sah sie trotzdem auf, und immer begegneten ihre Augen denen von John, und die hielten sie dann sekundenlang fest, so zwingend und so intensiv, daß sie es fühlte wie einen Kuß.

John erzählte unter anderem, daß das Dorf Yerba Buena im Norden in San Francisco umbenannt worden sei. Florinda nickte beifällig, als sie es hörte. »San Francisco«, sagte sie, »das ist leichter auszusprechen.«

Das sei letztlich auch der Grund für die Umbenennung gewesen, meinte John. Das Dorf sei schnell gewachsen; es habe jetzt bereits vierhundert Einwohner, fast ausnahmslos Amerikaner, denen Yerba Buena geradeso schwer über die Zunge gehe. Und da das Dorf am Ende der San Francisco Bai gelegen sei, habe der amerikanische Alkalde die Namensumbenennung verfügt.

John wußte weiter zu erzählen, daß inzwischen noch mehr amerikanische Truppen in Kalifornien eingetroffen seien. So sei in San Diego ein aus Mormonen zusammengesetztes Bataillon angekommen, das für Los Angeles bestimmt sei.

»Mormonen?« sagte Florinda. »Was heißt Mormonen?«

John erklärte es ihr auf englisch. Die Mormonen bildeten eine religiöse Sekte, sagte er. Sie hätten bisher hauptsächlich in Missouri gelebt, auch noch in Illinois, aber sie seien mit anderen Sekten und Religionsgemeinschaften immer wieder in Konflikt geraten. Im vergangenen Jahr seien zwanzigtausend Mormonen aus ihrer Heimat vertrieben worden. Darauf hätten die Kirchenältesten geplant, ihre Leute im Westen neu anzusiedeln, wo sie dann eigene Gemeinden gründen könnten. Und bei Ausbruch des Krieges habe der Mormonenälteste Brigham Young dem Präsidenten Polk die Aufstellung eines Mormonenbataillons angeboten. »Ein geschickter Zug von dem Mann«, meinte John; »Brigham Young stellte damit den Patriotismus der Mormonen unter Beweis, nachdem deren Gegner sie schlechte Amerikaner genannt hatte. Und außerdem bekam er eine große Anzahl kräftiger und gesunder junger Männer kostenlos nach dem Westen, wo sie nach dem Kriege eine Mormonenkolonie begründen können.«

»Wie viele Mormonen sind es denn, die nach Kalifornien kamen?« fragte Florinda.

»Ich weiß es nicht genau«, erwiderte John, »drei- bis vierhundert.«

Florinda lächelte befriedigt. Offenbar war sie schon dabei, die Umsatzsteigerung in ihrer Bar zu berechnen, die der Zuwachs bedeutete. John sah es; er lächelte amüsiert und schüttelte den Kopf.

»Rechnen Sie nicht, Florinda«, sagte er, »die Mormonen trinken nicht.«

Florinda sah ihn verblüfft an und runzelte die Stirn. »Was heißt das?« fragte sie. »Was ist mit ihnen los?«

Garnet dachte, jeder andere Mann würde jetzt vermutlich mit einer witzigen Bemerkung reagiert haben, weil ja Florinda gleichfalls nicht trank, aber John tat selten das, was ein anderer an seiner Stelle getan haben würde. John antwortete:

»Die Mormonenkirche verbietet ihren Mitgliedern den Genuß alkoholischer Getränke. Aber ich möchte annehmen, daß nicht alle Mormonen sich strikt an das Verbot halten; bisher hat es noch keine Kirche fertiggebracht, die starre Einhaltung ihrer Regeln zu erzwingen. Immerhin sind die Mormonen sehr nüchterne Leute, und viel wird von ihnen nicht zu holen sein. Aber Silky braucht sie ja auch nicht. Er macht auch so gute Geschäfte.«

»Dann hat er den Whisky also gerettet?«

John nickte, und Florinda jubelte. John erzählte, wie die Dinge gelaufen waren. Silky hatte sich gesagt, daß Mr. Abbott, von dem er das Haus zusammen mit Florinda gemietet hatte, daran interessiert sein müsse, daß sein Betrieb liefe. Deshalb hatte er den Whisky Mr. Abbott in Obhut gegeben. Abbott war mit einer Einheimischen verheiratet und hatte drei tüchtige und kräftige Söhne, die zwar durch Geburt Angelesen waren, aber ein gut Teil des väterlichen Erbes mitbekommen hatten und über eine tüchtige Portion Unternehmungsgeist verfügten. Diese Söhne hatten dafür gesorgt, daß Silkys Betrieb in Ruhe gelassen wurde und daß die Bar während der unruhigen Zeit geschlossen blieb. Micky hatte während der ganzen Zeit im Hause geschlafen, wenn auch nur unter dem Dach der hinteren Veranda, Isabel hatte ihn mit Essen versorgt.

»Und wie hat Mr. Abbott die Unruhen überstanden?« fragte Florinda.

John kicherte. »Mr. Abbott hat seit zwanzig Jahren auf keinem Pferd mehr gesessen«, sagte er; »kein Krieg hätte ihn veranlassen können, in den Sattel zu steigen. Als die letzten Yankees die Stadt verließen, zog er sich in ein abgelegenes Zimmer im Oberstock seines Hauses zurück und schloß die Fensterläden, während seine Familie überall erzählte, er habe Los Angeles verlassen. Er hat den Winter damit hingebracht, die alten amerikanischen Zeitungen zu lesen, die in seinem Laden auf dem Tisch gestapelt waren.« Florinda lachte und sagte mit einem flüchtigen Seitenblick auf Garnet:

»Ach, etwas müssen wir Sie noch fragen: Was ist aus unserem teuren Freund Charles Hale geworden?«

John bat um die Erlaubnis, für ein paar Minuten englisch sprechen zu dürfen. Es seien da einige Einzelheiten, die Florinda nicht verstanden habe. Er erzählte dann, Charles Hale sei in letzter Zeit sehr geschäftig gewesen. Er sei einer der größen und bekanntesten amerikanischen Rancheros im Lande und habe selbstverständlich nicht gezögert, das die amerikanischen Truppenführer wissen zu lassen. Er habe den USA-Truppen bedeutende Hilfe angedeihen lassen, indem er Lebensmittel und Obdach zur Verfügung stellte; kurz nach dem Einmarsch sei er dann in Los Angeles erschienen und habe sich dort eifrig zu tun gemacht. Früh im Jahr sei er dann nach Norden gegangen, vermutlich nach Monterey und San Francisco.

»Was will er denn da oben?« fragte Florinda.

»Oh, sich umsehen, Gelegenheiten wahrnehmen«, lachte John. »Ein Mann weiß ja nie, wann und wo sich ihm eine Chance bietet. Das verstehen Sie doch.«

»O ja«, sagte Florinda, »das verstehe ich. Von mir aus mag er ruhig seine Chancen wahrnehmen. Ich hoffe nur, daß wir ihn nicht mehr zu sehen bekommen. Ich muß bei seinem Anblick immer an eine Rumpelkammer voll von Spinnweben denken.«

Doña Manuela erwachte und verkündete, es sei Zeit, schlafen zu gehen. Da es tatsächlich bereits weit nach Mitternacht war, widersprach niemand, und die Gesellschaft löste sich auf.

Garnet und Florinda betraten ihr Zimmer, aber Garnet verspürte das Bedürfnis, noch ein paar Minuten allein zu sein. Sie sagte deshalb, sie habe Kopfschmerzen von der Häkelarbeit bekommen und wolle noch ein bißchen frische Luft schnappen, bevor sie sich niederlege. Sie schlang einen Schal um den Kopf und ging über den Korridor und durch die geradeaus führende Tür auf den abgeschlossenen Jungfrauenhof.

Die Luft war kühl, und es war sehr dunkel. Das Laub der Bäume raschelte im leichten Wind. Am Himmel funkelten die Sterne und die schmale Sichel des Mondes. Die Bäume standen hier sehr dicht; sie sollten während der Tageshitze Schatten spenden. Garnet schloß leise die Tür hinter sich und ging auf eine Gruppe Zitronenbäume zu, die neben der den Hof abschließenden Mauer standen. Die Luft war voll kräftiger, würziger Gerüche; eine Erquickung nach der rauchigen Atmosphäre des Wohnzimmers. Die Weintrauben an der Mauer raschelten im Wind wie Taftunterröcke. Garnet brach ein Blatt von einem Zitronenbaum und zerrieb es zwischen den Fingern, den säuerlichen Duft mit einem tiefen Atemzug einsaugend. Ihr Fuß stieß gegen eine Bank. Sie setzte sich, lehnte sich wohlig zurück und begann eine kleine Weise vor sich hin zu singen. Die Dunkelheit gab ihr das Gefühl von Freiheit und Geborgenheit. – Florinda ist hoffentlich eingeschlafen, dachte sie.

Plötzlich raschelte es neben ihr an der Mauer im Weinlaub wie nach einem heftigen Windstoß. Dann knackten die Zweige über ihr, und der dunkle Körper eines Mannes sprang dicht neben ihr zu Boden. Garnet sprang erschrocken auf; aber bevor sie noch einen Schritt tun konnte, hörte sie das Flüstern einer bekannten Stimme: »Ich bin es, Garnet – John.«

Sie vermochte nur die Umrisse einer Gestalt zu erkennen. Einen Augenblick zitterte sie bei dem Gedanken an das Risiko, das er einging. Sie wußte: Doña Manuelas Söhne würden keinen Augenblick zögern, auf jede männliche Gestalt zu schießen, die sich in dem Hof aufhielt, der direkten Zugang zu den Gemächern ihrer Schwestern hatte. »John«, flüsterte sie atemlos, »wissen Sie denn nicht, wo Sie sind?«

John lachte lautlos: »Natürlich weiß ich, wo ich bin.« Er sprach so leise, daß das Rascheln der Blätter seine Worte übertönte, aber Garnet verstand ihn. Sie würde diese kühle Stimme mit dem leicht ironischen Unterton an jedem Ort der Welt aus Hunderten von Stimmen herausgehört haben.

»Ich ging über den Außenhof nebenan«, flüsterte John, »und hörte jenseits der Mauer jemand leise singen. Ich kam näher heran, hörte, daß es englische Laute waren, die da gesungen wurden, und daß es nicht Florinda war, die da sang. Also waren Sie es. Deshalb kletterte ich über die Mauer.« Sie lachten leise und hielten sich die Hand vor den Mund. »Ich weiß, es ist höchst verwerflich«, flüsterte John, »aber ich fühlte das dringende Bedürfnis . . ., dir einen Gutenachtkuß zu geben. Hast du etwas dagegen?«

Sie zitterte. Er nahm sie in die Arme und küßte sie. Garnet nahm für einen Augenblick noch wahr, daß die Bäume über ihr murmelten, daß der Wind ihr eine Locke von Johns Haar in die Augen trieb, dann nahm sie gar nichts mehr wahr. Sie wußte nur noch, daß sie in Johns Armen lag, daß er sie hielt, daß er sie küßte und daß sie ihn liebte.

Sie liebte seine Kraft, seine Härte und seine Zartheit, und sie wollte nichts anderes mehr, als von ihm geliebt werden.

Sie hatte keinerlei Zeitbegriff mehr. Aber dann hörte sie plötzlich, daß eine Tür von einem Windzug zugeschlagen wurde. Die Türen dieses Hauses hatten samt und sonders keine Schlösser, und wenn man sie nicht sehr sorgsam zuklinkte, riß der erste Windstoß sie auf. Als Garnet das klappernde Geräusch hörte, wollte sie davonstürmen, aber Johns leises »Pst!« ließ sie verhalten. Sie stand, von seinem Arm umschlungen, und regte sich nicht. Seine Hand drückte ihren Kopf gegen seine Schulter; er küßte sie sacht auf das Haar. Einen Augenblick später hörten sie die Stimme eines Mädchens, das durch den Knall der zugeschlagenen Tür aufgewacht sein mochte. Ein Lichtschein fiel aus der Korridortür, und dann hörten sie Doña Manuela rufen, es sei nur der Wind gewesen; sie käme schon, die Tür richtig zu verschließen.

John zog Garnet tiefer in die Dunkelheit. Sein Mund war ganz dicht an ihrem Ohr; er flüsterte:

»Du hast keine Angst, nicht wahr? Sie kann dich ja nicht ausschließen.«

Garnet begann lautlos zu lachen. Angst! Sie wußte nur, daß sie glücklich war. »Wenn Doña Manuela uns sieht«, flüsterte sie, »was wird sie tun?«

»Irgend etwas Schreckliches, Wildbewegtes zweifellos«, erwiderte John, und auch seine Stimme zitterte von unterdrücktem Lachen; »aber sie wird uns nicht sehen. Ich kann dich ja nicht einmal sehen.«

In der Türöffnung erschien jetzt Doña Manuelas pompöse Figur; sie hatte einen Schal über das Nachthemd drapiert und wirkte unförmiger denn je. Hinter ihr stand eine Dienerin, die eine Kerze hielt. John und Garnet standen in einer ziemlich entfernten und völlig finsteren Ecke des Hofes; aber Doña Manuela mußte irgendein Geräusch aufgefallen sein. Sie rief mit lauter Stimme: »Quién estái ah?«

»Antworte ihr«, flüsterte John. Garnet rief ihren Namen und sagte, sie sei noch etwas hinausgegangen, um frische Luft zu schöpfen. Doña Manuela wiederholte ihren Namen, als müsse sie sich vergewissern, sich nicht verhört zu haben.

»Sí, Señora«, sagte Garnet.

Sie zitterte vor heimlichem Lachen; zu gleicher Zeit fürchtete sie, Doña Manuela könne möglicherweise die Kerze ergreifen und herangewatschelt kommen. Sie hatte keine Ahnung, was geschehen würde, wenn sie hier mit John zusammen gefunden würde. Sehr wahrscheinlich würden sie beide sogleich das Haus verlassen müssen. Nun, ihr würde es nichts ausmachen, zusammen mit John wegzugehen; aber nachdem Doña Manuela so gut und so freundlich zu ihr war, hätte es ihr leid getan, in den Augen der Dame als eine Undankbare dazustehen, welche die unumstößlichen Gesetze des Hauses mißachtete. Glücklicherweise kam Doña Manuela nicht. Sie hatte ziemlich viel Angélica getrunken und war schlafbedürftig. Wahrscheinlich war ihr auch der Wind zu kalt. Jedenfalls beschränkte sie sich darauf, Garnet aufzufordern, sich sofort ins Haus zu begeben, da sie sich bei dem kalten Nachtwind anderenfalls zweifellos eine Erkrankung holen werde. Garnet antwortete, sie komme sofort. Das Mädchen im Hause rief wieder irgend etwas, und Doña Manuela gab der neben ihr stehenden Dienerin einen Schubs, drehte sich um und watschelte durch den Korridor zurück. »Ich muß gehen«, flüsterte Garnet.

John umschlang sie fester mit dem Arm; die Finger seiner anderen Hand strichen ihr das Haar an den Schläfen zurück. Garnet dachte: Wenn ich doch seine Augen jetzt sehen könnte! Ich bin sicher, er sieht mich jetzt an wie die Blumenteppiche an den Berghängen.

»Ja«, flüsterte John, »du mußt nun wohl gehen. Wann sehen wir uns wieder?«

»Morgen.«

»Am frühen Morgen?«

»So früh, wie du willst.«

»Also, sobald es hell wird. Im Olivenhain hinter dem östlichen Außenhof.« Er küßte ihre Augenbrauen. »Gute Nacht!« flüsterte er.

Mit Überwindung und Anstrengung ließ sie ihn los und zog den Schal so dicht über den Kopf, daß er ihre Züge beschattete. So lief sie ins Haus. Zu ihrer Beruhigung befand sich Doña Manuela offenbar am Bett ihrer Tochter, denn der Korridor war dunkel und leer.

An der Tür blieb sie stehen und sah zurück. Der alte, stämmige Zitronenbaum knarrte und ächzte, als John einen Zweig ergriff und sich daran hochzog, um gleich darauf über die Mauer zu springen. Garnet warf eine Kußhand in die Dunkelheit hinaus und schloß leise die Tür. Diesmal überzeugte sie sich davon, daß sie fest eingeklinkt war. Doña Manuelas Stimme drang aus einem der Schlafzimmer heraus; sie klang weich und süß wie ein Wiegenlied. Garnet tastete sich den Weg zu ihrem Zimmer zurück. Ein Lichtschimmer unter der Tür verriet ihr, daß Florinda die Kerze hatte brennen lassen, um ihr den Weg zu weisen.

Florinda schlief bereits. Garnet trat vor den Spiegel und nahm ihre Haarnadeln heraus. Sie lächelte ihrem Spiegelbild zu. In dem düsteren, flackernden Licht schien von ihrem Gesicht ein besonderer Glanz auszustrahlen. Zum ersten Male in ihrem Leben fand sie sich schön . . .

Als das Mädchen in der Morgenfrühe die erste Schokolade an ihr Bett brachte, sprang sie auf und öffnete die Fensterläden, um nach dem Wetter zu sehen. Der Wind hatte sich gelegt, dafür war Nebel aufgekommen; die Luft war kühl und feucht. Florinda protestierte, und Garnet schloß die Läden wieder. Sich im Bett aufrichtend, begann Florinda ihre Schokolade zu schlürfen, wobei sie wie jeden Morgen über die Leute murrte, die sie veranlaßten, zu mitternächtlicher Stunde aufzustehen. Das wiederholte sich Morgen für Morgen, aber Florinda stand gleichwohl jedesmal auf, denn sie liebte die Morgenritte. Immerhin hatte sie es bei weitem nicht so eilig wie Garnet an diesem Morgen; sie streckte und rekelte sich noch im Bett, als Garnet schon das Zimmer verließ. »Ich reite heute morgen nicht mit«, sagte Garnet über die Schulter zurück. Sie nannte keinen Grund, aber sie vermutete, daß Florinda ihn ohnehin ahne. Garnet brachte ihr Kind dem Mädchen Louisa, das gerade seine Morgenschokolade trank. Louisa war Stephens Nurse. »Ich mache einen Spaziergang zum Olivenhain«, sagte Garnet, dem Mädchen das Kind in den Arm legend.

Sie ging dann unter den Bäumen entlang. Der Nachtnebel begann sich aufzulösen; im Osten standen die purpurn glühenden Bergspitzen noch zwischen wallenden Schleiern. Die Bäume glänzten vor Feuchtigkeit. Wenn sie mit dem Kopf einen Zweig streifte, warfen die Blätter einen kleinen Sprühregen über ihre Wangen. Sie hörte das Zwitschern der Vögel und sog den Duft der Blumen und Gräser in die Lungen. Der Pfad, auf dem sie ging, machte einen Knick, und jenseits der Biegung erblickte sie John.

John hatte einen Fuß auf eine Ziegelbank gesetzt und den Ellbogen auf das Knie gestützt und beobachtete einen schwarzgoldenen Schmetterling, der sich auf einen Zweig niedergelassen hatte. Als er das leise Rascheln ihrer Röcke vernahm, wandte er den Kopf, nahm den Fuß von der Bank und ging ihr entgegen. Er nahm ihre Hände auf und küßte ihre Handflächen. Dabei lachte er sie an, als sei er mit ihr in heimlichem Komplott, ein Geheimnis mit ihr teilend, das niemand außer ihnen kannte.

»Garnet«, sagte er, »ich mag dich verdammt gern, und du weißt das wohl. Warum hast du mich also nicht bis zum Mittag warten lassen?«

»Bis zum Mittag?« lachte sie. »Das hätte ich wahrhaftig nicht ausgehalten.«

»Siehst du«, sagte er, »das ist der Grund, weshalb ich dich mag. In dir ist keine Koketterie, du gehst keine Umwege und spiegelst einem nichts vor. Komm her.«

Er führte sie zu der Bank zurück, ließ sie niedersitzen und setzte sich neben sie. Er legte ein Bein über das andere und umschlang das Knie mit den Händen. Mit einem leichten Zucken um die Mundwinkel sagte er: »Soll ich mich entschuldigen, weil ich in der Nacht so impulsiv handelte? Du mußt aber wissen: Es tut mir nicht leid, und ich bereue es gar nicht.«

»Es tut mir ebensowenig leid«, lachte Garnet. Ach, sie war ja so froh. – Er liebt mich, wie ich bin, dachte sie. Und laut setzte sie hinzu: »Jetzt kann ich dich endlich etwas fragen. Warum dauerte es so lange, bis du zurückkamst? Und warum hast du mir nur diesen nichtssagenden kleinen Zettel geschickt, anstatt selbst mit Nikolai herzukommen?«

»Das weißt du noch nicht?« sagte John.

Sie schüttelte den Kopf.

»Ich hatte Angst«, sagte er.

»Angst?« echote Garnet. »Du hast doch vor nichts Angst.« Irgendwo in ihrem Kopf hörte sie eine Stimme raunen: »Vor nichts, worauf er schießen kann.« Sie konnte sich im Augenblick nicht erinnern, wer das gesagt hatte, und sie wünschte, die Zeile wäre ihr nicht gerade jetzt ins Gedächtnis gekommen. Sie drängte deshalb die Erinnerung gewaltsam zurück und rief: »Woher hattest du Angst?«

»Vor dir«, sagte John.

»Vor mir? O John, Lieber!« Sie zog die Hände von seinem Knie und hielt sie fest. »Hattest du Angst, ich – ich könnte ›nein‹ sagen?«

»Im Gegenteil. Ich hatte Angst, daß du – aus einem ganz bestimmten Grunde – ja sagen würdest.« Er lächelte dünn. »War der Gedanke so dumm?«

»Ich weiß nicht«, sagte Garnet. »Ich weiß überhaupt nicht, wovon du sprichst.«

»Dann werde ich es dir sagen.« Seine grünen Augen bohrten sich in die ihren, er sprach mit lächelnder Offenherzigkeit: »Ich verlangte nach dir – mehr, als ich je nach einer Frau verlangt habe. Ich konnte nicht wissen, ob du ebenso nach mir verlangen würdest. Aber ich fürchtete, du würdest auch dann ja sagen, wenn das nicht der Fall war.«

Er stand unvermittelt auf und ging ein paar Schritte von ihr weg. Stehenbleibend wandte er sich um und sagte:

»Also. Nun weißt du es. Nun sage mir, daß ich ein Narr bin, und je lauter und nachdrücklicher du es sagst, um so glücklicher werde ich sein. Hast du verstanden?«

»Nein«, sagte Garnet. »Ich wüßte nicht, warum ich sonst . . . Du bist doch wohl nicht so reich wie etwa Mr. Kerridge hier. Ich weiß es wenigstens nicht. Warum also hätte ich ja sagen sollen, wenn ich nichts für dich fühlte?«

John sagte, kurz und abrupt mit einem heimlichen Grollen in der Stimme: »Aus Dankbarkeit, verdammt noch mal!«

Einen Augenblick starrte sie ihn an, mit weitaufgerissenen Augen und halboffenem Mund, dann begann sie lauthals zu lachen. »Ach, du Narr!« rief sie. »Du unglaublich komischer Schafsnarr! John Ives, denk einen Augenblick nach: Glaubst du wirklich, ich könnte dich oder irgendeinen anderen Mann aus Dankbarkeit nehmen?«

»Aber«, sagte er, »warum faseltest du so viel von deiner verdammten Dankbarkeit? Warum, in Gottes Namen, tatest du immer wieder so, als glaubtest du, mir etwas schuldig zu sein? Ganz so, als rechnetest du damit, ich könne jeden Tag kommen und eine Schuld einkassieren?«

»John«, sagte sie, »ich schwöre dir, ich habe nicht eine einzige Sekunde an etwas Derartiges gedacht.«

»Gut«, versetzte John. »Ausgezeichnet. Aber ich dachte daran. Und ich hasse es, irgendeinem Menschen das Gefühl zu geben, er schulde mir etwas. Und am allerwenigsten dir.« Er zupfte ein paar Blüten vom Baum. »Deshalb ging ich weg«, sagte er, »und deshalb blieb ich so lange. Du solltest Zeit genug haben, um zu erkennen, daß ich nie etwas von dir fordern würde. Dann, als ich gestern hier ankam . . .«, er lächelte sie freimütig an, »ich glaube, du hast dich gefreut, mich wiederzusehen.«

»Ich war in meinem ganzen Leben nie so froh, jemand wiederzusehen«, sagte Garnet. »Ich habe ununterbrochen nach dir verlangt, seit du mir das letzte Lebewohl zuwinktest. Sah man mir das denn nicht an?«

»Doch«, sagte John, »ich habe es gesehen. Du strahltest über das ganze Gesicht, als du mich erblicktest. Und du hättest nicht so aussehen können, wenn dir nicht so ums Herz gewesen wäre.« Es zuckte um seine Lippen wie in leichtem Spott. »Ja, wenn es Florinda gewesen wäre«, sagte er. »Florinda ist sehr geschickt in solchen Dingen. Aber du nicht. Nein, als ich dich gestern sah, wußte ich, daß du mich mochtest.«

Garnet lehnte sich gegen den Baumstamm und sah zu ihm auf. Sie lachte vor Glück. John hielt mit einer Hand einen Ast umklammert, die andere steckte in seinem Gürtel. Er trug einen handgearbeiteten Ledergürtel mit silberner Schnalle.

»Ich kann keine schönen Reden machen, Garnet«, sagte er. »Ich weiß nicht, wie man das macht. Aber ich sagte dir gestern schon: Du bist die einzige Frau, der ich ein verdammtes Recht auf mich einräume. Ich möchte dich heiraten. Hast du mich gern genug, um dazu ja zu sagen?«

Ein Sonnenstrahl tänzelte auf seiner Gürtelschnalle. Die Nebel stiegen. Die Sonne warf lange, funkelnde Strahlen über die Berge, und der Tau glitzerte auf Blättern und Gräsern. Garnet stand auf und trat vor ihn hin. Sie sah in sein mageres braunes Gesicht und in die erstaunlich hellen Augen unter den dunklen Wimpern und Brauen. Er lächelte, als sein Blick dem ihren begegnete, aber sie sah nichtsdestoweniger die bitteren Linien und Fältchen, die das Leben um Augen und Mundwinkel gezogen hatte, die gleichen Fältchen und Linien, die sie gesehen hatte, als sie ihm zum ersten Male begegnete. – Nun werde ich erfahren, welcher Schmerz diese Falten verschuldet hat, dachte sie. Den ganzen Rest meines Lebens werde ich damit verbringen, ihn zu lieben und ihm den Glauben zu geben, daß das Leben nicht nur aus Härten und Bitternissen besteht. »John«, sagte sie leise und warm, »John, ich liebe dich. Bitte, glaube mir: Du bist der einzige Mann, den ich wirklich geliebt habe. Und ich werde dich lieben, solange ich lebe.«

John antwortete nicht gleich. Sie hatte gedacht, er werde sie nun in die Arme schließen wie gestern nacht, würde sie an sich ziehen und würde sie küssen. Aber John tat nichts dergleichen. Er sah mit einem Lächeln, das halb überrascht und halb nachsichtig wirkte, auf sie herab. »Aber Garnet«, sagte er nach einer kurzen Pause, »das verlange ich ja gar nicht. Wir sind beide erwachsene Menschen. Wir wollen ehrlich sein miteinander. Wir wissen schließlich, daß ›Liebe‹ nichts ist als ein Wort. Ein bißchen Stimmung, ein bißchen Romantik und ein bißchen Mondscheinzauber!«

Achtunddreißigstes Kapitel

Solange sie lebte, würde der Hintergrund dieses Morgens im Olivenhain vor Garnets Erinnerung stehen. Das Glitzern des Taus, das lavendelfarbene Licht über den Berggipfeln, der frische Duft des Grases unter ihren Füßen. Und sie würde wieder Johns sonnenverbranntes Gesicht sehen, sein Haar, das ihm vorn etwas in die Stirn hineingewachsen war, seine hellen grünen Augen unter den dunklen Wimpern, sein leichtes Lächeln und die bitteren Linien in seinen Mundwinkeln. Und sie würde zurückweichen vor der Erinnerung und wieder das dumpfe Schockgefühl haben, das sie jäh überkam, als ihr klar wurde, daß auch John des Glaubens war, Liebe sei nichts als Romantik und Mondscheinzauber.

Zuerst glaubte sie ihm nicht. Sie war überzeugt, er habe sie nicht richtig verstanden. Dann stellte sie mit Bestürzung fest, daß er sie sehr wohl verstanden hatte, und das schmerzte sie mehr als damals das glühende Eisen, das sich in ihre offene Wunde gebrannt hatte. Er indessen meinte, sie habe gesagt, daß sie ihn liebe, weil sie dachte, er wolle das hören. Deshalb sagte er ihr, daß er solch sentimentale Geständnisse und Versprechungen nicht erwarte. Er sagte, die Liebesschwüre, die Menschen tauschten, gleichgültig, wie heiß und wie glühend sie immer klängen, pflegten an der kühlen Luft der Tatsachen und Wirklichkeiten schnell zu erkalten; warum also sollte man sie überhaupt erst schwören? Erwachsene Leute mit Geist und Verstand sollten vernünftig miteinander reden.

John zeigte sich offensichtlich überrascht, daß eine Frau mit so kühlem und klarem Kopf gedacht habe, es verlange ihn danach, romantische Redensarten wie »Ich liebe dich! Ich werde dich ewig lieben!« und ähnliches zu hören. Als sie entsetzt ausrief, sie meine doch, was sie sage, stieg seine Überraschung noch, zumal er keineswegs gedachte, ihr irgendein Wort dieser Art zu sagen. John mochte sie sehr; sie schien ihm die begehrenswerteste Frau, die ihm je begegnet war, aber er beabsichtigte nicht, ihr ewige und unabänderliche Liebe und Leidenschaft zu versprechen. Er glaubte, ein solches Versprechen nicht verantworten zu können, und war der Meinung, kein Mann könne das, und so er es doch gäbe, sei er ein verantwortungsloser Lügner. »Um Himmels willen, Garnet«, sagte er, »niemand kann ein derartiges Versprechen geben. Warum also sollen wir so tun, als könnten wir es?«

Ihr Schmerz und ihr Erstaunen mußten wohl in ihrem Gesicht gestanden haben. Er nahm ihre beiden Hände in die seinen. »Ich wollte dir gewiß nicht weh tun, Garnet«, sagte er.

Aus jedem Wort, das er sagte, sprach seine Aufrichtigkeit; in seiner Stimme war ein zärtlicher Klang. Aber Garnet fühlte: Es war dies nicht die Zärtlichkeit, mit der ein Mann einer geliebten Frau begegnet; es war so, als versuche ein älterer und erfahrener Mann einem Kind klarzumachen, daß die Welt nicht ganz so fleckenlos strahlend sei, wie sie manchmal scheine.

»Garnet«, sagte er, »ich habe dich sehr, sehr gern; das fühlst du doch. Warum willst du, daß ich Narrheiten schwätzen soll wie irgendein dummer Fant? Dieses übliche Geschwätz von ewiger Liebe und Treue ist Narrheit. Und du weißt das.«

»Ich weiß nichts dergleichen«, sagte Garnet. »Und als ich sagte: ›Ich liebe dich‹, da wußte ich sehr genau, was ich meinte. Das war kein närrisches Geschwätz. Mein Gott, John« – sie wollte kurz sein, aber sie konnte sich nicht helfen, es brach aus ihr heraus –, »liebst du mich denn nicht?«

John stand auf. »Ach, Garnet«, sagte er, »was heißt das denn überhaupt? Was bedeutet das Wort?«

»Das – weißt du nicht?« Sie starrte ihn fassungslos an.

»Nein«, antwortete er. »Nein, Garnet, das weiß ich nicht. Und ich bin überzeugt: kein Mensch weiß es. Die Menschen lieben ihre Hunde; Frauen lieben schöne Kleider; Kinder lieben ihre Spielsachen, kleine Mädchen ihre Puppen. Der liebt die Musik, jener die Jagd und ein anderer vielleicht die Berge der Schweiz. Und dann gibt es also Menschen, die sagen einander, sie liebten sich.«

»Du glaubst also, sie meinten nicht, was sie sagen?«

»Ich vermute, sie wissen überhaupt nicht, was sie da reden.«

»Oh, John«, flüsterte Garnet verzweifelt, »hast du nie zwei Menschen gesehen, die sich wirklich liebten?«

Er zuckte die Achseln: »Ich habe Menschen gesehen, die behaupteten, sie liebten sich. Und ich habe sie über die Liebe reden hören. Sie pflegten dann von einem erhabenen und heiligen Gefühl zu sprechen. Und dann haben sie jede Dummheit, jede Übeltat und jedes Verbrechen mit eben diesem Gefühl entschuldigt: ›Ich liebe dich, also mußt du alles tun, was ich von dir verlange. Ich liebe dich, also gehörst du mir wie ein Schoßhund. Ich liebe dich, und also habe ich das Recht, dich an mich zu binden und dich für immer zu besitzen. Kraft meiner Liebe kann ich verlangen, daß du all meine Launen erträgst, daß du jederzeit auf mich wartest, immer für mich bereit bist und überhaupt ganz und gar mein Sklave wirst. Und das alles geschieht selbstverständlich nur zu deinem Besten, denn ich weiß besser als du, was dir fehlt und was du brauchst. Ich weiß es, denn ich liebe dich ja.‹« Er schüttelte, leicht angeekelt, wie es schien, den Kopf. »Nein«, sagte er. »Nein, Garnet, dergleichen mag ich nicht. Ich weiß nicht, was das ist, was die Leute Liebe nennen, aber ich habe gesehen, wie sich dieses sogenannte Gefühl auswirkt. In meinem Leben hat das keinen Raum.«

Er stand hoch aufgereckt vor ihr, und die Strahlen der Sonne trafen ihn so, daß die eine Hälfte seines Gesichts hell beleuchtet wurde, während die andere beschattet war. Genauso war er ihr immer erschienen, halb hell und halb dunkel, zur Hälfte klar und zur Hälfte unergründlich. »Ich verstehe dich nicht«, sagte Garnet. »Wenn du mich nicht liebst, was soll das dann alles? Du liebst mich nicht, aber du willst mich heiraten?«

»Gewiß will ich dich heiraten«, antwortete er ernst. Er setzte sich wieder zu ihr. »Und das ist weiß Gott mehr, als ich jemals von einer Frau gewollt habe.«

Garnet war es, als müsse sie sich einen Weg durch dichten Nebel ertasten. Sie wußte nicht, was sie sagen sollte. John ließ seine Hände zwischen den Knien baumeln und fuhr fort:

»Es tut mir leid, daß ich dich so entsetzte. Ich fürchte, ich war in meinem ganzen Leben nicht sonderlich taktvoll. Aber ich muß

auch sagen, ich habe das bisher nicht zu bereuen gehabt.« Er wandte
ihr den Kopf zu und lächelte sie an; sein Blick schien so treuherzig,
daß sie Mühe hatte, die Tränen zurückzuhalten. »Garnet«, sagte
er, »was willst du nun eigentlich von mir?«

Garnet senkte den Kopf und stützte das Kinn auf die verschlun-
genen Hände. Es war so schwer, das auszudrücken. Liebe war doch
etwas, das man vom Instinkt her begriff und erfühlte; das konnte
man doch nicht sezieren und auseinanderlegen. Sie versuchte es dennoch.

»Ich möchte, daß du mich liebst«, sagte sie. »Das heißt, ich möchte
nicht nur die Frau sein, der du ›ein verdammtes Recht einräumst‹;
ich möchte dein Herz sein, dein Mittelpunkt, die Quelle, aus der
du deine Kraft ziehst. Ich möchte wichtiger für dich sein als alles
andere in der Welt, und ich glaube, das ist nicht unbillig, denn so
wichtig bist du auch für mich. Und ich möchte die Gewißheit haben,
daß wir einander immer so wichtig sein werden, gleichgültig, was
mit uns geschieht.« Sie sah ihn an, und in ihren Augen stand zu
lesen, was sie bewegte. »Hast du mich nun verstanden?« fragte sie.

John antwortete nicht gleich. Er blickte auf den wilden Hafer zu
seinen Füßen und zertrat ein Büschel junger Ähren mit dem Stie-
felabsatz. Er nahm den Fuß fort, und das Büschel richtete sich wieder
auf.

»Garnet«, sagte er, »ich wollte, ich könnte ja sagen.«

»Du weißt immer noch nicht, was ich meine?« rief sie entsetzt.

John fuhr fort, als habe er den Ausruf gar nicht vernommen.
»Beinahe hätte ich ja gesagt. Ich besann mich noch eben rechtzeitig.
Wie leicht, jetzt einfach zu sagen: ›Ja, Garnet, so liebe ich dich!‹
Vermutlich hättest du es geglaubt. Aber ich weiß nicht, wie lange
dieser Glaube vorhalten würde. Ich habe einfach nicht das Talent,
etwas zu sagen, was ich nicht weiß.« Er wandte sich ihr so zu, daß
er ihr offen ins Gesicht sehen konnte. »Garnet«, sagte er, »ich weiß
nichts über die Zukunft. Ich weiß, was jetzt ist, in diesem Augenblick, darüber hinaus weiß ich nichts. Ich stehe Versprechungen,
die in die Zukunft reichen, verständnislos gegenüber. Natürlich: Ein
Mann kann versprechen, daß er eine Frau nie schlagen wird; er kann
versprechen, daß er sein Bestes tun wird, ihren Unterhalt sicherzu-
stellen und ihr Schutz zu gewähren. All diese Dinge sind möglich.
Aber ich begreife nicht, wie ein Mann versprechen kann, mit seinem
Gefühl werde es dann und dann noch so und so bestellt sein. Kein
Mensch ist seiner Gefühle für die Ewigkeit sicher.«

Garnets Mundwinkel verzogen sich ganz allmählich zu einem verächtlichen Lächeln. Es fiel ihr ein, wie Florinda sich über die Liebe geäußert hatte. Damals hatte sie gedacht: John wird keinem Menschen ein Versprechen geben, es sei denn, er sei bereit, mit seinem Leben dafür einzustehen. – Damit wenigstens habe ich recht behalten, dachte sie. Aber ich weiß nun auch, daß John nicht bereit ist, mir ein Versprechen zu geben. Sie sagte:

»Warum, um alles in der Welt, willst du mich also heiraten, John?«

Er zögerte keinen Augenblick mit der Antwort: »Weil ich dich haben will. Weil ich dich begehre, mehr als irgendeine Frau in meinem ganzen Leben. In dir ist Kraft und Stolz und Freiheitsgefühl. Das alles bewundere ich. Und ich bin sicher, wir werden eine sehr schöne Zeit miteinander verleben.«

»Das sagt dir also – dein Gefühl?« versetzte sie. »Wie aber nun, wenn dieses Gefühl nicht vorhält?«

»Möglich, daß es nicht vorhält«, sagte John, »wahrscheinlich sogar. So werden wir trotzdem eine schöne Zeit miteinander verbringen, solange es dauert.«

Plötzlich hatte sie das Gefühl, sie würde verrückt. Seine Ansichten hatten sie entsetzt, hatten sie im Innersten verletzt. Aber zunächst war der tief innen brennende Schmerz noch durch den äußeren Schock überdeckt gewesen; jetzt brach er durch. Johns Lächeln, das den schmallippigen Mund überspielte, erschien ihr wie Hohn. Wollte er sich einen Spaß mit ihr machen? Sie sagte mit einer Kälte, die sie selber schüttelte: »Ich glaube jetzt zu verstehen. Es würde eine großartige Sache werden. Aufregend wie lauwarmes Abwaschwasser.« Sie stand ruckhaft auf, und auch John erhob sich. Er packte mit hartem Griff ihren Ellbogen. »Garnet«, sagte er, »die Welt ist voller Männer, die zweifellos bereit sind, dir in die Ohren zu trompeten, was du hören möchtest. Du bist doch zu klug, um dergleichen haben zu wollen. Und wolltest du es wirklich, dann verdientest du nichts Besseres.«

»Und was meinst du denn, was ich bekommen würde?«

Er zuckte die Achseln: »Enttäuschungen selbstverständlich. Das solltest du doch wissen. Du hast das doch schon einmal hinter dich gebracht. Ich könnte mir denken, daß es kein Spaß für dich war. Erinnere dich doch.«

Sie zuckte sichtbar zusammen, aber ihre Lippen verkniffen sich. Er fuhr fort:

»Ich habe dich einmal belogen. Damals in Santa Fé, als ich dir sagte, ich hätte keinen Brief für Oliver. Das war ein sentimentaler Versuch, dich zu schonen. Wäre ich an jenem Tage ehrlich gewesen, ich hätte dir vermutlich sehr, sehr viel Leid erspart. Sollte dir das nicht eine Lehre gewesen sein?«

Garnet sagte mit zuckenden Lippen: »Florinda gab mir unlängst ähnliche Belehrungen über die Liebe. Ich muß nur sagen, von dir hätte ich sie nicht erwartet. Bist du absolut und vollständig herzlos, John?«

»Ich weiß nicht, ob ich herzlos bin«, entgegnete er. »Vielleicht bin ich nur vernünftig. Ganz gewiß aber bin ich ehrlich. Und ich möchte annehmen, meine Worte schmerzen dich deshalb so tief, weil ich der erste Mann bin, der dir gegenüber ehrlich und aufrichtig ist.«

»Oh, hör auf!« rief Garnet; sie glühte innerlich vor Zorn. »Ich weiß, was ich will«, sagte sie mit bebenden Lippen. »Und ich weiß, daß ich Halbheiten gar nicht will. Du sagst, du seiest ehrlich. Narrheit! Du bist hart und spröde wie Glas. Du vermagst nicht tief zu fühlen, deshalb lachst du über andere Menschen, die es können, die überhaupt nur aus dem Gefühl leben können. Es ist leicht, etwas zu verachten, was man nicht versteht. Unmusikalische Leute pflegen ja auch damit zu prahlen, daß sie nicht dumm genug seien, für sinnlose Geräusche Geld auszugeben. Es tut mir leid, daß ich dich mit Dingen belästigt habe, die du für Narrheiten hältst; es wird gewiß nicht wieder geschehen.«

Sie war so erbittert, daß der Zorn ihr die Augen verschleierte; sie vermochte ihn nur noch undeutlich zu sehen. Nur daß sein dunkles Gesicht nahe dem ihren war, nahm sie wahr, daß seine Hand noch immer ihren Ellbogen umklammerte und daß er im Begriff war, etwas zu sagen. Aber sie wollte nun nichts mehr hören. Sie riß sich mit einer schnellen Bewegung von ihm los, raffte die Röcke und lief davon. O Gott, sie war so sicher gewesen in ihrem Gefühl und so sicher, daß dieses Gefühl erwidert würde. Jetzt kam sie sich verschmäht und gedemütigt vor. Es war, als hätte sie um Perlen gebeten und hätte statt dessen eine Handvoll Seemuscheln bekommen. Sie war wütend auf John und noch wütender auf sich selbst, weil sie ihm so offen ihr Gefühl enthüllt hatte. Es war ihr, als sei ihr Stolz mit Füßen getreten worden. Wenn er jetzt über sie lachte, konnte sie sich nicht einmal beklagen; sie hatte ihm durch ihre rückhaltlose Offenheit ja selbst den Grund gegeben.

Sie rannte durch das hohe Gras, ihre Schultern streiften hier und da die weit herabhängenden Baumäste; Zweige schlugen ihr ins Gesicht und verfingen sich in ihrem Haar. Der Wildhafer stand kniehoch und dicht wie ein Pelz. Aber sie achtete nicht des Weges, sie wollte weg von John, weg von dem Mann, der sie so gedemütigt hatte, und also lief sie und merkte gar nicht, wie ihr Fuß sich im Hafergestrüpp verfing; sie taumelte und fiel vornüber ins Gras.

Da sie instinktiv die Hände vorgestreckt hatte, geschah ihr weiter nichts. Dennoch hatte der plötzliche Fall ihr einen kleinen Schock versetzt; es fiel ihr schwer, sich wieder aufzuraffen. – Wie idiotisch ich aussehen muß! dachte sie; hoffentlich hat er mich nicht fallen sehen. Als sie schließlich stand, hatte sie ein leichtes Schwindelgefühl.

Sie atmete schwer. Sie hatte keine Schmerzen, aber ihr ganzer Körper flog vor Erregung, und ihre Hände zitterten. Sie blinzelte, um erst wieder klare Sicht zu bekommen, und dann, als der leichte Schleier vor ihren Augen sich verzog, sah sie John. Er richtete sich eben auf. Offenbar hatte er ihr helfen wollen. Wenn er wenigstens so viel Takt gehabt hätte, so zu tun, als habe er ihren lächerlichen Fall nicht gesehen. Aber er hatte ihr ja gerade erst gesagt, daß er kein Taktgefühl besitze, und er sagte ja nie etwas, was nicht unbedingt den Tatsachen entsprach. Sie war noch immer halb betäubt, aber sie sah nun sein Gesicht dicht vor dem ihren.

»Bitte, hör zu«, sagte er. »Du erwähntest vorhin die Musik. Es gibt Menschen, die kein Gehör dafür haben. Vielleicht ist es so, daß ich kein Gehör für die Liebe habe. Das möchte immerhin sein, denn was du über Musik sagtest, das habe ich verstanden.«

Sie konnte noch nicht antworten, sie bekam kein Wort über die Lippen; er fuhr fort:

»Ich habe nämlich auch kein musikalisches Gehör. In der Regel muß ich eine Melodie zehnmal hören, um sie wiederzuerkennen, und auch dann gelingt es mir nicht immer. Wäre es richtig, mich deswegen zu tadeln? Und wenn ich nun ohne Gehör für die Liebe geboren wäre, wolltest du mich deswegen strafen?«

Garnet atmete schwer; sie zitterte immer noch am ganzen Körper. »John«, keuchte sie, »laß mich allein. Höre auf, über mich zu spotten. Laß mich gehen.«

»Oh, du liebe, törichte Närrin!« rief John, »weißt du nicht, daß ich dir jederzeit alles geben würde, was du verlangst, so ich es nur hätte?«

Garnet hörte ihn kaum. John zog sie an sich, und bevor sie ihn noch zurückstoßen konnte, riß er sie in seine Arme und küßte sie, wie er sie noch nie geküßt hatte.

Einen Augenblick ließ sie es sich in atemlosem Entzücken gefallen. Aber dann wurde ihr bewußt, daß sie es gleichsam willenlos geschehen ließ. Eine Welle der Scham und der Wut überflutete sie; ein roter Vorhang zog sich vor ihren Augen zusammen. Mit aller Kraft, die sie aufzubringen vermochte, riß sie sich los; und da Scham und Wut in ihr stärker waren als alles andere, hob sie die Hand und schlug ihm ins Gesicht. Ihre Hand brannte von dem Schlag, und sie lief schon; sie raffte die Röcke und lief, und ob nun ein glücklicher Zufall es wollte oder das Wissen, er sehe ihr nach, ihr Sicherheit verlieh – diesmal stürzte sie nicht. Sekunden später lag der Olivenhain schon hinter ihr, stolperte sie schon über das Steinpflaster des Hofes, der den Hain mit dem Herrenhaus verband.

Sie blieb plötzlich stehen, ließ die Röcke fallen und sah sich um. John war ihr nicht gefolgt; sie sah ihn nicht. Offenbar war er unter den Olivenbäumen zurückgeblieben. – Ach, lieber Gott! dachte sie, wenn ich ihn doch nie mehr sehen müßte!

Sie war froh, Florinda nicht in dem gemeinsamen Schlafzimmer vorzufinden. Garnet warf sich vor dem Bett in die Knie und vergrub den Kopf in den Kissen. Sie fühlte sich matt und schlaff wie selten in ihrem Leben. Nach einem Weilchen vernahm sie die hallenden Schläge des Gongs, der zum zweiten Frühstück rief. Sie achtete nicht darauf. Sie war erschöpft, als hätte sie einen tagelangen Ritt durch steinige Gebirgspässe hinter sich.

Kurz vor Mittag erschien Florinda im Zimmer. Florinda war ausgeritten; ihr Haar war vom Wind zerzaust, und ihre Wangen strahlten vor Frische. Sie sah so bezaubernd aus, und ihre Augen leuchteten so hell vor Frohsinn und Freude, daß Garnet sich versucht fühlte, ihr auch ins Gesicht zu schlagen. Florinda zog ihre Schuhe aus und warf sie auf die Wandbank. Dann kam sie zu Garnet herüber und legte ihr die Hand auf die Schulter.

»Garnet, Liebe«, sagte sie, »es tut mir leid.«

Garnet sah verwirrt auf. »Woher weißt du . . .?«

»Ich weiß nichts. Wenigstens nichts Genaues. Aber er hat dich gekränkt; ist es nicht so?« Garnet hatte das Gefühl, ihre Kehle sei zugeschnürt; sie konnte nicht antworten. Florinda sagte: »Sprich nicht darüber, wenn es dir schwerfällt. Im übrigen ist es ganz klar: Du bist leider so sehr dafür geeignet, gekränkt zu werden.«

Garnet lächelte sie ein bißchen schief an. Nachdem der Druck in ihrer Kehle etwas nachgelassen hatte, sagte sie: »Du hast ja versucht, es mir zu erklären.«

»Ja, allerdings.«

»Wie konntest du überhaupt darauf kommen, er könnte mich gekränkt haben?«

»Lieber Gott, du warst so strahlend glücklich, daß jedermann es sehen konnte. Und John sieht aus wie ein Haus mit verschlossenen Türen und Fensterläden.« Sie ließ den Blick über Garnet gleiten. »Du hast Grasflecke auf dem Kleid.«

»Ich bin ausgeglitten und gefallen.«

»Ich hatte mir gedacht, daß du ein Weilchen allein bleiben wolltest. Darum bin ich so lange wie möglich draußen geblieben. Aber du mußt nun zum Essen kommen. Soll ich dir ein anderes Kleid herausnehmen?«

Garnet sagte, sie wolle überhaupt nicht zum Essen kommen. Aber Florinda bestand darauf.

»Wenn du anfängst, von der Tafel wegzubleiben, wird Doña Manuela meinen, du seiest krank«, sagte sie. »Und wenn Doña Manuela das erst meint, dann mag dir der Himmel helfen. Ich habe es erfahren. Du läufst übrigens keine Gefahr, John in den Weg zu laufen. Ich sah ihn fortreiten vorhin, zu den Bergen hinüber. Er ritt, als säßen ihm sieben Geister im Nacken.«

Garnet ging mit zum Speisezimmer, und als sie einmal dort saß, konnte sie auch essen, wie sie zu ihrer Überraschung feststellte. Danach fühlte sie sich sehr viel besser. Schließlich hatte sie ja auch außer der Tasse Schokolade in der Morgenfrühe noch nichts zu sich genommen. Nachher war sie überzeugt, nicht schlafen zu können; aber um nicht von Florinda für eine dumme Gans gehalten zu werden, legte sie sich neben ihr hin, und die lange Gewöhnung an den Mittagsschlaf ließ sie schließlich auch einschlafen. Als sie erwachte, hatte sich ihr Gemüt weitgehend beruhigt. Sie fühlte sich immer noch verwirrt, sie empfand immer noch den Schmerz der ihr angetanen Kränkung, aber sie kam sich doch nicht mehr vor wie eine gespannte Violinsaite.

Während sie schlief, hatte es zu regnen begonnen. Und es war so kalt im Zimmer, daß die Frauen, anstatt sich anzukleiden, die Decken fester um die Knie schlangen. Da die Fenster keine Glasscheiben hatten, mußten sie die Läden schließen und Kerzen anzünden.

Florinda beschäftigte sich damit, einen frischen Kragen an ihr Kleid zu nähen. Sie achtete sehr sorgfältig auf ihre Kleidung, aber sie verrichtete sämtliche Näharbeiten in ihrem Schlafzimmer, weil sie mit Handschuhen nicht nähen konnte und weil gerade Näharbeit unwillkürlich alle Blicke auf die Hände lenkte.

Sie hatte Garnets Vertrauen nicht erbeten, aber Garnet verlangte jetzt selbst nach einer Aussprache. Und während draußen ununterbrochen der Regen rieselte, berichtete sie Florinda das Wesentliche von ihrem mit John geführten Gespräch. Florinda lauschte und war offensichtlich voller Mitgefühl, doch war sie gleichzeitig auch sehr verwirrt.

»Aber, Garnet, ich verstehe nicht«, sagte sie. »Er war also bereit, dich zu heiraten? Ich hatte nämlich befürchtet, er hätte dich nur zur Freundin haben wollen, und ich wußte, daß dich das schwer verletzen würde. Hat er wirklich gesagt, er wolle dich heiraten?«

»Er ist bereit, mich mit aller dazugehörigen Feierlichkeit zu heiraten. Aber er hat nicht den geringsten Respekt vor dem eigentlichen Inhalt einer solchen Feier«, sagte Garnet.

Florinda seufzte wie jemand, der Geduld mit einem störrischen Kind aufzubringen sucht. »Aber Liebe«, versetzte sie, »den hat kein Mensch. Der einzige Unterschied ist der, daß John sich dazu bekennt und es dir in aller Offenheit sagt.« Sie suchte in Garnets Gesicht zu lesen und versuchte offenbar, hinter deren Gedanken zu kommen. »Aber Garnet«, setzte sie hinzu, »vielleicht bin ich einfältig, aber ich verstehe nicht, warum du ihn nicht nehmen willst.«

Garnet mühte sich, es ihr begreiflich zu machen. »Sein Gefühl für mich ist nicht groß genug«, sagte sie, »er würde meiner müde werden.«

»Gut«, entgegnete Florinda, »aber woher willst du wissen, ob nicht auch du seiner eines Tages müde wirst? Ich kann mir nicht vorstellen, daß man jahrelang tagein, tagaus mit einem Mann zusammen ist, ohne seiner müde zu werden.«

»Ich würde es nicht«, beharrte Garnet trotzig.

»Ich glaube, du hast ein größeres Vorstellungsvermögen als ich«, sagte Florinda. »Laß uns doch einmal das Schlimmste annehmen. Ich setze den Fall, du heiratest John. Und dann nehme ich an, er würde deiner überdrüssig. Dann ließest du dich eben scheiden. Drüben in New York würde ich das nicht sagen. Ich glaube, es ist einfacher, sich selbst in den Ellbogen zu beißen, als sich in New York scheiden zu lassen. Aber hier in Kalifornien macht das gar keine Schwierigkeiten, seit die Yankees hier sind. Mr. Kerridge sprach gestern davon. Die amerikanischen Alkalden können eine Scheidung ohne weiteres aussprechen. Und sie sollen dabei sehr großzügig verfahren.«

Garnet fuhr mit den Fingern durchs Haar. Es war einen Augenblick still im Raum; sie hörte den Regen draußen rauschen. Die bloße Vorstellung einer Scheidung schockierte sie nicht mehr so wie früher. Aber sie hatte sich nun einmal ein Traumschloß von der Ehe errichtet, und in diesem Traumschloß regierte die Liebe, eine Liebe, die stark und stolz und über alles andere erhaben war.

Der Gedanke, eine Ehe einzugehen und gleichzeitig schon mit der Möglichkeit zu rechnen, eines Tages überflüssig zu sein, war ihr unerträglich. Eine solche Ehe dünkte sie um nichts besser als Florindas Liebesaffären. Sie hob den Kopf und warf das Haar in den Nacken zurück.

»Ich mag das nicht«, sagte sie. »Es mag Frauen geben, denen so eine Ehe immer noch besser als gar keine erscheint. Ich gehöre nicht zu ihnen. Wenn ich das Gefühl hätte, von dem Mann, dem ich mich verbunden habe, nicht wirklich geliebt zu werden, würde ich jeden Tag vor innerer Unsicherheit zittern. Ich würde mich jeden Tag fragen, ob es nun soweit sei, ob er mir gleich Lebewohl sagen werde. Und eines Tages würde er es schließlich sagen. Und was sollte ich dann tun?«

Florinda zuckte die Achseln: »Es wäre das dann immer noch kein schlimmerer Zustand als der jetzige.«

»Oh, das wäre es wohl!« rief Garnet. »Es käme ja schließlich noch etwas dazu. Ich bin so empörend gesund, daß ich sehr wahrscheinlich einen ganzen Stall voll Kinder haben würde.«

»Nun, was das angeht, da könnte ich wahrscheinlich helfen«, sagte Florinda ungerührt, »ein gewisses Risiko besteht da natürlich immer; darüber muß man sich klar sein.« Sie ließ ihre Näharbeit sinken und umschlang die aufgestützten Knie mit den Händen. »Garnet«, sagte sie, »mir kommt eine Idee. Warum bittest du John nicht, dir die Hälfte von Torosa zu verschreiben?«

Garnet hielt unwillkürlich den Atem an, so verblüfft war sie. Bevor sie noch antworten konnte, sprach Florinda weiter:

»Sage ihm, du seiest bereit, ihn zu heiraten, aber vorher möchtest du eine Sicherheit dafür haben, daß er dich nicht eines Tages mit einem Haufen Bälger irgendwo sitzenließe. Natürlich wird er dir versichern, das täte er nie; aber Versprechungen sind billig. Ein Dutzend Versprechungen haben noch nicht den Wert eines Zehn-Cent-Stücks.«

Hatte John nicht heute morgen etwas Ähnliches ausgesprochen? Florinda fuhr fort:

»Ich weiß nicht, wie groß Torosa ist, aber zwanzigtausend Morgen hat es gewiß. Die Hälfte davon wären also zehntausend. Das ist für kalifornische Verhältnisse kein großer Besitz, aber es würde in jedem Falle ausreichen, dich unabhängig zu machen. Und wenn du eines Tages auf die Idee kämest, Kalifornien zu verlassen, könntest du noch einen ganz netten Gewinn mit nach Hause nehmen.«

Garnet hatte den Kopf auf den im Nacken verschränkten Armen liegen. Sie dachte: Was er wohl sagen würde, wenn er das hörte? Ob er das alles auch so vernünftig finden würde wie Florinda?

Florinda stichelte weiter an ihrem Kleid herum. »Ach, Garnet«, seufzte sie, »was könntest du mit zehntausend Morgen Besitz alles anfangen! Du hast die Kalifornier doch nun kennengelernt. Sie sind nett und scharmant und reizende Leute, aber sie sind geradezu aufreizend faul. Heiliger Strohsack: zehntausend Morgen und dazu ein bißchen Ehrgeiz und ein bißchen amerikanische Initiative – es ist nicht auszudenken.«

Garnet mußte lachen. Es wurde ein böses Lachen; es klang ihr selbst kalt und blechern im Ohr.

»Was hast du, Darling?« Florinda wandte ihr den Kopf zu.

Garnet würgte an den Worten. »Ich dachte gerade: Wenn ich ihn doch nicht liebte! Ich wollte, ich hätte nie erfahren, was es heißt, einen Mann zu lieben. Liebte ich ihn nicht, dann könnte ich ihn jetzt fragen, ob er mich dafür bezahlen wolle, daß ich ihn heirate. Es wäre eine einfache Sache: ›Ich hoffe, wir werden zufrieden miteinander leben; sollte ich es nicht können, nun, dann kann ich wenigstens mit zehntausend Morgen kalifornischer Erde leben!‹ Aber leider, Florinda: Ich liebe ihn!«

»Ich begreife nicht, warum dich das hindern sollte?«

»Ja, mein Gott! Ich liebe nicht Johns Ranch, ich liebe ihn selbst.«

»Oh, Teufel auf Toast!« sagte Florinda resigniert.

»Ich weiß, du verstehst das nicht. Ich kann aber in diesen Dingen keine Kompromisse schließen. Ich will das, was ich will, ganz oder gar nicht.«

Florinda schlang ihren Arm um Garnets Taille. »Mein liebes

Herz«, sagte sie, »wenn du dich erst so viel herumgebalgt haben
wirst wie ich, wirst du einsehen, daß man nur sehr selten bekommt,
was man haben will. Darum rate ich dir: Nimm, was du bekommen
kannst, und mache das Beste daraus.«

Garnet schüttelte den Kopf. »Ich werde mich sonst mit allem abfinden«, sagte sie, »ich werde nehmen, was ich bekommen kann,
und werde versuchen, das Beste daraus zu machen. Aber ich werde
mich nicht mit einem Mann abfinden, der mich nicht liebt.«

Florinda seufzte. »Du bist mir überlegen«, sagte sie, »ich gebe
es auf.«

Garnet sah ihr ein Weilchen zu, wie sie an ihrer Rüsche herum-
stichelte, als gäbe es nichts Wichtigeres für sie, als das Kleid rechtzeitig zum Abendessen fertigzubekommen. »Du würdest den Landbesitz also nehmen, wenn du ihn zu diesen Bedingungen bekommen
könntest?« fragte sie nach einer Weile.

»Meine Liebe, wenn ich ein solches Kapital bekommen könnte,
würde ich es, weiß der Teufel, zu jeder Bedingung nehmen«, sagte
Florinda.

»Anstelle von Liebe?«

»Liebe?« Florinda lachte. »Der Traum meiner Großmutter!«

Der Sturm hielt nur sechs Stunden an, aber seine Folgen zwangen
John, noch eine weitere Woche auf Kerridges Ranch zu verbringen.
Der Regen hatte Bäche und Flüsse in reißende Ströme verwandelt,
und da es nirgendwo Brücken gab, war es unmöglich, diese Ströme
zu überqueren. Garnet wünschte glühend, er möchte gehen; jedesmal, wenn sie seiner ansichtig wurde, stellte sie sich vor, wie lächerlich sie gewirkt haben mußte, als sie davonlief, stolperte und zu Boden fiel. Das machte sie so verlegen, daß sie selbst dann unsicher
war, wenn er sie gar nicht beachtete. Aber sie wußte auch, daß er
sie sehr wohl beachtete, und zu ihrer Empörung schien er nicht im
geringsten verlegen. Manchmal, wenn sie ihm an der Tafel im Eßzimmer gegenübersaß, glitten seine Augen über sie hin, als wäre
sie eine zu teure Ware und es würde die höchste Zeit, daß sie im
Preis herabgesetzt würde. Sie zitterte innerlich vor Wut; es verschlug
ihr den Appetit. Hoffentlich fiel wenigstens Doña Manuela nicht
auf, wie wenig sie aß.

Auch Florinda war ihr in diesen Tagen keine Hilfe, denn um die
hatte sich eine Garnitur neuer Verehrer geschart. Es waren das drei

Kalifornier und zwei Yankees, von denen keiner sie je zuvor gesehen hatte. Sie hatten vor dem Sturm auf der Ranch Zuflucht gesucht und mußten nun, ebenso wie John, warten, bis die Flüsse passierbar wurden. Die Kalifornier zeigten sich entzückt von Florindas blondem Haar und von ihren veilchenblauen Augen, von ihrem blassen Teint und ihren zart geröteten Wangen. Die Yankees schätzten vor allem ihre Unterhaltung; und Florinda selbst zeigte sich von allen fünfen entzückt. Sie hatte auf diese Weise nicht viel Zeit für Garnet. Überdies war sie innerlich der Meinung, Garnet sei eine alberne Gans, die eine solche Episode viel zu ernst nähme. Sie sagte sich, daß es nicht den geringsten Sinn habe, sich eines einzelnen Mannes wegen zu ärgern, da es ja noch genug andere gäbe.

Garnet war an sich ganz froh, daß Florinda so beschäftigt war. Außer beim An- und Auskleiden waren sie in diesen Tagen nicht viel zusammen. Und bei diesen Gelegenheiten berichtete Florinda der Freundin, daß Mr. Perkins dies und Mr. Middleton jenes gesagt habe. Und Nick, das »hübsche Tier«, habe ihr erzählt, daß die drei Kalifornier danach lechzten, sie mit offen herabfallendem Haar zu sehen, sie seien nur zu gut erzogen, darum zu bitten; ob sie den Männern den Gefallen nicht tun wolle. Das habe sie natürlich getan, und zwar habe sie dazu mit Bedacht eine zugige Hofecke gewählt, wo das im Winde flatternde Haar sie wie ein Heiligenschein umgeben habe. Sie waren völlig weg, die drei Kalifornier; sie habe zwar nicht alles verstehen können, was sie sagten, aber ganz ohne Frage seien sie hingerissen und bezaubert gewesen.

Garnet hörte in halber Verlegenheit und nicht ganz ohne heimliches Neidgefühl diesen Berichten zu. – Ich wollte, ich könnte auch so sein, dachte sie. Wahrhaftig, ich wollte, ich könnte mich über ein paar fremde junge Männer aufregen, die ich gerade erst kennengelernt hätte und die ich sehr wahrscheinlich nach ihrem Weggang nie mehr wiedersehen würde. Warum bin ich so anders? Ist es, weil ich unter anderen Umständen geboren wurde als Florinda oder weil ich anders erzogen wurde? Oder ist es nur, weil ich nicht so schön bin wie sie? – Sie trat vor den Spiegel und besah ihr Gesicht. Nein, es hatte nicht den klassisch schönen Schnitt, nicht die Zartheit und Lieblichkeit Florindas; aber ganz gewiß war auch sie nicht häßlich. Die Männer hatten sie immer sehr anziehend gefunden. Das hatte ihr gefallen, aber es wäre ihr, weiß Gott, nie in den Sinn gekommen, bewußt auf jeden beliebigen Tom oder Dick oder Harry faszinierend wirken zu wollen. Sie wandte sich um und sah Florinda an, die damit

beschäftigt war, sich das Stirnhaar in kleine Löckchen zu drehen.
– Ich bin nicht dafür geschaffen, dachte Garnet. Es ist nicht meine
Sache, Männern den Kopf zu verdrehen. Liebe – das ist für mich
etwas anderes. Das ist viel, sehr, sehr viel mehr.

Sie waren beide eben vom Mittagsschlaf aufgestanden. Florinda
war mit ihrer Frisur fertig und zog gerade ein frisches Kleid an.
Es war das Kleid mit den Silberknöpfen, die ihr Mr. Bartlett in Santa
Fé gegeben hatte. Als sie fertig war, ging sie hinaus, um nach ihren
Bewunderern Ausschau zu halten. Garnet zog sich mit gewollter
Langsamkeit an; sie sehnte sich nicht nach Gesellschaft. Sie war jetzt
am liebsten allein.

Als sie aus dem Hause trat, kam ihr ein Mädchen entgegen, das
ein Tablett mit Waffeln und einen Krug mit Cha trug. Garnet ließ
sich eine Tasse Cha geben und ging, weit vom Hause weg, zu einer
zwischen Bäumen und Büschen einsam stehenden Bank. Sie trank
ihren Cha und versuchte ein wenig Ordnung in ihre Gedanken zu
bringen.

Wenn doch das Wasser der Bäche und Flüsse zurückginge, dachte
sie, damit John abreiten könnte. Sie konnte seine spöttischen Augen,
die sie jedesmal ungeniert suchten, seine harten Kinnladen und sein
ganzes kühl beherrschtes Gesicht nicht mehr sehen; sie ertrug seinen
harten, überlegenen Geist nicht mehr in ihrer Nähe. O Gott, warum
hatte sie nur gewünscht, er solle sie lieben?! Es gab ja wirklich noch
genug andere Männer.

Genug andere Männer, ja. Das war das, was Florinda gesagt hatte.
Garnet sah einem Sonnenstrahl zu, der das Blattwerk durchdrang
und helle Kringel in das Gras zeichnete. Es ist wahr, dachte sie,
finde dich damit ab, Garnet. Schließlich kannst du John Ives nicht
zwingen, dich zu lieben, nicht wahr? Und wenn du das schon nicht
kannst, dann reiße ihn dir wenigstens auch aus dem Herzen. Du
kannst eines Tages nach New York zurückkehren. Du kannst deinen
kleinen Stephen an einem zivilisierten Ort aufziehen, und vielleicht,
wenn das hier alles hinter dir liegt, kannst du auch noch die Liebe
eines Mannes erringen und lernen, ihn wiederzulieben. Denn dafür
allein bist du geboren und erzogen worden; es ist das, was du
brauchst!

Sie fühlte sich allmählich leichter und ruhiger werden. Der Cha
duftete nach Orangenblüten. Sie trank ihn mit Genuß. Plötzlich
wandte sie, aus dem Gefühl heraus, beobachtet zu werden, jäh den
Kopf. Kaum zwanzig Schritt von ihr entfernt stand ein blattloser

Feigenbaum, der seine Äste und Zweige nackt und kahl nach allen Seiten streckte, und unter diesem Baum, mit dem Rücken an den Stamm gelehnt, stand John.

Er mußte in seiner lautlosen Weise herangekommen sein. Der jahrelange Umgang mit den Indianern mochte ihn das gelehrt haben. Er hielt ein kleines, ziemlich zerfleddertes Buch in der Hand; es war offenbar das Bändchen, das er dem Russen Nikolai geliehen hatte, um ihm das Erlernen der englischen Sprache zu erleichtern. In der anderen Hand hielt er einen Bleistift, und es sah aus, als unterstriche er hier und da eine Zeile in dem Buch. Er schien den Inhalt gut zu kennen, denn seine Augen ruhten nur wenige Sekunden auf dem Papier, dann sahen sie zu ihr hinüber.

Garnet hatte keineswegs die Absicht, mit ihm zu sprechen; im ersten Impuls wollte sie aufspringen und davonlaufen. Sie stand auch auf, doch in dem Augenblick, da sie die Tasse auf der Bank abgestellt hatte, stand John schon neben ihr. Er lächelte ein wenig, das gleiche, ein wenig nachsichtige Lächeln, das er auch bei jener entscheidenden Unterredung im Gesicht gehabt hatte. Und abermals spürte Garnet die wilde Enttäuschung jener schrecklichen Stunde; sie fühlte, wie die Tränen in ihr aufstiegen. Gleichzeitig wußte sie, daß sie ihn würde töten mögen, wenn er sie Tränen vergießen sähe. Aber John blieb ohnehin nur eine Sekunde, er neigte sich über sie, küßte sie leicht auf den Scheitel, flüsterte: »Mein liebes Mädchen!« und ging mit seinen langen und lautlosen Schritten davon. Als er fort war, sah sie, daß er ihr ein Blatt Papier in den Schoß gelegt hatte; offenbar war es eine Seite aus dem alten Gedichtband. Garnet nahm das Blatt auf. Ein Sonnenfinger wies ihr die Stelle, die John unterstrichen hatte. Und sie las die Zeilen, die der Dichter Andrew Marvell vor zweihundert Jahren für eine Dame niedergeschrieben hatte:

> *Ja, wenn wir Raum genug hätten, Raum und Zeit,*
> *Ihre Sprödigkeit, Lady, wäre kaum ein Verbrechen ...«*

Spröde? dachte sie. Wahrhaftig, spröde hat mich noch niemand genannt. Sollte er mich immer noch mißverstehen? Sollte er etwa gar meinen, ich spiele mit ihm? Es machte mir Spaß, ihn hinzuhalten? Und schon kam wieder die Wut in ihr hoch, während sie die weiteren Zeilen las, die John unterstrichen hatte:

»Doch immer hör' ich es hinter mir murmeln:
Sieh doch die Zeit; sie entflieht wie ein Wagen;
Und Tag für Tag näherst du mehr dich dem Grabe.
Dort magst du ja Ruhe und Frieden wohl finden,
Doch keiner, so fürcht' ich, umarmt dich mehr dort.«

Garnet zerknüllte das Blatt und warf es gegen den Feigenbaum. Wenn sie draußen schon keinen Frieden haben konnte, dann würde sie sich eben auf ihr Zimmer begeben und dort bleiben. – Um Himmels willen, lauf nicht! warnte sie sich dann selbst, während sie die Röcke hob, um das Gras zu durchschreiten. Vielleicht ist er irgendwo hinter dir und beobachtet dich. Du darfst nicht wieder fallen!

So ruhig, wie ihre erregten Nerven es irgend zuließen, ging sie zum Hof hinüber. Dort, wo ein mit Steinfliesen belegter Weg durch den Wildhafer führte, blieb sie stehen und sah sich um. Da stand er hinter ihr, hinter dem letzten Baum vor dem Beginn des Pfades. Sie fühlte ihr Gesicht heiß werden und zitterte vor Grimm und Scham. John sagte ruhig mit einem leichten Zucken um die Mundwinkel:

»Ich breche morgen früh sehr zeitig auf. Die Wege sind jetzt trokken genug.«

»Lebe wohl!« sagte Garnet; denn irgend etwas mußte sie ja wohl sagen.

»Nikolai bleibt noch hier«, fuhr er fort. »Er wird dich und Florinda nach Los Angeles zurückbringen, sobald ihr wollt und dazu bereit seid. Pferde und Lebensmittel und Begleitmannschaft stehen schon bereit.«

Sie hatte überhaupt nicht mehr daran gedacht, wie sie nach Los Angeles zurückkommen würde. Aber, siehe da, er hatte bereits Vorsorge getroffen. Also hatte sie abermals Grund, ihm dankbar zu sein. Plötzlich begann sie zu begreifen, was er gegen das Wort Dank hatte; denn jetzt zitterte sie selber vor Groll, weil sie etwas von ihm annehmen mußte. Es war ein höchst unangenehmes Gefühl. John sagte:

»Ich reite also morgen, aber wir trennen uns nicht für immer. Ich sage dir nicht Lebewohl.« Er sprach jetzt sehr ernst. Und dann kam er mit seinen schnellen, lautlosen Schritten auf sie zu und legte ihr in jäher Aufwallung die Arme auf die Schultern. »Garnet«, sagte er, »warum willst du mich nicht nehmen, wie ich bin? Was ist denn so schlimm an mir?«

Bevor ihr Kopf die Antwort noch bewußt formulieren konnte, hörte sie sich schon sprechen: »In der Nacht, als du mich im Dunkeln küßtest, dachte ich: Jetzt sieht er dich an wie die Blumen auf den Berghängen. Aber ich weiß nun, das tatest du nicht. Du hast mich niemals so angesehen: ehrfürchtig und liebend zugleich. Und ich habe keine Lust, mein Leben damit zuzubringen, auf ein Mohnfeld eifersüchtig zu sein.«

Er hielt sie noch fest. »Du brauchst nicht so mit dem Kopf auszuweichen«, sagte er, »ich werde dich nie wieder küssen, bis du mich selbst darum bittest.« Er ließ sie ruckhaft los und war schon im nächsten Augenblick hinter den Bäumen verschwunden. Garnet stand reglos und sah ihm nach, dann, einer Aufwallung nachgebend, ließ sie sich auf den Steinplatten des Pfades nieder, bedeckte das Gesicht mit den Händen und weinte still vor sich hin. Die Tränen quollen ihr durch die Finger.

So sah sie Nikolai Grigorievitch Karakozof. Er hatte mit einem der Cha servierenden Mädchen geflirtet, da sah er Garnet auf den Steinen sitzen und brach mitten im Satz ab. Mit wenigen Schritten stand er neben der Sitzenden, kniete neben ihr nieder, legte ihr den Arm um die Schulter, zog sie hoch und gab ihr ein Taschentuch, damit sie sich die Tränen abwischen könne. Es war ein weiches Tuch aus feinem Linnen, vermutlich von einer seiner Freundinnen bestickt. »Kommen Sie mit mir«, sagte Nikolai und führte Garnet zu den Bäumen hinüber, wo keiner sie sehen konnte. Unter einem kleinen Eichengebüsch blieben sie stehen; er umschlag sie abermals mit einem Arm und bettete ihren Kopf an seiner breiten Schulter, ihr sacht die nassen Wangen streichelnd. – Wie lieb er ist! dachte Garnet, wie ein Bruder, auf den man sich verlassen kann. Dieser Nikolai war mindestens einen Fuß größer als sie und wog gewiß einen Zentner mehr. Aber er hatte ein warmes, mitfühlendes Herz, und jegliche Heuchelei war ihm fremd. Es gab wenig Erwachsene, die waren wie er; er war wie ein großes Kind.

»Garnet«, sagte Nikolai mit leiser Stimme, »nun – Sie können weinen, soviel Sie wollen. Schämen Sie sich nicht wegen der Tränen. Jeder Mensch muß weinen irgendwann einmal.«

Die Tränen hingen noch an ihren Wimpern, als sie ihn anblickte. »Nikolai«, sagte sie. »Sie sind so lieb. Ich danke Ihnen.« Sie sah das offene Lächeln in seinem Gesicht und das warme Mitgefühl in seinen Augen. »Nick«, sagte sie, »was ist eigentlich mit mir? Bin ich eine Närrin?«

»Ich weiß nicht«, antwortete Nick, »ich bin nicht klug genug, Ihnen zu sagen, was Sie sollen tun. Aber ich liebe Sie, und ich liebe auch John, und ich finde, es ist schrecklich, daß ihr nicht glücklich seid.«

»Was hat Ihnen John denn erzählt?«

»Erzählt? John hat nie mit mir über Sie gesprochen. Er hat nie zu irgendeinem Menschen über Sie gesprochen. Ich weiß nur, was ich habe gesehen. John spricht nicht über Dinge, die sind wichtig für ihn.«

»Bin ich denn wichtig für ihn?« flüsterte Garnet.

»Oh«, sagte Nick. »Ganz gewiß sehr wichtig. Darum er ist böse mit Ihnen.«

»Böse mit mir?«

»John ist böse mit jedem, der ist wichtig für ihn. Er will sein selber genug für sich. Es gibt viele Menschen, die so sind. Die Menschen sind große Narren, Garnet. Alle Menschen!«

Wieder stiegen ihr die Tränen in die Augen. Nikolai zog ein frisches Taschentuch aus einer anderen Tasche und reichte es ihr. Es war auf andere Weise offenbar von einer anderen Dame gestickt. Er strich Garnet sacht über die Augenlider. So standen sie eine Weile. Er hatte seinen Arm um ihre Schultern gelegt, sie lehnte den Kopf gegen seine Brust, und langsam begannen ihre aufgewühlten Nerven sich zu beruhigen. Sie schwiegen. Garnet sah schließlich gerade in seine veilchenblauen Augen. »Ich fühle mich besser, Nick«, sagte sie leise. »Ich danke Ihnen.«

»Nun«, versetzte Nikolai, »also werde ich Sie bringen zum Haus zurück, und Sie werden gehen auf Ihr Zimmer. Ich werde einem Mädchen Bescheid sagen, sie soll Ihnen bringen einen guten leichten Wein. Dann werden Sie sich hinsetzen und den Wein trinken, ganz langsam. Und wenn dann der Gong ertönt, Sie werden wieder frisch sein zum Abendessen. Wollen Sie?«

»Ja, Nick, ich will«, sagte Garnet.

Er nahm ihren Arm und ging mit ihr langsam den Pfad entlang. Es sah aus, als hätten sie ein wenig promeniert, um sich an der scheidenden Abendsonne zu erfreuen. Vor dem Hause verbeugte er sich vor ihr und küßte ihr die Hand. Garnet ging hinein.

Sie wollte den Traum von John loswerden. Wenn schon ein so kurzes Zwischenspiel sie so gekränkt und verwundet zurücklassen konnte, dann war es besser, ihn ganz aus ihrem Herzen zu reißen. Eines Tages würde sie ihr Kind nehmen und nach Hause gehen.

Neununddreißigstes Kapitel

Es war die letzte Woche des März, als sie in Los Angeles ankamen. Das erste, was sie hörten, war, daß Charles Hale verheiratet sei.

Texas erzählte es ihnen am Tage nach ihrer Ankunft. Er saß auf dem Küchentisch, während Stephen unter Isabels Aufsicht auf dem Fußboden spielte. Nikolai Grigorievitch saß am Herd und vertilgte riesige Fleischportionen, und Micky ging umher und goß Tee ein.

Nachdem sie sechs Monate weg waren, hatten sie damit gerechnet, von dieser oder jener Veränderung zu hören, aber die Mitteilung, Charles habe geheiratet, verschlug ihnen doch beinahe die Sprache. Garnet war im Grunde froh. Auf diese Weise würde Charles vermutlich eigene Kinder bekommen und weniger daran interessiert sein, ihr Stephen wegzunehmen.

Sie erkundigte sich nach der neuen Mrs. Hale. War sie jung? Hübsch? Reich? Amerikanerin oder Kalifornierin? Wann hatte die Hochzeit stattgefunden? Und wo hielt sich das Ehepaar gegenwärtig auf?

Texas schien die Gedanken hinter Garnets Stirn zu lesen. Er warf einen Blick auf das spielende Kind und streichelte sacht ihren Arm. Texas sah erschreckend aus. Seine Lider waren gerötet, sein Bart verwildert wie in der Zeit der Wüstendurchquerung, und seine Hände zitterten. Aber sein Benehmen war unverändert; er gab sich sanft und ruhig wie in jener Nacht, da Stephen geboren wurde. Garnet lächelte ihn an. Florinda sagte: »Erzählen Sie weiter, Texas, ich gebe Ihnen frischen Tee.«

Und Texas berichtete, daß Charles eine Witwe aus seiner Heimatstadt Boston geheiratet habe, eine Mrs. Lydia Radney. Mrs. Radney hatte sich mit ihrem Gatten auf einer Handelsreise befunden; auf hoher See, zwischen Honolulu und San Francisco, war ihr Mann plötzlich gestorben.

Mr. Radney war zur Hälfte Eigentümer einer Handelsbrigg gewesen, die zu Ehren der Gattinnen beider Eigentümer den Namen *Lydia Belle* führte. Mr. Radney hatte die Schiffsreise mitgemacht, weil er es für notwendig hielt, seinen Superkargo zu beaufsichtigen, der die von Boston mitgeführten Handelsgüter verkaufen und Güter für Boston an Bord nehmen mußte. Ein Superkargo pflegte im allgemeinen das Vertrauen seiner Chefs zu genießen, aber Mr. Radney war vermutlich ein Mann gewesen, der grundsätzlich keinem Menschen vertraute.

Silky, der eben in die Küche gekommen war, um eine Tasse Tee zu trinken, warf hier ein Wort ein. »Ich glaube, es war Mrs. Radney, die niemand traute«, sagte er, »denk daran, was uns der Morrison erzählt hat.«

Florinda brachte den frischen Tee für Texas. In der anderen Hand hielt sie eine Flasche Aguardiente. Ohne ein Wort darüber zu verlieren, goß sie dem Tee einen guten Schuß Schnaps zu. »Wer ist Morrison?« fragte sie, ihren Platz auf der Wandbank wieder einnehmend.

»Der Steward des Schiffes«, antwortete Texas. Er schlürfte genießerisch den duftenden Tee, und sein Gesicht begann zu glänzen. »Morrison war nicht nur Schiffssteward, er hatte auch an der Privattafel des Kapitäns zu bedienen; deshalb weiß er ziemlich viel von dem, was da vorging. Und er sagte, Mr. Radney sei lungenkrank gewesen und habe schon in Boston Fieber gehabt; er hätte die Reise nie unternehmen dürfen, aber seine Frau habe ihn praktisch dazu gezwungen.«

»Eine sehr, sehr interessante Geschichte«, stellte Nikolai Grigorievitch fest, nachdenklich den Rest der Fleischkeule in seiner Hand betrachtend. »Erzähl weiter, Texas.«

Nun erzählten Silky und Texas durcheinander. Es war also so, daß Morrison eines Nachts in der Bar erschienen war und sich betrunken hatte. Und dann hatte er ausgepackt. Danach waren zwei Frauen an Bord der *Lydia Belle* gewesen, die Gattin des Kapitäns und Mrs. Radney. Und die Frau des Kapitäns hatte Mrs. Radney nicht gemocht. Morrison hatte gehört, wie sie sich äußerte, Radney sei schon in Boston ein schwerkranker Mann gewesen; nie hätte er ein Schiff betreten dürfen, um eine lange Seereise anzutreten. Aber Lydia Radney hatte gleichwohl darauf bestanden, weil sie überzeugt war, daß der Superkargo sie anderenfalls betrügen werde. Als Mr. Radney dann an Bord gestorben war, hatte Morrison die Frau des Kapitäns sagen hören:

»Schuld an diesem Todesfall ist die eigene Frau; sie hat den Mann veranlaßt, die Reise zu machen. Warum blieb sie nicht mit ihm zu Hause und pflegte ihn, wie es sich für eine ordentliche Frau gehört hätte? Aber es gibt eben Leute, die für Geld zu allem fähig sind.«

»Lydia Radney scheint ausgezeichnet zu Charles Hale zu passen«, sagte Garnet. »Fahren Sie fort, Texas.«

Texas fuhr fort. Mr. Radney also war irgendwann im vergangenen

Herbst gestorben. Im Januar ging Charles Hale nach San Francisco, um sich mit den Yankee-Offizieren bekannt zu machen. Als er dort ankam, lag die Brigg *Lydia Belle* im Hafen mit der trauernden Witwe an Bord. Charles ging auf das Schiff, um der Dame seine Hilfe anzubieten. Dann war es vermutlich so gewesen, daß die beiden einander sehr schnell erkannten; jedenfalls waren sie bereits zwei Monate später durch den amerikanischen Alkalden miteinander getraut worden.

Die Brigg hatte die Neuvermählten nach Süden gebracht und war dann nach San Francisco zurückgesegelt. Auf dieser Reise nach Süden war der Steward Morrison bei Silky gewesen und hatte seine interessante Geschichte erzählt.

Silky stellte die leere Teetasse aus der Hand und schickte sich an, in die Bar zurückzukehren.

»Kommst du mit, Texas?« fragte er.

Texas stand auf. »Ja«, sagte er, »ich werde wohl mitgehen.« Er legte Garnet eine Hand auf die Schulter. »Ich bin froh, daß Sie wieder da sind, Miß Garnet«, sagte er, »Sie und der kleine Bursche da.« Er lachte Stephen an. »Ich habe etwas für ihn gebaut«, setzte er hinzu.

»Gebaut, für Stephen? Wie nett von Ihnen! Was denn?«

»Ein Bettchen«, sagte Texas. »Mit Seitenwänden, damit er nicht herausfallen kann. Es macht mir Spaß, in meiner freien Zeit ein bißchen zu basteln und zu schnitzen; die Zeit vergeht schneller dabei.«

»Wie lieb Sie sind!« sagte Garnet. »Ich habe mich schon gefragt, wie ich an ein Bett für das Kind kommen soll. Er ist jetzt schon so lebhaft.«

»Ich bin noch nicht ganz fertig«, lächelte Texas. »Sobald es soweit ist, bringe ich es her.« Er wandte sich ab, warf dem spielenden Kind noch einen wehmütigen Blick zu, der Garnet ein Würgen im Hals verursachte, und humpelte zur Tür, das halbsteife Bein hinter sich herziehend.

Florinda ging hinaus, um Isabel Wäsche zum Ausbessern zu geben, und Garnet blieb am Tisch zurück und sah Stephen zu. Ihre Gedanken wanderten. Aber sie beschäftigten sich jetzt nicht mit Charles oder mit Texas; die eigene Zukunft bereitete ihr Sorgen genug. Morgen würde sie also ihre Arbeit an der Bar wiederaufnehmen. Nun, sie hatte keinen Grund, sich darüber zu beklagen; es war dies ihr eigener Wille gewesen, und es war die Folge ihrer eigenen Fehler.

Gut! dachte sie grimmig, das ist nun einmal so. Ich werde meine Verpflegung und Unterkunft haben, und ich werde zehn Prozent von meinem Umsatz bekommen. Ich werde nichts für mich verbrauchen oder jedenfalls nichts, was irgend vermeidbar ist, denn ich muß Geld sparen, um eines Tages einen Schiffskapitän bezahlen zu können, der mich mit dem Kind nach New York bringt. Ein Gedanke schoß ihr durch den Kopf: Vielleicht könnte sie mit der Handelsbrigg *Lydia Belle* reisen; jetzt, nachdem Mrs. Radney Mrs. Hale geworden war. Aber sie verwarf den Gedanken gleich wieder. Noch hatte sie das Geld, die Reise bezahlen zu können, und sie gedachte nicht, um irgendeine Vergünstigung zu bitten, am allerwenigsten diese Leute. Schließlich brauchte sie es auch nicht. Es war zwar nicht gerade angenehm und verlockend, sich als Barmädchen zu betätigen, aber es verschaffte ihr jedenfalls Freiheit und Unabhängigkeit.

Plötzlich vergegenwärtigte sie sich, daß John nie mit einem Wort eine Einwendung gegen ihre Bartätigkeit erhoben hatte. Florinda, die natürlich froh war, sie an ihrer Seite zu haben, hatte wenigstens zum Schein zunächst dagegen protestiert. Und Texas hatte nicht nur einmal, sondern häufig und sehr eindringlich gesagt: »Es gefällt mir gar nicht, Sie hier an der Bar zu sehen.« Charles hatte helle Entrüstung gezeigt. Aber John hatte nicht ein einziges Wort darüber verloren. Auch als er sie fragte, ob sie ihn heiraten wolle, hatte er die Bar nicht erwähnt.

Er liebt mich eben nicht, dachte sie. Aber wenigstens beleidigt er mich auch nicht, indem er andeutet, ich könnte ein leichteres und besseres Leben haben, wenn ich ihn heiratete. Sie lächelte bei dem Gedanken. Er war überzeugt, daß sie sich auch an der Bar nicht das geringste vergeben würde. Das erkannte sie erst jetzt. – Ich danke dir, John, dachte sie, um sich gleich darauf selber zur Ordnung zu rufen. – Reiß ihn doch endlich aus deinem Herzen! rief sie sich zu; wenn du fortfährst, in dieser Weise an ihn zu denken, wird es noch dahin kommen, daß du ihm in die Arme sinkst, sobald du ihm beim nächsten Mal begegnest. Er aber wird dich mit der gleichen kühlen Selbstbeherrschung behandeln wie bisher, wird dein Herz in Stücke brechen und zum Überfluß noch darauf herumtrampeln.

Es war schwer, die Gedanken an John zu verbannen. Auf dem langen Wege von Kerridges Ranch bis Los Angeles hatte sie unausgesetzt an ihn denken müssen. Jeden Tag hatte die in jungem Frühlingsgrün leuchtende Landschaft sie an ihn erinnert, wußte sie doch, wie sehr John diese Landschaft liebte, viel, viel mehr als sie.

Nun, John war nach Torosa zurückgekehrt, und sie würde ihn vergessen. Morgen früh würde sie den Lederriemen mit dem Revolver umschnallen und an die Arbeit gehen. Silky hatte ihr einen 34-Kaliber-Colt gegeben, wie Florinda ihn schon besaß. Sie wußte nicht, auf welche Weise er an die Waffe gekommen war, und sie hielt es auch für klüger, nicht danach zu fragen. Jedenfalls hatte Silky beiden Mädchen eindringlichst gesagt, sie sollten den Colt ständig bei sich führen. Nicht, weil er Unruhen befürchte, o nein, aber es beeindrucke zweifellos die Gäste, meinte er.

Florinda war zurückgekommen und sprach jetzt mit Isabel. Sie gab ihr ein Kleid, an das neue Knöpfe genäht werden sollten. Garnet sah: es war das Kleid, an dem einmal Mr. Bartletts Silberknöpfe geprangt hatten. Florinda hatte diese Knöpfe abgetrennt und Doña Manuela zum Abschied geschenkt. Weil nämlich Doña Manuela zu Florindas maßlosem Erstaunen geäußert hatte, sie hätte lieber die Silberknöpfe als den Aquamarin-Ring. Sie habe ziemlich viele Ringe und sehr schöne, aber solche Knöpfe habe sie nicht. Florinda begriff das nicht gleich; der Aquamarin war sehr viel wertvoller als die Knöpfe. Aber Florinda konnte wohl auch nicht begreifen, daß einer Frau wie Doña Manuela, die zeit ihres Lebens im Überfluß gelebt hatte, am Geldwert der Dinge wenig gelegen war.

»Leg das Kleid vorläufig weg«, sagte Florinda zu Isabel, »ich muß erst neue Knöpfe bei Mr. Abbott besorgen; kümmere dich erst einmal um die schmutzige Wäsche. Der Korb steht auf der Veranda.«

Isabel ging hinaus. Stephen schien damit nicht einverstanden, denn er begann zu schreien, und Garnet nahm ihn auf und trug ihn nach oben, um ihn zu einem kleinen Mittagsschlaf hinzulegen. Aus der Bar drang Silkys Stimme heraus. Silky rief nach Micky, der Becher und Tassen spülen sollte.

Florinda und Nikolai Grigorievitch blieben allein in der Küche zurück. Nikolai hatte seine Keule leergenagt. Er warf den Knochen ins Feuer und sagte: »Würden Sie mir noch etwas Wein geben?«

»Hören Sie«, rief Florinda, »kriegen Sie eigentlich jemals von irgendwelchen Dingen genug?«

»Nun, ich brauche ziemlich viel, um meine Kräfte zu behalten«, versetzte Nikolai, nahm die Flasche, die Florinda ihm reichte, und setzte sich vor ihr auf den Boden. Er schlang die Arme um die Knie und hielt mit einer Hand den Flaschenhals umspannt. »Sehr guter Wein!« sagte er, nachdem er einen Schluck getrunken hatte. »Ausgezeichneter Wein. Ich vermute, Sie haben ihn noch nicht probiert.«

Florinda ordnete Nähnadeln in einem Nadelkissen. »Nein«, antwortete sie, »ich habe ihn noch nicht versucht.«

»Warum trinken Sie niemals?« erkundigte sich Nikolai.

»Weil ich weiß, daß ich mich wie eine Irre benehme, wenn ich auch nur ein bißchen getrunken habe. Und außerdem, mein Süßer, mag ich Leute, die neunmalkluge Fragen stellen, gar nicht.«

»Oh«, sagte Nikolai, »aber Sie lieben mich doch.«

»Was Sie nicht sagen! Sind Sie davon überzeugt?«

»Aber ja, gewiß bin ich das. Sie lieben mich sehr.«

»Mein lieber Junge«, sagte Florinda, »es ist ja ganz hübsch, ein wenig von sich selbst eingenommen zu sein. Aber ich glaube, bei Ihnen geht's ein bißchen weit.«

Sie klappte das Nadelkissen zusammen und band es mit der daran befestigten Seidenkordel zu.

In Nikolais Augen flackerte der Mutwille. »Soll ich Ihnen sagen, warum Sie mich lieben?« fragte er.

»Sagen Sie's ruhig. Ich würde freilich auch nicht vor Neugier sterben, wenn Sie's bleiben ließen.«

Nikolai sagte mit ungewohnt kühler und sicherer Stimme: »Sie lieben mich, weil ich Ihnen nie gesagt habe: Sie sind schön, oder weil ich Sie nicht gebeten habe, mit mir zu schlafen eine Nacht.«

Einen Augenblick schwieg Florinda und starrte ihn mißtrauisch an. Nikolai nahm einen großen Schluck aus seiner Flasche.

»Das ist doch Tatsache, nicht wahr?« fuhr er fort. »Sie wissen es. Nur, ich glaube: Sie haben nie darüber nachgedacht.«

Florinda seufzte, wie sie etwa über ein ungezogenes Kind geseufzt haben würde. Sie war nicht wütend, sie verlor überhaupt nur sehr selten die Nerven, außerdem konnte man sich schwer über jemand ärgern, der so nett und so aufrichtig war wie dieser Russe.

Nikolai Grigorievitch fuhr fort: »Ich weiß, Miß Florinda, Sie achten nur Männer, die Ihnen nicht sagen: ›Ich liebe Sie!‹ Sie sind schön, o ja! Ihre Augen, Ihr Haar, Ihre Haut und Ihre Figur – alles sehr schön, sehr faszinierend. Und es ist natürlich: Die Männer bewundern Sie. Die Männer lieben das. Aber sie lieben eben das, dieses Schöne. Sie lieben nicht Sie.«

Florinda keuchte, fassungslos vor so viel ungenierter Aufrichtigkeit. »Großartig!« murmelte sie. »Ich werde mich wie ein Kaninchen abschießen lassen.«

Nikolai Grigorievitch lächelte weise und überlegen: »Sie wissen ganz genau«, fuhr er fort, »die meisten Männer, die gesagt haben:

›Ich liebe Sie. Heiraten Sie mich!‹ oder: ›Schlafen Sie mit mir!‹, wissen kaum noch Ihren Namen. Und Sie kennen ihre Namen auch nicht. Aber die Männer, die Sie wirklich lieben, ich weiß nicht, ob da welche sind in New York oder wo, aber die Männer hier in Kalifornien: John und Silky und Texas und Mr. Kerridge und ich – nun, ich glaube, das ist anders. Sie verstehen?«

»Ich weiß es nicht, Sie großer Affe«, keuchte Florinda. »Ich habe darüber noch nicht nachgedacht. Aber ganz gewiß habe ich in meinem ganzen Leben noch keinen Mann gesehen, der so schlechte Manieren hatte wie Sie. Aber sprechen Sie nur. Sprechen Sie ruhig weiter.«

»Sie sind daran interessiert?«

»Ganz gewiß. Es gibt sehr wenige Männer, von denen ich Dinge zu hören bekomme, die ich nie zuvor von einem Mann gehört habe.«

»Aber das ist es, was ich wollte Ihnen sagen«, lachte Nikolai. »Sie achten nicht die Männer, die Ihnen immer wieder die gleichen Dinge sagen, die Sie schon oft haben gehört. Aber Sie werden achten die Männer, die Ihnen sagen: Sie sind eine ungewöhnliche Person. Und wenn Sie dann lieben Männer wie mich, dann ist es, als sagten Sie: ›Ich danke, weil Sie mich gesehen haben, wie ich bin. Nicht nur meine Augen, mein Haar und meine Figur, sondern mich selbst!‹« Er strahlte sie mit bewundernder Offenheit an. »Nun«, sagte er, »ist es wahr?«

Florinda lachte, halb beschämt, halb amüsiert. »Ich weiß nicht, Nick«, sagte sie, »ich weiß es wirklich nicht. Aber ich werde darüber nachdenken.«

»Ganz gewiß es ist wahr«, sagte Nick.

Dann entstand eine Pause. Florinda besah sich kopfschüttelnd den am Boden hockenden Mann. »Ich glaube, ich würde mich unter unzivilisierten Wilden nicht wohl fühlen«, sagte sie. »Niemand hat ihnen gesagt, wie sie sich benehmen sollten, deshalb versuchen sie selbst alles ’rauszukriegen. Und dabei sehen sie dann mehr, als gut ist.«

Nikolai lachte leise in sich hinein.

»Wie groß ist Ihre Ranch?« fragte Florinda.

»Neun Leaguos.«

»Reden Sie mit mir nicht mexikanisch. Wie groß in Morgen?«

»Ich weiß nicht.«

»Mir scheint, Sie wissen überhaupt nichts.«

»Nicht viel«, gestand Nikolai freimütig.

»Nun, ich denke, sie wird groß genug sein, um Sie zu ernähren«, versetzte Florinda. »Es war sehr freundlich von Ihnen, Garnet und mich nach Los Angeles zu bringen; aber wir wollen Sie nicht länger als unbedingt nötig von Ihrer Arbeit abhalten. Am besten gehen Sie wieder nach Hause zurück.«

»In ein paar Tagen ich werde gehen«, sagte Nikolai. »Zunächst ich muß wissen, was für Schiffe liegen im Hafen von San Diego. Das ist sehr wichtig für mich, denn wenn einmal ein russisches Pelzschiff die Küste anläuft, will ich mitfahren nach St. Petersburg.«

»O ja, das vergaß ich. Sie sagten mir ja schon einmal, Sie wollten nach Rußland zurück. Das wird wahrscheinlich gut sein. Aber Sie wissen noch nicht, wann Sie fahren werden?«

»Wollen Sie denn, daß ich wegfahre?«

»Sie fangen an, mir auf die Nerven zu gehen«, seufzte Florinda.

Nikolai Grigorievitch lächelte selbstgefällig und wandte sich wieder seiner Flasche zu. »Sie sehen verdammt fröhlich aus«, sagte Florinda. Er brach plötzlich und ruckartig in ein Gelächter aus, so daß etwas von seinem Wein verschüttet wurde. Sie mußte an eine Bemerkung denken, die er gemacht hatte, kurz bevor sie Kerridges Ranch verließen. Mr. Kerridge hatte geäußert, er werde sie sehr vermissen, schon weil sie immer guter Laune sei, allezeit fröhlich und jedermann anstrahlend. Nikolai hatte das gehört und, nachdem Mr. Kerridge außer Hörweite war, mit einem boshaften Grinsen gesagt: »Sind alle zivilisierten Menschen so leicht wie dieser zum Narren zu halten?« Als sie daraufhin wissen wollte, was dieser Unsinn wieder bedeuten solle, hatte er gesagt: »Sie lächeln doch gar nicht, weil Sie fröhlich sind. Sie lächeln, weil Sie sehr schöne Zähne haben. Wenn Ihre Zähne schlecht oder schadhaft wären, Sie würden viel ernster sein.«

Jetzt, wo er da hockte und lachte und seinen Wein vergoß, mußte auch sie in der Erinnerung lachen; aber gleich darauf machte sie ein komisch böses Gesicht. »Wischen Sie das ja auf«, sagte sie, »wir haben Spinnen genug und brauchen ihnen nicht noch Köder auszulegen.«

Nikolai zog eines seiner schönen gestickten Taschentücher heraus und nahm damit den vergossenen Wein auf. Florinda ergriff ihr Handarbeitskörbchen und wandte sich der nach der Treppe führenden Tür zu.

»Ich kann hier leider nicht ewig sitzen und schwätzen«, sagte sie, »ich muß morgen wieder meine Arbeit aufnehmen. Da gibt es heute noch viel zu tun.«

Nikolai strahlte sie an. »Sind Sie mir böse?« fragte er.

»Oh, gehen Sie nach St. Petersburg«, sagte Florinda.

Silkys Etablissement gedieh außerordentlich. Es war die einzige Bar am Ort, und sie führte vorzüglichen Whisky. Von den einheimischen Weinschenken führten nur wenige Whisky, da die Kalifornier nicht viel danach fragten. Silky und Florinda hatten aber vor dem Kriege große Mengen geschmuggelten Whiskys erworben, und dank Mr. Abbotts Umsicht besaßen sie diese Vorräte noch. So hatten sie vor allem großen Zuspruch durch die Amerikaner.

Jetzt, da die Mädchen wieder hinter der Theke standen, war die Bar täglich zwölf Stunden geöffnet: von acht Uhr morgens bis mittags und von vier Uhr nachmittags bis Mitternacht. Silky und Florinda hätten liebend gern auch während der frühen Nachmittagsstunden den Betrieb offengehalten, um auf diese Weise ihren Gewinn noch zu vergrößern, aber die amerikanische Behörde, die schon eine Revolte hinter sich hatte, legte Wert darauf, die Kalifornier bei guter Laune zu halten. Deshalb mußten die Yankee-Betriebe sich nach den örtlichen Gepflogenheiten richten.

Da das Geschäft so gut florierte, beschlossen sie, das Lokal zu vergrößern. An beiden Längsseiten der Bar wurden Wandbänke angebracht, und vor jede Bank wurde ein Tisch gestellt. An der einen Hausseite wurde angebaut, wodurch ein weiterer Schankraum und ein Lagerraum gewonnen wurde und im Oberstock außerdem ein weiteres Schlafzimmer. Garnet und Florinda bekamen auf diese Weise je ein eigenes Zimmer und brauchten nicht mehr zusammen zu schlafen. Sie ließen sich von Isabel neue Vorhänge und eine neue Bettdecke nähen. Obgleich die Mußestunden in Silkys Etablissement karg bemessen waren, fanden beide Mädchen es doch beglückend, für diese Zeit wenigstens allein sein zu können.

Wie John gesagt hatte, wimmelte es in Los Angeles von Yankees. Neben regulären Truppen lagen auch Frémonts Männer noch immer am Ort, und außerdem gab es das Mormonenbataillon unter Colonel Philip St. George Cooke.

Die Mormonen benahmen sich sehr anständig. Das mochte teilweise auf den strengen Moralkodex zurückzuführen sein, den ihre Religion ihnen vorschrieb, sicherlich aber auch auf die Tatsache, daß

Colonel Cooke stets dafür sorgte, daß die Männer beschäftigt waren, so daß sie nur wenig Zeit und Gelegenheit hatten, sich schlecht zu benehmen oder irgendwelchen Unfug anzustellen. Zunächst ließ er alle wild herumstreunenden und herrenlosen Hunde von ihnen einfangen und töten. Das nahm mehrere Wochen in Anspruch, und als die Arbeit getan war, zeigte sich der Ort so verwandelt, daß jedermann sich verwundert fragte, warum bisher noch niemand auf diese Idee gekommen sei.

Nachdem die Hunde fort waren, beschäftigte Colonel Cooke seine Soldaten damit, die Stadt selbst zu reinigen. Die Abfallhaufen verschwanden von den Straßen, die Häuser wurden weißgewaschen, und das Unkraut wurde ausgerottet. Garnet und Florinda fanden, die Mormonen möchten für alle Zeit in Los Angeles bleiben. Natürlich waren nicht alle Mormonen solche Engel, wie sie nach dem Willen ihrer Ältesten eigentlich sein sollten; aber sie bildeten zusammen eine sehr ordentliche Truppe, und die weitaus meisten von ihnen verschmähten zu Florindas Erstaunen tatsächlich jeglichen Alkohol. Sie erschienen zuweilen auf der Veranda der Bar, und dann und wann kamen sie auch herein, um die Gelegenheit wahrzunehmen, mit zwei jungen amerikanischen Frauen zu plaudern, aber alkoholische Getränke bestellten sie nicht. Sie versicherten den Mädchen, daß sich im Alkohol der Satan verberge, der auf diese Weise seine Fallstricke auswerfe.

Nach Art der meisten Konvertierten waren die Mormonen fromm bis zum Fanatismus; aber solange man nicht auf die Grundsätze ihrer Religion zu sprechen kam, befleißigten sie sich einer großen Höflichkeit. Wann immer Garnet oder Florinda auf der Veranda erschienen, um etwa einen Ausgang zu unternehmen, sprangen zwei oder drei der dort herumhockenden Mormonensoldaten auf und fragten, ob sie die Ehre haben dürften, den Damen ihre Begleitung anzubieten, könne man doch niemals wissen, ob nicht hier oder da ein Soldat seine Erziehung vergäße und sie belästigte. Die Mädchen akzeptierten die Angebote gern und waren seitdem fast immer von einer Leibwache umgeben, wenn sie durch die Straßen gingen. Da die Stadt in jüngster Zeit sehr viel mehr Männer als Frauen beherbergte, war einer Frau in der Tat kaum anzuraten, allein auszugehen. Garnet besonders dankte dem Himmel für die Anwesenheit der Mormonen, und Florinda bedauerte zwar, daß die Mormonen kein Geld bei ihr ließen, aber auch sie fand es sehr angenehm, nicht nur von betrunkenen Männern umgeben zu sein.

Die örtlichen Patrizierfamilien hatten sich sehr bald nach dem Einmarsch der Truppen mit den Armeeoffizieren angefreundet. Die Yankees veranstalteten Bälle und Dinners und brachten auf diese Weise Leben und Fröhlichkeit in die Stadt. Das einfache Volk freilich mochte die Soldaten nicht.

Es mochte das zunächst einfach daran liegen, daß zu viele Soldaten da waren. Sie überliefen alles, sie bevölkerten die Geschäfte und die Tavernen. Estelles Etablissement hatte sich vergrößert und hatte noch ein paar nette Mädchen aufgenommen. Außerdem waren noch einige rivalisierende Betriebe dieser Art aus dem Boden geschossen. Die Yankees zeigten nicht den geringsten Respekt für die hierorts geltenden Sitten, und sie waren taktlos genug, daraus auch keinerlei Hehl zu machen.

Den Yankees war von Kindheit an eingebleut worden, es gäbe keine größere Sünde als die Faulheit. In den Staaten konnte man nichts Schlimmeres von einem Mann sagen als: Er will nicht arbeiten! Die Angelenos vertraten demgegenüber den altspanischen Grundsatz, daß die Arbeit ein Fluch sei.

Die Angelenos wohnten in schmutzigen Hütten. Ihre sogenannten Straßen erstickten im Unkraut und in widerlichen Abfällen. Sie besaßen kein Schulhaus. Sie hatten weder den Wunsch, etwas zu lernen, noch etwas an ihrem Leben zu ändern. Sie saßen tagein, tagaus in der Sonne, schwätzten, dösten vor sich hin und tranken ihren geliebten roten Wein. Die Yankees, die eben erst der lärmenden Betriebsamkeit und Geschäftigkeit der östlichen Staaten entronnen waren, sahen dieses Treiben mit unverhohlener Verachtung. Was war das für eine entsetzliche, verkommene Bande! Warum tat dieses Pack von morgens bis abends nichts?

Die Angelenos, die in keiner Weise begriffen, warum in des Himmels Namen sie etwas tun sollten, da sie es nicht nötig hatten, sahen verständnislos und höchst mißtrauisch auf diese Fremden, die sich anscheinend nie eine Stunde Ruhe gönnten. Fortgesetzt waren sie dabei, irgend etwas zu tun, etwas zu säubern oder etwas zu ändern, was bisher gut gewesen war. Die Angelenos waren der Meinung, diese Yankees seien nichts anderes als eine öffentliche Plage.

Und so kam es denn, daß eine sonderbare Legende im Ort umging. Es hieß, die Señores Pico und Castro, die seinerzeit aus dem Lande geflohen waren, würden demnächst zurückkommen und die Fremden verjagen. Es ging ein Liedchen um, das von den Kindern auf der Straße gesungen wurde, und zwar mit Fleiß, so daß die Yankees es hören mußten. Garnet hatte es an einem Aprilmorgen, da sie von Mr. Abbotts Geschäft kam, wo sie Flanell für Stephens Nachthemden gekauft hatte, wohl auch schon zum tausendsten Male gehört. Sie ging, von zwei Soldaten flankiert, zwei Mormonen, dem rothaarigen McConnell und dem kleinen dunklen Mr. Dorkins. McConnell trug Garnets Paket, während jeder von ihnen sehr ernst und sehr würdig einen ihrer Ellbogen hielt, um sie auf diese Weise so sicher wie möglich zu geleiten.

»Passen Sie auf, Madam, hier kommt eine Pfütze«, sagte McConnell, als eben eine Gruppe von drei, vier Jungen, in einem Torweg stehend, lärmend zu singen begann:

> »Poco tiempo
> Viene Castro
> Con mucho gente –
> Vamos americanos!«

Grinsend blickten die Mormonen auf die Kinder. »Die wichtigsten Gedanken des Liedes glaube ich zu erfassen«, sagte McConnell, »aber ich verstehe nicht den Zusammenhang.«

Garnet lachte: »Es bedeutet, daß der Señor Castro bald mit einer großen Streitmacht hier erscheinen werde, und wenn er erst da sei, dann sei es aus mit den Amerikanern.«

»Wer ist Castro?« fragte Dorkins. Garnet hatte eben begonnen, ihm klarzumachen, daß es sich um den früheren Militärgouverneur handele, als McConnell sagte:

»Ich bin sicher, die Jungen meinten gar nicht uns. Sie meinen die Leute, die da unten angeritten kommen. Sehen Sie nur: eine großartige Gesellschaft!«

Garnet sah über die Schulter zurück. Ein Reiterzug näherte sich. Sie erkannte augenblicklich Charles Hale mit etwa einem Dutzend Gefolgsleute, prächtig aufgezäumt und gekleidet. Garnet zog die Soldaten etwas in den Hintergrund und bat sie, stehenzubleiben. Sie erblickte die Frau an Charles Seite. So, das also war die frühere Mrs. Radney, die jetzige Mrs. Hale. Der Zug näherte sich, und Garnet sah den Ankömmlingen mit gereiztem Interesse entgegen.

Lydia Hale mochte etwa dreißig Jahre alt sein. Sie war mindestens so groß wie Charles, vielleicht sogar eine Kleinigkeit größer; sie hatte breite Schultern und saß sehr gerade auf dem Pferd, etwa wie eine Gouvernante, die ihren Schülern ein gutes Beispiel geben will. Garnet mußte unwillkürlich an das Institut für junge Damen denken, dem sie einst angehört hatte. Sie war farblos wie eine Bleistiftzeichnung. Ihre blasse Haut zeigte kaum einen Anflug von Farbe; ihr Haar hatte einen so undefinierbar graubraunen Ton, daß es weder hell noch dunkel zu nennen war; Garnet fand, es sähe aus wie ein erstorbenes Blatt; ihre Augen schienen bloße Sehlinsen, ohne die Andeutung irgendeines eigenen Ausdrucks. Sogar das Reitkleid, das die Frau trug, erschien farblos; es war dunkelgrau und hatte ganz oben am Hals eine ganz schmale weiße Einfassung. Nichtsdestoweniger schien Lydia Hale, wenn auch in einer kalten und unpersönlichen Art, eine stattliche und ansehnliche Frau. Ihre Züge waren fein geschnitten, sie hatte eine tadellose Figur, und ihr Kleid verriet gutes Material und gute Handwerksarbeit. Die ganze Erscheinung wirkte nüchtern, es strahlte nichts von ihr aus, das Wärme oder Liebenswürdigkeit verhieß; andererseits war sie keineswegs häßlich zu nennen. Und da sie zweifellos über kein Talent verfügte, sich mit anmutigen Kleinigkeiten abzugeben, kam sie ganz von selbst zu dem Schluß, ihre eigene Person als das Wichtigste zu betrachten.

Die Reiter kamen heran, und Charles erblickte Garnet. Er machte nicht einmal die Andeutung eines Grußes. Seine Augen ruhten eine Sekunde auf ihr und glitten dann über sie hinweg. Mr. Hale benahm sich ganz wie ein Mann, der es vorzieht, eine arme Verwandte auf der Straße zu übersehen. Auch Mrs. Hale sah Garnet. Charles mochte ihr gesagt haben, wer die Fremde sei; jedenfalls sah Mrs. Hale die junge Frau am Straßenrand an, mit einem kühl abwägenden, zur Kenntnis nehmenden und gleichzeitig abschätzenden Blick (als wäre ich eine Wilde mit einem Ring durch die Nase! dachte Garnet). Die Nasenflügel der Frau auf dem Pferd zitterten ein wenig, und ihre Lippen verzogen sich zu einer verächtlichen Grimasse; dann blickte sie weg.

Garnet fühlte, wie die Wut in ihr hochkam; einen Augenblick zitterte sie an allen Gliedern. Es hätte ihr jetzt nichts ausgemacht, den Colt zu ziehen und zu schießen. Ihre Augen verkniffen sich, während der Reiterzug sich entfernte.

Wahrhaftig, ich hätte sie töten sollen! dachte sie wild. Sie stehlen mir mein und meines Kindes Vermögen und zwingen mich, in einer Bar zu arbeiten, um den Lebensunterhalt zu verdienen, und dann wagen sie noch, höhnisch zu lächeln, weil ich dort arbeite. Dieses widerwärtige Weib mit seinem spöttisch verzogenen Mund! Denkt sie, es mache mir Spaß, mein Kind in einer Schenke aufwachsen zu sehen?

Der großartige Reitertroß verschwand um eine Hausecke und entzog sich ihren weiteren Blicken. Wahrscheinlich waren sie auf dem Weg zum Hause Señor Escobars.

»Miß Garnet«, sagte McConnell neben ihr. »Fühlen Sie sich nicht wohl? Sie sehen so blaß aus.«

Ich fühle mich auch so, dachte Garnet. »Ich habe Kopfschmerzen«, sagte sie, und das war nicht erfunden. McConnell und Dorkins geleiteten sie zur Bar zurück und sagten ihr auf dem Verandavorplatz Lebewohl. Garnet ging in die Küche und bat Micky, ihr ein Kännchen starken Kaffee zu kochen. Sie setzte sich an den Tisch und vergrub den Kopf in den Händen. »Lieber Gott«, flüsterte sie, »gib, daß ich wieder nach Hause kann. O Gott, bitte, bitte, nimm mich hier heraus!«

Vierzigstes Kapitel

In den folgenden Tagen wurde Garnet ruhiger. Charles war ihr deshalb nicht weniger widerlich als bisher. Aber ihr gesunder Menschenverstand sagte ihr, daß alles mit der Zeit seine Regelung finden würde. Auch hier in Kalifornien würde über kurz oder lang die amerikanische Gerichtsbarkeit eingeführt werden. Dann würde sie als Witwe eines vermögenden Mannes und Mutter seines Kindes ihr Recht fordern können, und es würde ihr auch werden.

Wann es soweit sein würde, wußte sie nicht, denn noch war der Krieg nicht zu Ende. Einstweilen mußte sie hier in der Bar bleiben. Aber mit dem, was sie verdiente, und dem, was Oliver ihr hinterlassen hatte, konnte sie die Passage für die Heimfahrt bezahlen. Erst mußte der Krieg vorbei sein. Zu Hause würde sie wieder Frieden und Ruhe und Sicherheit um sich haben, und sie würde das alles ein zweites Mal gewiß nicht wieder freiwillig dahingeben.

Irgendwo in einer Ecke ihres Kopfes flüsterte eine leise, aber unüberhörbare Stimme: »Und John?«

»Sei still!« sagte Garnet. »Ich will nach Hause. Sonst nichts. Nur nach Hause!«

Sie legte den ledernen Gürtel mit dem Colt-Revolver an und ging an die Arbeit.

Die Bartätigkeit war sehr viel schwieriger und anstrengender als im vergangenen Herbst; die Zahl der regelmäßigen und unregelmäßigen Besucher war erheblich gestiegen, und das Lokal war länger geöffnet als damals. Garnet fühlte sich alles andere als wohl in dem verqualmten, dunstigen, vom Alkoholdunst geschwängerten Raum; es war ihr widerwärtig, sich von irgendwelchen fremden Männern streicheln und betätscheln zu lassen und immer wieder höchst eindeutige Anträge zurückweisen zu müssen. Natürlich benahmen sich nicht alle Männer in dieser Weise, aber zuweilen fand sie, die »anständigen« Gäste seien noch schwerer zu ertragen. Denn die hatten mitunter eine Art, ihre Tätigkeit zu kritisieren, die sie noch mehr aufregte.

Jeden Tag konnte sie das hören: »Wie kommen Sie eigentlich hierher? – Sie sollten hier nicht stehen – das ist keine Tätigkeit für Sie!« Und immer hörte sich das an wie ein Vorwurf: als hätte sie sich diese Art Arbeit extra ausgesucht und verrichtete sie aus reinem Vergnügen.

Manchmal passierte es ihr spät in der Nacht, wenn sie sich vor Müdigkeit und Widerwillen kaum noch aufrecht hielt, daß sie auf solche und ähnliche Bemerkungen schnippische und abweisende Antworten gab; aber das geschah nicht oft, und meistens genügte ein warnender Blick von Florinda, und sie besann sich wieder auf ihre freiwillig übernommene Pflicht. Wenn die Bar dann geschlossen war, pflegte Florinda zu sagen: »Es hilft alles nichts, Garnet, du mußt dir klarmachen, wozu wir hier sind. Die Männer kommen hierher, um ihren Spaß zu haben. Und wir beide, du und ich, sind ein Teil dieses Spaßes. Schnaps eingießen kann jedes alte Weib.«

Dann lächelte sie, Verzeihung erbittend. »Ich weiß«, sagte sie, »ich weiß ja, Florinda. Es tut mir leid. Wenn mir nur das Kreuz nicht so weh täte, und da wird man schließlich mürrisch und kriegt schlechte Laune.«

»Ja, natürlich«, sagte Florinda. Sie selbst wußte nichts von Kreuzschmerzen, sie hatte auch gar keine Zeit, daran zu denken; sie hatte viel zuviel zu lachen und zu flirten. »Was hast du denn nun inzwischen bei Mr. Abbott einzahlen können?« fragte sie.

»Etwa zweihundert Dollar.«

»Na, ist das nicht großartig? Darum lach ruhig mit den Kerlen, und wenn es dir manchmal hochkommt und du hast das Gefühl, du seiest in eine Abfallgrube geraten, dann denke: Sie bezahlen's dir ja. Jedes Lächeln, das du ihnen schenkst, müssen sie bezahlen.«

Solange die Bar offen war, lachte und scherzte und schmuste Florinda mit den Boys; aber sobald das Lokal geschlossen wurde, schob sie sie von sich wie lästige Insekten. Wäre einer unter den Gästen gewesen, dessen Charme sie bezaubert hätte oder der bereit gewesen wäre, ihr ein hübsches und vor allem kostbares Schmuckstück zu schenken, sehr wahrscheinlich hätte sie sich weniger spröde und abweisend gezeigt. Aber da mußte schon etwas Besonderes kommen; wie die Dinge lagen, war sie abends viel zu müde und abgespannt, um noch an nächtlichen Abenteuern interessiert zu sein. Und so bewohnte sie denn auch ihr hübsches, mit blauen Wandvorhängen und Gardinen ausgestattetes Zimmer weiterhin ganz allein.

Garnet gewöhnte sich von Tag zu Tag mehr an den Barbetrieb. Sie lernte es, ruhig und deutlich und mit einer Stimme, die keinen Zweifel aufkommen ließ, »nein« zu sagen; und sie wurde auch nicht mehr vor Verlegenheit rot, wenn dieses Neinsagen nötig wurde. Freilich, Florindas Geschicklichkeit in solch heiklen Dingen erreichte sie nie. Und sie brachte es auch nicht fertig, wie Florinda immer wieder scheinbar gespannt und völlig fasziniert zuzuhören, wenn jemand Witze und Anekdoten erzählte, die sie schon vierzigmal gehört hatte. Aber sie lernte es, zwölf Stunden am Tage auf den Füßen zu stehen, sich freundlich mit den Gästen zu unterhalten, auch wenn sie noch so müde war. Sie lernte begreifen, was ein Dollar wert ist, wenn man ihn in Zeit, schmerzende Glieder und gespannte Nerven umrechnete. Und diese Erkenntnis war eine der größten Überraschungen ihres bisherigen Lebens.

Seit sie Tag für Tag den Diskussionen der Männer in der Bar zuhörten, waren sie beide über die Ereignisse stets gut unterrichtet. Während des ganzen Aprils wurde über Frémont und seinen Streit mit General Kearny geredet. Frémont saß in Los Angeles und der General in Monterey. Der General sandte Befehle und Anweisungen, aber Frémont hielt es für unter seiner Würde, sich danach zu richten. Schriftliche Ermahnungen blieben unbeachtet.

Der General schickte schließlich einen anderen Offizier, den Colonel Richard B. Mason, nach Los Angeles, um Frémont abzulösen. Mason befahl Frémont zu sich, um ihm die Entschließungen des Generals mitzuteilen. Aber Oberstleutnant Frémont dachte gar nicht daran, dem Befehl nachzukommen; Mason mußte ihn dreimal wiederholen. Als Frémont dann schließlich erschien, lehnte er es ab, von Mason irgendwelche Befehle entgegenzunehmen, und es gab zwischen den beiden Offizieren eine heftige Auseinandersetzung, die damit endete, daß der Colonel schrie, Frémont sei ein Rebell, er werde ihn abführen und in Ketten legen lassen. Frémont fand, dies sei eine persönliche Beleidigung seiner Offiziersehre, und antwortete mit einer Duellforderung.

Mason barst vor Wut und wollte die Gelegenheit wahrnehmen, Frémont über den Haufen zu schießen. Und tatsächlich sah es eine Zeitlang so aus, als würde Los Angeles das Schauspiel erleben, daß ein Armeeoffizier der Vereinigten Staaten einem Untergebenen, der den Befehl verweigerte, mit der Pistole gegenübertrat. Aber dann erschien glücklicherweise General Kearny selbst in Los Angeles und verbot das Duell.

Frémont schien in buchstäblich letzter Minute zu begreifen, daß er sich den direkten Befehlen des Generals nicht widersetzen dürfe. Er erbat die Erlaubnis, sich entweder zu seinem eigenen Regiment begeben zu dürfen, das in Mexiko kämpfte, oder aber die Männer der seinerzeit von ihm geführten Forschungsexpedition zurück nach den Staaten zu führen. Kearny lehnte beides ab und befahl Frémont, mit ihm nach Monterey zurückzukehren und dort weitere Befehle abzuwarten.

Die Meinungen an der Bar gingen ziemlich heftig auseinander. Frémont war ein äußerlich sehr ansehnlicher Mann und verstand es, sich überall Freunde zu machen, die allerlei gute Gründe fanden, sein bisheriges Verhalten zu erklären und zu entschuldigen. Andererseits gab es Leute, die der Meinung waren, General Kearny sei viel zu gutmütig, er mache sich nicht klar, daß es Offiziere in der Armee gäbe, die seine Befehle und Anordnungen bewußt sabotierten. Diejenigen, die fanden, eine Armee ohne straffe Disziplin sei überhaupt keine Armee, vertraten die Ansicht, General Kearny müsse den Oberstleutnant Frémont dem Kriegsgericht übergeben, und das werde er wohl auch tun, denn es gab nach Lage der Dinge gar keine andere Möglichkeit. Die Boys redeten hin und her und erhitzten sich nicht wenig dabei; trotzdem gab es kaum jemals ernsthafte Streitereien. Und dann wurden Garnet und Florinda gewahr, daß fast allabendlich zwei oder drei Offiziere im Lokal saßen, die zwar wenig tranken, dafür aber ein wachsames Auge auf ihre Männer hatten. Sie begrüßten das sehr, denn auf diese Weise wurden die Soldaten im Zaum gehalten.

Es kamen mittlerweile die letzten Regentage, die Nebel begannen zu steigen, und an Bäumen und Sträuchern brachen die Knospen auf. Garnet bemerkte fast nichts davon. Sie mußte so hart arbeiten, daß sie kaum einen Gedanken an die Umwelt verschwendete. Dann und wann dachte sie an John, aber das verschaffte ihr jedesmal ein so schmerzhaftes Gefühl, daß sie den Gedanken entschlossen von sich stieß. Auch an Oliver mußte sie zuweilen denken, an seinen Bruder Charles, an den Ritt durch die Wüste und an den Frieden, den sie einst zu Hause gehabt hatte. Aber alle diese Gedanken blieben undeutlich; die Bilder tauchten vor ihr auf wie von Nebelwolken verschleiert und versanken wieder.

Sie hörte nur immer ihre eigene Stimme: »Was darf's sein, Gentlemen?«, und sie dachte fast unausgesetzt: Meine Füße brennen. Ich kann bald nicht mehr stehen.

Sie war sehr erstaunt, als Charles eines Nachmittags die Bar betrat. Es war ein heller, kühler Frühlingstag; das Lokal war voller Männer, die das Bedürfnis fühlten, sich von innen her zu erwärmen. Charles stand einen Augenblick regungslos in der offenen Tür und blickte sich um. Einer der Gäste wandte den Kopf und rief: »He, Sie, machen Sie gefälligst die Tür zu!« Ein paar andere Rufer schlossen sich an. Charles maß sie mit einem verächtlichen Blick und kam herein. Florinda, die Spannungen und Streitigkeiten unter allen Umständen vermeiden wollte, verwickelte die erzürnten Soldaten in ein Gespräch. »Ach, hört doch mal, Boys«, rief sie, »ich wollte euch immer schon etwas fragen: Ist es wahr, daß ein New Yorker Regiment nach hier unterwegs ist?«

Es geschah, was sie erwartet hatte: Jeder der allgemein Angesprochenen wollte ihr gleichzeitig antworten. Im dem aufbrandenden Stimmengewirr gewann Garnet ihre Fassung zurück und sah dem Besucher ruhig entgegen. Charles kam auf sie zu und baute sich jenseits der Bartheke vor ihr auf. Er stützte die Ellbogen auf die Tischplatte und maß sie mit dem Blick, den sie nun schon kannte. »Wie geht es Ihnen, Garnet?« sagte er.

Garnet zuckte die Achseln. Sie hatte schon ihre stereotype Frage auf der Zunge: Was darf's sein?, aber sie besann sich eben noch rechtzeitig. Es war das erste Mal seit jener Nacht, da Charles betrunken in der Küche gehockt hatte, daß sie mit ihm sprach. Sie wußte nicht, wieweit er sich noch an jene Nacht erinnerte, und sie hatte ihrerseits auch kein Interesse, ihn daran zu erinnern. Sie hatte überhaupt keine Lust, mit ihm zu sprechen. Wenn er etwas trinken wollte, sollte er es sagen.

Er verlangte nichts zu trinken; er sagte: »Ich halte Sie nicht lange auf. Ich wollte nur wissen, ob Sie sich das Angebot überlegt haben, das ich Ihnen seinerzeit machte.«

»Was für ein Angebot?« fragte Garnet.

»Ich bot Ihnen an, auf meiner Ranch Wohnung zu nehmen.«

Meiner Ranch! dachte sie wütend; schon beim ersten Male hatte sie sich über diese Bezeichnung geärgert. Sie antwortete leise, aber sehr betont: »Ich ziehe es vor, hier zu wohnen.«

Charles nickte, als habe er nichts anderes erwartet. – Wie lange er mich wohl noch so anstarren will! dachte Garnet. Er fuhr fort: »Ich habe mit dieser Antwort gerechnet. Ich bin leider außerstande, Ihnen einen besseren Geschmack zu verschaffen.«

»Wenn Sie noch immer meinen sollten, Sie könnten meine Auffassung von der Sache irgendwie erschüttern, dann irren Sie sich«, sagte Garnet. »Ist das alles, was Sie mir sagen wollten?«

»Nein«, sagte Charles, »da ist noch etwas anderes. Sie werden gehört haben, daß ich inzwischen geheiratet habe.«

»Ja«, antwortete Garnet. Sie dachte: Ich wollte, du wärest tot, dann würdest du mich endlich in Ruhe lassen.

Charles fuhr fort: »Für den Fall, daß Sie es ablehnen, auf meiner Ranch zu leben, würde meine Frau sich glücklich schätzen, dem Kind meines Bruders dort ein seiner würdiges Heim zu bereiten.«

Deines Bruders Kind! dachte Garnet; sie zitterte schon wieder vor Wut. Wenn das jemand hört, müßte er denken, ich hätte das Kind gestohlen. Sie ballte hinter dem Bartisch die Fäuste. »Hören Sie endlich mit Vorschlägen dieser Art auf, Charles«, sagte sie, bemüht, ihre Stimme im Zaum zu halten. »Sie könnten sich an den fünf Fingern ausrechnen, daß ich Ihnen mein Kind nie und unter keinen Umständen gebe.«

Seine Augen verengten sich bedrohlich; sie sahen jetzt aus wie zwei dunkle Stecknadelköpfe. »Sie begehen da einige Irrtümer«, sagte er. »Sie vergessen, daß Kalifornien nicht mehr so etwas wie ein mexikanischer Vorposten ist. Ich habe sehr gute Freunde unter den Offizieren der Armee. Und es dürfte kaum einer von ihnen der Meinung sein, ein Haus mit Bar- und Spielbetrieb sei der angemessene Aufenthalt für ein Kind. Es könnte sehr leicht geschehen, daß Sie gezwungen würden, mir das Kind zu geben.«

Garnet begriff im Augenblick. Sie begriff sehr viel schneller, als er sich vermutlich vorstellte. Und sie fragte sich, wie sie nur einen Augenblick habe annehmen können, Charles' Heirat werde sie von diesem Vampir befreien. Er hatte sich also auch gesagt, daß die Einführung der amerikanischen Gesetzgebung in Kalifornien ihr eines Tages die Möglichkeit verschaffen könnte, das Vermögen ihres Kindes von ihm zu verlangen. Deshalb legte er nun erst recht Wert auf das Kind. Denn wenn es auf der Ranch aufwuchs, verblieb ihm die Nutznießung dieses Vermögens bis zu seiner Volljährigkeit. Bis dahin würde es ihm zweifellos gelungen sein, jede Spur eines selbständigen Charakters aus dem Jungen herauszupressen, und das so gründlich, daß Stephen wahrscheinlich freudig nach allem greifen würde, was der Onkel ihm großzügig bewilligte. Garnet kochte vor Wut; in ihrer Kehle bildete sich ein Kloß.

»Wenn Sie zu irgend jemand auch nur ein Wort in der angedeuteten Richtung verlauten lassen, werde ich jedermann erzählen, warum ich gezwungen bin, in einer Bar zu arbeiten«, stieß sie heraus. Ihre Stimme klang rostig und rauh. »In dem Augenblick, wo man Sie zwingen wird, mir mein und meines Kindes Vermögen auszuzahlen, werde ich diese Tätigkeit aufgeben. In der Zwischenzeit werde ich mich mit Ihnen nicht mehr unterhalten. Verschwinden Sie, und lassen Sie sich nicht wieder bei mir sehen. Verdammt sei Ihre schleimige, verkümmerte Seele, Sie widerlicher Narr!«

Charles ließ ein kurzes, beinahe amüsiertes Lachen hören.

»Sie täten besser daran, auf mich zu hören, Garnet«, sagte er; »Sie möchten sonst leicht selber zur Närrin werden. Weigere ich mich denn etwa, meine Pflichten zu erfüllen? Jetzt gleich, auf der Stelle, bin ich bereit, Ihnen ein Ihrer Herkunft und Erziehung würdiges Heim anzubieten. Noch ein paar Worte in der eben von Ihnen beliebten Richtung, und ich werde mich an dieses Angebot nicht mehr gebunden halten.«

»Machen Sie, daß Sie hinauskommen«, knirschte Garnet.

»Schön«, sagte Charles. »Sie werden mich wiedersehen, und das wird kein Spaß für Sie sein.« Einen Augenblick zögerte er noch, sie mit seinen kleinen Kugelaugen durchbohrend, als wolle er sich vergewissern, ob der Sinn seiner letzten Bemerkung ihr auch richtig aufgegangen sei, dann setzte er seinen Hut auf und verließ das Lokal. Garnet hörte Florindas helle Stimme vom anderen Ende der Bar herüberdringen:

»Wäre das nicht ein verdammt feiner Spaß: Hunderte von Boys aus New York!? Möglicherweise kenne ich einige von ihnen. Was meinen Sie, wann werden die Boys in Los Angeles sein?«

Frémont verließ Los Angeles am 12. Mai 1847. Am gleichen Tage noch traf das New Yorker Regiment unter Colonel Jonathan Stevenson in der Stadt ein. Es bestand aus sieben- bis achthundert jungen Burschen, fast ausnahmslos unter fünfundzwanzig, teilweise sogar unter zwanzig Jahren. Sie waren erst im letzten Sommer rekrutiert worden, und zwar zu dem Endzweck, sie in Kalifornien anzusiedeln. Sie hatten sich verpflichtet, bis zum Ende des Krieges als Soldaten zu dienen. Danach sollten sie in Kalifornien oder dem nächstgelegenen USA-Staat ausgemustert werden. Die Freiwilligen hatten nach zweimonatiger Ausbildung auf der Gouverneursinsel New York im September 1846 auf drei Transportern, von einer Kriegsschaluppe begleitet, verlassen. Im März waren sie in San Francisco eingetroffen. Der Großteil des Regiments wurde nach Los Angeles gelegt, als Colonel Stevenson dort im Mai das Kommando übernahm. Es war ein buntgewürfelter Haufen junger Männer, der da ankam: Mechaniker, Clerks, Farmerssöhne und junge Burschen, die überhaupt noch nichts gelernt hatten. Neben Studenten und Facharbeitern standen Leute, die weder lesen noch schreiben konnten.

Garnet hatte insgeheim gehofft, unter den New Yorkern einen Bekannten zu finden, obgleich die Möglichkeit sehr gering war, da die Freunde und Bekannten ihres elterlichen Hauses sich auf einen sehr engen Kreis beschränkten. Unter den Burschen, die in den ersten Tagen ihrer Anwesenheit die Bar betraten, erkannte sie denn auch niemand. Aber sie war schon glücklich, die Jungen reden zu hören. Das war wie ein Gruß aus der Heimat. Fast alle waren im Staat New York oder einem der Nachbarstaaten aufgewachsen; nahezu die Hälfte hatte ihr ganzes bisheriges Leben in der Stadt New York selbst zugebracht. Sie redeten vom Broadway, vom Bowery-Theater und von Barnum's Museum; sie erzählten von dem Eis in Niblon's Gärten, von den Sonntagsausflügen nach Weehawken und von dem Duellplatz, auf dem Aaron Burr Alexander Hamilton erschossen hatte. Garnet empfand bei diesen Erzählungen eine doppelte Reaktion. Manchmal war ihr, als habe sie New York gestern erst verlassen, dann wieder schien alles, was die Boys redeten, noch weiter entfernt, als der Kalender auswies. So irrsinnig viel erlebt hatte sie seit jenem windigen Märztag, da sie mit Oliver den New Yorker Hafen verließ, daß sie das Gefühl hatte, der weitaus größte Teil ihres ganzen bisherigen Lebens dränge sich in diesen kurzen zwei Jahren zusammen. Sie hörte den Burschen zu und hatte das unbestimmte Gefühl, das alles läge lange, sehr lange zurück.

Was Florinda anging, so hatte sie selbst zwar keinen Bekannten unter den New Yorkern gefunden, wohl aber gab es da eine ganze

Anzahl Männer, die sich an sie erinnerten. Es war vier Jahre her, seit sie in New York auf der Bühne gestanden hatte, deshalb wußten die meisten der jüngeren Burschen nichts von ihr. Viele der älteren aber hatten sie nicht nur gesehen, sondern auch heimlich bewundert und waren nun ganz aufgeregt, sie hier wiederzusehen, und noch dazu so direkt und unmittelbar, nur durch die Bartheke getrennt. Die meisten wußten auch, warum sie New York seinerzeit verlassen hatte, denn der Selkirk-Skandal hatte damals ziemliche Wellen geschlagen. Dann und wann fragte sie einer: »Sie haben ihn doch nicht erschossen, nicht wahr?«

»Gewiß nicht«, antwortete sie dann; »sehe ich aus wie eine Frau, die Leute erschießt? Und haben Sie mich etwa für eine Mörderin gehalten?«

Nein, das hatten sie natürlich nicht. Jeder einzelne wies den Gedanken weit von sich, und Florinda tat, als glaube sie ihnen. Jetzt, nachdem sie die alte Geschichte mit Garnet besprochen hatte, machte es ihr nichts mehr aus, darüber zu reden. »Ich habe durch ein paar geschickte Fragen etwas über Reese herausbekommen«, erzählte sie Garnet eines Tages. »Der Prozeß ist ihm nicht gemacht worden, aber der Boden muß ihm trotzdem zu heiß geworden sein; jedenfalls hat er es vorgezogen, nach Europa zu gehen.« Sie lachte befriedigt. Ach, es war nett, die New Yorker Jungen um sich zu haben.

Ende Mai – Garnet war nun schon zwei Monate in Los Angeles – erschien Johns Boy Pablo in der Bar, strahlte Garnet mit seinem treuherzigen Lächeln an und überreichte ihr einen Brief.

Als Garnet die Schrift auf dem Umschlag erkannte, begann ihre Hand zu zittern, und sie hörte den lauten Schlag ihres Herzens. Sie war so aufgeregt, daß sie Mühe hatte, Pablo ein paar Dankesworte zu sagen und ihm als landesüblichen Gruß eine Flasche roten Weines zu geben. Pablo erklärte, er sei beauftragt, auf Antwort zu warten. Garnet begab sich in die Küche und ließ sich mit zitternden Gliedern auf die Wandbank sinken. Ihr Herz schlug immer noch einen Trommelwirbel. Sie war wütend über sich selbst, weil sie sich so schlecht zu beherrschen verstand, und sie war noch wütender auf John, weil er es fertigbrachte, sie auf solche Weise zu erregen. Sie empfand es als unerträgliche Demütigung, daß sie einen Mann liebte, ohne in gleicher Weise wiedergeliebt zu werden, und daß sie zum Überfluß nicht die Willensstärke aufbrachte, damit fertig zu werden. Sie wünschte sich, stark genug zu sein, um den Brief ungelesen zu zerreißen. Aber sie konnte es nicht.

Johns Brief war nur kurz. Er lautete:

»Liebe Garnet,
ich kann zwar ohne Dich leben, aber es macht mir keinen Spaß.
Ich vermisse Dich, und ich habe sehr, sehr großes Verlangen nach
Dir. Hast Du Dich besonnen? Willst Du mich so, wie ich bin? Sage
ja, und ich komme nach Los Angeles, um Dich zu holen. Sage nein,
und ich bin überzeugt, wir sehen und finden uns trotzdem eines
Tages.

John.«

Garnets erster Gedanke war, ein wenig Zeit vergehen zu lassen, bevor sie antwortete. Aber der zweite Gedanke schlug den ersten tot
und befal ihr, sogleich zu schreiben, solange die Wut noch in ihr
brannte, weil dieser Mann es fertiggebracht hatte, ihr Herz zum
Tanzen zu bringen. Sie fürchtete, wenn sie wartete, möchte ihr bewußt werden, wie sehr sie selber nach ihm verlangte, und dann
möchte sie das letzte Restchen Verstand verlieren, das ihr noch verblieben war. Sie nahm Tinte und Feder vom Wandbrett, setzte sich
an den Tisch und schrieb:

»Lieber John,
nein. Ob Du nun nach mir verlangst oder nicht. Ich will keine Ehe,
die mir wie ein lauwarmer Zwiebackbrei vorkäme. Und ich will auch
keinen Mann, der Ehen dieser Art bevorzugt. Ich werde, sobald
ich ein Schiff bekommen kann, nach Hause fahren. Unterdessen
möchte ich, daß Du mich in Ruhe läßt.

Garnet.«

Sie ging in die Bar zurück und gab Pablo den Brief. Der lächelte,
verbeugte sich und ging. Garnet biß die Zähne zusammen und beschäftigte sich damit, die Flaschen abzustauben, während Florinda
mit einigen der New Yorker Soldaten plauderte. Florinda fragte
nicht, was Pablo gewollt habe. Garnet war überzeugt, daß sie den
Briefaustausch bemerkt hatte, und war ihr dankbar dafür, daß sie
die Sache mit Schweigen überging.

Ein paar Tage später kam Nikolai Grigorievitch aus San Diego
zurück. Er war strahlender Laune, hatte er doch gehört, daß ein
russisches Pelzschiff an der kalifornischen Küste ankerte. Es hieß,
das Schiff würde zunächst in San Francisco anlegen, um Lebens-

mittel an Bord zu nehmen. Alsdann würde es nach Alaska aufbrechen. Nikolai befand sich jetzt auf dem Wege nach Norden, um herauszubekommen, wann das Schiff nach Rußland auslaufen würde.

Nachdem Nikolai weg war, saßen Garnet und Florinda in der Küche zusammen und tranken eine Tasse Schokolade.

»Ob Nikolai wohl in Rußland bleiben wird?« sagte Garnet nachdenklich. »Wir werden ihn hier jedenfalls sehr vermissen.«

»Nicht nur wir«, sagte Florinda. Garnet biß sich auf die Lippen; sie verstand die Anspielung. Sie wußte ja, daß der Russe Johns bester Freund war, und sie wußte auch, daß John ihn noch weit mehr vermissen würde als sie. »Alle werden ihn vermissen«, stellte sie fest und stand auf. »Nun, wir müssen wieder an die Arbeit.«

»Hättest du etwas dagegen, wenn ich erst einmal kurz nach oben ginge, um nach Stephen zu sehen?« fragte Garnet.

»Selbstverständlich nicht«, antwortete Florinda, und Garnet ging dankbaren Herzens die Treppe hinauf. Die kurzen Augenblicke, da sie sich dem gesund und fröhlich in seinem Bettchen spielenden Kind zuwenden konnte, waren ihr immer ein großer Trost. Das Bett hatte Texas gemacht; es war gut und solide aus Holz zusammengefügt. Der Boden wurde durch eine Wildlederbahn gebildet, so daß die darübergelegte Matratze federte. Betten dieser Art hatten hierzulande nur die reichsten Rancheros für ihre Kinder; aber Texas hatte gemeint, für dieses Kind, dem er geholfen habe, auf die Welt zu kommen, sei das Beste gerade gut genug. – Lieber Texas! dachte Garnet jedesmal, wenn sie das Bettchen sah, und fühlte dabei einen schmerzhaften Stich. Texas hatte in letzter Zeit wieder schwer getrunken. Er war auch jetzt unten in der Bar. Mit der Flasche vor sich auf dem Tisch, hockte er auf der Wandbank und trank Glas um Glas schweigend in sich hinein, bis er schließlich das Bewußtsein verlor.

Sie ging hinunter in die Bar. Hier hatte es eben einen kleinen Krach gegeben. Ein New Yorker Freiwilliger hatte sich mit einem Angeleno gestritten. Man hätte eigentlich meinen sollen, ein solcher Streit wäre von vornherein ausgeschlossen gewesen, da keiner der beiden auch nur zehn Wörter von der Sprache des anderen verstand. Aber da beide getrunken hatten, war ihnen dieser Mangel offenbar gar nicht bewußt geworden. Glücklicherweise waren zwei Offiziere des New Yorker Regiments im Lokal gewesen; die hatten den betrunkenen Soldaten kurzerhand in seine Unterkunft bringen lassen. Der Barboy

José hatte sich des streitenden Angelenos angenommen und ihn nach Hause gebracht. Als Garnet den Barraum betrat, war die Ruhe schon wiederhergestellt. Micky war damit beschäftigt, die Bartheke abzuwischen, und Florinda, die eben ein paar Becher Aguardiente ausgeschenkt hatte, ordnete die Flaschen auf den Regalen. Die beiden Offiziere, Major Lyndon und Captain Brown, lehnten mit ihren Trinkbechern in der Hand an der Bar.

Sie unterhielten sich über das vermutliche Schicksal des Oberstleutnants Frémont, hielten aber die Augen dem Lokal zugewandt, um gegebenenfalls beim Ausbruch neuerlicher Streitigkeiten sofort eingreifen zu können. Garnet sah nach der Ecke hinüber, wo Texas saß. Texas war offenbar eingeschlafen; sein Kopf lag in der Beuge des auf der Tischplatte ruhenden Armes. Es war zwar halbdunkel in der Ecke dort, doch fiel ein Lichtstrahl gerade auf Texas' Gesicht.
– Wenn doch José käme, um ihn nach Hause zu bringen! dachte Garnet.

Sie hörte flüchtig, was Major Lyndon und Captain Brown miteinander sprachen. Danach hatte General Kearny Monterey verlassen und war nach Fort Leavenworth marschiert. Die Geschäfte des Militärgouverneurs von Kalifornien führte im Augenblick Colonel Mason. Frémont hatte den Befehl bekommen, den General nach Fort Leavenworth zu begleiten. Jedermann nahm als selbstverständlich an, daß der widerspenstige Offizier dort vor ein Kriegsgericht gestellt würde.

»Wieviel Männer hat der General mitgenommen?« fragte Captain Brown.

»Ich bin nicht ganz sicher«, entgegnete der Major. »Aber ich weiß, daß er auch mehrere Angehörige von Frémonts altem Expeditionskorps mitgenommen hat.«

»Als Zeugen?« fragte Captain Brown.

»Höchstwahrscheinlich.«

Captain Brown schüttelte den Kopf.

Die beiden Offiziere waren schon öfter in der Bar gewesen, aber sie hatten immer nur sehr wenig getrunken. Major Lyndon war ein breitschultriger, untersetzter Mann mit grauem Bart und dunklem Haar, das an den Schläfen zu ergrauen begann. Brown, erheblich jünger, wohl kaum aus den Dreißigern heraus, war ein kräftiger, muskulöser Mann mittlerer Größe. Er hatte dunkle Augen, gute Zähne und ausgezeichnete Manieren. Mit Garnet hatte er noch nie ein überflüssiges Wort gesprochen, aber Garnet fand, daß er recht sympathisch sei und ihr möglicherweise gefallen könnte. Als sie zufällig zu ihm hinüberblickte, sah sie, daß er die Hand hob, um einem Mann, der eben das Lokal verließ, einen Abschiedsgruß zuzuwinken. Er sagte dabei noch irgend etwas von einer Verabredung für den nächsten Tag. Die Tür schloß sich, und Captain Browns erhobene Hand blieb in der Luft hängen. Er starrte auf einen Winkel nahe der Tür.

»Was ist los, Brown? Sehen Sie einen Geist?« fragte Major Lyndon.

Beim Klang der Stimme kam der Captain zu sich; er stellte seinen Becher auf die Theke, ohne hinzusehen, so daß er beinahe heruntergeglitten wäre – Garnet fing ihn eben noch auf –, und starrte immer noch in die halbdunkle Ecke neben der Tür.

»Ja«, sagte er dann, »kommt mir wahrhaftig wie ein Geist vor. Sehen Sie da hinüber, Lyndon. Sehen Sie sich das Individuum an. Den Mann, der den Kopf auf dem Arm und den Arm auf dem Tisch liegen hat.«

Garnet war es, als versetze ihr jemand einen Schlag. Da war es also! Eigentlich hatte sie immer damit gerechnet, daß ähnliches eines Tages geschehen werde. – Armer Texas! dachte sie; er glaubte doch, seine Vergangenheit hinter sich gelassen zu haben.

Major Lyndon wandte den Kopf; seine Augen folgten dem Blick des Captains. Plötzlich stieß er einen keuchenden Laut aus; seine Stimme klang rauh vor innerer Erregung. Er sagte: »Mein Gott, Brown, es ist doch nicht etwa? – Aber das ist doch nicht möglich.«

»Doch«, entgegnete Brown. »Er ist es. Es ist ohne jeden Zweifel Ernest Conway.«

Die Augen der beiden Männer begegneten sich. Sie schüttelten die Köpfe und blickten wieder zu Texas hinüber. Auch Garnet ließ ihren Blick hinübergleiten. Sie sah das verwilderte Haar, den zottigen Bart, den halb offenstehenden Mund, das befleckte Hemd, die nicht eben sauberen Hände da drüben auf dem Tisch; sie sah dieses ganze traurige, hilflose, betrunkene Etwas, wie es regungslos auf der Wandbank hockte. Major Lyndon stieß einen Laut aus, der erkennen ließ, daß ihn vor dem Anblick des Betrunkenen ekelte. »So«, sagte er, »das also ist aus ihm geworden.« Er schüttelte sich unwillkürlich. »Verdammt, Brown!« raunte er. »Ich dachte, er sei tot.«

»Ich wünschte, er wäre es«, versetzte Brown. »Wenn ich bedenke: der glänzendste, liebenswürdigste . . . o Teufel, Lyndon! Ich könnte heulen.«

Seine Stimme verriet die innere Erregung, aber weder Ekel noch Verachtung: Trauer und Schmerz schwangen darin. Er fühlt ähnlich wie ich, dachte Garnet; der Zustand des Mannes jammert ihn, und er weiß, das müßte nicht so sein. Er begreift es nicht, aber er ist traurig, obgleich er es nicht begreift.

Nach Garnet wurde gerufen, und sie mußte sich abwenden. In der nächsten Stunde war sie sehr beschäftigt. Sie schenkte Whisky, Wein und Aguardiente aus, sie lehnte einen Heiratsantrag ab und nicht lange danach einen weniger ehrbaren Antrag, und schließlich kam José zurück und schaffte den betrunkenen Texas aus der Bar heraus.

Die Mitternachtsstunde war nicht mehr weit, und die meisten Gäste hatten sich bereits verlaufen. Der größte Teil der Soldaten mußte lange vor Mitternacht aufbrechen. Major Lyndon war auch schon gegangen, aber Captain Brown war noch da. Er stand in nachlässiger Haltung gegen den Bartisch gelehnt und sah noch immer mit versonnenem Blick nach der Ecke hinüber, wo Texas gesessen hatte, als vermöchte er seine Gedanken noch nicht von dem, was er dort gesehen, zu lösen.

Ein anderer Offizier betrat das Lokal, trat zu Brown heran und sagte ihm, er könne jetzt gehen; er werde an seiner Stelle bis zum Lokalschluß hierbleiben und auf die Männer achten. Captain Brown nickte und richtete sich auf. Als er sich der Tür zuwandte, sprach Garnet ihn an.

»Captain Brown?« sagte sie.

Er sah sich überrascht um: »Riefen Sie mich?«

Garnet nickte; sie mußte schlucken ob ihrer eigenen Kühnheit. Seine Beziehung zu Texas ging sie ja nichts an, und sie wußte ja auch nicht, wie er ihre Einmischung auffassen würde, aber sie konnte nicht anders, sie mußte es tun. »Erlauben Sie mir eine Bemerkung, Captain«, sagte sie leise; sie mühte sich, ihre Unsicherheit und Schüchternheit so gut wie möglich zu verbergen.

»Ja?« sagte Captain Brown. Er zeigte ein höflich korrektes Gesicht, das Gesicht eines Mannes, der einer Frau gegenüber in jedem Falle die Höflichkeit wahrt, solange es irgend geht; aber man sah, daß er nur ungern zur Bar zurückkkam. Garnet sagte leise, um die Aufmerksamkeit der anderen nicht zu erregen:

»Ich wurde vorhin zufällig Zeugin Ihres Gespräches mit Major Lyndon. Ich wollte nicht lauschen, aber . . .«

»Entschuldigen Sie sich doch nicht«, sagte Brown, »ich zweifle nicht daran. Und übrigens haben wir ja keine militärischen Geheimnisse ausgeplaudert.«

Sie sah ihn an und sprach nun mit etwas größerem Zutrauen: »Sie erkannten beide anscheinend einen früheren Bekannten wieder. Ich meine den Mann, der vorhin dort drüben am Tisch saß und schlief.« Ihre Augen wiesen in die Ecke neben der Tür.

»Ja«, sagte Captain Brown, offenbar ein wenig überrascht und gespannt, was da weiter noch folgen werde.

»Es geht mich natürlich nichts an«, fuhr Garnet fort, »aber, bitte, ich wüßte sehr gern, ob vielleicht noch jemand bei der Truppe ist, der den Mann kennt.«

Captain Brown dachte nach. »Ich – glaube nicht«, sagte er nach einem Weilchen langsam. »Außer Major Lyndon und mir war keiner der Offiziere in jenem Winter in Fort Leavenworth. Aber darf ich fragen, warum Sie das interessiert?«

»Natürlich dürfen Sie das. Vermutlich denken Sie jetzt, ich wüßte, wer er ist. Aber ich weiß es nicht. Niemand hier weiß es. Ich will versuchen, es Ihnen zu erklären.«

»Ich bitte darum«, sagte Captain Brown.

»Der Mann kam vor einigen Jahren nach Kalifornien«, sagte Garnet. »Er hat keinem Menschen seinen Namen genannt und nie irgend etwas von sich selbst erzählt. Wir kennen ihn hier alle nur unter dem Spitznamen Texas.«

»Den Namen kennen wir auch«, lächelte Brown. »Die Republik Texas war immer sein Lieblingsthema; er konnte stundenlang davon erzählen. Aber ich wollte Sie nicht unterbrechen; bitte, fahren Sie fort.«

»Jedermann hierzulande mag ihn«, sagte Garnet. »Viele schätzen ihn sehr, und es hat nie jemand versucht, herauszubekommen, wer sich hinter dem Namen Texas verbirgt.«

Captain Brown hörte mit wachsendem Interesse zu. Garnet fuhr fort:

»Sehen Sie, es ist so: Vor dem Kriege sind hier ein paar hundert Männer aus den Staaten und wohl auch aus anderen Ländern zusammengekommen. Sie kamen aus den verschiedensten Gründen. Aber allmählich entwickelte sich unter diesen Männern so etwas wie eine Lebensregel; eine Art Kodex, wenn Sie so wollen. Diese stillschweigende Übereinkunft besagte unter anderem: Man muß einen Menschen so hinnehmen, wie er ist. Man frage nie, woher er kommt und was ihn aus der Heimat vertrieb. Man kann einem Menschen vertrauen, oder man kann es nicht. Solange er ein guter Kamerad ist und keinen anderen stört, läßt man ihn ungeschoren und mit seinen eigenen Angelegenheiten auf seine eigene Weise fertig werden. Verstehen Sie das?«

»O ja, ich denke schon«, versetzte Captain Brown.

»Nun«, fuhr Garnet fort, »lassen Sie mich noch ein paar Worte über Texas sagen. Haben Sie noch einen Augenblick Zeit?«

Brown sah sie sehr aufmerksam an. »Ich würde sehr gern hören, was Sie über ihn zu sagen haben«, antwortete er.

»Texas hat einen bösen Fehler«, sagte Garnet. »Sie kennen ihn. Aber glauben Sie mir: Das ist auch sein einziger Fehler. Er ist hilfsbereit, großherzig und absolut ehrenhaft. Mir gegenüber hat er sich mehrmals als treuer und selbstloser Freund erwiesen, und zwar immer dann, wenn ich Hilfe brauchte. Und weil das so ist und weil ich diesem Manne zu großer Dankbarkeit verpflichtet bin, darum bitte ich Sie herzlich, ihn nicht preiszugeben. Was immer auch hinter ihm liegen mag – lassen Sie es begraben sein.«

Captain Brown antwortete ihr ruhig und, wie es schien, mit vollkommener Aufrichtigkeit. Er sagte: »Ich danke Ihnen dafür, daß Sie mir das sagten. Ich werde ihn nicht preisgeben.«

»Oh, das ist gut. Das ist lieb von Ihnen«, sagte Garnet. »Werden Sie Major Lyndon auch darum bitten?«

»Ich werde ihm wiederholen, was Sie mir sagten.« Er dachte einen Augenblick nach und fuhr dann fort: »Was meinen Sie, ob Texas selbst Lyndon oder mich wohl erkannt hat?«

»Vielleicht«, sagte sie. »Aber könnten Sie nicht so tun, als hätten Sie ihn nicht wiedererkannt? Nach dem, was ich vorhin hörte, müssen Jahre darüber vergangen sein, seit Sie ihn zuletzt sahen. Ich denke, diese Bitte werden Sie mir nicht abschlagen?«

Captain Brown sah sie noch immer an, offensichtlich verblüfft und nicht recht wissend, was er denken sollte. »Gewiß nicht«, antwortete er. »Wie gesagt, ich bin froh, daß Sie mit mir darüber sprachen.«

»Ich danke Ihnen sehr«, sagte Garnet. Bevor sie sich noch weiter äußern konnte, näherten sich Schritte, und sie sah Mr. Collins und Mr. Bugs McLane herankommen, die wohl noch einen Nachtschluck zu sich nehmen wollten. Mit einer Entschuldigung wandte sie sich von dem Captain ab und goß den neuen Gästen ihre Drinks ein. Als sie sich wieder umsah, war Brown eben im Begriff, zu gehen. Er hatte die Mütze schon auf und die Hand bereits auf der Türklinke.

Als sein Blick ihren Augen begegnete, faßte er grüßend mit der Hand an den Mützenschirm und lächelte. Garnet lächelte zurück und fühlte sich angenehm berührt. Der Captain hatte eben einem Barmädchen gute Nacht gesagt, aber er hatte das so korrekt und so höflich getan, als stände er im Empfangssalon ihrer Mutter.

In der Nacht erzählte Garnet Florinda von ihrem Gespräch mit dem Offizier. Nachdem die Bar geschlossen war, gingen sie zusammen auf Florindas Zimmer, um sich gegenseitig die Haare zu waschen. Florinda kniete auf dem Fußboden vor zwei Eimern, einem vollen und einem leeren. Garnet goß ihr klares Wasser über den Kopf und rubbelte ihn anschließend ab. Dabei erzählte sie, was sie mit Captain Brown besprochen hatte.

»Ich glaube, er ist ein guter Mensch«, sagte sie, »ich mag ihn sehr gern.«

Florinda entgegnete, den Kopf noch über dem Eimer: »Er scheint dich auch zu mögen. Ich beobachtete, wie er dich ansah, während du mit ihm sprachst. Ohne Zweifel ist er ein wirklicher Herr.«

»Ich wollte, es gäbe mehr Menschen wie ihn«, sagte Garnet.

Florinda lachte: »Dann, meine Liebe, würde unser Betrieb mangels Gästen Pleite machen. Außerdem bin ich überzeugt: Es gibt auch Leute, die ihn nicht mögen. Dir jedenfalls schadet es nichts, alle Arten von Männern kennenzulernen.« Sie kicherte. »Weiß Gott, es gibt alle möglichen Arten von Männern, aber letztlich haben sie in bezug auf Frauen alle denselben Gedanken im Kopf. Hast du heute viele Anträge bekommen?«

»Oh, immerhin einige«, antwortete Garnet, »und zwar beide Sorten.«

»Der junge O'Neal hat mich den ganzen Abend gequält, ich solle ihn heiraten«, sagte Florinda. »Er sagte es so oft, daß es mir schließlich wie der Refrain eines Liedes klang, das in immer neuen Variationen das gleiche Thema wiederholt.«

»Was sagte er denn?« fragte Garnet. »Du kannst jetzt übrigens aufstehen, ich bin fertig, das war das letzte Wasser.«

Florinda richtete sich mit einem Seufzer der Erleichterung auf und begann sich den Kopf mit dem Handtuch zu trocknen. »Wenn es dir recht ist, wasche ich dir dein Haar morgen«, sagte sie.

Garnet war es recht; ihr war jetzt nicht mehr nach Haarwaschen zumute.

Florinda erzählte weiter: »Er fragte mich schon nach den ersten

Drinks, ob ich ihn heiraten wolle. Mit zunehmender Betrunkenheit wurde er dann auch zunehmend frecher. Er malte sich aus, wie es sein würde, wenn wir glücklich miteinander vereinigt wären. Um Mitternacht sah er mich dann schon auf einem Wohnzimmerteppich sitzen, mit zwei Kindern spielend.« Sie setzte sich auf die Wandbank, weiter mit ihrem Haar beschäftigt.

Garnet trocknete ihre Hände und setzte sich neben sie. »Florinda?« fragte sie plötzlich.

»Ja?«

»Warum heiratest du nicht?«

»Wer? Ich?« Florinda lachte. »Machst du Witze?«

»Nein. Ich frage ganz ernst: Warum heiratest du nicht?«

»Weil ich nicht will«, sagte Florinda und begann ihr Haar durchzukämmen und in Wellen zu legen. »Wie kommst du nur auf die Idee, ich könnte nach einem Ehemann verlangen?«

»Ja, mein Gott, Florinda«, rief Garnet aus, »hast du noch nicht daran gedacht, daß wir ja nicht ewig jung bleiben? Möchtest du denn nicht irgendeine Sicherheit fürs Leben haben, mit der du rechnen kannst?«

»Selbstverständlich möchte ich das«, antwortete Florinda. »Deshalb bringe ich ja Mr. Abbott schon ständig Gelder für mein Depositenkonto.«

»Ich habe mittlerweile begriffen, daß Geld viel wichtiger ist, als ich früher glaubte«, sagte Garnet, »aber trotzdem: für Geld läßt sich nicht alles kaufen.«

»Ich werde mir alles kaufen, was ich haben will«, sagte Florinda ruhig, während sie fortfuhr, ihr Haar zu kämmen. »Meine Süße«, sagte sie, »heirate du ruhig. Ich nicht. Ich ganz gewiß nicht. Ich habe nicht die geringste Lust, mich täglich zwölf Stunden lang mit allerlei Trunkenbolden herumzuärgern, um eines Tages einen Mann durchzufüttern, der meine sauer ersparten Groschen versäuft.« Sie zuckte die Achseln. »Hast du vielleicht schon einen für mich auf Lager?«

»Natürlich nicht«, antwortete Garnet. »Aber du könntest unter den Männern des New Yorker Regiments unschwer einen finden; es sind sehr feine Kerle dabei. Sie wollen in Kalifornien bleiben, sie wollen sich verheiraten und ein Heim gründen. Und das ist wichtig, Florinda. Hast du niemals Verlangen nach einem eigenen Heim gehabt?«

»Doch, doch, aber das möchte ich dann gerne für mich allein haben«, sagte Florinda, ihr Nachthemd anziehend. »Wie oft soll ich dir das noch sagen? Über Männer braucht mir niemand etwas zu erzählen. Ich denke noch mit Vergnügen an die Herren, die mit mir bis zum Morgengrauen beim Champagner hockten und mir erzählten, ihre Frauen verstünden sie nicht. Ich kenne genug vornehme junge Herren deiner Herkunft, meine Liebe; Männer, die Mädchen wie dich geheiratet hatten und ihre jungen Frauen zu Hause bei dem Baby ließen, während sie an der Bühnentür herumlungerten und auf mich warteten. Männer sind reizende Wesen, Darling, ich mag sie verdammt gern, aber ich weiß auch, sobald du aus einem dieser netten Jungen einen Ehemann machst – nein, also danke schön! Ich fühle mich sehr wohl allein.«

Sie warf mit einem kurzen Ruck das Haar über die Schultern zurück und legte die Kleider, die sie eben ausgezogen hatte, sorgfältig zusammen.

Garnet sah ihr nachdenklich zu. »Warum bist du nur so entsetzlich bitter, sobald von der Ehe die Rede ist?« fragte sie.

Florinda fuhr in ihrer Tätigkeit fort. »Nun, meine Liebe«, sagte sie, »ich werde es dir sagen. Weil ich die Sache einmal ausprobiert habe. Ich habe eine Ehe hinter mir. Und ich sage dir, das war keine erfreuliche Angelegenheit.«

Garnet stieß einen kleinen Schrei aus: »Du warst verheiratet?«

»Ja, denk dir«, sagte Florinda. »Bist du sehr überrascht?«

»Ja. Vielleicht sollte ich es nicht einmal sein. Du erzähltest mir ja, daß du ein Kind hattest.«

»Ach, du lieber Gott!« wehrte Florinda ab. »Aber doch nicht von *dem* Vater!« Ein Zucken lief durch ihren Körper, und ihre Lippen verkniffen sich. »Wenn ich von diesem widerwärtigen Schmarotzer ein Kind gehabt hätte«, zischte sie, »ich glaube, ich hätte es in den Brunnen geworfen.«

Garnet hörte ihr verblüfft zu, verblüfft weniger durch Florindas Mitteilung, sie sei verheiratet gewesen, als durch die Art, wie sie von dieser Ehe sprach. Florinda pflegte die Welt zu nehmen, wie sie sich ihr zeigte, nüchtern und tapfer und ohne sich jemals zu beklagen. Garnet hatte sie deswegen oft beneidet. Aber jetzt zeigte die gleiche Florinda sich auf seltsame Weise verändert: Ihre schönen blauen Augen waren zu zwei kleinen schmalen Schlitzen verengt, und ihre Mundwinkel waren in häßlicher Weise nach unten gezogen. Sie hockte auf der Wandbank neben dem Kleiderbündel, das sie eben zusammengelegt hatte, und strich mit ihren Fingern nervös über die Kante der Bank. Garnet sah sie entsetzt an.

»Wie du ihn hassen mußt!« rief sie aus.

Florinda hockte da, als seien ihre Glieder erstarrt. Sie atmete schwer, als suche sie sich selbst zu beruhigen. »Ich glaube«, sagte sie leise – und auch ihre Stimme klang gänzlich verändert –, »ich glaube, er ist der einzige Mensch, den ich in meinem ganzen Leben wirklich gehaßt habe.« Sie wandte den Kopf mit schwerfälliger Bewegung Garnet zu und fragte: »Hast du jemals einen Menschen so gehaßt?«

»Nein«, sagte Garnet, »so gewiß nicht.«

»Versuche nicht zu ergründen, wie das ist«, sagte Florinda. »Ich liebe die Menschen, Garnet. Gewiß nicht alle; es gibt einige, die ich gar nicht mag. Aber ich hasse sie auch nicht. Ich übertreibe nicht, wenn ich dir sage, daß ich damals Nacht für Nacht erwachte und vor Haß zitterte. Hast du ähnliches schon einmal erlebt?«

»Nein«, flüsterte Garnet, »gewiß nicht. Nie.« Plötzlich kam sie sich jung, unreif und unerfahren vor. Das Erleben, an das Florinda sich jetzt erinnerte, mußte furchtbar gewesen sein, mit nichts anderem vergleichbar, das sie je kennengelernt hatte.

»Wenn du einen Menschen auf solche Weise haßt, das ist, als hättest du ein Folterinstrument in dir«, sagte Florinda. »Du denkst an ihn, und dir ist, als würde dir die Haut vom Leibe gerissen. Deine Haare auf dem Kopf fühlen sich an wie glühende Drähte. Und nun versuche dir vorzustellen, du seiest mit diesem Menschen verheiratet. Du bist dann vollkommen hilflos. Was war eigentlich geschehen? Man war zu zweien nach City Hall gegangen, man hatte ein paar Worte gesprochen und seinen Namen in ein Buch eingetragen. Aber damit hatte man sich selbst in Ketten gelegt, in Ketten, aus denen man nicht mehr herauskam.« Florinda schwieg. Nach einem Augenblick schüttelte sie den Kopf, als wolle sie den Gedanken loswerden, an den sie sich erinnerte. Ein paar kleine noch feuchte Locken fielen ihr in das Gesicht. Sie strich sie sich aus der Stirn und sah Garnet mit einem schrägen Seitenblick an. »Nun«, sagte sie, »ich habe es dir gesagt.«

Wenn ich ihr doch nur helfen könnte! dachte Garnet. »Florinda«, sagte sie leise, »er kann dir ja nichts mehr tun. Hier draußen am Rande der Welt.«

Florinda antwortete nicht. Sie sah zu Boden und zupfte an den Rüschen herum, die die Ärmel ihres Nachthemdes zierten.

»Wo ist er jetzt?« fragte Garnet.

»Tot«, antwortete Florinda, ohne aufzusehen.

»Oh!«

»Ganz sicher und unwiderruflich tot.«

Garnet starrte sie an und preßte die Faust vor den Mund. »Florinda«, flüsterte sie, »ich glaube – zu verstehen.«

»Ja, Liebe«, bestätigte Florinda, »das tust du wohl.« Sie hob die Augen und begegnete denen der anderen. Ruhig und mit einer Stimme, die nicht im geringsten zitterte, sagte sie: »Er hieß William Cadwallader Mallory. Ich habe ihn in der Nacht des 16. August 1844 im Alhambra-Spielpalast in Park Row erschossen.«

Sie faltete die Hände über dem Knie. Die Ärmelrüschen fielen zurück; ihre Hände und Unterarme glichen roher Borke; der Kerzenschein ließ die Narben aufglühen.

»Ich habe dich damals in New Orleans nicht belogen«, fuhr sie fort. »Ich habe Selkirk nicht erschossen. Alles, was ich dir damals sagte, war wahr. Es gab nur noch ein paar Dinge außerdem, die ich nicht sagte.« Sie schwieg einen Augenblick und sah dann auf. Ein Lächeln stand auf ihrem Gesicht; es war, als fühle sie sich erleichtert. »Magst du mich nun weniger gern als bisher?« fragte sie.

»Natürlich nicht!« rief Garnet impulsiv. »Wie kannst du nur so etwas denken!«

Florinda betrachtete sie nachdenklich. »Nun, Liebe, ich konnte das schließlich nicht wissen«, versetzte sie. »Es gibt Leute, die Mord für ein absolut unverzeihliches Verbrechen halten.«

Garnet sagte, ohne einen Augenblick zu zögern: »Florinda, du bist der liebenswerteste und dabei der besonnenste und verständigste Mensch, der mir je im Leben begegnete. Wenn du deinen Mann erschossen hast, so bin ich absolut sicher, daß du nicht anders konntest und daß er dieses Schicksal verdiente.«

Florinda bewegte langsam wie in großer Verwunderung den Kopf. »Garnet«, flüsterte sie, »ich glaube, du hast eben das Schönste gesagt, das in meinem ganzen Leben ein Mensch zu mir sagte. Meinst du es wirklich so, wie du es sagtest?«

»Gewiß meine ich es so. Ich meine in der Regel immer, was ich sage.«

»Ich danke dir, Garnet«, sagte Florinda. »Ich habe dir so viel zu danken. In New Orleans fing das schon an. Ich sagte dir damals, ich würde dir das nie vergessen; und das werde ich auch nicht.« Sie lehnte sich gegen die Wand und spielte mit dem blauen Vorhangstoff. »Oliver hatte nicht deine Herzensanmut«, fuhr sie fort. »Damals konnte ich dir das natürlich nicht sagen. Erinnere dich daran, wie er mich auszuforschen versuchte. Er wollte allerlei von mir wissen, worüber ich nicht sprechen wollte. Ich nehme an, er hatte ein Recht, mir solche Fragen zu stellen. Schließlich kannte er mich nicht näher als Adams Großmutter. Ich aber wollte durchaus erreichen, daß ihr beide mich vor dem Gefängnis bewahrtet. Trotzdem hätte ich ihm nicht antworten können; ich konnte das alles einfach nicht noch einmal durchleben. Du hast das verstanden und hast mich in Ruhe gelassen. Und du batest auch ihn, mich nicht weiter zu fragen. Dafür liebte ich dich, oh, Garnet, ich war dir so gut, daß ich es nicht ausdrücken konnte. Und auch das wollte ich dir immer schon einmal sagen.«

Garnet stand auf. Sie ging zu Florinda hinüber und kniete sich neben ihr nieder. Sie legte ihre eigenen gesunden Hände über die zerstörten borkigen Hände der Freundin. »Es schmerzt dich noch, von diesen Dingen zu sprechen«, sagte sie leise.

»Ja«, flüsterte Florinda, »das ist wohl so.« Sie sah zu Boden.

»Dann sprich doch nicht mehr. Du brauchst mir nichts weiter zu sagen.«

Danach war Schweigen im Raum. Nach einer Weile stand Florinda auf, befühlte ihr Haar, um festzustellen, ob es mittlerweile einigermaßen trocken sei, und begann die Bettdecke zurückzuschlagen. Sie sprach jetzt mit ganz normaler Stimme. »Nun, Liebe«, sagte sie, »ich nehme an, du hast mich nun verstanden. Ich hatte einen Mann, einen ordnungsmäßig angetrauten Mann, aber nun, nachdem ich ihn los wurde, will ich mich eher in Dunst auflösen, als es noch einmal mit einem zweiten zu versuchen.«

»Ich verstehe dich«, sagte Garnet, »und ich kann dich dieses Entschlusses wegen nicht tadeln. Ich begreife, daß du unter diesen Umständen lieber Witwe bleiben willst.«

»Was bleiben?« fragte Florinda und wandte sich um. »Bin ich eine Witwe? Garnet – die schwarzen Kleider, die Schleier . . .«, ihr Gesicht nahm einen beinahe törichten Ausdruck an, dann, plötzlich, brach sie in helles Gelächter aus. »Bei meines Großvaters Hühnerauge!« sagte sie. »Ich eine Witwe? Großer Gott, Garnet, wer außer dir hätte auf einen solchen Gedanken kommen können?!«

Auch Garnet hatte unwillkürlich lachen müssen. Wie gut für Florinda, daß sie so leicht lachen konnte. Immer, wenn die Spannung in ihr vor der Zerreißprobe stand, rettete sie sich in ein Gelächter. »Das ist dir noch gar nicht eingefallen?« sagte sie.

»Wahrhaftig nicht, Garnet. Ich erkläre dir feierlich, daß mir der

Gedanke bis zu diesem Augenblick noch nicht in den Kopf gekommen ist. Nun, das ist wunderbar. Und das ist wahrhaftig das erste Mal, daß mir William Mallory Veranlassung zum Lachen gab. Garnet, du bist wundervoll! Du warst das übrigens immer.«

Einundvierzigstes Kapitel

Am nächsten Tage ließ sich Texas nicht sehen. Doch kam am Abend Captain Brown und sagte Garnet, die an der Bar bediente, sie könne beruhigt sein. Texas solle nach seinem Wunsch in Kalifornien namenlos bleiben. Er habe mit Major Lyndon gesprochen, und der Major habe ihm darin zugestimmt, Texas' Vergangenheit im dunkeln zu lassen. Es würde ohnehin keinem Menschen etwas Gutes damit erwiesen, wenn die Sache aufgerührt würde.

Garnet dankte ihm herzlich. Doch mußte sie sich gleich darauf anderen Gästen zuwenden, die bereits auf sie warteten. Als sie später wieder ein wenig Zeit hatte, sah sie, daß der Captain noch immer an der Bar stand.

Er wandte sich ihr zu. »Wie heißen Sie?« fragte er. »Rubina, Perle? Opala?«

»Garnet«, lächelte sie.

»Garnet. Ich wußte, es war der Name eines Juwels.« Seine Augenwinkel bekamen kleine Fältchen. »Sie haben vermutlich bemerkt, daß ich Ihnen bisher nicht viel Aufmerksamkeit schenkte«, sagte er. »Ich meine, bis gestern abend.«

»Ich danke Ihnen, daß Sie mir gestern abend Ihre Aufmerksamkeit schenkten«, lächelte Garnet.

Captain Brown durchforschte nachdenklich ihr Gesicht; in seinen Augen stand die gleiche Verblüffung wie schon am vergangenen Abend. Nach einem Weilchen fragte er:

»Wissen Sie, daß Sie mich beträchtlich verwirren?«

»Wieso?« Sie lachte ihn an. »Vielleicht habe ich gar nichts dagegen. Aber wieso verwirre ich Sie?«

»Aus einem bestimmten Grunde«, versetzte Brown. »Sie erinnern mich an jemand, und ich kriege nicht zusammen, an wen. Und außerdem noch etwas. Ich gedenke Ihnen keine unnützen Fragen zu stellen, aber wenn ich Ihnen einmal irgendwie behilflich sein kann, lassen Sie es mich wissen.«

Sie sah ihn überrascht an. »Oh«, sagte sie, »ich danke Ihnen. Aber ich weiß nicht, ob ich ganz verstehe, was Sie meinen.«

»Dann werde ich es Ihnen sagen«, entgegnete Brown. »Ich möchte mich nicht in Dinge mischen, die mich nichts angehen. Aber ich habe den Eindruck, ja, es scheint mir offensichtlich, daß Sie nicht hierhergehören.«

Garnet sah vor sich hin auf die Thekenplatte. Seine Art, ihr begreiflich zu machen, sie befinde sich offensichtlich am falschen Ort, war sehr verschieden von der anderer Männer, die ihr das gleiche versichert hatten. Sie wußte nicht, was sie ihm antworten sollte. Aber Captain Brown wartete augenscheinlich auf eine Äußerung von ihr. So sagte sie schließlich, ohne aufzublicken:

»Warum meinen Sie, daß ich nicht hierhergehöre?«

»Schon Ihre Art, zu sprechen, verrät es«, erwiderte er. »Die Gewohnheit, sich gut auszudrücken, ist ebenso schwer abzustreifen, wie sie von jemand, der nicht von Kindheit an daran gewöhnt wurde, zu erlangen ist.« Er machte eine kleine Pause und fuhr dann fort: »Sollte ich jetzt schon zuviel gesagt haben, so vergeben Sie mir bitte. Ich weiß nichts von Ihnen und will auch nicht versuchen, etwas aus Ihnen herauszuholen. Allein, ich finde, Sie sind hier an einem heiklen Ort, und wenn ich Ihnen irgendwie helfen könnte, würde ich es gerne tun.«

Nun hob sie die Augen. Er hatte sie um keine Erklärung gebeten und erwartete wohl auch keine, aber nun wollte sie selbst sie ihm geben. Sie sagte:

»Ich danke ihnen, Captain Brown. Ich bin mit meinem Mann nach Kalifornien gekommen. Er starb vor einiger Zeit, und ich konnte allein bisher nicht nach Hause zurück. Ich arbeite hier, um meinen Lebensunterhalt zu verdienen. Das ist alles.«

Er war im Begriff, zu antworten, als Garnet sah, daß einige Zivilisten auf sie warteten und allgemach ungeduldig wurden, daß diese Pest von einem Offizier das Barmädchen mit Beschlag belegte. »Sie müssen mich zunächst einen Augenblick entschuldigen«, sagte sie und wandte sich den Ungeduldigen zu. Als sie die Wünsche der Männer erfüllt hatte, sah sie, daß Brown immer noch an seinem Platz stand.

Sie wandte sich ihm zu und lachte ihn an. »Meinten Sie wirklich, was Sie mir vor einer Minute sagten?« fragte sie.

»Gewiß meinte ich es.«

»Ich hätte vielleicht eine Bitte an Sie. Verlange ich zuviel, dann sagen Sie es mir. Ich denke mir, daß die Armee einen Kurierdienst nach den Staaten unterhält. Würde es möglich sein, auf diesem Wege meinen Eltern eine Nachricht zukommen zu lassen? Ich hätte ihnen gern mitgeteilt, daß ich gesund bin und daß es mir gutgeht.«

Captain Brown zog ein Notizbüchlein und einen Bleistift aus der Tasche. »Ich will sehen, was ich tun kann«, sagte er. »Würden Sie mir die Adresse Ihrer Eltern sagen?«

»New York. Mr. und Mrs. Horace Cameron.«

»Was?« Brown ließ den Bleistift fallen und starrte sie an. »Natürlich«, sagte er mit einer Stimme, die seine Verblüffung verriet, »natürlich. Nun weiß ich, an wen Sie mich erinnerten. An Mr. Cameron.«

Garnets Augen wurden groß vor Erstaunen. »Sie kennen meinen Vater?« flüsterte sie.

»Gewiß kenne ich ihn. Ich sah ihn zuletzt in der Bank, eine Woche bevor wir New York verließen. Er zeigte mir einen Brief von Ihnen. Er muß von Ihnen gewesen sein. Sind Sie Mrs. Hale?«

Sie nickte, noch immer unfähig, zu sprechen, Captain Brown fuhr fort:

»Aber er wußte nicht, daß Sie Ihren Mann verloren haben. Er erwartete eine Nachricht, daß Sie demnächst mit ihm zurückkämen. Der Brief war geschrieben, gleich nachdem Sie in Kalifornien ankamen. Sie beschrieben darin die Landschaft . . .«, er brach ab und stieß ein kleines, um Entschuldigung bittendes Lachen aus, »aber natürlich wissen Sie selbst, was Sie geschrieben haben.«

Garnet zuckte zusammen. Wie gut sie das wußte! Das war der Brief, den sie geschrieben hatte, kurz nachdem sie auf der Hale-Ranch angekommen war. Da war sie noch entschlossen, ihre Eltern nicht wissen zu lassen, daß alles ganz anders war, als sie es erwartet hatte. Und ihr Vater hatte genau das getan, was sie damals vorausgesetzt hatte. Er hatte den Brief mit zur Bank genommen und hatte ihn seinen Freunden gezeigt. Und als ein Offizier bei ihm war, der im Begriff stand, nach Kalifornien abzugehen, hatte er ihm sehr begreiflicherweise den Brief gleichfalls gezeigt. Sie hörte den Vater im Geist sprechen: »Da Sie selbst nach Kalifornien gehen, wird es Sie vielleicht interessieren, zu hören, was meine Tochter schreibt . . .«

Das New Yorker Regiment war im September abgesegelt. Natürlich war es ihrem Vater nicht eingefallen, den Captain zu bitten, einen Brief an sie mitzunehmen, erwartete er doch, schon in Kürze einen Brief von ihr zu bekommen, der ihm mitteilte, daß sie sich auf dem Heimweg befinde. Statt dessen hatte er, nachdem das Regiment fort war, den Brief bekommen, den sie geschrieben hatte, kurz bevor sie mit Florinda und John nach Los Angeles kam. Und darin stand, daß Oliver tot sei, daß sie ein Kind erwarte und daß sie nicht zurückkommen könne.

»Mrs. Hale«, sagte Captain Brown mit leiser Stimme.

Garnet sah auf. »Verzeihen Sie. Ich fürchte, ich hatte . . .«, sie biß sich auf die Unterlippe.

»Heimweh!« sagte Captain Brown. »Begreiflich genug.«

»Ja.« Sie lächelte. »Ab und an überfällt es mich und verursacht mir ein paar Stiche. Aber bitte, glauben Sie nicht, ich fühlte mich hier unglücklich. Es ist nur das Wissen, daß ich vorläufig nicht zurück kann, daß ich mir verloren und von der Heimat abgeschnitten vorkomme. Aber sagen Sie: Wie sah mein Vater aus? Sagte er irgend etwas über meine Mutter und die anderen?«

»Ihr Vater war guter Dinge und sah ausgezeichnet aus«, antwortete Brown. »Deshalb bin ich überzeugt, es ging auch den anderen gut. Ich erinnere mich, daß er es eilig hatte, weil zu Hause eine Abendgesellschaft auf ihn wartete.« Captain Brown nahm den Bleistift und steckte ihn samt dem Notizbüchlein ein. »Ich werde sofort feststellen, ob und auf welche Weise wir Ihren Eltern eine Nachricht zugehen lassen können«, sagte er, »und ich lasse es Sie dann wissen.«

Mr. Collins und Mr. McLane betraten das Lokal, um ihren üblichen Nachtdrink zu nehmen. Captain Brown wünschte ihr eine gute Nacht und verabschiedete sich. An der Tür wandte er sich noch einmal um und hob die Hand, um ihr einen Gruß zuzuwinken. Garnet fühlte, wie eine Welle der Geborgenheit sie überflutete.

Die Truppe hatte auf einem Hügel ein Fort errichtet, von dem aus die ganze Stadt zu überblicken war. Hier feierten die Soldaten den 4. Juli, den Unabhängigkeitstag.

Die Feier begann schon mit Sonnenaufgang. Das Hissen des Sternenbanners wurde von einem donnernden Salutschuß begleitet. Der Kanonendonner hallte von den Bergen wider und weckte jeden, den die Sonne noch nicht geweckt hatte. Die Angelenos rieben sich die Augen und fragten sich grimmig, ob die Yankees vielleicht nicht leben könnten, ohne Lärm zu machen. Sie lärmten bei allem, was sie taten. In Silkys Etablissement, wo niemand vor zwei, drei Uhr überhaupt zum Schlafen gekommen war, riß das Kanonengebrüll die Schläfer fast aus den Betten.

Garnet setzte sich zu Tode erschrocken auf. Stephen brüllte in seinem Bettchen. Garnet rieb sich die Augen, fragte sich verzweifelt, was geschehen sein könnte, und erinnerte sich dann dunkel daran, daß Colonel Stevenson vor einigen Tagen öffentlich angekündigt hatte, daß die Feiern zum Unabhängigkeitstag mit einem Geschützsalut eröffnet werden würden. Sie stand auf, warf einen Morgenrock über und trug Stephen in die Küche hinunter. Sie fand etwas kalten Milchbrei, der von der Abendmahlzeit des Kindes übriggeblieben war. Sie war eben dabei, ihn aus dem Topf herauszukratzen, als Micky erschien, um die Morgenschokolade zu bereiten. Mickys Zopf wippte, seine Filzschuhe schlappten, und er lächelte höflich wie immer. Er hatte keine Ahnung, warum die Yankees mit Kanonen schossen. Aber er hatte sich seit langem daran gewöhnt, daß die Yankees viele Dinge taten, die er nicht begriff. Garnet erwiderte, gleichfalls lächelnd, seinen Morgengruß. Sie hatte nur wenig geschlafen, aber sie mußte daran denken, wie einsam sie sich bei der vorjährigen Feier zum 4. Juli gefühlt hatte. Da hatte der Tag sich in nichts von anderen Tagen unterschieden. Und sie fand, der Anlaß der Feier sei eine unterbrochene Nachtruhe schon wert.

Florinda war weniger patriotisch. Sie hatte zwar irgendwann einmal auch schon etwas von der Unabhängigkeitserklärung gehört, hatte aber nur einen sehr verschwommenen Begriff von den Zusammenhängen. Während sie gemeinsam ihre Schokolade tranken, erzählte ihr Garnet davon. Florinda meinte, das höre sich ja alles sehr schön an, aber sie sehe nicht im geringsten ein, warum sie deshalb so früh aufstehen müßten. Sie finde, es hätte durchaus gereicht, gegen Mittag mit der Feierei zu beginnen. »Aber ich verstehe natürlich nichts von solchen Dingen«, sagte sie, »und im übrigen: Wo ist die Tinte? Wenn ich schon einmal auf bin, dann will ich die Zeit auch nützen und meine Einnahmen aus der vorigen Woche kontrollieren, bevor Silky auf den Gedanken kommt, sich von meinem Geld einen neuen Mantel zu kaufen.«

Silky war schon dabei, die Bar zu öffnen. Er machte die Mädchen darauf aufmerksam, daß sie sich heute auf einen starken Geschäftsbetrieb gefaßt machen müßten, denn das viele Hurrarufen und das lange Herumstehen im Freien verursache durstige Kehlen. An den Mauern des neuen Forts war die Unabhängigkeitserklärung in beiden Sprachen angeschlagen worden, und sie wurde dann auch in

Englisch und Spanisch vor den angetretenen Truppen verlesen, wobei jeder zuhören konnte, der sich die Mühe machte, den Hügel hinaufzusteigen. Die Befestigung erhielt zum Gedenken an Captain Moore, der in der Schlacht von San Pascual im vergangenen Dezember gefallen war, den Namen Fort Moore. Im Laufe des Tages fanden noch viele Einzelfeiern statt, es wurde weiter Salut geschossen, Hurra gerufen, und es wurden Festreden gehalten. Und alle Leute waren fröhlich und ausgelassen und verlangten nach Trinkbarem.

Silky hatte recht gehabt. Der Tag war heiß und die Bar ständig überfüllt. Um Mitternacht hatten Garnet und Florinda vor Müdigkeit rot entzündete Augen. Captain Brown hatte fast unausgesetzt an der Bar gestanden und sich damit beschäftigt, einen Drink nach dem anderen hinunterzugießen. Gesprochen hatte er kaum, aber seine Anwesenheit wirkte sich dahin aus, daß die Soldaten sich einigermaßen gesittet benahmen. Als Silky und José die letzten Gäste hinausgeleiteten, nahm Garnet ihre letzten Kräfte zusammen und ging zu Brown hinüber.

»Es war gut, daß Sie hier waren«, sagte sie, »ich danke Ihnen.«

»Reden Sie möglichst nicht mehr«, antwortete der Captain lächelnd, »ruhen Sie sich aus.«

Er wünschte ihr eine gute Nacht und ging. Florinda, die, an der Bar stehend, den Kopf in die Hände stützte, murmelte: »Einen prächtigen Kavalier hast du da bekommen, Garnet.«

Garnet fand das auch. Sie mochte Brown sehr gern. In dem lauten Getöse von Los Angeles wirkten seine immer gleichbleibende Ruhe und seine liebenswürdige Höflichkeit auf sie wie das sanfte Streicheln einer kühlen Brise an einem schwülen Tag. Er hatte ihr erzählt, daß sein Vater ein paar Jahre lang mit der Bank, an der Mr. Cameron arbeitete, geschäftlich zu tun gehabt hätte. Mr. Brown importierte Spitzen und andere Luxusartikel aus Europa. Von den beiden Söhnen hatte der älteste in das väterliche Geschäft eintreten sollen, während der jüngere für den Dienst in der Armee vorgesehen war. Der jüngere Sohn, eben Captain Brown, war in West Point in die Armee eingetreten. Aber inzwischen war sein älterer Bruder gestorben, deshalb hatte er um seine Entlassung nachgesucht, um das Geschäft des Vaters weiterführen zu können. Er hatte die Uniform auch bereits mit dem Zivilrock vertauscht, indessen war er bei Ausbruch des Krieges wieder eingezogen worden. Er wartete nun auf den Zeitpunkt, da die Armee seine Dienste nicht mehr brauchen und ihm gestatten würde, ins bürgerliche Leben zurückzukehren.

Captain Brown hatte erreicht, daß Garnet dem über Mexiko gehenden Kurier der Armee einen Brief an ihre Eltern mitgeben durfte. Allerdings durfte sie nur ein einzelnes Blatt beschreiben und mußte sich damit abfinden, daß der Brief die militärische Zensur passierte. Das war ihr recht; wenigstens erhielt sie auf diese Weise die Möglichkeit, ihren Eltern zu sagen, daß sie einen gesunden Jungen geboren habe, der Stephen heiße, und daß sie sich guter Gesundheit erfreue.

Im Juli wurde das Mormonenregiment abgemustert. Einige Männer ließen sich von neuem anmustern; sie wurden nach San Diego geschickt. Hier gingen die Mormonen ebenfalls mit der bei ihnen üblichen Energie an die Arbeit. Sie reinigten Hauswände, beschlugen Pferde, fertigten Karren an und errichteten eine Bäckerei. Sie erwiesen sich alles in allem als so nützlich, daß die Einwohner San Diegos eine Abordnung zu Gouverneur Mason sandten und ihn baten, seinen Einfluß dahin geltend zu machen, daß die Mormonen für immer in Kalifornien blieben. Nun, die Mormonen waren nach Westen gesandt worden, um hier unter Brigham Young eine neue Mormonenkolonie zu gründen, und das gedachten sie auch durchzuführen.

Diejenigen Mormonen, die auf den weiteren Dienst in der Armee verzichteten, brachen denn auch unverzüglich auf, um geeignetes Land für die Kolonie zu suchen. Sie füllten sich die Taschen mit dem Samen in Kalifornien gedeihender Pflanzen und bereiteten sich so auf die mannigfachen Aufgaben vor, die ihrer diesseits der großen Wasserscheide harrten. Sie erschienen auch in Silkys Bar, um sich zu verabschieden, und Garnet und Florinda wünschten ihnen viel Glück; Florinda freilich meinte nicht ohne heimliche Bewunderung, einen solchen Segenswunsch hätten sie vermutlich gar nicht nötig, sie sähen ganz so aus, als erreichten sie die Ziele, die sie sich gesteckt hätten, auch so.

Zuweilen geschah es, daß Captain Brown in der Bar erschien, wenn Texas anwesend war. Dann pflegte der Offizier jedesmal betont in eine andere Richtung zu blicken, und Texas ließ nicht erkennen, ob er Brown erkannt hatte. Texas war in diesen Tagen übrigens guter Laune. Sein Hauptinteresse galt dem kleinen Stephen. Am Tage, da der Junge seinen ersten Geburtstag feierte, brachte Texas eine große Torte angeschleppt, die seine Wirtin, Señora Vargas, gebacken hatte. Außerdem hatte er viel Zeit damit verbracht, dem Kleinen Spielsachen anzufertigen; er brachte ihm eine Rassel, ein paar Strohtiere und einen Wollball, mit dem er sich nicht weh tun konnte.

Für Garnet bedeutete Texas nach wie vor eine große Hilfe, war er doch hinsichtlich der Pflege und Betreuung des Kindes ständig mit seinen Ratschlägen bei der Hand. Isabel tat gewiß, was sie konnte; sie hatte ja selber drei Kinder großgezogen; aber Texas war Arzt und Amerikaner. Er begriff (was Isabel nie begreifen konnte), daß es Garnet schwerfiel, ein kleines Kind ordentlich zu ernähren, ohne Milch bekommen zu können. Für Isabel wie für die meisten kalifornischen Mütter bedeutete Kuhmilch ausschließlich Kälbernahrung. Sie pflegte Stephen einen Brei aus Maismehl, Bohnen und Fruchtsaft oder anderen Gemüsen, die gerade erreichbar waren, zu bereiten. Später würzte sie den Brei mit Fleischbrühe. Garnet hatte es dabei zunächst gegraust, aber Texas hatte sie beruhigt, indem er sagte, kalifornische Kinder pflegten bei dieser Ernährung recht gut zu gedeihen. Nun und zu ihrer Überraschung und Erleichterung gedieh auch Stephen dabei.

Im September kam eine Hitzewelle über Los Angeles, und sie erlebten das heißeste Wetter, das sie je kennengelernt hatten, seit sie den Cajón-Paß überquerten. Die Nächte waren nach wie vor rauh und kühl, aber von Sonnenaufgang bis Sonnenuntergang meinten sie in dem gelbbraunen Sonnenglast zu ersticken. Wie ein schweres Gewicht lag die Hitze auf dem Nacken der Menschen. Für die Bar freilich hatte auch diese Pein ihre Lichtseiten. Kamen die Gäste bei Nebelwetter, um sich innerlich aufzuwärmen, so kamen sie nun, um sich abzukühlen; so oder so rieselte der Bargeldstrom zu Florindas Entzücken in die Kasse.

Eines Morgens sah Garnet Mr. und Mrs. Charles Hale am Lokal vorüberreiten, von zahlloser Dienerschaft gefolgt. Es war in den Tagen der größten Hitze. Sie wunderte sich darüber, fand sie doch, daß jeder Mensch, der bei so heißem Wetter die Möglichkeit hatte, auf dem Lande zu bleiben, doch vernünftigerweise nicht in die Stadt reiten werde. Aber Silky belehrte sie eines Besseren. »Die Hale-Ranch liegt östlich von Los Angeles«, sagte er. »Mit jeder Meile, die man weiter nach Osten kommt, entfernt man sich aber weiter von der Küste und nähert sich der Wüste; die Hitze nimmt also zu. Es ist also an sich schon zu begreifen, daß die Leute hier Zuflucht suchen.«

In eben diesem heißen September geschah es weiter, daß Garnet zum ersten Male die Bordellbesitzerin Estelle zu Gesicht bekam.

Obgleich Estelles Etablissement nur wenige Häuser von der Bar entfernt war, hatte Garnet die Frau nie gesehen. Sie selbst verließ ja freilich auch nur in den frühen Morgenstunden das Haus, um etwaige Besorgungen zu machen; zu dieser Zeit waren im Hause der Señora Estelle noch alle Fensterläden geschlossen, die Bar hatte Estelle ihres Wissens nie betreten, mindestens hatte Garnet sie nicht zu sehen bekommen. Die Männer brachten dann und wann schon einmal Mädchen in die Bar, doch geschah das verhältnismäßig nur sehr selten. Und Silky selbst pflegte zwar dann und wann auszugehen, um Mädchen zu besuchen, dagegen erhielt er im Hause nie weiblichen Besuch. Silky war ein sehr vorsichtiger Mann, der seine privaten und seine geschäftlichen Interessen sehr wohl zu trennen wußte. Um so erstaunter war Garnet, die das wußte, ihn eines Nachmittags in der Küche im Gespräch mit einer Frau anzutreffen.

Garnet hatte Stephen im Arm, und sie wollte mit ihm in die Küche, um ihm seinen Brei zu geben, der auf dem Herd warmgehalten worden war, bevor sie wieder in die Bar ging. Als sie im Begriff war, die Küchentür zu öffnen, hörte sie eine weibliche Stimme sagen:

».. . es ist natürlich eine Schande, Silky, das ist klar. Und außerdem ist es ein schlimmer Schaden fürs Geschäft und auch überhaupt. Aber was soll ich denn machen, Silky? Es tut mir ja so leid. Ich schwöre zu Gott, ich konnte nicht anders.«

Die Stimme klang blechern und rostig, und die Ausdrucksweise war so vulgär, daß Garnet sich unwillkürlich an die Ochsentreiber des Santa-Fé-Trecks erinnert fühlte. Wer mag das sein? dachte Garnet. Es gibt doch nur ganz wenig englischsprechende Frauen in Los Angeles. Hätte sie nicht das Kind auf dem Arm gehabt, wäre sie schweigend wieder umgekehrt. Aber Stephen war hungrig, und nun hatte sie auch schon auf die Klinke gefaßt; jetzt konnte sie nicht mehr gut zurück. Irgendwelche Privatsachen Silkys! dachte sie, ich hole mir nur eben meinen Topf mit Brei heraus. Sie öffnete die Tür und hörte Silky im gleichen Augenblick sagen:

»Und du meinst, man kann ihn wirklich nicht herausholen?«

»Ich habe nicht das Herz dazu, Silky«, sagte die Besucherin. »Ich schwöre zu Gott: Ich habe nicht das Herz!«

Aber jetzt wurde Silky Garnets ansichtig, die mittlerweile die Küche betreten hatte. Er sprang auf und machte ihr eine übertriebene Verbeugung. Garnet sah ihn verwundert an. Seit er sich daran gewöhnt hatte, sie tagtäglich in der Bar zu sehen, hatte er darauf verzichtet, seine hochtrabenden Gesten und Redensarten vor ihr anzubringen. Aber nun stand er da, zwirbelte seinen Schnurrbart, schnitt seine albernen Grimassen und redete den theatralischen Unsinn, den er früher geredet hatte. Während er damit noch beschäftigt war, vermochte Garnet einen Blick auf die am Tisch sitzende Frau zu werfen.

Die Frau schien noch nicht alt. Aber sie machte einen eigenartig verwilderten Eindruck, als sei das Leben nicht gerade zart mit ihr umgesprungen; sie wirkte wie eine Frau, die ihre natürliche Frische lange vor der Zeit eingebüßt hat. Und obgleich nichts an ihr geradezu schmutzig war, machte sie doch den Eindruck, als würde eine gründliche Behandlung mit Wasser und Seife ihr guttun.

Ihre Wangen leuchteten rosa, aber diese Farbe stammte ganz offensichtlich aus dem Tuschkasten. Und sie trug eine große rosa Samtrose im Haar. Dieses Haar hatte die Farbe von stumpfem Messing, nur im Scheitel war es ein wenig dunkler, und über den Ohren saßen kleine gedrehte Lockenbüschel, die noch eine Nuance heller als Messing waren. Sie trug ein mit großen rosa Blumen bedrucktes Seidenkleid. Das Kleid hatte große Schweißringe rund um die Achselhöhlen. Der Kleidersaum war staubig, und die schwarzen, mit einer rosa Rosette verzierten Ziegenlederpumps waren es nicht weniger. Sie war von oben bis unten mit Schmuck behangen; in ihren Ohren schaukelten goldene Ringe, um den Hals trug sie eine goldene Kette, und an beiden Händen und Handgelenken funkelten zahllose Ringe und Armbänder. Um den Leib trug sie einen ledernen Pistolengürtel, der lange nicht geputzt worden war. – Garnet zuckte bei dem Anblick dieser aufgedonnerten Person förmlich zusammen, ihr wurde bewußt, wie schlicht und einfach sie selber wirkte in ihrem grün und weiß gemusterten Baumwollkleid; sie spürte einen instinktiven Widerwillen in sich aufkeimen. Aber während Silky noch seine feierlichen Reden hielt, wandte die Frau Garnet den Kopf zu und lächelte sie und das Kind freundlich an. Sie hatte große braune Augen und ein gutmütiges Lächeln im derben Gesicht. Garnet fand jetzt, sie sähe bei aller Gewöhnlichkeit eigentlich ganz anziehend aus.

»Oh, Mrs. Hale«, dienerte Silky, »welch eine Freude, Sie so frisch und gesund zu sehen! Wahrhaftig, Sie gleichen heute einmal wieder einer taubenetzten Rose im Frühling! Und der liebe Kleine! So ein hübsches, kräftiges Kind! Sie müssen sehr glücklich sein als junge Mutter!«

Er ist wahnsinnig, dachte Garnet.

»Glabbel, babbel, babbel!« sagte Stephen. Stephen hatte seinen

Brei gesehen oder gerochen, der auf dem Herd stand, nun wollte er ihn auch haben, und er wollte keinen langen Unsinn vorher. Silkys Vorreden interessierten ihn nicht. Er hob den Kopf und fing an zu brüllen. Und da das offenbar noch nicht ausreichte, grub er seine kleinen Hände in Garnets Haare, zog ihr eine Locke heraus und brachte ihr die ganze Frisur in Unordnung. Die Frau am Tisch sagte: »Der arme kleine Bursche!« Dabei lächelte sie und winkte dem Kind mit der beringten Hand. »Oh, ihm fehlt nichts«, versetzte Garnet, die sich immer noch nicht ganz darüber klar war, wer die Besucherin sein mochte, »er hat nur Hunger, deshalb ist er ein bißchen unruhig.« In diesem Augenblick hörte sie Schritte auf der Treppe. Gleich darauf betrat Florinda die Küche, die vermutlich vor dem Beginn der Nachmittagsarbeit noch eine Tasse Schokolade trinken wollte.

Florinda blieb auf der Schwelle stehen, die Hand noch auf der Türklinke; sie schien vom Anblick der fremden Frau peinlich überrascht. Florinda trug ein sauberes Kalikokleid mit kleinen blauen Blumen auf grauem Grund. Ihr Haar glänzte wie Atlasseide, und ihre Haut schimmerte rosig, da sie sich eben mit eiskaltem Wasser gewaschen hatte. Der Lederriemen, den sie um die Taille trug, glänzte, und alles an ihr wirkte hell, sauber und adrett. Garnet wußte, welche Mühe und Arbeit es kostete, in Los Angeles sauber auszusehen. Sie wußte auch, daß Florinda sich halb aus Selbstachtung, halb aus wohlverstandenem Geschäftsinteresse so sorgfältig pflegte. In diesen glutheißen Tagen pflegten die Männer draußen zu erzählen, Silkys Bar sei der kühlste und sauberste Ort in der ganzen Stadt. Wie es auch sein mochte, jedenfalls wirkte Florinda in diesem Augenblick erfrischend angenehm, während die Person mit den rosa Blumen gewöhnlich aussah, und Garnet fand, das möchte den Unterschied ausmachen zwischen einer Kurtisane und einer Straßendirne. Kaum war dieser Gedanke in ihr aufgeblitzt, da durchfuhr es sie: Die Frau mußte aus dem Etablissement kommen, an das sie aufdringliche Besucher zu verweisen pflegte.

All das war ihr im Bruchteil einer Minute durch den Kopf gegangen. Inzwischen brüllte Stephen, weil er seinen Brei haben wollte. Florinda stand da und hatte noch immer die Hand auf der Türklinke, und diese Hand steckte in einem fingerlosen grauen Seidenhandschuh, dessen Farbe zum Grundton ihres Kleides paßte.

»Silky«, sagte Florinda, und ihre Stimme zitterte vor unterdrückter Wut, »hast du vergessen, was du mir versprochen hast?«

Die Fremde sah zu Boden und drehte verlegen an einem ihrer

Ringe. Dann zuckte sie die Achseln und streifte Florinda mit einem leichten, offenbar amüsierten Lächeln. Silky schien noch entschieden verlegener. Und in der Verlegenheit pflegte Silky besonders hochtrabend zu reden. Er sagte:

»Meine liebe Florinda, ich bedauere ganz außerordentlich, und es täte mir sehr leid, wenn Mrs. Hale oder Sie sich in irgendeiner Weise belästigt fühlten, aber – ich versichere es aus aufrichtigstem Herzen – es liegt leider, leider eine durchaus zwingende Gegebenheit vor, durchaus zwingend, wie gesagt. Es ist da eine höchst betrübliche und höchst bedauerliche Sache . . .«

»Halt die Luft an!« sagte Florinda.

Garnet fühlte sich von einem unwiderstehlichen Lachreiz gekitzelt. Stephen zerrte wieder an ihren Haaren, und sie konnte ihn nicht daran hindern, weil sie seine Beine festhalten mußte, damit sie sich nicht weiter abwärts bewegten und mit dem an ihrer Seite baumelnden Revolver in Berührung kämen. Florinda ließ jetzt die Türklinke los und ergriff Garnets Arm.

»Komm bitte mit heraus«, sagte sie.

Garnet war ganz froh, ihr folgen zu können, denn Stephen hatte schon ein ziemliches Gewicht und wurde ihr allgemach zu schwer. Sie folgte Florinda in den kleinen Treppenvorraum. Florinda schloß die Tür hinter sich, und Garnet setzte sich auf die unterste Treppenstufe und Stephen neben sich. Sie versuchte ihre zerstörte Frisur wieder in Ordnung zu bringen. »Florinda«, sagte sie, »ist das etwa Estelle?«

»Ja«, antwortete Florinda kurz.

»Was will sie hier?« fragte Garnet. »Ich sollte mich darüber ja wahrhaftig nicht entsetzen, aber . . .«

»Ich bin jedenfalls entsetzt«, sagte Florinda. »Er hat mir versprochen, die Person nicht ins Haus zu lassen.« Stephen brüllte immer noch, er begriff nicht, warum er seinen Brei nicht bekam, deshalb sagte Florinda: »Warte hier, ich hole ihm sein Breichen. Und ich werde auch herauskriegen, was da vorgeht. Wenn Silky Redensarten drechselt wie eben, ist irgend etwas los.« Bevor sie die Tür öffnete, wandte sie sich noch einmal um. »Was kann er nur meinen mit der zwingenden Gegebenheit?« sagte sie.

»Ich weiß nicht«, versetzte Garnet. »Vielleicht befindet er sich in irgendeiner heiklen Lage.«

»Und die höchst betrübliche und höchst bedauerliche Sache?«

Garnet lachte: »Was soll schon passiert sein!«

»Ich bin gleich wieder da«, sagte Florinda und ging in die Küche zurück.

Sie war schon nach einer Viertelminute wieder da und brachte Garnet den Breitopf, einen Löffel und ein Handtuch als Unterlage, damit sie sich ihr Kleid nicht beschmutzte. Als Stephen den Löffel erblickte, sperrte er das Mäulchen auf wie ein hungriges Vögelchen. Florinda ging abermals in die Küche, und Garnet nahm das Kind auf den Schoß und fütterte es.

Durch die geschlossene Tür drangen die Stimmen an ihr Ohr. Florinda sprach leise, aber bestimmt. Estelles Organ rasselte wie rostiges Blech, und Silky befleißigte sich jetzt offenbar einer natürlichen Ausdrucksweise. Sie schienen alle drei eine Menge zu sagen zu haben. Es hörte sich aber nicht an, als stritten sie miteinander.

Nach einiger Zeit kam Isabel von der Veranda herein. Garnet stand auf und reichte ihr das Kind. Inzwischen hatte José das Lokal geöffnet. Garnet hätte vor dem Beginn der Arbeit gern noch eine Tasse Schokolade getrunken, aber sie wollte jetzt nicht in die Küche, sie hatte das Gefühl, dort im Augenblick nichts zu suchen zu haben. Sie ging noch einmal nach oben und kämmte sich das Haar und betrat bald darauf den Barraum. Es waren bereits einige Gäste anwesend. Während sie ihnen ihre Drinks eingoß, fragte einer der Männer, ob sie jemals in New York gewesen sei. Er wartete ihre Antwort erst gar nicht ab, sondern begann ihr allerlei Interessantes aus der großen fernen Stadt zu berichten. Während er noch sprach, öffnete Florinda die Tür. Die Boys begrüßten sie mit freudigem Hallo, und Florinda winkte ihnen strahlend zu.

»Ich bin gleich wieder da, Boys«, sagte sie, und zu Garnet gewandt: »Komm doch bitte einen Augenblick heraus.«

Sie überließen José die Bedienung der Gäste, und Garnet ging mit Florinda in die Küche zurück. Florinda stellte eine Kaffeekanne auf den Tisch und füllte Garnet und sich eine Tasse ein. »Hör zu, Garnet«, sagte sie, »du mußt Silky nicht böse sein.«

»Aber ich bin ihm nicht böse«, versicherte Garnet.

»Wirklich nicht?«

Garnet lachte. »Aber Florinda«, sagte sie, »ihr braucht mich wirklich nicht wie eine Glaspuppe zu behandeln.«

»Ich will dir erklären, was da eben war«, versetzte Florinda. Sie sah Garnet mit einem leichten Lächeln an. »Sieh, du bist nun eben eine – nun ja, eine keusche Frau.«

Nanu! dachte Garnet und spitzte die Ohren.

»Und du bist die erste keusche Frau, die Silky um sich gehabt hat, seit seine Mutter starb.«

Jetzt runzelte Garnet, leicht verwirrt, die Stirn; sie wußte nicht, was diese sonderbare Einleitung bedeuten sollte. »Wann starb Silkys Mutter denn?« fragte sie.

»Als er zehn oder zwölf Jahre alt war«, sagte Florinda. »Weißt du, ich habe Silky im Verdacht, einer ziemlich vornehmen Familie zu entstammen. Aber seine Eltern starben eben früh, und sie hinterließen ihm kein Geld, und es gab wohl niemand, der sich des Jungen angenommen hätte. Und wenn ein Junge dieses Alters sich in einer Großstadt selbst überlassen ist, so weißt du, wie das ist. Das heißt, ich glaube, du weißt es nicht.«

»Nein«, gab Garnet zu, »ich glaube, ich weiß es nicht.«

»Nun, jedenfalls, Silkys Mutter muß eine gute Frau gewesen sein«, fuhr Florinda fort. »Und du bist auch eine Mutter. Ich bin sicher: Der Anblick einer jungen sauberen Frau mit einem Kind auf dem Arm bedeutet etwas für Silky; der letzte Rest seines Herzens wird da irgendwie angerührt. Denn Silky ist natürlich ein Dieb und ein Lügner und ein Tunichtgut ohne Beispiel. Wenn ich nicht ständig ein Auge auf die Bücher hätte, er würde dich schamlos betrügen, mindestens um fünfzig Prozent deines Verdienstes. Aber nichtsdestoweniger achtet er dich sehr hoch, das darfst du glauben.«

Garnet schien das ein bißchen kompliziert. Sie fragte: »Aber was hat das alles mit Estelle zu tun?«

»Ich weiß, es klingt alles ziemlich weit hergeholt«, sagte Florinda, »aber ich muß dir wohl oder übel die Zusammenhänge ein bißchen erklären. Silky achtet dich also sehr hoch, und als ich dich herbrachte, da versprach er mir hoch und heilig, weder Estelle noch eins ihrer Mädchen sollten, solange du hier bist, jemals das Haus hier betreten. Darum war ich so maßlos überrascht vorhin, als ich Estelle in der Küche erblickte. Und nebenbei war ich wütend.«

»Ich bin nicht wütend«, sagte Garnet. »Und das will ich Silky gern sagen, wenn du es für richtig hältst.«

»Das wäre mir ganz lieb, Garnet. Denn es ist so, daß sie wirklich mit ihm sprechen mußte. Es ist nämlich etwas geschehen, und das mußte sie ihm mitteilen.«

»Was war es denn? Oder geht es mich nichts an?«

»Doch, es geht dich sogar sehr an. Und das – das ist es eben, was ich dir sagen wollte.« Florinda machte eine Pause und trank einen Schluck Kaffee.

In Garnet gingen Alarmzeichen hoch. Florinda pflegte im allgemeinen nicht so vorsichtig und in Absätzen zu sprechen; sie sagte vielmehr meistens geradeheraus, was sie wollte. »So sprich doch«, forderte Garnet deshalb, »ich verspreche dir: Ich mache gewiß keine Szene. Ist es etwas Schlimmes?«

»Ja«, sagte Florinda, »ziemlich schlimm, und es tut mir verdammt leid. Es handelt sich um Texas.«

Darauf vermochte Garnet nicht gleich zu antworten. Sie schluckte und versuchte Festigkeit in ihre Stimme zu legen.

»Was ist mit Texas passiert?«

»Er ist wieder einmal gefallen«, sagte Florinda, »diesmal aber sehr schlimm.« Sie zögerte einen Augenblick und zuckte dann die Achseln. »Es hat keinen Sinn, darum herumzureden«, sagte sie, »du bist ja, Gott sei Dank, auch nicht mehr die zarte Apfelblüte, die du einmal warst. Also: Texas war bei Estelle. Ich nehme an, aus dem üblichen Grund, ich wüßte wenigstens nicht, was ein Mann sonst dort zu suchen hätte. Er war schwer betrunken. Vielleicht war er auch so betrunken, daß er gar nicht wußte, wohin er ging. Ich weiß auch nicht, wo er so entsetzlich gestürzt ist. Er muß sehr tief und steil heruntergefallen sein. Jedenfalls – er liegt im Sterben. Und Estelle – sie fürchtet natürlich für ihr Geschäft; es ist nicht gerade angenehm, in so einem Haus einen Toten zu haben. Texas hat nahezu alle Knochen gebrochen, er hat fürchterliche Schmerzen und hat eine Zeitlang im Delirium gelegen. Jetzt geht es ihm ein wenig besser, und er ist bei Verstand, aber man darf ihn überhaupt nicht anfassen. Dann ist es geradeso, als schnitte man mit einem blanken Messer in ihm herum. Man kann ihn also auch nicht aus dem Hause schaffen, auf einen Wagen laden und fortfahren. Estelle sagt jedenfalls, sie brächte es nicht über das Herz, das zu tun.«

»Gott segne sie dafür«, sagte Garnet leise. Sie wurde von Mitleid und Trauer geschüttelt. »Florinda«, flüsterte sie, »können wir eine Nachricht zu Estelle schicken?«

»Ja, gewiß, was willst du denn von ihr?«

»Sage ihr, ich hätte ein bißchen Geld gespart. Und wenn sie Texas dort behielte, um ihn in Frieden sterben zu lassen, dann wolle ich versuchen, sie für den etwaigen Geschäftsausfall zu entschädigen.«

»Das ist verdammt anständig von dir«, sagte Florinda.

Garnet stützte den Kopf in die Hand. »Florinda«, sagte sie, »weiß Texas, daß er sterben muß?«

»Ja, er weiß es. Er hat es Estelle selbst gesagt. Und er sagte auch, jeder, der ihn erblicke, könne das ohne weiteres sehen.«

Sie schwiegen beide, tranken ihren Kaffee und hingen ihren Gedanken nach. Nach einem Weilchen sagte Florinda:

»Ich nehme an, du weißt, wie sehr Texas dich verehrt. Und wie sehr er auch Stephen liebt. In seinen Fieberphantasien hat er fortgesetzt mit dir gesprochen. Und da meinte Estelle . . . bitte, nimm noch eine Tasse Kaffee.«

Armer, guter Texas! dachte Garnet. Florinda füllte die beiden Tassen von neuem.

»Was meinte Estelle?« fragte Garnet.

Florinda lächelte etwas schief: »Ja, Liebe, sie meinte, es würde für Texas sehr viel bedeuten, wenn er dir und dem Kind noch einmal Lebewohl sagen könnte.«

Garnet richtete sich ruckhaft auf.

»Florinda«, stieß sie heraus, »du meinst, Texas möchte, daß ich zu ihm komme?«

»Er hat das beileibe nicht vorgeschlagen«, sagte Florinda. »Texas würde es nicht im Traum einfallen, dir zuzumuten, ein Freudenhaus zu betreten. Der Gedanke stammt von Estelle. Sie sagte, Texas habe fortgesetzt von dir und dem Kind phantasiert; sie hätte es nicht mehr mit anhören können, die Tränen seien ihr nur so über die Wangen gelaufen. Aber« – als wolle sie zurücknehmen, was sie bisher gesagt, fügte Florinda hinzu – »du mußt natürlich nicht gehen, Garnet. Silky wollte nicht einmal, daß ich es dir sage.«

Garnet sah zu Boden.

»Natürlich gehe ich«, sagte sie leise.

»Du willst?«

»Aber ja. Wenn es Texas so viel bedeutet.«

»Oh, Garnet, ich bin froh!« sagte Florinda. »Ich bin sehr froh!«

»Soll ich jetzt gleich kommen?«

»O Gott, nein. Doch nicht jetzt am späten Nachmittag. Es ist viel zuviel Betrieb auf der Straße. Wenn, dann morgens in aller Frühe. Da ist Estelles Haus ruhig wie ein Pfarrhaus.«

Garnet drehte ihr Taschentuch zwischen den Fingern. »Florinda«, sagte sie, »wird man mich dort – nicht – belästigen?«

»Aber nein«, versicherte Florinda, »du bist dort so sicher wie hinter den Wällen eines Forts.« Sie lächelte. »Sage aber Silky nicht, daß ich mit dir darüber gesprochen habe. Es ist nämlich so, daß Estelles Etablissement – Silky gehört. Und er würde nicht wollen . . .«

»Silky? Silky gehört Estelles Etablissement?«

»Er möchte natürlich nicht, daß das bekannt wird. Sprich deshalb bitte nie darüber. Ich sage es dir auch nur, damit du sicher bist, daß dich dort niemand belästigen wird. Silky und Estelle sind schon seit vielen Jahren miteinander befreundet. Sie haben sich in St. Louis kennengelernt, als er noch auf den Flußbooten arbeitete. Dann stieg er beim Treck ein und brachte Estelle hierher und stellte sie in dem Betrieb an.«

Garnet schüttelte ein wenig ratlos den Kopf; Florinda streifte sie mit einem spitzbübischen Blick.

»Nun stirbst du beinahe vor Neugier, ob ich auch an Estelles Unternehmen beteiligt bin, wie? Nun, beruhige dich: Ich bin es wirklich nicht. Mir gehört die Hälfte von der Bar hier, und damit ist meine Beziehung zu Silky erschöpft. Möchtest du sonst noch etwas wissen?«

»Nein«, antwortete Garnet. Und dann konnte sie sich nicht helfen, sie mußte über Florindas Scharfsinn lachen. »Du kannst Estelle ausrichten, wenn sie jemand findet, der mich hinüberbegleitet, werde ich morgen früh mit Stephen kommen«, sagte sie.

»Silky begleitet dich natürlich«, versicherte Florinda. »Und er wird sich vorher davon überzeugen, daß sich keine Gäste im Haus befinden. O Garnet, du bist gut. Ich werde Silky gleich Bescheid sagen.

Sie ging zum Spielsalon, um Silky zu suchen. Garnet blieb sitzen, wo sie war. Ein kleiner Schauer lief ihr über den Rücken. Nicht, weil sie sich gefürchtet hätte, Estelles Haus zu betreten; sie war sicher, daß sie gerade dort vor Belästigungen der Art, wie sie sie hier täglich erfuhr, geschützt war; aber es war eine Stimme in ihr wie ein Signal. Später würde sie sich an diesen Schauer erinnern und an die Unruhe, die sie während des ganzen folgenden Abends quälte und sie in der Nacht kaum zur Ruhe kommen ließ. Und dann würde sie sich erschauernd fragen, ob es so etwas wie eine Vorahnung gibt, eine Stimme, die aus der Zukunft kommt, um zu warnen, ja zu beschwören: Tue es nicht! Du wirst es bereuen!

»Miß Garnet«, flüsterte Texas, »da wären noch ein paar kleine Dinge, von denen ich gern hätte, daß Sie sie für mich erledigten.«

»Aber selbstverständlich, Texas«, antwortete Garnet. »Was ist es denn?«

Texas wandte ihr den Kopf zu und lächelte sie an. Sie saß auf der Wandbank am Kopfende des Bettes, während Stephen, auf dem Fußboden sitzend, damit beschäftigt war, eines der Strohtierchen zu zerfetzen, die ihm Texas im vergangenen Sommer gemacht hatte.

Texas hielt Garnets Hand umfaßt. Obgleich er nur mit schwacher Stimme sprechen konnte, war doch jedes seiner Worte deutlich zu verstehen.

»Ich habe noch einen Haufen Felle bei Mr. Abbott gut«, flüsterte er, »ich möchte, daß er alles bezahlt, was zu bezahlen ist.«

»Ja, Texas.«

»Und wenn dann noch etwas übrigbleiben sollte« – er lächelte, und seine Augen wandten sich Stephen zu –, »kaufen Sie etwas für den Jungen.«

»Sie sind lieb, Texas. Und Sie waren immer so gut zu Stephen. Aber gibt es da nicht sonst noch jemand, der Anspruch hätte –?«

»Nein, Madam«, sagte Texas, »niemand.« Er streichelte ihre Hand. »Miß Garnet«, flüsterte er nach einer Weile, »was meinen Sie: ob ich einen Schluck trinken könnte?«

»Aber gewiß, Texas«, entgegnete sie und flößte ihm etwas Whisky ein, aus einer Flasche, die sie mitgebracht hatte; sie hielt ihm den Kopf dabei, damit er schlucken konnte. Es war eine Flasche von Florindas bestem Whisky. Garnet hatte sie bezahlen wollen, aber Florinda hatte abgewinkt. Das sei nicht nötig, Texas habe noch ein ziemlich erhebliches Guthaben in den Büchern.

Stephen kam herangekrochen und zupfte an der nicht eben sauberen Decke, die man über Texas' zerbrochene Gliedmaßen gebreitet hatte. Garnet sah, wie er sich krümmte, obgleich er sich Mühe gab, dem Kind zuzulächeln; sie zog den Jungen weg. Stephen war müde und fing an zu quengeln. Sie gab ihm etwas von dem kalten Brei, den sie mitgenommen hatte, und nach einem Weilchen rollte Stephen sich auf der Decke zusammen, die sie für ihn in einer Ecke ausgebreitet hatte, und schlief ein.

Texas lag unbeweglich. Sein Bett hatte weder Laken noch Bezüge, wohl aber ein Kopfkissen. Er schien so bequem zu liegen, wie es unter den traurigen Umständen noch möglich war. Es war düster im Raum, weil Garnet die Fensterläden geschlossen hatte; die rohen Ziegelwände hielten das Zimmer einigermaßen kühl. Das war aber auch alles, was zugunsten des Zimmers gesagt werden konnte, denn der ekelhafte, aus allen möglichen Ingredienzen zusammengesetzte Gestank, der immer über Los Angeles lagerte, drang durch die Ritzen herein. Garnet war diese Atmosphäre an sich schon so gewohnt, daß sie sie kaum noch wahrnahm. Aber hier in dem kleinen Kämmerchen, das eigentlich nur ein Loch war, schienen die penetranten Gerüche in den Wänden zu hängen.

Außer dem Gestank ließen die Spalten und Ritzen der Fensterläden auch die Sonne herein. Garnet sah den Staub über dem fleckigen Weiß der Wände und die Spinngewebe, die von den Deckenbalken herunterhingen. An einer Wand hingen oberhalb der Bespannung zwei Spiegel in vergoldeten Rahmen und ein paar Bilder, die aus alten Magazinen herausgeschnitten waren, sie waren schmutzig und an den Ecken umgebogen.

Garnet vernahm die Geräusche der Straße. Sie pflegte sonst kaum darauf zu achten, hier mochten sie ihr bewußt werden, weil sie in so heftigem Gegensatz zu der im Raum herrschenden Stille standen. Estelles Mädchen schliefen noch ebenso wie sie selbst. Als Silky sie am frühen Morgen herbrachte, hatte ihnen Estelle selbst geöffnet, aber sie hatte kaum einen Blick auf sie werfen können, da Silky sie durch einen kleinen düsteren Korridor direkt hierhergeführt hatte. Er hatte versprochen, das Haus für die Dauer ihres Aufenthaltes zuzuschließen, und versichert, daß er sie selbst abholen werde. Zum Überfluß hatte er sich ihren Colt zeigen lassen und sich von der Schußfertigkeit der Waffe überzeugt. »Es passiert Ihnen nichts hier«, hatte er gesagt, »aber sicher ist sicher, und es ist in jedem Fall gut, einen schußfertigen Revolver an der Hüfte zu haben.« Silky schien ihren Besuch hier im Grunde seines Herzens nicht zu billigen.

Noch bis zu dem Augenblick, da sie in diese elende Kammer getreten war, hatte sie gezweifelt, ob es richtig war, herzukommen. Jetzt, da sie Texas so hilflos vor sich liegen sah und den Glanz auf seinem Gesicht wahrnahm, vergingen die Zweifel. Vielleicht war sie vorher nicht ganz überzeugt gewesen, daß Texas sterben müsse; jetzt sah sie, daß da keine Hoffnung mehr war. Sie sah es an dem grünlichen Schimmer über dem wachsgelben Gesicht, an dem unsteten Flackern der Augen, an den fahrigen Bewegungen seiner Hände.

Garnet hatte noch nie bei einem sterbenden Menschen gesessen. Sie hatte, bevor sie ging, noch schnell einen Korb zusammengepackt und im letzten Augenblick, einer jähen Eingebung folgend, auch noch die Bibel dazugelegt. Jetzt, wo Stephen schlief, nahm sie das Buch aus dem Korb und sagte: »Texas, soll ich Ihnen etwas vorlesen?«

Texas sah sie an. Sie wußte ja nicht einmal, welchen Glaubens er war, ja, ob er überhaupt einen Glauben hatte. Er lächelte schwach und murmelte: »Es ist lieb von Ihnen. Wenn Sie wollen, vielleicht würden Sie den Psalm lesen: Der Herr ist mein Hirte.«

Sie schlug den Text auf und las mit etwas unsicherer Stimme den Psalm, den sie zum großen Teil auswendig konnte. Als sie zu Ende gelesen hatte, waren seine Augen geschlossen. Eine lautlose Stille trat ein, dann flüsterte Texas: »Ob Er mich haben will, der Herr?«

»Ja«, antwortete Garnet mit klarer Stimme, »davon bin ich ganz sicher überzeugt, Texas.«

Er lächelte schwach: »Wissen Sie, Miß Garnet, im Grunde glaube ich es auch.« Er tastete auf der Decke herum, offenbar suchte er nach ihrer Hand; sie reichte sie ihm. »Nicht, weil ich gut war«, flüsterte Texas. »Ich war nicht sonderlich gut. Aber ich glaube, Er wird mich doch aufnehmen. Bevor Sie kamen, hatte ich so etwas wie ein Zwiegespräch mit Ihm. Ich glaube nicht, daß ich richtig gebetet habe; ich weiß gar kein richtiges Gebet. Ich habe nur so mit Ihm gesprochen. Aber ich glaube, Er hat mich verstanden.«

»Er hat es gewiß«, sagte Garnet.

Und wieder herrschte Schweigen. Nach einem Weilchen sagte Garnet: »Gibt es nicht einen Menschen, an den man schreiben müßte? Ihre Mutter etwa?«

»Danke«, flüsterte Texas. »Ich habe keine Mutter mehr. Sie starb schon vor sehr, sehr langer Zeit.«

»Und – eine Frau – haben Sie auch nicht?«

»Nein. Ich war nie verheiratet. Und mein Vater ging schon von uns, als ich noch ein ganz kleiner Junge war. Er starb an einer Verwundung, die er in Fort Bowyer bekommen hatte. Das war 1814. Ich glaube, da waren Sie noch gar nicht geboren.«

»Nein«, sagte Garnet. »Ich bin erst 1826 geboren. Und ich weiß leider auch nicht, wo Fort Bowyer liegt.«

»Es war das Fort, das die Mobile Bucht bewachte«, sagte Texas. »General Andrew Jackson hatte das Kommando, und die Briten griffen unter Admiral Percy an. Aber sie kamen nicht in die Bucht.

Es war ein guter Kampf, und mein Vater war ein guter Soldat. Er starb als Held.«

Texas schwieg, und sein Körper verkrümmte sich jämmerlich. Er rang nach Atem. Aber nach einem kleinen Weilchen begann er wieder zu sprechen.

»Sie brauchen niemand zu schreiben, Miß Garnet. Ich habe keine Familie. Ich habe auch keine Freunde, glaube ich.«

»Sie haben mich, Texas«, sagte sie ruhig.

»Ja«, flüsterte er, »ich weiß, ich weiß. Gott segne Ihre Seele, Miß Garnet.«

»Und ich bin auch nicht der einzige Mensch, den Sie haben«, sagte sie. »Erinnern Sie sich noch an die vielen Menschen, die Sie in der Wüste vor dem sicheren Tode retteten?«

»Oh«, ächzte er, »ich habe dann und wann wohl auch einmal etwas Gutes getan. Aber wenn man dann denkt, wie alles hätte sein können – wenn ich denke, was man alles von mir erwartete! Stephen Austin selbst hatte mir die Hand auf die Schulter gelegt und gesagt: ›Du wirst wie dein Vater, Ernest. Jungen wie du werden Texas eines Tages zu einem großen Lande machen!‹ Und dann . . .«, er stöhnte und bewegte unbehaglich den Kopf. Es fiel ihm schwer, es verursachte ihm Schmerzen, aber er wollte reden.

»Ich konnte es nicht lassen«, keuchte er. »Ich weiß nicht, warum. Ich habe Gelübde abgelegt und Versprechungen gegeben und immer wieder – ich konnte es nicht lassen.«

Seine Stimme war nur wie ein Hauch: »Alle Männer unserer Familie waren in der Armee. Ein paar Vorfahren waren schon vor der Revolution bei der Kolonialtruppe. Ich war von Geburt an für die Armee bestimmt. Als Vater gefallen war, sind Mutter und ich zu Mutters Bruder gezogen.« Mit langen Pausen, immer wieder keuchend vor Anstrengung und Schwäche, erzählte Texas seine Geschichte. Die Mutter hatte große Hoffnungen auf ihn gesetzt. Sie war begeistert, als Bruder und Sohn mit Stephen Austin als Pioniere in ein fremdes Land zogen. Sie wollte: ihr Sohn sollte ein Held und Eroberer werden.

Er hatte alle Vorteile einer guten Erziehung genossen. Ursprünglich hatte er zur Ausbildung nach West Point gehen sollen, aber als sich dann herausstellte, daß er eine große Vorliebe für die Medizin hatte, hielt der Onkel es für richtiger, ihn zunächst studieren zu lassen. Er studierte Medizin und Chirurgie. Es war von vornherein vorgesehen, daß er Militärarzt werden sollte.

Er scheiterte an seinem Laster: Er konnte das Trinken nicht lassen. Über den trinkfrohen jungen Burschen hatte man noch gelacht. Dann hätten die älteren Männer zu warnen begonnen: Noch sei nichts Ernsthaftes geschehen, noch konnte er diesen gefährlichen Weg verlassen. Tat er es nicht, mochte leicht einmal etwas Ernsthaftes passieren. Und in der Armee brauchte das nur einmal zu geschehen.

Und es geschah, wie man es ihm prophezeit hatte. Er war damals in Fort Leavenworth stationiert. Ein sterbenslangweiliges Kommando. Eine kleine Garnison, ein weitab jeder Zivilisation gelegener Außenposten und ein langer, strenger Winter. Das ganze Leben ein monotoner Kreislauf: Für die Männer der immer gleichbleibende Dienst; für den Arzt heut ein gequetschter Finger, morgen eine kleine Erkältung.

Was soll man anfangen, wenn man nichts zu tun hat? Es gab nur sehr wenige Bücher im Fort; der Unterhaltungsstoff war lange erschöpft, und immerfort Karten spielen konnte man auch nicht. Und der Winter war außerordentlich hart. Niemand fand etwas dabei, wenn ein Mann ein paar Brandys trank, um sich innerlich aufzuwärmen. Trank man einmal etwas zuviel, so war auch nichts dabei. Man hatte dann zwar am nächsten Tag einen Brummschädel, aber es gab ja ohnehin nichts zu tun.

Aber dann gab es eines Nachts plötzlich Alarm. Indianer griffen das Fort an. Der harte Winter hatte an ihren Lebensmittelvorräten gezehrt, und sie waren darauf aus, die Vorratskammern der Weißen zu plündern.

Die Männer sprangen aus dem Schlaf und griffen nach den Gewehren. Sie waren den Angreifern zahlenmäßig weit unterlegen. Und obgleich das Gesetz es ausdrücklich verbot, den Indianern Waffen zu verkaufen, waren die Roten mit Feuerwaffen gut ausgerüstet.

Drei Soldaten wurden gleich zu Beginn des Gefechts verwundet. Die Wunden waren nicht sonderlich schwer; schnelle und geschickte ärztliche Hilfe hätte sie in verhältnismäßig kurzer Zeit heilen müssen. Aber die Augen des Arztes waren verschleiert, und seine Hände zitterten. Der Arzt war betrunken.

Es war den Indianern nicht gelungen, das Fort zu nehmen, aber bei Sonnenaufgang waren sechs Soldaten tot, zahllose andere lagen im Todeskampf. Ihre Wunden waren nur von Freiwilligen behandelt worden, die zwar ihr Bestes taten, aber keine Ärzte waren. Vierzehn Verwundete starben später noch. Gleichgültig, wer von diesen möglicherweise in jedem Falle gestorben wäre, Tatsache war und blieb, daß in den entscheidenden Stunden kein Arzt da war, der ihnen hätte helfen können. Der Arzt war betrunken gewesen.

Er war bald danach vor ein Kriegsgericht gestellt und schimpflich aus der Armee ausgestoßen worden.

»Miß Garnet«, flüsterte Texas, nachdem er diese Beichte stockend und stöhnend zustande gebracht hatte, »Sie werden mich für verrückt halten, aber es ist wahr: Ich war fast erleichtert, als der Spruch gefallen war. Es war, als sei nun endlich ein Kampf zu Ende gegangen, von dem ich immer überzeugt war, ihn nicht bestehen zu können. Schlimmeres konnte mir nun nicht mehr geschehen.

Ich habe immer gewußt, daß meine Kraft nicht ausreichte. Nun war es also soweit. Natürlich tat es weh. Es schmerzte mich tiefer als irgendein Schmerz, den ich je gefühlt hatte. Aber ich brauchte nun nicht mehr darauf zu warten; es war vorbei. Auf dem großen Treck ließ sich das Geschehene dann leichter überwinden. Ich habe mich dort eigentlich immer heimisch gefühlt. Kein Mensch verlangte mehr von mir, daß ich besser sein sollte, als ich war.«

Er zuckte und wand sich vor Schmerzen. Eine Zeitlang schwieg er, und Garnet hockte erschüttert neben ihm. Schließlich begann er wieder zu flüstern: »Es mußte wohl so sein. Wer hätte auch damit rechnen können, daß die Armee nach Kalifornien käme! Es war schwer für mich, als die Boys einmarschierten. Es gab mir ein böses Gefühl.« Er wandte der neben ihm Sitzenden den Kopf zu und lächelte schwach. »Miß Garnet«, sagte er, »es ist nämlich – ich habe ein paar Leute wiedererkannt. Offiziere, die damals auch in Leavenworth waren, als das passierte. Sie haben mich, glaube ich, nicht erkannt. Sie kennen sie aber. Der eine mag Sie sehr: Roger Brown. Ein großartiger Mann. Sauberer Mann. Ganz vertrauenswürdig.«

Er schloß erschöpft die Augen, und seine Brust hob und senkte sich unter schweren Atemstößen.

Nach einer Weile erwachte Stephen. Er hatte ausgeschlafen und wollte nun spielen. Garnet beschäftigte sich mit ihm, um ihn ruhig zu halten. Texas öffnete die Augen und lächelte.

»Ein hübscher Junge«, sagte er. »Macht es Ihnen etwas aus, wenn ich mir einbilde, ich hätte auch ein bißchen Anteil an ihm?«

»Im Gegenteil, Texas«, lächelte Garnet, »ich bin stolz darauf, daß Sie ihn mögen. Wenn er groß genug sein wird, um es zu verstehen, werde ich ihm von Ihnen erzählen.« Stephen lehnte an ihrem Knie und brabbelte vor sich hin; Garnet umschlang ihn mit dem Arm und zog ihn dichter an sich heran.

In diesem Augenblick öffnete sich plötzlich die Tür. Der von der Straße hereindringende Lärm war so groß, daß Garnet nicht wahrgenommen hatte, daß jemand das Haus betrat. Aufsehend, dachte sie, es sei Silky, der sie abholen käme; sie wunderte sich nur ein bißchen, daß er, entgegen seinen Gewohnheiten, nicht vorher angeklopft hatte. Die Tür befand sich am Fußende des Bettes. Garnet konnte, aufblickend, dem Eingetretenen gerade ins Gesicht blicken. Sie schrak furchtbar zusammen. Es war nicht Silky, der dort stand. Es war Charles Hale.

Charles sprach über die Schulter hinweg mit jemand, der sich noch außerhalb der Tür befand und den Garnet nicht sehen konnte.

»Es ist das richtige Zimmer«, sagte er, »sie ist da.«

Texas starrte dem Mann ins Gesicht und versuchte sich aufzurichten. »Suchen Sie mich?« murmelte er.

Garnet war empört aufgesprungen. Was fiel diesem Manne ein! Sie sagte: »Texas ist sehr schwer krank. Lassen Sie ihn in Ruhe.«

Stephen hielt sich an ihren Röcken fest. Charles kam heran und bückte sich, als wolle er nach dem Kinde greifen. Stephen stieß einen Schrei aus und verkroch sich wieder hinter den Röcken seiner Mutter; offenbar hatte er Angst vor dem Mann. Garnet streichelte das Köpfchen des Kindes und sagte mit drohendem Ernst in der Stimme: »Lassen Sie die Hände von dem Kind, Charles.« Sie hob Stephen auf, schloß ihn fest in die Arme und trat einen Schritt zurück. Sie hörte Charles sagen: »Es wird Ihnen alles nichts helfen. Sie werden ihn mir doch überlassen müssen. Ich habe Ihnen jede denkbare Möglichkeit geboten, mit dem Kind zusammenzubleiben. Aber nunmehr bin ich fertig mit Ihnen.«

Garnet, an allen Gliedern zitternd, hellwach vor Beunruhigung, vernahm Stimmen und das Geräusch von Schritten und zuklappenden Türen im Haus; ein paar Mädchen schrien schrill auf, und eine Männerstimme befahl barschen Tones: »Bleiben Sie zurück und verhalten Sie sich ruhig. Das ist eine sehr ernste Sache.«

Sie atmete schwer und fühlte, wie die kalte Wut in ihr hochstieg. Stephen schrie auf ihrem Arm, vielleicht, weil er Angst hatte, vielleicht auch, weil sie ihn zu fest an sich preßte. Sie hörte Texas hinter sich flüstern, mit einer hohlen, brüchigen Stimme, die gleichwohl vor Groll zitterte: »Du verdammter, niederträchtiger Schuft!«

Charles schien kühl und vollkommen sicher; seine Augen funkelten kalt. Er sprach nicht laut, aber so, daß trotz Stephens Geschrei jedes Wort deutlich wurde:

»Die Brigg *Lydia Belle* segelt in Kürze nach Boston. Meine Frau und ich werden mitfahren, um die Angelegenheiten des verstorbenen Mr. Radney abzuwickeln. Wir werden das Kind meines Bruders mitnehmen.«

»Bist du wahnsinnig!« schrie Garnet, jede Konvention und jede Erziehung vergessend. »Glaubst du im Ernst . . .«

Charles nahm ihren Ausbruch überhaupt nicht zur Kenntnis; er sprach ungerührt weiter: »Es wird in Boston erzogen werden, und zwar in einer ihm angemessenen Umgebung und unter dem Einfluß moralischer Grundsätze. Lange genug haben Sie es den verderblichsten Milieueinflüssen ausgesetzt . . .«

Garnet hörte Texas hinter sich fluchen und ächzen, sie hörte die von der Straße hereindringenden Geräusche und die Unruhe im Haus, trotzdem entging ihr kein Wort, das Charles sprach, und jedes einzelne Wort, das aus seinem Munde kam, vertiefte ihren Haß und gab ihr gleichzeitig ein Gefühl der Kraft und der überlegenen Ruhe. Charles fuhr fort:

»Wir haben keine Möglichkeit, Ihr Tun und Lassen zu beeinflussen, aber wir haben die Macht und die Möglichkeit, dieses Kind einem geordneten Leben zuzuführen. Deshalb werden wir es Ihnen nehmen.«

»Wahrhaftig, Charles Hale, das wirst du nicht«, sagte Garnet; sie wunderte sich über die Kälte ihrer Stimme und über die ruhige Sicherheit, mit der sie zu sprechen vermochte. »Du wirst ihn mir nicht nehmen, nie! Das schwöre ich. Ich würde dich eher in Stücke reißen. Wage es, eine Hand an mein Kind zu legen . . .«

Charles winkte ab, mit einer überlegenen Geste, als wünsche er einen gar zu theatralischen Auftritt zu unterbrechen. »Ihr Temperament geht mit Ihnen durch«, sagte er, »Sie benehmen sich schlecht. Das macht wohl der Umgang. Es wird Ihnen übrigens alles nichts helfen. Denn ich stehe hier keineswegs aus eigener Verantwortung. Ich habe hier einen Befehl des Stadtkommandanten, wonach mir das Kind auszufolgen ist. Bitte!«

Er streckte die Hand aus, und in der Hand hielt er ein Blatt Papier. Seine Augen waren wie zwei glühende Nadeln, die sich Garnet ins Hirn bohrten. Sie konnte nicht weiter zurücktreten, denn ihre Füße stießen schon gegen das Bett, in dem Texas hinter ihr lag; sie konnte auch nicht aus dem Zimmer heraus, denn Charles stand vor der Tür. Sie hörte Texas etwas sagen, aber sie verstand nicht, was er sagte. Eine Hitzewelle stieg vom Nacken herauf in ihren Kopf und durchlief, zurückflutend, ihren ganzen Körper. Das Kind in ihren Armen schrie. Es begann jetzt zu strampeln und mit den Füßchen zu stoßen, vermutlich, weil sie es zu fest hielt. Garnet griff mit einer Hand nach seinen Beinchen, um sie festzuhalten; die Hand streifte den Gürtel und das Pistolenhalfter; sie krallte sich um den Griff des Colts.

Es war sonderbar. Sie dachte nur: Ich werde es tun. Sie sah den Mann vor sich stehen, die ausgestreckte Hand mit dem Fetzen Papier darin, das höhnische Lächeln, die kalt funkelnden Augen: die Maske des Triumphs. Sie sah den Mann einen Schritt vortreten und die Hand nach dem Kind ausstrecken, sie hörte das Kind schreien, riß den Revolver heraus, hob ihn, ohne eigentlich bewußt zu zielen, und hörte es zweimal kurz hintereinander krachen. Ein scharfer, beißender Geruch stieg ihr in die Nase; sie sah den Mann vor sich langsam zusammenbrechen, sich noch einmal aufbäumen und herumwälzen und dann stilliegen. – Was habe ich getan? dachte sie. Ich wollte das nicht. Ich wollte das alles nicht. Aber ich mußte ja mein Kind schützen.

Dreiundvierzigstes Kapitel

Garnet stand noch immer halb betäubt; ihre Linke umklammerte den laut schreienden Jungen, ihre herabhängende Rechte hielt noch immer den Colt. Es war ihr, als sei eine endlose Zeit vergangen; in Wirklichkeit hatte das alles nur Sekunden gedauert. Dann fühlte sie, daß Texas von hinten ihr Handgelenk umklammerte und ihr den Revolver entriß; sie hörte ihn ächzen. Ihr wurde kaum bewußt, was er tat. Sie starrte entsetzt auf den vor ihr liegenden unförmigen Körper und auf den unter ihm träge hervorsickernden Blutstrom, der auf sie zufloß.

Draußen im Haus kreischte und schrie es, dann näherten sich schnelle Schritte, und die Tür wurde aufgerissen. Sie hörte zwei Männer gleichzeitig ausrufen: »Da ist Mrs. Hale.« Gleich darauf sagte der eine der Männer mit schreckbebender Stimme: »Wer hat das getan?«

Sie sah auf. Vor ihr standen zwei junge Burschen in der Uniform einfacher Soldaten des New Yorker Regiments. Der eine stand in der Tür, und der andere beugte sich eben über den Erschossenen.

Sie waren beide sehr jung. Grade während ihr dieser Gedanke durch den Kopf schoß: Sie sind noch viel zu jung, um so etwas zu sehen, hörte sie Texas' ächzende, schmerzverzogene Stimme hinter sich sagen: »Ich, Boys. Ich habe geschossen.«

Das rüttelte sie auf; sie fuhr herum und starrte Texas ins Gesicht.

»Bringt sie hinaus, Boys«, murmelte Texas. Einer der Soldaten nahm ihm den Revolver ab, den er krampfhaft umklammert hielt. Und als Garnet jetzt den Mund öffnete – ihr war, als müsse sie schreien: Er lügt! Er tat es nicht! –, keuchte er: »Bringt sie zum Schweigen. Bringt sie hinaus. Sie ist hysterisch.«

»Verhalten Sie sich still, Madam«, sagte einer der Soldaten. Beide wandten sich jetzt um und redeten auf die vor der Tür stehenden Menschen ein, die Anstalten machten, das Zimmer zu betreten. Garnet sah ein paar Mädchen in schmutzigen Morgenröcken, sie sah auch Estelle, in einen Schal gehüllt und mit Lockenwicklern im Haar; dahinter drängten sich ein Dutzend Müßiggänger, die der Knall der Schüsse herbeigelockt haben mochte. Alle diese Menschen redeten aufeinander ein, schrien durcheinander und schimpften. Die Tür öffnete sich nach innen, und die Soldaten vermochten sie nicht zu schließen, ohne zuvor den Körper des Erschossenen beiseite zu ziehen. Sie stellten sich deshalb auf die Türschwelle, griffen sich bei den Händen und bildeten so eine Sperre. Während dieses Aufruhrs kniete Garnet neben Texas nieder.

»Texas«, flüsterte sie, »warum tun Sie das? Sie sollen das nicht tun. Ich will die Tat nicht leugnen.«

»Miß Garnet – bitte«, flüsterte Texas, »lassen Sie mich!«

»Das kann ich nicht, Texas.«

»Aber ich hätte es getan«, ächzte Texas. »Ich hätte es ganz gewiß getan, wenn ich den Colt gehabt hätte. Sie können mir – nichts mehr tun. Ich – lebe nicht mehr lange.« Er tastete nach Stephen und strich ihm mit der Hand über das Haar. »Der Junge«, flüsterte er, »Sie müssen doch für den Jungen dasein.«

Sie hörte Estelle im Flur schreien. In einer grauenhaften Mischung von schlechtem Spanisch und schlechtem Englisch befahl sie den Mädchen, sich auf ihre Zimmer zu scheren.

»Ich habe es getan«, raunte Texas beschwörend, »sagen Sie es ihnen, ich werde es auch wieder sagen. Es muß sein.« Und da er sie immer noch die Stirn runzeln und die Lippen zusammenpressen sah, griff er nach ihrer Hand und preßte sie schwach. »Es wäre mir – eine Ehre«, keuchte er, »eine große Ehre, Miß Garnet. Bitte!«

»Es ist gut, Texas«, flüsterte sie, »möge Gott es Ihnen lohnen.«

»Ich danke Ihnen, Miß Garnet«, hauchte Texas und sank ächzend auf das Kissen zurück.

Garnet fühlte sich von den widerstreitendsten Empfindungen hin und her gerissen. Vorhin, als Charles vor ihr gestanden hatte, mit seinem höhnischen Gesicht und seinem Triumphlächeln, hatte sie nicht für den Bruchteil einer Sekunde gezweifelt – jetzt? Sie wußte nicht, was jetzt war. Sie wußte nur, wenn Texas sich irrte, wenn er nicht sterben mußte, sie würde ihn nicht für sich büßen lassen. Mußte er sterben, so mochte er den Makel, den er eine Ehre genannt hatte, mit ins Grab nehmen. Charles hatte sie bereits verklagt, der Oberst hatte schon einen Befehl ausgeschrieben, ihm ihr Kind zu überliefern. Wenn jetzt bekannt würde, daß sie ihn erschossen hatte, würde der Oberst gewiß dafür sorgen, daß sie Stephen nie mehr zu Gesicht bekam. Sie stand schwer atmend auf; ihre Arme, die so lange das Kind getragen hatten, schmerzten. Estelle hatte es anscheinend fertigbekommen, für Ordnung im Hause zu sorgen. Die Mädchen und die Straßenpassanten standen nicht mehr vor der Tür. Sie hatten den Weg für einen Mann in blauer Uniform freigegeben. Als er im Türrahmen erschien, traten die beiden Soldaten beiseite, um ihn eintreten zu lassen.

Die durch die Ritzen der Fensterläden hereinfallenden Sonnenstrahlen trafen gerade sein Gesicht; Garnet stieß einen Seufzer der Erleichterung aus. Sie erkannte Captain Brown.

Sie hörte einen der Soldaten sagen: »Jawohl, Sir, es ist Mr. Charles Hale. Jawohl, Sir, er ist tot. Zwei Schüsse wurden abgegeben. Er hatte uns aufgefordert, an der Haustür zu warten; wir haben die Vorgänge nicht beobachtet. Der Mann im Bett sagt, er habe geschossen. Hier ist seine Waffe.«

Captain Brown trat ins Zimmer. Er schien in keiner Weise überrascht, Garnet vorzufinden. Er verbeugte sich vor ihr höflich wie immer und sagte: »Entschuldigen Sie bitte, Mrs. Hale, ich möchte zunächst mit dem Mann da sprechen.« In ihr stieg eine Welle der Dankbarkeit auf: Er stand auch jetzt noch zu seinem Versprechen, er tat immer noch so, als kenne er Texas nicht.

Sie mußte beiseite treten, um Captain Brown an das Bett zu lassen. Ihr Rock streifte den am Boden liegenden Körper; sie sah schaudernd auf ihn herab. Er lag mit dem Gesicht nach unten. Eine Hand streckte sich ihr entgegen, und diese Hand hielt noch immer das zusammengefaltete Stück Papier, von dem er gesagt hatte, es enthalte den Befehl des Stadtkommandanten, ihm das Kind auszuhändigen. Wegen dieses Papiers hatte sie geschossen. Charles war tot, aber dieser Befehl konnte immer noch in Kraft sein.

Sie sah sich um. Captain Brown hatte sich zu Texas hinuntergebeugt, um zu hören, was er sagte. Die Soldaten standen in der Tür mit abgewandten Gesichtern, um die noch immer im Flur stehenden Menschen zurückzuhalten. Niemand beobachtete sie im Augenblick. Sie bückte sich blitzschnell, nahm dem Toten das Papier aus der Hand, zerknüllte es und steckte es in ihren Hemdausschnitt. Stephen schrie fürchterlich. Sie sank auf der Wandbank nieder und streichelte ihn. Langsam beruhigte er sich; er lehnte das Köpfchen an ihre Brust und schluckte nur dann und wann noch einmal schmerzlich. Garnet hörte Texas' hohle Stimme. Das Reden schien ihn ungeheure Anstrengung zu kosten. Er mußte nach jedem Wort eine Pause einlegen.

»– würde gehängt werden – wahrscheinlich. Aber – wenn ihr – mich – hängen wollt, – müßt ihr euch – beeilen –; denn – sehen Sie doch – ziehen Sie die Decke weg.«

Captain Brown lupfte vorsichtig die Bettdecke und starrte entsetzt auf den Anblick, der sich ihm bot. Garnet unterdrückte mit Mühe einen Schrei. Bei der heftigen Bewegung, mit der er ihr den Revolver entrissen hatte, mochte eine seiner furchtbaren Verletzungen wieder aufgebrochen sein; jedenfalls schwamm der ganze Körper in einer Blutlache, die sich langsam ausbreitete und die ganze Matratze durchtränkte. »Um Gottes willen!« rief Garnet. »Besorgen Sie einen Arzt!«

»Ja«, flüsterte der Captain erschüttert, »ja gewiß. Aber zunächst brauche ich etwas, um das Blut zum Stehen zu bringen.« Er sah sich um; das Bett hatte kein Laken. »Geben Sie mir einen Ihrer Unterröcke«, raunte er, »schnell, es ist jetzt nicht der Augenblick, verschämt zu tun.«

Garnet setzte Stephen auf den Fußboden. »Stellen Sie sich vor das Kind«, sagte sie, »damit es nicht sieht, wie ich mich ausziehe.«

Sie zog den Rock aus, nestelte den obersten Unterrock los und reichte ihn dem Captain. Der beugte sich über den Schwerverletzten. Sie hörte, wie der Stoff des Unterrocks unter seinen Händen zerriß.

»Kann ich helfen?« fragte sie.

»Nein, danke. Das wird vorhalten, bis der Arzt aus der Unterkunft hier ist. Ich schicke gleich einen Soldaten hin, um ihn holen zu lassen. Ich habe dann noch ein paar Anordnungen zu treffen, und anschließend werde ich Sie selbst nach Hause bringen.«

Garnet, die ihren Rock inzwischen wieder angezogen hatte, zog Stephen zu sich heran, kniete sich am Bett nieder und legte eine Hand auf Texas' Stirn. Seine Kopfhaut war feucht vom Schweiß. Als er die Berührung ihrer Hand fühlte, begannen seine Augenlider zu flattern, seine Lippen bewegten sich, aber es kam kein Wort heraus. Es war, als hätte er alle seine Kräfte verbraucht.

»Ich werde immer an Sie denken, Texas«, flüsterte Garnet, »immer, solange ich lebe. Und ich werde dafür sorgen, daß auch Stephen Sie nie vergißt.«

Texas lächelte schwach; sie strich ihm das schweißnasse Haar aus der Stirn.

Sie hörte Captain Brown draußen seine Befehle geben. Es waren jetzt etwa ein Dutzend Soldaten im Haus. Die Sache mußte sich wie ein Lauffeuer herumgesprochen haben; vielleicht waren sie hergeschickt worden, um Ordnung zu schaffen. Sie hörte Captain Brown anordnen, daß niemand außer dem Militärarzt das Haus betreten dürfe. Alles, was der Verletzte noch äußerte, solle notiert werden.

Er befahl einem Soldaten, die Wache an Texas' Bett zu übernehmen, und zwei anderen, die Leiche des Erschossenen fortzuschaffen. Dann kam er selbst wieder zurück.

»Ich werde Sie jetzt nach Hause bringen, Mrs. Hale«, sagte er.

»Ja«, flüsterte Garnet, »danke.« Er reichte ihr die Hand, und sie erhob sich, Stephen auf den Arm nehmend.

»Ist das Ihre Bibel?« fragte Brown, das Buch von der Wandbank aufnehmend.

»Ja. Aber lassen Sie sie hier. Vielleicht verlangt Texas danach.«

Er sah mit einem Blick schmerzlicher Trauer auf das Bett. Texas lag mit geschlossenen Augen, seine Brust bewegte sich kaum beim Atmen. »Ich glaube nicht, daß er noch lesen kann«, flüsterte der Captain, »lassen Sie uns nun gehen.«

Sie nickte; es würgte sie im Hals; sie trat noch einmal dicht an das Bett heran. »Texas«, sagte sie leise, »leben Sie wohl. Ich danke Ihnen, Texas. Sie sind ein sehr guter Mensch!«

Er antwortete nicht, und er rührte sich auch nicht. Captain Brown ergriff sie sanft am Arm und ging mit ihr hinaus. In der kleinen Vorhalle standen fünf, sechs Mädchen herum, die sie aus weit offenen Augen anstarrten. Dann traten sie auf die Straße. Gruppen von Menschen standen vor dem Haus und flüsterten aufgeregt. Als sie den Captain erblickten, gaben sie den Weg frei.

Sie gingen nebeneinander durch die Straßen. Garnets Füße waren schwer wie Blei. Der Saum ihres Rockes hatte Blutflecke; ihre Tat lag wie ein Gewicht auf ihrer Seele. Stephen schien ihr plötzlich so schwer wie eine Tonne. Die Sonne drohte ihr das Hirn auszudörren. Sie hatte das Gefühl, keine Luft zu bekommen und jeden Augenblick ersticken zu müssen. Sie spürte, wie der Schweiß in Strömen an ihr herunterfloß. Der Staub flimmerte; vor ihren Augen war ein silbriger Nebel.

»Soll ich Ihnen nicht lieber das Kind abnehmen?« fragte der Captain.

Sie schüttelte den Kopf. »Er ist so verwirrt«, flüsterte sie, »er würde wieder schreien.« Sie vermochte nur stoßweise zu sprechen.

Der Weg durch den glühenden Sonnenglast schien ihr endlos, obgleich in Wirklichkeit kaum zehn Minuten vergingen, bis sie die Bar erreichten. Der Captain führte sie um das Haus herum zu der in die Küche führenden Seitentür. Die Tür war verschlossen. Auf sein Klopfen erschien Micky, der höflich und liebenswürdig wie immer lächelte. Garnet hörte Isabels Stimme; Isabel dankte dem Himmel mit lauten Worten dafür, daß dem Kind nichts passiert sei. Sie kam herbei und nahm es Garnet aus den Armen; Garnet ließ die schmerzenden Arme sinken.

Gleich darauf betrat Florinda die Küche; sie reichte Captain Brown die Hand und schüttelte sie.

»Captain«, sagte sie, »Sie sind ein prachtvoller Kerl. Ich habe das übrigens immer gewußt; fragen Sie Garnet. Darf ich Ihnen ein Glas Whisky auf Kosten des Hauses anbieten?«

Das Angebot drückte das größte Kompliment aus, das Florinda jemals einem Manne gemacht hatte; aber Captain Brown lehnte es ab. Er müsse leider sogleich zum Tatort zurück, um die Untersuchung des Vorfalls zum Abschluß zu bringen, sagte er.

Garnet verstand nur halb, was er sagte. Sie sank halb betäubt vor innerer und äußerer Erschöpfung auf die Wandbank nieder. Der Captain trat dicht neben sie. »Ich komme später zu Ihnen, um Sie zu vernehmen, Mrs. Hale«, sagte er. »Ich muß Ihnen leider befehlen, das Haus bis auf weiteres nicht zu verlassen. Ich kann Ihnen auch nicht gestatten, die Arbeit an der Bar aufzunehmen, bis ich selbst das Verbot wiederaufhebe. Schließlich ersuche ich Sie, die Vorgänge im Hause der Estelle bis zu meiner Rückkehr mit niemand zu besprechen. Sie haben mich verstanden?«

»Ja«, flüsterte Garnet. Sie brachte es sogar fertig, ihm dabei ins Gesicht zu sehen.

Der Captain lächelte leicht und legte ihr beruhigend die Hand auf die Schulter.

»Das alles hat weiter nichts zu bedeuten«, sagte er, »Sie brauchen nichts zu befürchten.«

Während er sich von ihr entfernte und zu Florinda hinüberging, bohrte ein Gedanke in Garnets Kopf. Es mußte noch etwas getan werden, und zwar sogleich. – Ich muß das jetzt tun, dachte sie, ich weiß nicht, wie lange meine Kräfte noch vorhalten; vielleicht kann ich es später nicht mehr. Sie habe nichts zu befürchten, hatte Brown gesagt, aber Brown wußte ja nichts von dem Papier, das sie dem Erschossenen aus der Hand genommen hatte. Charles war tot, aber das Papier existierte noch. Es mußte aus der Welt geschafft werden. Vielleicht bestand Charles' Witwe darauf, daß ihr das Kind ausgehändigt würde, um die Nutznießung seines Vermögens behalten zu können. Das Dokument mußte weg; sie spürte das zusammengeknüllte Stück Papier zwischen ihren Brüsten.

Der Captain hatte das Haus verlassen. Garnet erhob sich und ging zum Herd. Es war nur noch ein bißchen glimmende Asche auf dem Rost. Bei der Hitze ließ man den Herd nach dem Kochen ausgehen. Sie stocherte vorsichtig in der Asche und legte den Papierknäuel auf die Glut. Es fing Feuer und verbrannte mit heller Flamme über der Asche.

Garnet hockte auf der Erde und sah die kleine Flamme verlöschen. Aus! dachte sie, aus! Nun ist alles egal. Sie hatte das sonderbare Gefühl, ihre Seele hätte sich vom Körper gelöst und schwebte frei im Raum.

Dann fühlte sie, wie sich ein Arm auf ihre Schulter legte; gleichzeitig brannte ihr etwas auf der Zunge. Florindas Stimmte flüsterte hinter ihr: »Trink! Es wird dir guttun!«

Kognak! dachte Garnet und schluckte. O ja, das tat gut; sie spürte, wie ihre Kräfte zurückkamen.

»Was ist denn?« flüsterte sie.

»Du hast mir einen Schreck eingejagt, Darling«, sagte Florinda. »Du warst schon ganz grün im Gesicht.«

Garnets Blick fiel auf den Tisch. Dort saß Isabel. Sie hatte Stephen auf dem Schoß und fütterte ihn. Stephen schien restlos glücklich.

Garnet sah auf ihre Hände; sie zitterten nicht. – Damit habe ich ihn erschossen, dachte sie. Sie wartete, als müsse sich jetzt eine

Stimme in ihr melden, aber die Stimme meldete sich nicht. Sie bereute ihre Tat nicht. Sie konnte nichts anderes denken als: Gott sei Dank, ich bin mit ihm fertig. Er kann mir nichts mehr tun.

Sie wandte den Kopf und sah in Florindas Augen. Florinda hatte ein wissendes, verstehendes Lächeln auf dem Gesicht.

»Weißt du –?« flüsterte Garnet.

»Sprich nicht«, sagte Florinda. »Ich weiß, daß Charles Hale tot ist und daß Texas gesagt hat, er habe ihn erschossen. Und Captain Brown hat gesagt, du dürftest über die ganze Sache nicht sprechen. Sei also still.«

Garnet tastete nach Florindas Hand und preßte sie. Ach, wie gut es war, eine Freundin wie Florinda an der Seite zu haben! Erst später erfuhr sie, daß sie Florinda noch weit größeren Dank schuldete, als sie ahnte. Es war nämlich kein Zufall, daß Captain Brown die Aufklärung des Falles in die Hand genommen hatte; es war Florindas Werk.

Denn Florinda hatte sich, nachdem Garnet auf ihre Veranlassung in das Haus der Estelle gegangen war, allerlei Gedanken gemacht. Zwar, Silky hatte gesagt, es werde ihr dort nichts passieren, und Estelle hatte versprochen, die Türen geschlossen zu halten, solange Garnet im Hause weile, aber Florinda beruhigte sich dabei nicht. Als ein paar Offiziere bei ihr an der Bar standen und ihren Drink nahmen, bat sie den einen, Captain Brown zu bestellen, daß sie ihn in einer sehr wichtigen Sache, Mrs. Hale betreffend, dringend sprechen möchte. Als der Captain nicht lange danach tatsächlich erschien, sagte sie ihm, daß Garnet sich im Hause der Estelle befinde und aus welchem Grunde. Brown, ein Mann konservativer Herkunft und Erziehung, zeigte sich zunächst heftig schockiert. Er werde Mrs. Hale sofort da herausholen, sagte er. »Tun Sie das nicht, Captain«, sagte Florinda, »aber haben Sie ein Auge auf das Haus, solange sie drin ist.« Brown sicherte ihr das zu.

An Charles hatte Florinda überhaupt nicht gedacht. Wie sollte er auch erfahren, daß Garnet sich in dem Bordell befand. Nun, er erfuhr es. Es gab in Los Angeles eine Reihe von Leuten, die sich ihren Lebensunterhalt mit der Verbreitung von Nachrichten und Gerüchten verdienten. Angefangen hatte das damit, daß die amerikanische Kommandantur, durch den Varela-Aufstand gewarnt, Gelder für Spitzel auswarf, die ihr Nachrichten über geheime Zusammenkünfte und etwaige Verschwörungen zutrugen. Sogleich gab es Müßiggänger genug, die hier eine Gelegenheit sahen, ohne Arbeit

Geld zu verdienen. Die Yankees bezahlten die Gerüchte, die ihnen zugetragen wurden, und trafen ihre Vorbereitungen. Aber sie trafen sie gänzlich unnötig; keines der Gerüchte, denen sie nachgingen, bestätigte sich. Und so dauerte es denn nicht lange, daß sich die Geschichtenerzähler nach neuen Erwerbsquellen umsehen mußten. Wenn Charles in die Stadt kam, hatte er immer einen ganzen Bedienstenstab mit. Alle diese Leute wagten in seiner Gegenwart kaum den Mund aufzutun, dafür schwätzten sie in seiner Abwesenheit um so lauter. Jedermann in Los Angeles wußte, daß Charles und Garnet miteinander verfeindet waren, und so geschah es denn, daß einer der berufsmäßigen und gegenwärtig arbeitslosen Geschichtenerzähler, der zufällig gesehen hatte, wie Garnet das Haus der Estelle betrat, nichts Eiligeres zu tun hatte, als mit dieser aufsehenerregenden Nachricht zu Señor Hale zu laufen. Señor Hale zeigte sich höchst interessiert, bezahlte dem Mann seine Gefälligkeit – der daraufhin eine Taverne aufsuchte, um sich von seiner anstrengenden Tätigkeit auszuruhen – und suchte sich einen Offizier von der Kommandantur.

Charles sagte dem Offizier, seine Schwägerin sei vermutlich zu irgendwelchen dunklen Zwecken in das Bordell gelockt worden, ohne zu ahnen, was für ein Haus sie betrete. Er erbat sich ein paar Soldaten, um sie, falls die ihm zugetragene Mitteilung zuträfe, dort herauszuholen. Er bekam die Soldaten, denn er war ein angesehener und geachteter Mann, und er hatte auch keine Schwierigkeiten, in das Haus zu kommen. Denn als die aus dem Schlaf gerissenen Mädchen die bewaffneten Soldaten erblickten, bekamen sie einen gehörigen Schreck und öffneten die Tür.

Alle diese Einzelheiten erfuhr Garnet durch Captain Brown. Die Militärbehörde hatte eine genaue Untersuchung des Mordfalles angeordnet, eben weil es sich bei dem Getöteten um einen reichen Ranchero handelte, der die Armee nach seinen Kräften unterstützt hatte. Der Captain betrat am Abend die Küche von Silkys Etablissement. Er sagte Garnet, leider habe er nur ein paar Minuten Zeit, aber er wolle ihr doch wenigstens sagen, daß Texas seine heute morgen abgegebene Erklärung noch einmal bestätigt und amtlich zu Protokoll gegeben habe.

»Wie geht es ihm?« fragte Garnet.

»Er ist nicht mehr bei Bewußtsein«, antwortete Brown. »Der Arzt meint, er werde auch nicht mehr zu sich kommen und die Nacht vermutlich nicht überleben.«

Nachdem der Captain gegangen war, ging Garnet schlafen. Aber sie fand keine Ruhe. Nachdem sie ein Weilchen bei dem schlafenden Kinde gesessen hatte, legte sie einen Schal um, verließ ihr Zimmer und setzte sich auf die Treppe. Da saß sie auch noch, als unten die Bar geschlossen wurde und Florinda heraufkam.

»Garnet«, flüsterte Florinda stehenbleibend.

Garnet sah zu ihr auf. »Du weißt – wie es war?« fragte sie.

»Ja, Darling, ich glaube.«

»Silky auch?«

»Nein. Wer sollte es ihm gesagt haben?«

»Wer sagte es dir denn?«

»Niemand. Aber ich hörte es aus Captain Browns Worten heraus.«

»Wie war es denn hier – heute morgen?«

Florinda stellte den Kerzenleuchter, den sie in der Hand hielt, auf den Fußboden und setzte sich neben Garnet. »Das ist schnell erzählt«, sagte sie. »Ich stand mit José an der Bar. Irgend jemand kam plötzlich hereingestürzt und rief, im Hause von Estelle sei eine Schießerei. Gleich darauf kamen ein paar Boys, die wissen wollten, daß sich unter den Erschossenen Charles Hale befände. Es schien sie mächtig zu amüsieren, daß der stolze und hochmütige Ranchero ausgerechnet in so einem Haus ums Leben gekommen sei. Ich wollte Silky gerade sagen, wir müßten zusammen hin und dich da herausholen, da sahen wir dich mit Captain Brown kommen. Schon da, während du in der Küche auf der Wandbank saßest und ganz abwesend warst, fragte ich den Captain, ob du deinen Schwager erschossen hättest. Er warf mir einen Blick zu, der mir durch und durch ging, und antwortete: ›Der Mann, der sich Texas nennt, hat den Mord bereits zugegeben. Er liegt im Sterben.‹ Ich sagte: ›Captain Brown, Texas ist ein großartiger Mann. Und Sie ebenfalls.‹ Da packte er mich bei den Schultern und rüttelte mich, daß ich dachte, er würde mir das Schlüsselbein zerbrechen. Und dann stelzte er davon wie ein General, der überzeugt ist, eine Schlacht gewonnen zu haben.«

Garnet atmete schwer. Florinda legte ihr einen Arm um die Schulter. »Geh zu Bett«, sagte sie. »Schlaf, solange du kannst. Isabel wird am Morgen Stephen herausholen, ohne dich zu wecken. Ich sage es ihr.«

Und Garnet ging zu Bett. Und sie war so müde und so erschöpft, daß sie nach einiger Zeit tatsächlich einschlief.

Am nächsten Morgen hörte sie, daß Texas tot sei. Sie hockte lange zusammengekauert auf der Wandbank in der Küche und dachte an ihn. Dabei ging es ihr so, daß sie über sich selbst und ihre Gefühle eine leise Verwunderung empfand. Mußte man nicht traurig sein, wenn man vom Tode eines lieben Freundes hörte? Mußten einem nicht die Tränen aus den Augen stürzen? Sie weinte nicht, und sie vermochte auch keine Trauer zu empfinden. Sie hatte Texas sehr gern gemocht, sie würde ihm ewig dankbar sein, und sie würde ihn sehr vermissen. Aber sie wußte auch, daß Texas auf dieser Welt nicht glücklich gewesen war. Vielleicht war er jetzt glücklich. Jedenfalls war es ihm nicht schwergefallen, die Welt zu verlassen.

Sie empfand auch kein Schuldgefühl wegen der Erschießung Charles'. Sie empfand eigentlich nichts außer dem Gefühl unauslöschlicher Dankbarkeit gegenüber dem toten Texas, der ihr erspart hatte, die Folgen ihrer schnellen Tat zu tragen. Sie hoffte, daß der Himmel ihm seine Handlungsweise lohnte, da sie es nicht mehr konnte.

Er hatte ihr in der Tat alles erspart. Ein paar Tage später erschien Captain Brown und brachte ihr eine Kopie seines Abschlußberichtes. Danach war Mrs. Garnet Hale in das Haus der Estelle gegangen, um mit einem sterbenden Mann ein paar Abschiedsworte zu sprechen. Mr. Charles Hale, der erfahren hatte, seine Schwägerin sei in ein Bordell verschleppt worden, war mit zwei Soldaten erschienen, um sie herauszuholen. Plötzlich hatten die draußen postierten Soldaten kurz hintereinander zwei Schüsse gehört. Als sie das Zimmer betraten, hatten sie Mr. Hale auf dem Fußboden liegend gefunden; er war bereits tot. Der im Bett liegende schwerkranke Mann, der sich Texas nannte, hielt den Colt-Revolver in der Hand, aus dem die Schüsse abgegeben worden waren. Er erklärte unaufgefordert den Soldaten, daß er geschossen habe. Dieselbe Erklärung gab er später amtlich zu Protokoll. Über die Gründe der Tat konnte er zufolge seiner schweren Verletzungen und seines schon getrübten Bewußtseins nicht mehr vernommen werden.

Garnet und Captain Brown saßen in der Küche auf der Wandbank. Sie waren allein, und sie las seinen Bericht. Danach schwieg sie einige Zeit und sah vor sich hin. Nach einer Weile fragte sie tonlos:

»Was wollen Sie nun, das ich tun soll, Captain Brown?«

»Ich möchte, daß Sie die Zeugenaussagen unterschreiben, die ich hier vorbereitet habe. Es steht nichts weiter darin, als daß Sie sahen, wie Texas Mr. Hale erschoß.«

Er legte das Papier vor sie hin und holte Tinte und Feder herbei. Garnet ergriff die Feder, tauchte sie ein und zögerte.

»Captain Brown«, sagte sie, »ist Ihnen nicht aufgefallen, daß Texas kaum noch die Kraft gehabt haben kann, den schweren Revolver zu heben und abzudrücken?«

Captain Brown zog seine Uhr und sagte: »Es tut mir leid, Mrs. Hale, aber ich habe keine Zeit, um die Dinge im einzelnen mit Ihnen durchzusprechen. Wollen Sie bitte das Papier da unterschreiben und die Angelegenheit dann ruhen lassen.«

Sie unterschrieb. Die Feder war gespalten. Sie kratzte und verursachte hinter dem Namenszug einen Klecks.

»Danke!« sagte Captain Brown, nahm das Blatt Papier, schwenkte es einige Male hin und her und legte es auf den Tisch. Er lächelte sie freundlich an. »Die Untersuchung ist abgeschlossen, Mrs. Hale«, sagte er.

Garnet sah ihm gerade ins Gesicht. »Wollen Sie nun hören, was wirklich geschehen ist?« fragte sie.

»Wenn Sie wollen.« Ein schwaches Lächeln überzog sein Gesicht: »Zuvor hätte ich Ihnen gern etwas gesagt«, fuhr er fort, »jetzt, da ich privat mit Ihnen spreche: Ich möchte Ihnen den dringenden Rat geben, ein ganz sauberes, jederzeit kontrollierbares Leben zu führen. Und zwar deshalb, weil Sie die schlechteste Schauspielerin sind, die mir je vor Augen kam.«

Garnet flüsterte: »Es lastet wie ein Gewicht auf mir. Es würde mich sehr erleichtern, wenn ich sprechen dürfte.«

»Also sprechen Sie.«

Sie erzählte ihm alles bis zu dem Augenblick, da sie in auswegloser Verzweiflung den Colt herausgerissen und geschossen hatte. »Den Schein habe ich hier im Herd verbrannt«, setzte sie hinzu. »Das war vermutlich Unsinn, jedenfalls kann ich dadurch kaum verhindern, daß Mrs. Hale einen neuen Befehl erwirkt, ihr mein Kind auszufolgen.«

Captain Brown legte seine Hand beruhigend auf die ihre. »Ich möchte annehmen, daß Sie in dieser Richtung keinerlei Befürchtungen haben müssen«, sagte er. »Haben Sie das Papier gelesen, bevor Sie es verbrannten?«

»Nein.«

Er lachte trocken auf. »Wahrscheinlich haben Sie irgendeine Empfangsbestätigung oder einen Kaufvertrag, vielleicht auch nur irgendeinen belanglosen Brief verbrannt.«

Garnet starrte ihn, nichts begreifend, an. »Was heißt das?« flüsterte sie.

»Nun«, sagte der Captain, »zweifellos ist es Colonel Stevenson nicht im Traum eingefallen, Mr. Hale ein Papier der von Ihnen befürchteten Art auszustellen. Erstens, weil er dazu nicht im geringsten autorisiert ist, und zweitens, weil ich ihn gut genug kenne, um das beurteilen zu können. Wann hätte er diesen sonderbaren Befehl übrigens ausschreiben sollen? An dem fraglichen Morgen hat er Charles Hale überhaupt nicht gesehen. Die beiden Soldaten hatte Leutnant Fletcher Mr. Hale zur Verfügung gestellt.«

»Mein Gott!« flüsterte Garnet, »mein Gott! Ich hätte daran denken sollen.«

»Mein liebes Mädchen«, lachte Brown, »nach allem, was Sie in letzter Zeit durchgestanden haben, ist es bemerkenswert, daß Sie überhaupt noch zu denken imstande sind.« Garnet senkte den Kopf und antwortete nicht.

Captain Brown drückte ihre Hand. »Die Sache ist einfach«, sagte er. »Charles hielt Ihnen irgendeinen zusammengefalteten Wisch unter die Nase. Er rechnete damit, daß Sie viel zu entsetzt sein würden, um das Papier zu lesen. Zu dem Zeitpunkt, wo Ihnen später bewußt geworden wäre, daß er Sie mit einer Fälschung narrte, wäre er mit dem Kind schon auf dem Wege nach Boston gewesen.«

Garnet hörte die Worte des Captains in einer Art Halbtraum. Sie kam sich völlig zerschlagen vor, als hätten die Ereignisse seit ihrem Abschied von New York allmählich alles Mark aus ihren Knochen gesogen.

Und dann drang die ruhige, warme Stimme Browns durch den Traumnebel an ihr Ohr:

»Wollen Sie mir nicht erlauben, Sie nach Hause zu bringen, Miß Garnet?«

Später wußte sie sich nie zu erinnern, wie es geschehn war. Ihr Kopf hatte plötzlich an seiner Brust gelegen; sie hatte das sonderbare Gefühl gehabt: Jetzt bin ich zu Hause, und hatte den zärtlichen Druck seines Mundes auf ihren Lippen gefühlt. Sie war wohl mehr erstaunt als befremdet und jedenfalls überrumpelt. Sie hörte ihn sagen:

»Du warst tapfer wie zehn Armeen, aber nun soll es auch genug sein. Du brauchst nicht mehr zu kämpfen. Laß nun mich für dich sorgen.«

Er sagte wohl noch mehr dieser Art, aber sie war zu müde und zu widerstandslos, um seine Worte zu fassen. Immerhin verstand sie, was sie bedeuteten: Ruhe und Frieden. Dieser Mann bot ihr mit ruhiger Selbstverständlichkeit all das, was sie in den Jahren des Exils so schmerzlich vermißt hatte. Und mehr als das: Er bot ihr eine warme, dauernde Liebe.

Vierundvierzigstes Kapitel

In den nächsten Tagen mußte Garnet sehr viel nachdenken. Sie hatte Brown gebeten, ihr eine kurze Bedenkzeit einzuräumen, und er hatte ihr das zugestanden. Selbstverständlich begreife er, daß sie im Augenblick nicht in der Verfassung sei, einen so schwerwiegenden Entschluß zu fassen, hatte er gemeint, andererseits möge sie wissen, daß er sich in der gleichen kurzen Zeit absolut schlüssig geworden sei. Er liebe sie.

Garnet liebte ihn nicht, und sie war weit entfernt davon, sich insoweit etwas vorzumachen. Das hatte sie nie getan. An jenem Abend, da er sie so jäh in seine Arme zog, hatte sie nur eins vor sich gesehen: den sicheren Hafen, in den ihr gestrandetes Schiff einlaufen könnte.

Dieses Gefühl der Sicherheit und Geborgenheit vertiefte sich übrigens mit jedem weiteren Gespräch. Es war kein Zweifel, daß er sie liebte. Brown war fünfunddreißig Jahre alt und neigte in keiner Weise zu leichtfertigen Handlungen. Er war kein aufregender Mann und keine hervorstechende Erscheinung, aber er war fraglos ein guter, sauberer und aufrichtiger Mann, der klare Grundsätze hatte und entschlossen war, nach diesen Grundsätzen zu leben. Und Garnet fand nach all den Erregungen und Verwirrungen der letzten Zeit, das seien sehr wesentliche und sehr beachtenswerte Eigenschaften.

Übrigens versprach Brown ihr nicht nur Sicherheit schlechthin, sondern Sicherheit innerhalb ihrer ureigensten Welt. Er war ebenso wie sie in New York zu Hause; er würde nach dem Kriege dorthin zurückkehren. Er war mit vielen Familien bekannt, in denen auch sie bekannt war; sie hatten den gleichen sozialen Hintergrund und die gleiche gesellschaftliche Stellung. Sie würde an seiner Seite nicht reich sein, aber sie würde alle Bequemlichkeit haben, an die sie von Kind auf gewöhnt war. Sie würde wieder ein Zuhause haben, wie sie es verlassen hatte; sie würde wieder bei Stewarts einkaufen und die Vorstellungen im Parktheater und in Castle Garden besuchen können. Sie würde Liebe und Wärme und Würde und Muße haben und ein ruhiges Leben ohne bemerkenswerte Begebnisse.

Sie hatte viel Zeit, über all diese Möglichkeiten nachzudenken, hatte er ihr doch gesagt, daß sie vor Ablauf eines Monats nicht wieder an der Bar arbeiten dürfe. Das Geschwätz über den Hale-Mord in Estelles Etablissement müsse sich erst etwas gelegt haben. Sie wußte wohl, daß sich hinter seiner Forderung die Hoffnung verbarg, sie möchte sich innerhalb dieses Monats entscheiden, wodurch er gegebenenfalls das Recht erlangen würde, ihr die fernere Tätigkeit an der Bar überhaupt zu untersagen.

Ja, sie mußte viel über all diese Dinge nachdenken, aber es ließ sich nicht leugnen, je mehr sie an Captain Brown dachte, um so mehr mußte sie gleichzeitig an einen anderen denken – ein bösartiger Kobold in ihrem Kopf wollte es so –, an John Ives.

Sie dachte an beide Männer und stellte sie nebeneinander, und über all diesem Denken wurde ihr ganz wirr im Kopf. Hier war Roger Brown, ein Mann, der sie liebte und keinerlei Hehl daraus machte. Und dort war John Ives, der mit einem spöttischen Zucken um die Mundwinkel sagte: »Wir sind beide erwachsen, nicht wahr? Laß uns also ehrlich sein miteinander. Was ist denn Liebe? Ein bißchen Mondscheinzauber.«

Es war nur eines ganz klar: Sie liebte Roger Brown nicht. Sie wußte mit unfehlbarer Sicherheit, was es hieß, einen Mann zu lieben. Sie liebte John. John würde sie möglicherweise eines Tages im Stiche lassen, wenn er ihrer müde wäre. Das war schrecklich, aber es änderte nichts daran, daß sie ihn liebte und nach ihm verlangte. Es war vor allem deswegen schrecklich, weil sie nicht wußte, ob er überhaupt noch nach ihr verlangte. Seit sie damals den Boy Pablo mit der abweisenden Antwort auf seinen Brief zurückgeschickt hatte, war keine Nachricht von John mehr an ihr Ohr gedrungen, und das war jetzt vier Monate her. Selbstverständlich konnte sie nach diesem Brief nichts mehr erwarten; sie hatte ihn ja selber aufgefordert, sie in Ruhe zu lassen. Während sie das bedachte, saß sie allein in der Küche; nur Stephen spielte auf dem Fußboden vor sich hin. – Mein Gott! dachte sie, Roger Brown liebt mich, und er ist bereit, mir alles zu geben. Lieber Gott, kannst du nicht machen, daß ich ihn nur ein ganz klein wenig liebhaben muß?

Später hatte sie ein Gespräch mit Florinda. Sie setzte ihr auseinander, warum es richtig und gut wäre, Roger Brown zu heiraten, und warum sie sich doch nicht dazu entschließen könne. Während sie die Dinge gegeneinander abwog, empfand sie, daß sie gut daran tun würde, Browns Werbung doch anzunehmen. Sie hatte immer wieder sagen hören, wenn schon keine beiderseitige große Liebe vorhanden sei, sei es immer besser, wenn das stärkere Gefühl im Anfang beim Manne liege. Kreise das Leben der Frau doch im wesentlichen um Heim und Familie, und aus dieser Bindung heraus würde die Liebe ganz allmählich von selbst erwachen. Florinda hörte sich Garnets Argumente und Gegenargumente nachdenklich an, äußerte sich aber nicht dazu; vermutlich begriff sie nicht einmal, was Garnet meinte.

Als Garnet dann am Abend in der Küche saß und mit Stephen spielte, um ihn müde zu machen, kam Micky herein. Micky hatte die Hände in den Ärmeln seiner Jacke, sein Zopf wippte auf dem Rücken, und sein Gesicht zeigte das übliche höflich-liebenswürdige Lächeln.

»Miß Golnet?« sagte er.

»Ja, Micky?«

»Miß Flinda sagt: hübsches Tier!«

»Hübsches Tier?« wiederholte Garnet. »Hübsches Tier?« Sie ließ Stephens Hand los und sprang auf. »Was heißt das? Was hat sie sonst noch gesagt?«

Micky lächelte sanftmütig: »Miß Flinda gesagt: ›Verdammter Narr!‹«

»Stephen, sei ruhig«, sagte Garnet. Und zu Micky gewandt: »Ist Nikolai etwa hier?«

Mickys Antwort erübrigte sich; die Tür von der Bar her öffnete sich, und Nikolai Grigorievitch Karakozof kam hereinspaziert. Sein Mantel war über und über bestaubt, und sein Kinn schimmerte von dem goldblonden Flaum eines mehrere Tage alten Bartes. Er hielt eine Flasche Wein in der Hand. Die stellte er jetzt auf den Tisch, kam mit langen Schritten auf Garnet zu, hob sie hoch, bis ihr Gesicht sich mit dem seinen in gleicher Höhe befand, und küßte sie auf die Wangen. »Viel zu dünn«, sagte er lachend, »viel zu dünn sind Sie geworden, Miß Garnet. Aber ich liebe Sie immer noch.«

Er ließ sie los und reichte dem kleinen Stephen einen aus leuchtendbunten Federn angefertigten Vogel. Der krähte vor Vergnügen.

»Ich sehr müde und sehr hungrig«, verkündete Nikolai Grigorievitch, »bin geritten von Santa Barbara bis hier in einer Tour. Neunzig Meilen. Haben Sie etwas zu essen?«

»Gleich, Nick«, lächelte Garnet, »es steht noch auf dem Feuer.

Oh, Nick, ich freue mich, Sie wiederzusehen. Hier, trinken Sie Ihren Wein, bis das Essen gar ist.«

Nikolai ging zum Herd und prüfte den Inhalt der Töpfe nach. »Ich habe Ihnen mitgebracht einen Brief von John«, sagte er über die Schulter sprechend. Er zog sein Messer heraus und stach in das Fleisch im Topf. Das Fleisch war noch fast roh, aber das schien Nikolai nicht zu stören. Er schnitt sich seelenruhig eine Keule ab, schrie leise auf, weil er sich die Finger verbrannt hatte, umwickelte das untere Ende der Keule mit einem Taschentuch und begann rote, rohe Fleischstücke mit den Zähnen abzureißen. Garnet sah es mit Grausen; ihr wurde schwach im Magen. Sie hielt sich mit einer Hand an der Tischkante fest und sagte leise:

»Nick, geben Sie mir den Brief.«

Der hatte den Mund voll, er konnte nicht sprechen; er machte eine Geste mit dem linken Ellbogen, die sie nicht verstand. Sie schrie ihn an: »Sie großer Lümmel, können Sie nicht einmal an etwas anderes als ans Essen denken? Ich möchte den Brief haben.«

Nick hatte den Mund für einen Augenblick leer. Er sagte: »Nicht böse sein, Miß Garnet, ich wirklich sehr, sehr hungrig. John ist in Santa Barbara. Ist mit dem Pferd gestürzt.«

»Mit dem Pferd gestürzt? John reitet doch wie ein Indianer.«

»Ja, aber Bach war viel zu breit. Aber John war eilig und sehr wütend. Er wollte zu Ihnen und wollte Sie verprügeln.«

Sie starrte ihn an: »Nick – was reden Sie da für einen Unsinn?«

Nick war stark mit seiner Keule beschäftigt; er schmatzte. »Er wollte Sie durchhauen«, wiederholte er. »Der Brief – wenn Sie sehen wollen – ist in meiner linken Jackentasche. Nehmen Sie ihn heraus. Meine Hände sind zu fettig.«

Er machte wieder eine Geste mit dem Ellbogen, und Garnet begann in seiner Tasche zu kramen. Sie fand ein weiteres Taschentuch, eine rote Seidenschleife, die zweifellos für einen Mädchenkopf bestimmt war, eine Perlenhalskette, ein Messer in einem Etui, ein Päckchen mit Salz und zwei Zettel. Der eine Zettel war die Empfangsbestätigung einer Häute-Lieferung. Der andere war der, den sie suchte.

Es war ein zerknittertes und an den Ecken eingerissenes Stückchen Papier. Garnet zitterte, als sie es auseinanderfaltete. Dann starrte sie auf die Schriftzeichen; sie hatte dergleichen noch nie gesehen. Einen Augenblick dachte sie, sie vermöchte nicht richtig zu sehen, aber sie sah schon richtig. Die Schrift war so verrückt. Die in großen

Druckbuchstaben geschriebenen Worte purzelten durcheinander, als handele es sich um die Schreibversuche eines Kindes, dem gerade das Abc beigebracht wurde. Sie entzifferte mit Mühe:

VERDAMMTES FRAUENZIMMER, WAS SOLL DAS HEISSEN: LAUWARMER ZWIEBACKBREI? WARTE NUR, BIS ICH MEINE KRÄFTE WIEDER HABE, DANN WERDE ICH ES DIR SCHON ZEIGEN.

JOHN.

Garnet ließ sich auf die Wandbank fallen. Ihr Atem lief so kurz und so schnell, als ob sie gerannt wäre. Ihre Hände zitterten, und ihre Augen irrten umher. Nichts war mehr deutlich erkennbar; alles schien sich zu drehen. Nur in ihr selbst war alles strahlend klar wie der helle Mittag. John verlangte nach ihr. Er wollte sie noch immer. Das war alles, was sie in diesem Augenblick zu wissen brauchte. Ein heißes, wildes Gefühl stieg in ihr auf; ihr war, als hätte sie bis zu diesem Augenblick nicht gewußt, was Glück bedeutet.

Dann rückten die Dinge ihrer Umgebung langsam wieder an die richtige Stelle, und sie konnte wieder hören und sehen. Nikolai, der sein Fleisch verzehrt hatte, war dabei, sich Gesicht und Hände zu waschen. Micky spülte Becher und Tassen, und Stephen kroch auf der Erde herum und zog an ihrem Rock. Sie sollte sein neues Spielzeug bewundern. Sie lachte über den bunten Vogel, und Stephen krähte vor Vergnügen. Isabel kam herein, und Garnet bat sie, mit dem Kind zu spielen. Nikolai stand vor dem Spiegel, trocknete seine Hände und betrachtete sich mit offenbarem Mißfallen.

»Ich sehe nicht sehr gut aus, wirklich, nicht sehr gut«, stellte er fest, »ich muß baden, mich rasieren und mich umziehen.«

»Nick«, sagte Garnet, »kommen Sie auf der Stelle hierher.«

Er drehte sich um und sah sie an.

»Was ist mit John?« fragte sie. »Ist er schwer verletzt? Warum schreibt er so komisch?«

Nikolai kam heran und setzte sich neben sie. »Er schrieb mit der linken Hand«, sagte er, »sein rechter Arm hat ganz dicken Verband und hängt in einer Schlinge.«

»Wo ist er noch verletzt, außer am Arm?«

»Sein rechtes Bein ist auch bandagiert. Die Hüfte ist verletzt, und er kann nicht gehen. Nein, bitte, werden Sie nicht so blaß, es wird alles wieder gut werden.« Nikolai langte sich die Weinflasche vom Tisch, goß etwas in einen Becher und stellte ihn vor sie hin. »Trinken Sie das«, sagte er, »ich werde Ihnen erzählen. Er wird gut behandelt. Da ist ein Mann, der kann Knochen wieder einrenken.« Er lächelte sie an. »Seien Sie nicht böse mit John, Garnet.«

Sie seufzte. »Aber ist er denn nicht böse mit mir?« fragte sie etwas zaghaft.

»O ja, sehr böse!« sagte Nikolai. »Aber bitte, Sie müssen verstehen, nicht wahr! Er ist so. Ich kenne ihn gut, und Sie sollten auch ihn schon kennen ein bißchen. John hat nur vor einem Angst: vor seinem Herz.«

»Ich verstehe das nicht, Nick«, flüsterte Garnet, »aber ich liebe ihn.«

»Ich weiß«, sagte Nikolai, als sei dies die selbstverständlichste Sache von der Welt.

»Sie müssen gehen zu ihm, weil er nicht kann kommen zu Ihnen«, fuhr er fort. »Wollen Sie mit mir kommen nach Santa Barbara?«

»Ja«, flüsterte Garnet.

»Das ist gut«, sagte Nikolai.

»Sollen Sie mich denn mitbringen, Nick? Will er es?«

»Nein«, lächelte Nikolai, »er hat nichts gesagt. Aber er würde sehr böse sein mit mir, wenn ich Sie brächte nicht mit.«

»O Nick!« grollte Garnet. »Warum muß ich nur solch einen Klotz lieben?«

»Warum? Nun, warum? Ich weiß nicht«, sagte Nikolai.

Garnet merkte gar nicht, daß ihr die Tränen über die Wangen liefen. Es wurde ihr erst bewußt, als Nikolai eines seiner Taschentücher herausnahm und sie ihr abwischte. – Ich will zu ihm gehen, dachte sie, und ich will keine Forderungen mehr an ihn stellen. Er kann sagen: Ich liebe dich, und er kann es auch bleibenlassen; er kann versprechen, immer bei mir zu bleiben, oder er kann sich weigern, mir überhaupt etwas zu versprechen – es ist mir alles gleich. In den fürchterlichen einsamen Monaten, die hinter ihr lagen, hatte sie Florindas Rat schätzengelernt: »Nimm, was du bekommen kannst, und versuche das Beste daraus zu machen!«

»Erzählen Sie, Nick«, sagte Garnet, »was ist ihm passiert?«

»Es ist bald gesagt«, antwortete er. »John schickte Ihnen durch Pablo einen Brief. Sie gaben Pablo einen Antwortbrief; aber Pablo, der sonst ein guter Boy ist, war es diesmal nicht. Er ritt nicht zurück auf die Ranch; er ritt zu einem Mädchen. Er fand das Mädchen schöner als sonst und heiratete sie auf der Stelle. Er feierte lange Hochzeit und ritt dann mit seiner Frau nach Torosa; aber inzwischen war verstrichen viel Zeit, und John war sehr böse. Er dachte, Sie hätten Pablo gar keine Antwort gegeben.«

»Und – als er dann gelesen hatte, was ich ihm schrieb?«

»Ja – was haben Sie geschrieben? Er war wütend und sagte, er wäre nicht – Zwiebackbrei. Ich verstehe nicht.«

»Sie brauchen das auch nicht zu verstehen«, sagte Garnet. »Erzählen Sie weiter.«

Nikolai grinste, setzte die Flasche an und trank sie glucksend leer. »Als Pablo brachte den Brief«, fuhr er fort, »John wollte gerade reiten nach San Francisco. John will Geld machen, möglichst viel Geld. San Francisco ist sehr, sehr gewachsen: fast fünfhundert Einwohner jetzt, fast alle Yankees und vier Fünftel unter vierzig Jahren alt und alle sehr reich. John war sicher, das Land bei San Francisco würde bald werden sehr, sehr teuer. Darum John hatte gekauft ein großes Stück Land. Nun er wollte hinreiten und es ansehen. Dann – er las Ihren Brief und war wütend und sagte, er wolle nicht mehr reiten nach Norden, er wolle jetzt reiten nach Los Angeles. Es war heißer September – Sie werden noch wissen, wie heiß es da war, deshalb – John hielt sich in der Nähe der Küste, um Wasser und Gras für die Pferde zu finden.«

Nikolai Grigorievitch grinste sie an. »Sie waren in der Nähe von Santa Barbara«, erzählte er weiter, »da John wollte springen über einen Abfluß. Der war breit, und John hätte nicht müssen springen, hätte können herumreiten, aber er war wütend und wild, und er wollte verlieren keine Zeit, und deshalb er sprang. Er ritt einen sehr guten Hengst, und der Hengst sprang auch, aber das Wasser war zu breit, und der Hengst sprang zu kurz, und John stürzte und fiel. Dann Pablo und seine junge Frau kümmerten sich um ihn, und die anderen Boys ritten nach Santa Barbara zu Leuten, die John kannte. Sehr nette Leute; sie heißen Lorca. Die kamen bald mit einer Tragbahre und brachten John in ihr Haus, und dann holten sie den Mann, der kann Knochen einrichten.«

»Waren Sie da, Nick?« fragte Garnet.

»Nein, ich wußte gar nichts. Ich zu der Zeit war in San Francisco. Da war im Hafen das russische Pelzschiff. Das Schiff wird nicht fahren vor dem Frühjahr, deshalb ich ging wieder nach Süden, um John zu sagen, er soll übernehmen mein Vieh, wenn ich fahre. In

Torosa man sagte mir, John sei geritten auf dem Küstenweg nach Los Angeles, und da ich dachte: Reite und sage auch guten Tag Miß Garnet und Miß Florinda! Als ich kam nach Santa Barbara, ich fand John im Hause von Señor Lorca. Ich ging zu ihm und sah: er war überall bandagiert.«

»Wie schwer sind seine Verletzungen, Nick?«

»Oh, nicht so schlimm, daß sie nicht könnten geheilt werden«, antwortete Nikolai. »Oh, Miß Garnet, John ist ein Narr. Ich wollte ihm lassen mein ganzes Vieh. Er will es nicht nehmen, wenn er nicht kann es bezahlen. Er ist sehr dumm!«

»Ja, ich weiß«, sagte Garnet, »hat er viel leiden müssen?«

»Nun, er hatte Schmerzen und auch Fieber zuerst«, versetzte Nikolai, »aber das Fieber ist weg, und wenn er ruhig liegt, er hat auch keine Schmerzen mehr. Aber er will nicht ruhig liegen; es ist ihm verhaßt.«

»Das will ich gern glauben«, sagte Garnet, »o Nick, dieser verrückte Mann! Warum hat er mir nur nicht früher geschrieben?«

»Wieso? Er konnte doch nicht schreiben. Und vielleicht wollte er nicht, daß ein anderer schrieb für ihn.«

Garnet lachte kurz auf: »Oh, ich kenne ihn genau. Niemand könnte John Ives dazu bringen, einzugestehen: Ich bin hilflos und brauche dich! Sicherlich hätte er mir auch jetzt noch nicht geschrieben, wenn Sie nicht zufällig nach Los Angeles geritten wären. Da konnte er sich sagen, daß Sie mir von seinem Unfall erzählen würden.«

»Warum fragen Sie, wenn Sie die Antwort wissen?« sagte Nikolai. »Wann werden Sie können reiten mit mir nach Santa Barbara?«

»Morgen. Isabel kann sich Stephens annehmen.«

»Ich habe mitgebracht zwei Dienerinnen für Sie.«

»Warum, Nick? Das war doch nicht nötig.«

»Señora Lorca sagte, ich müsse mitnehmen zwei Frauen. Sie könnten nicht reiten mit mir ohne Begleitung von Frauen. Das sei nicht schicklich.«

Garnet kicherte. »Nick«, sagte sie, »mit Ihnen würde ich allein um die ganze Welt reiten, wenn es sein müßte.«

»Ich danke Ihnen, Miß Garnet«, grinste Nikolai. »Sie würden mir vertrauen, aber Señora Lorca würde mir nicht vertrauen. Sie sagte, ich sei ein sehr, sehr böser Mensch. Wollen Sie mir geben noch etwas Wein? Darf ich haben die Flasche dort?«

»Aber ja, nehmen Sie sie doch.«

Er stand auf, sich die Flasche vom Regal zu holen. Micky kam herein, sah nach dem Essen auf dem Herd und ging in die Bar zurück. Garnet hörte ihn sagen: »Miß Flinda, Bohnen sind fertig.«

Florinda erschien gleich darauf. Sie kam zu Garnet und stellte sich vor sie hin, die Hände in die Hüften gestemmt. »Ich nehme an, Nick hat dir Nachricht von John gebracht«, sagte sie.

»Ja. Warum?« antwortete Garnet.

»Also wirst du vermutlich auf der Stelle nach Santa Barbara reiten?«

»Ja, Florinda. Allerdings.«

»Liebe muß eine wundervolle Sache sein!« sagte Florinda mit einem Spottlächeln um die Lippen. »Und wie steht es nun mit deinen Befürchtungen: daß er dich eines Tages verlassen, daß er dein Herz in Stücke reißen würde?«

»Ich weiß nicht mehr, was ich einmal über John gesagt habe«, antwortete Garnet, »ich weiß überhaupt nichts mehr. Nur noch eins: daß ich ihn liebe.« Florinda kicherte. »Sprich ruhig weiter«, sagte Garnet, »sag, was du denkst.«

»Was ich denke, ist logischerweise ziemlich gleichgültig«, versetzte Florinda. »Wenn du mich nach meiner Meinung fragst – ich glaube, John und du, ihr seid die dümmsten und bockigsten Menschenkinder, die mir je begegnet sind. In einem Jahr werdet ihr es vermutlich so weit gebracht haben, daß ihr euch Tassen und Schüsseln an den Kopf werft. Du selbst wirst trotz aller guten Ratschläge, die ich dir gab, bis dahin wahrscheinlich den Umfang eines mittleren Planwagens angenommen haben. Und ich frage mich, was du dann anfangen wirst.«

Garnet lachte. Vielleicht hatte Florinda recht mit ihrer schrecklichen Prophezeiung. Mochte es sein; jetzt jedenfalls war sie so glücklich, daß ihr völlig gleichgültig war, was weiter werden würde.

In Florindas Gesicht erschien plötzlich ein warmes Leuchten. Sie bückte sich, ergriff Garnet beim Kopf und gab ihr einen Kuß. »Tu, was du mußt, Darling«, sagte sie, »ich werde jedenfalls immer auf deiner Seite stehen. Solange ich lebe, kannst du mit mir rechnen.«

»Ich weiß es, Florinda«, sagte Garnet, »aber es ist trotzdem gut, es zu hören, und ich danke dir.«

Micky deckte den Tisch, und Nikolai stand neben ihm und grinste. Florinda holte wie aus einem jähen Entschluß heraus Tinte und Feder vom Bord und sagte: »So, Garnet. Und nach dem Essen setzt du dich hin und schreibst Captain Brown einen Brief.«

Garnet sah sie verblüfft an, dann überzog ihr Gesicht sich mit jäher Röte, und in ihren Augen stand nackte Hilflosigkeit. »Florinda«, flüsterte sie, »an Brown habe ich überhaupt nicht mehr gedacht.«

»Ich weiß«, versetzte Florinda trocken. »Aber du wirst nicht von hier weggehen, ohne Brown einen Brief zu hinterlassen. Du bist augenblicklich verrückt vor Liebe, mein Schatz, aber ich bin es nicht. Und ich will nicht, daß der prachtvollste Mann, den du je hättest heiraten können, dich für eine schäbige und niederträchtige Gans halten muß.«

Garnet sah zu Boden.

»Ich werde ihm schreiben«, sagte sie leise. »Aber . . .«, sie zögerte ein Weilchen und stieß dann hilflos und halb verzweifelt heraus: »Was soll ich denn nur sagen?«

Florindas große blaue Augen glitten mit einem ganz leichten Spottlächeln über sie hin. »Wieso?« versetzte sie. »Sage ihm, sein Vertrauen ehre dich sehr, aber bedauerlicherweise empfändest du für ihn nicht so, wie eine Frau für einen Mann empfinden müsse, mit dem sie beabsichtige, ihr ganzes ferneres Leben zu teilen.«

»Oh, hör auf! Laß die Späße!« grollte Garnet.

»Wieso? Das ist der Satz, den du mir selber als Muster für die Ablehnung eines Heiratsantrages nanntest. Erinnerst du dich nicht? Ich habe nie die Nerven gehabt, einem Mann einen so verdammten Unsinn zu sagen; vielleicht weißt du nun, warum.«

Garnet ballte die Hände auf ihren Knien zu Fäusten. »Ich werde ihm einen ganz ehrlichen und offenen Brief schreiben«, sagte sie, »und wenn ich die ganze Nacht dazu brauchen sollte. Oh, mein Gott, ich schäme mich so.«

»Ach, das ist alles weiter nicht aufregend, meine Liebe«, versetzte Florinda; »jeder Mensch muß das tun, was er für richtig hält. Komm jetzt erst einmal zum Essen. Die Bohnen warten zwar, aber Nikolai hat anscheinend keine Lust, länger zu warten.«

Der Ritt nach Santa Barbara verlief ohne Schwierigkeiten; die Oktobertage waren frisch und klar. Drei Tage lang ritten sie im Inneren des Landes, hinter dem Gebirge. Der Boden war knochentrocken, Büsche und Gräser raschelten sonderbar. Am Morgen des vierten Tages kamen sie durch einen zur Küste führenden Gebirgspaß; bald danach erblickten sie das Wasser; die Wogen klatschten mit dumpfem Rauschen gegen die Felswände. Das Wasser spritzte ihnen ins Gesicht und durchnäßte sie. Langsam wurden die Küstenabhänge flacher, und schließlich kamen sie in die Nähe der Bucht von Santa Barbara.

Draußen in der Bucht lag eine Handelsbrigg vor Anker, die das Sternenbanner gehißt hatte. Garnet schoß die alte Frage in den Kopf, ob der Kapitän sie auf der Rückreise wohl mit nach Hause nehmen würde. Aber sie hatte den Gedanken noch kaum zu Ende gedacht, als ihr Herz einen kleinen Sprung tat: Sie würde nicht nach Hause zurückkehren. Sie würde John Ives heiraten und in Kalifornien bleiben. Sie mußte unwillkürlich lachen, während sie sich das klarmachte. Wie lange war es her, daß sie noch mit allen Sinnen danach verlangt hatte, nach New York zurückzukehren! Sie hatte plötzlich kein Heimweh mehr. Während der ganzen Zeit, vom ersten Augenblick an, da sie Charles Hale auf der Ranch gegenübertrat, hatte es in ihr gebohrt; jetzt war es weg.

Santa Barbara erinnerte in seinem Äußeren an Los Angeles. Es gab da eine Plaza, auf der das Unkraut wucherte, eine Kirche und kleine Häuschen aus ungebrannten Ziegeln, die völlig willkürlich und ohne jede Andeutung einer Planung in die Gegend gestellt schienen. Dennoch fand Garnet den Ort sehr viel schöner und ansehnlicher. Er lag unmittelbar an einem wundervollen halbmondförmigen Strand, und die Luft war hier viel klarer, sauberer und frischer. Gewiß, die mit stinkenden Häuten und Fellen beladenen Ochsenkarren gab es auch hier, ebenso wie die herumlungernden Digger, die sich ganz offensichtlich in ihrem ganzen Leben noch niemals gewaschen hatten. Aber die von der See herüberwehende frische Brise nahm die Gerüche mit fort. Außerdem schienen die Menschen hier besser und sorgfältiger gekleidet, und es gab zwischen den Hütten auch mehr große und stattliche Häuser. Im näheren Umkreis dieser Gebäude war das Unkraut sorgsam verschnitten, sie hatten geräumige, von hohen Mauern umgebene Höfe, in denen herrliche Bäume standen. Verglichen mit den kalifornischen Durchschnittsstädtchen und Dörfern, schien Santa Barbara ein sehr angenehmer Ort, an dem man wohl leben konnte.

Die kleine Kolonne hielt vor einem der größeren Häuser. »Wir sind da«, verkündete Nikolai Grigorievitch, »hier wohnt Señora Lorca, und hier liegt auch John.« Pablo stieg vom Pferd und schlug mit dem Peitschenknauf gegen die Hoftür. Haus und Hofmauer waren sauber geweißt, an der Mauer kletterten Weinreben empor,

und dahinter erhoben sich die dunklen Kronen zahlreicher Orangenbäume, deren Zweige voller grüner, walnußgroßer Früchte hingen.
Garnet fühlte sich nicht ganz wohl. Johns Gastgeber schienen vornehme, wohlhabende Leute zu sein, und sie selbst kam sich vor wie
eine ausgehungerte Bettlerin. Ihr Haar war vom Wind zerzaust, ihr
zerdrücktes Kleid war mit Staub überzogen und von getrockneten
Salzwasserflecken übersät.

Nun, dachte sie resigniert, wenn Señor und Señora Lorca jemals
über Land geritten sind, wissen sie ja, daß man nach einem langen
Ritt nicht anders aussehen kann.

Das Tor wurde geöffnet, und Nikolai sprang vom Pferd und
reichte Garnet die Hand, um ihr beim Absteigen behilflich zu sein.
Garnet senkte die Augen. Ob Nikolai ihre Gedanken erraten hatte?
Im Grunde war es ihr ja ganz gleichgültig, was Señor und Señora
Lorca von ihrem Anblick dachten, aber sie wollte nicht, daß John
sie so sah. Als sie einander unter den Bäumen von Kerridges Ranch
zum letztenmal gegenübergestanden hatten, war sie zwar wütend
und wild wie eine Straßenkatze gewesen, aber doch frisch und sauber
und gepflegt. Diener kamen aus dem Hause heraus, um die Pferde
in Empfang zu nehmen und das Gepäck hineinzubefördern. Garnet
sagte: »Was meinen Sie, Nick, ob ich mich wohl vorher ein bißchen
waschen könnte?«

Aber Nikolai hörte wohl gar nicht zu. Er hatte mit ihr den Hof
betreten, und hier kam ihnen jetzt auf dem fliesenbelegten Fußsteig
ein Mann entgegen, der kaum ein anderer als Señor Lorca in eigener
Person sein konnte. Er trug eine scharlachrote Mexikanerjacke, ein
weißes Seidenhemd und blaue Hosen mit goldenen Borten an den
Seiten. Der Mann machte, herankommend, Garnet eine tadellose
Verbeugung, küßte ihre Hand und versicherte, es sei ihm eine außerordentliche Ehre, die Señora zu empfangen; sie möge über sein Haus
gebieten, als sei es ihr Eigentum.

Von dem farbenprächtigen Caballero begleitet, betrat Garnet
gleich darauf den Empfangssalon, einen langgestreckten weißge-
tünchten Raum mit leuchtendbunten Bespannungen an den Wänden.
Wenige Minuten später kam die Señora herein, eine wohlbeleibte,
liebenswürdige und nicht weniger farbenfreudig gekleidete Dame.

Garnet bot ihr bestes Spanisch auf, um den Herrschaften für die
freundliche Aufnahme zu danken, während sie sich insgeheim nach
Wasser und Seife sehnte. Aber die Herrschaften schienen es für
selbstverständlich zu halten, daß sie verstaubt und zerknittert aussah.

Die Señora erklärte, im allgemeinen halte sie es für äußerst unschicklich, daß eine junge Dame das Schlafzimmer eines Herrn betrete, der noch nicht ihr Ehemann sei. Aber leider vermöge der unglückliche Señor Ives ja noch nicht aufzustehen, und zudem sei die junge Dame ja Witwe. Und also möge es ausnahmsweise wohl hingehen, und sie bäte die Señora, ihr folgen zu wollen.

Garnet folgte der Frau. – Mein Gott! dachte sie. Jetzt werden John und ich uns also unter den Augen dieser Dame und irgendeiner Dienerin begrüßen müssen. Das gefiel ihr gar nicht; es machte sie befangen. Das Mädchen öffnete eine Tür, Señora Lorca machte mit dem fleischigen Arm eine einladende Geste und forderte Garnet damit zum Eintreten auf.

Das Zimmer war nicht groß, aber luftig und sonnig; die beiden Fenster wiesen in einen Hof. Unmittelbar neben einem dieser Fenster stand das große, mit wundervoll gestickten Laken und Kissenbezügen ausgestattete Bett, eines dieser Ungetüme, die den Stolz der kalifornischen Hausfrau bildeten.

Johns dunkles Gesicht hob sich scharf von den weißen Bezügen ab; es schien Garnet dunkler als je zuvor; in den grünen Augen war ein kleiner boshafter Schimmer. Der rechte Arm, bis zu den Fingerspitzen von Bandagen umgeben, ruhte in einer Schlinge. Hüfte und Beine schienen ebenfalls dick bandagiert; denn dort, wo sie liegen mußten, wuchs die Bettdecke zu einem kleinen Berge auf. Er trug ein weißes Hemd mit einer Halskrause; der rechte Hemdärmel war der Bandagen wegen herausgetrennt. Er grinste sie an und hielt seine linke Hand hin. Als sie die ihre hineinlegte, umklammerte er sie, als wolle er sie zerbrechen.

»So, du bist also da, du Dreckspatz!« sagte John.

»Du Schuft! Was kann ich dafür, daß ich verdreckt bin! Sie haben mir noch keine Gelegenheit gegeben, mich zu waschen.«

»Daran sind sie nicht schuld. Sie mußten mir versprechen, dich unverzüglich und ohne alle Vorbereitungen zu mir hereinzuschikken. Ich bin, verdammt noch mal, während meines ganzen Lebens noch nach keinem Menschen so blödsinnig verrückt gewesen wie nach dir nichtsnutzigem Frauenzimmer. Wirst du dich anständig benehmen?«

»Ich habe die Absicht«, sagte Garnet.

»Lauwarmer Zwiebackbrei!« knurrte John. »Wenn ich meine biiden gesunden Arme hätte, würde ich dich nach Strich und Faden durchprügeln. Guck dich nicht so erschrocken um, sie verstehen kein

Wort; sie sind überzeugt davon, daß ich dir jetzt allerlei Honig-schleim um den Mund schmiere. Ich bin hundsgemein froh, daß du gekommen bist, du verdammtes Stück!«

Garnet mußte lachen; sie konnte nicht anders, sie mußte lachen. Sie ließ sich auf die Wandbank am Kopfende des Bettes fallen und lachte und kicherte, und John lachte auch; und da die Señora sah, wie fröhlich ihre Gäste waren, lachte auch sie.

John drückte Garnets Hand. »Bitte mich jetzt, dich zu küssen«, knurrte er.

»Was fällt dir ein, du Dummkopf?«

»Als ich dich zum letztenmal sah, sagte ich dir, ich würde dich erst wieder küssen, wenn du mich ausdrücklich darum bätest. Hast du das etwa vergessen?«

Garnet lachte abermals. »Nein«, sagte sie, »küsse mich, John.«

Er küßte die Hand, die er hielt. »Mehr vermag ich in dieser Be-ziehung vor der Öffentlichkeit leider nicht zu leisten. Aber warte nur! Jetzt kannst du erst einmal gehen und dich waschen, und dann kommst du sofort zurück und läßt dich durch nichts aufhalten. Hast du verstanden?«

»Ja«, sagte Garnet, »ich komme.« Sie stand von der Wandbank auf, und die liebenswürdig strahlende Señora ging voraus, um ihr das für sie vorbereitete Zimmer zu zeigen. Garnet dachte: die guten Sitten, die mich zwingen, jetzt von John wegzugehen, soll der Teufel holen! Es war ihr vollkommen gleichgültig, ob sie gewaschen war oder nicht.

Fünfundvierzigstes Kapitel

Seit ihrem Aufenthalt bei Doña Manuela war Garnet mit den Sitten und Gebräuchen eines kalifornischen Hauses vertraut. Sie war sehr darauf bedacht, sich wie eine junge Dame aus gutem Hause zu be-nehmen; und es vergingen auch nur wenige Tage, da hatte sie die ganze Zuneigung der Señora gewonnen. Die Señora hatte nunmehr auch nichts mehr dagegen einzuwenden, daß sie sich während der meisten Zeit in Johns Schlafzimmer aufhielt; sie verzichtete auch darauf, ihr eine Dueña oder ein Mädchen mitzugeben, um die Ge-währ zu haben, daß hier nichts Sittenwidriges vor sich ginge. Sie ließen freilich selbst die Tür offenstehen, wenn sie beieinander wa-ren; aber da außer Nikolai Grigorievitch niemand im ganzen Hause ein Wort Englisch sprach, konnten sie frei und offen miteinander sprechen, ohne sich im geringsten genieren zu müssen.

Ob sie ihn denn nun haben wolle, fragte John.

»Ja«, antwortete Garnet, »ich will. Und du brauchst mir auch nichts zu versprechen. Ich weiß nun, daß man sich für Zukünftiges nicht verbürgen kann. Wir werden heiraten, John. Liebesaffären nach Art von Florinda mag ich nicht.«

»Wann habe ich dir so etwas zugemutet?« lachte John. »Daß du ohne Heirat nicht zu haben sein würdest, war mir gleich klar.«

»Sollten wir es nicht fertigbringen, unsere Liebe für immer zu bewahren« – sie lächelte leicht, ein klein bißchen verzerrt –, »dann können wir es eben nicht ändern. Ich will mir darüber den Kopf jetzt nicht zerbrechen, ich will mich mit dem zufriedengeben, was du mir hier und jetzt sagst. Ich sage dir offen, John, ich wollte dich vergessen. Ich habe es nicht fertiggebracht.«

»Ich habe mir auch Mühe gegeben, dich loszuwerden«, knurrte John. »Ich habe dich mit allen Schimpfnamen bedacht, die ich je gehört habe. Aber es hat mir nichts geholfen, ich bekam dich nicht aus dem Kopf. Es blieb mir nichts übrig: ich mußte nach Los Angeles reiten und zusehen, dich dennoch und trotzdem zu bekommen. Hätte ich es nicht so verdammt eilig damit gehabt, wäre ich wahrscheinlich besser gesprungen.« Er lächelte sie ein bißchen schief von der Seite an. »Aber ich hatte eben Eile, und deshalb liege ich nun hier, und du sitzt neben mir, ich kann dich sehen, kann mit dir sprechen und kann deine Hand halten. Wir könnten auch geradesogut noch tausend Meilen voneinander entfernt sein.«

»Was meinst du: Wie lange wird es noch dauern, bis du ganz wiederhergestellt bist? Hat der Mann, der dich behandelt, nichts darüber gesagt?«

»Nun, ich denke, in etwa einem Monat werde ich wieder laufen können. Mit dem Arm wird es wohl noch ein bißchen länger dauern. Er kommt aber auch wieder in Ordnung. Ich habe die Konstitution eines Ochsen.«

Er grinste sie an, und sie hatte ihn im Verdacht, er untertreibe ein bißchen. Señora Lorca hatte ihr erzählt, daß er viel Schmerzen auszustehen hatte. Sehr wahrscheinlich hatte er auch jetzt noch Schmerzen; sie sah dann und wann, wie er das Gesicht verzog, obgleich er sich sehr in der Gewalt hatte. Natürlich wollte er ihr das nicht zeigen. Er schämte sich seiner Hilflosigkeit.

Er erklärte ihr auch, daß er die Gastfreundschaft des Hauses Lorca

keineswegs länger als unbedingt notwendig in Anspruch zu nehmen
gedenke. Er wolle nach San Francisco, wie er es ursprünglich plante,
und er habe auch mit dem Kapitän der im Hafen von Santa Barbara
liegenden Brigg bereits eine Vereinbarung getroffen. Die Brigg lag
vorläufig noch fest, da sie ihre Ladung Felle und Häute noch nicht
zusammen hatte. Sie würde von hier aus nach Vervollständigung
der Ladung nach San Francisco hinaufsegeln und dort von den um-
liegenden Ranchos noch zusammenkaufen, was sie an Häuten bekommen konnte.

»Aber du kannst doch vorläufig gar nicht daran denken, eine Reise
zu unternehmen«, sagte Garnet entsetzt.

»Wieso?« fragte er. »Ich kann an Bord des Schiffes genausogut
ausheilen wie hier. Die Boys werden mich an Bord bringen und
werden mich auch auf dem Schiff betreuen. Wenn wir in San Francisco ankommen, kann ich bestimmt auf meinen eigenen Füßen an
Land gehen. Sobald ich dann in San Francisco meine Geschäfte abgeschlossen habe, reite ich nach Süden, und dann heiraten wir. Das
ist zweifellos die beste Lösung, denn ich möchte völlig wiederhergestellt sein, wenn wir heiraten. Es paßt mir nicht, als bandagierter
Halbkrüppel neben dir umherzulaufen.«

Sie erriet sehr genau seine Hintergedanken. Er wollte nicht nur
seiner Geschäfte wegen nach San Francisco, er wollte vor allem deshalb reisen, um keinen Tag länger als unbedingt nötig fremde Hilfe
außer der seiner eigenen Boys in Anspruch nehmen zu müssen. Die
Boys bezahlte er schließlich für ihre Dienstleistungen; Fremden und
vor allem Freunden wollte er nicht verpflichtet sein. John konnte
zwar sehr bereitwillig geben, aber etwas von anderen anzunehmen,
fiel ihm schwer.

Nach zwei Wochen meinte Garnet, es würde nun langsam Zeit,
daß sie wieder nach Los Angeles zurückkehre. John verzog zwar
das Gesicht, stimmte aber schließlich zu. Es war mittlerweile Anfang
November; die Regenzeit pflegte im allgemeinen zwar erst später
einzusetzen, aber so genau konnte man das nicht voraussagen. Und
ein etwa einsetzender Sturm würde sie dann noch wochenlang in
Santa Barbara festhalten.

Garnet lachte: »Denkst du noch an den Sturm, der uns auf Kerridges Ranch festhielt? Ich verwünschte den Sturm, weil er dich festhielt. Ich wollte, du solltest endlich gehen.«

John grinste: »Ich hatte gar nichts gegen den Sturm. Denn ich
hatte gar keine Lust, wegzugehen.«

»Oh, ich war wütend auf dich.«

»Mein liebes Kind, ich war wahrscheinlich nicht weniger wütend. Zuerst hatte ich gedacht, ich könnte dich noch zur Vernunft bringen. Als ich schließlich einsah, daß mir das nicht gelingen würde, war ich entschlossen, dich dir selbst zu überlassen! – Erledigt! dachte ich; soll sie in des Teufels Namen machen, was sie will!« Er faßte nach ihrer Hand. »Ich glaube, damals habe ich dich gehaßt.«

»Gehaßt? Warum?«

»Weil ich dich nicht aus dem Kopf kriegen konnte. Es machte mich rasend, daß es da irgendo einen Menschen gab, der mich gefangenhielt.«

»Ich habe dich genauso entbehrt«, sagte Garnet leise. »Hätte ich es nicht, ich wäre nicht auf der Stelle aufgebrochen, als Nikolai kam.«

»Er sollte gar nicht zu dir gehen.« John lächelte ein wenig verlegen. »Ich wollte erst wieder laufen können.« Plötzlich lachte er laut auf, und es war kein Zweifel, daß er über sich selber lachte. »Jetzt kann ich es ja ruhig bekennen«, sagte er. »Ich lag hier und fieberte und wurde fast verrückt bei dem Gedanken, du könntest inzwischen irgendeinen anderen gefunden haben. Bei den vielen Amerikanern, die in Los Angeles herumlaufen, hast du wahrscheinlich Hunderte von Heiratsanträgen bekommen.«

»Allerdings«, lächelte sie, »aber ich habe mich nicht viel darum gekümmert. In den meisten Fällen wenigstens nicht.«

»In den meisten . . .«, er umklammerte ihr Handgelenk und starrte ihr ins Gesicht.

Garnet hätte jauchzen mögen, da sie seine Eifersucht sah. Ihre Augen blitzten. »Aber John«, sagte sie, »überlege doch: Sollte ich mein jetziges Leben für die Ewigkeit fortsetzen? Tatsächlich war ich, als Nikolai in Los Angeles ankam, schon nahezu entschlossen, einen Offizier aus dem New Yorker Regiment zu heiraten.«

Vielleicht hätte sie ihm das früher sagen sollen. Sie hatte ihm alles andere inzwischen erzählt. Auch daß sie Charles Hale in Estelles Etablissement erschossen hatte und daß Texas für sie eingetreten war und die Schuld auf sich genommen hatte. Nur Captain Brown hatte sie noch mit keinem Wort erwähnt. Jetzt gab ihm ihre Eröffnung einen solchen Ruck, daß er bei der jähen Bewegung schmerzhaft das Gesicht verzog.

»Was ist das für ein Kerl?« keuchte er.

»Er ist ein wundervoller Mensch, John«, antwortete Garnet schlicht, »gerade, sauber und zuverlässig. Und er liebt mich. Er hätte mich nach Hause gebracht, und er hätte mir all das gegeben, was du glaubtest mir nicht versprechen zu können: Liebe und Frieden und Sicherheit und das Gefühl, irgendwohin zu gehören. Sehr wahrscheinlich war ich eine Närrin, daß ich ›nein‹ sagte. Aber es ist nun so: Als ich deinen Brief in der Hand hielt, hatte ich Browns Existenz völlig vergessen. Ich hätte auch vermutlich überhaupt nicht mehr an ihn gedacht, wenn mich Florinda nicht darauf aufmerksam gemacht hätte, daß ich mich schäbig und undankbar benähme, wenn ich ihm nicht wenigstens einen Brief hinterließe.«

In Johns Gesicht spiegelten sich Verwirrung, Angst und etwas wie heimliches Schuldbewußtsein. »Und«, sagte er, »hast du ihm geschrieben?«

»Ja«, erwiderte Garnet. »Und dieser Brief ist mir schwerer gefallen als irgendein anderer in meinem ganzen Leben. Ich habe ihn wohl ein dutzendmal oder öfter angefangen und den Anfang wieder zerrissen. Schließlich setzte sich Florinda zu mir und sagte: ›Hör auf damit, schöne Sätze zu drechseln. Erzähle ihm ganz einfach die Wahrheit. Schreibe ihm, es gäbe da einen Mann, den du schon lange liebtest und mit dem du dich einer Geringfügigkeit wegen gezankt hättest. Jetzt hättest du dich mit ihm versöhnt, und da er vor kurzem vom Pferde gestürzt und schwer verletzt worden sei . . .‹

»Ich bin in meinem ganzen Leben noch nicht vom Pferd gestürzt«, sagte John.

»Nun, das ist ja egal. Ein guter Reiter sollte übrigens wissen, wie weit er mit einem Pferd springen kann.«

»Wenn du mich mit deinem Brief nicht halb verrückt gemacht hättest, wäre ich nie gestürzt.«

Er sagte das, als gäbe er ihr die Schuld an dem Sturz. Garnet war glücklich, daß er sogar auf einen erfolglosen Rivalen so eifersüchtig sein konnte. »Nun also«, fuhr John fort, »du schriebst ihm also den Brief?«

»Ja, ich brachte ihn schließlich zu Ende. Ich schrieb an Brown, daß ich ihn sehr gern möchte, daß ich ihn bewunderte und ihm lebenslang dankbar sein würde . . .«

»Oh, diese verdammte Dankbarkeit!« unterbrach John. »Aber wahrscheinlich gehört er zu den Männern, die es ganz selbstverständlich finden, wenn man ihnen für jede Selbstverständlichkeit dankt. Ich höre ihn direkt: ›Ich habe so viel für dich getan, und das ist nun der Dank!‹«

»Sei still!« sagte Garnet. »Hätte Brown nicht so getan, als glaube er Texas, daß er Charles Hale erschossen habe, hätte man mich wegen Mordes hängen können. Da ist es doch wohl selbstverständlich, daß ich ihm Dank schulde.«

»Das sehe ich nicht im geringsten ein«, knurrte John. »Da er dich ja heiraten und mit nach Hause nehmen wollte, warum, um alles in der Welt, hätte er zulassen sollen, daß sie dich hängten?«

»John Ives«, sagte Garnet, »es gibt wahrhaftig Augenblicke, in denen ich dich geradezu hasse.«

»Was ich akzeptiere. Haß ist mir immer noch sehr viel lieber als demütige Ergebenheit.«

»Ich war, glaube ich, nie demütig, und ich bin auch sicher, daß Captain Brown von mir nie dergleichen erwartete. Denn er liebte mich, John. Und er rettete mich, weil er mich liebte.«

John lächelte sie ein wenig spöttisch an. »Mein liebes Mädchen«, sagte er, »ich will ihm gerne glauben, daß er dich liebte. Aber ich vermag nicht zu begreifen, wieso eine Frau wie du einem Manne Dank dafür schuldet, daß er sie liebt. Garnet konnte sich nicht helfen, sie mußte lachen, obgleich ihr eigentlich gar nicht danach zumute war. »Nun erzähl mir den Rest«, sagte John. »Gabst du Florinda den Brief?«

»Ja. Ich hatte darin weiter geschrieben, ich könnte ihn nicht heiraten, aber ich hoffte von ganzem Herzen, daß er eine Frau finden möge, die seiner wert sei. Florinda saß neben mir, bis ich fertig war; dann las sie den Brief. Sie fand ihn gut und sagte, sie wolle ihn Brown geben, darüber hinaus wolle sie mit ihm reden und ihm helfen, mit der Sache fertig zu werden. Oh, John, ich hätte sie dafür umarmen können. Florinda ist ein prachtvolles Mädchen.«

»Ich weiß«, bestätigte John; in seiner Stimme klang unverkennbar Achtung durch. »Florinda hat etwas, was ich sehr bewundere«, fuhr er fort, »sie hat Takt und Zurückhaltung und Mitgefühl für andere. Ich habe selbst keine dieser Eigenschaften, aber ich bin geneigt, sie bei anderen anzuerkennen.«

Sie schwiegen ein Weilchen, dann sagte Garnet: »John, Florinda hat mir ein Paar Smaragdohrringe geschenkt. Hättest du etwas dagegen, wenn ich sie trage?«

»Echte Smaragde?«

»Ja gewiß. Warum?«

»Ich mag keinen unechten Schmuck. Warum solltest du sie nicht tragen? Wie kommst du darauf, ich könnte etwas dagegen einzuwenden haben?«

»Nun, du weißt doch schließlich, wie Florinda dazu gekommen ist.«

»Natürlich. Aber ich weiß auch, was Wertsachen für Florinda bedeuten. Sie muß schon sehr viel von dir halten, wenn sie dir echte Smaragde schenkt.«

»O ja, ich glaube schon, daß sie mich mag«, lächelte Garnet. »Und noch etwas anderes wollte ich dich fragen: Hast du etwas dagegen einzuwenden, daß ich an der Bar arbeite?«

»Deine Tätigkeit nötigt mir allerhand Achtung ab, aber warum sollte ich etwas dagegen haben?«

»Nun, es gibt Männer, die es entsetzlich und unverzeihlich finden und mir das auch unverblümt sagten.«

»Ich stelle mir vor, daß dich die Arbeit nicht gerade beglückt«, sagte John. »Aber wie anders hättest du dir deinen Lebensunterhalt verdienen sollen?«

»Ich hätte bei Charles bleiben oder Florinda für mich sorgen lassen können. Sie war durchaus bereit dazu.«

John stieß einen leisen Pfiff aus, der offenbar seine Verachtung ausdrücken sollte. Garnet dachte: Ich habe mich immer gefragt, warum ich diesen Mann wohl so liebe. Vielleicht ist dies einer der Gründe: Er hat von mir nie eine Erklärung verlangt. Nie kommt ihm auch nur von fern der Gedanke, ich könnte mir etwas vergeben oder mich schlecht benehmen. Man braucht ihm nie etwas vorzumachen, und er interessiert sich nicht im geringsten für die Meinung anderer Leute. Es ist wahr, was er mir einmal bei Kerridges sagte: Er ist der ehrlichste und aufrichtigste Mann, der mir je begegnete.

John nahm ihre Hand und drückte sie fest. »Garnet«, sagte er leise, »ist es nicht wunderbar, zu wissen, daß man von niemand abhängig ist?«

Sie schüttelte den Kopf. »Danach hat mich nie verlangt, John. Ich will gar nicht unabhängig sein.«

»Du bist es aber«, sagte er, »du brauchst keinen Menschen.«

»Doch«, antwortete sie, »ich brauche dich. Nicht, damit du für meinen Unterhalt sorgst, den könnte ich mir schließlich noch selber verdienen. Aber ich brauche dich. Dich selbst, John.«

»Nein«, versetzte er ruhig, »du brauchst mich nicht. Und das eben macht mich glücklich. Daß ich dich dennoch habe. Obgleich du mich nicht brauchst. Alles, was du mir gibst, wirst du mir aus freiem Willen geben, nicht weil du etwas dafür erwartest. Du hast die vollkom-

mene Unabhängigkeit des Geistes. Man muß dir nicht ein dutzendmal am Tage sagen, daß man dich mag und daß man dich begehrt.«

»Ich hoffe nicht«, versetzte sie lächelnd. »Aber wie willst du das
wissen?«

Er ließ ihre Hand los und schob sich den gesunden Arm unter
den Kopf. Sie mit einem liebevollen und doch ein klein wenig boshaften Lächeln ansehend, sagte er: »Du hast mich, solange du hier
bist, noch nicht ein einziges Mal gefragt, ob ich dich liebe.«

Garnet biß sich auf die Unterlippe. Oh, wie oft hatte ihr die Frage
seitdem auf der Zunge gebrannt; sie hatte sie immer wieder zurückgehalten.

»Weißt du«, sagte John, »es ist sonderbar, aber ich glaube, ich
liebe dich wirklich.«

»John!« schrie sie auf. Sie fühlte sich von einer heißen Welle des
Glücks durchflutet.

»Ich wollte dir das absolut nicht sagen«, fuhr John fort. »Ich
komme mir geradezu idiotisch vor, daß ich die gleichen Phrasen
gebrauchen soll, die jeder Narr seinem Mädchen im Mondschein
zuflüstert. Ich hasse das Wort, aus dem Grunde, den ich dir schon
einmal klarzumachen versuchte. Es ist so entsetzlich abgenützt. Aber
es scheint wahrhaftig kein passenderes zu geben.«

Garnet kniete sich neben das Bett. »John«, flüsterte sie, »sprich
weiter. Bitte, sprich weiter.«

»Ich habe sehr viel über diese Dinge nachgedacht«, fuhr John fort,
»ich habe versucht, meine Gefühle für dich zu klären. Es ist nämlich
nicht einfach so, daß ich eine Frau begehre, weil sie einen erregenden
Körper hat. Das habe ich kennengelernt. Es ist anders. Es ist auch
nicht einfach so, daß ich dich mehr begehre als irgendeine andere.
Es ist noch anders. Ich bin glücklich, wenn du bei mir bist, und
ich bin einsam, wenn wir getrennt sind. Plötzlich ist alles so leer.«
Er schüttelte den Kopf, als verwirre ihn das alles. »Ist das Liebe?«
fragte er leise.

Garnet stich ihm das Haar aus der Stirn und küßte ihn unter dem
Haaransatz. »Ja, John«, sagte sie leise, »ganz gewiß.«

»Außerdem – ich kann mit dir über alles sprechen«, fuhr John
fort, »ich habe nie mit einem Menschen so freimütig reden können
wie mit dir. Ich rede und rede immerzu und habe nie das Gefühl,
du könntest dich langweilen oder mich gar heimlich auslachen.«

»Langweilen? Lachen?« flüsterte Garnet. »Oh, John!«

»Ist das Liebe, Garnet?«

»Oh, John, ich habe versucht, es dir klarzumachen.«

»Ich grüble noch daran herum«, sagte John. »Es ist noch zu neu, und ich bin noch zu verblüfft. Vielleicht ist es das, was du mir bei Kerridges erklären wolltest; vielleicht ist es auch anders. Ich weiß es nicht. Vielleicht wird es immer anhalten, vielleicht geht es auch vorüber, und ich frage mich dann, wie dieses Gefühl jemals so ganz von mir Besitz ergreifen konnte. Aber eines ist sicher: Jetzt, in dieser Minute ist es wahr. Mehr kann ich dir nicht sagen.«

»Oh, das ist genug«, sagte Garnet und lehnte ihre Wange gegen die seine. »Es ist alles, was ich wollte.«

»Es ist keineswegs alles, was du wolltest. Du wolltest noch eine ganze Reihe weiterer Versicherungen für die nächsten vierzig Jahre.«

»Ich will es nicht mehr, John. Ich sagte dir bereits, daß ich hinfort immer nur noch an den nächsten Tag denken wolle.«

»Das hoffe ich«, sagte John, »es ist wahrhaftig das Beste, was wir beide tun können.«

Garnet hob den Kopf und sah ihm ins Gesicht. Sie sah die gebräunte Haut, die grünschimmernden Augen, die scharfen Linien um den Mund.

»John«, flüsterte sie, »warum hattest du solche Angst vor der Liebe?« Er sah sie verwirrt an. »Warum hast du dich immer so von allen anderen Menschen ferngehalten?« fuhr sie fort. »Hat dich denn nie jemand liebgehabt?«

Er schüttelte den Kopf.

»Ich meine nicht in der Art, wie ich dich liebe«, sagte sie. »Aber es muß doch Menschen gegeben haben, die dir nahestanden, die sich um dich kümmerten, für dich sorgten.«

»Aber nein«, sagte John. »Ich fürchte, das könnte sich so anhören, als wollte ich Mitleid erwecken; aber das will ich gewiß nicht.«

Garnet, die noch immer neben dem Bett kniete, setzte sich auf den Fußboden und sah ihn mit schmerzlicher Verblüffung an. »Aber du hast doch Vater und Mutter gehabt«, sagte sie, »sie müssen dich doch liebgehabt haben.«

»Vermutlich«, versetzte er trocken. »Aber wie soll ich das wissen? Sie starben, als ich gerade ein Jahr alt war.«

»Und was geschah dann mit dir?«

»Ich habe es dir, glaube ich, schon einmal gesagt: Ich wurde ein Objekt der Wohltätigkeit.«

Garnet sah ihn lange an. Sie sah die Härte in seinen Augen und die harten Züge um seinen Mund; er schien sich an nicht sehr angenehme Dinge zu erinnern. »John«, flüsterte sie, »was taten sie dir? Schlugen sie dich?«

»O nein.« John lächelte böse. »Sie kleideten mich wie einen Prinzen und hielten mir einen Hauslehrer, der mir Latein beibrachte. Und jedermann hämmerte mir immer wieder ein, was sie alles an mir täten und wie sehr ich ihnen deshalb zu Dank verpflichtet wäre. Dank!«

Das Wort hörte sich, wie er es jetzt aussprach, an wie ein Fluch. Aber dann schien ihn seine Heftigkeit zu reuen; und er fügte hinzu:

»Vermutlich beurteile ich sie ungerecht und jedenfalls viel zu hart. Sie hatten sehr wahrscheinlich nie die Absicht, mir etwas zuleide zu tun oder mich zu quälen. Aber ich konnte ihnen jedenfalls nie etwas recht machen. Du mußt wissen: ich war die Familienschande eines alten und vornehmen Hauses. Die Ives waren seit der Revolutionszeit in Virginia ansässig. Sie waren sehr reich und unwahrscheinlich stolz. Und mein Onkel Augustus war ein besonders typischer Vertreter dieser ehrenwerten Familie. Er besaß eine riesige Plantage und war eine Säule der Gesellschaft. Und selbstverständlich holte er sich auch seine Frau aus dieser Gesellschaft. Tante Edith war ohne Zweifel die vollkommenste Frau, die dieser Mann hätte finden können. Sie tat nie etwas, was man hätte im geringsten als unkorrekt bezeichnen können. Kennst du Frauen dieser Art, Garnet?«

Garnet wurde unwillkürlich an Mrs. Trellen erinnert, die Mutter des jungen Herrn, den sie einmal hatte heiraten sollen und der ihr immer so entsetzlich langweilig und wichtigtuerisch vorgekommen war. Die Bezeichnung, die sie seinerzeit für Mrs. Trellen gefunden hatte, fiel ihr ein. »Findest du, sie sah aus wie ein marmorner Grabengel?« fragte sie.

»Genau«, sagte John grinsend.

»Erzähl mir mehr von den Leuten«, bat Garnet.

»Nun«, sagte John, »Tante Edith und Onkel Augustus führten ein geruhsames Leben nach ihrem Sinne. Aber da war ein Fleck auf dem blanken Schild ihrer Familienehre. Und dieser Fleck war Augustus' Bruder Richard, mein Vater. Mein Vater war völlig aus der Art geschlagen. Er pflegte schon als junger Mann zu trinken, zu spielen und sein Geld mit entgegenkommenden Damen zu verschwenden.«

»John!« unterbrach ihn Garnet; aus ihrer Stimme klang Entsetzen.

»Was?«

»John, du willst doch nicht sagen, sie hätten dir das alles über deinen Vater erzählt?«

»Selbstverständlich taten sie das. Wie hätte ich es denn sonst erfahren sollen?«

»Aber wie konnten sie nur! Du warst doch ein Kind. Und sie konnten dich doch nicht entgelten lassen, was dein Vater tat.«

»So, meinst du?« sagte er. »Nun, sie dachten doch anders.«

Garnet schauderte es unwillkürlich bei dem Gedanken, was sie mit ihm angestellt hatten. John fuhr fort:

»Es kam jedenfalls schließlich so, daß mein Vater ein Mädchen heiratete, das als Putzmacherin in einem Hutgeschäft arbeitete. Die Familie hat dieses Mädchen nie zu Gesicht bekommen, sie hat auch niemals danach verlangt. Aber es war natürlich klar für sie, daß es sich um eine hergelaufene, berechnende Dirne handeln mußte, die sich meinen Vater wegen seines Geldes und seines guten alten Namens geködert hatte. Und sie waren nunmehr völlig überzeugt davon, daß John Richard ein kompletter, nichtsnutziger Narr sei.

Mein Vater erwarb ein Haus in Norfolk und warf sein Geld zum Fenster hinaus, um seiner jungen Frau allen möglichen Flitterkram zu kaufen. Unter anderem kaufte er auch ein hübsches Segelboot. Mit diesem Boot waren sie eines Tages unterwegs, als ein Sturm ausbrach. Das Boot kenterte, und meine Eltern ertranken. Die Leichen wurden ein paar Tage später von der Flut ans Land gespült.

Ich möchte annehmen, die Familie war mit dieser Wendung ganz zufrieden. Der nichtsnutzige Bruder konnte nun wenigstens keine weitere Schande mehr über sie bringen. Onkel Augustus hat vermutlich vor innerer Erleichterung aufgeatmet. Aber nun gab es da noch zwei bedauerliche Umstände. Der böse Bruder nämlich hatte einerseits rund fünftausend Dollar Schulden und einen einjährigen Sohn hinterlassen.

Augustus und Edith besprachen die Sache miteinander und fanden schließlich, sie seien nicht die Art Leute, die sich ihren Pflichten entzögen. Also bezahlte Augustus die Schulden meines Vaters, nahm das Kind ins Haus und erzog es zusammen mit seinen eigenen Kindern. Und alle Welt versicherte ihnen, daß sie ungewöhnlich edle Menschen seien. Sie fanden das zweifellos selber auch, jedenfalls umgaben sie sich mit ihrem Edelmut wie mit einem Heiligenschein und befleißigten sich, den an Kindes Statt angenommenen Neffen bis zu seinem achtzehnten Lebensjahr in jeder nur möglichen Weise zu foltern.

Sie quälten mich beileibe nicht körperlich, und sie dachten auch nicht daran, mich etwa hungern oder frieren zu lassen. Sie machten mir nur Tag für Tag klar, was alles sie für mich täten. Sie versuchten mir immer wieder zum Bewußtsein zu bringen, wie nötig ich es hätte, mich gut zu benehmen, und wieviel Dank ich ihnen schulde. Und dann stellten sie jedesmal gleich darauf fest, daß ich leider gar nicht gut und noch weniger dankbar sei. ›Werde nur nicht wie deine Eltern‹, warnten sie jeden Tag. Unterlief mir irgendein kindliches Mißgeschick oder fraß ich einmal irgend etwas aus, gleich bekam ich mit sanfter Stimme zu hören: ›Du benimmst dich ganz, wie sich dein Vater zu benehmen pflegte. Aber du wolltest doch nicht wie dein Vater werden, nicht wahr?‹ War mein Haar einmal ein bißchen vom Wind zerzaust oder hatte ich ein paar Flecke am Kittel, dann hieß es: ›Wenn die Leute vergessen sollen, was für eine gewöhnliche Person deine Mutter war, dann wirst du dafür Sorge tragen müssen, daß du selbst nicht gewöhnlich aussiehst.‹ Und die Schlußbemerkung solcher sich ständig wiederholender Erklärungen war dann immer die resignierte Feststellung: ›Was haben wir nicht alles für dich getan! Das ist nun der Dank!‹«

John lachte rauh: »Als ich vierzehn war, rückte ich aus. Leider griff man mich schon am nächsten Tag auf und brachte mich zurück. Du kannst dir vorstellen, wie entsetzt und empört sie waren. Was für ein verdorbener Bursche mußte ich sein, daß ich ein so glückliches Zuhause hatte und, statt es dankbar zu schätzen, davonlief!

Sie schickten mich dann zusammen mit meinem Vetter auf die Universität des Staates Virginia. Aber ich war nun so weit, daß ich ihre biedere Selbstgerechtigkeit nicht mehr ertrug. Ich faßte den Entschluß, den Leuten jeden Cent, den sie für mich ausgelegt hatten, mit Zinsen zurückzuzahlen. Und ich beschloß weiter, noch reicher als sie zu werden. Ich wollte in meinem ferneren Leben nie mehr von einem anderen Menschen abhängig sein.

Ich verließ die Universität und ging mit sechs Dollar in der Tasche nach Boston. Ich wußte, Boston war eine rührige und betriebsame Stadt; hier mußte es einem jungen Mann möglich sein, seinen Lebensunterhalt zu verdienen. Ich hatte Latein, Philosophie und Griechisch studiert, aber ich hatte nie gelernt, irgendeine Handarbeit zu verrichten. Also mußte ich versuchen, als ungelernter Arbeiter mein

Brot zu verdienen. Ich lungerte auf den Kais herum, half Schiffe entladen und trug Koffer und Gepäckstücke. Ich arbeitete zwölf bis vierzehn Stunden am Tag und wohnte in einer Kammer in einem billigen Mietshaus. Aber ich hatte zum erstenmal in meinem Leben das Gefühl, frei und unabhängig zu sein.

Freunde hatte ich nicht, und ich suchte auch keine. Ich kam mit meinen Arbeitskollegen gut aus, aber darüber hinaus fand ich keine Beziehung. Ich hielt mich auch freiwillig von ihnen fern, denn ich hatte Angst vor Intimitäten irgendwelcher Art. Ich hatte immer das Gefühl in mir, für alles bezahlen zu müssen, und ich wollte mir keine Verpflichtungen auferlegen.

Ich half Schiffsladungen von Häuten und Fellen aus Kalifornien löschen. Die Matrosen erzählten mir von den großen Ranchos im Westen; sie meinten, ein junger Amerikaner könne dort leicht einen Landbewilligungsbrief bekommen. Ich glaubte ihren Berichten entnehmen zu können, daß ein einigermaßen geschickter Bursche dort leicht zu Geld kommen könne. Nicht lange danach fand ich einen Job als Gehilfe eines Superkargos an Bord eines Schiffes, das um das Hoorn nach Kalifornien segelte. In Kalifornien angekommen, ging ich zunächst nach Los Angeles und fragte bei Mr. Abbott nach Arbeit.

Er nahm mich an, und ich arbeitete. Ich redete wenig und suchte keine Freundschaften. Und ich fand auch keine, bis ich auf Nikolai stieß. Aber Nikolai hat sich um mich bemüht, nicht ich um ihn. Nachher fand ich es nett, einen Freund zu haben. Aber der Gedanke, Nikolai könne vielleicht nach der Zuneigung eines Menschen gehungert haben, kam mir lange nicht. Aber ich mochte den großen, ungeschlachten Burschen. Als ich dann bald feststellte, wie sehr er an mir hing, war ich einigermaßen überrascht.

Aber ich habe auch mit Nikolai nie über meine eigenen Angelegenheiten und meine Vergangenheit gesprochen. Ich mochte Menschen nicht, die sich beklagten. Ich mußte dabei immer an meine ehrenwerte Tante Edith denken, deren selbstgerechtes Gejammer über meine Verdorbenheit ich nie aus dem Kopf bekam.« John stieß ein knurrendes Lachen aus. »Also«, sagte er, »nun habe ich dir alles erzählt, was ich bisher noch nie einer Menschenseele gesagt habe.«

Er hatte monoton und in seiner kurzen, abgehackten Manier gesprochen. Und eben dieser lapidare Ton bewegte Garnet mehr, als es die verzweifeltste Anklage vermocht hätte. Außerdem hörte sie weit mehr, als er sagte. Sie vernahm zwischen den nüchternen Sätzen das bittere und trotzige Weinen eines kleinen Jungen, der nicht begreifen konnte, warum niemand ihn liebte. Und sie spürte hinter seiner ruhigen Stimme den Panzer der Kälte und Gleichgültigkeit, den er sich anerzogen hatte, um sich vor neuerlichen Angriffen seitens anderer Menschen zu schützen.

Sie richtete sich auf, schlang ihre Arme um seinen Hals und flüsterte: »John, Lieber, ich liebe dich! Fühle doch, wie ich dich liebe!« Ihre Stimme zitterte ein wenig. Und dann fühlte sie beglückt, wie er den gesunden linken Arm um sie legte und sie fest an sich zog. Und zum ersten Male seit schier endloser Zeit fühlte sie geborgen.

Sechsundvierzigstes Kapitel

Garnet ritt mit Nikolai Grigorievitch nach Los Angeles zurück. Nikolai verweilte einen Tag in Silkys Haus und ritt dann wieder nach Santa Barbara. Schon nach kurzer Zeit war er indessen wieder da und brachte einen Zettel von John, den dieser wieder mit der linken Hand geschrieben hatte. Der Zettel enthielt nur die kurze Mitteilung, er breche jetzt mit dem Schiff nach San Francisco auf und werde so bald als irgend möglich zurückkommen. Dann würden sie heiraten.

Garnet arbeitete wieder an der Bar. Florinda hatte zwar gesagt, das sei nicht nötig; aber Garnet sah selbst, wie nötig es war. Der Santa-Fé-Treck war wieder da, und das Lokal war vom Morgen bis zum Abend voller Gäste.

Garnet freute sich, die alten Bekannten unter den Santa-Fé-Händlern wiederzusehen. Im vergangenen Winter hatte sie sie nicht zu Gesicht bekommen, denn als sie eintrafen, hatte sie mit Florinda bei Doña Manuela geweilt. Etwas unangenehm berührt war sie, als sie Penrose entdeckte. Sie hatte ihn inzwischen völlig vergessen. Aber er war wieder da, und er stierte Florinda unentwegt mit gierigen Augen an. – Wenn sie ihm doch sagen wollte, wie schäbig er sich benommen hat, als er sie damals halbtot auf Don Antonios Ranch zurückließ! dachte sie. Aber Florinda tat nichts dergleichen. Sie sah über Mr. Penrose hinweg. Wenn er sie anredete, machte sie nur eine kurz abwehrende Handbewegung: »Lassen Sie mich in Ruhe. Sie sehen doch, ich habe zu tun.«

Im übrigen schien sie keinerlei Ressentiments gegen ihn zu hegen. Als Garnet sie daraufhin ansprach, sagte sie es auch. »Ich bin ja schließlich nicht Penroses wegen mit dem Treck gezogen«, erklärte sie. »Ich wollte unter allen Umständen nach Kalifornien, und also brauchte ich jemand, der mich mitnahm. Penrose war wahrhaftig nicht der einzige, der mich damals haben wollte; aber ich habe ihn genommen, weil er mir dumm genug schien, um keine unnützen Schwierigkeiten zu machen. Ich wußte auch immer, daß er roh und gefühllos ist. Seine Erfolge als Händler verdankt er wahrscheinlich zum großen Teil seiner Gefühllosigkeit. Er benahm sich mir gegenüber, wie ich es erwartet und vorausgesetzt hatte. Warum also soll ich ihm noch heute böse sein? Er soll mich jetzt nur ungeschoren lassen. Er ist für mich nicht mehr als irgendein lästiger Kerl.«

Garnet hatte so wieder einmal Gelegenheit, Florindas kühlen Gleichmut zu bewundern. Florinda war eben durch eine sehr harte Lebensschule gegangen, und die hatte sie gelehrt, nie zuviel von den Menschen zu erwarten. Garnet beneidete sie fast um diese Erfahrung, weil sie selbst sie nicht hatte.

So gelang es ihr beispielsweise nicht, Frau Charles Hale gegenüber Gleichmut und Kühle aufzubringen. Sie war ihr zuwider, aber sie hatte gleichzeitig ihr gegenüber das Gefühl einer Schuld. Zwar war nicht gut anzunehmen, daß eine Frau einen Mann wie Charles aus Liebe geheiratet haben sollte; zwar wußte sie, daß Mrs. Hale durch Charles' Tod zu einer außerordentlich reichen Frau geworden war, aber alles das änderte nichts an der Tatsache, daß sie, Garnet, die Schüsse abgefeuert hatte, die Charles' Leben ein Ziel setzten. Lydia Hale wußte das nicht, aber es blieb ja nichtsdestoweniger wahr. Garnet war deshalb froh, als sie hörte, daß Mrs. Hale sich anschicke, mit der nun zur Hälfte ihr selbst gehörenden Brigg nach Boston zu segeln. Sie hatte die Hale-Ranch einem Amerikaner übergeben, der sie bis zu ihrer Rückkehr für sie verwalten sollte. Sie wollte in Boston nämlich nur ihre Vermögensangelegenheiten regeln und dann für immer nach Kalifornien zurückkehren. Garnet fand das außerordentlich beruhigend. Wenn Mrs. Hale nach Kalifornien zurückkam, würde sie selbst längst mit John verheiratet sein. Das Hale-Vermögen interessierte sie dann nicht mehr. Und es schien ihr auch ein gerechter Ausgleich, es der Frau zu belassen, der sie den Mann erschossen hatte. Ihr Gewissen war nicht ganz sauber bei diesem Handel, aber es war dies immerhin die einzige ihr gegebene Möglichkeit.

Einige Tag lang fragte sie sich, was wohl aus Captain Brown geworden sein mochte. Die anderen Offiziere waren wie früher jeden Tag in der Bar, aber Brown sah sie nie. Florinda erwähnte seinen Namen nicht, Garnet war überzeugt, sie würde das auch zukünftig ohne ausdrückliche Frage nicht tun. Eines Abends stellte Garnet diese Frage.

»Er ist in der Stadt«, antwortete Florinda. »Er wird auch wahrscheinlich hierbleiben müssen, bis das New Yorker Regiment abgemustert wird. Aber du wirst ihn nicht zu sehen bekommen, solange er es irgend verhindern kann. Ich mußte ihm sagen, wann du wiederkämest. Er bat mich ausdrücklich darum, und ich habe ihm die Bitte erfüllt.«

»Vermutlich haßt er jeden Zoll meines Körpers«, sagte Garnet leise.

»Nein«, entgegnete Florinda ruhig, »das tut er sicher nicht. Ich habe mehrmals sehr lange und sehr eingehend mit ihm gesprochen. Ich habe ihm erzählt, wie die Dinge zusammenhingen.«

»Was hast du ihm erzählt?«

»Ich habe ihm gesagt, du seiest entschlossen gewesen, ihn zu heiraten. ›Aber‹, sagte ich weiter, ›sie liebt Sie nicht mehr als etwa General Kearny. Zweifellos wäre sie Ihnen eine gute und treue Frau geworden, aber ebenso sicher wäre sie Ihnen in jeder Nacht ihres Lebens untreu gewesen, in Gedanken nämlich.«

»Das hast du ihm gesagt?«

»Das habe ich ihm gesagt, meine Liebe. Weil es schließlich die Wahrheit ist. Ich kann, wie du weißt, ausgezeichnet lügen, und es macht mir weiter nichts aus, aber es gibt Situationen, wo man die Wahrheit sagen muß. Ich glaube, es hat ihn ein bißchen hart getroffen, aber er hat es jedenfalls verstanden. Und ich denke, er wird schon darüber hinwegkommen. Ich soll dir ausrichten, er hoffe, dich nicht wiederzusehen; er sei der Meinung, das sei für beide Teile am besten.«

Garnet faßte Florinda beim Kopf und küßte sie auf die Stirn.

»Ich habe also in deinem Sinne gehandelt?« sagte Florinda.

»Du hast es besser gemacht, als es irgend jemand hätte machen können. Ich danke dir sehr.«

Garnet war etwa eine Woche wieder in Los Angeles, da erhielt sie von Mr. Abbott einen Brief. In dem Brief stand, der verstorbene Texas habe mehrfach geäußert, für den Fall, daß ihm einmal etwas zustoße, solle sein kleines Vermögen Mrs. Hale und ihrem Kinde gehören. Er habe zwar kein schriftliches Testament hinterlassen, da aber andererseits keine natürlichen Erben vorhanden seien, halte er, Mr. Abbott, es für richtig, den mündlich geäußerten Wunsch des Verstorbenen zu erfüllen. Nach Abzug aller noch offenen Rechnungsbeträge und Tilgung aller hinterlassenen Schuldverpflichtungen verblieben auf dem Konto noch rund tausend Dollar in Häuten und anderen Waren. Der Brief forderte Garnet auf, gelegentlich im Abbottschen Laden vorbeizukommen, damit die Übertragung des Guthabens auf ihr eigenes Depositenkonto vorgenommen werden könne.

Garnet kam sich sehr reich vor. In einer Stadt, wo der Lebensunterhalt fast nichts kostete, waren tausend Dollar ein Vermögen. Sie veranlaßte Mr. Abbott zunächst, der Señora Vargas, Texas' Wirtin, die immer treu für ihn gesorgt habe, einen Betrag von hundert Dollar auszuzahlen. Señora Vargas, die in ihrem ganzen Leben noch nie eine so große Geldsumme in der Hand gehabt hatte, kaufte sich einen roten Schal und ein Paar rote Schuhe und veranstaltete vor Freude eine Party, auf der sie sich, gleichfalls zum erstenmal in ihrem Leben, selber betrank.

»Ich will mein Versprechen wahr machen und auch Estelle für den etwa durch Texas' Tod in ihrem Hause entstandenen Verlust entschädigen«, äußerte Garnet zu Florinda. Tatsächlich war Estelles Etablissement des Mordfalles wegen ein paar Tage geschlossen gewesen. »Was meinst du: was soll ich ihr geben?« fragte sie.

Florinda dachte einen Augenblick nach: »Würden dir zweihundert zuviel sein?«

»Aber nein. Sie soll sie haben. Aber wie mache ich das? Mr. Abbott würde sicher entsetzt sein, wenn ich ihn aufforderte, das Geld von meinem auf Estelles Konto zu überschreiben.«

»Vermutlich«, sagte Florinda trocken. »Seine Weltvorstellung würde durcheinandergeraten. Weißt du, was? Laß das Geld meinem Konto überschreiben, und ich transferiere es dann an Silky. Da Silky und ich Geschäftspartner sind, wird sich Mr. Abbott dabei weiter nichts denken. Ich werde Silky sagen, daß du mir das Geld gegeben hast. Natürlich werde ich nicht verraten, daß du von seiner Teilhaberschaft an Estelles Haus weißt. Aber ich werde dabeistehen, wenn er die zweihundert Dollar an Estelle überschreibt.«

Garnet stimmte zu. Silky erwähnte die Angelegenheit ihr gegenüber nie, aber sie merkte, daß er sie mit ganz besonderer Ehrerbietung behandelte. Das ging so weit, daß er einige Male im Vorbeigehen sogar Stephen das Köpfchen tätschelte. Leute, die Geld bezahlten, ohne dazu Veranlassung zu haben, befanden sich zwar außerhalb seines Begriffsvermögens, aber obgleich er ihr Handeln nicht begriff, nötigten sie ihm doch heimlichen Respekt ab.

Garnet hatte inbrünstig auf einen ruhigen Winter gehofft, in dem sie sich etwas erholen könnte. Sie fühlte sich geistig und seelisch ausgelaugt und sehnte sich nach Ruhe. Sie würde mit John auf Torosa wohnen; ringsum würden die Halme des wilden Hafers auf den Hügeln im Winde wogen und die bunten Mohnfelder meilenweite Flächen bedecken. Im Geist sah sie schon die steilen Berge mit ihren ragenden schneebedeckten Gipfeln vor dem klaren Hintergrund des blauen Himmels. Da war überall Weite und Einsamkeit. Oh, sie hatte es nach diesen bewegten Jahren so nötig, in Frieden und Einsamkeit auszuruhen. Bei John würde sie geborgen sein.

Nun, falls es ihr wirklich beschieden sein sollte, in Torosa Frieden zu finden, in Los Angeles war es ihr jedenfalls nicht beschieden.

Bald nach ihrer Rückkehr aus Santa Barbara ereignete sich ein Unglücksfall in der Stadt, bei dem mehrere Menschen ums Leben kamen. Im Wachhaus der Kommandantur gab es eine Explosion, in deren Folge eine regelrechte Panik unter der Bevölkerung ausbrach. Dann kamen die üblichen Dezemberstürme, kam das Weihnachtsfest, das einen so lebhaften Betrieb im Lokal brachte, daß Garnet und Florinda vor Erschöpfung fast umfielen. Nach ein paar kurzen Ruhetagen kamen Silvester und Neujahr mit noch erhöhtem Betrieb, und dann gab es ein Erdbeben.

Es war an einem Tage im Januar. Garnet, Florinda und José bedienten an der Bar. Das Lokal war voller Männer. Florinda beherrschte seit langem die Kunst, mit vieren und fünfen zu gleicher Zeit zu sprechen. Tick-Tack zeigte ihr wieder einmal seine große, lauttickende Uhr und erzählte zum hundertsten Male ihre Geschichte. »Solange ich das gute Stück bei mir habe, passiert mir nichts«, versicherte er. Sein Freund Teufelswanze berichtete umständlich von einem Diggerkampf, den sie unterwegs zu bestehen gehabt hatten. Soldaten des New Yorker Regiments erzählten von einem Sturm, in den sie geraten seien, als sie gerade um Kap Hoorn segelten. Florinda flirtete mit allen zu gleicher Zeit, goß den Männern ihre Drinks ein und paßte genau auf, daß sie das Ausgeschenkte auch richtig bezahlt bekam. Das Licht der über ihr baumelnden Hängelampen warf huschende Schatten auf ihr Gesicht und ließ ihr silbernes Haar wie eine Gloriole aufblitzen.

José sah zu einer Gruppe noch sehr junger Soldaten hinüber, denen die Erzählungen der Santa-Fé-Händler offenbar zu viel Respekt abnötigten, als daß sie gewagt hätten, sich an ihnen vorbei an die Bar zu drängen. Garnet, am anderen Ende der Theke stehend, goß eben zwei Offizieren des New Yorker Regiments ihre Whiskys ein. Überall an den Tischen saßen Männer hinter ihren Bechern. Nikolai Grigorievitch lümmelte sich an der Bar herum, schlürfte seinen roten Wein und war offensichtlich mit sich und der Welt zufrieden.

»Hübsch warm hier drinnen«, sagte er, Garnet angrinsend, »draußen sehr, sehr kalt.«

Die beiden Offiziere streiften ihn mit leicht spöttischen Blicken und lächelten nachsichtig. Der Russe war für sie, wie für die meisten Menschen, eine Art exotisches Tier, ein amüsanter Barbar. Wahrscheinlich fanden sie, ein Mann von solcher Riesengröße nehme sich in einem Anzug aus gestickter Atlasseide einfach idiotisch aus. »Wollen Sie bitte mein Glas noch einmal füllen«, sagte einer der Offiziere, den Becher hinüberreichend.

Garnet wandte sich um, um die Whiskyflasche vom Bord zu nehmen. Im Augenblick, da sie nach der Flasche griff, kam sie ihr schon entgegen. Im gleichen Augenblick gab es einen heftigen Ruck im Fußboden; der ganze Raum schien zu schwanken; Garnet hatte das Gefühl, die Wand käme ihr entgegen; sie verspürte einen Stoß, wankte, verlor den Halt unter den Füßen und fiel so hart zu Boden, daß die von dem Anprall zusammengepreßten Zähne schmerzten. Drei Flaschen zersplitterten unmittelbar neben ihr am Boden und bespritzten sie mit Wein und Aguardiente; die Whiskyflasche fiel ihr in den Schoß und rollte dann davon. Sie hörte den Kasten der Bargeldkasse fallen und sah die Münzen auf dem Boden umherrollen. Gleichzeitig krachte, klirrte und polterte es auch an zahllosen anderen Stellen, war doch jeder, der stand oder saß, von dem Stoß zu Boden gerissen worden. Gebrüll und panische Schreckensrufe drangen an ihr Ohr. Dann hörte sie Nikolais Stimme: »Es ist gar nicht schlimm, Leute, passiert hier sehr oft.« Und Florindas Stimme durchdrang den Lärm: »Wenn die Erde noch einmal so wackelt, ziehe ich es vor, auf einem Baum zu wohnen.«

Garnet war ganz konfus. Noch immer schien alles um sie herum zu schwanken und auf sie zuzukommen. Und wenn ich noch tausend solcher Erdstöße erleben sollte, ich werde immer wieder zu Tode erschrecken, dachte sie. Sie hatte das Gefühl, ihr Hintern müsse ein einziger blutunterlaufener Fleck sein und sie werde wochenlang nicht darauf sitzen können. Sich mühsam aufrichtend, klammerte sie sich an der Bartheke fest; es schien dies wunderbarerweise der einzige fest stehende Gegenstand in einer schwankenden Welt.

Auf dem Fußboden kollerten noch immer Becher und Gläser zwischen Wein- und Schnapspfützen umher. Die Männer standen hier und da schon wieder auf; sie fluchten und schimpften, und viele hatten blutige Hände, weil sie sich an den Glas- und Tonscherben die Finger verletzt hatten. Nikolai Grigorievitch schien seine Beruhigungsrede auch vom Fußboden aus gehalten zu haben, denn er saß immer noch da; gerade schickte er sich an, aufzustehen. Seine blauseidene Mexikanerjacke hatte vorn einen Riß. Tick-Tack und Teufelswanze stützten einen Soldaten, der kaum älter als achtzehn Jahre sein konnte und der offenbar so entsetzt war, daß er noch nicht allein stehen konnte. Sie schüttelten ihn und rieten ihm, sich beizeiten an solche Späße zu gewöhnen. José sammelte die heruntergefallenen, aber nicht zerbrochenen Flaschen zusammen. Florinda hockte hinter der Bartheke auf dem Fußboden und sammelte die verstreuten Geldmünzen ein. Die meisten Soldaten eilten, sobald sie sich erhoben hatten, aus dem Lokal auf die Straße, ihrem Schrekken in lauten Worten Luft machend. Später würden sie vermutlich ihren Enkeln von dem »furchtbaren Erdbeben« berichten, das die Stadt Los Angeles im Jahre 1848 heimsuchte und das nicht weniger entsetzenerregend gewesen sei als der Feuerregen, der einst Pompeji zerstörte.

Das Haus stand mittlerweile ruhig und fest, als wäre nichts geschehen. Der Stoß war gekommen und vorübergegangen, nicht anders als ein Faustschlag. Nikolai Grigorievitch lehnte an der Bar und tastete über die Theke nach Garnets Hand,

»Es ist Ihnen nichts geschehen?« fragte er.

»Nein«, antwortete sie, immer noch atemlos, »nichts.«

»Und Sie, Florinda?«

Florinda stand hinter der Theke und hielt den Geldkasten mit beiden Händen an die Brust gepreßt. »Ich habe keine Ahnung«, sagte sie, »wenn mir etwas passiert sein sollte, so habe ich jedenfalls noch keine Zeit gefunden, es festzustellen.« Sie stellte den Kasten auf seinen Platz.

Auf der Straße war immer noch großes Geschrei und Gerenne. Garnet war durchaus nicht der einzige Mensch in Los Angeles, der sich an die Erdbeben nicht gewöhnen konnte. Die Tür hinter der Theke öffnete sich. Silky steckte den Kopf herein.

»Wir schließen besser zu«, sagte er, »bei der Aufregung, die augenblicklich in der Stadt herrscht, ist gute Zeit für Strolche, auf Beute auszugehen.«

Durch die offene Tür hörte Garnet den kleinen Stephen mordsjämmerlich schreien. Sie lief an Silky vorbei in die Küche. Stephen war auch umgeworfen worden; Isabel hatte ihn gerade aufgehoben. Die auf dem Herd kochende Abendmahlzeit war ins Feuer gefallen; sie hatte erst die aus dem Herd herausspritzende Glutasche wegfegen müssen. Garnet nahm ihr das Kind ab. Es hatte sich ziemlich heftig gestoßen, aber sonst nicht verletzt. Mit dem Kind auf dem Arm ging sie zur Bar zurück, um zu sehen, was dort etwa sonst noch geschehen sei.

Silky war eben dabei, den Spielsalon räumen und schließen zu lassen. Als Garnet den Barraum betrat, fragte Florinda, auf Stephen zeigend: »Es ist ihm doch nichts passiert?«

»Nein«, antwortete Garnet, »er hat nur wie seine Mutter einen ziemlichen Schrecken gekriegt.«

Am Türpfosten stehend, streichelte und beruhigte sie das Kind. Nikolai Grigorievitch lehnte immer noch an der Theke; alle anderen Gäste waren gegangen. José schloß eben die zur Straße führende Tür, wie Silky gewünscht hatte. Florinda hatte ihre von Wein und Whisky durchnäßten Handschuhe ausgezogen und trocknete sich die Hände an ihrem Rock. Eine Flasche Wein, die auf dem Regal bis an die vordere Kante gerutscht war, fiel herunter und zersplitterte zu ihren Füßen. »Verdammt!« sagte sie. »Immer noch mehr Bruch. Wir werden morgen nichts anderes zu tun haben, als das Lokal zu säubern.«

Und nun geschah etwas Aufregendes. Sie hatten in dem allgemeinen Tumult alle die beiden Lampen vergessen, die von dem Balken über der Bartheke herunterhingen. Die Lampen hatten immer dort gehangen; Silky hatte sie gekauft, als er das Lokal eröffnete. Er wollte nicht von Kerzen abhängig sein, die jeder Trunkenbold ausblasen konnte. Die Lampen hingen an Metallklammern, die in den Deckenbalken gebohrt waren. Niemand hatte bisher nach oben gesehen, und so war auch niemand aufgefallen, daß eine der Halteklammern gebrochen war. Bis zu eben diesem Augenblick, da die schwere Lampe den letzten schwachen Widerstand der gebrochenen Klammer überwand und fiel. Garnet hatte es im allerletzten Augenblick gesehen; in dem jähen Schreck, der sie durchfuhr, schienen ihr die Sekunden, welche die Lampe zu ihrem Sturz benötigte, eine Ewigkeit. Die Lampe fiel dicht neben Florinda zu Boden und zersplitterte mit einem silbrigen Klingen. Das Öl lief aus, die Flamme lief tänzelnd über das Öl, erfaßte den Saum von Florindas Rock und setzte das Kleid in Sekundenschnelle in Flammen.

Florinda stand regungslos, wie erstarrt. Ihre Augen waren weit aufgerissen und glichen blauen Porzellaneiern. Das Mädchen, das in keiner noch so schwierigen oder gefährlichen Situation bisher Ruhe und Selbstbeherrschung verloren hatte, verlor sie jetzt. Ihr Mund brach auf, ihre Arme reckten sich hilfesuchend in die Luft, ein gellender, markerschütternder Schrei brach aus ihrer Kehle. Silky kam aus dem Spielsalon herausgestürzt, stieß Micky beiseite, und Micky ließ vor Schreck den irdenen Topf fallen, den er gerade in der Hand hielt.

Es geschah alles in einem einzigen Augenblick. José, der noch an der Tür stand, glaubte Klirren und Schreie in der gleichen Sekunde zu vernehmen. Er fuhr herum, aber da er die Flammen hinter der hohen Bartheke nicht sehen konnte, wußte er nicht, was geschehen war. Er kam herangestürzt; aber bevor er den Bartisch noch erreichte, bevor Silky heran war, bevor Garnet sich mit dem Kind im Arm auch nur zu rühren vermochte, war Nikolai schon mit einem Panthersprung über die Theke gesetzt. Ohne eine Sekunde zu zögern, erfaßte er Florindas Rock mit beiden Händen und riß ihn ihr mit einem einzigen Ruck vom Leibe; die Unterröcke lösten sich gleichzeitig, und Florinda stand da in weißen Spitzenhosen und Bluse. Nikolai trampelte auf den Flammen herum und erstickte sie. Als Silky erschien und sich aufgeregt erkundigte, was der Lärm bedeute, war das Feuer schon gelöscht. Florinda aber vermochte sich offensichtlich nur mit Mühe aufrecht zu halten. Sie starrte auf ihre zerrissenen Unterröcke, die in einem wüsten besudelten Knäuel auf dem Fußboden lagen. Sie zitterte am ganzen Leibe, und ihr Gesicht war leichenblaß. Das blusenartige Oberteil ihres Kleides hing dort, wo Nikolai den Rock vom Mieder gerissen hatte, in Fetzen. Die gestärkten Spitzenrüschen ihrer Hosen bauschten sich unterhalb ihrer Knie, und das Licht der noch hängenden Lampe beschien ihre frivolen Seidenstrümpfe und ihre Glacélederhalbschuhe mit Seidenbändern. Sie rang offensichtlich darum, ihre Selbstkontrolle wiederzugewinnen.

»Danke schön!« stammelte sie. »Gott! Bin ich eine Närrin! Schreie wegen nichts – wenn mir jemand etwas bringen würde, das ich mir umhängen kann.«

Garnet machte ein paar Schritte auf sie zu, aber Nikolai hielt sie zurück. »Lassen Sie«, sagte er, »ich kümmere mich um sie.«

Er nahm Florinda wie ein Kind auf die Arme, und Florinda wehrte sich nicht. Der Russe sagte:

»Geben Sie die Tür frei, Silky, Miß Garnet, geben Sie das Kind Isabel und holen Sie eine Decke für Florinda.«

Sie traten beiseite, und er trug Florinda in die Küche und setzte sie dort auf die Wandbank. Isabel saß ebenfalls dort und heulte. Garnet reichte ihr das Kind und lief die Treppen hinauf.

Als sie mit der Decke kam, saß Florinda auf der Bank und lachte über sich selbst.

»Es tut mir leid«, sagte sie, »aber ich habe einen Mordsschrecken bekommen. Wahrscheinlich, weil die Lampe in dem Augenblick fiel, als ich gerade dachte, es sei alles in Ordnung. Danke schön, Garnet, deck mich zu, ein Mädchen kann in Herrengegenwart nicht vorsichtig genug sein.«

Sie lachte, aber das Lachen klang nicht wie sonst. Es klang blechern und unecht. Nikolai mochte das empfinden. Er nahm Garnet die Decke ab und hüllte Florinda sorgsam ein. Silky empfand nichts dergleichen; er wunderte sich nur, weil jemand, den er nur als ruhig und besonnen kannte, plötzlich die Nerven verlor und hysterisch wurde. Er ging in die Bar und holte das einzige Heilmittel, das er für Fälle dieser Art kannte: einen Becher Kognak. Florinda nahm den Becher, sagte: »Danke schön, Silky«, und setzte ihn an die Lippen. Sie roch den Alkohol, schüttelte sich und gab Nikolai das Getränk. »Oh, pfui Teufel, nein!« sagte sie. Doch lächelte sie gleich darauf Silky freundlich an. »Aber Silky«, kicherte sie, »wie oft muß ich Ihnen noch sagen, daß ich das Zeug nicht vertrage.«

Garnet lief auf die Veranda, um nachzusehen, ob das Wasserfaß noch dort stand. Aber es bedurfte ihrer Bemühung nicht, Micky hatte es fertiggebracht, einen halben Kessel heißen Wassers zu retten, der bei dem Erdstoß auf dem Herd gestanden hatte. Er bereitete schnell eine Tasse Tee. »Gesegnet seiest du, zitronengelber Knabe«, sagte Florinda, als er sie ihr brachte, und Micky lächelte still und höflich wie immer.

Stephen war mittlerweile auf Isabels Schoß eingeschlafen; er hatte seinen Schrecken überwunden. Garnet setzte sich neben Florinda auf die Bank. »Ich kann überhaupt nicht sitzen«, jammerte sie; ihre Vermutung hinsichtlich der Beschaffenheit ihres Hinterteils schien sich zu bewahrheiten.

Florinda saß zwischen Garnet und Nikolai und lächelte beide abwechselnd an. Sie trank in kleinen Schlucken ihren Tee und reichte Micky die Tasse zurück. »Darauf, daß du neues Abendessen kochst, warte ich nicht«, sagte sie, »die Versuchung, zu einem ungestörten langen Nachtschlaf zu kommen, ist zu groß, als daß ich ihr widerstehen könnte. Falls die Bar heute nicht mehr geöffnet wird, gehe ich zu Bett. Ich kann dann morgen früh aufstehen und das Lokal säubern.« Garnet ergriff eine von Florindas Händen; sie drückte sie leicht und spürte einen festen Gegendruck.

Dann sah sie die Narben auf dieser Hand, und es fiel ihr wie Schuppen von den Augen. Der Tag auf der Archilette fiel ihr ein; sie glaubte das glühende Eisen wieder in ihrer offenen Armwunde zu spüren. Und sie glaubte wieder Florindas über sich geneigtes Gesicht zu sehen. Es hatte eine fahlgrüne Farbe gehabt und war schweißüberströmt gewesen, geradeso, als ob Florinda und nicht sie den furchtbaren Schmerz hätte erleiden müssen.

Sie hatte sich schon vor langer Zeit vorgenommen, Florinda nie zu fragen, woher die Narben an ihren Händen und Handgelenken stammten. Jetzt hatte sie das Gefühl, das Geheimnis würde sich ihr bald entschleiern. Es ging ihr dabei so, als ritt sie einen Pfad hinunter und wisse, daß unten eine Ortschaft liege, die sie jetzt noch nicht zu sehen vermöchte. Aber wenn sie unten angekommen wäre, würde sie sie erblicken.

Siebenundvierzigstes Kapitel

Nikolai Grigorievitch ging durch die dunklen Straßen und Gassen zu Silkys Bar zurück. Er hatte sich in der Stadt umgesehen und festgestellt, daß das Erdbeben keine wesentlichen Zerstörungen angerichtet hatte. Die kleinen niedrigen Häuser aus ungebrannten Ziegeln waren so solide gebaut, daß sie auch einem Erdbeben widerstanden.

Die Menschen allerdings waren weniger unerschütterlich als ihre Häuser. Viele Leute waren in die Kirche gelaufen, um den Beistand und Schutz Gottes herabzuflehen. Andere irrten umher und suchten nach ihren Kindern, die im ersten Schreck hinausgelaufen waren und nun noch irgendwo zwischen dem wuchernden Unkraut und dem wilden Hafer umherirrten. Hier und da war auch geraubt und geplündert worden, denn es gab genug Strauchdiebe und Desperados am Ort, die sich nicht scheuten, die allgemeine Verwirrung und Kopflosigkeit für ihre dunklen Pläne auszunützen.

Das Militär tat sein Bestes, um Ruhe und Ordnung wiederherzustellen. Es waren überall verschärfte Doppelposten aufgestellt worden, Streifen patrouillierten in den Straßen und fahndeten nach verdächtigen Individuen, und überall mühten die Soldaten sich, Verletzten zu helfen und Kopflose zu beruhigen.

Nikolai Grigorievitch war mehrmals von Streifen angehalten worden und hatte allerlei Fragen beantworten müssen. Aber er war mit seiner imponierenden und aufsehenerregenden Erscheinung eine so bekannte Persönlichkeit, daß er sich jedesmal schnell wieder lösen konnte. Auch unter den Soldaten kannten ihn viele; er galt bei ihnen allgemein als harmloser Dummkopf, den man nicht weiter ernst nehmen mußte.

Micky, der Nikolai durch die Hintertür einließ, sagte ihm, daß »Miß Golnet« und »Miß Flinda« schon auf ihre Zimmer gegangen seien. »Leg dich hin, Micky«, grinste Nikolai, »ich will sehen, ob sie schlafen.«

Er nahm einen Leuchter und stieg leise die Treppe hinauf. Er war zwar noch nie hier oben gewesen, doch wußte er, auf welcher Seite die Zimmer der Mädchen lagen. Unter einer der Türen schimmerte Licht hindurch. Er ging zu der anderen Tür und klopfte leise an, erhielt aber keine Antwort. Er stellte den Leuchter auf den Fußboden und öffnete vorsichtig die Tür. Wie er vermutet hatte, befand er sich in Garnets Zimmer. Garnet schlief bereits, und auch Stephen schlummerte friedlich in seinem Bettchen. Er schloß die Tür wieder ohne das geringste Geräusch, nahm den Leuchter auf und ging zu der anderen, unter der das Licht durchschimmerte.

Drinnen knarrte etwas, dann ertönte Florindas Stimme: »Wer ist da?«

»Ich bin es, Nikolai Grigorievitch Karakozof«, sagte er Russe.

»O Ratten! Was wollen Sie hier?« Die Tür öffnete sich, und Florinda erschien in ihrem Rahmen. Sie war bereits ausgekleidet und hatte nur ein wollenes Schaltuch über das Nachthemd geschlungen. Das Bett hinter ihr war noch nicht aufgedeckt; sie hatte offenbar noch nicht gelegen. »Was fällt Ihnen ein, Sie Narr?« sagte sie, ihn mit halb verwunderten, halb ärgerlichen Blicken messend.

»Ich wollte sehen, ob Sie haben den Schreck überwunden«, lächelte Nikolai.

»Mir fehlt nichts«, versetzte Florinda, »verschwinden Sie!«

Der Russe schüttelte den Kopf: »Es sieht nicht so aus, als wären Sie schon ganz wieder in Ordnung. Deshalb – ich möchte ein bißchen bei Ihnen bleiben.«

Florinda lächelte ihn aus ihren großen blauen Augen ein klein wenig spöttisch an. »Mein kleiner Bär«, sagte sie, »mein hübsches, barbarisches Tier, ich brauche wirklich kein Kindermädchen. Machen Sie, daß Sie fortkommen, und lassen Sie mich schlafen!«

»Aber Sie schlafen nicht«, grinste der Russe. »Miß Garnet schläft. Sie hat – wie soll ich sagen? – ein unkompliziertes Gemüt. Aber Sie haben das nicht. Sie bewegen etwas in Ihrem Kopf, und deshalb ist es nicht gut, Sie jetzt allein zu lassen.«

»Sie neunmalkluger großer Affe!« kicherte Florinda. Aber sie schenkte ihm nun einen kleinen liebevollen Blick.

»Es ist kalt hier«, stellte Nikolai fest, »ich denke, wir gehen noch ein bißchen nach unten in die Küche. Sie sind auch ganz kalt. Ich sehe das. Und ich werde mit Ihnen bleiben in der Küche, bis Sie wieder warm sind.«

Florinda runzelte ein wenig die Stirn. Aber es hatte schließlich wirklich keinen Sinn, hier stehenzubleiben; es war tatsächlich kalt, und es war nicht anzunehmen, daß Nikolai Grigorievitch sich so leicht abweisen lassen würde. »Na schön«, sagte sie deshalb, »gehen wir noch einen Augenblick in die Küche hinunter.« Der Russe reichte ihr grinsend den Leuchter und folgte der Vorangehenden die Treppen hinab. Unten setzte Florinda sich auf die Wandbank, und Nikolai stocherte im Herdfeuer herum und legte Holz nach. Florinda sah die Flamme aufzüngeln, zuckte zusammen und starrte zu Boden. Nikolai kam mit seinen langen Schritten zu ihr herüber, sah sie liebevoll an und legte ihr eine Hand auf die Schulter.

»Florinda!« sagte er mit ungewohnt weicher Stimme.

Sie sah nicht auf.

»Florinda«, sagte Nikolai, und nun ging er unmittelbar zum Du über; es war, als spräche er zu einem trotzigen Kind, »du brauchst mir nicht zu erklären, warum dich das Feuer vorhin so erschreckte. Aber vielleicht – es wäre besser, du würdest es mir sagen. Es ist nicht gut, hineinzufressen, was quält.«

Florinda begann plötzlich zu zittern; sie schüttelte sich förmlich, und ihre Zähne schlugen wie im Frost aufeinander.

»Du wirst immer sehen müssen deine Hände«, sagte Nikolai, »du kannst ja nicht anders. Wirst sie müssen sehen dein Leben lang.«

Florinda starrte ihn an; sie atmete schwer.

»Du wirst tragen Handschuhe wie bisher«, fuhr der Russe fort, »und die Handschuhe werden verbergen deine Narben vor anderen Menschen. Aber sie werden sie nicht verbergen vor dir selbst.«

»Verdammter Kerl!« schrie Florinda, wie in aufbrechender Panik. »Verdammter Kerl!« Sie riß ihre Schulter unter seiner Hand los und maß ihn mit einem sonderbaren Blick. »Schön«, sagte sie, zu Boden blickend, »ich werde es dir erzählen. Ich werde dir erzählen, was ich noch keinem erzählte.« Sie atmete schwer. »Mein Kind ist verbrannt«, stieß sie heraus, »mein kleines Mädchen. Es hieß Arabella.«

Der Russe starrte sie an. Sie hatte ein Kind gehabt!

»Vielleicht begreifst du nun meinen panischen Schrecken«, sagte Florinda; sie sprach kurz und abgehackt, stieß die Sätze förmlich heraus. »Als die Flamme mein Kleid ergriff, konnte ich mich nicht mehr beherrschen. Ich sah wieder das Bild vor mir. Und so kam es wohl, daß ich schrie. Nun weißt du es also.«

Nikolai Grigorievitch antwortete nicht gleich. Als er schließlich sprach, schwang warmes Mitgefühl in seiner weichen, etwas singenden Stimme:

»Ich begreife. Entsetzlich! Welch ein furchtbares Unglück!«

Florinda verkrampfte die Hände. Sie ballten sich zu Fäusten, und die Narben traten blutrot hervor. »Unglück!« stieß sie zwischen den Zähnen hervor, »Mord war es, glatter Mord!«

Nikolai griff nach den zuckenden Fäusten, löste sie und ergriff ihre Hände. Sie hob mit einer sonderbar scheuen Gebärde die Augen, in denen jetzt ein unruhiges Glimmen war. Es schienen die Augen eines Kindes, das unvorstellbare Qualen erduldet hatte. Dicht neben ihr sitzend, hielt er ihre Hände fest.

»Eine betrunkene Bestie hat das Kind ermordet«, raunte Florinda. »Und diese Bestie war mein Mann. Ich hatte ihn geheiratet, weil er mir goldene Berge versprochen hatte. Und ich glaubte damals, einen Menschen zu brauchen. Es war schwer für mich mit dem Kind. Ich trat im ›Schmuckkasten‹ auf; das war ein Varietétheater in New York. Ich verdiente einen Haufen Geld, aber ich hatte immer Angst um Arabella. Ich fragte mich, was aus dem Kind werden sollte, wenn ich einmal stürbe. Es konnte mir etwas zustoßen; meine Mutter ist auch jung einem Unfall zum Opfer gefallen. Ich konnte den Gedanken nicht ertragen, daß meine Tochter es einmal ebenso schwer haben sollte wie ich. Ich habe meine Kindheit in einer verkommenen Hütte mit zerbrochenen Fenstern verlebt, und ich habe mit acht Jahren auftreten und Geld verdienen müssen. Arabellas Vater kümmerte sich nicht um sie; er hat sie nie gesehen, und ich erwartete auch nichts von ihm. Er war ein schwerreicher Mann und lebte in einer anderen Welt. Er war großzügig gewesen, als er erfahren hatte, ich erwarte ein Kind. Er hatte mir ziemlich viel Geld gegeben. Aber er gehörte einer der alten New Yorker Familien an, und seine Mutter hätte wahrscheinlich den Verstand verloren, wenn sie erfahren hätte, ihr Sohn unterhalte ein Verhältnis mit einer Varietékünstlerin. Ich war mir vollkommen klar darüber, daß ich in irgendeiner Not mit ihm nicht würde rechnen können.

Deshalb also heiratete ich die Bestie William Cadwallader Mallory. Solange wir nicht verheiratet waren, tat er so, als fände er Arabella reizend. Er heiratete mich aber nur, um aus seinen Spiel- und Trinkschulden herauszukommen. Seine Familie hatte ihn ausgestoßen und ein für allemal enterbt. Ich hatte ziemlich viel Geld auf der Bank und sehr viel Schmuck. Und er sagte sich, das alles würde, wenn er mich heiratete, auch ihm gehören. Ich verstand von solchen Dingen nichts, ich war dumm und närrisch und in Rechtsdingen völlig unerfahren.«

Es strömte jetzt aus Florinda heraus, alles in diesen kurzen, abgehackten Sätzen. Alles, was sich in Jahren in ihr angestaut hatte, suchte nun zum erstenmal Wort und Ausdruck zu finden. Nikolai unterbrach die Erregte nicht.

»Nachher war es dann zu spät«, fuhr Florinda fort. »Ich konnte mich nicht scheiden lassen, und ich konnte ihn auch so nicht loswerden. Ich gab meine Stellung auf und verkroch mich vor ihm mit dem Kind. Aber er spürte mich immer sehr bald wieder auf. Und er war immer betrunken, wenn er kam, und er wollte immer wieder Geld. Eines Tages wurde er eingesperrt, zusammen mit anderen Burschen, mit denen er sich auf der Straße herumgeprügelt hatte. Ich atmete auf. Ich wollte die Stadt verlassen, solange er im Gefängnis saß, und ich wollte dafür sorgen, daß er mich nie mehr fände. Ich hatte mich bereits nach einem Schiff umgesehen und alles vorbereitet. Eines Nachmittags stand ich in meiner Stube und bügelte meine Kleider. Im Kamin brannte ein großes, helles Feuer, in dem ich die Eisen glühend hielt. Arabella spielte am Fußboden herum; sie war zwei Jahre alt, in dem Alter, wo Kinder dazu neigen, nach allem zu greifen. Da ich nicht genügend auf sie achthaben konnte, setzte ich sie mit ihren Puppen auf ihr Stühlchen und band sie daran fest. Ich hatte Angst, sie könnte an das Feuer oder an die heißen Eisen kommen. Meine Kleider und meine Wäsche lagen überall im Zimmer verstreut, ein paar Koffer waren schon halb gepackt; in einem Kästchen, das auf dem Tisch stand, befanden sich meine Schmucksachen. Ich stand am Tisch und bügelte und sang dabei, und Arabella versuchte auch zu singen. Ich freute mich, bald aus New York heraus zu sein, und scherzte mit dem Kind. Und dann ging die Tür auf, und in ihrem Rahmen stand William Mallory.«

Florinda atmete schwer; es hörte sich an wie ein Röcheln.

»Der Gouverneur hatte ihn aus dem Gefängnis entlassen«, sagte sie. »Er war wie immer betrunken, aber nicht so, daß er nicht gewußt hätte, was er tat. Er wußte sehr genau, was er wollte. Er versuchte, ohne lange zu reden, den Schmuckkasten an sich zu bringen, den er gleich beim Eintritt auf dem Tisch gesehen hatte. Ich ergriff das Kästchen und schrie, er solle seine Finger davon lassen; der Schmuck gehöre meinem Kind. – Er brüllte: ›Zum Teufel mit dem Bastard!‹, stieß das Stühlchen mit dem Fuß beiseite und sprang auf mich zu, um mir die Kassette zu entreißen. Ich hörte Arabella schreien und wollte zu ihr, aber er hatte mich gegen die Wand gepreßt und verdeckte mir für ein paar Minuten die Sicht. Ich ließ die Kassette fallen und schlug mit den Fäusten nach ihm. Und dann sah ich, über seine Schulter hinweg, was er getan hatte. Er hatte sie samt dem Stühlchen in das offene Kaminfeuer gestoßen. Ich hatte das Kind ja selbst an dem Stühlchen festgebunden, und so hatte es sich nicht befreien können. Nun sah ich mit eigenen Augen, wie es bei lebendigem Leibe verbrannte.«

Florinda würgte und schluckte; ein Zucken lief durch ihren Körper. »Ich bin in diesem entsetzlichen Augenblick wohl zum Tiger geworden«, keuchte sie; »ich weiß nicht, woher mir die Kräfte kamen. Aber ich warf den Mann mit einem einzigen Ruck zu Boden und stürzte zum Kamin, um mein Kind zu retten. Das Stühlchen war wie Feuerholz weggebrannt. Arabella brannte noch lichterloh. Ich riß es heraus, warf es auf den Fußboden und wickelte es in einen Teppich, um die Flammen zu ersticken. Ich weiß nicht, ob ich geschrien habe. Ich weiß nur, daß ich das Feuer zu löschen suchte. Das ganze Zimmer war von dem widerlichen Geruch brennenden Fleisches erfüllt. Und dann fühlte ich förmlich die lautlose Stille ringsum. Arabella war tot, ein verkohltes Stück Fleisch. Die Juwelen lagen noch überall auf dem Boden verstreut. Mallory war nicht mehr da.«

Nikolai hatte dem grausigen Bericht schweigend zugehört. Seine

Kinnbacken mahlten, und seine Augen waren ganz dunkel. Er flüsterte, und das Grauen schwang in seiner Stimme: »Er war geflohen. Er wußte, du hättest ihn umgebracht, wenn du ihn noch vorgefunden hättest.«

»Ja«, sagte Florinda, »aber ich wußte in diesem Augenblick, daß ich ihn finden und daß ich ihn umbringen würde. Zunächst konnte ich gar nichts tun, denn ich konnte meine Hände nicht gebrauchen. Aber ich wußte, sobald ich auch nur die Finger würde bewegen können, würde ich ihn töten. Ich ging zu einem Arzt und ließ mich behandeln. Und ich folgte allen seinen Anweisungen. Ich achtete nicht auf die schier unerträglichen Schmerzen, ich übte und übte unentwegt, immer nur von dem einen Gedanken besessen, den Mörder meines Kindes töten zu müssen. Sobald die Brandwunden notdürftig verheilt waren, kaufte ich mir einen Revolver und übte mich im Schießen. Mit dem Revolver in der Tasche ging ich durch die Straßen und suchte alle Lokale ab, in denen er zu verkehren pflegte. Ich fand ihn schließlich in einem Spielsalon. Ich ging zum Roulettisch, ohne mich umzusehen und ohne darauf zu achten, wer mich sah. Er erblickte mich und versuchte zu fliehen. Es muß wohl in meinem Gesicht gestanden haben. Ich zog den Revolver und feuerte. Ich traf ihn genau in die Stirn.

In dem sofort einsetzenden Tumult kam ich aus dem Lokal heraus und auf die Straße. Es war tief in der Nacht, der Regen strömte vom Himmel, und es war so dunkel, daß man keine Hand vor den Augen sehen konnte. Und wahrscheinlich wäre nie etwas auf die Sache gefolgt, wenn sich drinnen im Spielsalon nicht unmittelbar darauf eine andere Tragödie ereignet hätte. Am Roulettisch befanden sich nämlich unter anderem in jenem Augenblick zwei Herren der New Yorker Gesellschaft namens Selkirk und Reese. Die beiden hatten einen heftigen Streit miteinander gehabt, weil Reese ein Liebesverhältnis mit der Frau Selkirks unterhielt. Sie waren beide mit Pistolen bewaffnet, und unmittelbar nachdem ich Mallory erschossen hatte, hob Reese aus einem jähen Entschluß heraus seine Waffe und schoß Selkirk eine Kugel in den Kopf. Als bald darauf die Polizei eintraf, behauptete er dann, ich hätte beide Männer erschossen. Eines betrunkenen Strolches wie Mallorys wegen hätte sich zweifellos niemand aufgeregt, aber der Selkirk-Mord verursachte einen riesigen Skandal. Ich mußte fliehen. Meine Freunde von der Bühne kamen heimlich zu mir und waren mir behilflich. Sie brachten mich verkleidet auf ein Schiff.«

Florinda schwieg; sie strich sich mit einer müden Bewegung das bloße Haar aus der Stirn.

Nikolai Grigorievitch, noch immer ihre Hände haltend, sagte leise: »Du hast diese Geschichte seit damals noch keinem Menschen erzählt, nicht wahr?«

»Nein«, antwortete Florinda, den Kopf schüttelnd. »Ich konnte nicht. In mir war alles zu. Es konnte nicht heraus.« Und nach einer kleinen Pause: »Aber nun ist es doch gut, daß ich es mir einmal vom Herzen reden konnte.«

Sie saßen eine Weile stumm nebeneinander. Dann sagte Nikolai: »Der – Vater deines Kindes hat also auch nie davon erfahren?«

»Doch«, entgegnete Florinda. »Eine Kollegin vom Theater hat es ihm erzählt. Und als ich schon auf dem Schiff war, kam er noch einmal zu mir.

Das war eine merkwürdige Begegnung. Ich habe nie einen Menschen so reden hören. Er hat sich nie im geringsten um Arabella gekümmert, ja, er hatte sie, wie gesagt, nicht einmal gesehen, aber nun, da sie auf so grauenhafte Weise gestorben war, mochte sein Gewissen erwachen. Er lief auf und ab und beschimpfte sich selbst. Er tauge nichts, sagte er, und er werde wahrscheinlich nie etwas taugen. Er war so zerknirscht, daß ich ihn schließlich noch trösten mußte, ganz so, als hätte er und nicht ich das Furchtbare durchgemacht.

Ach, was er alles redete in dieser Nacht! Er sagte, ich sei das einzige Mädchen, das er wirklich geliebt habe. Und er hätte sich nie von mir getrennt, wenn seine Mutter nicht hinter unser Verhältnis gekommen wäre und gedroht hätte, ihn ohne einen Dollar auf die Straße zu setzen, wenn er noch einmal mit mir zusammenträfe. Er hatte schreckliche Angst vor seiner Mutter. Sie habe auch bereits eine Frau für ihn ausgewählt, erzählte er mir, ein nettes Mädchen aus sehr gutem Hause, das er wahrscheinlich werde heiraten müssen. Das Mädchen sei wirklich reizend, und vielleicht werde er trotz allem glücklich mit ihr werden. Oh, Nick, ich saß da und hörte ihm zu, er sprach mit einer ganz weinerlichen Stimme und, ob du es glaubst oder nicht, er tat mir schrecklich leid. Der Himmel weiß, ich habe ihn niemals wirklich geliebt, er war für mich nicht mehr als ein netter Junge, der Geld hatte, und wenn er nicht der Vater Arabellas gewesen wäre, hätte ich ihn wahrscheinlich längst vergessen gehabt. Aber nun fühlte ich solches Mitleid mit seiner Zerknirschung, daß es fast wie Liebe aussah.«

Florinda schüttelte den Kopf, als könne sie sich nicht genug über die seltsamen Wege wundern, die Menschen auf dieser Welt zu wandeln gezwungen waren. Sie nahm ihre Hände hoch und betrachtete sie. Das hatte sie noch nie in Nikolais Gegenwart getan. Nach einem Weilchen sagte sie leise:

»Du hast mich einmal gefragt, warum ich keinen Alkohol trinke; erinnerst du dich?«

»Gewiß«, antwortete er, »ich habe mich oft nach den Gründen gefragt.«

Sie nickte.

»Du weißt, es ist ein langer Weg von New York bis New Orleans. Damals auf dem Schiff hatte ich viel Zeit zum Nachdenken. Ich fragte mich, wie das alles nur hatte geschehen können. Warum war es mir nicht möglich gewesen, einen Kerl wie Mallory rechtzeitig zu durchschauen. Ich bin schließlich dahintergekommen. Ich hatte Mallory auf einer Party kennengelernt. Er spendierte mir gleich beim erstenmal und auch später immer, wenn wir zusammen waren, die teuersten Getränke. Ich brauchte aber nur ein paar Gläser Champagner zu trinken, dann veränderte sich vor mir die Welt. Alles begann zu fluten und zu schweben; Menschen und Dinge veränderten sich, ich sah sie nicht mehr, wie sie waren, sondern wie ich sie sehen wollte, und ich hatte keinerlei Selbstkontrolle mehr. Der geringste Alkoholgenuß genügte, um in meinem Kopf eine heillose Verwirrung anzurichten. Ich hatte wohl gehört, daß es so etwas gab, aber ich hatte keine Ahnung, daß ich selbst zu den Menschen gehörte, auf die Alkohol eine solche Wirkung ausübt. Auf der Reise nach New Orleans wurde mir das plötzlich bewußt. Die Erkenntnis war schrecklich für mich, ich machte mir fortgesetzt Vorwürfe. Ich sagte mir, daß ich diesen Mallory nie geheiratet haben würde und daß mein Kind nicht hätte auf so grauenhafte Weise umkommen müssen, wenn der Alkohol nicht in den entscheidenden Augenblicken meine Sinne umnebelt hätte. Ich war so verzweifelt und haßte mich selbst so sehr, daß ich oft nahe daran war, über Bord zu springen.

Und dann beschloß ich, von Stund an keinen Tropfen Alkohol mehr zu mir zu nehmen. Es war gar nicht leicht, diesen Entschluß durchzuhalten. Deshalb hat mir Texas immer so leid getan. Ich weiß, wie Menschen dieser Art zumute ist. Sie können nicht dagegen an, und kein Mensch kann ihnen helfen.« Sie zuckte die Achseln. »Ja«, sagte sie, »ich glaube, das ist alles.«

Zwischen ihnen war nun ein langes Schweigen. Florinda saß gegen die Wand zurückgelehnt auf der Bank und hatte die Hände hinter dem Kopf verschränkt. Sie schenkte Nikolai ein kleines, fast schüchternes Lächeln; er sah die Müdigkeit in ihrem Gesicht.

»Nun bist du müde«, sagte er leise.

»Ja, Nick, ich bin sterbensmüde. Aber ich fühle mich sehr viel wohler. Ich danke dir, Nick.«

Nikolai stand auf.

»Geh jetzt zu Bett«, sagte er, »ich lege mich hier in der Küche hin.«

»Das ist lieb von dir, Nick.«

»Aber – du könntest mir ein paar Decken geben.«

»Ja, gewiß. Komm mit!«

Sie gingen zusammen hinauf. Nikolai blieb am Treppenabsatz stehen und wartete, bis sie ihm die Decken brachte. Er ging in die Küche zurück und sah dann noch einmal vor die Tür. Der dunkle Himmel zeigte am Horizont bereits einen silbernen Streifen; der Morgen war nicht mehr fern. Die Stadt war völlig ruhig. Nikolai ging ins Haus zurück, verriegelte die Tür und schlich auf Zehenspitzen noch einmal die Treppe hinauf.

Er klopfte an Florindas Tür, erhielt aber keine Antwort. Er öffnete leise die Tür und sah in dem schwachen Licht, daß sie bereits schlief. Er trat leise an ihr Bett und sah sie an. Ihr Gesicht war von den blonden Wogen ihres Haares wie von silbernen Wellen umflossen. Sie atmete tief und regelmäßig, um ihre Lippen spielte ein friedliches Lächeln. Er beugte sich über das Bett, strich ihr mit kaum spürbarer Bewegung über das Haar und küßte sie sacht auf die Stirn.

Achtundvierzigstes Kapitel

Garnet wartete sehnsüchtig, daß John aus San Francisco zurückkommen möchte.

Zunächst hatte sie nur ein etwas unsicheres Gefühl, weil er so lange schwieg, aber allmählich bekam sie es mit der Angst. Sie wußte, er war sicher in San Francisco angekommen, denn er hatte sie gleich darauf benachrichtigt. General Kearny hatte einen Kurierdienst zwischen den Garnisonen von San Francisco und San Diego eingerichtet. Da es noch keine Post gab, nahmen die Kuriere zuweilen auch Briefe von Zivilisten mit. Diese Gelegenheit hatte John wahrgenommen, um Garnet eine Nachricht zukommen zu lassen.

Der Brief war, wie alle Briefe Johns, nur sehr kurz. Er schilderte mit knappen Worten, daß die Reise in den Norden ziemlich stürmisch verlaufen sei; das Schiff habe zwanzig Tage nötig gehabt, um von Santa Barbara nach San Francisco zu kommen. Ernsthafte Schwierigkeiten habe es aber nicht gegeben. Er selbst sei im wesentlichen wiederhergestellt, schrieb John weiter, seine Boys hätten gut für ihn gesorgt, er könne wieder laufen und, wie Garnet ja an diesem Brief sehen könne, auch die Hand wieder gebrauchen. In wenigen Tagen verließe er San Francisco, dann wolle er sich die erworbenen neuen Landstriche ansehen, und anschließend komme er nach Los Angeles, worauf sie unverzüglich heiraten würden.

Aber der Januar ging vorüber, der Februar und schließlich auch noch der März. John kam nicht.

Garnet war an sich kein Mensch, der übertriebenen Befürchtungen Raum gab. Gleichwohl wanderten ihre Gedanken unruhig hin und her. Was konnte ihm schließlich nicht alles zugestoßen sein! Oder wollte er etwa nicht kommen? Bei diesem Gedanken fühlte sie den schnellen Schlag ihres Herzens. Nein, das konnte doch nicht sein. Das war von einem Menschen wie John nicht zu erwarten. Sie war sicher, daß er es ihr rückhaltlos sagen würde, wenn sich in seinen Gefühlen für sie etwas änderte.

Warum aber kam er nicht?

Sie hätte es als eine Erleichterung empfunden, mit Nikolai darüber reden zu können. Aber Nikolai hatte Los Angeles schon bald nach dem Erdbeben verlassen. Er hatte noch zahllose Vorbereitungen für seine Rußlandreise zu treffen.

Florinda suchte Garnet zu trösten. Sie wisse doch, wie schwer es sei, während des Winters zu reisen, sagte sie. San Francisco sei vierhundert Meilen weit entfernt, die Regenfälle im Norden seien immer besonders schwer, und die Berge lägen voller Schnee. John könne gezwungen sein, besseres Wetter abzuwarten.

»Das möchte für jeden anderen ein Hinderungsgrund sein«, versetzte Garnet, »aber gewiß nicht für John. Was John will, erreicht er auch. Du kennst ihn doch.«

»O ja«, sagte Florinda, »ich kenne John.«

Es war spät in der Nacht; sie saßen in Florindas Zimmer. Florinda hockte auf dem Fußboden und ordnete den Inhalt ihrer Truhe, in der sie ihre Kleider und ihren Schmuck aufbewahrte. Garnet sah ihr zu, wie sie die Schmuckkassette in die Truhe stellte und einen bunten Seidenschal darüber breitete. »Ich glaube, du siehst es immer noch nicht gern, daß ich ihn heirate«, sagte sie.

Florinda blickte auf. »Wie kommst du darauf?« fragte sie. »Ich glaube im Gegenteil, du solltest ihn wirklich heiraten, weil du sonst für den ganzen Rest deines Lebens unglücklich würdest.«

»Trotzdem habe ich den Eindruck: du bist nicht sehr davon begeistert.«

»Meine liebe Garnet«, sagte Florinda, »ich möchte mich nicht in deine Angelegenheiten mischen. Es ist nur: John und ich sind einander sehr ähnlich. Wir haben beide ein Leben lang einsam gelebt, in einer Art, die du nie kennengelernt hast. Es ist sehr schwer, plötzlich mit solchen Gewohnheiten zu brechen. Ich habe mich schon oft gefragt, wie John es nur fertiggebracht hat, sich einem anderen Menschen so ganz hinzugeben.«

Garnet sah nachdenklich vor sich hin. »Ob da der Grund für sein langes Ausbleiben liegt«, sagte sie. »Vielleicht kommt er gar nicht auf den Gedanken, ich könnte mich seinetwegen sorgen, da sich vermutlich nie ein Mensch seinetwegen Sorgen gemacht hat.«

Florinda nickte: »Das glaube ich. John geht augenblicklich seinen Geschäften nach. Er ist mit allen seinen Gedanken bei der Sache. Wenn er erledigt hat, was er erledigen wollte, wird er hierherkommen. Und er wird überhaupt nicht begreifen, warum du dir Sorgen machtest. ›Ich habe dir doch gesagt, ich käme, sobald ich könnte‹, wird er dir sagen, ›nun also, hier bin ich.‹«

»Glaubst du, er wird immer so sein?«

»Wie soll ich das wissen? Ich meine nur, jemand, der ein Leben lang daran gewöhnt war, seinen eigenen Weg zu gehen, wird sich nur schwer umstellen können. Du kannst dich doch auch nicht ändern. Du wirst dich vielleicht ein bißchen anzupassen versuchen, wirst hier und da ein wenig nachgeben, aber im Grunde wirst du bleiben, wie du bist. Und du bist nun einmal nicht aus Gelee.«

»John würde mich gar nicht haben wollen, wenn ich aus Gelee wäre«, sagte Garnet.

»Nein«, bestätigte Florinda, »das würde er nicht. Aber ich glaube, er würde dich zusammenboxen, wenn du nicht so wärest, wie er dich haben will.«

Sie sprachen nicht weiter darüber. Als Garnet aufstand, um in ihr Zimmer zu gehen, sagte Florinda lächelnd: »Vielleicht sehe ich John falsch, meine Liebe, aber ich glaube es nicht.«

Am nächsten Morgen begaben sie sich zu Mr. Abbott, um Stoff für ein paar neue Frühlingskleider zu kaufen. Es war ein strahlender Tag; die kleinen Senf- und Anispflanzen streiften die Säume ihrer Röcke. »Auf dem Rückweg wollen wir ein paar Pflanzen für das Mittagessen pflücken«, sagte Florinda. Garnet wurde von einem Gefühl schmerzlicher Wehmut durchzuckt. Sie erinnerte sich daran, wie John ihr seinerzeit den Anis und den Senf gezeigt und ihr erklärt hatte, daß man ihn kochen könne.

Mr. Abbott begrüßte die beiden Damen sehr herzlich und rief nach Mr. Collins, damit er die feinen Baumwollstoffe vorführe, die er eigens für sie reserviert habe. Während Mr. Collins die Stoffballen aufrollte, fragte er, ob die Damen irgendwelche Neuigkeiten gehört hätten. Er selber steckte voller Neuigkeiten. Am frühen Morgen waren einige Soldaten dagewesen und hatten das Neueste von Colonel Frémont erzählt. Schlimm war es mit dem armen Frémont, sehr schlimm! Er habe immer eine Vorliebe für den Mann gehabt, versicherte Mr. Abbott. Nun hätten die Boys erzählt, daß er vors Kriegsgericht gekommen sei. Man habe ihm Meuterei und Befehlsverweigerung vorgeworfen, habe ihn für schuldig befunden und aus der Armee ausgestoßen. Mr. Abbott schüttelte bekümmert den Kopf. »Schlimm für den Mann«, sagte er, »der Präsident hat das Urteil bestätigt. Da Frémont aber ein großer Entdecker war, soll ihn weiter keine Strafe treffen. Es bleibt trotzdem schlimm genug.«

Garnet interessierte sich nicht sonderlich für Colonel Frémont, und im Augenblick schon gar nicht, da ihr ihre eigenen Probleme unausgesetzt im Kopf herumgingen. Ob Mr. Abbott irgend etwas aus San Francisco gehört habe? fragte sie. Mr. Abbott fuhr sich mit der Hand über seine umfangreiche Glatze; offenbar dachte er nach. »Viel ist in letzter Zeit nicht durchgekommen«, versetzte er schließlich, »das Wetter war zu schlecht.« Indessen, Mr. Abbott mochte es gar nicht, daß jemand dachte, er könne eine an ihn gerichtete Frage nicht beantworten, deshalb begann er jetzt von San Francisco zu erzählen. »Eine großartige Stadt!« sagte er. »Eine typisch amerikanische Stadt! Und sie wächst rasend schnell. Die Leute kommen von Oregon herunter und auch sonst überall her. Es gibt Hotels und Zeitungen, und jetzt wird sogar ein Schulhaus gebaut. Nur zu wenig Frauen sind da. Auf eine Frau kommen vier Männer, und alte Jungfern wird es da niemals geben.« Er kicherte, und Garnet lachte auch, aber es waren dies nicht eben die Neuigkeiten, die sie aus San Francisco gerne gehört hätte.

Mr. Abbott klatschte plötzlich in seine fetten Hände und blickte an den beiden Frauen vorbei über den Ladentisch. »Gott segne meine Seele!« rief er. »Wo kommen Sie her? Bitte treten Sie ein.«

Garnet und Florinda wandten sich um und sahen Nikolai Grigorievitch Karakozof in der Tür stehen.

Garnets Herz begann beim Anblick des Russen heftig zu schlagen. Vielleicht wußte Nikolai etwas von John. Aber sie erhielt zunächst keine Gelegenheit, ihn danach zu fragen, da jedermann im Laden den Eingetretenen zuerst begrüßen wollte. Mr. Abbott, Florinda, Mr. Collins und ein zufällig im Laden anwesender eingesessener Ranchero stürzten sich auf ihn, um ihm die Hände zu schütteln. Nikolai erklärte, er sei erst in der Nacht in Los Angeles angekommen. Er wollte seinen hiesigen Freunden Lebewohl sagen, denn er gehe nun endgültig nach dem Norden hinauf, wo sein Schiff in wenigen Tagen abfahrbereit sei. Er sei völlig verstaubt und schmutzüberkrustet angekommen und habe sich deshalb zunächst zu seinem Freund Señor Cereceda begeben, um sich zu säubern und ein paar Stunden zu schlafen. Dann sei er zu Silky gegangen, und dort habe José ihm gesagt, daß die Damen sich bei Mr. Abbott befänden.

Mr. Abbott rief laut nach Wein und Bechern, schalt Florinda, weil sie von vornherein verzichtete, und versicherte, es werde sie noch einmal gereuen, daß sie die kostbarste Gottesgabe verschmähe. Sie glaube nicht, lachte Florinda, sie könne es nun einmal nicht ändern; der Wein verursache ihr Übelkeit. Die anderen tranken auf die Gesundheit des Russen, auf sein Glück und auf eine gute Reise nach St. Petersburg. Während des Trinkens und Redens wandte sich Nikolai leise an Garnet und fragte: »Wo ist John?«

Garnet spürte einen trockenen Kloß in ihrer Kehle anwachsen, der ihr die Luftröhre zuzuschnüren drohte. »Ich weiß es nicht, Nick«, flüsterte sie, »ich hoffte, Sie würden es mir sagen können.«

Nikolai schüttelte den Kopf; er schien überrascht. »Ich habe ihn nicht gesehen«, sagte er. »Ich war auf meiner Ranch. Auf dem Weg hierher bin ich über Torosa geritten, aber Johns Leute hatten auch nichts von ihm gehört. Nun dachte ich, ich würde ihn hier treffen. Haben Sie auch keinen Brief bekommen?«

»Nein«, antwortete Garnet, »seit jenem ersten Brief, mit dem er mir die glückliche Ankunft in San Francisco meldete, keine Zeile mehr.«

Die Überraschung stand noch immer in Nikolais Gesicht, aber

dann lächelte er Garnet beruhigend an: »So weite Reisen sind schwierig während der Regenzeit«, sagte er.

Garnet konnte nicht antworten. Das alles schien so sinnlos. Es war jetzt der erste April. Sie war überzeugt, daß nicht die Wetterverhältnisse John zurückhielten. Wenn er es ernsthaft gewollt hätte, wäre er längst gekommen.

Florinda streichelte mit beruhigender Gebärde Garnets Arm und bemühte sich dann, das Gespräch auf andere Dinge zu bringen. Sie fragte Nikolai nach seinen Reisevorbereitungen. Er habe einen Verwalter engagiert, erklärte Nikolai, einen prächtigen Burschen aus Oregon. Die Zeit der großen Landverschreibungen war in Kalifornien vorbei; die Männer, die jetzt kamen, mußten sich mühen, eine Anstellung auf den großen Besitzungen zu finden. Für den Fall, daß er im Laufe von zehn Jahren nicht zurückkäme, hatte Nikolai Grigorievitch seinen gesamten Besitz John überschrieben. Die Verschreibung hatte er bei sich und wollte sie hier in Los Angeles beim amerikanischen Alkalden, Mr. Foster, hinterlegen.

»Zehn Jahre!« riefen die Anwesenden beinahe gleichzeitig.

Der Russe zuckte die Achseln und lächelte. Der Zar schicke leider nicht jedes Jahr ein Pelzschiff nach Kalifornien. Und die Reise dauere sehr lange, mindestens ein Jahr, möglicherweise auch anderthalb Jahre.

»Wie weit ist es denn, um Gottes willen, von hier bis St. Petersburg?« fragte Florinda.

»Vielleicht zehntausend Meilen«, entgegnete der Russe. »Vielleicht auch etwas mehr oder weniger; ich weiß es nicht genau.«

»Pfui Teufel!« sagte Florinda und stieß einen höchst undamenhaften Pfiff aus. »Wie fahrt ihr denn dann?«

»Um Kap Hoorn herum, dann den Atlantischen Ozean hinauf, und schließlich durch die Nord- und die Ostsee.«

»Was ist Ost- und Nordsee? Wo ist das?«

»Ich weiß es nicht«, sagte Nikolai. »Ich wiederhole nur, was der Kapitän mir gesagt hat. Wahrscheinlich bin ich ja schon auf dem gleichen Wege hierhergekommen, aber wie sollte ich wissen, wie die einzelnen Gewässer hießen, die wir durchfuhren, als ich war ein Kind?«

»Eine solch endlose Reise! Du wirst an Skorbut sterben.« Florinda konnte sich gar nicht beruhigen.

»Oh«, lächelte Nikolai, »ich bin ja auch gekommen hierher, ohne zu sterben an Skorbut.«

»Ich muß sagen, du bist großartig. Nick. Deine Ruhe ist wunderbar«, stellte Florinda fest.

Nikolai zuckte die Achseln: »Ich habe die große Reise geplant sehr, sehr lange. Ich will und muß Rußland wiedersehen. Warum sollte ich mich fürchten?« Er sah sie alle der Reihe nach an und lächelte, dann sagte er, wieder zu Florinda gewandt: »Ich muß nun gehen zu Mr. Foster. Wenn du mich würdest zum Abendessen einladen, ich wäre sehr glücklich.«

»Du bist eingeladen«, sagte Florinda.

Nikolai winkte allen herzlich zu und verließ den Laden. »Also gut, ich möchte den Kalikostoff nehmen«, sagte Florinda, wieder zum Ladentisch gewandt. »Könnte ich vielleicht auch ein paar große weiße Knöpfe haben?«

Garnet kaufte auch etwas Kalikostoff, aber ihre Gedanken waren nicht bei der Sache. Sie waren auf der Suche nach John. Auch Nikolais Weggang schmerzte sie; sie würde ihn sehr vermissen. Ob es ihm in St. Petersburg gefallen würde?

Das Essen am Abend verlief in halb fröhlicher, halb wehmütiger Stimmung. Alle fragten sich, ob und wann sie wohl noch einmal so beieinandersitzen würden wie jetzt. Als die Frauen schließlich nach oben gingen, sagte Florinda:

»Ich glaube, Garnet, dieser große, ungeschlachte Wilde ist der netteste und zugleich der anständigste Mann, den ich je kennengelernt habe. Wenn er es nicht gut haben sollte in Rußland . . .« hielt sie inne und zuckte resigniert die Achseln. Wenn sie nicht gut zu ihm wären in Rußland, würde sie es nicht ändern können.

Garnet räumte Wäsche weg, die Isabel in ihr Zimmer gelegt hatte, und fand einen Unterrock, der Florinda gehörte. Sie brachte ihn ihr ins Zimmer. Florinda kniete auf dem Fußboden vor ihrer Truhe und hatte die offene Schmuckkassette vor sich. Als Garnet hereinkam, sagte sie:

»Ich wollte dich eben rufen, Gernot. Sieh her, möchtest du das haben?«

Garnet setzte sich neben sie. Florinda hielt einen Ring mit einem großen Aquamarin in der Hand.

»Aber Florinda«, sagte Garnet, »wie käme ich dazu –?«

»O bitte, nimm ihn«, bat Florinda. »Ich weiß, daß du ihn magst. Und ich möchte gern, daß du ihn trägst. Er ist ja auch wirklich ganz hübsch.«

»Er ist nicht nur hübsch. Er ist auch sehr wertvoll.«

Florinda zuckte die Achseln. »Ein Vermögen schenke ich dir nicht mit dem Ring«, sagte sie. »Aquamarine sind keine besonders wertvollen Steine. Außerdem, ich mache mir nichts daraus.«

Sie warf Garnet den Ring in den Schoß. Garnet nahm ihn zwischen zwei Finger. Das Kerzenlicht lockte blaugrüne Funken aus dem Inneren des Steines. Es mochte sein, daß der Ring nicht besonders kostbar war, aber sicher war er zu kostbar, um ihn so einfach in den Schoß geworfen zu bekommen. »Florinda«, sagte sie leise, »denkst du etwa, ich sei böse wegen der Bemerkungen, die du gestern abend über John machtest? Ich bin dir gewiß nicht böse. Ich habe dich um deine Meinung gefragt, und es ist selbstverständlich, daß du mir sagtest, was du dachtest.«

»Oh, das hat überhaupt nichts miteinander zu tun!« versicherte Florinda. »Ich hatte schon immer vor, dir diesen Ring zu schenken. Ich will ihn nicht mehr haben. Vielleicht erinnerst du dich, daß ich ihn an Doña Manuela loswerden wollte, aber die wollte ihn ja nicht, sie wollte lieber die silbernen Knöpfe haben. Magst du ihn wirklich nicht?«

»Er ist herrlich«, sagte Garnet, »aber ich möchte, daß du ihn selber behältst.«

»Ich mag ihn nicht mehr«, beharrte Florinda.

Garnet drehte den Ring und ließ das Kerzenlicht wieder auf den Stein fallen. »Du könntest ihn umfassen lassen, wenn du ihn nicht als Ring tragen willst«, sagte sie, »zum Beispiel als Anhänger für eine Kette. Er würde sich auf deinem Hals großartig ausnehmen.«

Florinda antwortete nicht. Garnet drehte noch immer den Stein. Als sie nach einem Weilchen aufsah, stellte sie fest, daß Florinda sie beobachtete. Auf ihren Lippen spielte ein verwundertes Lächeln. Als Garnet dieses Lächeln sah, wurde ihr bewußt, daß sie, verwirrt durch das ständige Denken an John, eben zum erstenmal das Versprechen gebrochen hatte, das sie sich damals im Hotelzimmer von New Orleans selbst gegeben hatte. Sie hatte Florinda gegenüber nie auf die Narben an deren Händen und Armen hinweisen wollen. Eine heiße Welle lief über ihr Gesicht. Florinda, immer noch mit dem leicht erstaunten Lächeln auf den Lippen, sagte:

»Weißt du eigentlich, Garnet, daß du eben zum erstenmal darauf hingewiesen hast, daß mit meinen Händen etwas nicht in Ordnung ist?«

Garnet senkte die Augen. »Ich wollte es auch jetzt nicht tun«, sagte sie leise, »es ist mir so herausgefahren.«

»Aber beunruhige dich doch deswegen nicht, Liebe«, sagte Florinda, »sieh mich an.«

Garnet hob den Kopf. Auf Florindas Gesicht stand ein warmherziges Lächeln. Sie sagte: »Hättest du mich damals in New Orleans gefragt, wie ich zu den Narben an meinen Händen gekommen sei, ich hätte dir die Antwort schuldig bleiben müssen. Damals war das alles noch zu frisch, und ich hatte Tag für Tag einen inneren Kampf mit mir selber auszufechten, um auch nur weiterzuleben. Ich wartete fortgesetzt darauf, daß du fragen würdest. Und ich hatte die Antwort, ich sei ausgeglitten und mit den Händen in das Kaminfeuer gefallen, schon bereit. Aber du fragtest mich nicht. Und ich wußte damals sofort, was du für ein Mensch warst und was ich von dir zu halten hatte. Ich wußte, du warst ein prachtvoller Kerl, Garnet. Glaube mir, ich hätte damals nicht darüber sprechen können. Heute kann ich es.«

Garnet schüttelte den Kopf: »Du brauchst es nicht, Florinda.«

»Gewiß brauchte ich es nicht, aber jetzt möchte ich es selbst. Weißt du, in einer Nacht hatte ich ein langes Gespräch mit Nikolai. Ich habe ihm alles erzählt, und hinterher fühlte ich mich freier als jemals zuvor, seit das damals geschah. Es war geradeso, als hätte ich mein Inneres gereinigt. Und du, Garnet, bist meine beste, ja meine einzige Freundin, und ich möchte nicht, daß noch irgendein Geheimnis zwischen uns steht.«

»Du brauchst mir nichts zu erzählen«, sagte Garnet mit leiser Stimme, »ich denke – ich weiß es.«

»Du weißt? Wie könntest du denn?«

»Ich – vermute natürlich nur. In der Nacht nach dem Erdbeben kam mir der Gedanke, es müsse mit – deinem kleinen Mädchen zusammenhängen.«

Florinda nickte. Sie zitterte nicht; sie konnte es nun ertragen, daß über die Sache gesprochen wurde. Garnet sagte: »Du konntest nicht über dein Kind sprechen. Und du konntest nicht über deine Hände sprechen. Du ertrugst den Geruch verbrannten Fleisches nicht. Ich sah dein Kleid brennen, als die Lampe herunterfiel, hörte dich schreien und sah deine Augen. Der Tag auf der Archilette fiel mir ein. Da habe ich mir die Dinge denn zusammengereimt.«

Florinda hatte mit wachsendem Erstaunen zugehört. »Seit dem Erdbeben sind über drei Monate vergangen«, sagte sie. »So lange wußtest oder ahntest du wenigstens – und hast nichts gesagt? Hast nie ein Wort darüber fallenlassen?«

»Nein, und ich hätte das auch nie bewußt getan. Ich wußte ja auch nicht, daß es dich erleichtern würde, wenn du dich aussprechen konntest.«

»Du Liebe, du!« flüsterte Florinda. Sie hob ihre Hände auf und betrachtete sie. »Es sieht längst nicht mehr so schlimm aus wie zuerst«, sagte sie. »Die Narben sind nicht mehr so rot. Sie sehen freilich immer noch schlimm genug aus.«

»Aber du kannst mit den Händen arbeiten. Und die Halbhandschuhe, die du immer trägst, sind sehr kleidsam.«

»Oh, ich werde schon damit fertig. Manchmal fragt mich irgendein Boy, warum ich immer Handschuhe trüge. Ich habe schon die verrücktesten Antworten auf solche Fragen gegeben.« Sie bewegte die Finger. »Einige Dinge kann ich nicht tun«, sagte sie. »Ich kann die Hände zu Fäusten schließen – siehst du? Aber ich kann die Finger nicht spreizen. Auf dem Klavier könnte ich keine Oktave mehr greifen; auch Gitarre könnte ich nicht spielen. Und ich kann – wie dir ja aufgefallen sein dürfte – keine feinen Näharbeiten verrichten. Aber ich nähe trotzdem ganz gut.«

Sie sprach ruhig und sachlich; es schien sie nicht mehr zu quälen, über diese Dinge zu reden. Immer noch auf ihre Hände blickend, fuhr sie fort:

»Ich bin froh, daß du es weißt. Zukünftig kann ich dich nun ohne weiteres bitten, dies oder das für mich zu tun, weil es mir selbst zu schwer fällt. Bisher ging das ja nicht.«

Sie nahm den Blick von den Händen und sah Garnet voll ins Gesicht.

»Vorbei«, sagte sie, »reden wir nicht mehr davon.« Sie griff nach dem Aquamarinring. »Ich werde diesen Ring nie tragen«, sagte sie, »auch den Stein nicht. Und ich werde dir auch sagen, warum. Ich habe ihn von dem Vater meines kleinen Mädchens.«

»Oh, das verstehe ich«, sagte Garnet leise.

»Er hat mir ziemlich viel Schmuck geschenkt«, fuhr Florinda fort, »er war reich und auch großzügig in solchen Dingen. Ohne das Kind hätte ich mit keinem Gedanken mehr an den Mann gedacht und ebensowenig an seine Geschenke. Aber nachdem das Kind tot war, konnte ich kein Stück mehr sehen, das ich von ihm geschenkt bekommen hatte. Deshalb habe ich fast alles in New Orleans verkauft. Für den Ring da wollte mir der Juwelier nicht geben, was er wert war, deshalb behielt ich ihn, um ihn später zu verkaufen. Aber nachdem ich dann hierherkam, ergab sich keine Gelegenheit mehr dazu.

Wenn du ihn also haben willst, nimm ihn bitte. Du brauchst wirklich nicht zu glauben, du beraubtest mich.«

Vielleicht tue ich ihr einen Gefallen, wenn ich ihn nehme, dachte Garnet, tragen werde ich ihn gewiß ebensowenig wie sie. Florinda war mit den Gedanken wohl in der Vergangenheit; sie lächelte:

»Er war eigentlich ein netter Kerl, Arabellas Vater, ein charmanter und amüsanter Bursche. Der witzigste Plauderer, den ich jemals kennengelernt habe. Was mag wohl aus ihm geworden sein?« Sie hob plötzlich den Kopf, als falle ihr etwas ein. »Garnet . . .«, rief sie aus.

»Ja? Was hast du?«

»Das müßtest du eigentlich herausbekommen können.«

»Ich? Wieso?«

»Es ist doch sehr gut möglich, daß einer der New Yorker Jungen, die hier in Garnison liegen, ihn kennt. Selber möchte ich nicht gern nach ihm fragen. Er war damals, als ich ihn zum letztenmal sah, ganz zerknirscht wegen der Sache, und außerdem stand er im Begriff zu heiraten. Ich möchte nicht, daß einer der Boys ihn belästigt, wenn er wieder nach New York kommt. Er stammt übrigens aus deinen Kreisen. Vielleicht kennst du ihn gar selbst. Du kannst deshalb ganz ungeniert fragen, so per Gelegenheit und ganz nebenbei: ›Sagen Sie, ich denke da gerade an einen alten Freund . . .‹ Sag, könntest du das nicht?«

»Aber selbstverständlich«, antwortete Garnet, »warum nicht? Ein merkwürdiger Gedanke übrigens: ich könnte einen deiner damaligen Verehrer persönlich gekannt haben. Wie heißt er denn?«

Florinda gab ihr den Ring. »Da nimm«, sagte sie. »Er gehörte der vornehmen Gesellschaft aus der Bleecker Street an. Henry Trellen, wenn dir der Name was sagt!«

Garnet ließ den Ring fallen; er rollte mit einem leisen Klirren auf den Fußboden. »Nein!« sagte sie.

»Was ist los?« Florinda starrte sie an. »Kanntest du ihn etwa wirklich?«

»Ja«, sagte Garnet. Weiter konnte sie vorläufig nichts sagen. Henry Trellen, dieser langweilige, aufgeblasene Narr, dieses hölzerne Nichts! Und Florinda hatte eben gesagt, er sei der witzigste Plauderer, den sie jemals kennengelernt habe. Henry Trellen, der mit ihr den Broadway entlangspaziert war und auf ihre Bemerkung, sie sei noch nie im »Schmuckkasten« gewesen, geantwortet hatte: Ich bin überzeugt, Miß Cameron, die in diesem Etablissement gebotene Art der Unterhaltung würde Sie weder amüsieren noch belehren. Henry Trellen und Florinda! Es war nicht auszudenken! Garnet keuchte mit heiserer Stimme:

»Florinda, wann hast du Henry Trellen kennengelernt?«

»Als ich im ›Schmuckkasten‹ auftrat. Zum letztenmal sah ich ihn in der Nacht, als ich New York verließ. Er erzählte mir bei der Gelegenheit – was ist, Garnet?«

Florinda brach ab.

»Wann?« sagte Garnet. »Wann war das? Wann hast du New York verlassen?«

Florindas Augen wurden groß und größer; auch ihre Stimme hatte jetzt einen seltsamen Klang. »Im August 1844«, antwortete sie. »Er erzählte mir bei der Gelegenheit, seine Mutter habe ihm eine Frau ausgesucht. Garnet – wollte er etwa dich heiraten?«

»Ja, das wollte er. Im September darauf, kurz bevor ich Oliver begegnete. Er sagte dir, seine Mutter habe ein Mädchen für ihn ausgewählt?«

»Ja. Und er meinte auch, sie habe eine sehr gute Wahl getroffen. Es sei ein sehr nettes Mädchen, und er hoffe, glücklich mit ihr zu werden.«

»Er meinte mich«, sagte Garnet.

Florinda sah sie verwirrt an. »Eigentlich«, sagte sie nach einer Weile, »eigentlich sollte ich gar nicht so überrascht sein. Vermutlich gab es gar nicht so viele Mädchen in New York, die Mrs. Trellens Wünschen entsprachen. Du stammst aus einer guten Familie, hattest eine gute Schulbildung, warst jung, hübsch und gebildet – sehr wahrscheinlich dachte sie, einem Mädchen wie dir müsse es gelingen, ihren Sohn von einem Mädchen wie mir fernzuhalten.«

»Und er wußte natürlich nichts Besseres, als seiner Mutter zu gehorchen«, lachte Garnet. »Dieser Narr! Aber das hätte ich mir auch schon damals denken können.«

»Aber – Garnet . . .«, Florinda legte ihr eine Hand auf den Arm. »Ja?«

»Wußtest du, daß es sich bei Henry Trellen um einen schwerreichen Jungen handelte?« Ehrfurcht vor dem Reichtum klang aus ihrer Stimme.

»Aber ja«, sagte Garnet, »jeder wußte das. Er galt als die beste Partie von New York.«

»Und trotzdem brachtest du es fertig, ihn abzuweisen?«

»Das erforderte wahrhaftig weiter keine Anstrengung. Er langweilte mich zu Tode.«

»Er langweilte dich? Aber Garnet, Henry Trellen war nie langweilig. Er war einer der amüsantesten Männer der Stadt.«

»Wie merkwürdig! In deiner Gesellschaft vielleicht. Mag sein, daß er sich dort freier und leichter fühlte als bei mir. In meiner Gegenwart jedenfalls . . .«.

Sie konnte nichts weiter sagen. Sie hätte lachen mögen, aber sie konnte es auch nicht. Ihr war gleichzeitig nach Weinen zumute, aber es ging ebensowenig. Sie saßen beide auf dem Fußboden nebeneinander und starrten sich an.

Garnet dachte zurück. Henry Trellen hatte sich in ihrer Gesellschaft nicht frei zu geben vermocht, weil er Mädchen wie Florinda brauchte. Wahrscheinlich hatte er immer Angst, sie könnte ihm einen schlechten Geschmack zutrauen, und in der Folge könnte seine Mutter dann seinen Geschmack gleichfalls verdächtigen, diese Mutter, die aussah wie der Marmorengel eines Grabmonuments. Nun, offensichtlich war die Mutter auch ohnedies hinter seinen besonderen Geschmack gekommen und hatte nun alles getan, um ihn von Florinda zu lösen. Um das zu bewerkstelligen, hatte sie die hübsche und kluge Miß Cameron ausgewählt, und der brave Sohn hatte widerstandslos gehorcht.

Auch Florinda dachte an Henry Trellen zurück. Sie dachte an den erbarmungswürdigen Anblick, den er geboten hatte, als sie ihm erzählte, was mit dem Kinde geschehen war, das er nie gesehen hatte. Sie dachte daran, wie leid er ihr getan hatte.

Florinda tat Henry immer noch leid, der arme Henry, der eigentlich niemals darauf ausgegangen war, etwas Böses zu tun, der aber auch nie den Mut aufgebracht hatte, gut zu sein. Der arme Henry, der durch das Leben gehen und Geld ausgeben würde, das er nicht verdient hatte, und der immer nur sehr wenig Freude für sein Geld haben würde. Florinda hatte nichts dagegen einzuwenden, daß Männer ihr Geld durchbrachten, am wenigsten, wenn sie es mit ihr durchbrachten. Indessen, wenn sie auch keine Achtung für Henry Trellen hatte, so hatte sie doch allerhand Achtung vor seinem Reichtum, und sie begriff nicht, daß Garnet für diesen Reichtum offenbar nicht den geringsten Respekt aufbrachte. Die Tatsache nötigte ihr so viel Bewunderung ab, daß sie minutenlang sprachlos war.

»Garnet«, sagte sie schließlich, »wie alt warst du damals?«

»Achtzehn«, versetzte Garnet, »beinahe neunzehn. Warum?«

»Und da warst du bereits so klug? Garnet, ich möchte dir etwas sagen. Ich werde nie wieder ein Wort darüber verlieren, daß du John

Ives heiraten willst. Du bist klug genug, um alles zu tun, was du willst.«

»Danke«, sagte Garnet und unterdrückte mühsam ein Kichern. Florinda nahm den Ring mit dem Aquamarin auf und betrachtete ihn: »Was fangen wir nun damit an? Willst du ihn haben?«

»O nein«, wehrte Garnet ab, »ich will ihn nicht.«

»So werden wir ihn eben aufheben«, versetzte Florinda, »eines Tages werden wir jemand finden, dem wir ihn schenken können.«

Dagegen hatte Garnet nichts einzuwenden.

Sie hatte nicht viel Schwierigkeiten, einen New Yorker unter den Soldaten zu finden, der Henry Trellen dem Namen nach kannte. Der Name Trellen war ja auch in ganz New York bekannt. Ein junger Sergeant erinnerte sich an ihn. Er hatte ihn zwar nicht persönlich kennengelernt, aber er hatte einen Onkel, der mit dem Hause Trellen Geschäfte tätigte. Soviel er wußte, lebte Henry noch immer in der Bleecker Street. Als der Sergeant New York verließ, war er noch unverheiratet gewesen. Auf Garnets Frage, was er tue, zuckte der Boy die Achseln: Nichts, seines Wissens. Er habe noch nie etwas getan, habe es ja auch nicht nötig.

Florinda lächelte spöttisch, als Garnet ihr das Ergebnis ihrer Erkundigungen berichtete. »Schön«, versetzte sie gleichmütig, »wieder etwas, das ich aus meiner Erinnerung ausradieren kann.«

Am Abend kam Nikolai Grigorievitch und erklärte, dies sei sein letzter Abend in Los Angeles. Am nächsten Morgen müsse er nach San Francisco reiten und an Bord des ausfahrtbereiten Schiffes gehen.

Garnet hatte sich bis zu diesem Augenblick, da es Ernst wurde, nie vergegenwärtigt, wie lieb der Russe ihr inzwischen geworden war. »Können Sie wirklich nicht warten, bis John kommt?« fragte sie.

Nikolai schüttelte trübselig den Kopf. »Ich kann auf gar nichts mehr warten, Garnet«, antwortete er, »wenn ich morgen früh nicht reite, fährt das Schiff ohne mich ab.«

Nachdem sie das Lokal geschlossen hatten, kam Nikolai mit den Mädchen in die Küche. Während Micky diesen ihre Abendschokolade brachte, öffnete Nikolai ein Bündel und kramte seine Abschiedsgeschenke heraus. Für Isabel hatte er ein Halsband aus Kunstperlen, für Silky ein Paar gestickter Lederhandschuhe und für Stephen ein hölzernes Pferdchen auf Rädern. Er lieferte den Mädchen die Geschenke ab, denn Isabel war schon nach Hause gegangen, Silky weilte bei irgendeinem liebenswürdigen Mädchen, und Stephen schlief bereits oben in seinem Bettchen. Micky zog die Filzschuhe, die Nikolai ihm mitgebracht hatte, gleich an und lächelte dankbar sein höfliches Lächeln, und Nikolai holte die Geschenke für Garnet und Florinda heraus. Er brachte beiden eine schlichte goldene Brosche. »Es sollte etwas sein, was ihr jeden Tag tragen könnt«, sagte er, »damit ihr jeden Tag an mich erinnert werdet.«

Plötzlich, Nikolai hielt die Hände beider Mädchen in seinen großen Pranken und drückte sie, ertönte von draußen ein Ruf:

»Garnet – Micky – Florinda – wer gerade da ist, laßt mich 'rein!«

Garnet war schon beim ersten Laut aufgesprungen. Die goldene Nadel fiel klirrend auf den Tisch; Florinda rettete sie davor, hinunterzufallen. Sie kannte die Stimme da draußen ebensogut wie Garnet. Und auch Nikolai kannte sie gut. Es war John, der da vor der Tür stand und um Einlaß bat.

Garnet war schon bei der Tür und stieß den Riegel zurück. Die Tür schwang nach innen auf, und John erschien in ihrem Rahmen. John mit einem verwilderten Bart, mit schlammüberkrusteten Kleidern und von oben bis unten mit Staub bedeckt. Hinter ihm waren in der Dunkelheit seine Boys Pablo und Vicente und seine Pferde gerade noch sichtbar. Er streckte beide Arme aus und zog Garnet an seine Brust.

»Ich glaube, wir zwei verschwinden jetzt und lassen die beiden allein«, flüsterte Florinda Nikolai zu.

»Wieso?« versetzte Nikolai. »Sorge lieber dafür, daß etwas zu essen bereit ist. John wird Garnet zwei Minuten lang küssen, und dann wird er sagen, er habe während des ganzen Tages nichts außer einem bißchen kalter Pinole gegessen.«

»Du hast niedrige Instinkte«, stellte Florinda fest, »aber wahrscheinlich hast du trotzdem recht. Micky, sorge dafür, daß wir die Gesellschaft abfüttern können.«

John und Garnet kamen jetzt heran. Garnets Wangen waren tiefrot; Johns Bart schien ihr die Haut abgekratzt zu haben; Tränen liefen ihr aus den Augen. John, der sie mit einem Arm umschlungen hielt, grinste. Sein Gesicht zeigte eine so offene Freude, wie Nikolai und Florinda sie hier nie zu sehen erwartet hatten. Er schüttelte dem Russen die Hand, zog Florinda an sich und küßte sie auf die Wange. Florinda kreischte, sie sei nicht gewohnt, von einer Drahtbürste geküßt zu werden. John reckte sich und sagte:

»Wie ist es, Florinda, kannst du uns durchfüttern?«

Florinda sah Nikolai an, und beide brachen in lautes Gelächter aus. Nikolai sagte, er wolle helfen, das Abendessen zu besorgen, und Florinda ging hinaus, um Wein für die Boys und eine Flasche Whisky für John zu holen. »Auf Kosten des Hauses!« sagte sie, als sie die Flasche vor ihn hinstellte; »obgleich Sie dreckiger Strolch das wahrhaftig nicht verdient haben. Setz dich zu ihm, Garnet, ich kümmere mich jetzt um das Essen, damit ihr Zeit habt, euch anzustarren.«

Garnet war noch zu erregt, um viel sprechen zu können. »O John«, flüsterte sie, »wo, um alles in der Welt, hast du gesteckt?« Er hatte einen Arm um ihre Taille geschlungen und lächelte sie an; ihre Frage schien er gar nicht gehört zu haben.

»Du bist völlig wiederhergestellt?« fragte Garnet. »Es sieht so aus, wie du die Flasche mit der rechten Hand hältst.«

»Es ist mir nie im Leben so gutgegangen«, sagte John, »und ich habe mich nie so müde gefühlt, nie so dreckig und unrasiert und nie so verdammt glücklich. Und ich habe dich noch nie so schön gesehen wie heute abend.«

Er hob seinen Becher und trank ihr zu, und sie suchte in seinen Augen zu lesen. Sie las darin, daß er sie schön fand, und sie wußte doch, daß sie in diesem Augenblick keinem anderen als schön erschienen wäre. Das war am Schluß eines Arbeitstages nicht gut möglich. Ihr Haar war strähnig und zerzaust, ihr Kleid verdrückt und voller Alkoholflecken, und sie roch, als hätte man mit ihr die Bar aufgewischt. Aber es war ihr in diesem Augenblick ganz gleichgültig, wie sie aussah. »John«, flüsterte sie, »habe ich heute zum letztenmal an der Bar gestanden?«

Er lachte und preßte sie fester an sich. »Das hast du«, sagte er, »morgen früh gehe ich zum Alkalden und frage ihn, wann wir heiraten können. Und dann« – es blitzte in seinen Augen – »o Garnet, ich stecke so voller Neuigkeiten!«

Sie sah ihn mit steigender Verwunderung an. Wie sprach er denn? Sie erinnerte sich nicht, ihn jemals so aufgeregt gesehen zu haben. »Es scheint sich um gute Neuigkeiten zu handeln – so, wie du aussiehst«, sagte sie.

»Um sehr gute sogar! Ungeheure! Welterschütternde! Sei still, du wirst alles hören. Laß mir ein paar Minuten Zeit, um Atem zu schöpfen.« Er goß sich einen neuen Drink ein und fragte: »Warum hat Florinda mich einen dreckigen Strolch genannt und gesagt, ich verdiente den Whisky nicht?«

»Weil du ein Strolch bist!« lachte Garnet. »Und dreckig bist du ja wahrhaftig auch. O John, warum hast du so lange auf dich warten lassen? Was hat dich davon abgehalten, früher zu kommen?«

Johns grüne Augen funkelten vor heimlicher Bosheit. »Ich konnte unmöglicher früher kommen«, sagte er. »Und glaube mir, kein Mensch außer dir hätte es fertiggebracht, mich auch jetzt hierherzubringen.«

»Warum hast du dann nicht wenigstens geschrieben?«

»Dort, wo ich war, bestand dazu keine Möglichkeit. Und das hängt mit der großen Neuigkeit zusammen, von der ich sprach. Ich werde mehr als eine Minute dazu brauchen, dir alles zu erzählen. Deshalb laß mich noch ein bißchen ausruhen und erst einmal einen Happen essen. Ich habe seit der frühen Morgendämmerung ununterbrochen im Sattel gesessen. Du wirst verstehen und wirst mir auch verzeihen, wenn du alles weißt.«

Florinda rief vom Herd herüber: »Garnet könnten Sie erzählen, Sie hätten sechs Digger umgebracht und zum Nachtmahl verspeist, sie würde es verstehen. Und sie würde Ihnen alles verzeihen. Aber das ändert nichts daran, daß wir hier alle beinahe verrückt geworden sind, weil sie nichts von Ihnen hörte. Übrigens können Sie jetzt essen.«

Sie stellte eine Schüssel Bohnen vor ihn hin. Nikolai rief die Boys, die inzwischen die Pferde versorgt hatten, herein. Sie kamen, setzten sich auf den Fußboden und begannen zu schlingen, während der Russe hinausging, um zu sehen, ob die Tiere gut untergebracht wären. John war so hungrig, daß er das Essen gleichfalls hinunterschlang.

Als sie endlich gesättigt waren, begaben Pablo und Vicente sich auf die Veranda und rollten sich in ihre Decken. Garnet sagte Micky, er könne nun auch schlafen gehen. John entschuldigte sich, weil er sich vor lauter Gier nicht einmal die Hände vor dem Essen gewaschen habe; er sagte, er würde das jetzt gerne nachholen. Während er sich draußen wusch, spülten Garnet und Florinda das Geschirr ab. Florinda sagte: »Es ist ein Spaß, euch beide anzusehen. John ist wirklich ganz wild auf dich.«

Garnet lachte. Ja, John war wild nach ihr; sie sah es selbst, und es machte sie glücklich. Aber sie freute sich auch, daß Florinda ihn mochte. Sie hätte anderenfalls niemals »dreckiger Strolch« zu ihm gesagt. Leute, die ihr gleichgültig waren, pflegte sie stets in höflichster Form zu behandeln. Garnet erinnerte sich daran, daß sie Männer wie Bartlett und Penrose, mit denen sie ein Verhältnis unterhielt, stets als »Mister« angesprochen hatte.

John und Nikolai kamen zusammen wieder herein, und Florinda stellte Kaffee, Wein und Whisky auf den Tisch. »Wie ist das, John«, sagte Florinda, »sind die Neuigkeiten, von denen Sie vorhin sprachen, nur für Garnet bestimmt? Dann sagen Sie es ruhig, Nick und ich verziehen uns dann.«

»Im Gegenteil«, antwortete John, »was ich zu erzählen habe, geht euch alle an. Setzt euch her, ich möchte euch was zeigen.«

Während sie sich um den Tisch setzten, langte John in die Tasche und holte ein großes Taschentuch heraus, in das etwas eingewickelt war. Er knotete das Taschentuch auf und brachte einen kleinen, mit einem Riemen zugebundenen Lederbeutel zum Vorschein, einen Beutel der Art, wie die Männer ihn zum Aufbewahren von Tabak benützten.

»Mach es bloß nicht so spannend!« sagte Florinda burschikos.

John grinste und reichte Garnet den Beutel. »Fühl mal«, sagte er.

Sie nahm ihn auf und zuckte unwillkürlich mit der Hand. »Oh«, sagte sie, »er ist schwer.«

John äußerte sich nicht; er sah grinsend, wie sie an dem Beutel herumdrückte. Die darin befindliche Masse quoll zwischen ihren Fingern durch. Sand? dachte sie. Aber Sand konnte unmöglich so schwer sein. Sie sah John fragend an.

John schien es Spaß zu machen, den Vorgang zu dramatisieren. Das war etwas, das ihm gar nicht ähnlich sah. Er stand jetzt auf, und es sah aus, als beabsichtige er, eine Rede zu halten. Und das sah gleichfalls nicht nach John Ives aus. In seinen Augen brannten kleine Lichter, sein Gesicht war unter den Stoppeln des Bartes gerötet. – Er sieht aus wie ein Vater am Weihnachtsabend, der seinen Kindern Geschenke aufgebaut hat, von denen sie sich nichts träumen ließen, dachte Garnet. Sie schickte sich an, den Riemen um den Beutel zu lösen, aber John nahm ihr das Säckchen ab und sagte: »Nein, laß die anderen auch erst fühlen.«

Garnet gab Nikolai den Beutel. »Oh!« sagte der, »schwer. Sehr schwer!« Er wog den Beutel in der Hand, befühlte den Inhalt und schüttelte den Kopf, augenscheinlich durch Johns sonderbares Benehmen verwirrt. Florinda sagte:

»Laß mich einmal fühlen.« Sie nahm ihm den Beutel ab und zuckte zusammen wie Garnet. »Hölle und Frikassee!« keuchte sie. »Er wiegt eine Tonne!« John grinste und streckte die Hand aus; Florinda gab ihm den Beutel zurück. Er zog eine auf dem Tisch stehende leere Schüssel heran, löste den Riemen und leerte den Beutel in die Schüssel. Es gab ein Geräusch, als fielen große Regentropfen auf ein Dach. Die anderen beugten sich über den Tisch und starrten in die Schüssel. Was sie sahen, verwirrte sie noch mehr.

Eine rauhe, körnige Masse lag in der Schüssel. Sie sahen kleine, ja winzige Körnchen, größere flache Gebilde und erbsengroße Stücke, die wie Kies aussahen. Einige Körper der sonderbaren Masse sahen grau und stumpf aus, andere glitzerten und funkelten und fingen das Licht der Kerzen auf. John schob eine Hand in die Masse und ließ sie durch die Finger laufen wie ein Kind, das am Seeufer mit Sand spielt. Die in die Schüssel zurückfallenden Körner gaben einen hellen, klingenden Ton. Garnet griff ein paar Körner heraus und untersuchte sie; Florinda tat es ihr nach. Sie starrte auf das Zeug in ihrer Hand und ließ ein kleines ungläubiges Lachen hören.

»Wenn es nicht verrückt und unmöglich wäre, würde ich sagen . . .«, sie unterbrach sich und zuckte die Achseln.

»Erkläre uns, was es ist«, sagte Nikolai. »Ich muß morgen früh heraus.«

»Um Himmels willen, so sprich doch, John«, bat Garnet.

John lächelte alle der Reihe nach an. »Florinda hat recht«, sagte er, »Florinda hat mir immer am besten zu folgen vermocht; ihr Kopf ist ähnlich organisiert wie der meine. Also, sage es ihnen schon, Florinda. Sprich es ruhig aus.«

Florinda hielt noch immer ein paar Körnchen der Materie zwischen den Fingerspitzen. Ihre Augen waren groß und kugelrund. Irgend etwas würgte sie. Sie sagte zögernd, als fürchte sie, ausgelacht zu werden:

»Wenn es nicht so ganz und gar idiotisch wäre, ich würde denken, das Zeug sei – Gold.«

»Gold?« stießen Garnet und Nikolai gleichzeitig aus.

»Gold«, sagte John.

Neunundvierzigstes Kapitel

»Hört zu«, sagte John, nachdem die erste Aufregung sich gelegt hatte. »Ihr kennt mich alle als nüchternen Mann. Ich glaube nicht, daß einer von euch mich jemals wegen einer Nichtigkeit erregt gesehen hat. Also werdet ihr mir jetzt glauben. Alles, was ich sage, ist wahr, so unglaublich es sich auch anhören mag. Die meisten Leute in San Francisco glauben es immer noch nicht. Als die Sache dort bekannt wurde, lachten sie und waren überzeugt, es handele sich um dummes Geschwätz. Nur ein paar Männer ritten los, um sich selbst zu überzeugen, unter anderem auch ich. Ich ritt los, ich besah mir, was andere vor mir gesehen hatten, und ritt dann hierher, um Garnet zu holen, damit sie es auch sehe.«

Er sprach jetzt ruhig, sachlich und mit eindrucksvollem Ernst; die anderen lauschten atemlos.

»Ihr könnt dort in der wilden und rauhen Gegend, in der ich war, das Gold in den Flußbetten schimmern sehen. Ihr braucht nur die Hand auszustrecken und etwas Sand heraufzuholen, und in dem Sand werden Goldkörner schimmern. In den Bergen dort gibt es ganze Goldadern. Man kann sie mit Picken freischlagen und das Gold mit dem Messer herauskratzen. Es gibt Stellen, wo ihr das nackte Gold zwischen Gras und Kieseln finden könnt. Und die ganzen Landstriche, in denen das Gold sozusagen frei umherliegt, gehören – niemand.« Sie starrten ihn aus weitaufgerissenen Augen an, und er lächelte dünn. »Es gehört niemand. Das Gold liegt dort, solange die Erde steht, und bis vor ein paar Wochen hat kein Mensch es gesehen, von ein paar Diggern abgesehen, die dort umherstreunen, um Heuschrecken für ihre barbarischen Mahlzeiten zu fangen. Die Digger hatten keine Ahnung, was sie da sahen, und sie hatten auch keine Verwendung für das Gold. Es ist da, und es wartet darauf, daß jemand komme und es hole.«

Er hielt einen Augenblick ein, aber niemand sagte etwas. Weder Garnet noch Florinda, noch Nikolai waren von Natur aus stille und ruhige Menschen, aber diese Geschichte ließ sie verstummen. John fuhr fort:

»Morgen früh gehe ich zum Alkalden und frage, wann Garnet und ich heiraten können. Dann beladen wir unsere Pferde und ziehen dort hinauf. Der Sommer da oben wird nicht leicht werden, aber auch nicht zu schlimm. Wir werden uns unterwegs alles besorgen, was wir brauchen, vor allem ein Zelt. Wenn wir ankommen, könnte die Regenzeit schon vorbei sein. Wir werden natürlich sofort aufbrechen, ehe zuviel von der Sache geredet wird, denn es ist klar, daß immer mehr Leute darauf aufmerksam werden, und ich bin sicher, um Mittsommer wimmeln die Goldfelder schon von Menschen. Aber wir werden unter den ersten sein, und ich bin überzeugt, daß wir reiche Leute sind, bevor die neue Regenzeit anfängt.« Er drückte Garnets Hand. »Wir werden reich sein«, wiederholte er.

Garnet hatte einen Kloß im Hals. In den ersten Minuten war sie zu überrascht gewesen, um irgend etwas anderes zu fühlen, aber nun war der Kloß da, und sie spürte eine Welle von Furcht. Es war ein ganz unbestimmtes Gefühl, sie wußte nicht, wovor sie sich fürchtete, und sie wollte vor allem nicht, daß John etwas davon merke. Sie erwiderte deshalb den Druck seiner Hand und sagte, eigentlich nur, um etwas zu sagen:

»Auf welche Weise hat man das Gold denn entdeckt?«

»Ich werde es euch erzählen«, erwiderte John. Das bekannte kühle Lächeln stand auf seinem Gesicht; er sagte: »Es ist eine Geschichte mit einer Moral.«

»Erzähle!« stieß Florinda aufgeregt heraus. Sie hatte John bisher fast atemlos zugehört. Moral oder nicht, sie fand, das Ganze sei wunderbar.

»Du kennst Sutter's Fort«, sagte John zu Nikolai gewandt. Er lächelte den Mädchen zu und erklärte: »Ihr müßt wissen, das alte russische Fort Ross liegt da oben; Nikolai hat da seine Jugend verbracht. Das Land gehört einem Schweizer namens Sutter, der sich dort niederließ und kalifornischer Staatsbürger wurde. Der Mann hat da oben ein riesiges Unternehmen gegründet, hat ungeheuren Landbesitz, zehn- oder zwölftausend Rinder, noch mehr Schafe, Tausende von Mauleseln und Schweinen und einen Farmbetrieb, von dem man sagt, daß er im vergangenen Jahr zwanzigtausend Scheffel Weizen erzeugt habe. Er hat außerdem eine Gerberei und eine Mehlmühle, und Gott mag wissen, was sonst noch. Er beschäftigt viele amerikanische Arbeiter und hat mehrere hundert Digger und andere Indianer, die er wie Sklaven hält, obgleich es natürlich keine Sklaverei gibt. In der Nachbarschaft gibt es eine Reihe kleinerer Ranchos, die in der Hauptsache Amerikanern gehören, und mehrere Handels- und Ladengeschäfte, die ihm gehören. –

Sutter benötigt sehr viel Bauholz und unterhält zu diesem Zweck auch eine Sägemühle. Er sah sich nach einem geeigneten Platz dafür um und fand ihn am American River, und zwar in einem Teil des Landes, der ihm nicht gehörte. Das Land gehörte Sutter nicht, aber es gehörte auch keinem anderen, wenn man die Digger ausnehmen will. Sutter schickte eine Arbeiterkolonne, acht oder zehn weiße Männer und rund ein Dutzend Digger, um die Sägemühle zu bauen. Die Leute gingen an die Arbeit, hoben den Mühlgraben aus und leiteten das Wasser vom Strom ab, um ihn auf natürliche Weise tiefer auswaschen zu lassen. Am Morgen danach ging der Boß, ein Mann namens Marshall, zum Graben hinunter, um sich anzusehen, was das Wasser über Nacht geleistet habe. Die Sonne ging eben auf, und Marshall erblickte unter dem Wasser auf dem Grund des Grabens etwas Glänzendes. Er bückte sich, um nachzusehen, was es wäre. Vielleicht war einem der Arbeiter eine Münze aus der Tasche gefallen oder irgendein Uhranhängsel abgerissen und ins Wasser geglitten. Jedenfalls faßte er mit der Hand hinein und hob das kleine glänzende Ding auf.«

»Und es war *Gold*«, sagte Florinda. Sie flüsterte, und in ihrer Stimme schwang unverhohlene Ehrfurcht.

»Wann war das, John?« fragte Garnet. Sie hatte noch immer den Kloß im Hals.

»Eines Tages im letzten Januar. Ich wollte, ich wäre dort gewesen.«

»Ich auch, wahrhaftig!« seufzte Florinda. Nikolai sagte: »Du meintest, die Geschichte habe eine Moral, John. Was ist das für eine Moral?«

Um Johns Lippen spielte ein Spottlächeln. »Sie fiel mir ein, als ich selbst das Gold sah«, sagte er. »Ihr habt alle von den ersten Weißen gehört, die einmal in dieses Land kamen, ich meine die spanischen Konquistadoren. Sie kamen hierher auf der Suche nach Goldschätzen. Sie hatten phantastische Träume geträumt, sie hatten schimmernde, mit Gold und Edelsteinen angefüllte Paläste zu finden gehofft, man hatte ihnen von den sieben goldenen Städten von Cibola erzählt, von Menschen, die in Schlössern mit goldenen Türmen lebten und die nur darauf warteten, ausgeplündert zu werden. Diese spanischen Granden waren verdammt große Herren. Es wäre ihnen nie im Traum eingefallen, mit ihren gepflegten Händen irgendeine körperliche Arbeit zu verrichten. Ein Mensch, der arbeitete, war in ihren Augen überhaupt kein Mensch. Und sie fanden, es sei ihr unbestreitbares gutes Recht, arbeitende Menschen zu ermorden und ihnen das, was sie erarbeitet hatten, zu stehlen. Mit solchen Absichten kamen sie auch hierher. Aber sie fanden keine goldenen Städte; sie fanden überhaupt nichts, das zu stehlen sich gelohnt hätte. Deshalb kehrten sie nach Spanien zurück und erzählten dort, das sei hier ein gänzlich wertloses Land, das niemand haben wolle und auch niemand nützen könne.« Er lachte: »Und dabei war alles, was sie geträumt, erhofft und erwartet hatten, als sie hierherkamen, wahr.

Es gab hier genug Gold, um ihre kühnsten und phantastischsten Träume zu verwirklichen. Hier lag mehr Gold, als diese vornehmen Desperados in ihrem ganzen Leben gesehen hatten; aber sie fanden es nicht. Doch der erste Mensch, der dort oben den Fuß hinsetzte, um eine ehrliche, saubere Arbeit zu verrichten, der fand es.«

Die anderen lachten nun auch; das war etwas, was sie verstehen konnten. Nikolai sagte:

»Auf solch einen Gedanken – nur ein Amerikaner konnte darauf kommen.«

»Aber es stimmt, es ist wahr«, stellte Florinda fest.

»Gut«, sagte Nikolai, »es ist wahr. Aber ich glaube nicht, daß es ist – gut.«

»Warum nicht?« fragte Florinda.

Der Russe zuckte die Achseln. »Nun, wenn es wirklich so viel Gold gibt dort oben – das Gold wird billig werden. Wenn man sein Leben lang etwas kannte, das selten und kostbar war – und plötzlich liegt es auf der Erde, und jeder kann es aufheben – das ist nicht gut. Die Menschen werden sich fühlen wie Betrogene und werden böse.«

»Du hast zweifellos recht«, stimmte John zu. »Dort oben ist Gold bereits jetzt sehr billig geworden. In Washington kostet eine Unze Gold noch sechzehn Dollar, in Sutter's Stores werden nur noch acht Dollar für eine Unze Goldstaub – in Waren verrechnet. Wie das den Männern gefallen wird, wie sie darauf reagieren werden, weiß ich nicht.«

»Wer weiß!« Nikolai zuckte die Achseln. »Ich glaube nicht, es wird gut sein, aber vielleicht – es wird sich regeln.«

»Willst du nicht auch mit heraufkommen?« fragte John.

Nikolai schüttelte den Kopf:

»O nein. Ich werde fahren nach St. Petersburg. Ich brauche kein Gold. Was sollte ich damit?«

Florinda lachte ihn an. »Nick«, sagte sie, »du großer, dummer Kerl, ich bewundere dich.«

Indessen wurde sie gleich darauf schweigsam. John, Nikolai und Garnet sprachen von den Goldfunden. John erzählte, wie die Neuigkeit nach San Francisco gekommen sei, wie Marshall das von ihm gefundene Gold Sutter gezeigt und Sutter gewollt habe, die Sache solle geheim bleiben. Natürlich war das nicht möglich gewesen, nachdem die Arbeiter hier und dort auf ganze Goldadern in den Bergen gestoßen waren. Die Männer erzählten ihre Entdeckung einem

Mann, der hinaufgeschickt worden war, um den Leuten Proviant zu bringen, und dieser Mann begann selbst nach Gold zu graben und fand eine ganze Menge. Als er zurückkam, ging er in einen der Sutterschen Stores und bestellte sich einen Drink. Er wollte ihn dann mit Goldstaub bezahlen, aber der Storekeeper wußte nicht, was das für ein Zeug war, und lehnte die Annahme ab. Aber die Leute im Laden erzählten die Sache herum, und nicht lange danach erklärten drei Arbeiter, sie seien die Arbeit leid und wollten in die Wälder hinauf, um zu jagen. Sie zogen los, und sie kamen zurück. Sie brachten zwar kein Wild, aber sie brachten große Beutel mit Goldstaub. Und nun setzte der Betrieb ein. Die Männer, die auszogen, um nach Gold zu graben, taten es immer noch verstohlen, weil sie der Sache nicht recht trauten und fürchteten, zum Gespött der Leute zu werden. Sie kauften in San Francisco Picken und Schaufeln, Fleisch, Mehl und alles, was man braucht, um im Freien zu lagern. »Bisher«, sagte John, »sind es mehr oder weniger arbeitslose oder arbeitsscheue Elemente, die auf die Goldsuche gegangen sind. Farmer, Rancheros, Kaufleute oder Handwerker sind noch kaum dabei. Aber das wird nicht mehr lange dauern. Denn das Gold ist da, und es zieht. Es zieht immer mehr Menschen an.«

Florinda war noch immer schweigsam, der Russe wandte sich ihr zu und sagte leise: »Was hast du, Florinda? Du bist so still.«

Florinda fuhr wie aus tiefen Gedanken auf, lächelte und goß sich eine Tasse Kaffee ein. »Johnny«, sagte sie, zu John gewandt, »ich habe eben über etwas nachdenken müssen. Was meinst du: Bist du wirklich überzeugt, daß noch vor Ende des Sommers viele Männer da hinaufziehen und nach Gold suchen werden?«

»Ich bin davon überzeugt«, erwiderte John, »warum fragst du?«

»Ich trage mich mit dem Gedanken, selber hinaufzugehen«, sagte Florinda.

Garnet fuhr auf und bereute gleich darauf die Bewegung. Natürlich, das war eine Sache nach Florindas Geschmack. John sah Florinda nachdenklich an; er war offensichtlich nicht überrascht, schien aber seine Zweifel zu haben.

»Es ist ein hartes Land, Florinda«, sagte er. »Und es ist eine harte Reise da hinauf.«

Florinda zuckte die Achseln:

»Das denke ich mir. Aber ich werde das schon durchstehen. Und übrigens: Wer sagt denn, daß ich nach den Goldfeldern wollte? Da oben ist doch eine Stadt«, sagte sie, »eine amerikanische Stadt, die im Werden begriffen ist. San Francisco. Ich habe schon viel darüber gehört.«

»Und –«, fragte John, »was willst du in San Francisco?«

»Nun«, sagte Florinda ruhig, »wir haben jetzt April. Es wird noch ein paar Tage regnen. Im Juni wird die Regenzeit vorbei und das Land da oben voller Männer sein, die nach Gold graben. Und alle diese Männer haben kein Dach über dem Kopf. Du und Garnet, ihr seid zivilisierte Leute, und also werdet ihr in einem Zelt leben. Gingest du ohne Garnet, würdest du auch kein Zelt brauchen, denn du kannst mit gutem Wetter rechnen. Ich bin überzeugt: nur die wenigsten Goldgräber werden sich mit Zelten abschleppen; was meinst du?«

John nickte und lachte Florinda an. Garnet starrte die Freundin an. »Florinda«, rief sie, »was spukt dir da im Kopf herum?«

»Ich denke an den Monat November, meine Liebe«, antwortete Florinda gelassen. »Vielleicht an den Dezember. Es wird regnen, der Regen wird ganz plötzlich dasein. Und die goldhaltigen Bäche werden sich über Nacht in reißende Ströme verwandeln. Dann werden alle diese Goldjäger wohl oder übel gezwungen sein, irgendwo Schutz zu suchen. Sie werden in die Stadt kommen, wo es Häuser und wärmende Feuer und Whisky gibt. Sie werden kommen, und alle werden sie kleine Beutel bei sich haben wie diesen hier.« Sie hob leicht das auf dem Tisch liegende Beutelchen an und ließ es wieder fallen. »Ich glaube«, fuhr sie fort, »da oben eröffnen sich noch andere Möglichkeiten, zu Gold zu kommen, als daß man sich die Finger danach blutig gräbt. Ich war mir immer klar darüber, daß ich mein Leben nicht in einem Hinterwäldlernest wie Los Angeles verbringen würde. Ich denke, eure Freundin Florinda wird nach Norden hinaufgehen und wird in San Francisco einen Salon eröffnen.«

Garnet mußte lachen, wie immer, wenn Florinda offen und rückhaltlos sagte, was sie dachte. Florinda sah die ganze Welt mit solcher Klarheit und solcher Nüchternheit, daß Garnet mit all ihren Träumen und ihren heimlichen Forderungen an das Leben entweder lachen oder weinen mußte, wenn sie diesem kühlen Realismus begegnete. Nikolai und John lachten auch, und Florinda fuhr fort:

»Ich denke, daß John uns die Wahrheit gesagt hat. Das Ganze hört sich märchenhaft an, und ich würde es keinem anderen Mann glauben. Aber wenn John mir erzählt, auf der Veranda säße eine Meermaid mit zwei Köpfen, dann gehe ich hin, um sie mir anzusehen. John hat leider nicht genug Vorstellungsvermögen, um das für sich auszunützen. Wenn John also sagt, da oben liegt das Gold in den Bergen und Flüssen herum, dann stimmt das. Und wenn das so ist, dann sehe ich nicht ein, warum ich es mir nicht holen soll. Deshalb, Johnny, wenn die einsetzende Regenzeit deiner Arbeit da oben ein Ende macht und du nach San Francisco kommst, dann frage irgend jemand, den du triffst, nach dem besten Lokal der Stadt. Da wirst du mich finden.«

John hatte ihr interessiert zugehört, in seiner Stimme war etwas wie zärtliche Bewunderung. Er sagte: »Wieso meinst du, dein Lokal wird das beste der Stadt sein?«

»Weil ich es führen werde«, antwortete Florinda ruhig. »Ein Betrieb, den ich führe, wird immer der beste sein. Seht euch doch hier um.«

John grinste:

»Ich dachte, Silky führe das Etablissement hier.«

Florinda lachte:

»Komisch, nicht wahr? Hier rührst du an eines der Geheimnisse meiner Erfolge im Leben.«

Sie besprachen nun ganz ruhig Florindas Plan. John zollte ihm uneingeschränkten Beifall. Er meinte, es gäbe zwar schon mehrere Lokale in San Francisco, aber das sei kein Grund, warum Florinda nicht ein neues errichten solle; er sei auch überzeugt, das ihre werde das bei weitem beste sein. – Wäre ich doch meiner eigenen Bestimmung so sicher wie Florinda der ihren, dachte Garnet. Sie wäre gern etwas mit John allein gewesen, um mit ihm über das Goldland im Norden und seine Pläne zu sprechen und sich selbst dabei ein wenig aufzurichten. Aber die Nacht näherte sich bereits dem Morgen, und John hatte mehr als zwölf Stunden ununterbrochen im Sattel gesessen. Mitten im Sprechen überfiel ihn die Müdigkeit; sozusagen zwischen zwei Sätzen bettete er den Kopf auf den Arm und schlief ein. Florinda sprang auf, da sie es sah.

»Oh, der arme Teufel!« rief sie. »Nick, wir benehmen uns unmöglich. Wir haben den beiden da nicht eine Minute gelassen, um allein miteinander zu sprechen; dabei haben sie sich sicherlich tausend Dinge zu sagen. Garnet, John kann heute nacht mein Zimmer haben; ich hole mein Nachtzeug heraus und bleibe für die paar restlichen Nachtstunden bei dir. Schnell, weck ihn auf! Hoffentlich kommt er überhaupt noch die Treppe hinauf.«

Nikolai verabschiedete sich und sagte, er würde am Morgen noch einmal vorbeikommen, um endgültig auf Wiedersehen zu sagen. Florinda begleitete ihn hinaus. Garnet gefiel es gar nicht, daß sie John wecken sollte, er sah so übermüdet aus, daß sie ihn am liebsten schlafen gelassen hätte. Aber das ging nicht gut. Das Feuer im Herd war aus, und es war schon empfindlich kühl in der Küche. Als Nikolai die Tür öffnete, hatte sie gesehen, daß draußen der Nebel aufzog. Wenn John hier in der unbequemen Stellung sitzen bliebe, würde er am Morgen halb erstarrt und völlig zerschlagen sein.

Sie rüttelte ihn sacht an der Schulter. Er schlug die Augen auf, umschlang sie mit einem Arm und zog sie zu sich heran. Dann schlief er schon wieder, mit dem Kopf an ihrer Schulter. Garnet hatte das Gefühl nie geahnter Geborgenheit. Ach, es war gut, sich gesichert und geborgen zu fühlen. Noch während sie dies dachte, fuhr sie auf. Das war es, was sie vorhin so erschreckt hatte, als John von seinen Plänen sprach. Sie hatte so sehnsüchtig von Ruhe und Frieden geträumt. Sie hatte sich vorgestellt, wie sie in der Abgeschiedenheit von Johns Ranch an seiner Seite leben würde, glücklich und zufrieden, weil ihr nun nichts mehr geschehen könnte. Und nun war es schon wieder aus mit der Hoffnung auf Ruhe. John wollte mit ihr auf einen neuen Treck, in ein neues, erregendes Abenteuer. Und offenbar war ihm nicht von fern der Gedanke gekommen, sie könne mit seinen Plänen vielleicht nicht einverstanden sein.

Florinda kam wieder herein, und zusammen weckten sie John nun auf. Der lachte, sah sie ein wenig verwundert an und war offensichtlich nur halb wach. Florinda hielt ihm die Tür auf und leuchtete mit einer Kerze, damit er sehen könnte. Und John vergaß trotz seiner Müdigkeit nicht, Garnet zu küssen, bevor er die Treppe hinaufstolperte. Mein Gott! dachte Garnet. Er liebt mich doch. Warum sieht er nicht, daß ich nicht in ein neues Abenteuer hinaus will?

In ihrem Zimmer bewegten sie und Florinda sich vorsichtig, um Stephen nicht zu wecken. Was soll denn aus dem Kind werden? dachte Garnet; soll ich es mit hinaufnehmen in dieses verrückte Goldland? Sie sprachen nichts, während sie sich auskleideten.

Erst nachdem sie schon eine ganze Weile atmend nebeneinander lagen, richtete Florinda sich halb auf und flüsterte, auf einen Ellbogen gestützt:

»Garnet, was fehlt dir? Du machst dir Sorgen.«

»Wie kannst du das wissen?« fragte Garnet.

»Ich sah es schon unten, als ich Nick herausgelassen hatte und wieder hereinkam. Ich sah den Blick, den du John zuwarfst, einen

Blick, als verständest du ihn nicht. Und du warst vorher so glücklich. Kann ich dir helfen?«

»Vielleicht«, antwortete Garnet, »vielleicht ist es schon eine Hilfe, wenn ich mich aussprechen kann. Bist du denn nicht müde?«

»Doch. Aber trotzdem. Sage schnell, was du auf dem Herzen hast.«

Garnet sprudelte heraus, was sie bedrückte. Sie schloß: »Ich habe mich so nach Ruhe und Frieden gesehnt; damit ist es nun wieder aus. O Florinda, ich liebe ihn so, aber warum verlangt er, daß ich wieder mit ihm in die Wildnis gehen soll?«

Florinda antwortete nicht gleich. Sie konnte in der Dunkelheit nur ihre Umrisse sehen, dennoch glaubte Garnet ein lautloses Lachen wahrzunehmen.

»Was findest du daran spaßig?« fragte Garnet, ein wenig gereizt.

»Dich«, antwortete Florinda. »Garnet, was erwartest du denn eigentlich von John? Selbstverständlich hat er nicht darüber nachgedacht, ob du mit ihm gehen würdest oder nicht; er weiß doch, daß du mitgehst.«

»Ich will aber nicht«, rief Garnet.

»Oh, Garnet«, kicherte Florinda, »du bist ein süßes Geschöpf und mir lieb wie kein anderes. Aber manchmal benimmst du dich lächerlich«

»Lächerlich?« sagte Garnet empört.

»Ja«, sagte Florinda, »lächerlich! Ruhe und Frieden! Du willst doch gar keine Ruhe und gar keinen Frieden, geradesowenig, wie du dein Leben lang von Milch leben willst.«

Garnet suchte die Dunkelheit zu durchdringen. Was sagte Florinda da? Sie verstand sie nicht, und doch hatte sie das Gefühl, das schon früher einmal gehört zu haben. Florinda fuhr, Stephens wegen, mit unterdrückter Stimme fort:

»Ist dir noch nicht aufgefallen, Garnet, daß die Menschen im Leben letztlich immer das bekommen, was sie wollen? Jeder Mensch lebt in einer bestimmten Weise; die gleichen Dinge geschehen immer wieder den gleichen Menschen. Sie sagen vielleicht: Das und das mag ich nicht, aber es geschieht ihnen immer wieder; anderen Menschen geschieht etwas anderes. Und du, meine Liebe, willst im Grunde gar kein ruhiges Leben.«

O ja, das will ich wohl! dachte Garnet. Laut fragte sie: »Wie kannst du das wissen?«

»Nun«, versetzte Florinda, »weil du zahllose Gelegenheiten hattest, es zu bekommen, und es immer wieder verweigertest. Warum hast du nicht einen ruhigen, soliden Mann in New York geheiratet und mit ihm nach Art deiner Leute gelebt? Ich denke nicht an Henry Trellen, er war ja sicherlich nicht der einzige Mann, der sich um dich bewarb. Wer hat dich geheißen, mich in New Orleans aufzulesen und ein Risiko einzugehen und allerlei Schwierigkeiten für dich heraufzubeschwören? Es war lieb und reizend von dir, und ich werde dir ewig dankbar dafür sein, aber ich bin sicher, die meisten Mädchen deiner Erziehung hätten gar nicht daran gedacht. Was veranlaßte dich, mit mir an der Bar zu arbeiten? Ich begreife es selbstverständlich: Du wolltest nicht, daß ich für dich sorge, und ich bewundere dich deswegen, aber wenn du Ruhe und Frieden gewollt hättest, wärest du Silkys Bar ferngeblieben. Warum bist du nicht zu Charles zurückgegangen, wo du sicherlich in Ruhe hättest leben können? Du wärest dort sicher gewesen, er hätte dir ernsthaft nichts tun können. – Dann – als wir zusammen bei Doña Manuela waren, hattest du zahllose Male Gelegenheit, Männer zu heiraten, die damit umgingen, sich irgendwo niederzulassen und in Ruhe eine Familie zu gründen, und es waren sehr nette Männer darunter. Aber du lehntest Antrag um Antrag ab, ohne darüber nachzudenken. Du hättest auch bei Doña Manuela bleiben können, anstatt mit mir nach Los Angeles zurückzugehen. Du hättest Doña Manuela nur sagen müssen, du möchtest bei ihr bleiben, bis du einen Mann gefunden hättest, dessen Gefühle du erwidern könntest. Sie wäre glücklich gewesen, dich dortbehalten zu können.«

»Ich habe nie daran gedacht«, flüsterte Garnet.

»Ich habe bis zu diesem Augenblick auch nicht daran gedacht«, sagte Florinda, »aber ich meine: wenn Ruhe und Frieden dir wirklich als die erstrebenswertesten Dinge erschienen wären, dann hättest du wohl daran gedacht. Und schließlich: Warum hast du nicht Captain Brown geheiratet?«

Florinda lachte wieder.

»Garnet«, fuhr sie fort, »sieh nur richtig in dich hinein. Du weißt ganz gut, warum du gerade John haben wolltest. Du wolltest ihn, weil er so aufregend ist. Du wolltest einen Mann, von dem du nie wissen wirst, was er morgen tun wird. Du wolltest Aufregung und Abenteuer. Und wenn John dir jetzt von dem Goldland erzählt und gesagt hätte, er würde dort hinaufziehen, während du zu Hause bleiben und sticken müßtest – heiliger Strohsack! Was ist nun mit dir los? Weinst du?«

»Nein«, sagte Garnet, »ich lache.«

Sie preßte die Bettdecke gegen die Lippen, um das Lachen zurückzuhalten. Sie konnte sich nicht helfen, sie mußte lachen. Florinda hatte ja so recht. Sie erinnerte sich auch daran, was ihr Vater damals in New York gesagt hatte, als sie ihm erklärte, daß sie Oliver heiraten wolle, um mit ihm nach Kalifornien zu gehen. Er hatte sie an ihre Vorfahren erinnert und an das Abenteurerblut, das in ihren Adern kreiste. Alle diese Männer waren aus freiem Entschluß in die Wildnis gezogen und ihre eigenen Wege gegangen. Dieses unruhige Blut kreiste auch in ihr. Auch sie wollte die Gefahr, die Unsicherheit und das erregende Erlebnis neuer Welten.

Und sie hatte gedacht, sie wolle zum Union Square zurück. Zurück in die trostlose Monotonie der Tage, von denen man immer im voraus wußte, was sie bringen würden. Was für eine Närrin sie doch gewesen war! Nein, sie wollte keine Ruhe, und sie wollte auch keinen Mann, der sein Lebensziel darin erblickte, ihr Ruhe und Frieden zu schaffen. Sie wollte John. Mit John an der Seite würde jeder neue Morgen unbekanntes Land bedeuten, und jeder neue Tag würde neue erregende Schauer in ihr Leben bringen.

Florinda hatte sich wieder niedergelegt. Garnet flüsterte: »Schläfst du schon?«

»Nein«, gähnte Florinda, »aber in längstens einer Minute werde ich schlafen.«

»Ich wollte dir nur sagen, daß du recht hast. Ich will mit John auf die Goldfelder im Norden.«

»Großartig!« sagte Florinda. »In San Francisco sehen wir uns wieder.«

Fünfzigstes Kapitel

Die Sonne brach eben durch den Morgennebel. Nikolai Grigorievitch Karakozof war aufbruchbereit. Die kleine Reisekolonne hielt vor Silkys Etablissement. Boys, deren bunte Gewänder wie leuchtende Flecke vor der Nebelwand schwankten, hielten die Pack- und Sattelpferde. An der Spitze des kleinen Trupps hielt Nikolais großer Hengst, dessen Sattel- und Zaumzeug vom Silberbeschlag glänzte und funkelte. Die Pferde stampften unruhig. Neugierige, die Nikolais Ausritt zusehen wollten, drückten sich an den Ecken herum.

Die Boys würden den Russen bis San Francisco begleiten; war er dann an Bord gegangen, würden Pferde und Sättel, mit denen sie zurückritten, ihnen gehören. Er hatte sie ihnen geschenkt.

Die Bar war noch geschlossen. Florinda hatte erklärt, sie würde nicht öffnen, bis Nikolai außer Sicht sei, und Silky hatte sich ihren Wünschen gefügt. Er hatte die Handschuhe genommen, die Nikolai als Abschiedsgeschenk für ihn mitgebracht hatte, hatte ihm kräftig die Hand geschüttelt und ihm alles Gute gewünscht und war dann zu Mr. Abbott gegangen, um Whisky zu kaufen.

Nikolai saß mit Garnet, Florinda und John in der Küche. Die beiden Mädchen trugen die goldenen Broschen, die Nikolai ihnen geschenkt hatte. Sie hatten beide gerötete Augen und übernächtigte Gesichter. Micky war ohne besondere Aufforderung erschienen und hatte ihnen Kaffee gekocht, den sie nun gemeinsam tranken. »Der gute Micky«, sagte Florinda, »ich hoffe, er kommt mit mir nach San Francisco.«

»Was meinst du, wird Silky auch mitkommen?« sagte Nikolai.

»Sehr wahrscheinlich«, versetzte Florinda. »Von mir aus braucht er es nicht, ich kann ihn eher entbehren als Micky. Aber ich kann mir nicht denken, daß er von dieser sagenhaften Goldgeschichte hört, ohne selbst auch etwas abhaben zu wollen.«

Das Gespräch schleppte sich hin. Wenn es ernst mit einer Trennung wird, weiß man sich nichts Rechtes mehr zu sagen. John sprach am wenigsten. Das entsprach seiner Art; er pflegte nie viel über Dinge zu reden, die ihn innerlich beschäftigten. Für ihn bedeutete diese Stunde die Trennung von dem einzigen Freund, den er jemals gehabt; und Garnet wie Florinda wußten, was das für ihn bedeutete.

Während die Mädchen schweigend ihren Kaffee schlürften, sprachen die beiden Männer dann noch einmal kurz miteinander. Sie standen neben der Tür zur Bar, sie sahen sich an und lächelten, aber ihre Gesichter waren ein wenig verzerrt. »Ich werde diesen großen Lümmel schwer vermissen«, flüsterte Florinda, sich eine neue Tasse Kaffee eingießend. Garnet konnte nicht antworten. Gleich darauf trat Nikolai an den Tisch heran und sagte, es würde nun Zeit. Die Mädchen sprangen auf. Garnet fühlte es heiß in ihrer Kehle heraufsteigen, aber Florinda lächelte und tat so, als beabsichtige Nikolai nur eben nach San Diego zu reiten. Der Russe wandte sich mit seinem offenen, strahlenden Lächeln Garnet zu. »Bekomme ich einen Kuß zum Abschied?« fragte er.

Garnet warf ihm die Arme um den Hals und küßte ihn, während die Tränen an ihren Wangen herabliefen. Nikolai nahm ein Taschentuch heraus und fuhr ihr damit über die Augen. »Sie weinen, weil ich weggehe«, sagte er, »das macht mich sehr glücklich. Ich gehe nicht gern fort, aber da ist eine Stimme, der ich folgen muß. Ich bin froh, daß Sie John haben. Sie werden glücklich sein, Garnet. Und ich werde immer an euch denken.«

»Kommen Sie wieder, Nick, sobald Sie können«, sagte Garnet. Der Russe nickte, und John ergriff Garnet am Arm und zog sie beiseite. »Er wird noch mit Florinda allein sprechen wollen«, flüsterte er. Garnet sah über die Schulter zurück. Nikolai und Florinda waren eben im Begriff, den Barraum zu betreten. John stocherte im Feuer herum. »Ich werde ihn sehr vermissen, Garnet«, sagte er leise.

»Ich weiß«, antwortete sie, »mehr als irgendeiner von uns.«

»Er ist der beste Mann, den ich je kennenlernte«, stellte John fest. Er legte den Feuerhaken aus der Hand, umfaßte Garnet in der Taille und zog sie zu sich heran. »Gut, daß ich dich jetzt habe«, sagte er. »Sobald Nikolai fort ist, gehe ich zum Alkalden hinüber.«

»Möchtest du Nick nicht ein Stück Weges begleiten?«

Er schüttelte den Kopf. »Nein. Man soll einen Abschied nicht unnütz verlängern. Ein kurzer Schmerz ist besser als ein langer.« Er nahm einen Bleistift und ein Blatt Papier aus der Tasche. »Anstatt hier herumzustehen und traurige Gesichter zu machen, wollen wir die Zeit nützen«, sagte er. »Der Alkalde wird wahrscheinlich alles mögliche von mir wissen wollen: Geburtsdatum und Ort, beispielsweise, Bürgerschaft deiner Eltern und ähnliche Dinge.«

»10. Januar 1826«, sagte Garnet, »New York City. Vater und Mutter sind Bürger der USA und in den Staaten geboren.«

Er fragte sie weiter aus, ruhig und sachlich. »Auch über deine erste Ehe wird der Alkalde das Nötigste wissen wollen«, sagte er.

Sie gab ihm Auskunft, und er schrieb. – Er ist klug, dachte Garnet. Es liegt ihm nicht, trauernd umherzustehen. Er muß immer handeln. Sie sah nach der Tür zum Barraum. Die Tür war geschlossen.

Florinda stand mit Nikolai an der Theke. Der Raum hatte jetzt, da er leer war, ein sonderbares Aussehen. Durch die Spalten und Ritzen der Fensterläden drangen Sonnenstrahlen herein und schufen eine Art leuchtendes Zwielicht. Florinda schien es, als sei plötzlich alles ganz anders geworden. Garnet würde nicht mehr neben ihr an der Bar stehen, Nikolai würde weit fort sein, und sie selbst würde auch nicht lange mehr hier weilen, sondern nach San Francisco ziehen.

Alles war jäh verändert. Nun gut, sie akzeptierte es. Es lag ihr nicht, Vergangenem nachzutrauern. Alles im Leben war ständiger Wandlung unterworfen. Und wie trist wäre die Welt, wenn sich nichts in ihr änderte! Nikolai geht nach Rußland, dachte sie; sie hatte nur eine nebelhafte Vorstellung davon, wo Rußland lag. Nikolai würde nie mehr hier vor ihr an der Bar stehen. Vielleicht, wenn er eines Tages wieder nach Kalifornien käme, würde er sie in San Francisco finden. Aber vielleicht würde er überhaupt nicht zurückkommen. Hölle und Frikassee! Ich werde sentimental, dachte Florinda. Ich habe doch weiß Gott genug Leuten im Leben auf Wiedersehen gesagt. Man muß immer nur vorwärts blicken; das ist die einzige Möglichkeit, mit dem Leben fertig zu werden.

Sie wandte sich Nikolai zu und wurde sich jetzt erst bewußt, daß sie beide schon einige Minuten hier standen, ohne daß einer bisher ein Wort gesagt hätte. Nikolai hatte die Ellbogen auf die Theke gestützt und lächelte in seiner bekannten Manier auf sie herab. Er sieht verdammt gut aus mit seinem leuchtendblonden Haar und seinen veilchenblauen Augen, dachte sie, die Frauen in St. Petersburg werden verrückt, wenn sie ihn sehen.

Es war merkwürdig, so plötzlich mit ihm allein zu sein. Seit jener Nacht, da sie ihm die Geschichte ihres Töchterchens Arabella erzählte, hatten sie nur wenig miteinander gesprochen. Sie stieß ein verwirrtes kleines Lachen aus und sagte:

»Was denkst du, Nick?«

»Ich denke über dich nach«, antwortete Nikolai. »Ich sehe, wie hübsch du bist, und ich denke, du wirst eines Tages so glücklich werden, wie du es verdienst.«

»Wieso?« sagte Florinda. »Ich denke, ich bin glücklich genug. Mindestens bin ich nicht unglücklich.«

»Nein«, lächelte Nikolai, »du bist wohl nicht unglücklich, aber du bist auch nicht so glücklich, wie ich möchte, daß du es wärest. Ich will nicht mehr reden von den Dingen, die du mir erzähltest. Ich glaube nur, jetzt, wo du den Mut hast, diese Dinge zu sehen, wo du sie nicht mehr vor dir selber verbirgst, wirst du leichter damit fertig werden.«

»O ja«, sagte Florinda. »Und du hast mir sehr dabei geholfen, Nick.«

»Ich denke, du hast geholfen dir selbst. Du bist sehr stark und sehr mutig. Ich werde immer an dich denken.«

Florinda schwieg einen Augenblick, dann sagte sie leise: »Nick, werde ich dich wiedersehen?«

»Ich weiß es nicht«, sagte Nick. »Es ist weit. Sehr, sehr weit. Und ich weiß nicht, wie es sein wird – dort in Rußland.«

»Dann – will ich dir etwas sagen, Nick.«

Er lächelte sie an: »Ja?«

»Ich – ich habe dich sehr lieb, Nick«, sagte Florinda. »Ich bin nicht gewohnt, dergleichen zu Männern zu sagen, wenigstens nicht so, und ich komme mir ziemlich närrisch vor, daß ich es tat, aber es ist wahr: ich mag dich sehr gern, Nick. Es war gut, mit dir befreundet zu sein.«

»Ich freue mich, daß du das sagst«, lächelte Nikolai. »Auch ich mag dich sehr, sehr gern, Florinda. Weißt du, warum ich dich noch einmal allein sprechen wollte?«

Florinda schüttelte den Kopf.

»Ich habe dir etwas mitgebracht«, sagte Nikolai.

»Aber du hast mir schon die Goldnadel hier geschenkt«; sie wies auf die Brosche an ihrem Hals.

»Ja«, sagte er, »ich weiß. Aber das hier ist etwas anderes.« Er entnahm seiner Jackentasche einen kleinen Gegenstand, der in ein blaues Seidenhalstuch eingewickelt war. Sie streckte die Hand danach aus. »Aber Nick«, flüsterte sie, »was ist es?«

»Einen Augenblick«, sagte Nikolai, »ich möchte erst, daß du mir etwas versprichst.«

»Ja? Was soll ich dir versprechen?«

»Du sollst es nicht ansehen, bis ich weg bin.«

»Aber warum?«

»Ich will es nicht.«

»Aber wie kann ich dir danken, wenn ich nicht weiß, was es ist?«

»Du sollst mir nicht dafür danken.«

»Nun gut«, sagte sie, »ich verspreche es. Aber ich zittere vor Neugier. Wann darf ich es mir ansehen?«

»Sobald ich außer Sicht bin und du mich nicht mehr erreichen kannst.«

»Ist es ein Geheimnis? Oder kann ich es anderen zeigen?«

»Du kannst es zeigen, wem du willst. Aber erst, wenn ich fort bin.«

»Gut«, sagte Florinda, »ich verspreche es.« Er legte das kleine, von blauer Seide umwundene Päckchen in ihre Hand. »Ich weiß nicht, was es ist«, sagte sie, »darum kann ich dir auch nicht richtig dafür danken, aber ich werde es sehr sorgfältig bewahren, werde es oft ansehen und werde – o du großer, barbarischer Lümmel! – dabei an dich denken.« Sie machte eine kleine Pause und sah abwechselnd auf ihn und das Päckchen in ihrer Hand. »Nick –?« begann sie dann zögernd.

»Ja?«

»Ich will nicht fragen, was es ist. Aber – warum gibst du es mir?«

Er lächelte sie zärtlich an: »Weil du ein sehr, sehr gutes Mädchen bist!«

»Oh, hör auf. Das hast du schon einmal gesagt. Und es ist immer noch der gleiche Unsinn.«

»Es ist kein Unsinn. Du bist ein sehr gutes Mädchen. Du selbst weißt das gar nicht. Aber ich weiß es.« Er lächelte ihr in das Gesicht. »Und du bist der einzige Mensch auf Erden, dem ich das da geben würde. Und nun muß ich gehen.«

Florinda schluckte: »Ja, ich glaube, du mußt, Nick. Ich hoffe, du wirst glücklich werden in deiner Heimat.«

»Würdest du mich zum Abschied küssen?« fragte Nick.

»Aber ja«, antwortete sie und tat einen Schritt auf ihn zu. Sie hob die Arme und ließ sie plötzlich mit einer abrupten Bewegung wieder sinken. »Nein, Nick«, sagte sie, das blaue Päckchen an ihren Busen drückend, »besser nicht.«

»Warum nicht?« fragte er überrascht.

»Weil – oh, Nick, versuch das zu verstehen. Ich habe so viele Männer geküßt. Du bist anders. Wenn ich einen Mann küsse, das bedeutet nichts. Aber es bedeutet etwas, wenn ich ihn nicht küsse. Ich weiß ja nicht – vielleicht macht das gar keinen Unterschied. Aber ich möchte es lieber nicht.«

»Ich verstehe«, sagte Nikolai. Mit leiser Stimme setzte er hinzu: »Ich – danke dir, Florinda. Ich danke dir sehr, sehr herzlich.« Er streckte ihr die Hand entgegen. »Lebe wohl!« sagte er, »lebe wohl, Florinda!«

Sie legte ihre Hand in die seine: »Lebe wohl, Nikolai!«

Er öffnete die Tür, trat beiseite, um sie passieren zu lassen, und folgte ihr in die Küche, wo Garnet und John ihrer warteten.

Als die kleine Kavalkade sich in Bewegung setzte, standen sie alle vor dem Haus. Florinda und Garnet standen etwas im Hintergrund,

John stand mit Nikolai neben den Pferden. Garnet sah das kleine blaue Päckchen in Florindas Hand, aber ihre Gedanken hafteten nicht daran, sie waren bei der Trennung von Nikolai. Florinda flüsterte Garnet zu: »Hast du mit John über die Angst gesprochen, die du in der Nacht hattest?«

»Nein«, versetzte Garnet, »und ich werde es auch nicht tun.«

»Du wirst also mit ihm zu den Goldfeldern reiten?«

»Ja. Ich gehe mit ihm. Ich könnte gar nicht anders. Bliebe ich zurück, es würde mir mein Leben lang leid tun.« Nikolai rief seinen Boys eine Anweisung zu. Garnet fuhr auf. »O Florinda«, rief sie, »nun verläßt er uns wirklich.« Sie fühlte, wie ihre Augen sich mit Tränen füllten. »Ich bin dumm, zu weinen«, flüsterte sie, »er tut ja nur, was er will und muß.«

»Ja«, sagte Florinda, »er ist ein kluger Bursche.« Ihre Stimme hatte einen ungewohnt zärtlichen Ton; Garnet streifte sie mit einem verwirrten Blick: »Bist du nicht traurig, weil er geht?«

»Nicht so traurig wie du«, antwortete Florinda.

»Und ich dachte immer, du liebtest ihn.«

Florinda sah den Boys bei ihren Hantierungen zu. Sie wandte sich Garnet wieder zu und sagte: »Ich liebe ihn mehr als irgendeinen anderen Mann, den ich jemals kennenlernte. Aber trotzdem oder vielleicht gerade deswegen – er war mir im Wege. Ich weiß, was ich will, und ich möchte meinen Weg allein gehen, um leben zu können, wie es mir gefällt. Er lief mir plötzlich in den Weg, und er war der einzige Mann, den ich während der ganzen Zeit, da ich ihn kannte, nicht einmal narren konnte. Er wird mir noch lieber sein, wenn er – in St. Petersburg ist. Das ist alles.«

Nikolai Grigorievitch Karakozof schwang sich auf den Hengst und winkte den Zurückbleibenden noch einmal zu. Die Pferde setzten sich in Bewegung und wirbelten im Augenblick eine Staubwolke auf. John kam zurück, stellte sich neben Garnet und ergriff ihren Arm. Sie winkten den Abreitenden nach. So lange sie noch etwas von der sich schnell entfernenden kleinen Kolonne sehen konnten, sprachen sie kein Wort. Der Nebel hatte sich verzogen, die helle Sonne stand am Himmel. Sie hörten den dumpfen Klang der Hufschläge zwischen den Wänden der kleinen Häuser. Endlich sahen sie nichts mehr außer dem aufgewirbelten Staub, der sich langsam verzog. Nikolai Grigorievitch Karakozof befand sich auf dem Weg nach St. Petersburg.

Während John zum Alkalden hinüberging, ging Garnet in die Küche zurück. Sie erwartete Florinda, die schon früher ins Haus gegangen war, hier vorzufinden, aber Florinda war nicht da. Niemand war da außer Micky, der Becher und Tassen spülte. Von der rückwärtigen Veranda drang das plärrende Stimmchen Stephens herüber. Der Kleine spielte dort unter Isabels Aufsicht, die auf den Treppenstufen saß und nähte. Garnet sah das hölzerne Pferdchen, das Nikolai für Stephen mitgebracht hatte, am Fußboden liegen und hob es auf. Sie reichte es Micky, der eben mit dem Abtrocknen der Tassen und Becher fertig geworden war, und bat ihn, es Stephen zu bringen. Micky entfernte sich lächelnd.

Einen Augenblick stand Garnet allein in der Küche. – Wo ist Florinda? dachte sie. Nun, Florinda würde auf ihr Zimmer gegangen sein. Sie hatte in der Nacht so gut wie gar nicht geschlafen und würde sicher noch ein bißchen Ruhe haben wollen, bevor sie die Bar öffnete. Silky war noch bei Mr. Abbott, und José war auch noch nicht da. Vielleicht war Florinda aber auch schon in der Bar, um auf ihre Weise mit dem Abschied von Nikolai fertig zu werden. Garnet fühlte gleichfalls die Notwendigkeit, irgend etwas zu tun. – Vielleicht ist sie wirklich schon drinnen, und ich kann ihr helfen, dachte sie. Sie öffnete die Tür zum Barraum.

Das Lokal lag verlassen in einem zwielichtigen Halbdunkel. Die Tür zur Straße war noch verschlossen, und auch die Fensterläden waren noch zu. Florinda stand an der Bartheke, hatte aber offensichtlich noch keinerlei Vorbereitungen für den Arbeitsbeginn getroffen. Sie sah auf einen Gegenstand herab, den sie in den Händen hielt; neben ihr auf dem Bartisch lag zusammengeknüllt das blaue Seidentuch, das sie vorhin in der Hand gehalten hatte. Als sie hörte, daß die Tür hinter ihrem Rücken sich öffnete, fuhr sie herum.

»Wer ist da?« rief sie. Dann erkannte sie Garnet und sagte, einen Grad leiser: »Oh, du bist es.«

Garnet sah ihr erstaunt ins Gesicht, das Ärger und Wut auszudrücken schien. »Störe ich dich?« fragte sie, »soll ich gehen?«

»Nein«, antwortete Florinda, »komm nur herein. Ich brauche jemand, bei dem ich meine Wut loswerden kann. Dieser verdammte Narr! Dieser idiotische Wilde! Hier, guck dir an, was er mir gegeben hat.«

Garnet nahm verwundert den ihr dargereichten Gegenstand; sie erinnerte sich nicht, jemals dergleichen gesehen zu haben, und sie ahnte auch nicht im geringsten, was es war. Sie hielt ein flaches Kästchen aus abgeschabtem blauem Samt. Das Kästchen war offen, und im Inneren befand sich ein merkwürdiges Bild. Es stellte in einer sonderbar steifen Manier Menschen dar, die Heiligenscheine um die Köpfe trugen. Das Bild war von einem schmalen, mit Perlen besetzten Goldrahmen umschlossen. Offensichtlich stellte es irgendein religiöses Motiv dar.

»Was ist das, Florinda?« fragte Garnet.

»Eine Ikone. Eine Ikone, die seiner Mutter gehörte. Dieser verdammte Idiot! Er gab mir seiner Mutter Ikone!«

»Was ist eine Ikone?« fragte Garnet bestürzt.

»Ein Heiligenbild der russischen Kirche. Aber das ist nicht die Hauptsache. Er weiß, daß ich von solchen Dingen gar nichts verstehe. Die Hauptsache ist: Das Ding gehörte seiner Mutter, die tot ist. Er hielt mehr von dieser Ikone als von seinem eigenen Hals. Er würde es beispielsweise nie verkauft haben, und wenn er hätte verhungern müssen. Warum also – in drei Teufels Namen! – gab er es mir?«

Garnet antwortete nicht; sie hatte keine Ahnung, was sie hätte antworten können. Florinda und sie hatten viel miteinander und nebeneinander durchgemacht, aber dies war das erste Mal, daß Garnet die Freundin so unbeherrscht sah.

»Ist er wirklich fort?« keuchte Florinda, »bist du sicher, daß er fort ist?«

»Ja, gewiß«, antwortete Garnet, »das weißt du doch. Gewiß ist er fort.«

»Gut für ihn!« knirschte Florinda. »Ich hätte ihm sonst das Ding hier in sein dummes Gesicht geworfen. Dieser verrückte Strolch! – Ist jemand in der Küche?«

»Nein.«

»Gott sei Dank! Ich brauche Platz, um mir Luft zu schaffen. Dieses atlasblaue Riesenbaby! Gibt mir die Ikone seiner Mutter!«

Florinda ergriff das blaue Seidentuch und verließ die Bar; Garnet folgte ihr. Die Küche bot nicht viel Platz, um sich auszutoben, weil der Tisch den größten Teil des Raumes einnahm. Florinda durchmaß den freien Raum mit langen Schritten, das blaue Tuch flatterte an ihrem Arm, das Samtkästchen mit dem goldgerahmten Bild hielt sie in der Hand.

»Dieser verdammte Goliath!« rief sie; »was, in drei Teufels Namen, soll ich mit dem Ding anfangen? Die Ikone seiner Mutter! Ich möchte ihm gerne sein dickes Genick umdrehen. Jetzt geht er nach Rußland, und ich kann ihm nicht einmal sagen, was ich von ihm halte! Dieses Ausstellungsstück von einem Kerl!«

Sie brach ab, und plötzlich sah Garnet zu ihrer grenzenlosen Verblüffung, daß ihr Ströme von Tränen über die Wangen liefen. Florinda fuhr sich mit dem blauen Tuch über das Gesicht. »Dieser Holzfällerochse!« schluchzte sie. »Stellt so eine blödsinnig verrückte Geschichte an!«

Garnet wußte nicht im geringsten, was das alles bedeutete. Sie ging völlig verwirrt zu Florinda hinüber und versuchte ihr einen Arm um die Schulter zu legen, aber Florinda sprang wie von der Tarantel gestochen zurück.

»Nun werde du bloß nicht auch noch sentimental!« schrie sie. »Ich bin mir in meinem ganzen Leben noch nicht so verdammt närrisch vorgekommen. Und eben das wollte er. Er wollte, daß ich mir wie eine Idiotin vorkommen sollte. Er wollte mich zum Heulen bringen. Darum hat er mir das Ding da gegeben.« Sie schluchzte immer noch, und die Tränen stürzten ihr immer noch aus den Augen. Sie wischte sie mit dem blauen Seidentuch ab.

»Ich habe dich noch nie weinen sehen«, flüsterte Garnet.

»Nein, und du wirst es auch nicht wieder sehen«, heulte Florinda. »Das hat er gewollt, dieser verdammte Wasserkopf! Ich könnte ihn in den Bauch treten. Wie weit ist's bis St. Petersburg?«

»Ich weiß nicht«, antwortete Garnet. »Ich glaube, er sprach von etwa zehntausend Meilen; erinnerst du dich nicht?«

»Ich wollte, es wären zehn Millionen Meilen. Ich hoffe, er ersäuft unterwegs. Ich hoffe, er wird von Piraten gefangen und an Schiffsplanken festgebunden. Ich hoffe, die Wale fressen ihn. Ich hoffe, er bekommt Skorbut und verliert alle Zähne. Dieses Krokodil! Dieser größenwahnsinnige Narr! Er sagte, er gäbe mir das Ding da, weil ich ein gutes Mädchen sei. Hölle und Frikassee! Warum redet er so einen gottverdammten Quatsch? Ich bin meiner Lebtage nicht gut gewesen. Ich habe nicht mit Männern geschlafen, seit ich in Los Angeles bin, weil mir hier kein Mann begegnet ist, den ich zum zweitenmal hätte ansehen mögen. Schafft mir einen Mann, der gut aussieht und Geld hat, und ihr werdet sehen, wie gut ich bin. Dieser russische Analphabet! Gibt mir die Ikone seiner Mutter! Ich hoffe, er bekommt die Pocken!«

Sie hörten Schritte von draußen. Florinda fuhr zusammen. »Schnell hinauf. Das ist Silky!« zischte sie. »Fehlt noch, daß der mich hier heulen sieht!«

Sie eilten hinaus, und Florinda hastete die Treppe hinauf. Silky kam herangeschlendert und sagte, er habe Nikolai zur Stadt hinausreiten sehen; er wolle jetzt das Lokal öffnen. José würde auch in einer Minute dasein. »Wo ist Florinda?« fragte er.

»Auf ihrem Zimmer.«

»Sagen Sie ihr . . .«, begann Silky. Aber dann erinnerte er sich wohl daran, daß er Garnet nichts zu befehlen habe; er lächelte plötzlich zuckersüß und verbeugte sich: »Es wäre reizend, Mrs. Hale, wenn Sie die Freundlichkeit hätten, Florinda zu sagen, daß wir die Bar öffnen wollen.«

Garnet sagte: »Ich glaube, Florinda wollte ihr Kleid wechseln. Wir haben uns heute morgen in aller Eile angezogen. Aber ich werde es ihr sagen.«

»Keine Eile, nicht die geringste Eile, Mrs. Hale«, versicherte Silky; »darf ich die Gelegenheit wahrnehmen und Ihnen meine herzlichsten und ergebensten Glückwünsche für Ihre bevorstehende Eheschließung zum Ausdruck bringen.«

»Danke schön, Silky«, lächelte Garnet und eilte, seinen weiteren Komplimenten zu entrinnen, schnell die Treppe hinauf. Florindas Tür war geschlossen; sie klopfte leise an.

»Garnet?« fragte Florinda von drinnen, »komm herein!«

Sie betrat das Zimmer. Florinda saß auf dem Bett und blickte auf die Ikone, die sie noch immer in der Hand hielt. Ihre Augen waren noch immer gerötet, aber sie weinte nicht mehr.

»Silky will die Bar öffnen«, sagte Garnet.

Florinda sah nicht auf. »Silky kann sich von mir aus auf ein Nagelbrett setzen«, knurrte sie. »Hör zu, Garnet, ich muß nachdenken.«

»Ja?«

»Ich hoffe, du wirst keinem erzählen, daß ich vorhin gegreint habe wie ein Kalb, das Kolik hat?«

»Aber gewiß nicht. Das weißt du ja auch.«

»Dieser kleinhirnige Gockel!« fauchte Florinda. Sie starrte auf den kleinen Gegenstand in ihrer Hand, und ihre Brust hob und senkte sich unter ihren schnellen Atemzügen. Nach einer Weile hob sie den Kopf.

»Garnet?«

»Ja?«

»Du weißt, daß ich das alles nicht so gemeint habe vorhin? Ich will nicht, daß er ersäuft und von den Walen gefressen wird.«

»Natürlich weiß ich das, Liebe.«

»Ich wünsche ihm nichts Schlechtes. Diesem – Einfaltspinsel! Oh, ich könnte ihn schütteln. Ich hoffe, er kommt heil nach Rußland. Ich hoffe, er findet eine Frau, die zu ihm paßt. Nein, die kann er nicht finden, denn es gibt keine Frau, die gut genug für ihn wäre. Dieser Esel! Gibt mir die Ikone seiner Mutter und bringt mich zum Heulen! Ich könnte ihm das Nasenbein einschlagen!«

Garnet antwortete nicht, und Florinda erwartete wohl auch keine Antwort. Sie starrte noch immer auf das kleine Samtkästchen. Nach einem Weilchen hob sie den Blick und legte Garnet leicht eine Hand auf den Arm. »Liebe«, sagte sie, »geh jetzt. Ja?«

»Natürlich, wenn du willst.«

Florinda drückte fest ihre Hand und lächelte sie an. »Du bist verdammt lieb zu mir, Garnet«, sagte sie, »ich danke dir, daß du dir meine Albernheiten mit angehört hast. Aber nun wäre ich gerne eine Minute allein.«

Garnet lächelte, küßte die andere leicht auf die Stirn und verließ das Zimmer. Florinda saß einen Augenblick starr und lauschte den sich entfernenden Schritten nach. Als sie Garnets Tür ins Schloß fallen hörte, legte sie die Ikone neben sich auf das Bett, stand und ging zur Tür. Die Tür war mit einem Riegel versehen, der aber fast nie benützt worden war. Männer kamen nicht hier herauf, und sich vor Garnet einzuriegeln, hatte sie bisher keine Veranlassung gesehen. Aber nun schob sie den Riegel vor. Es kostete eine gelinde Kraftanstrengung, weil er so fest saß.

Sie stand wieder einen Augenblick lauschend und sah sich dann um. Die Fensterläden standen offen, sie eilte hinüber und schloß sie sorgfältig. Und dann stand sie wieder wie verloren mit gefurchter Stirn inmitten des Zimmers, als müsse sie erst überlegen, was nun zu tun sei. Aber dann plötzlich, mit einem kleinen Aufschluchzen, brach sie vor dem Bett in die Knie und faltete die Hände. – Beten! dachte sie, ich muß beten. Aber sie wußte kein Gebet, und sie erinnerte sich nicht, jemals gebetet zu haben. So sagte sie denn, was sie dachte:

»Lieber Gott!

Ich kann nicht beten, und ich werde es wohl schlecht machen; vergib es mir. Du weißt wahrscheinlich, daß ich es so gut mache, wie ich kann. Bitte, nimm ihn in Deinen Schutz, lieber Gott! Laß ihn sicher und gesund in seiner Heimat ankommen! Laß alle Menschen gut zu ihm sein und laß ihn glücklich werden.

Ich weiß nicht, ob ich möche, daß er zurückkommt. Ich bin ganz ehrlich, lieber Gott, ich weiß es nicht. Er hat gesagt, es könne zehn Jahre dauern. In zehn Jahren werde ich sechsunddreißig sein, und nur Du weißt, wie ich dann aussehen werde. Aber dann auch, wenn ich noch schön sein sollte, weiß ich nicht, ob ich wünschen soll, daß er zurückkommt. Ich muß das Dir überlassen. Aber was er auch tut, ob er dort bleibt oder ob er zurückkommt nach hier, bitte, laß ihn glücklich ein. Laß ihn glücklich sein, solange er lebt! Amen!«

Garnet saß auf der Wandbank in ihrem Zimmer und sah durch das Fenster auf die Straße hinaus. Sie sah die schwerfälligen Ochsenkarren, die in der Sonne hockenden Müßiggänger und die schreienden Digger, die Wasser verkauften. Über den mannigfachen Geräuschen der lärmenden Stadt kam ihr die leise vor sich hin plärrende Stimme Stephens nicht aus dem Ohr. Stephen hockte unten auf der Veranda und spielte. Das da draußen war Los Angeles. Welch eine schmutzige, häßliche, von widerlichen Gerüchen erfüllte Stadt! Hier mündete der große Treck, der Jubelpfad. Man verließ die Staaten irgendwo, zog westwärts und kam nach Independence. Man verließ Independence und zog weiter nach Westen bis Santa Fé. Man verließ Santa Fé und zog über den Jubelpfad nach Los Angeles. Man verließ Los Angeles mit einem anderen Treck und ritt . . . wohin?

Sie wußte es nicht. Sie wußte nur: am Ende jedes Trecks begann schon der neue. Nie wußte man, wohin der Pfad führte. Aber man mußte ihn gehen. Man wußte nur eines ganz sicher: Man war kein kleines Mädchen mehr. Keinen Pfad würde man mehr so unbefangen und unbeschwert, seines Glückes sicher, betreten wie einst den Jubelpfad.

Oh, wie schwer das doch ist! dachte Garnet. Wie schwer ist es, das hinter sich zu lassen: die Jugend und die Erwartung auf das Kommende, bevor man noch weiß, was das Leben ist. Wir sehen den Pfad, und wir betreten ihn freudigen Herzens, glücklich und unbesorgt, eben weil wir nicht wissen, wohin er uns führt. Sieh auf Los Angeles, Garnet. Sieh auf dieses Gewirr putziger brauner Schachteln vor der majestätischen Kulisse der Berge. Du liebst doch, was du da siehst. Du liebst es, weil du hier reiche und volle Jahre deines Lebens verbringen durftest. Du liebst diese bewegte, farbige Sinfonie, deren Töne dir ins Herz drangen und es verwandelten. Du hast es gehaßt, und du hast alles darangesetzt, es hinter dich zu bringen. Ach, wir hassen ja immer das Schulzimmer, in welchem wir unsere Lektionen empfangen. Aber hinterher lieben wir es, weil wir hier lernten, was das Leben ist, weil wir ihm unsere Kraft und unsere Selbstsicherheit verdanken. Als ich den Jubelpfad betrat, war ich nicht reif und gerüstet für ihn. Bin ich gerüstet für den neuen Pfad, der sich jetzt vor mir auftut? Ich weiß es nicht.

Ich weiß nur, ich bin älter geworden. Viel älter, als der Kalender mir sagt. Älter um dreitausend Meilen, die ich durchritt, und um Tausende und aber Tausende von Stunden, in denen ich einsam und verlassen war und an der Welt verzweifeln zu müssen glaubte. Ich bin nun nicht mehr einsam, denn ich habe John. Nein, einsam bin ich nicht mehr, aber voller Furcht bin ich noch. Furchtsam bin ich, weil ich so viel lernen und erfahren mußte, von dem ich nichts ahnte. Wenn man jung und unbeschwert ist, kennt man keine Furcht, wenn man älter wird, weiß man, daß man die heimliche Furcht fühlen wird, solange man lebt.

Sie sah aus dem Fenster, und plötzlich gewahrte sie John. Er kam vom Haus des Alkalden zurück. Gleich würde er ihr sagen, wann sie heiraten könnten. Sie richtete sich auf und kniete sich auf die Wandbank. Sich zwischen den Fensterläden hinausbeugend, rief sie:

»John!«

Er hörte die Stimme und verhielt den Schritt. Er wußte wohl nicht, woher die Stimme kam, denn er sah sich um. Sie rief abermals:

»John!«

Er blickte auf und gewahrte sie. Sein Gesicht leuchtete auf. Er winkte ihr zu, und sie winkte zurück.

»Morgen«, rief er, »morgen!« Er winkte ihr, herunterzukommen.

Sie nickte ihm zu und verließ das Fenster. Als sie die Treppe hinunterlief, fühlte sie sich von kleinen Glücksschauern überrieselt. Morgen würde sie verheiratet sein, und der neue Pfad würde sich vor ihr auftun. Der Pfad zu den Goldfeldern.

Was würde er ihr bringen?

Die erfolgreiche Autorin wurde 1903 in Marion, South Carolina, als Tochter eines Geistlichen geboren. Sie studierte Journalistik an der Columbia Universität und arbeitete danach fast zehn Jahre als Reporterin in New Orleans, bis sie 1933 einen ersten Drehbuchauftrag aus Hollywood erhielt. Ihren ersten Roman veröffentlichte Gwen Bristow bereits 1930. Welterfolg errang sie ein Jahrzehnt später mit den drei Bänden der *Louisiana-Trilogie: Tiefer Süden, Die noble Straße, Am Ufer des Ruhms*, den sie mit dem erstmals 1950 vorgelegten und bald darauf verfilmten Roman *Kalifornische Sinfonie* wiederholte und sogar noch überbot.

Spielt die *Louisiana-Trilogie* vor dem Hintergrund der tragischen Gegensätze zwischen den Nord- und Südstaaten der amerikanischen Union, so ist die *Kalifornische Sinfonie* das Epos des jungen, vitalen und expansiven Amerika, das nach neuem Land und freiem Raum für seine Menschen sucht und im Bewußtsein seiner Macht dabei durchaus nicht zimperlich verfährt:

Kalifornien? Um 1845 kennen nur wenige Amerikaner den Namen der mexikanischen Außenprovinz. Und doch durchziehen es seit langem schon die großen Handelstrecks – durch Prärien und Wüsten und über steile Gebirgspässe nach Westen, zur pazifischen Küste des Kontinents. Eine phantastische Welt für Pioniere und Abenteurer, Glücksritter und Desperados. Noch werden die endlosen Weiten nur von streifenden Indianerhorden bevölkert. Kleine mexikanische Siedlungen, wie etwa Los Angeles, bilden dürftige Inseln der Zivilisation. Doch immer mehr Amerikaner entdecken den Reiz dieses unerschlossenen Landes, seine fruchtbaren Weiden, seine sagenhaften Reichtum versprechenden Goldfelder.

Vor diesem wildromantischen Hintergrund läßt Gwen Bristow ihre Personen leben, lieben, leiden: Garnet Cameron, die wohlerzogene Bürgerstochter, Florinda, die aus den Slums kommt, Oliver

Hale, den Schwächling, Texas, den gescheiterten Arzt, Nikolai, den halbwilden Russen, John Ives, den Einsiedler.

Um die von dramatischer Spannung erfüllte Handlung des Romans weben sich in farbigen Bildern und bewegten Episoden die mit minuziöser Genauigkeit dargestellten Ereignisse der Geschichte: Kalifornien wird im Laufe harter Auseinandersetzungen mit der Republik Mexiko ebenso wie Texas ein amerikanischer Staat. Und die Autorin erfüllt die Schilderung dieser Zeit mit dem romantischen Atem der Gründer- und Kolonistenjahre, des Abenteuers verwegener Pioniere und betörender Frauen.